U0471671

食物链

MIGHTY ORIGIN LITERATURE

醒来是归时 ①

含朐 著

广东旅游出版社
中国·广州

Contents 目录

第一章 -001-
你好，卓老师

第二章 -035-
勇敢龟龟，不怕困难

第六章 -169-
去吗？少年

第七章 -205-
我没你想得那么好

Jan　Feb　Mar　Apr　May　Jun　Jul　Aug　Sept　Oct　Nov　Dec

第三章 -067-

赵醒归,
对不起

第四章 -101-

What an amazing day

第五章 -135-

他好像,
喜欢上了
一个人

第九章 -269-

第八章 -237-

赵小归,
再见了

什么是真,
什么是假

第十章 -301-

我们,
一起往后想

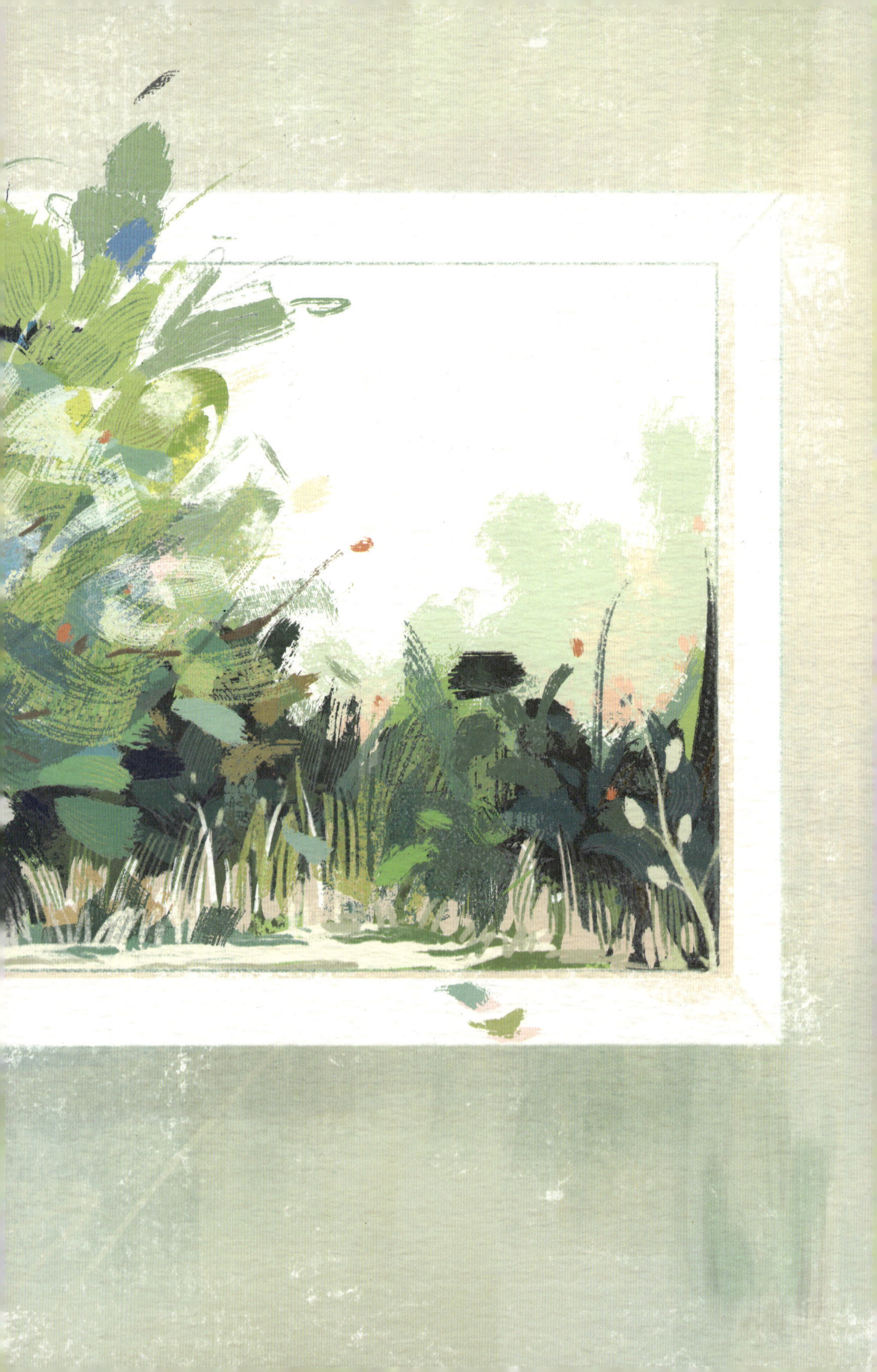

第一章

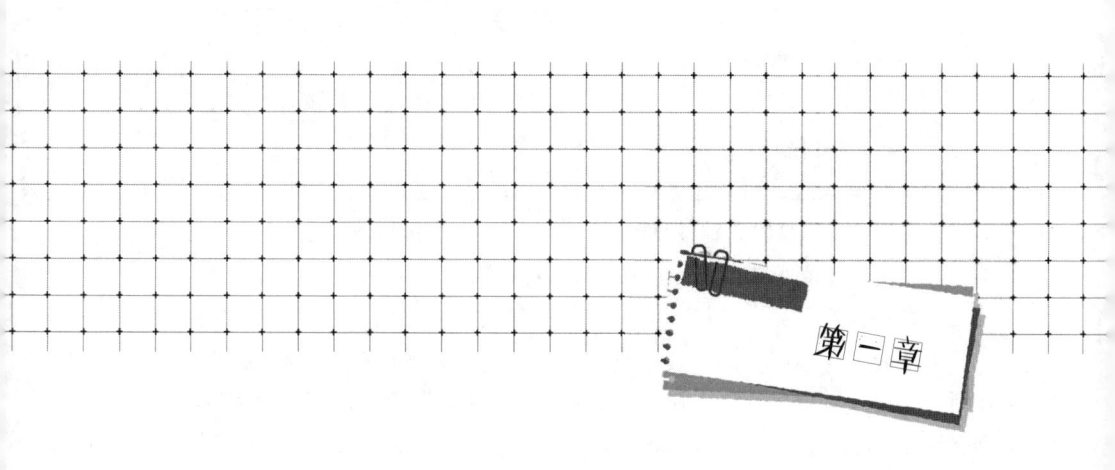

你好，卓老师

（1）

开学后的第一个周六下午，原本吵吵嚷嚷的女寝 8 号楼安静了许多，女孩子们都结伴出去玩耍了。

316 寝室里，袁晓燕马不停蹄地开始了新学期的打工，程颖去和男友约会，苏漫琴则在上铺睡觉。

卓蕴换好衣服，耐心地等到时间过了十四点，才背上一个帆布包，轻手轻脚地走出寝室。下楼时，她碰到班里同学，几个女生看到她都吃惊地张大了嘴，对门寝室的王馨问："卓蕴，你怎么穿成这样啊？"

卓蕴冲她们一笑："有事要办，我先走啦，拜拜。"

她小跑着下楼梯，出了寝室楼后快步向学校南门走去。一路上有不少人认出她，一个个都面露惊讶，还有人窃窃私语，卓蕴却毫不在意，把学校的路当成了 T 台，昂首挺胸，走得气场全开。

唔，就是今天的鞋有点儿影响发挥。

走到半路，手机响起微信提示音，卓蕴拿出来看，是梁月的消息。

梁月：蕴蕴！我刚看电影！你猜我看到谁了！

梁月是卓蕴在老家嘉城的朋友，两人没在一个学校待过，有交集的无非是那几个一起长大的千金小姐、公子哥。朋友圈里，能让梁小姐偶遇后还第一时间向卓蕴汇报的人，有且只有一个。

卓蕴：石？

梁月：嗯嗯嗯！

梁月：我跟你讲，这人绝对有问题！他和一个女孩子一起看电影！亲密得嘞！这也太不把你放在眼里了吧！

梁月发来一张照片。

梁月：这是我拍的他俩！你一定要告诉你爸妈！不能轻易原谅他！狗男女真恶心！"渣男"都去死！［生气］

从头到尾十五个感叹号，卓蕴能感受到梁小姐此刻的八卦魂在燃烧，却没打算再回消息，因为不想让梁月的鸡血打得更猛。她看着梁月发来的照片，是一对男女的背影，男人搂着女人的肩，就是一副黏黏糊糊的情侣模样。

卓蕴内心毫无波澜，收起手机继续往前走。

石靖承对她来说和陌生人无异，只是顶着一个"未婚夫"头衔，至于他身边的那个女人，卓蕴很想告诉梁月，不用介意，她其实早就知道有这么个人存在了。

从寝室楼到A大南门要走十分钟，出来后穿过马路，是一座名为紫悦城的商业综合体，经过紫悦城再往南步行十分钟，就是卓蕴此行的目的地。

那是一个高端小区，体量似乎不大，只有五幢高层住宅，但熟悉这块的人就会知道，这小区腹地还有一小片低密别墅群，不是排屋和叠墅，而是独门独院、正儿八经的别墅。

这小区叫紫柳郡，安保相当严格，从大门进去要登记身份证，进别墅区就不仅仅是登记了，要么是保安与业主通话后确认有客才会放行，要么是业主提前和保安说好几点会有客到访。

卓蕴属于后者，她站在别墅区人行入口的保安亭前，看着那年轻的小保安一边红着脸，一边拿着身份证与她对比，目光里满是疑惑："这真的是你吗？长得不像啊。"

他手中的身份证上，大头照是一个短发圆脸女孩，细眉细眼，长相很普通，旁边印着名字：卓利霞。

而面前的女孩生着一张秀美的鹅蛋脸，皮肤雪白，眼睛大而明亮，此时笑得弯弯的，唇边还露出两个小小的梨涡，和照片一对比，真是哪哪儿都不像。

卓蕴一点也不慌，理直气壮地说："是我没错，我上大学后整容了呀！"

小保安把身份证还给卓蕴，扭头看着墙上的挂钟说："C2业主说和你们约的是下午两点，一共四个学生，前面已经到了三个，这都两点半了，你会不会太晚了点？"

卓蕴还在笑，她不笑时是个冷美人，一笑起来整个人的气质都变了，温柔甜美得令人如沐春风，连声音都是娇滴滴的："我知道我迟到了，所以这不是急着进去嘛。"

小保安抗拒不了她灿烂的笑容，不仅刷卡开闸，还热心地帮她指路："那你去吧，往前走，沿途会有区域路牌，你看到C区后右转，沿着湖过去倒数第二栋就是C2。"

"谢谢。"卓蕴收好身份证，高高兴兴地进了闸，还不忘回头朝小保安挥挥手，"辛苦你啦，再见！"

小保安看着她渐渐走远的背影，摸摸自己的脸，有点热，心想，这姑娘长得可真漂亮啊，个子高，身材还苗条，又是A大的高才生，配得上一句"才貌双全"了。

就是……穿得不怎么好看，似乎不太会打扮。他转念一想，也是，这姑娘都来面试家教了，家里条件估计好不了。

卓蕴过了门禁，一路优哉游哉地沿着主路往前走。别墅区的环境和外面不太一样，优美且安静，绿化好得过分，还有一片面积不小的人工湖。一栋栋造型别致的三层小楼环湖而建，要不是抬头能看到周围几栋高层建筑，真的很难想象寸土寸金的闹市中还有这样世外桃源般的所在。

怪不得人家说紫柳郡的业主非富即贵，指的应该就是别墅区这拨人。

时间又过去几分钟，卓蕴却一点也不急，一路看湖赏景，仿佛是来踏青。她是故意迟到的，目标就是要面试失败，还有什么比一开始就迟到更能显出她糟糕的求职态度呢？

为此，她还特地问室友袁晓燕借了身衣服，黑发扎成马尾辫，素面朝天，上身是皱巴巴的米色短袖衬衫，底下穿卡其色棉布休闲裤，裤子是长裤，却被她吊成了九分裤效果，不怪那些认得她的人会大跌眼镜。

哦，她还光脚穿着一双圆头圆脑的洞洞鞋，粉红色的，是室友程颖的拖鞋。

卓蕴晃着手找到C区，右转后沿着湖岸往前走，终于看到那栋C2小楼。

和别墅区其他小楼一样，这栋小楼的外墙也是黑、白、灰三色相间，搭配大面积落地玻璃窗，整体风格现代简约，没有花里胡哨的装饰，看着清爽又时尚。小楼自带庭院，南面的窗正对着那片人工湖，有几只白色水鸟掠着湖面低飞而过，湖上荷叶层层叠叠，荷花却只零散开着几朵，毕竟这会儿已是九月天。

卓蕴手搭凉棚朝着那小楼望了一会儿，从寝室出来后，她已经顶着烈日走了二十多分钟，额头和鼻尖都冒出了小汗珠，正犹豫着要不要现在就去敲门，湖边传来一阵小孩子叽叽喳喳的说话声。

卓蕴循声过去，看到三个六七岁的小朋友在湖边蹲成一排，齐刷刷地伸着脑袋往湖里看，应该都是业主的孩子。

"你们在看什么呀？"卓蕴蹲到他们身边，好奇地问。

孩子们转头看了她一眼，发现是一个漂亮姐姐，都没了戒心，一个小男孩指着湖面说："野鸭。"

另一个童花头女孩说："鸭妈妈和它的小宝宝！"

卓蕴顺着小男孩的手指望去，不远处的荷叶下，果然有一只褐色野鸭慢吞吞地游过，身后跟着五六只毛茸茸的小野鸭，很是逗趣。

"好可爱呀。"卓蕴喜欢小动物，看得都不想走了。

小男孩带着切片面包，撕扯下来丢进湖里，大叫："我有吃的！你们快来吃面包啊！"

卓蕴劝他："给野鸭喂面包不好，它们的食物是水里的水草和小鱼虾，它们会自己找东西吃。"

小男孩才不听她的，见野鸭不过来，干脆捡起石头丢过去，"扑通"一声溅起大水花，吓得一群小鸭子扑棱着翅膀原地乱转。另一个双马尾女孩不高兴了，大声喊："你别拿石头丢它们！它们会疼的！"

小男孩大概是被家里宠坏了，油盐不进，依旧固执地丢着石头，嚷嚷着让野鸭过来吃面包，两个女孩急得直叫唤，三个人眼看着就要打起来。

这时，卓蕴也捡起一块石头，转了转手腕说："小帅哥，看我给你表演一个。"

她没有把石头丢向野鸭群，而是向着开阔水域丢去，小男孩起先没弄懂她要表演什么，只见那石头碰到水面后并没有沉入水中，而是一下又一下在水面掠过，无声无息地掀起了一圈圈涟漪，足跳了五六下，小石头才消失不见。

小男孩的眼睛越瞪越大，注意力从野鸭们身上离开了，问："姐姐，怎么做到的？"

"这叫打水漂。"卓蕴又捡起一块石头抛了抛，"想学吗？我教你们。"

三个孩子一起叫："想学！"

卓蕴二话没说，带着三个小屁孩在湖边挑起了石头，告诉他们石头要选薄一点、边缘锋利一点的，又一个个手把手地教他们丢。

小男孩兴致最高，一开始丢的石头只会溅起大水花，卓蕴很耐心，教他找角度，手腕不要太用力，没多久小男孩就开了窍，丢出的石头在湖面上跳了三下，他高兴得蹦了起来。

卓蕴对他竖起大拇指："优秀！"

鸭妈妈逃过一劫，愉快地带着鸭宝宝们消失在了荷叶丛中。

卓蕴的现场教学非常成功，三个小朋友都学会了打水漂，卓蕴还做裁判让他们比赛，一大三小在湖边大呼小叫，玩得满头大汗。最后，卓蕴给小朋友们举行了"紫柳郡杯第一届打水漂大赛"颁奖典礼，冠军奖品是一顶柳编花环，是卓蕴摘下柳条现编出来的。

"不能被保安叔叔发现啊，我这是做坏事呢。"卓蕴把柳编花环戴在那个双马尾女孩头上。女孩得意极了，让卓蕴帮她拍照片。

小男孩在边上眼巴巴地看着，他以一跳之差屈居亚军，很不争气地哭了鼻子。

卓蕴揉揉他的脑袋："别灰心，多多练习，一定会进步的。"

玩累了，卓蕴和三个小朋友盘腿坐在草地上，分着吃小男孩的切片面包。卓蕴问他们："你们是上幼儿园还是小学呀？"

小朋友们争先恐后地回答："我们都是小学生！"

"刚上一年级！"

"我已经学会全部的拼音了！"

小男孩扯了一块面包塞进嘴里，眨巴着眼睛问卓蕴："姐姐，你什么时候再来和我们一起玩？我家里还有平衡车和无人机，很好玩的。"

姐姐已经参观过鼎鼎大名的紫柳郡啦，以后不会再来喽——卓蕴心中这么想，嘴上却说："有机会的。"

"童花头"问："姐姐你是住几栋的呀？"

这个问题成功地点醒了卓蕴。妈耶！说好的两点面试，这都什么时候啦！

"哎哟，姐姐有事要先走了。"卓蕴咽下面包，拍拍屁股站起来，抬头望了 C2 小楼一眼。很随意的一眼，小楼三楼的落地窗边却有光影一闪，刺了下卓蕴的眼睛。她被吓一跳，仔细地看，发现完全看不见那大块玻璃后的屋内情景，只看到镜子般的玻璃上映出湛蓝的天和朵朵云絮。

"贴膜了吗？"卓蕴眯着眼睛自言自语道。

小男孩指着 C2 小楼说："那是小乌龟哥哥的家。"

卓蕴被这可爱的名字萌到："小乌龟哥哥？"

"对。"小男孩随手一指，又仰起脑袋看她，"小乌龟哥哥以前经常在那边打篮球，还教过我，他说我太矮了。姐姐，你好高啊，你会打篮球吗？"

卓蕴摇头："不会，不过我会打网球。"

小男孩"哦"了一声，语气低落下来："我很久没见到小乌龟哥哥了，有点儿想他。"

"双马尾"分享着她知道的信息："我妈妈说，小乌龟哥哥生病了。"

"童花头"问："真的吗？那我们能去看看他吗？"

"不能。"小男孩很沮丧，"我去敲过门，他们不让我进去。"

三个小朋友都难过地垂下了脑袋，卓蕴没心思再听孩子们聊天，和他们告别后匆匆跑到小楼院门前，摁响了门铃。

一位四十多岁、身材微胖的大姐从屋里出来开院门，看到卓蕴后一愣，问："你也是来面试的？"

卓蕴说："是呀，对不起我迟到了。"

大姐眉头一皱，埋怨道："不是说好了两点吗？这都快三点半了，他们的面试都要结束啦。"说归说，她还是把卓蕴迎进了门。

卓蕴低垂着头目不斜视，跟着大姐穿过院子，上了几级台阶后走进小楼。

室内冷气充盈，卓蕴舒服地吁出一口气，大姐大概是保姆阿姨，给她拿来一双一次性拖鞋，卓蕴换好鞋后跟着大姐绕过玄关，整个一楼客厅的风貌立时展现在她眼前。

现代风格的室内装修，选用白色和浅胡桃木色的家具，大气的设计中又藏着一些有趣的小细节，南面窗边采光非常好，摆着一组真皮沙发，茶几上还有一些水果和零食。这所谓的豪宅不似卓蕴想象中那么冰冷与一尘不染，反而充满温馨的烟火气。

沙发处并没有人，大姐把卓蕴带到一扇门前，敲了敲门，里面传来一道柔和女声："请进。"

大姐打开门："太太，又有一个面试的同学来了。"

"让她进来吧。"

卓蕴走进房间，发现是一间小型会议室，主位坐着一位看不太出年纪的女士，应该就是大姐口里的"太太"。她身上披一块素色披肩，长卷发松松地绑在脑后，容颜温婉，气质优雅，只是当她望向卓蕴时，眉目间有着淡淡的愁绪。

会议桌旁另坐着三个年轻人，两男一女，正伏在桌上奋笔疾书，看到卓蕴进来，他们神色各异，那个女生还对着腕表看了眼时间。

有个男生戴一副黑框眼镜，肤色偏深，比起迅速收回目光的另两人，他多看了卓蕴一会儿，才又低下头去继续写字。

卓蕴明白，她迟到得的确太过离谱了。

坐主位的太太示意卓蕴在空位坐下，递给她一叠纸："你是小卓吧？你好，我姓范，你迟到了一个多小时，刚才和他们说过的话我就不重复了，你把这张表填一下，再把下面的试题一起做了就行。"

她的声线很温柔，并没有显出责备之意，哪怕卓蕴是故意迟到，此时还是感到些许羞愧，卓蕴轻轻说了声"对不起"，就接过纸张准备填表。待看清表上内容，她愣了一下，这竟是一张非常详细的个人信息表，详细到连面试人的父母姓名、年龄、职业都要填，还有面试者本人的各种情况，包括身高、体重、生日、籍贯、高考单科成绩、大学就读的专业及课业水平、业余兴趣爱好等，最奇葩的一条是：是否有谈恋爱。

卓蕴从来没给人做过家教，不知道现在做家教都要这么拼了，不仅要集体面试，还要向小孩家长汇报恋爱情况？

罢了罢了，反正就是走个过场，迟到这么久，是个正常人都不会要她，那就瞎填一气吧。

卓蕴开始填表，填到"卓利霞"的身份证号码时，她偷偷摸摸把身份证掏出来照着抄，本以为神不知鬼不觉，却听那太太问："小卓，你记不住自己的身份证号码吗？"

"呃……"卓蕴抬起头不好意思地笑，"我从小就记不太住长数字，现在又有点紧张，一紧张更容易忘数。"

"不用紧张。"太太说着又向她伸出手，"抱歉，你身份证和学生证能给我看一下吗？"

卓蕴没办法，只能把卓利霞的身份证和学生证递给她，太太看过证件后，念出名字："卓利霞。"

她的表情和别墅区门口的保安一样困惑："你本人和身份证……不太像啊。"

"黑框眼镜"闻言抬头，眼神古怪地看了卓蕴一眼。

对着三位同校同学，卓蕴不敢再胡说八道，只得说："高中时不懂打扮，现在会了，就……不太一样了。"

这话一说，另两位同学也抬头看她了，迷茫的神情和太太如出一辙。太太说："可你现在也没有打扮啊。"

卓蕴的语气不卑不亢："不瞒您说，这已经是我最好的一套衣服了。"

众人陷入沉默，太太把证件还给卓蕴，让她继续填表。

卓蕴一点儿都没发现，会议室天花板上安着一个监控摄像头，角度可以看全整个房间。

她一格格往下填。

父亲——鬼知道卓利霞的老爸叫什么名字，又是做什么的，卓蕴干脆填上自己老爸的信息，卓明毅，四十九岁，职业……卓蕴郑重地写：菜场商贩。

也不算骗人啦，她爸早年的确是从菜场商贩起家的。

母亲：边琳，四十六岁，家庭妇女。

本人专业：A大管理学院工商管理专业，大三。

高考成绩：语文118，数学132，英语130，理综251。

卓蕴把自己的高考分每一门都降了十分，一边填一边回忆，两年前A大招生投档线是多少呀？自己这填得可别比投档线还低，那就穿帮啦。又一想，管他呢，穿帮就穿帮，就是要往低了填才保险。

业余兴趣爱好……吃喝玩乐算吗？

她喜欢的那些东西，好像都不是"卓利霞"能负担得起的。

卓蕴绞尽脑汁，写下：阅读，绘画。

是否有谈恋爱……男朋友没有，便宜未婚夫倒是有一个。

卓蕴觉得多一事不如少一事，写下：否。

填完这张信息表，卓蕴准备做剩下的考试题，大概地翻了一下，都是高中知识点，主课、副课全部包含。她正要动笔，就听那太太说："时间到了，你们做好了吗？"

其余三人纷纷抬头："做好了。"

太太说："那就先这样，谢谢你们抽时间来面试，今天就到此为止，请大家回去等我通知吧，辛苦你们了。"

其余三人都把卷子交上去，一个个收拾起东西准备走人，卓蕴不知道自己该继续做题还是和他们一起走，迟疑着问："那我……"

太太的视线投向她，声音里带着倦意："你也走吧，没做完不要紧的。"

卓蕴鼓了鼓脸颊："哦。"

她不是没做完，她是压根儿一个字都没写，全部选C都来不及。

卓蕴最后一个走出院门，给卓利霞发了条微信，告诉她面试完了，一切顺利，保证没戏。

卓利霞没回，卓蕴猜测她是在看电影。

小楼门口，小朋友们都不在了，三位面试的同学已经走了两个，那个戴黑框眼镜、肤色偏深的男生还站在人工湖边，看到卓蕴后快步走来。

"卓蕴师姐！"他很直白地喊出她的真名，语气中透着惊喜，"你怎么会来面试家教？"

看着男生陌生的脸，卓蕴一脸蒙。那男生挠挠头发，赶紧解释："你应该不认识我，我叫葛浩宇，是电气工程学院的大二生，那个……我知道你。"

"你好。"卓蕴倒也不恼，学校里知道她的人并不少，她早就习惯被各式各样的男生搭讪。

葛浩宇上下打量卓蕴，还是迷惑于她的穿着打扮，又问了一遍："你怎么会来面试家教？你……不用做家教吧？"

卓蕴悠悠叹口气，食指竖在唇前"嘘"了一声，小声说："一言难尽，你就当不认识我吧。"

太阳依旧很晒，葛浩宇示意卓蕴边走边说，两人就并肩向别墅区入口走去。刚走没几步，卓蕴心里一跳，猛地回头望向C2小楼的三楼，落地玻璃窗还是老样子，白云在镜面般的玻璃上缓缓飘过，看不见屋内的情景，但卓蕴总觉得玻璃后面有人在看她。

"怎么了？"葛浩宇问。

卓蕴回过头："没什么，走吧。"

回学校的路上，卓蕴顾左右而言他，没有把自己来面试的理由告诉葛浩宇。

卓蕴有一个同班同学，名叫卓利霞，这位女同学是个神奇的两面派，她家境困难，学习却不错，嘴又甜，深得老师和辅导员的喜爱，所以大一至今各种评优评奖的活动，样样都有她的份。但她在同学中的口碑却很糟糕，因为她"吸血"成性，有种"我弱我有理"的架势，你要是不帮她、不借她、不支持她，她就会给你扣一顶斤斤计较、恃强凌弱、歧视贫困生的大帽子。

大一入学时，卓利霞曾和苏漫琴住一间寝室，两个月后她俩矛盾爆发，导火索是卓利霞不问自取、偷偷用完了苏漫琴一整瓶精华，苏漫琴拿着扫帚把她打出了寝室，闹得整层楼的女生都出来看热闹。

那一天，卓蕴懒洋洋地站在人群里，手里还拿着一桶薯片咔嗞咔嗞地咬，看卓利霞哭泣着跑向楼梯。苏漫琴像个女将军似的举着扫帚站在316寝室门前，美艳的脸上柳眉倒竖，眼神扫过人群，看到卓蕴后向她一指，大声喊："卓蕴！你要不要换到我们寝室来？"

卓蕴嘴里叼着薯片愣在当场，后来，她就和卓利霞换了寝室，成为苏漫琴、袁晓燕和程颖的室友。

苏漫琴是个美人，卓蕴也是个美人，两年时间，两个大美人每天同进同出，混成了无话不说的好闺蜜。她们性格互补，苏漫琴是个酷女孩，外冷内热讲话犀利，相对来说卓蕴性子偏软，她爱笑，笑起来眉眼弯弯，唇边还有两个小梨涡，一副没心没肺的甜妞相，看起来很好相处的样子。

只有苏漫琴知道，好相处只是一种假象，因为没触及卓蕴的底线，她就会对一切都无所谓，每天吃吃喝喝"咸鱼躺"，玩心重，不讲究，人生信条是"见风使舵，随遇而安"。

比如这一次，教英语的丁虹老师想让卓利霞赚点兼职钱，帮她介绍了一份非常不错的家教活，可卓利霞忙着谈恋爱，不太愿意去，就去求卓蕴帮忙代替她周六下午去面试。

卓利霞抱着卓蕴的胳膊说："卓蕴你帮帮我吧，上次小组作业我都给你参考啦！丁老师已经告诉了对方我姓卓，在这学校我只认识你一个姓卓的，只有你能帮我了！到时候你就表现得差一点，不要被录取就行，我把我的身份证和学生证给你，求你了，帮我跑一趟吧，搞定后我请你吃饭。"

卓蕴觉得这是一件小事，没多想就同意了，带着卓利霞的身份证和学生证回到寝室，对三个室友一说，她们全体惊呆。

程颖问："她自己为什么不去？"

卓蕴回答："她说周六下午要和男朋友去看电影，都买好票了。"

程颖："那丁老师和她说的时候，她为什么不直接拒绝？"

卓蕴剥着手指甲："我哪知道。"

苏漫琴翻个白眼："还用说吗？丁虹给卓利霞介绍工作她能说不去？肯定是一早就想好找人代她去走过场了。"

袁晓燕又问："她让你拿着她的身份证去？"

卓蕴："是啊。"

袁晓燕很迷惑："既然是拿她的身份证，那和你姓不姓卓有什么关系？她不应该找一个和她长得像的人才对吗？"

卓蕴如梦初醒："啊……对哦！"

苏漫琴恨铁不成钢："我都搞不清到底是她太坏还是你太蠢了！"

卓蕴很无所谓地耸耸肩："算了算了，反正周六下午我也没事，就帮她去跑一趟吧，我一直想去紫柳郡看看呢，听说里头的别墅区特漂亮。"

事情经过就是这样，很好说话的卓蕴同学非常"认真"地对待着这次面试，处处踩雷，功成而归。

走进A大校园后，卓蕴与葛浩宇告别，葛浩宇一张黑皮脸都憋红了，鼓足勇气说："那个……卓师姐，我能不能和你加个微信？"

卓蕴很大方："行啊。"

葛浩宇松了口气，心满意足地与卓蕴互加好友，又问："你晚上有空吗？要不要一起吃个饭？刚才你来晚了，前面很多话都没听见，我可以和你说说。"

卓蕴说："不用啦，我今晚和人约了吃饭。"

葛浩宇讷讷地问："男朋友吗？"

"不是。"卓蕴笑弯了眼，转身向女生寝室楼走去，马尾一甩，又回头挥挥手，"拜拜啦，小师弟。"

她总是撩人而不自知，或者自知也没放在心上，哪怕穿着土气的衬衫、休闲裤和粉色洞洞鞋，眼角眉梢的风情也遮掩不住。

葛浩宇注视着卓蕴的背影，又打开手机看她的微信信息，一颗心咚咚直跳。加上"女神"的微信是一件令人振奋的事，尤其这"女神"一点也不高冷，似乎很好相处，这令葛浩宇满心欢喜，呆站许久后才哼着歌向男生寝室楼的方向走去。

此时的紫柳郡C2小楼里，气氛沉默而压抑。潘姨在厨房准备晚餐，苗叔待得远远的，没有去打扰餐桌边那对母子。

范玉华神色平静地看着桌对面的儿子，他手里是几份个人信息表和答题卷，翻得很快，显然看得并不仔细，看完后，他把那几沓纸放在桌上，抬起头与母亲对视。

那是一张非常年轻的脸，甚至还带着一丝稚气，细碎的刘海下，他的脸颊苍白消瘦，略显病态，五官精致而凌厉，那双眼睛尤其漂亮，窄而深的双眼皮，眼尾微微上挑，瞳仁乌黑，眼睫纤长浓密，是一双天生的含情桃花眼。只是他的眼神冰冷漠然，一点也没有这个年纪的少年该有的活力。

范玉华等待着儿子的选择，却见他微启薄唇，语气凉凉地问："为什么只有三份？"

范玉华如实相告："你应该有通过监控看到面试经过吧？第四个女生迟到很久，她来的时候别人都快答完了，这样不负责任的态度，我是不会考虑的。而且，她的高考分在四个人里最低。说实话，我都不太明白，你表姑怎么会推荐这样一个人过来。"

桌对面的少年不再提问，嘴唇抿得很紧，修长的手指离开桌面，再也不看那些资料，垂眸道："晚上我在房里吃饭。"

他要离开，范玉华急道："小归，你还没说你要哪个呢！"

少年丢下五个字："哪个都不要。"

说完，他就离开餐厅，独自往电梯间行去。范玉华揉着额角，不安地看向儿子的背影，距离出事已经过去一年半，她还是适应不了儿子如今的模样，每看一眼，心里都会止不住地酸涩难过。

范玉华把桌上的资料收起来，走到电梯前，硬起心肠对儿子说："不能哪个都不要，这已经是第二次面试了，上次三个人，这次四个人，都是品学兼优的好学生，水平足以做你的家教老师，你到底在挑什么？"

电梯前的少年没有回答，范玉华又说："小归，你已经一年半没回学校了，现在你上午上课，下午复健，如果没有家教老师，说不定哪天就会跟不上进度。回去上学是你自己做的决定，你既然想好好读书参加高考，就得自己努力，找家教也是你同意的呀！"

少年依旧沉默，范玉华缓了缓语气，试探着问："你是不是，顾虑你的……"

"叮"，电梯门开了，少年面无表情地进入电梯，直到门合上，都没有回答母亲一个字。

"赵醒归！"范玉华忍不住大叫起来。

苗叔赶紧过来劝她："太太你别动气，医生也说了，小归现在的情况闹脾气很正常。这样吧，晚上我给他送饭时再和他聊聊，家教是一定要请的，他身体这样，又每天只上半天课，想想都很吃力，你听我的，我会去劝他的。"

范玉华非常疲惫，冷静了好一会儿才说："我知道，老苗，那麻烦你去劝劝他吧，我实在是……我也不知道要怎么对待他才好了。"

（2）

卓蕴回到寝室，袁晓燕和程颖还没回来，苏漫琴依旧在午睡，听到响动后探出脑袋笑了一声："呀，'卓春花'回来了。"

卓蕴白了她一眼，第一时间脱掉那双滑稽的洞洞鞋。

316寝室四人关系融洽，但平时还是两两组合比较多，不是故意要划清界限，实在是卓蕴和苏漫琴的作息习惯、业余爱好与另两个女孩大相径庭，硬凑是没有幸福的。

卓蕴进屋后抓紧时间洗澡、洗头，等她站在盥洗台前吹头发时，苏漫琴从床上爬了下来，挠着乱糟糟的头发说："我去洗澡。"

苏漫琴洗澡很慢，大热天的都能磨蹭半个多小时，洗完澡她走出卫生间，发现卓蕴已经把自己捯饬得焕然一新，正把口红丢进新买的链条小包里。

"卓春花"不见了，站在书桌前的女孩身材高挑，曲线玲珑，一头黑色长发柔顺地散在肩上，身上是一条银灰色紧身包臀短裙，裙子低领、无袖，露出她白皙优美的颈项、平直瘦削的肩膀、纤细的手臂和一双曼妙长腿。

她已经化好妆，正歪着脑袋给自己戴耳钉，一边戴一边转头看向苏漫琴。因为戴上了紫色美瞳，那双眼睛是如此迷离魅惑，像是一个昼伏夜出的小妖精，终于要开始愉快的夜生活。

苏漫琴吹了一声口哨："我要是个男的，一定爱死你。"

卓蕴被她逗笑，苏漫琴用毛巾擦完湿漉漉的头发，站在盥洗台前吹头，边吹边说："你给Kevin打电话吧，我今天午饭吃得早，现在有点饿了，你和他约一下碰头时间。"

"为什么要我打？你不会还想着撮合我和他吧？没戏啦，我可是有未婚夫的人。"卓蕴穿好高跟鞋，只给彭凯文发了条微信，约好在停车场见面。

苏漫琴瞟了她一眼："拜托，你那个未婚夫不提也罢，还不如Kevin靠谱呢。"

石靖承和彭凯文——卓蕴想象了一下那个画面，乐了半天，踩着猫步走到盥洗台前搂住苏漫琴的腰，把下巴搁在她肩膀上，与她一同望向镜子。

她俩身高相仿，卓蕴一米七三，苏漫琴一米七五，一个鹅蛋脸，一个瓜子脸，美得各有千秋。卓蕴笑嘻嘻地说："漫，你要是个男的，我立马嫁给你，不开玩笑。"

苏漫琴也笑："那就对不起了，我还指望你变男的呢。"

卓蕴大度地说："行啊，那我去变！"

苏漫琴笑着推了她一把："傻瓜，你什么都不懂。"

316寝室四人中，苏漫琴交过两任男友，程颖也有男友，只有卓蕴和袁晓燕还是男女之事上的小菜鸟，女孩们时常开些带色的玩笑，并不会感到害羞。

闹了一阵子，苏漫琴的头发吹干了，问卓蕴："哎，你不会真和你那个便宜未婚夫结婚吧？"

"谁知道呢。"卓蕴笑笑，"石靖承那个人……也挑不出什么缺点呀。"

"这和有没有缺点没关系，问题是你不喜欢他，他也不喜欢你，这样也能结婚吗？"苏漫琴觉得很奇怪，"这都什么年代了，我爸要是敢给我安排这种事，我非打得他三天下不了床不可。"

"那是你爸，你爸是出了名的女儿奴，我家那位又不是。"卓蕴见苏漫琴还要再说，立刻捂住她的嘴，"别讲这个了，好烦！你快去化妆，我在家憋一整个暑假啦，今天晚上一定要好好放松一下，咱们不醉不归！"

傍晚，苗叔把晚饭端去三楼，赵醒归在房里的小圆桌旁吃饭。

潘姨摆盘很讲究，一荤两素一汤，外加一碟水果和一杯猕猴桃汁。赵醒归吃得很少，口味还很清淡，苗叔看着他左手端碗，右手执筷，如蜻蜓点水般地夹菜，忍不住说："小归，你要多吃一点，你现在还是长身体的时候。"

赵醒归把食不语的习惯发挥得淋漓尽致，完全没有开口的意思，苗叔等了一会儿，看他神情还算正常，试着切入正题："小归啊，今天下午来面试的三个学生，你真的一个都挑不中吗？"

赵醒归眼睫一动，低声开口："是四个。"

"啊？"苗叔一愣，"四个吗？我听你妈妈说是三个呀。"

赵醒归："是四个。"

"哦哦，四个就四个吧。"苗叔已经看过资料，闲聊一般地说，"我觉得那个姓葛的男生不错，本地人，高考成绩也好，你妈妈说他谈吐很稳重，你觉得呢？"

赵醒归又不说话了，夹了一颗虾仁丢进嘴里，细细地咀嚼着。

苗叔觑着他，继续说："另一个姓郑的男生也还行，我和你妈妈意见一致，你最好挑一个男孩子，你年纪也没比他们小多少，两个男孩可能更聊得来。"

赵醒归俊脸一沉。

这是……反对的意思？苗叔是看着赵醒归长大的，对这小孩的脾性比较了解，心思急转间想通了一个道理，异性相吸啊！

这个年纪的小男孩最别扭、最矫情，大概正是对女孩产生好奇的阶段，苗叔对自己的判断很自信，想起看过的第三个女生的资料，兴冲冲地说："要么就选那个姓王的女生？她是教育学专业的，做家教挺对口，我听你妈妈的意思，那个女生看起来还蛮温柔。"

赵醒归冷冷开口："不要。"

苗叔一怔，继续苦口婆心地劝道："小归，你别那么任性，那三个学生都是你表姑精心挑选过的，都很优秀。两次了，你这么挑剔，你妈妈很难再去向你表姑开口。开学已经一个礼拜，这事再拖下去也不好，你要不先挑一个让对方讲讲课看？"

苗叔等了一会儿，还想接着往下说时，赵醒归终于有了回应："是四个。"

苗叔："啊？"

十分钟后，苗叔按捺着激动的心情，端着餐盘跑下楼，把碗盘丢给潘姨后，立刻去沙发边找范玉华。

"太太，下午来面试的是不是有四个学生？"苗叔兴奋地搓着手，"那第四个是谁啊？男的女的？好不好的呀？"

范玉华茫然地抬起头，苗叔把自己的猜测告诉她。范玉华想了一会儿，回忆起"卓利霞"的模样，那的确是个很漂亮的女孩子，个子高，皮肤白，眼睛亮，笑起来格外甜，只是她的态度很奇怪，像是并没有把这份兼职放在心上。

范玉华找出"卓利霞"的个人信息表，仔细看了一遍，发现小姑娘人不怎么靠谱，字倒是写得不错。她把信息表拍下来，犹豫地看向苗叔，苗叔对她重重点头，范玉华就给三楼的赵醒归发了两条微信。

范玉华发来了信息表的照片。

范玉华：小归，这是下午第四个面试学生的资料，刚才漏掉了，卷子她没做，你先看看这个表，妈妈想请她下周一晚上来给你试讲一堂课，你觉得如何？

范玉华和苗叔焦灼地等待了几分钟，赵醒归同学回消息了。

小归：嗯。

这个"嗯"字相当微妙，苗叔当即露出一副"果然如此"的表情，语气难免得意："我就知道这小子心里弯弯绕绕得很，被我给猜着了吧！"

范玉华好意外！仔细一想，她那别扭的儿子似乎在问出那句"为什么只有三份"时，就已经在向她传递信息了，只可惜她没听懂。要不是苗叔心思细，这请家教的事儿怕是要没完没了，再组织几次面试，"卓利霞"不来，一切都白搭。

当着苗叔的面，范玉华忍不住"扑哧"一声笑了出来："我真没想到，小归也会喜欢漂亮的女孩，他幼儿园毕业后就不爱和女孩一块玩了，脑袋里只有篮球。老苗，请一位女老师真的没关系吗？我怕小归他……"

"我觉得没什么，小归长大了，大小伙子了，喜欢漂亮姑娘很正常。"苗叔心中石头落地，乐呵呵地安慰范玉华，"小归这么内向，能找到合他心意的老师不容易，太太，你先给那小姑娘打个电话吧。"

　　天黑了，少年静坐于三楼窗边，手指撩起窗帘，一楼庭院被客厅灯光映照得能看清轮廓，庭院外是一条小路，一盏路灯孤零零地立于路边，再往外就是那片幽静的人工湖，此时只能看见朦胧树影和一片黑漆漆的湖面。

　　赵醒归望着湖面出神许久，想起下午看到的那一幕场景。

　　如果没记错，那个小男孩叫杨杨，"双马尾"叫点点，"童花头"叫什么，记不得了。

　　杨杨以前经常去紫柳郡的篮球场玩，那会儿他还在上幼儿园，赵醒归和几个朋友打球时，拍飞的球不小心撞到杨杨身上，小男孩被球撞得摔了个屁股蹲，呜呜哇哇地大哭起来。

　　在杨杨奶奶的指责声中，十五岁的赵醒归把小男孩抱起来，笨拙地哄了半天，最后把篮球拿给他，让他当皮球拍着玩，小杨杨才破涕为笑。

　　那都是好久以前的事了，久到赵醒归再次见到杨杨，差点没认出来，几个小朋友都长高许多，在湖边蹦蹦跳跳，那么快乐，是赵醒归这辈子都没法再体会到的快乐。

　　还有那个高个子女生……当时，会议室的面试谈话已结束，三位学生开始做题，赵醒归兴味索然地离开监控屏幕来到落地窗边，一眼就看到了那个女生。

　　她很活泼，像个孩子王似的与三个小朋友一起玩，阳光下，她教孩子们打水漂，给他们用柳枝编花环，还陪他们坐在草地上吃东西……赵醒归起初感到好奇，因为没见过哪个女生出门会穿得这么随意，不禁打开手机摄像头放大焦距，想要看清那女生的脸，只是操作时一不小心，似乎被她发现了。

　　他原本以为她就是个陌生邻居，或是其中一个孩子家的亲戚，没想到，那女生竟走进了他家院子。

　　她居然是来面试的？赵醒归想不通，她明明已经迟到了，为什么还会在门外耽搁近一小时？

　　思绪回转，少年拿起手机，再一次阅览那份母亲发来的个人信息表，又打开相册，看向那张他仓促拍下的照片。因为距离过远，女生的脸有点模糊，不过还是能看出，那是一个非常漂亮的女孩子。

很有趣,很清纯,也很可爱。

"卓利霞。"赵醒归念着她的名字,对于即将开始的家教课,竟是有了一丝莫名的期待。

此时,钱塘酒吧一条街上的一家酒吧里音乐劲爆、灯光闪耀,卓蕴、苏漫琴、彭凯文和几个经常一起玩的男生、女生凑在一起,围着卡座喝酒聊天。

卓蕴是第一次来这家酒吧,感觉有些吵,她输了一把骰子,仰头闷下一杯酒后说:"你们玩吧,我不玩了,真没劲。"

她刚放下酒杯窝到角落里,一个醉醺醺的男人突然跑过来,冲她叫:"美女,能交个朋友吗?"

他身后的几个朋友笑得特别猥琐,卓蕴连个眼神都懒得给,只用手肘撞了撞身边的彭凯文,彭凯文立刻站起来去帮她解决问题。

从进门到现在,已经有好几个男的来找卓蕴和苏漫琴搭讪了,想要加微信,或者请她们喝一杯,令卓蕴感到厌烦。

彭凯文赶跑那个男人后坐回她身边,抽出一根烟递给她:"要吗?"

"不要。"卓蕴摆摆手,"呛死了都,你也少抽点。"

彭凯文笑嘻嘻地把烟塞回烟盒,看卓蕴无精打采的样子,问:"你怎么了?一个暑假没见,出来玩不开心吗?"

卓蕴眯着眼睛看他,彭凯文是苏漫琴的发小,卓蕴通过苏漫琴认识了他,三个人都家境优越,两年来混成了狐朋狗友。

卓蕴知道彭凯文对她有意思,但她实在没办法对这人动心。彭凯文的穿衣品位相当诡异,卓蕴一度怀疑他上辈子是只熊猫,或斑马,或奶牛,好不容易投胎为人后彻底厌倦了黑白色,喜欢把一切五颜六色的布料往身上裹,孔雀见到他都要自叹不如。

比如现在,彭凯文穿着一件哑光紫真丝衬衫,底下是雪白长裤和棕色皮鞋,要不是他脸长得还不赖,身材也过得去,极其讲究审美的卓蕴早就自戳双目了。

卓蕴晃着手里的玻璃酒杯,长长地叹了一口气:"没有不开心,就是很无聊……"

正说着,她的手机响了,是卓利霞。

卓蕴接起电话:"喂。"

卓利霞听到这边的音乐声,问:"卓蕴,你在外面玩吗?"

"对啊,有事吗?"

卓利霞带着讨好的口吻:"没什么事,就是问问你下午面试的具体情况,我怕丁老师来问我，我答不上来。"

"我和你说过一切顺利了呀。"卓蕴心很大，不像苏漫琴那么厌恶卓利霞，还能心平气和地与她说话，"你放心吧，我迟到了一个半小时，交了个白卷，绝对没戏。"

卓利霞听完后居然很不开心："一个半小时？你怎么能迟到那么久啊？要是被丁老师知道了怎么办？我没法交代的呀！"

卓蕴知道卓利霞是怎么个人，也不在意，手指绕着发梢儿说："那我不管，反正你就是让我把面试搞砸嘛，我搞砸了呀。小霞，你什么时候请我吃饭啊？"

卓利霞在电话里沉默了一会儿，突然说："行吧，那我就不打扰你泡吧了，下周我自己去和丁老师解释一下，拜拜。"

电话被挂断，卓蕴目瞪口呆，彭凯文凑过来问："谁的电话？"

"同学。"卓蕴刚想丢开手机，电话又响了，是个陌生的手机号码，她也不顾自己是在嘈杂的酒吧，直接接起："Hello，哪位啊？"

电话里传来一道温柔女声："请问是卓利霞同学吗？"

"哈？"卓蕴一愣，电光石火间知道对方是谁了，赶紧跳起来往酒吧外面跑，瞎话张嘴就来，"您稍等啊，我在KTV呢，这里有点吵。"

一直冲到大街上，卓蕴才继续接电话，对方说："卓同学你好，我是今天下午面试你的范阿姨，我没有打扰到你吧？你是在KTV唱歌吗？"

卓蕴想起卓利霞的人设，回答："不是，我在KTV打工。"

"啊，在KTV打工……"范玉华消化完这个信息后，决定不再拐弯抹角，"是这样的卓同学，今天面试完，经过综合考量，我们一致认为你最符合我们请老师的要求。所以，我希望你下周一晚上七点能来我们家，给我儿子试讲一堂课。如果顺利，我们就正式聘请你做我儿子的家教老师了。"

卓蕴惊呆了，以为自己喝醉了，这是什么诡异的走向？

所谓的综合考量是考量什么？她交了一张白卷啊！最符合要求？他们的要求又是什么？父母不该是望子成龙的吗？怎么能把这么神圣的工作交给一个连身份证号码都记不住的人？

"卓同学？卓同学？"

范玉华的声音把卓蕴唤醒，仓促间只能硬着头皮说："范阿姨，要不还是算了吧？我其实平时有别的兼职，很忙的，没有那么多时间……"

"你下午来得晚，没有听到我前面说的话。"范玉华耐心地说，"给我儿子做家教，我们付的不是时薪，而是月薪，每个月一万元。我想你别的兼职应该没有那么高的工资吧？阿姨多嘴劝你一句，你是女孩子，念的学校又那么好，在KTV打工不是长远之计，还有可能碰到骚扰。你好好考虑一下，下周一晚上七点直接过来就行，不用带什么教辅书籍，到时候我会告诉你要教些什么，我们先试讲一堂，可以吗？"

范阿姨讲话好温柔，态度还那么谦和，卓蕴再也找不到其他拒绝的说辞，一万月薪啊！饶是她还没毕业，也知道这个兼职收入很可观了。

幸好，只是试讲一堂，还有转圜余地，卓蕴咕嘟咽了一口口水，说："好吧，那我下周一过来。"

范玉华笑了，透出如释重负的语气："那就这么说定了，周一晚上见。"

卓蕴站在大街上，风中凌乱："好的，范阿姨再见。"

苏漫琴见卓蕴一直没回来，就出来找她，见她愣愣地站在酒吧门口，问："怎么了？谁的电话呀？"

卓蕴缓缓转头看她："漫，我通过面试了，就今天下午那个家教。"

"什么？"苏漫琴很是莫名其妙，"怎么会？你不是说你交了白卷吗？"

"对啊！我是交了白卷啊！"卓蕴抓着头发，越想越古怪，"我还问晓燕借的衣服裤子，问颖颖借的洞洞鞋！衣服我都没洗呢！"

苏漫琴觉得有趣："那你是拒绝还是去上课？说实话我反而比较担心那小孩，几年级的呀？你还能不能教？可别误人子弟了。"

"听卓利霞说好像是高一。"卓蕴肩膀都垮下来了，一脸嫌弃，"啊！还是个男生！"

"高一男生啊？"苏漫琴心算了一下，"那不是还没满十六岁？这个年纪的小男孩最自以为是了。"

"我知道，卓十三高中时就人憎狗嫌。"卓蕴又拿起手机，"不行，我得和卓利霞说一声。"

卓利霞一直不接电话，卓蕴就锲而不舍地打，连打好几个对方才接起来，语气还很不耐烦："什么事啊？"

卓蕴忍住气说："我和你说一声，刚才和你通完电话，那户面试的人家就给我打电话了，说我通过了面试，让我后天晚上去试讲一堂课。"

卓利霞沉默两秒，突然尖声大叫："卓蕴你怎么这样的呀！"

卓蕴被她的女高音吓一跳："我怎么样了呀？"

"你是不是故意的？还说你迟到，骗我呢？"卓利霞气得不轻，又压低声音连珠炮地发问，"不是说好要让面试失败的吗？怎么还会通过的？这下怎么办？万一被丁老师知道你冒充我去面试，还真去给人上课，丁老师以后要怎么看我？"

卓蕴大为震撼："谁要冒充你啊？是你求我帮忙的好吗！你不和我说'谢谢'倒还怪上我了？丁老师怎么会看你关我什么事？我已经故意迟到了，人家非要我去上课，我也想不通啊！这不是就来通知你，让你心里也有个数嘛！"

卓利霞渐渐冷静下来，问："那你打算怎么弄？你真的想去做家教吗？"

"不想！我哪有那闲工夫？"卓蕴说得很快，"现在两个方案给你选，一、你自己去试讲，做不做你自己决定。二、我最后再帮你一次，我去试讲，把这事彻底搞砸。"

卓利霞思考了一会儿，语气软下来："还是你去吧，我怕我去了，那户人家会找丁老师告状。"

"行，那就我去，先说好，你别管我会做什么。"卓蕴吐了口气，又想到一个问题，"卓利霞，我挺好奇的，你为什么不去啊？一个月一万块钱，你都不想赚？"

"一万块钱？一个月？真的假的？"卓利霞大吃一惊，"丁老师都没和我说工资，只说那个家教要每晚都去，每天俩小时，周末抽时间再去三小时，频率太高了我才不想去的。"

卓蕴也被惊到了："每天都要去？周末也要去？这是什么资本家的剥削方式？他家儿子也太惨了吧！"

这个消息越发坚定了卓蕴的信念，周一的试讲是绝对不能成功的，一周上六天课，还让不让她活啦！

通完电话，卓蕴转过头，发现不知何时，苏漫琴已经在和一个高个子帅哥聊得热火朝天了。

卓蕴心中悲凉，人类的悲欢果然无法相通，她都快被卓利霞坑死了，苏漫琴还有心思撩男人！

卓蕴早把"不醉不归"抛到了脑后，疲倦地对苏漫琴说："漫，我先回去了，一会儿你帮我把包带回寝室去，我懒得进去拿了。"

苏漫琴看着她："你自己去拿一下吧，我今天不一定回去呢。"说着她指指身边的帅哥，冲卓蕴使了个眼色，"咱学校师弟，巧不巧？大一新生，法学院的。"

小师弟长得眉清目秀，对卓蕴腼腆地笑，还乖乖巧巧地喊："师姐好。"

卓蕴无言以对，气呼呼地走回酒吧去拿包。

这个周末，苏漫琴过得很滋润，一直到周日下午才回寝室，嘴里哼着小曲儿，私底下和卓蕴说小师弟才十九岁，有六块腹肌，特别带劲。

卓蕴听得心烦气躁，苏漫琴坏笑着挽住她的胳膊，在她耳边说："宝，你也找个小帅哥谈场恋爱嘛，你都二十一了，难道真要为那姓石的守身如玉吗？

就他也配？"

卓蕴麻木地看着她："第一，我没为任何人守身如玉；第二，就算我要谈恋爱，也绝对不会找比我小的男人，小一天都不行。"

苏漫琴问："为什么？"

卓蕴摆摆手："我从小和我弟打架，对这种比我小几岁的男人，生理性厌恶。"

"啧，真可惜。"苏漫琴摇着头，"哎，那你不是还要去给那个高一小男孩做家教吗？到时候你俩可别打起来啊。"

"怎么可能？"卓蕴嗤笑，"高一哎，就还是个小孩儿，毛都没长齐呢。"

周一晚上，赵醒归难得地在一楼餐厅和母亲一起吃饭。

范玉华观察着儿子，赵醒归虽然性子冷淡，毕竟年纪还小，不能很好地隐藏情绪，一顿饭的工夫，范玉华就发现他至少看了四次时间。

最后一次看时间时，赵醒归发现母亲在看他，立刻欲盖弥彰地解释了一句："爸是不是今晚回来？几点？"

"八点落地，还早着呢。"范玉华忍着笑，问，"小归，一会儿你打算在哪里上课？"

赵醒归说："我房间。"

范玉华斟酌着语句："你房间……会不会太私人了？今天只是试讲，我觉得一楼会议室更合适，桌子够大。"

"不要。"赵醒归拒绝得很干脆。他明白母亲的心思，一楼会议室有监控，并且，他没有关闭的权限。

看赵醒归这么坚决，范玉华也不好再说什么。

十八点五十分，门铃响了，母子二人一齐转头看向玄关，潘姨小跑着去开门。短暂的等待时间，赵醒归不由自主地将双手按在膝盖上，喉结滚了一下，浓黑的眼睫半垂着，视线落在自己毫无知觉的双腿上。

卓蕴跟着潘姨穿过院子，在心里默念准备好的说辞，并不怎么紧张。

"范阿姨，对不起，我大四准备考研，这学期的学习任务很重，实在没办法每天都来给您儿子上课。

"范阿姨，对不起，我已经大三了，高一知识点忘掉好多，怕耽误您儿子，建议您还是请大一新生来教，绝对比我教得好。

"范阿姨，对不起，我晚上要上选修课……"

卓蕴把这件事当做"玩"，来面试是"玩"，来上课也是"玩"，反正生活这么无聊，偶尔出点小岔子，就当是一种调剂了。

卓蕴跟随潘姨第二次进到C2小楼，感觉和上次不太一样，大概是天黑了的缘故，屋里亮着灯，令她有一种进入别人私密空间的不适感。她换好鞋，绕过玄关，范玉华已经笑着迎过来："小卓，你来啦。"

上次见面，范玉华始终坐着，这一次卓蕴才发现，这位范阿姨个子很高，竟是与她不相上下。卓蕴依旧没化妆，扎马尾，穿着那身朴素的衬衫休闲裤，肩上挎一个帆布包，礼貌地喊："范阿姨好。"

"你好。"范玉华示意卓蕴往沙发边走，"小卓你来，先和我儿子认识一下。"

卓蕴的确很想看看，究竟是怎样的倒霉孩子一周要请六天家教，立刻好奇地转过头去，随即，就看到了那个被笼在光影中的少年。

他有一张瘦削的脸庞，短发修剪得很清爽，五官立体又精致，尤其是那双眼睛，漂亮浓郁得令人移不开视线。

卓蕴愣愣地看着他，事实上，她从未想象过他的外表，高矮胖瘦都无甚意义，就算他很英俊，卓蕴也不会太过惊艳，只是，她无论如何都没想到，这少年，竟是坐在一架黑色轮椅上。

他身穿简单的白色短袖T恤和灰色运动长裤，穿着运动鞋的双脚搁在轮椅踏板上，此时正微微抬起头，眼神冰冷地注视着卓蕴。

脸这么臭，是因为被迫请家教而不高兴吗？

卓蕴一边胡思乱想，一边跟随范玉华走到少年面前，范玉华介绍道："小卓，这就是我儿子，叫赵醒归，你可以叫他小赵，或小归。"她又指着卓蕴对赵醒归说："小归，这就是卓老师。"

卓蕴瞪圆了眼睛，有点搞不清楚状况。

不是说是个高一小孩吗？高一不应该才十五六岁吗？这小孩怎么这么大一只？那肩膀宽得哟，哪怕坐着都能看出手长脚长，站起来绝对是个超过一米八五的大高个儿。

还有，他为什么会坐轮椅？脚受伤了吗？

赵醒归始终面无表情，将卓蕴震惊又迷茫的神色尽收眼底，眼神变得更为冷淡，低声道："你好，卓老师。"

一副很不情愿的样子，声音倒是清朗好听，透着少年气。

卓蕴牵牵嘴角："你好，小赵。"

范玉华原本以为赵醒归看到卓蕴后会表现得活跃些，毕竟这是他自己选中的老师，结果并没有，三个人待在沙发边，两站一坐，竟然冷场了。

范玉华见两个年轻人都不说话，只得指指天花板："那、那咱们就先上课吧，去三楼小归的房间，小卓，你跟我来。"

卓蕴忙说："好的。"

她跟着范玉华绕过一面墙，看到一个小小的电梯间。

卓蕴父母的朋友中也有人在别墅里安装家用电梯，并不觉得有多稀奇，范玉华见她神色如常，便没有开口解释。

电梯正停在一楼，范玉华按开电梯门，回头喊："小归，你先进。"

赵醒归跟在她们身后，双手转着轮圈操纵轮椅进到电梯轿厢。卓蕴偷偷盯着他的背影，也没看清他是怎么操作的，轮椅就一百八十度原地转圈，面向电梯门了。

卓蕴没来得及收回视线，赵醒归转身后也没看别处，眼睛直直地望向她，两人就猝不及防地又来了一次四目相对。

卓蕴偷窥被抓包，为了掩饰尴尬，只能对他绽开一个笑，这是她的撒手锏，想着不能笑太浅，那样会没有梨涡，不够甜，于是嘴角翘得格外卖力。

赵醒归被她突如其来的笑容搞得蒙了一下，脸色渐渐变得不自然，耳朵都烫了起来，终于偏开脑袋，将视线落向别处。

范玉华像是什么都没注意到，带着卓蕴走进电梯，说："这是家用电梯，空间不大，我们挤挤。"

家用电梯的空间的确不宽裕，何况还停着一架轮椅，卓蕴贴在赵醒归轮椅的侧后方，低下头就能看到他的发顶。他的头发又黑又密，头顶有个可爱的发旋儿，后脖处剃得干干净净，露出线条流畅的颈线，一直延伸到衣领里。

就是瘦了点……卓蕴暗戳戳地想，似乎比卓蘅都要瘦，皮肤还特别白，白得都不太健康了……啊！等等，赵醒归，小归，小乌龟哥哥？卓蕴想起那几个小朋友说过的话——小乌龟哥哥生病了。

说的就是这个男孩子吗？他生了什么病啊？

（3）

三楼到了，范玉华先出电梯，卓蕴第二，赵醒归跟在最后。

"这是小归的房间，是个套间。"范玉华打开一扇门，用总控开关开了所有的灯，边走边给卓蕴介绍，"外头是会客室。"

会客室有二十多平方米，摆着两张单人沙发、茶几、冰箱、边柜和电视机，靠窗还有一张单人床，卓蕴不禁多看了一眼。

朝南又有两扇门，范玉华打开右边那扇，示意卓蕴跟她进去："这是小归的卧室兼书房，你们就在这里上课。"

门里是一道短廊，短廊右边依次是走入式衣帽间和卫生间，走到底才是真正的卧室。

卧室非常大，窗帘紧闭，居中是一张大床，全屋呈冷色调，装修风格极其简约，简约得都不太像一个高中男生的房间。

卓蕴不由得想起卓蘅的房间，她的弟弟虽然是个十三点，房间里还是会有几个动漫手办、运动装备和一些时尚新奇的小玩意儿，他还会在书架上得意洋洋地晒出一溜儿奖杯和奖状，以及几双珍藏的限量版球鞋。

这些东西，在赵醒归的房里一样都找不到。

他的书桌也在卧室，靠墙摆着，两米长，光可鉴人的灰色岩板桌面下只有四条桌腿，连个抽屉都没有，空间宽敞得足够两个人并排坐。书桌边还摆着一把带软垫的黑色椅子，卓蕴觉得那应该是为她准备的。

范玉华亲自去会客室帮卓蕴泡来一杯绿茶，又端来一盘点心，指着书桌对卓蕴说："小卓，你和小归就在这儿上课吧，会客室有热水，还有糕点和水果，冰箱里有饮料，你想喝就自己拿，有什么需要直接和小归说，不用客气。"

卓蕴很惶恐，不太理解范玉华的态度。她虽然没做过家教，却听袁晓燕吐槽过，东家一般不会对家教老师这么客气，因为这就是一种雇佣关系，一个给钱，一个上课，然而范玉华对她就像在对待贵宾，搞得卓蕴心里毛毛的，原本还没那么紧张，这会儿都怕自己讲课会出糗。

不对，她根本就不会讲课，出糗就是板上钉钉的事！

把人带到，范玉华任务完成，应该离开了，但她没急着走，心里很纠结。她其实很想在上课前和"卓利霞"单独聊聊，说一说赵醒归的身体情况和课业进度。这些事，她拜托过丁虹不要对学生们讲，面试那天，她也只对三位学生说儿子身体不太好，没有说太细，但就那一点点信息，"卓利霞"也没听到。

可范玉华找不到机会，因为每次想开口时，都会被跟随在身边的赵醒归用眼神打断。他一直没说话，存在感却很强，似乎不希望母亲对"卓利霞"说些什么，范玉华想了半天才咂摸出儿子的意思，只能无奈地放弃了。

又交代过几句闲话后，范玉华准备离开，临走前问儿子："小归，要关门吗？"

赵醒归眼都没抬："关。"

卓蕴慌张地看着范玉华把门关上，脚步声逐渐消失。

卧室里少了一个人，又没人说话，一下子变得很安静，卓蕴感受到一丝尴尬，又对赵醒归笑了一下。赵醒归之前一直默默地跟在她们身后，直到这时才转动轮椅来到书桌前，抬头看向卓蕴："坐。"

说话一个字一个字地往外蹦,是不是觉得自己很酷啊这位小同学?

卓蕴拉开椅子坐下,男左女右,一切就绪。

因为没有经验,卓蕴也不知该干什么,赵醒归见她装模作样地在帆布包里掏东西,掏了半天只拿出一本软皮笔记本和一支水笔,问:"卓老师,我们先上什么课?"

先上什么课?卓蕴半点儿都没准备过,这时灵机一动:"我什么都没带,要不,你先把你的课本给我看看?"

赵醒归没有异议,弯腰从桌边拎起书包搁在腿上,把书本都拿出来,在书桌上摞得老高。

这场景让卓蕴仿佛回到高中时书山题海的岁月,伸手从那沓书里挑出一本数学课本,翻开扉页,就看到几个漂亮的字——高一三班,赵醒归。

醒,归,原来是这两个字。

卓蕴不禁感叹:"你真的才高一啊,个子长得好高哦。"

赵醒归一愣,抿了抿唇,说:"我快十八岁了。"

卓蕴不解地看向他,赵醒归也正在看她,两人并肩而坐,手臂间只隔着十几厘米的距离,卓蕴能更清楚地看到他那双桃花眼,他的眼神依旧冷漠,却并未躲避卓蕴的视线,非常坦然地与她对视。

卓蕴等了半天,才意识到赵醒归并没有继续说下去的意思。她无意窥人隐私,不会傻乎乎地问对方是否留过级,只能又低头翻起了数学书:集合、函数、一元二次方程和不等式……

赵醒归把几乎空了的书包丢回桌边,直起腰,抬手整理着桌上的书本,把课本和作业本一一分开。卓蕴看书看得心不在焉,开学才一周,赵醒归的课本还很新,只有前几页有书写的痕迹,死盯着看也看不出一朵花来。

翻书时,她的眼角余光能瞄到身边少年的双腿,以及他身下那架令人难以忽视的轮椅。他做事时上身在动,腰身扭动时,两条腿也会跟着轻微晃动,运动裤很宽松,卓蕴看不出他的腿哪里有问题,以致要坐轮椅。

"我休过学。"卓蕴正在思想开小差,赵醒归突然开口,转头看着她,那双眼睛清澈黝黑,就那么无遮无拦地盯着她。

只是说完这四个字,又没有下文了,卓蕴快要被他憋死,等了几秒钟后大着胆子问:"因为生病吗?"

"不是。"赵醒归说,"因为受伤。"

又是几秒钟的沉默对视,卓蕴实在受不了了,问:"哪里受伤?"

赵醒归半垂着眼,低声说:"脊椎,脊髓损伤。"

见卓蕴一脸懵懂，赵醒归补充道，"就是截瘫。"

在他说出这句话前，卓蕴还曾乐观地幻想，赵醒归只是脚扭了一下，再严重点无非就是关节炎、骨裂、骨折、腿烫伤之类，因为他还那么年轻，外形又帅气，卓蕴潜意识里不愿把他和别的一些名词联系在一起。

但在他说出这句话后，卓蕴发现，她想得还是太简单了。

"哦。"她故作镇定地点点头，心里还是抱着一点希望，又追问了一句，"会好吗？"

赵醒归的眼神黯淡了下来，拿过卓蕴手里的数学书丢到桌上，简短地回答："不会。"

卓利霞没有对卓蕴说过赵醒归的身体情况，卓蕴觉得她可能也不知情，就是不知道范阿姨在面试时有没有告诉过另三位同学。早知道，那天就找那"小黑脸"打听一下了，卓蕴要是提前知悉赵醒归是这么个情况，压根儿就不会答应过来试讲。

因为，真的好难受啊！难受得她心里像有把刀在钝钝地锉，都不知道该怎么接话了。

这个话题太不愉快，卓蕴干脆闭嘴，好在赵醒归也没有继续聊的意思，已经把课本作业都整理好，说："卓老师，上课吧。"

卓蕴顿时脑壳疼，上课这事……好像也没比聊天好多少。

"你是不是有家庭作业？"卓蕴有些敷衍地说，"我看着你做作业吧，你有不懂的就来问我，我给你讲，你直接让我上课，我也不知道你哪些会哪些不会。"

赵醒归同意了，乖乖地翻开一本数学作业做起来，打头是选择题，他才做两道，就把本子推过来："卓老师，这道题怎么做？"

卓蕴精神一振，低头看题，谢天谢地，这是一道非常简单的三角函数题，她轻轻念出声："若 $\sin 2\pi$ 加 α 等于三分之一，$\tan \alpha$ 小于零，则 $\cos \alpha$ 等于多少……"

赵醒归微微偏头，视线从作业本移到她的脸颊上，只看了两眼，就又快速地移了回去。卓蕴毫无察觉，已经拿过他的草稿纸，又拿起一支笔，说："这个是有公式的，你可以先画个单位圆。"

她"刷刷刷"就画了两条线和一个单位圆，继续说："已知条件这样，你先求出 $\sin \alpha$ 是多少，会吗？"

赵醒归点头："会。"

他写下答案，$\sin \alpha = 1/3 > 0$。卓蕴在图上边画边说："没错，呐，你看，$\tan \alpha$ 小于零对吧，那 α 在第几象限？"

赵醒归："二。"

卓蕴："很好，所以 cos α 呢？"

赵醒归："小于零。"

卓蕴："对的，那 cos α 你就能算了呀，你自己先算算看？"

赵醒归："你算给我看。"

卓蕴没办法，只能尽量详细地把计算过程都列出来，边列边给赵醒归讲解，最后说："所以是选 C，负的三分之二根号二，明白了吗？"

赵醒归："嗯。"

因为讲题，两人之间离得越发近，几乎是头碰着头，一题讲完，赵醒归看了卓蕴一眼，把本子和草稿纸拿回去继续做题，卓蕴则开始伤脑筋。

怎么办嘛，一会儿要怎么拒绝？就这么一直给他解答吗？她刚才真的应该说自己不会，不过那也太夸张了，她堂堂一个 985 高校大三生，连一道高一年级的基础三角函数题都做不出来，说出去简直要笑死人。还是用准备好的那些理由吧，上完课好好解释，对方应该是可以理解的，这堂课也不问他们要钱了。

卓蕴嘟着嘴，脑子里止不住地胡思乱想，偶尔凑过去看看赵醒归的做题情况。令她意外的是，后面的题，他一直顺顺当当地在往下做，草稿纸上有随手写的公式，作业本上"ABCD"填得贼快。卓蕴都不知道他是算出来的还是蒙的，心里一阵纳闷，又因为赵醒归不来提问而感到轻松，到后来，她干脆不看了，靠着椅背剥起了指甲。

渐渐的，房间里变得安静至极。也不是一丝声响都没有，比如书桌上那只造型简洁的小闹钟，一直发出细微的走时声，又比如，中央空调呼呼的出风声，笔尖落在纸面上的沙沙声，还有偶尔出现的、纸张翻页时的哗哗声，种种细碎的声音交织在一起，就像一首催眠曲，听得卓蕴昏昏欲睡。

她已经被赵醒归晾在旁边半个多小时了。

卓蕴不能玩手机，无聊透顶时，把赵醒归的语文书、英语书都翻了一遍，还是抵不住困意来袭。她偷偷地抬起手掩住嘴，打了个无声的哈欠，眼角不受控制地分泌出几滴眼泪。

看着男孩坐着轮椅趴在桌上写作业的样子，卓蕴脑子里总是会想起他刚才说的那句话：脊髓损伤，就是截瘫。

截瘫，是不是人们说的瘫痪？

不会好，是说往后都只能坐轮椅吗？再也不能走路了？

可赵醒归年纪还这么小呢，比卓蘅都要小。

他以后要怎么办啊？

卓蕴心里不好受，她还没和用轮椅代步的人有过近距离接触，在这方面的知识点近乎于零。此时身边突然出现这么一个高高大大、坐轮椅的男孩子，她发现自己有点绷不住，似乎是产生了同理心，心里酸酸的，还有一丝丝的害怕，觉得这小孩太惨了，惨得她都没法在他身边继续待下去。

幸好，这是第一堂课，也是最后一堂，再熬过一个多小时她就能解脱了。卓蕴揩掉眼角的泪水，又悄悄去看闹钟——十九点五十二分，距离这堂课结束还有一小时零八分钟。

"……卓老师？"

少年清朗的声线让卓蕴回过神来，立刻坐直了身体问："怎么了？哪儿不会吗？"

"不是，我做完了。"赵醒归把摊开的作业本往她面前推近一些，右手手指还抵在纸面上。这只手很大，手上皮肤白皙细腻，骨骼分明，五指瘦长，手背上道道筋脉清晰可见，让卓蕴实在无法把这只手的主人和"小孩"这样的词汇联系在一起。

她拿过作业本看上面做完的数学题，赵醒归的字写得很好看，一笔一画带着风骨，解题步骤也清晰。卓蕴顿时来了精神，觉得自己有事做了，很认真地对着本子附带的参考答案检查起来。

她非常想从赵醒归的数学作业里挑出几道错题，然而检查到最后都一无所获，卓蕴奇怪极了："全对哦，你这不是都会吗，刚才那道怎么会做不出来？"

赵醒归眨了眨眼睛，嘴角轻轻地扯了一下，卓蕴捕捉到了，心里闪过一个念头："你刚才是耍我呢？"

"不是。"赵醒归正襟危坐，表情严肃，"我就是……想听听，你是怎么讲课的。"

"考察我呀？那我和你说实话吧。"卓蕴不太高兴，指指他本子上的大题，"这些你让我讲我还真讲不出来，高一学的东西都忘得差不多了。"

赵醒归说："没关系，这些我都会。"

卓蕴说："你都会，为什么还要请家教？"

赵醒归嘴角又扯了一下，卓蕴觉得，可以用"似笑非笑"来形容他此时的表情，就特别装，特别欠揍，让人看了特别不爽。

赵醒归没回答卓蕴的问题，又翻开了一本物理作业本。

卓蕴不打算放过他，继续问："你是不是偏科啊？"

赵醒归没抬头，只吐出两个字："不是。"

"那……"卓蕴问得更具体了，"你是有哪门课比较薄弱吗？我看你数学挺好的,应该能跟上进度,你要是有薄弱的课我可以给你讲讲,不过我是理科生,政治历史那些讲不来。"

赵醒归转头看她:"我没有薄弱的课。"

卓蕴嘴角抽抽,好吧,苏漫琴说得果然没错,这个年纪的小男孩真的太自以为是了。

她第二次问:"那你为什么要请家教?"

赵醒归看了她一会儿,说:"我是高一下半学期受的伤,这些课都学过。"

卓蕴眼巴巴地等待着,赵醒归莫名其妙地看着她。

然后呢?没了?小同学,你这句话只是让我明白你为什么没有薄弱的课,却没解释你为什么要请家教啊!

"所以呢?"卓蕴很晕,第三次问,"这些课你都学过,都会,那你为什么还要请家教?"

赵醒归微微蹙眉,嘴唇又抿了起来,卓蕴被他弄得摸不着头脑,两人大眼瞪小眼地看着对方,赵醒归才开了口:"我本来是直接上高二的,学校也同意了,但医生建议我重新上高一。"

卓蕴再次耐心等待,赵醒归却又闭嘴了。

"为、为什么医生要那样建议?"卓蕴不得不再次提问。

赵醒归想了想,说:"医生说,高二都是新课,怕我跟不上,让我重新上高一的课适应一年。"

哦,神啊!他终于把一件事说清楚了。卓蕴觉得自己有点摸到和赵醒归交流的诀窍了,她得提问,不停地提问,不能指望他自己往下说。于是卓蕴立刻问了下去:"你那会儿成绩怎么样?我是说你上回上高一的时候。"

赵醒归的眼神亮了一些,隐隐透着骄傲:"还行。"

卓蕴:"还行是什么意思?班里第几?"

赵醒归又低下头想了想,回答:"年级前三。"

卓蕴还没来得及震惊,他又加了一句,"不分文理,拿过两次第一。"

"那你到底为什么要请家教啊?"卓蕴心好累,第四次问出这个问题。

赵醒归明明是个学霸,学霸都有自己的学习方法,不仅聪明,还自律,哪怕因伤休学重读高一,成绩也不会差到哪里去,根本没必要请家教啊。

赵醒归也很纳闷,不懂卓老师为什么非要知道他请家教的原因,但她问了这么多遍,他就勉为其难回答她吧:"请家教也是医生建议的。"

卓蕴:"啊?"

赵醒归:"他说我每天只上半天课,有些课听不到,可能会跟不上。"

卓蕴："为什么只上半天课？"

赵醒归："因为下午要去医院。"

卓蕴："去医院做什么？"

赵醒归极轻地说出两个字："复健。"

卓蕴消化了一下："哦，你继续说。"

赵醒归很疑惑："说什么？"

卓蕴："医生怕你会跟不上，但你明明跟得上，你可以不听他的呀。"

"医生的意思其实是……"赵醒归提炼着语句，"我晚上做作业的时候，身边最好能有个人陪着。"

卓蕴目瞪口呆，赵醒归说话跟挤牙膏似的，每次都要卓蕴忽闪着大眼睛盯住他，他才会挤出一点来："我有不会的题，可以有人讨论，学校里有什么事，可以有人聊天，类似于古代的……"

他眯了一下眼睛，似乎一时想不起那个词来。

卓蕴脱口而出："书童？"

赵醒归："伴读。"

两人同时开口，听到对方说出的那个词，都愣了一下，卓蕴"扑哧"一下笑出来，再看赵醒归，他嘴角扯得更厉害了，连着眼睛都弯了一些，像是在努力憋笑。

卓蕴忍不住说他："你想笑就笑，别搞得跟脸抽筋似的，丑死了。"

大概是被那句"丑死了"给刺激了一下，赵醒归眼睛都瞪大了，嘴角终于舒展地上扬，一张冷冰冰的脸因为这个意外出现的笑容而变得柔和许多，一双眼睛也越发明亮。

"书童。"他像是被戳到笑点，笑得肩膀都在抖，还拿手捂了一下脸，"你怎么想的？书童。"

卓蕴看呆了，发现这小孩笑起来居然这么好看。高冷的滤镜碎了一地，赵醒归果然还只是个十七八岁的小屁孩。

因着这个玩笑，气氛变得轻松许多，卓蕴也终于弄懂赵醒归请家教的原因，并且在心里重新想好了拒绝的理由。至少，她不用再担心赵醒归的学习能力了，他读书这么好，只是需要一个"伴读"，Ａ大随便找个人来都能胜任。

卓蕴托着下巴，懒洋洋地问："医生让你请家教你就请啊？你明明都会，不觉得身边多一个人很碍眼吗？就像在监视你似的。"

赵醒归摇摇头，眼睛里还带着未退的笑意："不会，我觉得医生的建议很好。"

卓蕴无语，实在没看出来，这么冰冷寡言的一个人，居然愿意让人陪着做作业，她还以为赵醒归会更喜欢独处呢。

卓蕴说："你的意思是，你不需要老师给你讲课，只用陪着你就行？然后还要负责和你聊聊天？"

赵醒归右手拿起一支水笔，修长的手指一动，水笔就在他指尖灵活地转起来，卓蕴的视线落在他手上，听到他轻轻地"嗯"了一声。

卓蕴问："你妈妈知道吗？这钱花得有点冤啊。"

赵醒归说："不冤，这是科学，要尊重。"

卓蕴无话可说了。

在轮椅上坐了一个多小时，赵醒归有点疲惫。现在的身体就是这样，各种不适和疼痛随时随地就会冒出来，让他防不胜防。他迫切地想让臀部减减压，只需做一个简单的动作就能让身体舒服一些，可当着卓老师的面，他不想做。

卓蕴正拿着杯子在喝茶，赵醒归瞄了眼闹钟，说："卓老师，八点多了。"

见卓蕴没明白，赵醒归似乎有些难以启齿："能不能……课间休息几分钟？"

卓蕴完全忽略了还有课间休息这回事，立刻说："哦哦！当然可以。"

说是休息，赵醒归一开始并没动，只低声问："你要用厕所吗？"

卓蕴摇头："不用。"

"那我去一下。"赵醒归说完就转着轮椅倒退了一些，又转过方向，绕过卓蕴向着卫生间行去。

看到他异于常人的行动方式，卓蕴刚刚放松下来的一颗心又被揪紧了，她撑着额头背对卫生间，直到听见关门的声音，才长长地出了一口气。

赵醒归进入卫生间后，反锁上门，双手撑着轮椅扶手，手臂用力，将臀部抬离轮椅坐垫，这是坐姿状态下最常见的减压方式，可以防止压疮的产生。他在心里默念时间，十几秒后才重新坐下，又用手扶着膝盖将略微歪倒的双腿摆正。

抬起头，赵醒归看到镜子里的那个人，他熟悉又陌生，眼神晦暗不明，是曾经的自己从未想象过的一种样子。

"不要去想。"赵醒归几乎是用气声开口，"说好了的，不要去想。"

他花了一点时间才让心情平复下来，扭头看到马桶，赵醒归伸手按了下自己的小腹，集中全部精神去感知身体里是否有那一点意思，最后，以防万一，他决定还是上个厕所。

卧室里，卓蕴第不知道多少次望向书桌上的小闹钟，恨不得作个弊，把时间拨快半小时。趁着赵醒归在上厕所，卓蕴抓紧时间摸出手机看消息，卓利霞问她有没有搞定，别的就是些无关紧要的群信息。

看了会儿手机，卓蕴又拿起刚才看过的数学作业本，对着封面上的名字轻轻念出声："赵，醒，归。"

这名字看着挺有意境，读起来其实不怎么好听，归，很少有人用这个字给小孩取名吧？第一反应就是乌龟的龟，也太容易让人取外号了。

小乌龟，小王八，忍者神龟……唔，连上次一起玩的小朋友都敢喊他"小乌龟"哥哥呢。

卓蕴胡思乱想一通后，眼睛又望向闹钟，心里咯噔一下，发现赵醒归已经在卫生间待了好一会儿了。她转头看向卫生间的门，里头一点动静都没有，卓蕴不免担心，赵醒归坐轮椅，行动可能不太方便，进去十分钟了，不会出什么事吧？

又等了两分钟，卓蕴坐不住了，起身走到卫生间门口，屈指敲了敲门："小赵？"

卫生间里没人应答，卓蕴敲得更用力了些："小赵！你没事吧？"

"哗啦啦……"一阵抽水马桶的声音传来，随即是赵醒归的回答："没事。"

卓蕴这才放心，坐回桌边继续等待，这一等又过去五分钟，就在她想要第二次去询问时，卫生间的门终于打开了，赵醒归坐着轮椅转出来，脸色臭得和刚才被逗笑的那一个仿佛不是同一人。

卓蕴撇撇嘴，这是怎么了啦？就上了个厕所而已，为啥又开始装酷了？真是一朝回到解放前。

她不好意思问赵醒归为什么上个厕所要那么久，赵醒归显然也不想解释。回到书桌边，他沉默了一会儿，突然指着桌上那碟点心说："卓老师，你饿吗？可以吃这个。"

卓蕴哪里有胃口吃东西，摇摇手："我不饿，吃过饭来的。"

赵醒归说："很好吃的。"

卓蕴："我真不饿，谢谢。"

赵醒归不说话了，他并不擅长找话题与人聊天，之前与卓老师的那些对话，已经是这些日子里他说话最多的一次。他很想让自己和卓老师回到课间休息前那种偏轻松的氛围中，可卓老师脸色怪怪的，像是不打算继续聊天的样子。赵醒归默默地想，是不是因为自己上厕所用了太多时间，让卓老师不高兴了？

他只能翻开物理作业本继续做题，卓蕴则像之前那样靠着椅背剥指甲。她哪儿能知道小少年心里在想什么，正暗自琢磨，这课间休息算结束了吧？她是不是又可以发呆了？北京时间二十点二十四分，再过半个多小时，她就能脱离苦海啦！

后面的时间，赵醒归没再向卓蕴提问，也没和卓蕴聊天，卓蕴时不时地去看那只小闹钟，看分针一格格地走，当时针指向九点整时，卓蕴浑身的细胞都躁动起来,她知道,最关键的时刻终于来临了。

赵醒归已经在做英语作业,卓蕴做好准备,轻轻咳嗽了一声,叫他:"小赵。"

赵醒归从作业本上抬起头,卓蕴说:"那个……下课了,寝室晚上有门禁,太晚回去不好,我差不多要走了。"

赵醒归盯着闹钟看了一会儿,说:"我让人送你回去。"

"不用不用,我自己可以回去。"卓蕴一边把本子和笔放进帆布包,一边用轻松的语调说着话,"小赵,刚才我想了一下,我觉得吧,你成绩那么好,作业都会,现在上的课以前也都上过,就……其实我之前没什么家教经验,很怕会耽误你。"

赵醒归听着听着,浓眉皱了起来,转过头神色不善地看着她。卓蕴被他看得心里发虚,面上却还在笑:"我现在大三,功课其实很紧张,大四我还想考研呢,所以,每天来上课实在有点吃不消。"

赵醒归冷冷地说:"你来面试前,就应该知道是每天都要来的。"

"话是这样没错,但计划不如变化快嘛。"卓蕴一脸歉意,"我今天刚知道,这学期晚上还有选修课……"

赵醒归打断她的话:"选修课不可能天天有,你上课那天可以请假,不扣你工资。"

"不是,你听我说。"卓蕴咕嘟咽了一口口水,狠狠心把话说完了,"对不起啊,小赵,其实是我觉得我水平不行,怕是教不了你。你不知道,我以前上高中都没进过年级前十,比你差远了,我是超常发挥才考上的 A 大,你也看过我的高考分了,压线入学的。那个,要不,这个课就算了吧?今天反正也是试讲,你看我也没给你讲什么东西,就不收你钱了,你和你妈妈说一声,让她另外再给你找个家教……"

赵醒归的脸色已经黑得像锅底,卓蕴顶着他犀利的目光,艰难地把最后一个字说完:"吧。"

房间里又一次陷入沉默。

卓蕴心中压力山大,还充满了负罪感。原本,搞砸这件事是她今日必须达成的任务,她也没占对方便宜,可现在,她自己都觉得自己很过分,因为事情的侧重点已经变了,从知道赵醒归是个需要依靠轮椅生活的男孩开始,一切就不一样了。

赵醒归的神情千变万化,一开始似乎很吃惊,吃惊过后是困惑,困惑之后是失望,失望完了,就是非常明显的生气了。

卓蕴胆战心惊,好像自己做了件十恶不赦的事儿似的。

冷场一分钟后，赵醒归眼睛里的羞愤之意渐渐消失，又变成一张冷漠脸，他像是努力调整过心情，低声问："是因为我坐轮椅的关系吗？"

卓蕴后背冒汗，急忙否认："当、当然不是……"

"我妈妈说你之前在别处打工，你……要是有什么困难，可以和我说。"赵醒归看着她，眼神很真诚，"工资、工作时间、工作内容，都可以谈，不要有顾虑。"

这误会可真是大了，卓蕴平时挺伶牙俐齿一个人，这会儿急得说话都有点磕巴："我、我没有顾虑，我只是觉得，你可以选择的人选非常多，那个，我有个室友，她成绩比我好很多，你要是……"

"卓老师。"赵醒归没让她继续说下去，他垂着眼睛，声音变得更低，"虽然这些课我上过，作业也都会，可医生说了，我需要一个家教。医生还说，这个家教不用成绩特别好，但必须与我聊得来。"

他抬眼看向卓蕴，那双漂亮的眼睛里带着一丝希冀："我觉得……你很好，真的，你很好，所以，明天再试一次，行吗？"

第二章

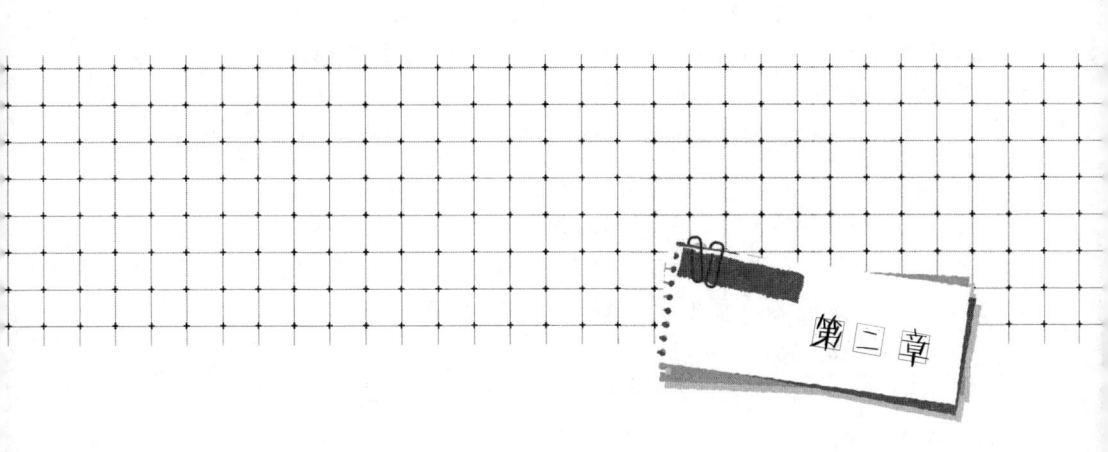

勇敢龟龟不怕困难

(1)

卓蕴这辈子拒绝过数不清的男人，严词厉色，从来没有压力，独独这一次，面对赵醒归略带委屈的眼神和近乎卑微的姿态，她实在是拒绝不出口了，总觉得不能把话说太狠，怕伤了这小孩的心。

"我……"卓蕴避开赵醒归咄咄逼人的目光，决定采取迂回战术，说，"我回去再考虑一下吧。"

不等赵醒归回答，她已经背着包站起身来。

并肩而坐时，赵醒归因为身高优势，坐高高过卓蕴，对她说话时会有俯视的感觉，可当她站起来，赵醒归就不得不抬头仰视她了。

他静静地看着她，卓蕴说："我走了。"

赵醒归突然问了句风马牛不相及的话："A大的食堂好吃吗？"

卓蕴一愣，低头看他："你想考A大？"

赵醒归抿着唇，没承认也没否认，卓蕴把包挎到肩上，说："还行吧，我真走了，拜拜。"

赵醒归转着轮椅跟在她身后："我送你下去。"

卓蕴："不用……"

赵醒归坚持："我送你。"

卓蕴从来没这么心累过，也懒得拒绝了。两人坐电梯来到一楼客厅，卓蕴发现餐桌边站着一个中年男人，穿一身衬衫西裤，脚边是一个小小的拉杆箱，听到声音后回头看向他们。

男人身材高大，容貌端正，气质沉稳，五官与赵醒归有几分相似。

"爸。"赵醒归叫他，"你回来了？"

"刚回来。"赵伟伦微微一笑，视线望向卓蕴，"小归，这就是你的家教老师吗？"

赵醒归抬头看了一眼卓蕴："是，卓老师，这是我爸爸。"

卓蕴有气无力地喊："赵叔叔好。"

"你好。"赵伟伦奇怪地问，"卓老师身体不舒服吗？脸色怎么这么差？是不是小归上课淘气了？"

赵醒归原本就心情不好，一听这话，脸更臭了。

赵伟伦失笑："还说不得啦？就你这臭脾气，我怕你第一堂课就能把老师给气跑。"

见赵醒归一脸委屈，卓蕴立刻说："没有没有，小赵很聪明，作业都做得很好。"

"你不要帮他说话，他脾气最差劲，要是使性子了，你就骂他。"赵伟伦刚说完，范玉华从厨房出来了，端着一碗热腾腾的面条喊丈夫："伟伦，吃面吧。"

她放下面碗，走到卓蕴和赵醒归面前，有些忐忑地问："小卓，课上完了？还顺利吗？"

卓蕴都不知该点头还是摇头，赵醒归说："妈，能不能让苗叔送送卓老师？很晚了，我怕她回去路上不安全。"

"不用了！"卓蕴这时候只想赶紧走，"真的不用了小赵，不麻烦你们了，我自己可以回去的。"

范玉华说："没关系，老苗是自己人，平时也会给小归做司机。"

卓蕴还是不答应："阿姨，真的不用了，我不是和您客气，回去会路过紫悦城，很热闹的，不会不安全。"

范玉华偷瞄儿子的脸色："可是……"

赵醒归也试图开口："卓老师……"

"我说了不用人送！"卓蕴止住赵醒归的话，低头瞪他，"你信不信我明天真不来了！"

范玉华一惊，赵醒归仰着脸与卓蕴对视，听到她的话后，眼里的冰霜一点点地化开，最终化成一片如水般的温柔。

他唇边隐隐泛起笑意："所以，你明天还会来的，对吗？"

卓蕴的人生信条一直是"见风使舵，随遇而安"，可是现在，这风刮得着实有些猛，把她这把舵打得根本转不过弯来。

迎着范玉华和赵伟伦疑惑的目光，卓蕴只能先顺应人生信条中的后半句，放弃了抵抗，挥着小白旗对赵醒归投降："对，你别让人送我，明天，我会再来。"

时间不早了，卓蕴正式向赵家夫妻道别，赵醒归坚持要送她到门口。她在玄关换鞋，赵醒归盯着她的脚看，她没穿袜子，依旧赤脚穿着那双粉红色洞洞鞋，赵醒归还是第一次近距离看到，越发觉得有趣。

卓蕴见他盯着自己的鞋看，问："怎么了？"

赵醒归问："卓老师，你平时也穿这个去上课吗？"

"是啊。"卓蕴破罐子破摔，"这就是个鞋，很舒服的，你穿过没？"

赵醒归摇头："没有。"

卓蕴说："那你以后试试，夏天穿这个很透气，走路也不累。"

赵醒归没回答，只抬头看了她一眼。卓蕴一下子就明白过来自己说了蠢话，窘迫地别开了头。

赵醒归没什么特别反应,已经打开门,双手转着轮圈让前轮翘起,过了门槛后再让大轮转出去,整架轮椅在门槛上颠了一下,看得卓蕴一颗心也跟着一起乱颠。

大门外是一块小平台,朝着院门的方向有一排栏杆,小楼底下有地下室,一楼算是架空层,从平台到院子需要下几级台阶,赵醒归下不去,看卓蕴在四处张望,解释道:"厨房那儿有扇后门,修了一段坡道,我平时都从那边过。"

"哦。"卓蕴心中了然,"那我走了,你进去吧。"

赵醒归目光炯炯地看着她:"卓老师,明天晚上,我等你。"

卓蕴真要给他跪了,语气都重了一些:"知道了!我说来就一定会来。"

赵醒归想了想,又说:"如果你觉得无聊,可以把作业带过来,我不会打扰你,笔记本电脑也能带来。如果你晚上有课,可以请假。"

卓蕴接不上话,赵醒归又想起另一件事,低下头错开视线,有些别扭地说:"你应该也不用约会,是你自己写的,你没有谈恋爱。"

卓蕴哑口无言,这小孩把她的后路都堵死了。

她不想再在这里和赵醒归十八相送,匆匆忙忙地就离开了这栋别墅小楼。回身关上院门时,卓蕴抬眸望去,赵醒归依旧坐着轮椅待在小平台上,双手交叠扒着栏杆,远远地向她挥了挥手。

院门关上了,赵醒归没急着回室内,抬头看了眼夜空,感受着夏末潮闷的空气,又侧头听了会儿周遭的蝉鸣,才想起,他已经很久没这样去体会季节变化带给人的不同感觉。

去年的夏天、秋天、冬天,以及今年的春天,他一直待在医院,春末夏初才出院回家。回家后的这个夏天,除了去医院复健,他哪儿都没去,一直等到八月底才在母亲的陪同下去了趟学校,和校方商量重新入学等事宜。

好快啊,一年半就这么过去了,这个夏天也快要结束了。

胡君杰已经上了高三,而他,却还要重读高一。赵醒归低下头,双手摸上自己那两条没有知觉的腿,大腿肌肉松软无力,比起以前健康时明显瘦了一大圈。他盯着腿看了好一会儿,做了个深呼吸,才操纵轮椅调转方向,回到屋里。

餐桌边,赵伟伦吃完面条后在喝汤,范玉华坐在他对面,见儿子回来,笑着说:"这么积极,真是少见。"

赵伟伦说:"你是没看到他刚才下楼的样子,脸红红的,知道的是刚上完家教课,不知道的还以为是和女孩约了个会呢。"

范玉华掩着嘴哧哧地笑,赵醒归脸黑了,转着轮椅快速离开,一言不发地坐电梯回三楼。

"傻小子。"赵伟伦放下面碗,想起之前的场景还是觉得有趣,"玉华,我看小归好像能接纳那位卓老师,刚才他是不是笑了?我很久没看到他这么开心了。"

"卓老师漂亮嘛。"范玉华说,"是小归自己选的老师,要不是老苗细心,这事儿现在还没搞定呢。"

她把面试家教的前因后果告诉丈夫,赵伟伦听得直乐,范玉华敛起说笑的心思,慢悠悠地说:"这些天小归回校上课,我其实很担心,怕他在学校不适应,受委屈,我看他自己也有点紧张,能有个人每晚陪他说说话,挺好的。就是不知道小卓能不能坚持,毕竟小归……和别的孩子不太一样,刚才我听小卓的意思,好像是说明天不来了。"

"后来不是又答应来了吗,可能是两个年轻人上课时开玩笑呢,你不要太担心。"赵伟伦安慰着妻子,"有些事担心也没用,事情已经发生了,我们就要往好的方向看,我看小归回家后情绪调节得还可以,回学校上课是迟早的事。"

"是吗?你这么觉得呀?"范玉华摇头叹气,"我不这么认为,小归习惯把心事藏起来,以前多骄傲的一个孩子,现在变成这样,哪那么容易走出来?我就是怕他太压抑,因为不想让我们担心,所以装成云淡风轻的样子,你用脚趾头想想就知道,他怎么可能放得下?"

赵伟伦看着妻子忧郁的脸色,一时也不知该怎么安慰,干脆换了个话题:"对了,这个小卓老师,我看她的穿着打扮,是不是家里挺困难?是农村姑娘吗?"

"卓利霞"是赵伟伦的表妹丁虹介绍来的,对于她填写的个人信息,范玉华深信不疑。

"好像是,也不算农村,老家是镇上的。"范玉华说,"爸爸在菜场卖菜,妈妈没有工作,也是个苦孩子。"

此时,"苦孩子"卓蕴正大口呼吸着新鲜空气,快步走回寝室楼。两个小时熬下来,她甚至有一种逃出生天的感觉,只想赶紧找苏漫琴诉苦,顺便问问她,自己到底该怎么办。

站在316门前,卓蕴刚要掏钥匙开门,斜对面的寝室门开了,卓利霞探出脑袋,一看真是卓蕴,立刻跑出来:"卓蕴!"

面对这个始作俑者,卓蕴实在摆不出好脸色:"干吗?"

"搞定了吧?是不是不用再去了?"卓利霞比卓蕴矮大半个头,仰着脸期待地看着她,"我一直等你回来呢,给你发消息也不回,我得去和丁老师汇报啊。"

卓蕴垮着脸，卓利霞渐渐发现不对劲，惊恐地问："怎么了？你没推掉吗？"

卓蕴挫败地回答："嗯，明天还要再去一次。"

"为什么呀？"卓利霞想不明白，"不是说彻底搞砸吗？就说你不做这个家教，做不来，没时间，随便你怎么说都行，怎么还能推不掉呢？"

卓蕴仔细地想了一下，是啊，挺简单的事儿，怎么就推不掉呢？

她很纠结："情况……比较复杂，一时说不清楚。"

卓利霞追问："怎么个复杂法？"

卓蕴不想回答，卓利霞应该不知道赵醒归的身体情况，不知为何，卓蕴不想告诉她。

"我明晚再试试吧。"卓蕴垂头丧气地说，"今天太累了，你别催我，让我再想想办法。"

卓利霞眼神闪烁，不悦地问："卓蕴，你是不是故意的？"

卓蕴顿时火冒三丈，居高临下把腰一叉："你说什么呢？我故意什么了？"

"你嘴巴上和我说要推掉这个家教，要彻底搞砸，实际上你是不是故意表现得很好啊？"卓利霞越想越觉得就是这么回事，"你就是想让我在丁老师面前下不来台！要么就是你想赚这一万块！不然呢？说一句'我不做这个家教'很困难吗？怎么可能推不掉？你就是要拖到丁老师也知道这事儿对不对？"

"你有病吧？"卓蕴气得要吐血，拎拎自己汗湿了的衬衫，"你看看我都穿成什么样了？就为了你这破事儿我帮你跑两趟！你以为紫柳郡很近啊？谁稀罕一万块钱？姐一个包都不止这个数！行啊，你说我想让你在丁虹面前下不来台是吧？那我就如了你的愿，明天我不去了！你自己去和丁虹解释吧！什么玩意儿。"

316寝室门开了，苏漫琴抱着胳膊倚在门框上看热闹，程颖和袁晓燕在屋里探头探脑，隔壁几个寝室也有人出来张望，人一多，卓利霞又畏缩了。

她抱住卓蕴的胳膊摇晃，小声说："卓蕴，对不起，是我太着急了，那个……明天还是你去吧，就……求求你，赶紧把这事儿给推了。你要是真做了这个家教，迟早会穿帮，穿帮了对你对我都没好处呀，丁老师不知道会怎么看我俩呢。唉……我也没想到会搞成这样，早知道当初就我自己去了。"

"你现在说这个有什么用？"卓蕴嫌恶地甩开她的手，"我要去洗澡了，你别烦我，明天我一定把这事搞定。"

说完，她头也不回地进了寝室，苏漫琴冷眼看着卓利霞，"砰"一声甩上了门。卓利霞沉着脸，气呼呼地回了寝室。

316寝室里，苏漫琴问卓蕴："怎么回事啊？回来就吵架，刚才听卓利霞那意思，你今晚没搞定？"

卓蕴扑上去抱住苏漫琴，"嗷"地叫了一嗓子："漫！我好难啊！"

苏漫琴拍着她的背："到底发生什么事啦？"

程颖也问："是不是那户人家欺负你啊？"

"不是，那户人家人很好。"卓蕴在苏漫琴身上挂了一会儿，摇头道，"我没事，明天再说吧，我先去洗澡了。"

就刚才，她改主意了，不光是卓利霞，卓蕴也不想把赵醒归的情况告诉别人，哪怕是室友和闺蜜苏漫琴。

深夜，大家都睡了，卓蕴却睡不着，在上铺抱着毯子翻来覆去。她打开手机搜索引擎，犹豫了一下，想要搜索"脊髓损伤"究竟是怎么回事，谁知这四个字才打完，就跳出好几个相关词条来：脊髓损伤导致下肢瘫痪能治疗吗、脊髓损伤大小便失禁怎么办、脊髓损伤长褥疮多久痊愈、脊髓损伤的治疗方法……

还有一条是：脊髓损伤导致男性性功能障碍能恢复吗。

卓蕴看呆了，一脑袋闷到枕头上，心里又浮起那清瘦少年苍白的脸庞，以及他看着她时那双时而冰冷、时而炙热的漂亮眼睛。

天啊！老天爷，卓蕴在心中呐喊，这是什么样的人间疾苦啊！

卓蕴一晚上没睡好，第二天顶着两个黑眼圈起床，在食堂吃完早饭后，和室友们一起去教学楼上课。

工商管理这个专业是父亲卓明毅帮她选的，说大四时再申请一所国外名校，出去念个硕士回来，不管是进卓家的公司还是进石家的公司，这个履历都很漂亮且服众了。

然而，卓蕴一点也不喜欢这个"万金油"专业，拿着高分入学，却在大学里摸了两年鱼。按照她如今的成绩，别说国外名校了，普通院校的研究生她都考不上，大概只能去国外上那种学费昂贵的"野鸡大学"。

教企业并购及重组课的老师对着PPT侃侃而谈，卓蕴在底下托着下巴昏昏欲睡，就在她差一点把额头磕到课桌上时，下课铃声将她拯救。

卓蕴想要搓搓脸，想起脸上为了遮掩黑眼圈抹了好多遮瑕，只能放下手，瞪着眼睛合上课本，嘀咕道："我为什么要上这么无聊的课啊？"

"嫌无聊你就去艺术楼。"苏漫琴瞥了她一眼，"你不是一直都在设计那儿蹭课吗，这个学期是不是还没去过？"

"懒得去，老被人骚扰。"卓蕴叹了口气，戳戳苏漫琴的胳膊，问，"哎，国庆你有没有想过去哪里玩？咱俩一起呗。"

苏漫琴说："我表姐十月五号结婚，我要给她做伴娘，前面几天还要给婚礼帮忙，不能出去玩。"

卓蕴不高兴地噘起嘴，苏漫琴问："七天呢，你不回家吗？"

"不想回家。"卓蕴皱着眉，与苏漫琴头碰头地凑在一起说悄悄话，"石靖承回来了就很烦，暑假里我爸老叫我去和他约会，我不肯去，为这事差点和我爸打起来，国庆要是回去肯定又这样，我烦死我爸和石靖承了。"

石靖承今年二十五岁，三个月前刚从国外读研回来，石家给他办了一场挺隆重的接风宴，之后他就正式进入石家的餐饮集团工作，被当成一名优秀的企业接班人培养，先从一家门店经理做起。

卓蕴也参加了那场接风宴，所有人都知道她是石靖承的未婚妻，夸他们郎才女貌，是天造地设的一对。有人问石靖承的母亲于娟，什么时候请大家喝喜酒，于娟就亲热地挽住卓蕴的胳膊，笑眯眯地说："快了快了，等小蕴大学毕业吧，之前可以先订婚。"

当时，卓蕴百无聊赖地听着，石靖承就站在她身边，还很配合地用深情款款的眼神看着她，卓蕴心里冷笑，知道他的心思根本不在她身上。

那也是卓蕴第一次见到传说中的沈诗钰，她心里其实很佩服石靖承，居然敢当着她这个未婚妻的面，把地下恋人带来接风宴。

沈诗钰果然是个楚楚动人的清纯美人，很低调地藏在人群里，怯生生地偷看卓蕴。卓蕴则光明正大地打量她，心想，原来石靖承喜欢这种类型的女孩，啧，怪不得他对自己无感。

那一天的卓蕴打扮得很妖娆，乌发雪肤，烈焰红唇，礼服是她一贯钟情的风格，她的身高和长相完全能驾驭住那套大露背黑色长裙，却在休息室被卓明毅指着鼻子大骂一通。

"你穿的这是什么东西？像话吗？！被石家人看了怎么想？我从小教你要端庄贤淑，做个大家闺秀！你看看你，穿得跟个交际花似的！你别以为我不知道你在外面什么样，又抽烟又喝酒，是不是还和男的勾勾搭搭？你怎么就不学学你妈？老子的脸都被你丢尽了！"

卓蕴当时就笑了："你一个早年在菜市场卖菜的小贩，初中都没毕业，还想要个大家闺秀女儿？想得美！"

要不是母亲边琳拦着卓明毅，卓蕴估计会被她爸打一顿。

苏漫琴的声音让卓蕴收回思绪："蕴宝，你要是不想回去，要不要跟我回家？我家那边也挺好玩的，Kevin也在，可以给你当司机。"

卓蕴考虑了一下，愉快地答应下来："行，就这么办。"

下一堂课不用换教室，苏漫琴趁着课间玩手机，玩着玩着居然笑起来，卓蕴凑过去看："和谁聊天啊？这么开心。"

"就那个法学院的小师弟。"苏漫琴说，"挺可爱的，你看，他叫我姐姐。"

卓蕴瞅了一眼手机屏幕，果然看到好几个"姐姐、姐姐"，真是！不堪入目！她满头黑线地坐直了身体，酸溜溜地说："你和他好了呀？我还以为你就是和他玩玩。"

苏漫琴笑得一脸荡漾："没好，就闲着没事聊聊天。哎，他约我周六晚上出去玩，你去吗？"

"不去，吃醋。"卓蕴哼道，"你俩一对儿，我去做电灯泡啊？"

苏漫琴乐坏了："别吃醋，你不是也有个弟弟吗？那可是住紫柳郡的公子哥呢，长得帅不？"

卓蕴一下子就想起赵醒归酷酷的脸，想象着他喊她"姐姐、姐姐"，顿时肉麻得受不了："你别瞎说！人家还没成年。"

苏漫琴收起手机，问："你今晚真的还要再去紫柳郡啊？"

卓蕴："嗯。"

"要我说你就别去了，还去干吗？"苏漫琴指指左前方卓利霞的背影，"她搞出来的烂摊子，让她自己去收拾，就算捅到丁虹那儿去也没你什么事。"

卓蕴想了想，摇头："不行，我答应人家了。"

苏漫琴："答应谁？卓利霞吗？你答应她把事搞砸，爽约不去不就自动搞砸了吗？"

"不是。"卓蕴说，"我答应了那个小孩，不能放他鸽子。"

这一天终于结束，傍晚时，卓蕴回到寝室，悲戚戚地卸完妆后，站在袁晓燕的衣柜前发呆。

那套衬衫和休闲裤已经穿、洗过两次，此时正晾在阳台上，卓蕴自己的衣服没有一件能撑起一个贫困生人设，只能再问袁晓燕借衣服穿。

袁晓燕家境不太好，从大一开始就不停地打工，比起卓利霞，她吃亏在为人太老实，不会拍老师马屁，但卓蕴和苏漫琴都很喜欢她，因为她从来不会嫉妒寝室里的两个"白富美"，穷得坦坦荡荡，日常用度都按自己的经济条件来，买衣服也以舒适实惠为主。

"穿这件T恤吧，我很喜欢的。"袁晓燕拎出一件白色短袖衫给卓蕴看，T恤上印着一只卡通小熊，"可爱吧？再配这条裤子，很舒服的。"

卓蕴摸摸那条藏青色七分裤，棉质布料，的确很舒服。

"我保证这是最后一次了。"她把衣服抱在怀里，对袁晓燕说，"晚上回来请你喝奶茶。"

袁晓燕咯咯笑:"没事儿,你别一副要上刑场的样子。"

卓蕴换好衣服,苏漫琴看着她胸前的卡通小熊哈哈大笑,卓蕴瞪了她一眼,扎起马尾辫,背起帆布包,踩上洞洞鞋,雄赳赳气昂昂地离开了寝室。

走出A大南门,卓蕴穿过马路,经过紫悦城,第三次来到紫柳郡。她居然不用再登记了,别墅区门口的小保安看到她就汇报喜讯:"C2的赵太太帮你做过备案啦!以后你可以随便进出哦。"

卓蕴心道,大可不必。

按响C2小楼的门铃时,卓蕴在心里为自己打气,默背准备好的拒绝理由。她想,这次一定要成功,要足够铁石心肠,彻底把这件事给了结掉,就算赵醒归哭着求她,她都不能心软。

院门开了,门后的人却不是潘姨,而是一位五十多岁的大叔,大叔面相很和善,领着卓蕴往屋里走:"你就是小卓老师吧?你好你好,我姓苗,你可以叫我苗叔。"

卓蕴笑得牵强:"你好,苗叔。"

站在玄关处,苗叔给卓蕴拿来一双粉红色的新拖鞋,笑呵呵地说:"小卓老师,这是小归为你准备的鞋,以后你来就认准这鞋穿,我们不会给别人穿的。"

卓蕴很意外,低声说:"谢谢。"

客厅里,潘姨收拾着餐桌,范玉华在看电视,不见赵家父子的身影,因为是第三次见面,范玉华表现得十分熟络:"小卓来啦,你直接上去吧,小归在房里等你。"

苗叔陪卓蕴上楼,走进三楼会客室后,苗叔说:"小卓老师,我今天当班,就在这待着,里头的茶和点心都放好了,你进去吧,有事儿就喊我。"

卓蕴正要进门,苗叔又喊住她:"小卓老师!"

卓蕴回头看他,苗叔搓着手,压低声音说:"万一,我是说万一,小归有什么事你就喊我,别轻易去碰他,当然,一般来说不会有什么事,你不要担心。"

卓蕴听得一脑袋问号,走进卧室后,苗叔还贴心地帮她把门带上了,她穿过短廊,又一次看到那间冷色调的卧室,以及……静静等候在书桌旁的赵醒归。

只一眼,卓蕴就把自己准备的话忘得一干二净,血压都飙了上来。因为,这一天的赵醒归居然没坐轮椅,而是坐在一把黑色椅子上,和卓蕴昨天坐的那把一模一样,边上还有一把椅子,是为卓蕴准备的。

卓蕴惊讶极了,环视了一圈房间,没有看到轮椅的影子,只能又看向赵醒归。他身下的那把椅子有软垫,靠背却是硬的,也没有扶手,赵醒归面向桌子坐得端端正正,两条长腿藏在桌面下,双手交握搁在桌上,正转头注视着卓蕴。

他换了一身衣服,短袖T恤依旧是白色,运动裤竟是藏青色,乍一看,像是和卓蕴穿着情侣装。

　　他显然也发现了这个状况，看了会儿卓蕴后又低头看看自己的衣着，接着就抬起头来，眼睛亮亮的，唇边还露出一个浅浅的笑："卓老师好。"

　　"你好。"卓蕴心里警铃大作，走到他身边，拉开椅子坐下。

　　赵醒归看了眼她的脚，问："拖鞋合适吗？"

　　卓蕴点头："挺好的。"

　　"到冬天……"赵醒归说，"我再给你买双带绒的。"

　　卓蕴心口一窒："不用了，有这双就够了。"

　　赵醒归眨了眨眼睛，问："你喜欢粉红色吗？"

　　我不喜欢！不喜欢不喜欢不喜欢！卓蕴心中默念，扯扯嘴角，转头看他："小孩儿才喜欢粉红色，我都二十多岁了。"

　　"哦。"赵醒归应了一声，有点失望的样子。

　　一张书桌，两把一样的椅子，男左女右，连穿着都类似，卓蕴坐在那里，觉得自己和赵醒归就像课堂上的一对儿好同桌，彼此之间的距离似乎都比前一晚更近一些。她用眼角余光瞅身边的少年，不得不说，没有了轮椅，赵醒归这样坐着，一点儿也看不出身体哪里有问题，就是个酷帅大男孩，宽肩长臂，眉目英俊，是学校里最招女孩喜欢的那种男生。

　　卓蕴沉默着从帆布包里往外掏本子和笔，赵醒归观察着她的脸色，像是看出她心有疑问，低低开口："我可以坐普通椅子的。"

　　卓蕴心脏"咚"的一跳，转过头看着他，赵醒归神色间透出一股倔强，说："不是非要坐轮椅。"

　　卓蕴终于明白进门前苗叔的嘱咐是什么意思，担心地问："不会不舒服吗？会不会……容易摔跤？"

　　"不会，我坐得很稳。"赵醒归挺直腰背，将背脊离开椅背，还将双手微微抬离桌面，"你看，我有腰力，可以凌空坐，没那么容易摔跤。"

　　卓蕴又想起另一个问题："那你上厕所怎么办？"

　　灵魂一击，赵醒归抿着唇，不吭声了。

　　卓蕴心里好慌张："没必要这样的，小赵，这儿又不挤，你要不换回轮椅吧？你轮椅呢？是不是要找苗叔拿？"

　　"我不换。"赵醒归看着她，"我这个样子，你是不是会好受一些？"

　　卓蕴眼睛瞪大了，赵醒归眼里却有莫名的光亮："我知道你不喜欢我昨天的样子，你害怕了，对吗？"

　　卓蕴动了动嘴唇，说不出话来。赵醒归转过腰身，左手撑着桌面保持平衡，右手垂落，手指扣住椅面边沿，上身向卓蕴微微倾斜了一些。他始终凝视着她的眼睛，长长的眼睫半覆着眼睑，嗓音低沉得叫人心疼："卓老师，你别害怕。"

（2）

卓老师哪能不害怕？卓老师都快吓死啦！

但卓老师好歹是个正在接受高等教育、即将年满二十一岁的成年女性，多年来万草丛中过，片叶不沾身，哪能在这样一个未成年少男面前露怯？

卓蕴稳了稳呼吸，目光沉静下来，语气也变得严厉："你说什么呢？谁害怕了？坐好！小小年纪耍什么帅！"

赵醒归看了她一会儿，似乎觉得她一本正经的样子很有趣，终是听话地坐直了身子，敛起眼里的光，淡淡地说："那我做作业了，卓老师，有不懂的再来问你。"

卓蕴摆摆手："做吧。"

赵醒归翻开作业本开始做题，卓蕴悄悄撇嘴，恨不得按住心口，好止住那颗乱跳的心脏。刚才，她真被这小孩吓一跳，心想，前一晚她表现得那么明显吗？都被赵醒归看出她害怕了。

不行不行，她长这么大还没怕过什么人，敢和卓蘅打架，和老爹对骂，对着石靖承也从来没有好脸色，她不就是……不就是第一次接触到一个坐轮椅的男孩嘛，仔细想想，赵醒归虽然一直在装酷，其实并不难相处，真没什么可怕的。再说，这也就是最后一堂课，两小时后出了这扇门，她的人生就再也不会和赵醒归有交集。

想到这儿，卓蕴抬眼看向赵醒归的侧脸，他正在做物理题，额前垂着碎碎的发，肌肤细腻无瑕，睫毛纤长，鼻梁挺拔，下颌线棱角清晰，是上天馈赠给这个年龄段的男孩们最好的礼物。

卓蕴突然想起网上看过的一条关于评鉴美人的说法，说是竖起一根食指贴着鼻尖和下巴尖，手指中部要是碰到了嘴唇，就说明这人嘴突，或鼻梁不够挺，或下巴不够翘，总之就不是美人。

当时，卓蕴还和苏漫琴试过，她俩的嘴都没碰到手指，如今再看赵醒归，他的侧脸线条也很优美，卓蕴拿起一支笔充当手指，一只眼睁，一只眼闭，隔着一段距离让赵醒归的鼻尖和下巴尖连成一线，发现他的嘴唇也没有贴到笔杆。

卓蕴有点小开心，比起装腔作势的石靖承、花里胡哨的彭凯文，还有纯金十三点卓蘅，酷酷的小赵同学骨相极佳，在颜值上最是令人赏心悦目。

这时，赵醒归突然转头看向她，卓蕴手里还凌空竖着一支笔，赶紧把闭着的右眼也睁开，冲他笑了一下。

赵醒归一脸狐疑："卓老师，你在做什么？"

"我……"卓蕴甩甩那支笔，"没做什么，就……试一下铅笔测量法，素描里用到的。"

赵醒归想起"卓利霞"填过的信息表，问："你喜欢画画？"

"对，学过几年。"卓蕴从帆布包里拿出一本16开的素描本，"我今天还把本子带来了，你做作业吧，我随便画点东西，不然我都要睡着了。"

赵醒归似乎很感兴趣，问："你要画什么？"

卓蕴不解，赵醒归又问："刚才你在测量什么？是要画我吗？"

卓蕴眼珠子一转，抬着下巴说："对啊，就是想画一个你，不行啊？"

赵醒归意味深长地看了她一会儿，卓蕴发现他竟是有点脸红了，正想调侃他几句，赵醒归已经把脑袋转了回去，先捋捋头发，又整整上衣，最后还默默地把腰背挺直了些，用实际行动给了卓蕴一个回答。

卓蕴憋着笑翻开素描本，架起二郎腿，将本子竖在腿上，真的拿起一支铅笔窸窸窣窣地画起来。

前一晚，赵醒归说她可以把作业带来，这句话提醒了卓蕴。对于本专业的作业，她向来敷衍，都是糊弄了事，才不会带过来，可做伴读真的很无聊，又不能玩手机，于是卓蕴就带来一本素描本，打算画画解闷。

她从小学画，学了十来年，曾经想过要念设计专业，但卓明毅根本不给她这个机会。他说卓家做生鲜冷链，石家做酒店餐饮，卓蕴要是学了设计，以后难道去给石靖承做门店装修吗？

卓明毅的原话是："你要做的是老板娘！董事长夫人！懂不懂？设计这种事，轮不到你操心！"

卓蕴说想自己开公司创业，被卓明毅好一通奚落："你做梦！一个女孩子家创什么业？你以为创业这么容易的？好好念个工商管理硕士，以后像靖承一样进家里的公司上班，结婚生娃后就回家做全职太太，像你妈一样养尊处优，这才是女人最好的出路！"

卓蕴无语地问她爸："既然要做全职太太，为什么还要出国读硕？"

卓明毅说："这就是块敲门砖，嫁进石家的敲门砖！你动动脑子，没有硕士研究生学历，石家怎么可能看得上你？"

卓蕴没法和她爸沟通，卓明毅动不动就用断了学费生活费、断绝父女关系来威胁她，硬的不行还会来软的，让边琳哭哭啼啼地去求女儿妥协，久而久之，卓蕴麻木了，随她爸去折腾。所以，这两年来，除了偶尔去A大设计学院蹭课，卓蕴其实已经很少再拿起画笔。

手上有事做，时间就过得飞快，赵醒归也没在课业上为难卓蕴，一直安静地埋头做题，八点整时他合上作业本，看了一眼小闹钟，欲言又止。

卓蕴把他那些小动作、小表情都看在眼里，也合上了素描本，说："八点了，课间休息吧。"

赵醒归像是松了一口气，见卓蕴在喝茶，他搓了搓裤腿，低声说："卓老师，你能帮我去叫一下苗叔吗？"

说这句话时，他的眼神是避开的，卓蕴立刻就明白了，起身道："你等着，我去叫他。"

赵醒归又说："卓老师，你先在外面等一会儿，可以吗？"

"行。"卓蕴穿过短廊打开门，苗叔一直等在会客室，卓蕴喊他："苗叔，小赵叫你。"

"哎哎，好，那我进去一下。"苗叔颠颠地进了卧室，随手把门关上，还"咔嗒"一下反锁了。

卓蕴努努嘴，这样防人的态度，叫她心里不太舒服。

卧室书桌边，卓蕴离开后，赵醒归绷着的神经终于放松了一些，他坐得好累，因为伏在桌上写作业，后腰没支撑，两边没扶手，他一直强打着精神防止自己失去平衡。腰以下的肢体没有任何感觉，也失去了行动能力，靠着仅剩的一点腰力在普通椅子上坐了一个多小时，赵醒归快要撑不下去了。

苗叔进门后，一看他的表情就知道不妙，赶紧从走入式衣帽间里推出轮椅，来到赵醒归身边问："腰酸了吧？"

赵醒归没嘴硬，浓眉微蹙，右手揉着后腰回答："有一点。"

"要上厕所吗？"

"嗯。"

赵醒归拉过轮椅准备转移，苗叔舍不得他自己乱动，问："要我帮你吗？"

"不用。"少年低着头，语气很倔强。

只是从椅子转移上轮椅，对现在的他来说并不是难事。赵醒归扭着腰把自己从椅面上九十度转身，先搬右腿，再搬左腿，让双脚在地板上踩好。

他把轮椅拉到身边，调整好角度，拉上手刹，左手撑着身下的椅面，右手撑着轮椅椅面，屁股抬起后快速地挪到轮椅上，接着又捞起两条软绵绵的长腿逐一摆上轮椅踏板，还没来得及调整坐姿，一阵异样却熟悉的感觉就袭来了。

"呃……"赵醒归哼了一声，腰背绷直，看着自己的右腿跟触了电似的颤抖起来。

　　这是痉挛，大部分脊髓损伤患者都要面临的日常状况之一，是受伤平面以下的反射弧受到刺激后产生的。赵醒归从椅子转移上轮椅就是一种刺激，原本静止的体位突然改变，神经被压迫，痉挛便汹汹来袭。

　　苗叔蹲到他身边，很有经验地帮他轻轻按摩右腿，痉挛伴随着神经痛，赵醒归也习惯了，咬着牙等待了一会儿，右腿终于不再颤抖，和左腿一起静静地待在轮椅踏板上。这时候，他才用双手撑着扶手抬起臀，让臀部短暂地减压，坚持几秒后重新坐回椅面，让自己坐得舒服些。

　　赵醒归的轮椅价格不菲，外形也时尚，通体黑色，是根据他的身型量身定制的，扶手和靠背都很低，适合受伤平面比较低的截瘫人群使用，整体设计得比较紧凑，坐垫也很高档，可以最大程度地防止产生压疮。

　　一年多来，这架轮椅代替了赵醒归的双腿，已经成为他生活中必不可少的物品，平时他看着轮椅会心生厌烦，真的在普通椅子上被折磨了一个多小时，他又开始想念轮椅了。

　　赵醒归转着轮椅去卫生间，没有让苗叔进去帮忙，苗叔叹气道："你说说你这是干什么，好端端的干吗非要坐那把椅子？多不方便啊，还不安全，你也不怕摔下来。"

　　赵醒归没理他，关上卫生间门后，抓紧时间自理着上厕所。他上厕所很慢，每次都需要十几分钟，急也急不来，就这，还是训练了几个月才学会的。

　　其实按照排尿时间，他不用在课中上厕所，但他害怕会出纰漏，万一在卓老师面前尿了裤子，那就真是大型"社死"现场了。

　　把自己收拾妥当后，赵醒归从卫生间出来，回到书桌前准备再一次转移，苗叔心疼坏了，问："不到一小时了，你还要换椅子呀？"

　　赵醒归看着那把黑色椅子，固执地"嗯"了一声。

　　这是前一天晚上，他思索许久后想出的办法。卓老师提出不再给他做家教的那一刻，赵醒归真的很意外，心里想不明白，之前两人聊得好好的，气氛并不坏，卓老师为什么会不愿接这份工作？

　　在确定让"卓利霞"来试讲后，周日那天，范玉华特地和丁虹通了个电话，问问"卓利霞"的情况。丁虹说卓利霞虽然家境困难，平时会勤工俭学，但学习成绩一直名列前茅，以后估计能保研，是一名很优秀的大三学生。范玉华放心了，还告诉赵醒归，"卓利霞"周六晚上在打工，具体在哪里工作，她没有说。

　　赵醒归觉得，无论如何，卓老师缺钱是事实。

　　那么问题来了，一份简单、高薪又稳定的兼职，为什么会留不住她？为什么只来了一天，她就想走？

赵醒归想了很久，只想出一个理由，那就是——因为他是个坐轮椅的人。

想明白的那一刻，赵醒归心里酸酸的，有点委屈。

他记得卓老师和杨杨、点点一起玩耍时的样子，对着几个小朋友，她温柔耐心，笑容明媚，可就是这么一个善良又有亲和力的女生，面对他时都会有所顾忌，小心翼翼，那其他人呢？换别的家教，难道会不一样？

赵醒归一边想，一边把自己从轮椅转移到椅子上，又捞过两条腿摆好，苗叔往他后腰塞了个靠枕，赵醒归面向书桌坐稳后，让苗叔藏好轮椅，出去喊卓老师。

苗叔把轮椅推进衣帽间，这时，赵醒归看到卓老师落在书桌上的素描本，心思一动，好奇地想，卓老师真的画了一个他吗？

趁着苗叔还没出去，赵醒归伸长手臂，快速地翻开了素描本封面。他没指望能看到一个帅气的自己，不管是素描还是漫画，哪怕是个Q版，只要是卓老师画的，再丑他都能接受。

然而，赵醒归万万没想到，素描本上根本就不是人，而是一只憨态可掬的小乌龟，有着圆圆的脑袋，胖胖的爪子，背上的壳都画出了明暗质感。

小乌龟额头上绑着一条写有"加油"字样的布条，大眼睛，长睫毛，一张阔嘴往下挂，神气活现，威风凛凛。

边上还有一行题字：勇敢龟龟不怕困难！

赵醒归的视线移到画的右下角，那儿有个英文花体签名。

By Zoe。

201X.9.9。

卓蕴回到卧室时，赵醒归已经毫无异状地在做作业。卓蕴拉开椅子坐下，望向桌上的小闹钟，心想，一个课间休息又用了二十多分钟，这钱可真好赚啊。

想到被关在门外这么久，卓蕴还是有点不爽，看看赵醒归身下的椅子，嘀咕了一句："你也不嫌麻烦。"

赵醒归抿着唇没接腔，手指紧捏着笔杆，都捏得发白了。

其实，在会客室等待时，卓蕴一直在思考，最后做了个决定，打算课后直接找范阿姨谈话，不和赵醒归说什么了，反正花钱的人不是他。

这小孩脾气挺倔的，想法也多，就冲他今天连轮椅都不坐的架势，卓蕴担心他真的会哭哭啼啼地哀求她，别的不怕，就怕他情绪一激动从椅子上摔下来，万一摔出个好歹，卓蕴说都说不清。

做好了这个决定，再面对赵醒归，卓蕴心里的压力小了许多，没话找话地问了一句："你今天作业多吗？"

赵醒归翻了下手边的作业本："还好，我中午回来已经做了一部分。"

"下午的课没作业吗？"

"有的。"赵醒归说，"会有人下午去学校帮我拿。"

"你是哪个高中的呀？离这儿远吗？"卓蕴拿过素描本搁上膝盖，赵醒归的视线也落在那个本子上，神色有点怪，回答："钱塘二中，在城南。"

卓蕴不是钱塘人，对钱塘的高中不太了解，说得上来的没几所，钱塘二中恰巧是其中之一，因为程颖就是二中的毕业生，卓蕴知道这是钱塘数一数二的重点高中。

她惊喜地说："我室友和你是校友呢，二中是住校的吧？"

"对，但我是走读。"赵醒归见卓老师找他聊天，便没急着做作业，手里转着笔，全神贯注地看着她。

卓蕴问："高中早上都有早读吧？上学挺早的，你从这儿赶过去不会迟到吗？"

赵醒归说："不会，学校允许我不参加早读，八点前到校就行。"

卓蕴："你下午不上课，午饭是在学校吃，还是回家吃？"

赵醒归："回家吃。"

卓蕴发现，赵醒归同学聊天时很认真，不苟言笑，有问必答，活像在接受审讯。哦，也有可能是他谨遵医嘱，毕竟和家教聊天也是医生的建议。

"你不要这么严肃。"卓蕴都想笑了，"我就是和你随便聊聊，你要是不想聊，就……做作业吧，我不吵你了。"

赵醒归愣了一下，他并没有不想聊，不明白卓老师为什么会有这样的感觉。他低头想了想，指着桌上那碟点心问："卓老师，你要吃点心吗？"

这已经是他第二次提到点心，卓蕴没多想，摇头道："不了，我不饿，谢谢。"

赵醒归推销了两天都没把点心推销出去，有些沮丧，又不想谈话就此中断，想了半天才想起一件事来，说："卓老师，今天英语作业有背诵，我背给你听行吗？"

"行啊。"这可是家教老师的分内事，卓蕴打起精神，把素描本放回桌上，问，"背什么？你拿给我。"

赵醒归从一堆书本里抽出一张 A4 纸递给她："老师整理的一些句子，说写作文时能用，让我们背出来。"

卓蕴拿过纸，一看就傻眼了，纸上竟都是些励志"鸡汤"句子，用中文翻译过来，要么是"跌倒七次，爬起来八次"，要么是"不经历这种挣扎，蝴蝶将永远不能飞行"，还有"世人劝你'放弃吧'，而希望却跟你耳语'再来一次吧'"等。

卓蕴英语很好，看得脑门儿都要冒汗了，普通学生背这些句子当然没问题，的确可以化用在作文里，但有好几句，对赵醒归来说真的过于残忍，她都难以想象他看到这些句子时是怎样的心情。

赵醒归说："我就按顺序背，你可以提示我一下，我怕我会漏。"

卓蕴冷静下来："好，你背吧。"

赵醒归就背了起来，前几句他记得比较熟，背得很流利，口音也很好听，背到第五句时，他皱了下眉，问："下一句是什么？"

卓蕴看着手里的纸，轻声说："和梦想有关。"

"哦。"赵醒归像是完全不理解句子意思似的，就那么轻描淡写地背了出来，"If one dream should fall and break into thousand pieces, never be afraid to pick one of those pieces up and begin again。"

——若梦想不幸坠落，化成千万碎片，不必害怕，请取其中一片，重新点亮梦想。

卓蕴心里没来由地感到烦躁，"啪"的一下把那张A4纸反拍在桌上，生硬地说："别背了。"

赵醒归吃了一惊，卓蕴别开头，不想让他看到她此刻的表情："背这种句子有什么意义？写作文还是要靠自己，我建议你不如多背点单词，再多看些英文原著，能更好地培养语感，而不是死记硬背这些别人写的东西。"

赵醒归面沉如水地看着她，一会儿后拿过桌上的纸放回书本里，说："我也这么觉得。"

气氛陡然冷寂下来。

赵醒归垂着眼，心情有点糟，卓老师看起来恹恹的，不让他背英语，聊天也没有新话题，赵醒归沉默半晌后找不到缓和气氛的办法，只能翻开一本作业本继续做题。

卓蕴却再也没有心思画画，干脆抱起手臂坐着发呆。

闹钟已经在倒计时，再过半小时，这堂课就结束了。卓蕴看着赵醒归的侧脸，视线又悄悄移到他的下半身，从头到尾，他的双脚就安安静静地踩着地板，哪怕是刚才背英语时，他也只是微微扭转腰身，勉强算是面对她。

从视觉上看，真是一点儿毛病都没有，可卓蕴上网查过，知道如今的赵醒归是感觉不到自己双脚的。

好好的两条大长腿，不能站，不能走，还没有感觉，连大小便都有障碍，卓蕴想象不出赵醒归的切身感受，想着想着，身上的鸡皮疙瘩都起来了。她闭了闭眼睛，等到心情平静下来，才重新睁眼去看他。小少年什么都没发觉，正在认真地做化学题，偶尔在草稿纸上写写画画。

在这样静谧的空间里，卓蕴能听到自己规律的呼吸声，看着赵醒归，她在心里对他说：小乌龟同学，咱俩算是阴差阳错，萍水相逢，以后估计就见不到了。接下来的日子也许会比较难，但请你不要放弃，好好努力，未来的路还很长，卓老师祝你这一生平安喜乐，顺遂无虞。

九点整，卓蕴像前一晚那样，完全没有考虑被课间休息耽误掉的二十多分钟，收拾起挎包说："下课了，我要回去了。"

赵醒归放下笔，说："我送你。"

"你怎么送啊？"卓蕴已经站起来，指指他身下的椅子，"乖乖待着吧，我走了。"

赵醒归没再勉强，卓蕴刚要迈步，他叫住她："卓老师，我还没加你微信。"

卓蕴一愣，她一直没在赵醒归面前用过手机，因为她的手机是新款的，很贵，外头还套着个满是钻的手机壳，拿出来就会毁人设。她居高临下地看着他，问："干吗要加我微信？想看我朋友圈啊？"

赵醒归仰着头，眼神很无辜："不能看吗？"

卓蕴说："不能。"

她会发朋友圈，其中也有自拍照，有时候玩疯了、喝多了，什么妖魔鬼怪的照片都会晒出去，三天可见。她不设分组，不怕老爸看，更希望石靖承也多看看，要是石先生能看她不顺眼，主动把这门婚事给退了，卓蕴会高兴地放鞭炮。

可惜，几年来石靖承一点动静都没有，卓蕴晒了个寂寞。

听到她拒绝的话语，赵醒归一点也不介意："那就纯聊天的那种好友也行，我只是想方便和你联系。"

卓蕴拍拍帆布包："我手机没电关机了，你要加就搜我手机号，你妈妈有我号码。"

她往短廊走去，还没走出几步，赵醒归又叫住她："卓老师，你的画还没给我看过。"

卓蕴没回头："我没画完呢，不给你看。"

赵醒归盯着她的背影，心里突然有一种很不好的感觉，忍不住说："卓老师！明天见。"

卓蕴停住脚步，回头冲他一笑，大眼睛弯成月牙状，唇边露出两个可爱的小梨涡，挥挥手说："快点换上轮椅吧，我看你都坐累了，拜拜啦，小赵。"

她离开了卧室，赵醒归最后只看到她甩在脑后的马尾辫，接着听到她和苗叔道别的声音。

苗叔与卓蕴寒暄两句后走进卧室，发现赵醒归已经快要坚持不住，他左手扣住桌面，右手揉着后腰，脸色苍白如纸。

苗叔又生气又心疼，赶紧去推轮椅："你就折腾，使劲折腾！为了上个课这么虐待自己，图什么呀？"

赵醒归低头看着自己的两条腿，只说了句不相干的话："苗叔，快要下雨了。"

卓蕴没有坐电梯，沿着楼梯一层层往下，来到一楼客厅后，看到电视机播着节目，范玉华身上披一块毯子，竟是歪着脑袋在沙发上睡着了。

客厅里没有其他人，卓蕴走到范玉华面前，弯腰拍拍她的胳膊："范阿姨，范阿姨。"

范玉华惊醒过来："啊，小卓？下课了？"

她捏捏鼻梁，站起身来："不好意思我睡着了，今天的课还顺利吗？"

卓蕴看着她，狠狠心开了口："范阿姨，我有事和您说。"

几分钟后，范玉华像是遭了大打击，眼睛红红地看着卓蕴："小卓，你是不是对工资不满意？这个可以谈的。"

卓蕴当然否认："不是的阿姨，不是工资的关系。"

范玉华像是想不明白："你真的不能再试试吗？你才来了两天。"

卓蕴显得很为难："阿姨，我这两天一直在考虑这事儿，还是觉得我不适合做这份工作，真的对不起。"

"为什么会不适合？"范玉华问，"是小归哪里做得不好？他惹你生气了吗？"

卓蕴连连摇手："没有没有，小赵很好，很聪明很认真，不是他的问题，是我的问题。"

范玉华嘴唇哆嗦着，像是在极力忍耐泪意："小卓你别瞒我，我知道小归脾气很糟糕，但他……他现在的情况，我不知道你能不能理解，他真的已经很懂事了。他碰到的困难是我们都难以想象的，如果他有哪里冒犯了你，我代他向你道歉，小卓……"

范玉华再也忍不住，眼泪涌出眼眶，她自知失态，捂住嘴想要把眼泪憋回去，肩背都控制不住地颤抖起来。

卓蕴吓傻了，范阿姨在她眼里一直美丽温柔又优雅，完全没想到，她这个才教两天的家教提辞职，范阿姨反应会这么大，至于吗？

卓蕴仔细回想，赵醒归其实从来没冒犯过她，没有闹过脾气，没有惹她生气。他一直很讲礼貌，会贴心地为她准备专属拖鞋，还会考虑她的心情，故意不坐轮椅。他似乎察觉到她不擅长讲课，两天来一点儿也没拿课业来刁难她，总是自己乖乖做作业,好像只要她陪在他身边,他就心满意足了。

卓蕴手忙脚乱地从茶几上抽出纸巾递给范玉华,连声安慰她:"范阿姨,您别这样,您这样我心里真过意不去。我和您保证,绝对不是小赵的问题,他非常优秀,实在是……我水平不行,怕教不了他,他成绩太好了,我都觉得他根本没必要请家教。"

范玉华拿着纸巾擦眼泪,睁着两只红通通的眼睛看向卓蕴,还握住了她的手:"小卓,我和你说实话,我们请家教不是真的要让小归学什么,而是,他现在是个残疾人,回归校园、回归社会没那么容易,他需要过渡,需要适应,需要同龄人的陪伴、沟通和理解。"

听到"残疾人"这三个字时,卓蕴蒙了,终于明白自己这两天来的难过究竟是因为什么,这个她和赵醒归始终在回避的名词,就这么突兀地从范玉华嘴里说出来,像一道惊雷炸响在卓蕴耳边。

范玉华想到儿子,眼泪就止不住地流,卓蕴能看出她真的为赵醒归操碎了心,一位母亲的眼泪威力巨大,令卓蕴想起了自己的母亲。

每次边琳一哭,卓蕴也没辙,这种感觉让人很无力,现在也是一样,面对范玉华泪流满面的样子,卓蕴几乎手足无措。

范玉华还在絮絮叨叨地说着:"小归这学期才回学校上课,老苗每天陪着他,他上课时,老苗就等在教室外面。老苗告诉我,教室里学生太多,又都是比小归年纪小的高一新生,小归就不怎么和他们说话,他们也不敢去找小归聊天,好像都很怕他,所以小归每天都是孤孤单单一个人。

"医生说小归需要一个同龄人的陪伴,他有两个好朋友,但人家已经高三了,明年就要高考,我们也不能去打扰人家。

"医生就建议我们请一位大学生家教,年纪比小归大个两三岁,为人稳重些。我们想得很简单,就是希望能有个哥哥或姐姐愿意和小归做朋友,陪他聊聊天,帮他讲讲课,偶尔听他说说烦恼,我想找到这么一个人,愿意和我们一起,陪小归度过这段困难的日子。"

范玉华泪眼蒙眬地看着卓蕴:"小卓,之所以请你来,是小归自己选的,是他选的你!小卓你想想,如果小归知道你不愿意给他做家教,他该多伤心?"

卓蕴张了张嘴,什么都说不出来。

范玉华呜咽着,看她神色已松动,将她的手握得更紧:"小卓,阿姨求你,明天再试试吧,你不要有压力,就把小归当成一个普通的高中生就行,真的,答应阿姨吧,好不好?"

（3）

夜里，钱塘下雨了，闷热的天气因着这场细雨变得潮湿、凉爽许多，寝室楼三楼走廊尽头的公共阳台上，卓蕴和苏漫琴并肩而坐，一起望着雨幕发呆。

雨水淅淅沥沥地打上阳台围栏，噼里啪啦地溅开，在地上积起一滩水，阳台上有几个别人留下的塑料凳，地上还搁着一个烟灰缸，环境并不舒适，却因为能呼吸到新鲜空气，令卓蕴不再有心慌气短的感觉。

此时，她指间夹着一支细长的薄荷烟，向苏漫琴凑过头去，丝滑睡裙从右肩滑下，露出牛奶般白腻的肌肤，她咬着烟拢起长发，苏漫琴帮她将烟点燃，她眯着眼睛吸了一口，缓缓地吐出一串白雾。

卓蕴依旧没有把赵醒归的身体情况告诉给苏漫琴，只说那小孩身体不好。苏漫琴听完她的讲述后，总结陈词："所以，你又没推掉，明天还要去？"

卓蕴双目呆滞，颓丧地"嗯"了一声。

话果然不能说太满啊！打脸好疼的，呜呜呜。

苏漫琴忍不住好奇，问："那小孩到底怎么个情况啊？"

卓蕴摇头："我不能说，这是人家的隐私，只能说看着挺惨的，我在他身边待着心里特别不好受。"

"那你打算怎么办？"苏漫琴问，"你和卓利霞说了没？"

卓蕴愁眉苦脸："我哪儿敢说啊！昨天还信誓旦旦今天一定把这事搞定呢，结果又失败了。卓利霞本来就说我是故意的，我再去和她说，多像挑衅啊！今天回来我都跟做贼似的贴着墙根儿走，就怕碰到她。"

苏漫琴道："那你也瞒不过去啊，总得和她说吧？这又不是你一个人的事，要不是因为她，也不会搞成这样。"

卓蕴突然问："哎，漫漫，你说我要是明天装死，直接就不去了，会怎么样？"

苏漫琴想了想，说："也不会怎么样，人家就去找丁虹告状呗，然后丁虹再去找卓利霞，卓利霞呢，哭得一把鼻涕一把眼泪，把脏水全都泼到你身上。你要是觉得这种事无所谓，不去也就不去了，我觉得不是什么大事儿。"

卓蕴抬手捂住脑门，摇头叹气："不行，这事的确是我答应卓利霞要办妥的，我刚才也是昏了头了，现在特别后悔，就应该再坚持一下，唉……"

苏漫琴说："你就是容易心软。"

事到如今，卓蕴依旧希望事情能和平解决，在丁虹这儿不要露馅，在赵醒归那儿不要穿帮。因为这本质上是个骗局,哪怕她不是故意要骗人,也没占对方便宜,她也不想以后被赵醒归和范阿姨当骗子看待。

卓蕴愁得要命:"我都没想过,这么件小事居然会变成这样,现在我真是里外不是人,那小孩真心惨,我都能看出来,要是我不干了他得伤心死,那我不可能干啊!这本来就和我没关系,你说我到底该怎么办啊?"

苏漫琴犹豫着说:"你要不……就干吧?一个月一万块呢。"

卓蕴叫起来:"开什么玩笑!这是钱的事吗?我又不缺钱!再说我根本就不是卓利霞,每天顶着个假名过去,穿帮了多尴尬呀!"

苏漫琴说:"那你就好好跟人讲嘛,编个理由,晚上要上选修课什么的,人家还能不让你上课啊?"

"我说过了,那小孩说选修课可以请假!"卓蕴哀嚎,"其实如果让我一周去陪他一天,不给钱我也能答应,也就是陪他说说话,但人家的要求是一周六天哎漫漫姐!我白天上课晚上再去陪人做作业,还有没有自己的生活了?紫柳郡呀,来回加起来要走五十分钟哎,这还没碰到雨雪天,你觉得我是会干这种事的人吗?我这么懒!"

苏漫琴帮她想办法:"那你能不能和他们商量一下,一周就去个一两天?"

"不能!"卓蕴啪啪拍大腿,"那小孩就是要天天有人陪,是医生交代的。你都无法想象,什么都不用做哦,就傻乎乎坐在旁边看他写作业、陪他说说话就行,是个人都能干,现在的问题是他非要我去,非要我去啊!你懂吗?"

苏漫琴思考了一下,还是不太懂:"为什么非要你去啊?你知道原因吗?"

卓蕴眨巴了几下眼睛:"我觉得,大概是因为……我漂亮?"

苏漫琴震惊:"这么肤浅的吗?"

"高中生,男的!"卓蕴一撩长发,"你还想让人家多有内涵啊?"

苏漫琴点头:"也是。"

讨论又回到原点,卓蕴直着眼睛看那不停歇的雨水,依旧不知道该怎么办,她忧愁地道:"走一步是一步了,明天我还是和小孩聊聊吧,他妈妈哭起来好伤心,看得我都想一起哭。"

卓蕴一边说,一边拿起手机看微信,通讯录里有一条新的好友申请,微信昵称是:醒日是归时。

文绉绉的,不知所云。

卓蕴又看向头像,是一只耍着双节棍的忍者神龟。

那条验证消息倒是非常正经:卓老师,你好,我是赵醒归。

卓蕴原本打算和范阿姨摊牌后就走人,赵醒归就算发来好友申请,她也不会搭理。结果，她没能挡住范阿姨的眼泪攻势，答应第二天再去。

现在要怎么办？卓蕴一咬牙，先把朋友圈对赵醒归屏蔽，接着就通过了他的好友申请。

十一点半了，赵醒归应该睡了吧？

卓蕴手指敲着屏幕，给他留言。

Zoe：小赵，明天别坐那把椅子了，听话。

受伤以后，赵醒归的生活有了翻天覆地的变化，曾经从未放在心上的一些小事，比如穿衣、翻身、如厕、洗澡……在这一年半里都变成了需要他重新学习的生活技能。同时，他还失去了很多很多东西，甚至放弃了他的梦想。

睡眠也是令如今的赵醒归头疼的事情之一，以前他精力旺盛，沾着枕头就能睡着，舒舒服服地一觉睡到大天亮。而现在，他的睡眠质量变得很差，入睡所需时间长，睡得还不踏实，有很长一段时间，甚至需要安眠药才能睡着。

住院时，有护工贴身陪护，每晚会定时帮他翻身，可每次翻身都会把他弄醒，之后又是长时间的失眠。如果碰到阴雨天，情况就更加严重，后腰伤处又酸又疼，像是有千万只蚂蚁在咬，折磨得赵醒归坐卧难安，整宿都睡不好觉。

这一晚也不例外，窗外落着雨，赵醒归保持一个姿势睡了几小时后被疼醒了，迷迷糊糊地睁开了眼睛。

出院回家后，他就学习着一个人睡，不让人陪护，无奈下半身感知、运动能力的丧失真的很消磨人的精神，赵醒归半夜总是会因为身体不适而醒来，在黑暗中艰难地翻一个身，然后睁着眼睛，近乎绝望地等待天明。

他捞过床头手机看时间，才半夜两点多。微信上有一条未读消息，赵醒归茫茫然地点开看，居然是卓老师发来的！她通过了他的好友申请。

卓老师的微信昵称是"Zoe"，头像是一只白色小仓鼠，赵醒归看到她发来的那句话，无声地笑了一下。他又不死心地想看看卓老师的朋友圈，结果空空如也，她应该是屏蔽了他。

赵醒归有些失望，撑着床面让自己翻身仰卧，伸手去裆部摸了一下，纸尿裤鼓鼓的，好在没漏出来。

他不习惯插尿管，因为尿袋要挂在衣服外面，赵醒归接受不了自己挂着尿袋去学校，所以就千辛万苦地学会了按时排尿，而到了晚上，他只能穿纸尿裤睡觉。

与别的腰椎脊髓损伤患者相比，赵醒归似乎幸运了一点点，受伤后过了几个月，他就能感知到些微的尿意和便意，只是无法控制，当感觉过于明显时，就意味着他快要失禁了。

睡着时，他什么都感觉不到，所以只能穿上成人纸尿裤，再铺上护理垫，这一年多来，他就是这样狼狈地生活着。

赵醒归仰躺在床上，轻轻地叹了口气，也不管两只脚现在是怎么个姿势，趁着心情还不错，睡意未全消，他又一次闭上了眼睛。

破晓时分，雨停了，赵醒归的身体不再那么难受，勉强算是睡了个回笼觉。清晨七点整，他把自己收拾干净，坐着轮椅和苗叔一起下楼，赵伟伦和范玉华已经坐在餐桌边。

"爸，妈，早上好。"赵醒归把轮椅停在桌边，苗叔在他身旁坐下，赵家夫妻一直把苗叔当自家人看待，苗叔都会上桌吃饭。

潘姨为他们端上早点，赵醒归面前是一碗热腾腾的小馄饨，配白煮蛋、牛奶和半个苹果，苗叔和赵伟伦吃热汤面。

范玉华问儿子："小归，昨晚下雨你睡得好吗？背有没有疼？"

赵醒归垂着眼回答："还好。"

范玉华没再多问，知道儿子向来报喜不报忧。赵醒归小口吃着鸡蛋，问母亲："妈，小宜什么时候回来？"

"怎么？你想她啦？"范玉华笑道，"国庆吧，和她说好等你适应了学校生活，就把她接回来。"

赵相宜是赵醒归的妹妹，读小学六年级，赵醒归受伤后家里一团乱，那时赵相宜才十岁，赵伟伦要管着公司，范玉华顾不上女儿，只能把她送到父母家去住，一住就是一年多。

这年暑假，赵醒归出院回家，赵相宜也回了紫柳郡，一直到八月底，因为赵醒归要重新上学，赵相宜主动提出她先回外婆家住一阵子，等妈妈忙妥哥哥入学的事，她再回来。

赵醒归说："不用等到国庆，我有十几天没见她了，让她回来吧。"

范玉华说："好，那我去和她说，她也很想你呢，每天打电话都要问哥哥好不好。"

这时，潘姨把一盘热包子端上桌，赵醒归想起一件事，叫住她："潘姨，今晚能做点红豆糕吗？"

潘姨一愣，说："行啊，你这几天可有意思，一会儿要我做麻薯，一会儿要做蛋黄酥，今天怎么又想吃红豆糕啦？"

赵醒归没回答，范玉华笑着说："他呀，估计是想让小卓老师尝尝你的好手艺呢。"

赵醒归板起脸来："我没有。"

赵伟伦和苗叔在边上偷笑。

"好好好，没有没有。"范玉华对潘姨说："潘姐，那就麻烦你今晚做点红豆糕吧。"

"行，没问题。"潘姨爽快地应下，又对赵醒归说，"我是看在你的面子上才肯做哦，是做给你吃的，不是让你去讨好漂亮姑娘的。"

赵醒归脸都红了："我说了我没有！"

赵伟伦笑得一口面条都差点喷出来，赵醒归用罕见的速度吃完早餐，喊苗叔："苗叔，去学校了。"

苗叔也刚吃完，抹抹嘴，提起赵醒归的书包对赵家夫妻说："先生太太，那我就送小归去学校啦。"

范玉华微笑着冲他俩挥挥手："去吧，开车小心。"

赵醒归转着轮椅从后门坡道出去，听到门关上的声音，范玉华的笑容才收起，对丈夫说："今天我想给阿虹打个电话，让她去找小卓聊聊，你觉得合适吗？"

赵伟伦前一晚回家比较晚，已经听妻子说了"卓利霞"提辞职的事，想了想说："我觉得，小卓老师既然有了这个想法，就不会那么容易改变，她今天是答应了你会再来，保不准哪天又不想干了，你要是再让阿虹去找她聊，会不会让她压力更大？"

范玉华说："我是想让阿虹和她提加薪的事，我觉得吧，像小卓这样年纪的女孩总是要漂亮的。她本身长得好看，就因为家里条件不好，一直没怎么打扮，如果让她在经济上更宽裕些，她是不是就能给自己买点衣服化妆品，还能补贴家里，那兴许……她就愿意留下来了呢？"

赵伟伦说："也有可能吧，不过我还是劝你要做好思想准备，到时候可能会换家教。强扭的瓜不甜，就像你猜的那样，她可能就是顾忌小归是个残疾孩子，这个事实又不能改变，如果她待在小归身边很难受，只要她没有伤害小归，你也不能苛责她，你说对吧？"

"我懂你的意思。"范玉华用手撑着额头，无力地说，"可是，为什么会难受呢？小归以前明明也是个健康又帅气的男孩子，多讨人喜欢啊。"

苗叔开车载着赵醒归去位于城南的钱塘二中，车程需要半个多小时。因为赵醒归身体情况特殊，学校给予了特别照顾，让他家的车可以开进校门，停到教职员工的停车场。

停好车，苗叔从后备厢里拿下轮椅部件，组装好后推到后车门边，赵醒归打开车门，搬着腿将自己从车厢里转移到轮椅上。

他穿着一身校服，白色短袖上衣，袖边和领口是米黄色，底下是深灰色运动长裤，脚蹬白色运动鞋，在苗叔眼里就是个身量颀长、面容俊美的小少年。

可惜啊……苗叔在心底叹气，老天爷也太不开眼了，多优秀的一个孩子，又好看又聪明，家里还有钱，怎么就搞成这样了呢？

赵醒归坐上轮椅，抬头望了眼停车场通往教学楼的路，雨后形成的一摊摊积水还没干，常人可以绕着走，可对于他的轮椅来说，就只能往积水上过。这令赵醒归不太高兴，他爱干净，不想让轮椅的大轮变得泥泞。

不想过也得过，赵醒归没有让苗叔推轮椅，自己转着轮圈从停车场往教学楼行去。

这个时间，所有的班级都在早读，校园里走动的人非常少，来到一号教学楼，赵醒归从一段无障碍坡道上了一楼，继续转到高一三班教室门口。

他和苗叔在走廊上等了一会儿，早读结束有铃声，休息十分钟后上第一堂课，赵醒归会在休息时才从后门静悄悄地进入教室。

课间十分钟，教室里不那么安静，有人在喝水，有人在聊天，有人去上厕所，赵醒归默默地将轮椅停到最后一排靠门的课桌旁，那是他一个人的位子，空间相对宽敞。

没有人来和他打招呼，赵醒归习以为常。

范玉华对卓蕴说赵醒归每天都孤孤单单一个人，并不夸张，但其实这不是班里同学的问题，而是赵醒归自己做的选择。

新入学的高一新生们活泼又热情，对于班里这么一位只能靠轮椅行动的大帅哥充满好奇，并没有歧视和敌意，不管男生女生，都想来和赵醒归聊聊天。

尤其是一些女孩，可能被救赎类言情小说影响，会幻想自己是这位"美强惨"男同学人生中的一道光，时不时地会对赵醒归表现出一些特别的关心，却不知在赵醒归眼里，她们都只是些幼稚的小孩。

赵醒归始终冷着脸爱答不理，渐渐的，小同学们一个个都偃旗息鼓了，有人私下说他很嚣张，有人说他残疾了心理肯定有问题，有人打听来他受伤的原因，"嘶"地倒吸一口凉气，说："这也太倒霉了吧？"

还有人说："如果我是他，我肯定活不下去。"

赵醒归将书包里的书本和作业掏出来，把作业本往身旁的空桌上一丢，一会儿课代表会来收。

他偶然抬眼，发现这一天的教室似乎和平时不太一样，仔细一看，原来是讲台边的边柜上放着两束鲜花。

啊！他想起来了，这天是九月十号，教师节。

赵醒归抿抿唇，从裤兜里掏出手机，给某人发出第一条微信。

醒日是归时：卓老师，祝你节日快乐。

"节日快乐？"卓蕴刚睡醒，顶着一头乱蓬蓬的头发从上铺坐起来，看着手机很是莫名其妙，问在底下收拾东西的袁晓燕，"晓燕，今天是什么节日啊？"

"今天？今天是十号。"袁晓燕抬头看她，"教师节，怎么了？"

卓蕴目瞪口呆，心想这小孩还来劲了，什么乱七八糟的。

洗漱完毕，316寝室的四个女生一块儿去食堂吃早饭，吃完后去教学楼，卓蕴故意压着铃声走进教室，就为了避开卓利霞。

上午的课结束后，卓蕴拉着苏漫琴去小吃街吃饭，说："吃完了你陪我去买件衣服，天天问晓燕借衣服穿，我都不好意思了。"

钱塘二中，赵醒归也结束了上午的课，收拾好书包后，一声不吭地转着轮椅离开教室，苗叔正等在走廊上。学校里吵闹了许多，大家都下课了，赵醒归正要和苗叔一起往停车场去，听到有人叫他："小乌龟！"

他转过头，就看到几米开外的胡君杰。

胡君杰是赵醒归最好的朋友之一，不过两人已经有半年多没见面，上一次见面还是春节时，胡君杰去医院看望赵醒归。

开学后，大家都在同一所学校，因为赵醒归总是掐着时间来和走，一直没机会见到老朋友们。其实，也是因为他并不想见他们。

胡君杰小跑着来到赵醒归面前，他个子也很高，曾经是赵醒归在篮球场上的好搭档，一个中锋，一个边锋，进攻时配合得天衣无缝，进球后会跳起来相互击掌。

而现在，赵醒归只能仰视着对方，胡君杰大概觉得这样的视角不太妥当，便在赵醒归的轮椅前半蹲下来，问："你这几天回来上课，感觉怎么样？"

赵醒归说："还行，都是学过的课，我也没怎么听。"

胡君杰打量着他："你瘦了好多。"

赵醒归笑了一下："已经比住院时胖一点了。"

"你现在……"胡君杰的视线落在赵醒归微微岔开的双腿上，不安地问，"有没有好一点？你不是说……一直都有在复健？"

赵醒归右手按上大腿捏了一下，摇头道："没什么效果，腿还是没感觉，我估计就是这样了，你知道，这种伤是不可逆的。"

胡君杰眼眶红了，却咬着牙死死地忍耐着，甚至还笑了笑，笑得比哭都难看："不会的，你好好锻炼，会好起来的，我还等着你回来和我一起打球呢。"

赵醒归伸拳在他肩头捶了一下:"除了打球,我还有很多东西可以和你一起玩,比如打游戏。"

胡君杰被他弄笑了,抹抹眼睛说:"本来阿泽要和我一起来,不过老师找他有事,他说下次再来找你。"

"你们现在很忙,不用来找我。"赵醒归说,"好好复习,明年就高考了,我会照顾好自己的。"

走廊上学生来来往往,很多人都在看赵醒归,他回头看了眼苗叔,对胡君杰说:"我得走了,下午还要去医院,你回去吃饭吧。"

胡君杰站起身,高大的男孩眼睛红红,鼻头红红,悲悲戚戚的样子令赵醒归头疼:"你别这样,君杰,快回去吧,我真走了。"

胡君杰这才一步三回头地离开,赵醒归调转轮椅方向,一张脸瞬间冷了下来。

回紫柳郡的路上,赵醒归一句话都没说,一直板着脸望向窗外。车子路过家附近的紫悦城时,沉默许久的他突然开口:"苗叔,去一下商场。"

苗叔问:"去商场?你要买东西吗?"

"对。"赵醒归说,"我想买点东西。"

卓蕴和苏漫琴在一家面馆吃午饭,有个人走到她们桌边,惊喜地叫:"卓蕴师姐!"

卓蕴吓一跳,抬头才发现来人是个有些脸熟的男生,皮肤黑黑的,戴一副黑框眼镜,只是她想不起他的名字了。

那男生说:"你不记得我了?我是葛浩宇,上周六在紫柳郡,咱俩一起面试的。"

"哦!"卓蕴想起来了,"你好。"

葛浩宇挠了挠脑袋,问:"卓蕴师姐,这几天你有没有接到那户人家面试的电话?"

苏漫琴在对面"噗"地笑了一声,卓蕴清清嗓子,镇定地说:"没有,怎么了?"

葛浩宇说:"我也没接到,估计是没戏了。"

卓蕴说:"不一定的,才过没几天呢,人家可能也要商量一下。"

葛浩宇说了几句闲话就走了,卓蕴被搞得没了胃口,搅着面条对苏漫琴说:"你看吧,撒了一个谎,就要用无数的谎来圆它。"

吃完面,卓蕴拖着苏漫琴在北门外的一条商业街瞎逛,商业街上有面向大学生的服装店,只是卓蕴从来没在这儿买过衣服。

"我想买条连衣裙,素一点的,以后也能当睡裙穿。"卓蕴握了握拳,"今天一定要把这事给搞定,最后一次去,给小孩留个好印象。"

她最终挑了一条白色棉布连衣裙，圆领，短袖，腰身肥肥的，简直可以当孕妇裙穿。

"你可以系一条腰带，我店里也有。"店主热心地给建议，"你这么高，又这么瘦，系条腰带会更好看。"

卓蕴木着脸说："不用了，我就喜欢宽松款。"

苏漫琴笑得肚皮痛，卓小姐衣柜里宽松的衣服一只手都数得过来，她向来偏爱性感火辣的穿衣风格，每次去酒吧，那细腰一扭，就会招来无数绿莹莹的目光。

买完衣服，卓蕴和苏漫琴回寝室，轻手轻脚地不想让卓利霞发现，谁知躲得了初一，躲不过十五，寝室门一开，卓蕴就发现卓利霞已经等在316了。

"卓蕴！"卓利霞看到卓蕴就蹦起来，"到底怎么回事啊？我和我男朋友在食堂吃饭碰到丁老师了！你知道她和我说什么吗？"

卓蕴心虚："说什么？"

卓利霞急得哇哇叫："她问我家教上得咋样！说对方家长给她打电话，如果我对工资不满意，可以给我加薪，一个月一万五！让我好好干，别多想，我的天！我当时都傻了，你昨晚还没推掉吗？我以为你肯定搞定了呀！"

卓蕴冷静地说："昨晚发生了一点意外，今晚我一定搞定。"

卓利霞定定地看着她，突然说："卓蕴，要不你和对方说实话吧，就说真正的卓利霞前几天有事才没去面试，你只是去帮忙的。这几天卓利霞可以上课了，后面，我自己去做这个家教，行吗？"

卓蕴还没说话，苏漫琴先笑起来："你想得可真美，这时候动心了？早干吗去呀？我告诉你，根本不可能，你现在上门去人家就当你是个骗子，谁会请个骗子来做家教啊？"

卓利霞脸色一阵红一阵白，瞪了苏漫琴一眼，却不敢呛她。

卓蕴看着卓利霞："我不想和对方说实话，我三次过去都在骗他们，今天是最后一次，我想的是好聚好散，别再膈应他们了。你也死了这条心吧，好好瞒着丁虹，今晚过了，这事就彻底结束了。"

卓利霞问："你今晚一定能推掉？"

卓蕴点头："我保证。"

"行。"卓利霞说，"那我晚上等你消息，你搞定了，我明天就去和丁老师说。"

傍晚，又下雨了，卓蕴卸了妆，换上那条新买的连衣裙，扎起马尾辫，站在盥洗台前照镜子。她皮肤很白，穿着一条白裙子显得更加白皙，脸庞上眼眸明亮，嘴唇红润，模样格外清纯。

原来赵醒归看到的她是这个样子的，连卓蕴自己都觉得很陌生。她背起帆布包，想了想，还是穿上了那双洞洞鞋，拿起伞说："我走了。"

　　这是卓蕴第一次在雨天走路去紫柳郡，一路上心情复杂，一会儿觉得下雨好讨厌，一会儿又觉得反正是最后一次了，忍一忍吧，一会儿，又会想起赵醒归那双漂亮的眼睛。

　　未满十八岁的少年性格内敛，大多数时候眼神冷淡，却并没有让卓蕴感到疏离和傲慢。她其实有感觉，赵醒归对她是有些不一样的，那种男生对心仪女生微微的讨好，卓蕴体会得太多了，赵醒归只是个涉世未深的高中生，在这方面怎么可能瞒得过卓蕴？

　　可卓蕴表现出来的一切都是假的，名字是假的，外表是假的，成绩是假的，连性格、家境都是假的。赵醒归中意的并不是真实的她，如果让他知道她原本是个怎样的人，小少年估计会惊掉下巴。

　　退一万步说，就算赵醒归能接受真实的她，这也是件不可能有结果的事。卓蕴不想他在这样一件虚妄的事情上浪费精力，所以这一晚，她坚定地要把一切都扼杀在摇篮里。

　　卓蕴走到紫柳郡 C2 小楼门前时，裙摆已被雨水打湿，洞洞鞋全是洞，两只脚都湿透了，她收起伞，被潘姨带着走进客厅，范玉华看到她后眼睛一亮："小卓，你今天好漂亮！"

　　卓蕴"害羞"地抿唇笑，范玉华陪着她去坐电梯，说："小卓，昨天晚上阿姨失态了，让你看了笑话，你不要往心里去。阿姨还是那句话，你给小归上课不要有压力，小归就是个普通男孩，可能话不多，但他真的很乖，很懂事，你多陪他聊聊天，他心里应该会很开心。"

　　她没有提自己和丁虹打的那通电话，也没有问"卓利霞"对涨薪是否满意，看到"卓利霞"穿着裙子来上课，范玉华感到欣慰，觉得小姑娘已经想通了。

　　她没有进电梯，站在门外一脸温柔地看着卓蕴，卓蕴心里像被压上了一块石头，只能冲她笑了笑。

　　电梯到三楼，会客室门开着，没有人，卓蕴在开着的卧室门上敲了敲，里面传来赵醒归的声音："请进。"

　　卓蕴穿过短廊走进卧室，看到赵醒归坐在书桌边。他很听话，乖乖地坐回了轮椅，身上是黑衣、黑裤、黑鞋子，一身黑，与黑色的轮椅几乎融为一体，肤色被衬得更为苍白，面容还有些憔悴。

　　他头发湿漉漉的，像是刚洗完澡，卓蕴能看到他眼里的那抹惊艳，掠了掠裙摆，说："看什么呢？我裙子都湿了。"

　　赵醒归转着轮椅来到她面前，仰起头问："要拿毛巾擦一下吗？"

卓蕴摇头："不用，你不嫌我弄脏你家椅子就行。"

赵醒归将轮椅倒退了些，说："过来坐吧，别站着了。"

卓蕴在他身边坐下，赵醒归看了她一眼，弯下腰，从书包里掏出一个包着彩纸的盒子递给她："卓老师，给你的。"

卓蕴很吃惊："这是什么？"

赵醒归一本正经地说："教师节礼物。"

卓蕴摇手拒收："不用了，谢谢，我算什么老师呀，你留着送你班主任吧。"

赵醒归说："我特地买给你的。"

"真的不用了，小赵。"卓蕴心脏怦怦跳，打死都不接盒子，"我不会收的，你拿回去吧。"

赵醒归的眼神冷下来，手指抠着盒子的彩纸包装，低着头说："卓老师，这真的只是教师节礼物，不贵的，你先拆开看看。"

"我不拆。"卓蕴说，"这不是贵不贵的问题，而是，我不能收你的礼物。"

赵醒归抬眼看她："为什么？"

"不为什么！"卓蕴急得语气都加重了，"每个人做事都有自己的原则，这就是我的原则，我说不收就不收！你要尊重我的原则！"

赵醒归的脸色白得跟纸一样，眼睛死盯着卓蕴，好半晌才问："你是不是讨厌我？"

卓蕴："我没有。"

赵醒归点点头，把盒子丢到书桌角落里，转着轮椅面向书桌，低声说："那我做作业了。"

他在生气，卓蕴知道，却没有力气再说什么。

第三章

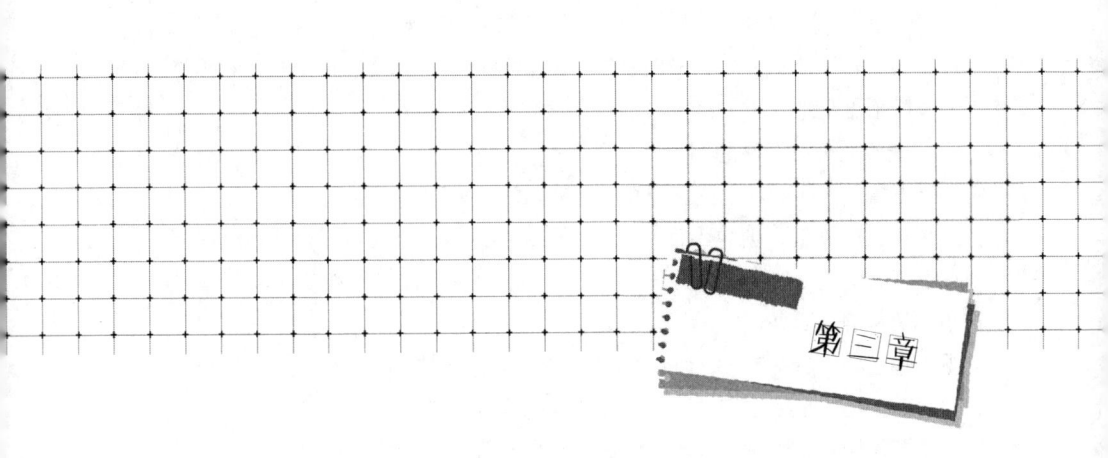

赵醒归，对不起

(1)

时针滴答滴答地走着,这一晚的房间,除了那些细碎的声音,还多了窗外的雨声,雨势似乎更大了些,噼噼啪啪地敲打在玻璃上,卓蕴抱着臂,右手捏了捏眉心,微不可察地叹了口气。

"我今天……"赵醒归突然打破沉默,轻轻地开了口,他没转头看卓蕴,眼睛只盯着自己的作业本,"碰到我以前的同学了。"

卓蕴抬眸看他,他也不管她是否在听,继续说了下去:"是我最好的朋友,现在上高三,我已经半年多没见他了,今天是他自己找到我教室来的。"

卓蕴静静地听着。

"卓老师。"赵醒归终于转过头来看她,眉心微拧,脸色不太好,开口道,"我想问问你,是不是在你们眼里,我现在特别可怜,特别凄惨?"

卓蕴没回答,但她的表情已经给了赵醒归答案。

"真的有这么惨吗?"赵醒归语速很慢,语调也很平缓,"你们还没见过我的一些伤友,他们比我惨多了,在我们这些人里,我已经算是幸运的了。"

他放下笔,举起右手给卓蕴看,五指张开,又握紧成拳:"我的手功能一点也没受影响,臂力也一样,我的腰肌还有一点力气,让我不用支架就能坐着,我还可以做很多事情,生活也能自理。"

卓蕴目光平静地看着他,赵醒归放下手,说:"但是我朋友见到我,我从他眼睛里能看出来,他觉得我这辈子已经完了。有时候,我从我妈妈和苗叔的眼睛里,也能看到这些东西。"

他又一次撑着桌面,上身向卓蕴靠过去一些,他身上有淡淡的香味,是洗发水和沐浴露留下的味道,湿漉漉的头发被空调吹得半干,泛起健康的光泽,卓蕴能看到他脸上细腻的肌肤纹理,还有因为转头,脖子左边出现的那道从耳垂延伸到锁骨的凌厉筋脉。

她学画,知道这叫胸锁乳突肌,名字不怎么好听,可在清瘦的少年人身上,这真是很诱人的一处所在,不是时时能看见,看见了,就会让人……想要去摸摸,是不是真的又韧,又硬。

卓蕴的视线不舍地从那儿移开,又落在他颤动的喉结上,接着在他那被衣领挡着的、若隐若现的锁骨处流连片刻,最后才回到他的脸上,与他目光相会。

赵醒归的眼睛在他五官中最是浓墨重彩,他清冷的性子都因为这双含情眼而打了折扣,至少卓蕴是这么认为的,他,并不难靠近。

对视中,卓蕴的目光已化成一支画笔,细细描摹着他的眼型,将他每一根睫毛都描了一遍,笔锋一转,又去他高挺的鼻梁上滑滑梯。她被他压迫着,却没退缩,上身坐得笔直,始终微仰着脖颈。

卓蕴的画笔终于描到赵醒归的嘴唇上,他嘴唇很薄,唇色也淡,说话时没有过多的表情,他很认真地看着卓蕴,问:"卓老师,你也是这么认为的吗?"

这一次,卓蕴没有被赵醒归吓到,连眼神都没有避开,她收起心中那支试图往赵醒归衣领里钻的画笔,说:"你为什么要在意别人的想法?你未来会怎样,不应该是自己说了算吗?"

赵醒归说:"我没有在意别人的想法,我只想知道你的想法。"

"我的想法?"卓蕴微笑,"小赵,我和你不熟,没有资格对你的生活指手画脚。"

听到那句"不熟",赵醒归的眼神又冷了几分,卓蕴继续说:"我只知道,你家还挺有钱的,至少,你以后不用为生计发愁。"

赵醒归坐直了身子,嘴边泛起一抹自嘲的笑:"你也觉得,我将来只能靠家里,做一条衣来伸手、饭来张口的米虫,对吗?"

"我不是这个意思。"卓蕴说,"你现在才上高一,三年后高考,你可以按照你的身体情况选一个合适的专业,毕业后,再选择一份合适的工作。你别怪我说得不好听,你的确不能随心所欲地想做什么就做什么,这是客观条件限制的,但也不是说你什么都不能做,职业千千万万,总有适合你的。再说了,你家的经济条件也是你的后盾,你不用担心什么,现在最重要的是做好眼前的事,好好上学,好好复健,先把目标定到高考,别想太多无谓的事,你觉得呢?"

卓蕴很少这样正儿八经地与人聊未来,因为她连自己的未来都掌控不了。大学毕业就是倒计时,明年,她应该就会和石靖承订婚,未来究竟会怎样,她不知道,也不在乎,所以很少去构想。

赵醒归听完后,冷冷地说:"我不想听你说这些冠冕堂皇的话。"

卓蕴挑眉:"哪儿冠冕堂皇了?我说得不对吗?"

"我要听你的真心话。"赵醒归食指戳戳自己的心口,"你是怎么看我的,你觉得我是个怎样的人,除了惨,我还有没有救?"

卓蕴的眼神飘忽了一下,还是那句话:"咱俩不熟,我不知道你是个怎样的人。"

"那你就把我当成一个陌生人。"赵醒归说,"假设你现在是第一次见我,你对我的观感是什么?"

卓蕴被他锲而不舍的精神折服了,问:"你确定要听?"

赵醒归点头:"是。"

卓蕴眯了眯眼睛:"我对你……最大的观感,应该是可惜。"

赵醒归:"可惜?"

"对,就是可惜。"卓蕴注视着他,"你应该不是第一次听别人这么说吧?'赵醒归这孩子,可惜了。'就是这个意思。"

"可惜。"赵醒归又重复了一遍,右手无意识地转起一支笔,像是陷入了沉思。

卓蕴看着那支笔在他指尖灵活地转圈,怎么都不会掉,不知不觉看入了迷,好一会儿才回过神来,见赵醒归还在发呆,问:"你今天是不是作业不多啊?"

"多,但我不想做。"赵醒归有些赌气地说,"背疼。"

"背疼?"卓蕴紧张了,问,"怎么会背疼?要叫你妈妈来吗?"

赵醒归说:"不用,她知道的。"

卓蕴仔细观察他的脸色,发现真的很不好看,从她进门到现在,他一直都脸色发白,眉目也不舒展,原来是在忍受疼痛。

"卓老师。"赵醒归突然丢下笔,说,"我能不能去床上躺一会儿?我不太坐得住了。"

卓蕴说:"当然可以,你去吧,真的不用去叫你妈妈吗?"

"不用,她来了也做不了什么。"赵醒归说完就转着轮椅退后了一些,又调转方向来到大床边。

卓蕴看着他,不知道自己该不该回避,赵醒归却什么都没说,将轮椅停在床边后,找好角度,拉上手刹,先抓着膝盖将两只脚放到地上,接着一手撑床面,一手撑轮椅坐垫,抬起屁股把自己挪到了床上。

这还是卓蕴第一次看到赵醒归从轮椅转移到别处,眼睛一眨不眨地盯着。他的两条腿是那么修长,却又那么无力,转移后,左脚的鞋子不受控制地踩到右脚鞋子上,脚踝都扭转了,他也只能低下头抓着左小腿将左脚挪开。

就在这时,令卓蕴意想不到的情况发生了,大概是因为下雨天,赵醒归身体里脆弱的神经受不了一丁点的压迫,就是这么一次简单的转移,他的痉挛发作了,还是两条腿一起抖,扑簌扑簌抖得他差点没坐住,撑了一下床面才稳住上身,死死地咬着后槽牙。

卓蕴哪里见过这样的阵仗,连网上都没查到过,她几乎是蹦到赵醒归面前,惊慌地问:"你怎么了小赵?这是怎么回事啊?"

她太害怕了,房间里就他们两个人,赵醒归要是出了什么事,她可担不起这个责任啊。

"我没事,你别怕。"赵醒归抬头看她,额头上冒出了一层小汗珠,又低头去看那两条闯祸的腿，说，"就是痉挛罢了，经常会有，一会儿就好。"

卓蕴在他面前蹲下，伸出右手想要摸上他跳动的膝盖，又不敢，结巴着问："能、能不能碰？按住有用吗？要、要多久才会停？"

赵醒归突然伸出左手覆在她的手背上，一把就按了下去，两只手交叠着按在他的左膝上方，吓得卓蕴心脏都要跳出喉咙口了。

少年的手掌很宽，五指有力，掌温却很凉，卓蕴的手掌被迫体会着他左腿的颤动，那种感觉太过怪异，让她想逃，赵醒归却不放。

他说："可以碰，你别怕。"

卓蕴逐渐镇定下来，也就过了一两分钟，赵醒归的腿不抖了，卓蕴的手却还被他压在左大腿上。隔着布料，她能感觉到他大腿上的肌肉很软，是一种异样的绵软，赵醒归看到她盯着他的腿看，终于松开了手，卓蕴一愣，赶紧把手收回来。

她蒙蒙地抬头看他，问："真的没有感觉吗？"

赵醒归轻轻摇头，卓蕴站起身来："那你休息一会儿吧，我去外面待着，有事你叫我。"

赵醒归仰着脸："你别出去，卓老师。"

卓蕴明白了他的意思："好吧，那我陪你。"

赵醒归调整了一下坐姿，捞着右小腿搁到左大腿上，脱掉鞋子，又用同样的方式脱掉另一只鞋，接着就转了下腰，依次将两条腿都搬到床面上。

卓蕴站在床边看着他的动作，赵醒归双手撑在身后，抬起臀部将自己往床头挪，撑一下，挪一步，两条腿就这样被上身拖了过去，连着平整的床单都被蹭皱了。

他终于挪到床头，拿了几个靠枕垫在腰后，卓蕴看到他的两只脚，穿着白色棉袜，脚尖无力地向两边倒下，赵醒归拉过薄被盖到身上，又一次调整姿势，最后才停下动作，似乎找到了最舒服的靠姿，吁出一口气来。

卓蕴搬了一把椅子坐到他床边，赵醒归这时才向她解释了一句："下雨天，我背上受伤的地方就会疼，不是什么大事儿，习惯了。"

卓蕴问："痉挛呢？也是下雨天才会发作吗？"

赵醒归说："不是，几乎天天都会发作，什么时候都有可能，每次时间都不长，没什么的。"

经过这么一段小插曲，原本气势十足的少年竟是显出了几分脆弱，那双眼睛都变得水汪汪的了，他低声说："卓老师，刚才……对不起，我今天心情不太好。"

"没关系。"卓蕴已经发现了，并没往心里去，她没有太多照顾人的经验，抽了张纸巾递给赵醒归，"你出汗了，擦一擦吧。"

赵醒归接过纸巾擦掉额头的汗，卓蕴见他不太有精神，犹豫了一下，还是伸手按上他的额头，想试试有没有热度。

赵醒归愣住了，眼皮一撩，有些紧张地看着她，卓蕴把手收回来，说："没发烧，你好好休息，想睡就睡会儿，要喝水就叫我。"

"哦。"赵醒归指指书桌，"你要是饿了，可以吃桌上的点心，红豆糕，很好吃的。"

卓蕴说："我知道了。"

赵醒归又说："你别出去。"

卓蕴对他微笑："我不出去，就在这儿陪你，没下课呢。"

赵醒归满意了，撑着床面向下滑了一些，双手交叠搁在被子上，听话地闭上了眼睛。没过几分钟，卓蕴发现他真的睡着了，发出规律的呼吸声，只是眉头微蹙，像是睡得很不踏实。

卓蕴等了一会儿，起身取来自己的素描本和铅笔坐回床边，看着赵醒归的睡脸，她翻开本子，拿起了笔。

紫柳郡是一个很安静的小区，别墅区更是与世隔绝，下雨天，极少有人从C2小楼门外经过，卓蕴听着哗啦啦的雨声，沉浸在画作里。

偶尔，她会抬头看一眼赵醒归，他坐着时就能看出是个高个子男孩，躺下来越发明显，卓蕴觉得他的床都不止两米长，应该是两米二。尽管个子很高，他的脸庞却还带着稚气，黑发柔顺地垂在眉前，睡着了的样子非常乖巧，一点也看不出平日里是个冷冷淡淡的人。

卓蕴想起卓蘅，卓蘅只比赵醒归大一岁，性格却是狂妄又傲慢，和卓蕴吵架时活像个逃离精神病院的失心疯患者。卓蕴知道，卓蘅是被老爸给养歪了，以后年纪大了估计就是卓明毅二号，与他一比，赵醒归真的可爱许多。

果然不同的家教就会养出不一样的孩子，卓蕴想，如果是卓蘅受伤截瘫，那可真是一场灾难，那家伙绝对会变得疯疯癫癫，哭天抢地，哪会像赵醒归这样默默忍受这一切，还愿意重新回学校上学，会认真思考自己的未来。

赵醒归这一睡就睡了一个多小时，快到九点时，卓蕴把素描本放回帆布包，想着要不要叫醒他，还没开口，他自己醒过来了。

赵醒归醒来的第一件事就是把手伸到被窝里去摸，这一摸，他的脸色就变了。

卓蕴还未发现异状，问："你醒啦？快下课了，你今天作业都没做，明天交不了差怎么办？"

赵醒归哪里还顾得上作业，脸色青白交加，对卓蕴说："卓老师，你能不能去外面等一会儿。"

卓蕴不解："怎么了？你要做什么？我可以帮你。"

"不用,我……"赵醒归咬着牙说,"你先出去吧,几分钟就行,我想上个厕所。"

"哦,好。"卓蕴起身走了出去。

卧室门被关上了,赵醒归掀开被子,他已经好几个月没有过失禁,而现在,黑色长裤的裆部湿了一小片,床单上也沾了一些,量虽然不多,还是会有隐隐的气味传来。赵醒归懊恼极了,拉过轮椅,撑着床面把自己挪到轮椅上,摆好双腿,去卫生间做清理。

会客室里,卓蕴呆坐几分钟后,有人从楼梯上来,是范玉华。

看卓蕴有些惊讶,范玉华笑着说:"我没什么事就来看看,小卓,你怎么在这儿?下课了吗?"

"还没有。"卓蕴指指卧室门,"小赵说他要上个厕所。"

"哦。"范玉华明白了,让卓蕴在沙发上坐下,不好意思地说,"小归上厕所比较慢,你体谅一下,他总归有点不方便。"

卓蕴说:"我知道,我不会催他。"

"那个……今天的课还顺利吗?"范玉华眼神温柔地看着卓蕴,"今天下雨,我怕小归身体不舒服,他没什么事吧?"

"他背疼。"卓蕴实话实说,"刚才上床睡了一会儿,我说要叫您,他不让。"

范玉华惊了一下:"他疼得厉害吗?是不是坐不住了?"

卓蕴低下头:"应该挺疼的,不过他说没什么事,我……"

她沉默下来,不知道该怎么和范玉华开口。原本的计划是直接和赵醒归聊,不过赵醒归这天心情不好,身体也不舒服,卓蕴哪里还敢再去刺激他。这时面对范阿姨,其实是个摊牌的好时机,就是不知道范阿姨会不会又被她弄哭,卓蕴想起昨晚的状况都有些后怕。

"小卓,我们聊聊吧。"范玉华竟主动开了口,"阿姨问问你,你以前有没有接触过像小归这样伤病的人?比如家里的亲戚,周围的邻居等。"

卓蕴摇头:"没有,从来没接触过。"

范玉华:"那你了解这个伤病吗?"

卓蕴想起那一晚心惊肉跳的上网查资料的经历,忍住了没说,还是摇头:"不了解。"

"小归是意外受伤,不是生病,就是一下子的事情。"范玉华叹了口气,"就一下子,一切都变了,我那天在公司上班,接到电话后,一开始还觉得没什么,去医院后医生让我签字,说给小归安排手术。我问医生严不严重,有没有生命危险,医生说,不会有生命危险,至于严不严重,要等手术了再说。"

卓蕴的心又提起来了,因为看到范阿姨又一次红了眼眶,她吓得不轻:"阿姨……"

"手术做了几个小时，我一直在外面等着。"范玉华没注意卓蕴的反应，自顾自说了下去，"我从来没想过，从那一天开始，小归就再也不能走路了。"

卓蕴在心里疯狂呐喊：范阿姨您别哭，别哭！千万要忍住！

范玉华吸了一口气，问："小卓，小归有没有和你说过他是怎么受的伤？"

卓蕴说："没有，他没说过。"

——老天，求您也别说，我并不是很想听！

老天爷听到了卓蕴的心声，范玉华点头道："他没说啊……那我也不和你说了，小归心思重，可能不想让你知道。"

卓蕴大大地松了一口气。

两人沉默了一会儿，卓蕴做好各种心理建设后，决定主动出击，开口道："阿姨，我明白小赵现在过得很难，但是……我不知道您能不能理解我的心情。我和您说实话吧，这些话您别对小赵说，我怕他生气，我真的……从来没有接触过像他这样的男孩子，我什么都不懂，和他在一起，我很怕会说错话、做错事，让他不开心。"

范玉华说："你不要这样想，你把他当成一个普通男孩就行，自自然然地对待他，你们都是年轻人，比较有共同话题，有时候开开玩笑也没关系，小归其实没那么古板。"

卓蕴调动起浑身的演技，眼神充满歉意："阿姨，大概是我心理素质不够强吧，我真的压力好大，不是小赵的问题，也不是工资的问题，我就是……看到小赵就觉得很惋惜，心里特别难过，还有点……害怕。我不知道该怎么面对他，这几天愁得都睡不好觉，我昨晚想了很久，就觉得……我还是没法子给小赵做家教，范阿姨，对不起。"

令卓蕴意外的是，范玉华并没有表示惊讶，也没有显露出失望，只是平静地看着她，点点头说："我知道，我理解，小归爸爸也和我说了，这种事不能勉强。我之前还抱着侥幸心理，听你这么一说，我就明白了。小卓，你不要有压力，你没有做错什么，我不会怪你的。"

"阿姨，我……"这一下弄得卓蕴也想哭，觉得自己真的好过分啊。

突然，卧室门被一把拉开，卓蕴和范玉华一齐转头向房门看去，赵醒归坐着轮椅出现在门后，他换了一身衣服，浓眉深拧，眼睛里怒火在燃烧，胸口不停地起伏着，显然气得不轻。

卓蕴傻眼了，不知道赵醒归听到了多少，范玉华叫出声来："小归……"

赵醒归脸色煞白，对卓蕴冷冷开口："卓老师，你居然是个这么不负责任的人。"

说完就"砰"的一声，重重地甩上了门。

卓蕴惊恐极了，与范玉华面面相觑。看着范阿姨眼里的惊疑之色，卓蕴很想解释：范阿姨您别误会，我什么也没干，就是陪您儿子做了三天作业，冤枉啊！我可没有欺负他！

好在范玉华不是不讲道理的人，话既然已说开，也不会再勉强卓蕴，还安慰她："小归年纪还小，有时候讲话比较冲动，你不要怪他，他估计就是一时接受不了，毕竟他真的很喜欢你……的课。"

时间到了九点整，卓蕴再也没理由继续待下去，起身与范阿姨告别，范玉华说要把这三天的工资结给她，卓蕴坚持不要，说就算收了，回头也会还给丁虹老师，范玉华只能作罢。

卓蕴临走前去拿包，最后一次穿过短廊，看到那间清清冷冷的卧室。

赵醒归坐着轮椅，背对着她待在落地窗边。窗帘拉开了，屋里亮，外面暗，还下着雨，玻璃就变成了一面模糊的镜子，淋漓的水迹在窗外蜿蜒流淌，卓蕴从玻璃上看见赵醒归的脸，他低垂着头，半阖着眼，不知在想什么。

卓蕴收拾好挎包向门口走去，走着走着又停下脚步，回头说："赵醒归，对不起。"

少年宽阔的肩膀动了一下，沉默着，还是没回过头来。

卓蕴转过身，大步走出了房间。

几分钟后，范玉华进来了，看儿子像个木头人似的坐在窗边，配上那架轮椅，背影显得格外凄凉。

她又看到桌上那碟无人动过的红豆糕，说："小归，其实小卓说的话，你别太当真，她可能只是找了个理由。我刚和你表姑打过电话，告诉她小卓不做了，你表姑说……"她顿了一下，组织着语句，"她说，今天中午，她在食堂看到小卓和男朋友一起吃饭。小卓……应该是因为谈恋爱，不想花太多时间来上课，才找借口那么说的，你真的不要多想。"

赵醒归没吭声，范玉华待了一会儿就出去了，赵醒归看着玻璃上的自己，身下的轮椅如此醒目，是将他禁锢住的一方牢笼，到哪里都甩不脱，再高大、再好看的人坐在轮椅上，都会显得惨兮兮。

他转着轮椅来到书桌边，看到书桌角落里的那个礼物盒子，伸手拿过来，想要丢进垃圾桶，犹豫了一下，还是放回到桌上。

这是他在紫悦城一家专柜挑来的礼物，一起买的还有彩纸和贺卡，拿回家自己动手做的包装。这还是他这辈子第一次亲手包礼物，连妈妈和妹妹都没享受过这样的待遇，结果，卓老师连拆都不肯拆。

赵醒归看着摊了一桌面的书本作业，一点儿也不想动，将作业本一本本叠起来，打算第二天请假不去学校。这几天都会下雨，他背疼，好烦出门，那些课他本来就会，上着也没意思，班里的人也没意思，总是会用奇怪的眼光窥探他。

正收拾着，数学作业本里露出半张纸来，赵醒归一愣，把纸抽出来看，竟是一张人像素描。

素描并不精致，可能因为时间不够，用线十分大胆，明暗也没有表现得很好，但可以看出作者是用了心的，画得很传神。

画中人歪着脑袋靠在枕头上，碎发垂挂在额前，闭着眼，抿着唇，像个孩子似的睡得分外香甜。

赵醒归盯着画纸看了许久，又看向画面右下角的空白处，自言自语道："Zoe，这次为什么不签名？"

卓蕴回到寝室后一句话都没说，洗完澡就爬到床上，扯过毯子蒙住脑袋，整个人都蜷了起来。

程颖、袁晓燕和苏漫琴你看我，我看你，都不知道发生了什么，最后苏漫琴竖起食指"嘘"了一声，另两人默契地点点头，不打算再去打扰卓蕴。

谁知，十点多时敲门声响起，袁晓燕打开门，卓利霞咋咋呼呼地冲进来："卓蕴回来了吗？怎么回事啊？给她发微信不回，打电话不接，我一直等她消息呢……咦？她怎么在睡觉了？"

卓利霞冲着卓蕴的床铺叫："卓蕴，搞定没啊？"

卓蕴一个翻身就坐起来，披头散发，双目圆睁："搞定了！催催催！催命啊？"

卓利霞吓一跳，也不高兴了："你这么凶干吗？你不是答应会通知我的吗？我等到现在……"

"你还蹬鼻子上脸了？"卓蕴气得浑身发抖，居高临下地指着她，"你动动嘴皮子就行了是吧？我一趟趟给你跑紫柳郡，你说过一句谢谢吗？催催催，就知道催！不想干的活儿你以后别乱接！有本事自己去搞定！还好意思过来叽叽歪歪，谁给你的脸？"

卓利霞仰着脑袋震惊地看着她，想回嘴又不敢，苏漫琴还在边上盯着她呢，卓蕴一指房门："你给我出去！我不想再看见你！"

卓利霞咬着牙，最后问了一句："那我是不是可以去和丁老师说了？"

"出去！"伴随着卓蕴的怒吼，一个枕头从上铺丢下来，吓得卓利霞一声尖叫，拔腿就跑。

316寝室的门关上了，程颖和袁晓燕安静如鸡，苏漫琴也傻眼了，卓蕴的脾气向来比她好，她还是头一回见卓小姐发那么大的火，有些不适应。

苏漫琴踩着梯子去看卓蕴，把枕头放回她床上，发现她又把毯子蒙到头上了，苏漫琴隔着毯子拍拍她："宝，你怎么啦？"

毯子里的人没出声，苏漫琴很快就发现不对劲，卓蕴居然在哭，缩在毯子里，哭得身子都在抖。

"卓蕴，你没事吧？"苏漫琴担心地问。

"我没事。"卓蕴呜咽着说，"你让我自己待会儿行吗？"

"行。"苏漫琴爬下来，对另两个女生说，"没事，让她睡一觉吧，睡醒就好了。"

卓蕴躲在毯子下狠狠地哭了一场，都不知道自己为什么哭，明明离开紫柳郡时，她还松了一口气，觉得这事终于解决了。

当时雨还未停，滴滴答答地打在她的伞面上，她踩着积水往学校走，走着走着，不知怎么的，心里竟越来越难过，还有点后悔，有点愧疚，有点委屈……在路上她就想哭了，一直撑到寝室才彻底地发泄出来。

她想赵醒归到底是什么时候出现在门后的？他听到了多少？她对范阿姨说的那些话，他都听到了吗？其实那真的只是借口，卓蕴待在赵醒归身边的确会感到惋惜，一开始也的确会难受和害怕，可后来，真的没有了。

她陪着他，没有压力的，哪里会有压力嘛！这小孩那么乖巧，那么懂事，事事都会为她考虑，如果她有这样一个弟弟，心疼还来不及呢，怎么会害怕嘛。不过现在说什么都晚了，那些话是她亲口说出来的，赵醒归都听到了，他本来就心思重，指不定会怎么发散思维呢。

卓蕴明白，她的确没有在赵醒归面前"掉马"，但她还是伤害了他，连解释的机会都没有了。

想到这儿，她哭得越发伤心，哭到寝室熄灯，哭到室友们都上了床，哭到她们的手机屏幕一个个暗下来，哭了好久好久，最后大概是哭累了，她终于迷迷糊糊地睡了过去。

周四、周五都是雨天，赵醒归请假两天，没去学校。

每天下午，他忍着背疼去医院复健，练习站立，练习转移，练习翻身，练习爬行……爬行的时候，他觉得自己很像一条狗，可能连狗都不如，狗爬得都比他快。他应该更像一只乌龟，就如他的外号那样，小乌龟，现在他还真是人如其名。

他会穿戴上护具练习走路，从腰到膝盖再到脚，下半身绑得跟个机器人似的，双手撑着助行器，两条腿直挺挺地往前甩。

他的腿没有感觉，甩腿往前靠的是腰部力量，走了没多久就累得满身是汗，卸下护具坐上轮椅，他喝着水听别的伤友聊天。

他们在说外骨骼机器人，是一种可穿戴式智能辅助行走设备，早些年还只是概念，现在已经有一些品牌、款式落地，都是进口的，价格高的一百多万元一台，低的也要几十万元。

赵醒归和父母都了解过，赵伟伦对儿子说买一台贵的吧，每天可以练习走路，防止肌肉萎缩。赵醒归说先等等，他想上网了解一下，因为这是高科技的东西，更新换代特别快，价格又那么高，他很怕这只是一种概念上的炒作，万一花巨资买了一堆垃圾回来，他心里会过意不去。

"小赵可以买，小赵家里条件好。"

赵醒归转过头，发现说话的是一个五十多岁的大叔，大叔是车祸后胸椎骨折导致的截瘫，各方面都比赵醒归严重，心态却很乐观。

他笑呵呵地看着赵醒归："说你呢，你还小，我们都是半老头子了，买不起也用不上。你让你爸妈给你买一个，买来就能走路啦，还能上楼梯呢。"

另一个手功能都有障碍、正在练习抛球的大哥说："小赵你好好锻炼，以后保不准还能娶老婆生孩子。"

赵醒归没说话，仰着脖子喝了口水。

复健结束后，他回到家，第一件事就是洗澡。苗叔帮他把浴缸放满水后就出去了，赵醒归拉上窗帘，关上卧室门，坐在轮椅上脱掉了所有的衣物。

夏天还没结束，这样也不会冷，他转着轮椅进入卫生间，先在马桶上上厕所，再坐回轮椅，将轮椅停到浴缸边。他把两只脚放到地上，又撑着墙上的金属扶手，将屁股挪到浴缸旁定做的一块防滑台子上。

三楼的套间原本是赵伟伦和范玉华的房间，在赵醒归受伤后，整栋别墅大范围地改装过，装上了家用电梯，父母还把套间换给儿子住，因为三楼的卫生间最大，适合轮椅进出，可以摆下浴缸，还能加装各种适合赵醒归使用的扶手和器具。

赵醒归在台子上坐稳后，才一手扶着扶手，一手捞腿，将两条腿都放进浴缸里，他双手撑住浴缸旁的两个扶手，让身体慢慢下蹲，浸入水中，一直到热水漫过他的腰线，他才有了被水包围的感觉。

赵醒归坐在浴缸里将腿摆直，低头看自己的身体。他真的瘦了很多，曾经引以为傲的胸肌、腹肌早就没了，小腹的肉软软的，往上就是根根分明的肋骨，胸腔变得很薄，肩骨、锁骨都凸出得明显，手臂上的肌肉还有一些，因为复健时需要双臂用力，但和他打篮球时的巅峰状态完全不能比。

两条腿……更加没眼看，又细，又白，又软，苗叔总是担心他会脚尖下垂，每晚入睡前都会在他脚后垫几个枕头帮他支撑脚踝，但他晚上会翻身，翻身时能不让睡意跑掉就已经算是胜利，哪还会去管脚的姿势变成什么样。

脚尖下垂，肌肉萎缩，骨骼变形，尿路感染……还有身体里的各个器官，因为截瘫，心、肺、胃、肠、肾……都有可能出毛病，只是时间的问题。

可是，他还没满十八岁。

赵醒归张开双臂架在浴缸边沿，想到自己以前也偷偷做过一些青春期男孩会做的事，出事以后就再也没试过。他不敢试，因为不想被打击，他怕自己以后再也不行了，如果真是那样，就……挺遗憾的，他都还没尝过那滋味呢，可能，这辈子都没机会了。

赵醒归到底年纪还小，这种对男性来说关乎尊严的敏感问题，他并没有太往心里去，与之相比，他更为遗憾的是他再也没有办法打篮球。

赵伟伦身材高大，是个篮球迷，赵醒归很小的时候就被父亲带到篮球场去玩，路都走不稳，就会追着篮球跑。因为启蒙比较早，赵醒归四岁时还在幼儿园拍皮球比赛中获得过冠军。

每次赵伟伦在电视上看篮球赛，赵醒归就坐着小板凳陪爸爸一起看，赵伟伦给他讲解比赛规则和技术动作，赵醒归听得似懂非懂，转头就求爸爸带他去篮球场练习。后来赵伟伦工作越来越忙，很少再去打球，赵醒归就自己去玩，几乎是在篮球场上泡大的。

他身体条件很出众，从小就比同龄男孩长得高，毕竟遗传身高摆在那儿，初中毕业时他的个子就超过老爸，直往一米八五蹿。

他打球时不莽撞，头脑灵活，身姿矫健，弹跳力还特别好。有体校的教练相中他，想让他进市青少年篮球队训练，以后走专业路线，赵醒归和父母商量后没答应，只自费、定期去体校跟着青少队训练。

他不想放弃学业，目标是考上国内顶尖高校，就算不是体育特长生，他也有信心进入大学校队，去打CUBA（中国大学生篮球联赛）。

以优异的成绩考进钱塘二中后，赵醒归自然加入了校篮球队，中学生也有省、市级的比赛，赵醒归高一时就成为二中校队的主力，比赛后常常会拿到MVP（最有价值球员奖）。

那时候，他的文化课成绩在强手林立的二中名列前茅，又帮球队、学校争得了不少荣誉，十六岁的赵醒归个子高，长得帅，家境富裕，性格高冷，在学校真是风光无限，不知道有多少女孩暗恋着他。

别说范玉华想不到了，赵醒归自己也从来没想过，在篮球场上可以轻轻松松跳起来扣篮的他，有一天会被困在一架轮椅上，这辈子再也不能走路了。

看着自己怪异的身体，赵醒归苦笑了一下，他自己都不能完全适应如今的生活，不怪卓老师面对他时会压力巨大，感到害怕。

同学们说得也没错，他残疾了，心理总归会出点问题，比如听到卓老师说害怕他，那一刻，他真的心如死灰。

"不要去想。"赵醒归一遍遍地对自己说，"不要去想，说好了的，不要去想……"

过去、未来，都不要去想，想再多也没用，先把明天过好吧。

他撑着浴缸边沿，闭上眼睛屏了一口气，身体慢慢下滑，最终将脑袋也浸到了水里。

温暖的水流包裹住他的全身，耳边变得格外宁静，他在水里吐出一串泡泡，当最后一丝空气从肺里消失后，他双臂用力将自己从水里挣脱出来，抬手抹了把脸，重新睁开了眼睛。

（2）

周六晚上，苏漫琴真的和法学院小师弟去了酒吧玩，叫卓蕴一起去，她提不起劲来，拒绝了。

夜里快十一点，卓蕴给苏漫琴发微信，问她还回不回来，苏漫琴说不回。卓蕴好郁闷，独自一人坐在公共阳台上。

缠绵几天的雨水终于停了，天气预报说下周气温会回升，秋老虎还要再肆虐一阵子。卓蕴望着天上暗色的云，心想，雨停了，赵醒归的背应该不疼了吧？不知道一年四季，哪个季节会让他的身体更舒适一些，又一想，一个人只能坐在轮椅上，还能舒适到哪里去？

这几天，卓蕴一直在犹豫，要不要删掉赵醒归的微信。

他们的微信聊天记录只有两条：

Zoe：小赵，明天别坐那把椅子了，听话。

醒日是归时：卓老师，祝你节日快乐。

简简单单，清清白白，删了也不会影响什么，可卓蕴就是舍不得删。最终，她收起手机，打算把这个萍水相逢的男孩藏在她的通讯录里。

新的一周，天气果然又热了起来，赵醒归没有理由再请假，必须要去学校上学。

他的生活又恢复到以前的样子，每天早上六点起床，慢吞吞地把自己收拾干净，七点下楼吃早饭，然后去学校上课。中午苗叔接他回家，午饭后午睡一小时，再去医院复健，复健回来后洗澡，吃晚饭，晚上一个人待在房里做作业。

一整天下来，除了和家人、苗叔、复健师有简单的交流，他根本说不了几句话。微信上那些已经上了高三的老同学，每天被试卷包围，没人有时间聊天，他也不想和他们聊天，而新同学，他压根儿就没加他们微信。

还有些一起复健的伤友，他们建了一个群，经常会在群里发一些和截瘫病情、治疗有关的东西，有时也会闲聊天。然而赵醒归年纪比他们小太多，很多话题都不感兴趣，尤其是他们老会聊到房事，明明一个个都做不好，甚至做不了，还聊得热火朝天，看得小少年一脑袋问号，干脆就把群给屏蔽了。

有一件事倒是让赵醒归感到愉悦，那就是妹妹赵相宜终于被接回了家。小姑娘未满十二岁，个子已经长过一米六，眼看着就要往一米七奔去。她漂亮又活泼，每天放学后回到家，整栋小楼都是她叽叽喳喳的笑闹声。

周五早上，一家四口外加苗叔坐在一起吃早餐，范玉华问儿子："小归，小卓辞职了，咱们得考虑新的家教，你是打算让你表姑再给你介绍几个，还是从之前来面试的学生里挑？"

赵醒归说："这事不急。"

范玉华劝道："你别老是不急不急，家教总归要请，你这样拖着有什么意义？"

赵醒归垂着眼："不请也没事，我不用人陪。"

赵相宜啃着玉米说："我来陪哥哥吧，我去他房里做作业！有不会的还可以问他。"

"你少添乱。"范玉华瞪她，又去劝赵醒归："小归，你不要任性，妈妈和你说，这次你最好还是找个男老师……"

赵相宜："要帅一点的！"

赵伟伦说："再帅，还能有你哥帅吗？"

赵相宜笑嘻嘻："那没有，我哥最帅！"

"你俩别打岔，我和小归说话呢。"范玉华还要再说，赵伟伦劝她了："好好吃饭吧，这事儿的确不急，小归大了，自己心里有数的。"

赵醒归喝下最后一口牛奶，对母亲说："妈，我今晚给你答复。"

吃完早餐，苗叔开车送赵醒归去学校，路过A大时，赵醒归问："苗叔，今天是十九号吧？"

苗叔说："是啊，怎么了？"

赵醒归没回答，他一直在等这一天，九月十九号，是卓利霞二十一岁的生日。他曾经想过，卓老师生日那天是周五，他要给她买个蛋糕。而现在，距离他最后一次见到卓老师，已经过去九天了。

早上的课结束后，赵醒归回家吃完午饭，不打算午睡，对苗叔说："苗叔，我们早点儿出发,我想去个地方,你别告诉我妈。"

坐上车后,赵醒归给丁虹打电话,丁虹在电话里笑:"小归!表姑好久没见你啦,你最近好吗?"

"挺好的。"赵醒归手指抠着背包,尽量让语气显得平淡,"表姑,你现在在学校吗?我想和你见个面,有个东西,想请你帮我转交给……卓老师。"

"卓老师?"丁虹反应过来,"卓利霞吗?"

赵醒归:"对。"

丁虹说:"我在的,你来吧,要不要我把卓利霞叫过来?你直接交给她好了。"

"不要!"赵醒归声音都拔高了,"表姑,你别叫她,我不多待,东西交给你就走,还要去医院。"

丁虹说:"行,那你来吧。"

挂掉电话,丁虹想了会儿,对一个四十多岁的中年女性来说,十几岁的赵醒归还是个小孩,小孩说的话没什么分量,所以她直接就拨通了卓利霞的电话:"小卓啊,你现在有空吗?到我办公室来一趟。"

苗叔把赵醒归的通话内容听了个分明,心里一阵唏嘘,但他没说什么,直接开着车去了A大。

车子停在停车场,赵醒归坐上轮椅,转着轮圈去丁虹办公室所在的楼栋,他不是第一次来A大找丁虹,因为家住得近,以前也来玩过,还去A大的篮球场打过球。

一路上,坐着轮椅的英俊少年吸引了不少师生的目光,赵醒归也没在意,在苗叔的陪伴下到了目的地,坐电梯上楼。

丁虹是一位方脸大眼、身材中等的英语老师,办公桌在一间大办公室里,老师们多在午休,丁虹就到走廊上来接赵醒归,见到后立刻笑着去揉他脑袋:"小归啊,表姑真是好久没见你啦!你怎么这么瘦啊?要多吃点,以前多壮的一个小伙子。"

赵醒归躲着她的手,从轮椅后面摘下背包,掏出一个彩纸包的盒子递给丁虹:"表姑,帮我把这个交给卓老师吧,谢谢。"

丁虹说:"你稍微等会儿,小卓马上就来了。"

赵醒归大吃一惊:"你通知她了?我……我不用见她!我还有事呢。"

他很少有这样慌张的时刻,转着轮椅就想走,就在这时,卓利霞小跑着过来了,见丁虹站在办公室门口,喊道:"丁老师,您找我什么事啊?"

丁虹说:"小卓你来得正好,赵醒归找你呢,有东西交给你。"

卓利霞看向丁虹面前那个坐着轮椅的陌生男孩,赵醒归也看向那个圆脸细眼的陌生女孩，还有一个苗叔在旁观，三人都是丈二和尚摸不着头脑。

丁虹见这三人大眼瞪小眼，谁都不说话，奇怪地问："怎么了？"

卓利霞不知道赵醒归是谁，茫然地看向丁虹，赵醒归抿着唇，脑子里在快速思考，依旧不明白究竟是怎么回事。还是苗叔打破了沉默，指着卓利霞问："你是卓利霞？"

卓利霞点头："对啊，我是卓利霞，您是？"

苗叔又看向丁虹："丁老师，给小归做家教的，不是她呀！"

丁虹："啊？"

这下子卓利霞明白了，慌得当场就想跑，赵醒归叫住她："站住！"

卓利霞站住了，丁虹一脸蒙："到底怎么回事啊？给小归做家教的就是她呀，我还和她谈过话呢。"

卓利霞汗如雨下，赵醒归仰头怒视她："你到底是谁？"

"我……"卓利霞身子一抖，声如蚊吟，"我真是卓利霞。"

赵醒归又问："那给我上课的又是谁？"

卓利霞瞅了眼丁虹，委委屈屈地说："是……卓蕴。"

赵醒归："卓蕴？"

丁虹："卓蕴？"

苗叔："卓蕴是谁？"

此时的卓蕴正在寝室床上敷着面膜打游戏，周五下午第一节没课，她打算睡一觉，为晚上和苏漫琴、彭凯文的KTV聚会积蓄精力。

游戏正打到关键处，一个陌生电话打进来，"啊啊啊死了！"卓蕴气得捶床，接起电话想骂人，"喂！谁啊？"

电话里一阵沉默，卓蕴二话没说把电话挂了。

没过几秒，这个电话又打过来，卓蕴气坏了，接起电话就喊："谁啊！推销什么我都不需要！不买房子不贷款！"

对方终于出声了，是一道年轻又好听的男声："卓老师，是我。"

卓蕴当场呆住，做梦都没想到会是赵醒归！她还没来得及去想小孩为何会给她打电话，声音已然变得温柔："啊，小赵？怎么是你？找我有事吗？"

赵醒归说："我现在在A大，能和你见个面吗？"

卓蕴："呃，对不起，我现在有点事，走不开。"

赵醒归说："卓老师，今天是你的生日，祝你生日快乐。"

"哦，谢谢。"卓蕴呵呵笑，"你可真有心。"

赵醒归沉默几秒后轻笑了一声，笑声里透着嘲讽，卓蕴听到了，突然有一种不好的预感。

果然，那少年一字一句地说："你还要骗我到什么时候？"

卓蕴噤了声，听到手机里男孩低沉的声音："卓蕴，老师。"

结束通话后，卓蕴爬下床扯掉面膜，换上那条白色棉布裙，又扎起马尾辫，苏漫琴疑惑地看着她："你干吗呀？扮清纯扮上瘾啦？"

"我出去一下。"卓蕴神色凝重，"我好像'掉马'了。"

苏漫琴："啥？"

卓蕴没穿洞洞鞋，挑了双看不出品牌的小白鞋换上，走去丁虹办公室所在的楼栋。

一路上，她想了很多，后半个电话是丁虹接的，非常严肃地要求卓蕴立刻马上滚去她办公室，说卓利霞已经在了，哭哭啼啼地把事情经过说了一遍，现在他们要听卓蕴自己的解释。

还有什么好解释的？卓蕴想，穿帮来得猝不及防，只是不知道卓利霞和丁虹有没有对赵醒归说她真实的情况。

不知为何，卓蕴不想让赵醒归知道她的真面目，不想让这个未成年人知道，他颇有好感的卓老师其实是个沉迷吃喝玩乐、成日浓妆艳抹、又抽烟又喝酒、学业上还极度不思进取的"废柴咸鱼"。

她希望他永远都记得她穿白裙子的样子，美丽、清纯又温柔，免得以后找女朋友歪了方向，被别的女孩骗。

卓蕴走到目的地，远远地就看到苗叔站在大楼门口，而赵醒归则待在不远处的花坛边。

这还是卓蕴第一次在大白天看到他，小少年一身白衣黑裤，并没有发现她，低着头在转轮椅玩，原地转着圈，还把前轮给翘起来保持平衡，卓蕴看了一会儿，才向他走去。

赵醒归终于看到了她，将轮椅停在原地，看着那高高瘦瘦、一身白裙的女生在阳光下缓缓向他走来。

赵醒归注意到她的鞋子，她光脚穿着一双小白鞋，细白的小腿连着精致的脚踝，赵醒归盯着她的脚看了一会儿，才又抬头去看她的脸。

卓蕴迎着他的视线走得很艰难，如果视线能化成飞刀，她这会儿已经被小赵飞刀给扎成红毛丹了。

她走到赵醒归面前，牵起嘴角一笑，叫他："嗨，小赵。"

正午的太阳十分耀眼，照得赵醒归肤色越发苍白，他板着一张酷脸，眼珠子黑沉沉地盯着卓蕴，紧抿着唇，就是不说话。

苗叔瞅了他们一眼，说："你俩换个地方聊聊吧，这儿人多，进进出出的，别让人家看笑话。"

卓蕴看看周围，对赵醒归说："我带你去个地方，不远，那边很安静。"

她指了一下方向，赵醒归低头转动轮椅，率先往那边过去了。

卓蕴把赵醒归带到教学楼后的一片小花园，那里种着几棵香樟树，树下有几张石凳，周围是一些观赏性植物，空无一人。知了在树上欢快地叫着，卓蕴在树荫处的石凳上坐下，赵醒归坐着轮椅停在她对面，依旧是气呼呼地瞪着她。

到了这时候，卓蕴反而不紧张了，好像回到自己给赵醒归做伴读的那几晚，周围无人打扰，只有他们两个，气氛轻松又自在。

唔，所以，爹毛的男孩要怎么哄？卓蕴想了想，还是使出了她的撒手锏。

她对赵醒归甜甜地笑，知道小梨涡一定很明显，赵醒归果然一愣，咬牙切齿地说："你还笑得出来？卓，蕴。"

"对不起，小赵。"卓蕴歪了歪头，"我没想到你会刨根问底，真的很抱歉骗了你。"

赵醒归不买账："你填的那张表，到底有多少东西是假的？"

卓蕴回忆了一下："姓名，生日，籍贯，身份证号码，家庭住址……记不清了，哦，还有高考成绩。"

赵醒归问："你高考到底几分？"

卓蕴说："你把我填的成绩每门加十分，就是了。"

赵醒归："671？"

卓蕴啪啪鼓掌："哇！你还记得啊？你记性真好！"

赵醒归不吃她这套，继续审问："你到底是哪儿人？"

卓蕴："嘉城。"

赵醒归："你爸真是菜场卖菜的？"

卓蕴："对。"

赵醒归："你生日究竟是什么时候？"

卓蕴："不告诉你。"

赵醒归愣了愣，憋出一句话来："你们太过分了。"

他低下头，双手搁在大腿上，手指揪着裤腿："那个卓利霞说，她是因为有事不能去面试，才拜托你来帮忙。她还问我，有没有找好别的家教，如果没有，她愿意做这份工作。"

卓蕴哈哈哈地笑出声来："她脸皮怎么这么厚啊，那你怎么回答？"

赵醒归别开头:"我没理她。"

卓蕴笑得更开心了,赵醒归看着她,冷冷地说:"你们好无聊。"

"对不起对不起,这件事真的……"卓蕴抚着心口大喘气,"我也没想到会变成这样,我都不知道你为什么非要我去给你上课,我可是交了白卷。"

赵醒归眼神凛冽:"你不知道?"

卓蕴装傻,明知故问:"我应该知道吗?"

赵醒归的唇又抿了起来,卓蕴笑着对他说:"小赵,你听我的,好好挑个靠谱的家教,你以前成绩是很好,但毕竟很久没回学校了,学业上你还是要抓紧点,高中阶段每一天都很重要。"

赵醒归说:"我能问你几个问题吗?"

卓蕴耸耸肩:"你不是一直在问吗,问吧。"

赵醒归就问了:"你真的怕我吗?"

卓蕴笑了,摇头:"不怕,那天是骗你的。"

赵醒归忍住心跳,又问:"你待在我身边,会有压力吗?"

卓蕴说:"没有压力,真话。"

赵醒归严肃地问:"那你讨厌我吗?"

卓蕴乐坏了:"不讨厌,一点儿也不讨厌。"

"那……卓蕴。"赵醒归目光灼灼地看着她,"你能重新给我做家教吗?"

这是他酝酿已久的一个问题,是在他知道卓利霞和卓蕴商量着怎么辞职才不会穿帮后,心里重新燃起的希望。他内心极为忐忑,面上却佯装镇定,就那么逼视着卓蕴。

他什么都知道了,并没有多生气,卓蕴对妈妈说的那些话真的全是借口,那现在,她没有拒绝的理由了。

他眼睛里亮起了光,连着腰背都挺直了些,他知道自己只有这一次机会,如果错过,他就真的一点办法都没有了。

卓蕴却只是收起笑,静静地看着他,摇了摇头:"不能。"

赵醒归又失望又不解:"为什么?你还有别的顾虑?"

当然有。卓蕴在心里说,小同学,我怕你会喜欢上我呀。

但她没把这话说出来,只是说出四个字:"我的原则。"

赵醒归眼里的光瞬间就熄灭了。

他被打击到了,又想不出别的办法,他的骄傲不允许他再继续追问下去,只能低低地说:"过会儿,你去一下我表姑那儿,就是丁虹老师,我有东西让她转交给你,如果你不要……"他垂着头,灰心丧气地说完最后三个字,"就丢掉。"

礼物是他故意留在丁虹那里的，他怕由自己交给卓蕴，她又不肯收。卓蕴不忍再拂了小少年的好意："我会去拿的，谢谢你，我保证不会丢掉。"

赵醒归重新抬眼看她："还有最后一个问题。"

卓蕴用眼神示意他问。

赵醒归说："有男朋友的是卓利霞，那你呢？你有男朋友吗？"

卓蕴回答："没有。"

赵醒归的眼睛又亮了一小下。

卓蕴继续说道："不过我有个未婚夫，在嘉城。"

苗叔看到卓蕴和赵醒归一同回来，赵醒归转着轮椅，脸色比去之前还要臭，弄得苗叔心里好慌张。

卓蕴在大楼前与他们分别："你们还要去医院吧？我先上去找丁老师，就不送你们了，苗叔再见，小赵再见。"

赵醒归一句话都不想说，苗叔只能代他和卓蕴说再见，卓蕴挥挥手后进了大楼，苗叔抹一把汗，对被晒蔫了的少年说："小归，我们走吧。"

赵醒归微微垮着肩，他已经很久没在炎热的室外待过这么长的时间，截瘫以后，身体各机能都出了问题，年轻人新陈代谢旺盛，可他受伤截面以下的肢体不会出汗，晒久了会让他感到不舒服。

赵醒归转动起轮椅，最后回头看了眼大楼入口，已经没有了卓蕴的身影，他想起自己和卓蕴最后的对话：

"我以后还能再见到你吗？"

"别了吧，没必要再见。"

"那微信聊天呢？"

"你一个高中生聊什么天？好好学习。"

"你生日到底是几月几号？"

"说了不告诉你，你刚还说是最后一个问题，怎么问个没完啦？"

所以，这就是彻底结束了，对吗？

赵醒归抬起头，张开五指挡了下太阳。

他想，就这样吧。

卓蕴来到丁虹的办公室，丁虹看到她就皱起了眉。卓蕴诚恳地向丁老师道歉，她专业课很差，英语倒是向来不错，早已过了六级，所以丁虹训了她几句后，也没再为难她。

卓蕴坐在丁虹身边，问："丁老师，我想问问您，刚才，您和卓利霞有没有对赵醒归说到我其他的一些情况？"

丁虹不懂："什么情况？哪方面的？"

卓蕴指指身上的裙子："比如平时的穿衣打扮，兴趣爱好之类。"

丁虹说："讲这些干吗？没讲，就把整件事说了一下。"

卓蕴放心了，告诉丁虹，她觉得家教就要有家教的样子，所以去给赵醒归上课时一直穿得比较朴素，拜托丁虹以后见到赵醒归及其家人，也不要透露她真实的经济情况。

丁虹和卓蕴不熟，只在大一、大二带过她，但卓蕴身高外形特别出众，两年来自然让丁虹留有印象，对卓蕴平时的穿衣风格也有所了解。

听完卓蕴的话，丁虹答应下来："放心吧，我不会去和赵醒归说的，孩子还小，经不起吓，你考虑得还挺周到。"

临走前，卓蕴问丁虹要来赵醒归送的礼物，如她所料，就是上次那个包着彩纸的盒子，看样子像是一直没动过。

她拿着礼物盒回到寝室，坐在椅子上拆包装。赵醒归说礼物不贵，卓蕴发现的确是不贵，盒子里躺着一只比手掌大一圈的毛绒小熊，穿着一条蓝色小裙子，袁晓燕凑过来看："咦？这只小熊和我那件T恤上的小熊有点像呢。"

"是吗？"卓蕴把小熊拿起来看，才发现这不是一个单纯的毛绒玩具，内里其实是个充电宝。

袁晓燕拿起说明书研究："充电宝啊？还做得这么可爱，谁送你的呀？"

卓蕴对着小熊眨了眨眼睛，突然又有点想哭。

她想起那天晚上，她穿着小熊T恤，拍拍包说自己手机没电关机了，第二天，赵醒归就给她买了个小熊充电宝。

她拿起贺卡看，贺卡上依旧是让人头疼的"卓老师，祝你教师节快乐"字样，右下角是个英文签名：Mikey。

英文名旁还画了一只特别丑的小王八，一元硬币大，一个圈，四条腿，一个脑袋，一条尾巴，龟壳上的花纹就是简单的斜线交叉。线条歪歪扭扭，幼儿园小孩都画得比他好吧！看来赵醒归的技能黑洞是画画。

卓蕴捂着嘴，笑得眼泪都出来了。

倒霉孩子……她在心里对他说，以后一定要好好的啊。

晚上，卓蕴和苏漫琴一起出门，先去找彭凯文吃饭。

卓蕴像是压抑许久，报复性地化了个烟熏大浓妆，嘴上涂着姨妈红色号唇膏，穿一条黑色紧身连衣短裙，脚上的小皮鞋后跟将近十厘米，从寝室里摇曳生姿地走出来时，恰巧碰到对门寝室的王馨，吓得她手机都差点摔地上。

苏漫琴抚额摇头："宝，不瞒你说，连我都觉得你太夸张了。"

卓蕴拎一拎肩上的链条小包，一言不发地往楼梯走去，路过的女生看到她都会往边上躲开，苏漫琴叹口气，只能跟了上去。

彭凯文不是A大学生，在附近一所本科院校上学，开着一辆十分显眼的黄色跑车来接两个女生，卓蕴和苏漫琴石头剪刀布，卓蕴输了，挤着钻进逼仄的后排。

她挂着一张厌世脸，彭凯文小心翼翼地问苏漫琴："Zoe怎么了？"

苏漫琴说："不关你事，开你的车。"

三人找了家日料餐厅吃饭，卓蕴一直绷着脸，彭凯文问："Zoe，谁惹你生气啦？"

"没有。"卓蕴心不在焉地夹起一只甜虾蘸着酱，"你俩聊，别管我，我今天不想说话。"

彭凯文就真的去找苏漫琴聊天了："你那只'小狗'今天怎么没来？"

"什么'小狗'？他没名字的吗？"苏漫琴瞪他，"倪航有个大作业要做，你以为人家像你一样不学无术的。"

彭凯文嘎嘎笑，一点没介意："你好意思说我，你俩和我有什么差别？说得好像你俩会做作业似的。"

卓蕴不满地撩眼："你说她就说，带上我干吗？"

苏漫琴笑死了："他也没说错呀，你还不如我呢，我好歹还做一点作业，你都抄我的。"

卓蕴气极，彭凯文笑得更厉害了。

吃完饭，三人去KTV，这晚的局是彭凯文组的，有几个他在学校认识的朋友，卓蕴和苏漫琴还是第一次见。

通常来说，彭凯文认识的朋友都是富家子，有人会带恋人，有人单身前来，大家虽然玩得疯，还是比较有分寸，尤其是对一起聚会的女孩，那些公子哥儿顾忌面子，行为不会太过放肆。

可是这天晚上出了意外，有个陌生公子哥看上了卓蕴，喝多了以后非要坐在她旁边，卓蕴换了个位子躲他，他又死皮赖脸地跟了过去。

到后来，这人行为越发大胆，先是抓着卓蕴的一撮头发去闻，说"宝贝，你头发好香啊"，又问她"为什么看起来不开心，要不要哥哥带你去别的地方玩"，最后就发展为想去摸她腿了。

在酒吧、KTV混迹两年，卓蕴也不是没碰到过这样的骚扰，一般都是彭凯文帮她解围，实在摆脱不掉，她就嘻嘻哈哈开两句玩笑，和苏漫琴提前离场。总的来说，她知道出来玩不能太计较，人喝多了就容易干出离谱的事，所以以前哪怕被骚扰，她也都是一笑了之，躲开就是。

可这次她一丁点都不想再忍耐，直接一个大耳刮子甩了过去，又干脆地泼上了一杯酒，指着对方一通大骂："朝我发酒疯？你哪根葱哪根蒜！叫你离远点不听，居然敢上手了。"

彭凯文惊呆了，被打的男人愣了几秒后冲上去就要打卓蕴，包厢里顿时乱作一团，劝架声、起哄声、尖叫声响成一片。混乱中，苏漫琴抓起自己和卓蕴的包，拖着她就往外跑，彭凯文拦腰抱住那个咆哮的男人，大叫："你俩快走！快走！这里有我顶着！"

那一瞬间卓蕴有点感动，可是下一秒，瘦弱的彭凯文就被掀飞了，卓蕴捂了捂眼睛，已经被苏漫琴拉出了包厢。

两人在楼下打车，苏漫琴看着卓蕴顶着一双熊猫眼倚在路灯杆子上，问："你今天脾气怎么这么暴啊？"

卓蕴气道："他摸我腿！"

"以前也不是没人摸你腿，你不愿意，走就完了。"苏漫琴说，"那些男的你又不是不知道，不喝酒还好，喝多了个个都很疯。有一说一，我喝多了有时候也会去摸男人，你又不是第一次出来玩，搞成这样让 Kevin 很难做的。"

卓蕴生气了："哦，还是我不对了？是不是要我进去给人道个歉啊？"

"我不是这个意思，行了，你也别气了。"苏漫琴去抓卓蕴的手，"大不了以后不和他们出来了，我们自己找地方玩。"

卓蕴看着她，半晌后，问："漫，你觉……这样有意思吗？"

苏漫琴没说话。

卓蕴笑了一下，脱下高跟鞋拎在手里，赤着脚踩在地上，又摸摸自己的胳膊："冷起来了。"

苏漫琴乐得岔开话题："嗯，马上要降温了。"

回 A 大的路上，卓蕴歪着头，把脑袋搁在苏漫琴的肩膀上，苏漫琴摸摸她的头发，问："宝，你到底怎么啦？"

"我也不知道。"卓蕴轻声说，"反正心情不好。"

苏漫琴猜测："是因为在丁虹那儿穿帮的事吗？"

"不知道。"卓蕴闭上眼睛，"我现在只想回去睡觉。"

（3）

赵醒归说晚上给母亲答复，说到做到，吃完饭就告诉范玉华，他同意重新请一位家教。

范玉华很欣慰，不想再麻烦丁虹介绍新人，就在之前面试过的六人中挑选。范玉华建议选择葛浩宇，赵醒归没意见，范玉华就给葛浩宇打了个电话，邀请他九月二十二号，也就是下周一来紫柳郡试讲。

周一晚上，葛浩宇来之前，潘姨高高兴兴地端出一碟绿豆糕，想要往三楼送，赵醒归叫住她："潘姨，我在会议室上课，不需要点心。"

"不需要点心？"潘姨很意外，"怎么又不需要啦？"

范玉华也很意外："你在会议室上课？不去你房间吗？"赵醒归说："不去。"

范玉华和潘姨对视一眼，潘姨悻悻地把点心端回了厨房，范玉华点头道："在一楼也好，会议室桌子大，我就在客厅，你有事也叫得着我。"

葛浩宇来的时候打扮得特别正经，头发梳得整齐，眼镜片擦得干净，穿着白衬衫灰西裤黑皮鞋，很有点老师的架势。范玉华不想再重蹈覆辙，提前和他聊了聊，把赵醒归的身体情况都说给葛浩宇听，讲完了才陪他进了一楼的会议室。

葛浩宇虽然听范玉华讲了半天，真的见到轮椅上的赵醒归后，还是微微张开了嘴，变得拘谨许多，赵醒归面无表情地看着他，叫了一声："葛老师，你好。"

范玉华离开后，葛浩宇在赵醒归身边坐下，看着少年把书本笔袋从书包里掏出来，问："小赵，咱们怎么上课？我以前带过几个初中和高一的学生，经验很丰富，比较擅长数理化，我要不先给你讲讲数学？"

赵醒归扭头看了他一眼："不用，我想先做作业。"

葛浩宇没懂："你做作业……那我呢？"

赵醒归冷冷地说："你就在这儿坐着。"

"那怎么行啊？"葛浩宇不认同，"我是来给你上课的，你等我走了再做作业吧，我都准备过了……"

赵醒归耐着性子说："葛老师，我晚上十点半必须睡觉，睡觉前还要洗漱半小时，等你走了再做作业，我会来不及。"

葛浩宇很吃惊："十点半？你这么早睡觉的吗？我上高中时都是快十二点才睡的，你这样学习怎么跟得上呀？"

赵醒归深吸了口气："这样吧，葛老师，我先做作业，做完一门你帮我检查，有不对的你再给我讲，行吗？"

葛浩宇想了想，同意了："那你今天有哪些作业？先告诉我，我帮你安排一下，你做一门的时候，我可以先看看别的科目。"

赵醒归头疼极了："有哪些作业我自己知道。"

葛浩宇："你没抄下来吗？"

赵醒归："都记在脑子里。"

葛浩宇唰地摊开一张纸，拿起笔说："那你说，我记，我帮你整理一下。"

赵醒归无语地看着他，很不情愿地把作业内容报了一遍。

其实，葛浩宇的想法并没有问题，普通人做家教，就是想通过自己的付出换取报酬。一万月薪并不低，折合成时薪都比一般家教高，所以葛浩宇不能接受不干活光拿钱，恨不得口若悬河狂讲两小时不停歇，好让赵醒归的家人觉得，这钱没白花，这老师相当认真负责。

无奈对赵醒归来说，这样的陪伴真的很聒噪，对卓蕴解释过的那些话，他不想再对葛浩宇解释一遍。他需要的是一个能与他聊得来的伴读，而不是一个事事都要管着他的真家教。

赵醒归决定不理他了，顾自翻开物理作业做起来，葛浩宇把脑袋凑过去看他计算，有时候赵醒归没在草稿纸上写，直接就填了个选项，葛浩宇会问："为什么选B？你是猜的吗？"

赵醒归咬咬牙，解释："这种题型做过很多遍，一看就是选B。"

葛浩宇又问："为什么一看就是选B？你把想法给我说说？"

赵醒归快要窒息了，语气凉凉地说："葛老师，如果我有不懂的一定会来问你，我不问就代表我真的会。"

葛浩宇显然不信，语重心长地说："小赵，你千万不要不懂装懂，我以前教过一个学生，也说他什么都会，结果一考试就是不及格，后来我一题题给他讲，保证让他每道题都搞得明明白白，立刻就考了七十多分，你要相信我，我真的经验很丰富。"

赵醒归："你先等我把物理作业做完再说，可以吗？"

"行，那你先做。"葛浩宇拿过赵醒归其他的作业本，"我看看别的，哦，要不计个时吧？半小时够吗？"

赵醒归吸气："够。"

他终于可以心无旁骛地做作业，葛浩宇不再去打扰他，赵醒归只用了二十分钟就把物理作业做完了，但他没叫葛浩宇，故意空着最后一道大题在那儿磨时间。

他终于明白卓蕴说的是对的，她说：你明明都会，不觉得身边多一个人很碍眼吗？就像在监视你似的。

真的是……相当碍眼，不知道为什么要听医生的话，弄得自己这么不自在。

半小时到了，赵醒归把物理作业丢给葛浩宇，说："葛老师你看看，我先去上个厕所。"

他转着轮椅离开会议室，坐电梯到三楼房间，关上卧室门后，总算感到清静了些。

赵醒归上厕所用了二十分钟，回到会议室时，葛浩宇脸色很不好看，对他说话时都带上了质问的语气："怎么去了这么久？小赵，你这样的学习态度是不行的，你妈妈会觉得你对我有意见，故意拖延时间。"

赵醒归不想解释，没吭声，葛浩宇说："这样吧，这二十分钟我们就顺延，不过你一会儿不能再去上厕所了。"

后面的时间，葛浩宇非要逮着赵醒归讲题，把他做过的数理化作业给理了一遍，告诉他，这道题还可以用另一种方法解，那道题，他的计算过程太简略了，很可能会被老师扣分……

赵醒归神游太虚地"听"着葛浩宇讲另一种解法，直到葛浩宇叫了他几声"小赵"才回过神来。葛浩宇推推鼻梁上的眼镜，皱着眉问："小赵，你有没有在听啊？"

赵醒归说："在听。"

葛浩宇："那你重复一遍，我刚才讲了什么。"

赵醒归拿起笔，一声不吭地把另一种解法写了一遍，想了想，又把第三种解法也写出来，最后把草稿纸往葛浩宇面前一推。葛浩宇看着面前的草稿纸，惊讶得说不出话来。

九点到了，葛浩宇完全没有下课的意思，赵醒归看了他一眼，硬邦邦地下了逐客令，用的理由是身体不舒服，想早点休息。葛浩宇很为难，还有些恨铁不成钢，赵醒归哪会管他怎么想，自己收拾起书包，转着轮椅就先行离开了。

课后，范玉华送葛浩宇到门口，问："小葛，课上得顺利吗？"

葛浩宇挠挠脑袋，说："范阿姨，我觉得小赵可能对我有点意见，不过您放心，我有信心好好教他，回去后我会做一份上课记录发给您，明天的课我也会重新做个计划，自己找点题给小赵做。总之，请您相信我！"

范玉华被他打鸡血的样子给唬住了，连连点头："好的好的，那今天就辛苦你了，你早点回去吧，路上小心。"

葛浩宇离开后，范玉华去问赵醒归的感受，赵醒归犹豫了一下，问："妈，可以不请家教吗？"

范玉华反问："怎么了？小葛讲得不好吗？"

"不是。"赵醒归低下头，"我真的……不需要人陪。"

范玉华坐到儿子身边，拍拍他的肩膀，温柔地说："小归，小葛今天第一天来，可能有些地方做得不好，但人与人相处是需要磨合的，你们现在算是陌生人，互相还不了解，你再让他试两天，实在不合适我们再讨论换人，说不定过两天，你就能和他聊得来了。"

赵醒归没再说什么，知道自己也有问题，从头到尾他都用一张冷脸在对人，葛浩宇也没生气，一直都很认真，莫名其妙地将他辞退，赵醒归自己也觉得说不过去。

于是，每晚的家教课就这么继续了下去，到第四天时，葛浩宇自认与赵醒归熟了许多，课间休息时主动找他聊起了天。

他问："小赵，你是怎么受的伤？"

赵醒归一愣，想起卓蕴从来没问过这个问题，他也不想聊，于是就沉默以对。葛浩宇自然不懂他的心思，又问："是车祸，还是从哪里摔下来了？"

赵醒归冷冷回答："我不想说。"

"哦。"葛浩宇点点头，"我爷爷也瘫痪，脑溢血造成的，在床上躺了好几年，吃喝拉撒都在床上，你还比他好点儿，他坐都坐不起来。"

赵醒归听得心烦，葛浩宇还在喋喋不休："不过你家条件好，你也不用太担心，像我这样的就不行了，以后买房结婚都要靠自己，压力很大的。"

赵醒归依旧没吭声，葛浩宇环视会议室，问："说起来，你家这房子值多少钱啊？能卖两三千万吧？"

赵醒归手指扣上轮椅轮圈，将轮椅倒退了些："葛老师，我去下卫生间。"

"哦。"葛浩宇说，"别太久啊，上厕所别玩手机，容易长痔疮。"

赵醒归真的要疯了。

还有五天就到国庆假期，卓蕴接到了边琳的电话，问她什么时候回家。

卓蕴说："我不回去，去苏漫琴那儿玩几天，我还没去过她家。"

"这不好吧？"边琳说，"你忘了？靖承家有一家新餐厅三号开业剪彩，你爸爸早就答应去捧场了，你怎么能不回来？"

"什么时候答应的？我怎么不知道？"卓蕴很无所谓，"你和爸一起去不就得了，还有卓蘅也能去，少我一个没关系。"

边琳很着急："怎么能没关系？你是靖承的未婚妻，已经是半个石家人，你不去，就我们去，多奇怪呀。"

卓蕴笑了："妈，你知道我和石靖承有多久没联系了吗？开学以后，我俩没发过一条微信，没打过一个电话，这算哪门子的未婚妻？哦，对了，梁月还给我发过一张照片，石靖承搂着个姑娘在看电影，人家日子过得多潇洒，压根儿没把我放在眼里，就你们剃头挑子一头热，总是上赶着去讨好他家，有意思吗？"

边琳慢条斯理地说："你俩还没订婚，他就算和别的女孩约个会也很正常，男人嘛，都那样，靖承条件又好，说不定是小姑娘缠着他呢？等你们结了婚就会不一样，无论如何你都是正式的石太太，他不会再那么明目张胆地去拈花惹草了。"

卓蕴被边琳的三观给惊到："哦，不再明目张胆，变成暗度陈仓，对吗？"

边琳说："你别胡说八道，靖承很喜欢你的，你不要总是说他不好。"

卓蕴晕倒，不知道她妈是从哪里得出的这个结论，最后丢下一句："我不管，我已经和苏漫琴约好了，你们爱咋样就咋样吧，反正我不回去。"

寝室里的另三人都听到了她的电话，见卓蕴丢开手机，程颖问："卓蕴，我一直很好奇，你这个未婚夫到底是什么时候定下来的呀？"

卓蕴像摊软泥似的趴在桌上，说："我十五岁的时候。"

"这么小？"袁晓燕很吃惊，"你自己同意的吗？"

卓蕴冷笑："怎么可能？我那会儿年纪小，反对也没用，我爸就提了一嘴，没想到石靖承居然同意了。我爸当时特别高兴，没多久，身边的亲戚朋友，还有一些生意上来往的人，全都知道了。"

苏漫琴听过这些事，一直没发表意见，卓蕴赖在桌上无聊地玩手机，打开朋友圈一条条往上划拉，划着划着，她突然弹了起来，难以置信地看着一条新发的朋友圈。

电气葛: 有时候老天是公平的，给了你英俊的外表、卓越的身高、富裕的家境，就会拿走你另一些东西，比如健康[再见]。

最近接的家教活，这男孩还没成年，却瘫了，一辈子都要坐轮椅，可怜，可悲，可叹。

还在下方配了一张图片。

卓蕴颤抖着手指放大照片，是一个坐着轮椅的少年侧背影，看不见脸。

她认出那是在C2小楼的一楼会议室，少年穿着一件白色短袖T恤，正趴在桌上写作业，黑发浓密，肩膀宽阔，腿被轮椅挡着看不见，卓蕴只能看到他清瘦白皙的手臂，还有剃得干干净净的后脖颈。

其实不用放大，光看小图，她都能认出这是赵醒归。

卓蕴心里一股无名火蹭蹭冒起，她和葛浩宇没有共同好友，看不见他朋友圈底下的评论，可想而知会是些什么糟烂内容。

她将朋友圈截图留证，又快速点开葛浩宇的聊天界面，给他发消息。

卓蕴：葛师弟，你刚发的朋友圈，请你删掉！谢谢。

这时候已经过了晚上九点，葛浩宇下课了，消息回得很快。

电气葛：为什么？你认识他吗？

卓蕴：你没有经过别人同意，就把他的照片发朋友圈，是非常不礼貌的行为，请你立刻删掉！

电气葛：我没拍他脸啊，也没讲他个人信息。

卓蕴：但你拍到他整个人了！

电气葛：这又不是公共平台，这是我的私人朋友圈，我屏蔽他和他家里人了，他们看不见的。

卓蕴：我不想听你任何解释，我要求你立刻删掉，要不然我就去告诉丁虹了。

电气葛：丁虹是谁？

卓蕴明白了，葛浩宇应该不是丁虹的学生，是丁虹拜托别的老师去找来的合适面试人员。

卓蕴：丁虹是我们学校老师，是你照片里这个人的亲戚，如果你不想校方来找你谈话的话，你最好现在立刻删掉。

葛浩宇没再多嘴，卓蕴再刷新时，发现那条朋友圈不见了，可她还是不放心。

卓蕴：你最好把你存在相册里的原图也删了。

卓蕴：你没私聊发给别人看过吧？绝对不可以发！

卓蕴：不准再发去任何地方，如果被我知道，我不会放过你。

葛浩宇好半天才回消息。

电气葛：卓蕴师姐，我删朋友圈是给你面子，如果你连我相册都要管，那真的有点过分了。我没有侮辱这个人，朋友圈说的就是我内心的真实感受，我没觉得哪里有问题。

电气葛：还有，我和人私聊什么是我的隐私，不关你的事，这件事令我很困扰，你为什么会这么激动？难道你没有随手拍到有趣的事，就想要和人分享的经历吗？

卓蕴：你觉得这是有趣的事？

卓蕴：你好恶心。

卓蕴：原图必须删！以后也不能再拍！

第一、第二条发送成功，第三条发出后，卓蕴发现，她被葛浩宇拉黑了。

"混蛋！"她重重地拍了下桌面，把寝室另三人吓一大跳。

卓蕴怎么也没想到，那个肤色略深、戴着眼镜，看起来沉稳憨厚的葛浩宇，私底下居然是一个这样品性的人。

这也是她第一次感受到世人对赵醒归的恶意，气得手都在抖，打开手机相册，看着葛浩宇发的那条朋友圈截图，想到有那么多陌生人看过这张照片和这条胡言乱语，把这个少年当成茶余饭后的谈资，卓蕴心都揪起来了。

什么叫做老天是公平的？什么叫做给了你一些东西就要拿走另一些？什么叫做可怜、可悲、可叹？赵醒归做了什么要被人说可怜、可悲、可叹？赵醒归，分明就是可爱！

卓蕴躺在床上想了很久，要不要把这件事告诉赵醒归，或是丁虹。

葛浩宇已经把朋友圈删了，卓蕴也警告过他，赵醒归是学校里一位老师的亲戚，相信有脑子的人都不会再铤而走险到处乱发。

如果告诉丁虹，说不定丁虹真的会去找葛浩宇算账，那卓蕴就是说话不算数。如果告诉赵醒归……卓蕴哪敢把那张截图发给他看？那太伤人了！如果不发图，只讲事呢？可能也行，但后果肯定是葛浩宇被范阿姨开除。

卓蕴有点拿不定主意，私心里觉得葛浩宇人品不行，却不知道他家教水平如何，万一赵醒归和他还挺合得来，那她不是在捣乱吗？

她自己不肯给人做家教，还要把人家新请的家教给踹了，这是什么迷惑行为？再说，就算踹了葛浩宇，也会有下一个张浩宇、李浩宇，她难道还能保证下一个家教一定品行端正、成绩优异吗？

卓蕴什么都保证不了，这次也是碰巧，她有葛浩宇的微信，如果当时没加好友，她这会儿什么都不会知道，她和赵醒归也不会再有任何联系。

想来想去，卓蕴决定，先不告诉丁虹和赵醒归，第二天她自己去找葛浩宇聊聊，至少，她要看着他把相册里的照片给删掉，并且要他保证以后都不再偷拍。

好像，她也只能为赵醒归做到这儿了。

卓蕴让班里关系不错的男生帮她打听了一下，电气工程学院大二男生住在哪栋寝室楼。第二天一大早，苏漫琴还没起床，卓蕴已经出了门。

走出寝室楼，凉风迎面扑来，穿着短袖的卓蕴胳膊上顿时起了一层鸡皮疙瘩，意识到真的降温了。

她哆哆嗦嗦地守在葛浩宇寝室楼下，陆续有男生出来去食堂吃早饭，很多人都注意到卓蕴，有胆大的还多看了她几眼，她一概无视，臭着脸等了半小时，终于等到葛浩宇。

葛浩宇完全没想到卓蕴会在楼下蹲点，一看到她脸色就变得很尴尬。

卓蕴扭着腰走到他面前，她没比葛浩宇矮多少，又特地穿了双高跟鞋，气势很足地叫他："葛浩宇，咱俩聊聊。"

葛浩宇在微信上反驳卓蕴时还挺镇定，当面看见，立马心虚，说："聊什么？卓蕴师姐，朋友圈我已经删了，保证没有重发，以后也不会再发，你还有什么事？"

卓蕴说："把你手机相册里的原图给删了。"

葛浩宇镜片后的眼睛眯了一下："我说了，这是我的隐私。"

"那就是还没删喽？"卓蕴拿出手机，划拉开相册给他看，"你的朋友圈我截图了，我认识丁虹老师，她是赵醒归的亲戚，你说我要是把这个截图发给她，会是什么后果？"

葛浩宇眼神闪烁，卓蕴拿着手机晃一晃："你删了照片，我就删了这张截图，你要是不愿意，也行，我现在就给丁老师打电话。"

她作势要拨电话，葛浩宇说："等等！"

他面色阴晴不定，沉默着拿出手机，当着卓蕴的面打开相册删照片。卓蕴凑过去看，发现他不止拍了一张，这人变态的吧？偷偷摸摸从各个角度拍了好几张赵醒归，有一张都能看见侧脸了。

除此以外，他还偷拍了 C2 小楼的内部，有客厅、餐厅和院子，卓蕴指指这几张："这些也删了。"

葛浩宇一声不吭地把那几张也勾选，点击删除，最后清空了"最近删除"相册，卓蕴才算满意。

"轮到你了。"葛浩宇生硬地说。

卓蕴觉得，直到此刻，葛浩宇也没觉得他哪里做得不对，估计还满心懊恼，认为卓蕴多管闲事，拿截图在威胁他。其实卓蕴早把那张截图做了备份，于是很干脆地就当着葛浩宇的面删掉了截图。

葛浩宇像是忍着气，抬眼看她："你认识赵醒归？"

卓蕴早已想好理由："不算认识，那天他到学校来找丁老师，我刚好在丁老师办公室，就见了一面。你应该知道我是冒名顶替别人去面试的，所以当场就穿帮了，我和他聊了会儿，向他道了个歉。"

天衣无缝，也是事实。

葛浩宇点点头："原来如此……那他没让你去给他做家教？"

卓蕴说："他说了，我没答应。"

葛浩宇说："难怪，我还想呢，怎么面试过去十几天了，才通知我去上课。"

卓蕴准备走人，临走前想了想，说："葛浩宇，你给赵醒归做家教，把他当普通人对待就行，别用有色眼光去看他。"

葛浩宇说："我没有用有色眼光去看他，我给他做家教一直很尽职，倒是他，对我态度特别差，一点也不尊重我。卓蕴师姐，你就和他见过一面，不了解他，我已经给他上了四天课，他性格傲慢，为人冷漠，并不是个好相处的人。"

这……卓蕴可以想象赵醒归冷着脸对待葛浩宇的样子，处在葛浩宇的立场，的确会不开心，但卓蕴没有立场为赵醒归申辩，只能说："反正你好好和他相处就是了，他虽然话不多，其实是个好孩子，你别欺负他。"

葛浩宇"嗬"了一声："我可不敢。"

听着他阴阳怪气的语气，卓蕴很有些不适，却也不能再说什么。

她想，这件事算是过去了吧？赵醒归什么都不知道，有丁虹在那儿压着，葛浩宇应该不会再做什么。

回寝室的路上，卓蕴摸着冰凉的手臂，寻思着回寝室后要加件外套再去上课。这个时间，赵醒归应该已经在学校了，高中生到校都很早，不知道他有没有穿外套，天冷了，他身体又不好，可别给冻成感冒。

想到赵醒归，卓蕴心里就闷闷的。

小少年很听话，卓蕴说不和他微信聊天，他就再也没给她发过消息，搞得卓蕴现在很纠结，有心想提醒他几句，却不敢开口。

唉，算啦……她想，范阿姨夫妻看着就是很靠谱的人，苗叔也细心周到，他们把赵醒归照顾得很好，实在不需要她这个冒牌老师来操心。

放下赵醒归的事后，没过几天，国庆长假来临，苏漫琴和卓蕴准备搭彭凯文的车回苏漫琴老家。苏漫琴把一切都安排好了，她家是自建小洋楼，有客房，卓蕴就住在她家，她会带卓蕴去附近几个景点玩玩，彭凯文自愿给她们做司机。

出发前一晚，苏漫琴拉卓蕴去紫悦城买东西，说曾经在一家零食铺子买过一种花生酥，她妈妈特别喜欢吃，让她这次回去再带一些。

两个女生逛着商场，买好花生酥，又挑了些化妆品和新款秋装，卓蕴给苏漫琴的家人们选了几样礼物，到了饭点，她们去三楼的一家韩式烤肉店吃晚饭。

烤肉吃多了很腻，吃完饭，卓蕴揉着肚子走出店铺，发现有商场的工作人员在不远处布置一面许愿墙，已是收尾阶段，大概是商场为了迎接即将到来的国庆长假专门搞的活动。

许愿墙面积很大，上面已经贴了不少五颜六色的便利贴，卓蕴好奇地走过去，仰着脑袋看那些小纸片上写着的各种心愿，有人表白，有人祈祷考试通过，有人祝福家人身体健康，当然还有很多是求财。

苏漫琴问卓蕴："宝，你有什么心愿吗？"

卓蕴思索了一下，摇头："好像没有。"

她不缺钱，不缺朋友，不缺爱好，身材窈窕，脸又好看，家庭完整，无病无灾，连着以后的学业、工作和婚姻都被安排好了，还能有什么心愿？

她问苏漫琴："你有吗？"

苏漫琴说："你不是知道吗？我想申请Z大学商学院，不过好难啊，混了两年，成绩根本拿不出手。"

卓蕴指指许愿墙："那你写上去呗，难做到才叫心愿，那么容易就实现，还许什么愿？"

苏漫琴觉得有道理，问正在收拾东西准备走人的工作人员讨来两张便利贴，摸出包里的笔，趴在墙上写下自己的心愿。

卓蕴看着她，竟是有点羡慕，她一点也不想继续读研，上了两年工商管理专业的课，脑子混混沌沌的，苏漫琴还研究过国外的学校，她是半点儿都不了解，每次期末考都临时抱佛脚，甚至还挂过科。

苏漫琴写完后把便利贴往许愿墙上一拍，问卓蕴："宝，你要不要和我申请同一所大学？我们可以一起去美国玩两年，多好呀。"

卓蕴垮着脸："你饶了我吧，我本科毕业都够呛。"

苏漫琴笑着摇头，把笔和剩下的那张便利贴递给她："我要了两张，你也写一个吧。"

卓蕴皱眉："不要，我没东西写。"

"你一个花季少女，怎么能连一点梦想都没有？"苏漫琴无语了，"你可以写'希望石先生赶紧退婚'啊，你不是不想和他结婚吗？"

"这你就错了。"卓蕴接过便利贴，"我其实无所谓和不和石靖承结婚，按照他那德性，我觉得婚后他都管不着我，大家各玩各的，不也挺好吗？"

苏漫琴失笑："那你要和他生孩子的呀，床单滚不滚？你下不下得去嘴？"

卓蕴心里一阵恶寒："你闭嘴。"

她趴在墙上，看着这张小小的黄色便利贴，依旧想不出要写什么。她看着许愿墙上别人的心愿，觉得很有趣，人们总有各种天马行空的梦想，有女孩想和偶像结婚，有人幻想中千万彩票，还有人想去外太空旅行……所以，心愿究竟是什么？是容易达成的，还是不可能实现的？

抑或是，有一点点希望，但大概率会让人失望的那种事？

她看到一张便利贴，上面是小朋友稚拙的笔迹，写着"我永远ài妈妈"。

卓蕴笑了，小孩子的心愿就是这么简单，还会让人心尖柔软。她突然就不再纠结，就算希望渺茫，她也明确知道自己的心愿是什么了。

卓蕴捏着笔在便利贴上写下两句话，豪爽地将之拍在墙上，抬眼望去，它，已经和那些有爱的心愿融在了一起。

第四章

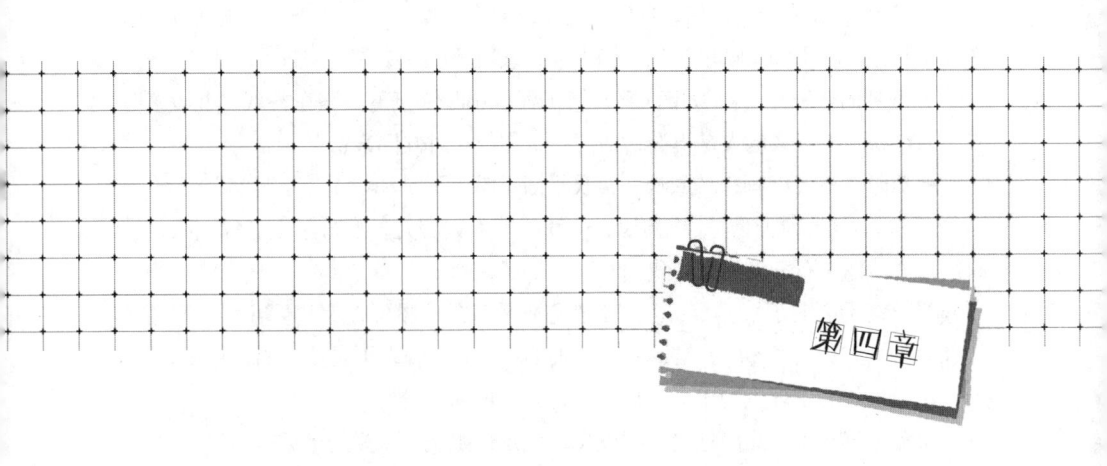

What an amazing day

（1）

为了避开九月三十号晚上的高速拥堵，彭凯文提议十月一号大清早出发。这次他没开跑车，不知从哪里搞来一辆大奔，载着两个女孩往老家赶。

苏漫琴的老家是个小城市，离钱塘车程四小时，卓蕴一路在补眠，九点多时被一通电话吵醒，来电人是卓蘅，他问："你什么时候回来？"

卓蕴睡得迷迷糊糊："回哪儿？我不回家呀，不是和妈说过了吗？"

"你又发什么神经？"卓蘅说，"我不管你去哪儿，三号早上必须回来，就缺你一个，你让石家人怎么看我们？"

卓蕴终于清醒了："石家人怎么看你们关我什么事？他家餐厅开张，又关我什么事？他家那么多餐厅，难道每家开张都要我去？我又不是他家的吉祥物。"

卓蘅被她的歪理气到了："你是不是忘了你的身份？"

卓蕴坐直身子，甜甜地说："没忘，我是你姐姐，亲爱的弟弟。"

没等卓蘅爆发，她就把电话给挂了。

奔驰在高速公路上疾驰，长假第一天，临近中午，车子越来越多，又开了一阵子后终于堵住了。彭凯文跟着前车磨磨蹭蹭地往前挪，突然说："哎哟，车祸啊！怪不得这么堵。"

卓蕴扒在车窗边往外看，苏漫琴探着脑袋说："还挺严重的，都有人受伤了。"

有几辆车追尾，占据了两个车道，其中有一辆车被撞得很严重，高速交警还没过来，有伤员被抬出来后躺在地上，头上都是血。

彭凯文的车慢慢路过车祸现场，路况终于好转，卓蕴收回目光，闲聊似的问："Kevin，我问你啊，假设你出了车祸受了伤，比如说瘫痪了，以后再也不能走路，你会怎么样？"

"残了？"彭凯文说，"没想过，不好说，可能会不想活了吧。"

卓蕴不说话了。

中午，车子到了目的地，是在城郊，卓蕴仰视着苏漫琴家的欧式小洋楼，和周围的小楼一比，果然更加气派。

苏漫琴笑着介绍："这是我爸的品位，我笑他是暴发户眼光，他直接就承认了，说梦想就是要住这种小洋楼，里头的装修更奇葩，中西合璧，你看了别吐槽。"

卓蕴乐得直笑，跟着苏漫琴走进院子。

苏漫琴是独生女，父母把她宠上了天，她的爸爸是个寸头壮汉，胳膊上有文身，身高将近一米九，妈妈却娇小玲珑，看着特别年轻，和苏漫琴站在一起一点儿也不像母女，倒像姐妹，苏漫琴是姐姐的那种姐妹。

两夫妻热情地招待着卓蕴，让保姆阿姨做了一大桌子菜，卓蕴觉得很舒心，下午哪里都没去，就在苏漫琴家里玩。

第二天一早，彭凯文陪卓蕴和苏漫琴去附近的一个4A景点游玩，卓蕴玩得相当尽兴，傍晚时回到苏漫琴家，三人正商量着之后的行程，卓蘅的电话又来了。

他开门见山地说："我现在就在苏漫琴老家，你把具体地址给我，我来接你。"

卓蕴对边琳说过苏漫琴是哪儿人，听完都惊呆了，因为从嘉城开车到这里要五个多小时。卓蕴想了会儿，还是把地址给了卓蘅。

半小时后，小洋楼门口响起汽车的引擎声，卓蕴走出大门，就看到卓蘅那辆心爱的白色玛莎拉蒂总裁正开到院门口。

这辆车是卓蘅十八岁的生日礼物，卓蕴成年时是没有的。在嘉城，卓蕴开一辆老爸淘汰下来的奥迪，车龄已有七八年，卓蕴开得顺手，就没开口问父母要过新车。一直到卓蘅成年，轻而易举地得到一辆玛莎拉蒂，卓蕴才知道父亲对小儿子的宠爱远远超过她的想象。

车门打开，一个年轻男人下车后快步向卓蕴走来。他身材高挑，容貌英俊，脸型五官和卓蕴有三分像，穿着精致又时尚，只是神色看着很不友善。

卓蕴抱起双臂，也是冷漠地看着他。

卓蘅走到卓蕴面前，下巴朝屋里抬了一下："进去收拾东西，跟我走。"

卓蕴冷哼一声："凭什么？"

"你不要太过分。"卓蘅像是在极力忍耐，"我开了一天的车过来接你！"

卓蕴："真搞笑，是我叫你来的吗？"

卓蘅不耐烦了，一把扣住卓蕴的手腕，说："行李让你朋友带回学校去，你跟我走！"

"有病啊！"卓蕴挣扎，"你把我当什么了？凭什么要跟你走？我放假想在哪儿你管不着！"

卓蘅冷笑："你有本事别花爸的钱，那你想去哪就去哪，没人会来管你，你既然吃爸的用爸的，就要听爸的话！"

卓蕴觉得她这弟弟已经被她爸洗脑得没有抢救机会了："卓蘅！你给我松手！我不回去！"

卓蘅大吼一声："由不得你！"

"怎么回事？敢跑我家来撒野了？"苏漫琴忍不住走出来，来到两人身边，眼神凌厉地打量卓蘅，问卓蕴，"这就是卓十三？"

"对，卓十三，见识到了吧？"卓蕴终于挣开了卓蘅。

卓蘅生气了："什么卓十三？你胡说八道什么？"

苏漫琴把卓蕴拉到身后，看着卓蘅："这位弟弟，姐姐告诉你，这是我家，没有我的允许，谁都不能把卓蕴带走，你要是不信可以试试，看看你出不出得了这扇门。"

她话音刚落，苏爸爸就出现在她身后，穿一件紧身白背心，露出一身结实的肌肉，胳膊上的文身张牙舞爪，眼神很凶狠。

卓蘅毕竟只是个十九岁的男孩，平时耀武扬威惯了，这时候在别人的地盘，还是不敢太嚣张。他缓了缓神色，对卓蕴说："姐，爸妈让我来接你回去，明天石家餐厅开张，你必须出面，要不然爸会很没面子。"

卓蕴不想理他。

"我开了五个多小时的车。"卓蘅说，"本来是司机来的，我怕他搞不定你，才说由我亲自来接你。"

卓蕴不语，卓蘅继续说道："跟我回去，明天的事完了，你想去哪玩都行。爸妈向来不怎么干涉你，你该知道的，重要的事情，你是不是也该识大体，体谅一下他们，稍微地配合一下？"

卓蕴抱着手臂低头思索，半分钟后对卓蘅说："我去收拾东西，你等我一下。"

苏漫琴叫她："卓蕴！"

卓蕴抱歉地看着她："谢谢你，漫漫，我还是回去算了，下次再来你这儿玩，对不起。"

苏漫琴没勉强她，卓蕴进屋去收拾，只剩苏漫琴和卓蘅站在门外大眼瞪小眼。苏爸爸离开后，苏漫琴点起一支烟，对卓蘅扬扬烟盒："要吗？"

卓蘅冷眼看她，双手插兜一脸傲气："我讨厌女人抽烟。"

"巧了，我讨厌你。"苏漫琴"喊"了一声，转身回屋，把卓蘅一个人晾在外面。

卓蕴收拾好行李，与苏漫琴及其父母告别后，坐上了卓蘅的车。车子开上高速，天色已暗，她一句话都不想说，卓蘅也不吭声。

路过前一天发生车祸的地段，对向车道早已看不出车祸的痕迹，卓蕴额头抵着车窗玻璃，轻轻开口："卓蘅，我问你一个问题，如果有一天你遇到车祸受伤了，瘫痪了，以后再也不能走路，你会怎么办？"

卓蘅难以置信："你咒我？你想让我残了还是死了？你是不是还准备买凶来害我？"

"你有病！"卓蕴脑壳疼，感觉根本没法和这人沟通。

此时，赵醒归正和家人们在紫悦城三楼的一家餐厅聚餐。

这是一次家宴，包厢主位坐着赵醒归的外公外婆，还有范玉华的姐姐范玉珍一家。

赵醒归受伤后，还是第一次和家人们出来聚餐，外公外婆、姨妈姨父都很关心他，吃饭时话题几乎是围着他打转，问他在学校适不适应，复健有没有效果，以后有没有更好的治疗方法等……

赵醒归知道他们是好意，可听多了总归有些不舒服，尤其是两位老人，因为年纪大了，比较固执，总觉得瘫痪这种事是老年人的专利，赵醒归还这么小，不可能瘫一辈子，以后总会好起来的。

外婆对赵伟伦说："如果国内看不好，就带小归去国外看，总有法子治的，我看小归精神蛮好，这么俊俏的小伙子，哪能走不了路啊！不可能不可能。"

赵伟伦随口应着，姨父问赵醒归："小归现在学习怎么样？每天只上半天课，会不会跟不上？"

赵醒归看了母亲一眼，范玉华说："跟得上的，我们给小归请了一位家教，是Ａ大的大学生，每天晚上陪他一起做作业和复习。小归刚考完试，考得挺好，全班第三。"

赵醒归没吭声，听姨父向妈妈打听请家教的事，又听妈妈夸赞葛浩宇有多么认真负责，每天都会写一篇上课记录发给范玉华，上课时也不容许赵醒归有片刻的思想开小差。只有赵醒归自己知道，这一切有多糟心，他和葛浩宇完全没有共同话题，每天待在一起的两小时，赵醒归只觉得像被闷进了一个罐头，让他透不过气来。

见他闷闷不乐，赵相宜拉拉他的袖子，嘴巴凑到他耳边说："哥哥，你陪我出去转一圈吧，待在这儿好无聊。"

赵醒归明白，哪是他陪妹妹出去转，分明是妹妹看出他心情不好，想陪他出去散散心呢。

"去吗？"赵相宜笑嘻嘻地问。

赵醒归说："去。"

兄妹二人说要出去玩，赵醒归的表妹小媛也跟了出来，两个女孩陪着赵醒归离开餐厅，在三楼随意逛着。商场的地面平整光滑，对赵醒归的轮椅比较友好，他自己转着轮椅往前行，赵相宜挽着表姐的胳膊，叽叽喳喳地走在身边。

两个女孩看到一家女装店，被模特身上的衣服吸引进去了，赵醒归不感兴趣，说在门外等。他抬头环视周围，紫悦城三楼有很多餐厅，还有一些品牌专柜，好像没什么可玩的，除了……不远处的那面许愿墙。

赵醒归转动轮椅来到许愿墙前，看到一大片密密麻麻的便利贴，有几个年轻女孩刚从工作人员处领来便利贴，嘻嘻哈哈地一边说笑，一边写下心愿贴到墙上。

赵醒归没有想写的冲动，倒是很想看看别人都许了什么愿。他转着轮椅靠近墙面，抬起头一张张地浏览。便利贴上有各种各样的笔迹，各种各样的梦想，有一些语句很温柔，让赵醒归心生感动。

因为坐着，他的视线比较低，看的都是偏下方的心愿贴，就在他想要离开前，随意地往上方扫了一眼，只一眼，他就愣住了。

有一张黄色的便利贴，大概贴得比较早，已经被别的便利贴给覆盖住了大部分，只余一个右下角露在外面。

赵醒归在右下角看到了一个花体英文签名——Zoe。

他认得这个签名，是卓蕴的笔迹，在"勇敢龟龟不怕困难"那张画上看到过一次，深深地印在他的脑海里。赵醒归仰着头，情不自禁地伸长右臂，想要去揭这张便利贴，想知道卓蕴许了什么心愿，还会将之晒出来。

可是，他够不到。

腰已经挺到最直，手臂已经伸到最长，那原本都能扣篮的手指，这时候却离便利贴差了五厘米远，他试了又试，左手按着轮椅扶手想让臀部抬离坐垫，又因为只有单手而没法成功。

他的屁股牢牢地贴在轮椅上，无论脑子里发出怎样的指令，下半身都纹丝不动。只差五厘米而已……赵醒归想，那便利贴的高度，一个小孩踮起脚尖就能够到，他怎么就是够不到呢？

有个陌生女孩走到他身边，忐忑地问："你好，你想拿什么？需要我帮忙吗？"

赵醒归把手收回来，抬头看了她一眼，说："不用了，谢谢，我想自己拿。"

他将轮椅倒退，看着许愿墙的全景，开始想办法。他不想让别人帮忙，因为觉得自己可以做到，不可能没办法的，办法都是人想出来的不是吗？

赵醒归望向四周，看到一家餐厅时，他的眼睛亮了。

他转着轮椅来到餐厅门口，这是一家韩式烤肉店，赵醒归礼貌地对在门口迎宾的女服务员说出来意："姐姐，你们店里是不是有那种夹烤肉的夹子？可不可以卖一个给我？谢谢。"

"烤肉夹吗？"服务员很吃惊，"你要做什么用？这个……要不借你一个？"

赵醒归摇头："不，我只想买一个，价钱听你们的。"

服务员进去请示了店长，店长随后出来了，给赵醒归拿来一个还带着包装的新烤肉夹："我们店用的夹子质量很好，价格不便宜，你确定要买吗？"

赵醒归点点头："确定。"

他用手机扫码付钱，拆开烤肉夹的包装，把金属夹子搁在大腿上，转着轮椅回到许愿墙前。他很快就找到那张署名"Zoe"的便利贴，坐直上身，拿着夹子伸长手臂，手指用力夹住，一扯，便利贴就被他夹了下来。

成功了！

赵醒归心里好开心，迫不及待地去看卓蕴写的内容。

然后，他就呆住了，纸上是两行娟秀的字迹：

希望Mikey可以找到一个靠谱的家教。

希望Mikey可以重新走路。

——Zoe。

玛莎拉蒂在高速上跑了一小时后，卓蕴提议换她来开。

"干吗？"卓蘅还嘴硬，"谁知道你会不会把车开到别的地方去。"

卓蕴无语："我是怕你疲劳驾驶，害人害己！"

卓蘅再年轻，开了这么久的车也累极了，便不再逞强，把车开到服务区，和卓蕴换了位子。

卓蕴开车上路后，没过几分钟，卓蘅就倚在座位上睡着了。卓蕴做了个深呼吸，她和这个弟弟似乎命里犯冲，谁家姐弟是这样的？从小打到大，就没和睦相处过。

其实这样讲也不准确，毕竟卓蘅出生时卓蕴才两岁，还不懂事，对于家里出现了一个小婴儿，小卓蕴还觉得很有趣，经常会趴在弟弟身边，好奇地看他睡觉、喝奶。

只是等卓蘅会走路以后，卓蕴就发现不一样了，她和弟弟玩耍时，每次弟弟一哭，爸爸就会骂她，有时还会打她屁股，次数多了，小卓蕴就敏感地发现，爸爸似乎更喜欢弟弟，也更喜欢抱弟弟。

于是她开始讨厌弟弟，爸爸打她，她就打弟弟。岁数小时，卓蕴仗着身高优势对弟弟单方面暴打；到她十岁时，两人打架已是势均力敌，属于互殴；再到卓蕴十三岁，卓蘅的身高超过了她，他们打了最后一架，以卓蕴失败告终。

当时她顶着一头被扯乱了的辫子，坐在家门口苦恼地想，怎么就打不过了呢？以后她是不是会一直被卓蘅欺负啊？

不过后来，卓蘅没再打过她，只是两人虽不再打架，却发展成了对骂。骂着骂着，他们渐渐长大，高中没在一所学校念，卓蕴高考后考去嘉城南面的钱塘，卓蘅考去北面的上海，开着他的玛莎拉蒂风风光光地去了学校，哪怕节假日回家也不顺路，姐弟二人就井水不犯河水地过到现在。

离嘉城还剩一小时车程时，卓蘅醒了，再次换到驾驶位，车子开到小区后已过零点，卓蕴和卓蘅回到家，父母都睡了，卓蘅去洗澡前提醒卓蕴："明早十点出发，别迟到。"

卓蕴没好气："知道了。"

他们家住在嘉城市中心的一个高端楼盘，一套位于十七楼的一百八十平方米大平层，装修很豪华。父母还有别的房产和商铺，卓蕴知道，连卓蘅名下都有一套一百二十平方米的未交付期房，而她没有。

洗完澡，卓蕴躺在床上，一时半会儿竟睡不着。想到第二天要面对老爸和石靖承，她就打心底里感到厌烦。她无聊地玩着手机，朋友圈里好多人都出去旅游了，还有人晒娃晒恋人晒美食，热闹又欢乐。刷着刷着，卓蕴看到赵醒归新发的一条朋友圈，配一张照片。

醒日是归时：A good day！[愉快]。

那张照片令卓蕴一头雾水，是一把亮闪闪的金属大夹子，应该是赵醒归左手拿着，右手拿手机拍下来的，有点儿像……她前几天吃烤肉时用的那种烤肉夹。

赵醒归发朋友圈的时间是三十七分钟前，说明已经过了十二点。

卓蕴想，怎么这么晚还不睡觉啊？碰到什么好事儿了吗？这么开心，果然还是小孩子，放假了就变得无法无天。

卓蕴随手给他点了一个赞，接着就丢开手机，酝酿起睡意。

十月三号一早，卓蕴起床洗漱，出了房间就碰到黑着脸的卓明毅。

卓明毅虽已年近五十，容貌却保养得不错，身材也高大挺拔，这份好相貌全都遗传给了一对子女，因此他一直很得意，说幸好卓蕴和卓蘅没随着边琳长，要不然，以后连对象都找不到。

边琳的确长得很普通，身材也瘦小，这也是为什么在她年轻时，很轻易就被初中都没读完的卓明毅追求到。

那会儿是九十年代初，边琳的父母在做生意，家境富裕，是菜场商贩卓明毅高攀不起的家庭。

他把边琳追到手，边琳父母不同意，却拗不过女儿已经被英俊的卓明毅迷了心窍，哭哭啼啼非他不嫁。后来两人结婚，边琳父母自然开始帮衬女婿，从那时起，卓明毅的事业就开始一路高歌猛进。

站在客厅里，卓蕴不情不愿地喊了一声："爸。"

"你还知道回来？"卓明毅盯着她，"今天来的人很多，还有一些市里的领导，你的衣服已经挂在你衣柜了，不准再穿你那些破烂布条，听到了吗？"

卓蕴拉长语调："听到啦——父皇陛下。"

她在房间里化妆时，边琳走进来，卓蕴叫她："妈。"

边琳坐在床沿上，第一句话就是："你不要再惹你爸爸生气了。"

卓蕴翻个白眼："我哪儿又气他了？我这不是在准备和你们一起过去吗？"

"唉，我也不说你了。"边琳很愁苦，这些年她一直都过得压抑，对女儿说，"小蕴，一会儿见到靖承，你不要再不理他，你们明年就要订婚了，趁现在多聊聊，好好培养一下感情。你不要每次见到他都拉着一张脸，他妈妈都要对你有意见了。"

卓蕴把腮红刷往梳妆台上一丢，回头问："妈，你也希望我和石靖承结婚吗？哪怕我并不喜欢他。"

边琳看着她："感情是可以培养的，小蕴，你该知道，嘉城是个小地方，上规模的酒店餐厅没那么多，你爸爸能给石家做供应商，养活这么多员工，靠的是什么？是因为我们是石家的准亲家，要不然，有的是供应商来和你爸爸抢。不是我说，你要是和靖承没有婚约，靠我们的价格，石家早就换供应商了，你明不明白啊？"

卓蕴什么都不想说了，类似的对话已经发生过无数次，总之父母就一个意思，在正式订婚前，石靖承就算在外面乱搞也很正常，而卓蕴必须要顾全大局，联姻只有好处没有坏处，嫁进石家，是卓蕴的福气。

吃过早饭，一家四口去了石家餐厅的开业现场，下车时卓蕴吓了一跳，那阵仗真的好大，怪不得她爸这么放在心上，死活都要把她给抓回来。

这家餐厅是石家餐饮集团搞出来的一个新品牌，大名儿叫石极鲜，和一家五星级酒店捆绑在一起，三层高，一楼是大厅，接待散客，二楼宴会厅，三楼包厢，可以承接婚宴、年会和商务宴请。

餐厅外挂满各方祝贺开业的红色条幅，把外墙都挡得看不见了，花篮、气球更是数不胜数，还搭起一个小舞台作剪彩用，几门金灿灿的礼炮逐一排开，锣鼓喧天，此时一对舞狮演员正在台上卖力地表演。

卓明毅到了这种场合，立刻变了一副模样，挂着一张热情的笑脸到处与人握手寒暄。卓蕴没看到石靖承，和边琳打过招呼后，去三楼找了个空包厢坐着玩手机。

二十分钟后，包厢门被推开了，卓蕴抬起头，就看到石靖承走进来。

"我找了好几个包厢才找到你。"石靖承说着就掩上门，双手插兜走到卓蕴面前。

他穿着一身正装西服，打着领带，头发梳得整齐，脸上戴一副金丝边眼镜，依旧是那副温文尔雅的样子，唇边挂着淡淡的笑。

卓蕴站起来，屁股倚着圆桌面，抱起双臂看着他。她自己可能没意识到，这其实是一种防御的姿势。

石靖承上下打量她，卓蕴化着淡妆，长发在脑后盘起，穿着她妈买的一身白色西装套裙，左胸还别一枚带钻胸针，活像一个乡镇女企业家，只是那张脸年轻又美丽，眼神充满戒备。

"你穿成这样，我都要认不得你了。"石靖承说。

卓蕴没说话，石靖承笑道："一个多月没见，不和我打声招呼吗？"

卓蕴懒洋洋地喊："石先生好。"

石靖承偏开头笑出声来："小蕴，你不要对我有那么大的敌意。"

卓蕴又闭嘴了。

"其实你平时的打扮，也挺好看的。"石靖承说，"就是和你以前上高中时不太一样，我稍微，有那么一点不习惯。"

卓蕴说："人会变的。"

"也许吧。"石靖承笑笑，"我还挺怀念以前，你记不记得，有一次我们两家一起吃饭，你穿着一条粉嫩嫩的连衣裙，非常可爱。"

卓蕴："抱歉，我忘记了。"

其实，她记得的，那会儿她才十六岁，上高一，知道石靖承是她的未婚夫后，心里怪怪的，又有些好奇。她记得几年前看过的一部韩剧，男女主角被订下娃娃亲，接着先婚后爱，结局幸福美满。

十六岁的卓蕴还没那么排斥石靖承，见到面会叫他"靖承哥哥"，那时石靖承二十岁，已经上大二，长相清俊，性格温柔，卓蕴把自己想象成那部韩剧里的女主角，觉得如果是和这个人结婚，好像也还行。

直到有一天，她偶然听见石靖承在和沈诗钰通电话。那一刻，少女卓蕴恍然大悟，原来石靖承和她爸爸，是一样的货色。

卓蕴如此冷淡，石靖承的笑容也隐了起来，问："小蕴，你是不是对我有什么误会？"

卓蕴："没有。"

石靖承放柔语气："我承认，我之前人在国外，对你关心不够，我俩之间也缺乏了解，但请你相信我，答应订婚时我是真心的，我只是想等到你长大。"

卓蕴面无表情："你不觉得我长歪了吗？"

石靖承摇头："不，你越来越漂亮了。"

卓蕴实在忍不下去："你这话，还是去对沈诗钰说吧。"

石靖承面色一变，立刻又镇定下来："你怎么会知道她？"

卓蕴一抬下巴："我为什么要告诉你？"

石靖承想了想，说："这两年，你在钱塘不也玩得很开心吗？你还年轻，玩心重,我理解。你看,我从来不会因为这些事来说你。"

卓蕴:"那我还要谢谢你的理解喽?"

"你讲话不要夹枪带棒。"石靖承神色变得很诚恳,"我答应你,订婚前,我一定和沈诗钰分手。"

卓蕴:"石先生……"

"叫我靖承。"石靖承向卓蕴靠近了些,仔细观察她的表情,"你在生我的气?"

卓蕴:"我没有。"

"我是你的未婚夫,我们一定会结婚的。"石靖承见卓蕴没躲,又向她靠近了些,卓蕴不得不后仰了一下上身,听到他说,"你以前,明明是喜欢过我的。"

卓蕴头疼:"你想多了,我没喜欢过你,现在,我更加确定我不会喜欢你。"

石靖承笑:"好了好了,你别生我气了,你这样子……会让我觉得你是在吃醋。"

卓蕴都想吐了,再也待不下去,绕开石靖承就要往外走,石靖承却一把拉住她的右手腕。

卓蕴回头瞪他:"松手。"

石靖承说:"小蕴,你对我有误会,我不怪你,以前是我做得不好,我保证,从现在开始会好好对你。接下来,我有计划去钱塘开餐厅,以后会有更多的机会去那边看你。我们可以多见见面,平时你要是想买什么,也可以和我说。"

卓蕴去掰他的手:"我不会见你的,你松手!"

石靖承将她拉到自己面前:"别耍小孩子脾气。"

他抬起右手,想要去摸卓蕴的左脸颊,卓蕴用左臂架住他的手:"你想干吗?"

"你说呢?"石靖承声音暗哑,"你不是一直在酒吧玩得很开的吗?怎么?我还不如那些男的了?"

卓蕴冷声道:"我前阵子刚打了一个男的耳光,石靖承,你别逼我来第二次。"

他们的脸已经离得很近,四目相对,卓蕴能看到石靖承眼里的欲望,心里又急又怒,就在这时,她的手机铃声丁零当啷地响了起来。

石靖承松开卓蕴,站直身体,还推了下鼻梁上的眼镜,姿态很优雅。卓蕴没看来电人是谁,直接接起:"喂,哪位?"

对方说:"卓老师,是我,赵醒归。"

听到男孩子干净清透的声音,卓蕴觉得被石靖承污染过的耳朵都被洗涤了一遍,她一边整理衣服,一边问:"小赵,你找我什么事?"

赵醒归说:"卓老师,我想再问你一遍,你愿不愿意重新给我做家教?"

卓蕴没想到赵醒归会问出这么个问题:"我不是和你说过了吗,不行的,而且你不是已经有新家教了吗?"

赵醒归："你怎么知道我有新家教了？"

卓蕴知道自己说漏了嘴，幸好赵醒归没深究，轻轻地说："卓老师，我找到Zoe了。"

他第一次念出卓蕴的英文名，卓蕴一惊，心说不妙。

"Zoe的心愿是希望Mikey能找到一个靠谱的家教。"赵醒归平静地说，"所以Mikey就想问问Zoe，愿不愿意给Mikey做家教，Mikey觉得，Zoe就是最靠谱的家教。"

卓蕴的眼睛瞪大了。

石靖承看着她，他听不见手机里的声音，神色有些迷惑，不明白卓蕴为什么会这么惊讶。

卓蕴也看着石靖承，心思快速旋转，猜到了事情原委。她写的心愿便利贴被赵醒归看到了，怎么会有这么巧的事？仔细一想也不算特别巧，他家就在紫悦城附近，国庆节去商场玩，非常正常。

赵醒归没听到卓蕴的回答，一直安静地等待着。

石靖承问："谁的电话？"

卓蕴没理他，转过身背对着他继续思考。她垂着头，脑子里闪过很多人影，范阿姨、赵叔叔、潘姨、苗叔、丁老师、葛浩宇、卓利霞、卓蘅、卓明毅、边琳……还有如今与她同处一室的石靖承。

赵醒归的声音更低了："卓老师，我只想你给我做家教。"

卓蕴狠了狠心，闭上眼睛说："还是不行，小赵，对不起。"

赵醒归再也没说话，沉默几秒后，把电话挂断了。

卓蕴心情越发糟糕，一声不吭地绕开石靖承，拉开包厢门就走了出去。

（2）

后面的剪彩仪式，卓蕴从头到尾就冷着脸站在台下，石靖承和他的父亲老石邀请一众领导上台剪彩，一时间礼炮齐鸣，音乐轰响，卓蕴被吵得皱起了眉。

仪式结束后，石靖承的母亲于娟来叫她："小蕴，你来，我介绍几位叔叔阿姨给你认识。"

石靖承陪在她们身边，卓明毅看到了，赶紧也凑了过去。卓蕴强打着精神一一叫人，有个阿姨热情地说："靖承啊，趁这几天放假，你带小蕴到我们家的民宿来住几天，现在风景最好了，你来，我就把最贵的套房留给你。"

石靖承看了卓蕴一眼，说："好啊，我一直都想去呢，不过我要后天才有空。小蕴，五号去七号回，你觉得可以吗？"

卓明毅不停地对女儿使眼色，卓蕴却冷着脸，也不顾于娟就在身边，对石靖承说："对不起，我这几天都没空，你自己去吧。"

气氛一下子变得尴尬，卓明毅叫了一声："小蕴！"

于娟显然不高兴了，瞟了儿子一眼，石靖承拉拉卓蕴的胳膊："要不就去住一晚？五号去六号回，或是六号去七号回，怎么样？"

卓明毅说："对对对，住一晚也不错。"

那位阿姨说："你们一定要来，绝对不虚此行，我那个民宿超级漂亮哦。"

卓蕴厌恶地甩开石靖承的手，一点儿也不给他面子："对不起，我真的没空，你可以带别人去啊。"

晚上回到家，卓明毅进门后就把卓蕴骂得狗血淋头，卓蕴也不甘示弱，和她老爸激情互喷。卓薇听烦了，进房后"砰"地甩上了门，边琳就在边上抹眼泪，求父女俩不要再吵架。

吵到后来，卓明毅一指大门："你给我滚！这么有本事，你就别回来！也别想老子再给你一个子儿！"

卓蕴求之不得，麻溜儿地进房去收拾行李，拖着箱子拉开大门时，边琳冲上来拽住她："这么晚了，你要去哪里啊！"

卓蕴回头看她："妈，我去梁月那儿住一晚。"

边琳一听她去找梁月，稍微放了点心，小声说："我晚上会劝劝你爸，明天给你打电话，你再回来。"

卓蕴说："我知道了，放心吧，我先走了。"

她自然不会去找梁月，离开家后，卓蕴拖着箱子在小区里走，想到这几天发生的事，这件那件，感觉都不是好事。她在一张长椅上坐下。

她其实不缺钱，读了两年大学，存下了不少生活费，就算老爸几个月不给她打钱，她也饿不死。她只是……不知道这样的生活何时才能到头。所有人都告诉她，她必须嫁给石靖承，石靖承也很搞笑，居然对她说要好好对她，好像她不喜欢他是辜负了他的一往情深。

卓蕴摸出手机，无意识地刷着朋友圈。她看到很多条关于石家餐厅开业的照片，都是嘉城社交圈的人发的，她快速掠过，一条都不想看，刷着刷着，她看到赵醒归中午时发的一条。

醒日是归时：A bad day[难过]。

没有配图，小黄脸挂着嘴，很委屈的样子。

卓蕴盯着这条朋友圈看了很久，想起上午赵醒归的那通电话。

他说："我找到 Zoe 了。"

他说："Zoe 的心愿是希望 Mikey 能找到一个靠谱的家教。"

他说："Mikey 觉得，Zoe 就是最靠谱的家教。"

他说："卓老师，我只想你给我做家教。"

不知道他是鼓起多大的勇气才拨出这个电话，结果又被卓蕴给拒绝了。

可怜的 Mikey。

卓蕴做了个深呼吸后，拨通赵醒归的电话。接通音响过三声，电话被接起，赵醒归的声音很惊讶："卓老师？"

卓蕴说："一周两次，多了不行，你要是 OK 我就答应。"

"什么？"赵醒归蒙了，很快又反应过来，"一周三次。"

卓蕴难以置信："你还和我讨价还价？"

赵醒归说："一周三次，其中一次要在周末，三个小时。"

卓蕴气道："赵醒归你别得寸进尺啊，我还没答应呢！"

赵醒归："一周三次，不能再少了。"

卓蕴咬着牙，赵醒归又开始重复："一周三次……"

卓蕴："行行行我答应你，一周三次。"

赵醒归："真的吗？"

卓蕴："嗯。"

赵醒归："从什么时候开始？国庆后吗？"

"明天。"卓蕴站起身，拉起箱子，"明天就开始，你明天下午在家吗？"

赵醒归："呃，在。"

卓蕴："那明天下午两点，我去找你。"

赵醒归："哦。"

卓蕴："先挂了，拜拜。"

赵醒归："拜拜。"

挂掉电话，卓蕴憋不住笑出声来，小屁孩后来讲话都是木的，估计已经被她弄晕了。眼珠子一转，卓蕴又去刷朋友圈，果然看到赵醒归新发了一条。

醒日是归时：What an amazing day！[耶]。

卓蕴站在花坛边，哈哈哈地大笑起来，感觉一整天的阴霾都被一扫而空。

她打车去高铁站，买到一张回钱塘的高铁票，一个多小时后就到了钱塘。卓蕴打车回 A 大，几乎是卡着门禁时间走进寝室，留守打工的袁晓燕看到她后吓一跳，卓蕴说自己和老爸吵架了，被扫地出门，没再多说，洗过澡就上床去睡觉。

第二天早上，卓蕴去紫悦城买了几件素色休闲装，又去苏漫琴逛过的零食铺子买了一袋花生酥。午饭后，她在寝室换好衣服，白色卫衣配牛仔长裤，再扎起马尾辫，背上帆布包，踩上一双平底休闲鞋，晃晃悠悠地去了紫柳郡。

距离上一次来，已经过去快一个月，天气都从夏天进入秋天，卓蕴按响C2小楼的门铃，苗叔跑来为她开门，卓蕴叫他："苗叔好。"

苗叔特别高兴："哎哎，小卓老师好！快进来吧。"

卓蕴跟着苗叔进屋，苗叔说先生太太有事出去了，家里没别人，叫卓蕴自己上三楼，赵醒归在房里等她。

卓蕴坐电梯到了三楼，走进会客室，在卧室门上敲了一下，大喊："赵醒归！"

房间里传来他的声音："我在呢！"

卓蕴穿过短廊进到卧室，看到赵醒归已经坐着轮椅等在书桌前，蓝衣黑裤，只是短袖换成了长袖T恤。

屋里窗帘大开，采光非常好，比起夜晚感受到的清冷要显得温暖许多。午后的太阳透过落地窗在地上打出大面积的金色光斑，赵醒归正沐浴在阳光里，静静地看着她。见她站着不动，他转动轮椅慢慢来到她面前，仰起头，那双漂亮的眼睛里盈满笑意。

"剪过头发了？"卓蕴问。

赵醒归抬手摸摸脑袋："嗯，修了一下。"

"挺帅。"卓蕴从包里掏出一包花生酥递给他，"给你的。"

赵醒归接过袋子，问："是什么？"待看清是花生酥后，他说："是不是在紫悦城二楼那家店买的？我以前买过这个，还挺好吃。"

"你吃过啊？"卓蕴撇撇嘴，"还想让你尝尝鲜呢。"

赵醒归说："就吃过一次。"

他把花生酥搁在腿上，将轮椅倒退回书桌边："你过来坐，别站着。"

卓蕴在他身边坐下，问："你爸妈去哪儿了？"

赵醒归说："带我妹妹出去玩了。"

"你还有妹妹？"卓蕴相当意外，"亲妹妹吗？几岁啊？"

赵醒归："我没说过吗？亲妹妹，十二岁，还在上小学六年级。"

"没说过。"卓蕴好尴尬，"这……你昨天应该和我说的，我是不是打扰你出门了？"

赵醒归摇头："不打扰，他们去游乐场，我也去不了，那边都是台阶。"

卓蕴："哦……"

赵醒归眨巴着眼睛，拆开腿上的花生酥，拿了一片送进嘴里，咔嚓咔嚓地咬着。

卓蕴发现他神色不对，嘴角一扯一扯的，问："怎么了？不好吃吗？"

"不是。"赵醒归一边嚼，一边低下头，轻声说，"就是……没想到。"

卓蕴手肘支在桌面上，托着下巴看他，他把一整片花生酥都塞进嘴里了，嚼得右边腮帮子都鼓了起来，发现卓蕴盯着他看，嘴角又扯了一下，眼睛亮亮地回视着她。

卓蕴说："你想笑就笑吧，憋什么呀。"

话音刚落，赵醒归的笑意就再也收不住了，从眉毛，从眼睛，从翘起的唇角，从他每根头发丝儿里稀里哗啦地溢了出来。

卓蕴拿起桌上一本书，拍了下他的头："有这么好笑吗？"

赵醒归也没躲，笑得越发开心，又拿了一块花生酥咬进嘴里。

卓蕴问他："好吃吗？甜不甜？"

"好吃。"赵醒归点点头，说，"很甜。"

和之前三次相比，这一次待在赵醒归的房间，卓蕴的心态已是完全不同。

她拥有了本名，恢复了本身的语言和行为习惯，哪怕身上的衣服并不是她平时的穿衣风格，又怎样呢？柔软的卫衣穿着多舒适啊，卓蕴都想再去买几件了。

赵醒归转着轮椅去了会客室，回来时腿上搁着一个木制托盘，里头摆着一杯热茶和一碟水果。他将轮椅转得很慢，怕热水会洒出来，卓蕴赶紧过去帮忙："你怎么这么客气呀，我要喝水自己会去倒的，你小心别烫到腿。"

赵醒归说："这些我都可以做，你别大惊小怪。"

卓蕴把热茶和水果放在桌上，赵醒归又说："卓老师，今天没有点心了，潘姨放假三天，我也没想到你会来。"

卓蕴以为那些点心是潘姨去买来的，也没说什么，直接拿了个青枣咬着吃。吃着枣子，她想起一件事来："对了，你不是请了新家教吗？你把他辞了？"

赵醒归问："你怎么知道我请了新家教？"

卓蕴随口应付："丁老师说的。"

赵醒归："哦。"

丁虹老师可真是万能啊，卓蕴心想，可以搬出来威胁葛浩宇，又可以糊弄赵醒归，在卓蕴心里已经上升为A大最有影响力的一位老师。

赵醒归垂着眼："那是个男生，我昨天和我妈谈过了，不想那个人继续给我做家教。"

卓蕴问："为什么？"

赵醒归抬眸看她："合不来。"

"哦。"卓蕴点点头，"那你妈妈怎么说？"

"我和我妈说了以后,她昨天早上就给那人打电话了。"赵醒归说,"我妈把之前的工资给了他,都搞定以后,我才给你打电话的。"

卓蕴不禁想笑:"你不给自己留后路的吗?我要是不答应呢?"

赵醒归板着脸:"你一开始就是没答应啊。"

卓蕴捂着嘴笑出了声:"那我要是昨晚也没答应呢?你不是就没有家教啦?"

"没了就没了。"赵醒归淡淡地说,"我也不打算再找了,不想让人陪。"

卓蕴止住笑,认真地看着他,觉得自己应该提前把话说清楚:"小赵……"

赵醒归说:"卓老师,你可以叫我小归吗?"

卓蕴一愣,赵醒归补充:"大家都叫我小归。"

卓蕴嘟起嘴装作在思考,赵醒归说,"还有人叫我小乌龟,你要是想这么叫,也行。"

"你怎么会愿意的?"卓蕴绷不住了,笑得肩膀乱抖,"你不觉得小乌龟很像在骂人吗?什么乌龟王八蛋,龟儿子、龟孙子,哪有你这样的,还主动让人叫你'小乌龟'?"

赵醒归很坦然:"习惯了,从小就被人这么取外号,我几个朋友都叫我小乌龟,家里人就喊我小归。"

"行吧。"卓蕴点点头,"那我就喊你小归了,啊,我刚才想说什么来着……"她想起来了,"小归,我要先和你说好,我呢,是纯陪读,你要是课业上有什么不懂,我讲得出来一定给你讲,讲不出来你不准笑我啊,高一的东西我真的不太记得了。"

赵醒归摇头:"不会,我不用你讲什么。"

"还有,"卓蕴抱起双臂,右手食指点点他,神情严肃,"你不准对我动心思,明白吗?"

赵醒归眼睫一眨,似乎没明白,天真地问:"动什么心思?"

卓蕴一看就知道他在装大尾巴狼,又拿起书本往他脑袋上一拍:"别装傻!"

赵醒归揉着脑袋,又笑了,唇角的弧度扬得特别好看,眼睛微微弯着,眼尾却一点细纹都没有,只有十几岁的人才有这样的福利。

他声音低低的:"你说什么呢,我才上高一。"

卓蕴:"你知道就好。"

赵醒归转动单轮,让自己面对卓蕴,手指扶着轮圈有一下没一下地转着,一会儿往前,一会儿往后,就像在玩一样。他不再说笑,看着卓蕴:"卓老师,其实这段时间我想了很多,高一的课再上一遍真的是浪费时间,所以我打算自学一些高二的课,下个月申请参加高二的期中考,如果成绩还过得去,我就去高二上课了。"

卓蕴的注意力一直落在他前前后后移动着的轮椅上，听到这里才抬起头来："你能跟得上吗？我的意思是，你如果去高二上课，下午再去复健，不是会落下很多新课吗？还有，你身体会不会吃不消？"

赵醒归说："自己多花些功夫，应该还行，真的去高二上课，我可能会减少复健的频率，不会天天去医院了，其实在家也能锻炼。而且，我现在反正也考不了年级前几，就想跟上大部队，以后考个一本就行。"

卓蕴不明白："为什么会考不了年级前几？"

赵醒归停下轮椅，双手摸上自己的大腿："每场考试都要花很多时间，我坐太久会不舒服，状态不好有时候卷子都做不完。"

卓蕴："这样啊……"

见她低下了头，赵醒归好奇地歪着脑袋看她："你怎么了？"

"没什么。"卓蕴不想告诉他，她听不得他说一些关于伤病的话题，每次听到，心里都酸酸的。

赵醒归说："这件事，我还没对别人说过，连我妈都没说，你先替我保密。"

小屁孩，卓蕴睨他："知道啦，还保密。"

赵醒归轻轻一笑。

卓蕴换了个话题："哎，你有没有想过以后学什么专业？"

赵醒归想了想，说："没想太具体，可能对人工智能领域比较感兴趣，机器人什么的，到时候看看有没有合适的专业。"

卓蕴惊讶："这么高端啊？"

"高端吗？"赵醒归神情放松，"其实我知道，以我的身体情况，很难找到对口的工作，我就是想在大学里研究一下。对了，你听说过外骨骼机器人吗？"

卓蕴摇头："没有。"

赵醒归拿出手机："我给你看看。"

卓蕴拉过椅子与他坐近了些，赵醒归找出一段视频给她看。视频像是在一个展览会上拍摄的，在一家展厅里，一个坐着轮椅的年轻男人被工作人员从胸、到腰、到腿、再到脚都穿戴上各项设备，那些设备并不轻巧，身后还像背书包一样背着一台机器。之后，工作人员帮他启动设备，卓蕴就看到男人身上的机器亮起了光，他双手扶着一台配套的大型支架，按照指挥操作按钮，人就渐渐从轮椅上站起来了，整个起身的姿势与常人由坐到站的动作幅度非常像。

等他完全站立，工作人员又按了些按钮，他们护在男人身边，他已经扶着支架，抬起腿一步一步地向前走去。

卓蕴瞪大了眼睛，赵醒归解释道："这个人和我一样，也是截瘫，他刚才站起来和现在走路，都是机器带动的，他的腿依旧没有感觉，也不会动，可是穿上了这个机器人，就可以走。"

"哇……"卓蕴实打实地震惊了，她从来没接触过这块领域里的任何资讯，"那、那你让你妈妈也给你买一台啊，能买到吗？这东西贵不贵？"

"能买到，很贵，我……是有可能会买一台。"赵醒归皱了皱眉，"只是它现在不是很实用，你没发现吗？它太大了，上不了街，只能在空旷平整的地方走，还要有人在旁边辅助。优点是它可以防止肌肉萎缩，还能促进下肢血液循环，对我们这样的身体肯定是有益的。"

卓蕴依旧在看视频里的男人走路。"他走起来的样子还挺像样啊，就、就那个抬脚、落地，完全不是我想象中那种僵硬的样子。"她几乎是和赵醒归头碰着头在看视频，激动地连拍了几下身边人的胳膊，"哎你真的要买一台！赶紧买！这样走路多好啊！"

赵醒归微笑："所以说，我想学这个。"

"真的挺好的。"卓蕴明白了，"A大有相关专业吗？"

赵醒归偏头看她："你想我考A大？"

卓蕴说："A大离你家近嘛，你肯定是考这儿最方便了，不然呢？你还想去北京、上海吗？"

赵醒归没回答，却问她："你上次说，你大四要考研，是考A大吗？"

卓蕴心虚了，她是肯定考不上本校研究生的，扯着嘴角笑了一下："不一定，我还没想好。"

赵醒归说："如果下个月我能顺利跳到高二，那我就是后年高考，九月上大一，你刚好上研一，如果你读研在A大，我们就可以做校友。"

卓蕴摆摆手："你想得也太远了，以后再说吧。"

她一直在回避，赵醒归也没再继续这个话题，把手机放回桌上，问："卓老师，你国庆没回家吗？"

卓蕴说："回过了，昨晚回来的。"

赵醒归："为什么不多待几天？你不是有未婚夫在那边吗？不用……约会？"

卓蕴想逗他了："我急着回来打工赚钱呀，这不是接了Mikey的家教活嘛。"

赵醒归白皙的双颊漫上了一层粉色："我又没那么着急，你国庆后过来也可以的。"

说到这个，卓蕴又想起那张心愿便利贴，端起茶杯喝水，问："你怎么会看到我贴的心愿贴啊？"

"我也不知道，就在那儿随便逛逛，结果就看到了。"末了，他又委屈地吐槽了一句,"你怎么贴那么高,我差点都没够到。"

卓蕴一口茶险些喷出来:"对不起对不起,我哪能想到这个。后来呢?你让别人帮你拿的吗?"

赵醒归摇摇头:"不是,我自己拿下来的,想了个办法。"

卓蕴脑子一转,想起他那条朋友圈的配图:"噢!你用那个夹子夹下来的?"

赵醒归没想到她一下子就猜到了,转着轮椅去床头柜抽屉里把烤肉夹拿给她看:"对,就是用的这个,在三楼一家烤肉店买的。"

卓蕴接过夹子,对着空气夹了几下,感慨地说:"巧了,这家店我前几天刚去吃过,怪不得看这夹子那么眼熟。"

赵醒归好奇地问:"那家店好吃吗?"

"好吃啊。"卓蕴说,"你没去过吗?"

赵醒归摇头:"没有。"

卓蕴对他比了个"V":"那等我发了工资,我请你去吃,怎么样?"

赵醒归小声说:"我也可以请你吃,什么时候都可以。"

卓蕴指指他:"你还没赚钱呢,说这话也不害臊,用你爸妈的钱装气派,以前是不是老在学校请女孩吃这个吃那个呀?"

"我没有。"赵醒归立刻否认,"我平时要好的几个朋友都是男生。"

卓蕴笑眯眯:"你这种校草级别的小男生最要面子了,你肯定不会对女孩小气的。"

"我……"赵醒归语塞了,卓蕴猜得没错,他的确很大方,有时请篮球队的队友们喝饮料时,也会顺便带上几个来观赛的女生。

当然了,不是他去跑腿,他只负责给钱。

"被我说中了吧?"卓蕴看了眼书桌上的小闹钟,"赵小归同学,咱俩聊好久了,你是不是应该做作业啦?"

赵醒归说:"今天放假。"

卓蕴瞪他:"你是不是想偷懒啊?刚才还说要自学高二的课呢。"

赵醒归绷着脸,有些不情愿地将轮椅往书桌靠近了些,拿了一本高二英语书在手里翻看,卓蕴伸了个懒腰,环视房间后问:"我能看看你的书架吗?"

赵醒归说:"可以。"

卓蕴起身走到书柜前,赵醒归的书柜上下分层,下面是实木门,用来储物,上面是玻璃门,满满当当地摆着四层书籍。书的种类挺多,除了学科类,还有小说、人物传记、散文集等,在上、中层,卓蕴看到了几本航空类、机械类、计算机类的专业书,视线往下,在最下面那层看到了几本和脊髓损伤、伤后护理、运动康复相关的书，还有几本心理学类书籍。

看这些书摆的位置，卓蕴觉得，这都是赵醒归看过的书。

她挑了一本小说坐回赵醒归身边，又拿了个青枣咔咔啃，同时看起了小说。赵醒归转头看了她一眼，心也渐渐平静下来，认真背起了英语单词。

就这么相安无事地过了十几分钟，门外传来一阵脚步声，咚咚咚的敲门声响起，赵醒归说："请进。"

房门被打开，一个脑袋探进来："哥……咦？"

卓蕴看着那个蹦进房里的女孩，一时闹不明白，她自己发育较晚，到了初中才开始蹿个子，而面前的女孩已经很高了，看着比袁晓燕都要高，瘦瘦的，有着一张漂亮的小尖脸，眼睛和赵醒归长得很像。

赵醒归给她们互相介绍："卓老师，这是我妹妹赵相宜，小宜，这就是卓老师。"

赵相宜有点害羞，走到卓蕴面前叫人："卓……我可以叫你卓姐姐吗？你是我哥的老师，不是我的老师。"

赵醒归："不礼貌。"

"没事儿。"卓蕴冲他摆摆手："我听你哥叫你小宜，是哪个yí？"

赵相宜说："就是淡妆浓抹总相宜的'相宜'，我爸取的，我和我哥的名字都是用的古诗。"

"是吗？"卓蕴看向赵醒归，"你名字是用的哪句古诗啊？"

赵醒归一愣："你没看到我的微信昵称？"

"看到了，那是古诗吗？"卓蕴瞪圆了眼睛，"我没去搜过，还以为是你自己编的呢。"

"的确是很冷门的诗，没什么人知道。"赵醒归冲他妹妹一抬下巴："你背给卓老师听。"

"又是我？你是不是自己都不会背了？"赵相宜噘着嘴，开始背诗，"《江南曲》，宋，毛直方，津头闻别语，三载以为期。安得中山酒，醒日是归时。"

卓蕴："啊……"

好像是很浅显易懂的诗句，也没什么特别隐晦的含义，就像古人吃个馒头、睡个午觉都会写首诗一样，这首诗大概就是诗人和朋友分别时随意写的，所以一点儿也没有名气。

不过，仔细一咂摸，"醒日是归时"，还挺好听。

赵醒归，更好听了！

赵相宜不敢再打扰哥哥"上课"，蹦蹦跳跳地离开了房间，卓蕴回头看着房门，语气里带着羡慕："你和你妹妹感情真好。"

赵醒归没听出来，说："她还是个小孩儿。"

卓蕴回过头来："你自己也是个小孩儿。"

赵醒归："我不是，我快成年了。"

卓蕴失笑："继续看书吧，赵小归同学。"

快四点时，赵醒归去上了个厕所，又用了近二十分钟，等他从卫生间出来，卓蕴已经收拾好挎包，起身对他说："小归，我该走了，今天其实就是来看看你，不算上课，等国庆后我再来。"

赵醒归忍着心中的不舍，抿抿唇，仰着头看向她："你要不要……在我家吃晚饭？"

"不用不用。"卓蕴还没这么心大，"没有道理的，我先回学校了。"

赵醒归转动轮椅："那我送你下去。"

赵伟伦、范玉华、赵相宜和苗叔都在一楼，因为潘姨放假，由苗叔在厨房准备晚餐，范玉华看到卓蕴就迎了过来，笑着喊她："小卓，好久不见了。"

"范阿姨好。"卓蕴又向着沙发处的赵伟伦喊："赵叔叔好。"

范玉华问："你要走了？不留下吃饭吗？今天放假，学校食堂菜不多的，你和我们一起吃饭吧。"

卓蕴忙说："不用了范阿姨，谢谢您，我室友还在呢，我答应了和她一起吃晚饭。"

范玉华就不再勉强，赵醒归说："卓老师，你跟我往后门走，我送你到院门口。"

卓蕴低头看着他，没再拒绝。

厨房边的后门修了一段">"型无障碍坡道，非常平缓，两边都有栏杆，赵醒归转着轮椅下坡道，一路把卓蕴送到庭院门口。他像是心情很不错，还指着院子里的花花草草告诉卓蕴，会有园丁定期来打理这些绿植，家里没人会弄。

站在院门口，卓蕴和他道别："你进去吧，外面有点凉，你衣服穿得不多，小心感冒。"

赵醒归没说话，就那么仰着脑袋看她。

卓蕴的个子在女生里算长得高，每次她站着，赵醒归坐着，两人离得近，他就只能这样仰起脑袋看她，眼神干净又无辜，还有点儿萌。

赵醒归问："下次你过来，是哪一天？"

卓蕴说："不一定呢，我提前一天和你说，行吗？"

赵醒归点头："行。"

"那我走啦，小归，你赶紧进去吧。"卓蕴冲他挥挥手，转身离开了小楼。

赵醒归目送着她，一直到看不见她的身影，才望向小楼对面的那片人工湖。

十月了，荷叶大多已残败，还没来得及被工作人员清理，赵醒归转动轮椅到了草坪边，想要越过草坪去湖边。

他还没试过这样做，心里多少有点忐忑，轮椅上了草坪后，因为有阻碍，他转动轮圈时立刻感到吃力了许多。草坪很不平整，有各种突起的小土包，还有坡度，赵醒归划了几米后，左大轮不知磕到了什么，轮椅一下子就往右边翻了过去。

赵醒归平时不需要系束带，此时想要调整已经来不及，立刻回忆起复健师教的动作，不用右手去撑地面，勉强做了个自我保护的姿势后，侧着身体摔在了草坪上。

"唉……"小少年轻轻地叹了一口气。

轮椅依旧在他身边好好地停着，赵醒归没摔疼，只是有些狼狈。他支起右肘看向自己的双腿，摔下来时，两条绵软的腿扭在了一起，姿势很怪异。他撑着草坪翻了个身，坐起来后低着头摆好双腿，看两只脚无力地歪向两边，他歇了口气，没急着坐回轮椅，而是仰面躺到草坪上，双手枕在脑后，悠闲地看蓝天白云。

这个国庆假期天公作美，每一天都艳阳高照，而此时，太阳已偏西，天空蓝得清透，阳光不会刺眼睛。

几只白色水鸟从天上飞过，赵醒归的视线追随着它们，想起以前，他每天忙忙碌碌，上学、训练、比赛……精力充沛，四处奔波，住到紫柳郡七八年了，他好像从未来过这湖边，看看风景、打打水漂、在草坪上野餐……好不容易想试一次，却失败了。

如今的他，连这样一块小小的草坪，都迈不过去。

(3)

赵醒归在草坪上没躺几分钟，一阵急匆匆的脚步声就从院门方向传来，他知道，是家里有人来找他了。

"小归！"来人是赵伟伦，跑到儿子身边蹲下，担心地问，"你在做什么？怎么跑草坪上来了？摔跤了吗？"

赵醒归撑着草坪坐起身，摇头："没有，我就是想晒晒太阳。"

"快五点了，哪里来的太阳。"赵伟伦放下心来，看了一眼湖边，"以后没人陪，你不要单独往这里来，这是个下坡，湖边没栏杆，很危险的，你要是栽湖里去怎么办？"

赵醒归也望了一眼那片看着很近、对他来说却很遥远的湖面，说："放心吧，爸，轮椅在草地上根本过不去。"

赵伟伦帮儿子拍掉身上的草屑，搭着他的后背问："起来吧，要爸爸帮你吗？"

"不用。"赵醒归拉过轮椅，"我自己能上。"

这都是基础技能了，摔倒后怎么从地上重新坐回轮椅，对腰椎损伤的赵醒归来说并不困难。

赵伟伦看着儿子挪了下屁股，拉下轮椅手刹，背对轮椅一手撑地，一手抓着轮架，双臂齐用力，屁股就抬离草坪快速地坐到轮椅坐垫上。他撑着扶手坐深了些，又捞过两条腿，将双脚在踏板上摆好，做完这一切，才抬眼看向父亲。

赵伟伦向他竖起大拇指："棒小子。"

赵醒归心里很不是滋味，问："爸，你不觉得我现在很没用吗？"

赵伟伦依旧半蹲在他面前，拍拍他的腿："不会，你这是受了伤。"

"可这伤不会好。"赵醒归语气低落，"永远都不会。"

赵伟伦揉揉他的头发："还记得爸爸和你说过的话吗？接受现在的你。不仅仅是你自己，爸爸妈妈，还有小宜，我们都会陪着你，你永远都是我最棒的儿子。"

赵醒归勉强笑了一下："你别总是给我'灌鸡汤'。"

"傻孩子。"赵伟伦站起身，推着儿子的轮椅往家走，"别乱想，没事的，有爸在呢。"

赵醒归的心平静了一些，不可否认，父母亲人的疼爱、陪伴和鼓励是他能坚持到现在最大的动力，如果没有他们，他完全不敢想象自己会变成什么样。

回家后，赵醒归先去三楼洗澡，等他把自己收拾好，苗叔也做好了晚饭，上楼来叫他了。

五个人在餐厅围桌吃饭，边吃边聊，自然聊到了刚离开不久的卓蕴。赵相宜说："妈妈，卓姐姐好漂亮啊！还那么高，像个模特儿。"

范玉华已经从苗叔那里得知卓蕴代替卓利霞的事，心里哭笑不得，附和着说："是吧，我也觉得她很漂亮。"

赵醒归耳朵竖了起来，苗叔说："小卓老师不仅漂亮，人还特别好，开朗大方，讲话很有礼貌，笑起来特好看。"

赵相宜小鸡啄米般点头："嗯嗯，还有酒窝呢！"

范玉华说："那叫梨涡，和酒窝不一样。"

苗叔说："反正我每次看她笑都觉得很舒服，和那位葛老师比，小卓老师真是亲切多了。"

赵醒归嘴角偷偷地扯了一下，怕被发现，低头扒了一口饭。

赵伟伦笑道："不瞒你们说，我第一次见小卓时，还以为她是个农村姑娘呢，结果她竟是冒牌的,那她家条件到底怎么样啊?"

范玉华说:"这事儿我问过阿虹,她说她对卓蕴不熟,应该就是普通家庭的孩子,比那个卓利霞条件要好一点。"

赵醒归抬头看了母亲一眼,又抿着唇低下了头。

范玉华察觉到了:"小归,你想说什么?"

所有人都在朝赵醒归看,他不得不开口:"她表里填的父亲职业,是真的。"

范玉华问:"你怎么知道?"

赵醒归说:"我问过她了,她亲口说的,她现在不会再骗我。"

范玉华看着儿子低垂的眼睛,忍着笑问:"小归,小卓老师回来了,你是不是很高兴啊?"

赵醒归还没说话,苗叔就抢先回答:"他当然高兴啦!今天大早上的就要我陪他出去剪头发,回来后还非要自己收拾房间,又是擦家具又是拖地板,我说我来,他非不让,说我搞得不干净。"

赵伟伦、范玉华和赵相宜边听边乐,范玉华笑了一阵子后,又觉得这其实是个不大不小的问题,对儿子说:"小归,你才十七岁,还是要以学习为重,别的事情等你长大再考虑。"

赵醒归反驳:"我快十八了。"

范玉华:"还有半年呢。"

赵醒归看了眼妹妹:"妈,小宜在,你别乱说。"

赵相宜不乐意了:"哥哥你真搞笑,以为我不懂吗?你喜欢卓姐姐,我都能看出来啦!"

赵醒归脸都红了:"你别胡说,我没有!"

赵伟伦赶紧打岔:"小宜,你这么小就懂这个呀?"

"我哪儿小了?"赵相宜咬着筷子瞪大眼睛,"我什么都懂!就你们还把我当小孩。"

话题就这样被扯开,赵醒归又开始沉默吃饭,吃完后转动轮椅:"爸、妈,我上楼去复习了。"

范玉华问:"小归,那小卓以后给你上课,就是一周三次?"

赵醒归:"嗯。"

"也好。"范玉华说,"这样她能轻松点,你也可以留一点自己的时间。"

一点都不好,赵醒归郁闷地想,一周三次还是他讨价还价才得来的。

晚上,赵醒归独自待在房间,转着轮椅去储物柜里找出一个食品盒,把卓蕴送给他的小包装花生酥都倒进盒子里,又把外包装袋压平,从床头柜抽屉里拿出一个塑料方盒，打开盖子，郑重地把包装袋放进去。

方盒里还有两样东西，一张16开的人像素描，一张小小的黄色便利贴，现在多了一个花生酥包装袋。赵醒归盯着盒子看了好久，不禁想起前一天发生的事，当听到卓蕴说愿意给他做家教，赵醒归以为自己在做梦。

他合上方盒的盖子，将之重新放回抽屉，翘着前轮在房间里转了几圈。他很久没这样高兴过了，就跟以前费尽力气打赢一场以弱胜强的比赛一样，他觉得他赢了，可真不容易啊。

赵醒归拿了个靠枕举过头，直起腰身，用一个标准的投篮动作将靠枕丢到床头墙上，心里有目标，靠枕画了条抛物线后正中落点，撞墙后又弹回床上。

他对自己说："十一号选手，得两分。"

可惜，现在的身体制约了赵醒归的行动，他再也不能跑跳了，碰到高兴的事好像也没法再尽情发泄。他将自己挪到床上，张开双臂趴在床中央，侧脸陷在枕头里，轻轻地眨了眨眼睛。

今天好开心，终于见到了卓老师，他已经有半个月没见到她了。

卓蕴，就是一个月前他透过落地窗看到的那个女生，名字真好听，卓蕴，卓蕴，卓蕴……她笑起来好看极了，那么温暖明媚，唇边还有两个小梨涡。

不知道小梨涡摸起来是什么感觉，指腹碰上去，会不会像摸到一个洞？

赵醒归在自己嘴边摸了一下，又觉得对卓老师有这样的想法太不礼貌，便放下手，反手伸到后背，撅起T恤下摆摸到自己的脊椎。这个位置还是有感觉的，手指戳到皮肤，会痛，会痒，再往下一点点，这里，还有，再往下……啊，没有了。

那是他受伤的部位，经历过两次手术，在后腰脊骨处留着一道十厘米长的手术伤疤。

他的手指在那道伤疤处上下移动，感受着那条诡异的线，心里只觉得奇怪，明明是自己的身体，怎么会没感觉呢？就像在摸别人似的，皮肤很软，很凉，狠狠掐一把都不会痛。他闭上眼睛努力感知，还是只能感知到一半。

他的身体，活着的部位只剩一半，包括大脑、双手、重要脏器，再往下……就死掉了。

夜里，边琳给卓蕴打电话，得知她已经回了学校，惊讶万分。卓蕴没有和妈妈多聊，边琳问她下一次什么时候回家，卓蕴没回答，敷衍了几句后挂断电话。

石靖承也给她打过电话，她没接，石靖承就给她发微信，又是道歉，又是解释，哄小孩一般地哄她，最后说十月底会到钱塘来看她。

如果把聊天记录给人看，别人估计会以为无理取闹的人是她。

卓蕴没理他，把石靖承的消息设为不提醒。

袁晓燕早出晚归地打工，五号一整天卓蕴就赖在寝室无所事事，苏漫琴知道后特别仗义，参加完表姐的婚礼，六号就和彭凯文一起回来了。三人在小群里讨论去哪儿玩，彭凯文问要不要去喝酒，卓蕴不感兴趣，想了想，提议去打网球。

长假最后一天，彭凯文开车带两个女生去了一家网球俱乐部。卓蕴换好运动裙，提着网球拍精神抖擞地上了场，畅快地打了一个多小时后，她差点跪下，摇着手说："不行了不行了，我要缺氧了。"

她和苏漫琴坐在场边喝水，看彭凯文和另一个男生打球，苏漫琴问卓蕴："你到底打算怎么办？就石靖承那事，这人也太奇葩了，把你当什么呢。"

卓蕴的眼睛随着场上的小球左右移动，回答："我也不知道要怎么办。"

前几年，卓蕴上高中，石靖承在上海念大学，等卓蕴考上大学，石靖承出国了，他俩最多就寒暑假时会因为家庭聚会而见面，就算见到了，卓蕴也不怎么搭理石靖承。

而现在，石靖承毕业回国工作，一切都趋于稳定，订婚的事正式摆上台面，卓蕴很难再躲过去。

"别说他了，说到就烦。"卓蕴活动着自己的右胳膊和手腕，"我好久没打球了，好累啊，明天肯定要酸死。"

"怎么突然想到来打网球？"苏漫琴问，"以前叫你来，你都不乐意。"

卓蕴说："生命在于运动啊，网球也是我唯一会玩的体育项目了，我连游泳都没学会。"

正聊着，卓蕴手机响了，是赵醒归的电话，她笑嘻嘻地接起来："Hello，赵小归同学。"

赵醒归能感受到她的愉悦，问："卓老师，你在外面玩吗？"

"啊，是，和室友在外面……"她脑子转得飞快，维持人设不倒，"看人打球。"

赵醒归："什么球？"

卓蕴："网球。"

赵醒归："哦。"

卓蕴："你找我有事吗？"

"就想问问你，明天来不来。"赵醒归声音很低，"我其实已经上课了，学校只放五天。"

"明天啊……"卓蕴想到自己酸软的肌肉，估计得缓缓，"明天可能不行，要么后天？"

"行，那就后天。"赵醒归说，"我不打扰你了，卓老师再见。"

苏漫琴见卓蕴收起手机，好奇地问："赵小归是谁？"

"哈，我是不是还没和你说？"卓蕴眉飞色舞，"就上回那个紫柳郡的小孩，我答应给他做家教了，一周三次，月薪五千。"

苏漫琴很惊讶："你答应了？为什么呀？你之前不是说他身体不好，看着特惨，待在他身边心里会很难受吗？"

"是哦。"卓蕴回想了一下，"但现在好像没那么难受了，我和他待在一起还挺开心的，特别放松。你不知道，这小孩心态特别好，他身体不太方便，成绩却一直很优秀，还会认真考虑以后上大学要选的专业、毕业后要做的工作，比我厉害多了。"

见她一直在卖关子，苏漫琴忍不住问："他到底是什么病啊？"

卓蕴："算是……呃，慢性病的一种，就是，好不了，但也死不掉。"

苏漫琴嘴角抽抽："你这什么比喻？"

"哎，这不是重点，反正呢，我头脑一热就答应他了。"卓蕴想到赵醒归，眼神都变得很温柔，"漫你不知道，我每次见到他，就会想，人家这么苦，还这么上进，我呢，二十一岁的人了却一事无成，什么都不会，真的蛮丢人的。"

苏漫琴搂过卓蕴的肩："宝，其实我早就想和你说了，你真的应该好好想想以后该怎么办，要不要继续读书，要不要和那个奇葩结婚，要不要……去做一些你真正想做的事情。"

卓蕴没有说话，眼睛望向网球场上，所有人都挥着拍子追逐着那颗球。她心里突然冒出另一个问题，赵醒归长得那么高大，没受伤的时候，他最喜欢玩什么体育项目呀？

二中提前结束长假，赵醒归已经回校上了两天课。他收起手机，苗叔问："小卓老师怎么说？"

赵醒归有那么一点失望："她说后天来。"

他转动轮椅，准备和苗叔一起去停车场。教学楼没电梯，学校特地把赵醒归所在的班级安排在一楼，还为此修了一段无障碍通道，他来回只能往那里走。

轮椅还没从一楼下到地面，赵醒归抬起头，就看到前方不远处站着的两个人，一男一女，并肩而立，穿着高三的校服，正怔怔地望着赵醒归，是——林泽和张希婉。

赵醒归的面色一下子变得煞白，手指紧紧扣住轮圈，整个人僵在当场。

他永远都忘不掉那天正午的太阳，非常刺眼，在他跳起抢球的时候，阳光直射下来，照得他睁不开眼睛。

那天是四月七号，赵醒归记得清清楚楚。午饭后的休息时间，好动的男孩们不需要午睡，有着用不完的力气，争分夺秒地去篮球场打球。

四月初的天气不冷不热，舒适宜人，赵醒归脱掉校服外套，只穿着一件短袖T恤，和几个同班、隔壁班的男生猜拳分队，打一场简单的三对三。

胡君杰发现，这天的赵醒归似乎心情不太好，一直沉默不语，打球时也没那么冷静，尤其是面对另一方防守球员林泽，他像是格外针对，每次进攻时几乎都在炫技，带球过人时还绕得林泽不小心摔了两跤。

林泽是赵醒归最好的朋友之一。他身材瘦高，长相清俊，性格温和，和赵醒归不同班，两人入学后在校篮球队相识，再加上一个胡君杰，三人都是铁杆篮球迷，很快混成了"铁三角"。

胡君杰和赵醒归是一队，见林泽又摔倒了，向他伸出手："起来。"

林泽一掌拍开他的手，自己站了起来，绷着脸去场边喝水。胡君杰气得大叫："你俩干吗呢？幼儿园小孩吵架吗？"

林泽不理他，胡君杰又去找赵醒归，问："你和阿泽怎么了？"

赵醒归满头大汗，也在喝水，回答："没什么。"

"那怎么这么不对付呢？"胡君杰很疑惑，"昨天还好好的呀。"

赵醒归说："他发神经。"

短暂的休息过后，比赛继续。露天篮球场边陆陆续续来了一些看球的同学，有男有女，张希婉与几个女生结伴而来，也挤在人群里。

张希婉和林泽同班，长得娇小玲珑，容貌清秀，有一双灵动的杏眼，春季开学后，她几乎每天都会来看男生们打球。好友打趣地问她是不是喜欢林泽，因为她和林泽初中就是同班，两人时常打闹，周末还会一起出去玩，张希婉每次都红着脸否认，说"才没有呢"。

球场上，男生们绕着篮球架不停地跳跃争抢，张希婉的眼睛也随着他们来回移动，看到漂亮的进球，会和围观同学一起鼓掌叫好。

林泽又防丢赵醒归一个球，气喘吁吁地弯腰扶着膝盖，扭头看向场边，毫不意外，张希婉并没有在看他。

这两个月来，她在场边只会看另一个人。十六岁的赵醒归绝对是场上最耀眼的那颗星，个子最高，长得最帅，球技最好，平日里林泽是心服口服的。可是这一天，他就是不服气，出于某些原因，又因为他在球场上被赵醒归数次"羞辱"，林泽对赵醒归意见非常大。

赵醒归并没有放过林泽，在接下来的比赛中，一点也没手下留情，但凡由他进攻，林泽防守，赵醒归就会拿出在市青少年队训练时的水平，用令人眼花缭乱的运球技术快速过人，有时近投，有时远投，林泽根本防不住他，不停地让赵醒归得分。

赵醒归记得，那只是一次很寻常的抢篮板，他是攻方，对方球员与他面对面起跳，却没他跳得高。赵醒归仰着脸，太阳刺着他的眼睛，眼看着指尖就要碰到球时，另一股意想不到的力道从侧面撞来。

跃起在空中的人很难抵御这种故意犯规式的冲撞，赵醒归失去了平衡，整个人向着篮球架飞去。

学校篮球场用的是地埋式篮球架，底部是一块面积不大的金属板，四角有四个突起的地脚螺钉，早年还用软物保护住，多年来风吹日晒，软物早已脱落，螺钉裸露在外，学校也没再维护过。

赵醒归实战经验丰富，在空中已经想好如何自我保护，打算落地后来个翻滚减缓冲击力，可是，他怎么都没想到，他的背脊会磕在一颗突起的螺钉上。

落地的那一瞬间，赵醒归只感到后腰处一阵剧痛，还听到很轻微的"咔"的一声，他痛得喊出声来："呃啊……"

大脑空白了一瞬，赵醒归想，完了，要受伤了，五月的市中学生篮球联赛不知道还能不能参加。

他蜷着身体躺在地上，痛得浑身发抖，半天都爬不起来，比赛自然中断，所有人都围了过去，赵醒归耳边嗡嗡声一片，听到很多人喊：

"小乌龟，小乌龟？你没事吧？"

"起得来吗？摔哪儿了？"

"赵醒归？"

"要不要打120？"

"先别碰他，去叫校医吧！"

赵醒归忍了一会后，自己坐了起来，对周围人说："没事，不用叫校医。"

大家都松了一口气，张希婉小心翼翼地问："赵醒归，你真的没事吗？"

赵醒归没说话，只冲她摇摇手。他摸摸自己的大腿，有点麻，感觉怪怪的，后背依旧很痛，他扶着后腰，拉上胡君杰伸过来的手，慢吞吞地站了起来。

"真的不用去校医那儿看看吗？或者去医院拍个片？"胡君杰看赵醒归脸色惨白，眉头皱成一个"川"，冷汗在额边滚滚而下，担心得不行，"我陪你去医院吧，我怕你摔到骨头。"

赵醒归试图站直身体，发现不行，后腰剧痛，稍微一动腿都发软，他也不敢用力揉后腰，搭着胡君杰的肩龇牙咧嘴地说："嗯，去医院，我可能是摔到骨头了。"

他被胡君杰扶着，挪着步子往场边走，路过林泽身边时，两人目光对视，林泽问："小乌龟，你没事吧？"

赵醒归冷冷反问："你说呢？"

林泽心虚地移开了视线。

好不容易挪到场边后，赵醒归就觉得情况不妙了。他脑子发蒙，眼前金星乱冒，后背伤处火烧火燎地疼，最令他难以理解的是，他似乎掌控不了自己的双腿了，想要抬步，脚却抬不起来，大腿还越来越麻。他弯着腰，摸了一把大腿，感觉越来越奇怪，额上的冷汗滴滴答答地落在地上，他痛苦地叫了一声："君杰……"

胡君杰正在拿自己和赵醒归的外套和水壶，听到声音回过头来，就看到赵醒归身子一软，整个人像没了骨头似的栽到了地上。

"小乌龟！"胡君杰吓疯了，丢掉东西扑到赵醒归身边，以为他晕过去了，没想到，他竟是醒着的。

"我腿不会动了……"赵醒归眼神涣散，茫然地对着天空，就跟失明了似的，手还摸在自己大腿上，"我、我腿不会动了……我……我腿……"

刚刚散开的一群人又呼啦一下围过来，一个个吵个不停，张希婉哭喊道："快打120啊！"

有人看到赵醒归裤裆上渐渐洇开的一片湿痕，惊呼道："他……他裤子怎么湿了？"

"不对，他尿失禁了！"

"赵醒归，赵醒归，别睡着！"

"小乌龟你醒醒，坚持住，医生马上就来了！"

"赵醒归……"

在闹哄哄的喊叫声中，赵醒归彻底地晕了过去。

有多久没见到林泽了？

赵醒归记得，受伤后，他只见过一次林泽，是在那一年的六月，他在上海做完第二次手术，被转院回钱塘，几个篮球队的朋友结伴来看他，赵醒归没拒绝，躺在病床上与他们见面。

胡君杰告诉赵醒归，他们比赛输了，输得很惨，说等赵醒归好了以后回去帮他们报仇。林泽一直待在人群后方，赵醒归很虚弱，从头到尾没怎么说话，与林泽也只有几次眼神接触，每一次他看向林泽，林泽都会把头别开。

那是他，最好的朋友。

因为篮球架疏于维护导致赵醒归受伤，学校赔了赵家一大笔钱，再加上保险赔偿，赵伟伦和范玉华没有再追究学校的责任。他们本来就不缺钱，赔再多钱也无济于事。

学校认定这是一场因体育运动而导致的意外伤害，无人需为此事负责，那个和赵醒归正面抢球的隔壁班男生哭成一个泪人，说都是他的错，他水平太差了，就不该去逞能抢球。

他的父母主动拿出两万块钱给赵家，范玉华没有收，说不是那个男生的错。

那到底是谁的错呢？

大家都说是那枚螺钉的错，赵醒归的运气实在是太差了。

说这些话的时候，同学们还没想到这件事的后果，他们都觉得赵醒归只是骨折，休息几个月就能回校上课，以后伤好了还可以继续打篮球。谁都不会相信，就是从那一天起，赵醒归再也站不起来了。

当时，距离赵醒归十六岁的生日，只差十一天。

收回思绪的赵醒归坐在轮椅上，双手已经握紧成拳，警惕地盯着林泽和张希婉。

张希婉没怎么变，林泽的模样却变了许多，他以前又高又瘦，体重还不足一百三十斤，而现在的他脸圆成一个盘，整个人胖了一大圈，哪里还有过去清秀斯文的影子。

张希婉拉了拉林泽的袖子，小声说："你去呀，别站着不动，你不是早就想去看他的吗？"

赵醒归看到林泽往前迈了一步，立刻转头喊苗叔："苗叔，你和他们说我赶时间，没工夫聊天，让他们走。"

苗叔："呃……行。"

他走到林泽和张希婉面前，客气地请他们离开，张希婉说："叔叔，我们就是想和赵醒归说几句话，很快的。"

苗叔说："有些话不用说了，你们学习紧张，赶紧回去吧。"

那一边，赵醒归已经低着头，顾自转着轮椅从无障碍坡道下到地面，他再也不看林泽一眼，飞快地转动轮椅往停车场行去。林泽看着他的背影，叫了一声："小乌龟！"

赵醒归仿佛没听见，很快就出去几十米远，苗叔赶紧追上去，把林泽和张希婉留在了身后。

张希婉嘴巴一瘪，眼泪就掉了下来，扭头往高三的教学楼走去。林泽呆呆地站在原地，看着赵醒归的轮椅越来越远，眼睛也红了。

这天下午，赵醒归在练习走路时特别卖力，复健师说时间到了，让他休息，他恍若未闻，依旧撑着助行器，低着头，甩着腿，一步一步地往前走。苗叔过来劝他："小归，你走好久了，休息一会儿吧。"

"我还要练。"赵醒归上衣前襟都被汗湿了，语气依旧固执，"我还不累。"

苗叔心疼他："这不是累不累的问题，训练是讲究科学的，你走多了可能会有坏处，要听医生的话。"

赵醒归抬起头冲苗叔怒吼："我说了我还不累！我还能走！"

苗叔自然不会和他计较，只能把复健师请过来，严厉地要求赵醒归必须休息。因为绑着护具，赵醒归可以站直身体，他比苗叔高了十几厘米，低头瞪着苗叔："我还能走。"

苗叔哄着他："我知道，你当然还能走，你这不正走着嘛。"

"我不是残废。"赵醒归近乎咬牙切齿，"我可以走很久，我走得很好。"

"是，是，你走得很好。"苗叔脑袋都要冒汗了，"那你也要休息的呀。"

"我……"赵醒归心里涌起一阵苦涩，手指捏紧助行器上的把手，指节都发白了，"我真的可以走。"

好说歹说，他终于卸掉护具，坐在了轮椅上。

没有了支撑，赵醒归连一秒钟都站不起来，他摸着绵软无力的大腿，回忆着走路、跑步、跳跃时的感觉，哪怕是脚踏实地的感觉，他都已经快要忘记了。

从医院回紫柳郡的路上，赵醒归看到车窗外掠过的 A 大校门，突然说："苗叔，我想去一下 A 大。"

"现在吗？"苗叔不明白，"去做什么？今天七号，你表姑还在放假呢。"

赵醒归垂着眼："我不找表姑。"

车子开进 A 大，苗叔在停车场停好车，下车去抽烟，只留赵醒归一个人坐在车厢里。他拿出手机，给卓蕴打电话。

卓蕴上午打网球，中午和苏漫琴、彭凯文在外面吃饭，下午逛了会儿街，这时候已经回到学校，正和苏漫琴讨论晚上吃什么。

她接起赵醒归的电话："喂，小归？"

赵醒归说："卓老师，我现在在 A 大，能和你见个面吗？"

"现在？"卓蕴看了眼时间，是下午五点，"你是不是刚从医院回来？不回家吃饭吗？"

赵醒归说："我想见你。"

卓蕴一愣，觉得赵醒归这小孩真是想一出是一出，中午打来电话问她明天去不去上课，她说后天去，下午又打来电话，说要立刻见面。这要求有点过分啊，他想见她，她就必须要去让他见吗？她只是一个陪读家教，又不是赵醒归的女朋友，还能随叫随到了？

卓蕴寻思不能这么惯着小孩，要不然以后倒霉的就是她，赵醒归住得离 A 大这么近，第一次轻易答应了，以后他要是动不动就跑来说想见她，她怎么办？

于是，卓蕴说："我现在有事呢，走不开，你想和我见面至少要提前一天和我约，我答应了你才能来，这样临时来找我，你觉得合适吗？"

电话里的赵醒归沉默了。

"喂？小归？"卓蕴察觉到不对劲，"赵醒归？你怎么了？"

赵醒归说："对不起，是我考虑不周。"

他把电话挂断了，卓蕴以为自己耳朵出了问题，刚才听赵醒归的声音……他是不是在哭啊？就是那种硬忍着不想让人发现却隐隐带着哭腔的少年音，有点低，有点哑，还有点委屈。

卓蕴立刻把电话拨回去，赵醒归没接，发了条微信过来，说自己没事，现在就回家。

卓蕴给他回消息：我在上次丁老师办公室楼下的小花园等你，不见不散。

她回来后已经洗过澡，没化妆，随手套上一条牛仔裤，拿了件运动开衫披上，又往口袋里塞了一包东西，头发都没来得及扎，匆匆忙忙地出了门。

第五章

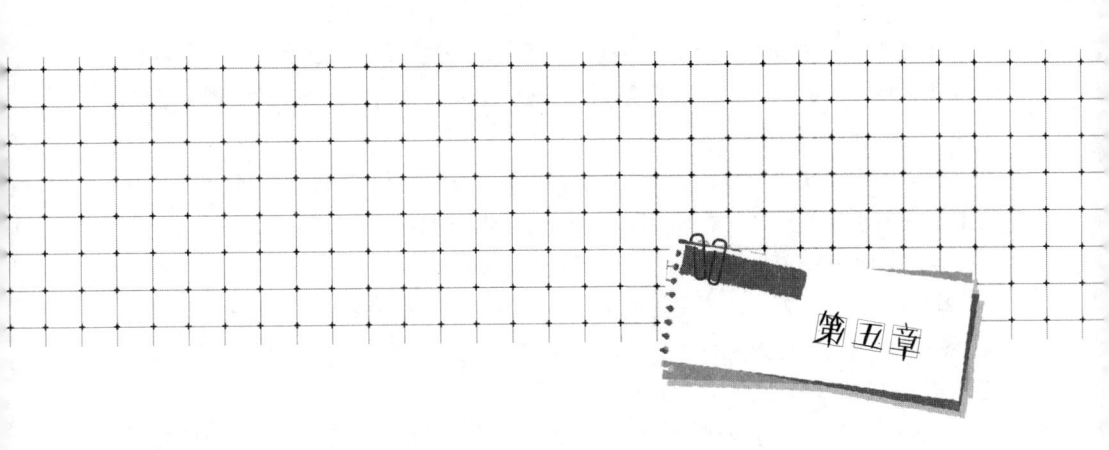

他好像,喜欢上了一个人

(1)

卓蕴确信赵醒归会去赴约，毕竟一开始要见面的人就是他。

真是奇了怪了，她一边小跑着往办公楼去，一边想，自己这是在干什么呀？真是把赵醒归当弟弟宠了，卓蘅要是没预约就跑来A大说要和她见面，她只会赏给他一个"滚"字。

还没跑到那栋办公楼，卓蕴半道上就看到了赵醒归和苗叔，赵醒归自己转着轮椅，苗叔走在他身边，卓蕴立刻叫他们："赵醒归！"

赵醒归的轮椅停下了，一百八十度转过身来。

卓蕴跑过去，好奇地看着轮椅上的小少年，他穿着一身黑色运动服，薄唇紧抿，一脸不高兴，看着她的眼神带着点小怨气，还有点不好意思，在这日暮时分，那双漂亮的眼睛越发显得黝黑深邃。

苗叔问卓蕴："小卓老师，我想问问你，附近哪儿有无障碍厕所？小归想上个厕所，刚才我们去教学楼看了，一楼没有，你知道哪儿有吗？"

"无障碍厕所？"卓蕴从来没在校园里注意过这个，一时也想不起来，"我不知道呀。"

苗叔又说："不是无障碍也没关系，只要是抽水马桶就行，我可以帮小归，他用不了小便池。"

赵醒归的脸渐渐红了，低下头，连着耳朵尖都在发烫。

卓蕴双手一拍："抽水马桶啊，那丁老师办公的那栋楼就有，那边外语系很多外教，不习惯用蹲坑，学校就给他们修了马桶。"

她领着赵醒归和苗叔进了办公楼，一楼没有，坐电梯到二楼，男厕所里果然有两个隔间是抽水马桶。苗叔陪着赵醒归进去，有马桶的隔间和蹲坑的隔间一样，都要上一个台阶，自然也没有安装扶手。赵醒归的轮椅上不去，苗叔说要抱他上去，赵醒归说他自己上，一步步来。

苗叔拉开隔间门给赵醒归留出空间，赵醒归侧弯腰，一手撑轮椅、一手撑台阶，转着腰身把屁股挪到了台阶上。这时候也顾不得地上脏不脏了，他坐在台阶上，背对马桶往后挪，又把两条腿也捞上去，终于挪到马桶边上。

他回头看了眼马桶，有点高，不知道靠臂力能不能撑上去。赵醒归试了一下，发现不行，因为没有扶手，他只能撑住马桶圈，很难用力，换了个角度再试，还是不行。

苗叔一直看着他，忍不住说："我来帮你吧。"

到了这时候，赵醒归已经无法拒绝，他之前就感觉到一点尿意，小腹深处有一种说不清道不明的酸痒感，延伸到皮肤上，寒毛都会竖起来，他知道，不能再拖下去了。他任由苗叔抱着他的腋下，用力将他提起来，屁股放到马桶上，两条长腿软绵绵地东倒西歪着。赵醒归终于在马桶上坐好，已经一点精神都没有了，低声说："苗叔，关门吧，我自己可以的。"

"好，那你小心点，一会儿好了叫我。"苗叔帮他关上隔间门，赵醒归自己在里头上厕所。

他单手撑着一边马桶圈，另一只手拉下了松紧裤腰，再左右换手，非常费力地坐在马桶上把裤子给脱了。接着，他用手掌轻轻按压小腹膀胱处，没一会儿就听到液体流到马桶里的声音，他继续规律地按压，一直到再也没有水流声为止。

就很奇怪，他明明能感觉到尿意和便意，可真正在上厕所的时候，他却没有一丁点的感觉，只能用声音来判断有没有上完。

又一次费力地穿上裤子，赵醒归朝外面叫："苗叔，我好了。"

苗叔把他抱回轮椅上，卫生间里有洗手液，赵醒归刚才双手按过地，又摸过各种墙面、马桶圈，足足搓了三遍手才罢休。他转着轮椅离开男厕所，卓蕴还在外面等他。

"好啦？"卓蕴笑着说，"那我们下去吧，去上次那个地方聊聊。"

看赵醒归垂头丧气的样子，卓蕴揉了下他的脑袋："干吗这么没精神啊？有人欺负你了吗？"

这话不说还好，一说出来，赵醒归又想起了那些痛苦的回忆。他没有躲开卓蕴的手，任由她在他头发上摸了两把，才说："我没事，下去吧。"

苗叔没有打扰他们，卓蕴和赵醒归像上次那样坐在小花园的香樟树下，天色黑了许多，这个地方没有路灯，只有周围办公楼里透出来的一些灯光为他们照明。卓蕴坐在石凳上，赵醒归坐在她对面，她歪着脑袋看他，问："哭过啦？"

赵醒归浑身一震，坚决否认："没有！"

"眼睛都是红的呢。"卓蕴指指他的脸。

赵醒归果真上当，立刻去摸自己的眼睛，卓蕴"哈"的一笑："骗你的！"

赵醒归的手僵住了，脸臭臭地看着她。

卓蕴问："真哭过啦？"

赵醒归别开头，避开了她的视线。

"发生什么事了？这么不开心。"卓蕴从衣兜里把那包东西拿出来，往赵醒归腿上抛去，"喏，给你吃喜糖。"

赵醒归在她手刚动的时候就有了预判，伸手接住了那包糖，卓蕴惊呼："少年身手不错啊！"

赵醒归看了她一眼，又低头去看那包糖，卓蕴说："我室友表姐结婚，带给我的，好像挺高档。"

"谢谢。"赵醒归从喜糖袋里拿出一颗费列罗，拆了包装就咬进嘴里，右边腮帮子又鼓了起来。

卓蕴笑死了："你吃东西的样子好像仓鼠。"

赵醒归吃下一颗甜甜的巧克力，还是低着头不说话，双手交握搁在大腿上，不知道在想什么。卓蕴还从没这样哄过人，换成平时早就不耐烦了，可是面对赵醒归，她的耐心似乎一直很好。

"到底怎么了呀？"她笑吟吟地问，"是不是有人欺负你了？在学校还是在医院？中午给我打电话时还好好的呀。"

赵醒归又沉默了一会儿，终于抬眸看她，说："卓老师，你怎么从来不问问我，是怎么受的伤？"

卓蕴的确从来没想过去问赵醒归这个问题，一方面是她不喜欢揭人伤疤，另一方面是她对自己的心理承受能力抱有怀疑。她对赵醒归的观感其实很复杂，刨除之前那些杂七杂八的念头，有时候，卓蕴也会想，健康时的赵醒归是什么样的？一个高高大大的男孩子，长得又这么英俊，成绩优异，家境富裕，走到哪里都是人群中的焦点吧？

越是这样想，越是不敢去探知他的受伤经历，卓蕴也是从小被人夸赞着长大的，设身处地地想，如果是她遭遇这样的事，真的会疯掉，就像彭凯文说的那样，搞不好会不想活。

而现在，赵醒归自己把这个问题挑明了，卓蕴觉得，他可能是想要倾诉。

微风吹过，树枝在头顶沙沙地晃动着，卓蕴很温柔地看着赵醒归："我以为你不愿意聊这个。"

赵醒归说："你也没问过我。"

卓蕴："那……如果你愿意告诉我，我想知道的。"

赵醒归低着头，手指抠着手里的那包喜糖，说得又轻又慢："这件事，我只告诉过一个人，连我爸妈都没说。那个人是我的心理医生，我对他说的所有的话，他都会为我保密，但今天……我想告诉你。"

卓蕴问："什么事？"

"我受伤……"赵醒归一想到这件事，情绪就变得低落，"的确算是意外，是我运气不好，但从某种角度来说，也算人为。"

卓蕴惊呆了："人为？是有人害你吗？"

赵醒归平复了一下心情，尽量冷静地看着她："我从头和你说吧，就是……你听了别害怕。"

他总是让她别害怕，卓蕴心疼极了，觉得自己那句"害怕"真的狠狠地伤害了这小孩的自尊心。她说："我不会害怕，都和你说了那是骗你的。"

赵醒归笑了一下，开始完整地讲述那天发生的事。

那天中午，吃过午饭，胡君杰喊赵醒归去打球，赵醒归带上水壶，刚走出教室就碰到隔壁班的林泽。

"小乌龟。"林泽叫他，"你跟我来一下，我有东西给你。"

赵醒归不明所以地跟着他来到走廊拐角处，大部分同学此时都在午休，这个地方很安静。林泽从校服口袋里掏出一个信封递给赵醒归，信封粉粉的，上面写着"赵醒归收"，赵醒归一看就知道是什么东西，眉头一皱直接拒绝："别给我。"

林泽的手没收回去，依旧往前递："张希婉让我给你的，你收下，看不看我不管。"

"我收了也不会看。"赵醒归看着林泽，"你知道的，我从来不收这些东西。"

林泽脸色很差："我是受人之托，你给我个面子。"

赵醒归还是拒绝："我不收。"

林泽急了："赵醒归，这是人家一片心意，你就看一下又怎样？答不答应是你的事，至少你先收下！"

"阿泽。"赵醒归不耐烦了，"我从来没考虑过这种事，不可能因为看了一封信就有所改变。倒是你，你明明喜欢张希婉，却还要帮她送信，你不觉得很奇怪吗？你喜欢她就去追，这很难吗？"

"你不懂。"林泽苦闷极了，"你没有喜欢过别人，不会懂我的心情。真正喜欢一个人，就是要看着她幸福快乐，只要她开心，我就会开心。"

赵醒归是真的不懂，眉头皱得更紧："你是受虐狂吗？"

"我不像你！"林泽叫起来，"你什么都不缺，样样都是第一，所以你不会去关心别人的想法，你只在乎你自己！"

赵醒归生气了："你是说我自私？"

林泽大声说："你就是自私！连一封信都不肯收，随意践踏别人的感情，你是不是还觉得自己很有理？"

赵醒归懒得再和他废话，扭头就走，林泽叫他："赵醒归！"

赵醒归停下脚步，回头看他："我告诉你林泽，我的确没有喜欢过别人，但我知道，如果有一天我喜欢上一个女孩，一定会主动去追她，追不追得到另说，而不是像你这样连试都不敢试,说什么她开心你就开心,在我眼里,这就是懦弱。"

"你说什么?"林泽上去当胸推了他一把,"亏我把你当兄弟,你就是这么看我的?"

赵醒归退了一步,从林泽手里接过那封信,重新塞回他的口袋里,冷冷地说:"帮我告诉张希婉,我不喜欢她,原因很简单,她太矮了。"

后来,他们就到了篮球场上。再后来……刺眼的阳光下,赵醒归被撞飞的时候,想看一眼是哪个混蛋敢这样恶意犯规,然后,他的眼角余光就看到了一脸惊慌的——林泽。

花了十几分钟,赵醒归把整件事从头到尾讲完了。他没有说受伤后在医院的经历,只停留在他术后恢复意识的那一刻,他对卓蕴说:"医生告诉我,我是不完全性的脊髓损伤,看片子神经没有全断,理论上下肢可以恢复一些感觉和肌力,但不知道为什么,一年多了,我的腿还是没感觉。"

听完这一切,卓蕴用了最大最大的力气才忍住没有哭。但她的眼睛已经红了,不停地眨巴着,就怕眼泪掉下来。她难以想象赵醒归的心路历程,问:"那个人,真的是你朋友?"

赵醒归说:"曾经是。"

"我想宰了他。"卓蕴牙都咬紧了,"你为什么不告诉你爸妈?告他呀!让他赔钱!这人当时满十六了吗?可以坐牢的!"

赵醒归摇摇头:"有监控,没人能证明他是故意撞我的,而且,他家条件不好,我家又不缺钱。"

"那你就这么算了?"卓蕴又伤心又生气,"他和你道歉了吗?"

赵醒归想了想,摇头:"没有,不过我今天见到他了,我觉得他想要和我道歉。"

卓蕴捏着拳:"别理他!道歉有鬼用!"

赵醒归一愣,大概头一次听卓老师说脏话,觉得很稀奇:"你怎么好像比我还生气?"

卓蕴觉得这件事实在是太过分了,怎么想都难以释怀,一个没忍住,憋了好久的眼泪就溢出了眼眶,因为她低着头,那滴眼泪就"吧嗒"一下滴落在她的大腿上。

赵醒归恰巧看见了,脑袋一蒙:"你……你别哭。"

他转着轮椅上前了一些,两人的膝盖已经碰到一起,他没法再往前,只能探着上身,偏头去看卓蕴一直垂着的脸颊。

卓蕴吸了吸鼻子,又有两滴眼泪一前一后掉下来,这下子赵醒归慌了,大着胆子伸手去碰她的脸,手指触到一片濡湿:"卓老师你别哭,我没事的。"

卓蕴:"呜呜呜呜呜……"

赵醒归的手背蹭到了卓蕴垂挂下来的长发,顺手一摸,好柔顺啊……想起这还是第一次看到卓老师不扎马尾辫,没平时那么活泼,显得更温柔了。

卓蕴不知道赵醒归脑子里在想什么,摸摸口袋,没带纸巾,泪汪汪地抬起头来:"你有纸吗?"

"有。"赵醒归回身从轮椅后摘下背包,掏出一包纸巾递给卓蕴,卓蕴抽了一张擦眼睛,仔细一想,还是好难过,嘴巴一咧,呜呜哇哇哭得更加伤心了。

赵醒归吃了一惊:"你这样子没法做心理医生呢。我的心理医生听我说完后面不改色,啥事都没有。"

卓蕴边哭边说:"我本来就泪点低!"

"对不起。"赵醒归很无措,"我没想弄哭你。"

卓蕴仰起脸,不停地做深呼吸,重新看向赵醒归时,两只眼睛红通通的,脸颊上满是泪痕:"赵小归,你怎么这么倒霉啊!"

赵醒归弯着腰,两个手肘撑在大腿上,抬起脑袋仰视卓蕴:"卓老师,你别难过,其实,我现在不怎么去想以前的事了。我认识很多和我一样的伤友,有和我差不多大的,有二三十岁的,也有叔叔阿姨级的,有些人已经截瘫十几年了,二十多年的也有,就……我可以想象我以后的生活,瘫痪……的确很影响生活质量,但至少,好好对待自己,也不影响寿命,我看有些伤友大哥还会开着车到处去旅游,过得很潇洒。"

卓蕴发现,本来应该是赵醒归心情不好,想要倾诉,由她去开导他,而现在竟变成了赵醒归来安慰她,整个儿反了。她很是难为情,抬手在他近在咫尺的脑袋上狠狠揉了两把,把他的头发都弄乱了,赵醒归也不生气,随她摸,脸上还挂起了笑。

卓蕴说:"你以后,别和那个人见面了,就断了吧。"

赵醒归点点头:"我也不想见他,一句话都不想和他说。"

卓蕴的心情总算平静了一些:"你要是再碰到不开心的事,可以找我聊。"

赵醒归问:"然后看你哭吗?"

"讨不讨厌!"卓蕴把擦过眼泪的纸巾团丢到他身上。

赵醒归"啊"了一声:"你擦过鼻涕的!"

卓蕴懊恼地叫:"我没有!"

赵醒归转着轮椅去垃圾箱旁丢掉纸巾,又回到卓蕴面前,说:"我好像没事了。"

卓蕴破涕为笑:"那是不是说明,我还是可以做心理医生的?"

赵醒归伸出食指摇一摇:"不合格。"

卓蕴板起脸来,赵醒归又说:"不过,你是个合格的家教,年底如果有KPI(关键绩效指标)打分,我给你打满分。"

卓蕴笑死了:"你还懂KPI啊?"

赵醒归说:"我妈妈以前上班时管财务,手下很多人,我老听她说这些。"

卓蕴问:"她现在不上班了吗?"

"嗯。"赵醒归说,"我受伤以后她就不上班了,我爸公司规模不小,他俩以前工作都很忙,我这样了,我妈说总得有一个人专门回家照顾我,不能只把我丢给苗叔和别的陪护。"

"说得也是。"卓蕴点点头,"你爸爸妈妈真的很疼你。"

赵醒归见她语气不对,好奇地问:"你爸爸妈妈不疼你吗?"

"我妈还行。"卓蕴想起她爸,只有摇头的份,"我爸够呛。"

赵醒归还想再问,卓蕴止住了他的话头:"不早了,你不饿吗?该回家吃饭了,你家里人在等你呢。"

赵醒归戴着智能手表,看了眼时间,已经六点多了,他张张嘴刚想开口,卓蕴已经提前拒绝:"我不能和你一起吃饭,我室友也在等我。"

赵醒归嘴角挂了一下:"哦。"

卓蕴站起身,拍拍他的肩:"走吧,我送你去停车场。"

去停车场的路上,天已经全黑了,苗叔一直走在他们身后,赵醒归自己转着轮椅一路往前,卓蕴就甩着手跟在他身边。

国庆假期刚结束,学生们大多已回校,这个时点的校园里非常热闹,来来往往都是人。很多人会好奇地看向赵醒归,卓蕴回望过去,他们又都移开了视线。卓蕴心里不是滋味,又觉得没法指摘别人什么,看着小少年努力转轮椅的样子,问:"你这样累吗?要不要我推你?"

赵醒归抬头看她:"行,你是不是想玩一下?"

"被你看出来了。"卓蕴走到他身后,发现赵醒归的轮椅靠背比寻常轮椅低很多,他大半个后背都能露出来,她试着握紧把手往前推,倒也不用弯腰,推着并不吃力。

卓蕴看着少年头顶乌黑的发,问:"什么感觉?"

赵醒归解放双手,语气愉悦:"轻松。"

卓蕴笑着说:"那就让你一路轻松到停车场吧,今天卓老师为你服务。"

去停车场的路上会经过露天篮球场,A大有好多个篮球场,一个接一个地连在一起，外头竖着防护网。这时灯光大亮，每个球场上都有人在打球，喊叫声不绝于耳，边上还有很多人围观。

赵醒归没有回避，转着脑袋，眼睛一直望向篮球场，卓蕴看不见他的表情，没去打扰他。直到过了那段路，再也听不到篮球场上的声音，赵醒归才收回视线，转过脑袋对卓蕴说："卓老师，我以前可以扣篮的。"

"是吗？这么厉害？"卓蕴惊讶地问，"哎我一直想问问你，你到底多高啊？"

"我……"赵醒归回过头去，搓搓裤腿，"我高一那年是一米八六、八七的样子，现在不知道，很久没量了，我现在很难测身高，不准的。"

"哇！这么高啊？"卓蕴说，"那你现在可能有一米八八、八九了吧？"

"不知道。"赵醒归摇摇头，"哪天我想办法去量一下，完了告诉你？"

卓蕴笑："好呀！"

足足走了十几分钟，停车场终于到了，卓蕴看到赵醒归家的车，是一辆黑色宾利飞驰。

卓蕴眼睛发光，好想借来开开！去卓十三的玛莎拉蒂面前晃一圈，闪瞎他的双眼。

苗叔走上前打开后排车门，赵醒归抬头看了卓蕴一眼，卓蕴没反应，赵醒归想，反正她也看过他从轮椅转移到床上了，再让她看他往车上转移，也没什么。

他把轮椅转到车门边，找好角度，先用手把两条腿放进车里，再探身按着后排座椅，手一撑，屁股就挪了过去。

在他探身的时候，外套耸上去一些，后腰皮肤露了一截出来，两三厘米宽，超级白，卓蕴眨巴了几下眼睛，看也不是，不看也不是。

赵醒归并不知道自己已经"走光"，转移后，他的左腿又不合时宜地抖了几下，卓蕴心脏咚咚跳，担心地走到他身边，赵醒归神色自若地将双腿摆好，撑着椅面坐得舒服了些，才抬头对她笑。

卓蕴也报以微笑，苗叔走过来，推着轮椅到后备厢边拆得七零八落，将大轮、轮架、坐垫一一放进后备厢。卓蕴静静地看着这一切，知道这就是赵醒归的生活日常，每次上下车，估计都是这样。

她帮赵醒归关上车门，一阵晚风恰巧吹过，卓蕴的长发飘动了一下，她把头发掠到耳后，看到后车窗降了下来。小少年定定地看着她："卓老师，你不扎辫子也很好看。"

"是吗？"卓蕴笑着说，"谢谢。"

其实，这才是她平时最常有的发型，黑长直。

赵醒归双臂扒着窗，又说："卓老师，等我满了十八岁，就能去考驾照了。"

卓蕴不懂，问："你可以开车吗？"

"可以，车子改装一下就行。"赵醒归还是仰着脑袋看她，眼睛很明亮，"等我拿到驾照，我带你去兜风。"

卓蕴掩着嘴笑："好。"

赵醒归说："那你得一直给我做家教，做到我高考，那时候你刚好毕业。"

卓蕴叹气："你不让我去实习啊？"

赵醒归把这事儿给忘了，很快又说："你可以去我爸爸公司实习，离这儿很近的，部门随你挑。"

卓蕴受不了了："赵醒归！你这么随便给人开后门你爸爸知道吗？"

赵醒归说："这不算开后门，你是A大的学生，我觉得你肯定没问题。"

这还真不一定，她是一个期末会挂科的学生，卓蕴拍拍宾利车顶："行了，关上窗，赶紧回家去，我也要去吃饭了。"

"哦。"赵醒归很不情愿地升上车窗，因为贴着膜，卓蕴看不到车内景象了，但她知道，赵醒归能看得到她，而且，他肯定一直在看她。

苗叔坐上驾驶座，卓蕴站远了些，看车子从车位上开出来，这时，后车窗又降下了，赵醒归的脑袋露出来，冲着卓蕴挥挥手："卓老师，后天见！"

卓蕴无奈地朝他挥手："后天见，你别不开心啦！"

赵醒归没再说话，就这么一直看着她，直到车子开出了停车场。

晚上，赵醒归洗完澡后坐到书桌边，把那袋喜糖都倒进食品盒里，还伸手进去搅了一下。他双手交叠趴在桌上与盒子对视，盒子是透明的，里面原本有十几片花生酥，现在又加上七颗糖果，变得五彩缤纷，好看许多。

看了一会儿后，赵醒归又把那个喜糖袋子捋平整，珍而重之地放进床头柜的方盒里。

房里很安静，他坐在轮椅上发了会儿呆，摸摸自己的腿，又想起中午见到林泽时的场景。只是，坏情绪还没来得及酝酿，他的脑海里再次浮现出卓蕴的身影——她飘动的长发，亮如星子的眼睛，微笑时显露在唇边的梨涡，还有那颗在他面前滴落下来的、晶莹剔透的眼泪。

赵醒归能够感受到自己的心跳，怦怦、怦怦、怦怦……那么剧烈，是从来没有过的一种感觉。他将手掌按上心口，感觉自己呼吸都急促了起来。

未满十八岁的少年有些失神，他想，真的是这样吗？

生平第一次，他好像，喜欢上了一个人。

(2)

深夜的316寝室，苏漫琴对着笔记本电脑正以生死时速赶专业课作业，时不时地去请教一下袁晓燕和程颖，三人展开了非常激烈的学术讨论。只有卓蕴敷着面膜在上铺"咸鱼躺"，什么都不想干。

眼睛盯着天花板，她想起赵醒归和她说的那些事。

那个帅气聪明、高高大大的男孩子，曾经居然是个半专业的篮球运动员，现在却只能被困在一架轮椅上，还要被困一辈子……真的是，好残忍。

林泽真该死，虽然卓蕴知道钉子不是林泽埋的，他估计也想不到会有这么严重的后果，但事实就是，如果不是他故意去撞赵醒归，这一切都不会发生。

唉……可怜的Mikey。

那只充电宝小熊被卓蕴拿了根绳子挂在墙上，躺下后就能看见。她没用它充过电，觉得这样设计的充电宝不太安全，于是就只把它当成一只普通的毛绒小熊。

卓蕴用手指去拨动小熊，小熊就贴着墙，像个钟摆似的荡了起来，卓蕴的眼睛追随着它，心里的遗憾怎么都退不去。

赵醒归现在在做什么？睡觉了吗？回家后心情好点了没？有没有又躲起来偷偷地哭啊？

卓蕴想到这儿，突然很想给他发条微信，点开对话框后又迟疑了。还是算了吧，赵醒归是个未成年小孩，她可不是，她都二十一了，那小孩对她是什么心思，她还能不知道吗？

不可以去撩他，卓蕴想，撩谁都不能去撩赵醒归。在这种事上，卓蕴"伤害"过很多人，事可以做得很绝，话也可以说得很狠，但是，她一丁点儿也不愿去伤害赵醒归。

长假结束，A大的学生们又开始新一轮忙碌的学习。

上课后的第二天下午，设计学院一堂与居住空间设计相关的专业课上，卓蕴从后门悄悄溜进去，宋雨在后排向她招手，卓蕴立刻坐去她身边。

宋雨是环境设计专业大三的学生，卓蕴大一、大二偶尔会来设计学院蹭课，认识了几个朋友，宋雨是其中关系最好的一个。因为在上课，两人没有聊天，卓蕴听着老师讲装饰材料与施工工艺方面的内容，很快就投入了进去。

下课后，宋雨收拾着书本，对卓蕴说："好久没见你了，这个学期你都没来过。"

卓蕴很苦恼："我们这学期专业课太多了，我这还是翘了一堂课才溜过来的。"

两人离开教室，边走边聊，有陌生男生凑过来，想通过宋雨和卓蕴搭讪，卓蕴立刻冷起一张脸，宋雨帮她把男生赶走了。等到边上没有人，卓蕴才开始向宋雨打听一些事，问："小雨，你之前说你打算毕业后出国读研，对吗？"

"对呀，我已经开始准备了。"宋雨说，"先搞英语，报了个班，我英语太差了，明年上半年必须过了托福，完了就要准备作品集。"

卓蕴问："你打算去哪儿？"

宋雨说："选了几个学校，哪个要我我就去哪儿呗，欧洲的，美国的，澳大利亚的都有，怎么了？"

"我……"卓蕴挽住宋雨的胳膊，小声问，"你觉得像我这样的，能去申请国外艺术学院的研究生吗？"

宋雨想了半天，摇头说："我觉得好的学校估计不行，不是说你不能申请，而是你申请了很大概率会申不上。你专业太不对口了，又没有任何拿得出手的作品，人家有的是世界各地的艺术生去申请，为什么要你呢？要么选那种学费很贵、查无此校的学校，也许能成功。"

卓蕴知道宋雨的意思，说的就是"野鸡大学"，混文凭的。

"你怎么回事？"宋雨很纳闷，"怎么这时候想着转专业去读研？你要真想读艺术，大一就该准备起来啦，国外院校大多包容，可以跨专业转学。"

"怎么弄啊？"卓蕴都没去了解过，"你觉得像我这样的水平，如果想去好点儿的学校学设计，要怎么操作？"

"唔……我还真想不出来。"宋雨想了想，说，"其实你可以挑几个心仪的学校去官网看看，有些学校有 summer program，类似于夏令营课程，或者是三个月、六个月的进修班，其实就是学校为了创收开的短期班，没有文凭，会发一个结业证书。那种也要申请，不过要求比较低，基本上过了语言，稍微交几件作品就行，差不多给钱都能上。"

卓蕴问："那，如果是想要文凭呢？"

宋雨转头看着她，卓蕴问："怎么了？不可能的吗？"

"那倒不是。"宋雨问，"你真想出去念艺术啊？你这工商管理都上了两年多啦。"

卓蕴垮着肩："我真的烦死这个专业了，一点儿也不感兴趣。"

宋雨说："你要是真想要文凭，那要么……破釜沉舟，去申请转专业念本科，或者是明年底去申请念第二学位，也就是说你这边六月本科毕业，九月就无缝衔接出去念第二个本科。"

卓蕴："念第二个本科？还能这样？"

"对啊。"宋雨说，"有些艺术院校接受本科在读的转学生，也接受跨专业的本科毕业生，不过它一视同仁，会把你当成高中毕业生看待，不会管你之前学的什么专业，你必须和真正的高中毕业生一起，从大一开始学。但这样就很浪费时间，你想想，你得晚多少年才能拿到本科文凭啊？"

卓蕴消化了一下，问："那具体要怎么申请你知道吗？假设我想转专业去国外重新念大一。"

宋雨说："申请本科我还真没了解过，你还是去官网查一下吧，我估计也就是过语言和提交作品集。"

卓蕴陷入沉思，宋雨又说："对我来说，最大的障碍就是英语，但对你来说，我觉得啊，最大的障碍应该是作品，你画的东西我看过，去申请学校，我觉得不太合格。"

"我画得没那么差吧？"卓蕴噘起嘴，"我学了十几年呢！"

宋雨笑道："差倒是不差，但人家对作品的数量和质量都有很高的要求，如果你参加过一些绘画、设计比赛，拿过奖，都是加分项，你自己说说，你都多少年没正经地去搞这个了？参加过什么比赛吗？"

卓蕴不吭声了。

宋雨说的是对的，别说参加比赛了，她已经很多年没正儿八经地去画过一幅画。高二以后功课繁忙，就没再学画画，电脑设计更是差劲，来设计学院蹭课，她就是纯蹭课，也不需要完成作业。

宋雨问："你想学什么专业呀？"

卓蕴说："比较感兴趣的是室内设计、环境设计这些。"

宋雨哈哈笑："我还以为你喜欢服装设计和珠宝设计那种呢。"

卓蕴摇头："不不不，不喜欢那些。"

临分别前，宋雨把自己想要申请的几所学校的官网发给卓蕴，让她回去研究。卓蕴回到寝室后就打开笔记本电脑，登上官网逐一查询。

不查不知道，一查之后卓蕴才发现，她开始考虑这件事真的太晚了。以位于美国纽约的一所艺术院校为例，假设她想要转专业，在次年九月入读大一，那她就要在今年年底前考过托福，并且准备十二到二十件原创作品，作品涵盖范围很广，油画、素描、水彩、雕塑、陶瓷、海报设计、包装设计……都可以，但不能是临摹和3D建模类。

其中，还必须有三到五件观察性画作，比如风景画、静态写生、室内空间设计效果图等。

到年底只剩两个月，怎么可能完得成？卓蕴手上一件拿得出手的作品都没有。

如果要申请再后一年入学呢？卓蕴算了下时间，要花一年准备作品，二十三岁高龄去重新读大一，毕业时她快二十七了。

卓蕴托着下巴盯着电脑屏幕，心里一阵失落。想想都很离谱，再说，家里也绝对不会同意，他们都还等着她和石靖承结婚呢。家里不同意，她就没钱去读，学艺术，要花好多好多的钱。

所以，似乎只能打消这个荒唐的念头。

苏漫琴回到寝室后给卓蕴带来一个坏消息，老师上课点名了，她们几个想帮卓蕴糊弄过去，无奈老师对卓蕴印象太深，一下子就被识破，老师说要扣卓蕴平时分，卓蕴听完后，一脑袋闷在了桌面上。

不仅如此，苏漫琴又告诉卓蕴另一件事，她说她咨询了老师，决定去报班，大三下学期要考过托福和GRE（美国研究生入学考试），然后奋发图强，狠抓专业课，争取大四时申请到一所靠谱的学校。

卓蕴听完后愣了许久，说："漫，我和你一起去念英语吧，我也想考托福。"

苏漫琴特别开心："真的？你终于想通啦？"

卓蕴说："不是，我就上英语，不考GRE，我只是想先做个准备，以防万一。"

傍晚的紫柳郡C2小楼里，潘姨一边把热菜端上桌，一边唠叨着："我可真是服了小归，就是上个家教课，一会儿让我做点心，一会儿不让做，一会儿又让我做，敢情这是男女老师有不同待遇的？"

赵相宜说："潘姨姨，你不懂，我哥这叫穷讲究。"

赵醒归缓缓转头盯住妹妹，潘姨问："啥叫'穷讲究'？"

"就是说这人挑剔，反复无常，贼难伺候。"赵相宜翘着兰花指剥虾，"简单说就是这人特别难搞。"

范玉华掩着嘴偷笑，潘姨恍然大悟，宠溺地指指赵醒归："哎哟，那你还真是。"

见哥哥又臭起一张脸，赵相宜笑嘻嘻地把剥出来的油焖虾肉蘸了下汤汁，送进他嘴里："哥，给你吃。"

赵醒归莫名被塞了一嘴虾，转头去瞪妹妹，赵相宜冲他做个鬼脸："快吃饭吧，你'女神'一会儿就要来啦！"

"喀喀喀喀……"赵醒归差点被呛死，好不容易把虾肉咽下去，才说，"你别胡说……"

"我没有！"赵相宜学着他的语气接下了后半句，又哈哈大笑起来，"放心啦哥哥,我不会在卓姐姐面前给你捣乱的,你是高冷酷哥,我誓死捍卫你的人设!"

范玉华笑得更加开心,赵醒归无语了:"你上学都学了些什么东西!"

六点四十分,卓蕴跟着潘姨走进C2小楼时,感受到的依旧是一片温馨,苗叔给她拿来一双粉紫色新拖鞋,是带绒的冬季款,搓着手说:"小卓老师你穿这个,天还没冷,家里地暖没开,穿夏天的拖鞋脚会凉。"

"谢谢苗叔。"卓蕴穿上新拖鞋,问,"又是赵醒归买的呀?"

苗叔挠挠头:"可不是嘛,他去商场里挑的,还给你买了个杯子,带加热杯垫,说可以让茶水一直保温。"

卓蕴说不出话来,小孩也太贴心了,她真是受宠若惊。

范玉华和赵相宜笑着和卓蕴打招呼,赵相宜蹦跳着帮卓蕴按下电梯按钮,说:"卓姐姐你自己上去吧,我哥在房里等你呢,我们就不去打扰你们啦。"

卓蕴:"我就是去给他上课……"

"安啦,我都懂。"赵相宜一脸吃到瓜、嗑到糖的快乐,"卓姐姐我和你说,其实我哥没那么高冷,他私底下话很多的,有时候还很搞笑,你千万别被他唬住。"

卓蕴眨眨眼,她并未觉得赵醒归高冷啊。

独自坐电梯上三楼,进到会客室后,卓蕴又在卧室门上敲了一下:"赵小归!"

"在!"赵醒归在屋里喊,"进来吧。"

卓蕴走进卧室,赵醒归已经转着轮椅迎过来了,他还是一身运动服,上灰下黑,到了卓蕴面前第一件事就是看她的脚:"拖鞋穿着舒服吗?"

卓蕴踩了一下地:"很舒服,谢谢你。"

赵醒归仰起头看她,天凉了,卓蕴没再扎马尾辫,任由黑发披散在肩上,身上穿的还是卫衣和牛仔裤。为了上家教课,她准备了几套专属服装和鞋子,白天的妆也卸得干干净净,苏漫琴说她这样子简直是把清纯女大学生演绎得淋漓尽致。

卓蕴看着赵醒归脚上的运动鞋,想起从来没见他穿过拖鞋,好奇地问:"你在家,为什么不穿拖鞋?"

赵醒归说:"我经常要从轮椅上转移去别的地方,比如上厕所,穿拖鞋……我脚没感觉,鞋子很容易掉。"

卓蕴:"哦……"

她没想到竟是这样的原因,后悔问出如此多余的问题,同时又很佩服赵醒归的心理调节能力,他似乎已经完全摆脱了两天前的坏情绪,此时眉目舒展,嘴角含笑,又一次将轮椅倒退回书桌边,喊着卓蕴:"卓老师,你别站着,过来坐。"

卓蕴走过去,看到书桌上的加热杯垫已经通电,马克杯通体马卡龙绿,杯身上印着一只猫猫头,杯子里是玫瑰花茶,边上还有一碟水果和一碟点心,点心是粉红色的，不知道是什么。

卓蕴在桌边坐下，赵醒归悄悄地将轮椅挪过去一些，要比平时与她的距离近那么一点点，见卓蕴没反应，赵醒归嘴角扯了一下，又怕被发现，快速地抿了抿唇，从桌上拿起一张纸和一支笔递给她："卓老师，你先填这个。"

"是什么？"卓蕴接过纸一看，头顶一只乌鸦嘎嘎飞过，手里是一张空白的个人信息表，她看向赵醒归，"不用了吧？"

男孩眼睛亮亮地注视着她，语气很坚决："不行，你得重新填。"

卓蕴抱怨："你怎么这么讲究啊？"

赵醒归脑子里冒出妹妹晚餐前说的"穷讲究"，嘴角挂下来："你上次填的那张很多信息都是假的，作废了！我就是要你填一张真的。"

卓蕴妥协了，拿起笔来："好吧，我填。"

赵醒归："都要如实填写。"

卓蕴："知道啦！"

赵醒归："你身份证带了吗？我妈妈说，要复印留底。"

卓蕴："你还有完没完？"

赵醒归被她吼得一愣："谁让你有前科，我怕你再骗我。"

卓蕴屈指敲敲纸面："我还有什么好骗你的？"

"生日。"赵醒归微笑，"我想看你身份证，我要确定你的生日是真的。"

卓蕴无言以对，小少年在九月十九号那天拿着生日礼物跑学校去找她，结果闹了个乌龙，同样的事，他估计不想再经历一次，只是……卓蕴拿出身份证丢给他："先说好，不准给我过生日，包括送生日礼物、买蛋糕、请吃饭，各种都不行，我不会接受。"

赵醒归眼睛一眨，问："为什么？"

"你说呢？"卓蕴瞥了他一眼，"我是有未婚夫的人，我未婚夫要吃醋的。"

赵醒归不太想得通："我一直想问你，你为什么会有未婚夫？你才大三。"

卓蕴已经开始填表："我们那边地方小，结婚都很早。"

"他……"赵醒归问，"他是个什么样的人？"

卓蕴停下笔，想起石靖承，脑中浮现的第一个词是"奇葩"。

她说："就普通人。"

赵醒归沉默了一会儿，低头看着卓蕴的身份证，身份证上的照片是卓蕴大一时拍的，她长发披肩，露着饱满的额头，笑容又暖又甜。赵醒归拇指摩挲了一下身份证上卓蕴的脸，问："你们是怎么认识的？"

卓蕴埋头写字："彼此父母是朋友。"

赵醒归："他几岁？"

卓蕴："二十五。"

赵醒归："工作了？"

卓蕴："对。"

赵醒归："哪儿毕业的？"

卓蕴："本科 T 大，硕士是法国的一所高校。"

赵醒归想了一会儿，又开了口："他……"

"要不要我介绍你们认识啊？"卓蕴猛地一转头，"他身高一米八三，体重不知道，长得还行，身体健康，戴副眼镜，在餐馆工作，有房有车，父母双全，家里的独生子，你还有什么要问的吗？"

"有。"赵醒归说，"最后一个问题。"

卓蕴："你问。"

赵醒归半垂着眼，声音很低："他对你好吗？"

卓蕴愣住了。

她和石靖承的婚约其实定得很草率，就是在一次寒假期间的饭局上，那时候卓蕴还在上初三，正准备中考，于娟夸赞她长得漂亮、成绩又好，人还乖巧文静，遗憾地说自己只生了一个儿子，要是有个像卓蕴这样的女儿，该有多好。

当时石靖承也在，卓明毅便顺着于娟的话也将石靖承夸了一通，末了，他半试探半诚心地说，其实两个孩子年龄差得不多，平时可以多走动走动，搞不好等卓蕴长大了，他俩还能看对眼，以后双方可以结成亲家。

于娟对当时的卓蕴非常满意，碰碰儿子的胳膊，笑着说："靖承，听到没？你卓叔叔在给你找媳妇儿呢。"

卓蕴窘得要死，深深地低着头，听到石靖承说："妈，你们别乱开玩笑，卓蕴还小。"

"没有开玩笑。"卓明毅对他说，"你也不大嘛，她十五，你十九，就差了四岁。"

于娟拍着手说："对呀，就差了四岁，年龄很合适呢。靖承，你以后要多照顾着点小蕴，你们都是年轻人，多见见面，聊聊天，这些年你爸爸和卓叔叔就跟亲兄弟一样，等小蕴长大了，我们就能亲上加亲，多好呀！"

石靖承笑了，视线掠过父亲、卓明毅、边琳和卓蘅，又看了一眼卓蕴，最后对母亲说："我知道了，妈。"

大人们一听都特别高兴，尤其是卓明毅，赶紧端起酒杯去敬老石和于娟，互相说着吉利话，好像碰到了一件大喜事。

当时的卓蕴没搞懂到底是怎么回事，直到回家后，卓十三阴阳怪气地对她说：

"你可真厉害，吃了顿饭连老公都有了。"

卓蕴才知道，那个口头上的婚约算是成立了。可是，好奇怪，大人们去问了石靖承，却没问过她，好像只要石靖承同意，就根本没有她拒绝的余地。

一直到现在，六年过去了，石靖承身边应该没缺过人，至少沈诗钰从他二十岁起就没离开过他，而卓蕴也已过了法定婚龄，那草率定下的婚约始终存在，并且知道的人还越来越多。

然而，依旧没有人来问过她一句：卓蕴，你喜欢石靖承吗？你愿意嫁给他吗？更没有人来问过她：卓蕴，石靖承对你好吗？

这可真是一个荒谬的问题，卓蕴在心中冷笑，面上却不动声色，看着身边男孩年轻的脸庞，卓蕴严肃地说："赵醒归，你觉得以你的年龄、身份、立场，问出这样的问题合适吗？"

赵醒归也很严肃："我是觉得，你愿意承认他是你未婚夫，就说明你喜欢他。未婚夫要比男朋友更正式一些，是一个有可能要和你共度一生的人。我想知道他对你好不好，好就是好，不好就是不好，我不觉得这个问题哪里有错。"

"他对我好不好关你什么事？"卓蕴叹了口气，语气和缓了些，"赵小归，你还小，男女之间的事情没你想的那么简单，我不会回答你的问题，因为这是我的家事，是我的隐私。我现在坐在这里是作为你的陪读家教，我可以和你聊天，范围仅限于你的学习生活以及你的一些烦恼和心事，别的一概都不能涉及，听明白了吗？"

赵醒归看了她好一会儿，咬了咬牙，才应了一声："知道了。"

卓蕴又指指他的书本："现在，翻开你的书和本子，开始做作业或复习，不准再废话。"

赵醒归："哦。"

他乖乖翻开书本和习题册，卓蕴看到都是高二的内容，看来赵醒归没说大话，真的已经开始准备参加高二年级的期中考试。

卓蕴闷头把表填完，放到一边，赵醒归瞄了一眼，说："你生日是十二月。"

卓蕴："嗯。"

赵醒归等了一会儿，问："卓老师，你怎么不问问我生日是哪天？"

卓蕴不解："我为什么要问？"

"我和你不一样。"赵醒归转了一下笔，说，"我想你送我生日礼物。"

卓蕴的五官都要皱在一起了，问："你怎么好意思的？"

"为什么不好意思？"赵醒归板着酷脸，语气很是理直气壮，"我还是个小孩，没成年呢。"

一个身高快一米九的小孩……卓蕴惊呆了："那、那你生日是哪天？你告诉我，我到时候给你准备一份生日礼物。"

赵醒归坏坏地笑了一下："我也不告诉你，到我生日前一礼拜，再和你说。"

卓蕴爆发了，砰砰拍桌子："赶紧做作业！再敢说一句废话我打你啊！"

守在会客室的苗叔隐约听到她的"怒吼"声，放下报纸，推了推鼻梁上的老花眼镜，心想，小卓老师怎么这么凶啊？

之后的一个小时，卓蕴从赵醒归书柜里拿来那本看过的小说，继续往后看。赵醒归没再说废话，一直趴在桌上看书做题，草稿纸上被他写满了演算公式，卓蕴偶尔凑过去看一眼，发现大部分都看不懂，只能心虚地缩了回来。

八点，赵醒归放下笔，把轮椅从书桌下退出来些，双手撑着扶手抬起臀，十几秒后再坐下，接着又抬起，反复几次后才调整坐姿，似乎是想让自己坐得舒服些。

卓蕴一直看着他的动作，等他坐好了才问："你在做什么？"

"减压。"赵醒归转头看她，"坐久了不舒服，要休息一下。"

卓蕴点头，问："你要上厕所吗？课间休息了。"

赵醒归摇摇头："你来之前我刚上过，现在不用。"

卓蕴把小说放到桌上，拿起杯子喝了一口花茶，赵醒归则又一次试图推销他的点心："卓老师，你尝尝那个点心吧，是红豆糕，很好吃的。"

卓蕴随手拿了个小番茄丢进嘴里："谢谢，我不饿，吃点水果就行。"

赵醒归拿了块红豆糕咬进嘴里，说："这些点心是潘姨亲手做的，很新鲜，不太甜。"

卓蕴抬起头来，赵醒归咬着红豆糕眼巴巴地看着她，卓蕴心思一动，问："潘姨自己做的呀？"

"嗯。"赵醒归说，"用的纯天然食材，不放任何添加剂、防腐剂什么的，健康食品，真的很好吃。"

"那我尝尝。"卓蕴捏了块红豆糕咬了一口，糕点很新鲜，红豆馅儿甜而不腻，入口即化，她"唔"了一声，夸赞道，"真的很好吃，比外面买的好吃多了。"

耶！终于推销成功了！见卓老师喜欢吃，赵醒归浅浅地笑了一下，眼神都变柔了，边吃边说："潘姨的老家是梧城。"

卓蕴看着他，一副洗耳恭听的样子，赵醒归说："我爷爷奶奶也是梧城人。"

卓蕴点点头："我知道梧城，就在钱塘西南边，不是很远。"

赵醒归继续往下说："梧城有很多传统手作糕点，我爷爷奶奶很喜欢吃，潘姨做传统点心都是用的古法，做一些蛋黄酥什么的，是照着视频学的。"

卓蕴眼睛一亮："上次那个蛋黄酥也是潘姨做的吗？"

赵醒归点头："嗯，你一直都没吃，下次我再让她做给你吃。"

"嗯嗯嗯。"卓蕴开心，"我很喜欢吃蛋黄酥！"

赵醒归一笑："之前，我爷爷奶奶一直住在紫柳郡，潘姨是他们从梧城带过来的保姆阿姨，还有苗叔也是，苗叔是我爷爷的陪护，我爷爷那时候身体不太好。"

卓蕴问："你爷爷奶奶现在在哪儿？"

"我爷爷四年前去世了。"赵醒归有些伤感，"奶奶后来就回了梧城，和我姑姑一家一起住，潘姨留了下来，因为她做菜很好吃。"

卓蕴随口问："那苗叔呢？"

赵醒归有片刻的停顿，才回答："苗叔……苗叔三十多岁就开始给我爷爷做陪护，他老婆很早就生病去世了，有个儿子，去了广东上大学，后来就留在那边工作。我爷爷去世后苗叔就不做了，说是要去广东帮忙带孙子，结果……我受了伤，找不到合适的陪护，我爸爸就又把苗叔请了回来。"

"这样啊，那就是说你老家其实是梧城。"卓蕴问，"哎，梧城好玩吗？我没去过。"

赵醒归说："好玩，我小时候寒暑假都会去那边住一阵子，夏天可以玩水，春节时镇子上特别热闹，还有赶集，我姑父会买很多烟花在院子里放。哦，那边有个什么山景色很不错，山底还有温泉，小时候我常去玩，后来变景点了，上山还要收门票……"

他低头看着自己的两条腿，"现在我也上不去了，其实我很多年没回过梧城，也不知道那边现在是什么样。"

卓蕴一边听他说，一边吃完了一块红豆糕，发现赵醒归还在吃。她觉得很有意思，难得见到一个男孩吃东西这么慢，细嚼慢咽，每一口都像在认真品尝。

赵醒归吃完最后一口，拿过一包湿纸巾，自己抽了一张擦拭手指和嘴角，又抽一张递给卓蕴。卓蕴擦着手，问："你是不是很喜欢吃甜食？"

"嗯。"赵醒归说，"不过不能多吃，怕胖。"

卓蕴不解："你这么瘦，还怕胖啊？"

赵醒归摸摸自己的腿："我不能长胖，我个子太高了，如果体重增加，苗叔他们就会搬不动我。"

咝……卓蕴倒吸一口凉气，这小孩总是会在她毫无防备时说出让她揪心的话，她快速地转移话题："明年过年你们全家会回梧城吗？还是留在钱塘？"

赵醒归说："应该留在钱塘，梧城那边……我姑姑家也是住的一栋小楼，但是没装电梯，我连一楼都上不去，很麻烦，去了只能住酒店，我住酒店也不太方便。"

见卓蕴没说话，赵醒归问："卓老师，你过年是去哪儿过的？就是嘉城吗？"

"对，就在家里过。"卓蕴说，"我外公外婆和奶奶都没了，只有一个爷爷，家里亲戚不多，过年也就那么回事儿。"

她一点也不期待过年，因为石靖承毕业回来了，可想而知，几个月后的春节，两家人一定会见面，顺便讨论他们的订婚日期。

吃完红豆糕，又聊了会儿天，赵醒归继续自学高二课程，卓蕴则悠闲地靠在椅背上翻起了小说。

安静的房间无人说话，两个人各干各的，却一点也不让卓蕴感到难熬。她状态很松弛，偶尔去看看赵醒归做题，感觉坐累了，就站起来在他房里晃一圈，撩起窗帘看看室外，接着又坐回他身边。

赵醒归有时候会转头看她一眼，卓蕴知道，却不抬头，眼睛只管盯着手里的小说。赵醒归就又把脑袋转回去，唰唰唰地做着题。他还背了会儿英语，与卓蕴面对面，让卓老师拿着书帮他抽背。偶然间，赵醒归会磕巴一下，卓蕴就从英语书上抬起头，猝然对上他那双漂亮的眼睛。

卓蕴不禁想起自己给赵醒归画的那幅素描，当时他睡着了，她只画出了他长长的睫毛，如果有机会……卓蕴想，是不是可以请赵醒归做她的模特儿，让她画一下他的眼睛。

毕竟，她还从没见过一个男孩，长着一双这么好看的桃花眼。

时间悄悄地到了九点，下课了。赵醒归拿出准备好的一个保鲜盒，把剩下的四块红豆糕装进去，让卓蕴拿回寝室分给室友吃，卓蕴推辞了一下，没成功，只得收下。

赵醒归要送她下楼，卓蕴不让，他却坚持："在房里待了这么久，我也想出去透透气。"

一楼客厅只有范玉华在，她坐在沙发上看书，远远地朝卓蕴挥挥手，没有过来打扰两个年轻人。赵醒归转着轮椅送卓蕴到院门口，抬头问她："这个周六要上学，卓老师，你是不是周日来？"

卓蕴问："你只休息一天，我也要来吗？"

"要。"赵醒归在这个问题上特别固执，"说好了的，周末要有一次课，我周日本来就不用去医院，下午就在家等你。"

卓蕴应下了："好吧，周日下午两点，我过来。"

赵醒归仰着头，又说："你可以在我家吃晚饭。"

"真的不用了，小归。"与他这样对话，卓蕴总觉得不太好，干脆单膝蹲下，变成由她仰视赵醒归，"你好好上学，下个月就要期中考了，我等着听你的好消息。"

赵醒归腰身向前探了一些，双手交握放在两膝间，眼神里透着自信："应该问题不大，我之前住院时也有在自学，没有荒废功课。"

卓蕴笑道："你怎么那么厉害啊？我更加觉得你妈妈这家教钱花冤了，我拿着都心虚。"

赵醒归说："心理医生更贵，见一次要一千多，不如你性价比高。"

"哈？"卓蕴大笑起来，"有没有这么夸张？"

"是真的。"赵醒归也笑，"我现在，每天最期待的，就是你来陪我……上课。"

卓蕴笑不出来了，站起身说："行了，你回去吧，我也要回寝室了，拜拜。"

她转身离开，走了几步后没忍住又回过头去，看到赵醒归依旧坐着轮椅待在院门外，见她回头，轻轻地向她挥了挥手。

卓蕴心里毛毛的，心想，给赵醒归做家教真的正确吗？不会出什么事吧？这小孩……自己知不知道，他表现得真的很明显啊。

但他的高兴也很明显，是那种发自内心的喜悦，卓蕴从来都不知道她还有这么大的本事，可以让一个下半身瘫痪的少年如此期待，如此依赖。

她很迷茫，不想看到赵醒归失望，又明白自己必定会让他失望。不想看到赵醒归沦陷，又觉得到了这份上，她好像说不出"不再做家教"之类的话，那是她自己答应下来的，三番两次，耍人也不能这么耍。

卓蕴决定走一步算一步吧，她要牢牢守住自己的底线，绝不能去煽风点火，至于赵醒归……青春期少男躁动的荷尔蒙，她又控制不了！她能怎么办？她也很绝望啊！

（3）

三天过去，周末来临。

长假后的这个周末只休一天，苏漫琴本来想拖卓蕴一起去留学中介咨询，结果卓小姐说她下午要去紫柳郡给小孩"上课"。

"你不爱我了。"苏漫琴赖在椅子上哼哼唧唧，"算了，我找航航陪我去。"

航航就是倪航，法学院的大一小师弟，苏漫琴说她可能又要恋爱了，最近两人正处在暧昧期，没有天天见面，光是微信聊天都能让她很开心。

卓蕴万分不理解，问："你和他哪儿来的暧昧期？你们都……这样那样，还暧昧期？"

"你懂什么？"苏漫琴冲她抛个媚眼，"情到浓时，身不由己。"

卓蕴默默回过头来，继续在衣柜里挑衣服。

"今天天气多好啊。"苏漫琴看着阳台外,"秋高气爽,就应该去外面走走。"

卓蕴也望向窗外,这几天天气真的很不错,太阳暖暖的,又不太热,待在室内实在有点浪费,但她没得选,只能陪赵醒归待在房间里。

大概因为天气好,卓蕴心情也不错,这天虽然穿的还是家教专属休闲服,却故意挑了一套墨绿色打底的印花卫衣,配牛仔长裤,卫衣胸前的花纹很鲜艳,令她显得俏皮许多。

卓蕴觉得赵醒归看到她后会眼前一亮,事实是,赵醒归何止眼前一亮,简直是双眼放光。

"卓老师,我还没见你穿过绿色的衣服。"小少年坐着轮椅来到卓蕴面前,上下打量一番,由衷地赞叹,"真好看。"

"谢谢。"卓蕴看着他身上那套白色运动服,"你也很帅。"

她在赵醒归房里已经很自在了,走到落地窗边往外看,天很蓝,太阳晒在她身上,她的视线从楼下的庭院、院门一直延伸到小路、草坪,直至那片被绿意环绕着的人工湖。

残败的荷叶已经被工作人员清理掉一些,此时的湖面平静无波,不知道那只野鸭妈妈和它的宝宝们现在住在哪里。

赵醒归也来到她身边,和她一起往外看。卓蕴伸手摸摸玻璃,心里冒出一个念头,问:"小归,你这个玻璃是不是贴了膜?就是那种里头能看到外面、外面却看不到里面的膜。"

"是。"赵醒归问,"怎么了?"

"没什么。"卓蕴把手收回来,"今天太阳好舒服,你出过门吗?"

赵醒归摇头:"没有,一直在家。"

"哎,我陪你去小区里逛一圈吧?"卓蕴拍拍他的肩,"出去呼吸呼吸新鲜空气,你们小区很漂亮,我还没怎么逛过。"

赵醒归低头思考了一会儿,卓蕴忙说:"我就是随便说说,你要是不愿意……"

"不是。"赵醒归说,"我……出院回来后,除了待在家,最多就是到院门口,还没去过小区别的地方。"

卓蕴愣了一下,赵醒归抬头看她:"有些邻居还不知道我的情况,我也……不知道要怎么和他们说。"

"啊,那就不要去了。"卓蕴很尴尬,"我乱讲的,你别介意,我们开始上课吧。"

她往书桌边走,赵醒归转过轮椅叫住她:"卓老师。"

卓蕴回头,赵醒归笑了一下:"我先上个厕所,完了我们就出去转转,其实,我也想去晒晒太阳。"

卓蕴愣愣地看着他，赵醒归问："怎么了？还去吗？"

卓蕴微笑："去。"

赵醒归去了趟卫生间，和卓蕴一起坐电梯下楼，对范玉华说要出门去走走，范玉华很吃惊，问："要不要让老苗陪着你们？"

"不用，我带卓老师去小区里参观一下，不出别墅区。"赵醒归看了一眼卓蕴，"妈，有卓老师在，你别担心。"

范玉华找来一个双肩包，往里头装了些零食饮料和水果，又塞进一包湿纸巾，把包挂在赵醒归轮椅后，卓蕴看乐了："阿姨，您这弄得像我们去秋游一样。"

范玉华避开赵醒归，把卓蕴拉到边上，小声说："我们小区很多地方可以休息，到时候你们就吃点东西，晒晒太阳聊聊天。小归很久没出门了，他以前皮肤没这么白，都是在室内给捂白的，难得他想出去转转，你们就多待一会儿，别的没什么，我就是怕他摔跤，小卓，你帮忙留心照顾他一把。"

卓蕴点头应下，范玉华又想起一件事："哦对了，小区东面有个篮球场，小归以前经常去那边打球，有些邻居家的男孩都是他的球搭子，这个时候应该有人在那边玩。你们就不要往那边过去了，我怕小归看到篮球场会伤心，他以前……篮球打得很好。"

范阿姨估计还不知道，卓蕴已经听赵醒归说了他受伤前后的事，她很理解范阿姨的心情，也觉得赵醒归看到篮球场会不开心。

赵醒归在后门边喊："你们在说什么？还没好吗？"

"来啦！"卓蕴让范玉华放心，走到了赵醒归身边。两人从后门无障碍坡道下了楼，离开院子后，卓蕴谨记范玉华的嘱咐，指指西面："我们往那边去吧。"

赵醒归抬头看了眼太阳，又舒展了一下肩膀和手臂，抬手往东面一指："去那儿。"

卓蕴大惊失色，又指西面："呃，我比较想往那边去……"

"卓老师。"赵醒归打断了她的话。

卓蕴低头看他，轮椅上的少年一身白衣，微微仰着脸庞，阳光在他乌黑的碎发上打出一片光泽，那双眼睛熠熠生辉，注视着卓蕴，语气里透着雀跃："那边是篮球场，我想去那儿看看，卓老师，你能陪我去吗？"

面对这样的一双眼睛，卓蕴难以拒绝。

紫柳郡的篮球场设在别墅区内，不对外开放，哪怕是别墅区外几栋高层住宅的业主也必须登记后才能进来打球，所以场地维护得很好，来打球的人就那么几个。

从 C2 小楼到篮球场的这条路，赵醒归曾经走过无数遍，白天，黑夜，一路拍着球，高高兴兴地小跑着往那里去，可自从受伤后，他就再也没来过。

这一次，还是转着轮椅过去，赵醒归心里不免有些难过，觉得这大概就是物是人非。卓蕴一直陪在他身边，远远地看到篮球场，四周竖着防护网，果然有人在里头打球，能看到几个跑动中的身影，听到砰砰的拍球声和喊叫声。

赵醒归的轮椅渐渐停下，卓蕴走快了两步，发现不对，回头看他。赵醒归肩背僵硬，手指扣着轮圈，望着远处的篮球场，一会儿后又把视线落到卓蕴脸上。

卓蕴走回他面前，蹲下来，说："你要是不想去，我们就回去，你要是想去，我就陪着你，放心吧，有卓老师在，不会让人欺负你的。"

赵醒归绷着脸看她，卓蕴伸手往他额头上弹了个脑瓜崩："在我面前还耍什么酷？到底走不走啊？"

赵醒归揉揉额头，渐渐笑开了："走。"

进篮球场要走一扇开在防护网上的小门，赵醒归的轮椅先进去，卓蕴跟在他身后。他们刚进入篮球场，几个正在打球的男生就停了下来，待看清来人是谁后，一群人就大呼小叫地向这边奔来。

"小乌龟！是小乌龟！"

"归哥！"

"赵醒归！"

男生们将赵醒归团团围住，卓蕴走开了些，背脊靠在防护网上，视线始终没有离开那个轮椅上的少年。这些男生都是赵醒归在小区里的球搭子，年龄从十几岁到二十多岁不等，有学生，也有工作党，这时候争先恐后地问着问题：

"你这是怎么了？好久没见你了，给你发微信也不回。"

"我妈说你摔骨折了，这都快两年了，怎么还坐轮椅呢？还没好吗？"

"我们想去医院看你，去你家问，你家阿姨让我们别去，到底怎么回事啊？"

"你怎么瘦了这么多？这脸白的，都不像你了。"

赵醒归说："我没事，你们去打球吧，别管我，今天天气好，我就是来看看。"

他咬死了不说自己的情况，几个男生也没多想，纷纷回到篮球场上，不过有两个死活不走，固执地站在赵醒归面前。

一个是李贺霆，比赵醒归大一岁，身材中等，正在念大一，另一个是俞琛，比赵醒归小两岁，念高一，正是抽条儿的年纪，长得高高瘦瘦像根竹竿。

李贺霆蹲在赵醒归面前，抬头看他："你老实告诉我，你到底怎么了？"

赵醒归搓搓裤腿："没怎么，就是伤得挺严重。"

李贺霆问："什么时候会好？"

赵醒归看着他，几秒钟后还是说了实话："不会好了，我以后就这样了。"

"什么意思？"李贺霆不能接受，"什么叫以后就这样了？"

他一把摸上赵醒归的左大腿，"到底哪儿摔坏了呀？"

赵醒归低声说："摔到了脊椎，我……瘫痪了。"

李贺霆和俞琛都蒙了，俞琛也蹲下来摸上赵醒归的右腿，摇着头说："我不信！不可能的！"

他的眼睛已经红了，卓蕴靠着防护网，能听到他们的对话，眼睛也开始发涩。赵醒归很努力地笑了一下："是真的，我腿没感觉，也不能动了，你们这样摸着我都感觉不到。"

李贺霆问："那你还能走路吗？"

赵醒归摇了摇头，李贺霆彻底傻眼，十五岁的俞琛再也忍不住，嘴一咧，像个孩子似的嚎啕大哭起来。他可崇拜赵醒归了，以前天天盼着和归哥一起打球，谁知一年多不见，赵醒归居然瘫痪了！

眼看着篮球场上男几人又要过来，赵醒归很头疼，转过头求助地看向卓蕴，卓蕴赶紧上前去安抚两个男孩："好啦，你们这是干什么呀？别哭了，像什么样，男孩子哪能这样哭哭啼啼的。"

俞琛用手背抹眼泪，李贺霆站起身，看到卓蕴后一愣，问赵醒归："这是你女朋友吗？"

赵醒归也一愣，皱着眉说："不是，她是我家教老师。"

李贺霆又偷偷看一眼卓蕴，弯下腰小声问赵醒归："她有男朋友吗？我能不能问她要个微信？"

"不能！"赵醒归瞪他，"她有男朋友。"

气氛一下子变得很有趣，李贺霆脸红红地看着卓蕴，卓蕴笑着赶他们："你们去打球吧，我陪着小归，快走快走，小归就是来看你们打球的，不是来和你们聊天的。"

李贺霆揽上俞琛的肩往回走，小声说："好好打球，别多想，你越是这么哭，他看了越不开心，懂吗？"

俞琛还在抹眼泪，呜咽着说："我尽量吧。"

他又回头看一眼赵醒归，问："霆哥，归哥以后怎么办啊？"

李贺霆想了一会儿，心里还是难受得很，摇头说："我也不知道。"

球场上又活跃起来，男生们重新开始打球。赵醒归将轮椅转到场边，这里没有休息椅，大家都是把包直接丢地上，卓蕴四下一看，干脆在赵醒归的轮椅边盘起双腿，席地而坐。

赵醒归低头看看她，觉得这样的角度好奇怪，还不如她站着呢，他想了想，拍拍卓蕴的肩："卓老师，我也想坐地上。"

卓蕴抬头问："你可以吗？"

"可以。"赵醒归说，"下来比较简单。"

他抓着小腿将自己的双脚放到地上，说："我先蹲下，你帮我把坐垫拿下来，垫到我屁股底下。"

说着，他已经弯下腰，双手撑地让自己慢慢地蹲下来，卓蕴拿起他轮椅上的坐垫放到地上，赵醒归坐上坐垫后才开始摆弄双腿，学着卓蕴的样子盘腿而坐。

卓蕴在他右边与他并肩坐下，笑问："你是怕地上脏吗？我觉得这地儿还挺干净的。"

"不是怕脏。"赵醒归还在低头搞他的脚，"我有点……肌肉萎缩，不能在硬的地方坐，会很不舒服。"

卓蕴思索了一会儿，才明白他说的是屁股。

赵醒归终于调整好坐姿，他腿很长，盘腿而坐后都能感觉出来，与卓蕴坐在同一水平面后，坐高也比她高出一截。他转头看她，两人离得很近，几乎肩靠着肩，他要是伸臂过去就可以搂住她的肩膀，当然，他只是想想，根本不敢去碰她。

卓蕴也转头看向赵醒归，他身上的白色运动服十分耀眼，如果忽略掉身后的那架轮椅，这样席地而坐的赵醒归看起来健康又有活力，就是个十几岁的英俊大男孩。

卓蕴问："你这样坐着累吗？"

赵醒归摇摇头："不累，我坐得住。"他上身后仰一些，将双手撑在身后的地上，"这样也行。"

卓蕴低头看着他的膝盖，伸出食指戳了一下，问："真的一点感觉都没吗？"

"嗯。"赵醒归看着她的手指在他大腿上戳了一下又一下，皱眉问，"你干吗？"

卓蕴讪讪地收回手指，看着他："那你这样坐着，是什么感觉？"

赵醒归说："没感觉，保持平衡，能坐稳就行。"

卓蕴说："我想象不出来。"

赵醒归面露苦笑："想象这个干什么？你们可千万别受这种伤，真的很辛苦。"他把注意力投向场上，男生们在打三对三，拼抢得十分激烈，叫得也很大声。看到好球，赵醒归会鼓掌叫好，碰到臭球，他又会摇头叹气。

卓蕴对篮球不太了解，看得稀里糊涂，赵醒归偶尔会给她讲最基础的规则，谁攻，谁守，什么叫走步，什么叫三步上篮，什么叫打手犯规，什么叫抢篮板……看到后来，他和卓蕴聊起了天。

"我爸爸当初买紫柳郡，就是因为沙盘里有一个篮球场，买的那年我才八岁，搬过来是十岁。"赵醒归回忆着，"小学、初中，我几乎天天都要来这儿打球，后来高一住校，周末也会来过过瘾。"

他指着场上竹竿样的俞琛："那时候小琛还在上初中，个子小小的，一年半没见，居然长这么高了。"

卓蕴问："他们说，当时给你发微信你都没回，是真的吗？"

"是。"赵醒归低头看自己的腿，"刚受伤那会儿，医生说我瘫痪了，我根本接受不了，哪里还有心情去回微信。"

卓蕴问："你是什么时候出院回来的？"

"今年六月底，其实回来才三个多月。"赵醒归的声音一直很低，"我没出来过，就是怕碰到刚才那样的场面。"

卓蕴说："你得给他们接受的时间，我觉得他们的反应很正常，应该就是在关心你。"

赵醒归转过头来："就是你说的'可惜'吗？"

卓蕴一把捂住脸："啊！拜托，别说这个了！"

赵醒归低低地笑着，笑得肩膀都在抖。

等到卓蕴放下手，发现赵醒归拿出手机打开了摄像头，正伸长手臂在左前方取景，屏幕上是他自己的脸，还有卓蕴。

"你干吗？别拍我！"卓蕴又捂住了脸，还把脑袋向右边转过去，屏幕上就只看到她黑发披肩的后脑勺。

赵醒归很不解："怎么了？"

卓蕴还是捂住脸，声音闷闷的："我不要拍。"

"你不愿意和我合影吗？"赵醒归说，"我只是觉得，这样拍照拍不到轮椅，挺好看的。"

卓蕴放下手，扭扭捏捏地转过头来："你保证拍了不发朋友圈，不发微博，不发空间。"

赵醒归说："我保证。"

"也不能传给别人看。"

"我能传给谁看？"

"只能拍一张。"

"行。"

赵醒归又一次拿起相机对着两人，他在前景，人稍大一些，卓蕴几乎算是躲在他身后，因为是大头自拍，两人的身体其实没有丝毫接触，但看起来就像是依偎在一起，很亲密的样子。

赵醒归看着屏幕里的卓蕴，问："你为什么不笑？"

卓蕴立刻瞪圆了眼睛："你也没笑啊！"

赵醒归说："我拍照从来不笑。"

"为什么？"

赵醒归依旧板着脸："我不笑比较帅。"

卓蕴笑场了："哈哈哈哈……你认真的吗？我不管，你不笑我也不笑。"

为了卓老师的笑容……赵醒归勉为其难地扯了下嘴角，屏幕里冷峻的白衣少年立刻变得眉眼温柔，嘴角微微上扬，笑容还带着点儿腼腆。卓蕴很配合，也绽开了笑，她可太知道自己怎么笑最好看了，眼睛弯一点，唇角翘一点，两个甜甜的小梨涡就清晰地露了出来。

只能拍一张，赵醒归知道自己必须把握住机会，找准时机"咔嚓"一声，就拍下了一张他和卓蕴的合影。

他低头看照片，问："要发给你吗？"

卓蕴一口拒绝："不要。"

赵醒归有点失望，又看了会儿照片，才把手机收到口袋里。

篮球场上的比赛进入白热化，赵醒归看得很投入，卓蕴却有点心不在焉，因为实在兴趣不大。她从赵醒归背包里掏出一包薯片和一瓶柠檬饮料，晒着太阳，边吃边喝边看比赛，还问赵醒归："你吃吗？"

赵醒归摇摇头，见她"咔嚓咔嚓"吃得开心，说："你用湿纸巾擦擦手，都碰过地了。"

"不干不净，吃了没病。"卓蕴一点不介意，还往赵醒归嘴里塞了片薯片，手指没碰到他的嘴，还是把小少年闹了个大红脸。

"我不吃，你自己吃。"赵醒归偏开头嚼着薯片，只觉得心脏跳得好快。

就在这时，场上的李贺霆抢球时大手一挥，篮球突然向着场边飞来。卓蕴只觉得有个东西朝着她的脸砸过来，吓得尖叫一声就往赵醒归背后躲，千钧一发之际，赵醒归右臂一伸，单手就截住了那个球。

球是截得很漂亮，人却有点狼狈，卓蕴为躲球差点摔得四脚朝天，而赵醒归截球时上身往前扑了一下，稍微失了些平衡，眼看着要往右边摔去，还是卓蕴眼疾手快搂住他的腰，才堪堪把他给救回来。

两人几乎是缠在一起，赵醒归左手撑地，好不容易坐稳上身，低下头看到环在自己腰上的那只手，灵魂都差点出窍。

然后，他又看到自己手里的篮球，他已经……很久很久没摸过篮球了。

因为是打篮球时受的伤，有特别长的一段时间，赵醒归对与篮球相关的一切都很排斥，不愿看，不愿听，不愿想，更何况是篮球本身。可现在，篮球就在他手里，他的掌心和指腹接触着它的皮面，是那么熟悉的感觉，就像是一个陪伴他十几年的老朋友，在对他说：嗨，好久不见。

卓蕴松开赵醒归的腰身，终于坐回原地，看到他单手抓着一个球，又想起刚才那一幕，惊呼："你好厉害啊！一只手就能抓住球哎！"

赵醒归将右手反转，手背朝上，手掌朝下，依旧牢牢抓着那个球，说："我要是不能单手抓球，还打什么篮球？"

李贺霆向他们跑来，赵醒归把球丢给他："看着点儿，你是不是故意的？"

"抱歉抱歉。"李贺霆连连道歉，"下次一定注意，没伤着吧？"

"没事。"赵醒归瞪他，"你要砸就朝我砸，怎么能冲女孩去？"

十几分钟后，卓蕴的薯片吃完了，场上的三对三比赛也结束了，几个男生收拾东西准备回家，一个个和赵醒归说"再见"。李贺霆和俞琛没走，李贺霆抱着球，问赵醒归："小乌龟，手生不生？要不要来个投篮比赛，谁输了谁请喝饮料。"

赵醒归："不要了……"

卓蕴忙说："要的要的，我想看你投篮！"

赵醒归转头看她："你真想看？"

"嗯！"卓蕴从地上爬起来，"谁知道你是不是吹牛啊，把自己说得神乎其神，我倒要看看你有多厉害。"

赵醒归扶着双膝，让自己由盘腿而坐变成一个抱膝的姿势，摆正双脚后，上身微微往前倾，双拳撑着地，屁股渐渐离开坐垫，整个人算是蹲在了地上。卓蕴帮他把坐垫放回轮椅，又把轮椅拉到他身后："这样可以吗？"

"可以。"赵醒归腾出右手抓住轮椅轮架，一用力，就把屁股挪到了轮椅上。

李贺霆和俞琛目不转睛地看着他的动作，赵醒归低头摆好双脚，屁股坐深了些，抬起头一笑："来，比赛吧。"

他转着轮椅到了篮球场上，这时候只剩下他们四人，赵醒归将轮椅停在罚球线前，问李贺霆："每人投几个？"

李贺霆把球丢给他："五个。"

赵醒归抛了抛球，双手抓着篮球举过头顶，挺直腰背，薄唇紧抿，眼睛注视着篮筐。

太阳有一点点西沉，这是一个背光的角度。

赵醒归从来没在这个角度投过篮，感觉篮筐好高啊。他右手抓球，左手轻扶，回忆起以前练习罚球时的动作要领，从肩膀，到手肘，到手腕……每一处用力点似乎都牢牢地刻在他的心里。

只可惜，不能像以前那样习惯性地弯膝、沉腰了。

卓蕴看着他，看到他将球投了出去，她的眼睛一路追随着那个篮球，看着篮球"砰"一声砸在篮筐上，转了一圈后，没进，掉到了地上。

赵醒归失望又懊恼："啊……"

卓蕴小跑着去把球捡回来交给他："差点就进了，继续加油！"

赵醒归抬头看看她，很快又摆好姿势。他真的很久很久没投篮了，但他有肌肉记忆，赵醒归记得，以前状态最好的时候，站在罚球线上，他闭着眼睛都能投出空心球。

所以，现在就是高度低了一点而已，他能做到的。

略微调整后，赵醒归又一次挺直上身，舒展肩臂，用完美的投球姿势投出第二球，球一离手，他的右手食指就竖了起来，心里知道，有了。

果然，球进了。

"进了进了进了！"卓蕴高兴得又蹦又跳，继续做起快乐的球童，抱着球小跑回来，"赵小归帅啊！第二个就进了！乘胜追击！再来一个！"

赵醒归对她一笑，准备投第三球。这时，李贺霆蹭到卓蕴身边："嗨，我叫李贺霆，你叫什么名字？"

赵醒归一惊，投出去的这一球三不沾，画了条抛物线后直接落到地上。

卓蕴对李贺霆礼貌地笑笑，立刻又去捡球，赵醒归回头怒视李贺霆："你干什么？说了她有男朋友！"

李贺霆委屈："做个朋友也不行吗？"

赵醒归斩钉截铁："不行！"

俞琛乐得哈哈笑，赵醒归又瞪他："你笑什么？你懂什么？"

三个男生每人投了五个球，赵醒归和李贺霆都中了三个，俞琛只中了两个，愿赌服输，说去给大家买饮料。李贺霆在场边等俞琛回来，赵醒归和卓蕴继续在场上玩。

"卓老师，我教你投篮。"赵醒归给卓蕴演示投篮动作，"不要光手腕用力，要从肩膀开始用力，女孩力气小，有时候都会砸不到篮板。"

卓蕴会打网球，当然知道什么叫从肩膀开始用力，她站在罚球线前，姿势做得像模像样，赵醒归指挥她："行了，投。"

卓蕴跳了一下，把球投出去，力气是够大了，篮球直接砸在篮板上又掉了下来。

"哎呀，我太用力了。"她跑去把球捡回来，又试着投了几次，赵醒归一直坐着轮椅在她身边打转，时不时地纠正她的动作。

终于，卓蕴投进了一个球，还是空心入网，她高兴地蹦起来，转过身与赵醒归击掌:"我进啦!"

"很棒!"赵醒归高高地伸着右掌,与她的手掌"啪"地一拍。

他看着卓蕴生动又明丽的脸庞,偶尔被微风吹动的长发,根本就移不开眼睛,刚击过掌的掌心微微发热,出了一层薄汗。

因为一直在捡球,卓蕴有点累了,再把球抱回来后,说:"我不玩了,都出汗了。"

赵醒归接过篮球,右手一转,篮球就在他食指上转了起来,卓蕴看呆了,"啪啪啪"地鼓掌:"哇塞,你好厉害啊!我平时看你转笔就很厉害,原来你还会转球!"

赵醒归左手轻拂篮球,球就在他右手食指上不停地转,他还能将右手移来移去,球就跟粘在他手指上似的,完全不会掉。

"要学吗?"他问。

卓蕴接过球试了一下,根本转不起来,球掉了,她又要去捡,把脑袋摇成拨浪鼓:"不学了,下次吧,你有空先教我转笔。"

"行。"赵醒归说,"我会好几种转笔的方法,先教你简单的。"

俞琛提着饮料袋回来了,把饮料分给大家,卓蕴看看时间,已经过了一个半小时,她该陪赵醒归回去了。

离开篮球场前,赵醒归心里竟有些不舍,又抬头看了一眼篮板和篮筐。好高啊,以前跳起来就能摸到的,现在……再也碰不到了。

四个人一起离开篮球场,俞琛走在赵醒归身边,说:"归哥,其实我觉得你可以去打轮椅篮球。"

赵醒归没吭声,卓蕴倒是听了一耳朵,问:"轮椅篮球?"

俞琛年纪小,之前还因为赵醒归的伤情嚎啕大哭,这会儿已经接受了这个事实,喝着饮料说:"对啊,归哥打球这么厉害,完全可以去打轮椅篮球,说不定还能进国家队,去打奥运会呢!"

"真的吗?"卓蕴问赵醒归,"赵小归,你考虑过这件事吗?"

赵醒归说:"等下再讲。"

与李贺霆、俞琛告别后,卓蕴没让赵醒归自己转轮椅,而是推着他往家走。等到四下无人,赵醒归才说:"我知道轮椅篮球,我只是……还没有做好准备。"

生理上的准备,心理上的准备,各种都没有做好。他还是个高中在校生,目前首要的任务是两年后的高考。

而且,赵醒归不知道自己能不能承受坐着轮椅上场打球的心理压力,对手、队友,全都是残疾人,所有人都要坐轮椅,那个场面,他光是用想的就觉得很惨,真的让他身处其中,他觉得自己可能会害怕。

卓蕴陪赵醒归回到家，两人都出了一身汗，赵醒归咕嘟咕嘟喝掉一整瓶矿泉水，又在卫生间洗了把脸，卓蕴在外头叫："你好了没？我想上厕所！"

赵醒归看到自己卫生间里随处可见的扶手，还有一把定制的洗澡椅，坐垫部位像马桶似的有个大洞，眨了几下眼睛后，对卓蕴喊："我还要一会儿，你去二楼或一楼上吧，那儿都有客卫。"

"哦！好！"卓蕴跑出去了。

赵醒归抬起头看镜子里的自己，额前的碎发湿漉漉的，因为晒了好久的太阳，苍白的脸颊有点发红，他抬起双手搓了搓脸，将背脊靠在轮椅靠背上，轻轻地叹了一口气。

后面的一个多小时，卓蕴和赵醒归都静下心来，并肩坐在书桌边，一个复习功课，一个看小说。不知何时，楼下传来一阵叮叮咚咚的钢琴声，很是美妙动听。卓蕴放下书听了一会儿，赵醒归说："是小宜在练琴，她今天下午有钢琴课，回来了会练会儿琴。"

"真好听。"卓蕴冲着赵醒归笑，"你看你待遇多好，有人陪你复习，还有人为你钢琴伴奏。"

赵醒归抿着唇，看了她一眼后又把注意力转回作业本上。

于是，这一天的课，就在赵相宜悠扬的钢琴声中走到了尾声。

临近傍晚，卓蕴准备回学校，赵醒归依旧把她送到院门口。

"你脸晒红了。"卓蕴弯腰打量他脸上的皮肤，"家里有晒后修复吗？晚上涂一点吧。"

赵醒归摸摸脸颊："没事，过几天就好了。"

卓蕴笑笑："今天玩得开心吗？"

赵醒归仰着脸，点点头："嗯，开心。"

"以后周末，如果天气好，你要是愿意……"卓蕴说，"我都可以陪你去小区里转转。"

赵醒归又点头："好。"

"那我走啦。"卓蕴向他挥挥手。

赵醒归也挥挥手："卓老师再见。"

卓蕴走出几步后停下脚步，回头说："你要不……还是把那张照片发给我吧。"

赵醒归惊讶地看着她，卓蕴绽开一个灿烂的笑："Zoe 和 Mikey 的第一张合影，我想留作纪念。"

赵醒归眼睛亮了许多，看着她的笑脸，第三次点点头："好。"

第六章

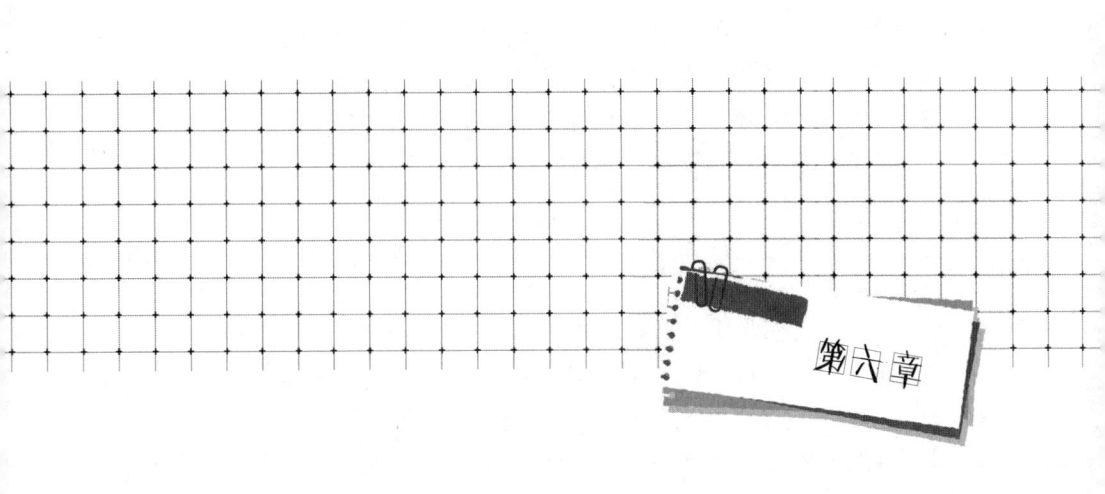

去吗？少年

(1)

卓蕴拎着外卖回到寝室，袁晓燕不在，程颖在洗衣服，苏漫琴趴在床上玩手机，卓蕴很意外："漫，你怎么回来了？不和倪航一块儿吃晚饭吗？"

苏漫琴有气无力地说："吵架了。"

"吵架了？下午出去不还挺好的吗？"卓蕴把外卖盒放到桌上，"我以为你不回来，把晚饭都买了。"

苏漫琴从上铺爬下来，戳戳卓蕴的脑袋瓜："你个没良心的，买之前不会问我一声吗？买了什么好吃的？"

她去解卓蕴的塑料袋，卓蕴还是问："你和倪航怎么了呀？"

"别提了。"苏漫琴用手捞了一片肥牛吃，"我跟中介正谈着呢，他就给我甩脸子，还要我去哄他！他说我这是暗示和他分手，我的天！我一早就和他说了我要出国，而且我俩还没怎么着呢，他就管东管西，也太把自己当回事了。"

卓蕴无语："你俩还没怎么着？"

程颖在盥洗台前"咯咯咯"地笑出声来，苏漫琴在卓蕴的椅子上坐下，老实不客气地拿起筷子吃她的肥牛饭："负距离怎么了？负距离他就能管我的事吗？出国读研是我的目标，我都懒得理他。"

卓蕴屁股倚着桌面，问："后来呢？"

"后来？"苏漫琴吃了一大块肥牛，"后来我就发飙了呀，和他说，你要是愿意，咱俩就这么处，你要是不愿意就拉倒，反正我大四毕业铁定要出国，让他自己看着办。"

卓蕴："那他怎么说？"

苏漫琴笑出声来："他呀，说出来我都觉得丢人，他哭了！一米八五的人，当着我面眼泪就流下来，我简直要疯，小男孩真的是，又可爱又可气。"

卓蕴和程颖一同大笑："哈哈哈哈哈……"

说到小男孩……卓蕴眼珠骨碌碌一转，碰碰苏漫琴："哎，你想不想看看那个紫柳郡的小孩长什么样？"

苏漫琴嘴里塞着饭抬起头："你有他照片？"

卓蕴拿出手机打开相册："嗯，今天和他拍了张合影。"

"给我看看。"苏漫琴把脑袋凑过来，一口饭差点喷出来，"我的天！这么帅？"

程颖一听，满手沾着肥皂泡也跑过来："我也要看我也要看！"

卓蕴把手机凑到她眼前，程颖也惊了："哇！真的好帅啊！"

"你俩也太夸张了。"卓蕴自己也看向那张照片，看着看着摸起下巴来，"唔，这么一看，好像是挺帅的。"

下午的太阳很晒人，在那样的光照下拍出来的照片却特别明亮鲜艳。照片上，赵醒归和卓蕴一起望向镜头，男孩留着清爽的碎发，身着白衣，眉眼英俊，女孩长发飘飘，笑靥如花，身上的印花绿衣给照片带上了更多色彩。两个年轻人并肩而坐，男帅女靓，真是说不出地赏心悦目。

重点是，照片里完全看不见赵醒归的轮椅。

"这是婚纱照吧？"苏漫琴口水都要流下来，"宝，你还等什么？收了这个弟弟啊！"

"你有病！"卓蕴推了她一把，"胡说什么呢，和你说了人家未成年。"

程颖啧啧感叹："未成年就长这样，以后成年了还得了？"

"就是！"苏漫琴说，"这绝对属于精品，太帅了！蕴宝你真的不考虑一下吗？"

卓蕴收起手机，摇头："不考虑。"

程颖回去洗衣服了，苏漫琴压低声音问："哎，你不是说他有病吗？照片上看不出来啊，看着挺健康的，就是瘦了点，他真的身体不好啊？"

卓蕴点点头："嗯，身体不太好，经常要去医院。"

"可惜了。"苏漫琴摇头叹气，"你俩看起来好般配。"

卓蕴乐死了："真的假的？他比我小三岁呢。"

"真的呀，就很配。"苏漫琴比手画脚地说着，"他是不是很高啊？感觉肩膀好宽，你躲他后头跟小鸟依人似的。"

卓蕴说："他大概有一米八八。"

"我天！"苏漫琴亢奋了，"冲啊宝宝！收了他收了他！"

卓蕴撇撇嘴："你别开玩笑了，我生气了啊，说了我绝对不会和比我小的男孩谈恋爱。"

苏漫琴又吃起了饭："你会后悔的。"

卓蕴："我不会。"

苏漫琴："你想想石靖承，再看看这个帅弟弟，你一定会后悔的！"

卓蕴突然发现，她打包回来的肥牛饭已经快被苏漫琴吃完了，喊道："这是我的晚饭！"

苏漫琴哈哈笑："一会儿赔给你，对了，北门开了一家新的甜品店，每天排长队，据说奶油泡芙和肉松小贝特别好吃，等下我们去买点来尝尝吧？"

甜品店啊……卓蕴脑子里第一个想到的就是赵醒归，一个喜欢吃甜食的男孩。

"行，我先洗个澡，今天下午去篮球场玩好久，出了一身汗。"卓蕴拿出换洗衣服，"记得赔我晚饭，我请你吃甜品。"

苏漫琴比个"OK"，卓蕴哼着歌去洗澡，想着今天先去买一点来尝尝，如果好吃，下次就给赵小归带点儿去。

见她进了卫生间，苏漫琴转头问程颖："颖颖，你有没有觉得卓蕴有点儿像在谈恋爱？"

程颖问："和谁啊？"

苏漫琴："紫柳郡弟弟。"

程颖失笑："没有吧。"

苏漫琴："她每次从紫柳郡回来，心情都特别好，你没发现吗？"

"这倒是真的。"程颖说，"不过，我要是给一个这么帅的小孩做家教，天天看着他那张脸，我心情也会很好啊！"

紫柳郡C2小楼里，正是开饭的时候。赵伟伦一家四口外加苗叔一起吃着饭，范玉华看到赵醒归被晒红的脸，说："小归，你好久没晒太阳了，是不是有点晒伤了呀？"

赵醒归摸摸脸："没事，这个天气晒不伤。"

赵伟伦问："他去哪儿晒的太阳？"

范玉华笑道："他呀，下午太阳最晒的时候和小卓老师去小区里玩了一个半小时，玩得乐不思蜀，都不愿回来了。"

"小卓老师本事真大。"苗叔附和着，"我每次说要陪小归出去透透气，他都不让，跟着小卓老师屁颠屁颠就去了。"

赵相宜说："苗叔，您怎么能和卓姐姐比？您是老叔叔啦，人家卓姐姐那么漂亮，换我也不爱跟您出去玩啊。"

苗叔一点不生气，乐呵呵地看着赵醒归："年轻人是该和年轻人一起玩，说起来，我觉得小卓老师真是越看越漂亮，今天穿着一件花衣服，时髦得很，这样漂亮的女孩不知道有没有对象。"

范玉华说："应该没有，她上回填的表格是写没有。"

赵相宜坐在赵醒归身边，用手肘捅捅他："哥，哥，你有机会哎！"

赵伟伦批评她："小宜你最近越来越不对劲了，是不是看了什么书还是电视啊？你再这样，我要没收你的手机了。"

"哦，我不说了。"赵相宜噘着嘴，乖乖扒起了饭。

赵伟伦又看向儿子："小归，爸爸妈妈不是老古板，但是你现在学业很紧张，绝对不可以分心，在这方面爸爸一直对你很放心，你自己也要有分寸，知道吗？"

赵醒归："知道了，爸。"

他很纳闷，觉得自己并没有表现出异常，怎么家里人总是会提到他和卓老师之间的关系。如今连老爸都发话了，严防死守似的，好像生怕他会误入歧途。他们都不知道，卓老师其实有个未婚夫，条件还不差，和她很般配。

夜里，赵醒归洗漱完后躺到床上，想了想又从床头柜里拿出那个方盒，打开盖子，拿出一张个人信息表来。

这张表不是范玉华让卓蕴填的，完全是赵醒归自己的主意，他仔细看着卓蕴填写的表格，有些信息和面试时填写的一样，有些变化很大，到最后那条"是否谈恋爱"，卓蕴写着：是。

——是。

唉……赵醒归放下表格，左手枕在脑后，右手拿起手机，又一次去看白天拍下的那张合影。

卓老师真好看啊，眼睛、眉毛、鼻子、嘴，样样都完美。唔，他好像也很帅，赵醒归摸摸自己的脸，又打开摄像头当镜子照了一下，脸颊的确晒红了，不知道会不会脱皮。

合影是横屏，赵醒归加了个竖屏背景，将这张照片设置为他和卓蕴微信聊天框的背景图，这样，就不会有别人发现了。

他很少和卓老师微信聊天，聊天记录寥寥无几，赵醒归盯着屏幕看了半天，发出一条消息。

醒日是归时：卓老师，你睡了吗？

卓蕴很快就回了。

Zoe：没呢，我还早，你要睡了吗？

醒日是归时：我快睡了，下午忘了问你，下一次什么时候来？

Zoe：你怎么这么心急啊？周二或周三吧。

醒日是归时：周二吧。

Zoe：行。

醒日是归时：我让潘姨给你做蛋黄酥。

Zoe：好！[愉悦]。

一张微笑的小黄脸，配上背景图上卓蕴的笑脸，赵醒归出神地看着，绞尽脑汁，也不知道接下来要说什么。就在他犹豫着要不要问问卓蕴晚上吃了什么时，卓蕴直接把聊天结束了。

Zoe：早点睡吧，明天你还要早起去学校，晚安，小归。

赵醒归只能无奈地回消息。

醒日是归时：晚安，卓老师。

他叹了口气，突然，小腹处传来一阵奇怪的感觉，赵醒归上身抖了一下，一把掀开被子往下看。他临睡前上过厕所，这会儿已经穿好了成人纸尿裤，按理说不会那么快就排尿。可是身体的反应如此诚实，大概这天晚上他喝水有点多，眼睁睁地就看着纸尿裤鼓了起来，用手一摸，就知道他真的尿了。

对于赵醒归来说，大小便失禁绝对算截瘫后最令人痛苦的事情之一，因为这关乎一个人的尊严。

健康时的赵醒归很爱干净，不是那种粗糙的男孩，对于发型和衣着向来比较在意。可受伤后，他不得不接受自己偶尔会尿裤子的残酷现实，比如现在，他完全没法忍受穿着已经脏了的纸尿裤睡觉，必须千辛万苦地爬起来，去卫生间用热水清理身体，再重新换上一片新的纸尿裤。

把自己往轮椅上挪动时，赵醒归想，一个要穿纸尿裤睡觉的男人，好像根本没资格和女孩谈恋爱，更别提结婚了。

男女结婚要做什么，赵醒归自然是知道的，他很沮丧，因为觉得自己可能会做不好，甚至做不了，在这方面，他似乎毫无魅力可言。

大概是当局者迷，卓蕴自己并没有意识到，每周三次去紫柳郡给赵醒归"上课"，也变成她生活中非常重要并且期待的一件事。

五个上学日中，她会挑周二、周四去，周末就随机，有时周六，有时周日。

她不再那么死抠时间，有时候晚饭吃好就晃悠过去，到那儿还不到六点半。赵醒归对于她早到非常开心，从厨房拿来潘姨准备好的点心和水果放上托盘，又把托盘搁在自己腿上，坐着轮椅陪卓蕴上楼。

周末就更加随意，卓蕴几乎一整个下午都会待在紫柳郡，只要不下雨，她就会陪赵醒归去小区里转一圈，在篮球场看男生们打球，或是找个地方晒着太阳吃零食，愉快地聊会儿天。

赵醒归还准备了一块野餐垫，是那种传统的红白格子花纹，铺在家门口的草坪上，他会从轮椅挪到野餐垫上，坐着和卓老师一起吃东西。

待在房里时，赵醒归很用功，随着高二年级期中考试越来越近，他开始花费更多精力在学习上。卓蕴一直陪着他，因为赵醒归算是自学，卓蕴会对着答案帮他批阅做完的习题本和试卷，这样可以帮他节省不少时间。

空闲时，她不再看小说，而是会拿着素描本练习画画。不是随手涂鸦，卓蕴会把一碟水果放在桌上，找好角度，用两三个小时画一幅正儿八经的静物素描。

她说不上来自己为什么要这么做，似乎是在见过宋雨之后，卓蕴总觉得自己应该把画画再拾起来练一练。她想，她大概没法完全绝了那个念头，对于设计专业，依旧有着向往。

十月底的一个周日下午，天阴沉沉的，似乎要下雨，卓蕴坐在赵醒归身边，正在帮他批改物理卷子时，手机响了，是卓蘅的电话。

卓蕴不想打扰赵醒归，对他示意了一下就走去会客室，卓蘅在电话里冷冰冰地说："你有空就给妈打个电话，她昨晚和爸吵了一架，心情不太好，你是女的，去劝劝她。"

卓蕴忍住气："这和男女有什么关系？你是她儿子，你怎么不去劝？"

"我至少回家了。"卓蘅说，"我半个月就会回家一次，你呢？国庆到现在快一个月了，你回过家吗？"

在这一点上，卓蕴的确理亏，但她也有自己的道理，回家就要和卓明毅吵架，还要被迫去见石靖承，傻瓜才会愿意回去。

卓蕴问："他们为什么吵架？"

"还能为什么？"卓蘅说，"爸昨晚和朋友出去应酬，回来得晚了点，喝多了，就吵起来了。"

怎么可能这么简单，卓蕴压根儿就不信："不止吧？爸是不是又去找他的小三小四小五小六了？身上沾了香水味还是口红印啊？"

卓蘅说："爸应酬的时候，你知道……"

"我不知道，我也不想知道。"卓蕴打断弟弟的话，"卓蘅，你应该明白，我如果给妈妈打电话，永远就一个观点，就是劝她和爸离婚。我劝了这么多年，她也不会听，你要我去对她说什么？'再忍一忍吧，男人都那样，睁一眼闭一眼就行了，少年夫妻老来伴，你都快五十了还折腾什么？爸哪里亏待你了？这些年做富家太太你还不知足吗？'你是想让我说这些吗？"

卓蘅："你知道他们不会离婚的。"

"为什么不会离婚？到底是谁不想离婚？"卓蕴觉得很好笑，"当初妈要离婚，是你哭着闹着让她没离成。那会儿你八岁，我十岁，我当你年纪小不懂事，现在呢？你快二十了，还不懂事吗？你还不同意他俩离婚？就为了一个所谓的'完整家庭'？你是不是太天真了点？"

卓蘅生气地说："妈妈不年轻了！她离了婚能做什么？有你这样做女儿的吗？一天到晚怂恿他们离婚，他们离婚对你有什么好处？我就不明白，你为什么总要和爸作对？爸哪点亏待你了？你不觉得自己是个白眼狼吗？"

卓蕴深吸一口气："行，我一个个问题来回答你，卓蘅，第一个，妈离婚了能做什么不是你该操心的，她什么都可以去做，她也有赚钱的本领，只是你们没人在意罢了。

"第二，他们离婚对我的好处可太大了，我就不用再去见卓明毅了呀，说不定我和石靖承的婚约也能失效，多么完美！

"第三，爸的确没有亏待我，供我吃，供我喝，供我上学，但我想请问你，如果他们早早地离婚了，妈妈难道会亏待我吗？卓蘅，请你搞清楚一点！"

卓蕴的语气突然变得狠厉："爸能有今天，完全是咱外公外婆给他撑起来的！我永远都不会忘记，外公去世后还不到一个月，爸就在外面抱着女人夜不归宿了。如果你是把这样的人当偶像，那么卓蘅，我告诉你，我和你永远都不会有话说。"

通话结束，卓蕴无力地揉了揉额头，想着家里这些乱七八糟的人和事，烦躁得静不下心来。她其实很矛盾，内心里心疼妈妈，但实在是怒其不争。

卓蕴很小的时候就经常看到父母吵架，她爸倒也不会动手打人，但却是个冷暴力、PUA（精神控制）大师，当然那会儿卓蕴还不懂什么叫PUA，只知道爸爸骂妈妈的每句话都能戳她心窝子。

卓明毅总是会把边琳贬得一无是处，说她长得难看，手上一点本事没有，要不是嫁给他，根本就不会有人要她，哪里能过上这种衣食无忧的富太太生活？

他说他在外面忙事业，是为了这个家庭而奋斗，逢场作戏在所难免，如果不是因为边琳长得丑，带出去会被人笑，他何至于要在外面找别的女人来充面子？

边琳每次都一边听，一边呜呜地哭，小卓蕴在旁边目瞪口呆，心想爸爸怎么有脸说出这样的话？明明全是他的错，他竟能把脏水都泼到妈妈身上。

卓蕴十岁那年，卓明毅在外面搞大了一个女人的肚子，那个女人上门来闹，卓明毅花了一大笔钱才让人家答应去打胎。当时，卓蕴就对边琳说："妈妈，你和爸爸离婚吧，我跟你过，让卓蘅跟着爸爸，我会好好上学，长大后会孝顺你的。"

边琳当时绝望又痛苦，真的下了离婚的决心，可是因为卓蘅强烈反对，婚没离成，卓蕴因为怂恿之罪，越发被她爸看不顺眼，还被狠狠地扇了一巴掌。

后来几年，每次父母吵架，边琳哭泣着找卓蕴诉苦，卓蕴都是劝离婚，可是很多年过去了，边琳年纪越来越大，人也越来越愁苦憔悴，似乎再也没有了当年提出离婚的勇气。

所以，卓蕴来钱塘上大学后就彻底放飞自我，很少回家，很少再和妈妈谈心，因为不愿听妈妈讲她和卓明毅之间那些鸡零狗碎的矛盾。她知道自己很过分，却想不出办法来解决，就像她想不出办法解决她和石靖承的婚约一样，她现在最擅长的，就是逃避家里的一切。

边琳渐渐也发现了女儿的变化，后来就不怎么打扰她，就像现在，她和丈夫吵架了，都没有给卓蕴打来一个电话。

卓蕴想了半天，还是拨通了边琳的手机，意料之中，边琳说没事，小吵架而已，让卓蕴别担心。

"我都这么大岁数了。"边琳在电话里叹着气，"也没几年好活，就这样吧，以后我也不去管他了，他爱怎么就怎么，我就当他死了算了。"

卓蕴无话可说，她的妈妈，明明才四十六岁。

大概只有卓蕴记得，妈妈画得一手好画，是她画画上的启蒙老师，她还会刺绣、编织，会做很精巧的手工，这些东西在卓明毅眼里一文不值，所以妈妈也很多年没再碰过自己的兴趣爱好。

卓蕴垂头丧气地回到房间，赵醒归抬头看她，见她神色不对，问："卓老师，你怎么了？"

卓蕴在他身边坐下，说："刚接了我弟的电话，我爸妈吵架了。"

赵醒归问："为什么吵架？"

卓蕴说："因为我爸出轨。"

赵醒归张了张嘴，大概没想到卓蕴会这么直白地把家丑说出来。

"赵小归，我问你。"卓蕴托着下巴看他，"要是你爸出轨了，你会劝你妈妈和他离婚吗？"

赵醒归严肃地说："我爸不会出轨的。"

"我是说如果。"卓蕴被他认真的表情逗笑了，"如果，如果，懂了没？"

"我无法想象。"赵醒归说，"我爸不会出轨的，他很爱我妈，我妈也很爱我爸。如果……如果我爸出轨了，其实不用我劝，我知道我妈妈的脾气，她会主动和我爸离婚。而且我妈是个财务，她一定会想办法让我爸净身出户，完了我和我妹全归我妈。"

卓蕴听到一半已经大笑起来，听完后简直乐不可支："你妈妈这么狠的吗？看不出来啊，我觉得她好温柔的样子。"

赵醒归也笑了："我只是回答你关于如果的假设，事实是，我爸爸不会出轨，我妈妈也不会。"

卓蕴斜眼看他："你为什么这么确信？"

"因为我是他们的儿子。"赵醒归说，"我从小就知道，真正爱一个人，是什么样的。"

卓蕴饶有兴致地打量赵醒归，赵醒归被她看得神色都不自然了："你干吗这么看我？我哪儿说得不对吗？"

"不是，我就是觉得……"卓蕴说，"你这个年纪说出这样的话，有点过于老成了，你知道什么是爱吗？"

赵醒归说："知道。"

卓蕴："那你说说，真正爱一个人是什么样的？"

赵醒归脱口而出："就是我爸对我妈那样，我妈对我爸那样。"

"哈。"卓蕴笑了一声，"你这说了等于没说。"

赵醒归深深地看着她："是真的，会有很多细节，你仔细去感受，能感受到的。"

卓蕴不置可否地耸耸肩，赵醒归觉得卓老师并未把他的话放在心上，有些不服气地问："那你说，怎样才是爱一个人？"

卓蕴一愣，继而摇头："我不知道。"

"你怎么会不知道？"赵醒归提醒她，"你不是有未婚夫吗？"

卓蕴微微一笑，打了个马虎眼："我觉得吧，结婚前，一切都只能算喜欢，就算结婚了，也不一定有爱，比如我爸和我妈。"

还有她和石靖承。

赵醒归迟疑了一下，问："你妈妈……会和你爸爸离婚吗？"

"应该不会，要离早离了。"卓蕴重新翻开赵醒归的物理卷子，"别说了，你继续做题吧，我马上就改完了。"

赵醒归感觉到卓老师不愿再聊这个话题，也只能趴回桌上拿起了笔。

四点多时，窗外的天色暗得更加彻底，乌云滚滚而来，没一会儿，哗啦啦的雨声便响了起来。

卓蕴望向窗外，又把视线投到赵醒归的侧脸上，他脸色苍白，却什么都没说过。

卓蕴说："赵小归，下雨了。"

赵醒归"嗯"了一声，卓蕴很担心："你背疼吗？"

赵醒归垂眼盯着面前的本子："有一点。"

很好，还没嘴硬，卓蕴劝他："你去床上躺一会儿吧，别硬撑了。"

赵醒归倔强地摇头："不用，我没事。"

卓蕴没再勉强，只是时不时地去观察他的表情，十分钟后，忍不住说："赵小归，你要真难受就去休息一下吧，你脸色好差。"

赵醒归还在硬撑，卓蕴叹气："我不走，会陪着你的，没到时间呢。"

赵醒归考虑片刻，终于同意了。他转着轮椅来到床边，脱掉外套，当着卓蕴的面把自己转移到大床上，看他在床头靠好，用手抓着两条腿将腿摆直，卓蕴才发现，他的腿真的比普通男孩要细一些，藏在宽松的运动长裤下，大腿肌肉瘦弱得很是明显。

她帮他拉过被子盖上，又往他腰后塞了个靠枕，最后搬过椅子坐在他床边。赵醒归被神经痛折磨着，眼睛却一直没离开过卓蕴，问："卓老师，你会不会觉得我很没用？"

　　卓蕴笑着摇头："不会。"

　　赵醒归皱了皱眉，卓蕴问："很难受吗？"

　　"背疼，一阵阵的刺痛。"赵醒归神情恹恹，"我讨厌下雨。"

　　卓蕴说："我也讨厌下雨。"

　　赵醒归没再说话，卓蕴起身拉上窗帘，又把顶灯和书桌上的台灯关了，整个房间只余下床头灯幽幽的光亮。

　　赵醒归安静地靠躺在床上，被子盖到他胸肋处，卓蕴能看到他宽阔的肩和平坦的胸膛，他穿着白色长袖T恤，双手放松地交握在小腹处，呼吸很慢，一呼一吸间，胸膛小幅度地起伏着，卓蕴对他微笑："睡一会儿吧。"

　　赵醒归却摇摇头："不想睡，我躺一下就行。"

　　上次在卓老师面前睡着后，他尿裤子了，给小少年留下了不小的心理阴影，这会儿打死都不敢睡着。

　　卓蕴看他脸色不好，伸手按按他的额头，没发烧，稍微放了点心，说："你要是真不舒服，明天就向学校请假吧，身体要紧，这几天都会下雨。"

　　赵醒归又摇摇头："明后天不行，高二年级月底有月考，我拜托老师帮我要了卷子，在教室里做，和他们同步考试。"

　　卓蕴不解，问："这段时间，你为什么不直接去高二上课？待在高一纯粹是浪费时间啊。"

　　赵醒归沉默了一会儿，说："高二的教室全部在二楼以上，我们学校没电梯，我上不去。"

　　卓蕴接不下去了，赵醒归又说："如果我通过了期中考试，还得让某个高二班级搬到一楼去，我也挺不好意思的。"

　　"你别这么想，这有什么不好意思的，谁让学校没电梯。"卓蕴知道自己的安慰苍白又无力，将心比心，如果她是那个高二班级的学生，学期中段还要搬个教室，哪怕知道是为了迁就一位身体不便的同学，估计也会和好友吐槽几句。

　　赵醒归慢悠悠地说着："我现在，实验课、计算机课都没去上，因为要去专门的教室，都在楼上。我个子太高了，苗叔背不了我，有几个男同学说要背我上楼，我妈妈不放心，没同意。"

　　卓蕴一直静静听着，赵醒归眼睛望向天花板："我有时候会想不通，为什么医院、办公楼、商场、火车站都有电梯，学校却没有。我会想，是不是没有别的不能走路的学生了,还是说,他们都不去上学了。"

卓蕴想起以前看过的一则新闻,大概是为了歌颂母爱的伟大和同学间的友谊,说有一位妈妈为了腿脚不便的孩子能上学,从小学开始背他上下楼,一直背到他上高中。

后来男孩长大了,妈妈再也背不动他,便由男同学们来接力,每天背上背下,终于,男孩顺利地参加高考,考上了一所大学。

卓蕴当时看了没什么感觉,现在却觉得这则新闻一言难尽。明明,只要学校有一部电梯就能解决这个问题,又安全,又高效,根本不会衍生成一则社会新闻。

赵醒归隔着被子摸摸自己的腿:"我现在觉得,好像还是长得矮点儿比较好,苗叔他们会轻松很多。"

卓蕴瞪圆眼睛:"那不行!高个儿多帅啊!"

赵醒归笑了起来,卓蕴跟着他一起笑,她很放松,问:"小归,你在学校上厕所方便吗?"

"还算方便。"赵醒归说,"今年暑假,为了我能上学,我爸爸出钱在我们学校一楼男厕所修了个无障碍隔间,装了马桶和扶手,轮椅可以进去,专门给我用。"

他顿了一下:"我爸爸对我说,我要接受现在的自己,他们已经用尽办法为我治疗了。截瘫,现在的医学水平还没有办法让断了的神经重新连上,我能做的就是保持锻炼,做好个人护理,尽量减少并发症的发生。医生说我的神经没有全断,说不定哪一天会恢复一点,曾经也有过这样的案例,只是,幸运的人总是极少数,绝大多数人瘫了就是瘫了,好不了的。"

普通人都会因为阴雨天而心情不好,对赵醒归来说还要加上一份疼痛,所以他的情绪变得更加低落,卓蕴被他感染,心里不好受,说:"说不定的,也许以后医学会有所突破,你的伤会有办法治疗。"

赵醒归笑笑:"我不知道我能不能等到那一天。"

卓蕴伸手拍拍他的左手手背:"别乱想,现在科技大爆炸,十年前根本想不到现在的世界会变成这样,你又怎么知道十年后、二十年后,不会有奇迹发生呢?"

"十年后,二十年后。"赵醒归重复了一遍,突然反手扣住卓蕴的右手,抓得很牢,"十年后我二十八岁了,已经……在轮椅上坐了十二年。"

卓蕴没有挣脱他的手,任由他抓着,他的手掌依旧很凉,好像碰到雨天,掌温就热不起来。他的手指摩挲着卓蕴的手背,视线始终与她相凝:"卓老师,十年后,我们还会有联系吗?"

卓蕴点点头:"会。"

看着赵醒归酷酷的脸，像是不太相信的样子，卓蕴干脆抓起他的左手摇一摇："我保证，一定会。"

赵醒归眨了眨眼睛，唇边绽开一个浅浅的笑："卓老师，我会好好活下去的。"

（2）

秋雨与春雨不同，春雨缠绵淅沥，能滴滴答答延续好多天，秋雨却是下一阵停一阵，雨势时大时小，随着落雨，气温也变得越来越低。

这是赵醒归受伤后度过的第二个秋冬季，也是离开医院恒温环境后，头一次碰到大幅度的降温。他没有知觉的下肢血液循环不好，两条腿冰凉，医生说一定要做好保暖，不能再像以前健康时那样任性，所以赵醒归被迫在校裤里穿上了棉毛裤，大概是全校最早穿上的那一个。

周一周二，他在高一三班教室里参加高二年级的月考，同学们上课下课，他充耳不闻，就按着考试时间伏在桌上做题。

平时，赵醒归在学校的生活非常规律，早上八点前到校，第一堂课下课后学校有早操，同学们都去了操场，他会趁机去上一次厕所，也不用赶时间。

赵醒归喝水向来定时定量，上过那一次厕所后，他就不再喝水，一直等到上午的课全部结束，离开学校前，他会再去一次厕所，然后无牵无挂地上车回家。只要离开学校，他就会变得安心，基本不会再碰到出糗的情况。

可是参加月考就不一样了，每门考试都要花至少两个小时，高一的学生去早操时，赵醒归依旧坐在桌子前做题。

语文考完后，他去了一趟卫生间，回来后立刻开始数学考试。为此，赵醒归周一下午都没回家，中午在车上放下靠背睡了一小时，午饭也是让苗叔去食堂买来的。

周二也一样，早上，等赵醒归考完英语和物理、揉着酸痛的后腰时，班里的同学早已下课，全去食堂吃饭了，教室里只剩下他一个人。下午还有最后一门化学考试，赵醒归离开教室见到苗叔，让苗叔去食堂打饭，说自己去一趟卫生间，回来吃过饭就上车睡觉。

苗叔去了食堂，赵醒归自己转着轮椅往卫生间去，物理考试快结束时，他的身体就已经有了点感觉，知道自己急需小便。

男厕所离教室不远，需要过一个拐角，赵醒归的轮椅刚在拐角转弯，一个人就突然出现在他面前，把他吓了一跳，当看清那人是谁后，赵醒归的神色就变了。

那是林泽。

林泽一直等在卫生间门口，靠着墙壁坐在地上，看到赵醒归后他一骨碌爬起来，几乎算是挡在赵醒归的轮椅前。

他还是那副邋遢的样子，高、白、胖，头发有点长，眼睛发红，愣愣地看着赵醒归。他动了动嘴唇，艰难地开口："小乌龟。"

赵醒归一眼都不想见他，一句话都不愿和他说，自然不会接腔，低头转动轮椅就要绕过林泽，林泽却挪了一步，又挡在他面前。

"我有话对你说。"林泽声音哑哑的，"给我五分钟，可以吗？"

赵醒归咬着牙："我要去厕所，你让开。"

"就五分钟。"林泽近乎哀求，声音都颤抖起来，"我、我想对你道歉……"

"让开。"赵醒归脸色已经变得惨白，深深地低着头，不去看对方，"我要去厕所。"

林泽仿佛听不懂："小乌龟，我知道你恨我，我知道是我的错，是我对不起你，但我真的不是故意的……"

赵醒归猛地抬头看他，眼神冰凉："你再说一遍，你不是故意的？"

林泽哭了，边哭边说："我、我没想到你会撞到那个钉子！我……你前面也耍了我好几次，我也摔跤了！我就，我就也想让你摔一跤，就这么简单！我不是故意的，我不知道你会撞到那个钉子！"

赵醒归怒视着他："我前面不是耍你，是你技不如人，我根本就没有犯规。"

林泽崩溃般地抓着头发："我知道……可是，我真的摔了几次，对不对？你记得的，对不对？"

赵醒归身上泛起一阵鸡皮疙瘩，知道不妙，阴雨天他神经很脆弱，真是经不起一丁点的刺激，哪怕是平时控制得还不错的大小便问题，在这样的天气也很容易出纰漏。他冷眼看着林泽："我不想再和你说话，也不想再见到你，你让开，我要去厕所。"

他又一次转动轮椅往另一边绕，林泽却又挡住了他，哭叫着："你到底要怎样才肯原谅我？我真的不是故意的！我没有想过要把你害成这样！我……"

"我叫你让开！"赵醒归怒吼一声，脖子上的青筋都冒出来了，狠狠地一拍轮椅扶手，"我要去厕所！你让开！"

林泽还在哭哭啼啼："赵醒归，我求求你原谅我，是我对不起你，我知道错了……"

简直是鸡同鸭讲，赵醒归都要疯了，转动轮椅就往前冲，林泽竟伸手来拉他，令赵醒归始料未及的是，林泽"扑通"一声跪在了他面前："我错了，我给你磕头，我求求你放过我……"

赵醒归又惊又急又怒："你是不是疯了？"

林泽膝行着挪到他面前，仰头看他，一张胖脸上涕泪横流，令赵醒归感到恐惧，林泽抓住赵醒归的轮椅轮架，大喊："你杀了我吧！赵醒归，不如你杀了我吧！"

赵醒归弯腰去掰他的手："你松开，我要去厕所！"

林泽声嘶力竭地喊："我不想活了……赵醒归，我早就不想活了……"

"你到底要干什么？！你松手！我要去上厕所！"赵醒归真的撑不下去了，转头大喊，"有没有人？有人吗？苗叔——"

苗叔还在食堂，没这么快回来，赵醒归的喊声倒是引来了一个女老师，看到这场面吓一大跳，她试图把林泽从地上拽起来，三个人纠缠了半天，赵醒归才终于脱身，飞快地转着轮椅进了男厕所。

进入那间无障碍隔间后，赵醒归第一时间去摸裤子，一摸，心就凉了。不知什么时候，他已经尿了出来，校裤、棉毛裤、内裤，外加轮椅坐垫，都已经濡湿一片，还泛着难闻的气味。

赵醒归背脊靠在轮椅靠背上，呆呆的一动也不想动，觉得自己好脏，好臭，像个小丑……一路上，也不知道尿液有没有滴到地上，有没有被那位女老师和林泽看到。

他一点儿也感觉不到，一点儿也忍不住，这么大的人了还像个婴儿一样，大白天的会当众尿裤子。

这到底是为什么？

为什么他要遭遇这样的事？

他做错了什么吗？

赵醒归抹了一把脸，才想起手上还有尿渍，他愣了一下，终于彻底崩溃了，眼泪止不住地流下来，躲在这样一个狭小的空间里，他恨不得把自己缩成一团，再也不要出去。

他狠狠地掐着自己的大腿，毫无感觉，为什么会没有感觉？医生明明说了他的脊髓神经没有全断，难道是骗他的吗？只是为了给他留一点希望，让他不要去做傻事？

为什么，世上会有截瘫这种伤病？！

这么残忍，这么痛苦，这么屈辱，这么绝望！

终身监禁，不知死期。

赵醒归沉默地哭泣着，手指挠着墙，掐着腿，哭得全身发抖，气都要喘不上来。

他想，毁灭吧，就这样毁灭吧！他都已经不去想了，以前无忧无虑的生活，点点滴滴的美好，无限光明的未来，他都已经不去想了！他很努力很努力地想要活下去，就只是活下去，往前看，接受现在的自己，老天爷还想要他怎么样啊？

林泽是疯了吧？求他放过他？到底是谁要放过谁？

赵醒归不想再见到林泽，不想再和那个人有一丁点的关系，他没有去报复林泽啊！他什么都没有做！怎么林泽还会阴魂不散地缠着他？

林泽还说他不想活了。

赵醒归觉得好笑，他将脑袋靠在墙壁上，带着半身污渍，脸上满是泪痕，低声说："死，又不难，谁还拦着你了。"

苗叔收到消息匆匆赶来时，林泽已经不在了，赵醒归的班主任带着两个男同学守在那扇隔间门外，焦急地对苗叔说："苗先生，赵醒归不肯开门啊，叫他他也不说话，在里面待好久了，不会出什么事吧？"

苗叔让他们先行离开，等到厕所里没了人，苗叔才去敲隔间门："小归，是我，外面没人了，你把门打开吧。"

赵醒归终于肯开口说话："苗叔，帮我从车上拿条裤子来，还有，轮椅坐垫也脏了，帮我拿个备用的。"

"哦，好，我这就去。"苗叔心疼极了，"小归，你别瞎想，没事的，有苗叔在呢，你先在这里等一会儿，我马上就回来。"

苗叔从车上拿来备用的裤子和轮椅坐垫，外加一包湿纸巾，赵醒归开了一道门缝，不让苗叔进门，把所有东西都拿了进去。

"要不要我帮你？"苗叔说，"天冷了，你小心着凉。"

赵醒归声音冷淡："不用，我自己换。"

他费了很大的劲才在隔间里换上干净的内裤和长裤，又换上轮椅坐垫，把脏了的衣物都塞进塑料袋里，拿湿纸巾一遍遍擦拭自己的手和脸，弄完这一切，才打开隔间门转了出去。

苗叔忐忑地问他："下午还考试吗？"

赵醒归摇摇头："不考了，我想回家洗澡，我太脏了。"

回去的车上，赵醒归让苗叔帮他预约一下斯湛医生，问问他下午有没有时间见面，结果斯医生下午约满了，说赵醒归要是急着见面，晚上可以见。

苗叔把斯医生的话转告给赵醒归，赵醒归想了想，说："算了，晚上卓老师要来。"

他把脑袋靠在窗玻璃上，双眼无神地望向窗外，天还在落雨，窗玻璃上满是水痕，他的背依旧在疼，但与刚才发生的事相比，这疼痛实在也算不上什么。

赵醒归沉默着回到家，沉默着坐电梯上楼，沉默着脱掉一身衣物，苗叔帮他把浴缸放满热水，他又沉默着把自己挪进浴缸里。

苗叔知道赵醒归的脾气，悄悄地把那些脏了的衣物和坐垫拿去清洗，没有告诉范玉华。

赵醒归洗完澡，坐着轮椅回到房间，拉上窗帘，关上所有的灯，把自己弄到床上，摸了摸下身的纸尿裤，拉过被子把自己卷在里头，打算什么都不想，好好地睡一觉。

一室漆黑，他在黑暗中缓慢地眨着眼睛，很久都没睡着。心里又泛起一阵委屈，赵醒归吸了吸鼻子，拿过手机，点开自己和卓老师的微信聊天框，去看那张合影。

是因为卓老师在身边的关系吗？那一天，太阳下，他笑得好开心。

赵醒归鬼使神差地给卓蕴发出一条微信。

醒日是归时：卓老师，你在上课吗？

卓蕴的确在上课，一门无聊的专业课，她和苏漫琴坐在角落，收到赵醒归的消息后，她低下头在桌子底下回微信。

Zoe：对啊，你考完了？

醒日是归时：还有一门没考，我回家了。

Zoe：因为背疼吗？

醒日是归时：不是。

卓蕴皱了皱眉。

Zoe：你怎么了？不开心吗？

醒日是归时：卓老师，我今天被人欺负了。

看到这条消息，卓蕴又惊讶又着急，她清楚得很，以赵醒归的脾气，要不是被欺负得狠了，是不会来向她倾诉的。

Zoe：谁啊？谁欺负你了？

醒日是归时：林泽。

Zoe：他是不是有病啊？怎么还有脸来找你？他怎么你了？你告诉我！我打不死他个臭混蛋！真的赵小归，我帮你去学校找他算账！我真的恨死他了！

赵醒归躲在被窝里笑了一下。

醒日是归时：晚上，你来了我再和你说。

Zoe：你没事吧？

醒日是归时：现在没事了。

Zoe：那你在家好好休息，晚上我来看你。

醒日是归时：我今晚不想复习，考了两天试，有点累。

Zoe：好，那就不复习，我陪你聊聊天。

醒日是归时：你喜欢看电影吗？今晚我们看电影吧。

Zoe：去电影院看吗？［惊讶］。

醒日是归时：不是，在我房里看，我房里有投影仪，可以看电影。

Zoe：行，那就看电影，你晚饭别吃太饱，我给你带好吃的来。［调皮］。

醒日是归时：好，那我先睡一会儿，晚上见。

Zoe：晚上见。

几分钟后，赵醒归还没睡着，卓蕴又给他发来一条微信，是一张简笔卡通画，似乎是画在书本的某个空白页面，画上是一只哭唧唧的小胖乌龟，背着圆滚滚的壳，正在委委屈屈地掉眼泪。

Zoe：像不像你？［坏笑］。

醒日是归时：我没哭。

Zoe：真的吗？［坏笑］。

醒日是归时：真的。

Zoe：还有一张，马上就好。

醒日是归时：卓老师，你上课这么闲的吗？

Zoe：嘿嘿！［呲牙］。

赵醒归又等了一会儿，卓蕴把画发过来了，这一次，小乌龟没有哭，而是摊开四只胖爪子，趴在一块圆圆的奶油蛋糕上，正伸着舌头舔奶油，一脸满足与享受。

被窝里的赵醒归被逗笑了。

Zoe：可不可爱？像不像你？

醒日是归时：我没这么胖，也没这么馋。

Zoe：你为何总要质疑卓大师的画功？［生气］。

醒日是归时：我没质疑，卓大师画得很好，和我非常像，是一只很帅气的小乌龟。

Zoe：这还差不多！

Zoe：小龟龟，你喜欢吃奶油吗？卓老师晚上给你带泡芙！

赵醒归舔了舔嘴唇，手指敲着屏幕。

醒日是归时：喜欢。

下午的课结束后，卓蕴连寝室都没回，撑起雨伞，对苏漫琴说要去北门买泡芙。苏漫琴咋舌："这个点去估计要排队一小时啊，天还下雨，你不是最讨厌排队的吗？"

卓蕴说："紫柳郡弟弟今天身体不舒服，心情也不好，我答应了给他带泡芙，上回都没买到，只给他带过小贝。"

在316寝室，"紫柳郡弟弟"已经成了赵醒归的代称。

苏漫琴呆滞了会儿，歪头去看卓蕴，卓蕴皱眉："看什么呢？"

"看你是不是中邪了。"苏漫琴说，"你这样子和我妈怀孕时，我爸的做派一模一样。"

卓蕴晕倒："什么乱七八糟的！"

"真的呀。"苏漫琴钻进她的伞下，边走边说，"我妈怀我的时候，大夏天的说想吃糖葫芦，我爸立刻蹬了自行车出去买，买不到就买了点葡萄回来，自己熬糖浆给我妈做。你说说，紫柳郡弟弟身体不好心情也不好，你就愿意排队一小时去给他买泡芙，和我爸有啥两样？"

卓蕴大声说："哪里一样啊？我要是买不到就不买了！难道会亲手给他做泡芙吗？"

"呵呵，那可说不定。"苏漫琴坏笑着，"你赶紧去吧，争取少排会儿队。哎，顺便给我带点海苔小贝，我喜欢吃那个。"

卓蕴："知道啦！"

北门那家甜品店开张才一个月，算是一家网红店，门口永远都在排长队，也不知道里面有多少是托儿。下雨天，卓蕴撑着伞站在长长的队伍里，心里却一点也不烦躁，自己都感到稀奇。

她向来不会对某样东西特别执着，好吃的、好喝的、好玩的都一样，对她来说，排几小时队去吃某家店，或熬夜排队去买某件限量款，或守着零点去看某场电影的首映礼，纯属天方夜谭。

"有那时间，我不如回屋睡觉！"她总是这么说。

那她现在又是在做什么呢？奶油泡芙是一种很简单的甜品，学校附近好多店都有得卖，卓蕴大可不必在这里排队，但她就是愿意排。因为苏漫琴说这家店的奶油泡芙新鲜又好吃，卖得特别俏，应该是附近最好吃的一家。

所以，这是哄弟弟的专用泡芙，要么不买，要买就得买最好吃的。

傍晚六点二十分，卓蕴撑着伞、挎着包，手上拎着一大袋甜品走出A大南门，站在人行横道线前等绿灯时，她接到了赵醒归的电话。男孩子清朗的声音响在她耳边："卓老师，往左看。"

卓蕴依言向左边转头，就看到一辆黑色宾利正慢慢向她驶来。后排车窗降下，赵醒归探出脑袋，收起手机朝她喊："上车！"

一起等绿灯的人纷纷朝卓蕴打量，因为那辆车真的很酷炫，看着就特别值钱。

卓蕴愣在路边，觉得这情节真是……好"霸总"啊。

她收起雨伞甩了甩水，赵醒归已经打开后车门，自己撑着坐垫往里坐，把靠外的座位留给她。卓蕴坐上车，先喊了一声"苗叔好"，又问赵醒归，"你怎么出来了？"

赵醒归说："你不是讨厌下雨吗，就来接你，让你少走一点路。"

卓蕴低头整理雨伞："你也不嫌麻烦。"

赵醒归看到她腿上那一大袋东西，好奇地问："这是泡芙吗？这么多？"

"不多。"卓蕴打开袋子给他看，"给你家里人也带了些，网红店买的，要排队，就多买了点。"

她拿出一盒泡芙给赵醒归看，赵醒归拿起一个就往嘴里塞，泡芙的个头和乒乓球差不多，外皮冰冰的，一口咬下去，浓郁香甜的鲜奶油立刻充斥了他整个口腔。

赵醒归细细地品味着，卓蕴问："好吃吗？"

"好吃。"赵醒归吃完一个，又拿一个，卓蕴乐得直笑："你晚饭没吃啊？怎么这么馋。"

赵醒归吃完两个泡芙，抽了张湿纸巾擦手，看着那一大袋甜食，问："你排队买的？排多久？"

卓蕴说："还好，今天下雨人不多，排了半个多小时吧。"

赵醒归心里暖暖的，又说："你买太多了，多少钱？我转给你。"

卓蕴嗔怪地看他："你说什么呢？我买给你家里人吃的。"

赵醒归说："不好意思的，这么多。"

"我每次去，你都准备那么多吃的喝的，我也没少吃你的呀。"卓蕴低头重新把袋子扎紧，"这时候来和我客气了，假惺惺。"

开着车的苗叔嘿嘿直笑，卓蕴懊恼："苗叔您还笑！您评评理，赵小归是不是特别假？"

苗叔："嘿嘿嘿嘿嘿。"

赵醒归不再吭声，卓蕴打量着宾利车的豪华内饰，用手按按椅面，啧，真宽敞、舒适，车子里还很香。想起自己那辆老奥迪，她手都痒了，寻思着哪天让赵醒归把车借给她开一圈过过瘾，她还没开过这么豪华的车。

车子很快就开到紫柳郡，从车行道开进C2小楼后门的车库。卓蕴第一次见到赵醒归家的车库，发现一共有三个库位，两个拉着门，苗叔把车开进第三个车库。

车停好后，苗叔下车装轮椅，卓蕴也跟了下来，说："苗叔，这轮椅怎么装呀？您教教我。"

苗叔把轮椅部件从后备厢拿出来，示范给卓蕴看："很简单的，这是轮架，两个大轮像这样扣上去就行了，扶手和后面的把手都能拆，我一般不拆，喏，再把坐垫放上去，就好啦。"

卓蕴看着苗叔很轻巧地把轮椅组装完成，弯着腰摸摸轮椅大轮，问："这轮椅是不是很贵啊？"

"是很贵。"苗叔指着轮椅说，"这是根据小归的身高、体型量身定制的，坐高、宽度、深度都有讲究，不是随便买的。"

卓蕴很惊讶："轮椅还能量身定制？"

苗叔笑了："那可不，你想啊，一个一米六的姑娘，和小归这样快一米九的大小伙儿，用的轮椅能一样吗？轮椅合适，小归坐着才会舒服。"

卓蕴点点头，苗叔又叹了口气，"不过再舒服，轮椅就是轮椅，他一天到晚只能坐在这上头，也没法子动一动，想想也是遭罪。"

见卓蕴不做声，苗叔压低声音说："小卓老师，今天小归在学校里碰到了一些不开心的事，你晚上……就别骂他了。"

卓蕴莫名其妙："我什么时候骂过他了？"

苗叔："嘿嘿嘿嘿……我就是这么一说。"

赵醒归把后车门打开了，问："你们在干什么？还没好吗？"

卓蕴推起轮椅到了车门边："急什么呀，我让苗叔教我装轮椅呢。"

赵醒归抬头看她："你为什么要学这个？"

"就好奇嘛，指不定以后用得着。"卓蕴冲他笑，"下车吧，外面有点冷，赶紧进屋去。"

赵醒归将自己从车厢里转移到轮椅上，动作很熟练，卓蕴看着他将双脚在踏板上摆好，又去车里把那袋甜品拿出来，外加她的挎包和雨伞袋子，一点不客气地全摆在赵醒归的大腿上："抱着。"

赵醒归挂下嘴角："你把我当行李车呢？"

"我推你进去。"卓蕴直接推起轮椅离开车库，往后门的无障碍坡道跑，"冲啊——"

赵醒归吃惊得瞪大了眼睛，苗叔在后面喊："小卓老师！你慢着点！撑伞啊！"

卓蕴也喊："不用啦！我跑得快！"

也就十几二十米的路，卓蕴一鼓作气冲到后门边，等有屋檐遮头才停下脚步。赵醒归仰起脸看着她，卓蕴揉揉他的头发，发现发梢沾了点雨水，笑嘻嘻地说："还好，没怎么淋湿。"

赵醒归抱着一堆东西低下头，脸渐渐红了。

他们没在客厅多待，进屋后，卓蕴把一半吃的交给范玉华，就陪着赵醒归坐电梯上三楼，进到房间后惊呼一声："哇！这是什么？"

宽敞的卧室里被摆上了一张咖啡色单人沙发，沙发靠背贴着墙，紧靠在大床边，连着床头柜都给移开了，摆在了沙发的另一边。卓蕴盯着沙发问："这是按摩款吧？可以躺的那种？"

"对。"赵醒归转着轮椅来到沙发边，弯腰按下按钮，沙发就"嗡嗡嗡"地变形了，成了半张床。

卓蕴震惊极了："这好贵的吧？你什么时候弄来的？"

"不是现买的，家里本来就有，在二楼一间客房，今天下午苗叔请物业的人帮忙搬上来。"他又指指沙发和床正对着的墙，"你看，投影我都准备好了。"

卓蕴转过头去，发现幕布已经放下来，沙发是最佳观赏位，问赵醒归："那你呢？你在哪儿看？"

"床上。"赵醒归说，"躺着舒服。"

他准备了一些零食饮料，卓蕴全都搬到床头柜上，又拿来自己买的几盒甜品。她关掉全屋的灯，只余下一盏床头灯，甩掉拖鞋就爬到沙发上躺下，伸了个大大的懒腰："真享受啊，这工作我能干一辈子！"

赵醒归撩起眼皮看了她一眼，轮椅转到床的另一边，把自己弄上床后，双手撑着床垫、拖着腿，一点点地挪过来，一直挪到靠卓蕴的这边为止。他将一块小毯子丢给她："要是冷，可以盖。"

"不冷。"卓蕴跷着脚，"你不是开空调了嘛，这个天气也就你家会开空调，真奢侈。"

赵醒归不说话了，让自己在床头靠得舒服些，转头看向卓蕴，他们离得不远，也不近，隔着一个厚厚的沙发扶手，四舍五入也算是并肩靠躺着了。

"卓老师。"他犹豫地问，"刚才，苗叔有没有对你说什么？"

卓蕴知道他的意思，回答："没有，什么都没说，我也没问他，我要听你自己说。"

赵醒归抿紧了唇，卓蕴转身侧躺在沙发上看他："赵小归，你现在可以告诉我了，今天发生了什么？"

赵醒归神情古怪，卓蕴支起上身，托着下巴微笑："怎么了？又不愿意说啦？"

赵醒归垂下眼睛，纤长的眼睫一眨一眨的，像是在犹豫。

卓蕴从床头柜捞了个小果冻丢向他："想什么呢？有些东西憋在心里要憋坏的，你告诉我，我帮你分析分析。"

赵醒归接住果冻，拆了封皮吸溜一口把果冻吃进嘴里，想了想，说："我怕你笑我。"

卓蕴："我不会笑你的。"

赵醒归看着她："卓老师，你知道截瘫后，会对生活有哪些影响吗？"

卓蕴说："知道一点点。"

"不光是站不起来,不能走路。"赵醒归声音很低,"其实,最大的影响应该是,瘫痪了的人,因为失去了对部分身体的控制能力,有些生活上的事情会变得很难自理,于是,就会失去做人的尊严。"

卓蕴没有插嘴,等着他继续往下说,赵醒归抬眼看她,沉默了好一会儿才鼓起勇气说:"我今天,在学校碰到林泽,他拦着我不让我去厕所,我没忍住,尿裤子了。"

卓蕴吃了一惊,又心疼又生气:"他为什么要拦着你?"

"他说要向我道歉。"赵醒归做了个深呼吸,开始把学校里发生的事详细地说给卓蕴听。他之前很纠结,想着要不要告诉卓老师整件事的经过,还是只讲林泽拦住他,不讲他失禁的事。因为那实在太过羞耻,他怕卓老师会觉得他恶心,可是真的面对卓老师时,他反而坦然了。

这是他如今生活中碰到的大大小小的状况之一,吃喝拉撒,本就是凡人每天都要面对的事。对他来说,控制大小便实在是一件大事,控制好了,会对他的生活质量有很大的提升,控制不好,出糗了,对他的精神也是相当大的打击。所以,他决定还是完完整整地说给卓老师听,想让她知道,他的生活有时会狼狈不堪,而那些在常人眼里无足轻重的小事,对他来说,却是日复一日的压力和折磨。

卓蕴一直在听赵醒归诉说,说到最后,赵醒归拿了个泡芙吃:"就是这样,后来我就回家了,气得中饭都没吃,直接洗澡上床睡觉。"

卓蕴光是听着都气得不行,想象着那一幕,几乎可以体会到赵醒归的羞愤。他是一个骄傲又内敛的男孩,还很爱干净,衣着永远整洁,头发也剪得帅气,每次吃过东西都会拿湿纸巾擦手。这样清爽的一个男孩,却碰到如此尴尬的一件事,怪不得他会情绪低落,都来找她求安慰了。

暖黄色的灯光照着赵醒归的侧脸,他神情郁郁,长睫毛覆着眼睑,看着可怜又委屈。卓蕴真想给他一个拥抱,再揉揉他的头发,叫他别难过,又知道那样做很不妥。她只能托着下巴、眨巴着眼睛看他,有心想活跃一下气氛:"你当时躲厕所哭了吧?"

赵醒归立刻否认:"没有!"

"你肯定哭了。"卓蕴用食指点点他,"哎呀,这有什么,你还是个小孩呢,哭鼻子很正常,我又不会笑你。"

赵醒归皱了皱眉,像是很困惑:"我就是想不通,林泽说他不是故意的,他怎么能说得出口?他明明就是故意的。"

"我觉得他是自我催眠了。"卓蕴消化完整件事,说,"他在告诉自己,他不是故意的，这件事是个意外，随着时间的推移，你又一直不在学校，他自己都相信了。可现在他看到你，看到你的表情，看到你坐在轮椅上，他又开始自我怀疑。说白了，他心里明白得很，他就是故意撞你的，但他抱着侥幸心理，觉得只要你亲口说一句你原谅他，你知道他不是故意的，他就能放过他自己。小归……"

卓蕴握住赵醒归的手："你不要因为他而怀疑自己，他是个很自私的人，而你，没有做错任何事，完全不用去揣度他的想法。你可以恨他，永远都不要原谅他，不见他不理他，或是骂他，都是你的权利。"

赵醒归说："我只希望他再也不要出现在我面前。"

"我明白。"卓蕴说，"我就是有一点不懂，你为什么不把这件事告诉给你爸妈？就算你家不缺钱，你也应该让林泽赔钱！你得让他知道，做错事要付出代价，不管是五万十万，二十万三十万，买不来你的健康没错，但他不能一点儿责任都不担啊！"

赵醒归说："卓老师，我有自己的考虑。我受伤以后，我妈妈受了很大的打击，有一阵子不仅我去看心理医生，她也要去看，医生说她有中度的抑郁。如果我把这件事告诉他们，会让我妈妈心理压力更大。本来，她觉得这是意外，最多就怪怪老天，如果让她知道这事儿还有人为因素，她可能会扛不住。"

卓蕴没想到还有这样的原因，赵醒归又说了下去："告林泽，他是不可能坐牢的，我也没办法证明他是故意撞我，篮球场上有冲撞很正常，我真的告了，他不承认呢？人家还会说我碰瓷，瘫都瘫了，还要找个垫背的。除了林泽，当时还有另一个同学和我正面抢球，我是不是要把他也一起告？但他真的没做错什么，就是非常普通的抢篮板。"

卓蕴的手一直和赵醒归的手握在一起，男女牵手，她却一点儿也不觉得奇怪，不觉得有丝毫暧昧，好像，只有这样才能真正安抚到这个男孩，可以给他一点信心，一点温暖，一点力量。

赵醒归眼神坚定地看着卓蕴："我当时在医院想了很久，决定还是不说了，直到现在，我也没后悔过。我不用任何人来为这件事负责，我可以自己一个人扛！我就只有一个诉求，就是，我这辈子都不想再见到林泽。"

卓蕴完全明白了赵醒归的想法，他真的是一个善良又懂事的大男孩，既不想让父母担心，又不愿牵连无辜，自己遭了巨大的罪，却始终把这件事埋在心底，一个人默默地扛着。

就是有一点怪怪的……卓蕴掐了一下赵醒归的手掌，装作生气的样子："赵小归，你说你自己一个人扛，不想让你妈妈压力更大，那你为什么要告诉我呀？你不怕我压力大吗？"

赵醒归一愣，张了张嘴，问："你会有压力吗？"

卓蕴"扑哧"一声笑出来："逗你的，这么大的事，你也不能老憋在心里，的确应该找个人说说，要不然会憋坏的。"

她这样讲，赵醒归才反应过来。对啊，这件事他憋在心里好久了，连父母和胡君杰都没告诉，只告诉了斯湛医生。但斯医生毕竟是一位专业的心理医生，更多的是负责倾听，不会像卓老师这样，当时听完还大哭一场，说"赵小归你怎么这么倒霉啊"。

他为什么会愿意告诉卓老师？好像什么都愿意说，连尿裤子这样的糗事都不避讳，实在是很神奇。

卓蕴说："赵小归，我帮你想个办法，你可以把林泽找你的事告诉你爸妈，让你爸妈出面去找老师，给学校施加压力，请老师通知那几个出事当天和你一起打球的人，就说，你谁都不愿意见，见到他们你就会不开心。这样，就把林泽一块儿给包进去了，也不会有人知道事情的真相。要不然，你和那混蛋还要同校大半年，鬼知道他会不会哪天又发神经来骚扰你。"

赵醒归思考了一下，点点头："行，那我去和我爸爸说。"

卓蕴笑起来："不要不开心了，有事儿都可以和我说，别不好意思，我也是收费的！性价比比你的心理医生高呢，对吧？"

赵醒归也笑了，卓蕴盘腿坐在沙发上，指指投影幕布："行了，咱们看电影吧，看什么呀？你挑好了没？"

赵醒归用遥控器打开点播界面，又把遥控器交给卓蕴："你挑吧，看什么都行，我先去上个厕所。"

他又撑着床面一点点把自己往床的边沿挪，卓蕴看着他的动作，说："赵小归，我能问你一个隐私问题吗？当然，你可以不回答。"

赵醒归有些紧张地看着她，"隐私"这个词多少带点儿暧昧，他很怕卓老师会问出令他尴尬的问题来。

他说："你问。"

卓蕴就问了："你每次说你要去上厕所，是为了保险起见，还是因为你的确有了上厕所的需求，就是说……你有感觉吗？"

啊……原来是这个问题。赵醒归自信地回答："我有感觉的，我知道我要上厕所，就是……控制不了，如果不去我会憋不住。只要我没睡着，感觉是很明显的。"

卓蕴对于这个回答非常满意："那就说明，今天白天的事纯属意外，纯粹是那个混蛋在发神经，所以你真的不要因为他而怀疑自己，你很棒的，相信我。"

赵醒归偏开头，低低地说："你怎么和我爸一样，老是给我'灌鸡汤'。"

卓蕴哈哈大笑："能让卓老师'灌鸡汤'是你的荣幸！全世界就你一个啦！还敢吐槽。"

赵醒归嘴角悄悄地扬起来，很努力地抿住唇，没有让卓老师看见他唇边的笑意。

（3）

后来的时间，两个年轻人就一个躺沙发，一个躺床上，吃吃喝喝，看了一部卓蕴挑的贺岁喜剧片。

片子的确很搞笑，卓蕴和赵醒归都没看过，一起乐得东倒西歪。中间，卓蕴还去了一趟赵醒归的卫生间，赵醒归起初没意识到，等他想起来时，卓蕴已经出来了。

赵醒归紧张地看了她一眼，又转头看向卫生间，心想，他的卫生间那么特别，卓老师会不会说些什么？结果，卓蕴说："你厕所里有浴缸啊！还是按摩的！赵小归，你可真会享受！"

赵醒归目瞪口呆，卓蕴蹦蹦跳跳地回到沙发上，指挥他："倒回去两分钟！你也不给我暂停一下。"

赵醒归乖乖拿起遥控器："哦。"

一部电影看完已经九点半，卓蕴要回学校了。赵醒归送她下楼，雨还没停，卓蕴婉拒了让苗叔开车送她回校的提议，两人在门口的小平台上分别。赵醒归说："卓老师，我妈妈让我问你要一个账号，她要给你打十月的工资。"

"要发工资啦？"卓蕴都把这事给忘了，乐呵呵地说，"我一会儿微信上发给你。对了，十月我没全勤啊，国庆后才开始上课，是不是要扣一点钱？"

赵醒归摇头："不用，国庆你不是来了一次吗，还能算你三倍工资。"

卓蕴大惊："别别别别别！千万不要，我不好意思的。"

赵醒归坐在轮椅上，抬起头，意味深长地看着卓蕴，欲言又止。

卓蕴觉得他怪怪的，却搞不清他的想法。赵醒归脸色渐渐冷下来，问："你忘了？"

卓蕴不懂："什么？"

赵醒归瞪着她："你自己说过的！"

卓蕴："我说什么了？"

赵醒归气死了，咬着后槽牙说："你回去吧，我也进去了。"

说完他就将轮椅转向房门，一脸不高兴。卓蕴噘着嘴挠挠头，撑起雨伞走下台阶,快要走到院门时,她突然想起来了,回身大叫:"赵小归!"

小平台上,赵醒归依旧背对着她,听到喊声后也没转身,卓蕴单手拢在嘴边叫:"我周末请你去吃烤肉呀!"

雨水滴滴答答地落在她的伞面上,黑暗又幽静的院子里,能闻到花朵绿植清新的香气,卓蕴看不见赵醒归的表情,但她知道,他一定在笑。

赵醒归终于将轮椅转过来了,大门上有一盏小门灯,是整个院子里唯一的光源,而赵醒归就待在那暖暖的光晕里。他板着脸,眼神深幽,嘴唇抿成一条线,一言不发地看着卓蕴。

卓蕴把雨伞搁在右肩上,左手叉腰,歪着脑袋摆了个稍息的站姿,冲他抬抬下巴:"去吗?少年。"

赵醒归冷酷地回答:"去。"

烤肉之约最后定在周日晚上,因为周六晚上赵醒归的外婆过七十大寿,全家要去酒店为老太太祝寿。

卓蕴和赵醒归说好,周日下午她去紫柳郡做家教,上完课两人一起去紫悦城吃晚饭,完了赵醒归回家,她回学校。

离周日还有五天,赵醒归在台历上给那个日子画了个红圈。他还没和卓老师一起吃过饭,头一次居然是外出用餐,还只有他们两个人,赵醒归觉得这有点像约会,心里格外期待。

他听从了卓蕴的建议,把林泽来找他的事告诉给爸爸,并请他不要告诉妈妈,赵伟伦答应了,立刻就联系了校方。

校方很重视,通知到高三年级各个班主任,让他们逐一找到事发当天和赵醒归一起打球的几个男生,还包括在场边围观的一些学生,要求他们从即日起,无论如何不能再去"骚扰"赵醒归,如果非要一意孤行,那赵醒归再出什么意外,就要把责任算到"骚扰者"头上。

胡君杰给赵醒归发微信,问他到底是怎么回事。赵醒归根据卓老师的建议,很认真地回复。

赵醒归:我现在只想平静地上学、生活,可看到你们,我就会想起那天发生的事,情绪就会出问题,而且,我也不想打扰你们复习,所以,我们暂时别联系了。

胡君杰:你要和我绝交?

赵醒归:不是,君杰,等你高考完再说。

胡君杰:好吧,我尊重你的选择。

赵醒归想,希望这样的举措能有效果,希望林泽再也不要来找他麻烦。

周六晚上,赵醒归外婆的寿宴在某商场顶楼的一家中餐厅举行。宴席过半时,赵醒归拿毛巾擦擦嘴,请表哥严非陪他出去转一圈。

这家商场没有紫悦城规模大,进驻的品牌也更杂一些,赵醒归坐着轮椅在商场里慢悠悠地往前行,看到一家男装店,心思一转,问身边的严非:"哥,你们上大学,男生一般都穿什么?"

严非一愣:"你这问题也太宽泛了,穿什么……穿衣服啊,就跟我这样,毛衣牛仔裤外套,不然穿什么?"

赵醒归低下头,说:"如果是和女孩约会,一般会穿什么?"

严非明白了,笑得好八卦:"小归,你要和女孩去约会吗?"

"没有。"赵醒归后悔了,脸色很不自然,"我就是随便问问。"

严非看着他身上的运动服,问:"小归,你是不是平时都是穿运动装啊?有没有好看点的休闲装?"

赵醒归回忆了一下,他受伤时才十六岁,衣服都是偏运动款,各种T恤、卫衣、运动裤,冬天会穿毛衣加羽绒外套,受伤后住了一年多医院,哪里会想要买衣服。

出院回家这几个月,他的几件短袖T恤都是妈妈买的,这个秋冬季,他还没买过新衣服。

赵醒归说:"没有特别好看的,那几件都两年没穿了。"

严非拍拍他的肩:"走,哥陪你去买新衣服,帮你做个参谋。"

两个男孩真的逛起了街,赵醒归倒也没想买大牌,毕竟年龄不大,还不怎么喜欢穿衬衫类的正装,最终,他在一家潮牌男装店里挑了一件白色带帽加绒卫衣,外加一件浅蓝色牛仔外套。

他没试卫衣,只在轮椅上脱掉运动外套,试了下牛仔衣,导购小姐说:"你到时候把卫衣穿里头,外面配牛仔,把卫衣的帽子翻出来,下面配个运动裤,就很帅了。"

赵醒归照着镜子,自己也觉得很精神,比起运动服,牛仔外套显得更为休闲时尚,严非竖起一个大拇指:"帅!"

赵醒归抓了抓头发,看着镜子里酷酷的那个人,觉得也能骗人说他有二十岁了吧。就是……身下的轮椅很碍眼,赵醒归无奈地摸了下大腿,对导购小姐说:"就买这两件,帮我开票吧,谢谢。"

把纸袋搁在大腿上,赵醒归转着轮椅回包厢,心想,这样的衣服,卓老师会喜欢吗?

不知道卓老师现在在做什么,有没有像他一样,如此期待第二天的"约会"。

此时的卓老师在做什么？她和苏漫琴、彭凯文一起坐在一家音乐吧里，正喝得微醺。

　　局依旧是彭凯文组的，说是好久没出来放松，非要叫上苏漫琴和卓蕴，苏漫琴顺便叫上了倪航，几个年轻人听歌、喝酒、聊天，倒也不吵闹。

　　这次出来玩的都是熟面孔，人不多，也没人再骚扰卓蕴，她坐在卡座角落孤独地喝着酒，看着苏漫琴和倪航卿卿我我，一会儿勾一下手指，一会儿摸一下后背，一会儿还会抱着亲一口。

　　卓蕴翻了个白眼，不想再吃"狗粮"。

　　她酒量还行，很少有喝醉的时候，这会儿脑袋微微发晕，看什么都特别清楚，又特别模糊。她曾经很沉迷这样的状态，感觉自己快乐逍遥，自由自在，谁都管不着她，身边又有苏漫琴和彭凯文保驾护航，她一点都不怕，觉得出来喝酒、泡吧真是最放松的时刻。

　　但现在她却有点恍惚，心想，这真的是放松吗？

　　苏漫琴喝多了，揽着她的肩膀嚷嚷着要拍合影，卓蕴呆呆地看着她的手机屏幕，取景框里是两个年轻女孩浓妆艳抹的脸庞。卓蕴贴着密密的假睫毛，抹着烟熏眼影，嘴唇红得像火一样。

　　那么迷幻，失了真，像戴着面具。

　　只有片刻的怔忪，她已经对着镜头绽开笑，又和苏漫琴脸贴着脸，一起嘟嘴，眼神迷离，拍下一张又一张照片。

　　苏漫琴把照片发给她，卓蕴挑了一张发朋友圈，就写了两个字：小聚。

　　很快就有人点赞、评论，夸她美，调侃她日子过得真滋润，还有人让她注意安全，别喝多了，她一条都没回。

　　石靖承评论：玩得很开心？接电话。

　　卓蕴看到后愣了一下。

　　石靖承给她打过两个电话，因为酒吧太嘈杂，卓蕴没听到，这时候看了眼通话记录，嘟囔了一句"有病"，就把手机丢到一边。

　　深夜散场，卓蕴回到学校，一直睡到周日中午才醒来，苏漫琴还没回来，寝室里只有她一个人。她打开手机，愕然发现石靖承从早上九点多到十一点多，给她拨了七个电话。

　　卓蕴想了想，回拨过去："喂，找我什么事？"

　　石靖承冷冷地问："终于肯接电话了？"

　　"我没工夫和你抬杠，刚睡醒。"卓蕴挠了挠乱蓬蓬的头发，"你找我什么事？"

　　石靖承说："我现在，和我妈，已经在酒店房间，马上要出去吃午饭，你打算什么时候和我们见面？"

卓蕴莫名其妙："你在说什么啊？谁要和你见面？你在钱塘？"

石靖承生气了："卓蕴，我很早就和你说过，要来钱塘看你。前天，我给你发过微信，昨天，我给你打过电话，你微信不回，电话不接，我默认为你已经收到了我的信息。微信里，时间、地点、人物、事由，我全都说得清清楚楚，也和你分析了利害关系。现在，我和我妈已经在钱塘，办好了入住，你不会这时候告诉我，你没看到我的微信吧？"

卓蕴瞠目结舌，她的确没看到石靖承发的微信，她早已把他的消息设置为"不打扰"，每天各个公众号、群聊、私聊不停地往上涌，石靖承的对话框掉哪儿去都不知道了。

卓蕴干巴巴地说："你先给我十分钟洗漱，完了我再打给你。"

她挂掉电话，赶紧去看石靖承的微信，发现他真的给她发来好多信息。原来，于娟想买某奢侈品牌的包包和冬装，但在嘉城的商场买不到她心仪的款式，本来想去上海，因为卓蕴在钱塘，她就说让儿子陪着到钱塘来买，顺便能看看卓蕴。

于娟和石靖承要在钱塘住一晚，周日下午让卓蕴陪着去逛商场，晚上一起吃顿饭，顺便聊聊订婚的事。

这些信息，石靖承都在微信里说明了，并且让卓蕴以大局为重，不要让他在母亲面前难堪，就当是哄老人家开心，毕竟这些年，于娟对卓蕴一直还不错。

卓蕴头都炸了，看着那些信息呆若木鸡。她坐在床上想了半天，给石靖承打电话："你先带你妈妈去吃饭，完了就去我学校南门对面的紫悦城，我大概一个多小时可以到，到了我给你打电话，去找你们。"

石靖承满意了："行，电话联系。"

卓蕴爬下床，站在桌子旁发呆，想起自己这一天本来的安排，下午去紫柳郡陪赵醒归，晚上和他一起吃烤肉，现在……她好像只能放他鸽子了。

卓蕴给赵醒归打电话，小少年很快就接起，喊她："卓老师。"

"赵小归……"卓蕴捏着手机，心中满是歉意，说，"对不起，今天我想和你请个假，我下午有点急事，不能过去上课了。"

赵醒归沉默了一会儿，问："那晚上呢？"

卓蕴说："晚上也不行，我们改到下周吧，好吗？"

赵醒归没说话，卓蕴解释："我不会赖账的，说了请你就一定请，我今天的确是有急事，走不开。"

赵醒归问："你有什么急事？我想知道。"

卓蕴说："私事。"

赵醒归特别执着："什么私事？"

卓蕴："我不想说。"

赵醒归："你得说服我。"

可能这个年纪的男孩还不懂什么是分寸，卓蕴都想骗他说自己痛经了，纠结了半天，还是狠狠心说了实话："对不起，赵醒归，我未婚夫来钱塘找我了，现在已经在我学校附近，我下午和晚上得去陪他。"

赵醒归一声不吭，把电话挂断了。

"啊！"卓蕴大喊一声，心里烦躁极了，抓着头发趴到了桌上。

一会儿后，她不情不愿地走去盥洗台前，洗脸、刷牙、吹头发，挑了件珍珠色紧身V领针织衫套上，配黑色长裤，坐在桌子前化了个淡妆。

她一点胃口都没有，吃了两块饼干垫垫肚子，又抓了件黑色风衣穿上，正在系腰带时，程颖吃过午饭回来了，看到她后吓一跳："嚯！你怎么穿成这样？黑寡妇似的，不是要去紫柳郡上课吗？"

卓蕴把腰带打了个结，长长地叹了一口气："我现在就是黑寡妇的心情。"

她背起小皮包，想着下午要和于娟逛街，就挑了双跟不太高的黑色皮鞋，垂头丧气地说："颖颖，我出去了，漫漫回来你帮我和她说一声，我晚上不回来吃饭。"

程颖说："知道你晚上不回来吃饭啊，你不是要请紫柳郡弟弟去吃烤肉吗？都念叨好几天了。"

"是吗？"卓蕴站在盥洗台前整理妆容和头发，愣愣地问，"我念叨好几天了？"

"对啊。"程颖笑着说，"搞得我和我男朋友都想去吃烤肉了，你去吧，玩得开心点哈。"

要见石靖承和于娟，怎么可能会开心？

卓蕴来到紫悦城，石靖承和于娟已经吃完午饭，正在一楼的化妆品专柜边挑商品边等卓蕴。卓蕴找到他们，于娟看到她就亲热地挽住她的胳膊："小蕴你来啦，今天要好好陪阿姨逛个街，靖承什么都不懂，还是你眼光好，帮阿姨挑挑。"

"好。"卓蕴微笑，又看了一眼石靖承，石靖承推了推鼻梁上的眼镜，似笑非笑地看着她。

一整个下午，卓蕴就陪着于娟逛商场，石靖承自愿拎包，乖乖地跟在她们身后。卓蕴几乎没和石靖承说过话，于娟却总是找话题让他俩聊天，石靖承始终表现得温和体贴，与他一对比，冷着一张脸的卓蕴就像个不懂事的孩子。

于娟买了好几个包，还有衣服、鞋子、化妆品和首饰，在每一家专柜，她都会对卓蕴说："小蕴，你喜欢什么随便挑，让靖承买单。"

卓蕴都会回答:"谢谢阿姨,我现在什么都不缺。"

尽管她一再拒绝,于娟还是在黄金柜台给她买了一串金项链,卓蕴怎么推辞都不行。于娟说她穿着V领毛衣,脖子上却光溜溜的什么都不戴,太素了。

"不像话,哪有小姑娘没有首饰的?"于娟怪罪地看向石靖承,"靖承你也是,平时要多送小蕴礼物,这么漂亮的女孩子,打扮得这么老气,说出去还以为我们家多小气呢。"

石靖承就笑:"我知道了,妈,我以后一定会给小蕴多买点衣服、首饰。"

卓蕴默默地翻了个白眼。

"哦,对了。"于娟又挽住卓蕴的胳膊,笑眯眯地说,"小蕴啊,今天我和靖承住在钱塘,酒店离你学校不远,你晚上就不要回宿舍了,宿舍太简陋,你去酒店和我们一起住吧?"

卓蕴怎么可能答应:"不了,阿姨,我……"

"你和靖承很久没见啦。"于娟根本不让她把话说完,"你们两个接触太少,要多多培养感情,你俩多配啊!以后要是生了孩子,一定特别好看,个子也高。听阿姨的,今晚来酒店住,靖承的房间是豪华套房,很舒服的,你还可以泡个澡。"

卓蕴惊呆了,直接拒绝:"阿姨,真的不行!我们学校晚上要查寝。"

于娟拍拍她的手背:"哎呀,你别以为阿姨什么都不懂,现在大学生都能在外面租房子呢,很多小情侣都同居哦。你和靖承明年就要订婚了,你俩还这么生分,让人知道了都要看笑话。"她又对石靖承说:"儿子,你倒是说句话呀,你不是一直都在记挂小蕴吗?"

石靖承看着卓蕴,神色轻松:"晚上你过来吧,咱俩刚好聊聊,明早我送你回学校。"

开什么玩笑?卓蕴冷冷地看着他:"不用了,谢谢,我不习惯夜不归宿。"

"这样啊。"石靖承笑了一下,对母亲说:"妈,小蕴不愿意就算了,她昨晚可能做功课做得比较晚,今晚让她休息一下,每天这么熬夜,她也吃不消。"

一直逛到下午五点多,卓蕴又饿又累,脚都走疼了,于娟才依依不舍地结束战斗。她让石靖承把买来的大包小包放去车上,拉着卓蕴进了一家咖啡馆,说喝杯咖啡聊聊天,休息一下再去吃晚饭。

石靖承离开后,于娟的脸色突然就变了。

一位酒店餐饮集团老总的太太,绝不会是个简单的角色。于娟坐在卓蕴对面,开门见山地问:"小蕴,你是不是和靖承吵架了?"

卓蕴说:"没有。"

"那你们到底出了什么问题?"于娟端起咖啡杯喝了一口,放下杯子后,神色冷厉地盯着卓蕴,"靖承是我儿子,我知道他有一些小毛病,但总的来说,他是个很优秀的男孩子,身高、样貌、学历、能力、为人,样样都不差,相信认识他的人都会有这样的评价。所以,你是对他有哪里不满意吗?还是说,你对我们家不满意?觉得我们亏待你了?"

卓蕴依旧很冷静:"没有,阿姨,您一直对我很好。"

"小蕴啊,其实你在钱塘的一些私生活,我也有耳闻,不过我这个人比较开明,觉得年轻人爱玩,很正常,只要不搞一些乱七八糟的男女关系,这都没什么。但是……"

于娟看着卓蕴:"你和靖承订婚以后,就不可以再这样了,被人家抓住把柄,是要让人看笑话的。到目前为止,阿姨依旧很喜欢你,靖承告诉我,他也很喜欢你,愿意和你结为夫妻,生儿育女。所以你的态度让阿姨不太明白,你是不是心里有别人了?"

卓蕴笑了:"阿姨,您是不是应该去问一下石靖承,他是不是心里有别人了。"

于娟说:"他没有的。"

卓蕴说:"据我所知,有个女孩跟了他五六年,哪怕他出国读研,那女孩也没离开过他,您知道吗?"

于娟一点也不意外,掩着嘴咯咯咯地笑起来:"哎哟,我当是什么事呢,原来你是在吃醋啊?你说的那个姑娘我知道,靖承和她就是玩玩。你以前还小,没成年,靖承已经是个大小伙子了,男孩子你知道的,他会想的嘛,这时候又有一个姑娘倒追他,那靖承就……你懂的,靖承和我说过这件事,他没有当真过。"

卓蕴真是无话可说,感觉石靖承和他妈,纯属不是一家人,不进一家门。

于娟还在劝她:"那个姑娘家庭条件很普通,我不可能答应他们的事,想都不要想的那种。小蕴,你要相信靖承,他真正喜欢的只有你一个,他一直都在等你长大。你放心,我一定让他和那个姑娘断掉关系,绝对不会让你受委屈。"

卓蕴说:"阿姨,我不能接受一个人在有婚约的情况下还和别人上床,这种事只有零次和无数次这两种可能。除了这个女孩,我知道石靖承还有别人,如果我和他结婚,我不信他以后不会再做这种事。"

她尽量说得委婉,希望于娟能明白。大家都是女人,边琳在婚姻中被折磨那么多年,卓蕴对这种事深恶痛绝。她想,但凡石靖承的妈妈能站在一个女性的立场看待这个问题,就应该能明白,她心里是有多么厌恶。

结果,于娟说:"小蕴,你这样想可不行,女人哪能这么小心眼?生意场上的男人压力多大呀,诱惑太多了,别说靖承和你没结婚,就是和几个女孩玩玩,就算你们结了婚,你这样管,男人也吃不消的。"

卓蕴感到一阵反胃,想吐,不知道是因为没吃午饭饿的,还是被于娟的话给恶心的,她好后悔,后悔自己花了几个小时陪这拎不清的老太太在商场里瞎转悠。果然什么样的爸妈就会养出什么样的孩子,在于娟眼里,石靖承是个宝,在卓明毅眼里,卓薇也是个宝。而女人,那些要嫁进他们家的儿媳妇,大概都只是生儿育女的机器。

卓蕴再也待不下去,"腾"的一下站起来,硬邦邦地说:"阿姨,我突然想起我有一份作业没完成,今晚不能陪你吃饭了,我先走了,再见。"

她拎起包转身就走,于娟震惊了,叫了她一声:"卓蕴!"

石靖承刚从停车场回来,走进咖啡馆就与卓蕴擦身而过,卓蕴跑得头也不回,石靖承看着她的背影,又去看母亲,走过去问:"妈,卓蕴怎么了?"

于娟冷哼一声:"没大没小,一点规矩都没有,菜市场养出来的女孩也就皮相过得去,底子还是烂的。"

石靖承什么都没弄懂,于娟跷着二郎腿看向儿子,又气不打一处来,"你呀你呀!叫你和那个姓沈的分手,你分了没啊?卓蕴都知道了,你晓得伐(不)?还要我来给你解释,小姑娘这个年纪最计较这种事了,你稍微动动脑筋,自己去哄她吧!"

石靖承不耐烦地挥挥手:"知道了,我会处理的。"

卓蕴快速地逃离紫悦城,站在十字路口左右一看,往左,穿过马路就是学校,往右,可以去到紫柳郡。

这么美好的下午,她原本应该待在赵醒归的房间,陪他复习功课,和他一起去小区晒晒太阳,然后他们一起来紫悦城,吃一顿美味的烤肉,是她念叨了好几天的事,她之前都没发觉,她其实,一直在期待这一天。

卓蕴定了定心神,向右转身,大步向紫柳郡跑去。

她几乎没有停下过脚步,穿着小皮鞋跑得飞快。脚很疼,可能被磨破了皮,但她不在乎,迎面的风吹起她的长发,她咬着牙,甩着臂,横冲直撞地冲进了紫柳郡。

别墅区入口的小保安看到她,还没来得及打招呼,卓蕴已经快速地跑了过去,她一口气冲到C2小楼,心急火燎地去按门铃。潘姨来给她开门,一脸惊讶:"咦?小卓老师,你不是说今天不来了吗?"

卓蕴问:"潘姨,赵醒归在三楼吗?"

"在的在的。"潘姨说,"你上去吧,小归一个下午都没下来过。"

卓蕴在玄关脱掉皮鞋,连拖鞋都没来得及穿,赤着脚直接跑向电梯,把客厅里的范玉华、苗叔和赵相宜吓了一跳。

"小卓老师？"苗叔站起身，"她怎么来了？我上去看看。"

赵相宜蹦起来拦住他："苗叔叔！您就别去做电灯泡啦！"

"可是……"苗叔看向范玉华，"太太，你说呢？"

卓蕴已经坐着电梯上去了，范玉华看了眼那空空的电梯间，说："老苗你坐下吧，这是小归和小卓的事，小归大了，他可以自己处理的。"

因为卓蕴没有去上课，赵醒归待在家里很无趣，想要复习，发现静不下心，想要看小说，发现看不进去，电视不想看，手机不想玩，他坐着轮椅在房间里转来转去，最后干脆上床睡觉。

这一觉就睡到五点多，赵醒归醒过来，摸摸身下的纸尿裤，已经鼓了。他把自己挪到轮椅上，心想，要不要现在洗个澡？又觉得很麻烦，想着还是晚上再弄吧。

那套新衣服，他早上就换上了，还照过几次镜子，中午接到卓蕴的电话后，又给脱了下来，丢在房里的沙发上。

他很没精神，什么都不想干，什么都不愿想，坐着轮椅去卫生间弄掉脏了的纸尿裤，又用热水清理了一下身体。坐在洗澡椅上，赵醒归低头看着那两条苍白无力的腿，觉得自己就像个傻瓜。

大概只有他，会把这天的见面当成一次"约会"，在卓老师心里，这只是她无意间许下的一个承诺——发了工资请他吃烤肉。

他要是不提醒她，她估计都忘光了。

卓老师现在在做什么？是不是正在和她的未婚夫约会？

那才是真正的约会吧，可以牵手、搂腰、拥抱，两个人并肩走在太阳下，你追我闹，一起买吃的喝的，你喂我一口，我喂你一口，还能一起看电影。

坐在黑漆漆的电影院里，那个男人，会吻她吗？

而他，赵醒归，却只能坐在一把有个大洞的椅子上，狼狈地拆下他的纸尿裤。

之前的几天，他真的有些飘了，飘得忘掉了很多事，忘掉她有未婚夫，忘掉他还未成年，忘掉了……他都不能走路。

赵醒归慢吞吞地清理完身体，穿上裤子，低着头想了一会儿后，把自己挪到轮椅上，离开了卫生间。

三楼只有他一个人，他没有通知任何人，转着轮椅去了另一个房间。

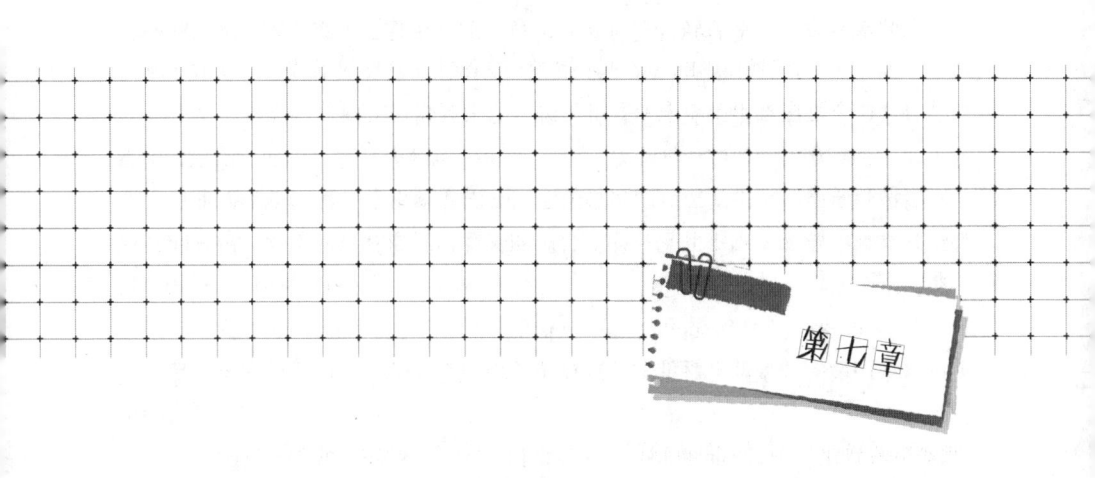

第七章

我没你想得那么好

（1）

　　电梯到三楼，卓蕴直接冲进卧室，赵醒归居然不在，她把卫生间和衣帽间都找了一遍，还是没看到赵醒归的身影，轮椅也不在。
　　"人呢？"卓蕴走回会客室，大声喊，"赵小归！"
　　没人回答她，卓蕴撩一把头发，喘了口气四下张望："赵醒归？你在哪儿？"
　　这时，突然有声音从另一扇门后传来，卓蕴猛地转过头去，眼睛看向那扇门。那是开在会客室朝南墙上的另一扇门，卧室门在右，这扇门在左，卓蕴来过那么多次，从来没见这扇门打开过。
　　她倒也不好奇，猜测这可能是一间储藏室，或是苗叔的卧室，总之，她从未见过这扇门后的场景，几乎把它给忘掉了。而现在，那声音就是从这扇门后传出来的。
　　"赵醒归？"卓蕴走到那扇门前，敲了敲门，"你在里面吗？"
　　门后没有回答，卓蕴伸手按上把手："我进来喽。"
　　门后又响起一阵奇怪的声音，像是金属撞击声，卓蕴哪里还会多想，手一按，直接就将门打开了。
　　她站在门口，呆呆地望着这个从未见过的房间，很宽敞，和卧室一样的落地玻璃窗，全屋铺着木地板，有一整面墙的镜子，屋子里摆着一张单人床，高高的，床面被绿色皮面包裹，没有靠背和围栏，像医院里用的那种检查床。另外，还有一些卓蕴不认得的器械和用具，白墙上在半人高的位置装着一排木制扶手。
　　卓蕴明白了，这是一间复健室。
　　而她要找的那个人，此刻的确就在这里。
　　空空的轮椅停在墙边，卓蕴看向赵醒归，他站在房间中央，站得很直，穿着白色短袖T恤和灰色运动长裤，头发湿漉漉的，脸上全是汗，腰上、腿上、脚上都绑着护具，双手撑着一副支架，正震惊地看着她。
　　卓蕴终于放松下来，小小地喘着气，把包丢到地上，慢慢地走到赵醒归面前，抬头看向他的脸。小少年真是被吓得不轻，已经一句话都说不出来了，双手紧紧抓住支架，不敢放松，生怕一放松，自己就会摔跤。
　　卓蕴与赵醒归对视许久，突然就笑起来，笑得那么开心，唇边的小梨涡像两颗星星，映进赵醒归漆黑的眼睛里。她抬手比了比他的头顶，笑着说："赵小归，你真的好高啊。"

赵醒归还在梦游中，听到卓蕴的话后接了一句："原来你这么矮。"

卓蕴瞬间收起笑，还伸在他头顶的手顺势就往他脑袋上拍了一下："大胆！你还是第一个说我矮的！"

"啊！"赵醒归眼睛往上瞄，却不敢松手去揉脑袋，"你好像还没我妈妈高。"

卓蕴生气："瞎说！我比你妈妈高！"

赵醒归的魂终于回来了，知道自己不是在做梦，问："卓老师，你怎么来了？"

卓蕴努努嘴："来请一个小气包吃烤肉。"

其实，卓蕴从电梯出来的时候，赵醒归就听到动静了，等她喊出第一声"赵小归"，他真是吓了一大跳。当时的他还没站在这个位置，要离轮椅更远一些，他看向轮椅，又看看房门，心里做着巨大的思想斗争，应也不是，不应也不是。

他还没做好让卓老师看到他走路样子的心理准备，想要回到轮椅边坐下，可那三四米的距离，实在不是一下子就能走到。

赵醒归不想让卓蕴发现他，打算撑着助行器悄悄地往轮椅走，可因为心急，甩起来的腿不小心撞到支架，发出声响，他身子晃了一下，好不容易才稳住平衡，然后，门就被打开了。

赵醒归低头看着卓蕴，他们有着至少十五厘米的身高差，这样的角度令他感到新奇，他还能看清卓老师脸上的粉底、睫毛膏和口红，皱起眉问："你化妆了？"

卓蕴摸摸脸，糟糕，她把这事儿给忘了，不过她今天化的是淡妆，就和平时的妆容差不多，并不夸张。

"嗯。"卓蕴说，"随便化的。"

赵醒归还是头一次看到卓蕴化妆，心想，原来她和未婚夫见面是会化妆的，而她平时来上课从来都不化，还有衣服……她今天穿得好奇怪啊，利落的黑风衣、黑长裤，外加黑发披肩，要是再有一副黑超墨镜和一把枪，就是个女杀手了。

赵醒归声音低低的："你不是说，要去陪你未婚夫吗？"

卓蕴一点也不想提到石靖承，瞪了他一眼："可不可以不要说到他？"

赵醒归一愣，心想，他们吵架了吗？

他很顺从地不再提起，低下头又看到卓蕴光着的脚丫子，惊讶地说："你怎么赤着脚？拖鞋呢？"

卓蕴也低头去看自己的脚，脚趾头动了几下："我忙着来找你，没来得及穿拖鞋。"

赵醒归："为什么连袜子都不穿？"

卓蕴大叫："你怎么那么多问题啊！"

赵醒归叹气："你赶紧去穿上拖鞋吧，光脚踩地板很冷的。"

"你这屋开着空调呢，不冷。"卓蕴看着赵醒归身上的短袖衫，衣襟都湿透了，问，"赵小归，你在练走路吗？"

赵醒归捏着助行器的手指收紧了些："嗯。"

卓蕴说："你走给我看看。"

"啊？"赵醒归很为难，"别了吧，我走路……不好看。"

卓蕴盯着他的眼睛："可是我想看。"

她的眼神是那么清澈明亮，赵醒归沉吟片刻，找不到任何拒绝的理由，只能答应。

卓蕴走远了些，赵醒归上身微微前倾，双手将助行器往前一撑，用腰身带动右腿提起，绑着护具的右腿就直挺挺地往前迈了一步，接着是左腿，两条腿都站住后，他又将助行器往前撑，就这样一步、一步地走了起来。

"膝关节、踝关节是锁住的。"赵醒归边走边对卓蕴解释，"如果不绑护具，我就只能靠臂力撑着，腿根本站不住，脚踩着地，我也感觉不到。"

卓蕴来到他身边陪着他往前走，说："你走得很好啊。"

"你别笑我了。"赵醒归垂着眼，"我知道自己走路什么样，其实就是锻炼，如果不走，腿会越来越细，所以我每天都会走一会儿。"

卓蕴看着他高高大大的模样，笑道："这么看你，还真不像小孩了。"

赵醒归板起脸来："我本来就不是小孩。"

卓蕴大笑，依旧走在他身边，偶尔和他聊几句天。

她说赵醒归走得很好，是真心话，只是带着很强的主观性。她没想到赵醒归可以这样锻炼走路，已经超出了她的预期。但她也必须承认，如果让别人来看，赵醒归走路的样子的确不好看，两条腿僵硬地甩动着，并且能感觉到，他走得非常累。

卓蕴看向他的脸，赵醒归一直低头关注着自己的步伐，手臂上薄薄的肌肉绷得很紧，汗水沿着鬓角、发梢往下流，他也没空去擦，卓蕴就看着那一滴滴汗水吧嗒吧嗒地往下滴落，活像她跑完八百米后的模样。

"你练多久啦？要不要休息一会儿？"卓蕴看得都心疼了，伸手拍拍赵醒归的胳膊。

赵醒归停下脚步，转头看她："是要结束了。"

他撑着助行器走到轮椅前，像个机器人似的慢慢转过身，背对轮椅直挺挺地坐下来，先拆了腰上的束缚，又弯下腰拆腿上的护具。

赵醒归已经学会自己弄这些东西，有时候不去医院，就会在家锻炼。这个房间的前身是父母的书房，现在专门给他复健用，买了电动康复脚踏车、可站立式电动轮椅、气压式血液循环促进仪等康复器材，可以让他被动地锻炼下肢，防止肌肉萎缩。

卓蕴蹲在他身边，在他拆护具时笨手笨脚地想要帮忙，赵醒归忍不住笑出声来："你别帮倒忙。"

卓蕴就不动手了，抱着膝盖看他自己弄。

赵醒归做事很有条理，把所有护具拆下来后放到墙边，捞着腿摆到轮椅踏板上，调整坐姿后对卓蕴说："卓老师，我出了一身汗，想先洗个澡，你能在会客室等我吗？如果你要上厕所可以去楼下，因为……"他越说越轻，"我洗完澡需要到床上去穿衣服。"

卓蕴说："没问题，我在外面等你，不会进去打扰你。"

赵醒归满身大汗地进了卧室，轻轻地关上了门。

卓蕴便等在会客室，没过几分钟，潘姨上来了，帮她拿来她的拖鞋和一双新线袜："小卓老师，小归让我拿给你的，你赶紧穿上吧，小心着凉。"

卓蕴道过谢，穿上那双专属于她的紫色带绒拖鞋，两只凉凉的脚立刻就有了暖意。

卫生间里，赵醒归没有泡浴缸，直接坐在洗澡椅上飞快地洗澡，一边搓着头上的泡沫，一边又想起刚才的事，想到卓老师"抛弃"了她的未婚夫，居然跑来请他吃烤肉，赵醒归忍不住就胡思乱想起来。

她和那个人吵架……不会是因为他吧？

卓蕴在会客室等了半个多小时，赵醒归把门打开了，卓蕴抬头看去，只觉眼前一亮。轮椅上的男孩穿着一件宽松的牛仔外套，内搭白色带帽卫衣，底下是一条烟灰色运动长裤和一双雪白的运动鞋，浑身透着浓浓的青春少年气。

他抬眼望来，卓蕴发现，他原本柔顺垂下的碎发似乎都打理过，抹了点发蜡，弄得像个小偶像一样。赵醒归一双眼睛又黑又亮，不知道是因为刚洗完澡，还是别的什么原因，白皙消瘦的脸颊此刻都是粉扑扑的。

卓蕴惊呼一声，夸他："赵小归你今天好帅啊！"

赵醒归抿着唇偏开头，食指挠了挠下巴。

准备下楼时，赵醒归又看向卓蕴的脚，眉头一皱："潘姨没把袜子给你吗？你怎么还不穿？"

卓蕴说："我今天穿的皮鞋，穿袜子很丑的。"

赵醒归抬头看她："穿上吧，和我出去没人会来看你，他们都来看我了。"

"你好啰嗦啊。"卓蕴只能在单人沙发上坐下，拆了袜子包装，把右脚搁到左大腿上看过一眼后，问，"赵小归，你有没有创可贴？我脚后跟磨破了。"

"有，你等一下，我去拿。"赵醒归回房间拿来一盒创可贴，交给卓蕴后，大着胆子问，"要我帮你贴吗？"

卓蕴轻笑："不用，我自己来。"

赵醒归就待在她身边，看她给自己两只脚的后跟处贴创可贴。卓蕴的脚很漂亮，又瘦又白，皮肤嫩嫩的，脚趾头也很可爱，就是脚后跟磨破了一块皮，看着挺疼的样子。

赵醒归看得入了迷，等他回过神来，卓蕴已经把袜子穿上了，起身说："走吧，咱们吃烤肉去！我跟你说，我今天中饭都没吃，饿了一整天，我现在可以把那家烤肉店吃倒闭！"

赵醒归很惊讶："你中饭都没吃？你未婚夫不请你吃饭的吗？"

卓蕴懊恼："说了不要提到他！"

赵醒归："哦。"

两人坐电梯下楼，赵伟伦已经加完班回来了，潘姨在厨房准备晚餐，范玉华等人则在客厅里剥着小核桃看电视。看到赵醒归和卓蕴从电梯里出来，他们齐刷刷地抬头望去，四双眼睛里写满了各种内容。

赵醒归说："爸、妈，我和卓老师去紫悦城吃个饭。"

卓蕴提着包站在他身边，笑得很乖巧，范玉华问："你们怎么过去？让老苗送你们过去吧。"

苗叔赶紧吐掉嘴里的核桃壳站起来，卓蕴突然弯下腰，把嘴凑到赵醒归耳边，拢着他的耳朵说："把你家那辆大宾利借我开开，我带你过去。"

她的气息就这么猝不及防地出现在他耳边，赵醒归耳根子都红起来了，转过头去又看到她近在咫尺的脸，心脏跳得飞快，佯装镇定地问："你有驾照？"

卓蕴对他做个 wink（眨眼），那只眼睛一闭一睁，赵醒归呼吸差点窒住，卓蕴说："放心吧，我是老司机了。"

不远处的赵相宜眼睛瞪得老大，恨不得在沙发上打个滚儿。

苗叔已经走过来，赵醒归说："苗叔，你把车钥匙给卓老师吧，她开车带我过去。"

苗叔："啊这……"

卓蕴笑嘻嘻地对赵伟伦和范玉华喊："叔叔阿姨你们放心吧，我会开车，保证平安地把赵醒归送回来。"

范玉华："啊，那……行吧，你们注意安全。"

宾利车的钥匙到了卓蕴手上，她高兴极了，与赵醒归的家人们道别后，推起赵醒归的轮椅就往后门走。

门关上后，范玉华和赵伟伦面面相觑，苗叔落寞地坐回沙发，只有赵相宜在沙发上滚来滚去，心里把老哥和卓姐姐生的孩子的名字都想好了。

既然是卓蕴开车，赵醒归就不愿坐后排，说要坐副驾。他独自上下车已经很熟练，卓蕴等他在副驾驶座坐好，把轮椅推到后备厢边，学着苗叔的样子将轮椅拆散，又把部件一一放进后备厢。

卓蕴对豪车小有研究，坐上这辆宾利飞驰的驾驶座，东摸摸西看看，兴奋得要飞起，赵醒归奇怪地看着她，问："你很喜欢这辆车吗？"

"拜托！"卓蕴发自内心地感叹，"这是我这辈子开过最贵的车啦！"

赵醒归笑着说："我爸那辆更贵。"

卓蕴问："你爸开什么车？"

赵醒归："劳斯莱斯的古斯特。"

卓蕴晕了，真是人比人气死人！她启动车子："坐稳啦！出发。"

从紫柳郡步行到紫悦城只需十分钟，开车无非就是绕一点路，几分钟也到了。卓蕴过了一把小瘾，把车停到商场的地下车库后，装好轮椅推到车边，赵醒归把自己转移到轮椅上。

卓蕴并不担心会在紫悦城碰到于娟和石靖承，下午怒而走人时就已经不管不顾了，并且猜到，于娟大概率会去找老爸告状，今晚，最晚明天，卓明毅或边琳就会给她打电话兴师问罪。无所谓了，卓蕴这会儿什么都不想考虑，她好饿啊，只想和赵醒归高高兴兴地吃一顿烤肉。

两人坐厢式电梯来到三楼，进入那家韩式烤肉店时，一个女服务员笑容满面地迎过来："欢迎光临！咦？你是不是上次买烤肉夹的小伙子呀？"

卓蕴掩着嘴笑个不停，赵醒归很尴尬，知道自己坐轮椅的样子绝对令人印象深刻，只能一言不发地转着轮椅跟服务员来到一张空桌边。

服务员撤掉一把椅子，方便赵醒归用餐，卓蕴脱掉外套坐在他对面，拿着手机扫桌上的二维码，说："你也扫一下，想吃什么随便点，今天卓老师请客。"

赵醒归说："你点吧，我什么都吃。"

卓蕴也不和他客气了，三下五除二点了一大堆牛肉、牛舌、五花肉、鸡翅……又要了一份蔬菜菌菇拼盘和一扎冰桔茶，这才丢开手机，拿起筷子夹小菜吃，揉着肚子说："我真的饿死了，肉肉快点来。"

赵醒归愣愣地看着她，卓蕴只穿着那件珍珠色V领针织衫，线衫又薄又紧身，领口还比较低，能看出她窈窕的身材曲线。她肌肤雪白，两道锁骨格外迷人，是赵醒归不曾见过的着装风格。在他的印象里，卓老师穿衣服向来宽松休闲，他都不知道，她身材居然这么好。

卓蕴不停地吃着海带和泡菜，偶然抬头，发现对面的少年脸色古怪，问："你怎么了？"

赵醒归不敢看她，眼神有点飘："你不穿外套……不冷吗？"

卓蕴低头看看自己，陷入沉思。

"是有点冷。"她拿起风衣穿上，将领口捂得严实，赵醒归才把脑袋转回来。

没一会儿，服务员把肉和蔬菜都端了上来，又在烤炉上铺好垫纸，夹子只有一把，赵醒归刚要去拿，已经被卓蕴抢先拿起，她双眼放出绿光，一下子就夹了好多肉片铺满整个炉网。

赵醒归低低地笑起来，卓蕴瞪他："你笑什么？"

"没有。"赵醒归向她伸手，"夹子给我吧，我来烤。"

卓蕴问："为什么？我会烤的呀。"

赵醒归说："我是男生，我来吧，你负责吃就行。"

卓蕴想了想，又问服务员要来一把夹子，递给赵醒归："一起烤，谁都别闲着。"

于是，两人就一起动手将肉片翻面，肉片在炉网上发出嗞嗞的声响，香气一阵阵传来，肉都熟了以后，赵醒归拿起剪刀，把肉片剪成小块，一大半都夹到卓蕴的盘子里："快，趁热吃。"

卓蕴觉得他好贴心，实在是饿极了，将肉片蘸过酱后，拿生菜叶裹住，"啊呜"一口整个儿塞进嘴里，发出一声幸福的"呻吟"："唔……好好吃，我的人生圆满了。"

赵醒归看着她的样子，抿唇而笑，也用生菜叶包了几片肉咬了一口，卓蕴说："你怎么用咬的呀？这个就要一口吃才过瘾。"

赵醒归说："一口我吃不了，太大了。"

"我都吃得了你怎么会吃不了？"卓蕴包了个新肉卷给他示范，连肉带菜全都塞进嘴里，腮帮子立刻鼓起来，说话含含糊糊的，"看到没？就这样吃！"

赵醒归便重新包了一个，学着卓蕴的样子整个塞进嘴里，一口咬下去，牛肉滚烫，甜甜的烤肉酱刺激到他的口腔，差点儿把他给呛死，卓蕴笑得拍起了桌子。

"喀喀喀喀喀……"赵醒归喝了一口冰桔茶，摇头说，"不行，我还是小口吃吧。"

他从来不会像别的男孩那样狼吞虎咽地吃东西，是个讲究仪态和礼节的小绅士。

两人边烤边吃，很快就干掉一大半肉，卓蕴把鸡翅丢到炉子上，准备缓缓再战斗，赵醒归拿起湿巾抹抹嘴，看了她一眼，说："卓老师，我能问你一个问题吗？"

卓蕴说："你今天问题怎么那么多？你问吧。"

赵醒归迟疑了一下，还是问了出来："你今天是不是和你未婚夫吵架了？"

卓蕴手上动作一顿："不是说了不提他的吗？"

"我就是觉得很奇怪。"赵醒归说，"他难得从嘉城过来看你，你说要和他一起吃晚饭，结果却来找我了，我挺不好意思的。"

卓蕴说："我的确是和他有点儿不愉快，但和你没关系，你别乱想。"

赵醒归沉默数秒，又问："他惹你不高兴了？还是他欺负你了？"

卓蕴不知道要怎么回答这个问题，和石靖承有关的事，她习惯对苏漫琴吐槽，此时面对赵醒归，不知道该不该说，毕竟这小孩对她多少有点意思，在他面前说石靖承的坏话，卓蕴担心赵醒归会以为是在给他某种暗示。

她想了想，说："赵小归，有些事情没你想得那么简单，我也不是那种容易被人欺负的人。我和我未婚夫的事，我有分寸，自己会处理，你不要担心，我不会让自己受委屈的。"

这一次，赵醒归沉默很久，才鼓足勇气开口："卓老师，我其实一直想问你，你是不是并不想和他结婚？"

卓蕴愣住了，反问："为什么这么问？"

"因为你一点也不开心。"赵醒归看着她的眼睛，"每次说到他，你都在逃避。他今天来找你，你好像中午才知道，临时来和我请的假，这不正常，你是不是……并不喜欢他？"

卓蕴脸色冷下来，都忘了给鸡翅翻面，还是赵醒归拿起夹子拯救了那两个鸡翅，没让它们烤焦掉。

卓蕴放下烤肉夹，叹了口气，说："赵醒归，你还小，你不懂，有些事情不是现在的我能做主的。"

赵醒归很认真地说："婚姻也不能吗？我以为这是旧社会才会有的事。"

"我和你说实话吧，赵小归，我当你是朋友才和你说的。"卓蕴抱起手臂，严肃地看着他，"我目前读大三，下个月满二十一周岁，我的生活费和学费都由家里负担，目前为止还没有办法赚钱养活自己。我有认真考虑过我和那个人的婚约，至于具体的背景和细节，对不起，我暂时不能说。但是，我可以明确地告诉你，最终，我一定不会和那个人结婚，只是我现在还没到和我爸撕破脸的地步，我也还没想出和平解除婚约的办法，甚至，我都没想好，未来我要往哪条路发展。我想等到大学毕业，找到工作，自己能养活自己，再去处理这个问题，我需要的是时间。我这样讲，你能明白吗？"

赵醒归眼神沉静地看着卓蕴，点点头："能。"

"能明白就好。"卓蕴又拿起夹子给鸡翅翻面，觉得这小孩果然很聪明，一说就懂。

赵醒归低下头，像是在思考，半晌后抬起头说："卓老师，我有一个办法，可以让你和平解除婚约。"

卓蕴夹起一个熟了的鸡翅，问："什么办法？"

赵醒归微抬下巴，说得干脆利落："你把那个人踹了，做我女朋友，分手费，我来给。"

吧嗒，鸡翅重新掉到炉网上，冒出"嗞"的一声响。

卓蕴下巴都要掉下来了，震惊地问："你知道你在说什么吗？"

赵醒归说："知道。"

卓蕴双眼瞪得滚圆："赵醒归你是不是疯了？"

赵醒归说："我是认真的，卓老师，我喜……"

"不准说！"卓蕴大吼一声，连着周围桌的客人都向他们看来，卓蕴指着赵醒归，"给我咽下去，信不信你说了我立马就辞职！"

赵醒归"咕嘟"一声干咽了一口口水，真的不敢再说。

卓蕴脑壳炸开，五官都皱在了一起，压低声音说："你脑子里到底在想什么？啊？还分手费，你是不是电视剧看多了？再过几天就要期中考了，你复习完了吗？这才是你现在最应该考虑的问题！"

赵醒归咬咬后槽牙，正色回答："我已经准备好期中考了，你给我批了那么多卷子，应该知道不会有问题。"

"考过期中考就行了吗？还有期末考！月考！联考！模拟考！高考！"卓蕴瞪着他，忍着剧烈的心跳，开始义正词严地训小孩，"你才多大？满十八了吗？你还在上高中呢！我有没有和你说过不准对我动心思？你当时是怎么回答的？我之前就是对你太放纵，太信任，你呢？想什么乱七八糟的？"

她屈指在桌子上笃笃笃地戳："赵醒归，你比我小三岁！你以为什么事儿都能用钱来解决吗？再说了，你有什么钱？还不是吃你爸的，用你爸的！分手费，亏你想得出来！你自己说说，咱俩可能吗？啊？不！可！能！"

赵醒归被她好一通训，原本明亮的眼眸早就黯淡下去了，脑袋低垂，抿着唇一声不吭，就像个被教导主任骂到自闭的小学生。

见他这么一副蔫了吧唧的样子，卓蕴不忍心再骂下去，抽了张湿巾擦手擦嘴，起身说："我去下洗手间，你自己好好反省反省。"

说完，她大踏步地离开餐厅，在墙角拐了个弯后，手掌立刻按上心口，长出一口气，几乎是落荒而逃地冲去了卫生间。卫生间门外有个死角，卓蕴蹲在角落给苏漫琴打电话，简明扼要地把这一整天的事告诉给她，从石靖承突然出现，到于娟的魔鬼发言，最后说到赵醒归的"霸总式表白"。

苏漫琴听完后的反应是："哈哈哈哈哈哈哈……"

她的爆笑声大概能掀翻寝室屋顶，卓蕴都要疯了："你别笑！笑什么呀，我都快急死了！你赶紧给我支支招，我要怎么办啊？"

苏漫琴："哈哈哈哈哈哈哈哈……"

卓蕴整个人都不好了，苏漫琴好不容易止住笑："宝，我怎么觉得紫柳郡弟弟的办法还怪靠谱的，你不如就从了他吧？"

"你有病啊！"卓蕴说得飞快，"跟你讲了我和他不可能，先不说石靖承还在那儿挂着，那小孩比我小三岁多！我把他当弟弟看的。"

苏漫琴说："那你就直说你不喜欢他呗，实在不行，大不了就别给他做家教了，见不到面，自然而然就淡了呀。"

卓蕴背脊靠着墙壁，愣了一会儿后说："我不想辞职。"

苏漫琴："哈？"

"我也说不上来，就是……"卓蕴觉得自己脑袋里像有一团糨糊在搅，"每周去给他上三次课，待在他房里，我特别放松，就算什么都不干、什么都不说，我也愿意去。我能看出来，我去陪他复习功课，他也很高兴，所以……我不想辞职，我现在就是心里没谱，怕他会越陷越深。"

"那就别辞职，把这事处理好就行。"苏漫琴叹了一口气，"宝，你又不是没经验，你自己想想，以前碰到对你表白的人，你都是怎么说、怎么做的？"

卓蕴回忆了一下，能怎么说、怎么做啊？就是直接拒绝呗，说"我不喜欢你"，客气点，再加一句"对不起"。

苏漫琴继续说下去："你现在就还是一样说一样做，除非……在你心里，紫柳郡弟弟和那些男的不一样，你才会纠结。"

卓蕴郁闷地说："他是和那些男的不一样，他……"

苏漫琴问："哪儿不一样？"

对啊，卓蕴想，赵醒归和那些追求她的男生，有哪儿不一样？

比她年纪小的追求者不是没有过，有钱的公子哥，卓蕴也认识好几个，帅哥……敢来追她的，哪个不是高个儿帅哥？比如彭凯文长得就还行，当然，赵醒归是最高最帅的那一个。

那他到底和他们哪儿不一样？是因为他坐轮椅吗？因为他是个截瘫患者？下半身不能动弹？

卓蕴仔细地想了一下，否定了这个答案。

受伤致残从来就不是赵醒归的错，相反，他一直很坦然，很努力，很上进，让卓蕴心生敬意。

赵醒归是个品性优良的好男孩，大概是和家教有关，虽然他时常摆臭脸，眼神很冷淡，但卓蕴知道，他的内心善良又温柔，笑起来的样子还特别好看。

他不常笑，却不吝啬在她面前显露笑容。他话不多，却愿意对着她侃侃而谈，诉说心事。他不避讳在她面前展现生活中的不便与狼狈，还会解释给她听，叫她别担心，说他会好好活下去。

他似乎记得她说的每一句话，会在一些细枝末节的小事上想着她，关心她。

他主动牵过她的手，能看出他当时非常紧张，生怕她会拒绝。

赵醒归，真的是一个可爱又赤诚的大男孩。

可是，他还没满十八岁。

"他哪儿不一样啊。"卓蕴望着天花板，对苏漫琴说，"大概是，我不怕伤害别的男人，但我一点儿也不想伤害他。我希望他能健康快乐，他都……还没长大呢。"

（2）

卓蕴回到餐厅时，赵醒归依旧乖乖地坐在餐桌旁，炉子已经关掉，他把剩下的食材全都烤熟了，一半夹给卓蕴，一半放在自己的盘子里，正在慢条斯理地吃胡萝卜条。卓蕴坐回他对面，什么都没说，拿起筷子和他一起啃胡萝卜。

相对无言地吃了一会儿后，点的餐基本都吃完了，卓蕴抹抹嘴，叫来服务员买单。她打开手机，对服务员说："这个九十抵一百的券，我是不是买两张就……"

服务员指指赵醒归，礼貌地说："这位先生已经买过单了。"

卓蕴看向赵醒归，赵醒归没回避她质问的眼神，脸臭臭地与她对视。

"你买券了吗？"卓蕴问。

赵醒归："什么券？"

卓蕴："优惠券，九十可以抵一百，两张，你买了吗？"

赵醒归说："没买。"

卓蕴生气了，抬头看向服务员："你没提醒他吗？"

"这个……我们一般，就是客人自己……那个……"服务员支支吾吾地辩解着，心里慌得要命。

通常，客人买单时如果问一句有没有优惠，她们就会建议买券，或者刷什么卡可以打折，客人如果不问，她们不会主动说。

赵醒归试图插嘴："卓老师，算了……"

"你闭嘴！"卓蕴用眼神制止他，"二十块钱不是钱吗？"

赵醒归闭嘴了，能看出来卓蕴心情不太好，随时能发飙。卓蕴又看向服务员，指指赵醒归："你说他是先生？我和你说，你别看他这么大的个子，他还没成年呢！你们就是看他人傻钱多好欺负是吧？赶紧把他的单给退了，我来付！"

服务员自知理亏，赶紧应下："好、好的，对不起。"

这下子赵醒归急了："不行！我付都付了！"

"有你说话的份吗？"卓蕴声音都高起来，"今天说好了谁请客？啊？谁让你自作主张买单的？你用的钱是你自己赚的吗？等你以后自己赚钱，你想请我吃啥我都答应！今天说好了我请客就是我请客！少给我废话！"

赵醒归愣在当场，服务员拿来扫码付款的机器，不管赵醒归有多不乐意，还是把钱退给了他，卓蕴买了两张优惠券付完饭钱，最后问："消费了两百多，有停车券吗？"

服务员有问必答："有的有的，我把水单给你，你去一楼的服务台报一下车牌号就行。"

她把水单拿给卓蕴，卓蕴拎着包站起身，喊赵醒归："走了，我送你回家。"

赵醒归转动轮椅离开餐桌，垂着眼睛，耷拉着嘴角，卓蕴觉得他委屈得都快哭了。

作孽呀！卓蕴在心里骂自己：瞧瞧你作的什么孽，好好的一个孩子被你欺负成这样，你良心过得去吗？

离开餐厅后，赵醒归小声说："卓老师，我想上个厕所。"

卓蕴问："你急吗？能不能撑到一楼？你去上厕所，我去办停车券。"

赵醒归说："可以，我没那么急。"

两人沉默着坐电梯到一楼，气氛很尴尬，和来的时候兴高采烈的状态完全不同，赵醒归一句话都不想说，转着轮椅找到无障碍卫生间，就要推门进去。

卓蕴帮他抵住门，看了一眼卫生间里的情况，紫悦城的无障碍卫生间宽敞且设施齐备，能让轮椅族们方便地独立如厕，卓蕴问："你一个人可以吗？"

赵醒归说："可以。"

卓蕴说："那你慢慢来，我去服务台办停车券，你好了就在这里等我，别走开。"

赵醒归"哦"了一声，进了卫生间，把门关上了。

卓蕴心里很不是滋味，转身往服务台走去。

一个人待在卫生间里，赵醒归难过极了，因为吃过烤肉，他先在洗手台前洗手，抬起头看向镜子里的自己，头发帅帅的，脸也帅帅的，精心搭配的衣服更是帅帅的，可是……他的心却是苦苦的。

人生中的第一次表白，他鼓起了最大的勇气，结果却连一句完整的"我喜欢你"

都没说完，就被骂了一顿。付钱买单，钱还被退回来，超级没面子。

当听到卓老师亲口说出"她一定不会和那个人结婚"时，赵醒归心跳如擂鼓，觉得整个世界都明亮了。他的猜测居然是真的，卓老师不喜欢那个男人，不想和对方结婚，只是在拖时间。

那他还等什么呢？他得把握住机会啊！

不想看到卓老师在那个坑里挣扎，他想把她救出来。他以为她会有一点点喜欢他，只要有一点点喜欢就行，他也没想做她的未婚夫，只想做她的男朋友，很纯洁的那种男朋友。

卓老师怎么能拒绝得这么彻底？一点机会都不给他。

她说，他们是不可能的。

赵醒归洗完手，拿着湿巾把马桶圈擦了一遍，又把自己挪到马桶上。费劲地脱裤子时，看到那两条绵软的腿，赵醒归心态有点崩了，做了好久的深呼吸才缓过来。他坐在马桶上规律地按压膀胱，忍住眼角的酸涩，对自己说："没事，别哭，要尊重卓老师的决定，她值得更好的人。"

赵醒归在卫生间待了十几分钟，洗过手后转着轮椅出去，周日晚上的商场一楼人来人往，很多人都会朝他看一眼，赵醒归四下张望，没看到卓蕴的身影。

可能服务台需要排队，她还没回来。赵醒归将轮椅停到墙边，静静地等待着。

不远处有一个临时搭建的小舞台，在做一场小朋友的服装走秀表演，这时候正好散场，围观的顾客潮水一般地散开，赵醒归只觉得面前人潮涌动，如今的他很不习惯这样的场面，干脆低下头去。

就在这时，有人叫他："赵小归！"

是清脆、甜美、快乐又熟悉的女声。

赵醒归抬起头，面前依旧是摩肩接踵的人群，有人往左，有人往右，渐渐的，他看到人群后站着一个黑漆漆的人，瘦高的个子，却有着一个硕大的粉色脑袋。

粉色脑袋穿过人群向他走来，终于，赵醒归看到了卓蕴的脸庞，她手里举着一朵好大的棉花糖，笑容从棉花糖后露出来，歪着头说："看我给你买了什么。"

赵醒归仰着头看她，卓蕴把棉花糖递到他面前："刚做出来的，我排了一会儿队才买到，这是个星球，能看出来吗？"

能看出来，粉红色的圆球是星星，周围有一圈白色光环，当然，棉花糖就是棉花糖，只可意会，粗糙得很。

赵醒归接过棉花糖，又抬眸看向卓蕴，她笑嘻嘻地说："你不是喜欢吃甜食嘛，我看别的小孩都在买，就想给你买一个。"

赵醒归扯咬下一口"光环"，一股子糖精味儿，边嚼边说："你逗小孩呢？"

卓蕴蹲在他面前:"我这不是……刚才凶你了嘛,就想哄哄你,你别生我气啊。"

赵醒归酷脸一沉:"你这是给个巴掌再给个甜枣吗?"

卓蕴哈哈大笑:"对不起,刚才我态度不好,我就是有点着急,说话太冲了,你别往心里去。"

赵醒归举着棉花糖,小口小口地吃着,问:"卓老师,你可以和我说实话,没关系的,是……因为我截瘫吗?我知道我这样的情况,女孩基本都接受不了。"

卓蕴摇摇头,对他弯眼笑:"不是,你别多想,我只是不能接受比我年纪小的男生。"

"为什么?"赵醒归皱起眉,"这不公平,我永远都比你小。"

卓蕴说:"不为什么,我就是过不了心里那道坎。"

赵醒归的眼神困惑又失望,卓蕴拍拍他的腿:"其实,赵小归,我很喜欢你,但不是男女之间的那种喜欢,我一直把你当弟弟看。"

赵醒归蒙了。

"你应该知道我有个亲弟弟,比你大一岁,我和你说过的。"卓蕴的语气好温柔,"但是我和他关系特别差,我俩小时候老打架,现在碰到面就吵架,一点也不亲密。一直以来,我对我弟弟这个年龄段的男孩都抱有偏见,觉得他们很不懂事,很讨人厌。直到认识你我才发现,人和人是不一样的,如果我有你这样一个弟弟,我会非常开心。"

赵醒归说:"可是,我从来没叫过你姐姐。"

卓蕴笑起来,突然岔开话题:"赵小归,你觉得我漂亮吗?"

赵醒归愣了一下,点点头。

"除了漂亮呢?"卓蕴说,"其实你并不了解我,你不知道真正的我是个什么样的人。"

赵醒归说:"我知道。"

"不,你不知道。"卓蕴摇头,"我也不想让你知道,因为,你会失望的。"

赵醒归急道:"我不会!"

"你会,相信我。"卓蕴站起身,眼睛望向远处,"赵醒归,我没你想得那么好。"

棉花糖有一点化了,赵醒归手上沾了一些,黏黏的,让人很不舒服。卓蕴推着他的轮椅去地下车库,在他转移上车时,她将那朵没吃完的棉花糖丢进了垃圾桶。赵醒归远远地看了一眼,心里一阵失落。

这一天的"约会",开始得很意外,结束得又叫人惆怅。卓蕴开着车把赵醒归送回家,没有送他进屋,只站在院子里目送他从无障碍坡道上去。

赵醒归的轮椅停在后门边,转过头时,卓蕴已经走了,他只能看到她高挑的黑色背影。

他还是留下了一点纪念，是那张烤肉店的水单，被服务台敲过章，卓蕴上车时顺手放在储物槽里，被赵醒归偷偷拿出来，塞进衣服口袋，最后放进了他的百宝箱。

他在床上躺了好一会儿，一点睡意都没有，看看时间还不到十点，干脆爬起来坐到书桌前，拿起英语书背单词。背着背着，他渐渐停下来，放下书本，双手交叠趴在了桌面上。

夜深人静，赵醒归躲在臂弯里眨动眼睛，想着这一天发生的所有的事。

第二次，他对自己说：就这样吧。

卓蕴猜得没错，第二天，她就接到了边琳的电话，心里感到庆幸，还好不是她爸，不用再吵一架。

她有心和妈妈聊会儿天，一点都没隐瞒，把于娟说的话原封不动地告诉给边琳。

"这可是石靖承他妈亲口盖章认戳的，不是我瞎编啊。"卓蕴说，"妈，你是不是还要劝我，男人都那样？因为石靖承条件好，所以是小姑娘缠着他，等到我和他结了婚，他就会脱胎换骨，变成一个二十四孝好男人。"

边琳在电话里沉默了，卓蕴与她一起沉默，一会儿后，边琳说："我试着去劝劝你爸吧，其实，主要还是公司的问题。"

卓蕴万分不理解："你为什么要去考虑他的公司？你又没在那里上班，他公司出问题也是他经营不善，还能赖到我头上？他可以降低价格，也可以提升品质，或者去开拓更多的客户。我就奇了怪了，嘉城是小，那也没小到石家不进他的货，他就要饿死的地步吧？他难道不应该从自身找找原因吗？"

边琳又一次唉声叹气："小蕴，你不懂，做生意没那么简单的。"

卓蕴一点儿也不想懂："总之，事情就是这样，我一句假话都没讲。妈，我不想嫁给石靖承，婚约的事，趁着还没订婚，你们找个机会去和石家谈一下吧。你让爸再好好想想这公司怎么开下去，那些员工失业下岗发不出工资，是他的问题，可不是我的。"

电话打完后，过了两天，卓蕴就收到卓明毅打过来的一笔钱——两万块。卓明毅给她发微信，语气讨好，说让她买点喜欢的东西，下个月她要过生日了，如果想要什么礼物，就和爸爸说。

最后，他不忘交代：关于你和靖承的婚约，你先不要任性，等到春节时，我们两家人坐下来好好谈，一切都可以商量。

"啧。"卓蕴看着微信对苏漫琴说,"我爸还真是能屈能伸,知道骂我已经没用,改成给我打钱了,还低声下气地来求我别任性。"

苏漫琴问:"那这钱你拿吗?"

"拿呀,为什么不拿?"卓蕴看看自己的小金库,"我存不少了,为了离家出走做好充足的准备,就是……"她叹了口气,"出国的话,这些钱还远远不够。"

经历过"表白"风波,卓蕴依旧会去紫柳郡给赵醒归上课,一周三次,似乎和以前没什么区别。

只有赵醒归知道,还是有一点点不同的,卓老师对他客气了不少,不会再肆无忌惮地与他乱开玩笑,两人再也没有肢体上的接触,包括摸头发、拍胳膊、拍肩膀等。坐在书桌前,卓老师与他的距离都远了一些。

她也没再给他带过好吃的,甚至不怎么吃他给她准备的零食点心。她绝口不提自己的私事,赵醒归偶尔问问她在学校的生活,她都只是笑笑,接着就转移话题。

赵醒归也不好说什么,觉得这都是自己搞砸的。他好像,的确没有像想象中那样了解卓蕴。他只能把心意深深地藏起来,再也不敢逾规越矩,因为不想惹卓老师生气,他害怕,她一怒之下真的会辞职。如果她辞职了,他能怎么办?他连见都见不到她了。

一周后,二中进行了期中考试,赵醒归坐在高一三班教室里写高二的卷子。

对他来说,题目的难度不算什么,最大的挑战是考试强度。整整两天,他要坐着轮椅在学校从早待到晚,每门考试间隙,还要抓紧时间去上厕所。

为了防止出纰漏,赵醒归连水都很少喝,考到后来真是口干舌燥,两天考完,他甚至觉得自己瘦了一圈。

成绩出来得很快,他的分数在高二年级排名中上,老师们分析过他的卷子,一致同意让赵醒归跳级到高二就读。决定出来后,老师们讨论哪个高二班级需要搬教室,最后定下赵醒归加入一个平行班——高二五班。在一个周五下午,这个班级的学生们就收拾了自己的东西,和原高一三班互换教室。

于是,到了下一个周一,赵醒归来到学校时,就在教室见到了一群完全陌生的同学。大家都好奇地看着他,他只能又驾轻就熟地板起那张冷脸,从后门转着轮椅来到自己的座位旁,发现那里已经坐着一个人。

高二五班原本是单数学生,加上赵醒归后变成了双数,总的学生数又比原高一三班多几个,所以教室里加塞了几张课桌,赵醒归身边原本的空桌也有了新主人。

他打量着他的新同桌,那是个身材高壮、不修边幅的男生,头发乱蓬蓬,皮肤有点粗糙，五官生得还算端正，就是长得……有点儿着急。看到赵醒归后，那男生的视线又移到他的轮椅和双腿上，老半天都没说话。

赵醒归更不会主动说话，把书包从轮椅后面摘下来放到桌子上，闷着头掏书本笔袋。他能感觉到新同桌一直在观察他，终于，那人憋不住了，粗声粗气地问："哎，你叫什么名字？"

赵醒归拿出一本作业本推到他面前，让他看上面的名字。

"赵醒归。"男生兴奋地说，"你就是那个跳级的高一弟弟吗？我叫向剑，老王说让我照顾你一把，以后你就跟着哥混，喊我剑哥就行！"

赵醒归缓缓转头看他："我比你大。"

向剑："啊？"

赵醒归："你要叫我归哥。"

升到高二五班后，赵醒归开始试着全天上学，但不参加晚自修。这样一来，苗叔的工作量变大许多，范玉华就为赵醒归请来一位新陪护兼司机，名叫史磊，三十多岁，已婚已育，工作内容就是和苗叔轮班陪同赵醒归去学校上学。

史磊并不是个陌生人，赵醒归受伤入院初期，史磊就在医院给他做过陪护，直到两个月后苗叔从广东回来，史磊才离职。

重新见到史磊，赵醒归心里有一种亲切感，因为他们相处过的那两个月，是他这辈子最痛苦的一段时光。当时他整天躺在病床上，下半身赤条条，一动都不能动，吃喝拉撒全要人来帮忙，毫无尊严可言。他自然发过脾气，摔过东西，情绪失控地骂过史磊，史磊却一点都没生气，始终陪在他身边悉心地照顾他，还会鼓励他、安慰他，劝他好好配合医生治疗，慢慢会好起来的。

赵醒归坐在轮椅上，仰着头喊史磊："磊哥，好久不见。"

"哎哎，小赵，是好久没见啦！"史磊也很高兴，上上下下打量过赵醒归后，夸他，"你看着很精神啊，和当初在医院完全不一样了，我听你妈妈说你一直在坚持锻炼，现在身体好点了吗？"

"就那样，习惯了。"赵醒归摸摸自己无知觉的腿，微微一笑，"磊哥，你也喊我小归吧。"

赵醒归正式成为一名高二生，生活悄悄地开始变化，他在苗叔或史磊的陪同下，每天去学校上学，碰到阴雨天也不会轻易请假，因为怕落下新课。

他上课时，苗叔或史磊就在走廊上等着，学校为他们准备了一张桌子和一把椅子，让他们坐着休息。

每天的午饭是由苗叔或史磊从食堂买来，赵醒归就在教室吃，吃完后去车上午休，放平副驾驶座的座椅靠背，躺着休息一会儿。

他只在教室、厕所和停车场三点一线地移动，其他地方统统不去，就是为了避免见到任何不想见的人。

他好像有了一个新朋友，就是向剑，这人大大咧咧，说起话来没心没肺，赵醒归觉得和他相处没什么压力，两个大男生躲在教室角落，有时候也会简单地聊聊天。

向剑成绩很一般，喜欢踢足球，场上位置是守门员，每次看过精彩的足球比赛，他都会在朋友圈写几百字的技战术分析。向剑握着拳对赵醒归说，他的梦想是做一名体育记者。

赵醒归还知道了向剑的一个小秘密，他暗恋班里的一个女生金筱雪。坐在最后一排，向剑时常托着下巴，痴痴地望着金筱雪的背影。赵醒归觉得好笑，不禁又想起自己，是不是在卓老师眼里，他也是如此？

卓蕴的确在为赵醒归的态度而发愁。

她自认已经把话说得很清楚，可那小孩却并未太过收敛。卓蕴实在见不得赵醒归的眼神，那双漂亮的眼睛里蕴含着太多情绪，每次看着她时，她整颗心都会提起来，像被羽毛挠着，那感受太过酸爽，令她叫苦不迭。

天气越来越冷，这时已是十一月下旬，到了吃火锅的好季节，卓蕴和苏漫琴坐在火锅店里，一边涮着菜料，一边闲聊天。

彭凯文和倪航去拿调料了，苏漫琴问卓蕴："你那便宜未婚夫最近还有联系你吗？"

卓蕴在辣锅里涮着羊肉卷："别提他了，这人有病，给我寄来一堆奇奇怪怪的东西，什么手链、靴子、包包，我都没拆，直接寄回家去让我妈处理了。"

她夹起肉卷，蘸过调料后送进嘴里，趁两个男生还没回来，小声问苏漫琴："漫，我问你个问题，你说，在不辞职的前提下，我到底要怎么做，才能让紫柳郡弟弟彻底对我断了念头啊？"

苏漫琴耸着肩咻咻地笑，反问她："他还对你有意思啊？"

"别提了。"卓蕴好头疼，"他以前还挺端着的，现在就差在额头上光明正大地贴上'我喜欢你'这四个字了，我实在吃不消，但又真的不想辞职，好烦啊！"

苏漫琴摇头晃脑地开始吟诗："少男的爱就像烈火，而你就是一壶汽油，每当你们相见，就是火上浇油，'砰'！越烧越旺，那爱意，永无止境。"

卓蕴嘴角抽抽："这是什么东西？谁写的？"

苏漫琴说："我写的。"

"你别打岔了！"卓蕴拍着脑门哀嚎，"我说真的呀，你帮我想想办法！"

苏漫琴说："谁让你向他坦白你不喜欢石靖承的？本来石靖承还能做个挡箭牌，现在可好，他……"

卓蕴抬起头，看到彭凯文和倪航回来了，赶紧制止苏漫琴："先不说了，回寝室再聊。"

两个男生坐下来，苏漫琴瞄了彭凯文一眼，对卓蕴说："其实，你可以问问Kevin，他有经验，人家之前对你一往情深过，现在不也淡了吗，他都看上他们学校一个大一小师妹了，最近正追着呢。"

卓蕴与彭凯文对视，看到他身上鲜艳的毛衣，"扑哧"一下笑出来："如果是想让紫柳郡弟弟另有新欢，那我觉得很难，他在学校几乎不和女孩说话的。"

彭凯文没明白，问："紫柳郡弟弟是谁？"

苏漫琴说："一个十七八岁的小男孩，喜欢卓蕴，卓蕴想拒了他，又不想和他断了联系，更不想伤害人家，你是男生，你说说有什么好办法没？"

彭凯文惊呼："哇哦！姐弟恋啊？"

卓蕴瞪他："瞎说什么呢！"

一直沉默的倪航突然插嘴："我觉得，卓师姐可以虚构一个喜欢的人。"

卓蕴一愣："虚构一个喜欢的人？谁啊？"

"虚构嘛，哪里来的谁。"倪航说，"就是你要让他知道，你很喜欢这个人，时间久了，他自然就会放弃了。"

卓蕴不太乐意："又要骗人？"

"这是善意的谎言。"倪航说，"这个年纪的男孩自尊心都很强，他喜欢你，却发现你有喜欢的人了，只要是个正常人，基本都不会再来缠着你。"

苏漫琴瞥他："你好像很有经验嘛。"

倪航一秒变小狗："没有没有，我就是出个馊主意，仅供卓师姐参考。"

"宝，我觉得可以试试。"苏漫琴对卓蕴说，"反正你和紫柳郡弟弟平时没交集，他见不到你，你也见不到他，没有共同朋友圈，不会穿帮的。"

卓蕴托起下巴，苦恼地说："那这个人总得有个原型吧？瞎编，我也编不出来啊。"

苏漫琴和倪航一起看向彭凯文，卓蕴发现了，也朝彭凯文看去。

她一拍桌子："欸！"

彭凯文大惊失色。

一个周二的晚上，卓蕴当着赵醒归的面，接起了彭凯文的电话。她笑得好甜蜜，对赵醒归示意后走去会客室接听，临关门前还嗲嗲地说："Kevin你等一下哦，我换个地方和你讲……"

赵醒归竖起耳朵，偷偷地看着她的背影。

几分钟后，卓蕴回来了，脸上依旧挂着甜笑，赵醒归看了她一眼，又看她一眼，看了无数眼后，装作漫不经心的样子，问："是谁的电话？"

"哦，一个朋友。"卓蕴偷瞄他，试探着说，"赵小归，我告诉你，我最近认识了一个男生，人特别好，和我一样念大三。"

赵醒归没吭声，卓蕴就也没说下去，收起手机去看他的作业本。赵醒归伏在桌上做题，心乱如麻，手指将笔杆捏得很紧，卓蕴心惊肉跳，觉得他要是再用力点，那支笔指不定就要被他捏断了。

从这天起，"Kevin彭"这个人时不时地会从卓蕴嘴里冒出来，每次透露一点点信息，整个人变得越来越清晰具体。

赵醒归逐渐知道，那个男生是A大附近另一所本科院校的大三学生，长得又高又帅，家里很有钱，性格幽默风趣，卓蕴是通过室友认识他的，Kevin时常会去A大和卓蕴约饭，两人还曾出去逛街看电影。

赵醒归问："你和你未婚夫的事，已经处理好了？"

卓蕴说："没有，寒假吧，我和Kevin也没确定关系啊，现在还在互相了解中。"

赵醒归："他对你表白了吗？"

卓蕴含糊其词："嗯。"

赵醒归低头想了许久，问："我能看看他的照片吗？"

他还是有些怀疑，心中抱着幻想，觉得那个人是假的，是卓老师虚构出来骗他的。然而，卓蕴很大方地打开手机，给他看她和彭凯文的合影。

彭凯文这人虽然审美不行，本身的长相还算不错，是个细皮嫩肉的小白脸，拿出来作为"虚拟男友"绝对不会掉份儿。

赵醒归看着照片，卓蕴和彭凯文并肩而坐，似乎是在一家火锅店，两人都笑得很开心。卓蕴脸上还化着妆，赵醒归心一沉，想起，卓老师见未婚夫会化妆，见Kevin也会化妆，却从没有因为要来见他而化过妆。

卓蕴观察着赵醒归丧气的表情，觉得，小孩估计已经信了。

赵醒归盯着照片看了半天，默默地把手机还给卓蕴。卓蕴还要作死，花痴地问："他是不是很帅？"

赵醒归牙都要咬碎了，冷冷地看了她一眼。

下课后，赵醒归没再记仇，像往常一样送卓蕴下楼。

十二月初的夜晚，室外已经寒气逼人，卓蕴不让赵醒归出屋子，他不答应，穿上羽绒外套转着轮椅坚持送她到院门口。

他仰着脸问:"卓老师,你这个周末是周六来,还是周日来?"

"周日吧。"卓蕴说,"周六我要和Kevin出去玩。"

她已经很习惯把"Kevin"挂在嘴边,撒谎撒得脸不改色心不跳,赵醒归却问了下去:"你们去哪儿玩?"

卓蕴随口回答:"他带我去打网球。"

赵醒归想了想,问:"你上次,国庆节,说和室友在看人打网球,就是看他吗?"

卓蕴没想到两个月前的电话内容,赵醒归都还记得,只能硬着头皮回答:"对,就是他,我那时候就认识他了。"

然后,赵醒归就问出一个令人意想不到的问题:"我能一起去吗?"

卓蕴惊呆了:"啊?"

"你们去打网球,我能一起去吗?"赵醒归注视着她的眼睛,"我很久没出去玩过了,也没人约,我想去看你打网球,可以吗?"

卓蕴一脑门汗:"这个……不太方便吧?我的朋友,你也不认识啊。"

"我不用认识他们,我只是想看你打球。"赵醒归说,"我不会打扰你和你朋友的,那个Kevin,我可以保证不和他说话,不给你捣乱,我就是想出去散散心。"

卓蕴说不上话来,赵醒归兀自说了下去:"你们不用管我的交通,我可以自己过去,你把时间地点给我就行。我也不用你们出钱,不和你们一起吃饭,我不怕他们看到我坐轮椅的样子,你们可以当我不存在。"

卓蕴:"可是……"

赵醒归一直仰着脑袋,眨巴着眼睛,看起来颇为可怜:"我很想去,卓老师,我想更多地了解你的生活。"

(3)

"所以,你又答应了?"苏漫琴坐在公共阳台上,笑得花枝乱颤。

卓蕴双目呆滞,裹着羽绒服任由冷风扑面而来,说:"我现在觉得,我可能智商不太行。"

苏漫琴搂住她的肩膀:"算了算了,答应就答应了吧,我去和Kevin说一声,让他去订场子,再叫上倪航,周六我们四个一起去打网球,也是很久没玩了,刚好松松筋骨。"

"是五个。"卓蕴绝望,"啊!不知道Kevin的演技好不好啊。"

"你不如担心下自己的演技。"苏漫琴快要笑疯了,"说起来,我对紫柳郡弟弟可好奇了，终于要见到本尊，我一定要好好逗逗他！"

卓蕴转头大叫："不行！"

苏漫琴："哟，这就急啦？"

"哎呀你不懂，不能去逗他。"卓蕴垂下眼睛，"你见到他就知道了，绝对不能去逗他，他是个很好很好的男孩子，我不允许你们任何人去欺负他。"

卓蕴提前在好友群里给三个小伙伴打预防针。

Zoe：那个男孩姓赵，你们可以叫他小赵，他之前受过伤，现在身体不太好，平时要坐轮椅。你们见到他后不要去询问他的受伤原因，也不要去问他的日常生活、康复情况之类，总之就是别问他任何私事，对他态度好点，完了我请你们吃饭！谢谢大家！[抱拳]。

另三人看到消息后都很惊讶，但还是答应下来。

Zoe：@Kevin，你现在是我的绯闻男友，任务很艰巨，知道要怎么做吗？

Kevin：秀恩爱！[嘿哈]。

Zoe：还是要把握好尺度，别太过分了。

Kevin：[疑问]怎样的尺度不算过分？要牵手吗？

Zoe：不行！

Kevin：好吧。[委屈]。

群聊结束，苏漫琴私底下问卓蕴："紫柳郡弟弟不能走路？"

卓蕴："对。"

"怪不得，上回你会问 Kevin 那样的问题。"苏漫琴记起国庆回家路上发生的事，"是因为车祸吗？"

"不是。"卓蕴看着她，"漫，你也别问了，行吗？"

苏漫琴爽快地应下："行，放心吧，我不会多嘴的，也不会去逗他。"

卓蕴心里其实很没底，感觉自己玩脱了。认识赵醒归后，她骗过他好几次，又一一被识破，不知道这次会不会又被赵醒归发现破绽。那小孩心思细腻，头脑聪明，卓蕴原本以为他永远都不会和她的社交圈有交集，谁知道他会主动提出要一起出来玩。

最诡异的是，她居然答应了，鬼使神差似的。卓蕴意识到，她似乎对赵醒归很没辙，都有点无底线地纵容了。

周六早上九点，彭凯文开车到 A 大接上卓蕴三人，直接开去那家订好场子的网球俱乐部。一路上，除了卓蕴，另三人都很兴奋，因为要看彭凯文和卓蕴扮情侣，又因为要见到那个传说中的紫柳郡弟弟。

"这叫什么？"苏漫琴说，"修罗场！对吧？"

两个男生都不懂什么叫"修罗场"，彭凯文压力好大："我今天本来说好和梦梦一起吃午饭，下午再去看电影，结果爽约了。她问我有什么事，我都不敢说和你们来打球，万一她说要一起来，我答应呢，会被Zoe打死，不答应呢，直接和梦梦凉凉，唉……做人好难。"

倪航问："那你最后用了什么理由？"

彭凯文说："我说我要去医院看病，看痔疮，不方便让她陪。"

倪航、苏漫琴："哈哈哈哈哈哈……"

卓蕴笑不出来，有气无力地说："Kevin，对不起啊，改天你俩谈上了，你把梦梦带出来，我请你们吃饭。"

彭凯文笑着说："不用，你的忙我一定帮。"

卓蕴心里很感动，彭凯文和苏漫琴一样仗义，也是因为他们三个相处起来很对胃口，才会成为好朋友。

网球俱乐部到了，彭凯文开的依旧是那辆大奔，把车停到停车场后，他吹了声口哨："Look（看）！那边有辆宾利。"

卓蕴一惊，下车朝宾利车走去，能看到史磊坐在驾驶座上，却看不清后排景象，快要走到车边时，宾利的后排车窗降了下来，赵醒归帅气的脸庞出现在她面前："早上好，卓老师。"

"早上好。"卓蕴问，"你等多久了？怎么没给我打电话？"

赵醒归说："没多久，你们人到齐了吗？"

"齐了。"卓蕴回身指指那辆大奔，"连我在内一共四个，两男两女。"

赵醒归顺着她的手指望去，苏漫琴三人都已下车，一个个伸着脖子朝这边张望。

赵醒归发现他们个子都很高，女生打扮得漂亮洋气，两个男生也高挑英俊。此时他们在后备厢拿东西，赵醒归看到那女生挽住了一个男生的胳膊，应该是一对情侣，也就是说，剩下那个穿红衣服的……就是Kevin彭了。

两男两女，两对恋人，外加一个坐轮椅的电灯泡，这，就是今日组合。

赵醒归对卓蕴说："卓老师，你们先进去吧，我一会儿就来。"

卓蕴猜测，他是不想让她的朋友们看到他从车里转移到轮椅的过程，点头应下："行，那我们在大厅等你。"

她回到车边背上自己的网球拍，提起运动包说："我们先进去吧，小赵马上就来。"

这家网球俱乐部运营多年，除了几个室内外网球场，还设有一家网球用品商店，此外健身房、VIP包厢、休闲吧、更衣室、公共卫浴一应俱全，大厅宽敞又温暖，彭凯文订的是一块带暖气的室内场地，可以抵御雨雪风霜，在十二月也能让人舒适地打球。

卓蕴四人等了没多久，赵醒归就转着轮椅进来了，史磊陪在他身边。近距离地见到面，卓蕴立刻给大家互相介绍，赵醒归抬头看向彭凯文，他穿着一件由粉红到白色渐变的羽绒外套，底下是白色紧身长裤，两条腿又细又长，看着很像一只……火烈鸟。

苏漫琴笑眯眯地说："小赵，你好。"

赵醒归："苏姐姐好。"

倪航也微笑："小赵，你好。"

赵醒归："你好，航哥。"

彭凯文向赵醒归摇摇手："嗨，小帅哥，你好。"

赵醒归没理他，彭凯文被小少年灼灼的目光盯得如芒在背，不停地用眼神向卓蕴求救，卓蕴赶紧打圆场："好了好了，我们抓紧时间吧，先去换衣服，一会儿球场见。"

走去更衣室时，彭凯文对倪航吐槽："都是你出的馊主意！我好害怕呀，你看到那小孩的眼神了吗？好像能把我给吃了。"

倪航快要笑死："放心，Kevin哥，记住你今天的任务，恩爱秀起来！"

彭凯文偷偷回头看了一眼，赵醒归居然就在他们身后不远处，彭凯文接触到他冰冷的视线，感觉自己腿都发软了。

"我不想秀恩爱。"彭凯文一阵唏嘘，"我只想活命。"

赵醒归不用换衣服，他本来就不会打网球，现在坐轮椅，更没想过要打球，只把羽绒外套寄存在储物箱，和史磊一起去了那块室内场地。

这个场馆有两块标准网球场，用网子隔开，另一边已经有人在打球了。赵醒归第一个到，好奇地四处张望了一会儿，趁卓蕴他们还在更衣，试着将轮椅转到了网球场上。

停在半场的中心，他向四周看去，这里非常宽敞，地面也很平整、光滑，看着和室内篮球场的地面材质差不多。赵醒归受伤后只去过紫柳郡的露天篮球场，还是第一次来这种室内运动场地，因为年纪小，心里多少有些激动。

他先是规规矩矩地转动轮椅，一会儿后就加快了前进的速度，他发现，轮椅在这样的地面上转得要比在水泥路面快很多，还很丝滑，不管是转弯、急停，还是快速前进，都非常刺激。

史磊只看到赵醒归转着轮椅在空荡的场子上撒欢儿地转来转去，心想他到底还是个孩子，能自己找乐子，只是……史磊还是有点担心，一会儿那几个年轻人要打网球，赵醒归只能坐在边上看，也不知道小伙子心里会不会郁闷、难过。

卓蕴换好衣服，背着网球拍来到场地时，另两个男生已经出来了，赵醒归也不再自得其乐，坐着轮椅乖乖待在场边，史磊陪在他身旁。

赵醒归转头看向卓蕴，她扎着高马尾，没化妆，穿一身灰色运动套装，长袖拉链外套配长裤，看着灰扑扑的很不起眼。

其实，这套衣服不便宜，网球拍和鞋子更昂贵，不过卓蕴懒得再去搞一套运动服来骗人，想着要是赵醒归问起，就说是问苏漫琴借的。

苏漫琴穿得漂亮些，粉色上衣配银色长裤，倪航就是一身简单的豹子牌运动装，最吸引人眼球的是彭凯文，他穿着草绿色短袖上衣加橙黄色运动短裤，连着袜子都是彩色的，火烈鸟直接变成一只绿鹦鹉。

赵醒归想起上次看过的彭凯文照片，这人穿着一件彩虹色毛衣，他低头看看自个儿身上的白衣灰裤，心想，莫非卓老师喜欢那样的着装风格？自己是不是穿得太素了？

每个半场都有一个休息区，卓蕴四人出于某些不可说的原因，都挤在一起，把另一边留给赵醒归，仿佛楚河汉界，泾渭分明。

彭凯文还从赵醒归这边搬走了一把椅子，说："小帅哥，我拿过去了哈，那边椅子不够。"

赵醒归郁闷，椅子不够，不能人过来吗？

人既然已到齐，自然就开始打球，他们打混双，卓蕴和彭凯文在一边，苏漫琴和倪航组队，四个人先两两热身，打小场对拉。

卓蕴和苏漫琴对拉时，就在赵醒归正前方，他看着卓老师挥拍击球，姿势很漂亮，可以对拉好几个球都不出界、下网，就是这样简单的对拉，他都看得津津有味。

两个女生热完身后换男生，彭凯文记起自己要秀恩爱，等卓蕴下来时，把一瓶矿泉水拧开递给她，大声地说："Zoe！喝口水吧！"

卓蕴被他吓一跳："你嚷嚷啥？"

彭凯文冲她挤眉弄眼，卓蕴立刻明白了，接过水也大声喊："谢谢你！Kevin！"

倪航差点笑场，苏漫琴在边上抚额："你们……稍微正常点，这又不是演小品。"

卓蕴咕嘟咕嘟喝着水，抽空看了眼另一边休息区的赵醒归，小少年正幽幽地望着她，眼神哀怨，活像一个被打入冷宫的失宠妃子。

"噗！"卓蕴一口水喷出来，彭凯文不知道她是不是故意的，立刻上去给她拍背："你怎么啦？慢点儿喝，小心别呛着。"

卓蕴冲他挥挥手："行了行了，戏过了哈。"

"哦。"彭凯文讷讷地说，"我去热身了。"

热完身，正式开打，卓蕴不敢再去赵醒归那一边，和彭凯文躲到网对面，赵醒归看到卓老师高抛发球，动作相当标准帅气，马尾辫甩起来，球拍击到那颗黄绿色小球，球就向着对面直飞而去。

四个人里，卓蕴的水平应该是最好的，其余三个都是"菜鸟"，卓蕴就也没打得太刁钻，怕对面两人接不到。如此一来，这所谓的混双就变成一场大型弹弹球游戏，你打过来，我打过去，大家的目标就是接到球，击过网，不出界，实在没什么观赏性可言。

赵醒归一点儿也不含蓄，视线始终凝固在卓蕴身上，他虽然不会打网球，却看得懂，知道卓老师水平应该不止如此，她似乎打得很不过瘾。

打了一会儿混双，两个女生下场，剩男生对打。苏漫琴说她去一下洗手间，卓蕴一个人在场边站了一会儿，看了几眼另一边休息区的赵醒归后，从包里翻出一根发绳，磨磨蹭蹭地走到他身边，叫他："赵小归。"

赵醒归抬头看她，卓蕴笑笑："是不是很无聊？"

赵醒归搓一下裤腿，低声说："还好。"

卓蕴在他身边的椅子上坐下，用嘴咬着发绳，两只手在脑后给自己绑麻花辫，赵醒归哪里还会再去场上，就转着脑袋看她绑辫子。

卓蕴绑好麻花辫后，一手抓紧辫梢，一手从嘴里拿下发绳去绑，一不小心发绳掉地上了，绑好的辫子也散了一些，她叫了一声："哎呀。"

赵醒归弯腰帮她捡起发绳，说："你编好辫子，我帮你绑。"

卓蕴回头看他，眼睛弯成月牙儿："你会吗？"

"会。"赵醒归说，"我给小宜扎过辫子。"

卓蕴没拒绝，又一次编好麻花辫后，把后脑勺转向赵醒归，他左手抓紧她的辫子，右手拿着发圈熟练地绕上去，绕了几圈后试试松紧，说："好了。"

卓蕴晃晃脑袋，感觉轻松很多："谢谢。"

她没有回自己的休息区，就这么坐在了赵醒归身边，问："你以前打过网球吗？"

赵醒归摇头："没有，我一直都在打篮球，不过我看得懂网球，知道规则，小宜学过几年。"

卓蕴问："她后来没再学吗？"

"对，她功课太忙，平时喜欢弹钢琴，还有拉丁舞。"赵醒归说，"小宜和我不一样，她对文艺类更感兴趣。"

卓蕴："哦……"

倪航就在赵醒归和卓蕴的这半区，看两人在聊天，一头雾水，用眼神把疑问抛给网对面的彭凯文，彭凯文也想不通，对倪航摊了摊手。他俩看得分明，赵醒归从来没动过，是卓蕴自个儿溜过去的。

这时，有个二十多岁、身材健美的女孩跑到卓蕴面前，对她打招呼："嗨，你好，我是隔壁场地的，刚才看你打球，打得很好啊！不知道你愿不愿意和我打一会儿？我学过几年，但我那边的女生不太会打，男生……我又打不过。"

对于这样的邀约，卓蕴还是第一次碰到，有点犹豫，赵醒归说："卓老师，你去打吧，我觉得你刚才都没打过瘾。"

"你这样觉得呀？"卓蕴站起来，对那女生说："好吧，我和你打，就在我们这个场地吧，他俩也打累了。"

女孩欣然应允，倪航和彭凯文把场地让给她们，卓蕴提着拍子来到赵醒归这一边，女孩去了网对面，赵醒归双手拢在嘴边冲卓蕴喊："卓老师！加油！"

卓蕴冲他笑笑，因为不知道那女孩的水平，她先用了一个比较保守的发球，等到那女孩将球击回来，卓蕴才知道，这人水平不一般。她打起精神，认真对待，和那女孩有来有往地打了几个回合，分数你追我赶，不相上下。

苏漫琴回来了，"哇"了一声，见卓蕴已经打得满头大汗，喊她："蕴宝，你要不要把衣服脱了？"

卓蕴向那女孩举手示意："嗨！我脱下衣服，好热！"

她没走去苏漫琴那边的休息区，就近来到赵醒归身边，把网球拍交给他，上衣拉链一拉到底，外套就脱了下来，接着也没脱鞋，直接扒住运动裤腰往下一脱，把长裤给脱了。

赵醒归目瞪口呆地看着她，卓蕴身上竟是一条白色网球裙，无袖又紧身，勾勒出她完美的身材曲线，如果不是因为那女孩来"挑战"，估计这裙子会一直被她藏在运动服里。

卓蕴把衣服丢在椅子上，从赵醒归手里接过球拍，目光凛凛地重回场上。

赵醒归眼珠子一眨不眨地盯着她，卓老师发球了。她仰起头，左手抛球，网球高高地飞起，卓蕴屈腿、跳跃，右臂挥拍大力击球，同时还喊了一声："哈！"

她的麻花辫在脑后飞舞，裙摆随着跳跃而扬起，露出里头同色的运动短裤。

赵醒归的脸渐渐烫起来，眼睛都不知该往哪里看，他从来不知道，卓老师胳膊纤瘦，双腿细长，却有着那么大的力量。

这是一个ACE球，球击到对方界内，那女孩没触到球，卓蕴直接得分。

苏漫琴、彭凯文和倪航啪啪鼓掌，大声叫好，对方女孩也叫了一声："好球！"

卓蕴转头看向赵醒归，笑着对他扬了扬下巴，赵醒归面无表情，已经傻了眼。

后面的比赛，卓蕴燃起斗志，火力全开，再也不是和苏漫琴那几个"菜鸟"打球时的状态。她快速地移动步伐，时而在底线大力扣球，时而在网前轻巧截击，与那女孩打得难分难解，没过多久两人都已面色潮红，浑身大汗。

比赛结束，卓蕴小胜而归，女孩打得很过瘾，笑嘻嘻地与卓蕴互留联系方式，说以后再约着一起打球，之后便回了自己的场地。卓蕴拿毛巾擦过汗，拿着水瓶就要往赵醒归那儿走，彭凯文在她身后小声喊："Zoe，Zoe！"

卓蕴仿佛没听见，苏漫琴拍了一下彭凯文："算了，随她去吧。"

卓蕴已经走到赵醒归身边，顶着一张红扑扑、汗津津的脸，有些得意地看着他："卓老师水平如何？"

赵醒归冲她竖起大拇指："非常厉害。"

卓蕴又坐到他身边，一边喝水，一边看场上倪航和苏漫琴打弹弹球。她没把长裤外套穿上，两条长腿就露在空气里，赵醒归瞄了一眼，问："你不冷吗？"

卓蕴摇头："好热，一会儿再穿。"

赵醒归从椅背上拿起她的外套，搭在她大腿上："挡挡风吧，我怕你着凉。"

"谢谢。"卓蕴对他笑了一下，她很累，却又很放松，笑容无比恬静，赵醒归差点沉醉在她温柔的眼神里。

他算了下时间，得去卫生间了，刚好让自己清醒一下。

史磊陪赵醒归离开，等他们回来时，苏漫琴和倪航也打累了，正在场下休息，场上空无一人。赵醒归将轮椅停回卓蕴身边，卓蕴休息得差不多了，转头看向他，眼珠子一转，突然伸手戳戳他胳膊："赵小归，你要不要和我玩一会儿对拉？就跟我们刚才热身那样。"

赵醒归很吃惊，低头看一眼自己的腿，又看向她："我可以吗？"

"应该可以的。"卓蕴比画着示意，"我俩都在半场的中央，我尽量把球打到你能接到的区域，不用力，你不需要太多移动，只要把球击回来就行。我觉得我可以做到，就是不知道你回球靠不靠谱。"

赵醒归微微蹙眉："我没打过网球。"

"试一下吧，来都来了。"卓蕴跳起来，向他伸出右手，"来，我教你。"

赵醒归没再犹豫，伸出右臂握住她的手，被她连人带轮椅拖到了场地上。卓蕴向彭凯文借来拍子交给赵醒归，又给他讲了讲小场对拉的要领和规则，没什么得分不得分，就跟打弹弹球一样。

她走去网对面，很轻巧地把球打过来，网球在地上弹了一下后，几乎就到了赵醒归的右手边，他顺势一击，球就打过去了，只是略微用了点力，卓蕴不得不跑了两步才接到球，重新打回去的球落点就不太好，离赵醒归有些远，他单手转动轮椅想要去接，没接到。

卓蕴冲他喊："接得不错！就是太用力了！你是男生，力气本来就比我大，稍微小点力，不然我不好接！"

赵醒归回答："知道了！我会注意的！"

等到卓蕴第二个球打过来，赵醒归回球时力气就小了许多，卓蕴叫了一声"好"，又把球打回去，落点依旧在赵醒归的挥拍范围内，他往右探了下上身，顺利地把球击了回去。

他渐渐找到乐趣，一开始轮椅几乎停着不动，慢慢地开始尝试单手转动轮椅，往前一点，往后一点，往左，往右……他尽量用腰身控制身体，保持平衡，每接到一个球，便会多一份信心。

这样的对拉其实很考验双方的技术，毕竟赵醒归坐轮椅，又是第一次打网球，击回来的球落点飘忽，需要卓蕴回球时来调整。如果赵醒归的技术很菜，对拉根本打不起来，幸运的是，他有着非常好的运动天赋，即使双腿不能动弹，也不妨碍他对一颗小球运动轨迹的掌控与判断。

没多久，他就与卓蕴达成了默契，最多的一次，他俩对拉了八九个回合，左扑右挡，相当精彩，直到卓蕴回球过远才结束这一轮。

到了后来，赵醒归甚至开始尝试控球，回球的角度越来越合卓蕴的心意，让她接得非常舒服。

有时候，小少年还会突然使坏，故意回一个略微刁钻的球，需要卓蕴横向大幅度地移动，她没接到，气呼呼地去捡球，又着腰用球拍指赵醒归："你怎么这样的啦！讨不讨厌！"

赵醒归在网对面哈哈大笑，翘起前轮，炫技似的将轮椅三百六十度转了个圈，又拎起衣襟擦了擦脸上的汗。

史磊看到小伙子玩得这么开心，心里很欣慰，觉得这一趟真是没白来。与他相反，苏漫琴等人在休息区早已一脸茫然。

彭凯文梦游般地问："我是谁？我在哪？我在做什么？"

倪航拍拍他的肩："我觉得，你的戏份已经提前杀青了。"

彭凯文垮着肩："我还不如去和梦梦看电影。"

"这事儿真是……"苏漫琴小声说，"我觉得，已经不仅仅是那小孩的问题啦，你们说呢？"

倪航和彭凯文齐声叹气，彭凯文说："我又不瞎。"

"卓师姐是不是自己都没意识到啊？"倪航看着场上那两个一边打球，一边"眉来眼去"又"打情骂俏"的人，很是纳闷，"就她这样，还想拒了对方？那小孩在场边就跟个吸铁石似的，卓师姐自个儿会被吸过去。"

"谁说不是呢。"彭凯文皱起眉，"叫都叫不回来，魂就根本没在。"

苏漫琴摇头："完了，完了。"

倪航说："哎，我们来打赌，一会儿卓师姐会跟谁的车走，会跟谁去吃午饭。"

苏漫琴："我押小赵。"

倪航："我也押小赵。"

彭凯文咬牙切齿："为了我的面子，我押我自己！"

苏漫琴看着他："输的人请吃午饭。"

彭凯文："成交！"

卓蕴和赵醒归足足玩了半个小时才结束，这块场地的租赁时间也到了。赵醒归出了一身汗，意犹未尽地回到场边，他没带毛巾，卓蕴把自己的毛巾递给他，赵醒归擦了擦汗，卓蕴又递给他一瓶水，他喝下小半瓶，抬起头，眼睛亮亮地看着她。

"玩得开心吗？"卓蕴觉得这样子的赵醒归很像一只落水小狗，忍不住就挠了挠他汗湿了的头发。

赵醒归躲了一下，说："头发上都是汗。"

卓蕴说："我又不嫌弃你。"

赵醒归低下头，耳根子更红了。

大家去洗澡更衣，赵醒归没洗澡，在这样的公共浴室，他一点儿也不方便，只能穿上羽绒服去大厅等卓蕴。史磊奇怪地问："小归，我们还等什么？你不是说你不会和他们一起吃午饭吗？我们现在是不是可以走了？"

赵醒归愣了一下，抿抿唇，说："我想和卓老师说一声再走，再等一会儿吧。"

等人很无聊，赵醒归转着轮椅去逛那家网球用品商店，听过营业员的介绍后，给自己买了一把最贵的网球拍。

女生洗澡要慢一些，卓蕴和苏漫琴最后走出更衣室，两个女孩都吹过头发，长发披散在肩上，卓蕴小跑着来到赵醒归身边，"呀"地一声叫："你买拍子了？"

"嗯。"赵醒归把球拍拿给她看，"这个牌子好吗？"

卓蕴把球拍拿在手里翻来覆去地看："不错的，其实你要是不差钱，可以定制球拍，不过你现在刚开始玩，买这个已经很好了。"

苏漫琴在她身边轻轻咳嗽一声："蕴，我们该去吃饭了，我好饿。"

"哦。"卓蕴想都没想，就问赵醒归："赵小归，你要不要和我们一起去吃饭？"

赵醒归看了一眼彭凯文，摇头："不了，我不打扰你们了。"

卓蕴说："不打扰，我们也是回学校，都一个方向，可以去紫悦城吃饭。"

赵醒归："真的不用了，卓老师，你们去吃吧，我得回家。"

"好吧。"卓蕴有点失望，想到第二天又雀跃起来，"那……我明天下午去你家上课。"

赵醒归点点头："好，那我回去了，卓老师，明天见。"

"明天见。"卓蕴又对史磊说："磊哥，今天辛苦你了。"

史磊忙说："不辛苦不辛苦，小卓老师，那我们就先走了。"

他和赵醒归一起离开大厅，卓蕴一直望着那道轮椅上的背影，直到看不见了才回过头去，发现彭凯文正抱着手臂，笑容古怪地看着她："你是不是已经忘了，我才是你的绯闻男友？我今天可算是体会到被'戴绿帽'的滋味，Zoe，你真的确定你和那小孩是清白的？"

卓蕴理直气壮："当然！清白得不能再清白！"

苏漫琴、倪航、彭凯文："呵呵呵呵呵……"

倪航揽过苏漫琴的肩："走吧走吧，吃饭去，愿赌服输，今天我俩请客。"

卓蕴撇了撇嘴，背着网球拍、提着运动包跟在他们身后，走到停车场时，看到那辆黑色宾利还没走，应该是赵醒归上车需要时间，刚好和他们碰上了。

卓蕴远远地看着那辆车，不知为何，她总觉得，赵醒归也在车里看着她。彭凯文打开后备厢，喊她："Zoe，放东西，上车。"

卓蕴没反应，苏漫琴也叫她："蕴宝！"

那辆宾利迟迟未启动，突然，卓蕴拔腿向宾利车跑去，边跑边喊："对不起！我跟小赵的车回去！你们去吃饭吧！下次我一定请客！"

彭凯文像被雷劈了一记，气得直跳脚："有没有搞错啊！老子被'戴绿帽'还要请客吃饭！"

倪航和苏漫琴愉快地击掌："耶！"

苏漫琴转头望去，卓蕴已经上了宾利车的后座，那辆车终于启动，当着彭凯文绿莹莹的脸面，低调地开出了停车场，扬长而去。

第八章

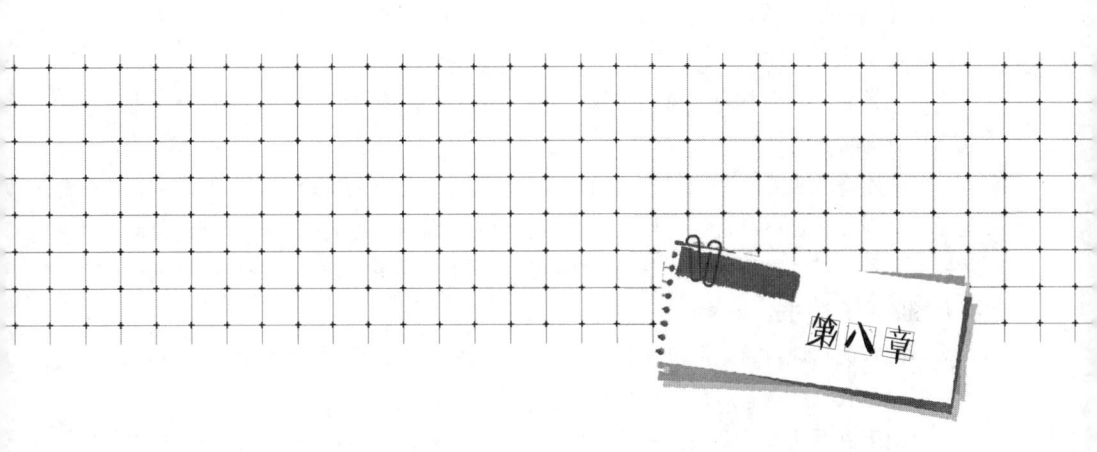

赵小归，再见了

(1)

卓蕴没有把网球拍和运动包放去后备厢，一股脑儿都提进了后座，车子开动时，她还在低头摆弄几个包。

史磊开着车，他和卓蕴见面次数不多，不像苗叔与她那么熟悉，就很自觉地没有开口询问。

卓蕴不太敢去看赵醒归，把球拍和大包从脚的左边摆到脚的右边，好像怎么摆都不舒服，于是就一直没有抬头。她想起刚上车时对上的赵醒归的眼神，他似乎一点也不惊讶，看到她拉开车门还抿唇笑了一下，那笑容很坏，令卓蕴惊觉自己大概是着了他的道。

赵醒归沉默地看着她把包摆来摆去，从衣兜里拿出手机，给她发出一条消息。

醒日是归时：卓老师，你怎么不和他们去吃饭？

卓蕴听到手机响，拿出来一看，真是又懊恼又尴尬，她不敢说话，也用微信回答。

Zoe：你车子一直没开，不是在等我吗？

醒日是归时：我只是想等你上车了，再走。

Zoe：这样啊？那是我误会了。

卓蕴开口喊："磊哥，麻烦你前面路口停……"

"哎哎哎卓老师。"赵醒归说，"我开玩笑的。"

卓蕴斜着眼睛看他，小少年笑得更坏了："你没误会，行了吧。"

史磊没听明白，问："小卓老师，你去哪儿？"

卓蕴干巴巴地说："回学校，磊哥你一会儿把我放在A大南门就行，谢谢。"

赵醒归问："你去哪儿吃午饭？"

卓蕴说："买个外卖带回寝室吃。"

赵醒归又在手机上敲起了字。

醒日是归时：你不和他们一起吃饭，Kevin不会生气吗？

Zoe：不会。

醒日是归时：我发现了，他喜欢你，你好像没那么喜欢他。

卓蕴转头看着他，赵醒归指指手机，卓蕴低头看，他新发了一条。

醒日是归时：我是不是还有机会？

卓蕴的脸板了起来。

Zoe：没有！

看到这两个字，赵醒归的笑意一点也没退去。

醒日是归时：那我继续努力！［微笑］。

车厢里无人言语，史磊专心地开着车，哪里能猜到后排两个年轻人百转千回的心思，他们用看似沉着的面容掩饰着各自心中的小九九，一个心满意足，一个悔不当初。

赵醒归收起手机，说："卓老师，上次你请我吃饭，我还没回请过你，今天应该请你吃午饭的，不过我出了汗，身上太臭了，想先回家洗个澡。"

卓蕴语调平平："你不用请我吃饭，我回寝室就行，刚才打球很累，我想回去睡一觉。"

赵醒归瞅了她一眼，问："你要不要去我家吃饭？"

卓蕴看向窗外："不用了，谢谢。"

"我家今天中午吃咖喱牛肉，是小宜点的菜。"赵醒归说，"不过这个时间，他们应该都吃完了，会给我留出午饭。卓老师，你爱吃牛肉吗？"

卓蕴很喜欢吃牛肉，点外卖时就最喜欢点各种牛肉饭，这时听到"咖喱牛肉"四个字，肚子咕噜噜地叫了一声。但她还是留着一点理智："一般，真的不用了，我想回寝室。"

赵醒归手掌撑着椅面，上身略微向她靠近了些，小小声地问："你是不是生气了？"

卓蕴没生气，就是很后悔，后悔自己太过冲动。

她说："没有。"

赵醒归又给她发微信。

醒日是归时：磊哥把我送回家后就下班了，我只能一个人吃饭，你来我家一起吃吧，去我房里吃，没人打扰。

卓蕴总觉得，事情的走向有点儿不受控制，她知道自己应该坚定地说"不"，可是看着赵醒归期待的眼神，她就是说不出来。从她向他跑去的那一刻起，她的大脑似乎就已宕机了。

见她不说话，赵醒归对史磊说："磊哥，不用去A大南门，直接回紫柳郡。"

史磊："好嘞！"

卓蕴动了动嘴唇，还是什么都没说出来。

她就这样被赵醒归带回了紫柳郡，史磊把车停好后，直接下班回家，由卓蕴陪赵醒归进屋。

一楼客厅开着地暖，范玉华和赵相宜已经吃过午饭，正坐在沙发上看电视，准备过会儿出门去上拉丁舞课。看到赵醒归和卓蕴一起从后门进来，赵相宜很开心，跑过去叫人："卓姐姐，你来啦！"

"你好，小宜。"卓蕴礼貌地喊人："范阿姨，不好意思，周六还来打扰。"

范玉华也走过来："不打扰，你有空都可以过来找小归玩。"

赵醒归转着轮椅去玄关帮卓蕴拿拖鞋，又去厨房请潘姨准备午饭，说半小时后送去三楼。

范玉华问："你俩还没吃饭吗？都一点多了。"

"没有。"赵醒归摸摸自己的头发，"我刚才打球了，身上都是汗，先上去洗个澡。"他又抬头看向卓蕴："卓老师，你在一楼等我半小时，我会洗得快一点。"

卓蕴说："我不急，你慢慢来。"

赵醒归坐电梯上了楼，卓蕴知道他洗澡时自己不能进房间，就没去三楼，和范玉华、赵相宜一起坐到客厅沙发上。距离第一次来紫柳郡面试已经过去三个月，卓蕴与范玉华熟悉许多，范阿姨是个很好相处的人，卓蕴在她面前不会太过拘谨。

赵相宜把零食盒子推给卓蕴，又帮她拿来饮料，范玉华问："小归说他刚才打球了，打的什么球？"

卓蕴说："网球。"

她简单地说了一下自己和赵醒归玩小场对拉的事，赵相宜说："卓姐姐，下次你和我哥再去打网球，把我也带上，我也会打网球！"

卓蕴微笑："好呀。"

范玉华还是想不明白："小归怎么会愿意打球？他坐着轮椅，打球方便吗？"

卓蕴剥了颗开心果丢进嘴里："阿姨，小归打球挺好的，要不是场地时间到了，我和他还会接着打呢，我看他都没打过瘾。"

"我真是没想到。"范玉华说，"小归以前篮球打得很好，但他是运动受伤，出院回家后，他要求我们把他房里一切和篮球有关的东西都收起来，说他不想看到，所以，我以为他再也不愿玩体育项目了。"

"是吗？"卓蕴说，"可是，我平时陪他去小区的篮球场玩，他有时候也会投篮，好像没那么排斥啊。"

范玉华点点头："那最好了，医生也说过，他要是能适当地玩一些体育项目，对他的康复很有好处，不一定是身体上的康复，还有心理上。"

卓蕴想起俞琛的话，说："上回，我听一个小区里的男孩说，小归可以去打轮椅篮球。"

"对！"赵相宜插嘴，"我也觉得我哥可以去打轮椅篮球，肯定巨帅！我和他提过，他没答应，说等高考完再说。"

范玉华宠溺地看着女儿:"你就会给你哥出这些鬼主意,他现在哪里有时间去打球?又要上学,又要复健,每天起早贪黑,你也不想想他的身体情况,他比你辛苦多了。"

赵相宜噘起嘴:"我就是觉得,我哥打了这么多年篮球,放弃了很可惜。"

此时的赵醒归也在想这件事。

坐在洗澡椅上,他回忆着上午打网球时的场景,越想越觉得有意思。自从坐上轮椅,他的行动就受到很大的限制,不管做什么都变得困难重重,洗澡、穿衣、如厕要花的时间都比以前长许多。

他适应着如今慢吞吞的生活节奏,告诉自己不能心急,要好好保护这副脆弱的身体。可他毕竟是个年轻人,这个年纪的男孩大多活泼好动,赵醒归以前球瘾很大,一天不打球就会浑身难受,被轮椅禁锢住的这段时光,他不得不远离球场,除了痛苦,对他来说其实还有一份惦念。

今天在运动场上,他体会到那份消失已久的快速与激情,赵醒归回味着那滋味,他的确不能再奔跑了,但他可以将轮椅划得很快,用手臂的力量,极速向前,毫无阻碍。

当时,有风迎面吹来,他的呼吸都变得更加畅快。赵醒归想,打网球要单手持拍,转动轮椅时多少有点麻烦,如果是打轮椅篮球呢?他是不是就可以解放双手,那场地会更大,他是不是可以前进得更快速?

他一定可以比别人更快,他还有着别人难以比拟的坐高与臂展,当他挺直腰身、伸长手臂举过头顶,是不是会比别人更容易抢到球?当他投篮时,是不是可以比别人投得更准?

赵醒归洗完澡,房间的温度已经很高,他在床上给自己穿好衣服,坐着轮椅去开门时,发现卓蕴上来了,正等在会客室里。

她说:"你妈妈带小宜去上舞蹈课了。"

赵醒归点头应下,给潘姨打电话,潘姨依照吩咐把饭菜送到三楼,赵醒归就和卓蕴坐在小圆桌旁一起用餐。窗帘被拉开,阳光洒进来,坐在落地玻璃窗边,卓蕴觉得自己像待在一间温暖的阳光房。

小圆桌上摆着三菜一汤,大菜就是咖喱牛肉,其余都是小炒和蔬菜,香气扑鼻,清淡可口。卓蕴饿坏了,捧着饭碗大口大口地吃饭,赵醒归依旧吃得很慢,时不时地抬眼看看她。

这还是卓蕴在他家吃的第一顿饭,赵醒归心情不错,吃完后把碗盘都放到托盘上,又搁上大腿,说:"我给潘姨拿下去,卓老师,你先坐会儿。"

赵醒归房里那张看电影用的单人沙发没搬走,只是恢复成一张沙发的模样,卓蕴吃得饱饱的赖在沙发上，没多久赵醒归回来了，卓蕴抬眼看他，两人你看我，我看你，看着看着，同时笑了起来。

一场意料之外的、酣畅淋漓的网球游戏，终结了他俩之间一个月来的疏离感。

卓蕴问："你下午做什么？要午睡吗？我差不多该回寝室了。"

赵醒归转着轮椅来到她身边，说："不午睡，我等下要做作业，先休息一会儿。"

卓蕴知道他现在的作息，自从全天上课后，他去医院复健的频率下降许多，每周一、三、五放学后直接去医院，二、四就在家里等卓蕴来"上课"，周末也不轻松，因为高二年级功课忙了许多。

卓蕴就算回寝室也没事干，听赵醒归这么说，干脆甩掉拖鞋，整个人像只猫似的窝在沙发上，说："你妹妹说，下次我和你再去打网球，叫上她一起，你……还会去打吗？"

赵醒归看着她，她没穿外套，身上是一件毛茸茸的拼色毛衣，晒着太阳的姿势慵懒又惬意，回答："会，我不都买了球拍嘛。"

他将轮椅划得离卓蕴更近了些，拿出手机给她看："卓老师，我今天拍了你的照片。"

"真的吗？"卓蕴坐起来，与他头碰头地看手机，"天啊！你拍了这么多？什么时候拍的？我都不知道。"

赵醒归的相册里前排全是卓蕴，有她穿灰外套时拍的，更多的是她穿着白色网球裙。除了照片，还有视频，卓蕴点开一段视频看，她与那女孩在对打，赵醒归就追着她的身影拍。

他简直是一个直拍小能手，一分多钟的视频里，卓蕴不停在动，跳高伏低，却一直被赵醒归牢牢地框在屏幕里。

他说："你打球时好帅。"

卓蕴看着屏幕上跑来跑去的自己，心里想起之前范阿姨说的话，撩起眼皮看了眼赵醒归，大着胆子问："赵小归，你以前打篮球时，有照片或视频吗？"

手机上的视频播完了，赵醒归垂着眼睛，没回答。卓蕴觉得这个问题有点过分了，忙说："我就是随便说说，没有要看，你不用……"

赵醒归抬起头来，打断了她的话："你想看吗？"

卓蕴："你要是不愿意……"

赵醒归："我就问你，你想看吗？"

卓蕴沉默几秒，点头："想看。"

赵醒归："有的，你等着，我拿给你看。"

卓蕴心乱如麻。

赵醒归回到书桌边，打开笔记本电脑，又从储物柜里翻出一个移动硬盘，对卓蕴说："都存在这儿，没舍得删。"他把硬盘插到电脑上，"我妈妈帮我整理的，我自己都没看过。"

卓蕴走到他身边坐下，看赵醒归打开一个文件夹，电脑屏幕上顿时出现数不清的照片和视频的缩略图，一眼望去，绝大多数都是在篮球场上。

赵醒归说："太多了，你挑着看吧，或者我帮你挑？"

卓蕴说："你帮我挑吧。"

赵醒归滑着鼠标，看到一段视频，点击播放："这是我七岁时我爸用数码相机拍的，好像是一个篮球夏令营结束时的汇报演出，你猜猜哪个是我。"

卓蕴没想到居然能看到幼崽时期的动态赵醒归，立刻瞪大眼睛去寻找。全屏播放的屏幕上是个小舞台，有八九个小朋友分成两排，穿着红色篮球服，每人抱着个篮球，正手忙脚乱地跳着篮球操。

她看着看着就笑了，因为赵醒归真的很好认："后排中间那个，对吧？"

赵醒归："对。"

七岁的赵醒归和现在一样酷，白嫩嫩的漂亮脸蛋上毫无笑容，用细细的小胳膊努力掌控着那个大篮球，运球的动作都要比别的小朋友来得娴熟。

赵醒归看着小时候的自己，抬手捂了下脸："好傻。"

"不傻，很可爱啊。"卓蕴问，"你为什么不笑？别的小朋友都在笑。"

赵醒归说："我那时候换牙，两个门牙都掉了。"

卓蕴乐坏了，笑得浑身直抖，赵醒归关掉视频，又挑了另一段给她看："这个差不多是……小学五年级，十岁吧，我打比赛时体育老师拍的。"

十岁的赵醒归剃着小寸头，个子已经很高，在篮球场上运球奔跑，起跳投篮，可是球没有进。卓蕴看到他吐了吐舌头，像是觉得丢人，接着又快速地参与回防。

赵醒归按照时间顺序由远到近给她挑视频，卓蕴就看着屏幕上漂亮的小男孩渐渐长成一个英俊少年，身型越来越高大，脸型五官也与现在的他越来越像。

她看到了十六岁的赵醒归，真的是一个大小伙子了，个子非常高，留着短碎发，皮肤不像现在这么苍白，但也不黑，是一种很健康的肤色。他穿着蓝色篮球服，一点儿也不瘦，肩膀宽阔，手臂上有流畅的肌肉，大腿更是结实有力。

卓蕴甚至看到他扣篮的身姿，运球后快速插上，就那么轻轻一跃，整个人就蹿了上去，双手抓着篮球"砰"一下扣进篮筐里。

扣篮后他还不下来，耍帅般地抓着篮筐荡了一会儿，才稳稳落地。有队友来和他击掌，他无意间朝拍摄的手机看了一眼，卓蕴看清他的脸，那么稚嫩、青涩，又充满朝气，是曾经能跑能跳、无忧无虑的赵醒归。

视频大同小异，赵醒归又给卓蕴看照片，有他和队友们站上领奖台的合影，也有他独自练习时的留影，他会做力量训练，也会做耐力练习，这个硬盘里的赵醒归似乎永远都在奔跑、跳跃、向前，也永远冷酷，不苟言笑。

　　卓蕴还看到一张生活照，赵醒归说那是他十五岁时，赵相宜在紫柳郡的篮球场给他拍的。

　　他穿着一件灰色长袖卫衣，底下是黑色运动短裤和一双很耀眼的红色篮球鞋。他戴着卫衣兜帽，帽檐压着眉眼，背靠在篮球场的防护网上，右手在胯边夹着个篮球，左手插在裤兜里，两条修长有力的腿懒洋洋地交叠着，右脚尖点着地，看着镜头的脸上满是不耐烦。

　　"那会儿'中二'，不喜欢拍照，小宜非要给我拍，说要拿去学校给她的好朋友炫耀。"赵醒归想起他那宝贝妹妹，无奈地摇摇头。

　　"我想要这张照片，能发给我吗？"卓蕴指指屏幕，"赵小归，你那会儿真帅。"

　　赵醒归问："我现在不帅吗？"

　　"你现在太瘦了。"卓蕴说，"应该再壮一点。"

　　赵醒归看着屏幕上那张定格的照片，很久都没说话。他的左手躲在桌子底下，掐了把自己的左大腿，没有感觉，好像在残忍地提醒他，曾经骄傲肆意的时光都过去了，此生再也不会拥有。

　　他关掉文件夹，说："我等下把这张照片发给你。"

　　卓蕴说："好。"

　　"卓老师。"赵醒归转头看她，"这些东西，我很久没看了，你可能想象不出来，我已经……记不起走路、奔跑、跳跃是什么感觉，我已经，连站着是什么感觉，都不太记得了。"

　　卓蕴问："那你还想打篮球吗？"

　　赵醒归摇摇头："我不知道。"

　　他沉默了一会儿，问："卓老师，如果有一天，我真的去打轮椅篮球，你会不会觉得很奇怪？"

　　卓蕴说："不会啊，我为什么会觉得奇怪？我还很期待你去打轮椅篮球呢，我觉得你一定可以打得很好。"

　　"不一定的。"赵醒归说，"轮椅篮球和普通篮球不一样，它对个人的身体素质和技术能力没有太高的要求，因为它没有太多的拼抢与对抗。它更讲究团队协作能力，对传接球、操纵轮椅的技巧、轮椅运球水平，还有投篮命中率要求更高。轮椅篮球没有超级球星，大家都那么惨了，我觉得就像是在苦中作乐，比赛也不会有什么观赏性。"

"所以呢？"卓蕴问，"比赛就是比赛，比赛的目的就是要赢，你以前打篮球，难道是为了成为超级球星？"

赵醒归摇头："那倒也不是，我就是……"他皱着眉，颇为艰难地问，"卓老师，如果我去打轮椅篮球，你会来为我加油吗？"

卓蕴用力点头："会，一定会。"

"好。"赵醒归的眉眼舒展开来，像是做了一个决定，"那我，找机会去试试。"

卓蕴在赵醒归房里待到下午三点多，不想再打扰他做作业，便背着球拍走回学校。离寝室越来越近时，她突然有点慌张，因为不知道要怎么面对苏漫琴。

卓蕴回到316寝室，另两个室友都不在，苏漫琴已经回来了，正好整以暇地等着她。卓蕴默不作声地把东西放到桌上，苏漫琴叫她："卓蕴。"

该来的总是要来，卓蕴知道，苏漫琴有话对她说。

她笑着问："怎么了？Kevin是不是生气了？"

"他没那么容易生气。"苏漫琴走到卓蕴身边，直截了当地问，"你和我说实话，你是不是喜欢上小赵了？"

卓蕴矢口否认："没有。"

苏漫琴："那你为什么要上他的车？"

"不为什么。"卓蕴抬着下巴，神情倔强，"我想上就上了，不行吗？"

苏漫琴的眼神柔下来："你别浑身带刺，我没有指责你的意思，就是想和你聊聊。我们三个中午吃饭时说到这件事，一致认为，现在不是小赵一个人的问题，你没发现吗？你的态度更不对劲。"

卓蕴咬死不松口："你们想多了，我不喜欢小赵，我怎么可能喜欢他？他比我小，我只把他当弟弟看。"

苏漫琴说："宝，你应该知道，要拒绝一个喜欢你、但你不喜欢的男人，最好办法就是疏远他，断了联系。你都不喜欢他，为什么还坚持要做这份家教？为什么你就是不愿意辞职？你有没有想过这个问题？"

卓蕴说："因为我不想让他失望。"

"你怎么知道他会失望？"苏漫琴说，"那你现在这样算什么呢？你说你不喜欢他，却又一周三次地去见他，你不停地给他希望，最后呢？他难道不会更失望？搞不好那会是绝望啊。"

卓蕴的眼睛渐渐红了："你到底要和我说什么？我就是不想辞职，不行吗？我不会和他谈恋爱的！他还是个小孩呢！"

"如果他只是个普通小孩，身体健康，像倪航那样，我根本不会来管你。你想玩就玩，不想玩就吊着，关我什么事？"苏漫琴也急了，"可小赵……他那样的，你懂我的意思吗？以我对你的了解，你不是那种会玩感情游戏的人，你也从来没玩过。那你想啊，到最后你和小赵会怎样？我不是怕他会怎样，我都不认识他，我是担心你啊宝贝，我怕你抽不出身来。你都不知道你看着小赵的眼神是什么样的，我和Kevin他们看得清清楚楚，你别再自己骗自己啦，敢不敢看着我的眼睛，摸着自己的良心说一句，你不喜欢小赵？"

卓蕴的右手一下子就按在左心口，双眼通红，死死地瞪着苏漫琴，一字一句地说："我不喜欢赵醒归，不喜欢！行了吧？"

苏漫琴看着她那从眼角滑落的泪，叹了一口气："行，那我想问，你为什么要哭呢？"

卓蕴胡乱抹去颊边的泪水，避开苏漫琴的目光，吸了吸鼻子："不管你们怎么想，反正，我是不会和他谈恋爱的，也不会辞职。我什么时候给过他希望？对赵醒归，我一直行得正坐得端，问心无愧！"

苏漫琴见她这个样子，心里的担心一点儿没减少，拉拉她胳膊："宝……"

卓蕴甩开她的手，眼泪又掉下来，神情特别委屈："你们为什么就是不相信我？我都说了我不喜欢赵醒归，我怎么可能喜欢他？明明是他喜欢我，我还很烦呢！"

这人是吃了秤砣铁了心不会承认了，苏漫琴决定不再和她掰扯，上前抱了抱她："好了好了，是我的错，我不说你了，宝儿你别哭，你自己把握好分寸就行，别哭了，乖。"

卓蕴反而哭得更加伤心，像是受了天大的冤屈，翻来覆去就一句话："我不可能喜欢赵醒归，你们怎么能这样乱讲？我怎么可能喜欢赵醒归……呜呜呜呜……"

苏漫琴拍着背哄她："好好好，我知道了，你不喜欢赵醒归，你一点儿也不喜欢他……"

"我本来就一点儿也不喜欢他！"卓蕴呜呜咽咽地喊，"他还是个小孩呢，我都是个大人了！我怎么可能喜欢他……"

简直就像一场闹剧，苏漫琴忧愁地抱住卓蕴，任由她在自己怀里狠狠地哭了一场。

认识两年多，苏漫琴从没见卓蕴这样失控过，她会和她爸或她弟在电话里互骂，会因为家里的事而生气，继而疯狂吐槽，却从不会为他们掉一滴眼泪。而现在，她为了一个男人，哦不对，是一个男孩，哭得这样伤心，哭的理由还特别离谱，是因为被人"冤枉"她喜欢他。

苏漫琴想到卓蕴上一次大哭，也是从紫柳郡回来。她默默地想，紫柳郡弟弟真是深藏不露啊，还是个未满十八岁的高中生，卓蕴这是……栽他手里了吧？

晚上，赵醒归坐在电脑前，又一次看起自己曾经的照片与视频。

受伤以后，他根本没有心情、也没有勇气去看这些东西，可是这天下午，坐在卓老师身边，他和她一起看着视频上活蹦乱跳的自己，突然就觉得，好像并没有那么痛苦。

他甚至感到庆幸，这些影像没有删除，可以拿给卓老师看，她像是很喜欢，说他打球时好帅，跳得高跑得快。她说他现在太瘦了，应该再壮一点，赵醒归心里很矛盾，他一直在控制饮食，防止发胖，怕体重增加后的自己会给身边人造成更大的负担。他捏捏自己的胳膊，虽说还没到芦柴棒的地步，但和以前打球时相比，实在是细了许多。

他想了很久，给妈妈打了个电话，一会儿后范玉华敲门进来，问："小归，你找我？"

赵醒归让妈妈在沙发上坐下，自己坐着轮椅待在她对面，很认真地说："妈，你能不能帮我联系一下钱塘市里或区里的残联，问问钱塘有没有轮椅篮球队，我……想去试试。"

范玉华吃惊得嘴都张开了，赵醒归就静静地看着她，范玉华终于回过神来，问："你确定要去试试吗？你现在还在上高二，学习很紧张。"

"我不会落下功课。"赵醒归说，"竞技体育有年龄限制，不像别的兴趣爱好，年纪大了也能玩。我想打轮椅篮球，是为了打比赛，现在开始学、开始练，再过几年，才是打比赛最好的年纪。"

范玉华明白了，点头应下："好，妈妈帮你去联系。"

赵醒归唇边泛起微笑："谢谢妈妈。"

范玉华看到书桌上打开的笔记本电脑，依旧是那个满是照片和视频的文件夹，问："小归，是不是小卓老师鼓励你重新去打篮球？"

赵醒归也看向电脑屏幕，回答："一半一半吧，一半的原因是她，另一半是因为……我自己。"他重新看向母亲，双手搭在自己瘦弱的大腿上，眼神变得坚毅，说，"妈，我还是很想打篮球。"

周日下午的课，上得波澜不惊。

赵醒归告诉卓蕴，他拜托妈妈去咨询轮椅篮球队的事了，如果联系好，他会去球队训练的地方看看，不出意外，他会重新开始打篮球。

卓蕴呆呆地看着他，好半天没说话，最后只笑着说："真不错，那你加油。"

她敷衍的态度令赵醒归有点儿失望，感觉卓老师怪怪的，明明前一天下午，他们之间的氛围已经很融洽，就过了一天，她似乎又回到之前一个月那种疏离的状态。

大概女孩就是这样？赵醒归想，若即若离，喜怒无常。

（2）

第二天是周一，卓蕴不用去紫柳郡上课。下午的课结束后，苏漫琴约她晚上去教室自习，卓蕴不想去，苏漫琴说她："下个月就要期末考了，你也不怕挂科？"

苏漫琴最近勤奋很多，专业课作业都会认真完成，316寝室里，依旧"咸鱼"着的只剩一个卓蕴。她轻描淡写地说："挂科就挂科，有什么了不起的。"

两人回到寝室，苏漫琴坐在书桌前用功，卓蕴赖在床上打游戏，傍晚五点多，她突然接到赵醒归的电话。

看到小少年的名字在手机屏幕上跳动，卓蕴莫名紧张，偷瞄了一眼桌子旁的苏漫琴，才做贼似的接起电话。赵醒归的声音还是那么好听："卓老师，你在学校吗？"

卓蕴把脑袋钻进被子里："在，怎么了？"

赵醒归说："我现在在你们学校停车场，今天是我爸生日，我想给他买点儿你上次买过的海苔小贝，他说那个很好吃，你能把店铺地址告诉我吗？"

卓蕴把店铺地址告诉他，又说："就在北门的商业街，那边很多店，有一家山寨的店名很像，你别买错了。"

赵醒归说："卓老师，你现在有空吗？能不能陪我一起去？"

卓蕴愣住，她就知道！这小孩一肚子坏水，她给他带过好几次甜点，每次都带着包装，他只要上网搜一下就能搜到店铺地址，根本不用打电话来问。

"我现在……"卓蕴又开始纠结，"走不开。"

赵醒归说："噢，没关系，那我自己去买，卓老师再见。"

他把电话挂了，卓蕴在被窝里闷了好一会儿才钻出来，悄悄地爬下床，打开衣柜门挑衣服。

苏漫琴问："你要出去？"

卓蕴："嗯。"

苏漫琴："去哪儿？你不和我一起吃晚饭吗？"

卓蕴说："我去北门打包晚饭，带回来吃，等下和你一起去教室自习，省得你跑来跑去。"

苏漫琴很高兴:"也行,外头太冷,我都懒得去食堂,你帮我买个叉烧饭就行。"

卓蕴裹着羽绒服离开寝室,这几天的确很冷,风特别大,大家走在街上都缩着脖子,一个个瑟瑟发抖。卓蕴有点担心赵醒归,阴雨天时他的手掌格外冰凉,他还说过,他上学时就算穿着棉裤,两条腿还是冰冰的,好在他也感觉不到。

卓蕴来到北门的商业街,直接找去那家甜品店,隔着老远就看到赵醒归坐着轮椅排在队伍里。苗叔陪在他身边,排在他前面的两个女生回过头去与他说话,赵醒归板着脸,也不知道回没回答。

卓蕴向他走去,赵醒归发现了,冷漠的脸上渐渐现出笑容,那两个女生顺着他的视线望来,也看到了卓蕴。

赵醒归喊她:"卓老师,你怎么来了?"

卓蕴双手插在羽绒服口袋里,说:"我来打包晚饭。"

她走到赵醒归身边,和苗叔打了个招呼,那两个女生看了她几眼,又笑嘻嘻地把头转了回去,凑在一起说悄悄话。卓蕴当做没看见,问赵醒归:"你为什么不在车上等?可以让苗叔来排队,外面风那么大。"

苗叔说:"我也说我来买,他非不让,倔得很。"

赵醒归说:"我爸生日,我给他买吃的,当然要自己来排队。"

卓蕴笑笑:"你就把海苔小贝当生日礼物啊?"

赵醒归说:"不是,我另外还给他买了支笔。"

他在运动校服外加了件厚实的黑色羽绒服,拉链拉到了顶,就算这样,一张脸还是被冻得发红,头发都被冷风吹乱了。卓蕴忍不住伸手将他的头发捋顺,一阵风吹来,又弄乱了,卓蕴说:"你头发有点长,该剪了。"

赵醒归也抬手去摸头发,不小心碰到卓蕴的手,她快速地将手收回去,插到口袋里。

赵醒归说:"我周末就去剪。"

卓蕴没离开,说陪赵醒归排队,苗叔见她在,立刻识趣地逛了开去,说一会儿再回来。赵醒归见卓蕴一直没说话,显得心事重重的样子,抬起头问:"卓老师,你怎么了?"

卓蕴随便找了个借口:"我在担心我的期末考。"

赵醒归问:"你是想拿奖学金吗?"

卓蕴摇头:"不是。"

上大学后,她压根不知道奖学金是个什么玩意儿。

队伍慢慢地往前移动,排在前面的两个女生时不时地回一下头,眼神里带着戏谑。卓蕴被她们看得莫名其妙，干脆冷起了脸，那两个女生见她生气了，再也不敢回头。

赵醒归把一切都看在眼里，伸手拉拉卓蕴的衣角，叫她："卓老师。"

卓蕴低头："怎么？"

赵醒归看了眼排在前面的两个女生，冲卓蕴招招手："你弯下腰，我有话和你说。"

卓蕴弯下腰，赵醒归把嘴凑到她耳边，冰凉的手掌拢着她的耳朵，说："刚才，前面那个穿黄衣服的女生问我要微信，我没给。"他语气突然变得得意，"我和她说，我有女朋友了。"

卓蕴站直了腰，眼神冰冷地瞪着赵醒归，赵醒归小声辩解："我又不知道你会来……"

排了二十多分钟，终于轮到赵醒归，在卓蕴的建议下，他买了三四种甜点，装满了一个大纸袋。他又问营业员要来一个小纸袋，把一盒泡芙装进去，递给卓蕴："卓老师，这个你拿回去吃。"

卓蕴说："不用了，谢谢，我要是想吃自己会买，我不是和你一起排的队嘛。"

赵醒归讪讪地收回手，不知道哪里出了问题，在他看来非常自然的事，卓老师却件件都排斥。但她又愿意出来见他，还顶着寒风陪他排队，赵醒归很迷茫，试探着问："你是不是和Kevin吵架了？因为我吗？"

卓蕴说："没有，你想多了。"

买完甜点，卓蕴去打包晚餐，赵醒归不想走，陪着她在小饭店等餐。他打开那盒小泡芙，自己吃了一个，又递给卓蕴："卓老师，你吃一个吧。"

这次卓蕴没拒绝，拿了个泡芙吃进嘴里。赵醒归尝着甜甜的鲜奶油，鼓起勇气说："卓老师，再过两个多礼拜就是你生日了。"

卓蕴看着他："我和你说过，不要给我买蛋糕，不要送礼物，不要请吃饭，什么都不要做。"

"哦。"赵醒归忍住失望，问，"那你生日怎么过？那天刚好是礼拜六，你会来给我上课吗？"

卓蕴想了想，摇头："我礼拜天去。"

赵醒归浓眉皱起，再也忍不住了："你到底怎么了？我是不是做了什么让你不高兴的事？"

卓蕴说："没有。"

"那你为什么……"赵醒归总结着他的感想，"前天去打球还好好的，昨天、今天，你为什么对我这么冷淡？"

卓蕴眯起眼睛："我对你冷淡？"

"对。"赵醒归说，"你有什么不开心的事可以和我直说，对我哪里不满意，你就告诉我，你这样对我忽冷忽热，我都不知道我哪里做错了。"

卓蕴："我对你忽冷忽热？"

赵醒归觉得卓老师状态很差，似乎没法沟通呢。

晚饭打包好了，卓蕴拎起袋子，说送赵醒归去停车场。赵醒归把甜品袋放在大腿上，自己转着轮椅往前行，卓蕴走在他侧后方，能看到他被风吹乱了的头发。

苗叔远远地跟在他们后面，也看得出这两个年轻人之间有点不寻常，说是吵架吧，又不像，反正没有以前那么开心，小卓老师特别沉默，赵醒归来的时候还挺高兴，这会儿也被传染得满脸都是冰碴。

去停车场要右转弯，和卓蕴的寝室不顺路，站在分岔路口，卓蕴思考了一下，叫住赵醒归。她在他的轮椅前蹲下身子，微微地仰视他道："小归，我不送你过去了。"

赵醒归气呼呼地看着她，抿着唇不吭声。

"你以后……"卓蕴咬咬牙，还是说了出来，"尽量，不要来学校找我。"

赵醒归眼睛倏地瞪大："为什么？"

卓蕴说："我怕被人误会。"

赵醒归双手扣紧轮圈，难以置信地问："因为我坐轮椅？"

卓蕴摇头："不是。"

赵醒归："那你怕人误会什么？"

"总之，你可以来A大玩，别来找我就行。"卓蕴沉住气，"每周三次的课，我会继续给你上，除此以外，我们就不要有别的联系了。"

赵醒归既惊讶又疑惑，想来想去只能想到是Kevin的原因："你是和Kevin吵架了吧？因为那天你上了我的车，他生气了，是他这么要求的，对吗？"

卓蕴说："不关他的事，我只是觉得，除了上课，我和你没必要有私底下的联系。不管是在学校见面，还是去外面玩，都不太好。"

赵醒归脑子飞速旋转，还是没想明白是怎么回事，然而在这样的情况下，他似乎只能答应下来。卓老师没有提辞职，已经很好了，他依旧可以见到她，来日方长，只要他们能继续见面，赵醒归也不敢再奢求什么。

他说："好，我答应你。"

卓蕴笑了起来，只是笑得很不自然，连着唇边的两个小梨涡都只忽闪了一下就消失不见。

一阵风吹过，有片落叶飘到赵醒归的头发上，卓蕴伸手将叶片取下，赵醒归感受到她的手指拂过他的发梢,又看到她手里的那片小黄叶,卓蕴将叶片丢到地上,站起身说:"那我回寝室了,苏漫琴在等我带饭呢。"

她冲远处的苗叔挥挥手,转身走上去寝室的路。赵醒归转了下轮椅,目光一直追随着她的背影,直到卓蕴彻底地消失在人群里,他才郁闷地低下头去。

关于辞职,卓蕴的态度就一个——不愿意!

适当地疏远,她可以接受,也是她能想到的唯一办法。

她要证明自己,证明她可以做一个合格的家教,她决定与赵醒归保持恰当的距离,逐渐断了少年那颗荡漾的春心。谁没有过青春期?很简单就会喜欢上一个人啊,可能几个月后就不喜欢了。卓蕴十五六岁时还傻乎乎地对石靖承有过好感呢,后来不都变厌恶了吗?

卓蕴觉得赵醒归对她的喜欢,就是那种青春期少男对漂亮女孩的爱慕,纯看脸,来得快去得也快,冷处理一段时间,就会淡了。到那时候,她一定要骄傲地对苏漫琴说:看吧!我处理得多好!我早就说过,是他喜欢我,不是我喜欢他!

无论如何,她就是不想辞职。

她喜欢去紫柳郡,想要见到赵醒归,她想陪着他读完高二,看他升上高三,一直到他参加高考。

赵醒归高考时,她刚好大学毕业,她想看到他收到心仪大学的录取通知书。这样,以后不管她去哪儿,去做什么,想到这两年的陪读经历,想到这个可爱的、要靠轮椅代步的小少年,她大概都会欣慰地笑出声来。

卓蕴把一切都设想得很好,就像铺了一条大道,她只管循规蹈矩地往前走就行,却没料到,这大道会生出一条岔路,一条非常非常狭窄的路,却把事情往另一个方向引了过去。

周一,她陪赵醒归排队买甜点。

周二、周四,她去紫柳郡给赵醒归"上课"。

周五,很意外的,她被久未联系的丁虹老师叫去了办公室。

大三没有英语课,丁虹早已不教卓蕴,电话里的语气却很严肃,卓蕴预感到,事情可能和赵醒归有关。

她坐在丁虹办公桌旁,丁虹拿出一个快递信封,推给她:"我今早收到的快递,是外省寄来的,我查过,寄件人匿名,你看看,再解释一下。"

卓蕴从信封里把东西掏出来,三张洗出来的七寸照片,还有一封机打信,照片上果然是她和赵醒归。

第一张,是他们在那家甜品店门口排队,她背对着镜头,抬手揉着赵醒归的头发，轮椅上的赵醒归仰起脸看她，脸上带着微笑。

第二张，依旧是排队，她弯着腰，赵醒归双手拢着她耳朵，在她耳边说悄悄话。

第三张，是在去停车场前的分岔路口，她半蹲在赵醒归的轮椅前，这一次拍到的是她的正脸和赵醒归的背影，好笑的是，她的手和第一张一样，又伸在赵醒归的脑袋上。

卓蕴拿起那封机打信看，里面写着，照片上的女生叫卓蕴，是 A 大管理学院工商管理专业 201X 级二班的在校生，年龄二十一岁。男生叫赵醒归，是钱塘二中高一三班在校生，一名截瘫患者，靠轮椅代步，年龄未满十八岁。

信的内容就是指控，说卓蕴是赵醒归的家教老师，见他家境殷实，便以美色勾引未成年高中在校男生，道德败坏，伤风败俗，所作所为令 A 大蒙羞。

为了保护赵醒归未成年人的身份，对方先行警告，要求卓蕴立刻停止给赵醒归做家教。要不然，对方就把事情向她所在的学院曝光，再通知给二中校方，甚至向社会公开，让公众来做评判。

卓蕴放下照片和信纸，抬头看向丁虹，丁虹问："这人说的，是真的吗？"

卓蕴说："假的。"

丁虹点点头："我知道你在给小归做家教，他妈妈和我说了，几个月前也找我打听过你，我说我和你不熟。"她看着桌上的照片，"单从照片来看，那人说的，挺像那么回事。"

卓蕴冷笑一声："我知道那人是谁。"

真记仇啊，葛浩宇同学。

卓蕴把整件事串起来看，两三个月了，葛浩宇在北门商业街偶然见到卓蕴和赵醒归，大概以为是卓蕴使了阴招才让他丢了工作，目的是她自己要上位做家教。

葛浩宇都不知道，赵醒归已经升上了高二，可能，他也无所谓卓蕴会不会猜到是他做的，他的目的很简单，就是要出口恶气，让卓蕴也丢了这份工作。

谢天谢地，他的胆子还不够大，可能是忌惮赵家的财力，没有一上来就公开，只敢往丁虹这儿捅。

卓蕴看向那张甜品店门口的照片，她站着，赵醒归坐着，他眼睛很亮，笑容竟有些羞涩，要是不说，卓蕴都要以为他看着的是他女朋友。

丁虹问："卓蕴，你打算怎么办？要报警吗？"

卓蕴摇摇头："报什么警呀，解释不清。"

她低下头，双手捂住脸，悲哀地发现，葛浩宇做的事明明这么低级又卑劣，她却一点办法都没有。因为不想让事情公开，不想让赵醒归被人议论，不想再去对一堆陌生人解释她一点儿也不喜欢赵醒归！

苏漫琴都不信她呢，何况是别人。

葛浩宇可真棒，居然成功了。卓蕴闭着眼睛搓了搓脸，放下手后，慢慢地对丁虹说："丁老师，麻烦您去查一下电气工程学院，一个叫葛浩宇的大二男生。您给他打个电话，就说，您知道照片是他拍的，也知道他是个什么样的人，如果他敢把照片曝光，歪曲事实，传播谣言，赵醒归就会请最好的律师去告他。"

丁虹说："好，我知道了，那你呢？"

"我？"卓蕴轻笑一声，"您告诉葛浩宇，卓蕴会辞职，不是因为心虚，而是为了让这件事到此为止。"

丁虹问："你确定要辞职？"

"对。"卓蕴低声说，"我不会再给赵醒归做家教了。"

卓蕴找出葛浩宇发过的朋友圈截图，拿给丁虹看，说自己就是拿着这个去"威胁"葛浩宇，现在他纯属"以牙还牙"，认准了她不愿伤害赵醒归，逼她辞职。

丁虹很生气，却也没办法，她和卓蕴一样不希望赵醒归受到伤害，所以她能做的，也就是打电话去警告葛浩宇，无法将事情公开。

卓蕴提醒丁虹，给葛浩宇打电话时要录音，语气严厉些，争取留下证据，防止他以后再作妖。她们达成共识，这件事不能让赵醒归及其家人知道。卓蕴对丁虹说，这是她和葛浩宇的私人恩怨，没有必要牵扯上赵醒归，他需要的是平静的生活。

卓蕴唯一苦恼的就是要用什么理由向赵醒归辞职，毕竟她亲口答应过，每周三次的家教，她会继续做下去。

周末的课定在周日下午，卓蕴还有两天时间准备，她知道，那将是她最后一次去紫柳郡。

周六上午，赵醒归在父母和市残联一位工作人员的陪同下，去钱塘市唯一的一支轮椅篮球队所在的训练场馆参观。

那是一个区级体育馆下属的训练馆，没有看台，非常简陋。赵醒归转着轮椅进到场馆，就看到八九个坐着轮椅的男人正在训练，他们年龄不等，身材各异，有几个甚至还胖乎乎的。在场馆的另一边，还有十几个年轻人在训练，有男有女，都身有残障，是别的项目的运动员。

十二月的天气，场馆里没有暖气，赵醒归穿着厚厚的羽绒服，那些运动员却个个衣着单薄，练得热火朝天。

赵醒归看到篮球场边停着一排各式各样的空轮椅，还有些拐杖和假肢靠在墙上。场上的队员坐着专用的竞技轮椅，两个大轮呈"八"字形岔开，身体都用束带固定住，轮椅转起来速度特别快，赵醒归观察了一下，觉得自己的轮椅似乎追不上他们。

球队的主教练徐涛五十多岁，身体健康，高大健壮，年轻时曾是A省男篮运动员，退役后做了二十多年轮椅篮球队主教练，经验很丰富。他热情地接待了赵醒归一行人，站在场边给他们做介绍："咱们这支队伍不容易，早些年训练条件非常艰苦，也没有钱买专用轮椅，那玩意儿很贵，几万块钱一台，这些残疾小伙挣钱都困难，哪里有钱去买轮椅？"

徐涛掏出一盒烟，递给赵伟伦一支："来，抽一根？"

赵伟伦婉拒了："谢谢，我不抽烟。"

徐涛自己点上烟，抽了一口，继续往下说："那时候我们也没有固定的训练场，只能让残联出面联系，这儿练几天，那儿练几天，别人要用场馆了就把我们赶出去，愁得我头发都白了。要不是看那些小伙儿个个都不肯放弃，我可能当时就改行了。"

说着说着，他笑了起来："后来，咱们省开始大力发展残疾人体育运动，政府拨了不少经费，总算是有了这个固定的训练场地，大伙儿也有了专业的运动轮椅，还给配了队医，现在真是比以前好太多啦。"

赵醒归问："徐教练，我想请问一下，轮椅篮球有联赛吗？"

徐涛哈哈哈地大笑起来："肯定没有联赛啊，大家都不是职业运动员，除了打球，很多人平时还要工作。咱们省算好的了，基本上每个市都有一支轮椅篮球队，平时还能打打省内的比赛。很多省份统共就一支球队，有些甚至一支都没有，每次去比赛都是临时凑起来的，相当寒酸。"

赵醒归问："那，一般出省打的是什么比赛？"

徐涛说："轮椅篮球锦标赛，全国性的，每年都有，一般是夏天，由省队去参加。我们这支队伍是A省省队的基础，到时候会再招几个别的城市的优秀球员一块儿去。你们要知道，亚运会、奥运会选拔就是在国内锦标赛上挑人，还有残运会，那个也很重要，我们队里好几个队员都打过亚运会，之前退役的一个球员还打过残奥会。"

赵醒归明白了，看向那些球员的目光都变得炙热许多。不管怎么说，残奥会也是奥运会，能代表国家打上残奥会，就是件值得骄傲的事。

范玉华问："徐教练，平时的训练时间是怎么安排的？"

徐涛说："一般集中训练就是周末，大家都是住在自己家里，除非是在大赛前才会有集训，一块儿吃一块儿住。今天也有几个没来，天太冷了，有几个小伙儿出于身体原因，冷天特别遭罪，就说自己在家练练力量，我一般都会同意。平时，几个主力也会来训练，我天天都在，我是拿工资的嘛。"

赵伟伦和范玉华又问了些问题，徐涛逐一解答，最后说道："现在，队伍的确有些青黄不接，有些主力都三十多岁了，还在坚持。年轻人少啊，身体好的都想多挣点钱，身体不好的也打不出水平，唉……我也的确想要几个好苗子。"

一边说，他一边去看赵醒归，眼睛里透着笑意。

详细地了解一番后，赵醒归和父母都知道了，这些轮椅篮球运动员全是业余的，打球没有工资，只有残联给的每月两千多的补贴，想要维持生活，就还得工作赚钱。

另外，残联会负担训练场地、训练设备、专用轮椅、比赛差旅、大赛前的集中训练等费用，要是赢了比赛得到奖金，也会分给大家一部分。说白了，能坚持，靠的就是热血和激情。

赵伟伦指着赵醒归问徐涛："徐教练，我儿子受伤前一直在打篮球，还在市青少年队训练过，球技、球感都不错，您看看他能加入你们球队吗？"

赵醒归眼神一凛，立刻将腰背挺直，接受着徐涛的审视，徐涛绕着他转了一圈，扒了他的羽绒服捏捏胳膊，问："小伙子，你是脊髓损伤，手功能有影响吗？"

赵醒归双手五指张开，又合上，回答："没影响，我是腰椎损伤。"

徐涛托着下巴沉思片刻，说："条件是不错，年轻，肩宽，胳膊长，手大，就是……"范玉华、赵伟伦和赵醒归一起盯着他，徐涛一拍大腿，"太瘦啦！"

不等赵醒归有反应，徐涛冲着场上喊："飞翔！老侃！你俩过来！"

两个男人一前一后转着轮椅过来了，一个三十岁左右，方脸寸头，右大腿截肢，另一个二十多岁，长得很清秀，两条腿都在，看着特别纤细。

"这是王侃，副队长。"徐涛指着赵醒归对那方脸说："老侃，你给这小伙子看看你的胳膊。"

王侃穿着短袖T恤，听完就撸起两边袖子，弯起胳膊给赵醒归看，那手臂粗壮得吓人，几乎是赵醒归的两倍粗。

徐涛又对那清秀男生说："飞翔，这小伙子和你一样是截瘫，你也给他看看你的身材。"

飞翔穿着长袖衫，撸袖子不方便，直接把上衣给扒了，露出一身漂亮的肌肉，胸肌、腹肌块块分明，宽肩窄腰，胳膊上肌肉线条流畅，没王侃那么夸张，和赵醒归受伤前的身型有些像。

徐涛指着飞翔对赵醒归说："看到没，至少要这样，飞翔在我们这儿算瘦的了。"

赵醒归满心以为自己会被教练喜欢，结果却被狠狠地嫌弃了。

徐涛让王侃和飞翔回去训练，又让赵醒归去试试投篮。赵醒归脱掉羽绒外套，转着轮椅去到篮架附近，几个坐轮椅的队员呼啦啦地围了过来，飞翔比赵醒归大不了几岁，轮椅转到他身边，说："我叫季飞翔，二十三岁，你叫什么名字？多大啦？"

赵醒归回答："赵醒归，快满十八了。"

围观的队员们都很惊讶：

"哟，这么小啊？"

"还是个小孩呢，老徐捡到宝了！"

"正好比我小一轮。"

"是老夏一半岁数，都能做他儿子啦！"

季飞翔把篮球抛给赵醒归，赵醒归看着那些可能会成为他队友的男人，心情颇为微妙。因为，他们是"同类"，都是不被命运眷顾的倒霉人。

季飞翔问："你也是截瘫？是受伤还是生病？"

赵醒归说："受伤。"

"我是生病。"季飞翔说，"脊椎上长了个良性肿瘤，手术没成功，瘫痪四年了，你呢？"

赵醒归说："我是十六岁受的伤。"

季飞翔笑着说："那你走出来还挺快，心态不错。"

徐涛走过来，拍着手说："来，小赵，投个篮给大家伙儿看看。"

赵醒归将轮椅停在罚球线前，上身挺直，篮球被他举过头顶时，围观的队员们就知道他绝不是个新手。

范玉华拿起手机拍摄视频，赵醒归眼睛盯着那高高的篮筐，他和卓蕴在紫柳郡的篮球场玩过好几次，对于投篮的手感已经顺了许多，他稳稳地将球投出，右手食指竖起时，篮球已空心入网，大家立刻噼里啪啦地鼓起掌来。

"不错不错，是个好苗子，就是太瘦啦。"徐涛对赵醒归说，"你胳膊太瘦，上肢力量就不够，力量不够，怎么抢球？怎么长时间地转动轮椅？体力没了，球技再好也没用。反正马上要过年了，最近也没什么比赛，你先回去把力量练起来，体重至少要增加到一百四十斤，完了做个全身体检，明年开春再来找我。"

就这样，兴冲冲赶来"视察"球队的赵醒归一家三口，灰溜溜地被徐教练赶了回去。

在家吃过午饭后，赵伟伦去公司加班，范玉华带赵相宜去上拉丁舞课，赵醒归在复健室里照镜子。他把室温调得很高，坐在轮椅上脱了上衣看自己的上半身，不怪徐教练嫌弃，他真的太瘦了，这样的体型去打轮椅篮球，大概被人一撞就会翻车，体力也坚持不了多久。

他的确要开始做上肢的力量训练。

照着镜子，赵醒归又看到自己盖住了眉的头发，抬手去摸摸，想起卓老师说的话，他该剪头发了。赵醒归穿上衣服去找苗叔，请苗叔陪他去紫悦城顶楼的一家美发沙龙理个发。

那是附近最高档的一家美发沙龙，来的客人经济实力都不错，赵醒归一直在这家店理发，有专用的发型师。因为爬上洗头床比较麻烦，他现在都不洗头，反正也不烫不染，每次就坐着轮椅直接开剪。

赵醒归剪发时，不远处有个男人背对着他在烫发，脑袋上扣着一个大机子，一边等待，一边和身边的女孩聊着天。

男："你是不是很无聊？稍微等我一会儿，马上就好了。"

女："你这也太久了，我还想看电影呢。"

男："你乖啦，等下给你买礼物。"

女："哼，谁稀罕你的礼物。"

男："不稀罕礼物，那你稀不稀罕我啊？"

女："谁稀罕你！臭男人，讨厌……"

劲歌热曲声中，他俩肉麻兮兮的对话不时地传到赵醒归的耳朵里，他并未在意，只觉得这男人的声音像在哪里听到过。

一会儿后，美发师帮那男人拿掉机子，领他去洗头，赵醒归这边也快剪完了。

全都弄好后，美发师拿掉赵醒归身上的罩布，他照了照镜子，觉得满意，转着轮椅准备去刷卡。刚好，那男人洗完头从后面走出来，穿着一件鲜艳的毛衣，脑袋上包着毛巾，对等待许久的女孩说："梦梦，你想看什么电影，我来买……"

他突然说不下去，因为看到了面前的赵醒归。小少年坐着轮椅，瞪大眼睛看着他，一脸不可思议："Kevin，彭？"

彭凯文感觉要完。

赵醒归又看向梦梦，那是个很漂亮的大眼女孩，他手一指："她是谁？"

彭凯文结巴："她、她是，她……"

梦梦狐疑地走到他们身边，看看惊怒的赵醒归，又看看慌张的彭凯文，"噢"了一声，指着彭凯文问："你是……"

"我不是！"彭凯文要疯了，拼命摇手，"不不不不不，我不是！"

梦梦指着赵醒归问："那他是谁？"

彭凯文："他、他是……"

赵醒归问："你不是在追卓蕴吗？"

梦梦怒视彭凯文："卓蕴又是谁？"

彭凯文说："卓蕴就是 Zoe！你知道的，Zoe 啊！我朋友！"

梦梦又指着赵醒归："那他为什么说你在追 Zoe？"

彭凯文摇头又摇手："我我没没没没有追 Zoe！"

赵醒归："你没追她你上礼拜六还约她去打网球？"

梦梦尖叫："上礼拜六你去打网球了？上礼拜六你不是说去医院看痔疮吗？！"

彭凯文抱着脑袋崩溃了："啊啊啊啊啊！"

美发店的发型师们和其他客人在边上快乐吃瓜，苗叔也混迹其中，彭凯文一把扯掉毛巾，支棱着一头湿发，连外套都来不及拿，拉起梦梦的手就往店外跑，边跑边喊："我是 VIP！等一下再来结账！"

梦梦被他拖着，边跑边骂："你放开我！你个渣男王八蛋！"

晚上，彭凯文"声泪俱下"地给卓蕴打电话，狠狠地告了赵醒归一状。他生无可恋："我跳进黄河都洗不清了，梦梦不肯原谅我，说我满嘴跑火车，我好冤枉啊 Zoe！你说说我该怎么办？"

卓蕴说："我给她打个电话解释一下，或者让漫漫打，你和漫漫认识十几年了，梦梦应该会相信漫漫。"

苏漫琴听完后笑到打嗝，接了任务去安抚梦梦。卓蕴一点儿也笑不出来，坐在书桌边，想到第二天要去紫柳郡，关于辞职的理由，她似乎有了点头绪。

（3）

周日下午，卓蕴离开寝室，沿着那条熟悉的路往紫柳郡走去。

这条路，她走了三个多月，从夏天走到冬天，这是最后一次走，她的心情特别复杂，最多的情绪就是不舍。

但没有别的办法了呀，赵小归，卓老师是真的想陪着你到高考的。

卓蕴来到 C2 小楼，范玉华带赵相宜去上钢琴课了，苗叔在一楼休息，让卓蕴自己上三楼，说赵醒归在房里等她。

卓蕴走进赵醒归的房间，他已经待在书桌前，看着卓蕴的脸色有点古怪，卓蕴问："剪过头发了？"

"嗯。"赵醒归摸摸自己剪短了的碎发，不敢多说。

卓蕴放下包，在书桌边坐下，抱起手臂问："没有话要和我说吗？"

赵醒归："什么话？"

卓蕴没再拐弯抹角："你昨天在紫悦城碰到彭凯文了？"

赵醒归吃了一惊:"他还有脸来和你说?"

卓蕴问:"你为什么不告诉我?"

赵醒归低下头:"我怕你不开心。"

卓蕴说:"我不会不开心,之前,我没告诉你,我和彭凯文已经没关系了。"

赵醒归更加吃惊:"什么意思?你们分手了?什么时候?"

"就上周日。"卓蕴说,"你猜得没错,因为我上了你的车,所以他生气了。"

赵醒归:"……对不起。"

卓蕴笑了一下:"你不用和我道歉,应该去和彭凯文道歉。"

赵醒归不明白:"我为什么要和他道歉?"

卓蕴说:"因为你,那个女孩误会了,不肯原谅他。"

赵醒归叫起来:"他认识那个女孩,并不是在你之后!他为了和你约会,还骗了那女孩!他分明是脚踏两条船!"

卓蕴慢悠悠地说:"我告诉过你,我和彭凯文并没有确定关系,他只是在追求我。我是他的plan(计划)A,那女孩是他的plan B,plan A失败了,立刻启动planB,哪里有问题?"

赵醒归被她的歪理弄蒙了:"你为什么还要帮他说话?他骗了你啊!"

"你是不是理解不了?这种成年人的感情。"卓蕴姿态闲适,语调漫不经心,"比如说我,我也有未婚夫,还没解除婚约,我不是照样在和彭凯文接触?照你的理解,我也是脚踏两条船喽?"

赵醒归语塞,想了一会儿后又摇起头来:"没有这样的道理,什么planA、plan B,同时追两个女孩就是行为不端!我不允许他这样对你!"

"你有什么资格和立场去指责他?赵醒归。"卓蕴皱起眉,"就算他行为不端,该生气的也是我,你知不知道你的行为不仅令他困扰,还令我困扰,我昨天晚上几乎一夜没睡觉!"

赵醒归难以置信地看着她:"你为什么要困扰?你真的觉得我做错了?我是在帮你讨公道!"

卓蕴大声说:"我不需要你帮我讨公道!你完全可以私底下给我发微信或是打电话,告知我这件事就行!而不是不分青红皂白就冲上去打扰彭凯文和那个女孩!做人要有分寸感,赵醒归,你现在的行为已经越界了,你明白吗?"

赵醒归喃喃道:"什么越界?"

卓蕴逼视着他:"我和你说过很多次,赵醒归,我不喜欢你,以后也不会喜欢你。我不喜欢年纪比我小的男孩,我向来喜欢成熟稳重的男人,从你对彭凯文做的事就能看出来,你太幼稚了。"

赵醒归："我幼稚？"

卓蕴："你还不幼稚吗？"

说到这里，两人都沉默了，赵醒归低头看着自己安静的双腿，卓蕴偏开头，眼睛盯着桌上的小闹钟，时间滴答滴答地过去，不知过了多久，赵醒归才低低地开了口："我不懂你的意思，卓老师，我总有一种感觉，你是喜欢我的，不是对弟弟的那种喜欢，而是对一个男生的那种喜欢。"

卓蕴心脏一抽，语气依旧冷淡："这是你的错觉。"

"好吧。"赵醒归妥协了，垂着眼帘说，"这次是我不对，我会去向彭凯文道歉，以后我会注意分寸，不会再做让你困扰的事。"

卓蕴看着他："没有以后了。"

赵醒归猛地抬头："什么意思？"

卓蕴说："我昨晚一夜没睡，想了很久，赵醒归，我决定辞职。"

赵醒归眼睛里满是震惊，嘴唇动了一下，卓蕴平静地与他对视，他摇了摇头："为什么？你答应过我要继续给我上课的！"

卓蕴说："你也答应过我不对我动心思的，你做到了吗？"

"我……"赵醒归脑子乱了，眼神发慌，"你还答应过我很多事，你都要食言了吗？"

卓蕴奇怪地问："我答应过你什么事？"

赵醒归生气："你都不记得了？"

看卓蕴一脸莫名，他大声地喊："你答应过要送我生日礼物！我说我要去打轮椅篮球，你答应过会来给我加油！我说我明年就能拿到驾照，你答应过会坐我的车去兜风！你答应过，十年后的我们，还会有联系。"

她许下过这么多的承诺吗？

卓蕴自己都惊呆了，这时只能硬起心肠说："对不起，赵小归，我这个人讲话向来随心所欲，你不要当真。有些话，我自己说过都忘了，可能我说的时候，只是为了哄哄你。"

"你骗人，我不信。"赵醒归咬牙切齿地看着她，"你骗人！"

卓蕴说："是真的。"

赵醒归眼睛红了，死死咬着牙才没让眼泪掉下来。他还没在卓蕴面前哭泣过，不想让她看到他的眼泪，他没有那么脆弱，没有那么卑微，他是个男人，绝不能在她面前掉眼泪，要不然更要被她取笑像个幼稚的小孩。

卓蕴叹了口气，说："还有一个原因，我下个月要期末考了，最近功课特别紧张，晚上都要去教室自习，赵醒归，我实在没时间再来给你做家教。"

赵醒归尽量让自己显得平静："你可以把作业带过来，我说过，我不会打扰你复习，你可以画画，也可以做作业，想用我的电脑都可以。"

卓蕴："不是……"

"你要是真的功课忙。"赵醒归打断她，"可以少来几次，一周两次，一次也行，一个礼拜就两个小时，你也抽不出来吗？"

卓蕴心里疲惫不堪："现在不是时间的问题，而是，你越界了。赵醒归，我没有办法再面对你了，我不想耽误你的学业，不想你在我身上浪费时间，我没有你想象得那么好！我私底下是个缺点多到数不清的人！我在你面前很多事都是装的，我现在不想装了！我累了！"

赵醒归垮着肩膀坐在轮椅上，脸色苍白如纸："你装什么了？"

卓蕴没回答，起身背上包："不要纠结这些无谓的东西，我已经说完了，今天我没打算多待，就是来和你说一声。对不起，赵醒归，我以后不能再给你做家教了，这是我最后一次来你家。"

她站着，赵醒归又只能抬头看她，这样的视角令他很不爽，她那么高高在上，他却只能仰望。

他好想站起来，抓住卓蕴的肩膀，问问她到底是为什么！

那么突然，他根本没弄明白是怎么回事，卓老师就要辞职了。他接受不了，红着眼眶，用最后一点勇气问出一句话："卓老师，我们以后还可以见面的，对吧？"

卓蕴的眼神却是那么决绝："没必要再见面，你好好上学，好好……"

"我不想听你说这种话！什么好好上学，好好吃饭，好好复健……"赵醒归仿佛整个灵魂都被抽空了，声音里透着苍凉，"我告诉你卓蕴，我这辈子都没办法好好做这个，好好做那个，我腿没感觉的！站不起来，不能走路，除了躺着就是坐着。每天二十四小时，轮椅就是我的腿，我做什么都很辛苦，这几个月我最期待的……就是和你见面，一周三次，想到能和你见面，我就不觉得辛苦了。"

卓蕴的心脏像被狠狠攥住，说："对不起。"

赵醒归笑了一下，笑得分外苦涩："你就是认准了我不会和你生气，总是用辞职来威胁我。你知道我没有别的办法，才会肆无忌惮地指责我，说我越界。我问你，如果你是我，看到彭凯文和别的女孩在约会，你能不生气吗？"

他左手突然重重地拍在桌面上，发出一声巨响，梗着脖子咆哮道："他怎么可以这样对你？！"

卓蕴浑身一抖，吸了一口气："对不起。"

"你不用和我说对不起。"赵醒归的声音又低了下来，自嘲地说，"我知道，年龄只是借口，你就是嫌弃我坐轮椅，嫌弃我没法做一个真正的男人。"

卓蕴:"我……"

赵醒归抬手止住她:"我明白的,你走吧。"

他将轮椅转了个圈,只把背脊对着卓蕴。他低着头,瘦削的身体微微颤抖,双手手指紧扣在轮圈上,刚剪过头发的后脖颈白皙清爽,一如卓蕴第一次见到他时的模样。

她静静地看着他,看了很久,终于,转身离开了他的房间。

卓蕴没有哭。

她告诉自己,不要哭,没什么好哭的。这是最好的结局,她和赵醒归,原本就是两条不相干的平行线,如果不是因为丁虹和卓利霞,她根本就没有机会与他相识。

他们断过一次联系,因为葛浩宇,因为一张小小的便利贴,他们奇迹般地"和好"了。现在,又是因为葛浩宇,那重新连上的线再次断裂,大概连老天也觉得,他们本来就不该有什么关系。

多好啊,苏漫琴再也不用杞人忧天,什么希望、失望、绝望,都不会再出现,事情圆满地解决了。她借题发挥,兴师问罪,将赵醒归偶遇彭凯文后造成的后果无限放大,他一定很生气,又委屈,那又有什么关系呢?至少这个理由充分且合理,他难以反驳,就算他以后会恨她,也无所谓了。

谁让他偏偏要喜欢上她呢?

走出C2小楼后,卓蕴没有离开紫柳郡,而是慢悠悠地逛到了篮球场,她没有走进防护网,就在外头远远地看了一会儿。有几个男生在打球,不知道有没有李贺霆和俞琛,卓蕴和他们熟了许多,每次陪赵醒归来这里,那两个男生见到她,都会乐呵呵地喊她"卓老师"。

赵醒归一直叫她"卓老师",叫得特别温柔缱绻,赵叔叔、苗叔和磊哥则喊她"小卓老师",听着听着,卓蕴自己都要相信了。他们都以为她是A大的高才生,哪里能想到,她期末很有可能挂科,还不止一门。

这个学期专业课特别多,卓蕴却不知道自己在干什么,每天浑浑噩噩,一会儿想出国读设计,一会儿想混个毕业证得了,一会儿想离家出走,一会儿又觉得和石靖承结婚也没什么,至少他家有钱,足以让她过上锦衣玉食的好生活。

她的确过惯了好日子,从来没有为钱发愁过,连梦想都没有。她对袁晓燕吐槽她爸专制、重男轻女,袁晓燕说:"我觉得你爸对你挺好的,你都不用打工,每个月生活费那么多,想买什么就买什么,你还想怎样啊?"

对啊,她还想怎样?她为什么还那么不知足呢?

卓蕴看着周围的风景,觉得紫柳郡可真漂亮,草木花树被打理得精致整洁,哪怕是寒冷的冬天都别有韵味。她又最后看了一眼篮球场，不知道，没有她的陪伴，赵醒归还会不会再来篮球场打球。

应该会的吧，他那么喜欢打篮球，他和她不一样，一直是个有梦想的男孩。

"赵小归，再见了。"卓蕴对着C2小楼的方向低声呢喃，转过身离开了紫柳郡。

向剑是个粗枝大叶的男孩，生活向来简单快乐，不怎么会看人脸色，但就算这样的一个糙汉，也发现他的同桌这几天不太对劲。

赵醒归像被浸在了冰窟里，每天都木着一张脸，从早到晚一句话都不愿说。向剑与他沉默相处几天后实在受不了了，问他："归哥，你到底怎么了？身体不舒服吗？"

赵醒归没理他，顾自趴在桌上写作业，只留向剑独自儿不安地挠脑袋。

这一天，上午的课结束后，同学们准备去食堂吃饭，史磊也去了食堂，一位陌生的女老师来到高二五班教室后门，看到赵醒归后，犹豫着拍了拍他的肩。

赵醒归回头看她，女老师说："你是赵醒归同学吧？我是高三九班的班主任，我姓李，我能和你聊几句吗？"

向剑正要走，看到这情形便没动，赵醒归一听是高三的老师，内心就响起警铃，问："关于什么？"

李老师说："关于林泽……"

"不聊，他的事与我无关。"赵醒归眼神冷漠，声音更冷，向剑奇怪地看着他们，越发不敢走了。

李老师很为难："我知道你不愿意和他们见面，但是林泽他……"

"我说了他的事与我无关！"赵醒归突然就发火了，抓起桌上的书本一股脑儿往地上丢，"听不懂吗？他就算死了也和我没关系！我不想听到关于他的任何事！"

李老师吓了一大跳，教室里还没走的同学也被赵醒归的吼声震住，空气仿佛凝固，李老师回过神来，不满地说："你这是什么态度？怎么能这样和老师说话？"

赵醒归胸膛不停地起伏着，脸色煞白，双手捂住耳朵，上身像个虾米似的蜷了起来，李老师还不放过他，说："你干什么呢？话都不让我说完，你至少要听我说完，林泽他……"

向剑看不下去了，站起来挡在李老师和赵醒归中间，他又高又壮，像一座山，居高临下地瞪着李老师："这位老师，人都说了不想聊，您听不懂吗？赵醒归这几天身体不舒服，他要是出了什么岔子，您来负责？"

李老师："你……"

"让她走。"赵醒归闭着眼睛,声音都在颤抖,"向剑,让她走。"
　　向剑回身说:"放心,有我在。"他又看向李老师,粗声粗气地说:"这位老师,您先走吧,以后有什么事请您先和我们班主任打个招呼,要么找赵醒归的陪护,都找不着,您也可以来找我,我是他的代言人。"
　　李老师嘀咕了几句,看赵醒归的样子实在可怕,终是不敢再说下去,气鼓鼓地离开了教室。向剑把赵醒归摔到地上的书本都捡起来,又冲教室里那些愣住了的同学喊:"看什么呢?赶紧吃饭去!一会儿食堂都没菜了。"
　　大家立刻拿着饭卡走人,教室里只剩下赵醒归和向剑。向剑没打算走,坐回了赵醒归身边。赵醒归趴在桌上,依旧用手捂住耳朵,向剑拍拍他的肩:"那老师走了,归哥,没事了。"
　　赵醒归终于从桌上起来,向剑看着他的表情,惊了一下,赵醒归眼睛发红,满是恨意,牙关咬得紧紧的,脖子上青筋都暴了出来。
　　"归哥,真没事了。"向剑大着胆子去拍他的背,手触到赵醒归的背脊时,对方颤抖了一下,接着就抬起双手,捂住了脸。
　　他低低的声音从指缝里传出来:"我恨林泽,我恨他,我恨他……"
　　向剑心里一个激灵,他听说过赵醒归当初受伤的原因,这样校草级的人物出了大事故,肯定传得全校皆知,向剑问出心中的猜测:"是那个姓林的把你害成这样的?"
　　赵醒归没回答,一会儿后终于把手放下了,垂着眼睛说:"向剑,你能等磊哥回来再去食堂吗?"
　　"没问题。"向剑说,"以后,苗叔或磊哥要是临时走开,就由我来陪你,我本来就是被老王派来罩着你的。"
　　赵醒归笑了一下,转头看向他,眼睛还是红通通的,说:"谢谢。"
　　食堂要排队,史磊没那么快回来,向剑挠挠自己一脑袋乱毛,问:"归哥,你这几天到底怎么了?要是有不开心的事,你可以和我说,别老闷在心里。"
　　之前,向剑对他的维护,赵醒归全听在耳里,这时整个人都放松许多,整理着桌上被搞乱的书本,说:"我被人甩了。"
　　向剑愣住,这个原因可真是始料未及呢,他完全没有经验,也不知道要怎么安慰人。向剑蒙了一会儿,小声问:"是谁啊?咱们学校的女生吗?"
　　"不是。"赵醒归说,"是我的家教老师,比我大几岁。"
　　向剑惊呆了:"归哥,你玩得很花呀,她为什么甩了你?你这么帅。"
　　赵醒归想了一会儿,摇头说:"我不知道。"
　　向剑困惑:"你不知道?"

"对，我不知道。"赵醒归目光沉沉，"我总觉得她有事瞒着我。"

他拿出手机翻开日历，日历上有个备忘录，下个星期六，十二月二十七号，是卓蕴二十一岁的生日。赵醒归盯着手机看了许久，说："向剑，下周六，你能帮我一个忙吗？"

向剑都没问是什么忙，直接应下："行啊。"

赵醒归收起手机："谢谢，我到时候告诉你要怎么做。"

卓蕴的生活恢复原样，每天心不在焉地上课，浑水摸鱼地做作业，空下来就打打游戏，连着被苏漫琴拖去教室复习，都会困得趴在桌上睡大觉。

她再也不用去紫柳郡，再也见不到赵醒归，一开始，卓蕴觉得这没什么大不了，赵醒归是个有钱小少爷，家里有保姆、有陪护，爸爸妈妈和妹妹都很爱他，他的生活根本不用她去操心。

可是一个多星期过去，卓蕴就有点想他了。

钱塘下了一场冬雨，还夹着雪粒子，室外寒风呼啸，气温降到零度，卓蕴盖着两床被子都觉得阴冷难耐，每天早上需要鼓足勇气才能掀开被窝钻出来。她不由得想起赵醒归，这样的天气，他的背会疼吗？他的手还是那么凉吗？二中教室没空调，不像他家里那么温暖，他那没有知觉的双脚，会不会长冻疮？

圣诞节是周中，苏漫琴和倪航去约会吃大餐，彭凯文和梦梦重归于好，也去享受二人世界。316寝室里，程颖去约会了，袁晓燕去教室自习，卓蕴哪儿也不想去，就在床上躺尸。

她接到边琳的电话，说再过几天是她的生日，问她生日怎么过。

边琳试探着问："刚好是个周末，小蕴，你要么回家来？你已经快三个月没回家了，妈妈很想你。"

卓蕴说："我寒假再回来，生日那天我和朋友一起出去玩，约好了的。"

听到女儿说寒假才回家，边琳十分失望，却也不敢勉强她。

挂掉电话，边琳给卓蕴打来一万块钱，说爸爸妈妈不知道她喜欢什么，让她自己去挑生日礼物。

卓蕴把钱存进小金库，想了半天，也想不出有什么可买的。

寝室衣柜就这么大，她和苏漫琴的衣服包包根本塞不下。苏漫琴大二时就提议她俩去外面租房子住，卓蕴没同意，说学校外面离得近的房子都很差，高层楼盘又要走一段路，她太懒了，宁可住在寝室里。

她真是又懒又"废柴"，除了脸长得还行，其他样样都不行。卓蕴在床上翻了个身，又看到那只挂在墙上的毛绒小熊，她伸指拨动小熊，小熊就乖巧地晃荡起来。

卓蕴轻声说:"赵小归,圣诞节了,你在干什么呀?"

圣诞节,赵醒归和妹妹"搏斗"许久,还是被扣上了一顶圣诞帽,赵相宜拉着他在家里的圣诞树边合影,赵醒归很无奈,任由妹妹从身后搂着他的脖子,让苗叔给他们拍了好多张照片。

闹了一阵子,潘姨把水果端出来,喊:"吃水果啦。"

赵相宜跑去沙发边拿了颗车厘子吃,突然想起一个问题,问范玉华:"妈妈,我好久没见卓姐姐了,她最近怎么没来呀?"

范玉华愣了一下,偷偷看一眼不远处的儿子,对女儿说:"卓姐姐要准备期末考,最近过不来。"

"这样啊。"赵相宜说,"那她要过完寒假才回来给我哥上课吗?"

范玉华答不上来,直接把锅甩给儿子:"你问你哥去,我不清楚。"

赵相宜冲赵醒归喊:"哥哥!卓姐姐她……"

"我上楼做作业。"赵醒归摘掉圣诞帽,转动轮椅就往电梯溜。

赵相宜不高兴地噘起嘴:"哥哥最近老不理我,真讨厌!"

"你别吵他,他感冒了,人不舒服呢。"范玉华又对着赵醒归的背影喊:"小归,你记得吃药!药就放在你书桌上。"

赵醒归:"知道了。"

他回到三楼卧室,药片和热水已经被妈妈搁在桌上。赵醒归吞下两颗药,摸摸自己的额头,还好,没发烧,就是纯粹的感冒。

这感冒是他自己作出来的,因为心情郁闷,赵醒归放学后开始在复建室做上肢的力量训练,买了哑铃和拉力器,每天吭哧吭哧地举铁,练得出了汗,他就开始脱衣服,最后只剩一件T恤衫,练完后又没及时添衣,一来二去就感冒了。

赵醒归的身体情况和普通人不一样,简单的感冒也让范玉华如临大敌,不仅批评了他几句,还把他的哑铃给没收了,天天追着他喝水吃药。赵伟伦听说这件事后,和赵醒归聊了聊,劝儿子要循序渐进地锻炼,不能操之过急。

赵醒归自己也知道,他是心急了,但他没有别的办法,心里空荡荡的很难受,每天一个人待在房间,心里的烦躁无处发泄,心事也无人倾诉,只有拼命地锻炼,身体累了,大脑才能短暂地放空。

感冒以后,赵醒归乖了许多,看着日历上那个画了红圈的日子,心想,这几天他可不能生病,他的计划还没完成呢。

十二月二十七日,星期六,天气阴。

这天是卓蕴二十一岁的生日，距离她向赵醒归辞职，已经过去十三天。

石靖承给卓蕴发微信，祝她生日快乐，又说知道她寒假才回家，到时请她吃饭，并补上生日礼物，卓蕴没理他。

晚上，卓蕴化了个精致的妆，打扮得美美的请几个朋友吃大餐，没叫那些不太熟的人，一起去的只有苏漫琴和倪航，还有彭凯文和梦梦。五个人吃了顿美味大餐，服务员端上生日蛋糕，卓蕴闭着眼睛合掌许愿，最后将蜡烛吹熄。

没人问她许的什么愿，大家都认为愿望说出来就不灵了。卓蕴更不会主动交代，只把愿望藏在心里，闭眼时，默念了许多遍。

这个愿望其实与她无关，只关乎另一个人。

卓蕴固执地认为，她什么都不缺，什么都不用去争取，把愿望许给自己就浪费了。如果老天真的能听见，那么，多一个人帮他许愿，他也许就能过得更幸福一些。

吃完大餐，因为第二天是周日，大家就准备去酒吧玩，卓蕴特别兴奋，大声喊："今天寿星请客！咱们好好喝一场！就当提前跨年啦！"

第五章

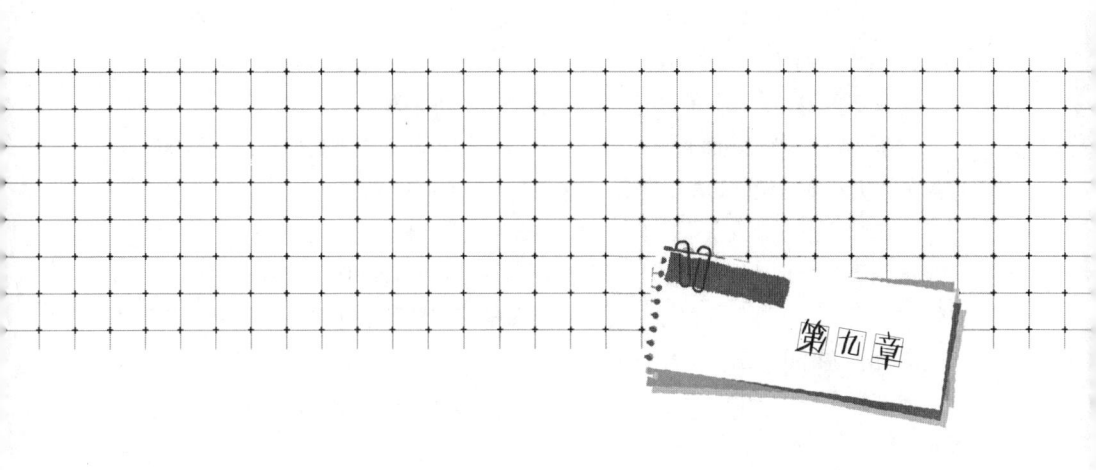

什么是真，什么是假

（1）

　　C2 小楼的厨房里，潘姨看着赵醒归拿起一个刚出炉的蛋黄酥，小小地咬了一口，笑眯眯地问："好吃吗？"

　　赵醒归点点头："好吃，这一炉比刚才那炉好吃很多。"

　　"那就行了吧？"潘姨收拾着一台面的食材和器具，笑着埋怨，"你这孩子也真是，突然要学做蛋黄酥，还做了这么多，怎么吃得完啊？"

　　赵醒归拿出一个准备好的食盒，把蛋黄酥一个个装进去，说："不多，吃得完。"

　　这些蛋黄酥是他在潘姨的指导下亲手做的，第一炉做坏了，馅儿硬邦邦，第二炉才算成功。他装好八个蛋黄酥，盖上盖子，把盒子放在自己大腿上，对潘姨道过谢后准备离开厨房，突然打了几个喷嚏。

　　潘姨抽出纸巾给他，问："你感冒还没好吗？早点去屋里休息吧，喉咙都是哑的。"

　　赵醒归拿纸巾擦过鼻子，说："好得差不多了。"

　　他对潘姨撒了谎，感冒并未好转，还有加重的趋势，尤其是这一天，他脑袋昏昏的，似乎有发烧的迹象。赵醒归不敢告诉父母，如果真发烧，他一定会被严密看管，甚至会被送去医院，那他的计划就不可能成功实施。

　　赵醒归回到楼上，蛋黄酥还热着，他拿出一个精美的纸袋，把食盒放进去，又加上一张写好的贺卡。他看着这袋东西，想起卓蕴说过的话，不能买蛋糕，不能送礼物，不能请吃饭，真苛刻啊。

　　亲手做的点心算礼物吗？如果她连这个都不肯收，他也不知道该怎么办了。

　　蛋黄酥准备完毕，接下来，赵醒归就要考虑如何出门的问题。他现在的行动很没有自主性，不管去哪儿都有人陪着，家里人根本不放心他一个人出门，他也很难一个人出门，尤其还是这么冷的晚上。

　　赵醒归不想告诉家人自己要出门，不想让任何人陪着。这件事，除了向剑，他谁都没说，要是被爸爸妈妈知道，他们一定不会同意，大概还会批评他。十七八岁的男孩主意很大，赵醒归并没有因为自己只能靠轮椅代步而放弃他的计划，有向剑帮忙，他觉得自己一定可以做到。

　　他和向剑微信联系，向剑说他已经出发了，半小时后可以到紫柳郡大门口。赵醒归定了定心神，看看时间，晚上八点多。

　　这一个多星期，他一直在观察全家人的作息，半小时后，潘姨应该会收拾好厨房，回房休息。爸爸妈妈、苗叔和小宜也会回卧室，理论上来说，一楼客厅不会再有人，也不会有人来三楼找他，赵醒归向来自律，又喜欢清静，每天晚上都是一个人待在房里，父母对他很放心。

他穿上羽绒外套，把纸袋装进背包挂在轮椅后，又摸了摸自己的裤裆。他穿上了纸尿裤，一个人夜里出门，怕自己会找不到厕所，这种时候没什么可矫情的，安全最重要。

赵醒归紧张地等待着，九点钟时，向剑发来消息，说他到了。赵醒归让他在小区门口等一下，他转着轮椅来到房门边，轻轻地打开门，回头看一眼房里，地暖、台灯都开着，他出了房间，回身把门关上，忐忑地坐电梯来到一楼。

一楼客厅空无一人，玄关处亮着一盏灯，赵醒归将轮椅划到后门边，用最轻最轻的动作打开门，轮椅转出去，又用最轻最轻的动作把门关上。

室外冰冷的空气包围着他，成功了！他顺利地出来了！赵醒归好有成就感，顺着无障碍坡道来到院子里，回头看了眼小楼，一点异常都没有，他笑了笑，打开院门，坐着轮椅转了出去。

从 C2 小楼到紫柳郡大门口，有很长一段人行路，有些是水泥路面，有些是景观区的石板路，走石板路时，赵醒归的轮椅过得磕磕碰碰，他双臂用力，将轮椅划得飞快，还是花了点时间才来到小区大门口。

向剑已经冻得瑟瑟发抖，身边摆着一样东西，赵醒归叫他："向剑！"

向剑立刻拎起东西向他跑来，赵醒归问："充满电了吗？"

"放心吧，充满了。"向剑把东西放在赵醒归的轮椅前，赵醒归弯下腰仔细检查，向剑问，"你会装吗？"

"会。"赵醒归说，"研究好几天了。"

这是一个电动轮椅车头，银黑相间，一个厚厚的轮子上连着锂电池和操纵把手，还有一些连接组件，可以直接与轮椅相连，把轮椅变成一辆五轮电动车。赵醒归是在网上下的单，四千多块钱，直接送到向剑家里。

其实，出院回家后，赵醒归就起过买轮椅车头的念头，可范玉华没同意。她说赵醒归不会一个人出门，远的地方有车接送，近的地方也有人帮推轮椅，如果他用了轮椅车头，陪护怎么办？难道让苗叔追着他的电动小轮椅跑步吗？

现在，赵醒归要去 A 大找卓蕴，如果自己转着轮椅去，路途太过遥远，真的会很辛苦，轮椅车头是最好的选择，也是如今绝大多数轮椅族出门时的首选项。

赵醒归把车头安装到轮椅上，扣上各个卡扣，又打开开关看电量，满格，完美！轮椅车头的速度分慢中快三档，赵醒归试了一下慢档，车头就带着他的轮椅"嗡嗡嗡"地往前跑去。

向剑小跑着追在他身后，赵醒归操纵把手转了个弯回来，向剑问："好开吗？"

"好开。"赵醒归满意极了，想到不用自己卖力转轮椅，不用多久就可以开到 A 大，抬起头说，"向剑，那么晚还麻烦你跑一趟，谢谢。"

"不客气，能帮到你就好。"向剑一腔热血，这会儿才开始担心，问，"归哥，你真的要一个人过去吗？要不要我陪你一起？"

赵醒归摇头："不用，我想自己去。"

"你脸色看着不太好。"向剑说，"今天可冷了，你怎么出来也不围条围巾？"

赵醒归把羽绒服拉链拉到顶，又把兜帽给戴上，扣紧下巴上的扣子，说："放心吧，我不冷。"

他没时间再和向剑聊下去，打开车头的灯，说："那我走了，你回去路上小心。"

"哦，你也小心。"向剑担心地说，"你要是出了什么事，你爸妈估计得打死我。"

"别乌鸦嘴。"赵醒归笑笑，"我走了，谢谢你向剑，拜拜。"

向剑："拜拜，你慢点开啊！"

赵醒归将车速调到中档，双手握紧把手，手指搭着刹车，车头就转了个弯，带着他的轮椅上了非机动车道。向剑看着他的身影越来越远，大声喊："归哥！加油啊！"

赵醒归背对着他，冲他扬了扬手臂。

有句古早的广告语，叫做"享受驾驶的乐趣"，赵醒归如今算是深有感悟。

这是他受伤后第一次独自出门，心里多少有点紧张，更多的却是兴奋，兴奋到他都顾不上天气寒冷，也忘了自己正生着病。

坐在快速前进的轮椅车上，他感觉不到自己腰线以下的肢体，只能用双手牢牢地把住方向。他想他得小心一点，小命就抓在自己手里，他要是再出事，怎么对得起爸妈？

冷风像刀子似的割在他脸上，他看到身边骑电动车的人，一个个全副武装，脸也包得严严实实，才知道自己疏忽了。真的好冷啊，后腰伤处隐隐作痛，脑袋也有一点晕，他没戴手套，一双手早已变得冰凉，但他不在乎，因为，他马上就能见到卓蕴。

他很想念她，每天都在想，今天是她的生日，是赵醒归能想到的最合适与她见面的日子。他主动去学校找她，她就算再不高兴，也一定会来见他。

他就是想亲口对她说一句"生日快乐"，然后再问问她，到底为什么要辞职。他仔细想过，总觉得事情没那么简单，她似乎有事瞒着他。赵醒归深信不疑，如果只是因为彭凯文，卓蕴绝不会如此狠心。

在最后一个十字路口等绿灯时，赵醒归望着马路对面的A大南门，眼睛里亮起了光。

别的骑车人停在他身边，一个个好奇地打量着他特别的座驾，赵醒归迎着他们探究的视线，一把摘掉羽绒服的兜帽，露出他年轻又英俊的脸庞。冷风立刻吹乱了他的头发，绿灯亮起，赵醒归昂首挺胸，目视前方，夹在一群夜归人中，开着电动小轮椅穿过了路口。

他来到A大南门，保安已经认识他，做完登记后，赵醒归调转车头，无所畏惧地往女寝8号楼的方向驶去。

这个时间点，正是忙着期末复习的大学生们结束自习、从教室或图书馆回寝室的高峰期，生活区附近来来往往都是人。

卓蕴在个人信息表里填写过她的寝室楼栋，赵醒归找到女寝8号楼，在门口停下轮椅车，抬头往上看，一间间寝室都亮着灯，阳台上晒满衣服，他感到有趣，原来，卓老师一直住在这样热闹的小楼里。

赵醒归觉得此时的卓蕴不是在寝室就是在教室，就算出去吃生日大餐，应该也回来了。他拿出手机，刚要给卓蕴打电话，就听到一道女声说："咦？你不是丁老师的那个侄子吗？还是外甥？"

赵醒归抬起头，看到两三米外站着一个长发圆脸的小个子女生，长得细眉细眼，他皱了下眉，想起这人是"正版"卓利霞，曾经在丁虹的办公室外见过他。

就算记不住他的脸，她大概也记住了他的轮椅。

卓利霞刚从图书馆自习回来，问赵醒归："你怎么在这儿？啊，你是来找……卓蕴？"

赵醒归说："对。"

"她不在，和室友出去玩了。"卓利霞像是很热心，"我看到她们出去的，估计要很晚才回来，搞不好……"她轻蔑地一笑，"不回来了。"

赵醒归感到奇怪，问："不回来？不回来她们住哪儿？"

卓利霞笑嘻嘻地说："住酒店啊，卓蕴夜生活很丰富的，经常泡吧蹦迪，抽烟喝酒，还夜不归宿，你不知道吗？"

赵醒归茫然地看着她，觉得她就是在胡说八道，生气地反驳："卓蕴不是这样的人。"

"你不会在和她谈恋爱吧？"卓利霞一副吃惊的样子，"她连你都不放过？我的天啊！这位小同学，姐姐劝你一句，卓蕴男朋友很多的，你可千万别被她给骗了。"

赵醒归越听越困惑："她男朋友很多？"

卓利霞没有正面回答，只是笑笑："你别等啦，今天这么冷，明天又休息，我看她大概率是不会回来了。"

赵醒归："什么意思？"

"哎呀，不是我说她坏话，她的风评什么样，你随便问个人就能知道。"卓利霞指指那些三五成群走进寝室楼的女生，说，"卓蕴成绩特别差，平时玩的朋友都很随便，私生活……那个，混乱，你懂吧？"

赵醒归没听懂，问："什么？"

卓利霞咯咯笑："大家都心知肚明的。我呀，看你是丁老师的亲戚才好心提醒你，你不信我也没办法。你可以给卓蕴打个电话问问，她真的不在，哦，你别说是我告诉你的啊，我就是看不惯她连你这样的高中生都骗，素质太差了。"

卓利霞说完后跺了跺脚，一边叫着"好冷啊"，一边往寝室楼跑去。赵醒归愣愣地看着她的背影，好半天没回过神来。

赵醒归浓眉紧皱，心想，怎么可能？

他启动轮椅车来到一个相对僻静的角落，给卓蕴打电话，电话响了好多声都没人接，好不容易被接起，赵醒归先听到一阵特别吵闹的音乐声，还有人在吆喝："五个三！六个四！开！哈哈哈哈……"

吵闹声中，卓蕴熟悉的声音从手机里传来："赵小归？"

赵醒归心脏怦怦跳，也不知出于什么心理，一下子就把电话给挂了。

酒吧里，卓蕴出神地看着黑了屏的手机，苏漫琴问："谁啊？"

"赵醒归。"卓蕴有点醉了，晃着酒杯说，"大概，是想和我说一声生日快乐吧。"

赵醒归坐在轮椅上思考人生，全身除了眼睛在眨动，其余部位一动不动。

时间久了，他终于感觉到寒冷，双手搓了一下，手指头已冻僵。他启动轮椅车回到8号寝室楼前，随便找了个女生询问："你好，请问，寝室门禁时间是到几点？"

女生说："平时是十一点，周末十二点。"

赵醒归："谢谢。"

十二点。

现在是九点四十五分，还有两个多小时。赵醒归的倔脾气上来了，决定不再联系卓蕴，就等到十二点，看她到底回不回来。

他不想让她知道他在等她，不想给她机会再做什么伪装，他倒要看看，卓利霞说的是真是假，卓蕴，到底是个什么样的人？

他就这样等在寝室楼前，看着那些女大学生一拨一拨地回到寝室，很多人都会好奇地打量他，赵醒归并不在意，一直坐得很直。反倒是有女孩被男朋友送回来，在寝室楼前旁若无人地拥抱、接吻，赵醒归才会别开脸不敢看，心想，卓蕴也会这样吗？

宿管阿姨发现了他，出来询问，赵醒归说自己在等人，一会儿就走。他身材高瘦，光看脸，阿姨看不出他的年龄，以为也是A大学生，就没再多问。

过了十点半，人流量明显变少，有时候几分钟过去，8号楼外连个鬼影儿都没有，只有赵醒归一个人。深夜的风越来越大，气温也越降越低，赵醒归坐累了，试着抬臀减压，冷得实在受不了时，他又把羽绒服兜帽给戴上，双手插进了衣兜里。

脑袋晕晕忽忽，他知道自己肯定发烧了。赵醒归带来一大包抽纸，隔一会儿就要抽两张擤擤鼻子，鼻尖已经冻得没了知觉，他咽一下口水，喉咙很疼，估计是扁桃体发炎。

坐着好难受啊，真想躺下来休息一下，赵醒归摸过裤子，不知什么时候他已经尿过了，幸好穿着纸尿裤，不会让他出糗。然而纸尿裤不是万能的，满了会漏，所以，尽管他的喉咙干得要冒火，也不敢多喝水，只能在渴极了的时候打开保温杯，喝口热水润润嗓子。

一个人孤单地等待时，赵醒归开始回想自己和卓蕴相识以来发生的事，桩桩件件，都刻在他的心里。

她偷偷画在素描本上的"勇敢龟龟"，她在他不知道的时候贴在许愿墙上的便利贴，她在他截球时抱住他腰身的那双手，她排队给他买的鲜奶泡芙，还有她在拒绝他的表白后买给他的那朵星球棉花糖……

她教他打网球，最后还抛下彭凯文上了他的车，她会快乐地喊他"赵小归"，喊的时候，"小"字过得很快，"归"字又拖得很长，"赵小归，赵小归"，是专属于她的叫法。

赵醒归又想起她的样子，想起她甜甜的笑，唇边的小梨涡，温柔又明亮的眼睛，还有哭泣时瘪着的小嘴巴。

初次见面时，天气还很热，她喜欢穿一条宽松的纯白棉布裙，扎着高高的马尾辫，脸庞清纯靓丽。到了秋天，她每次都会穿卫衣和牛仔裤，黑发披肩，休闲又活泼。后来天冷了，她开始穿毛衣和羽绒服，她的毛衣特别可爱，每一件都毛茸茸的，她慵懒地窝在他的沙发上，像一只猫。

赵醒归不信卓利霞的话，什么夜生活丰富、泡吧蹦迪、抽烟喝酒、男朋友很多……他一句都不信，卓蕴从来没和他说过这种事，他的卓老师，不可能是这种私生活随便的人！

但她的确说过，她没有他想象的那么好。她说，他不了解真正的她是个什么样的人。她说,她在他面前,很多事是装的,现在她不想装了,她累了。

是指这些事吗?她难道,真的一直都在骗他?

为什么呀?

过了十一点,寝室楼前彻底安静下来,赵醒归能听到楼上传来女孩们的声音,他已经被冻得撑不住,双臂交叠搁在把手上,深深地弯下腰,额头搁在手背上。

手背冰凉,额头却滚烫,他能感觉到自己在发抖,抖得停不下来,上下牙咬得咯咯作响。他怀疑自己快要冻死了,或者烧死,妈妈一定会骂他,但他就是不想走,还没到十二点呢,他还有机会。

脑袋里一片空白时,赵醒归听到一阵脚步声,由远及近,是高跟鞋的声音,笃,笃,笃,笃……那人走得很慢,节奏分明,赵醒归抬起头来,看到一道高挑的身影正向他走来。

那是谁啊……

他一定是烧得眼花了,竟是认不出来。

那年轻的女人正走到一盏路灯下,白光照在她身上,她长发披肩,化着浓妆,瞳仁儿是紫色的,嘴唇鲜红如火,脖子上挂着一串钻石项链,黑色带亮丝的紧身连衣短裙外披着一件暗紫色长款羊绒大衣,手上拎着个小巧的链条包,脚上是一双黑色过膝高跟靴,两截雪白纤细的大腿暴露在冷空气中,不怕冷似的。

她走路的姿态妩媚妖娆,微微偏着头,眼神迷离,像是在打量赵醒归。

赵醒归想,是不是,她也像他一样,不认得对方了?

"赵小归?"卓蕴终于看清轮椅上那男孩的脸,他戴着羽绒兜帽,又坐着一辆奇怪的车,所以她一开始都没敢认。

她是真喝多了,苏漫琴和倪航去了酒店,她自己一路慢悠悠地走回来,在寝室楼下看到赵醒归,觉得自己大概是喝醉了,要么是在做梦,这也太玄幻了吧?

"你怎么在这儿?"卓蕴扭着腰、有些踉跄地走到赵醒归身边,嘴里叽里咕噜地说着,"这是什么车啊?我都没见你开过,现在几点了?你怎么没回家……不对,苗叔呢?苗叔——"

赵醒归伸手拉住她的手,卓蕴"呀"的一声叫:"你手好冰啊!冻死我了!"

赵醒归感冒发烧,鼻子塞住,哪怕嗅觉不太灵敏,还是能闻到卓蕴身上浓浓的烟酒气,他喊了一声:"卓老师……"

声音一出口,他自己都呆住了,鼻音浓重,嗓子嘶哑得吓人,卓蕴也呆了呆,像是清醒了一些,歪着头问:"你怎么了?生病了吗?怎么声音这么难听?"她挣脱赵醒归的手,一把按上他的额头,惊呼:"你是不是发烧了?额头好烫啊!"

两个人都顶着一张诡异的红脸,面面相觑,一个是因为喝多了,一个是因为被冻的,还有发烧。张口呼吸时,一团团白气出现在他们嘴边,赵醒归已经一点力气都没有了,本来有一肚子话想对卓蕴说,见她醉醺醺的样子,知道说了也是白说。他摘下轮椅后的背包,从里面掏出纸袋递给卓蕴:"卓老师,今天是你生日,祝你生日快乐,这是我自己做的……"

卓蕴一把抢过袋子,喝多了的人没有理智,她笑得很开心:"谢谢你的生日礼物,赵小归,你真好!"

赵醒归很郁闷,早知道,就好好准备一份生日礼物了。

他还是不太习惯这个样子的卓蕴,看到她眼睛上贴着假睫毛,眨巴眼睛时像两把小扇子,问:"卓老师,你喝了很多酒吗?"

卓蕴摇摇食指:"没多少,就喝了几瓶,不多……"

几瓶还不多?赵醒归强打精神,说:"那你进去吧,我就是来把礼物给你,我要回家了。"

卓蕴原地摇摆身体,低头看着他,一脸委屈,嘴角都挂了下来:"你这么快就要走啊?我才刚见到你呢,我都……好久没见你了。"

赵醒归听不得她这样的语气,解释道:"很晚了,我有点发烧,要回去吃药。"

"哦,好吧。"卓蕴把小包甩在肩上,手一扬,"走,卓老师送你回家!"

赵醒归忙说:"不用了,我自己可以开这个车回去。"

"不行!"卓蕴凶凶地吼,手指乱点,"你还是个小孩,万一在路上被人欺负怎么办?我送你回家,我认得路!"

赵醒归只能启动轮椅,用慢速往前开,就这样的速度卓蕴也追不上他,赵醒归只能开开停停,等着卓蕴跟上来。

他头疼,各种意义上的头疼,实在没想到会碰到这样的局面,卓蕴像个孩子似的在他身边蹦蹦跳跳,高跟靴把地面踩得嗒嗒响。

"今天我过生日,好开心啊!"卓蕴边走边说,"我告诉你,我刚才接到赵小归电话了,但他什么都没说,真奇怪。"

赵醒归哑口无言。

"你为什么要戴这么丑的帽子?"卓蕴伸出魔爪,把赵醒归的兜帽给拉下来,顺势又挠乱他的头发,"这样才好看,戴着帽子,你的脑袋像个冬瓜!"

赵醒归无语地看着她。

卓蕴又说:"我今天许愿了,你猜猜我许的什么愿?"

赵醒归:"什么愿?"

"我不告诉你!"卓蕴卖关子,"没人能猜到,说出来就不灵了,嘿嘿嘿……"

赵醒归无奈地叹了口气。

去 A 大南门的这一路，卓蕴叽里呱啦说个不停，赵醒归没力气回答，她也无所谓，执着地说着单口相声。看到一台自动贩卖机，卓蕴突然停下脚步："等等！我去买瓶咖啡，我要醒醒酒。"

她站在贩卖机前操作了半天，咖啡也没出来，气得哇哇叫，赵醒归开着轮椅车过去看，才发现咖啡已经售罄。

他说："咖啡没了，你买别的吧。"

"我就想喝咖啡！"卓蕴又跺脚又甩手，就差在地上打滚耍赖，赵醒归又一次拉住她的手："你听话，去学校外面，我给你买咖啡。"

卓蕴一下子就笑了："好呀，你不能骗我哦。"

赵醒归说："我不骗你。"

接下来的一段路，赵醒归没再松开卓蕴的手，他左手驾驶着轮椅车，右手就一直牵着卓蕴，她不再吵闹，乖乖地跟他往学校外面走。

深夜的大学校园安静空旷，只有巡逻的保安偶尔经过，卓蕴抬头看看夜空，又看看路边的树影，左手晃了下身边人的右手，叫他："赵小归。"

赵醒归："嗯？"

卓蕴笑了："赵小归！"

赵醒归低下头抿了抿唇，右手与她的左手十指相扣。她的手很热，还很软，捏着特别舒服，一会儿后她又开始叫他："赵小归，赵小归！"

"嗯。"赵醒归应着她，慢慢地将电动轮椅车往前开。

好奇怪啊，他想，那些因为她的离职而生起的彷徨与无措，因为卓利霞的话而生起的怀疑与愤怒，因为在寒风中长久等待而生起的心酸与委屈，因为被她一次次拒绝而生起的不甘与失落，在听到她一声声的"赵小归"后，突然就全都消失了。

走出 A 大南门时，十二点还没到，赵醒归找到一家二十四小时营业的便利店，弯腰拆下轮椅车头，让卓蕴在外面等着，他进去买咖啡。卓蕴乖顺地应下，守着轮椅车头，可等赵醒归带着咖啡出来时，发现她已经背靠店铺外墙、双腿交叠坐在地上了，更要命的是，卓蕴还点起了一支烟，刚抽完一口，吐出了一串烟气。

这个画面太过刺激，已经超出赵醒归的理解范畴，他目瞪口呆地看着卓蕴，好半天才转着轮椅来到她身边。

"卓老师，你别坐地上，很冷的。"赵醒归把咖啡放在大腿上，试图去拉卓蕴，卓蕴却一点也不想动，嚷嚷道："我困了，我想睡觉！"

"我都说了你别送我。"赵醒归把咖啡递给她，卓蕴夹着烟，拿起咖啡就喝。赵醒归无奈地看着她，心想这可怎么办，她还能不能自己走回寝室去？

卓蕴半杯咖啡下肚，神智稍微清醒了些，又抽了一口烟，轻吐烟雾，撩起眼皮看向赵醒归，叫他："赵小归。"

赵醒归："嗯？"

卓蕴忽闪着假睫毛，噘着嘴，眼神魅惑地看着他："你是不是讨厌我了？"

赵醒归已经没了半点脾气，摇头说："我不讨厌你。"

卓蕴问："那你还喜欢我吗？"

赵醒归没回答，只深深地看着她。

"你干吗非要喜欢我啊？"卓蕴一撩头发，"就是因为我漂亮吗？我知道我很漂亮，很多男人都喜欢我，你怎么和他们一样肤浅？"

赵醒归脑子发蒙，头晕心慌，感觉气都要喘不上来了，他弯下腰，手肘支撑在大腿上，看着卓蕴："卓老师，这就是真正的你吗？"

卓蕴很莫名："什么真正的我？"

赵醒归："你经常去酒吧玩？"

卓蕴手一挥："对啊！经常去啊，酒吧多好玩！"

赵醒归向她伸出手："给我一根烟。"

卓蕴缩了缩身子，眼神变得警惕："干吗？"

赵醒归说："我也想抽。"

"你不能抽！"卓蕴大声说，"你还没成年！未成年不能抽烟！"

喝醉了还记得这个呢，赵醒归有点想笑，趁着卓蕴不备，直接夺过她指间的那根烟，垂眸看了一眼，这是一支细长的白色女烟，烟嘴上有卓蕴的唇膏印，红红的。他毫不犹豫地要把烟往嘴里送，卓蕴眼睛都瞪大了，猛地去拍他的手，把那根燃着的烟拍到了地上。

赵醒归没抽到烟，红着眼睛看向卓蕴，卓蕴也瞪着他，大脑逐渐清明，刚才发生的事一件件浮现在脑海里，乱七八糟，她难以置信地看着赵醒归，又一次叫他："赵小归？"

"是我。"赵醒归脸色很差，精神萎靡，几乎只剩最后一口气撑着，他看着卓蕴，又一次问出那个问题，"卓老师，这就是真正的你吗？"

卓蕴震惊得说不出话来。

"你真的……"赵醒归闭了闭眼睛，努力忍住一阵眩晕，才睁眼说了下去，"经常和男人一起玩吗？"

"哈？"卓蕴刚刚酒醒，又被弄晕，这是什么魔鬼问题？

赵醒归手肘撑着大腿，眼神涣散开来，卓蕴心惊肉跳地看着他，问："赵醒归，你爸妈知不知道你出来的？"

轮椅上的少年无视了这个问题，脸色潮红，嗓音低哑，喉结不停地滚动，卓蕴听到他说："如果是真的，你要不要……我……可以的……"

话没说完，他身体一软，整个人从轮椅上栽了下来。

卓蕴本能地伸出手臂去抱他，赵醒归修长的身躯压在她身上，被她抱了个满怀。卓蕴彻底酒醒，惊慌失措地去看怀里的男孩，发现他已经晕了过去。

"赵醒归！"她尖叫起来，慌忙掏出手机拨打120，又抖着手给范玉华打电话。

等待的过程中，卓蕴始终把赵醒归抱在怀里，心里愧疚得不行，她低下头与赵醒归额头互抵，摸着他的脸，不停地对他说话："没事啊，救护车马上就来了，赵小归，你不会有事的，我陪着你呢，你不会有事的……"

救护车比范玉华夫妻来得早，卓蕴看着医护人员将赵醒归抬上担架，边哭边喊："你们小心一点，他是截瘫患者，你们小心点他的脊椎，别伤着他……"

担架上的赵醒归不省人事，卓蕴看着他发青的脸庞、紧闭的双眼，恨自己之前都没重视，也不知道干了多少糊涂事。赵醒归分明病得很严重，还一直陪着她、哄着她，他要是真出了什么事，她一定不会原谅自己。

（2）

赵醒归在室外吹了很久的冷风，身体有失温症状，还被诊断出轻微肺炎，在抢救室处理后情况稳定下来，被送到普通病房输液治疗。

赵伟伦跑来跑去办手续，卓蕴一直安静地站在角落里，不敢去和范玉华说话。直到医生说赵醒归不会有危险，住院观察几天就行，一行人才放下心来。

范玉华看向卓蕴，她的样子很是狼狈，头发凌乱，脸上的妆都哭花了，身上的大衣也因为坐过地而有点脏，衣服上沾着烟酒气，显然在外面玩过一场。

看着女孩垂头丧气的样子，范玉华叹了口气，把卓蕴叫到角落里，问她，这一晚到底发生了什么。卓蕴把能记得的事都讲了一遍，当然，隐去了那些令人羞耻的对话，范玉华问："你不知道小归要去找你？"

卓蕴摇头，嘴一咧又想哭："阿姨，我真的不知道，我要是知道了，不会那么晚回来……"

"没事，你别哭，阿姨不怪你。"范玉华明白这事儿纯粹是赵醒归自找的，臭小子暗恋卓蕴，全家人都知道。

之前，范玉华一直认为赵醒归是个聪明懂事的孩子，不会做出让父母担心的事，没想到当他遇见喜欢的女孩，居然也会犯傻，也会冲动，也会不计后果地发神经。

范玉华问："你知道小归的轮椅车头是哪儿来的吗？"

卓蕴还是摇头："不知道，我看到他时，他就开着那个车了。"

范玉华："他为什么非要今天去见你？"

卓蕴心酸："阿姨，今天是我生日……"

范玉华抚住心口，怕自己要心梗。她打量着卓蕴的大衣和链条包，赵醒归可能对女装品牌不了解，范玉华是识货的，迟疑着问："小卓，阿姨问你，你要说实话，你是不是……家里条件其实还不错？"

卓蕴吸了吸鼻子，点头承认了。

范玉华想了一会儿，觉得自己什么都明白了，又说："你之前辞职，小归没告诉我们具体原因，只说你辞职了，是不是小归对你说了什么或做了什么，让你感到困扰，所以才辞职？"

卓蕴迷茫地看着范玉华，不知道要怎么回答。

"阿姨明白，像你这样的女孩，又漂亮，家境又好，追求的人肯定不会少，小归他……年纪比你小，身体又那样，你不喜欢他，阿姨非常理解，只是……"范玉华背脊靠在墙壁上，有些无力地揉着太阳穴，"小归其实是个很骄傲的男孩，脾气还很偏，他以前从没有因为女孩的事让我们操心过，从没谈过恋爱。他受伤以后，我们更多的就是在他的身体、学习、康复等方面关心他，从没想过，他会在感情上遇到烦恼。"

卓蕴没说话，就一直听范玉华说。

范玉华看着她，说了下去："阿姨和你说这些，其实是想拜托你，我和小归的爸爸不是那种会随意干涉孩子感情的家长，我们都知道，小归这样的年纪，喜欢上一个人一定很用心、很纯粹，这份感情非常珍贵，但小归和别的孩子不一样，失恋这种事，对他来说打击会特别大。所以小卓……"

范玉华走到卓蕴面前，握住了她的手，眼神柔柔地看着她："阿姨拜托你，如果你觉得小归的言行对你的生活造成了困扰，那请你好好处理与他的关系，最好，能让他彻底死心。像今天这样的事，对小归来说其实很凶险，严重起来会送命，阿姨很担心，如果你态度不明，他会一直对你心存幻想，你能明白阿姨的苦衷吗？"

卓蕴的眼神飘忽了一下，麻木地点点头："能。"

深更半夜，病房不能探视，卓蕴独自一人离开医院，寝室是回不去了，她干脆在医院附近的酒店开了个房间，好好地洗了个热水澡。

洗完澡，她穿上浴袍，从赵醒归给她的纸袋里掏出一个食盒，打开看，里面是八个蛋黄酥。苗叔说这是赵醒归亲手做的，缠着潘姨捣鼓了一下午。

卓蕴盖上盖子，又看到一张贺卡，卡片上写着一句简单的英文：

Dear Zoe,

Happy Birthday。

——Mikey

卓蕴的眼泪吧嗒吧嗒掉下来，吃了一个蛋黄酥，是莲蓉馅儿，她舔舔手指，觉得这是自己这辈子吃过的最好吃的蛋黄酥。

卓蕴疲惫地躺到床上，后半夜兵荒马乱，她都忘了前半夜自己和朋友们在酒吧疯玩时是怎样的心情。她很少喝这么多酒，把自己灌到烂醉，什么都不去想，在酒吧里随着音乐摇摆身体，与苏漫琴碰杯，大声地喊："Zoe，happy birthday！"

她喝得酩酊大醉时，那个男孩是不是就在她的寝室楼下吹冷风？只为了对她说一声"生日快乐"，为了送她亲手做的蛋黄酥。他甚至不知道从哪里搞来一个轮椅车头，瞒着全家人，一个人偷偷地跑出来！

赵、小、归，胆儿肥了呀！你怎么不去演谍战片呢？

卓蕴把脸闷到枕头上，被赵醒归的壮举给弄笑了，笑着笑着，眼角又一次变得湿润。

多么神奇，有个男孩这样喜欢她，用心、纯粹、热烈，还不计回报。是个坐轮椅的男孩，长得很帅，个子又高，就是年纪有点儿小。

可惜，她不能给他任何承诺。

卓蕴摸出手机，发现电量快用完了，她抓紧时间打开相册，找到那张她和赵醒归在篮球场拍的合影。照片上的男孩笑得可真好看，卓蕴呆呆地看着照片，手指摸上赵醒归的脸，屏幕闪了一下，彻底没电关机。

第二天一早，卓蕴去医院看望赵醒归。

赵醒归住的是一个单人间，范玉华和苗叔都在，看到卓蕴走进病房，范玉华拉开病房的窗帘，床边的区域立刻变得明亮，范玉华冲卓蕴招招手，小声说："小归醒了，刚喝了点粥，你和他聊聊吧。"

临走前，范玉华对卓蕴使了个眼色，卓蕴点点头，范玉华也点点头，两个女人心照不宣地擦肩而过，范玉华提前开始担心，卓蕴离开后，重病的儿子怕不是又要受一回大打击。

病房里只剩卓蕴和赵醒归两人，卓蕴慢慢走到病床前，轮椅停在床边，赵醒归平躺在床上，被子盖到胸口，正睁着眼睛看向她。他的眼睛还是那么漂亮，只是，配上憔悴的面容和蓝白条纹病号服，怎么看怎么可怜。

病房里很热，卓蕴脱掉羽绒外套搁在椅背上，赵醒归看着她在床边坐下，她又变成了他记忆里的模样，毛茸茸的毛衣，乌黑柔顺的披肩长发，还有不施脂粉的秀美脸庞。

赵醒归左手背打着点滴，卓蕴抬头看，足有四大包药水，她想，这么多水挂下去，他要怎么上厕所？又低头去看，床下果然挂着一个尿袋，管子连到被窝里，尿袋里已经有半包淡黄色液体。

"你在看什么？"赵醒归问。

卓蕴重新把视线转回他脸上，问："你插尿管了？"

赵醒归苍白的脸颊上泛起两抹红晕，眉头一皱："你看到就看到，干吗要说出来？"

卓蕴笑笑，问："好点了吗？"

"好很多了，烧也退了。"赵醒归说，"就是没什么力气，也没胃口。"他顿了顿，低声问，"卓老师，昨晚你喝醉了，那些事你还记得吗？"

卓蕴偏开头："我忘记了，喝断片了。"

赵醒归睁大眼睛问："真忘了？"

"真忘了，你呢？"卓蕴又看向病床上的小少年，挑挑眉毛，"晕倒前你说了什么，你还记得吗？"

赵醒归用右手拉着被子，一点点地往上扯，被子盖过他的下巴、鼻子、眼睛，最后几乎把整个脑袋都躲到被子里去了。卓蕴好笑地看着他，看来，他还是记得的，说的时候怎么不知羞呢？这会儿知道害臊了？

因为赵醒归个子高，被子被他这么一拉，两只脚丫子就从被子尾巴上露了出来。卓蕴扭头看去，发现他没穿袜子，两只脚就露在空气里，脚型瘦长，肤色白净，静止的样子与常人不同，两只脚尖无力地往两边摊开，几乎要在床上摊平了。

床尾叠着一条病号裤，上面还有一双干净的白袜子，卓蕴伸出手，隔着被子拍一下赵醒归的脑门儿："干什么呀？你这样子很不吉利的，知道吗？"

赵醒归不敢把脸露出来，闷闷地说："我忘了我说了什么，都不记得了，你不是也忘了吗？"

"对，我也忘了，你先出来呀。"卓蕴去拉被子，赵醒归揪着被子不松手，卓蕴说，"赵小归，你没穿袜子，我帮你穿，好吗？"

这话比什么都有效，赵醒归快速地把被子掀下来，抬起脖子、压着下巴看自己的脚，说："卓老师，你能帮我把床摇高一点吗？"

"行。"卓蕴走到床尾，用摇柄把床头摇高了些。

赵醒归左手不好用力，右手撑着床面调整了一下躺姿，被子被他拉上来，两只脚就一直露在外面，他也没法用脚去把被子盖好，有些无奈地说："卓老师，你帮我把被子盖一下就行，袜子……就算了。"

"为什么？"卓蕴问。

"我……"赵醒归羞得不行，还是说了实话，"我没穿裤子。"

卓蕴一愣，说："裤子我可不帮你穿，就帮你把袜子穿上，脚很重要，一定要做好保暖。"

卓蕴没再理会赵醒归，走到床尾给他穿袜子。她第一次碰到他的脚，皮肤冰凉，一点热意都没有，触感还很软，手指按下去会有个小坑儿。他的脚趾头长长的，指甲剪得干净平整，就是……不管卓蕴怎么摆弄他的脚，那十个脚趾头都纹丝不动。

赵醒归看着她左手抓住他的右脚踝，右手拿着袜子往脚上套，穿好后又放下右脚，抓起他的左脚踝。

他现在的脚踝很细，小腿也很细，以前可不是这样，以前，他的小腿很漂亮，没有夸张的肌肉，却修长匀称，腿毛也不多，就像漫画里男主角才有的那种小腿，穿着到膝上的篮球裤时特别好看。

而现在，他的小腿和脚被她抓在手里，他看着，却一点儿也感觉不到，还要死死地捂住被子，防止脚被抬得过高而走光。

赵醒归心里难过，又想起晕倒前自己对卓蕴说的那句话，当时他晕头转向，不知怎么的就说出了那样的话，现在想来真是羞耻到地心，他似乎说了"他可以"，事实是，他根本不知道自己可不可以。

他没试过，也不敢试，纯属口出狂言，大概，那就是他的幻想吧，如果对方是卓蕴，他是真的愿意去试试，就怕……卓蕴会嫌弃。赵醒归觉得自己真猥琐，想的都是些乱七八糟的东西，脸变得越来越烫，到后来都不敢去看卓蕴。

卓蕴不知道他的心思，已经帮他穿好袜子，将两只脚在床上摆好，又把被子给盖上了。

赵醒归的一瓶药水刚挂完，卓蕴发现了，帮他按了呼叫铃，护士过来换药时看到小少年红通通的脸，惊讶地问："你怎么了？又烧起来了吗？"

她拿耳温枪帮赵醒归测体温，卓蕴紧张地看着她，护士说："37.2℃，还好呀，怎么脸这么红？"

赵醒归恨不得再钻到被子里去，护士叮嘱过几句就走了，卓蕴又坐回赵醒归身边，伸手去摸他额头。赵醒归躲开她的手，试图转移话题："卓老师，我妈妈有没有骂你？"

卓蕴摇头："没有，你妈妈不是不讲理的人，这事儿我多冤枉，我哪知道你会跑来找我，都没跟我说一声。"

"对不起。"赵醒归说着，又有点不开心，"我妈妈骂我了，还把我的轮椅车头没收了。"

卓蕴"扑哧"一笑："那车头，你到底从哪儿弄来的？"

赵醒归老实交代："我网上买的，先寄到我同学家去，昨天晚上我同学充满电给我送过来。我和我妈说了，这事儿都是我的主意，我就是……想自己出门，去找你。"

卓蕴温柔地看着他："昨天，你有没有被我吓到？"

赵醒归一怔："你不是说你都忘了吗？"

卓蕴微笑："总归还是记得一点的。"

赵醒归的眼神严肃起来："卓老师，我的确想问问你，你到底还有哪些事瞒着我？你……我不懂你为什么要骗我，泡吧，喝酒，抽烟，还有……本来也没……"

卓蕴忍无可忍，抬手制止他："泡吧，抽烟，喝酒，我认。还有什么？你从哪儿学来的这些东西？"

赵醒归抿着唇看她，一脸不相信。他真是被她骗怕了，一次又一次，不停地挑战他的接受度。

卓蕴不想就这个问题多做解释，想起她的任务，说："赵醒归，我的确瞒着你一些事，趁今天都和你说了吧。首先是我爸爸的工作，早年他的确是菜场商贩，不过现在他开着两家公司，一家做生鲜食品的批发，另一家是冷链配送，所以，我家经济条件其实还可以，比如我昨晚穿的那件大衣，就要好几千。"

赵醒归蒙了，他一直以为卓蕴是普通人家的女孩，她吃烤肉时为了二十块钱优惠券都能和服务员起争执，赵醒归从来没想过，她居然是个千金大小姐。

卓蕴继续说："第二，关于我的学业，我其实很不喜欢现在的专业，成绩非常差，要挂科的那种。我记得我和你说过我大四要考研，那是骗你的，我不会考研，倒是有可能会出国。我爸让我出去读工商管理的硕士，而我自己是想去学设计，无论如何，我要么毕业直接工作，要么就是出国读书，所以，我不可能和你成为A大校友。"

赵醒归呆呆地看着她。

"第三，关于我的未婚夫。"卓蕴撇了撇嘴，"是真的，我的确有个未婚夫，他家比我家有钱，我和他的婚约算是联姻的性质。我也的确不喜欢他，一直想悔婚。但是，你说的分手费就很天真了，那样解决不了问题，我现在，依旧没想好怎么才能和平地解除婚约。"

"第四,关于我的私生活。"卓蕴笑起来,"昨晚你也看到了,我的确经常去夜店,会抽烟,会喝酒,我一直没敢告诉你,因为你还小,我怕你接受不了。我希望在你的回忆里,我能显得……唔,清纯一点,你好像更喜欢清纯的女孩,对吧?"

赵醒归刚想开口,又被卓蕴打断。

"哦,还有第五。"她说,"关于彭凯文,他以前的确追过我,不过我明确地和他说过不可能,所以他现在对我已经没有那个心思。我和他成了好朋友,说他在追我,其实是为了让你死心,这件事,也是骗你的。"

说到这儿,她停下来,赵醒归等了一会儿,问:"还有吗?"

还有葛浩宇,只是,卓蕴不打算把葛浩宇的事告诉赵醒归,摇头道:"没有了。"

赵醒归问:"那……"

卓蕴一巴掌拍上他脑门儿,清脆的一声"啪",赵醒归"嗷"了一声,揉着脑门儿喊:"你怎么打人啊?"

"我才没有!"卓蕴说出这话来,自己都很无语,"你到底从哪儿听来的?你才多大?这是你该惦记的事吗?赵小归,我还以为你挺正派的呢!"

赵醒归眨巴着眼睛,眼神无辜:"我……我没惦记。"

"行了,反正就这些,我都说完了。"卓蕴感到一阵轻松,歪着头看向赵醒归,"现在你知道了吧?平时在你面前的我全都是假的,衣服是假的,脸也是假的,我平时上课都化妆,就是去见你才不化,所以,你喜欢的那个卓老师是个假人儿,我和你不合适,我们不会有结果的,明白吗?"

赵醒归看了她好一会儿,慢慢地垂下眼睛,长睫毛眨了几下后,向卓蕴伸出右手,还摊开了手掌。

卓蕴问:"干吗?"

"拉个手。"赵醒归板着脸,"你说完了,我还没说呢,我要拉着你的手说话。"

卓蕴惊呆了:"你什么毛病?"

赵醒归的手掌固执地摊开:"拉个手,又不是没拉过。"

卓蕴妥协了,把右手交给他,赵醒归一把就握紧了她的手。他的手掌不像前一晚那么冰凉,掌心有着微微的暖意,他看着卓蕴的眼睛,问:"卓老师,到底什么是真,什么是假?现在坐在这儿的你,是真,还是假?"

卓蕴心里一动,无言地与他对视。

赵醒归的嘴角露出微笑:"就因为穿着便宜衣服,没化妆,你就是假的吗?你老是对我笑,那笑容也是假的吗?你给我带好吃的,那些排队买来的泡芙也是假的吗?下雨天我背疼,你让我上床去休息,你的担心也是假的吗?还有,你为我哭，那些眼泪，都是假的吗？"

卓蕴依旧无言，赵醒归却紧了紧她的手，说："卓老师，其实我知道，平时在我面前的你，才是真的。"

卓蕴愣住了，突然想起很久远的一些事。十四五岁时，她最喜欢穿宽松的棉布裙子，背着画板去老师家学画，老师问她将来想做什么，她羞涩地回答，想做一名建筑设计师。

她从小喜欢小动物，养过猫，养过狗，还养过仓鼠，后来都因为爸爸嫌麻烦、觉得臭送人了。每一只小动物被送走时，她都会哭，她想，等她长大就可以一个人住，到时候，她一定要养很多很多的小动物。

而现在，她似乎要变成被人养的一只动物。

她不记得自己为什么会喜欢上那种凸显身材的紧身裙，不记得自己什么时候开始学会化浓妆，不记得什么时候买来了第一双高跟鞋，倒是清楚地记得，那双鞋把她的脚趾头都磨破了，走路时疼得要死。

她不记得自己什么时候开始不再画画，又是什么时候发现，她那么厌恶自己学的专业，不记得有多少男人追过她，夸她漂亮，她轻而易举地就能拒绝他们，因为她高傲冷漠，让那些男人觉得自己根本配不上她。

她羡慕苏漫琴，因为苏漫琴真的是想做什么就做什么，一点儿也没有顾虑。她不是，她会装，装得炉火纯青，在父母面前装，在卓蘅面前装，在石靖承面前装，在苏漫琴和彭凯文面前，她也会装。装作无所谓，装作不在乎，装作不问前程，只沉迷在灯红酒绿中。她挥霍着她的美貌，虚度着她的青春，不愁金钱，不想未来。

她甚至，还压抑着她的感情。

她戴着面具生活，很久了，自己都分不清了，她到底是个怎样的人？一个废物美人？以后大概就是一位像于娟那样的富家太太，不用上班，可以随心所欲地买包包，却管不了老公晚上在哪里过夜。

那是她想要的生活吗？到底什么是真？什么是假？

卓蕴看着赵醒归，这个年轻的、下肢瘫痪的男孩子，牵着她的手，温柔地给了她一个答案：在他面前的她，才是真的。

是这样吗？她自己都不知道呢。

赵醒归还在笑："卓老师，相信我，你就是你，没有什么真的假的，你从来就不是个假人儿，在我心里，你就是最好的女孩。陪我打网球的那个女孩，我喜欢，坐在地上抽烟的那个女孩，我也喜欢。"

卓蕴眼睛红了，深深地低下头去，嘟囔道："你从哪里学来的这些话？人小鬼大，你懂什么呀。"

赵醒归说:"我不懂,你可以教我嘛。"

"赵醒归。"卓蕴还是低着头,声音很闷,"我答应你妈妈了,今天来是要让你死心,和你绝交的。"

赵醒归震惊:"什么?!"

"但现在,我改主意了。"卓蕴抬起头来,右手重重地掐了下赵醒归的掌心,眼角泛泪地看着他,"赵小归,一切等到你高考结束后再说,可以吗?"

赵醒归怔怔地问:"高考结束?"

"对啊。"卓蕴破涕为笑,眼睛亮晶晶的,"你别忘了,你还是个高中生呢。"

卓蕴和赵醒归做好约定,在他高考前,他们要尽量减少来往。赵醒归自然不乐意,卓蕴就给他讲道理,高中生本就学业繁忙,而赵醒归除了上学,还得维持一定频率的复健,不管是见面还是微信聊天,都容易让他分心。

卓蕴其实也有自己的小九九,少年的喜欢浓烈真挚,却并不一定持久,冷处理一段时间,或许不用她做什么,赵醒归这边就淡下去了。她向赵醒归承诺,暑假时会来找他玩,让他心无旁骛地过完高二,期末必须拿出优异的成绩单。

赵醒归不死心地问:"那寒假呢?"

卓蕴说:"这个寒假,我有些事要处理,会比较忙。"

她没说谎,春节时她得回家去处理那一摊子破事,首要的,就是要说服父亲解除她与石靖承的婚约。

除此以外,卓蕴还要认真考虑自己的未来,她才二十一岁,还很年轻,现在开始改变,一切都来得及。

接下去的一个多月,赵醒归和卓蕴都要应对期末考,两人很自觉,按照约定真的没有联系,只在跨年夜通了个电话,对对方说"新年快乐"。

二月初,寒假来临,卓蕴回到嘉城,答应与石靖承见面。

格调高雅的西餐厅里,卓蕴与石靖承相对而坐,面前的牛排煎得香嫩可口,卓蕴却一点胃口都没有。桌上摆着一个包装精美的盒子,是石靖承补给卓蕴的生日礼物,卓蕴没拆,心思只在谈判内容上。

她打扮得端庄得体,愿意放低姿态,不对石先生冷嘲热讽,这一次的沟通至关重要,卓蕴明白,任性发火解决不了任何问题。

其实,在与石靖承见面前,卓蕴已经找机会分别与卓蘅、卓明毅聊过几句,她问弟弟:"十三,你说,我要怎么样才能和石靖承解除婚约?"

卓蘅说:"你不想嫁给他,早些年为什么不说?"

"早些年，没有我说话的份啊。"卓蕴觉得很可笑，"就算是现在，也没有我说话的份，根本没人来问过我愿不愿意。"

卓蘅冷冰冰地说："现在要退婚很难了，知道的人太多，你要退，石家会很没面子，除非是他们退婚，只是那样的话，你以后会很难嫁。"

"我难不难嫁不用你操心。"卓蕴手指敲着下巴，问，"你和石靖承熟吗？你知道他有女朋友吗？"

卓蘅说："不熟，听说过一点。"

"对嘛，所以，我不觉得石靖承喜欢我呀。"卓蕴一直想不明白这个问题，"这么多年了，他明明知道我不喜欢他，他也不喜欢我，他为什么不退婚？上赶着要嫁他的女孩应该不少吧？"

"很简单。"卓蘅说，"在他眼里，你是一只猎物。"

卓蕴皱眉："什么意思？"

卓蘅冷笑："一只还没驯服的猎物，驯服你的过程，非常刺激。"

卓蕴无语了。

最后，卓蘅说："得不到的就是最好的，明白吗？"

卓蕴与卓蘅的聊天算是比较和平，与卓明毅的沟通就不那么顺利了。她对父亲提出想与石家解除婚约，还说自己想去国外学设计，需要经济上的支持，这笔钱，她以后工作了会还给卓明毅，结果，又一次被卓明毅骂得狗血淋头。

——我养你二十多年，你从小到大，吃的穿的用的都很好，你想学画画，我也供你学，样样都依你，你又为我做了些什么？

——你为什么不肯嫁给靖承？他到底哪里不够好？我都找不出比他更出色的男孩子了，要钱有钱，要貌有貌，你嫁给他，绝对是能享福的呀！

——他不专一？什么叫专一？一辈子就你一个女人吗？人家石家是做生意的，你自己想想怎么可能？不过你放心，你嫁给他就是正宫，正宫懂伐？只要你给石靖承生个儿子，保证没人敢动你，你一辈子都能过上好日子。

——等到过年，咱们就要和石家坐下来商量你和靖承的订婚日期了。我告诉你卓蕴，你到时候给我乖乖听话，不要作，不要摆脸色，那爸爸就答应让你出国去读设计。

餐厅里，卓蕴收回思绪，诚恳地对石靖承说，希望石家可以主动退婚，她愿意承担"被退婚"后的风言风语，不会做任何辩解，同时希望石家可以在合理范围内考虑是否继续与卓明毅做生意，该压价就压价，该竞标就竞标，不要因为婚事吹了就恶意打压卓明毅的公司，那样很卑劣，生意人应该以利益为重。

把准备好的说辞讲完后，卓蕴看着石靖承："我说完了，就是这样，石靖承，你愿意主动解除婚约吗?"

石靖承也看着卓蕴,拿起餐巾抹抹嘴,笑着摇头:"对不起,我不愿意。"

卓蕴忍耐,直到此刻,她依旧不想与石靖承撕破脸。原因很简单,撕破脸,父亲与石家的生意一定会黄,生意黄了,卓明毅就会迁怒于她,那她出国读设计就成了痴心妄想。

卓蕴想不明白,问:"你为什么不愿意?我们两个不合适,一点感情基础都没有,以后也不会有,这样的婚姻怎么可能会幸福?"

石靖承还是那副斯文温柔的模样,看着卓蕴的眼神满含深情:"卓蕴,'一点感情基础都没有'这句话,我不同意。我和你说过,我很喜欢你,一直期待着与你的婚姻生活,幸不幸福,结了婚才知道,我甚至还很期待我们生的孩子,一定会非常可爱。"

卓蕴耐着性子说:"我也和你说过,我不喜欢你,不会和你结婚,更不可能和你生孩子。姑且不论你的喜欢是真是假,石靖承,这件事情应该是双方面的吧?我不愿意,你觉得这样强迫有意思吗?"

石靖承笑问:"如果我就是不同意退婚呢?"

卓蕴说:"你要是不同意,我也不会坐以待毙。现在不是旧社会,我可以报警的,什么订婚仪式,难道你们还能架着我去参加吗?我就是不希望我们闹到这一步,那样你家会被人看笑话,你要是主动退婚就什么事都不会有,真的,就当我求你了,行吗?"

石靖承推了推眼镜,说:"我们的婚约已经定了六年,卓蕴,你以前都没明确反对过,为什么现在会这么排斥?"

卓蕴说:"我承认是我犯了拖延症,你以前一直在国外,我没重视这件事,你去年回国后我见了你几次,越来越觉得,我和你不合适。"

"卓蕴。"石靖承的神色终于严肃了一些,"你有没有想过,如果我主动退婚,对外,我可能会用很难听的理由,你不怕别人来嘲笑你吗?"

卓蕴耸耸肩:"我不怕,不在乎,你随便找理由来诋毁我都行。"

石靖承沉默地看着她,很久后,才问:"你就这么不想和我结婚?"

卓蕴说:"对,不想。"

石靖承眯起眼睛:"你是不是……有喜欢的人了?"

"哈!"卓蕴失笑出声,"这种话别人问我可以,你有什么资格问?"

"还是因为沈诗钰吗?"石靖承说,"我说过,订婚前,我一定会和她分手。"

卓蕴真觉得心好累:"石先生,我不管你和沈诗钰分不分手,或是别的李诗钰、王诗钰,我都不在乎,你外头有多少女人都和我没关系。我再明确地说一遍,我不喜欢你，你又不是找不到女朋友，在嘉城，与你门当户对的漂亮女孩那么多，你真的没必要非揪着我不放。"

石靖承拿起杯子喝了口柠檬水，再看向卓蕴时，眼神变得格外深邃："卓蕴，如果我告诉你，我喜欢你很多年了，从你十四岁就开始喜欢你，你信吗？"

卓蕴毫不犹豫地回答："不信。"

石靖承低下头闷闷地笑："就知道你不会信。"

卓蕴无语。

"你还记得我们第一次见面吗？"石靖承说得很慢，像是在回忆，"那年你十四岁，是个春天，你爸妈带你来我们家餐厅吃饭，你穿着一身校服，扎着个小辫子，吃过饭就在包厢里写作业，有道题不会，你来问我，我教你了，你还记得吗？"

卓蕴说："对不起，我忘记了。"

石靖承摇摇头："你什么都忘记了，我一直都记得，你叫我'靖承哥哥'，那时候你个子还没这么高，讲话会害羞，笑的时候又会露出两个小梨涡，特别可爱。你不喜欢包厢里的烟味，我就带你去水产区玩，教你认各种鱼和蟹，还抓龙虾吓唬你，那时候，我也才十八岁，还没高考呢。"

卓蕴心想，石靖承果然是个情场高手，抓个龙虾吓唬小姑娘都能说得这么柔情蜜意，好像他俩真的有过一段初恋小时光似的，厉害，佩服。

"如果这一切，你都忘了……"石靖承叹了口气，说出一句叫卓蕴眼睛发亮的话，"那我尊重你的决定，我会和我父母解释，由我家出面，主动解除我们的婚约。"

卓蕴简直要心花怒放："真的……"

"吗"字还没说出口，石靖承就又说了下去："不过，我妈过几天要过五十大寿，会办生日宴。你爸妈答应过带你和卓蘅来赴宴。我不想在我妈妈生日前和她说这件事，她会不高兴。她一直都很喜欢你，我是她唯一的儿子，五十岁也是个大寿，到时候客人会很多，我希望我俩能装得亲密一点，你能理解吗？我就是想哄哄老人开心。"

卓蕴心中纠结，就知道不会这么简单，不过，石靖承已经松口了，胜利的曙光就在前方，他提的要求也不算太过分。

卓蕴问："你保证，在那之后会解除婚约？"

石靖承点头："我保证。"

卓蕴："你保证，退婚后，不会恶意打压我爸的公司。"

石靖承："我保证。"

卓蕴思考后同意了："行，我答应你，最后再陪你演一场戏。"

（3）

　　几天后，于娟的五十大寿在石极鲜海鲜酒楼举行，席开十几桌，来的都是石家的亲戚和生意上的合作伙伴。

　　卓明毅特别重视，花重金准备了一份贺礼，叮嘱卓蕴一定要穿得像样点，不能再像之前几次那样当众对于娟耍脾气。

　　石靖承作为于娟的独生子，把寿宴办得隆重又喜庆，他穿着一身深色西服，陪着父亲四处招待来宾，所有人都夸他年轻有为、一表人才，假以时日，一定能成长为独当一面的酒店餐饮业大佬。

　　卓蕴和卓蘅跟着父母来到宴会厅后，石靖承立刻迎过来，热情地打着招呼："叔叔阿姨，小蕴小蘅，你们来了！快，里面请。"

　　他又走到卓蕴身边，微笑着看她："小蕴，你今天真漂亮。"

　　卓蕴感到肉麻，扯着嘴角对他笑笑，卓明毅已经在叫她去给于娟祝寿。于娟身边围着好几位阔太太，每一位都打扮得珠光宝气，她看到卓蕴，好像忘记了几月前两人间的不快，又亲亲热热地挽住了卓蕴的手臂，夸她："小蕴今天可真漂亮啊！来来来，阿姨介绍几位长辈给你认识。"

　　卓蕴穿着一条银灰色礼服长裙，佩戴着钻石耳钉和项链，长发挽起，妆容明艳，高跟鞋一踩，更是显得腰细腿长，在宴会厅里美得格外出挑。

　　阔太太们之前刚夸完石靖承，这会儿又开始夸卓蕴，还是那套老掉牙的说辞，郎才女貌，天生一对，她们就等着喝两人的订婚酒啦。卓明毅听得哈哈大笑，不停地说"快了，快了"。

　　一位胖阿姨笑眯眯地看着卓蕴，问她："小蕴，你还记得我不？"

　　卓蕴对她没有印象，看了眼石靖承，石靖承就俯身在她耳边低语。这样的姿态看起来特别暧昧，于娟对边琳说："瞧，两个孩子感情多好。"

　　边琳呵呵讪笑，不知道怎么接话，卓蘅则冷着脸站在一边，翻了个白眼。

　　石靖承在卓蕴耳边说："这是邵阿姨，我妈妈的闺蜜，就是国庆时让我们去住她家民宿的那一位。"

　　哦！卓蕴记起来了，当时她可没给人家好脸色啊。

　　邵阿姨对石靖承说："靖承啊，上次你说要来住我家民宿，一直都没来哦，你是这方面的专家，我一直等着你过来帮我看看，我那民宿还有没有缺点，能不能弄得更好一些呢。"

石靖承在国外读的是酒店管理方面的专业，抱歉地说："对不起邵阿姨，这段时间我工作比较忙，一直走不开。"

邵阿姨很热情："再过几天就是情人节了，趁着还没过年，小蕴又放寒假，要么你带她过来住两晚？现在虽然没有秋天时的好风景，但我们那边有温泉，天气要比这里冷，这些天都在下雪，一边泡温泉一边看雪景，很舒服的哟。"

卓明毅不允许国庆时的状况再次发生，抢着说："行的呀！小蕴这几天都有空，回家了也不怎么出门，就看靖承忙不忙了。"

"靖承再忙也不在乎这一天两天的，对吧？"于娟抓着卓蕴的手说，"小蕴，你和靖承趁着年前一起去，刚好是情人节，多浪漫啊！邵阿姨已经邀请过你们两次了，你再不答应就不像话喽。"

卓蕴又一次看向石靖承，眼神很冷，约定做戏的内容里，可没包括这个。

"这……"石靖承像是很为难，又把嘴凑到卓蕴耳边说悄悄话，"你能去吗？就住一晚，咱俩分房睡，你放心，我绝对会尊重你。"

卓蕴低头思考，抬起头时看到父亲殷切的目光，于娟满面笑意，边琳一脸茫然，卓薇眼神冷漠，那邵阿姨依旧在喋喋不休地介绍她的民宿……卓蕴又看向石靖承，他面容诚恳，用只有她听得见的声音说："最后一次了，帮个忙，行吗？让我妈高兴一点。"

卓蕴咬咬牙，答应了："行，就住一晚。"

所有人都很高兴，石靖承大大地松了口气，与邵阿姨确认去的时间，约好十三号去，十四号回。

直到这时，卓蕴也不知道那民宿究竟开在哪里，随口问了一句："邵阿姨，您的民宿在哪儿啊？"

邵阿姨说："不远，在梧城。"

院子里，苗叔把轮椅、轮椅车头和一堆年货放进后备厢，又把两个大行李箱塞进车后座，对赵相宜说："小宜，你只能挤着坐后面啦。"

"没事，我人瘦。"赵相宜拎着自己的双肩包爬进后座，伸手拍拍副驾驶座上赵醒归的肩膀："哥，你坐前面舒服吗？要不要把座椅往后推一点？你腿长。"

赵醒归回过头来："不用，我这样就行。"

这天是二月十三号，距离过年还有五天。赵伟伦的老母亲身体不太好，出不了远门，赵醒归前一年春节在医院过，老太太已经两年没见到孙子、孙女，早两个月就天天给儿子打电话，让赵伟伦一家这一年无论如何要去梧城过年。

赵伟伦对姐姐赵美芳说了顾虑，老家的房子没电梯，一楼有架空，赵醒归进出门、上厕所都不方便，就说由他带赵相宜回去住两天，范玉华和赵醒归就不回去了。

赵美芳不想让老母亲失望，立刻找人来给房子做改装，装上一部从平地到一楼的简易升降电梯，又把一楼卧室敲掉重装，加了一间单独的卫生间，按照无障碍标准装修，说以后老母亲要是腿脚不便也能住这屋。全部弄好后，赵美芳把房间照片统统发给赵伟伦，赵醒归看过后，就说想去姑姑家过年。

他也想奶奶了，老太太已经七十多岁，见一次少一次，他现在的身体情况这么特殊，以后能见面的机会只会越来越少。

范玉华站在车边看苗叔装行李，不停地叮嘱他路上要小心，苗叔说："太太你放心吧，我都是几十年的老驾驶员了，带着这两个孩子，能不小心吗？"

范玉华又走到副驾门边和儿子说话："小归，你到了姑姑家照顾着点小宜，让她少玩手机，先把作业做起来。爸爸妈妈过几天就过去，你俩要听姑姑和姑父的话，知道吗？"

"知道啦，我又不是小孩子了。"赵醒归有点不耐烦。

范玉华担忧地看着儿子，过年前，她去学校给赵醒归开期末家长会时，和班主任老师聊过几句，得知赵醒归之前的好朋友林泽心理出了问题，成绩大幅下降，似乎是因为赵醒归受伤的事。

范玉华心中震惊，她一直以为那件事是意外，难道……不是？

班主任想做和事佬，希望范玉华能说动赵醒归去与林泽和好，范玉华听完后，冷冷地说："对不起，这件事我完全尊重小归的意愿，他不愿见那些人肯定有他的道理。在我眼里，我儿子的身心健康最重要，他都瘫痪了，还要去开导别人？这说不过去吧？林泽要是有什么心结，我建议他爸妈带他去看心理医生。"

自从听说林泽的事后，范玉华心里就有了个疙瘩，无数次想要问问赵醒归究竟是怎么回事，但看他这段时间情绪不错，又要过年了，就一直没问出口。

石靖承午饭后开车来接卓蕴。

卓明毅送卓蕴下楼，趁机和石靖承聊了几句生意上的事。卓蕴背着一只小皮包，拖着一个拉杆箱，身上裹一件白色羽绒服，看着石靖承为她拉开的副驾车门，顶着父亲警告的目光，默不作声地坐上副驾驶座。她感觉坐这个位置令人反胃，不知道有几个女人曾经坐过。

去梧城的路上，卓蕴没怎么说话，看着兴致就不高。

石靖承问："你带泳衣了吗？晚上要泡温泉。"

卓蕴说："没带，我不泡。"

"为什么?"石靖承笑笑,"日子没凑巧吗?"

卓蕴说:"不想泡,我对温泉没兴趣。"

开什么玩笑,在石靖承面前穿泳衣?她还没这么蠢。

车子开出一段路后,石靖承电话响了,他手机卡在手机架上,卓蕴能清楚地看到来电人是谁——沈诗钰。

石靖承直接挂断,没几秒钟电话又响,石靖承再次挂断,当电话第三次响起时,卓蕴扯了扯安全带,忍不住说:"你还是接吧,我不会出声的,你这样开车我很慌啊。"

石靖承戴着耳机,一脸冷漠地接起电话:"喂。

"我今天出差,晚上不回来。

"明天?明天再说,我可能没空。

"礼物不是已经给你了吗?你能不能听话一点?我在开车!

"好了好了好了,我没凶你,明天我回来了给你打电话,乖。"

此时此刻,只有四个字可以形容卓蕴的内心感受,那就是:叹为观止。

这男的前几天还口口声声说"喜欢你""从你十四岁就喜欢你了""期待与你的婚姻生活"……现在是因为要退婚,他就破罐子破摔了吗?

卓蕴脸抽抽地看了眼石靖承,问:"你有没有想过和沈诗钰结婚?你俩在一起都有五年了吧?"

石靖承回答得很干脆:"没想过,我妈不会同意的。"

卓蕴:"你没争取过吗?"

石靖承:"不可能的事,有什么好争取的?"

"那你就打算一直这样……拖着?"卓蕴不理解,"为什么不分手呢?你又给不了人家承诺。"

石靖承笑起来:"分手?也得人家愿意啊,她都不愿意,我着什么急?"

卓蕴无话可说了。

下午两点多,他们抵达梧城,卓蕴看着窗外的街景,屋顶、路边有积雪,看来邵阿姨没说假话,这里真的会下雪。

石靖承把车开到民宿,卓蕴才知道邵阿姨为何会那么自信,那的确是一家装修得很有品位的民宿,体量不大,位置却特别好,就在山脚下,还自带温泉。民宿前有一条小河,如果是春秋季,站在房间阳台上,可以看见附近秀美的风景,环境清幽,适合放空心灵。

卓蕴搜了下订房平台,这家民宿每个房间的价格都是四位数打底,春节时更是一房难求。她有点纳闷,这么紧俏的民宿,邵阿姨为什么一定要石靖承带她过来住呢?

邵阿姨在民宿等他们,热情地招呼着卓蕴,说房间已经准备好了,保准让他们满意,去坐电梯时卓蕴听着听着就觉得不对劲,问石靖承:"不是说两间房吗?"

石靖承看了她一眼,邵阿姨"哎哟"一声叫:"你俩是未婚夫妻,要两间房干什么?我把最豪华的一间套房给你们啦!"

卓蕴站住不动了,冷冷地看着石靖承。

对峙数秒后,石靖承对邵阿姨说:"阿姨,还是麻烦你再开一间房吧,套房给卓蕴住,我住哪间都可以。"

"这……"邵阿姨揣摩着石靖承的意思,又看到卓蕴冷峻的脸色,终于应下,"行吧,再开一间大床房,幸好今天还有空房。"

石靖承的房间在二楼,卓蕴的房间在四楼,各自回房放下行李后,石靖承打电话问卓蕴,要不要出去转转。卓蕴说不要,想在房里休息,石靖承就说晚饭是邵阿姨请客,在民宿吃,让她六点左右下楼就行。

套房很大,装修奢华,外面是会客室,有沙发、茶几和吧台,里面是卧室,还带着阳台。卓蕴在阳台上站了一会儿,看着室外的风景才回过味来,她在梧城了!

这是赵醒归的老家,他在这里生活过,那时候,他还是个活蹦乱跳的男孩子。

可惜,他很难再回来了。卓蕴记得赵醒归说过,他姑姑家没装电梯,他连一楼都上不去,不会回来过年。

卓蕴心里起了念头,想出去转转,看看这个赵醒归生活过的小城市到底什么样,走一走他走过的路,吃一吃他吃过的点心,多拍点照片,以后见到面,可以给他一个惊喜。

想到就做,卓蕴穿上羽绒服,背上包,一个人悄悄地溜了出去。她离开民宿,步行一段路后才上了一辆出租车,问过司机,去到梧城最热闹的市民广场。那里有商场和一片古镇,是本地人和外地游客觅食的好地方。

卓蕴时间不多,下车后直奔古镇,优哉游哉地逛了起来。

古镇的建筑有些年头了,青瓦白墙,屋顶积着薄雪,屋檐上挂着未化的冰凌,太阳一晒,水珠就滴滴答答地落下来。卓蕴拿着手机拍冰凌,钱塘和嘉城冬日少雪,她很多年没看到这样晶莹剔透的冰凌。

她拿着手机边走边拍照,小城镇过年气氛浓郁,到处都红彤彤的,游人也不少,气温虽低,因着阳光充沛倒也不那么寒冷。卓蕴心里美滋滋,想着,这条街赵醒归肯定逛过,不知道她看到的风景与他小时候看到的是不是一个样。

她拍下一面爬满爬山虎的斑驳古墙,拍下街边做糖人儿的老大爷,又拍下小吃店热腾腾、刚出炉的红豆糕，拍完之后买两个，装在纸盒里边走边吃。

卓蕴看到一家老字号的纸扇店，走进去逛了一圈，手工纸扇精美古朴，每一把都很漂亮，卓蕴动心了，想给某人买件小礼物。

她看到一位老师傅坐在桌子后，正提着毛笔在扇面上写字，卓蕴问了问，知道买空白扇子可以免费题字，立刻挑了一把浅蓝色山水画背景的男款折扇，师傅问她要写什么，卓蕴在白纸上写给他看：醒日是归时。

师傅没多问，毛笔一挥就把字写好了。卓蕴买了个盒子，把扇子装进去，在古镇上逛了一个多小时后打车回民宿，准备休整一会儿，再下楼去吃饭。

唉……想到要和邵阿姨、石靖承一起吃饭，就很无趣。

天黑了，卓蕴准点下楼，民宿一楼的餐厅已经坐着几桌客人，邵阿姨和石靖承在一个小包厢里，卓蕴走进去，在石靖承身边坐下。

菜都是邵阿姨安排的，很丰盛，她还开了一瓶红酒，要给卓蕴倒酒时，卓蕴捂住了酒杯："谢谢，我不喝酒。"

石靖承转头看着她："你不喝酒？"

卓蕴说："我今天不想喝酒。"

她一直保持着警惕，不喝酒，连饮料和水都不喝，就要了一碗米饭，邵阿姨不停地劝她喝一点，她都只是笑笑，说真的不喝。

邵阿姨话很多，就民宿的经营问题和石靖承聊得火热，卓蕴一直没说话，就闷头吃饭吃菜。吃到一半时石靖承向邵阿姨使了个眼色，邵阿姨明白了，说："我吃饱了，你们慢慢吃，我就不打扰你们小情侣说悄悄话啦。"

说完，她起身离开包厢，走到前台时，一张脸已经拉得老长，前台小妹正在嗑瓜子，问："老板娘，你怎么出来了？"

"饭都没吃完就被赶出来了，都不知道是谁请客！"邵阿姨气得要命，对小妹吐槽，"你说那石家小子是不是有毛病？刚开业那会儿房间空着，我叫他来住他不来，现在又给我打电话，让我主动邀请他来住，这房费怎么算啊？"

小妹问："他不给房费的吗？"

"鬼知道他给不给，还开两间房！三千多的房费呢！我又不是订不出去。"邵阿姨越想越生气，"他妈过生日，我大老远地过去送了三千贺礼，又没白吃他家的饭，还要我主动叫他和女朋友来住店，又请吃又请喝，这算怎么回事？借花献佛啊！那姑娘从头到尾板着个棺材脸，活像我欠了她两百万似的，真晦气。"

邵阿姨走了没多久，卓蕴就说她吃饱了，要回房去休息，石靖承喝了口红酒，看着一桌没怎么动的菜，说："你上楼吧，我一会儿去泡个温泉，放松一下。"

卓蕴回房后反锁房门，洗了个澡，穿着浴袍躺在床上看电视，八点半时，石靖承给她打电话："卓蕴，你现在有空吗？我想和你聊聊。"

这一天下来，石靖承一直表现得很绅士，卓蕴却从未掉以轻心，始终与他保持距离。此时接到这样的电话，她在心里冷笑，就知道这人没那么简单。

她说："很晚了，有话明天再说吧，我想休息了。"

石靖承说："是关于退婚的事，给我十分钟可以吗？白天一直没机会和你聊。"

卓蕴："不要了，退婚的事还有什么可聊的？"

石靖承："我现在就在你门外，你放心，我说过会尊重你，你不是有个客厅吗？我保证不会进你卧室。"

卓蕴想了半天，说："你等会儿。"

她换上毛衣和长裤，关上卧室门后才走去开门。石靖承应该是泡完温泉了，湿着头发，倒没有穿浴袍，而是穿着得体的衬衫西裤，只是手里拎着晚饭喝剩下的半瓶红酒，令卓蕴不太舒服。

她侧身让他进屋，石靖承在沙发上坐下，晃晃酒瓶子问："要来一点吗？"

卓蕴抱着手臂离他两米远："不了，谢谢。"

"你紧张什么？"石靖承笑得很开心，"怕我给你下药啊？放心吧，我从来不做这种事，我一直都很尊重女孩子。"

卓蕴觉得可笑，问："你到底要和我聊什么？赶紧说吧。"

石靖承指指沙发："坐着聊。"

卓蕴背脊靠着吧台："不用了。"

石靖承又笑了，他长得很斯文，又戴着金丝边眼镜，笑起来的样子温文尔雅，没有丝毫的攻击性。卓蕴并不怀疑，在别的女孩眼里这人应该算是魅力十足，只是在她心里，石靖承和卓明毅一样，都是垃圾。

石靖承笑着看她："卓蕴，你知不知道你爸爸的公司已经四面楚歌了？"

卓蕴冷漠地回答："关我什么事。"

"怎么不关你的事？"石靖承说，"你爸爸欠银行一大笔钱，已经卖了两套房子用来还债，你知道这事吗？他天天追着我爸求帮忙，我爸和我聊过，我们都觉得那坑太深，不是很想帮。"

卓蕴心中一震，面上却依旧冷漠。

"你以为你还是个千金大小姐吗？"石靖承摇摇手指，"你太天真了。"

卓蕴问："你到底想说什么？想要反悔吗？想用我爸公司的事来逼我就范？石先生，你才是太天真，我和我爸关系本来就不好，就算他公司破产、吃糠咽菜也和我没关系，我不可能牺牲我的后半辈子去救那个烂人。"

石靖承给自己倒了杯红酒，背脊靠着沙发靠背，悠闲地架起二郎腿，说："我没想反悔，我也看出来了，咱俩就算结婚估计也得天天打架。我就是觉得很亏，做了你六年的挂名未婚夫，让你爸借着这份婚约捞了数不清的红利，结果呢？你长大了，就要一脚踢了我，你换位思考一下，如果你是我，你甘心吗？"

卓蕴生气地说："有什么不甘心的？你亏什么了？石先生，这六年你过得不滋润吗？你要是不想让我爸捞这红利，早些年你就可以退婚啊！"

石靖承把红酒一饮而尽，站起身来，慢慢向卓蕴走去。

卓蕴警惕地瞪着他："你要干吗？"

"我说过，我会尊重你，不会强迫你做任何你不愿做的事。"石靖承走到卓蕴面前站住脚步，低头看她，"我是答应过你要退婚，不会反悔，但现在我要再加一个条件。"

卓蕴心里感到不妙："什么条件？"

石靖承右手撑在吧台上，上身向卓蕴靠近了些："很简单，陪我一晚，就今天。"

卓蕴扬起手臂，"啪"的一声重重地甩了他一个耳光，怒骂道："做梦吧你！给我滚出去！"

她千提防万提防，提防石靖承下药，提防他灌酒，提防他用强，就是没想到他会这么恬不知耻地直接说出来。她果然还是太稚嫩，居然会相信石靖承的话。卓蘅真是没说错，在石靖承眼里，她就是一只没被驯服的猎物，不驯服她一次，他是不会放了她的。

石靖承被打得偏开了头，眼镜都挂在鼻梁中段了，他摘掉眼镜丢到吧台上，再转回头时，一双眼睛里亮起危险的光："你平时玩得这么野，这时候装什么贞洁烈女？你可以把我当成那些酒吧里的男人啊，就一晚，难道我还比不过他们吗？小蕴……"

"你别碰我！"卓蕴要逃，右手腕却被石靖承扣住，左臂也被他抓住，她背后抵着吧台，几乎被他圈在怀里，逃无可逃，石靖承的声音很低沉，"我是真的很喜欢你，你这么漂亮，我会好好疼你的，你试试就知道了，我很厉害的……"

在他说出这些叫人恶心的话语时，卓蕴早已挣扎起来，石靖承想亲她的脸，卓蕴扭过脖子躲他，大声喊："你放开我！我杀了你！你个畜生王八蛋！救命啊——救命……唔！"

男人的力量总归比女人强大，石靖承单手扣住卓蕴的双手腕，右手捂住了她的嘴，他的眼神很可怕："嘘，不要叫，我和你现在还是未婚夫妻，我们做什么都是合法的，懂吗？"

直到此刻，卓蕴才真正感受到恐惧，石靖承是有恃无恐的，仗着他们的未婚夫妻身份，仗着是她主动开的门，可能，他还觉得她一直都很玩得开，就一晚，她没有理由不答应。

卓蕴瞪大眼睛看着他，手被制住，嘴被捂住，只剩没被禁锢住的双脚轮番去踢他，石靖承像是不怕疼，面上又挂起了笑："原来你喜欢这种激烈的方式？行啊，我也可以配合的。"

他好像兴奋起来了，卓蕴一颗心冰冰凉，脑子不停地转，想着要怎么办才能脱身。

石靖承试图将她拖去卧室，卓蕴与他搏斗起来，边挣扎边尖叫，大概是她的叫声太过骇人，有人来敲门了，一个男的问："大晚上的吵什么呢？你们不休息别人还……"

卓蕴大叫："报警！报警！有人强奸——"

石靖承突然把她松开了。

卓蕴踉跄着退了好几步，惊惶地抬头看他，石靖承站在客厅中央，好整以暇地整理着自己弄皱了的衬衫，看着她的眼神仿佛胜券在握："算了，今天的游戏到此为止，你不愿意，我不会勉强，等哪天你愿意了，自己来联系我。"

卓蕴转过身，打开房门就冲了出去。

房门外的一个男客人正在发蒙，卓蕴跑掉后，他看了眼屋里场景，石靖承笑着说："我女朋友刚刚在和我吵架，女孩子嘛，就喜欢无理取闹，对不起，打扰你们休息了。"

男客人："哦，没事。"

他挠挠脑袋，不再多管闲事，回了隔壁屋。

第十章

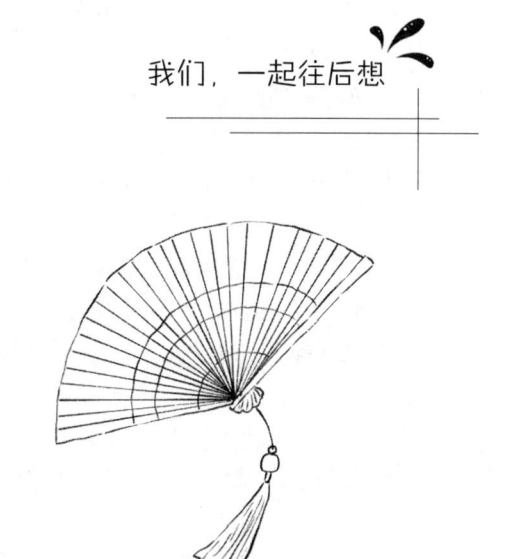

我们，一起往后想

(1)

卓蕴冲出民宿，在街上狂奔几百米后才渐渐停下来。

她吓坏了，又很愤怒，这辈子第一次碰到这样的事，身边没有苏漫琴和彭凯文，她发现自己并没有想象中那么厉害。

刚才应该用酒瓶去砸碎那畜生的狗头，要么用膝盖去狠狠顶他的肚子，或者操起椅子将他打个半死！她在脑海里用所有酷刑把石靖承凌虐了一遍，才想起，她刚才只会尖叫，打也打不过，挣也挣不脱，要不是有人来敲门，她都不知道能不能逃跑。

有东西飘到眼皮上，卓蕴抬头去看，发现不知何时，下雪了。

雪花片片飘下，卓蕴站在落雪中茫然四顾，她赤着脚，那薄薄的酒店拖鞋在与石靖承搏斗时就掉了，身上也只有毛衣和单裤，一阵冷风迎面吹来，她抱着手臂抖了一下，才感觉到寒冷。

她什么都没带，房卡、手机、身份证……身上一毛钱都没有，连餐巾纸都没一张，卓蕴不敢回民宿，那民宿在她眼里像个黑店，石靖承与老板娘认识，搞不好连走廊监控都能删。

卓蕴心跳得很快，还没从恐惧中恢复过来，哆哆嗦嗦地走了一段路后看到一家便利店，她走进去，收银台后是一个年轻的女孩，卓蕴问："你好，我刚才碰到歹徒了，能借你的手机打个电话吗？"

那女孩吓了一跳，看卓蕴披头散发，衣着单薄，脸色的确不太好，就把手机解锁递给她："你是要报警吗？"

"嗯。"卓蕴说，"我先给我妈妈打个电话。"

现代人都太依赖手机，卓蕴唯一能记住的就是边琳的手机号，她给妈妈打电话，边琳接起后大叫："小蕴！小蕴你在哪儿啊？刚才靖承打电话来说你们吵架了，你跑出去了，他已经报了警，你没事吧？"

卓蕴蒙了，石靖承居然恶人先告状？还报警？她尽力让自己冷静，对边琳说："妈，石靖承要强奸我。"

边琳："什么？！"

正要说下去，那边突然起了争执，卓蕴听到边琳在叫："你干什么？你还给我！我要和女儿说话！"

手机里传来卓明毅的声音："小蕴，你现在在哪？把地址给我，我让靖承去接你。你胡闹什么？出去玩就要开开心心的，你怎么还能和他吵架？"

边琳已经哭出来了，卓蕴听到妈妈的哭喊声："你把手机还给我！石靖承是个畜生！你怎么能这样对女儿……"

卓明毅怒吼："你闭嘴！有你说话的份儿吗？靖承和小蕴是男女朋友！做什么不正常？你们这种婆婆妈妈的就是干不了大事！小蕴！你赶紧把地址告……"

卓蕴把电话挂断了。

收银女孩担忧地看着她，卓蕴神情麻木，悲哀地发现，当她出事时，第一反应还是向家里求助，希望家里能给她做靠山，可是父亲的回应却让她彻底地死了心。

这时，收银女孩的电话又响了，她接起来，对卓蕴说："是派出所民警。"

应该是卓明毅把手机号码给了石靖承，石靖承又给了民警，民警来找卓蕴了。他们态度不错，问卓蕴人在哪里，要不要派人去接她，需要她回民宿做一份笔录。

卓蕴说："不用来接，我自己会回去。"

现在的她，不敢信任当地的任何一个人。

卓蕴知道自己要回民宿，要见警察，但她并不乐观，石靖承怕是早已颠倒黑白，她说什么可能都没人会信，但她总得去收拾行李跑路啊，傻瓜才会再在那边待一晚。

卓蕴想了一会儿，对收银女孩说："你能不能帮我上网搜一个电话？钱塘一个叫紫柳郡的小区，物业的电话。"

几分钟后，赵伟伦接到紫柳郡物业打来的电话，给了他一个手机号码，说有一位叫卓蕴的女士在梧城碰到了急事，想要与他联系，如果他觉得可以，就给她回电话。

赵伟伦惊讶极了，把事儿对范玉华一说，范玉华立刻拨通那个手机号码。

卓蕴待在便利店里，听到范阿姨的声音感觉特别亲切，有一种莫名其妙的安全感，说："阿姨，我现在在梧城，碰到了一点紧急情况，一会儿需要去见警察。就是……我在这里一个认识的人都没有，我听赵醒归说过，你们家在梧城有亲戚，您能不能帮我联系一两个信得过的人，陪我一起去见警察？我不会让他们白跑的，可以出费用。"

范玉华说："好，你把地址给我，我现在就让人去找你，放心，都是信得过的人，是小归爸爸那边的亲戚。"

卓蕴道过谢，把手机还给收银女孩，坐在便利店窗边的高脚凳上等待。收银女孩给她拿来一杯热乎乎的关东煮，说："我请你吃，你别担心，不会有事的。"

身处异乡，举目无亲，一个陌生人的温暖令卓蕴感动得几欲落泪，捧着纸杯说:"谢谢。"

收银女孩站在她身边,与她一同看向窗外,说:"下雪了,明天是情人节呢。"

卓蕴问:"你有男朋友吗?"

女孩羞涩地说:"有,快结婚了。"

卓蕴说:"真好,恭喜你。"

女孩与她聊着天:"你刚才打电话说的那个人,不是你男朋友吧?这事儿也太吓人了。"

卓蕴摇头:"不是。"

"我现在是觉得,一个男的,人好才最重要。"女孩说,"我男朋友个子很矮的,一米七都不到,长得也不好看,但他对我特别好,工作也很上进。你长得这么漂亮,肯定很多人追,以后找朋友还是要小心点,别被人给欺负了。"

"我知道,谢谢你,今天我的确是犯了蠢。"卓蕴托着下巴看向窗外,雪已经积起来了,便利店里很温暖,挡住了室外的严寒,她叹了口气,知道经过这一晚,她和石靖承算是彻底地撕破了脸。

他不会退婚的,从一开始就没打算放过她,他并不喜欢她,只是想征服她,在他眼里,她和那些巴结他的女人没什么两样,他那么自信,大概觉得得到她只是个时间问题。

她想要轻松地全身而退,是不可能的。

十分钟后,一辆白色轿车开过来,停在便利店外的车行道上,卓蕴知道,是范阿姨帮她找的人到了。她又一次向收银女孩道谢,赤着脚推开店门向外走去。

她看到驾驶员下了车,是个陌生的中年男人,急匆匆地向她走来,喊她:"是小卓吗?我是赵醒归的姑父,我姓郝……"

卓蕴没顾得上和他说话,因为她看到后排车窗降下了,窗后出现了一个叫她怎么都想不到的人,他年轻的脸上写满焦急与关心,远远地就在向她招手:"卓老师!快上车!"

卓蕴一直都没哭,直到此刻,见到他,听到他的声音,她的眼泪才像珠子般扑簌扑簌地掉下来。

她向他跑去,他已经探身将车门打开,卓蕴一头冲进车里,扑进他的怀抱,男孩差点被她扑倒,坐稳身体后又紧紧地将她抱住,摸着她的后背,揉着她的头发,不停地说:"没事了没事了,你别哭,有我在呢,你别怕,别怕,我来陪你了……"

"赵小归,赵小归……"卓蕴躲在他怀里呜呜咽咽地大哭起来:"我被人欺负了,我被人欺负了,呜呜呜……"

看到卓蕴哭得那么委屈,赵醒归心疼极了,又见她穿得单薄,赶紧脱下外套帮她披上。卓蕴低头看，还是感觉不真实，羽绒服上带着赵醒归的体温，她泪眼蒙眬地看着他，问："你怎么会在这里？"

赵醒归说："我回来过年。"

卓蕴拿着纸巾抹眼泪："你说你不会回来了。"

赵醒归搂过她的肩，让她把脑袋靠在他肩膀上："临时定的行程，我今天刚到。"

卓蕴闭上眼睛依偎在他怀里，一颗心渐渐变得平静。

之前，她其实已经放弃了，在这样一个完全陌生的城市，她孤立无援，哪怕有赵叔叔家的亲戚陪着，也觉得自己做不了什么。去民宿见警察，只是走个过场，石靖承说什么就是什么吧，她只想拿着行李逃跑，真的不想再多看他一眼。

可现在，她的勇气又回来了，待在赵醒归身边，她一点也不害怕了，做好了去指控石靖承的准备。

至少，赵醒归一定会相信她。

姑父郝永坐上驾驶座，非常不想打扰后座相依相偎的两个年轻人，又不得不打扰，问："小卓，我们要去哪里见警察？"

卓蕴说出民宿地址，郝永和赵醒归都是一愣，郝永说："那地方很近，小卓，你能不能趁现在先把事情和我们讲一下，好让我们心里有个底。"

卓蕴看了赵醒归一眼，关于婚约的事，她一直不愿意和他多说，这次出行也一样，她都没打算告诉他，可这会儿她不想再隐瞒，就把事情简单地说了一遍。赵醒归越听越心惊，紧紧地握住她的手，卓蕴对他笑笑："你别担心，我没受伤，已经没事了。"

郝永听完后眼神深沉，一边启动车子一边打了个电话，把民宿地址告诉对方："小田，麻烦你现在立刻过来，有活要干，谢谢。"

便利店离民宿很近，一公里都不到，郝永很快就将车开到民宿停车场，他下车去弄轮椅，卓蕴也要下去帮忙，赵醒归拉住了她，说："你赤着脚呢，外面地上都是雪，你穿我的鞋，就是有点大。"

卓蕴说："不用了，没多少路……"

赵醒归已经低头把两只白色运动鞋脱下来，弯着腰放到卓蕴脚下："你也没和我妈说你没穿鞋，不然我就给你带一双来，穿上吧，外面冷，我穿不穿无所谓的。"

卓蕴鼻子一酸，又想哭了，赵醒归刮了下她的鼻梁："听话，穿上，我脚很干净的，不臭。"

卓蕴知道这是赵醒归的心意，就没再推辞，乖乖地穿上他的鞋，鞋子真的好大，直接套进去就行，她动动脚趾头："好暖和。"

赵醒归笑了："你别骗我了，我脚一直很冷，鞋子怎么会暖和？"

郝永把轮椅推到后车门边，赵醒归从车厢转移到轮椅上，卓蕴已经好久没看到他拖着不便的身体做事的样子了，看到后才发现，她真的非常非常地想念他。

赵醒归穿着一件黑色高领毛衣，飘零的雪花落在他的肩头，黑白分明，卓蕴用手一拂，雪花就化了，赵醒归抓着双脚搁上踏板，卓蕴蹲下来摸摸他的棉袜，抬头问："脚会冷吗？"

"不冷，放心吧。"赵醒归揉揉她的头发，"走，我陪你进去，你别怕。"

来到民宿大门前，赵醒归和郝永一起看向那栋小楼，彼此对视了一眼，神情都很微妙。

民宿一楼灯火通明，前台小妹乖乖待在桌子后，沙发上坐着四个人，邵阿姨、石靖承，还有一男一女两位民警。看到卓蕴进来，民警立刻站起身，石靖承依旧老神在在地坐着，邵阿姨则打了个哈欠，有些懊恼地说："总算是来了。"

接着，他们又看到跟随卓蕴进来的两个人，一个是其貌不扬、衣着朴素的中年男人，另一个是坐着轮椅的年轻男孩。

石靖承眯起眼睛看向那轮椅上的男孩，他肤色白皙，神色冷淡，长得非常英俊，看年龄在二十岁左右，即使坐在轮椅上，身上也透着一股隐隐的傲气。

石靖承在心里琢磨，这人是谁？是卓蕴在梧城的大学同学吗？为什么会坐轮椅？他猜不出来，又看到卓蕴身上披着的男款羽绒服、脚上踩着的男鞋，抬指敲敲下巴，有点明白了。

赵醒归也看到了石靖承，投向他的目光冷得像冰刀一样。卓蕴所谓的未婚夫，就是这个男人吗？对她做了这样恶劣的事，还跟个没事人似的坐在那里笑？真是个衣冠禽兽。

当事人都到齐了，两位民警开始工作。男警姓陈，女警姓郑，之前已经从石靖承那里听完了他的报警缘由，这时就把石靖承的说辞给卓蕴三人讲了一遍。

石靖承说，他和卓蕴是未婚夫妻关系，两人是因为几天前邵阿姨的主动邀请才来梧城旅游，分房住宿，这一切邵阿姨都可以作证。邵阿姨说，这对小情侣感情很好，来了以后一直有说有笑，晚饭也一起吃，她没看出来他们之间有什么矛盾。

晚上八点半，石靖承去卓蕴房里找她喝酒聊天，因为一些情侣琐事发生争吵，卓蕴生气跑掉了，连手机都没带，石靖承追出去后没找到人，因为天冷，怕她出事，于是报警。

陈警官不想再浪费时间，让郑警官去和卓蕴聊聊，核实一下情况，情侣吵架实在是小事一桩，既然人都回来了，又没有别的状况，他们就要收警回派出所。

卓蕴听完陈警官的复述，站在众人面前，没有同意去私聊。她的视线从所有人面上掠过，最后，指着石靖承对郑警官说："我要报警，这个人，刚才想强奸我。"

石靖承笑了一声，仿佛听到一个笑话："小蕴，我知道你在生我的气，但你要知道，报假警是要坐牢的。"

邵阿姨也叫起来："小蕴你可不能乱说啊！你和靖承有什么矛盾回家去处理，别在我这儿胡说八道，我店还开着呢！"

"我没报假警！"卓蕴瞪完石靖承，又指着邵阿姨："你才是在胡说八道！你和石靖承就是一伙的！我从来没和他有说有笑过，我们根本就不是情侣！"

邵阿姨急急地喊："你这就是血口喷人了！前几天在靖承妈妈的生日宴上，大家都看到了，你俩不是挺亲热的吗？你俩要不是情侣，你为什么会和他一起来旅行？"

赵醒归抬头看向卓蕴，卓蕴把手搭在他肩膀上，按了按："那是装的，是他骗我的！我们不是情侣！"

赵醒归偏头看到肩膀上的那只手，也抬手拍了拍她的手背。

郑警官疑惑地问卓蕴："你和石先生真的不是情侣吗？"

"不是。"卓蕴目光很坚定，"婚约是父母定的，我和他从来没谈过恋爱，之前我们已经谈好要取消婚约……"

石靖承站起身来："我要打断一下，卓蕴，我们就是吵个架，从来没说过取消婚约，你不能因为生我的气就随便乱说话。"

郑警官问卓蕴："我也想知道，如果你们都要取消婚约了，你为什么还肯跟他一起来梧城旅游？卓蕴，报假警的后果很严重，你可能要被处罚的。"

卓蕴有人撑腰，什么都不怕，大声说："我说了我没报假警！事情是这样的……"接下来，她从二月初与石靖承见面说起，又说到于娟的生日宴，把自己为什么会和石靖承来梧城的理由解释得清清楚楚，最后说，"我说的都是真的，刚才他以谈退婚的事为借口骗我开门，又以退婚来威胁我，要我和他发生关系，我和他打了一架，好不容易才逃出去。"

邵阿姨下巴都要掉下来了，万万没想到会听到这样的事，石靖承脸色发黑，数次想要打断卓蕴，不停地说"她在撒谎""这是污蔑""纯属造谣"……但他没能打断成功，陈警官用手势示意他闭嘴，赵醒归和郝永也一直护在卓蕴身边，让她把话都说完了。

陈警官听完后说："这样的话，你们都要跟我去派出所了，强奸未遂可是刑事案件。"

邵阿姨苦着脸："我也要去吗？这不关我的事啊！"

石靖承双手插兜，依旧很冷静："去就去，我身正不怕影子斜，没做过就是没做过，这是诬告！"

就在这时,一个三十多岁、胖乎乎的男人夹着公文包跑进来,看到郝永后大喊:"郝哥,抱歉抱歉我来晚了!"

大家都看向他,郝永介绍道:"这是我们公司的法务,姓田。"

田律师笑得跟尊弥勒佛一样:"大家好,大家好。"

他请陈警官给他们一点时间,四个人走到角落里开小会,聊了一会儿后,郑警官走过来,对卓蕴说:"你过来,我和你聊聊。"

卓蕴跟她走到一边,郑警官是女性,向卓蕴询问在房里的细节,尤其是有没有到脱衣服的地步,以及石靖承有没有在她身上留下什么痕迹,卓蕴摇头:"没有。"

郑警官说:"那个房间我去看过,也查过走廊监控,房间里几乎没有搏斗的痕迹,也不可能有监控,你们在里面发生的事,没有人能证明,你还有别的证据吗?比如说微信聊天记录,聊到关于退婚的内容,有吗?"

卓蕴想了想,摇头:"没有。"

郑警官看着卓蕴:"恕我直言,另一方有证人,能证明你们是未婚夫妻关系,你来梧城是自愿的,你给他开门也是自愿的,如果你一定要告他强奸未遂,以目前的证据,要告赢,非常困难。"

卓蕴问:"你是不相信我吗?"

郑警官说:"我只相信证据,所以你要考虑好,如果你告他失败,他还可以反过来告你诽谤。"

卓蕴心寒地问:"所以,我只能这么算了?"

郑警官也很无奈:"你可以去问问律师,该怎么办。"

田律师听完所有的事,意见和郑警官一样,卓蕴几乎没有证据,很难去告石靖承,那个来敲门的男人也只听到吵架声,开门后看到的两人都衣衫整洁,符合情侣吵架的情况,那样的证词连邵阿姨的都比不上。

赵醒归一直在听他们讲,他年纪小,在这种专业问题上给不出太多意见,见卓蕴身体微微发抖,伸手拉住了她的手臂。

田律师问卓蕴,除了告石靖承强奸未遂,她还有没有别的诉求,卓蕴说:"我要他当众向我道歉,并且手写保证书,保证以后再也不来骚扰我,保证和我解除婚约,从此再无瓜葛。"

田律师低头琢磨,卓蕴突然想起这件事的起因,之前没细想,这天查过订房平台后,她才有所怀疑,赶紧把这事告诉给另三人。

卓蕴说:"我觉得太巧了,如果我是邵阿姨,我是不会主动提出这种要求的,你们觉得呢?"

郝永摸着下巴点点头:"是有可能。"

卓蕴很气馁："但我也没法去证明，他们不承认，我一点办法都没有。"

"可以试一试的。"赵醒归突然开口，"这是一个突破口，如果能证明老板娘在撒谎，那个姓石的说的话就站不住脚了。"

卓蕴问："怎么才能证明老板娘在撒谎？他们都串好词了呀。"

"唔……"赵醒归轻轻一笑，眼神竟是有点狡黠，"这可能需要用一些非常规的办法，要看田律师给不给力了。"

郝永与田律师对视一眼，看来，赵醒归和他们想到一处去了，自从来到这家民宿，他们三人的心情都很微妙。田律师嘿嘿一笑："那你俩一会儿配合一下，如果老板娘真的撒了谎，让她反水还是有戏的，我试试吧。"

（2）

小会开完，田律师代表卓蕴对警察和石靖承说，卓蕴愿意私了，只要石靖承当众道歉，并且写下书面保证书，卓蕴就不会去告他。

石靖承笑出声来，叉着腰对卓蕴说："私了？开什么玩笑！要我道歉？是看我律师不在身边吗？我告诉你卓蕴，不可能！咱俩的账，回嘉城我再来和你算。"

他理直气壮的样子真是叫人恶心，卓蕴和赵醒归一起冷冷地看着他，田律师咳嗽了一声，转头问邵阿姨："邵女士，我想请问您一下，您真的确认石先生和卓小姐是情侣关系吗？您真的看到他们是有说有笑一起过来玩的吗？"

邵阿姨这时候已经很心虚，这些说辞是石靖承教的，之前她也没觉得哪里不妥，在她眼里，石靖承和卓蕴就是未婚夫妻，但她也看出来了，这俩人根本没什么感情。

她心里有点相信卓蕴，石靖承这次带卓蕴过来就是没安好心，只是她没想到，石靖承居然会胆子大到想在她的民宿对卓蕴下手，还好没成功，要是成功了，她这儿不成犯罪现场啦！但说出去的话泼出去的水，当着石靖承和警察的面，又考虑到自己和于娟是几十年的小姐妹，邵阿姨还是硬着头皮回答："对啊，靖承和小蕴定下婚约都好多年了，不是情侣是什么？今天他俩过来关系一直很融洽，我反正没看出有哪里不对劲。"

田律师又问："邵女士，我再请问一下，您的民宿这几天生意都很好，明天、后天，一直到春节结束，十来天都是满房，为什么您会邀请石先生这几天过来住宿？他给房费吗？房费是多少？"

邵阿姨答不上来了，看向石靖承，石靖承说："你可以不回答的，他只是个律师，又不是警察。"

陈警官感觉自己被点名了，说："回答一下吧，我也想知道。"

邵阿姨支支吾吾地说："因、因为情人节啊，房费没收，我就当……呃，提前送订婚贺礼了。"

田律师抬头看一眼大厅环境，突然问了个奇怪的问题："邵女士，您这民宿用的房子，是向梧心旅游度假村有限公司租赁的吧？"

邵阿姨："对啊，怎么了？"

田律师："租期五年，到期后没有违约情况，您有优先续租权，对吗？"

邵阿姨已经蒙了："对，没错，等等，这事儿和我的民宿有什么关系？"

田律师摇头晃脑地说起来："您的租赁期是从去年四月开始，装修花了四个月，夏天开张营业，到现在营业半年。根据合同约定，在您的租赁期内，梧心旅游度假村有限公司如果发现您有超出营业执照约定范围的经营项目，有将部分场地转租给别人经营的行为，有破坏房屋主体结构的行为，或者……"

邵阿姨忍不住大叫起来："你到底要说什么呀？！"

田律师一张胖脸上露出笑容："反正就是说，如果您违反了合同上任意的一条约定，公司就有权提前终止合同，收回房子，并且还会向您收取违约金。当然啦，这种事一般很少发生，就这么一个小民宿，谁会成天盯着呢？对吧？"

石靖承冷眼看着这一切，邵阿姨已经慌起来了，问田律师："你到底是谁？"

"我就是个法律顾问，那个……"田律师指指站在身后的郝永，"不如您问问他是谁。"

邵阿姨看向郝永，那是个很不起眼的中年男人，郝永走上前，从兜里掏了半天才掏出一张名片，双手递给邵阿姨："你好，请多指教。"

邵阿姨接过一看，名片上赫然印着：梧心旅游度假村有限公司副总经理郝永。

邵阿姨慌了，这间民宿花了她很多的心血，几乎把全部身家都投了进去，前期光装修就花了几百万。经营过程中，不可能完全按照租赁合同来，她动过房屋主体结构，也把一些餐饮、棋牌项目分租给别人经营，这在当地的民宿业是正常操作。

如果对方非要抠着合同的字眼儿来搞她，那她每天都要过得提心吊胆，什么排污、噪声、卫生、消防……各种检查来一套，她还能不能好好做下去了？就算五年租赁期内对方不来搞她，五年过了呢？对方莫名其妙地把房子收回去，到时候她怎么办？

邵阿姨抬头看向郝永，一张脸皱成苦菜花："不是，郝老板，您别这样，我就是想好好做个民宿，我……"

郝永连连摇手："哎哎哎，别叫我老板，我就是个打工的，给我们董事长打工。"

卓蕴呆呆地听着，她一点儿也没看出来郝永是个老板，他的外形与穿着就像个会骑着自行车去菜场买菜的大叔。

这时，一直沉默的赵醒归开口了，问的还是邵阿姨："这位阿姨，我最后再问您一次，希望您能说实话。第一，您真的确认石先生和卓小姐是情侣关系吗？第二，您真的看到他们有说有笑过吗？第三，您究竟为什么要在满房的情况下，邀请石先生和卓小姐过来住宿？"

邵阿姨都快哭了，不停地用眼神向石靖承求援，石靖承体会不到她的心焦，也不知道那什么度假村在当地是个什么规模，冷冷地回视邵阿姨："你怕什么？回答过几次的问题，为什么还要搭理他们？陈警官！"他生气地看向两位民警，"这算不算是威胁？还当着警察同志的面！不是说要去派出所吗？为什么还不走？"

石靖承是外地人，不知道梧心旅游度假村很正常，两位民警倒是知道得很清楚。

梧心度假村历史不算悠久，八九年前才成立，集合了高星酒店、特色民宿、景点、乐园、古镇、餐饮等一系列和旅游度假有关的项目，把梧城原本分散的旅游资源集中起来统一管理，投入了很大的宣传成本，将梧城这个原本名不见经传的小城镇推向全省，又推向全国，吸引来数不清的游客，大大地带动了当地的经济，解决了很多人的就业问题，是当地的税收大户、知名企业。

据说，公司董事长是梧城人，在外经商多年，心系老家，才回来创办了度假村。他不处理日常事务，整个度假村由总经理管理，董事长一年也来不了几次，非常低调。

尽管如此，董事长和总经理的大名，在梧城人心目中还是如雷贯耳的。

郝永是公司的副总经理，职位已经很高了，两位民警也没想到会因为这样一个小案子而见到当地赫赫有名的企业大佬之一。

这算不算是威胁？陈警官难以判断，不过他从警多年，从邵阿姨的表情上就发现了猫腻，如果她没有隐瞒，为何会这么慌张？陈警官正要打个圆场，赵醒归又说话了，还是对着邵阿姨，语气很平缓："阿姨，您还没回答我的问题。"

邵阿姨都快急死了，石靖承指着赵醒归，已是恼羞成怒："你又是谁啊？自报家门了吗？这事儿和你有什么关系？轮得到你来说话吗？"

卓蕴往前一步，也抬臂指他："你指什么指？他是谁关你什么事！我们要老板娘回答问题！你上蹿下跳个什么劲？是不是心虚啊？"

"我心虚？"石靖承对陈警官说："警察同志，你也看到了，我刚才就告诉过你们，我和卓蕴为什么会吵架，就是因为我怀疑她外头有人了！"

卓蕴气到爆,都想冲上去打人了:"石靖承你可真会贼喊捉贼啊!"

赵醒归一把拉住她的手腕:"卓老师,冷静一点。"

他把卓蕴拉回身边,郝永上来做和事佬:"邵女士,三个问题,你回答一下不就完了?我们只想听真话,明白吗?"

邵阿姨还在纠结:"我……"

田律师及时跟上,指着赵醒归对邵阿姨说:"哦,忘记介绍了,这个小伙子呢,还是个高中生,没什么特殊身份,姓'赵'。"

他着重强调了"赵"字,邵阿姨捕捉到了。

"姓赵?"邵阿姨问,"赵美芳是他的……"

田律师:"亲姑姑。"

邵阿姨快要晕了:"赵、赵伟伦呢?"

田律师微笑脸:"亲老爸。"

邵阿姨沉默了一会儿,彻底投降了,带着哭腔开口:"我说实话吧,第一,我不确定石靖承和卓蕴是不是情侣,我只知道他们是未婚夫妻。第二,他俩关系不好,谁都看得出来,我以前就邀请过他们,卓蕴直接拒绝了,这一次她会答应,我也不知道为什么。第三,这一次,其实不是我主动邀请他们来住店的,是靖承打电话给我,让我邀请他们过来,还说叫我一定要坚持,要当着他妈的面开口,说卓蕴一定会答应。"

石靖承:"你胡说……"

陈警官伸手指他,石靖承咬了咬牙,没再说下去。

邵阿姨又说了另外的事:"他们来之前,靖承说只要一间套房,到了这儿,卓蕴不同意和他一起住,靖承才让我再开一间房。吃饭前,他让我开一瓶酒,让我多劝卓蕴喝酒,我劝了,她不肯喝。后来卓蕴跑掉了,靖承找到我,让我告诉警察,说他俩感情很好。我还觉得奇怪呢,他俩吵架,女孩跑了,为什么要报警啊?这是什么大不了的事吗?现在我知道了,他大概……是怕卓蕴先报警吧。"

这一趟过来,石靖承的目的很简单,摆明态度,能得到卓蕴最好,暂时得不到也没关系,回嘉城后,他有的是时间陪她玩。做了她六年的挂名未婚夫,连根手指头都不让碰就想解除婚约?石靖承觉得卓蕴未免太异想天开。

他就是没想到卓蕴会反抗得那么激烈,不应该啊,看她平时夜生活丰富多彩,他还以为她是只沉迷情欲的小野猫呢。

卓蕴跑掉后,石靖承装模作样地追出了民宿,接着就打电话报了警。他知道卓蕴一定会报警,只要他先一步报警,再加上邵阿姨的证词,他就会立于不败之地。

石靖承把什么都算到了,就是没算到卓蕴在梧城会有靠山。

好像还是很了不得的靠山，是一块踢不动的铁板。

当着一屋子人的面，邵阿姨把话说完了，耷拉着眼皮，也不敢去看石靖承的表情。她知道，她和石家的关系已走到尽头，于娟以后再也不会搭理她，但为了民宿的未来，她也顾不上这么多了。

所有人都在看石靖承，陈警官目光威严，终于允许石靖承说话，问他："石先生，你有什么要解释的吗？"

石靖承没吭声，知道解释也没用，卓蕴那边人多势众，现在连邵阿姨都倒戈了，在这里，他才是孤掌难鸣的那一个。

"我现在说什么还有用吗？你们不是都已经把我定罪了？"石靖承笑笑，"是我让邵阿姨邀请我们过来的，这犯法了吗？是我让她开红酒的，这也犯法了吗？我和未婚妻吵架，她什么都没带就跑了出去，外面在下雪，我担心她出事所以报警，哪里做错了？"

到这时他还在狡辩，把"未婚妻"挂在嘴边，卓蕴厌恶地别开头，连着郑警官脸上都露出鄙视的表情。

"算了。"石靖承手一挥，像是很大度的样子，"卓蕴，这事儿就这样吧，派出所我们也不用去了，为了这种小事浪费警力可不好。我累了，想早点休息，明天我会回嘉城，我想你也不愿意搭我的车回去，我们这就散了吧。"

他轻描淡写的样子仿佛主人在送客，卓蕴都被他的厚脸皮给惊到了，听完邵阿姨的话，她才确定这趟梧城行真是石靖承处心积虑策划的，要不是赵醒归一行人撬开了邵阿姨的嘴，卓蕴根本想不到石靖承居然恶劣到敢去犯罪。

两位民警看向卓蕴，卓蕴还没开口，赵醒归先说话了："石先生，你还没道歉，没写保证书。"

石靖承冷笑："你们别欺人太甚，我也可以叫律师过来的。"

"你叫，我们等着。"赵醒归端端正正地坐在轮椅上，紧盯石靖承，"总之，不道歉就别想走。"

石靖承忍住心里的烦躁，看向卓蕴："卓蕴，保证书不可能写，婚约是大事，不是由我说了算，你爸妈和我爸妈是朋友，我们以后，还会见面的。"

卓蕴想了想，主动退了一步，说："那你手写一封道歉信，当众读出来，也行。"

石靖承恨得咬牙切齿："如果我说不呢？"

"那我就告你强奸未遂。"卓蕴抬着下巴，一点也不怕他，"反正警察也在，我不怕败诉，我会在法庭上把我们在房里的对话原原本本地说出来，把我知道的、你以前的那些事都说出来，人家信不信我不管，反正我说的都是实话，你懂的。"

卓蕴不是个软性子，石靖承现在算是明白了，有人撑腰，她真的可能会告他，石靖承确定她打不赢官司，但他不想惹上这样的案子，考虑过后终于妥协："行，我写。"

几分钟后，石靖承当着所有人的面宣读他的道歉信："本人石靖承，对于今天发生的所有事向卓蕴小姐郑重道歉，我因酒后失态，对卓蕴小姐做出了不尊重的行为，给卓蕴小姐造成了身心伤害，是我的错，在此诚恳地对卓蕴小姐说一声对不起。以后我会吸取教训，严于律己，希望卓蕴小姐能予以原谅。石靖承，二〇一X年二月十三日，于梧城。"

这件事终于告一段落，卓蕴收好道歉信，两位民警回了派出所，石靖承黑着脸回房睡觉，邵阿姨求了郝永半天，直到郝永答应不会故意刁难她，才一步三回头地离开大厅。

田律师功成身退，卓蕴哪里还敢再留在这里过夜，思考着去处，赵醒归看出她的心思，说："卓老师，我陪你去收拾行李，今晚你去我姑姑家住吧，那边有空房间。"

郝永也说："对对对，去我家，住在这儿不安全。"

卓蕴答应了，郝永在楼下等待，赵醒归陪她上楼收拾行李。

她一直穿着他的鞋，走路时有点拖脚，赵醒归转着轮椅跟在她身后，偷偷地笑。卓蕴听到了，回头问："你在笑什么？"

赵醒归说："我这双鞋是新买的，复健都没穿过，现在算是它……'鞋生'中第一次走路。"

卓蕴被他逗笑了："那是我的荣幸还是鞋的荣幸？"

赵醒归说："是我的荣幸。"

卓蕴行李不多，把东西一股脑儿塞进拉杆箱，羽绒服和鞋还给赵醒归，穿上自己的外套和鞋，又背上小皮包，手机揣进兜里，箱子一拉就和赵醒归离开了房间。

直到坐上车，她才去看手机，边琳和卓蘅给她打过好多电话，还发过好多微信，边琳急坏了，在微信里写小作文，卓蕴一条条地看过，能感受到妈妈是真的在担心她。

她不想听到卓明毅的声音，就给边琳发了一条报平安微信，又给卓蘅打电话。

卓蘅接得很快："喂！你现在在哪？没事吧？"

"我没事。"卓蕴说，"我已经从民宿出来了，今晚会住在安全的地方，你让妈妈别担心。"

卓蘅问："到底发生了什么事？怎么还闹到报警了？"

卓蕴说："等我回去再说吧，我现在有点累。"

"明天……"卓蘅压低声音,"要我去接你吗?"

卓蕴几乎没感受过弟弟对她的关心,不得不说,这种感觉还挺新鲜,但她还是回答:"不用了,我自己会回去,这儿有高铁。"

"春运火车票不好买。"卓蘅说,"我可以来接你,你提前和我说就行。"

卓蕴:"我知道了,如果买不到票,我会和你说。"

放下手机,她转头去看身边人,赵醒归也在看她,卓蕴说:"我弟弟。"

赵醒归问:"你急着回家吗?"

卓蕴低下头:"说实话,我并不想回家,但我妈妈会担心,马上要过年了,我还是要回去的。"

赵醒归说:"我还想带你在梧城转转,你明天先别走,行吗?"

卓蕴就纠结了一秒钟,就被赵醒归小狗讨食般的眼神给打败了:"行行行,后天走,行了吧?"

赵醒归笑了,卓蕴别扭地望向窗外,郝永在前排开车,什么都没见。

三人回到郝永和赵美芳的家,时间不算特别晚,还没到十一点。

雪依旧在下,还越下越大,整个院子已经被白雪覆盖。卓蕴下车后看到一栋四层高的别墅楼,天黑了也看不清外观,只感觉这房子比赵醒归家来得大,院子也更大,一楼底下有半人高的架空层,上去要走台阶,她想,赵醒归要怎么进屋呢?

赵醒归请姑父提着卓蕴的行李箱先进屋,说不用管他们,他坐上轮椅后向卓蕴招手:"卓老师,你来,我给你看个好东西。"

他的轮椅在雪地里行进得有些困难,卓蕴就推着他走,来到小楼后方,她就看到一部露天"电梯"。"电梯"面积很小,三面有半人高的护栏,一面是一扇打开的栏杆门,四角吊着钢索,顶上连着滑轮,很像热气球底下坐人的篮子。

赵醒归打开一盏灯,这块地方就亮起了白光,他坐着轮椅从栏杆门进到"电梯",把门关上扣好,又按下门边的一个按钮,"电梯"就启动了,嘎吱嘎吱地往上升,最终停留在与一楼平台平行的位置。

赵醒归打开门,轮椅转出去,在高处扒着石栏杆问卓蕴:卓老师,你想玩吗?"

卓蕴仰着头看他:"我也可以坐吗?"

赵醒归说:"可以,你等着,我让它去接你。"

他又按下按钮,"电梯"就下去了,卓蕴还是第一次坐这样的电梯,好奇地打开门走进去,赵醒归喊她:"你把门扣好,自己按按钮,一定要抓紧栏杆,栏杆不高,我怕你栽下去。"

四周又黑又静,只有眼前这一方光亮,卓蕴抬头看向赵醒归,灯光下,片片雪花迎风飞舞，他的头上没有遮盖，雪花就不停地落在他的发上和肩上，他并不在意，只是微笑着看向她。

是比白雪还要纯净的笑容。

卓蕴按下按钮，"电梯"载着她慢慢上升，停下时小小地抖了一下，卓蕴低呼一声，赵醒归已经把门打开了，问："好玩吗？"

"好玩。"卓蕴走出来，问："你姑姑为你装的呀？"

"嗯。"赵醒归拍拍腿，"没这个的话，我只能让他们把我背上来了，进了屋又不太出得来，总不能老让人把我背上背下。哦，我姑姑还给我装了个无障碍卫生间，挺方便的。"

赵醒归带卓蕴从后门进入客厅，赵奶奶和几个小辈都睡了，郝永正在客厅里对苗叔和赵美芳说这晚发生的事。见到卓蕴后，赵美芳迎过来，她比赵伟伦年长一些，个子也很高，容貌端庄，身上有着大家长般的气质。

卓蕴礼貌地喊"阿姨好"，再次对郝永和赵美芳表示感谢，赵美芳叫她不要害怕，好好在这儿住着，说在梧城，没人能欺负她。

赵醒归对卓蕴说他回房上个厕所，十几分钟后，等他回到客厅，愕然发现卓蕴已经带着行李上楼了。

他懊恼地问苗叔："她怎么不等等我？"

苗叔说："小卓老师今天碰到这样的事，肯定很累了，你就让她早点休息吧，有什么话明天不能说？你也早点去睡觉，这么冷的天还非要去外头转一圈，你不怕再生病啊？"

赵美芳也劝他："小归你听话，都十一点了，早点睡吧，你这身子骨熬夜可不行。"

赵醒归嘴角都挂下来了，他和卓蕴一个半月没联系，有好多好多话想对她说，之前总有别人在，一直没找着机会，怎么她都不想和他聊天的吗？居然一个人上去了！

事已至此，赵醒归也没办法，只能垂头丧气地回了房间。没多久，郝永、赵美芳和苗叔也都各自回房，一楼客厅的灯被熄灭了。

卓蕴被安排住在三楼的房间，是赵美芳带她上来的，告诉她，二楼到四楼，每层都有三个房间，三楼不是客房，是赵伟伦一家四口回梧城时的住处，两夫妻一间，赵醒归和赵相宜各一间，卓蕴住的就是原本赵醒归的房间，用的床上用品也是他以前用过的。

赵美芳离开后，卓蕴好奇地四处看，这是赵醒归住过的房间呢，被收拾得很干净，床单被套是深蓝色的，书架上还摆着一些小玩意儿，可惜，他很难再回这间屋子住了。

卓蕴晚上洗过澡，但因为被石靖承半抱着骚扰过，决定再洗一遍，洗完澡回到房间里，她一边拿着电吹风吹头发，一边用手机搜信息。

她打开的是一个英文网站，仔细阅读那些信息时，还在心里算起了账，正看得入神，微信有新消息提醒。

醒日是归时：卓老师，你睡了吗？

Zoe：还没，怎么了？

醒日是归时：你要是睡不着，可以下来和我聊天。

Zoe：你睡不着吗？

醒日是归时：有一点，你能下来吗？我等你。

卓蕴头发没吹干，突然想使坏，和他开个小玩笑。

Zoe：不应该是，谁邀请，谁主动出门吗？

赵醒归不回了。

又花了几分钟，卓蕴的头发干了，拿起手机看消息，赵醒归还没回。她心说糟糕，玩笑开过了头，小朋友生气啦！

Zoe：和你开玩笑的，我刚在吹头发，现在下来。

她穿上羽绒外套，把那个装着折扇的礼盒插进衣兜里，轻手轻脚地出了门，楼梯上亮着暗暗的小夜灯，每一层间有两段楼梯，要转个弯，卓蕴从三楼走到二楼，又从二楼往一楼走，走了没几阶，听到底下传来一阵奇怪的声音。

她心里一跳，生起一种预感，又觉得不可能，忍不住放轻脚步，一阶一阶慢慢地往下走。绕过一楼到二楼的转角平台，一楼客厅近在眼前，卓蕴却站住不动了。

她的心脏狠狠地抽了一下，眼角瞬间湿润，因为，她看到了让她这辈子都难以忘怀的一幅场景，卓蕴从来想象不到，一个人，因为另一个人一句随意的玩笑，居然可以做到这一步。

那架黑色轮椅停在一楼，赵醒归却背对着她坐在楼梯中段，他还是穿着那件黑色高领毛衣，一手撑着台阶，一手抓着楼梯栏杆，双臂用力，上身撑起，屁股就往上挪了一阶。随着他上半身的移动，两条搁在台阶上的腿被带得歪了一下，右脚还踩着台阶，左腿却掉了下去，软软地挂在台阶上，还因为痉挛抖了三两下。

等到腿不抖，赵醒归才弯下腰把左腿捞上来，将脚板重新在台阶上踩好。弯腰时，他后腰处的皮肤又露出一截，正准备再往上挪动时，卓蕴叫他了："赵小归。"

赵醒归爬楼梯爬得全神贯注，一直没听到她的动静，差点被这一声给吓死，猛地回过头来。卓蕴看到他写满错愕的一张脸，再也撑不下去了，又是哭又是笑地问:"你在干什么?你是不是傻的呀?"

赵醒归愣愣地看着她:"你怎么哭了?"

"没哭,刚打了个哈欠。"卓蕴走下去,和他并排坐在台阶上,有些无措地问,"你干吗要这样?现在怎么办?你自己能下去吗?"

赵醒归抬起手,想去帮她抹掉眼泪,又想起自己的手按过地,只能无奈地收回来,小声说:"不是你让我上去的嘛。"

好委屈的样子呢,卓蕴说:"我在三楼,你这样上,要多久才能到啊?你怎么会当真的?"

"三楼而已,慢慢爬,总会爬到的,龟兔赛跑你总听过吧?"赵醒归居然还笑得出来,"我就是那只最终获胜的小乌龟。"

卓蕴恨不得扒开他的脑袋瓜看看,这人的脑子到底是怎么长的,气得往他胳膊上重重拍了一下:"我看你就是个小王八蛋!"

"嘘——"赵醒归声音很低,"你小点声,别吵醒他们,我不想再被骂。"

"那你自己下去。"卓蕴指指一楼的轮椅,"我可搬不动你。"

一段楼梯是八个台阶,赵醒归已经坐在第六个台阶上了,回头看一眼,说:"我好不容易爬到这儿,再爬下去,前面的努力都白费了,要不,我们就在这儿聊吧。"

他指指一楼半的楼梯转角,面积也不小,坐两个人绰绰有余。

卓蕴晕了:"坐地上聊天吗?"

"我们又不是没有坐在地上聊过天。"赵醒归指挥卓蕴,"卓老师,你去一楼把我的坐垫拿上来,再去沙发那儿拿个抱枕,这儿聊天挺好的,一楼、二楼的人都听不见。"

"行吧。"卓蕴答应了,觉得自己和赵醒归一样傻,大晚上的居然愿意和他在冷冰冰的楼梯上聊天。

(3)

卓蕴走下一楼,去赵醒归房里拿来他的羽绒外套,又去沙发拿了抱枕,最后拿上轮椅坐垫,回到一楼半的小平台。赵醒归已经快挪到目的地了,坐上最后一个台阶时,对卓蕴说:"其实我从来没这样爬过楼梯,这是第一次,感觉还行,不难,也不累。"

他坐在那小小的转角平台上,卓蕴把抱枕和坐垫并排着放在墙边,赵醒归双手撑地,背对着墙一步步挪过去,最后把屁股挪到坐垫上。卓蕴让他穿上羽绒服,在他右边坐下，两人都背靠墙壁，伸直双腿，赵醒归穿着运动鞋，卓蕴穿着拖鞋，她用左脚去碰碰他的右脚，笑嘻嘻地说："赵小归，你的腿比我长。"

赵醒归很无语："我比你高十几厘米，腿要是再比你短，那像什么样？猩猩吗？"

卓蕴笑个不停："你没发现我的腿很长吗？很多男的个子比我高，腿都比我短。"

她说话时，左脚一直在碰赵醒归的右脚，他无力垂落的右脚被她顶起来，松开后又倒下，她就再顶，看它再倒，玩得乐此不疲。

赵醒归一直没说话，就看她"欺负"他的脚。

玩了一阵子，卓蕴渐渐停下来，目光落向赵醒归的大腿，他穿着厚厚的棉裤，不太像这个年纪的少年该有的穿着，但卓蕴知道，他也没办法，健康总比时尚来得更为重要。

卓蕴问："你坐得舒服吗？"

"还行。"赵醒归说，"我都没想到会在这里碰到你，到现在，都和做梦一样。"

卓蕴微笑，这一晚，她的遭遇惊心动魄，好在最后化险为夷，一晚上吵吵闹闹，直到这一刻，她和赵醒归才算真正地待在一起。身边没有人，也没有声音，楼梯上非常冷，他们都裹着羽绒服，挤挤挨挨地贴身而坐，能听到身边人的呼吸声，能闻到对方身上洗发水的香气。

卓蕴说："我也没想到会在这里碰到你。"

赵醒归的神色突然一变，抓住她的手搁在自己右大腿上，卓蕴吓了一跳，问："怎么了？"

赵醒归低头看着右大腿，眉目间透着疑惑，问："你有感觉吗？"

卓蕴不明白："什么感觉？"

"我……"赵醒归皱起眉，"最近，不知道为什么，我右大腿有时候会跟触电一样，突然麻麻的，刚才就麻了一下。"

卓蕴："什么意思？"

赵醒归说："受伤以后，我腰以下都没感觉的，最多就是大小便前肚子里会有点便意，皮肤上浅感觉、深感觉统统没有，双下肢肌力都是零级，一点都不会动。但是最近，大概从上月底开始，我的右大腿会发麻，摸上去还是没感觉，膝盖以下也没有任何异状，就右大腿，每天会麻三四次，我不知道是怎么回事。"

卓蕴问："你和你妈妈说了吗？"

"没有。"赵醒归摇摇头，"上月底我在忙期末考，后来又补课，一放寒假我就过来了。腿发麻的频率也不高，我怕让我妈空欢喜一场，可能，我猜啊，就是低温对神经的一些刺激，除了麻，别的什么感觉都没有。"

卓蕴去摸他右腿："是在哪个位置？"

"不是外面，不是皮肤。"赵醒归说，"是里面。"

他抓着卓蕴的手在右大腿膝盖往上三分之二处停下，"偏上一点的位置，只有右腿出现过，感觉怪怪的，不太舒服。"

卓蕴完全不懂，说："我觉得你还是要去医院看看，这种以前没有、现在突然出现的症状，说不定就是身体给你的提醒，你可千万不能马虎了。"

赵醒归沉默了几秒，看向卓蕴："卓老师，你可能不知道，脊髓损伤后最佳的恢复期公认是三个月内，还有一种说法是两年内。两年内，如果没有恢复，没有变化，那这辈子就定格了。医生说我是不完全性的损伤，还有希望，我不太信，我觉得他们是骗我的，我的症状和完全损伤没什么区别，我……"他垂下眼睛，叹了口气，"我还差一个多月，就满两年了。"

"我其实，已经接受现实了，这辈子大概都只能这么活。"赵醒归看看自己那两条伸直在木地板上、纹丝不动的腿，又看向卓蕴，"要说不遗憾不难过，肯定是假的，但也没办法，这种伤就是这样，也不是只有我一个人碰到。"

卓蕴说："那你也得去医院看啊，不要总说'你觉得''你认为'，你又不是医生，医生都说了你是不完全性损伤，还有希望，你就去拍个片子看看嘛。万一真的有康复的希望，被你耽搁了，那你不得悔死啊。"

赵醒归笑了一下："康复是不可能的，我大概……也是怕自己会失望。卓老师，其实我有时候去回想，会很后悔，变成现在这样，我自己也做错了一些事。"

卓蕴问："你做错了什么？"

"那天打球，如果我不对林泽炫技，不戏弄他，说不定什么事都不会发生。"赵醒归摸着大腿，说得很慢，"我摔了以后，如果没有硬撑着站起来，而是立刻找医生来处理，就算后来我不能再打球，至少走路不会有问题。我站起来，属于严重的二次伤害，还是医生告诉我的。"

这的确是他整个受伤过程中最关键的一步，赵醒归知道自己疏忽了，那会儿他年纪小，不像专业运动员那样经验丰富，从没受过大伤，仗着自己身强体壮，又因为少年人的傲气，他忍着剧烈的疼痛站了起来。

就是这么一个错误的决定，足以让他后悔一辈子，还是斯湛医生告诉他，实在过不去就不要想了，他当时的行为符合他的年龄与认知，其实是很正常的一件事。

"还有……"赵醒归说，"我会想，如果那天在走廊上，我收下那封信该有多好，不就是一封信吗，收就收了，我怎么会这么矫情呢？"

卓蕴问："你平时会收女孩的信和礼物吗？"

"从来不收。"赵醒归摇摇头，"什么情书、巧克力、牛奶、话梅、护腕、手链、小本本……太多了，我在抽屉里看到都会直接放到讲台上去。"

卓蕴的关注点跑偏了："你这么受欢迎的吗？"

赵醒归无语地看着她的眼睛："你应该也差不多吧？"

卓蕴："呃……倒也是。"

她想了想，说："可我觉得你没做错，你只是遵循自己一贯的作风罢了。反倒是林泽，他明明知道你不收这些，还非要帮人来送信，关键是他自己还喜欢那个女孩，这算怎么回事？他分明就是在感动自己又恶心你，明白吗？"

赵醒归笑得好无奈："好了好了，不说这个了，我答应你，等回到钱塘，就让我妈带我去医院看看，现在先好好过个年。都瘫痪两年了，不在乎这几天，我对结果也没抱什么希望。"

说到女孩送的礼物，卓蕴想起了兜里的折扇，把盒子拿出来递给赵醒归："差点忘了，我给你买了这个。"

"是什么？"赵醒归打开礼盒，取出折扇，展开后就看到了上面的题字。

卓蕴说："小玩意儿，就当是新年礼物吧。"

"谢谢。"赵醒归把扇子收拢，又"哗"地展开，对着自己扇了扇风，别说，姿势还挺帅。

见他很喜欢的样子，卓蕴心里暖暖的，问："我有没有新年礼物呀？"

赵醒归把折扇小心地放回盒子里，看了她一眼，说："有，但我没带过来，在家里。"

"你真准备礼物了？"卓蕴很惊讶，"是什么呀？"

赵醒归脸红红地说："先保个密，说出来就没意思了，我只能说不是买的，是我本来就有的东西。"

卓蕴瞪大眼睛："你本来就有的？不会很值钱吧？"

赵醒归微微蹙眉，想了想说："好像，有那么一点值钱。"

"太值钱的我可不收。"卓蕴有点怕，"赵小归，你别吓唬我。"

赵醒归笑了："放心吧，你看到一定会喜欢的。"

夜深人静，小小的楼梯转角处光线微弱，两个年轻人短暂地沉默下来，赵醒归看着卓蕴的脸，觉得就算不说话，只要能看到她，他就很满足了。

卓蕴不知道小少年正在偷着乐，想起晚上在民宿的事，问："赵小归，你爸爸在这里的产业是不是做得很大？"

赵醒归说："还好吧，度假村不是他的主业，平时都是我姑姑和姑父在管理，我爸不怎么回来的。"

卓蕴其实很好奇，想问问赵叔叔主业是什么，还是忍住了，她知道紫柳郡业主非富即贵，实在没想到赵叔叔居然这么厉害，一个度假村项目都只是副业。这有点颠覆她的认知，可能也是和卓明毅的交际圈有关。卓明毅喜欢炫富，他那几个所谓的生意人朋友也都很高调，碰到店铺开张、结婚、生日、孩子考上大学，甚至是家里老人过寿这些事，都喜欢大张旗鼓地办宴席。

而赵叔叔呢？卓蕴想起他过生日那天，好像就是在家吃饭，赵醒归还去A大北门给他爸排队买小贝，真的是非常低调的总裁和太子爷了。

"卓老师。"赵醒归的唤声让卓蕴停止了胡思乱想，听到他问，"刚才，你害怕吗？"

卓蕴回忆了一下，说："有一点，但更多的是生气。"

赵醒归想起石靖承，也是恨得牙痒痒："如果我没有坐轮椅，卓老师，你信不信我今天能揍死那个姓石的。"

卓蕴乐得直笑："我信。"

赵醒归说："就他那种'菜鸟'，我一只手就能解决。"

卓蕴笑得更厉害了，赵醒归闷闷地说："你笑什么？我认真的，哎，你捏捏我胳膊。"

他把右胳膊从羽绒服袖子里脱出来，弯起手臂让卓蕴捏，卓蕴隔着毛衣捏捏他的上臂，"哟"了一声："结实不少啊。"

赵醒归有些得意，又想撩起毛衣下摆给卓蕴看："还有肚子……"

"停停停停停。"卓蕴瞪他，"我不要看你的肚皮！"

赵醒归眨巴了几下眼睛："我就是想给你看看腹肌，有那么一点点轮廓了。"

卓蕴捂住眼睛："我不要看！"

"哦。"赵醒归又把外套穿上了，对卓蕴解释，"上个月忙考试，我很少去医院复健，每天就在家锻炼，顺便练练上身肌肉，轮椅篮球队的教练说我太瘦了，让我练好力量再去打球。"

卓蕴问："去哪里打球啊？"

赵醒归一愣："啊，我是不是还没和你说过？我去钱塘轮椅篮球队参观过了，教练还挺喜欢我的。"

他对卓蕴说了那天的事，又说："我的心理医生给过我建议，让我找几个坐轮椅、性格投缘的男生做朋友，可以一起出去玩，一起吃个饭，会……他的原话是会更有话说。我觉得他的潜台词是人以群分吧，毕竟，截瘫到底是怎么回事，只有我们自己知道。但我现在还在上学，也没什么机会去认识和我年龄相仿的伤友,所以,我还蛮期待进篮球队的,那天我见到他们,感觉几个大哥人都不错。"

卓蕴听得很专注,赵醒归就是这样,总会在不经意间给她一份惊喜,瘫痪没有阻挡住他的脚步,他对未来有规划,还有很强的行动力,说想打轮椅篮球,立刻就去咨询了,这点儿和她真是很不一样。

卓蕴笑着说:"什么时候你再去篮球队,我陪你一起去,我也想去看看。"

"场面有点壮观,大家都坐轮椅。"赵醒归皱皱眉,"那边好像是个残疾人运动员训练基地,你会不会害怕?"

卓蕴摇头:"不会,我非常期待你打比赛的那一天。"

赵醒归问:"你会去给我加油吗?"

"会!"卓蕴说得手舞足蹈,"我还要拉个横幅,挥一面旗子,横幅上写'赵小归最帅!赵小归最棒!赵小归冲啊!'"

赵醒归大笑起来,跟着喊:"勇敢龟龟不怕困难!"

卓蕴一愣,赵醒归也反应过来,卓蕴指着他:"噢!你偷看过我的画!"

赵醒归不肯承认:"没,没偷看,那个,它,空调把封面给吹开了……"

卓蕴作势去拧他胳膊,赵醒归躲不过,贴着墙和她缠成一团,二楼突然有开门声传来,紧接着是脚步声,大概是有人起夜上厕所,赵醒归和卓蕴瞬间就不敢动了。

也是凑巧,他们正是一个脸对脸的姿势,怕衣服摩擦发出声响,都默契地没坐回原位,一边竖着耳朵听二楼的动静,一边看着彼此的眼睛。卓蕴在憋笑,嘴角的梨涡隐隐露出来,呼吸轻柔地拂在赵醒归的脸庞上,他的眼神变得越来越柔和,越来越深邃,喉间似乎还吞咽了一下。卓蕴的心剧烈地跳动起来,心想,这小鬼不是想亲她吧?

赵醒归的左手空着,鬼迷心窍般,他慢慢地抬起左手,先拂开卓蕴颊边的头发,又摸了摸她细腻的脸颊,在卓蕴惊疑的目光中,他用食指……去戳了戳她的左嘴角。

卓蕴不笑了,梨涡就没了。

赵醒归冲她扯扯嘴角,又不停地眨眼睛,卓蕴才反应过来,他是在让她笑。卓蕴绷着脸看他,赵醒归一脸不高兴,演了半天默剧后,卓蕴终于憋不住了,冲他绽开一个大大的笑,笑得牙都露出来了,两个梨涡更是明显。

赵醒归满意极了,食指指腹终于摸到她的梨涡,仔细地感受了一下,啊,真的是一个小坑,能摸出来的,好玩!

卓蕴笑得脸酸,用眼神问他:还没好吗?

这时,二楼起夜的人回房了,房门关上,卓蕴和赵醒归才小心翼翼地坐回原位,赵醒归低头看着自己的左手食指，卓蕴问："你刚才摸什么呢？"

"梨涡。"赵醒归又达成一个心愿，有点得寸进尺起来，转头对卓蕴说，"卓老师，你鼓一下脸好吗？"

卓蕴被他搞得一头雾水："什么叫鼓一下脸？"

"就是这样。"赵醒归鼓起自己的两边脸颊，模样可爱极了，"你也鼓一个。"

卓蕴摆谱："我不！好丑。"

"你鼓一下嘛。"赵醒归都有点像撒娇了，"给我看看。"

卓蕴被他缠得没办法，只能鼓起了脸颊，赵醒归又伸手戳戳她的脸，笑得眼睛都眯起来了："真好玩。"

卓蕴鼓起的脸颊顿时漏气："什么呀！"

赵醒归低着头回味了一会儿，问："卓老师，你还记不记得你到紫柳郡来面试的那一天？"

卓蕴说："记得啊，怎么了？"

赵醒归笑眯眯："你就这样鼓过脸，我当时在监控里看到了，觉得你好可爱。"

卓蕴呆滞了，一个思春期少男的小心思，她果然难以理解。

赵醒归还是个很年轻的男孩子，情窦初开，卓蕴丝毫不怀疑他对她的真心，但她已经二十一岁了，虽然没谈过恋爱，但看也看了不少，一对男女，爱上时轰轰烈烈，热恋期甜甜蜜蜜，后面也许会变得平平淡淡，也许会变得吵吵闹闹……然后，就没有然后了。

卓蕴知道，一份好的感情需要经营，还要经受很多考验，她想起苏漫琴和倪航，苏漫琴说，倪航现在一点也不愿意聊到苏漫琴出国读研的话题，非常抵触，谈了就要吵架，好像不谈，这事儿就不会发生似的。

卓蕴不禁想起下楼前自己正在搜索的那个英文网站，觉得趁现在，她和赵醒归还没怎么着，她应该把这件事告诉他，这是她今晚刚做的决定，她不想瞒着他。

卓蕴说："赵小归，我想和你说件事儿。"

赵醒归："你说。"

卓蕴看着他："我决定休学了。"

赵醒归很吃惊："休学？为什么？"

卓蕴不敢抬头看他："我和你说过，我不喜欢工商管理专业，那是我爸让我读的。本来我想熬到毕业，但今天我逃出来后给家里打电话，听到我爸的态度，突然就觉得，我为什么要为了他那么痛苦地勉强我自己。赵小归，我想出国了，去读设计，我不想再浪费时间了。"

听到她要出国，赵醒归更蒙了，卓蕴的确提过她可能会出国，但那是在她大学毕业后，现在听她的意思，是要提前了吗？

赵醒归紧张兮兮地问："你不会……又要反悔了吧？"

卓蕴笑着看他："没有，没有要反悔，你是不是觉得我老是想一出是一出啊？总变来变去的。"

赵醒归答不上来，很想说"是"，又觉得还是得听听她完整的想法，问："你爸对你怎么了？你告诉我。"

卓蕴说："我刚才和你说我更多的是生气，其实气的不是石靖承，而是我爸。赵小归，我给你讲讲我家的事吧，刚好，你也听听我的计划，帮我出出主意。"

赵醒归点头："好，你说。"

卓蕴想起卓明毅，组织了一下思路，说了下去："我爸，是个极度自私的人，做事只考虑他自己的利益，没什么文化，却又很自以为是，觉得自己可聪明了。实际上，他那根本不叫聪明，在我看来他就是很会偷奸耍滑。

"我爸当年追我妈，就是看中我外公外婆是做生意的，家里挺有钱。我爸年轻时长得很帅，相对来说我妈长得一般，他随便哄哄我妈，就把我妈追到手了。

"后来他俩结了婚，我外公就给我爸一笔钱做生意，我爸初中都没毕业，最擅长的是和人称兄道弟吹牛，看起来好像人缘不错的样子，但真的管生意就不行了。那时候他做生意都是亏的，我外公看不下去就帮他弄，我外公是个很聪明的人，又讲诚信，又负责任，慢慢地帮我爸把生意做得越来越大。

"后来，我外婆生病去世了，我外公身体也不好，不怎么管公司了，我爸就自己弄，吃我外公留下的老本，再后来，我外公也去世了。

"我外公外婆在世的时候，我爸还懂得收敛，至少在他们面前对我妈还不错。等我外公去世，我爸就彻底变脸了，不着家，不管孩子，美其名曰忙工作，成天就在外面鬼混，得有十年了吧，我妈就没过过舒坦日子，成天被我爸骂，我妈想离婚，我爸还不答应。

"你可能理解不了，一对经济情况还不错的夫妻怎么能过成这样，我自己都理解不了。所以，从小到大，我一边花着我爸的钱，一边很讨厌他，想要和他断绝关系，一边又放不下我妈，就很矛盾。到后来我学会了眼不见为净，去钱塘读大学后，就很少回家，不怎么去管他们的事了。

"在别人眼里，我大概过得很风光，其实他们不知道，我根本就没什么追求，小学时想过做兽医，初中想做建筑设计师，高中我还想过去做模特，做女明星，也就是想着玩玩，自己都知道不可能。因为，我的未来都被我爸攥着，在他眼里，我只是一个他换取利益的工具。"

"你知道刚才，他在电话里是怎么说的吗？"卓蕴想起那一幕，都不怎么生气了，只感到荒谬，"我说石靖承要强奸我，他反倒来怪我，说出来玩就应该开开心心，怎么能去和石靖承吵架？我和石靖承做什么都是正常的，他一点也没问我有没有受伤，害不害怕，只问我要地址，说要让石靖承来接我。"

赵醒归觉得匪夷所思，卓蕴的语气变得很坚定："所以，我受够了，我不想再理他了，以后，只想为自己而活。"

赵醒归说："我支持你。"

卓蕴笑了笑："说出来你可能都不信，赵小归，我好像，从来没什么特别想要的东西。打个比方，有一天你突然很想吃某样食物，你过去买，发现它卖完了，你会是什么感觉？"

赵醒归说："肯定会有点不高兴。"

卓蕴问："那你会怎么做呢？第二天、第三天再来吗？还是等着当天的下一锅出炉？"

赵醒归说："如果确定有下一锅，我应该会等。"

卓蕴笑了，摇头说："我不会，不会等，第二天、第三天也不会来，我会觉得无所谓，没了就没了，可以吃别的。"

她悠悠地叹气："我好像，的确就是个想一出是一出、老是变来变去的人，从来都不知道自己想要什么，碰到事情能拖就拖，拖不过去了，就躺平吧。"

她又一次去看赵醒归，他的表情很认真，认真得都有点萌了，卓蕴戳戳他的脸："干吗这么看我？赵小归，你和我不一样，你一直都知道自己想要什么，我每次听你聊起你的计划，都觉得你好厉害啊。"

赵醒归说："卓老师，你和我说说你的计划吧。"

"哦，对。"卓蕴打开手机，找出那个英文网站上的招生信息，拿给赵醒归看，"你看看这个，能看懂吗？"

赵醒归英语很好，手指划着屏幕一条条往下看，看完后，问："你想去念这个？"

"这只是个短期进修班，在纽约，八月底到十二月初，三个多月，算一个学期。"卓蕴拿回手机，说，"我的最终目标不是这个，我是打算先去上这个课，完了去申请明年九月开学的本科课程，它需要作品集，我现在一点都没有，所以要去学。我的计划是这样，先申请这个进修班，开学后去办休学，完了去找个画室巩固基础，过托福，办签证，八月出去，十二月回来，基本上年底前要把作品集搞好，再去申请本科，我的目标专业是室内设计。"

她停顿了一下，说："学费的话，进修班三个多月含住宿是两万美金，加上饭费、生活费、机票这些，大概要三万多美金，折人民币二十多万。我自己存了十几万，不够的我会问我妈借，进修班的费用应该没问题。明年的事，等拿到录取通知书再说，总之，我就是不想再拖了。"

卓蕴说完了，赵醒归也听明白了，好半晌，两人都没出声，卓蕴看着身边的男孩，很怕他会生气。他当然有理由生气，可能会像倪航那样，说苏漫琴就是在变相地提"分手"。

四五年呢，可不是弹指一挥间，未来的事谁能预料？卓蕴等待着赵醒归的回答，不管他是什么反应，她都能接受。

赵醒归垂着脑袋想了一会儿，问："你有把握申请上这个进修班吗？"

卓蕴说："有，这个基本给钱就能上，但它真的可以学到东西，只是没有文凭，只有结业证书。"

赵醒归又问："那个本科，你有把握申请到吗？"

卓蕴说："我有大半年的时间，我会努力。"

赵醒归点点头："那你就去吧，卓老师，我支持你，如果你学费不够，可以先问我……借。"

卓蕴没说话，就一直看着他，赵醒归被她看得不自在起来，问："你看什么呢？"

"赵小归，跟我说说你的计划吧。"卓蕴声音温柔，"我们，一起往后想。"

"我的计划？都跟你说过了。"赵醒归做了个空气投篮，"我给你说一个你没听过的，我以前的梦想。"

卓蕴依说："说来听听。"

赵醒归说："以前，我除了上学就是打篮球，梦想是能打上 CUBA。"

卓蕴问："那是什么？"

赵醒归："中国大学生篮球联赛。"

卓蕴："听起来很厉害的样子。"

赵醒归笑着说："本来就很厉害，不过现在没戏了。我呢，半年内的计划是加入钱塘市轮椅篮球队，争取在二十岁前能打上主力，代表咱们省去打全国轮椅篮球锦标赛。再长远点的计划就是加入国家队，去打亚运会，奥运会。"

卓蕴高举右手竖起食指："绝对没有问题！"

她的语气很夸张，赵醒归闷头笑了一会儿，说："明年高考，我应该就是考 A 大了，离家近，我可以走读，生活会比较方便。"

卓蕴问："走读？开着你的电动小轮椅吗？"

"也可以啊。"赵醒归说，"就这么点路，不用开车的，我可以自己来回。"

卓蕴："不错，继续说。"

赵醒归："大学里，还是想学人工智能，毕业后问我爸要一笔启动资金，拉一支团队，争取研发出便宜点、轻巧点的外骨骼机器人，纯国货，能让更多的截瘫伤友买得起，用得上。"

卓蕴竖起大拇指："给你点赞！还有吗？"

"有。"赵醒归的目光变得沉着，"我还想做一些公益项目，非营利的。我复健时听说过一些伤感的事，很多伤友家境不太好，出门不方便，护理也不到位，因为一个小小的并发症就去世了。我就想，我以后有能力了，得为我们这个群体做点什么，比如组织一些聚会、体检、体育活动，甚至是旅游，做一些轮椅或是康复设备的定点捐赠，或者和残联合作，做一些免费的职业培训和康复项目。这种事做的人不多，完全不赚钱，可能也看不到什么效果，但我觉得，总要有人去做，我们……既然活着，就还是个人，你说呢？"

听到赵醒归这样一番话，卓蕴心都要化了，一点儿不夸张，她整颗心软得跟水一样。

她身边的少年还未满十八岁，但卓蕴无比坚信，他能说出来，就说明他认真地思考过，只要等他长大，他一定会付诸行动。

卓蕴重重点头："嗯！是个很棒的计划，我支持你，也愿意加入进去。"

赵醒归被夸奖，笑得很腼腆："我现在只是想想，有点空泛，这个……真的要很久以后了。"

"我知道。"卓蕴问，"还有吗？继续说，我还想听。"

"唔……有是有。"赵醒归反问，"和你结婚算吗？"

卓蕴瞪大眼睛，后仰着身体上下打量赵醒归。赵醒归被她验货一样的目光盯得浑身不自在，脸也悄悄地红起来。卓蕴真是哭笑不得，扑上去拧他耳朵："赵小归你在想什么呀！"

赵醒归很无辜，小声喊："卓老师！疼疼疼疼疼！"

卓蕴松开手，白了他一眼："小小年纪不好好读书，一天到晚都不知道在想什么。"

赵醒归揉揉被揪疼了的耳朵，想起刚才自己的"大言不惭"，觉得也没说错嘛，这就是他的计划。

"对了，卓老师。"他看着卓蕴，"我是不是不应该再叫你卓老师了？"

卓蕴觉得他又在动坏心思："为什么？"

赵醒归说："你都不给我做家教了，再这么叫下去，我怕时间久了扭不过来。"

"那随你喽。"卓蕴觉得无所谓，"你想叫我什么呀？"

赵醒归问："别人都是怎么叫你的？比如你妈妈，你同学？"

卓蕴说："我妈妈叫我小蕴，老家的几个朋友叫我蕴蕴，苏漫琴喜欢叫我蕴宝，或者宝、宝贝，彭凯文和钱塘那几个经常一起玩的朋友都叫我Zoe，你挑着叫吧。"

赵醒归听完后很不乐意:"怎么叫法这么多?都被人叫去了,你叫我赵小归,就没别人这么叫。"

"是吗?"卓蕴手一挥,"那你自己想一个呗。"

赵醒归问:"你弟弟叫你什么?"

卓蕴说:"他叫我全名。"

赵醒归垂眸思考,又抬起眼来,很认真地说:"要不,我叫你小蕴姐姐?"

卓蕴又想打人了,这一晚真是被这小孩弄暴躁好几回,她捏着拳问:"你是不是皮痒啊?"

赵醒归眼睛一弯,低声笑起来:"逗你的,暂时没想好叫你什么,还是叫你卓老师吧,等哪天想好了,我再换。"

他拿出手机看了眼时间,问:"卓老师,你困吗?很晚了。"

他们在楼梯上聊了很久,时间早已滑过零点。被他这么一提,卓蕴困意上涌,掩着嘴打了个哈欠:"是有点困,我们回房睡觉吧。你怎么下去?要我帮你吗?"

赵醒归望了眼一楼的轮椅,笃定地说:"不用,我自己能下。"

他依旧用双手撑地,抬起屁股、拖着双腿,一点点地挪到楼梯边,用手捞起腿放到往下的第二个台阶上,手松开腿后,两条腿就不听话地往两边歪倒了。

赵醒归没去管腿,又用手撑着地,把屁股往下挪了一阶,坐稳后再把腿往下放一阶,如此循环,他就开始慢慢地下楼梯。卓蕴一直陪着他,因为不放心,要看到赵醒归坐上轮椅后才敢走开。

"你好像在监视我。"赵醒归一边往下挪,一边还不忘和她说话,"我爬楼梯的样子是不是很笨?"

卓蕴与他并肩而坐,他往下一阶,她也往下挪一阶,顺便帮他扶住歪倒的腿:"是啊,我怕你摔下去啊笨乌龟。"

"要不是你叫我上去,我也不至于这样。"赵醒归语气轻快,"也好,解锁一项新技能。"

他终于坐到第一个台阶上,卓蕴把坐垫在轮椅上放好,又把轮椅推到他面前。赵醒归侧过身子抓住轮架,另一只手掌在台阶上一撑,屁股就坐到了轮椅上。他的左腿又簌簌地抖了几下,卓蕴已经见过好几次他痉挛发作的样子,时间有长有短,这种短暂的抖动不再令她害怕,只是依旧会心疼。

她蹲在他面前,帮他把两条腿放到踏板上,抬头说:"回钱塘一定要去看医生,知道吗?你要是不敢去,就叫上我,我陪你一起去。"

赵醒归心中一喜,问:"你不是说我们平时不能联系吗?"

卓蕴拍一下他的大腿:"叫不叫随你,我还不一定有空呢。"

"疼的。"赵醒归摸摸被她拍过的地方，卓蕴帮他揉了一下才想起又被骗了："赵小归你真的很欠揍哎！"

赵醒归将食指竖在嘴前："嘘，我奶奶也住一楼，别把她吵醒了。"

卓蕴把赵醒归送回房后准备上楼，赵醒归说："卓老师，明天如果不下雪，我们一起出去玩好吗？我把轮椅车头带过来了。"

卓蕴点头答应："好。"

"那你早点睡。"赵醒归不舍地看着她，"卓老师，晚安。"

卓蕴对他微笑："晚安，赵小归，今天谢谢你。"

图书在版编目（CIP）数据

醒日是归时 . 1 / 含朒著 . — 广州：广东旅游出版社，2023.11
　ISBN 978-7-5570-3133-6

　Ⅰ . ①醒… Ⅱ . ①含… Ⅲ . ①长篇小说 – 中国 – 当代 Ⅳ . ① I247.5

　中国国家版本馆 CIP 数据核字 (2023) 第 164904 号

醒日是归时 . 1
XING RI SHI GUI SHI . YI

出 版 人：刘志松
责任编辑：陈　吉
责任校对：李瑞苑
责任技编：冼志良

广东旅游出版社出版发行
地址：广州市荔湾区沙面北街 71 号首、二层
邮编：510130
电话：020-87347732（总编室）020-87348887（销售热线）
投稿邮箱：2026542779@qq.com
印刷：北京君达艺彩科技发展有限公司
地址：北京市北京经济技术开发区（通州）东石东一路 2 号院 3 号楼 8 层 806
开本：787mm×1092mm　1/16
字数：389 千
印张：21
版次：2023 年 11 月第 1 版
印次：2023 年 11 月第 1 次
定价：88.00 元（全 2 册）

【版权所有 侵权必究】
本书如有错页倒装等质量问题，请直接与印刷厂联系换书。印厂联系电话：010-80898387。

卓蕴♡赵醒归

一见倾心，此生不渝

醒时归②

含朒 著

广东旅游出版社
中国·广州

Contents 目录

第十一章 -001-
雪中的情人节

第十二章 -037-
你能抱抱我吗

第十三章 -065-
人要对自己做过的事负责

第十七章 -197-
扬帆起航 赴醒归

番外一 -239-
惊喜与浪漫

番外二 -257-
A day of LOVE

Jan　Feb　Mar　Apr　May　Jun　Jul　Aug　Sept　Oct　Nov　Dec

第十四章 -097-
等我去"抢婚"吧

第十五章 -129-
安得山中酒，醒日是归时

第十六章 -163-
我陪着你呢

番外三 -269-
一见倾心，此生不渝

番外四 -303-
有你陪着，就不难

番外五 -313-
并肩同行

第十一章

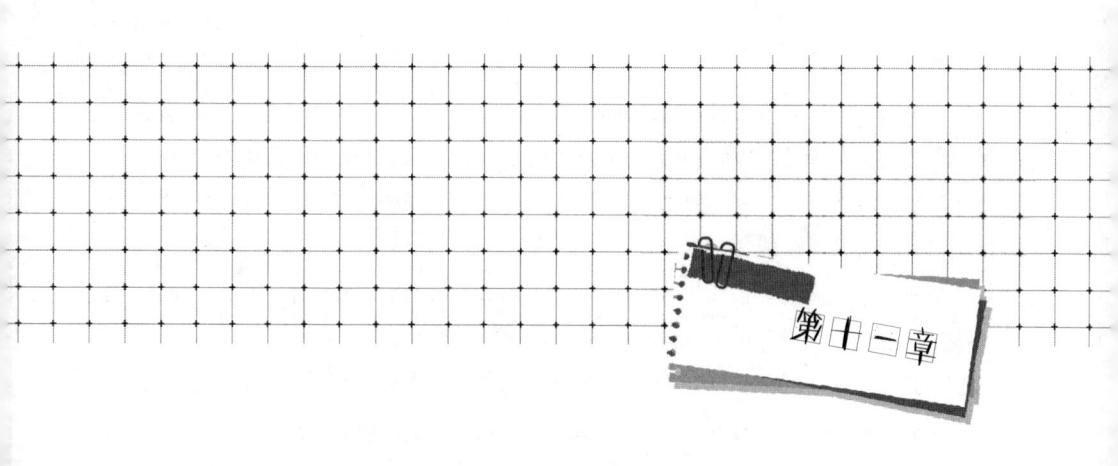

雪中的情人节

(1)

卓蕴躺在床上回想这一天，波折不断，鸡飞狗跳，最后终于在温馨愉悦中落下帷幕。

入睡前，她又在手机上阅读起那份进修班的招生信息，两个月前，她就查询到这个班在接受申请，但它的课程与她的大四学业冲突，所以，卓蕴即使动过心，也认为自己不可能去上课。经过这一晚，她对卓明毅彻底死了心，觉得没什么事是不可能的，只是个取舍问题。

放下手机，卓蕴在被窝里打了个滚，想到自己和赵醒归的夜聊，就忍不住笑。他竟然支持她，一点都没生气，真是叫她既意外又感动。

他是第一个支持她的人，卓蕴暗暗下定决心，接下来的日子她一定要努力，不能让他失望。想着想着，卓蕴终于挡不住困意，抱着被子睡着了。

第二天早上八点，闹钟响起，卓蕴在温暖的被窝里醒来，身处一个完全陌生的房间，她却没有丝毫的拘束感，因为这是赵醒归的房间，是赵醒归睡过的床。

卓蕴下床后拉开窗帘，玻璃上满是水汽，她用手将玻璃擦出一个圈后往外看，雪停了，满目皆白，是在钱塘和嘉城很少见到的雪景。她站在窗边伸了个懒腰，开心地笑了起来。

吃过早饭，赵醒归带卓蕴出去玩，同行的还有赵醒归的表哥郝煜、表姐郝靓，以及一只小跟屁虫赵相宜。

郝煜二十五岁，快要硕士毕业，郝靓二十二岁，正在北京某顶级高校读大四，已经保研成功。卓蕴与郝靓年纪相仿，在早餐桌上就已是有说有笑，听过郝家兄妹的学校后，卓蕴在心里咋舌，赵醒归家的小孩都是学霸呀。

她还收到了赵奶奶和赵美芳给的两个大红包，一开始自然不肯收，还是赵醒归开口，她才不好意思地收下。

这趟出门由郝煜开车，赵醒归坐副驾，听后排的三个女孩叽里呱啦地聊着天。第一站是到古镇，卓蕴没告诉其他人，前一天她已经来过古镇了，因为是和赵醒归一起，她非常愿意重新逛一遍。

天气晴朗，空气里有一股雪后特有的清新气味，古镇还是那个样子，商铺林立，游人众多，屋顶上的积雪更厚了，冰凌一根根地挂下来，在阳光下闪着耀眼的光。

路上的雪已被清扫到路边,赵醒归装上轮椅车头,不用别人推,也不用自己转轮椅,开着慢挡,悠闲地在古镇上逛了起来。

卓蕴一直走在他身边,赵醒归给她介绍这里的特色店铺,路过那家纸扇店时,卓蕴弯下腰在他耳边说:"我那把扇子,就是在这儿买的。"

赵醒归眼睛一亮:"你昨天来过这儿了?"

卓蕴笑着点点头:"嗯,我还买了红豆糕。"

郝煜、郝靓是本地人,赵相宜和赵醒归也来过几次古镇,逛的时候非常有目的性,哪家店的点心好吃,哪家店的奶茶好喝,统统介绍给卓蕴。卓蕴买了不少糕点,打算带回家给妈妈,赵醒归要帮她付钱,她不让,说这是她给妈妈的心意,哪能让他付钱。

买下来的大包小包,卓蕴要么挂在赵醒归的轮椅后,要么挂在车把手上,要么堆在他大腿上,赵醒归叹了口气,她是真把他当行李车了。

逛完古镇,一行人准备去一家网红店吃鹅煲,赵醒归在郝煜的陪同下去了趟卫生间,出来时听到卓蕴在打电话。

"我不是和你说了吗?我要是买不到票会告诉你的!"卓蕴叉着腰站在路边,很生气的样子,"你这人怎么这么喜欢自作主张?我都买好明天的高铁票了!我不管,我今天不回去!我答应过人家明天走!"

电话里的人不知说了些什么,卓蕴没妥协:"要么这样,你自己在梧城找个地方过一夜,明天我跟你回去。"

赵醒归转着轮椅来到她面前,用口型问她"是谁",卓蕴用口型回答"我弟弟"。

赵醒归问出声来:"他已经到了吗?"

卓蕴点点头,赵醒归说:"你问问他吃饭了没?没吃的话,我们就一起去吃饭吧。"

卓蕴大吃一惊:"真的假的?"

"什么?"电话里的卓蘅隐约听到一个男生的声音,问,"你在和谁说话?"

卓蕴不答反问:"十三,你吃饭了没?"

卓蘅:"没有,我刚到市区。"

卓蕴说:"你要不要过来和我们一起吃饭?我把地址发给你。"

卓蘅:"和谁吃饭?"

和谁?卓蕴低头看着赵醒归,不知道该怎么对卓十三介绍他,脑子里蹦出好几个选项,最后含糊地说:"和几个朋友,你来了再说吧。"

卓蘅："行，地址给我，我直接过去。"

卓蕴挂掉电话，和赵醒归一起去停车场，赵醒归问："你弟弟的小名叫十三吗？"

"哈！不是，他大名叫卓蘅，草字头下面一个平衡的衡，我妈叫他小蘅。"卓蕴觉得好笑，"十三是我给他取的外号，只有我这么叫他。"

赵醒归好奇地问："这个外号的意思是？"

卓蕴："他是个十三点。"

赵醒归沉默，包邮区的小伙伴都知道十三点的意思，并不是什么好话。

"你对他好凶啊。"赵醒归回想起卓蕴的语气，"他都不生气的吗？"

卓蕴觉得赵醒归还是见识不够："我刚才不算凶了，你是没见过我和他对骂，他也习惯了，我俩从小就这样，莫得感情。"

赵醒归听卓蕴说过她和弟弟感情不好，但真碰到还是不太能理解。在他的认知里，卓蘅大老远地开车来梧城接卓蕴，应该是担心姐姐，不过他没对卓蕴说这些，只担心地问："一会儿，你俩会吵架吗？"

"要吵也不当着你们的面吵，不嫌丢人啊？"卓蕴看前面三人没回头，揉了揉赵醒归的脑袋，"放心吧，我弟虽然脑子有病，但很要面子，偶像包袱极重，你见到他就知道了。"

卓蘅赶到时，卓蕴去店外接他，吃鹅煲的店是一家农家乐，门口停满了车，卓蘅拉风的玛莎拉蒂好不容易才找到一个空位，他下车后"砰"地甩上车门，转头看到卓蕴，一张帅脸立刻臭得要死。

"到底是怎么回事？"卓蘅怒气冲冲地走向卓蕴，"妈在等你回去！你倒好，还在这儿玩上了，这什么鬼地方？"他看看面前的农家乐，"你在梧城有朋友？"

"对。"卓蕴冷冷地说，"先吃饭，吃完再说。卓蘅我告诉你，今天吃饭的都是我的恩人，你要是敢在饭桌上撒野，别怪我当场翻脸，闭上你的嘴，明白吗？"

卓蘅："吃完饭你跟我回去？"

卓蕴："说了今天不回！"

"你……"

"闭嘴，进去吃饭！"

卓蕴领着卓蘅走进小楼，进入包厢，餐桌边的四个人都看了过来。赵醒归坐的位子在桌子里头，餐桌挡住了他的轮椅，所以在卓蘅眼里，他就是个年轻又英俊的普通男孩。

赵醒归打量着卓蘅，他穿得很时尚，头发也搞得帅帅的，还烫过，一看就是个家境不错的公子哥，只是，他神色间充满警惕，还含着隐隐的傲慢。

卓蘅的确没把这些人放在眼里，一点儿也没有结交之意，只想赶紧带卓蕴走人。卓蕴给他们互相介绍，卓蘅漫不经心地听着，两对兄妹，一对姓郝，二十多岁，一对姓赵，年纪小一点，都是本地人。这些人外表不错，尤其是那个姓赵的男生，长得非常帅，正一脸好奇地看着他。卓蘅冷冷地与他对视，心里猜测着哪一个是卓蕴在梧城的朋友，按年纪来看，应该是那郝姓兄妹之一。

他不再去看赵醒归，注意力落在郝煜身上，觉得这人应该是卓蕴的追求者之一。

卓蕴介绍完了，大家都对卓蘅说"你好"，卓蘅也开了尊口："你们好，打扰了。"

郝煜叫他坐下吃饭，郝靓笑着说："我们要怎么叫你？两个小卓都要搞混了，我就叫你小卓弟弟吧。"

卓蘅不置可否，赵相宜问："那我怎么叫？"

郝靓："你就喊卓哥哥呗。"

赵相宜甜甜地喊："卓哥哥好！"

卓蘅："嗯。"

他很酷，沉着脸拆了碗筷套装，再也不说话。赵醒归与卓蘅之间隔着一个卓蕴，给卓蘅递过来一壶开水："蘅哥，烫一下碗吧。"

一声"蘅哥"令卓蘅愣了一下，森冷的目光望向赵醒归："你叫我什么？"

论比酷，赵醒归不带怕的，眼神也冷下来："蘅哥。"

卓蕴在桌子底下踢了卓蘅一脚，又对赵醒归说："你叫他卓哥就行，叫什么蘅哥？你俩很熟吗？"

"哦，卓哥。"赵醒归神色瞬间柔和，还愉快地改了口，"卓哥，要烫碗吗？"

卓蘅木着脸接过水壶："谢了。"

人都到齐，郝靓喊服务员上热菜，很快，一盘盘香喷喷的菜肴就被端上桌。鹅煲是一整只鹅，特别大一盆，里头搁着老姜、大葱等调料，炖得汤汁浓郁，肉质酥嫩，用那红烧汁儿拌米饭，卓蕴直接干掉了一碗饭。

郝靓问："小卓，这鹅煲不错吧？"

卓蕴咬着鹅肉，差点把舌头吞下去："嗯嗯，真的很好吃。"

郝靓说："这是这儿最有名的招牌菜，我从小就喜欢吃。"

郝煜怕冷落卓蘅，对他说："小卓弟弟，你也多吃点，别客气。"

卓蘅一直在观察郝煜，已经发现郝煜与卓蕴并没有太多互动，反倒是那个叫赵醒归的男孩，一直在和卓蕴低声说话。

卓蕴会帮赵醒归夹菜，尤其是那些摆在转盘偏中间的菜，基本上都是卓蕴站起来夹给他。卓蘅感觉怪怪的，他从来没有在卓蕴这里享受过这样的待遇。

赵醒归也没空着，会帮卓蕴剥虾，剥出十几个虾肉后用勺子舀进卓蕴碗里，卓蕴居然……吃了？

卓蘅一头雾水，如果没记错，刚才听卓蕴说，赵醒归还是个高中生。

农家乐用的碗盘都很大，服务员端上最后一盆点心时，玻璃转盘上都放不下了，卓蕴探着脑袋看了一眼，说："还剩三个鱼圆，分了吧，可以把汤碗撤了。"

她舀起一颗给赵相宜："小宜你来一个。"

赵相宜说："谢谢卓姐姐。"

她又要舀给郝靓和郝煜，郝靓说："我不要了，我吃两颗了。"

郝煜也不要，卓蕴问赵醒归："赵小归，你要吗？"

赵醒归说："我要一颗就行，谢谢。"

卓蘅等待着，却听卓蕴笑吟吟地说："两颗都给你吧，你现在最辛苦了，多吃点鱼圆补一补。"

卓蘅目瞪口呆，难道他是隐身的吗？他终于确定，卓蕴在梧城的朋友就是赵醒归。

赵醒归上午喝过奶茶，吃饭时又喝了椰汁，这时候体内有了微微的感觉，便对郝煜说："哥，我想去一下卫生间。"

郝煜立刻站起身："走，我陪你去。"

卓蘅疑惑地看着他们，就看到赵醒归从桌边离开，身下竟是一架轮椅。卓蘅吃了一惊，又听到卓蕴很温柔地对赵醒归说："你小心一点哦。"

赵醒归笑笑："放心，这儿我来过，应该没问题。"

他和郝煜一起离开了，见卓蕴搁下了筷子，卓蘅拍拍她的肩："吃饱了吗？出去一下，我有话和你说。"

卓蕴同意了，和他一起离开农家乐小楼，找了个无人的地方，卓蘅说："现在可以说了吧，昨天，到底发生了什么事？"

卓蕴抱着手臂，定定心神，把前一天的事对卓蘅讲了一遍，卓蘅听着听着脸色就变了，卓蕴说完后，他好半天都没说话。

消化完整件事后，卓蘅问："后来，是那个姓赵的来救了你？"

卓蕴："对，他叫赵醒归，请你记住他的名字。"

"赵醒归。"卓蘅问，"你和他什么关系？什么时候认识的？"

卓蕴平静地回答："我在钱塘，给他做过几个月的家教。"

卓蘅惊讶极了："你还做过家教？你钱不够用吗？"

卓蕴："我体验生活不行啊？"

"他……上高几？"

"高二。"

卓蘅计算了一下："才十七岁？"

卓蕴说："十八。"

卓蘅还在不停地问："他为什么会坐轮椅？是受伤了还是残疾？"

"你管这么多干吗？"卓蕴语气冲起来，"关你什么事啊？你只要知道，昨晚，是他和他的家人来救的我就行了！他是我恩人，懂吗？"

卓蘅吸了口气，双手插进裤兜里，对卓蕴解释："昨晚你给妈打电话的时候，我在家，但我没听到，我是听到他们吵架才出的房间，知道你出事了，给你打电话你也没接。"

卓蕴微笑："已经不重要了，就算你知道，大老远的你也做不了什么。"

"至少我可以立刻过来接你。"卓蘅说，"你知道吗，妈又向爸提离婚了，昨晚闹得差点打起来，妈后来一直在哭，你不担心她的吗？还有心情在这里玩？"

卓蕴冷漠地说："我说过了，我今天不会回去，已经买好明天的高铁票。我担心妈妈，但她是个成年人了，我劝她离婚这么多年她也没离，我需要为她的悲欢负责吗？请你搞搞清楚卓蘅，让她伤心难过的人不是我！你是她儿子，你不会去安慰她吗？她和爸闹离婚，你不能帮她一把吗？你自己都做不到的事就别来指望我！"

卓蘅深深皱眉："卓蕴，你不能这么自私。"

"我自私？"卓蕴笑了，"卓蘅你听好了，昨晚我打电话回家，但凡卓明毅和我说一声不要害怕，让我去找个安全的地方，说家里会有人来接我，我也不会现在还待在这里！"

卓蘅吼起来："我现在不是来了吗？！"

"你来了我就要跟你回去吗？你提前问过我了吗？"卓蕴的手指在半空中用力地点了几下，"你知道我昨天有多生气，多害怕吗？昨晚救我的人是赵醒归！

天下着大雪,我跑出来时外套都没穿,赤着脚!他给我披衣服,把自己的鞋给我穿,帮我安排住的地方,安慰我,我答应过他明天走!答应他的事,我一定会做到!"

卓蘅想不明白:"你是不是被洗脑了?姓赵的才是你亲人,我是外人对吗?都这种时候了你能不能清醒一点?回去想想怎么处理这件事!你和石靖承的婚约还没完……"

"打住!"卓蕴恶狠狠地指着卓蘅,"不要再在我面前提到那个混蛋的名字,我和他一点关系都没有了,你不会还想着要我嫁给他吧?"

"我没有。"卓蘅否认,"但事情没完你承认吗?你得回去解决!爸是有不对,那你也不能逃避啊!你总得回去了才能和他谈!"

卓蕴大叫:"解决个鬼!还有什么好谈的?咱们家四个人四条心!我对你们已经绝望了!"

卓蘅抓抓头发,觉得卓蕴怎么这么说不通:"马上就要过年了,人家也要过年的!你莫名其妙待在这儿不觉得奇怪吗?你的家在嘉城!妈妈在等你回家!她昨天哭了一个晚上!"

卓蕴"哈"地笑了一声:"你的意思是,我碰到事就要自己解决,妈妈伤心难过了我就要飞奔回去安慰她?卓蘅你到底有没有想过我的感受?我需要家里支持的时候你在哪?你真以为我很想回家吗?!回去后除了吵架,咱们家四个人还能干什么?搓麻将啊?卓蘅你听好了,如果可以,我宁可一辈子都不要回去!一眼都不想再见到卓明毅!还有你!"

卓蘅气得不轻,脸都憋红了,正要发火时,郝煜和赵醒归找了出来,赵醒归坐在轮椅上,看到姐弟俩剑拔弩张的样子,担心地叫了一声:"卓老师。"

卓蘅眼睁睁看着他那冷酷无情的姐姐表情柔和下来,还对赵醒归微微一笑:"我没事,你别担心,我们马上就进去。"

卓蘅:真是见了鬼了,到底谁才是她亲弟弟?

郝煜说:"进去吃口点心,我们就出发吧。"他看着铁青着脸的卓蘅,有意缓和一下气氛:"小卓弟弟,下午我们去采草莓,你和我们一起去吧,地方不远。"

卓蘅还没开口,卓蕴抢先说道:"他不去,他下午回嘉城。"

卓蘅咆哮:"谁说我下午回嘉城?!"

卓蕴看都没看他:"哦,他下午自己会找个酒店住,你们别管他。"

卓蘅:"我下午干什么你管得着吗?!"

卓蕴双手叉腰:"怎么?莫非你还真想和我们一起去采草莓啊?"

"是啊！不行吗？"卓蘅双目圆睁，"姐姐。"

赵醒归和郝煜对视一眼，心里都在想，这对姐弟的相处模式，还真是独树一帜呢。

就这样，吃完午饭，卓蘅跟着郝煜的车去了草莓种植基地。

在种植基地的停车场，两辆车并排停下，郝煜开的是一辆三十几万的大奔，倒也不算差，不过和卓蘅那辆白得发光的玛莎拉蒂相比，还是逊色不少。

卓蘅脸色就没好起来过，关门时把车门甩得震天响，一回头，又看到赵醒归下车的情景。卓蕴把轮椅推到副驾门边，赵醒归右手撑着轮椅坐垫，左手拉着车厢顶的拉环，把屁股移动到轮椅上，又低头把两条腿给捞出来。

他肩膀宽阔，腿很长，卓蘅觉得他要是站起来应该是个大高个，但他那两条腿似乎一点力气都没有，软绵绵的，只能用手搬来搬去。

是瘫痪吗？卓蘅猛地想起，去年国庆在高速路上，卓蕴问过他一个奇怪的问题，原来，是因为赵醒归？他是车祸受的伤？还这么年轻……

赵醒归在轮椅上坐稳，抬起头就发现不远处的卓蘅在看他，立刻解释了一句："我受过伤，不能走路，两年了。"

"你理他干什么？跟屁虫一个，怎么好意思跟过来的。"卓蕴一边嘟囔，一边帮赵醒归拿来轮椅车头，熟练地安装上。

"你别这样。"赵醒归小声说，"他是你弟弟，你对他太凶了。"

卓蕴说："他就是欠骂，要不是我打不过他，早揍扁他了。"

赵醒归上身往后仰了一下，为自己将来的生活感到担忧："我觉得你能打得过我，你以后会不会对我家暴啊？"

卓蕴往他脑门上弹了一下："想什么呢？"

"没什么。"赵醒归揉揉额头，独自乐了一会儿，启动轮椅车头，说，"走吧，我们进去采草莓，我哥在等我们了。"

他又代表卓蕴回头招呼卓蘅："卓哥，进去了！"

卓蘅把一切都看在眼里，摸摸鼻子，板着脸跟了过去。

这是一个采用无土栽培技术的草莓种植基地，和寻常长在泥土里的草莓不一样，这里的草莓都长在种植槽里，用营养液培育，种植槽一排排吊在半空中，整个棚区非常大，地面很空旷，赵醒归开着电动轮椅都能畅通无阻。

已经有一些游客在采草莓了，工作人员把篮子分给大家，卓蕴根本不理卓蘅，还是赵醒归开着轮椅车到卓蘅面前，递给他一个小篮子："卓哥，你也采吧，还可以直接摘着吃。"

卓蘅冷眼看他："我不采,看看就行。"

赵醒归手没收回来："不采多无聊,拿着吧,篮子很多。"

卓蘅把篮子收下了。

赵相宜和郝靓早已大呼小叫着奔向草莓种植槽,小姑娘摘下一颗草莓咬了一口："好甜啊!"

卓蕴和赵醒归也过去了,悬空的种植槽对赵醒归来说有一点点高,他需要坐直上身,伸长手臂,才能刚好摘到挂下来的一些草莓,长得高一点就摘不到了。尽管如此,他还是很满足,精挑细选地找到一颗红艳艳的草莓,伸臂摘下,卓蕴看着他吃进嘴里,问："甜吗?"

"甜。"赵醒归点点头,又摘了一颗放进大腿上的篮子里,"我要摘满这个篮子,卓老师,你也吃一颗,很甜很新鲜。"

卓蕴忘掉与卓蘅间的不愉快,和赵醒归在一起,她就是会感到快乐,很快就与他一起在种植槽间转了起来。

卓蘅拎着篮子一个人走来走去,有时摘颗草莓吃,有时又摘一颗丢进篮子里。他只是个不满二十岁的大男孩,其实还蛮喜欢出来玩,可记忆里,除了小时候边琳偶尔带他和卓蕴去游乐场,卓蕴上初中后,他就再也没和姐姐一起出来玩过了。

他们家经济条件还行,但和别的有钱人家不一样,卓明毅从来没想过要带妻子、儿女出门旅游。卓蕴上大学后,趁着寒暑假和苏漫琴出去玩过几回,还去过国外,会在朋友圈晒照片,卓蘅也和朋友去过东南亚旅游,两人各玩各的,连社交圈都没有交集。

卓蘅听大学室友讲过和家里兄弟姐妹相处的事,发现自己难以理解。别人家的兄弟姐妹会谈心、倾诉烦恼、一起出去玩,认识彼此的同学和朋友,生日时会互送礼物,弟弟妹妹没钱花了,不敢对爸爸妈妈开口,会偷偷地去问哥哥姐姐要。

这些事,卓蘅想都没想过,他和卓蕴就是一对冤家,身上明明流着一样的血,长得也有几分像,碰到面却跟两只斗鸡似的,不斗得你死我活决不罢休。

卓蘅远远地看着卓蕴,发现她又在大笑,是对着赵醒归。

她都没化妆,素着一张脸,一点儿都不像她,原来,她不化妆也会出门的吗?

"啊!那是我的!你好讨厌!"卓蕴的叫声在大棚里格外响亮。

她看中了一颗大红草莓,刚要去摘,却被赵醒归抢先一步摘到,少年笑得很开心,作势要把草莓丢进嘴里,卓蕴鼓起脸颊看他,赵醒归就投降了,伸长手臂把草莓递到她嘴边:"给你给你,这么小气的。"

卓蕴没用手,直接用嘴咬住了草莓,牙齿咬下,汁水顺着她的嘴角流下来,她手忙脚乱地去找纸巾,赵醒归已经用手指帮她抹去了。

偷窥的卓蘅眼睛都看直了,恨恨地咬了一口草莓。

"我们摘好啦!"郝靓跑过来,给卓蕴看她的成果,满满一篮子红草莓,她挽着卓蕴的胳膊说,"刚才小宜在抱怨,说我们在古镇都没拍合影,趁现在拍个集体照吧。"

赵醒归说:"找个游客帮我们拍?"

"找什么游客。"卓蕴指指晃荡在几米远外的卓蘅,"这不有个白吃白喝的吗,叫他拍。"

赵醒归拉拉卓蕴的衣摆,小声说:"他不和我们一起拍吗?会不会不太好?"

卓蕴瞪眼:"我才不要和他一起拍照!"

郝靓忍住笑,把卓蘅叫过来,请他帮大家拍集体照。卓蘅已经麻木了,看到郝靓在到处找位置,又看到赵醒归和卓蕴说起了悄悄话。

"卓老师,你今天出来,其实可以化个妆。"赵醒归说,"涂点口红,拍照会更好看。"

"是吗?"卓蕴从斜挎包里摸出一支口红,"我带了呢。"

赵醒归眼神惊喜:"那你涂吧。"

卓蕴都没用手机照,直接拧开口红抹在唇上,又抿了抿唇,问赵醒归:"行了吗?"

赵醒归点头:"行了,好看的。"

卓蕴乐坏了:"是不是只要涂了口红就算化妆了呀?"

赵醒归摇头:"那不是,我知道化妆有很多步骤,不过你本来就很漂亮,涂一点口红会更精神,拍照好看。"

"油嘴滑舌。"卓蕴放好口红,与赵醒归一起去郝靓挑好了的拍照地点,背景是一片茂盛的草莓种植槽,四个人站成一排,赵醒归坐着轮椅在他们身前,卓蕴的左手搭在他肩膀上,右手提起篮子,微笑着把草莓展示出来。

卓蘅面无表情地站在他们对面,帮他们拍下好几张合影。

每个人都收获满满,连卓蘅都采了一篮,他对郝煜说:"哥,我采的我自己付钱。"

郝煜忙说:"不用,不用付钱,这个基地……我爸有股份。"

卓蘅一愣，这个基地？他没听错吧？除了这个给游人玩的草莓大棚，这儿其实是一大片无土栽培蔬菜种植基地，占地面积相当大。

采完草莓，大家准备回家吃饭，按道理，卓蘅该走了。

郝煜、郝靓和赵醒归私底下商量了一下，一方面觉得卓蘅大老远地过来，晚上让他一个人吃饭不太好意思，另一方面又觉得，卓蕴第二天要跟卓蘅回去，两人最好能缓解一下矛盾，于是就由郝煜出面，邀请卓蘅晚上去他们家吃饭。

卓蕴没插嘴，觉得以卓蘅的臭脾气，这会儿估计都气死了，不可能会答应。哪里想到，卓蘅居然同意了，还很礼貌地说："谢谢郝哥，你把地址给我吧，一会儿我自己过去，我先去个地方。"

卓蕴惊呆，拉住卓蘅问："你要去哪？"

卓蘅压低声音："去买点礼品，空着手，你好意思我还不好意思呢。"

"哦。"卓蕴又问，"你为什么要去他们家吃饭啊？"

卓蘅鼻孔朝天："我乐意。"

郝煜的车先到家，半个多小时后，卓蘅来了。他提着各种礼盒和水果进屋，赵美芳连连埋怨："哎呀！买这么多东西干什么！你这孩子真是的……"

卓蕴站在边上看着她弟弟，想起自己早上的感受，卓十三应该和她一样，很少来这样正常的人家做过客。

赵奶奶对着卓蘅又是一通夸，夸他个子高长得俊，又问他年纪，卓蘅说："我快二十了。"

"哦哦，那你和我家小归差不多大，你俩可以做好朋友的。"赵奶奶笑得合不拢嘴，摸出一个红包塞到卓蘅手里，"喏，给你一个压岁包，乖孩子，要好好的啊！"

赵美芳也塞给卓蘅一个红包："收下！你姐姐都收了的，你们呀，在我眼里都是小孩儿，今天可真热闹，一屋子年轻人，看着都开心！"

卓蘅和卓蕴一样，根本推不掉红包，赵美芳又问他："小小卓，今晚住哪儿啊？酒店订了吗？"

"小小卓"已经被弄晕了："还没订，我晚上……"

"没订啊？那就住我们家吧，四楼还有客房。"赵美芳根本不给卓蘅拒绝的机会，利索地叫来保姆阿姨："李姐，麻烦你把四楼房间收拾一下，晚上给小小卓睡。"

她又对卓蘅说:"你姐姐就住三楼,你别客气,当做在自己家,那个……小煜啊!小靓?"

郝煜和郝靓都跑开了,只有赵醒归转着轮椅过来,问:"姑姑,什么事?"

赵美芳说话做事雷厉风行:"你们晚上是不是要去泡温泉?带小小卓一起去,那边什么都有的买,到时候你和你哥招呼他一下,小卓!你过来。"

卓蕴被点名,也走了过去,赵美芳对她说:"你带你弟弟去楼上看看,缺什么就和李阿姨说,家里什么都有,千万别客气。"

她又转向卓蘅:"小小卓,你今天开过长途车,先休息一下,一会儿下来吃饭,晚上和小归他们一起去泡个汤,明天开车回去也舒服点。"

(2)

卓蘅已经被安排得找不着北,默默地跟着卓蕴上楼,两人心情都很复杂。早上从嘉城出发时,卓蘅预想过无数种可能,就是没想到他不仅没把姐姐接回去,还莫名其妙地和姐姐一起住进了梧城一户陌生人的家里。

走到四楼,李阿姨正在给客房换床单被套,卓蘅看到一个露台,走出去吹冷风,好让自己冷静一下。从露台可以看到一楼的那架露天"电梯",卓蘅没见过赵醒归进屋的情景,猜测他就是要靠这玩意儿才能上楼。

卓蕴也跟了出来,两人看着对方,卓蕴别开头"哼"了一声,卓蘅问:"你是不是在和赵醒归谈恋爱?"

"没有。"卓蕴否认得理直气壮。

卓蘅说:"今天是情人节,你就是想和他待在一起,所以才不肯回去,对吗?"

卓蕴又要发火了:"你别胡说八道啊!人家还是个高中生!"

卓蘅:"对啊,人家还是个高中生,你怎么下得去手的?"

卓蕴要撸袖子打人了,卓蘅抬起双手制止她:"行行行,我不说了,你别激动,咱俩在别人家呢,暂时休战可以吗?"

卓蕴不想理他了,趴在石栏杆上眼神空空地往外看,积雪被太阳晒了一天,向阳处都化了,只在背阴处还积着雪。卓蘅从兜里掏出一包烟,抽了一根点燃,问卓蕴:"要来一根吗?"

卓蕴:"不要。"

卓蘅冷笑："你也怕被他们家人看见？"

"不是。"卓蕴说，"只是我现在不想抽，赵醒归知道我会抽烟。"

"呵。"卓蘅一撇头，顾自悠闲地抽起烟来。

梧城山清水秀，是个慢节奏的旅游小城镇，卓蘅望向远处山景，白茫茫的一片，心想，有空的时候的确可以来这儿玩几天，下午采草莓，他就觉得挺有意思。

"十三，你发现了吗？"卓蕴突然开了口，趴在栏杆上的姿势好久都没变，"他们家的气氛好好啊，父母与子女，哥哥和妹妹，关系都很亲密。"

卓蘅没说话，卓蕴转头看他："你有没有一点羡慕？"

卓蘅笑了一声："羡慕谁？羡慕那两个女孩吗？她们的哥哥可没骂过她们。"

卓蕴变脸了："你什么意思？"

"我知道你讨厌爸，也讨厌我。"卓蘅抽了一口烟，低着头看脚尖，"那你有没有想过，你其实，也没对我好过。"

卓蕴愣住。

"你甚至都没有……"卓蘅说出来，自己都觉得羞耻，"像对待赵醒归那样对待过我，你从来不会对我笑，但你对他就一直笑，一直笑，跟个傻瓜一样。"

卓蕴跳起来："你才是傻瓜呢！"

卓蘅狠狠地把烟蒂丢到地上，踩了一脚："你看看，你就是这么对我的！小时候一言不合就揍我，我都不知道我哪儿做错了！后来我知道了，你纯粹就是看我不顺眼！你为什么看我不顺眼？我长得又不丑！我过生日，你都没送过我礼物！你过生日我还给你发红包呢！"

卓蕴哭笑不得地看着她弟："你不会是……吃赵醒归的醋了吧？"

"不行啊？"卓蘅也不要面子了，他姐回家时一直都很冷漠，要不是今天亲眼所见，他都想不到卓蕴对别的十几岁的男孩会这么温柔，跟换了个人似的。对比下来，卓蘅就感到委屈了，明明他才是正牌弟弟！

卓蕴都要风中凌乱了，想为自己辩解几句，却发现什么都说不出来。她好像，的确没对卓蘅好过。

她也没指望卓蘅对她好，可刚才赵阿姨的话提醒了她，卓蘅开车过来要花三个多小时，上次，他还从嘉城开到苏漫琴老家接过她。卓蕴只觉得他烦人，却没想过，也许，那是因为卓蘅在担心她。

相对无言中，李阿姨把房间收拾好了，找到露台来叫他们，卓蕴回过头："谢谢阿姨，我们马上进去。"

她又看了眼卓蘅，语气不再那么呛人："晚上吃饭，出去玩，咱俩先别吵了，别让人家看笑话。"

卓蘅："哼。"

卓蕴叹口气："你稍微成熟一点，你年纪比赵醒归大呢！"

"你要我成熟？"卓蘅都要炸毛了，"我只比他大一岁！"

卓蕴抬起手："好好好，不和你吵，我先下楼了，你自己去房里看看缺什么东西，内裤带了没？没带的话晚上出去买，面霜我有，你是男的，应该没那么讲究。"

卓蕴不敢再看卓蘅，逃也似的下了楼，还没到晚饭时间，她直奔赵醒归房间，关上门，在赵醒归惊愕的目光中，整个人扑到了他的大床上。

赵醒归转着轮椅来到床边，问："卓老师，你怎么了？又和你弟弟吵架了？"

"没吵架，他单方面控诉我的罪状。"卓蕴把脸闷在他枕头上，有气无力地说，"他说他吃醋了。"

赵醒归很困惑："吃谁的醋啊？"

卓蕴："你的，他说我对你，要比对他来得好。"

赵醒归说："这不一样。"

卓蕴把脸露出来，瞅他："哪里不一样？"

赵醒归挂着嘴角："我才不要做你弟弟。"

卓蕴一巴掌拍在自己脑门上："赵小归你先放过我吧。"

她赖了一会儿后从床上爬起来，垮着肩说："卓蘅……从小被我爸宠坏了，有个毛病和我爸一模一样，极度以自我为中心，目中无人。他觉得自己做什么都是对的，不顺他的意，就全是别人的错，所以我不喜欢他。我爸老说女人小肚鸡肠，上不了台面，干不了大事，卓蘅都听进去了，他骨子里就认为男人比女人高人一等，他将来娶老婆，你看着吧，他绝对是那种非要生儿子的爸爸，光凭这一点，我就不想搭理他。"

赵醒归问："你爸爸重男轻女很严重吗？"

"肯定的呀。"卓蕴摆摆手，"算了，别说他了，赵小归我提醒你，我想休学出国的事你千万别告诉卓蘅，他要是知道了一定会告诉我爸，我不想让我爸知道，我去学校办休学，只会让我妈出面。"

赵醒归点点头："放心，我不会和任何人说的。"

卓蕴和卓蘅在赵美芳家吃了一顿热热闹闹的晚饭，郝靓提议赶紧出发，去温泉会所玩。她订了一栋别墅，有三个房间，大家约好，郝靓、郝煜和赵相宜晚上在那儿过夜，赵醒归、卓蕴和卓蘅回家来睡。

于是，苗叔也得和他们一起去，卓蘅开自己的车，去院子里拿车时，卓蕴叫住苗叔，眼睛亮亮地看着她："苗叔苗叔！让我开车行吗？回来您开。"

苗叔："行啊，怎么了？你想开车啦？"

卓蕴嘿嘿笑，喜滋滋地奔向宾利，在卓蘅的玛莎拉蒂启动前，她把宾利倒到他面前，横着挡住了他的去路，叫驾驶座上的卓蘅一头雾水。

一黑一白两辆豪车，都洗得锃亮，卓蕴从驾驶座下来，车模似的绕着宾利走了一圈，又倚在车门边，双腿交叠，风情万种地拍拍引擎盖，冲卓蘅抬了抬下巴。

卓蘅："什么毛病？"

赵醒归看得快要笑死，卓蕴终于演过瘾，叫赵醒归和苗叔上车，一踩油门，把卓蘅甩在了后面。

三辆车来到温泉会所，卓蕴和卓蘅买好泳衣，郝靓办完入住手续后，大家都进了那栋预定好的两层别墅，一个个去自己房里的卫生间换泳衣。私汤就在一楼客厅的后院，私密性很强，池子面积适中，足以让他们这些人一起泡汤。赵醒归坐着轮椅待在客厅，隔着落地玻璃静静地望向后院，卓蕴来到他身边，问："一会儿你泡吗？"

赵醒归抬头看她，摇了摇头。

"为什么不泡？"卓蕴在他面前半蹲，手搭上他的腿，"是嫌换衣服麻烦吗？"

赵醒归说："我现在……腿上肌肉有点萎缩，不怎么好看。"

卓蕴噘起嘴："你早说嘛，我也不来了，还能在你姑姑家和你聊聊天，我明天就回去了。"

这一回去，开学前是见不到了，赵醒归也舍不得她，心里涌起一股冲动，问："你想和我一起泡吗？"

卓蕴抬头看着他的眼睛，点点头："想。"

赵醒归抿了抿唇："你不要嫌我腿丑。"

卓蕴摇头："不会。"

赵醒归想了想，说："人太多，我不好意思，一会儿等他们不泡了，我再陪你泡，好吗？"

"好。"卓蕴眼睛都亮了，"我等你。"

没多久，大家都准备妥当，一个个裹着浴袍去后院，吱哇乱叫地下了池子。

赵醒归让苗叔也去泡泡，他一个人待在客厅，转着轮椅烧起一壶水，又挑了一包玫瑰花茶，打算泡茶喝。

卓蘅从房里出来，身上也裹着浴袍，看到赵醒归，问："你还没换衣服？"

赵醒归说："我不泡。"

"为什么？"卓蘅没急着去泡汤，在沙发上坐下了，眼睛掠过赵醒归微微岔开的双腿，问，"你的腿到底怎么个情况？连温泉都不能泡吗？"

赵醒归说："温泉可以泡，就是稍微有点麻烦。我是截瘫，两年前打篮球伤到脊椎，造成脊髓损伤，腿没感觉了，也不会动。"

卓蘅重复了一遍："腿没感觉？"

"对。"赵醒归指指自己的腰线，"这儿以下都没感觉，站不起来，不能走路。"

"治不好的吗？打个篮球能伤得这么严重？"卓蘅想起卓蕴向他炫耀的那辆宾利车，问，"你家条件应该不错啊，去北京、上海看过没？"

赵醒归笑着说："要是什么病都能治好，霍金先生也不用一辈子坐轮椅了。"

卓蘅无言以对，赵醒归催他："卓哥，你去泡汤吧，不用管我，你穿得少，小心感冒。"

"不急。"卓蘅看了眼玻璃外的池子，另五人都下水了，他架起二郎腿，两条修长的腿就从浴袍底下钻了出来，大腿上有着匀称的肌肉，脚尖还挂着拖鞋一晃一晃。赵醒归的视线落在他健康的腿上，听到卓蘅说："刚好，趁没别人，咱俩聊聊。"

"咱俩？聊什么？"赵醒归并不怎么紧张，卓蘅是卓蕴的弟弟，只比他大一岁多，他不怕卓蘅会欺辱他，从白天到现在，他并没感觉到卓蘅对他有太大的敌意。

卓蘅开门见山地问："你是不是喜欢卓蕴？"

赵醒归承认了："对，我喜欢她。"

卓蘅挑起眉毛："她比你大好几岁！"

赵醒归说："就三岁，不多，在我眼里她就是个小姑娘，蛮闹腾的，个子都比我矮很多。"

卓蘅咬着后槽牙，又看向他的轮椅，还有他的腿："我爸妈不会同意她和你在一起的。"

赵醒归问："为什么？就因为我瘫痪吗？"

"这还不够吗？你知不知道一男一女在一起要做什么？"卓蘅对截瘫不怎么了解，还是会往那个方向想，问得掷地有声，"你能做爱吗？"

赵醒归被问得一愣。他俩，一个十九岁，一个十八岁，聊到这样的话题难免尴尬，没一会儿，两人脸上都透出了淡淡的红晕。

"你怎么知道我不能？"赵醒归努力做到不卑不亢，"而且，这件事，不是更应该听听卓蕴自己的意见吗？我不觉得她是个会无条件听从父母命令的女孩。"

看他一副胸有成竹的样子，卓蘅吃惊地问："你已经和她在一起了？"

"没有，我还在追她。"赵醒归说，"我高中还没毕业，估计她暂时不会答应，但我知道，她对我有感觉。"

热水呜呜呜地烧开了，开关弹起，赵醒归拿来两个茶杯，问："卓哥，要喝茶吗？"

卓蘅烦躁地摆手："不用。"

赵醒归也没和他客气，为自己泡了一杯玫瑰花茶，慢悠悠地说："其实，你不用吃我的醋。"

卓蘅大怒，脚上的拖鞋都掉了："谁吃你醋了？！"

赵醒归抿了口热茶，转头看他："我的意思是，我和你不一样，你是她弟弟，我是她有感觉的男生，她对我，和对你，肯定不一样。"

"你到底哪里来的自信？"卓蘅都想不通了，"你这个样子，你……不是，我是说，你觉得你和她会有结果吗？卓蕴条件又不差！她找谁不行？为什么要找你？你……"

"为什么要找一个坐轮椅的残疾人，是吗？"赵醒归垂眸看着杯子里的玫瑰花瓣，"我是不能走路，但我不觉得这是什么了不得的阻碍。我的情况不影响寿命，不影响我对她好，我的生活可以自理，不需要她来照顾我。明年，我会读大学，毕业后会工作，我愿意为了我和她的未来去努力，我相信她也这么想。"

卓蘅皱着眉问："你不怕她只是和你玩玩吗？你和她认识才多久？几个月？半年？你了解她吗？知道她是个什么样的人吗？卓蕴她平时根本就不是这样的！"

"唔……我的确没有和她一起生活过，对于她生活上的一些习惯、喜好，可能不如你了解，但我了解她的内心。"赵醒归好像越来越放松了，"卓蕴是个非常可爱的女孩，不仅仅是外表，她的内心深处住着一个非常缺乏安全感的小孩，所以有时候会把自己包裹起来，逃避问题。她看起来凶巴巴的，其实，是个很温柔的人。"

卓蘅从来不觉得卓蕴的性格能和"温柔"沾边，摇着头说："不，那是她骗你的，她又任性又自私，嘴巴刻薄，喜怒无常，平时沉迷玩乐，期末考能考挂科，放假回家睡到中午都不起床！她仗着自己长得漂亮，对人爱答不理，极度目中无人！你根本就不了解她！"

"目中无人"这个词，居然被姐弟俩都用在了对方身上，赵醒归也是无语："我不懂你为什么一直在我面前说她坏话，对不起，不管你怎么说，我只相信我看到的她，听到的她，还有心里感受到的她。卓哥……"赵醒归斟酌了一下语句，看着脸色不善的卓蘅，"其实我有感觉，你心里是关心卓蕴的，就是不知道要怎么做才对。我教你一个办法，如果你真的想改善你和卓蕴之间的关系，就试试设身处地地去感受她的想法。"

卓蘅暴怒："我要你教？！"

"你别生气，卓哥，是你说要聊聊的。"赵醒归说，"我给你打个比方，你这么辛苦地过来接卓蕴，她为什么会生气？为什么不肯跟你回去？你想过原因吗？"

卓蘅大叫："还不是因为你！"

赵醒归摇头："不是，是因为你没有提前把计划通知她，也没有问过她的安排。昨天晚上你和她通电话时我就在她身边，听得很清楚，她告诉你，如果她买不到票会和你说。她没有不想回家，很早就把明天的票买好了，所以你真的觉得是她的问题吗？"

卓蘅一时语塞，赵醒归继续说道："我爸爸从小就教我，要尊重别人，尤其要尊重女生。我们是男生，身高、力量本来就有女生比不了的先天优势，所以不可以欺负她们。卓哥，如果你真的关心卓蕴，就应该先去尊重她、了解她，你会看到她有很多优点，再去理解她，会知道她有很多烦恼。我眼里的卓蕴光芒万丈，和你说的那一个，好像不是同一个人。"

院子里有浅浅的积雪，因为没有大照明，光线很暗。树丛间点缀着无数彩色串灯，在幽暗的环境中闪闪烁烁，卓蕴抬眼望去，仿佛看见一片星空。

轻柔的钢琴曲飘扬在耳边，她惬意地坐在池水中，水温舒适，身边是郝靓和赵相宜。她看向池子的另一头，三位男士懒洋洋地坐在那儿，也都被泡得双颊泛红，苗叔和郝煜聊着天，卓蘅沉默地坐在他们身边。

郝煜对苗叔说："这次见到小归，我感觉他状态好了很多，没去年暑假时那么瘦了，整个人很有精气神，话也多了不少。"

苗叔呵呵直笑，悄悄地指指池子另一头的卓蕴："小卓老师功劳很大。"

卓蘅一下子竖起了耳朵，凝神偷听。

"小归和小卓……"郝煜的八卦心燃烧起来，"是真的吗？"

苗叔摇摇手："我不知道，我只知道小归真的很在乎小卓老师，就是心里装了个人吧。你别看小归年纪小，想法倒是挺多，这日子有了奔头啊，做什么都起劲。"

郝煜听得笑出声来："挺好的。"

苗叔又说："这两年，我看着小归从躺床上一动不能动，到能坐起来，再到坐轮椅，到下地复健，后来回学校上学。我看着他一点一点地学做事情，现在，他生活基本可以自理，我也就出门帮他开个车。以前，我觉得瘫痪这个毛病真的太遭罪，小归也是吃了很多苦，不过现在想想，再差也就这样了，用心地护理身体，他照样可以好好过日子。"

"没错。"郝煜感到欣慰，"我和小靓有时候也会聊到小归，觉得特别难过，那么优秀的一个男孩子，突然变这样我们真接受不了。我会想，他以后该怎么办，精神会不会垮掉？昨天他来了我还和他聊了一下，欸，就觉得他不一样了，一点儿没有消极的情绪。小归，真的很厉害。"

他们的对话都被卓蘅听在耳里，他张开手臂架在池壁上，又听苗叔絮絮叨叨地对郝煜说着赵醒归每天复健、上学的事，深吸一口气，阖上了眼睛。卓蘅想象着，如果，是他遭遇这样的事，他能撑下去吗？好像，不行，他一定会疯掉的。郝煜说得没错，赵醒归，真的很厉害。

另一边，三个女孩也在聊天，赵相宜缠着卓蕴："卓姐姐，你好久没去我们家，我以为你不给我哥哥做家教了，寒假过完，你是不是会再来呀？"

卓蕴说："我跟你哥哥说好啦，我不给他做家教了。"

赵相宜无措地问："你以后再也不来我们家了吗？"

"不是。"卓蕴笑着说，"我可以去你们家玩呀。"

赵相宜很高兴，回头看向客厅："我哥在做什么？"

卓蕴也回过头去，客厅灯光明亮，能看到赵醒归坐在轮椅上的身影，他穿着黑毛衣、黑长裤，加上那架黑轮椅，被动地成为一道剪影。他在门边喝茶，有时低头玩手机，有时抬头看他们一眼。卓蕴侧过身子，单臂扒在池边，将下巴搁在手臂上，歪过脑袋看着他。

有点远，看不清……她被热水泡得脑袋发晕，眯了眯眼睛，恍惚间觉得赵醒归偏过脑袋，视线好像望了过来。卓蕴右手比出一把"枪"，冲着赵醒归开了一枪，嘴里轻念："pia！"玻璃后的少年抬起手臂，也向她开了一枪，卓蕴直接笑趴在池壁上。

另一头的卓蘅双手抹脸，无语地摇了摇头。

半个多小时后，苗叔第一个爬上水池，披上浴袍回客厅，赵相宜跟着郝靓出水，问卓蕴："卓姐姐，你还泡吗？"

卓蕴说："我再泡一会儿。"

紧接着，郝煜也上去了，池子里只剩卓蕴和卓蘅两人。卓蘅早已满脸通红，"哗"地站起身，踩着水走过来，问："你还不上去？"

卓蕴不拿正眼瞧他："你上去吧，我在等人。"

卓蘅生气，心想，够明目张胆的啊！

"蒸不熟你们两个！"卓蘅爬出池子，也不怕冷，拎起浴袍甩在肩上，光着膀子进了室内。

等到人都走光，卓蕴从池子里站起身，在池水中坐久了太闷，胸口仿佛喘不上气来，她站在水里呼吸了一阵子新鲜空气，看向那扇玻璃门，那些人都回房去洗澡了，赵醒归和苗叔也不在，不知道去了哪儿。

天上有东西落下来，卓蕴抬头看天，发现又下雪了。她伸手去接，零星的雪花落在她掌心，眨眼的工夫就化没了。耳边响起开门声，卓蕴循声望去，苗叔站在玻璃门后，赵醒归正转着轮椅从门里出来。他已经换上白色浴袍，腰间系着腰带，赤脚踩着踏板，大腿上搁着一盆东西。

轮椅划近后，见卓蕴俏生生地站在水中，赵醒归心脏都漏跳一拍。

院景朦胧，只有小串灯闪烁着彩色的光，在池子里倒映出一片璀璨光芒。池中女孩扎着丸子头，颜色黯淡、款式老气的连体泳衣也掩不住那修长又曼妙的身体曲线，她肌肤雪白，脸颊红扑扑，手臂和脖颈上有未干的水珠，正睁着一双湿漉漉的眼睛望向赵醒归。

赵醒归喉咙有点儿发干，见卓蕴眼神迷离、要笑不笑的样子，问："你在干吗？"

卓蕴终于向他绽开笑："赵小归，下雪了。"

赵醒归抬头望天："真的呢，这儿好像都是晚上下雪，和昨天的时间差不多。"

他的轮椅来到池边，有一圈半米宽的鹅卵石地面挡住了他的路，轮椅过不来了。卓蕴蹚着水来到他跟前，跪在水中的石头座椅上，双手交叠扒着池壁，抬头看他，赵醒归弯下腰，把腿上的那盆东西递给她："温泉泡久了会口渴，我给你带草莓了。"

"真好，我是渴了。"卓蕴接过草莓，挑了颗大的咬下一口，"唔，好吃。"

嘴角溢出一点汁水，她用手指抹了抹，抬起头，笑得越发开怀。

赵醒归看呆了，卓蕴见他不动，问："你怎么下来？要我帮忙吗？"

赵醒归倏地回神，观察了一下地面形态，说："我先自己试试，要你帮忙了再叫你。"

卓蕴冲他吹了一声口哨："少年，宽衣吧。"

赵醒归的脸立刻就红了，他只穿着平角泳裤，是第一次在卓蕴面前展露身体，有那么点儿信心不足。每个人面对心仪的对象，都想展示自己优秀的一面，可赵醒归的身体就是他最大的短板，他觉得自己魅力不够，那两条腿，他自己都觉得很不好看。

他慢慢地解开腰带，双手抓住浴袍领口时，又犹豫了一下，卓蕴催他："你快一点，外面多冷啊，赶紧脱了下水，我可不想再看到你感冒发烧。"

赵醒归咬咬牙把浴袍脱掉了，反着摊在轮椅上，卓蕴站在池水中，终于看到他完整的身体，苍白细腻的皮肤，跟剥了壳的水煮蛋一样干净，是十八岁少年初长成的、略微与众不同的身体。他的上半身，与去年夏天穿短袖时相比真的结实不少，肩膀还是那么宽阔，锁骨清晰，手臂修长匀称，练出了一层薄肌，胸肋处不再是皮包骨般消瘦，腰身很窄，腹肌真的有了一点点轮廓，此时，他的胸膛正因呼吸而小小地起伏着。

赵醒归的上半身少年感十足，清瘦却不孱弱，与之相比，他的下半身就有点可怜了。卓蕴看到他的双腿，那是一双肉眼可见就不健康的腿，因为血液循环不畅，腿上皮肤格外苍白，膝盖骨突起，大腿小腿肌肉都有萎缩，尤其是大腿，比普通男性细了一大圈，软塌塌地陷在轮椅坐垫上。

赵醒归摸了摸大腿，凉凉的，他低着头，不敢去看卓蕴的表情，开始准备下水。卓蕴看到他抓住膝盖，把两只脚放到地上，脚尖离开轮椅踏板后，就无力地垂了下来。赵醒归弯下腰用手撑地，让自己慢慢地蹲下，蹲稳后，他用手抓住脚背，用手的力量让脚掌抬起，双手交替，用一种古怪的、蹲着走路的姿势挪向池边。

也就半米远，他依旧"走"得艰难，有时会失去平衡，需要手掌撑地稳一稳。终于，他来到卓蕴面前，屁股坐在池边，用手抓着两条绵软软的腿放进池子里。

"水烫吗？"他的小腿已经浸在水里，还是问出这样一句话来，又用手去试了下水温，"啊，挺烫的。"

卓蕴站在他面前，向他张开双臂："要不要我抱你下来？"

"你抱不动我的，你别看我瘦，我骨架子大，其实很重。"赵醒归笑了，"让我撑一下吧，我先蹲到这个坐的地方。"

他把左臂架在卓蕴肩上，两人一起弯腰，赵醒归又用右手撑着石头座椅，慢慢地在水中蹲了下来。等到屁股落在椅面上，他终于松了口气，把两条东倒西歪的腿放到池底，双手撑着椅面调整坐姿，总算是在池子里坐好了。

"呼……"他吁出一口气，"比我想象得要麻烦点。"

卓蕴挨着他坐下，问："那一会儿你怎么上去？"

"上去，就需要苗叔来帮忙了。"赵醒归回头看看池子的高度，"我自己撑不上去，高了点，你也抱不动我。"

卓蕴应下："行，等下我帮你去叫苗叔。"

这句话说完后，两人都诡异地沉默下来。赵醒归用上半身感受了一下水温，有点烫，他没法像卓蕴那样觉得热就站起身休息一下，可能泡个十分钟就得上岸，要不然容易缺氧。他转头看了眼卓蕴，她泡很久了，脸红得……就像小学时写的作文，像一个红苹果。他们的身体没有触碰，胳膊间还离着十厘米远，赵醒归低头看看双脚，因为水有浮力，他的脚虚踩在池底，膝盖会随着水波微微地摇晃一下。

他想向卓蕴靠近一些，偷偷地撑了下椅面，一下子就被她发现了。

"你别乱动，小心摔水里去。"卓蕴眨了眨眼睛，说完后就往赵醒归这边挪近了些，左胳膊蹭到了他的右胳膊。

赵醒归心脏怦怦乱跳，听到卓蕴问："水会不会烫？"

赵醒归："还好，你觉得烫吗？"

卓蕴："我泡好久了，习惯了。"

赵醒归："哦。"

卓蕴："你坐得舒服吗？"

赵醒归："还行。"

卓蕴："下雪，你背会不会疼？"

赵醒归："不是很疼，可以忍，比阴雨天好一点。"

两人就跟没话找话一样，很少有这样生疏的时刻，卓蕴能感觉到自己紊乱的心跳，还能感觉到水中赵醒归细滑的上臂皮肤……雪花片片飘下，落在他们头顶，落在水面，眼前的景象都因下雪而变得纷乱，气氛太过暧昧，卓蕴都有点后悔要求赵醒归和她一起泡温泉了。

赵醒归伸长手臂，从池边的水果盘里拣了颗草莓吃进嘴里，细细地咀嚼着，卓蕴问:"你今天,右腿有没有发麻过?"

"有。"赵醒归把草莓咽下,"有过几次,我都怀疑是不是静电,感觉真的很奇怪,说不上来。"

见卓蕴不说话,赵醒归问:"我腿……是不是很难看?"

卓蕴说:"没有,不难看,你腿好长。"

赵醒归又问:"你害怕吗?"

卓蕴摇摇头,赵醒归苦笑了一下。

"赵小归。"卓蕴看着他藏在水底下的那双腿,鼓起勇气问,"你是从哪儿开始……感觉不到?"

赵醒归没回答,几秒钟后,他背脊离开池壁,拉过卓蕴的左手,带着她摸到自己的后腰处,问:"摸到伤疤了吗?"

他没有将背脊对着她,卓蕴就只能用手指去感受,他的后腰脊骨处有几处凹凸不平的地方,是垂直的,不那么短,应该有十来厘米长。

卓蕴说:"摸到了。"

赵醒归松开手,让她自己去触碰:"你从上往下,一点点移下来,我告诉你。"

卓蕴摸到伤疤的最上方,赵醒归说:"有的。"

卓蕴的指腹往下挪,挪到伤疤一半时,赵醒归还是说:"有。"

当卓蕴又往下移了两三厘米后,赵醒归闭上眼睛,像是很用心地在感受,最后,他睁开眼:"停,就是这儿。"

就是这儿?卓蕴的手指停住了,指腹按了按他的脊骨,赵醒归一点反应都没有,她又用指甲掐了一下,他还是没反应。卓蕴往上挪了一点点,又掐他,他"嗳"了一声,气呼呼地问:"你掐我干吗?"

所以,就是这儿了,大概是在肚脐眼下面一点的位置,还没到泳裤的裤腰处,有一条肉眼看不见的、残忍的分界线。卓蕴把手收回来,赵醒归将背脊重新靠在池壁上,微笑着问:"为什么要知道这个?"

"不为什么。"卓蕴看着他的眼睛,"就是想更多地了解你。"

赵醒归说:"其实也没什么,都有点习惯了。我有时候做梦还会梦到我在走路,不过那个感觉很虚无缥缈,就是脚踩着地也感觉不到,跟太空漫步似的,只梦到自己在走。醒过来,立刻被打回现实。"

他耸耸肩,摸着自己的腿:"也就两年,腿就细成这样了,我其实算锻炼得很勤快的那种人,就还是没办法,毕竟每天绝大多数时间不是坐着就是躺着,阻挡不了肌肉萎缩。再过几年，我的腿可能会更细、更丑，我看那些伤友，每个都一样，没人能幸免。"

卓蕴噘起嘴来，赵醒归见她深深地垂着头，着急地说："你别哭啊，卓老师，我真没事，咱俩认识都半年了，你又不是第一天知道这个情况。"

"没哭。"卓蕴抬起头来，眼尾还是有点红。

赵醒归捏捏她头顶扎着的小丸子："那你笑一个，我看看。"

卓蕴抿着唇笑起来，赵醒归又去戳她的小梨涡，她没放在心上，觉得他就像个孩子一样。

雪越下越大，纷纷扬扬地沾在他们的头发上、睫毛上，又迅速被温泉滚烫的水汽融化。明天早上，梧城又会变成一个银装素裹的美丽世界。

卓蕴看着赵醒归，他的头发也湿了一点，乌黑的碎发沾着水雾，变得一簇一簇的，他微笑的眼睛那么黑、那么亮，卓蕴忍不住抬起右手，说："别动。"

赵醒归："嗯？"

他听话地一动不动，任由卓蕴的手指触到他的眉眼，她用食指描摹着他漂亮的眼型，又去撩他的长睫毛，说："赵小归，等我找到画室练习一阵子，你能给我做模特吗？"

"当然可以，那个……"赵醒归认真地问，"要脱衣服吗？"

卓蕴在他胳膊上拧了一把，赵醒归低低地笑，卓蕴绷了一会儿，也忍不住笑了出来。笑着笑着，突然，赵醒归向卓蕴倾身，偏头，在她右嘴角的梨涡上印下了一个浅浅的吻。

卓蕴呆若木鸡，赵醒归重新坐直上身，得意地笑："卓老师，节日快乐。"

卓蕴气都气不起来，捂着脸别开头去，拿了颗草莓丢向他，赵醒归反应特别快，单手接住草莓，帅气地一抛后直接用嘴接住。

二楼窗帘后面，赵相宜和郝靓嗷嗷尖叫，赵相宜简直要蹦起来了，郝靓去捂她眼睛："你不能看！少儿不宜！"

赵相宜大叫："我已经看到啦！哈哈哈哈！我哥好棒！"

可怜小姑娘并不知道，那只是一个错位的吻。

一楼落地窗后，卓蘅神情木然地转了个身，与尴尬的苗叔面面相觑。卓蘅指指外面，凉飕飕地说："叔叔，下雪了，他们再泡下去不太好吧？"

苗叔："哦哦，我去叫他们回来。"

他出了屋，冲池子里那对儿年轻人喊："小归，小卓老师！雪下大啦，你俩别泡了吧?"

赵醒归愉快地回答:"是泡得差不多了,苗叔,你来帮我一下,我自己爬不出来。"

卓蕴难为情极了,背对着苗叔,怎么都不敢转身。

很多年后,当卓蕴回想起这个情人节,相关的记忆是一场夜聊,一把折扇,一颗草莓,一场大雪,一池滚烫的温泉水,还有……少年落在她脸颊上的、青涩又浪漫的一个吻。

(3)

次日清晨,卓蕴和卓蘅在赵美芳家吃过早饭,准备告辞回家。

赵美芳往卓蘅车里塞了好多年货,姐弟俩拦都拦不住,赵美芳指着几盒年货说:"这些是小归带过来的,太多了,我们也吃不完,你们带回家去给爸妈尝尝。"

郝煜、郝靓和赵相宜还在别墅睡懒觉,只有苗叔和赵醒归在院子里陪赵美芳送人。卓蘅无奈地盖上后备厢,他送来的礼物还没拿走的多,外加俩红包,这一趟出门,他居然赚了。

卓蘅回过头,就看见卓蕴在和赵醒归说话,女孩蹲在男孩面前,两人声音都很小,像是不想让别人听见。

再是不舍,卓蕴也得回去了,她站起身,对赵醒归说:"回钱塘了记得去看病,别拖,知道吗?"

赵醒归应下:"知道。"

卓蕴说:"等开学了,我再去看你。"

赵醒归点头:"嗯。"

卓蕴向他挥挥手:"赵小归,明年见。"

赵醒归说:"明年见,记得我和你说过的话,你要是在家待得不开心,就来找我,我不会再让别人欺负你。"

卓蕴重重点头:"我知道,我真走啦。"

卓蘅已经等很久了,卓蕴坐上副驾驶座,两人一起看向窗外,赵醒归坐在轮椅上,和赵美芳、苗叔一起,向他们挥了挥手。卓蘅启动车子,卓蕴就一直望着赵醒归,直到车子离开院门,越开越远,再也看不见赵醒归的身影,她才回过头去,做了个深呼吸，窗外，雪后的街景在快速倒退。

这一趟三天两夜的梧城行，就这样结束了。

两小时后，卓蘅把车开到服务区，卓蕴去上了个卫生间，出来时发现卓蘅在奶茶店门口站着。

"你喝吗？"卓蘅正要扫码付钱，问了卓蕴一句。

卓蕴走过去，看过图片上的奶茶品种后，点点最贵的一款："这个，大杯，热饮。"

卓蘅看着她："你真喜欢喝这个？不会就是想敲我竹杠吧？"

"呵呵。"卓蕴冷哼，"一杯二十八块钱的奶茶，我敲你竹杠？不想请拉倒！"

卓蘅扫码付钱："没说不想请，八十二我也请，关键是你得喜欢喝。"

奶茶很快做好了，姐弟俩一人拿一杯，躲到服务区大厅去吹空调。自从放寒假，卓蕴和卓蘅回到家，十几天的时间，他俩每天抬头不见低头见，说的话却还没这两天来得多。卓蕴喝着奶茶，问弟弟："十三，姓石的说爸的公司欠下银行很多钱，已经卖了两套房子抵债了，你知道这事吗？"

卓蘅说："具体情况我不清楚，只知道爸最近的确碰到了麻烦，这几个月在到处借钱。"

"谁会借给他？"卓蕴嗤笑，"借给他去还债，他拿什么还人家？"

卓蘅看了她一眼："我说了你别生气，姐，你和石靖承的婚事，爸不会轻易松口的。"

卓蕴的确不想听到石靖承的名字，但她更震惊的是那声"姐"，卓蘅要么在与她呛对时，会阴阳怪气地蹦出一个"姐姐"，要么在有求于她时会喊她一声"姐"，平常说话，他叫她"姐"实属稀奇，卓蕴都听愣了。

见卓蘅神色越来越不自然，卓蕴恢复如常，不屑地说："我需要他松口吗？我二十多岁的人了，身份证一拿我爱上哪上哪去，他管得着吗？"

卓蘅说："你又没毕业，他不给你交学费，不给你生活费，你怎么办？"

卓蕴不想告诉弟弟自己要休学，更不会说她还有个小金库，那是她从高三开始攒的钱，算不上省吃俭用，但在富家千金里，她算是开销少的了。卓蕴说："我有的是办法，没了他我也饿不死。"

卓蘅问："去投靠赵醒归？"

卓蕴对卓蘅笑笑："也不是不行，赵醒归昨天晚上还和我说，爸要是敢动我一根手指头，就让我去找他，他会帮我。"

卓蘅的情绪一直控制得很平稳，问："你真的喜欢他吗？"

卓蕴没有回答这个问题，只顾低头喝奶茶，很久后，说："十三，商量件事儿。"

卓蘅："什么？"

卓蕴说："这次在梧城，你见到赵醒归和他家人的事，我希望你能烂在肚子里，不要告诉爸。"

"为什么？"卓蘅皱眉，"你怕爸知道他坐轮椅，会反对？"

"你动动脑子好伐？"卓蕴点点自己的太阳穴，"我怕卓明毅先生知道赵醒归的身家背景，会把我连夜打包送给他！"

卓蘅愣住了，卓蕴把喝空了的奶茶杯丢进垃圾桶："休息够了，走吧，谢谢你请我喝奶茶，后半程我来开车吧。"

两人来到车边，卓蕴看到卓蘅那辆拉风的车，笑道："十三，我劝你趁早为自己考虑一下，搞不好过些天，你这辆总裁就要被拿去抵债了。"

卓蘅沉默，卓蕴转去驾驶座："又搞不好哪天，卓明毅先生会变成老赖，咱俩连飞机高铁都没法坐。"

卓蘅把车钥匙丢给她，两人坐上车，卓蕴转头看向卓蘅："十三，我跟你透个底，我还是希望妈能离婚，咱俩成年了，也不用判跟谁过，以后爸归你，妈归我，多清爽，你觉得如何？"

卓蘅脸色很差："你别开这种玩笑。"

"我没和你开玩笑。"卓蕴启动车子，语气非常冷淡，"如果妈还是执迷不悟，不肯离婚，那我就一个人走。往后，你们三个就是吉祥如意的一家，你呢，也别指望用妈来拖着我，我受够了。"

卓蘅看着卓蕴冰霜般的侧脸，终于意识到，她说的是真心话。

卓蕴把车开到家时已过正午，卓明毅不在家，边琳听说两个孩子没吃午饭，立刻下厨做了几道菜，坐在桌边看他们吃饭。卓蕴一边吃，一边看着妈妈，边琳这些年一直留短发，快过年了，她去美发店把头发烫了一下，却没染，头顶冒着几根白发，短卷发配上一张晦暗愁苦的面容，眼睛无神，法令纹深重，显得格外老相。

卓蕴想起赵美芳和范玉华，还有丁虹老师，甚至还有于娟和邵阿姨，她们都是四五十岁的年纪，有人长得好看，有人相貌一般，但个个都比边琳来得有精神。边琳用的护肤品一点也不差，日常也不用为生计发愁，但就是衰老得特别明显，可见精神折磨的威力有多大。

吃过饭，卓蘅自觉回房间，卓蕴把边琳叫进自己的卧室，母女俩终于有时间可以好好地聊一聊。卓蕴详细地给边琳讲述了她在梧城与石靖承之间发生的事，对于妈妈，她没有隐瞒，最后说到了赵醒归。

想到赵醒归，卓蕴的心就变得非常柔软，对边琳说，是那个男孩和他的家人救了她，虽然没有办法指控石靖承犯罪，至少，他当众向她道歉了。她把石靖承手写的道歉信拿给边琳看，边琳看完后，眼泪就掉了下来。

卓蕴静静地看着边琳，外公外婆去世后，她几乎没见过妈妈展颜而笑，她总是动不动就掉眼泪。小时候的卓蕴会安慰妈妈，还会陪她一起哭，长大后她变得越来越麻木，看到妈妈哭，心里只会吐槽，眼泪能解决什么问题？日复一日地待在卓明毅身边，只会被他贬损得更加卑微。

"小蕴，这可怎么办啊？"边琳边哭边说，"过些天，你爸爸还和老石约好了去谈订婚的事，怎么办？你爸爸现在把石家当做一棵救命稻草，昨天还打电话给人赔不是，是妈妈没用，妈妈想不出办法，你说怎么办才好……呜呜呜……"

卓蕴扶额："妈，你别哭了，不管爸怎么折腾，反正我不可能嫁给石靖承。他去和石家见面，我也不会去，他有本事就把我绑过去，我不会给他们好脸色看，事情只会闹得更僵。"

边琳眼泪汪汪地看向她，卓蕴抽了几张纸巾给妈妈，说："妈，先别说这个，我想和你商量一件事。"

边琳擦着眼泪，问："什么事？"

卓蕴说："我想休学了，然后出国，去读设计。"

边琳大吃一惊："啊？"

半小时后，卓蕴终于把她的计划全部说完，她查过A大的本科休学手续，必须要父母同意、理由充分，才能保留学籍，边琳是她唯一的希望。

边琳还是接受不了："你好不容易才考上A大，这么好的大学，你都念了两年半了，这时候休学，那你前面的努力不都白费了吗？你就不能等毕业了再出去吗？也就一年半了。"

卓蕴说："我也想毕业了无缝衔接出去，但是明年秋季入学的申请，今年年底、最晚明年一月初就要提交，我语言都没过，作品集一件都没有，如果我又要上课，又要重练画画，精力不够的，很可能会申请不上。我荒废太久了，妈，我现在必须全心全意去做一件事，之所以选择休学，也是想留条退路，如果明年我没拿到录取通知书，还可以回学校复学。但你要是不答应帮我去学校办手续，那我就只能自动旷课，等着让学校开除我了，那样一来，就连退路都没有了。"

边琳恍恍惚惚地坐在床沿上，觉得女儿好疯狂啊，一个二十一岁的985高校大三学生，居然要休学，甚至不惜退学！她想，这值得吗？

"重新去读本科……又是四年，那你毕业得几岁啊？"边琳说，"你是女孩子，以后还得结婚生孩子，年纪大了工作也不好找，生孩子……"

卓蕴听不了这样的话："妈！你是被爸洗脑了吗？我是女孩怎么了？我不能选择自己想走的路吗？难道我的人生只有结婚生孩子这一条路？我才二十一！我想换一种活法，从现在开始，一点都不晚！"

她坐到边琳身边，将妈妈拥进怀里："妈，不仅仅是我，还有你。我觉得你从现在开始换一种活法，也不晚。真的妈妈，你勇敢一点，我会支持你，你难道不想离开他吗？"

边琳又开始哭了："我已经老了……"

卓蕴拍着妈妈的背："你一点都不老，你还没满四十七呢。"

边琳不停地摇头："你爸不会放过我的。"

卓蕴说："那你就去法院起诉离婚。"

边琳："用什么理由啊？他也没打我呀。"

卓蕴："他出轨还不够吗？"

边琳嘤嘤地哭："我没证据啊。"

卓蕴头疼极了，边琳哭了好一阵子才停下，抽抽噎噎地问："你说的那个美国进修班，要多少学费？"

卓蕴说："学费……大头我有，还缺六万，妈，你能先借我吗？我给你写借条。"

边琳摆摆手："你是我女儿，什么借不借的，钱，我有一些，我会给你。"

卓蕴瞪大眼睛，惊喜地问："妈，你答应啦？"

边琳红肿着眼睛看向女儿，又摸摸她的脸："小蕴，妈老了，你还年轻，你想换个活法，想离开你爸，妈都明白，你去吧，就是……千万别让你爸知道，他一定不会同意的。"

卓蕴一把抱住边琳："唔唔唔！我知道，谢谢妈！"

松开怀抱后，边琳抬眼看女儿，数次欲言又止，卓蕴奇怪地问："妈，怎么了？"

边琳犹豫了好一会儿，还是说了出来："有件事，我一直瞒着你，你爸爸和小蔺都不知道，只有我一个人知道。我本来想等你大学毕业再告诉你，现在，既然你有别的打算,我还是和你说了吧。"

妈妈的语气很郑重,令卓蕴有点慌:"什么事啊?"

边琳说:"其实,你外公外婆在世的时候,给你留了一套房子。"

卓蕴:"什么?!"

边琳"嘘"了一声,小心地看了一眼房门,才低声说下去:"你外公去世前,去公证处做过遗产公证,给你留了一套房,房产证和公证书被我藏起来了。那会儿你还小,没成年,我怕把房子过户给你的话,会被你爸惦记上,所以一直没办过户。我本来是想等你大学毕业再过户给你,一直不说,就是怕你爸和小蘅知道,我担心小蘅会生气,因为他没有。你外公外婆留下的那些房子,别的都卖了,还有些钱,也被你爸拿去了,分也分不出来。只有那套房子,是留给你一个人的。"

卓蕴嘴巴都张大了,居然会有这种事?她疑惑地问:"外公外婆……为什么要把房子给我啊?"

边琳吸吸鼻子,说:"可能那时候,他们已经看出了你爸的真面目,但他们年纪大了,你和小蘅又还小,他们怕做绝了你爸会狗急跳墙。老一辈思想比较传统,不像你会劝我离婚,你外公外婆还是希望我和你爸能好好过日子,所以,就想了这个办法,给你留下一套房,万一我们被你爸赶出家门,也好有个落脚处。你应该记得,你外公外婆向来更疼你,胜过疼小蘅。"

卓蕴听蒙了,天啊,她居然是个有房子的人!

她好奇地问:"妈,那房子在哪儿啊?"

边琳说:"在嘉城和钱塘相邻的观县,离钱塘四五十公里吧,那会儿房子还不贵,你外公买的是……一套三层楼的合院。"

一直到晚上,卓蕴才见到喝得醉醺醺的卓明毅。他不知从哪里鬼混回来,大着舌头手指卓蕴:"你,嗝,给老子过来!"

卓蕴抱着手臂走到他面前,面无表情地看着卓明毅。卓蘅听到动静也从房里出来,和边琳站在一起,看情况不对,叫了一声:"爸,你回来了?"

卓明毅完全不理他们,只满面怒容地瞪着卓蕴,就在另三人以为他要开口骂人时,他扬起右臂,狠狠地扇了卓蕴一个耳光——啪!

卓蕴被打得往边上摔去,"咚"地撞在餐桌上,边琳"嗷"一嗓子哭出来,卓明毅跨前一步还要再打,卓蘅冲上去抱住他爸:"爸!你干吗!你喝多了!"

"我没喝多,我就是……对你太好了,你就以为,嗝!自己真是什么了不起的大人物了，对吧？啊？！"卓明毅想要挣脱卓蘅，喝醉了的人力气很大，卓蘅几乎要抱不住他。

卓明毅指着卓蕴破口大骂："你就是老子养的一条狗！老子养条狗，给它喂骨头它还懂得对老子甩尾巴！你呢？你是怎么对我的？老子供你吃、供你穿、供你上学，把你养这么大！要不是老子的种好，你能长这样吗？啊？仗着自己有几分姿色，石靖承这么好的对象你都嫌弃？你有什么资格嫌弃？啊？还报警！你也不嫌丢人啊？现在好了，靖承被人笑话，你满意了？为了你这破事儿老子这几天就差去给老石跪下磕头了！你个赔钱货！"

后面，就是一串污言秽语。

在卓明毅的怒骂声和边琳的嚎哭声中，卓蕴已经站直了身体，左脸颊火辣辣的，肿了起来。耳边还有嗡鸣声，可见那个巴掌，卓明毅用了非常大的劲。她看着她那眼睛猩红、面目扭曲、依旧在骂骂咧咧的父亲。卓蘅还抱着他，冲她喊："回房！锁门！别出来！"

边琳抹着眼泪，也大着胆子去拉卓明毅，被他一把推开："你滚一边去！这儿没你说话的份！这个家是老子当家！你们吃老子的，喝老子的！却一个个都要气死我！尤其是你！"他摇晃着身体又指向卓蕴，"你给老子，去对石靖承道歉，必须道歉！要不然，要不然……嗝！"

他突然不记得自己要说什么了，推搡了边琳一把："你去给我倒杯热茶，再煮碗面！老子饿了！"

边琳吓得浑身发抖，立刻进了厨房，卓蕴依旧站着不动，卓蘅快要力竭，几乎是求着她："姐！你快回房吧！我真没力气了！"

卓明毅还在用力挣扎，卓蕴转过头，默默地回了房间，锁上了房门。

后来，外面发生了什么，卓蕴也没去管，卓明毅砸过她的门，隔着门板又把她骂了一顿，再后来他吃饱了，客厅里再也没有动静，卓蕴关上所有的灯，抱着膝盖坐在床上，睁着眼睛在黑暗中发呆。

这就是卓蘅千辛万苦要把她带回来的家；这就是卓蘅说的，不能逃避、要回家才能解决的问题；这就是卓蘅说的，要她与之面谈的，父亲。

手机响起了视频邀请的提示音，这个时间还想和她视频的，也只有赵醒归。卓蕴接通视频，没开灯，屏幕上出现了赵醒归帅气的脸庞，他在房间里，奇怪地皱了皱眉，叫她："卓老师？"

卓蕴没回答，就盯着他看。视频右上角是一个暗色小框，赵醒归应该只能看见她被手机亮光映出来的、模糊的脸。他不知道是自己的手机出了问题还是卓蕴那边有问题，又叫了一声："卓老师？你那边怎么这么黑？"

卓蕴说："我在呢。"

"你没开灯吗？"赵醒归困惑地问，"我看不清你，还是你已经睡了？"

卓蕴说："停电了。"

赵醒归："停电了？"

卓蕴："嗯，就这么聊吧，我能看见你。"

赵醒归："哦，好吧。"

卓蕴在床上侧躺下来，把肿起来的左脸颊藏在枕头上，赵醒归能看见她那双黑白分明的大眼睛，有点不安，问："你没事吧？"

卓蕴说："我没事。"

赵醒归："你爸爸骂你了吗？"

"骂了。"卓蕴说，"但我一点也不怕，我和他吵架可有经验了。"

赵醒归笑了一下："我有体会，你和我吵架就很厉害，我都吵不过你。"

卓蕴撇撇嘴："我什么时候和你吵过架了？"

赵醒归说："就十二月吗，你不要我的那天，特别绝情。"

卓蕴晕了："什么呀，辞职就辞职，什么叫不要你了？你别混淆概念。"

她的声音一直都很软，很低，不太有精神的样子，赵醒归第二次问："卓老师，你真的没事吗？"

"没事。"卓蕴用手指去摸视频上赵醒归的脸庞，只触到一片冰凉，说，"赵小归，你给我唱个歌吧。"

赵醒归惊了："啊？唱歌？"

卓蕴："嗯，唱什么都行，我突然想听你唱歌。"

"这个……"赵醒归为难，"那我就唱了，你别笑我啊。"

卓蕴："我为什么要笑你？"

等赵醒归唱起来后卓蕴就明白了，他唱了三四句她才听出那是什么歌，几乎每个音都不在调上，跑调跑去了爪哇国。但他唱得很有自信，投入的表情完全不输偶像歌手：

"我曾经毁了我的一切，只想永远地离开，

我曾经堕入无边黑暗，想挣扎无法自拔，

我曾经像你像他像那野草野花，

绝望着，也渴望着，

也哭也笑平凡着……"

看来，赵醒归同学的技能黑洞除了画画，还有唱歌。听着他五音不全的歌声，卓蕴再也忍不住，在床上笑得浑身发抖，眼泪都笑出来了。随着那些掉落在枕头上的泪水，一同离去的，还有她的难过。

黑暗中，卓蕴跟着赵醒归轻声地哼着歌，一边哭，一边笑，想想自己，再想想赵醒归，就觉得没什么坎儿是过不去的。

赵醒归唱完了，问："我是不是唱得很难听？"

"是啊。"卓蕴一点都不客气，"你怎么唱歌会跑调的？"

赵醒归十分沮丧："我从小就跑调，我妈还让我去学过钢琴，真的不行，老师弹的音我都听不出来，我妈后来就放弃了。"

卓蕴笑得停不下来："那画画呢？是不是也很烂？"

赵醒归更难为情了："很烂啊，我从小就烦上音乐课和美术课，最喜欢上体育课，文艺和绘画方面，我真的一点天赋都没有，大概都遗传给小宜了。"

"咱俩互补，我体育不行。"卓蕴说，"我超级懒，最烦跑步。"

赵醒归说："我看你网球打得很好啊。"

卓蕴说："也就这一项技能了，可以用来骗骗人，你看，这不是把你给糊弄住了吗。"

赵醒归停顿了一下，说："卓老师，我想过去跑轮椅马拉松。"

卓蕴吃了一惊："啥？轮椅马拉松？"

"嗯。"赵醒归在视频里微笑，"要等我读大学以后，现在没时间，你要不要和我一起？"

卓蕴想想就觉得累："算了，这个我真不行。"

"不是'全马'，'半马'不行的话，十公里也可以。"赵醒归说，"你要是不愿意跑，就在终点等我，我想跑一次试试，应该会很酸爽。"

小少年似乎对这个世界充满好奇，很乐于探索，卓蕴说："我就去给你加油吧，唔……除了马拉松，你还有别的想尝试的事儿吗？"

赵醒归转转眼珠子，似乎在思考，最后说："你不要对我有误解，以为我瘫痪了，就会想尝试很多东西去证明自己，我没有这样的想法。我想尝试马拉松，只因为我想跑，什么跳伞、蹦极、冲浪、潜水……我暂时没有想法，哦，倒是有点想去滑雪。"

卓蕴："滑雪？"

"对，我还没滑过雪。"赵醒归说，"你感兴趣吗？以后有机会，我们一起去滑雪，你愿意吗？"

卓蕴不解地问："你可以滑雪吗？怎么滑呀？"

赵醒归笑："在雪板上装个定制的座椅，坐着滑呗。"

卓蕴记起初识时，赵醒归说过的话，他说，他的生活可以自理，他还可以做很多事情，果然，他从来不说大话。

卓蕴答应下来："好，有机会我陪你一起去滑雪，我也没滑过雪，一点都不会。"

赵醒归笑得愉悦："那一言为定，到时候我们就一起学。"

他们又聊了会天，聊着聊着，时间悄无声息地过去了，直到手机电量告急，两人才依依不舍地断线。

第二天早上，卓明毅酒醒，见卓蕴冷眉冷眼地出来上厕所，又看到她依旧肿着的左脸颊，轻飘飘地说："爸爸昨天喝多了，也是心里太着急，大过年的，你别哭丧个脸，多晦气！财运都被你给弄走了，你听话，爸爸给你买件皮大衣，好不好？"

卓蕴连个白眼都懒得给他，上完厕所就目不斜视地回到房间，反锁上门，听到卓明毅在客厅骂骂咧咧，把桌子拍得巨响，好像受委屈的人是他才对。

这个春节，卓蕴过得很没滋味。家门外贴着春联和福字，小区里也时常能听到鞭炮声，在她家里却丝毫没有新春的喜气，整日都死气沉沉。大年三十的晚上，一家四口吃着年夜饭，卓明毅喝了点酒，又开始数落卓蕴，要她知道做女人的本分，说她最好的出路就是嫁给石靖承……卓蕴不想听，起身要回房间，被卓明毅叫住。

他沉声道："年初三，去你石叔叔家吃饭，听到了吗？"

卓蕴回头："我不会去的，有本事你打死我好了。"

卓明毅大怒，正要拍案而起，边琳大叫一声："够了！"

她忍住恐惧，看着丈夫："你要谈什么就自己去谈，小蕴去了能做什么？万一吵起来不是更难堪？女儿都说了不想嫁给石靖承，你干吗非要她嫁？她又不是嫁不出去！前几天她和靖承闹成这样，石家能善罢甘休？他们又不傻！这种强扭的瓜有什么意思？就你一个人还在蹦跶，这婚，赶紧退了吧！"

"你懂什么？"卓明毅瞪着边琳，"石家都没提退婚，我为什么要提？你又不是不知道公司现在的情况，五月份，我和石家的合同就到期了，他们到现在都没答应续约！这合同要是黄了，我们全家都要去喝西北风！你还能有好日子过吗？我蹦跶？我还不是为了咱们这个家！"

边琳摇摇头："好日子？我哪天过的是好日子？如果这种日子就叫好日子，那我不过也罢。"

说完，她一推碗筷，起身回了房间。卓蕴冷冷地看了父亲一眼，也走了。卓明毅愣了一会儿，闷掉一口酒，看向卓蘅。卓蘅不敢走，知道这时候他要是离开，卓明毅绝对会掀了桌子。

卓明毅叹了口气，拍着卓蘅的背说："小蘅啊，你看到了，爸爸为这个家操了那么多心，换来的就是这个，呵呵呵呵……爸爸和你说，爸爸现在做的一切努力，都是为了你。爸爸早就看明白了，你妈呢，是个什么都不懂的蠢货，你姐姐呢，就是个白眼狼，咱家只有你才最懂爸爸。以后啊，家里所有的东西都是你的，你听话，好好上学，爸爸以后教你怎么做生意。"

卓蘅如坐针毡，轻轻点头："好。"

第十二章

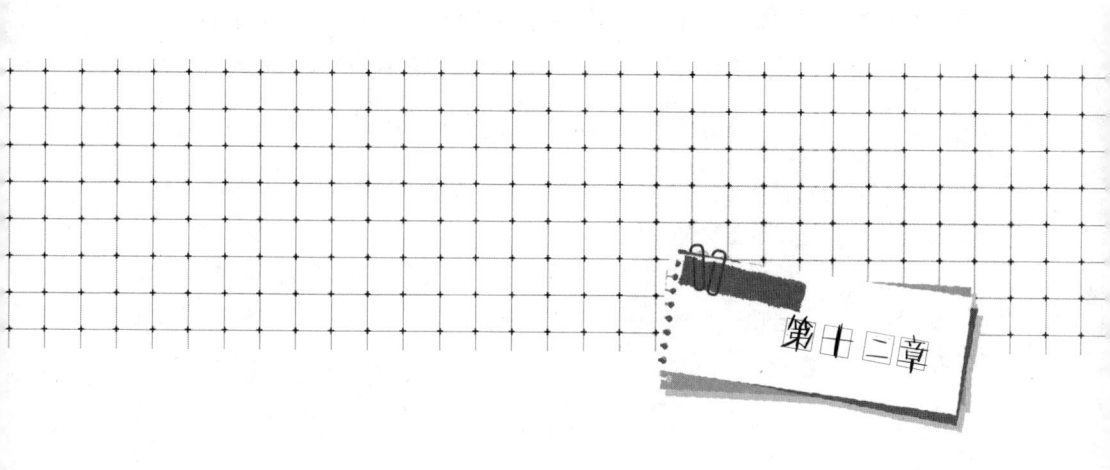

你能抱抱我吗

(1)

此时的赵美芳家是另一番景象，赵伟伦和范玉华来了，家里其乐融融，气氛非常温馨。赵醒归却是兴致不高，这几天他总会遭遇亲人们揶揄的目光，好多人拿他和卓蕴打趣，始作俑者是他自己。他都没想到，那个温泉池里的亲吻，居然被那么多人看见了。

房间里，面对爸爸的询问，赵醒归低着头，没承认也没否认，只说："我知道明年要高考，我又不会耽误功课。"

赵伟伦说："小归，爸爸知道你很自律，可是感情的事没有那么简单，你还记不记得之前小卓老师辞职后，你的情绪变化？你敢说那几天你上学一点儿也没受影响吗？"

赵醒归说不出来，那几天他真的很难过，有一种被抛弃的感觉，每天都不知道在干吗。

赵伟伦语重心长地说："谈恋爱总的来说是一件正向的事，会让你身心愉悦，对未来充满希望。但是，恋爱不可能一直甜甜蜜蜜，两个性格喜好、家庭背景、成长经历不同的人，相处久了肯定会产生矛盾，甚至吵架。我和你妈妈结婚二十年了，有时候也会争几句，和自己在乎的人吵架会很影响情绪，而你现在还在上学，被恋爱干扰，或多或少会影响成绩。这就是为什么，老师和家长都不鼓励中学生早恋，因为你们年纪还小，容易冲动，你上回大晚上的偷偷溜出门，不就是这么回事么？"

赵醒归嘴角挂下来了："爸，我没和卓老师谈恋爱。"

赵伟伦："那你怎么还亲她呢？那不是耍流氓吗？"

赵醒归垂着眼："我在追她，男生追女生不该主动点吗？我觉得卓老师是喜欢我的，我亲她，她也没生气啊。"

赵伟伦内心想给儿子鼓个掌，面上还得摆出父亲的态度来："小归，爸爸不是要反对这件事，不是要让你和小卓老师绝交。爸爸的意思是，你应该把这些心思放在高考后，像亲吻这种事，要两个人确定关系才能有，不可以那么随便。女孩面子薄，她就算生气也不好意思发作出来，你是男孩，要把握好这个分寸，明白吗？"

赵醒归点点头，抬头看向父亲："爸，我是认真的，没有随便，我会和卓老师谈恋爱，我还想和她结婚。"

赵伟伦想了一会儿，小心地问："小归，爸爸可以问你一个隐私问题吗？"

赵醒归："什么？"

赵伟伦问："你受伤到现在快两年了，那方面，生理上的，你能……懂吗？"

赵醒归与父亲对视片刻，又垂下了眼睛："是不是，如果这方面不行，就不可以结婚？我那儿没感觉的，我也不知道行不行，没试过。爸，这个真的很重要吗？"

赵伟伦说："非常重要。"

赵醒归很是无力："我……可我真的很喜欢她，我也想把最好的一切都给她，那我要是真的不行，怎么办？我就没资格和她在一起了吗？"

赵伟伦回答不了这个问题，赵醒归深深地埋着头，双手揪着大腿裤管，都有了想哭的冲动："爸，我是不是这辈子都不能结婚了？"

赵伟伦伸手搭上儿子的肩："这样吧，到时候我们去问问医生，看看有没有什么办法，你呢……有时候，也可以自己试试，找找感觉，看看症状，见到医生也好描述，明白吗？"

父子间的谈话进行得越来越尴尬，既然说到看医生的事，赵醒归有意转移话题，就把自己这半个月来右腿发麻的事说给父亲听，赵伟伦特别重视，说回钱塘后就带赵醒归去医院检查。

赵醒归松了口气，总算是把那个难堪的话题岔开了。

大年初三，不管卓明毅怎么威逼利诱，或是低声下气地恳求，卓蕴软硬不吃，就是不同意去石家。最后卓明毅没办法，知道就算把女儿打一顿，硬生生架过去，她估计也会当众撒泼，事情会更难收场，只能带着边琳和卓蘅去了石家。

石靖承这些天过得十分糟心，他和卓蕴在梧城发生的事，不知怎么的，在嘉城居然有不少人知道了。他有个发小从母亲那里听来这事，打电话来问石靖承，石靖承说："就是一场误会，那天我喝多了，做了什么我自己都不太记得了，后来警察也没立案，没什么事，你别听信那些谣言。"

发小说："我就说呢，你根本不是这样的人。"

石靖承笑笑，发小开始为他打抱不平："靖承，要我说，这门婚事就算了吧，卓蕴根本就配不上你，她也就是长得漂亮点，在钱塘私生活什么样，谁不知道啊！你好好和你爸妈说说，她家就是个空壳子，没必要，真的没必要。"

石靖承想，退婚？那不是便宜卓蕴了么？她巴不得他退婚呢。他就是不退，就要看卓明毅急得跟个热锅上的蚂蚁一样，成天觍着个老脸来他们家摇尾乞怜。反正他该吃吃该喝喝，上班下班，也不愁没女人，沈诗钰永远都在等他，只要不把钱借给卓明毅，他又没什么损失，就陪卓蕴玩着呗，看谁能笑到最后。

这次石家的聚会关系到石靖承的订婚宴，搞得很正式，石爷爷石奶奶也到场了，发现卓蕴没来，石家几位长辈都气得不轻，卓明毅连连赔不是，于娟冷笑着问："那还谈吗？准新娘都不来。"

卓明毅抹着额头上的汗："谈，谈，当然要谈！我可以代表小蕴，她没来就是因为知道自己错了，觉得没脸见靖承，她拜托我全权处理婚约的事，一切都好商量，好商量。"

卓蘅转过头看一眼卓明毅，又去看石靖承，对方姿态放松，嘴角还含着轻蔑的笑。卓蘅在桌子底下握紧了拳，强忍住揍人的冲动。边琳拉了拉他的袖子，卓蘅看过去，边琳对他小幅度地摇了摇头，卓蘅的手指才慢慢松开。

卓明毅真的和石家谈论起子女订婚的细节。在嘉城，订婚不比结婚简单，越是大户人家，越在意这些传统风俗。双方先谈彩礼和嫁妆，再说仪式，聊到订婚日期时，卓明毅恨不得清明就办，于娟说清明怎么行？卓明毅又说五一，石靖承说，五一只放三天，卓蕴还在上学，恐怕会很仓促。

最终，订婚宴定在这一年的端午节，那时已是六月下旬，卓蕴应该考完试回家了，可以有充足的时间忙这些事。

于娟笑得花枝乱颤，对卓明毅说："那说好了，就不能变喽。"

卓明毅也是红光满面："不会变不会变，这是大喜事啊！等订完婚，再找个好日子，就让靖承和小蕴去登记，明年小蕴大学毕业，他俩就能摆酒结婚啦！"

宴席结束，卓明毅一家三口准备告辞，他缠着老石说合同的事，老石对他打哈哈："急什么呀老卓，咱们都是准亲家了，我还能不帮衬你吗？别急别急，老合同还没到期呢。"

卓明毅也只能点头哈腰地陪着："呵呵，我这不是急，就觉得续个约的事，不占几分钟时间。"

离开石家，卓明毅的脸色就变了，回去的车上，他从老石骂到于娟，又从于娟骂到石靖承，卓蘅坐在副驾驶座，听父亲骂了半天后，问："爸，你就这么把订婚日子定了？卓蕴到时候要是不出席，和你闹，你怎么办？"

卓明毅从后视镜看了眼后座的边琳，哼了一声，气定神闲地说："放心吧，就一场订婚宴，又不是要她去登记，我有把握让她答应。"

边琳触到了卓明毅的视线，并未与他对视，把头转开了。卓蘅靠在椅背上，悲哀地想，卓蕴真是没说错，他们家四个人，果然是四条心。

回家后，趁卓明毅洗澡的工夫，卓蘅敲门进了卓蕴房间，对她说："通知你一声，订婚宴定在端午，六月二十号。"

卓蕴直接笑场："我知道了，谢啦，十三。"

大年初四，赵醒归回到钱塘紫柳郡的家里，范玉华到家后就给相熟的骨科和神经外科医生打电话，约好两天后带儿子去医院做检查。自从知道赵醒归右腿发麻的事，范玉华就要求他做记录，每次发麻，就在手机备忘录记下时间，最好再估出持续时长。

如此过了一周，赵醒归每天都认真记录，范玉华发现，症状发作得还蛮频繁，夜里睡觉不算，白天少则三次，最多的一天有六次，最长的一次竟持续了十几秒，赵醒归开玩笑说他要被电死了。

因为马上就要去看医生，他没有告诉妈妈，自己还有另一种感觉。那就是，当那触电般的麻木每次发作时，他似乎能感知到右大腿的存在了。那是一种远离他两年的感觉，尽管每次只有几秒钟，尽管只是右腿根部那一小块区域，还是让他感到振奋。

他试过把手按在右腿上，手掌能感知到腿，腿依旧感知不到手，不过没关系，大脑明确地接收到了讯息，麻木就是发生在右腿，不是神经痛，不是痉挛，是一种实实在在的不适感。

赵醒归是个理智的人，受伤后翻阅过无数关于截瘫治疗的论文与文献，心如死灰，从没想过还能再站起来，更没想过能重新跑步或跳跃，他知道那是不可能的。而现在，他心里有了一个小小的愿望，他想成为一个真正的男人，他想让卓蕴幸福，他自己什么感觉不重要，只要能满足她就行了。

他真的非常非常地渴望，能与她结婚。

晚上，赵醒归拿出一台照片打印机，打开手机挑出好多照片，一张张地排队打印。这些照片都是在梧城拍的，赵醒归原本只有一张和卓蕴在篮球场的合影，现在突然有了那么多，心里喜欢极了，印一张看一张，看着看着，他的笑容又隐了下去。因为，每张照片上都能看见他的轮椅。

他只能坐着，卓蕴站在他身边，有时搭着他的肩，有时在他脑袋后面比两个"v"，她笑容灿烂，他也笑得开心。拍的时候，那种快乐发自肺腑，现在看着却叫人难过，赵醒归也很想站在卓蕴身边，揽着她的肩与她合影，那样子，他会帅气很多。

打印完照片，赵醒归拿出百宝箱，把照片都放进去，还有那个装折扇的盒子。百宝箱已经满了，盖子都不太盖得上，赵醒归挠挠头发，寻思着得换一个更大的箱子才行。

弄完这些，他去卫生间给浴缸放热水，准备洗澡。赵醒归很久没泡澡了，将身体浸入水中后,他靠在浴缸壁上发了会呆,看着浴缸里那两条瘦弱绵软的腿,无力的双脚随着水波一荡一荡,他掬水抹了把脸,想起后天就要去看医生,接着又想起爸爸说的话。爸爸说,让他找机会自己试试,找找感觉,看看症状,可以对医生描述一下。

许是水温太烫,赵醒归光用想的,就觉得自己的脸烫了起来,心脏也扑通扑通跳得很重,他想,真的要试一下吗?他看向浴缸边的轮椅,心里犹豫不决。

爸爸说的有道理,不试试,怎么去看医生?他也想向医生咨询这方面的问题,到时候医生一问三不知,他岂不是会更窘迫?可是……如果不行呢?他都怕自己会哭出来。

罢了,试就试吧,总要面对的。爸爸说了,这是非常重要的一件事。

经过激烈的内心交战,赵醒归终于决定试一试。浴缸边有卫生间的照明开关,他关掉顶灯,只留下一盏镜前灯,在这不甚明亮的私密空间里,他闭上眼睛,脑海里渐渐浮现出一个女孩窈窕动人的身影,手也随即探了下去……

那是卓蕴站在温泉池中的景象,在那片璀璨如星海的小串灯下,她扎着可爱的丸子头,脸颊红扑扑,眼睛湿漉漉,牛奶般细腻的肌肤上,滑落下一片晶莹的小水珠……赵醒归想象着她的笑容,还有唇边的小梨涡,想象着她叫他的名字——"赵小归,赵小归",想象着她眼波流转的娇嗔模样,还有她懊恼拧他胳膊时的手劲儿。

他是想要她的,非常非常想,是一个十八岁男孩对心爱女孩最原始、最本能、最隐秘的一种欲望,这辈子都没有体会过,想要抱住她,亲吻她,想要征服她,听她在他怀里嘤咛。

老天,请听听他的心声吧,他知道自己卑微又龌龊,明明她还什么都没答应,他已经在想着要怎么欺负她了。赵醒归仰起脖子,浓眉紧锁,眼睫微颤,喉结不停地滚动,用心体会着手中的感觉。

一开始,的确是一点变化都没有,就跟他平时上厕所、洗澡、清理身体时一样,没有任何感觉,仿佛那不是他的身体。后来,不知从什么时候开始,有那么一会儿,他发现有变化了。

虽然各种状态和他健康时不能相比,但已经相当可观,他难以置信地睁开眼睛,低头去看,又眨了眨眼,发现这一切都是真的。

持续的时间并不长,很快又恢复了原样,应该满足不了实战中所需的时长,并且从头到尾他还是没感觉,没有攀登过程,更没有顶峰时刻,他只能体会到自己剧烈的心跳,还有急促的呼吸声。

但已经很好了!远远超出他的预期了!不是吗?

赵醒归侧过身子，疲惫地趴在浴缸壁上，小小地喘着气，又忍不住握了握拳。他想，说不定这事儿真的有希望，他可以对医生描述了！就是说的时候……妈妈一定不能在场，爸爸最好也不在，要不然太尴尬。他把滚烫的脸颊埋进臂弯，这时候才开始感到害羞。

一会儿后，赵醒归的心跳和呼吸终于恢复如常，他抓着浴缸壁坐稳身体，慢吞吞地洗起澡来。

初六上午，赵醒归跟着父母去钱塘四院看病，先在神经外科见了一位男主任，姓孙，把自己出院大半年来的身体情况对孙主任讲了一遍，最后说到右腿发麻的症状。孙主任开了单子，安排他去做包括核磁共振在内的一系列检查。

下午，赵醒归和父母拿到报告，孙主任打电话叫来一位骨科的杨医生，说一块儿看看，省得赵醒归跑来跑去。两位医生看过片子，简单讨论后，由孙主任出面对赵醒归解释。

时至今日，医疗技术飞速发展，脊髓损伤依旧是全世界医学界难以攻克的难题之一，原因在于神经细胞是再生能力特别差的一种细胞，而脊髓就是由许多神经细胞构成。当脊髓遭受损伤，神经细胞就会坏死，坏死后又不可再生，于是损伤就成了不可逆的状态，愈后效果往往差强人意。现阶段，医生都是建议患者通过康复训练来提高损伤平面以下肢体的活动能力，再通过日常护理来防止并发症的发生，改善生活质量。

脊髓损伤患者生活质量普遍较差，因为肢体不同程度的瘫痪，还会伴随抑郁、焦虑、失眠、厌世等心理问题，所以，脊髓损伤又被称为不死的癌症，会伴随患者一生。这一切，赵醒归早就了解，并且在最开始就进行了心理干预。

但只要是个病，它总有轻重之分，脊髓损伤也分部位，颈椎、胸椎、腰椎……伤到哪儿，对肢体的影响也不尽相同。它还分完全性损伤和不完全性损伤，不完全性损伤的区别就更大了，有些人可以恢复到几乎不影响生活，有些人可以拄拐行走，有些颈椎不完全性损伤的患者尽管也需要坐轮椅，但手脚都能活动。

简而言之，同为脊髓损伤，不同的患者会有不同的后遗症，像赵醒归这样明明被诊断为不完全性损伤，活得却像个全瘫的，其实也挺少见。

"我依旧认为，小赵的神经传导功能没有完全消失，他大小便有感觉就是一个证明。"孙主任对范玉华说，"他下肢肌力一直没有很好地恢复，可能是因为残存的神经纤维数目不足，中枢下行冲动在脊髓前角总和后仍不足以引起肌肉收缩，但现在……"孙主任点点赵醒归的核磁共振片子，"小赵右腿的麻木，我觉得可能是一种神经细胞复苏的信号，也可能仅限于此。目前来说，我的建议是继续保持下肢的康复训练，定时来医院做一些电刺激的治疗，再配合一些营养神经的药物。如果你们信得过中医，也可以用针灸辅助治疗。推拿不行，那个对他不适用。怎么说呢，都试试吧，先观察一段时间，过两个月再来检查一下。"

范玉华和赵伟伦对视一眼，范玉华问："孙主任，还有没有别的治疗方法？电刺激和针灸，我儿子之前住院一年多，全部都试过，效果嘛，说不上来。他的身体是一天比一天好，但就是腰以下一直没感觉，现在右腿发麻这个症状是以前从来没有过的，如果有别的治疗方法，我们也愿意试一试，反正，结果再坏也就这样了。"

孙主任沉吟不语，杨医生一直在边上听他们聊，这时插了一句嘴："据我所知，北京 X 医院这两年有一种比较先进的神经细胞修复手术，不算大面积临床推广，费用比较高，效果因人而异。有人做了完全无效，还在网上说是骗钱的，有人做了有效果，就是样本比较少，我也说不出个概率来。"

范玉华拿出手机记录："哪个医院？麻烦你再说一下，是正规医院吗？"

脊髓损伤的患者和家属很多都被各种巧立名目的不正规医院骗过，对方牛皮吹得天花乱坠，患者把钱砸下去，结果进去时什么样，出来还是什么样，一个个都被骗怕了。

杨医生又把医院名报了一遍，说："放心，那是正规的三甲医院，神经外科在全国非常有名。我们钱塘还没有一家医院用过这种技术，如果你们经济条件允许，可以去咨询一下。我不是给他们打广告啊，我也不保证治疗效果，只是我觉得……小赵年纪这么小，未来还很长，咨询一下也没什么损失，对吧？"

范玉华把医院名记录在手机上，说自己回去和丈夫商量一下，赵醒归突然开口："我愿意去试试。"

众人惊讶地看着他，赵醒归的眼神炙热得吓人："妈，你帮我去咨询一下，我也可以自己和医生通话，我愿意做小白鼠！"

杨医生"扑哧"一声笑出来："没那么夸张，小帅哥，怎么还能让你做小白鼠呢？那又不是试验阶段的治疗方法，只是在那家医院临床展开了，没有在全国范围推广，能做的医生不多罢了。"

孙主任也说："没错，可以去咨询一下，同时，我说的几种治疗方法最好也配合着进行。神经细胞的修复的确非常困难，但也不是一点没可能，小赵年纪轻，身体底子好，本来就是不完全性的损伤，我觉得想要再恢复得好一点，还是很有希望的。"

聊了一阵子后，杨医生离开了，赵醒归犹豫了一下，请爸爸妈妈暂时回避，说自己想单独和孙主任聊聊。

范玉华不解地问:"妈妈不能听吗?"

赵伟伦已经意识到儿子想问什么,拉拉妻子的手臂:"小归大了,让他自己和主任聊吧,咱们先出去。"

夫妻二人离开办公室,赵醒归没耽搁时间,一边红着脸,一边把自己的困惑告诉给孙主任,最后问:"孙医生,我这种症状正常吗?以后,我能和女孩结婚吗?"

孙主任有点想笑,但看着小少年紧张又认真的表情,把笑给憋了回去,耐心地告诉他,脊髓神经非常丰富,其实很大一部分男性截瘫患者在一定程度上可以恢复性能力,至于能不能满足性生活的需求,比如勃起的硬度、时长,则是因人而异。不过有一点可以肯定,男性截瘫患者普遍存在敏感度不够、射精困难等症状,用通俗的话来说就是,男性很难获得高潮。

"哦。"赵醒归点点头,"这个,我倒是无所谓。"

孙主任心想,这怎么能无所谓呢?不过他没对赵醒归说,孩子还小,孙主任不想打击他,小伙子长得这么帅,估计是有了心仪的姑娘,开始为这事发愁了。

赵醒归又和孙主任聊了几句,心里渐渐有底,向他道谢后告辞出门,跟着爸爸妈妈回家。回去的车上,范玉华问儿子:"小归,你真的愿意去北京试试吗?"

赵醒归愣了一下,说:"当然。"

"那毕竟是个手术。"范玉华自己提出来的想法,真的得到建议后又犹豫了,"你已经做过两次手术了,我真不想你再上一次手术台。"

赵醒归说:"妈,我不怕,我就是想试试,就算不成功也没关系,大不了就一直这样。如果不试,我怕我会后悔。"

赵伟伦说:"先打电话去问问吧,实在不行,我去北京跑一趟,把小归这两年所有的看病资料都带过去,让医生先看看,有必要的话,再让小归本人过去。"

赵醒归说:"谢谢爸。"

"谢什么呀,你是我儿子。"赵伟伦笑了,"我刚才听杨医生说完,就知道你会动心,放心吧,有爸爸妈妈陪着你,不管能不能成,咱们一起去试。"

赵醒归不说话了,转过脑袋看向窗外,这是春节长假的最后一天,街上依旧喜气洋洋,游人如织。他们都在走路,挽着手臂的小情侣、牵着孩子小手的年轻父母、结伴出来玩耍的中学生,还有蹒跚迈步的老年人……有人走得快,有人走得慢,除了那些待在婴儿车里的小宝宝,这一路上,赵醒归就没见过任何一个不能走路的人。

他呆呆地看着窗外,突然想到一件事,说:"妈,开春了。"

范玉华:"什么?"

"开春了。"赵醒归说,"徐教练让我开春后去找他,妈,我得去篮球队,你帮我联系一下好吗?趁还没开学,我想再去一次。"

范玉华说:"行,就这几天吧,我去帮你问问。"

开学前,卓蕴提前从嘉城去钱塘,还开走了她的老奥迪,后备厢里带着一些特产年货,想直接送去紫柳郡。车子下高速后,卓蕴给赵醒归打电话:"赵小归,你在家吗?"

"你回来了?"赵醒归惊喜地说,"我不在家,在外面。"

卓蕴:"你去哪儿啦?去医院复健了吗?"

赵醒归:"不是,我在篮球队训练的地方,就那个轮椅篮球队。"

"噢!"卓蕴叫起来,"地址给我,我直接过去,我开着车呢!"

赵醒归看着体育馆里那十几个坐着轮椅的男队员,还有另一头别的训练队的残疾人运动员,有些不安:"这儿都是残疾人,你真的要来吗?"

卓蕴大喊:"要啊!快,地址给我,我都上高架了,怕开过头。"

赵醒归答应了:"好,我发给你,卓老师,我在这儿等你。"

(2)

轮椅篮球队春节也放了几天假,假期一过,队员们都集结起来,这两天是在热身训练,为新一年的比赛做准备。

苗叔在室外抽烟,赵醒归坐着轮椅待在场边看队员们训练,季飞翔转着轮椅"咻"地来到他身边,叫他:"小赵!新年好!"

赵醒归说:"新年好,翔哥。"

季飞翔哈哈笑:"你别叫我翔哥,就叫我飞翔吧,大家都叫我飞翔。"

季飞翔给赵醒归介绍队里的训练计划,这年九月有全国残运会,替代了轮椅篮球锦标赛,所以残疾人体管中心将在五月组织一次为期一周的春季轮椅篮球联赛,地方还没定,他们肯定要去参加,所以这阵子的训练就是为了备战。

"这次春季联赛很重要,咱们队定的目标是保八争四,我们私底下是希望能拿个牌。对我自己来说,还有个小目标,你知道不?十月份有亚太区轮椅篮球锦标赛,那个关系到明年残奥会的门票,国家队会来联赛上挑人,挑中的就可以去参加七月的集训,我还没进过国家队,想要拼一把。"说到这儿,季飞翔不好意思地挠挠脑袋,"我都还没出过国呢,没坐过飞机。"

赵醒归一边听他说话，一边看场上队员们训练，感觉身体里似乎也蹿起了一股小火苗，那份久违的斗志重新燃烧起来。比赛，保八争四，拿牌，进国家队，集训，参加国际大赛……原来这些事并未离他而去，努把力，他也有可能做到。

徐涛在场上叫季飞翔，他转着轮椅过去了，赵醒归身边又没了人，就在这时，他听到一个雀跃的声音："赵小归！"

赵醒归转头看向体育馆大门，那个日思夜想的人正在向他跑来，边跑边挥手，看她那激动的样子，赵醒归一点不怀疑，如果他是站着，她会一头扑进他怀里。

然而他只能坐着，卓蕴跑到他面前，伸出魔爪使劲儿揉他头发："嘿！少年！新年好呀！"

赵醒归躲着她的手："别弄我头发！"

卓蕴放过他了，又帮他把弄乱了的发丝儿捋顺，赵醒归才抬起头，好好地看了看她。又是半个月没见，卓蕴打扮得很漂亮，化着淡妆，天蓝色呢大衣里头是一条白色毛线短裙，脚踩小靴子，短裙下露出来的两条腿又细又长，赵醒归皱眉问："你腿不冷吗？"

"不冷。"卓蕴一直在笑，"我穿丝袜了，看不出来吧？"

直到这时，卓蕴才去看体育馆内的场景，一冲眼就看到十几个坐着轮椅的男人，往远处看，还有好多在训练的运动员，似乎都是残疾人。

场边停着一些带电动车头的轮椅，还有些拐杖和假肢。有女孩靠单脚跳行动，有失去双臂的男孩坐在地上用脚玩手机，有个截瘫的男孩在教练的辅助下在单杠上做引体向上，他上肢力量很强，身体吊上单杠时，两条细腿在下头晃来晃去，晃得卓蕴胆战心惊。

她受到了极大的冲击，尽管被赵醒归提前打过预防针，可真的亲临现场，才发现场面真的很壮观。卓蕴心里有隐隐的不适，觉得自己待在这儿显得特别突兀，想起进门前问苗叔，为啥不进去，苗叔说在里头待得有点难受，那些小孩都太遭罪。这一瞬间，卓蕴完全能理解苗叔，因为她也想逃出去。

赵醒归叫她："卓老师？"

"啊？"卓蕴回过神来，"你说什么？"

"我什么都没说，你是不是走神了？"赵醒归轻巧地转着轮椅，还把前轮给翘起来，这是他一个人待着时常练的动作，"我就说你来了会害怕，别说是你，我自己都有点不舒服。你要是不喜欢待在这儿，就去车上等我，我再和教练聊几句就走，他现在在忙。"

卓蕴问："你来多久了？"

赵醒归说："你给我打电话的时候刚到，我就是来看看，教练说我平时要是有空,每个周末都可以过来训练,不算正式入队,毕竟我还要上学。"

"那你也才来了不到半小时呢。"卓蕴说,"我不出去,就在这儿陪你,我没害怕,就是有点不习惯。"

篮球队员们也看到了卓蕴,几个年轻点的男生兴奋地交头接耳,猜测着赵醒归与卓蕴的关系。

卓蕴对赵醒归说:"我在车的后备厢装了点给你带的特产,刚在外头碰到苗叔,已经把东西放你车上了,一会儿你回去记得带给你爸妈。"

赵醒归仰头说:"晚上去我家吃饭吧。"

卓蕴扭捏:"不要了。"

赵醒归:"为什么?你和我爸妈都那么熟了,你本来不是也要去紫柳郡给我送东西吗?"

"送东西,和吃饭……两码事。"卓蕴不太敢见范玉华,怕尴尬。

"卓老师……"赵醒归软软地喊,一双漂亮的眼睛不停眨巴着,"我明天就开学了,不知道要多久才能再见到你,你晚上就去我家吃饭吧。"

又来了!卓蕴觉得赵醒归已经掐准了她的命门,他可以对全世界冷酷,唯独面对她时该撒娇撒娇,该卖萌卖萌,抓紧一切机会行使他作为一个"小孩"的权利。

卓蕴还在犹豫,赵醒归又说:"啊,还有礼物!新年礼物我还没给你呢,你不想要吗?"

卓蕴开始摆谱:"谁稀罕你的礼物。"

赵醒归脑子里突然蹦出一句回答,忘了是从哪里听来的,好像可以用,摇摇卓蕴的手说:"不稀罕礼物,那你稀不稀罕我啊?"

要死了!卓蕴直接拍了下赵醒归的脑袋:"你从哪里学来的这些油腔滑调?"

"哎呀。"赵醒归揉揉头,"那你到底去不去嘛。"

"去去去,行了吧?你好烦啊。"卓蕴伸脚踢了下他的腿,一点儿没用力,把他的右腿踢得晃了一下。

赵醒归叹着气去摸腿:"我上次还和卓蘅说,你是个很温柔的人,唉……终究是我错付了。"

卓蕴惊了:"你什么时候和卓蘅说过这种话?"

赵醒归微笑:"不告诉你,这是男人间的秘密。"

场上,徐涛教练吹响嘴里的哨子,大喊:"休息一下!一会儿打个队内赛,你们自己先分组!"

他走回场边,吐掉哨子问赵醒归:"小赵,我看你身体结实不少,手痒不?要不要上去打一会儿?"

赵醒归问:"可以吗?我都不懂规则。"

"不懂可以学嘛,和普通篮球赛差不多,带球走步你总知道吧?"徐涛一边比画一边给赵醒归讲解:"坐轮椅打球也一样,你拿到球,不运球的情况下不能连续划两次轮椅,不然就是犯规,必须要一边转轮椅一边运球,这个是基础技能,练练就会了。你要是上了,一下子没注意,我也不算你犯规,你就去适应一下,看看好不好玩。"

卓蕴拍拍赵醒归的肩:"赵小归,去呀,我想看你打球。"

赵醒归本来也有点手痒,再也不犹豫,点头说:"行,那我就去试试。"

徐涛把一个年纪比较大的队员叫下来:"老夏,你过来!把你的轮椅借给小赵试试。"

下来的队员叫夏炜平,已经三十六岁,和王侃一样也是单腿截肢,看着就比别的男队员沧桑些。他刹住轮椅,解开束带站起身,单腿跳着去拿来自己的腋拐,拄着拐指挥赵醒归转移到他的竞技轮椅上。

卓蕴不知道该怎么帮忙,问赵醒归:"要不要帮你去叫苗叔?"

"不用。"赵醒归已经在准备转移了,"我自己可以。"

他还是第一次去坐竞技轮椅,先把腿放下地,探身抓住那架轮椅的轮架,徐涛帮他稳住轮椅,他双臂一用力,人就挪过去了。夏炜平笑呵呵地问:"感觉怎么样?记住了,打球时屁股一点也不能离开坐垫,那是犯规。"

赵醒归听得想笑,低头捞起双腿往踏板上搁:"我倒是想呢。"

没有手臂的助力,他的屁股就是贴在轮椅上的,一点儿也不会移动。夏炜平又说:"你个子比我高很多,可能坐着会有点挤,以后你定制一个轮椅,会舒服很多。"

队员们都已经知道赵醒归家境不错,来打球纯粹是因为热爱,根本没惦记那每月两千多块的补贴。

竞技轮椅没有扶手,靠背很低,靠背后也没有把手,赵醒归只能撑着轮架坐深些,感受了一下,腰靠的位置很陌生,踏板比较窄,两个趴开的大轮看起来也很奇怪。他试着前后划了一下,脸上渐渐露出笑容:"还行,好像比我的轮椅要来得稳。"

"那肯定啊,要不然一冲撞就翻车,谁吃得消啊。"徐涛已经点起一支烟,说,"不过你要做好思想准备,打轮椅篮球翻车是常态,大家都会摔,摔着摔着就习惯了。"

卓蕴听得心惊:"会受伤吗?"

徐涛说:"小伤小碰总是有的,好好保护自己,主要是保护好上臂,摔的时候别傻乎乎地用手去撑，手腕伤了就完蛋喽。"

他抽着烟，代表那些兔崽子们问卓蕴："姑娘，你是小赵的……"

卓蕴："呃……"

赵醒归一本正经地说："她是我朋友。"

卓蕴尴尬地对徐涛笑了笑，徐涛和夏炜平也一起笑："呵呵。"

夏炜平示意赵醒归系上束带，卓蕴自告奋勇，说她来系。这也是为了保护运动员，让他们不会摔出轮椅，赵醒归需要用束带把腰部、大腿、小腿和双脚都固定在轮椅上，卓蕴蹲在他面前，按照夏炜平的指示仔细地帮赵醒归系束带，边系边说："好像把你下半身都给捆起来了。"

"没事，我也感觉不到，这样心里反而踏实。"赵醒归已经脱掉了外套，身上是一件藏青色长袖T恤，他做了几个扩胸运动，又扭扭手腕，活动了一下肩颈权当热身。

卓蕴帮他系好了，抬头看他："小心点，别受伤，你才刚开始打，一步一步慢慢来，知道不？"

赵醒归点头："知道，我会小心的。"

他转着轮椅跟随徐涛来到场上，队员们已经分好队，徐涛拿出一堆红黄背心让他们穿，又把赵醒归介绍给大家，让大家照顾着点儿，别去撞他。赵醒归套上一件黄马甲，胸口是个"5"号，他低头看着那个数字，觉得这一幕真是叫人怀念，他这是……要比赛了吗？

王侃是黄队队长，简单地丢给赵醒归一句"你打小前锋"，就用结实的手臂转着轮椅转了开去。

一声哨响，队内赛开打，场上十架轮椅瞬间四散开来。苗叔也回到体育馆里，发现赵醒归居然在比赛，吓了一跳，来到卓蕴身边，与她一同观赛。

篮球场上，赵醒归转着轮椅一脸蒙，只会盲目地跟着大家往前行。他盯着那个篮球，它在空中不停地飞，从一个人手里传到另一个人手里，有人拿球后寻找突破，边运球边转轮椅，赵醒归观察着他行动的样子，寻思自己拿到球后也得这么做。

可他好一阵子都没拿到球，大概因为黄队队员对他不熟，没人把球传给他。他只能像个围观者一样跟着大部队在场上来回转，看别人投篮，没中，又投篮，中了……比分变得很慢，轮椅篮球的进球率要比普通篮球赛来得低，非常考验队员们的投篮精准度。

赵醒归也不知道坐着轮椅该怎么去抢球，尽量避免与人相撞，却发现别人的对抗很激烈，球从高处落下时，他们会翘起一边大轮，坐直上身伸长手臂去够球，场面凶险，时不时有人连人带轮椅摔倒，接着手臂一撑又爬了起来，快速地回到比赛中。

此时，红队篮架下几架轮椅挤成一堆，一个黄队队员试图投篮，因为个子小，坐高低，球刚离手就被红队的季飞翔一个盖帽给截下了。赵醒归看清了季飞翔的动作，心想，啊，可以这样截球的吗？

红队一阵行云流水般的传球后，篮球到了季飞翔手上，他上身前倾，左手转动轮椅，右手运球，快速地往前突破，赵醒归咬了咬牙，转着轮椅追了上去。季飞翔把球传给队友，很快对方又传回来，他已经突破到篮下，正准备投篮，身边猛地插上一个人，季飞翔眼睛都瞪大了，仿佛场景回放，他的球也是刚离手，就被面前一个比他坐高更高、手臂更长的人盖了个帽。

这是赵醒归第一次触到球，拍出去的球到了王侃手上，王侃大吼一声："小伙子好样的！"

赵醒归情不自禁地笑起来，又看到面前季飞翔瞪他的眼神，笑不出来了。季飞翔用食指点点他，转着轮椅去回防，赵醒归看了眼场边，卓蕴的视线正追随着他，发现他看过去，她将手拢在嘴边大叫："赵小归！进一个呀！"

赵醒归撇撇嘴，卓蕴是真不懂篮球，只想看进球，都不知道他刚才盖了个超漂亮的帽吗！

因着那个盖帽，王侃开始信任赵醒归，有意识地让队员们把球传给他。赵醒归终于有了运球的机会，他很不熟练，转轮椅就不会拍球，拍了球轮椅前进的方向就会歪，似乎不能一心二用。后来他也不管了，反正徐涛说不算他犯规，他干脆在犯规的边缘反复试探，跌跌撞撞地冲到篮下，在最舒适的投篮区域，赵醒归挺直腰背，一点儿也没犹豫，用一个超级漂亮的投篮姿势把球给投了出去。

有人在他面前防守，但没人能盖他的帽，因为他是场上最高的人，手臂也最长，当他坐直时，看别人都是俯视，如果能换一架适合他身材的竞技轮椅，他一定能行动得更为灵巧迅捷。

篮球应声入网，王侃与赵醒归击掌，大叫："好球！"

卓蕴跳了起来，在场边大喊大叫："啊啊啊赵小归你进球啦！好帅啊！"

有几个女生来到场边，也在给队员们加油，为首的姑娘喊得超大声："飞翔加油！红队必胜！"

卓蕴不甘示弱："赵小归加油！黄队冲啊！"

"飞翔飞翔！红队最棒！"

"春风吹，战鼓擂！我们小归怕过谁！"

"红队有飞翔！胜利在前方！"

"黄队有了赵小归！称霸全球！耀武扬威！"

场上的赵醒归和季飞翔都很头疼，一个叫刘坤的年轻男孩乐得不行："我的妈呀！这是哪儿来的粉丝团？飞翔，小赵来了咱们队，你这'男轮队草'的称号估计要保不住啦！"

赵醒归只打了二十多分钟就因为体力不支提前下场。这是他第一次正儿八经地打轮椅篮球，很受照顾，没人撞他，没人对他犯规，他也就没摔过跤。赵醒归一共进了三个球，抢断过几次，盖过几个帽，其他就只有参与进攻和防守时的传球。

徐涛高兴坏了，发现自己真是捡了个好苗子，让赵醒归回去后再多练练体能和运球，以后常来玩。赵醒归自己也觉得意犹未尽，好久没运动得这么畅快，这一身汗，和平时复健时出的汗完全不一样，从夏炜平的轮椅往自己轮椅转移时，他心里竟有点不舍，告诉自己，终有一天他会打上主力。

赵醒归是坐卓蕴的车回的紫柳郡，车程要半个多小时，坐在那辆老奥迪的副驾驶座上，大概是因为打球太累，开了十多分钟后，他竟歪着脑袋睡着了。

卓蕴把住方向盘，偶尔转头看赵醒归一眼。睡着了的男孩看着很乖，副驾车窗朝西，冬末的太阳晒在赵醒归年轻俊美的脸庞上，空调风将他的碎发吹得阵阵飘动，他眉目舒展，因为闭着眼，眼睫毛显得格外纤长浓密，卓蕴想，若是将他框在画框里，就是一幅超好看的人像画。

车子一路往前开，卓蕴看他一眼，回过头，一会儿后又忍不住去看一眼，再回过头，都没发现自己一直在笑。

回到紫柳郡后，两人一起去别墅，路上，卓蕴问赵醒归："你前几天去看病，医生到底怎么讲呀？"

赵醒归就把看病的过程详细讲给卓蕴听，讲完后，他笑着说："卓老师，我想去试试，虽说我已经接受现实，但不代表我不想重新站起来。"

卓蕴说："我知道。"

"我做梦都想站起来。"赵醒归说，"不能跑步、不能打篮球都没关系，只要腿能有一点感觉，稍微有点力气，能更好地控制大小便，我就知足了。"

卓蕴揉揉他的头发："赵小归，如果你去北京检查，要不要我陪你一起去？反正我也不用上学了，应该有时间。"

"不用。"赵醒归回过头来看她，"你不是说接下去两个月你会很忙吗？我不想耽误你干自己的事，你不用担心我，我爸妈会陪我，有消息我都会和你说。"

卓蕴感到窝心，赵醒归真是个体贴的男孩子，这些事，卓蕴都在微信上和他聊过，接下去的两个月她的确会很忙。

位于美国纽约的那所艺术院校的秋季进修班，申请截止时间是在四月底。因为是学校的创收项目,申请要求就不高,只要过语言和提交五幅以上作品即可,对学历、专业、年龄、职业都没什么限制,很多艺术专业毕业的学生工作后想出国镀个金,也可以选择这样的短期课程。也就是说,卓蕴要在两个月内过托福,再准备几幅像样的作品,还要办休学、找画室、找租住的房子,时间的确很紧张。

赵醒归说:"卓老师,我只希望你能来陪我过生日,就够了。"

"没问题。"卓蕴爽快地答应下来,"赵小归同学的成年礼可是个大日子,我肯定来陪你一起过。"

见她答应,赵醒归很开心,已经开始期待那一天。

直到两人进入C2小楼的院子,卓蕴才恍然记起,她已经有两个多月没来过赵醒归家了。上一次走的时候,她冷漠地对赵醒归说:这是我最后一次来你家。

当时,瘦削的少年把背脊对着她,整个人都颤抖起来,而现在……卓蕴站在后门边,看着范玉华、赵相宜、苗叔和潘姨,扯着嘴角笑得十分尴尬。

赵相宜挽住卓蕴的胳膊,亲热地叫她:"卓姐姐,你今天好漂亮呀!"

"你也很漂亮啊。"卓蕴食指点点小姑娘的鼻尖,"老实交代,你是不是班花呀?"

"我不是,但我知道我哥是校草。"赵相宜又补充了一句,"哦,曾经的校草。"

卓蕴不认同:"你哥现在也很帅啊。"

赵相宜嘿嘿笑:"他这是枯草逢春,本来都蔫了,最近又活了。"

范玉华:"小宜你说什么呢!"

赵相宜吐吐舌头,不敢再乱讲。赵醒归正在玄关给卓蕴拿拖鞋,转着轮椅一来一回全都听到了,冷冷地瞪了眼妹妹,把拖鞋放到卓蕴脚边,神色才和缓下来,抬头说:"卓老师,你的鞋,没别人穿过。"

依旧是那双粉紫色带绒拖鞋,卓蕴穿上,笑得很甜:"谢谢。"

离吃晚饭还有两个小时,赵醒归和卓蕴一起去了三楼,来到房间后,赵醒归先去洗了个澡,出来后发现卓蕴窝在沙发上玩手机,他眨了眨眼睛,转着轮椅去储物柜里取出两个小盒子,回到卓蕴面前,把盒子递给她:"卓老师,新年礼物。"

卓蕴好奇地看着他手里的盒子:"是什么呀?两个吗?"

"这是一对。"赵醒归把两个盒子都打开,拿出里头的东西放在手掌上给卓蕴看,"是我爷爷在我十岁那年找人给我做的,玉乌龟。"

那是两只玉做的小乌龟,形态生动,和大核桃差不多大,通体碧绿,水润莹亮,一看就知道水头很好。玉这种东西最难估价,赵醒归说有一点值钱,卓蕴不禁怀疑这俩小玉王八搞不好要值五位数、六位数,甚至再往上。

两只乌龟造型和动作不一样,摆在一起脑袋对脑袋,会有一种在亲吻的既视感。卓蕴拿起一只看，玉乌龟精致无瑕，非常漂亮，她又去看赵醒归："这就是你要送我的礼物？你爷爷给你的？太贵重了吧！"

赵醒归能看出她眼里的喜欢，说："就是个摆件，你挑一个吧，你一个，我一个，它也就是看看，没什么别的用处。"

卓蕴还是觉得不妥，赵醒归把乌龟放回盒子，拿到身后双手调换过几次，又拿出来："好了，随便选吧，卓老师你不要有压力，我就想送你这个，你不觉得它们很可爱吗？"

卓蕴想了半天，看到赵醒归眼中的期待，没再犹豫，挑了他左手的那只盒子，赵醒归笑眯眯地把盒子递给她："新年快乐。"

卓蕴打开盒子，拿出那只已经属于她的小乌龟把玩："谢谢。"

赵醒归胆子大了，说出实情来："卓老师，我爷爷说了，这乌龟是一对儿，一只是给我的，另一只是给他未来孙媳妇的。"

卓蕴下巴差点掉下来，手忙脚乱地把乌龟放回盒子里："那我不能收！"

赵醒归一把按住她的手，他手劲儿很大，卓蕴根本动不了，他眼神深深地看着她："我送出去的东西，你要么收下，要么丢了，想退回来？不可能。"

卓蕴咬牙："你之前又没说清楚！"

赵醒归微笑："我认准了的事，不管说不说清楚，它都是你的。"

卓蕴没辙了，拿着玉乌龟说："赵小归，其实你真的可以养一只小乌龟，乌龟寿命长，都说千年的王八万年的龟，小乌龟可以活很久很久的。"

赵醒归笑了："我怎么听着像你在骂我呢？"

"哪有啊。"卓蕴揉他头发，又捏他脸，"你也要健健康康的，长命百岁，做一只超超超超长寿的小乌龟。"

赵醒归摸摸自己无知觉的大腿，觉得这真是任重道远的一件事。

(3)

都说春天是播种希望的季节，进入三月后，气温渐渐升高，春回大地，偶有淋漓小雨，依旧挡不住卓蕴心中对未来的憧憬。

边琳接到女儿的通知后来到A大，以家长身份帮卓蕴顺利地办理完休学手续。

把行李都装上车，卓蕴载着边琳离开A大。雨一直在下，车子开在学校主干道上，卓蕴看着窗外熟悉的校园景色，说："妈，你看，本来觉得没可能做到的事，这不也做成了，休学一点儿也不麻烦。"

边琳淡淡地说:"你将来不后悔就行。"

"我不会后悔的。"卓蕴开着车,说,"我甚至都没后悔,这两年多除了上课,待在学校其实很开心,比上高中时开心多了,有聊得来的朋友,有自由自在的空间,没人能干涉我的生活,最重要的是,如果早休学,我就没机会认识赵醒归了。"

"赵醒归,到底是个什么样的男孩子?"边琳问道。

卓蕴想了想,笑着说:"妈,你会见到他的,一定会很喜欢他,他是个超级可爱的男孩子,比卓蘅可爱一万倍。"

一小时后,卓蕴把车开到美院附近,她在一个高层小区租了一套小户型装修房,家具家电俱全,可拎包入住。把行李都搬进出租屋后,母女俩一起打扫卫生,之后,卓蕴便开车送妈妈去高铁站,一路上,边琳都郁郁寡欢。

这几天,卓蕴和妈妈聊过好多次,就像陷入一个死循环,边琳想离婚,又害怕离婚,她被卓明毅"圈养"太多年,脱离社会,没有朋友和亲人,自卑自闭,自厌自弃,心里明明极度渴望自由,又觉得离开卓明毅后,她会没办法独自生活。

卓蕴知道妈妈心情不好,因为回家后就要见到卓明毅。卓蕴意识到,边琳对卓明毅的恐惧已经刻在骨子里,卓明毅不打她,却可以数年如一日地羞辱她、贬低她、咒骂她、冷落她,把她作为一个人的自尊践踏在脚底。边琳试图反抗过,每次都不成功,久而久之,她就像是被卓明毅洗脑,自己也觉得自己一无是处,是个离了丈夫不能活的废物。

也亏得卓蕴生有反骨,又懂得伪装,熬了多年终于离家上大学,幸运地遇见苏漫琴,后来又遇见赵醒归。前者教会她,女孩要为自己而活,后者教会她,人生苦短,要为了梦想而努力奋斗。

哪怕老天折断了你的翅膀,那就换一个梦想,继续奋斗。

只要不死,一切都有希望。

——If one dream should fall and break into thousand pieces, never be afraid to pick one of those pieces up and begin again.

卓蕴终于理解,赵醒归在背诵这句英文"鸡汤"时,心里其实是认同的,可当时,她却觉得这话很讽刺,还生气地打断了他。

真正讽刺的人是她才对,可怜的赵小归,估计都不知道她为什么会生气。

车子到了高铁站,卓蕴送妈妈到进站口,抱了抱她:"妈,我不知道到底要怎么做才能把你从那个泥沼里拖出来,我现在经济还没独立,还需要再努力几年,但思想上,我觉得,我已经完全脱离卓明毅了。"

她甚至都不愿意称呼那人为"爸爸",边琳抬头看女儿,嚅动着嘴唇说:"那是因为你年轻啊,长得又聪明又漂亮,胆子也大。"

卓蕴摇头："我以前也怕过他，他骂我，我也会哭。但现在我一点都不怕了，他已经掌控不了我的人生了，不管他说什么，做什么，我都知道是骗人的，我不会对他有丝毫心软。妈，你其实也知道，他对你说的那些话，只不过是想要控制你，想让你屈服，让你自卑，你只是不愿意承认罢了。"

边琳的眼泪涌出眼眶，卓蕴用手帮她抹泪："他才是个外强中干的废物，你没有他说的那么不堪，你一点都不老，非常能干，一个人生活绝对没问题，如果不想一个人生活，你也可以再找个男朋友。而且，还有我在，我们有一套房子啊，外公留下的房子，说是留给我的，其实就是留给你的。妈，离开他吧，我们以后一起住在那个小院子里，你一层楼，我一层楼，多爽啊。"

边琳呜呜地哭着，卓蕴又说："我不会去那个订婚宴，明年的学费，我也不指望家里给我拿，我会自己去想办法。从现在开始，我会很少回家，如果你需要我的帮忙，就和我说。你不知道，离开他，我有多快乐。"

卓蕴开始了一种全新的、忙碌的又非常充实的独居生活。

白天，她去画室画画，夹在一群艺考生中，捡起荒废已久的技能，在老师的指导下拼命练习，准备着申请学校所需的作品。

晚上，她去就近的培训学校上托福课程，回到出租屋后还会背单词、刷真题。

她还是不会做饭，三餐都吃外卖，外卖吃厌了，就在周末开车去紫柳郡，给赵醒归带点儿奶茶和甜品，顺便在他家蹭一顿大餐。她和赵醒归的家人们越来越熟悉，在客厅和他们一起看电视吃水果，再也不会感到拘束。

每次见到卓蕴，赵醒归心情都特别好，拉着卓蕴在房里聊天，说说自己这一个礼拜都做了些什么。他的忙碌程度一点也不亚于卓蕴，除了上课和复健，范玉华还帮他找了一位有名的老中医，开始做针灸治疗。周末时他会去篮球队训练，每天日程排得很满，见到卓蕴就是他一周里最放松、最愉悦的时刻。

赵醒归告诉卓蕴，爸爸在三月中旬去了一趟北京，医生看过他的病历后，建议他本人去北京做检查，看看符不符合手术要求。

如果要做手术，他需要在北京待一个月，赵醒归不想落下功课，决定五一时去北京检查，如果顺利，会在期末考结束后、趁着暑假去做手术。

赵伟伦还帮赵醒归定制了一架打轮椅篮球专用的竞技轮椅，三月下旬被工作人员送到家里。那是一架超级酷炫的轮椅，价值十几万元，卓蕴咋舌："这都抵得上一辆车啦！"

赵醒归说："这可是我的腿。"

三月底的一个周六下午，赵醒归拉着卓蕴去紫柳郡篮球场玩。篮球场上，李贺霆、俞琛和其他几个男生都在，一个个围过来好奇地看那架竞技轮椅，问赵醒归是不是真的要去打轮椅篮球。

赵醒归说："是，我已经在那边试训过几次了。"

他转移到那架竞技轮椅上，对卓蕴说："卓老师，我给你表演一下运球，现在熟练多了。"

他穿着黑色卫衣和运动长裤，上身微微前倾，右手拍球，左手转动轮椅，速度一下子就快了起来。在拍球的间隙，他会用双手去转轮椅，等球弹起来又腾出手去拍，这样就能持续不断地往前冲。

除了前进，还要会转弯，竞技轮椅特别灵活，卓蕴被赵醒归的蛇形走位和花式转圈搞得眼花缭乱，他满场转，篮球始终牢牢地控在手里，在地上砰砰地弹跳着。

"接着！"赵醒归突然叫了一声，篮球就向卓蕴迎面飞来，卓蕴尖叫一声，跳着躲开了，赵醒归摇摇头，又转着轮椅去捡球，取笑她，"你真没用，这样都接不到。"

卓蕴气得哇哇叫："你多大力气自己没点数吗？"

李贺霆和俞琛在场边大笑，招呼过几个男生，喊赵醒归："小乌龟！投篮比赛来不来？"

"来啊！"赵醒归又让篮球在手指上转了起来，转着轮椅潇洒地来到罚球线附近，与他们击掌，"每人投十个，输的人请喝奶茶。"

卓蕴盘腿坐在场边看他投篮，她真喜欢赵醒归在篮球场上的样子，就是个青春洋溢、活力十足的大男孩。他在那些男生面前会板起一张酷脸，进球后又会帅气地竖起食指，只有在看向她时，嘴边才会露出一丝得意的笑。

这幅场景很美妙，天空湛蓝，阳光温暖，坐着轮椅的英俊男生，还有那高高的篮球架，和一个个画着抛物线飞过的篮球……卓蕴拿出手机拍下来，心想，这将会是她的作品之一。

赵醒归的投篮命中率高了许多，十个球能进八个，在这些男生里最为厉害。俞琛又是倒数第一，愿赌服输地买回一大袋奶茶，赵醒归没喝，把奶茶给了卓蕴，坐着轮椅夹在那些男生中间和他们一起打球。

别人可以跑，可以跳，可以三步上篮，赵醒归只能仰着头看，在这些健全的男孩里，他不太抢得到球，需要别人传给他，他也没沮丧，只要拿到球就会转着轮椅奋勇往前带，然后投篮，继而命中。

玩了好一会儿，赵醒归累了，轮椅划到卓蕴面前，向她伸出手："我帅吗？"

"臭美！"卓蕴拍了下他的手。

他没把手收回去："起来，我累了，我们回家去。"

卓蕴握住他的手，他用力地把她从地上拉起来。那架昂贵的竞技轮椅由苗叔扛回去，赵醒归坐着自己的轮椅和卓蕴一起回家，来到院门口时，两人听到小孩子吵闹的声音，扭头一看，有四个小孩在人工湖边玩，为首的就是小男孩杨杨。

双马尾点点也在，童花头不再是童花头，脑袋后面扎了个小辫子，另外还多了个小胖男孩。几个孩子都长高了一些，杨杨在教胖男孩打水漂，赵醒归说："卓老师，我们过去看看。"

有卓蕴在，那块草坪挡不住赵醒归了，卓蕴推着他，绕过一些凹凸不平的地面，终于来到人工湖边，杨杨看到他们就叫起来："啊！小乌龟哥哥！"

几个孩子呼啦啦地围到赵醒归身边，七嘴八舌地问他怎么了，生的什么病？为什么要坐轮椅？赵醒归怕吓到他们，说："我受了点伤，暂时要坐轮椅。"

点点问："小乌龟哥哥，你会好起来吗？"

赵醒归说："会，不过需要一点时间。"

杨杨仰着脑袋打量卓蕴，觉得这个漂亮姐姐有点眼熟，卓蕴弯腰拍拍他的头："你把我忘啦？是谁教你打水漂的？"

"噢！"杨杨记起来了，"姐姐是你啊！你好久没来玩啦！"

卓蕴说："哪有啊，我经常过来的，就是一直没碰到你。"

赵醒归问："你们在玩什么？"

"打水漂啊。"杨杨指指湖里，又对卓蕴说："姐姐你还记得吗？那边有一群野鸭，它们现在还在！"

这时候正是春光明媚的好时节，紫柳郡里处处花红柳绿，人工湖边更是美景宜人，桃花、樱花开得正盛。卓蕴推着赵醒归来到湖边，远远望去，真的有一群野鸭在湖里游过。

卓蕴说："我第一次来这里，就看到一只鸭妈妈带着一群鸭宝宝，是它们吗？"

赵醒归说："不一定，说不定小鸭子已经长大了。"

胖男孩不认识赵醒归和卓蕴，依旧在边上练习打水漂，卓蕴说："你们四个来比赛吧，我给你们做裁判，这是紫柳郡杯第二届打水漂大赛！"

几个小朋友都很兴奋，杨杨对点点说："这次我一定要赢你！"

点点不服气："上一届我可是冠军！"

赵醒归问："我能一起参加吗？"

四个小朋友茫然地看着他，卓蕴笑死了，拍了他胳膊一下："人家小朋友比赛，你凑什么热闹？"

赵醒归认真地说："我还没成年呢，我也是小孩啊！"

于是，赵醒归就以大龄儿童的身份和四个小学一年级的孩子一起进行打水漂比赛。他一出手,卓蕴就知道这人深藏不露,石头每次都能跳八下以上,几个小朋友比得都想哭了。

卓蕴小声说:"你这么大个人了,让着点他们。"

赵醒归不答应:"不让,我要拿冠军。"

比赛结束,赵醒归小朋友毫无悬念地拿到冠军,杨杨第二,点点第三,杨杨瘪着小嘴巴,气鼓鼓地瞪着赵醒归。他苦练数月,好不容易赢过点点,半路却杀出一个陈咬金!

赵醒归一点也没有不好意思,对卓蕴说:"卓老师,颁奖吧,冠军不是有奖品吗?"

卓蕴很蒙:"什么奖品?"

赵醒归不高兴地看着她,又去问点点:"第一届冠军是什么奖品?你告诉姐姐。"

点点说:"姐姐,上次我拿冠军,有个花环!"

卓蕴乐坏了,去摘来几段柳条,还采了几朵桃花混在里头,现编了一个花环,赵醒归一直看着她的动作,卓蕴编完后,忍住笑把花环戴到赵醒归头上。赵醒归闭着眼睛,表情虔诚,好像国王被加冕一般。

杨杨在边上都快气炸了,赵醒归则不咸不淡地看了他一眼。

卓蕴哭笑不得:"赵小归你怎么回事?还和小朋友抢这种东西?"

赵醒归摸摸头上的花环,仰起头说:"卓老师,我们合个影吧。"

他端坐在轮椅上,头戴花环,卓蕴站在他身边搭着他的肩,点点笨拙地拿着手机帮他们拍照,背景是那片春意盎然的人工湖。

赵醒归不想告诉卓蕴,其实,这也是他的心愿之一。他曾经特别羡慕那些小朋友,能在湖边蹦蹦跳跳地玩耍、打水漂、野餐,还能戴上卓蕴亲手编的柳编花环。

半年多了,他终于等到了这一天。

四月初,清明假期结束后,赵醒归去学校上学,天又在下雨,他背上的伤处隐隐作痛,情绪自然就低落许多,到学校后也懒得说话,只简单地和向剑聊了几句。

这天陪赵醒归来学校的是史磊,上午的课结束了,史磊如往常一样去食堂买饭,同学们也都离开了教室,向剑则陪着赵醒归去卫生间。

赵醒归在隔间待得比较久,向剑站在外头等他,突然,他有了一种奇怪的感觉,抬起头来,发现厕所门口不远处站着一个人,是个男生,穿着高三校服,头发油腻,脸庞浮肿,长得又高又胖,一双眼睛呆滞无神,一点儿也没有少年人该有的精气神,怎么看怎么古怪。

向剑心生疑惑，那人却没在意他，眼睛只直勾勾地盯着男厕入口，向剑不敢掉以轻心，因为赵醒归还在里头。

几分钟后，赵醒归转着轮椅出来了，刚离开男厕门，整个人就定在当场，向剑只听到他带着颤音的一声喊："向剑！拦住他！"

这是向剑第二次见到赵醒归崩溃的样子，上一次还是李老师来找他时。赵醒归的状态看着就不妙，神情又恐惧又愤怒，他用力转着轮椅往外逃，都没往教室方向去，而是想顺着无障碍坡道冲向室外。

那个怪人也动了，他离无障碍坡道更近，在赵醒归的轮椅下坡道前，他冲过去挡在坡道入口，这意味着，赵醒归出不去了。

向剑是个守门员，反应超级快，在那人刚要向赵醒归迈步时，向剑追了过来，拦在那人和赵醒归中间。这个地方已经是半室外，雨水落在三人身上，很快淋湿了他们的衣服和头发。

向剑凶狠地瞪着那怪人："你要干吗？"

那人依旧没看他，只越过他强壮的身体，看向他身后的赵醒归。赵醒归整个人都在发抖，闭着眼，捂着耳朵，不想看也不想听，上身又蜷成了一只虾米。他很绝望，想不明白，明明最近的日子过得平静又快乐，一切都在往好的方向发展，为什么，林泽还要出现在他面前？为什么，见到林泽，他还是会那么痛苦？他不是应该都放下了吗？为什么，林泽就不能彻底地消失？

"小乌龟。"林泽哑哑地开了口，"今天是四月七号，你还记得吗？"

向剑当胸推了他一把："你谁啊？"

"小乌龟。"林泽还在喊赵醒归，"两年整了，你还不肯原谅我吗？"

向剑心里一个激灵："你是林泽？"

林泽的视线终于移到他脸上："对，我是林泽，你让开，我要和他说话。"

"他不想见你，更不想听你说话！"向剑都不用回头就知道赵醒归情绪糟糕，大声喊，"你赶紧走！再不走我喊人了！"

"你为什么不想见我？"林泽失魂落魄地问，"我们不是最好的朋友吗？我都对你道歉了，你为什么还是不肯原谅我？"

赵醒归快要疯了，声嘶力竭地吼道："向剑！让他走！让他走啊！"

向剑朝林泽怒吼："你是不是有病？什么叫你道歉了？你把他害成这样道个歉就能完事啦？你赶紧滚！再不滚我揍你啊！"

"我把他害成这样……我、我把他害成这样……"林泽开始不停地摇头，"不，不，不！不是我把他害成这样的！我没有！不是我！他对你说是我害了他？他是这么讲的吗？"

向剑还没动手,林泽已经扑上去揪住他的衣领,眼神涣散,声调都劈了:"我就知道,我就知道……他到处去说了对吗?大家都知道了是吗?不!不!真的不是我!"

向剑从来没见过这样癫狂的人,林泽看着就不正常,向剑狠狠地推开他,还踹了他一脚:"你滚开!别碰我!"

林泽摇摆着身体,突然又大哭起来:"我说了我不是故意的!我从来没想过要把他弄成这样!是他先来要我的!为什么你们都要来怪我?我到底做错了什么?"

向剑浑身湿透,瞪大眼睛看向林泽,心里发毛,后背冒冷汗,偏偏这是午餐时间,教学楼里几乎是空的,他们三个发出这么大的动静,也没人过来看一眼。向剑不敢走,就在林泽疯疯癫癫、大喊大叫的时候,赵醒归说话了:"向剑,你让一下,我来和他说。"

向剑回头看他,赵醒归似乎冷静了些,他脸色苍白,眼尾发红,水珠顺着发梢往下滴,身体还在轻微地颤抖。向剑让开路,让赵醒归与林泽面对面。

林泽不疯了,站直身体看向赵醒归,眼泪鼻涕混着雨水,糊满整张脸。赵醒归看向那个陌生的人,问:"你到底要怎样,才肯放过我?"

"我放过你?"林泽像是听不懂,"这话,应该我问你才对,你到底要怎样,才肯放过我?"

赵醒归皱起眉:"我怎么你了?"

林泽的声音在发飘:"我知道你恨我,把所有的责任都推到我头上,你当时没告我,事后却把事情到处说,说是我撞的你,说是我故意把你害成这样。"他手指向剑,"你看,这个人就是证明!他什么都知道,不是你说的还有谁?胡君杰是不是也知道?他现在都不理我了,大家都不理我了,连张希婉都不理我了!他们全都知道了,不是你说的还有谁?"

林泽突然挥舞着双手咆哮起来:"我只要求你告诉他们!你原谅我了!你不怪我了!你知道我不是故意的!你为什么就是不说!就是不说!你为什么还要回来上学?如果你没原谅我你为什么不告我?你不告我不就是因为你原谅我了吗?那你为什么还要到处去说?你到底要干什么?你是不是想要我去死?你直说啊!你就是想要我去死对不对?"

到了这一刻,赵醒归和向剑都能确定,林泽疯了。向剑吓坏了,问赵醒归:"归哥,怎么办啊?要不我抱住他,你去叫人?"

赵醒归冷冷地看着林泽,说:"林泽,你去看医生吧。"

"看医生?"林泽哈哈哈地笑起来,"看什么医生?你们是觉得我脑子有病吗?我没病!我就算有病,也是被你逼的!"他指着赵醒归,"要不是你阴魂不散,我会这样吗?赵醒归,你到底要我怎样啊?是不是想要看我去死?要我去死你才满意对吗?"

他突然撸起自己的左袖管,给赵醒归看他的左腕:"你以为我没死过吗?我死过好几次了,就是没死成。"

他的左腕上有许多疤痕,像是自残的痕迹,极为骇人。赵醒归累极了,最后一次试图好好和林泽说话:"林泽,三点,第一,那天中午我和你在走廊上发生的事,我一共只对两个人说过,一个是我的心理医生,一个是我的家教老师。我没有对除他们以外的任何人说过,那天,是因为我和你发生了争执,所以,你才会故意撞我。"

他又指指向剑:"现在,第三个人听到了,是你逼我说的。"

林泽看着向剑,向剑惊觉自己听到了不得了的秘密,看向林泽的目光变得更加愤怒,还带着鄙视。

赵醒归的语气平静许多:"第二,你生病了,需要去看医生,什么病我不知道,但我确定你有妄想症。"

林泽呆呆地看着他。

"第三,关于你的诉求,我很明确地告诉你。"赵醒归的眼神变得阴冷如冰,刀子似的戳向林泽,"我恨你,林泽,我永远都不会原谅你。"

只一句话,林泽脑中最后绷着的一根神经"啪"地断裂了,他彻底地陷入疯魔,嗷嗷狂叫着向赵醒归冲过去,嘴里喊着"为什么",向剑慌得很,抬起脚就把他踹翻在地。林泽爬起来后又扑过去,向剑实在忍不住,重重的一拳砸在他脸上,林泽又一次摔了出去。

哗哗雨声响在他们耳边,地上积着水,泥泞不堪,林泽打了个滚又爬起来,已经成了一个泥人。他跌跌撞撞地冲过来,也对向剑挥出了拳头。向剑毕竟才十七岁,碰到这种事又惊又怕,精神高度紧张,自然不肯挨打,转眼就和林泽扭打在一起。

他比林泽高,身材也更壮,林泽根本打不过他,但疯了的人不怕疼,就缠着向剑让他揍。向剑都蒙了,边打边喊:"归哥!怎么办啊?这人和狗皮膏药一样!"

赵醒归淋着雨、安静地坐在轮椅上,向剑没发现,他的眼神已经变得阴鸷又狠厉,全无平日里冷静自持的模样。

他没有开口让向剑停下,双手揪着裤管,触摸到那双毫无知觉的大腿,看着向剑打林泽,眼神竟是越来越兴奋,好像那是他早就想做的一件事,向剑挥出的每一拳、踹出的每一脚,都令他感到身体里的热血在沸腾。

终于，有吃完饭的学生和老师注意到这边的异状，纷纷赶来，几个男老师和男学生用力地抱住向剑和林泽，将他们分开。

向剑已经打红了眼，一点没受伤，只不停地喘粗气。林泽的样子要凄惨许多，衣服又湿又脏，脸上青紫交加，他歪着头看赵醒归，阴恻恻地笑着："你满意了吗？你是不是满意了？还不够吗？要不要我去死给你看？"

男老师喝止他："你说什么呢？"

围观的人越来越多，纷纷扰扰的人声终于把赵醒归唤回现实，他像从噩梦中惊醒，短促地叫了一声，抬头看去，场面狼藉，所有人都在朝他看。

"赵醒归，你没事吧？"一个认识的女老师为他撑起一把伞，弯下腰温柔地问他。

赵醒归惊恐地睁着眼睛，又用手抚住胸口，当他再一次看到被人架住的林泽时，突然感到一阵胸闷，接着就眼前一黑，失去了意识。

当着很多人的面，赵醒归晕倒了，在医院醒来后，他才从父母那里知道了这件事的后续。

首先，林泽父母要向剑对林泽赔礼道歉，并补偿医药费，要不然就报警。向剑死倔，怎么都不肯道歉，对老师说："林泽把赵醒归害得瘫痪，还要跑来骚扰他！你们去查监控，是他不让我们走！是他先向我冲过来的！"

僵持不下时，林泽主动提出不需要向剑赔礼道歉，这件事他也有责任，是他情绪太激动了。林泽的妥协令调解的老师们松了一口气，于是第二个后续来了，向剑父母向老师提出，不想再让向剑和赵醒归做同桌。

他们认为残疾了的孩子心理多少有问题，赵醒归和那个林泽还纠缠不清，指不定以后会再有矛盾。赵醒归自己动不了手，就让向剑去出头，向剑单纯又莽撞，他们不想儿子再被这种事牵连。

最令赵醒归想不到的是第三个后续，校长、教导主任、他的班主任和林泽的班主任李老师都来医院看他，除了对他的身体情况表示关心，他们还忐忑地提出一个"小小"的建议。

教导主任说："你就讲一句嘛，说你原谅他了，又怎么样呢？那孩子都被带去看精神科了，医生说只要你表个态，对他的病情就会有很大的帮助，你也不想看到他的人生就这么毁掉吧？你受伤的事本来就是意外啊。"

班主任说："我知道你心里很委屈，但现在的情况是，对方只希望你能说一句原谅的话，没有别的诉求。只要你讲了，他保证以后不会再来找你。你坚持不说，万一他做傻事怎么办？他都有自残倾向啦！"

李老师说："小赵同学，你和林泽之间到底怎么回事，我并不清楚。但我知道林泽这两年的状态一天比一天差,他以前是个斯文懂事的男孩,现在完全变了个人似的。你……你的身体情况既然已经这样,不如得饶人处且饶人,就原谅他吧。"

校长说:"小赵啊,其实你重回学校上学,我们也做了很多工作,之前都没有先例。学校为你修了无障碍坡道,允许你的陪护人员陪读,还给他们安排休息的地方,允许你家的车开进学校,又配合你改装无障碍厕所。这些都是我们该做的,那你……是不是也能体谅一下学校的苦衷?就说句话的事,你就当是在救人,我听说,你和那个同学以前还是好朋友,你也不想看到他变成现在这样吧?"

赵醒归听完他们的话,脸色冷到极致,一个字都没说。校长还要再劝,范玉华下了逐客令,说儿子累了要休息,有什么事以后再说。

老师们离开后,范玉华想和儿子聊聊,赵醒归却闭上眼睛,说:"妈,我困了,想再睡会儿。"

他没有住院,休息过几个小时就回了家,这一晚失眠到天亮,脑子里翻来覆去就是校长和老师们说的话,还有林泽在他面前疯癫的模样。他想,如果让那些老师看看他现在的样子,他们还能说出这种话吗?

一个十八岁、还处在青春期的男生,已经在轮椅上坐了两年,忘记了站立、走路是什么感觉,腿变得又细又丑,每天要穿着纸尿裤睡觉,偶尔还会尿裤子,半夜翻个身都很费劲,不能随便喝水,不能随便吃饭,雨天背会疼,久坐会痉挛,有楼梯的地方就上不去,连给亲人扫墓都不行……不是一天两天,不是一月两月,他拖着累赘的下半身生活,已经两年了!往后还有几十个两年,一直要延续到死。

得饶人处且饶人?真好笑啊!难道,他被毁掉的人生,是活该吗?

赵醒归没有妥协,不管别人怎么劝,他只以沉默对待。

第十三章

人要对自己做过的事负责

(1)

两天后，赵醒归回校上课，发现向剑的座位被调开了。赵醒归依旧一个人坐在后门边，向剑被调去窗边，他们中间隔着几个赵醒归不熟悉的男同学。

林泽没回校，据说他被强制性收治入院，可能都参加不了高考。他发疯的事在校内越传越广，内容还被改得面目全非。有人说林泽是被赵醒归逼疯的，因为赵醒归认为是林泽把他害成残疾，而林泽认为那是一场意外，他不是故意的。有人说赵醒归和林泽喜欢上同一个女孩，所以在篮球场起了争执，结果两败俱伤，一个残了，一个疯了，谁都没得到那个女孩。有人说林泽被向剑揍，却大度地没追究，而赵醒归却对林泽步步紧逼，死活不肯原谅，把他逼得都自残了，这样一比，赵醒归就显得特别小气，还记仇。

当然，也有人帮赵醒归说话，说他是瘫痪啊！那么帅的一个男生突然变成残疾人，过不去心里的坎很正常。两年前到底是怎么回事，只有赵醒归和林泽自己知道，赵醒归也没去为难林泽，凭什么林泽要他原谅，他就要原谅？那不是道德绑架吗？

众说纷纭，但是在舆论风向上，学校师生的同情心已经更偏向林泽。林泽疯得很明显，似乎变成了一个受害者，而赵醒归因为家境富裕、为人清高，日常处事又冷静理智，大家都忽略了他的残障，觉得他似乎过于无情。

向剑偷偷给赵醒归发微信，说等高三生离校后，他会继续和赵醒归做同桌，让他再等两个月。赵醒归说不用了，他可以一个人待着，不想让向剑的父母担心。

这一切，他全都瞒着卓蕴，因为卓蕴即将进行托福考试，他不想让她分心。

一直到四月十二号，卓蕴考完试，开着车来了紫柳郡，赵醒归才打算把这件事告诉她。这些天他过得特别压抑，也没人能倾诉，见到卓蕴后，心底的委屈一下子就涌了出来。

"赵小归，你怎么了？"卓蕴站在他面前，低头看着男孩渐渐泛红的眼睛。

赵醒归再也控制不住自己的情绪，低声说："卓老师，你能抱抱我吗？"

卓蕴立刻张开手臂，左臂揽过他的背，右手扣住他的后脑勺，将他贴到自己怀里。赵醒归闭着眼睛，在轮椅上扭转上身，脸颊埋在卓蕴的胸腹间，鼻息间顿时充满了熟悉的气息。一开始，他的双手只放在大腿上，不知什么时候也抬了起来，环住了卓蕴的腰。

他只能这样和她拥抱，用一个别扭的姿势，像个冻僵了的孩子终于寻找到可以汲取温暖的火堆，抱住了就不想撒手，恨不得能与她融在一起。

两人都没说话，卓蕴揉着他的头发，哄孩子般拍拍他的背脊，感受到怀里的人在低声啜泣，还用鼻尖蹭着她的肚子，像一只受了委屈的小狗。卓蕴温柔地问："怎么了？碰到不开心的事了吗？"

赵醒归没回答，又抱了好一会儿才恋恋不舍地松开手，他的心情平复许多，抬起头说："我最近碰到一些事，我妈妈说我做错了，卓老师，你帮我分析分析，我真的做错了吗？"

卓蕴的指腹掠过他还带着湿意的眼尾："好，你说给我听。"

"前几天，就是四月七号，林泽又来找我了。"赵醒归轻轻叹气，"那天是我受伤两年整的日子，如果不是林泽说起，我都忘记了，真的卓老师，我都忘记了。"

赵醒归把那天发生的事，以及后来学校老师来找他的事全都说给卓蕴听，他不觉得自己有哪里做错了，没把那些老师的话放在心上，他说他不会原谅林泽，倒是妈妈的态度，令他非常难过。

那是从医院回家后，范玉华不再给赵醒归逃避的机会，一定要和他聊聊。赵醒归没办法，只能把两年前出事那天所有的细节都说给妈妈听，范玉华听完后呆了许久，接着，情绪就失控了。

"这么重要的事你当时为什么不说？"她在赵醒归面前焦虑地走来走去，抓着头发，眼泪止不住地掉，"你到底是怎么想的？你明明知道他是故意害你，为什么不告诉我们？赵醒归！你想想你这两年吃过的苦！想想你的未来！你要在轮椅上坐一辈子啊！就因为那个畜生，你一个活蹦乱跳的健康男孩变成了一个残疾人，你不恨他吗？你居然不说出来？你让他逍遥法外两年！我教你做人要善良！不是让你做一个被人害了还不敢吱声的缩头乌龟！"

赵醒归任由妈妈指着他大吼大叫，一句都没反驳。

范玉华又自言自语起来："不行，不行，我不能放过他，不能放过他……他把我儿子害成这样，我要告他，我要让他坐牢！我要他给你偿命！"

赵醒归猛地抬头看向妈妈，范玉华也在看他，脸颊上挂着眼泪，眼神里却满是戾气："我要去找律师，我要让林泽偿命。"

赵醒归："妈……"

范玉华哪里还有平日里温柔优雅的模样，在赵醒归惊愕的目光中，怒气冲冲地离开了房间。

卓蕴听完赵醒归的讲述，在椅子上坐下，赵醒归不用再仰头看她，垂着眼说："我很担心我妈妈，卓老师，我真的做错了吗？"

卓蕴觉得这不是简单的对与错的问题，但有一点她认同范阿姨，说："赵小归，出事时你才十六岁，我知道你有自己的考虑，但你的确不应该向你父母隐瞒这么重要的事。如果你当时说了，后续怎么处理，叔叔阿姨自己会决定，不用你操心。就算阿姨当时有抑郁症状，你也可以选择告诉你爸爸，而不是自己一个人扛。你看，现在你这么被动，还要被人诋毁，你妈妈会生气很正常，别说她了，我都想弄死林泽。"

赵醒归沉默许久，开口道："我没有证据，证明不了林泽是故意撞的我，那是打球，最多算一次恶意犯规，不是走在路上我绊你一脚、你捅我一刀那么简单明了。现在林泽疯了，我都在怀疑，他到底是不是故意的？会不会他真的不是故意的？一切都只是我在瞎想？"

卓蕴握住他的手："你不要怀疑自己，赵小归，你心里清楚得很，他就是故意撞你的，只是他没想到后果会这么严重，所以才会崩溃。"

赵醒归困惑地问："那我到底该怎么办？"

"把事情都说出来吧。"卓蕴说，"告诉你的班主任，告诉校长，告诉警察，信不信随他们。至少，你要摆出自己的态度，你不会原谅林泽，就算他疯了你也不会原谅，那是你的权利！这个世界上没有任何人有资格来指责你。"

卓蕴倾过上身，又揉揉赵醒归的头发："赵小归，别难过，也别害怕，我永远都站在你这边。"

赵醒归想了一会儿，终是对卓蕴绽开笑，点头道："好。"

第二天是周一，赵醒归去学校后主动找到班主任，请她帮忙联系校长、教导主任和李老师，在办公室里，当着好多位老师的面，他把两年前四月七号发生的事原原本本地说了一遍。老师们都很震惊，立刻找来几个当时在篮球场上的学生，逐一询问。

那个与赵醒归面对面起跳抢篮板的男生叫陈子俊，他反复强调自己当时道歉了，家里还拿出两万块去赔偿，可赵醒归的妈妈没有收，说不是他的错。

"林泽故意撞赵醒归？我不知道，我忘记了。"男生想起那件糟心事，依旧悔得不行，"我就不应该去和赵醒归抢球，林泽……林泽为什么要起跳？我不知道啊！打球的时候，哪里会想这么多？"

胡君杰坐在老师们面前，麻木地回答着问题。自从去年十月后，胡君杰再也没联系过赵醒归，偶尔在校内远远看到赵醒归坐着轮椅的身影，胡君杰都会主动走开。赵醒归单方面的"绝交"令胡君杰很不爽，同时，他也不知道该怎么和现在的赵醒归相处。胡君杰没想到，林泽出事，还会牵连到他。

老师问："你、赵醒归，还有林泽，你们三个是好朋友对吗？"

胡君杰："对。"

老师把赵醒归和林泽关于那封"情书"的冲突说给胡君杰听，问："这件事，你知道吗？"

胡君杰摇头："我不知道，他俩都没和我说。"

老师："赵醒归说，就是因为这件事，所以林泽在篮球场上故意撞他，以你对他俩的了解，你觉得有没有这个可能？"

胡君杰低下头，回答："我不知道。"

张希婉惊慌失措地坐在老师们面前，老师问："那天，你是不是让林泽去帮你给赵醒归送信？"

张希婉："……是。"

老师："你后来有没有问过林泽，信送没送出去？"

张希婉说："那天赵醒归受伤了，被送去医院，场面很乱，我哪里还会去想那封信的事？我没问过林泽。"

老师："后来，林泽有没有和你说过，或是暗示过，他是故意撞的赵醒归？"

张希婉吓得大哭起来："没有！我不知道，我什么都不知道！老师，我马上就要高考了，我已经很久没和林泽说过话了，我真的什么都不知道！呜呜呜……"

看吧，时间可以改变很多东西，只要牵扯到自身利益，曾经并肩作战的队友、情同手足的兄弟、羞涩暗恋的少女……统统都会变成明哲保身的聪明人。随着时间的推移，炙热的感情会转淡，浓烈的恨意会消弭，愧疚会转化为偏激，同情亦会变成逃避……当时没有公开的真相，掩埋两年后公之于众，却难以令人信服，而谎言，因为说的人精神出了问题，反而变得可信。

赵醒归说出了所有的事，却一点也不觉得轻松，老师们问他有什么诉求，是要告林泽故意伤害吗？赵醒归说："告不告林泽，由我父母决定，我本人只有一个诉求，一直都没变，就是……我希望林泽永远都不要再来骚扰我。"

就这样鸡飞狗跳地过了一周，周六是赵醒归的生日，他曾经为此期待很久，却没想到会在生日前夕碰到这样烦人的事。

这一个多星期，范玉华的情绪一直不太好，在家里要么沉默，要么发火，连着赵相宜都被她莫名其妙地骂过几顿。所以这一天，家里的气氛并没有因为赵醒归的成年礼而变得轻松一些，赵醒归自己也不开心，要不是爸爸坚持，他甚至都不想过生日了。

卓蕴下午就来了紫柳郡，带着一个大袋子上三楼，告诉赵醒归，这是送他的生日礼物。赵醒归看着她从袋子里掏出一个大盒子，问："这是什么？"

卓蕴把盒子递到他手上，赵醒归呆滞了，纸盒上是花里胡哨的卡通图案，印着几个大字——桌面投篮机，适用年龄：3岁以上。

"是个玩具。"卓蕴挠挠脑袋，有点尴尬，"我很早就买好了，逗你开心的，你不喜欢吗？"

赵醒归说："没有，我很喜欢，谢谢。"

"说了是逗你开心的，你还真信这是礼物啊？"卓蕴觉得好没意思，从袋子里掏出另一个红色丝绒小盒子递给他，"呐，这个才是生日礼物。"

这是一个首饰盒，赵醒归打开盖子，看到一枚小小的、精致的千足金龟壳，食指指甲盖儿大小，还串着红绳，笑了一下："谢谢。"

卓蕴说："这是转运黄金龟，可以当手链或脚链，你想当吊坠也行，得换根链子。"

赵醒归说："我现在上学，不能戴首饰。"

卓蕴说："先放着吧，以后可以戴的。"

赵醒归低头看脚："要不，当脚链吧，裤子一遮，没人能看见。"

卓蕴一愣："你现在就要戴吗？"

"嗯。"赵醒归弯腰把右脚捞起来，搁在左大腿上，脱掉鞋子，研究着红绳怎么往脚上套。

卓蕴接过他手里的绳子："我来吧。"

她把绳子拉松，抓着赵醒归的右脚把绳子套进去，在他脚踝处把绳子收紧一些："一定要戴在袜子外头，不要贴着肉，我怕你皮肤被蹭破，你自己都不知道。"

赵醒归看着那枚金龟壳连着红绳戴在他右脚踝上，伸手去摸摸："真的能转运吗？我最近运气的确不太好。"

"一定能！"卓蕴笑着拍拍他的右脚背，又挠挠他的脚底板，赵醒归只看着她的动作，什么都感觉不到。

卓蕴又小心地帮他把鞋子穿上，抬眸说："生日快乐呀，赵小归同学。"

赵醒归依旧兴致缺缺："谢谢。"

卓蕴嘟嘟嘴，说："其实，还有一份礼物。"

"还有？"赵醒归这才有了点精神，"怎么那么多礼物？"

卓蕴从袋子里拿出最后一样东西："就是一幅画，我准备当作品提交的，原件送给你，我已经拍过照了。"

那是一幅尺寸为六十厘米乘五十厘米的水彩画，横版，画的就是紫柳郡篮球场。一个穿着黑色卫衣的男孩坐在轮椅上投篮，背景是清透的蓝天白云，周围树木葱郁，男孩是侧脸，看不清五官，只能看到他挺直的腰背和漂亮的投篮姿势，篮球飞在半空中，眼看着就要入网。

赵醒归看着这幅画，笑容终于不那么牵强："我喜欢这份礼物，卓老师，谢谢。"

"不客气。"卓蕴松了一口气，赵醒归收礼物的场景和她想象的完全不一样，她本来是打算先用投篮机玩具去骗他，小少年一定会很不满，气鼓鼓地说：你怎么就送我这么个东西？

然后，她再把小金龟拿出来哄他，和他一起玩会儿投篮机，最后再把那幅画藏在他房里的某个地方，等她离开了，给他一份惊喜。现在她一股脑儿全拿出来了，总算是把赵醒归逗得开心了些。

没过多久，苗叔喊他们下楼吃饭，卓蕴和赵醒归一起去餐厅。这天的晚餐特别丰盛，都是赵醒归爱吃的菜，赵相宜要给哥哥戴生日帽，赵醒归不愿意，赵相宜只能讪讪地放下了帽子。

大家在餐桌边坐下，赵相宜从冰箱里捧出一个生日蛋糕，正在拆蜡烛包装时，范玉华的手机响了，她看了一眼来电人，接起电话："喂，钱律师，你说。"

电话里的人说了一些话，范玉华的脸色变了，突然大叫起来："就没有别的办法了吗？！"

桌边众人都吓一跳，连刚要端菜上桌的潘姨都抖了一下。

"不可能一点办法都没有的。"范玉华表情愤怒，"我儿子当时年纪小，没把这事说出来，法院难道不考虑这种特殊情况吗？"

对方说完话后，范玉华又重重地一拍桌面："我当时要是知道怎么可能不去告？我就是不知道！我儿子他没说啊！"

"证据？什么证据？监控算吗？我要是有别的证据还来找你干什么？你是律师还是我是律师？"范玉华站起身，在餐桌边一边转圈一边大声讲电话，赵伟伦和赵醒归都担忧地看着她，赵相宜蜡烛都不敢拆了，卓蕴也很紧张，能看出来范阿姨非常生气。

"我不管。"范玉华站住身子，说得斩钉截铁，"我必须要告他，你别给我整这些借口，让你去起诉你就去！法院受不受理到时候再说！我就不信了，他把我儿子害成这样还想好好过日子？做梦！"

范玉华挂掉电话，又怒视着赵醒归："你知道律师怎么说的吗？告他故意伤害没证据，告他人身损害、想要民事赔偿，诉讼有效期只有一年！一年！你当时为什么不说？！"

赵醒归脸色煞白，赵伟伦起身去拉范玉华："玉华，你别激动，今天是小归生日。"

"小归生日……"范玉华抬了抬下巴，眼泪已经滑下脸庞，"你还有心思给他过生日？他是你儿子啊！你看看他现在的样子！他再也站不起来了！都是因为那个畜生！那个人什么事都没有，我儿子却只能天天坐轮椅！我不会放过他，我不会放过他……"

赵醒归开口了："妈，我当时不说，就是不想看到你变成这个样子。"

"我变成什么样了？"范玉华通红着眼睛瞪他，"我在帮你报仇！你什么都不懂！你怎么会这么傻？你当时为什么不说？我问你！你当时为什么不说？！"

"我没有证据！你要我说几遍？"赵醒归也大吼起来，"钉子不是他埋的！我摔倒后也是自己站起来的！我没有办法证明他是故意撞的我！他完全可以不承认！说那就是一场意外！"

"那我也能告他人身损害！就当他不是故意的好了，我也能告他！要他赔钱！连着另外几个人还有学校一起告！现在过诉讼期了你懂吗？意外……我还真信了那是一场意外，赵醒归！"范玉华过不去心里的那道坎，摇着头说，"那不是意外，不是！你被人害了，你还不说！你怎么会这么傻？这是一辈子的事啊！你的人生就这么完了，你知不知道？"

赵醒归的脸色已是一片冰霜，赵伟伦揽住妻子的肩："玉华，玉华，别说了，听我的，别说了，小归已经很难过了，你先冷静一下……"

范玉华哭倒在丈夫怀里："你要我怎么冷静？我儿子被人害得瘫痪了，我要杀了林泽！我要杀了他……"

赵醒归看着范玉华，问："妈，你真觉得我瘫痪了，人生就完了吗？"

范玉华泪眼蒙眬地看着他："你要是没受伤，往后的人生会有多精彩，你没想过吗？你怎么可能会去打那什么轮椅篮球？怎么可能会和那些残疾人混在一起？那根本就不是你应该经历的事！"

赵醒归心底发凉，移开视线不再去看她，双手扣上轮椅钢圈，倒退着离开餐桌："我不吃饭了，你们吃吧，我想上楼去待会儿。"

他转着轮椅去往电梯间，卓蕴立刻追了上去。苗叔和赵相宜一直不敢说话，赵伟伦揽着妻子，对赵相宜使了个眼色，夫妻俩也离开了餐桌。

潘姨呆呆地站在厨房门口，看着人一个个走掉，那一大桌子菜一口都没动，忍不住抹了抹眼角，苗叔走到她面前，低声说："没事没事，一会儿热热可以吃。"

"好好的一个生日，怎么搞成这样？"潘姨伤心地说，"太太最近怎么回事？小归已经那么听话了，她为什么还要骂他？"

苗叔说："东家的事，咱俩就少议论吧，太太也是心疼小归，唉……最可怜的就是小归了，多好的孩子啊。"

房门被敲响，卓蕴去开门，赵相宜站在门外，手里捧着那个生日蛋糕，手腕上挂着一个袋子，里头是刀叉纸盘和蜡烛火机，怯怯地说："卓姐姐，我爸爸让我拿上来的，你和我哥一块吃吧，他一直很喜欢吃这家店的蛋糕。"

卓蕴接过蛋糕和袋子："谢谢，我们会吃的。"

赵相宜乖巧地点点头，下楼去了。卓蕴在桌上放下蛋糕，赵醒归坐着轮椅待在落地窗边，背脊朝着她，从上楼后到现在，他一动不动，一句话都没说。卓蕴走到他身后，伸手搭上他的肩，与他一起看玻璃上照出来的、两人模糊的影子。

"别不开心了。"她在他耳边说，"你知道的呀，你妈妈就是担心你，说话着急了点。"

赵醒归面无表情："卓老师，我一直以为，只要我足够努力，表现得足够冷静，生活能自理，明年考上Ａ大，学会打轮椅篮球，就能让我妈妈放心。我不想让她失望，我做不了她完美的儿子，但我还活着，我想在我的能力范围内做到最好，想让她欣慰，让她为我骄傲，我真的……一直都是这么认为的。"

卓蕴心疼地叫他："赵小归……"

"但我好像弄错了。"赵醒归低下头，心中满是苦涩，"她觉得我的人生已经完了，再努力都没用，她不会为我感到骄傲，就因为我残疾了，她心里其实就是失望的，对吗？"

"不，不不不，不是的，没有。"卓蕴连连安慰他，"你不要乱想，这件事就是太过突然，你妈妈对林泽太生气了，她现在只是心情不好，把气撒到你身上罢了，你别往心里去，你妈妈很爱你的。"

卓蕴摸摸赵醒归的脑袋："赵小归，你要自信，你真的很棒，超级棒！我为你感到骄傲，真的真的，我……"

"那你喜欢我吗？"赵醒归突然扭过头来，打断了卓蕴的话，"我喜欢你，卓蕴，你喜欢我吗？"

卓蕴又被他的眼神蛊住了，那双漂亮的、眼尾上挑的桃花眼，有着最深邃的眼神和最长最翘的睫毛，此时那黑色瞳仁里倒映着一个小小的她，并不惊慌，也不生气，她的心情是如此放松，答案随着心意就倾吐出来："喜欢啊。"

赵醒归问："不是对弟弟的那种喜欢吧？"

卓蕴微笑，摇头："不是。"

听到她的回答，赵醒归的眼睛亮了起来，唇边泛起微笑，深深地看着卓蕴，这……才是他最想要的生日礼物。

夜幕降临，窗外月光皎洁，湖上风平浪静。落地窗边，少年抬起头，右手紧紧地牵住了女孩的左手。

卓蕴捏捏他通红的耳垂，问："赵小归，开心点了吗？"

"嗯。"赵醒归又想起在餐厅发生的不愉快,"卓老师,你是不是也和我妈一样,觉得我很惨?"

卓蕴想了想才回答:"说实话啊,以前这么觉得过,现在没有了。"

"可能,你们自己是健康的,看到我的样子会觉得我很可怜,过得很惨,但其实……"赵醒归说,"就是换了一种生活方式。"

卓蕴笑:"像只小乌龟,做什么都慢吞吞的。"

赵醒归也笑了一下,神色又沉静下来:"卓老师,林泽没有毁掉我的人生,最多只能算改变了我的人生。我已经做好准备在轮椅上待一辈子了,的确会很辛苦,有时还很狼狈,但真的没你们想象的那么难熬。我现在也能感受到快乐,也有努力的方向,有在乎的人,有想做的事。我还活着,就是个完整的人,你说对吗?"

"对。"卓蕴笑着看他,"在我眼里,你就是个特别健康、特别优秀的男孩,是我见过最聪明、最帅气、最可爱的男孩,是我的赵小归。"

赵醒归笑得腼腆,卓蕴撩了下他的刘海,两人一起哧哧傻笑,卓蕴说:"来,过生日吧。"

他们来到书桌边,卓蕴关掉房里的灯,在蛋糕上插上蜡烛,点燃,拍着手为赵醒归唱了一首生日歌。对着那朵摇曳的小火苗,赵醒归双手合十,闭眼许愿,然后睁开眼睛,将蜡烛吹熄。

他切开蛋糕,和卓蕴一人一块端着吃。他们都没吃晚饭,这会儿早饿了,卓蕴用食指勾了点蛋糕抹在赵醒归鼻尖上,又嚷嚷着要给他拍照,赵醒归也没拒绝,被拍过几张后,他的心境越发平和,很自然地和卓蕴聊起林泽的事。

赵醒归说:"我不是不想告林泽,而是知道我告不赢他,我只想他赶紧高考完离校,这辈子都不想再看到他。"

卓蕴吃着蛋糕,说:"但你妈妈不这么想,她说的也没错,林泽害了你,应该受到惩罚,要不然真的没天理啦。"

赵醒归皱起眉:"我说过了,当时我不讲,是因为如果要告他,就要连那个和我正面抢球的男生一起告,没法告他们故意伤害,只能是我妈妈说的人身损害赔偿。"

他深深地叹气:"这件事情大部分责任是在我自己,还有学校,就算告赢林泽和那个男生,他们也赔不了几个钱。而且你也看到我妈妈的状态了,两年前她状态更差,我真觉得如果我说了,我妈会做出极端的事,搞不好能拿把刀去把林泽给捅了。你别看我妈平时温温柔柔的,其实是个特别厉害的人,以前在公司上班,下属都很怕她,我现在就特别烦,只希望这件事快点过去。"

事情发展成这样,卓蕴也无计可施。赵醒归把能说的都说了,林泽也病了,范玉华要林泽付出代价，林泽又希望赵醒归能原谅他，赵醒归只要求林泽再也不出现，三个人的诉求似乎都难以得到满足，相对来说，还是赵醒归的诉求更简单一些。

"你找个机会，再和你妈妈好好聊聊吧，之前可以先和你爸爸聊，把你的想法都说给他听。"卓蕴也只能这么安慰赵醒归，"赵小归，别太在意你妈妈的话，你知道她爱你，她只是太生气了。你的人生还很长，以后你会去跑马拉松，去滑雪，去打奥运会，你会成为一个科技大佬，未来依旧会很精彩。"

赵醒归看着她的眼睛，问："你会陪着我吗？"

卓蕴重重点头："会！"

后面的几天，范玉华的情绪依旧不稳定，赵醒归和赵相宜都是夹着尾巴做人，不敢惹妈妈生气。赵伟伦帮范玉华预约到心理医生，范玉华起先不愿意去，厉声问丈夫："你觉得我疯了？"

"没有，就是去和斯医生聊聊。"赵伟伦安抚着妻子，"他知道所有的事，你以前也和他聊过，效果挺好的，不是吗？小归也很喜欢他，斯医生真的帮了我们很多。"

范玉华终于答应去见斯湛，但她对赵醒归的态度还是忽冷忽热，好的时候是极致的温柔体贴，火起来就大发雷霆。她最恨的就是赵醒归两年前的隐瞒，那简直成了范玉华不能细想的一件事，好像如果赵醒归不隐瞒，事情的走向就会变得不一样似的。

但事情真的会不一样吗？赵醒归和赵伟伦都清楚得很，不会。

如果赵醒归当时说出那件事，无非就是让林泽和另一个男生赔点钱，事情依旧会被定性为意外，他们不可能坐牢，而赵醒归还是会瘫痪，甚至，范玉华在当时就会变得很偏激。

这事儿没法说对错，赵伟伦通过与儿子深聊，也明白了他的顾虑，觉得赵醒归当时隐瞒下来，也有一定的道理。

四月二十四号，周五，卓蕴的托福成绩下来了，足够满足那所艺术院校的语言要求，她一身轻松，看过时间，发现还很宽裕，决定去二中接赵醒归放学。

她没有告诉赵醒归，想给他一个惊喜，开着车来到二中门口，离放学还差半个小时。卓蕴把车停在马路对面的路边泊位上，坐在车里给苏漫琴打电话。自从离开A大，两个月了，她还没见过苏漫琴，每周末去一趟紫柳郡都是为了赵醒归。这天提交完入学申请，卓蕴有空了，想和苏漫琴约个饭。

正煲着电话粥，卓蕴看到马路对面二中的自动门缓缓拉开，对苏漫琴说："先不聊啦，我接人放学呢，到时间了。"

"哈哈哈哈！"苏漫琴快要笑疯，"接高中生放学，这是什么神仙场景？你好强，我是体验不到了。"

卓蕴无语地挂掉电话，开门下车，倚在门边等那辆熟悉的宾利开出来。

二中有晚自修，下午五点半离校的学生非常少，也不太会有人来接高中生放学，所以门口人来车往，看着很平静。

可这一天，在校门外等赵醒归的人，不止卓蕴一个，一位四十多岁的中年妇女骑坐在电瓶车上，一双眼睛也是紧盯着校门。

几分钟后，宾利开出来了，卓蕴刚要给赵醒归打电话，就看到一辆电瓶车快速地横穿马路，在宾利车头前方一个打横急刹，拦住了宾利的路。宾利车也是一个急刹，差点撞上去，从驾驶座下来的是苗叔，着急地走向那辆电瓶车的骑车人。

学校的自动门在宾利车后方缓缓关上，宾利被前后挡住，进退不得。苗叔还没来得及对那个骑车人说话，她已经停好车，拔下车钥匙，气势汹汹地走到宾利后车门边，"哐哐哐"地拍起车窗："赵醒归？你是不是赵醒归？你下来！我要和你说话！你开门！下来！你给我下来！"

车窗上贴着膜，女人看不见车内场景，只顾不停地拍门。苗叔是个好脾气的人，跑到她身边劝她："这位大姐，你是哪位啊？你有什么事就和我说，我可以做主的。"

"你叫谁大姐？谁是你大姐？"那女人冲苗叔一挺胸脯，吓得苗叔倒退一步。

卓蕴已经穿过马路来到他们身边，问："苗叔，怎么回事啊？"

苗叔像是见到救星："小卓！小卓你来得正好，这人非要小归下车，我都不知道她是谁！"

卓蕴看向那中年女人，她中等身高，体形微胖，穿着朴素，留着一头短发，面容略显苍老，没什么特别的地方，便问："这位阿姨，您找赵醒归有什么事？"

"你又是谁啊？关你什么事？"女人指着她，"你们都给我让开！今天我是来找赵醒归的！"她又转向后车门："赵醒归！我知道你在里面！你给我下来！下来！"

除了哐哐哐地拍门拍窗，她还试图去拉门把手，自然是拉不开。卓蕴担心赵醒归，希望他聪明点，千万不要开门开窗，鬼知道这人要干吗。幸好，赵醒归很理智，门窗纹丝不动，应该是一点也没打算与这女人对话。

卓蕴说："苗叔，报警吧。"

苗叔刚拿出手机，那女人就扑过来，指着他们大吼大叫："报警？你们还有脸去报警？我就是要来问问赵醒归，为什么要把我儿子害成这样？我儿子好好的一个人，现在变得人不人鬼不鬼，都是赵醒归害的！要报警也是我报警！你们把警察叫来！赶紧叫！我今天就是来给我儿子讨公道的！"

卓蕴的眼神变冷了，看着那女人歇斯底里的样子，问："你是林泽的妈妈？"

女人颇有气势地抬头挺胸："对！我是林泽的妈妈！我知道你们有钱，但我不怕！有钱了不起啊？赵醒归这不就瘫了吗？说明老天是开眼的！他家坏事做多了才会报应到他身上！"

卓蕴死死压抑住想要揍人的冲动，冷静地问苗叔："苗叔，车上有行车记录仪吗？"

苗叔说："有。"

"行。"卓蕴说，"先别报警了，我和她聊聊。"

她环视周围，学校门口自然有监控，还不止一个。她又抬头看了眼天空，心道：老天，如果你真是公平的，今天就帮我一把吧。

（2）

林泽的妈妈叫饶英，是个普通的超市理货员。两年前事故发生后，饶英被老师叫到学校，和另一个男生陈子俊的妈妈一起看过篮球场上的监控。老师把那段冲撞视频反复播放几遍，按下暂停，指着静止画面上三个跳起的人说："这是赵醒归，这是陈子俊，这是林泽。"

那个冲撞发生得很快，饶英看不懂篮球，但能看明白，三个男生跳起时几乎挤在一起，赵醒归和陈子俊是面对面起跳，林泽在赵醒归左边，冲撞后，赵醒归就向右边飞了出去，摔在篮球架下好半天没爬起来。

众人一拥而上，几分钟后人群散开，赵醒归站起来了，反手撑着后腰，被胡君杰扶着往场边走，半路上还和林泽说了几句话。饶英看完视频，问老师："这是什么意思？赵醒归不是站起来了吗？"

那个时候赵醒归已经在医院待了两天，进行过第一次手术，老师对饶英和陈子俊的妈妈解释了赵醒归目前的身体情况，陈妈妈呆住了，饶英却是一迭声地叫："什么意思呀？这、这是要我们赔钱吗？明明就是你们学校的责任！赵醒归能站起来！跟我儿子半毛钱关系都没有！"

老师说："学校肯定有责任，也会和赵醒归家长协商赔偿，但是，如果赵醒归家长向林泽和陈子俊提出民事赔偿要求，我们也会配合，请你们过来就是事先告知这件事。从监控来看，林泽和陈子俊都是有一定责任的。"

饶英不理解："林泽有什么责任？打球撞来撞去不是很正常吗？如果你们把

那个钉子包好，不就什么事都没了？而且赵醒归站起来了呀！说明他当时是没事的！这还要讹钱？是自己摔了还要找个垫背的吗？"

老师说："林泽妈妈你别激动，赵醒归父母还没表态，这件事目前来看就是一次意外伤害。赵醒归的父母都是知识分子，还比较讲道理，我们会好好和他们沟通，争取由学校出面把事情妥善解决。"

饶英回家后，把林泽骂得狗血淋头。他们家由她说了算，她很强势，丈夫和儿子在她的威压下，性格就显得温和又软弱。饶英指着林泽，气不打一处来："赵醒归家里有钱，我让你好好和他处朋友，是想要你大学毕业找工作能多条路！你倒好，去撞他干什么？现在好了，把他撞坏了，人家要找我们赔钱呢！"

林泽垂着头说："赔吧，该赔的。"

"赔个头！我一毛钱都不会给！"饶英气炸，"你自己不赚钱，知不知道我和你爸赚钱有多辛苦？我一个月工资才三千多，你过生日，赵醒归送你那个包就要七八百！这种公子哥，我拿什么去赔他？他们家又不缺钱！就是出事了想找人背锅！这锅，咱们家可不背！"

后来，陈子俊的妈妈带着陈子俊去找范玉华，陈子俊哭哭啼啼地向范玉华道歉，陈妈妈拿出两万块说要赔偿，希望范玉华不要告陈子俊，她愿意私了。

范玉华没收，说不是陈子俊的错。她和赵伟伦都看过监控，赵伟伦懂球，看得很分明，陈子俊就是正常抢篮板，没犯规，赵醒归是被林泽撞飞的。范玉华知道林泽是赵醒归的好朋友，等待着林泽和家长来道歉。她想好了，只要林泽诚心道歉，她也不会为难对方，不会收他们的钱。但是，林泽和他的家长一次都没来过。

事发后，范玉华只见过一次林泽，是在那年六月，林泽和篮球队的人一起来医院看望赵醒归。林泽没有叫她，始终躲在人群外，也没和赵醒归说话，待了没多久，他们就离开了。从那以后，范玉华见过胡君杰，却再也没见过林泽。

她想，出了这样的事故，林泽一定会内疚，会不敢来见赵醒归，赵醒归也不愿再见他，所以，两个孩子断了联系，很正常。

赵家息事宁人，林家却还在担惊受怕。一开始，饶英提心吊胆，生怕赵醒归的父母真的来找林泽赔钱。为此，她还去问过陈子俊的妈妈，陈妈妈说赵醒归父母原谅了陈子俊，没收他们的钱，愿意接受学校的处理结果。饶英还不放心，又去问了一个律师，对方说民事损害赔偿诉讼时效是一年，于是，饶英开始等待，一年期满后才放下心来。

在这个过程中，林泽身上起了让饶英难以理解的变化。前一年多还好，林泽能正常上学，只是成绩有所退步，并且再也不去打篮球。他变得消沉许多，有时候不愿吃饭，有时候又暴饮暴食，渐渐地从一个清瘦秀气的男孩变得不修边幅，还胖了许多。饶英没放在心上，偶尔骂林泽几句，叫他收心搞学习，自己的前途最要紧。

到了去年九月，赵醒归回校上课，饶英发现，儿子越来越不对劲了。他变得疑神疑鬼，回家后就躲在房里不出来，听到别人小声说话就会情绪失控，生气地问他们在说什么，是不是在议论他。

胡君杰来家里找过林泽，饶英没听到他们聊了什么，只见到胡君杰气呼呼地离开，而林泽在房里嚎啕大哭："我说了我不是故意的！你们为什么就是不相信我？！"

饶英给儿子收拾房间时，翻到过一本林泽写的日记，上面每一页都字迹凌乱地写满了：

我不是故意的，你为什么不肯原谅我？

我只是想让你出丑，没想让你瘫痪。

你为什么不告我？你已经原谅我了对不对？

我真的不是故意的，你杀了我吧，杀了我吧！

饶英看得胆战心惊，拿着日记本去问林泽，林泽崩溃了，抢过本子撕得粉碎，哭喊着他不想活了，只要他死了，赵醒归就会原谅他。

饶英抖动着嘴唇，问："你老实告诉我，你到底是不是故意的？"

林泽沉默许久，突然"扑通"一声给饶英跪下，哭着说："妈，我去自首吧！我愿意坐牢！我们给赵醒归赔钱！我每天都做噩梦，我真的活不下去了！"

饶英甩了儿子一个巴掌："说什么胡话呢？坐什么牢赔什么钱！这事儿已经过去了！你本来就不是故意的！只要你不说，谁能知道啊？"

林泽喃喃道："赵醒归知道，他什么都知道，他一定都告诉别人了，他都说出去了……"

饶英看着林泽一天天地变了样，每天魂不守舍，成绩跌到年级倒数，到后来，儿子居然开始自残！饶英带他去看医生，医生说林泽有精神分裂征兆，需要长期吃药治疗。

晴天霹雳，饶英傻眼了。她想，赵醒归虽然成了个瘫子，但家里有司机有保姆，有的是人伺候他，大不了不上班，让人养一辈子。林泽不是啊！林泽是他们家唯一的希望，她就这一个儿子，读书那么好，还指望他将来考个好大学、找份好工作，成家立业，出人头地。好好的一个儿子就这么疯了，饶英愈发怨怪起赵醒归来。

时间到了这年的四月七号，林泽居然又去骚扰赵醒归，事情闹得还很大。李老师让饶英送林泽去就医，医生直接让林泽住院，说他的状态已经不适合参加高考。林泽哭哭啼啼地对饶英说，他只想让赵醒归原谅他，他不想再做噩梦了。

又过了一周，李老师给饶英打电话，说赵醒归对老师们说，他认为林泽是故意撞的他。

这下子饶英出离愤怒了，不仅矢口否认，还在电话里对着老师大骂赵醒归，说："我儿子不可能做这种事！这是造谣！赵醒归有什么证据？是想要我们家赔钱吗？不可能！一毛钱都没有！"

李老师说，赵醒归没有要林泽赔钱，只希望林泽再也不要去找他，如果林泽不听，赵家会用法律武器来解决这件事。

这大半年，因为林泽精神出了问题，饶英已经在儿子身上花了很多钱，对赵醒归恨之入骨。听完李老师的话，她突然有了个主意，于是这一天，她就来二中门口蹲点，想要为林泽"讨个公道"。

此时，电瓶车横在宾利车头前，只离保险杠半米远，宾利车边，饶英与卓蕴对峙，目标非常明确。卓蕴并不知道饶英心里的弯弯绕绕，脑子里只有一个念头，正在慢慢成形。她没有把握，一切只能看天意。

卓蕴走到车头前，看了眼电瓶车的位置，又透过挡风玻璃往车内看，能看到赵醒归待在驾驶座后面，被挡住了大半身体。她也不管他能否听见，对着挡风玻璃喊："赵醒归，你在车里别出来！这事儿我来解决！"

赵醒归听不太到车外的声音，之前的确在犹豫要不要开窗问问到底是怎么回事，可这时接触到卓蕴的视线，明白了她的意思。

她很镇定，不希望他出来。赵醒归隔着玻璃对她点头，把手从车窗开关上挪开了，拿出手机拨打110，又给爸爸打了个电话。

车外，卓蕴的言行提醒了饶英，挡风玻璃处能看到车内情景，于是她也冲过去，隔着电瓶车在车头外大喊："赵醒归你给我出来！我要和你说话！你出来！我告诉你！你躲不过去的！"

校门口的吵闹声吸引了部分路人的注意，毕竟这是一辆豪车，逐渐有人驻足围观，以为是豪车撞了电瓶车引发的纠纷。

有人问："这是什么车啊？看着挺值钱。"

"那姑娘长得真漂亮，她们在吵什么？"

"不知道，车上的人一直没下来。"

二中的保安也走出来，问苗叔："怎么了？撞上了？"

苗叔懊恼地摊开手："没有呀！这人突然拦着我们，不知道要干什么。"

车头前，卓蕴抱着手臂问饶英："林泽妈妈，你要对赵醒归说什么？和我说就行，我是他姐姐。"

饶英看了她一眼，卓蕴很美，穿得也洋气，饶英有点信了，指着挡风玻璃、提高嗓门喊："我就是要问问赵醒归！凭什么说是我儿子故意撞的他？这是血口喷人！我家孩子都这么可怜了，还要被你们泼脏水，你们就是仗势欺人！"

"哈？"卓蕴失笑，"你儿子可怜？那你有没有问过他，为什么会变得这么'可怜'？难道不是因为心虚吗？"

"我儿子一点不心虚！刚好，这儿人多，大伙儿帮我评评理！就看看这种有钱人，是怎么和我们小老百姓过不去的！"

饶英站在车头前，对着围观路人慷慨陈词，巴拉巴拉说着两年前的事，最后说："学校都判了是意外，他们家也没要我家赔钱，现在过了两年，这小子突然说是我儿子故意撞的他！你们说说，有道理吗？这是隔着两年还要来碰瓷啊！"

原来不是交通事故？路人们并不清楚前因后果，不好发表意见，但很多人会莫名仇富，看到这种有钱人和普通百姓的争执，又见饶英一副理直气壮的样子，心中的天平会不自觉地往饶英这边倾斜。

苗叔气得浑身发抖，都要冲上去打人了，保安拉住他，苗叔指着饶英说："你这是颠倒黑白啊！你才是来碰瓷的呢！你让你儿子摸着良心说说，他到底是不是故意的！谁撒谎谁天打雷劈！"

饶英脸皮很厚："我儿子不会撒谎！他说他不是故意的，就不是故意的！"

卓蕴并不理会周围的议论声，也没想把事实真相对路人解释，心里只有一个目的，平静地对饶英说："林泽妈妈，据我所知，赵醒归没有要求你儿子赔钱吧？甚至没要求他道歉，他只希望林泽再也不要出现，所以你今天过来，到底想干什么？"

"我想干什么？你知道我儿子现在成什么样了吗？"饶英说着又大哭起来，对着路人不停哭诉，"我儿子今年上高三，二中的学生啊！本来前途无量的，就因为那次打篮球撞了人，整个精神都垮了，现在还在医院住着呢！我儿子都这样了，这家人还不放过我们，还要污蔑我儿子！出事的时候我儿子才十六岁，还是个孩子啊！"

她哭天抢地，卓蕴扫了一眼围观人群，人越来越多了，她的声音也大了些："林泽妈妈，听不懂我的话吗？你倒是说呀，你到底想干吗？我们赶时间，没空陪你在这儿演戏，你再不说我可真要报警啦。"

就凭饶英那句"讨公道"，卓蕴心里已经有了猜测，想要看看自己猜得对不对。果然，饶英的回答验证了她的想法："我儿子被你们折磨得人不像人鬼不像鬼，现在每天都要吃药，家里已经花了好多钱！还不能参加高考！这一切都是因为赵醒归！我要他向我儿子道歉！然后赔偿我们医药费！"

卓蕴装作吃惊的样子："啊？赔偿你们医药费？"

"没错！"饶英叉着腰，"我儿子痊愈前的医药费都要你们家负责！还有精神损失费！如果你们不答应，我就带我儿子一趟趟去找赵醒归，你们自己看着办吧！"

卓蕴"哦"了一声，提高声量说："只要我们答应给钱，你就保证林泽再也不出现在赵醒归面前，是这个意思吗？"

饶英没在乎她话里的讽刺意味，大声说："对！你以为林泽很想见赵醒归啊？我呸！他一点都不想！只要你们能给钱让林泽好好治病，他才不会去找赵醒归呢！"

苗叔无语地看着饶英，搞半天这人竟是为了要钱，哪儿来的脸？

卓蕴说："林泽妈妈，你有没有想过，你儿子为什么会疯掉？"

饶英大怒："我儿子没疯！他只是暂时生病！会好起来的！"

卓蕴摇头："不，你儿子心里有鬼，永远都好不起来啦。"

"你这人说话怎么这么恶毒？你有证据吗？有证据你拿出来呀！少装腔作势了！"饶英怒视着卓蕴，"我儿子就是太善良！不小心撞了人，心里一直过意不去，那也不能由得你们到处瞎说！"

她又对着挡风玻璃喊："赵醒归你给我出来！你躲得了初一躲不了十五，我要你当众把话说清楚！给我儿子赔礼道歉！"

车厢里，赵醒归从座位靠背上露出两只眼睛，看着车头前的情景，发现卓蕴又看了他一眼，还对他做了个手势，示意他别动。赵醒归的心安定许多，决定静观其变，等待警察过来。

"他不会出来的，也不会对你儿子道歉，更不可能赔钱。"卓蕴像听了个笑话般笑得花枝乱颤，"林泽妈妈，你可真是想钱想疯了，本来呢，要不要告林泽，我们还没商量好，既然你是这样的态度，那我们就只有法院见了。"

饶英一愣，见她胸有成竹的样子，梗着脖子说："你忽悠谁呢？你们要能告，两年前就去告了！这个官司的诉讼期只有一年，早就过期了！而且你们根本没证据！就是血口喷人！"

"哇哦，诉讼期过了你都知道啊？看来去咨询过了呢。"卓蕴笑着说，"不过，谁说我们没证据？"

饶英惊了："什么？"

"我们不像你，要在大街上升堂，我们一般都是私底下把事儿都准备妥当，再来和你算账。"卓蕴一直表现得气定神闲，"好心提醒你，两年前我们的确没证据，不过现在有啦，是你那宝贝儿子自己说的，都给录下来了，他亲口承认他是故意撞的赵醒归，不信你回去问问他。"

"不可能！"饶英心中惊惧，面上却未表现出来，"我自己儿子我了解！他从小善良懂事，就算说了这种话，也是被你们威胁的！而且早就过一年了，你们根本没法去告！"

卓蕴悠悠地说："林泽妈妈，别以为咨询过律师就万事大吉了，有条解释不知道你能不能理解，诉讼时效是从受害人知道或者应当知道权利被侵害时起计算，赵醒归原来不知道的，林泽主动承认后他才知道，明白吗？"

这样的法律条款解释，饶英一时半会儿弄不懂，心里又气又慌，想着，难道真要被告了？她咬牙切齿地指着卓蕴："你们这种人真的坏进骨子里了，明明已经这么有钱，还要找我们小老百姓的麻烦！我们做人可真难啊！你们这是要逼死我儿子啊！"

她叫了一声，又开始新一轮的哭天抢地，看热闹的人根本听不明白，见饶英嗷嗷哭，还觉得没意思，一个一个地离开。饶英眼看着要失去舆论支持，卓蕴还不给她缓冲机会，往她面前跨了一步，用很低很低的声音说："林泽妈妈，钱呢，你是不可能要到的，赵醒归呢，也一定会去告林泽，不过你别以为事情就这么完了。"

饶英瞪着她："什么意思？"

卓蕴冷冷一笑："我可以非常明确地告诉你，就算林泽病好了，回学校上课了，他以后也只会是个生活在社会底层的垃圾。他把赵醒归害得要在轮椅上坐一辈子，你觉得，我们会让他过好日子吗？"

饶英真的慌起来了："你、你们要做什么？"

卓蕴的眼神突然变得无比阴狠："我要让他考不上大学，找不到工作，讨不到老婆，生不出孩子，我要你们全家这辈子都活在恐惧中，贫病交加，永无宁日，我要让林泽，生、不、如、死。"

在她恶魔般的低语声中，饶英朝她扑了过去："我杀了你！"

这一幕就发生在挡风玻璃前，赵醒归全看在眼里，上身往前一扑，叫出声来："小心！"

谁都没看到卓蕴嘴角出现的笑意，她等的就是这一刻。饶英的巴掌重重落在卓蕴左脸颊上，把她扇得往右边倒去。

卓蕴的右边是什么？是那辆横着的电瓶车。电瓶车右边又是什么？是那辆昂贵的宾利。卓蕴整个人撞在电瓶车上，也不知怎么的，连人带电瓶车往宾利车头冲去，发出的响动特别大，围观路人齐声惊呼，苗叔和保安立刻冲上去，保安去拉饶英，苗叔去看卓蕴。

电瓶车歪倒在保险杠上，卓蕴压在电瓶车上，正在哼哼唧唧地叫疼。苗叔把她拉起来，她回头看了眼成果，非常满意。电瓶车先不提，宾利的水晶大灯砸裂一个，车头黑漆也划伤一大片，保险杠被挡着看不清，估计也有损坏。

饶英已经蒙了，看看自己的右手，这一巴掌威力这么大吗？她的确挺用力，但也不至于把人扇飞出去啊，踹一脚都不过如此吧？

卓蕴指挥苗叔："苗叔，保护现场，拍照留证，报警，找律师，我要告她打人，还有财产损害。"

饶英愣愣地看着她："你说什么？"

"大姐，麻烦你搞搞清楚，现在是法治社会，我可是个守法公民，哪有本事去干预一个人的人生？"卓蕴揉揉摔疼了的屁股，又指着宾利车说，"苗叔，告诉她，这车叫什么。"

苗叔："宾利飞驰。"

卓蕴："落地价？"

苗叔："大概四百六十万。"

卓蕴潇洒地一撇头："你估一下车损。"

苗叔托着下巴看车头："这漆划成这样，要全车做漆了，估计要十几万，车灯，四五万吧，至少四万打底，保险杠……"

听着听着，饶英已经面如死灰，卓蕴笑嘻嘻地说："林泽妈妈，你的电瓶车应该没买保险吧？我也不太懂法律，不过我觉得这应该是你全责，至少百分之八十的责任归你。你看，电瓶车是你的，也是你拦的车，我呢，也是你打的。"卓蕴说着又揉起了屁股，"哎哟哟，我摔得好疼，可能还要验个伤。"

饶英一脸呆滞，卓蕴不笑了，目光又冷下来："是不是没想到，一巴掌会有这么严重的后果？林泽撞赵醒归的时候，想过后果吗？"

从头到尾，卓蕴的目的只有一个，就是激怒饶英，让她在车头前方动手打人。

卓蕴无所谓能不能在语言上替赵醒归讨得公道，无所谓别人是站队林泽还是站队赵醒归，赵醒归也不稀罕林泽的道歉，所以，对于两年前的那场事故，卓蕴认为已经没有讨论的必要了，因为赵醒归瘫痪的事实无法改变。但是，卓蕴知道，对林泽一家来说，实实在在的金钱赔偿会令他们非常痛苦。

她成功了，而这一次，赵醒归不会再因为善良而放过他们。

饶英呆呆地问卓蕴："你到底有没有证据？"

卓蕴斜眼看她："没有。"

饶英倒吸一口气："没有录音？"

卓蕴："没有。"

"你！你骗我！"饶英指着她，卓蕴立刻打开车门逃进去，饶英冲过来发疯一般地敲打门窗，又哭又叫，接着又跑到车前扶起那辆电瓶车想要逃跑。

苗叔当然不会让她溜走，和保安一起拦住了她，饶英怒火冲天，骑着电瓶车去撞宾利，嘴里喊着："要死一起死！"

她被英勇的保安从电瓶车上拖下来，电瓶车因为惯性一头撞上宾利，苗叔继续摸下巴："唔，又是四万。"

有个围观的男人说："错啦！这个坑得六七万。"

正在保安手里挣扎的饶英白眼一翻，瘫在地上开始捶胸顿足，撒泼打滚，路人对着她指指点点，像是在看西洋镜。

她一定在咒骂卓蕴和赵醒归，不过，这些声音都被挡在了车外，两个当事人谁都听不见。

警察和律师来了，苗叔在和警察说话，饶英突然从地上翻身而起，冲着宾利车头扑通跪下，不知在喊什么，警察和苗叔想把她拉起来，怎么也拉不动，她的衣服往上耸，白花花的肚皮都露了出来。

赵醒归看着这荒诞的一幕，心里五味杂陈。

爽吗？未必啊。

卓蕴说："不用同情她，人要对自己做过的事负责，你已经给过林泽好多次机会，如果不是因为他妈妈贪心，想来找你讹钱，这事儿根本就不会发生。"

赵醒归说："谢谢。"

"谢我干吗？"卓蕴说，"就是把你家车给搞坏了，不过还挺值的，对吧？"

赵醒归问："你刚才对她说了什么，她会动手打你？"

"没什么，就是吓唬她一下。"卓蕴笑笑，"赵小归，你记住，这事儿该赔多少就多少，你家拿着就是，不用去管他们家有多可怜，会不会揭不开锅，要不要卖房赔钱，那不是你该考虑的事。"

"嗯。"赵醒归点点头，抬手摸上卓蕴的左脸颊，又红又肿，他心疼极了，问，"疼吗？"

"不疼！"卓蕴眉飞色舞地说着，"这辈子从来没这么期待过被人打耳光！她打我的时候，我就想，啊，终于要考验我的演技啦！哈哈哈哈……"

赵伟伦是车主，赶来现场和警察、钱律师一起处理车损事故。饶英还在一哭二闹三上吊，说是卓蕴威胁她，她一时脑子发昏才打人，但她没有证据，卓蕴那些话说得很轻，谁都没听到，行车记录仪也录不进。

监控拍得清清楚楚，周围人证众多，二中保安也愿意作证，整件事就是饶英在找茬。有路人起了恻隐之心，聊到网络上看过的一些新闻案例，说是什么电瓶车、快递三轮车不小心撞了豪车，豪车车主看对方无力赔偿，就没问对方索赔。

赵伟伦听到了一些闲话,沉着脸对钱律师说:"找 4S 店定车损,要求全赔,不接受调解,赔不出就起诉,让法院强制执行。这件事由你跟进,我只要结果,过程不用汇报。"

钱律师应下:"好的,赵总,我明白了。"

卓蕴和赵醒归不用再留在现场,准备回家,宾利要被拉去 4S 店,赵醒归只能换车。卓蕴把自己的车开过来,又从宾利后备厢搬下赵醒归的轮椅,装好后推到后车门边。

有几个路人从头到尾都在,之前看饶英不停地拍车门,喊人下车,对车内人一直很好奇,这会儿总算见到那个神秘人的真容。那就是一个高中男生,穿着二中校服,身材高大,容貌英俊,只是……他从车厢往轮椅挪动的样子,任何人看了都会感到心酸、惋惜。

赵醒归在轮椅上坐好,摆好双脚,抬起头就看到不远处的饶英,警察在向她问话,她的视线却只落在赵醒归身上。饶英眼神怨恨,刚要张嘴骂人,钱律师开口了:"我劝你冷静,你要是再撒泼,我们会一条条来和你算账,都是钱。"

饶英瞪着钱律师:"你们也就仗着有几个臭钱,专门欺负我们这种小老百姓,想要我赔钱?没门!你有本事就抓我去坐牢好了!"

钱律师笑笑:"我老板的钱也不是大风刮来的,你要是赔不起,坐牢也可以,我觉得我老板会更乐意看到你坐牢。不过你要想好啊,你坐过牢,你儿子以后考公考编都没戏。哦,我差点忘了,他本来就没戏,他有精神病史,普通工作都不一定找得到。"

饶英瞬间变脸,又开始一把鼻涕一把泪地哀求钱律师,希望他能在赵伟伦面前帮她求情,钱律师懒得理她,去和苗叔说起了话。

赵醒归已经转着轮椅来到卓蕴车边,赵伟伦护着儿子,看他爬上副驾驶座。赵醒归问:"爸,妈妈知道这件事吗?"

"知道一点,我给她打了个招呼。"赵伟伦拍拍儿子的肩,"放心吧,你妈妈会熬过去的,记住,爸爸妈妈都很爱你,你千万不要怀疑这一点。"

赵醒归点头:"嗯,我知道。"

(3)

这天晚上,卓蕴在赵醒归家吃完饭后回出租屋,赵醒归送她出门,回来时,发现范玉华独自一人坐在院子里的休闲区。

那地方没灯，黑漆漆的，遮阳伞收拢着，一张藤制的圆桌边有四把藤椅，范玉华散着长卷发，以手支颐，面前是一瓶红酒和一个高脚玻璃杯，竟是在对月独酌。

赵醒归转着轮椅来到休闲区旁，要去范玉华坐的地方，需要上一个台阶，台阶上是一片室外木地板，赵醒归受伤后还没在这桌椅旁待过，因为没这个需求。

他低下头，用翘轮技术将前轮搁在台阶上，鼓足了劲转动大轮，可这台阶有点高，没人在背后推他一把，前面又没东西让他拉，他的大轮就很难上去，试了几次都没成功。赵醒归抬起头，发现妈妈一直歪着脑袋在看他，赵醒归喊："妈！你来推我一把。"

范玉华问："你自己上不来吗？"

赵醒归神色淡定："坐轮椅上不来，要不我先下地，把轮椅拿上来，再坐上……"

"真没用。"范玉华过来了，身子摇摇摆摆，赵醒归才发现妈妈好像喝醉了。

他担心地问："你喝了多少酒？爸回来了吗？"

"还没回来，在加班呢。"范玉华来到赵醒归身后，抓着轮椅把手，"我喊一二三。一，二，三！"

她和赵醒归一起用力，一个推，一个转大轮，赵醒归的轮椅终于上了台阶。他转着轮椅来到藤桌边，看那红酒瓶只剩四分之一了。范玉华回到桌边坐下，身上有淡淡的酒气，面颊酡红，眼神迷离，嘴角还浮着笑意，问赵醒归："我听你爸爸说，今天，小卓和人吵架了？"

赵醒归："嗯。"

范玉华："和那个人的妈妈？"

赵醒归："对。"

范玉华微笑："好像说，他们要赔钱，赔二十多万，是真的吗？"

赵醒归："是真的，具体的金额我不知道，差不多是这个数。"

"便宜他们了，才二十多万。"范玉华抬头看天，"两百万都不够换你一个脚趾头。"

赵醒归看着她："妈，这件事处理完，就结束了吧，我不想再在那些人身上花费精力了。"

"结束？"范玉华注视着赵醒归的眼睛，视线移到他的腿上，还有他身下的那架轮椅，眼睛渐渐湿了，"小归，怎么结束？你连一个台阶都上不来。"

赵醒归和范玉华中间隔着一把藤椅，他没法过去拉拉妈妈的手，或是抱抱她，只能说："我这不是上来了吗，真要自己上来，我也能上，就是麻烦点。"

"二十多万，就结束了？"范玉华抽泣了几声，"几年后，那个人二十多岁，说不定什么都忘记了。他活得潇洒快乐，找工作，谈恋爱，结婚生孩子，而你呢？

他二十多岁，三十多岁，四十多岁，过着普通的生活，你和他一样也是二十多岁，三十多岁，四十多岁……你是不是还坐在轮椅上？"

赵醒归说："我五十多岁，六十多岁，七十多岁，都会坐在轮椅上，那又怎样？难道不活了吗？妈，就算你把他弄死，我也站不起来的。再说了，我也能找工作，谈恋爱，结婚生孩子，我也可以活得潇洒快乐，不是吗？"

范玉华生气地看着他，赵醒归说："真的，你相信我。"

这个季节，室外的天气很舒适，不冷不热，偶尔还有微风吹过，赵醒归发现自己很久没和妈妈像这样坐在一起聊聊天了，好像这大半年，他的心事都只会对卓蕴倾诉，就在他又开始想念刚刚才离开的卓蕴时，范玉华问："辛苦吗？"

赵醒归没弄懂："什么？"

范玉华抬眼看他，眼睛发红："妈妈问你，你要说实话，你现在，过得辛苦吗？"

赵醒归摸摸大腿，点头："辛苦。"

"我都想不通。"范玉华说，"你的腿明明还在，又没有哪里缺块肉，怎么就不能动了呢？怎么就没感觉了呢？我儿子，这么高的个子，怎么就站不起来了呢？我都想象不出来，到底是怎么回事，我真恨不得瘫痪的人是我，你还那么年轻，我一想到你一辈子都只能坐在轮椅上，我就，我就……"

她捂住脸，不可抑制地哭泣起来："为什么？为什么你会碰到这种事？你是我儿子啊，这么好的儿子，我不想你过得那么辛苦，我和你爸爸努力工作，就是为了让你和小宜不那么辛苦。可现在，钱有什么用？换不来你的健康，轮椅再贵又有什么用？那也不是你的腿……"

"妈，妈，你听我说。"赵醒归隔着桌子握住母亲的手，说，"我的确很辛苦，但我还撑得住，我每天能吃能喝能上学，还可以去打球，我过得没有你想象的那么痛苦。还有，你别小看那些打轮椅篮球的大哥们，他们都很厉害，我知道你对他们有偏见，但……我现在和他们是一样的，我也是个残疾人。"

听到"残疾人"这个词，范玉华哭得更厉害了，赵醒归问："妈，你是不是对我失望了？"

范玉华不停摇头："没有，没有。"

赵醒归像个大人一样地哄着她："那不就完了，妈，你相信我，我要是真的很难过，一定会和你说，如果我不说，就说明我过得还不错。"

"你哪里会和我说？"范玉华红肿着眼睛瞪他，"你都只会去和小卓说！"

赵醒归正色道："那不一样。"

"你这个人啊……"范玉华指指他，"以后一定是有了媳妇就忘了娘！"

"妈。"赵醒归说，"你听我的，去和斯医生好好聊聊吧，聊过以后，你会开心很多。还有一件事，我很早就想和你说了。"

范玉华问："什么事？"

"你重新回公司上班吧。"赵醒归看着妈妈的眼睛，"你可是堂堂财务总监，已经休息两年了，还没休息够吗？爸爸一个人忙不过来的，他需要你帮他。我现在生活完全能自理，平时有苗叔和磊哥陪我，足够了，小宜也马上要上初中了，可能会去住校，真的，妈，你重新回去上班吧。"

范玉华愣住了，这时，小楼大门被打开，赵伟伦走出来："哟！你们娘俩在这儿呢？害得我楼上楼下一通好找，还以为你们失踪了。"

"爸。"赵醒归叫他。

赵伟伦穿着衬衫、西裤，踏着夜色款款走来："你们在干什么？喝酒吗？赵醒归同学你喝酒了？"

赵醒归说："我没喝，妈妈喝的。"

赵伟伦站在妻子身边，揽着她的肩弯腰看她："怎么又哭了？"

范玉华推他："讨厌，走开。"

赵伟伦哈哈大笑，没收了那瓶酒，又拉着范玉华的手把她拉起来："进去吧，外头有点凉了。"

赵醒归转着轮椅来到台阶边，赵伟伦问："要爸爸帮你吗？"

"不用，我自己可以下去。"赵醒归翘起前轮，大轮一转，整架轮椅就下去了，把他给颠了一下，回头说，"爸，我从后门进屋。"

赵伟伦一手揽着妻子，一手拎着酒瓶，看着赵醒归转着轮椅往后门行去。范玉华也在看儿子的背影，说："刚才，小归劝我去上班。"

"是吗？"赵伟伦说，"那你自己怎么想？"

范玉华摇头道："我再想想，最近心有点乱。"

赵伟伦说："这事儿不着急，玉华，我倒是想劝劝你，你真的要对小归多点儿信心，他没那么脆弱，是个很厉害的小伙子。"

过了一个周末，赵醒归回校上学，为了防止林泽及其家人再来骚扰，赵伟伦给儿子请了一位保镖，每天随车保护赵醒归。

距离高考只剩一个多月，校园里没有了林泽的身影，赵醒归压力骤减，再也不用担心那人会神不知鬼不觉地冒出来，疯疯癫癫地找他求原谅。向剑告诉赵醒归，他去找班主任打听过，林泽已经通过会考，学校会给他发高中毕业证，所以拒绝了他们家提出的休学申请，不管林泽参不参加高考，过了六月，他就不再是二中学生。如果他要高复，也只能去找高复学校。

饶英在校门口挡车的事也在校内传开，经过发酵，舆论渐渐有了变化，起因是有人去问胡君杰，究竟是赵醒归在说谎还是林泽在说谎？林泽到底是不是故意的？

对于类似的询问，胡君杰以前都只回答"我不知道"，而这次，他说："我相信赵醒归，他从不撒谎。"

就算法律无法给予林泽审判，每个人心里也有自己的一杆秤，学校里还是有人同情林泽，觉得他不该落魄至此，但更多的人，开始选择相信赵醒归。

向剑的座位又调回赵醒归身边，都没有经过班主任的允许。班主任看到后气得头顶冒烟，勒令他搬回去，向剑不肯，说已经把爸妈搞定了，同个桌还这么麻烦，又不是搞对象，他就是觉得赵醒归人不错，想和他做哥们儿。

赵醒归进教室后就看到桌边多了个大块头，顶着一头乱蓬蓬的头发冲他傻笑："归哥，早啊！"

赵醒归愣了一会儿，脸上也绽开笑容，说："早！"

五一小长假，赵醒归跟着范玉华去北京看病，同行的还有苗叔，经过各种详细检查，医生认为赵醒归的情况满足手术条件，就把手术时间定在了七月初。

从北京回来后，范玉华调整心情，重回职场。

餐桌上，赵醒归吃着菜，竖起耳朵听爸爸妈妈讲工作上的事，看着妈妈又绑起头发，穿上久违的职业装，眼睛里重新亮起光彩，觉得这才是妈妈最美的样子。

卓蕴也没闲着，继续在画室练画，同时报了一个电脑设计的短期班，算是从最基础的设计软件学起，她还在网上跟着收费教程学手绘板画画，很快就画得有模有样。

卓蕴的目标很清晰，不管是八月开始的进修班，还是现在自己做的一切学习、练习，都是为申请明年秋季入学的本科设计课程而做的准备。日子就这么过了几天，一天晚上，卓蕴正在出租屋练手绘板，卓明毅给她打来了电话。

卓蕴没接，也没挂断，把手机静音后就随它去，卓明毅坚持不懈地打了三四个电话，换成用边琳的手机打，卓蕴叹了口气，把电话接起来："喂。"

那边果然是卓明毅的声音，也不敢发火，柔声叫她："小蕴，是爸爸。"

卓蕴问："什么事？"

"你怎么都不接我电话呀？"卓明毅化身成一位和蔼的父亲，像是在和卓蕴唠家常，"小蕴，你好久没回家了，什么时候回来一趟？爸爸有事和你说。"

"电话里也可以说。"卓蕴语气冷淡，"我最近很忙，走不开。"

卓明毅没再说废话："是这样的，你知道爸爸和靖承的爸爸生意上有来往，我和他之前签的供货合同五月底就要到期了,他们到现在都没和我续签,爸爸公司的业务很大一部分都是靠着他们,这个合同要是不续签,对爸爸影响非常大。"

卓蕴从电脑前站起身,走到阳台上,点起一支烟,问:"关我什么事?"

"怎么不关你的事?"卓明毅呵呵赔笑,"你是我女儿,靖承是老石的儿子,你俩下个月就要订婚啦。老石说了,要等你们摆完订婚宴才和我签合同,到时候我们两家就是亲家关系,合同不签三年,直接签五年,条款也比以前更好呢。"

卓蕴听笑了:"你这是光明正大地卖女儿啊?"

"爸爸怎么可能会卖女儿?你真是对我误会太深了。"卓明毅说,"爸爸给你挑老公又不是乱挑,不是我说,靖承真是我见过的男孩里最优秀的一个。他是有点小毛病,但他条件好呀,条件好的人总归是骄傲的,你自己也很傲,对不对?你现在就是钻牛角尖了,看不到他的好,你仔细想想,爸爸会让你嫁给那种歪瓜裂枣吗?"

卓蕴说:"你把他吹上天也没用,我再说一遍,我不会和他订婚,你公司里的事也和我无关。你不要再来找我了,就当没我这个女儿吧,我也不会再问你要一分钱。谢谢你养我二十一年,以后咱俩桥归桥路归路,你好好培养卓蘅,现在去给他订个和千金小姐的婚约,兴许还来得及。"

卓明毅问:"你说什么?桥归桥路归路?"

卓蕴:"对。"

"你有没有良心的?卓蕴。"卓明毅动气了,"我养你二十多年,把你生得这么漂亮,在你身上花了这么多钱,现在我有困难了,要你帮我了,你和我说桥归桥路归路?你有没有为你妈妈想过?还有卓蘅!你知不知道我已经被逼上绝路了?"

卓蕴觉得很好笑,还是那句话:"关我什么事?"

"你别挂我电话,你好好听我说!"卓明毅开始述说公司里的窘境,不光是合约到期的问题,他之前还因为投资失败欠了银行一大笔钱,卖房都还不上,老石说愿意帮他做担保,前提依旧是两家小孩能顺利订婚。

如果订婚失败,对卓明毅来说就是灭顶的打击,合同飞了,公司将做不下去,他卖了所有房产都不够还银行的债,到时候边琳会无家可归,卓蘅、卓蕴会没钱上学,他们一家四口将过得十分凄惨,还要被人嘲笑,背着一屁股债。而这一切困难,只要卓蕴去和石靖承订婚,就能迎刃而解。

卓蕴吐出最后一口烟气,把烟蒂按在烟灰缸里,问:"你到底投资了什么,会欠银行这么多钱?"

卓明毅支支吾吾不肯讲,卓蕴想起前两年的一些事,问:"是去赌钱了吗?"

卓明毅默认了，又辩解说，他是被朋友骗去的，只是想为两个孩子多挣点钱，他一开始都是赢的，谁知道后面会一直输。

卓蕴对他已经谈不上失望，只感到心扉寒凉，又为妈妈和外公外婆感到愤怒和悲哀。外公辛辛苦苦打拼来的资产，卓明毅一点儿也不懂珍惜，就那么随意地挥霍。卓蕴不知道该说她爸是太天真，还是太愚蠢，凉凉地问："你真的相信，只要我和石靖承订婚，石家就会帮你度过危机吗？"

卓明毅像是看到希望，连声说："肯定的呀！成了亲家，人家怎么会见死不救？我欠的那些钱，对老石来说不算什么，只要再给我两年时间，我一定能翻身！"

卓蕴冷笑："对不起，你信他们，我可不信。"

卓明毅是真的走投无路了，老石信誓旦旦地给他承诺，就像吊在毛驴嘴前的那根胡萝卜，卓明毅只能选择相信。他欠的窟窿太大，除了老石，根本没人能帮他，他也不敢百分百确定，女儿和石家小子订婚后，老石一定会帮他，但他能确定，如果两个孩子不订婚，老石就一定不会帮他！那他就死定了。

到了这份上，卓明毅知道不能骂卓蕴，女儿是他唯一的希望，他得哄着她，求着她，他得想出更好的办法，诱惑她。于是，卓明毅说："小蕴，那只是订婚，不是登记，你也不想看到你妈妈和我一起背债吧？你最后帮爸爸一把，爸爸答应你，只要你和靖承顺利订婚……"

他语气讨好："爸爸就和你妈妈离婚，你觉得怎么样？"

卓蕴真是恶心透了，因为她爸的薄情寡义、贪婪自私和厚颜无耻，对话已经进行不下去，卓蕴敷衍了一句："你先把离婚证拿来给我看，也许我还会考虑一下。"

说完，她就挂断了手机，还把卓明毅给拉黑了。

几天后，为防夜长梦多，边琳把父亲留下的公证书等资料快递给卓蕴，让她抽空去办理那套合院的房产证。卓蕴便开着车去了观县，终于见到那栋房子的真容。

那个楼盘叫久兰花苑，地段不好不差，因为建成已有十五六年，小区不如新楼盘那么漂亮，周边的配套倒是很齐全。卓蕴找到物业，工作人员带她去看那栋属于她的房子，房子一直是毛坯状态，边琳缴纳着物业费，这些年没人进去过。

那栋合院处在小区东南角，面积比卓蕴想象中大很多，三层楼，一楼的布局是客餐厅、厨房、客卫和一间客房。二楼有两个房间带一个储藏室，还有一间客卫。三楼是主卧设计，带主卫，外头还有一个小房间，连着露台，适合做书房。站在露台上，卓蕴可以看到杂草丛生的院子。

看过房子，卓蕴在物业处领了点资料，开车去观县房管局办理过户，因为没有按揭，手续很顺利，过一阵子就能拿到房产证。

卓蕴给边琳打电话，说了事情进展，边琳说她知道了，顺利就好。

卓蕴又问："妈，那个订婚宴，现在怎么样了？"

边琳说："你别管这个，好好待在钱塘，别回来就行，不会有事的。"

关于这场订婚宴，于娟想起来就有气。多奇葩呀！她那么宝贝的儿子要订婚，请柬都发出去了，还有一个月就要办宴席，场地、司仪都已定好，结果准新娘连个面都没露过，说出去都要被人笑掉大牙。

于娟问石靖承："你到底是怎么想的？为什么还要办啊？这种人家，我真是一点都看不上，趁着现在还来得及，你赶紧把婚退了吧！"

石靖承说："为什么要退？爸也答应了的。"

他和父亲商量过，现在退婚就便宜卓家了，春节时在梧城发生的事令石靖承名誉大损，父子俩都咽不下这口气，老石要搞垮卓明毅，石靖承则想让卓蕴身败名裂，以后在嘉城再也嫁不出去。

而且，他至今还没得到她，石靖承接受不了这方面的失败，订婚是个最好的时机，他一定要彻底地征服卓蕴，再狠狠地甩了她，让她知道，得罪他会有怎样的下场。

卓明毅什么都不知道，还是那只被胡萝卜诱惑着的老毛驴，虽然嘴上对边琳说"大家一起死"，实际上慌得要命，不到最后一刻，他还不肯放弃。

五月下旬的一天，卓明毅开车来到钱塘A大，他已经被卓蕴拉黑十来天，电话打不通，微信没消息，边琳不肯联系卓蕴，卓明毅也不好去求卓蘅，只能亲自来找卓蕴，想与女儿好好地面谈一下。为此，他还给女儿买了个奢侈品包包，准备了很多说辞，打算用边琳的处境去打动卓蕴。

停好车，卓明毅循着记忆来到女寝8号楼，找到宿管阿姨，说自己是工商管理专业大三学生卓蕴的爸爸，因为电话联系不上女儿，很担心她，所以过来看看。

卓明毅长得人模狗样，衣着也高档，容易令宿管阿姨放松戒备，可他万万没想到，宿管阿姨说："卓蕴？哪个卓蕴？这楼里是有个卓蕴，不过她三月初就休学离校啦！"

卓明毅大惊失色："休学离校？"

他又急匆匆赶去办公室找卓蕴的辅导员，年轻的辅导员奇怪地问："卓蕴开学后就来办休学了，是她妈妈陪她来的，手续很齐全，怎么，您不知道吗？"

卓明毅咬牙切齿地问："她有没有说，为什么要休学？"

辅导员："说了呀，她要出国读设计，想申请八月份的一个什么课，好像是美国，这阵子大概在办签证了吧，具体的我也不清楚。"

卓明毅恍恍惚惚地站在A大校园里，心里巨浪滔天，怒不可遏，女儿休学了？他居然一点都不知道，他花了这么多钱供她上A大，她居然自作主张休学了？还是边琳帮她办的休学！她怎么敢？是要造反吗？

卓明毅慢慢地回到停车场，上车后抽了一根烟。他要怎么办？卓蕴如果真的办好签证，拍拍屁股飞走了，那他就完了，他怎么和老石交代？怎么做到答应石靖承的事？他欠的债怎么办？那可真是死定了呀！

卓明毅冷静了一会儿，拿出手机打电话，他有很多狐朋狗友，有些人喜欢跟着他混吃混喝，他也很享受那种被人吹捧的感觉。卓明毅打通一个电话，说："阿刚，你帮我查一个事，就是如果要去美国读书，签证都需要什么东西，查好了给我回电话。"

打完电话，卓明毅启动车子，准备回嘉城。他知道自己应该按兵不动，越是到了这种关键时刻，越要拼心态，卓蕴肯定还没走，只要她没走，一切都还能转圜，他得想想办法，绝不能坐以待毙。

一环扣一环般，卓明毅的心思，卓蕴和边琳也不知道，两天后的一个下午，卓蕴在家里上网课，手机上亮起一个陌生号码打来的电话，号码归属地是嘉城。

卓蕴觉得是卓明毅，就没接，电话响过几声后挂断，又来了一条短信。卓蕴很烦，不想看卓明毅的长篇大论，打开短信就要删除。匆匆一瞥间，她看到短信上的那句话，非常简单，却令她吃了一惊。

思考以后，卓蕴做出决定，起身换过衣服，出门去与那人见面。

在附近的咖啡馆，卓蕴见到一个人，两人聊了几个小时，卓蕴知道了很多事，还拿到一些令她意想不到的东西。全程，她都像是在听故事，开始还会生气，后来就感到可笑了。

这件事，她暂时不想对苏漫琴说，电话里也说不清楚。她也不想和边琳讲，妈妈给不了什么意见，告诉她的话，只会让她更加担心。但事情没那么简单，卓蕴很想找个人商量一下，自然就想到了赵醒归。严格说来，这件事和赵醒归也有一定的关系。

周末去紫柳郡时，卓蕴就把事情详细地说给赵醒归听，赵醒归听得很认真，听完后一张脸沉下来，卓蕴知道，他生气了。

"你干吗呀？别生气。"卓蕴笑着说，"这都是没影的事。"

赵醒归想了许久，眼神冰冷，双手握紧成拳："这事儿，不能就这么算。"

卓蕴说:"可这事影响不到我吧?我又没打算回去。"

赵醒归看着她:"卓老师,你手上这些东西有用,但也不是完全有用,你得未雨绸缪,万一呢?万一他真的做出一些伤害你的事,你怎么办?"

卓蕴问:"那我能做什么?我休学、出国的事都还瞒着他们,我已经很注意保密了。"

赵醒归在轮椅上抱起双臂,凝神思考,卓蕴觉得这个样子的他很有趣,小小年纪竟有了些赵伟伦般沉稳的气度。沉默过后,赵醒归说:"这事儿你交给我,你介不介意我去问下我爸?"

卓蕴说:"不介意,你去问吧,叔叔应该比较懂。"

"你平时自己也小心点。"赵醒归说,"对了,订婚宴是什么时候?"

卓蕴说:"端午,六月二十号,可我没打算出席。"

赵醒归又问:"你的录取通知书收到了吗?"

"还没有,大概就是这几天了。"卓蕴咬着唇,也被赵醒归严肃的神情搞得紧张起来,"赵小归,你觉得会出问题吗?"

赵醒归说:"凡事小心点总没错,放心,不管发生什么事,都有我在。"

卓蕴乐了:"你一个高中生,能有什么用?"

经过刚才的交谈,赵醒归已经知道卓蕴父亲欠债的事,迟疑着开口:"你爸爸那边,如果你需要……"

"我不需要。"卓蕴快速地打断他,眼神很坚定,"赵醒归,我告诉你这件事不是为了寻求你的帮助,我对我爸早就死心了,他怎么样都和我没关系,所以,你绝对不要有任何帮他的想法,我会生气的。"

赵醒归明白了她的意思,点头应下:"我知道了,都听你的,只要你好好的就行。"

晚上,卓蕴离开后,赵醒归去找赵伟伦,刚好范玉华也在,赵醒归觉得这件事可大可小,就没瞒着妈妈,一家三口待在一楼会议室讨论许久,最后,赵伟伦说:"这事儿我来安排,你们等我消息吧。"

见父亲愿意出手帮忙,赵醒归定下心来,说:"谢谢爸。"

第十四章

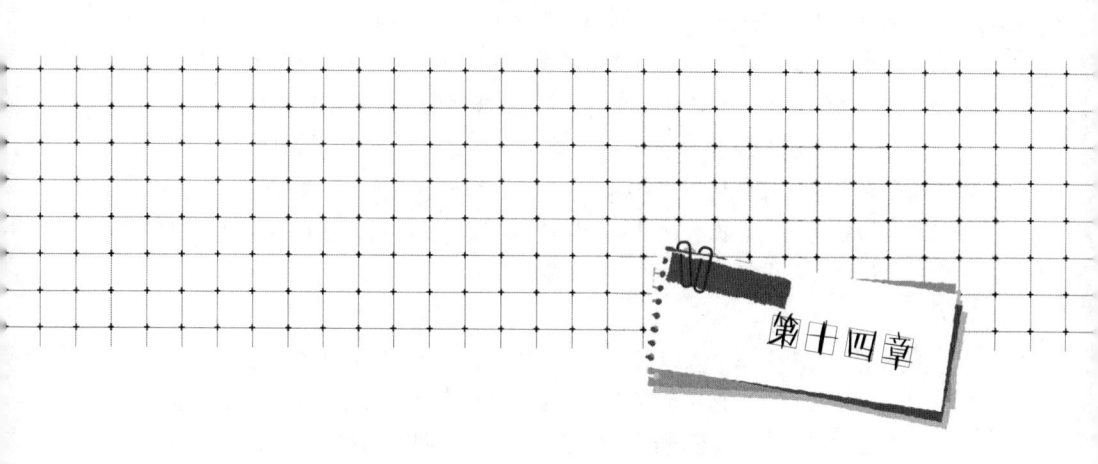

等我去"抢婚"吧

(1)

　　五月底的月考如期进行，赵醒归经过一个月的辛苦复习，总分由期中考时的年级六十多名冲到年级第九。向剑佩服得五体投地，每天坐在赵醒归身边，看到对方认真学习的样子，不好意思再"摸鱼"，跟着勤奋起来，成绩也有了进步。

　　卓蕴在六月初收到那所艺术院校寄来的入学资料原件，没有耽搁，立刻开始准备起赴美签证的材料。她在网上预约去上海的面签时间，预约在六月十七号下午。她手里有所有的资料，只差一个户口本原件，卓蕴给边琳打电话，说自己十七号上午会去家里拿户口本，下午面签完再送回去。

　　卓明毅坐在办公室宽大的老板椅上，又听了一遍卓蕴和边琳的电话录音。

　　从钱塘回嘉城后，他不动声色，在家里没有表现出一点异常。阿刚帮他打听来美签需要的资料，卓明毅就在边琳手机里装了一款监听软件，开始守株待兔。

　　他觉得自己真聪明，朋友多，路子广，想做什么事儿都能找到办法。

　　"女人，和我斗，哼。"卓明毅抽着烟，又打了一个电话给阿刚："阿刚啊，上次让你去弄的东西，你弄得怎么样了？"

　　阿刚说："已经拿到了，效果贼棒，保证没问题！"

　　卓明毅眯着眼抽烟，想起自己对石靖承做下的承诺。

　　他们通过电话，卓明毅信誓旦旦地表示，卓蕴一定会乖乖出席订婚宴，绑也给她绑过来。石靖承在电话里笑了一下，委婉地提醒他，卓蕴光出席订婚宴，不够。

　　他声音低沉："卓叔，那天晚上，我会在酒店开一间总统套房，希望宴席结束后，我能在房间里看到卓蕴。"

　　卓明毅心里一个咯噔，石靖承又补充一句："一个听话的、不吵不闹的卓蕴。"

　　去上海面签前的最后一个周日，卓蕴来紫柳郡陪伴赵醒归，两人避开烈日，躲在房里吹空调。

　　再过十来天，赵醒归就要参加期末考，最近学习越发紧张，还要保持良好的身体状态，勤加锻炼，不能生病，为七月初的手术做准备，日子过得很忙碌。

　　赵醒归正和卓蕴聊着天，手机响了，他看到来电人，愣了一下才接起电话："君杰？"

　　"我在家……行，你过来吧。"

他挂掉电话，卓蕴问："谁啊？要过来吗？"

"胡君杰，我受伤前的同学。"赵醒归看了她一眼，"他高考完了，想和我见一面。"

半小时后，在紫柳郡篮球场，胡君杰和赵醒归一站一坐，随意地一边投篮，一边聊天。

六月天，室外阳光猛烈，篮球场白天太晒人，场地上便只有他们两个人。卓蕴说去给他们买冰奶茶，撑着一把遮阳伞就走了。

看到她离开，胡君杰才问赵醒归："那是你女朋友吗？"

"暂时还不是。"赵醒归右手运球，微微一笑，"漂亮吧？她人很好。"

"漂亮。"胡君杰由衷地回答，又问，"小乌龟，你是不是喜欢高个子女孩？"

赵醒归左手控着轮圈，轮椅转身后快速投篮，球进了。

"被你发现了。"他回头看一眼胡君杰，抬抬下巴，问，"考得好吗？"

胡君杰说："还可以，正常发挥。"

"志愿想填哪儿？"

"不出意外的话，哈尔滨，H大。"

"跑这么远？"赵醒归很惊讶，"我以为你会去上海。"

胡君杰捡来篮球，也试着投篮，说："想去北方玩玩。"

赵醒归："不错，提前说声恭喜。"

胡君杰笑："谢谢。"

赵醒归看着他的旧时好友，胡君杰不擅长隐藏心思，比起林泽，他为人要简单直率许多。看着胡君杰纠结的表情，赵醒归说："你想说什么就说吧，我没事，现在过得很好。"

胡君杰就说了："我听说，林……他们家搞坏了你家的车，要赔钱。"

赵醒归："是。"

"赔了吗？"

"赔了，二十三万，已经到我爸账上了。"

胡君杰点点头，又说："他没参加高考。"

赵醒归："哦。"

胡君杰声音低下来："小乌龟，你受伤的时候，为什么不把这事说出来？至少，你可以告诉我。"

赵醒归运着球，轮椅灵活地划来划去，篮球在滚烫的地面上砰砰跳动，他眉眼间不再有阴霾，神态很放松："我说了，我没有证据。"

胡君杰说："其实，我有猜到过，还去他家问过他，他问我，是不是你告诉我的，我说不是，他不信，当场就发疯了。"

赵醒归笑了笑，又一次直起上身把篮球投向篮筐："君杰，别说他了，以后他过他的日子，我过我的日子。他愿意继续沉溺在过去，我也管不着，总之，我不想再在这件事上浪费时间，我还有很多事要做。"

胡君杰搞不清赵醒归是不是真的能放下，代入自己，他觉得他能恨林泽一辈子。他去捡球，又丢给赵醒归，问："我听说你去打轮椅篮球了？"

赵醒归："对。"

胡君杰看着他轮椅上瘦弱的双腿，问："适应吗？"

"还行。"赵醒归仿佛不怕热，也不怕累，拿到球就想投篮，准头还不错，又进了一个，转头对胡君杰说，"进球多爽啊，我喜欢这种感觉。"

卓蕴带着奶茶回来了，把饮品分给两个男孩，看到赵醒归满头大汗的样子，拿出纸巾帮他擦汗，嗔怪地说："你脸晒好红，不怕晒伤呀。"

赵醒归抬头笑："玩得差不多了，我们回家吧。"

胡君杰喝着奶茶，提出告辞，赵醒归也不勉强他。临走前，胡君杰伸出拳头与赵醒归碰拳，问："不会和我绝交吧？"

赵醒归摇头："不会。"

胡君杰："好好锻炼，明年高考加油。"

赵醒归点头："嗯，有机会去哈尔滨找你滑雪。"

胡君杰愣了愣，又笑了："行，你来，我请你吃饭。"

胡君杰离开后，卓蕴推着赵醒归回家，半道上，两人说起几天后卓蕴去上海面签的事。

赵醒归问："你材料都准备好了吗？"

卓蕴说："都好了，就差一个户口本。"

赵醒归回头看她："要不要我找人陪你去上海？安全点。"

卓蕴说："不用，我就回家拿个户口本，拿了就走，当天来回。"

赵醒归把头转回去："上次你和我说的事，我爸这儿已经有眉目了，等会儿回家我给你看点东西，我爸说，那只是一部分。"

卓蕴好奇地问："严重吗？"

"我也不太懂。"赵醒归说，"我爸说还挺严重。"

两人回到 C2 小楼，赵醒归把赵伟伦搜集到的信息拿给卓蕴看，卓蕴看完后很久都没说话，最后，她说："赵小归，你帮我谢谢叔叔，这些东西先放在你们这儿，用得到的时候，我再来问你要。"

六月十七号是周三，天气炎热，卓蕴准备好所有的签证材料，装进双肩包，搁在副驾驶座上，大清早就开车离开了小区。

高速上一路顺畅，卓蕴在嘉城口子下来，看着手机上的导航，给边琳拨电话："妈，我现在过去，不上楼，到了叫你，你帮我送到车库来。"

边琳说："好，我在家呢，你爸出差了，我等你电话。"

卓蕴把车开回家，进入地下车库停好车，刚要拿出手机给妈妈打电话，副驾车门突然被拉开了。这一瞬间，卓蕴的恐惧升至顶点，她瞪大眼睛，大脑还没做出过多反应，身子就扑了过去，想要护住副驾座位上的双肩包。

包里有她全部的签证材料，护照、入学资料、银行流水、房产证……都是原件！户口本可以不要，这些东西但凡丢一样，她就会走不成。她用力抓住双肩包，想要往回扯，可她毕竟是个女孩，力量上无法与成年男性抗衡，很快就吃了个耳光，双肩包被夺走，人也因为惯性摔在驾驶座上。

卓蕴定睛去看，惊恐地发现车外站着的那个人，面容阴沉，正是她的父亲卓明毅。

他根本没出差，一直守在这儿，他是这辆奥迪车的车主，有备用车钥匙，多有恃无恐啊，都不怕卓蕴去报警。

"还给我！"卓蕴对他怒目而视。

"还给你？哼。"卓明毅打开包掏出档案袋，往里看了一眼，又阴恻恻地去看卓蕴，"胆子大了呀，都敢造反了。"

卓蕴胸腔起伏，气得说不出话来，卓明毅拿走卓蕴卡在支架上的手机，冲楼道一甩头："跟我上楼，爸爸有话和你说。"

卓蕴平复了一下呼吸，沉默着下了车，和卓明毅一起坐电梯上楼，一路上，她冷静许多，果然，一切都太过顺利，顺利得都不正常了。

从五月中旬拉黑父亲到现在，一个月了，卓明毅都没作过妖，没再提和边琳离婚的事，没来找过她，明明距离订婚宴越来越近，他理应火烧眉毛才对，如今看来，他是早已成竹在胸，搁这儿给她憋一个大招呢。

但卓蕴怕吗？她仔细地想了一下，好像没什么可怕的，大不了就不去上进修班，损失些学费定金罢了。丢了的证件可以再补，无非就是多花点时间，卓明毅想得太简单，以为这样就能拿捏她？

做梦吧！她手里也是有筹码的。

来到十七楼，卓明毅拿钥匙开门，推了卓蕴一把："进去。"

卓蕴走进家门，边琳一直在等电话，看到她后惊讶极了："咦？你怎么上来……"她目瞪口呆，因为看到卓蕴身后的那个人。

"你骗我？"边琳崩溃了，冲过去扑打卓明毅，"你骗我！我跟你拼了！"

卓明毅一把推开她，厉声道："咋咋呼呼叫什么叫？我干什么了？我是回家！都给我坐下！"

卓蕴扶住妈妈，安慰她："妈，我没事，别担心。"

边琳嚎啕大哭："你今天……怎么办啊！"

"不去没关系，你别哭了。"卓蕴抚着她的后背，"哭没有用的，你别怕，有我在。"

三个人在餐桌边坐下，卓明毅把档案袋打开，翻看资料后眼神一黯，掏出一本房产证来："这是什么？哪儿来的房子？观县……久兰花苑，哦，是老头子买的吧？他老家就是观县的。"

卓蕴冷冷地看着他，卓明毅嗤笑一声："防着我呢？这么大一套房子，卓蘅有吗？"

没人回答他。

"你们别一副要上刑场的样子，我现在是好好地在和你们说话。"卓明毅抱着档案袋不离手，"卓蕴，爸爸再和你说一遍，二十号的订婚只是订婚，不是登记，不是结婚，你就去出席一下，也不用你干什么，完了你爱上哪就上哪，爸爸不会来管你。"

卓蕴明知故问："如果我就是不去呢？"

卓明毅扬扬手里的档案袋："那这些东西，我就一把火烧了。"

"别！"卓蕴看起来很惊慌，边琳又呜呜地哭了起来。

"不想我烧掉，你就听话。"卓明毅说，"就当去吃一顿饭，别搞得大家下不来台，请柬都发出去了，等订完婚你就出国去，我不会来拦你。"

卓蕴问："你是什么时候知道的？"

"这个不重要。"卓明毅自信得很，"我想要知道的事，总有办法知道，就你们这种智商，还想和我斗？"

卓蕴像是思考很久，说："订婚可以，但我有一个条件。"

"什么条件？"卓明毅见女儿松动了，急问。

卓蕴说："订婚宴前，你要和妈妈离婚，明天就去离。"

卓明毅一拍桌子："不可能！"

卓蕴站起身："那就不用谈了，这些东西我不要了，你想烧就烧吧。"

她头也不回地往大门走，卓明毅瞪圆了眼，大叫："你不想出国了？"

卓蕴站住脚，依旧没回头："今年不出，明年可以出，明年不出，后年也可以出。我还年轻，你能关我一辈子吗？"

女儿的倔脾气，卓明毅早就领教过，她都能不声不响地休学，抛下护照一走了之，也不是没可能。卓明毅想要糊弄过去："离婚很复杂，要好好商量的，哪能说离就离？爸爸答应你，订婚宴完了一定和你妈离婚，行不？"

卓蕴回过头来，冷声道："不行。"

"那财产怎么分？"卓明毅很头疼，"我还欠了一大笔钱！那些债务，你妈妈也有份的！"

"你欠的债，和我妈有什么关系？"卓蕴说，"给我妈一套房子就行，让她有个住的地方，别的财产和债务全归你。"

卓明毅不答应："不行！这种事我要找律师来谈，没那么简单！"

卓蕴像是没听到他的话，指指天花板："就这套房子，归我妈，别的什么都不要。"

卓明毅："不行！"

卓蕴："为什么不行？"

卓明毅错开视线："这套我抵押了。"

卓蕴耐住脾气，问："那你有哪套没抵押？"

卓明毅说："只有解放路那套。"

解放路那套房子九十五平方米，小区很老，卓蕴考虑片刻，说："就那套吧，给我妈，别的都不要。"

卓明毅脑子很乱："你让我想想。"

卓蕴不催他，边琳瑟瑟发抖地坐在边上，一声不响，就听着父女俩讨价还价。

卓明毅点起一支烟，心思转得飞快。那套房子市值两百多万，与他欠下的巨额债务相比，不算什么。如果不答应卓蕴的要求，她一定不会出席订婚宴，那他就死定了。别说那套房子，别的房子都会被银行收走，就算边琳和他一起承担债务，又怎样呢？边琳也拿不出钱来帮他，与边琳相比，还是老石更靠谱些。

卓明毅抬头看向卓蕴："如果明天，我和你妈去离婚，你保证，会乖乖去和石靖承订婚？"

卓蕴说："我保证。"

"后天，十九号，你要去和他们家人见个面，好好聊一聊，向靖承的父母道个歉。"卓明毅问，"你能做到吗？"

卓蕴说："能。"

卓明毅连抽两根烟，终于下定决心："好，我答应你。"

听到这句话，边琳瞪大眼望向女儿，卓蕴对她点点头，边琳抹掉眼泪，不再言语。

这天晚上，卓蕴和边琳都被搜走了手机，卓蕴房里的电脑也被卓明毅搬走了，他反锁家门，软禁了母女俩。

卓蕴躺在床上，心想，要怎么才能联系到赵醒归呢？

六月十八号，卓蕴很早就起了床，目送着卓明毅带边琳出门，又从外头反锁上家门。

他们已经签好离婚协议书，是卓明毅的律师前一晚发过来的，卓蕴细细看过条款，里头详细列着卓明毅和边琳的共同财产。

在卓蕴的印象里，父母名下原本有好多住宅和商铺，而现在已经被卓明毅卖得七七八八，只剩下三套房子和一间商铺，大多还是抵押状态。离婚协议约定，两人名下的存款各归各所有，边琳分到一套解放路的老房子，其余房产都归卓明毅，所有的债务也归卓明毅承担。

中午，卓明毅臭着脸和边琳回到家，卓蕴看到了他们的离婚证，心里一块积压多年的石头总算落了地。

真讽刺啊，她想，妈妈居然是这样离的婚。

当天晚上，卓蘅接到父亲的电话，急匆匆地开车回来，迎接他的是父母离婚的消息。这一天终是来临，卓蘅心神恍惚，他的家就这么散了？

他愣在客厅，看卓蕴在桌边悠闲地吃方便面，年轻的男孩眼睛都红了，问："到底是怎么回事？"

卓蕴微笑："就是这么回事，今天是个好日子，你吃饭了吗？要不要姐给你煮碗面？"

卓明毅也在家，听到动静后从房里出来，醉醺醺地对儿子说："小蘅啊，你回来啦！"

卓蘅呆呆地看着他，卓明毅喝了很多酒，面色潮红，身体不停摇摆，指着卓蕴对卓蘅说："小蘅，给你一个任务，这几天看好你姐，别让她跑出去，别让她有机会打电话。她答应明天去见石家人，后天去和石靖承订婚，在那之前，你负责看紧她。"

卓蘅没吭声，卓明毅凶狠地瞪着他："看紧她，一定要看紧她！为了这个家，为了你以后能过好日子，小蘅，你一定要看紧她！如果让她跑了，咱们就完了，就完了……"

卓蘅震惊得说不出话来。

"你知道她们有多坏吗？"卓明毅呵呵冷笑，打着酒嗝对卓蘅说，"你知道你外公做了什么吗？死老头子给你姐留了套房子，在观县，很大一套！没你的份！

他一个子儿都没给你留下！明明你才是我们家唯一的希望！"

他咆哮着，卓蘅惊呆了，去看卓蕴，卓蕴连眼皮都没撩起来过。

卓明毅还在自言自语，指指点点："房子给女儿有什么用？都是要嫁出去的！我早说了死老头子没安好心，防着我不算，居然还防着你。你放心，小蘅你放心，爸爸以后的钱都归你，统统都归你！等爸爸东山再起，你不要担心，爸爸会翻身的……"

他喝醉了，又稀里糊涂地往客房去，冲边琳大喊："你在干什么？还不快去给老子泡杯茶！笨得要死，什么事都干不好……"

从头到尾，卓蕴就在专心吃面，等父亲走了才抬头看卓蘅，还有闲心和他开玩笑："哈喽，狱卒，请多指教。"

卓蘅急问："你真的要和石靖承订婚？"

卓蕴："对呀。"

"为什么？"卓蘅不解，"到底发生了什么？"

卓蕴起身，把碗筷拿去厨房，说："十三，我给你煮碗面吧。"

厨房里，卓蕴煮着方便面，还给卓蘅打了个荷包蛋。她小心地没把蛋黄弄碎，卓蘅一直倚在墙壁上看着，说："我喜欢吃全熟的蛋，要双面煎熟。"

"是吗？"卓蕴把鸡蛋翻面，蛋黄碎了，笑着说，"你怎么和赵醒归口味一样。"

锅里的水还没开，卓蕴抱臂等待，转头问："有烟吗？"

卓蘅从裤兜里掏出一包烟，抽出两根，递了一根给卓蕴。他拢着打火机帮卓蕴点烟，姐弟俩一起对着油烟机吞云吐雾。

"你放心，我不会跑的。"卓蕴说，"说了订婚就订婚，不会让你难做。"

卓蘅皱眉问："你是不是被爸抓到了什么把柄？"

"算，也不算。"一天一夜过去，卓蕴已经完全放松了，现在她只有一个任务，就是联系到赵醒归，但那也不是特别紧迫，因为她确信，失联一整天，赵醒归绝对会主动来嘉城找她。

"什么把柄？"卓蘅还在问。

卓蕴说："我出国读书的签证材料，护照那些，全被他拿走了。"

卓蘅没想明白："出国？你什么时候要出国？你又没毕业！"

"本来打算八月出去，我三月就休学了。"卓蕴吐出一口烟，又笑了，"现在可能出不去啦，无所谓的，明年再说。"

卓蘅消化着这些信息，父母离婚，父亲欠债，姐姐休学、出国、和"人渣"订婚……她的签证材料被父亲拿走了，人也被软禁在家，这都是些什么事啊？天方夜谭也不过如此。

"十三。"卓蕴又开口了,"你是不是很怕爸会破产?"

卓蘅抬头:"什么?"

卓蕴说:"他要是破产,房子会被银行收走,你可能会没地方住,上学要靠助学贷款,以后也不能出国留学。哦,还有你那辆宝贝总裁,我上次就说了,这车你得悠着点开,开一次,少一次。"

卓蘅看着她,任由手里的烟慢慢燃烧,都忘了去抽。

"可我不怕。"卓蕴平静地说,"就算我和赵醒归分手了,我也不怕。不出国,没关系,我有手有脚,大不了就去租个小房子,找份工作,每天自己做饭,饿不死。"

卓蘅静静地听着,没有接腔。

"你又不是不知道,爸的钱是怎么来的。"卓蕴偶尔转头看一眼弟弟,"如果没有外公,他早就去喝西北风了。现在债是他欠的,拆东墙补西墙,迟早有一天,他所有的财产都会散尽,石家不可能会帮他,你很清楚,我也清楚,只有他还在做梦,指望我去订婚,能帮他翻身。"

卓蘅问:"一点办法都没有了吗?"

"没有。"卓蕴摇头,"他已经没救了,我们只能自救,你怕过苦日子吗?"

卓蘅答不上来,他从未过过苦日子,是学校里引人注目的富家公子,长得又高又帅,朋友众多,追他的女孩也不少,他和卓蕴一样没什么生活自理能力,连洗衣服都是靠的洗衣店。

"我不怕过苦日子。"卓蕴慢悠悠地说,"自从认识赵醒归,我好像什么都不怕了。你想想你会碰到的困难,再去想想他,他瘫痪了都能熬过来,我们手脚健全,又年轻,还有什么熬不过去的?"

看卓蘅神色千变万化,卓蕴从裤兜里摸出一张纸条,悄悄地塞到卓蘅口袋里。

"这是赵醒归的电话。"卓蕴对卓蘅低语,"如果你还愿意当我是你姐,就帮我去联系他,他知道该怎么做。"

在卓蘅的记忆里,这还是卓蕴第一次做东西给他吃,一碗加了荷包蛋的酸菜牛肉面。

他独自一人坐在餐桌边,麻木地吃着方便面,内心难以平静。他搞不懂这个家为什么会变成这样,搞不懂妈妈衣食无忧、胆小懦弱,为什么还想离开爸爸,搞不懂姐姐为什么从小看他不顺眼,为什么要一直和爸爸作对。他知道爸爸有很多毛病,比如大男子主义,忙于工作不着家,爱喝酒,爱吹牛,脾气暴躁,对妈妈吹毛求疵,讲话尖酸刻薄,对姐姐冷嘲热讽、指手画脚……但卓蘅不能否认,爸爸对他向来都很好。

从小到大，他想要什么就有什么，想去哪儿玩，爸爸就会给他足够的旅费，想学什么，哪怕只是一时心血来潮，爸爸都会让他去学。

　　十八岁生日，他想要一辆玛莎拉蒂，爸爸二话不说就给他买了，这辆车比爸爸开的车都贵很多。爸爸还主动给他买了一套房，房子再过两个月就要交付。

　　刚才听说外公给姐姐留了一套房，却没他的份，卓蘅心里的确感到不公，生出了嫉妒之意。现在吃着面条，他想起来了，爸爸没给姐姐买过车，也没买过房，姐姐只学过画画和网球，还老被爸爸念叨，说花了他很多钱。

　　上中学时，姐姐的零花钱一直比他少，上大学后，她每个月的生活费也只有他的一半，她并未为此抱怨过什么。

　　爸爸总说女人都是一群小心眼，虚荣拜金，优柔寡断，自私愚蠢，干不了大事。读书只是一块敲门砖，女人最好的结局就是嫁个好老公，再生个好儿子，在婆家就能过上好日子。

　　曾几何时，卓蘅也和爸爸一样发自内心地认为，卓蕴如果能嫁给石靖承，就是她的福气。

　　他从口袋里掏出那张皱巴巴的纸条，上面是一串手机号码。赵醒归——那个比他还小一岁的男孩，还是个高中生，一个要靠轮椅代步的残疾人。

　　卓蘅想起在梧城时，他与赵醒归的交谈。清瘦英俊的少年坐在轮椅上，穿一身黑衣黑裤，手里捧着一杯玫瑰花茶，神情淡然诚恳，讲话不卑不亢。

　　他说："我爸爸从小就教我，要尊重别人，尤其要尊重女生。"

　　他说："卓哥，如果你真的关心卓蕴，就应该尊重她、了解她、理解她。"

　　他说："我眼里的卓蕴光芒万丈，和你说的那一个，好像不是同一个人。"

　　吃完面，卓蘅回到房间，在床上坐了半小时后，咬咬牙拨通了那个电话，手机里传来赵醒归的声音："你好，哪位？"

　　"我是……卓蘅。"

　　"卓蘅？"赵醒归语气很急，"是卓蕴让你找我的吗？她没事吧？"

　　卓蘅说："她没事。"

　　"没事就好。"赵醒归像是松了口气，"卓哥，到底发生了什么事？"

　　卓蘅说："我觉得，你可能需要来一趟嘉城。"

　　赵醒归说："我已经来了，现在就在嘉城。"

（2）

赵醒归就在嘉城，已经入住了酒店。与他一同来嘉城的还有苗叔、苏漫琴、彭凯文和保镖穆哥，分两辆车。

赵伟伦原本也想来，被赵醒归劝阻了，尽管他不清楚卓蕴在嘉城的情况，但他觉得，凭他们手上那些筹码，根本不用爸爸出马，他完全能自己搞定。

安全方面，有特种兵退伍的穆哥在，赵醒归一点也不慌，只担心卓蕴的安危。

一行五人晚上刚到，已经知道卓蕴在嘉城的住址，原本计划第二天由穆哥上门去探探风声，找到卓蕴后把她带走。而现在，赵醒归接到了卓蘅的电话，终于搞清了事情的原委，他和苏漫琴等人开会，商量对策，现在的问题是带走卓蕴并不难，难的是要怎么拿到她的签证材料。

大家聚在赵醒归房里头脑风暴，有人说报警，有人反驳，说那就是几张纸，万一卓蕴爸爸一怒之下烧了呢？有人说去偷，又被反驳，说连放哪儿都不知道，怎么去偷？

最后，赵醒归说："这事儿，还是得靠卓蘅。"

又是一晚过去，六月十九号是这年端午小长假的第一天，下午，卓蕴、卓蘅跟着父母来到石家，讨论第二天的订婚流程。

看到卓蕴现身，除了石靖承，石家人没一个有好脸色，于娟都已经做好"临时发通知取消订婚宴"的准备，这时候白眼翻上天，连场面功夫都不愿做，完全不想搭理卓家四口人。

卓蕴主动对他们道歉："对不起，爷爷奶奶、叔叔阿姨，还有靖承，我这段时间学业太过繁忙，所以一直没回嘉城，真的很抱歉，让大家担心了。现在我回来，就是为了订婚宴……"她看了眼石靖承，"如果你们觉得我不够重视这场订婚宴，对我有所不满，没关系，我都理解，我……"

"你说什么呢？"卓明毅喝止了她，"你叔叔阿姨都是宽宏大量的人，请柬都发出去了，你也回来了，订婚宴一定能顺利举行！老石，你说对吧？"

老石笑而不语，石家爷爷奶奶面无表情，于娟冷哼一声，还是石靖承出来打圆场："我知道大三功课很忙，小蕴，你不要有压力，既然回来了，我们明天就把仪式过完吧，亲朋好友都会来捧场，共同见证我们的幸福，我和你说过，我一直都很期待与你订婚。"

卓蕴笑着看他："谢谢你的理解。"

于娟让人把卓蕴的两套礼服拿出来，卓明毅立刻和他们聊起第二天的仪式流程，说得唾沫横飞。边琳和卓蘅都没吭声，卓蕴喝了几口茶后说要去一下卫生间，等她从客卫出来，就见到等在门口的石靖承。

梧城之后，卓蕴就没再见过他，石靖承还是老样子，头发梳得一丝不苟，戴副金边眼镜，穿深色衬衫配烟灰西裤，身姿颀长，温文尔雅，双手插在裤兜里，倚在墙壁上笑眯眯地看着卓蕴。

"你居然真的会来，你爸很厉害啊，怎么做到的？"石靖承像是觉得很有意思，"我还以为，你和你爸已经闹掰了。"

卓蕴说："你要是不想我来，很简单，早点儿退婚不就完了？你又不退婚，还发出那么多请柬，要我怎么办？"

石靖承摇摇食指："no，no，no，其实我之前犹豫过，这婚还要不要订，但你爸一直求着我爸，说你一定会来，还会乖乖听话，我们就想再给你一次机会，毕竟，你家最近真的很困难，而我，也是真的很喜欢你。"

"是吗？"卓蕴笑了，"石靖承，其实你我都知道，你爸是不会帮我爸的，梧城发生的事，到底谁对谁错，你心知肚明。现在就为了一个面子，你们花这么多钱搞一场订婚宴，值当吗？"

"话不能这么说。"石靖承眼神无辜，"谁说我爸不会帮你爸？现在不会帮那是因为关系没到位，等我俩订了婚，那就是亲家，我爸能不管你爸吗？梧城的事我已经忘了，没什么面子不面子，我就是喜欢你，周幽王烽火戏诸侯，只为博红颜一笑，你总该听过吧？"

"周幽王烽火戏诸侯，只为博红颜一笑，最后死得很惨哦。"卓蕴咯咯咯地笑起来，"你这典故用得很不吉利啊。"

"我没那么迷信，对了，你是不是还不知道我名字的意义？"石靖承说，"有志者事竟成，石靖承，就是由此而来。我想做的事，还没哪件是做不到的。"

"你可真有自信。"卓蕴面上一直保持着不失礼貌的微笑，"石先生，本来我不想说的，想想还是和你通个气吧。我也再给你一次机会，最后的机会，现在，去和我爸说退婚，至于你爸愿不愿意帮我爸，我管不着，也不想管。相信我，我是为你好。"

"为我好？"石靖承哈哈大笑，摊开手道，"都到这时候了，我怎么可能再退婚？明天席开三十桌，会来很多人，箭在弦上，不得不发，这个典故我总没用错吧？"

卓蕴点点头："倒也是，行吧，那就只能这样了。"

她想离开，石靖承又挡住她的去路，卓蕴皱眉看他："你还要干吗？"

"有件事，我一直想不通。"石靖承好整以暇地推推眼镜，"那个姓赵的瘫子，家里这么有钱，你爸怎么不去求他帮忙？"

卓蕴脸色冷下来："你叫他什么？"

"瘫子。"石靖承笑，"难道叫错了吗？是不是你爸还不知道，你傍上了这么一个人？卓蕴，我很好奇啊，他瘫了，那儿还能用吗？他是长得很帅，可他能满足你吗？还是说……你就是有这种比较特别的癖好？"

卓蕴心中愤怒，却知道这时不能表现出来，她这几天必须冷静，不能被激怒，不能掉以轻心。她相信赵醒归已经在想办法，出国的事早已退到其次，被逼到这份上，她必须要和这混蛋，还有她爸，算一笔总账。

卓蕴看着石靖承："我警告你，不要再让我听到任何侮辱他的话语。"

石靖承还不知收敛："我哪里敢侮辱他？人家可是赵公公……哎呀，口误口误，是赵公子，赵大公子。"

卓蕴双手握成拳，指甲重重地掐在肉里，错身避开他往前走，擦肩而过时，留下一句话："记住你刚才说过的话，祝你好运，石先生。"

石靖承说："也祝你好运，卓小姐。"

六月二十号，正端午，是个黄道吉日，宜嫁娶。

卓蕴很早就醒了，失去手机三天整，她每天早睡早起，看书练画，竟也不觉得难熬。

嘉城的订婚仪式有固定流程，订婚宴通常是在中午，婚宴在晚上，订婚宴时，准新郎上门不是为了接新娘，主要的任务是带着彩礼来下聘。

化妆师六点多就上门来给卓蕴化妆做发型，又为她换上一身中式大红喜服。卓蕴浑身戴满金器，金器越多，越能彰显出男方家庭对女方的重视。

"你真漂亮啊，都能去做明星了。"化妆师是个年轻女孩，嘴很甜，一边为卓蕴整理妆容一边说，"你笑一下嘛，今天可是大喜日子。"

卓蕴一点也笑不出来，看到镜子里的自己，一身红衣，金光闪闪，原本就出众的脸庞被化妆师化得更加明艳动人，只是神色一直冷冰冰，嘴角的梨涡从未显露过。

边琳愁眉苦脸地陪在她身边，卓蕴化完妆，让化妆师离开房间，说要和妈妈说几句话。等到房里只剩母女二人，卓蕴抱了抱妈妈，叫她别担心："妈，今天过了，事情就都结束了，你可以搬出这套房子，以后再也不用去管他的事。"

"有那么简单吗？"边琳很害怕，"如果你订了婚，老石还不帮你爸爸怎么办？"

卓蕴说："你已经和他离婚了，还管他干什么？"

边琳怔怔不语，可能因为这几天大家还住在一起，她都觉得像在做梦，完全没有那种离了婚的解脱感。

卓蕴说："听我的，事情完了你就搬出去，行李不拿都没关系，来钱塘和我一起住。你现在只是不适应，等再过一阵子你彻底地摆脱他，就会知道，没有他，你的人生会越来越快乐。"

十七楼的窗外，刚好有一群鸟儿飞过，边琳看着那些振翅飞翔的鸟，又去看卓蕴，年轻的女孩面带微笑："相信我，妈妈，我们马上就要自由了。"

八点多时，陆续有客人上门，大多数是卓明毅的酒肉朋友，是他找来凑面子的。梁月和几个女孩也来了，作为发小陪伴卓蕴，叽叽喳喳地聊着天，夸卓蕴漂亮，嫁得好，以后一定会享福。

卓蕴神情淡漠，心里在想，赵醒归这时候在干什么？

九点十八分，楼下响起爆竹声，准新郎来送聘礼了。聘礼是一大堆红彤彤的现金，大几十万，被人抬进家门时，卓明毅眼睛都亮起了绿光。结果，石靖承进门后对他说："卓叔，这些，我一会儿还要带回去，顺利的话今晚可以给你。"

卓明毅心里骂声"禽兽"，面上却点头哈腰："我知道我知道，放心吧，订婚入洞房，天经地义！"

家里很热闹，卓蓣始终待在角落，不招呼人，也不帮忙做事。边琳胆小，没地方去，就挨到了他身边，卓蓣拍拍妈妈的背，说："妈，别担心。"

吉时到了，卓蕴在几个女孩的陪伴下走出房间，看到了石靖承，他穿西装打领带，胸口别着花，到处与人寒暄，还真是一副新郎官的喜气模样。石靖承看到她后眼睛一亮，卓蕴身材高挑，美艳不可方物，论容貌，在嘉城的富家千金里绝对算是翘楚。

可惜啊，石靖承想，她要是能听话一点就好了。

下聘仪式结束，卓明毅红光满面地喝过甜茶，给了石靖承一个大红包，一行人离开女方家，去往订婚宴会场，大多数宾客都在那里，包括石家所有的长辈、亲戚。

订婚宴就在石极鲜海鲜酒楼，用的二楼大宴会厅，席开三十多桌，婚庆公司将会场布置得浪漫温馨，到处是鲜花和气球，石家很讲究排场，还请来一些歌手和魔术师在台上轮番表演。

卓蕴和石靖承没拍过婚纱照，也没有任何日常合影，于是，宴会厅的大 LED 屏上为了有东西可播，只能播放起石家各酒店、餐厅的精美广告短片，不伦不类，看得卓蕴都替石靖承感到尴尬了。

她穿着大红喜服，与石靖承简单地拍了几张合影，就跟着化妆师去休息室换礼服，身后还跟着两个卓明毅派来的男人，见卓蕴进了休息室，他们就守在门外。

休息室很宽敞，里面有化妆台和更衣室，还有一组沙发茶几，她们进去时，刚好有个男服务员在那儿摆水果和点心，他穿着工作服，弯腰背对卓蕴。

卓蕴毫不在意，因为一早上没喝水，就开了一瓶矿泉水喝，化妆师等了一会儿，见那服务员没有离开的意思，就对他说："你好，我们要用这里了，谢谢。"

那服务员转过身来："好的，我马上出去。"

卓蕴看到对方那张脸，刚喝下去的一口水直接喷出来："噗！"

"哎呀，你怎么啦？"化妆师帮她拍背，卓蕴咳嗽半天，摆摆手说："我没事，呛着了。"

她又去看那服务员，心里哭笑不得，那人已经开门走了出去。

彭凯文端着托盘上三楼，进了一间包厢。赵醒归就在包厢里，桌上摆着一大堆菜，没人动过。

"嘿，我见到卓蕴了！"彭凯文放下托盘，从餐桌上拿了个鸡腿啃，"她看起来没什么事，打扮得特漂亮。"

包厢里还有苗叔和穆哥，苏漫琴不在，彭凯文问赵醒归："什么时候带她走？就两个男的看着她，很容易搞定。"

赵醒归说："我先问问漫姐那边的情况。"

她给苏漫琴打电话，苏漫琴说："我这儿都好啦，就等你通知了，卓蘅那儿怎么说？"

赵醒归说："他还在找机会，说要给他一点时间。"

他们混进石极鲜没花太多功夫，赵醒归是来吃饭的，只有彭凯文要装成服务员，花了点小钱搞到衣服，苏漫琴去的地方属于第三方，这时候也已就位，他们现在要做的，就是等待卓蘅的消息。

卓蘅跟着卓明毅从家里来到订婚宴会场。

卓明毅一直带着他，让儿子和他那些生意上的朋友打招呼，还把卓蘅介绍给石家的一些生意伙伴，也不管对方认不认得他们，是否知道卓家已经成了一个空壳子，卓明毅完全把自己当成了主人家，仗着准新娘父亲的身份，到处攀关系、留名片、打烟，让卓蘅一个个去喊"叔叔阿姨好"。

卓明毅拍着卓蘅的背对别人说："这是我儿子！卓蘅，在上海念大学，以后还请大家多关照他一下。我家这小子呀，特别争气，是个很优秀的男孩子，聪明又懂事，长得也很帅吧？像我？哈哈哈哈……没有没有，他比我优秀，我做爸爸的，这么辛苦就是为了他。"

卓蘅看了卓明毅一眼，眼皮垂落下来。

快到十一点，订婚宴马上就要开始，卓蘅找了个机会，捂着肚子对卓明毅说："爸，我有点肚子疼，要去上下厕所。"

卓明毅关心地问："怎么了，早上吃坏了？"

卓蘅说："不知道，你先去忙吧，我憋不住了。"

他匆匆告别父亲往卫生间跑，跑着跑着就换了方向，西装一脱，只穿着衬衫冲出酒楼，上了自己的车。

他开车回家，直奔十七楼，家里空无一人，还留着订婚仪式后的各种物品，喜糖、喜烟、喜饼、彩纸屑……玻璃上贴着红双喜，彩礼都被石家拿走了，一毛都没剩下，卓蘅在客厅站了会儿，终于下定决心，进了爸爸的书房。

卓明毅有一个保险箱，藏在书房里，还做了个暗门，卓蘅上初中时去书房找书看，偶然发现这个保险箱，很是新鲜，觉得自己发现了宝藏。

当时，他试着去开保险箱，需要输密码，第一次输入，错误，小卓蘅挠挠头，不想认输，又输入一串密码，"砰"的一声，门居然真的打开了。小卓蘅很得意，觉得自己智勇无双，也没看保险箱里的东西，悄悄地关上了门。

此刻，二十岁的卓蘅蹲在保险箱前，缓慢地眨了眨眼睛。他伸出手指，忍住心酸，一个数一个数地输入密码，意料之中，门打开了。卓蕴的那包签证资料就在里头，还有她和边琳的手机，以及家里的户口本。

卓蘅把东西都拿出来，关上保险箱的门，一个没忍住，眼泪掉了下来。这么多年了，卓明毅从来没换过密码，一直在用的，就是卓蘅的生日。

石极鲜酒楼的休息室里，卓蕴换下中式喜服，梁月就眼睁睁看着石家的两位女性长辈开始清点金器，头饰、项链、手镯、戒指……最后拿个红袋子一股脑儿全装进去，说："这里人多眼杂，东西放着不安全，我们先拿去保管一下。"

说完，她们就拎着袋子离开了休息室，梁月目瞪口呆，化妆师也惊呆了，从未见过这样的做法，就算要把金器拿去保管，也应该是女方家人来做才对。梁月见卓蕴一副漠不关心的样子，气得跳脚："蕴蕴！你怎么都不吭声的？干吗不叫你妈妈来拿？这拿走了，你还拿得回来吗？"

卓蕴端坐在化妆镜前，任由化妆师给她搞头发，轻飘飘地说："无所谓的，这种东西，难道平时还会戴吗？"

"你就是这也无所谓，那也无所谓，以后怎么管得住石靖承？"梁月见过石靖承在电影院和沈诗钰约会，一直记着这件事，为卓蕴打抱不平，"哎，我问你，前几个月我听说石靖承和你出去旅游，你俩吵架了，后来还闹到报警，是不是真的？"

"是真的。"卓蕴说，"怎么连你都听说了？"

她想，那位邵阿姨嘴巴可真大，石靖承估计都气炸了，然后就把怨气统统发泄到她身上，非要和她订婚不可。

梁月更生气了，卓蕴灵机一动，说："小月，你手机借我打个电话行吗？"

梁月把手机递给她："你自己手机呢？"

卓蕴说："昨晚忘充电，关机了。"

梁月失笑："怎么回事？订个婚这么激动的吗？手机都能忘充电。"

卓蕴对化妆师示意自己去更衣室打电话，避开众人后，她拨出电话，听筒里就响起赵醒归清朗的声音："你好，哪位？"

卓蕴低声说："是我。"

"卓老师！你没事吧？"电话那边，赵醒归的语气里充满关切，令卓蕴感到窝心。

她说："放心，我没事，在化妆。"

"我应该找人陪你去上海的。"赵醒归后悔极了，"是我的疏忽。"

卓蕴说："不关你的事，问题不大，我刚看到Kevin了，你现在在哪？"

赵醒归说："在三楼包厢，他和我在一起。"

卓蕴问："你是不是都准备好了？"

"对。"赵醒归说，"我随时可以带你走。"

"赵小归。"卓蕴的心怦怦跳快起来，"你是想要公开吗？"

赵醒归反问："你不想？"

"不是。"卓蕴有些犹豫，"我就是担心事情闹太大，会不好收场。"

"卓老师。"赵醒归语气平静，"你说过，人要对自己做过的事负责，他做了那么多错事，就应该想过后果。"

卓蕴说："可我怕你会有危险，你身边人多不多？"

赵醒归说："宴会厅有三百多个人，还不够吗？"

"我的天！"卓蕴掩住嘴，"赵醒归你好疯啊，你到底要做什么？"

"我不疯。"赵醒归说，"卓老师，你听我说，我经历过林泽的事，因为没证据，咽在肚子里两年，我以为他会放过我，结果他吃准了我没证据，反而变本加厉地来找我麻烦。今年二月在梧城，石靖承欺负你，你也没证据，明明是他不对，现在照样利用你爸爸来逼迫你。我们吃够了没证据的苦，你没发现吗？隐忍解决不了任何问题，现在我们有证据了，确凿的证据！为什么不公开？他会受到什么惩罚，不是由我们说了算，那三百多位来宾都是见证，最终，法律会审判他。"

卓蕴听完他的话，再也没有顾虑："我知道了，那，我要做什么？"

赵醒归笑起来："你什么都不用做，就等我……去'抢婚'吧。"

宴会厅里，宾客们大多已入席，订婚宴即将开始，一切都很顺利。

卓明毅亢奋地满场转悠，觉得胜利的曙光就在前方，他想自己可真厉害，在那么不利的局面下，居然真的让女儿乖乖地与石靖承订婚了。果然人的潜力是无穷的，他有救了！现在唯一的问题就是要怎么把卓蕴送去石靖承的总统套房，还得是"听话、不吵不闹"的状态。

阿刚也在会场，心里又紧张又害怕，他帮卓明毅搞来那东西时，卓总可没说要他去下手，刚才却对他提出了这个要求。阿刚慌极了，知道这是犯罪，要是被发现，他又要进去了，关键是他没捞到好处啊，卓总才给了那么点钱。

卓明毅擅长给人画大饼，说事成之后会给阿刚三万块，阿刚想了半天才答应下来，一边在心里骂卓明毅"禽兽不如，连亲生女儿都要害"，一边挖空心思寻找着机会。

宴会厅的大门被服务员关上，灯光也暗下来，卓明毅知道仪式即将开始，就到圆桌旁坐下，边琳也坐在那儿，卓明毅四处一看，问："小蘅呢？"

边琳冷冷地说："不知道。"

卓明毅给卓蘅打电话，卓蘅接了，说自己拉肚子，去外头买点药，很快就回来。卓明毅并未起疑，对儿子充满信任，家里一直以来就是两两站队，儿子永远都会站在他这边。

司仪走上台，说了几句吉利话后，仪式开始了。音乐声中，西装革履的石靖承与卓蕴并肩走上舞台，宾客们掌声雷动，还伴随着阵阵惊呼，因为台上两人颜值太过出众，尤其是准新娘。

石靖承已足够英俊潇洒，依旧盖不过卓蕴的风采。她长发披肩，发梢微微烫卷，两鬓的头发在脑后松松一绾，戴着一枚精巧发饰。她穿一身吊脖V领款的银白色修身长裙，肌肤雪白，露着完美的直角肩和纤细的手臂，姿态婀娜，妆容明媚，神情里却透着倨傲，站在台上，连笑都吝于展现。

有很多宾客从未见过卓蕴，只听说卓家出了点状况，迫切地想要通过联姻来摆脱危机。之前，他们觉得卓蕴是高攀，理应卑微低调才对，此时见到真人，才理解石靖承的坚持，这样一位艳光四射的大美人，怪不得石公子不舍得放弃。

司仪开始过流程，有人端上两枚对戒，石靖承拿着女戒对卓蕴单膝下跪，司仪把话筒递到他嘴边，他问："卓蕴，你愿意嫁给我吗？"

司仪又立刻把话筒递到卓蕴嘴边。

卓蕴眨巴着眼睛，在心里呼喊：赵小归！赵醒归？说好的"抢婚"呢？

宾客们都在大声起哄，彭凯文穿着服务员的衣服站在台下，看着那两杯准备好的交杯酒。

舞台上，卓蕴终于绽开笑，什么都没说，接过了石靖承手里的戒指，当话筒离开她的嘴后，她用只有石靖承能听到的声音开口："我不愿意。"

石靖承不动声色："没关系，我愿意就行。"

他站起身，要给卓蕴戴戒指，戒指刚套进卓蕴的左手无名指，她就一勾手指，把手收回来了，又快速地帮石靖承戴上男戒。司仪心中纳闷，临场反应却很快，立刻让大家鼓掌祝福一对准新人。

接着是喝交杯酒，彭凯文看着别人把两杯酒端上舞台，负着双手吹了声口哨，眼神又瞥向不远处那个紧张兮兮的中年男人。

舞台上，石靖承看着两杯酒，端起其中一杯，卓蕴拿了剩下的一杯。她往台下扫了一眼，石靖承已伸出右臂："来，干杯。"

卓蕴抬眸看他，一双美目风情万种，低声道："别说我没给过你机会。"

她自然不会与石靖承交缠手臂，直接与他碰了碰杯后，仰起脖子将杯中酒一饮而尽。

石靖承见她把酒喝干，哂笑一声，也把酒喝完了。

这样奇怪的"交杯酒"自然令宾客们大为困惑，连见多识广的司仪都差点接不下话。老石和于娟觉得丢了面子，卓明毅也是心怀不满，不过，与大事相比，这都是些微不足道的小事，重要的是，女儿终于喝掉了那杯酒。

接下来的环节应该是宣布订婚仪式顺利结束，准新人最后来一个拥抱与接吻。司仪兢兢业业地说着串场词时，他身边的卓蕴突然身子一晃，司仪没反应过来，当场卡壳。

石靖承扶住卓蕴，温柔地问："你怎么了？"

卓蕴半阖着眼，手指撑着额头，说："我有点头晕。"

"怎么会头晕？"石靖承向司仪使了个眼色，低声说，"仪式结束吧，我先带她下去休息一下。"

宾客们都看到了这一幕，边琳不顾卓明毅的阻拦冲到舞台边，想上去搀扶女儿，被几个陌生男人拦下来。

司仪不愧是司仪，拿着麦克风动情地说："好事多磨呀，咱们的新娘身体有些不舒服，需要休息一下，那我们就先给予他们祝福吧！现在，我宣布，石靖承先生与卓蕴小姐正式……"

"我反对!"

一道年轻的男声骤然在宴会厅里响起,还是用的麦克风,所有人都听到了这掷地有声的三个字。

宴会厅大门被打开,大家都向门口看去,与预想中不一样,出现在那里的,竟是一个坐着轮椅的人。

一个高大威猛的男人推着轮椅进入宴会厅,原本只聚焦在舞台上的光线消失了,会场上灯光大亮,轮椅穿过红毯来到舞台前,众人终于看清轮椅上那人的模样。

(3)

那是个非常年轻的男孩,发型利落,容貌俊美,就算坐着都能看出身材高大。他神情冷峻,穿着挺括的衬衫、西裤和皮鞋,一身黑,浑身散发着与他年龄不符的沉稳气场。

他没看旁人,眼睛从始至终只望向舞台,舞台上,卓蕴半靠在石靖承身上,身子发软,已经闭上了眼睛,站都站不太稳。司仪已经蒙了,觉得自己的职业生涯要完。

石靖承扶着卓蕴,皱起眉望向台下的卓明毅,卓明毅收到信号,立刻跳了出去。他拦住轮椅,指着对方大声质问:"你是谁?这儿在搞婚宴!你来捣什么乱?赶紧滚出去!"

赵醒归坐得端正,目光灼灼地注视着他,朗声道:"我姓赵,是来接卓蕴离开的。"

边琳听到他姓"赵",差点喊出声来,立刻捂住了嘴。卓明毅不知道赵醒归的存在,还在发火:"你说的什么胡话?什么离开?卓蕴是我女儿!你再不走我报警了!"

赵醒归说:"你报警吧,你不报,我也会报。"

宾客们窃窃私语,没见过这样的订婚场面,新娘晕了,还有人来"抢婚",来人居然坐轮椅,有些人打开手机拍摄视频,觉得这事儿真是稀奇。

于娟平时颐指气使,真碰到这样的场面还是会慌张,老石要镇定些,也没空去管舞台边的事,赶紧去安抚那些重要来宾。尽管如此,很多政府官员还是提前走了,不想在这种地方蹚浑水。

卓蕴的身子一个劲儿往下滑,石靖承扶不住她了,只能将她扶下舞台,让卓蕴坐在一把椅子上。

她一头趴到桌上,边琳和梁月冲到她身边看她,边琳拍拍女儿的脸,叫她名字,想喂她喝水,卓蕴一点反应都没有,就跟晕过去似的,急得边琳连声喊梁月打120,却被一个年轻的男服务员阻止。

他轻声说:"阿姨,您别急,我们先看一场好戏。"

石靖承终于来到了赵醒归面前,两人一站一坐,眉目间都隐含怒意。赵醒归转头看一眼不省人事的卓蕴,冷静地问:"你给她喝了什么?"

这话一出口,包括司仪在内,周围听到的人都吃了一惊。石靖承轻蔑地看着他:"我不知道你在说什么。"

赵醒归说:"我现在要带她去医院,然后报警,让警察查查她的胃容物,你猜会查出些什么来?"

卓明毅吓坏了:"你别胡说八道!我女儿就是有点贫血!"

石靖承一点也不怕,因为他什么都没做,大声说:"这位姓赵的先生,今天是我和卓蕴的订婚宴,要不是看你是个残疾人,我不会对你这么客气。现在我最后说一次,请你,立刻,离开。"

赵醒归笑了:"我也最后问你一次,你给她,喝了什么?"

"你个死瘸子给我滚出去!"卓明毅不能忍受订婚宴上发生这样的事,不能忍受有人来破坏他的翻身大计,冲上去就想揍赵醒归,被穆哥挡住了,一把推了回去。

"不说是吗?那么……"赵醒归双手一拍,"大家就一起听听吧。"

随着他的掌声落下,宴会厅里突然响起一段奇怪的声音,三百六十度环绕在所有人耳边,有点噪声,但仔细听,还是能听清内容。

石靖承抬起头,瞳孔收缩,因为他听到了自己的声音。

"卓叔啊,你对我保证没用,我要看到人才算数。

"还有,你别忘了,卓蕴光出席订婚宴,不够。

"你知道我是什么意思。

"卓叔,那天晚上,我会在酒店开一间总统套房,希望宴席结束后,我能在房间里看到卓蕴。

"一个听话的、不吵不闹的卓蕴。"

众人哗然,不过这还没完,紧接着又响起另一段录音。包括石靖承在内,石家所有亲属都急疯了,到处有人喊:

"关掉!哪儿在放?赶紧关掉!"

"婚庆公司的人呢?谁管的这个?"

"哪儿关?怎么关?快找人去关掉!"

录音没关掉，一直都在播，始终只有石靖承一个人的声音，他像是在打电话，听不出电话对面是什么人，只能从他的话语里来判断，有时是下属，有时是父亲，有时是卓明毅，有时是某位官员。

"怎么又出问题？我不是说过这批货一定要用澳大利亚的吗？"

"检疫不合格？……行了，我去想办法，明天我去见见宋主任。"

…………

"做熟了，你吃得出这牛肉是哪儿来的吗？牛肉就是牛肉！不都一个味？成本可差得远了！"

…………

"我知道了，爸，这次消防检查不会有问题，我都打点过了。对……李局长，王主任，我都去见过了，你放心吧。"

…………

"明天我没空，我要去见审计局的方副局，马上要审计了，很多事要打点。"

…………

"方局长，您好您好，我是小石，是这样的……"

…………

"爸，你再说一遍，我怕我忘了。……昨晚，我和你一起在应酬，和税务局的刘主任，喝到半夜你喝醉了，就直接睡在了酒店。好了好了，我知道了，不会在妈那儿穿帮的。"

…………

石靖承呆立在那儿，眼前是晃动的人影，和石家有利益关系的人都在四处乱跑，想要找到关掉录音的办法，更多人就站在那儿看热闹，还有不少人在录音、录像。

这些电话，石靖承都是在书房打的，录音里没出现别人的声音，说明窃听设备不在他手机上，而是直接装在书房里。

能做到这件事的人，有且只有一个。石靖承从来没想过，那么温顺听话的她，会这样对他。

于娟傻坐在椅子上，转过头看着丈夫，老石一脸死灰，也不知道要怎么办，只喃喃道："找律师，我要找律师……"

卓明毅心里只剩下绝望，老石完了，他就跟着完了，谁都救不了他，他死定了，还有边琳……啊，边琳和他离婚了，边琳，边琳和他离婚了！

阿刚想溜，却被人抓住，回头看到一个服务员打扮的年轻人，颤颤地问："干、干什么？"

彭凯文说:"不干什么,等警察来,你和警察解释解释,你刚才干了些什么。"阿刚见他文弱,想要反抗,直接被穆哥反剪双手,绑在了一把椅子上。

那些电话里出现过的宋主任、李局长、王主任、方副局等人,早就吓得溜之大吉,估计从这天开始都要睡不着觉。税务局的刘主任惊出一头汗,不停地对人解释:"我没有和他应酬!我没有呀!他这是栽赃我呢!我今年根本没在私底下见过老石!"

石靖承看着赵醒归,冷笑道:"你也只会耍这些阴险的把戏了。"

赵醒归说:"这些话可都是你自己说出来的。"

石靖承还在负隅顽抗:"那又怎样?那只是一些录音,我吹牛不行吗?梦游不行吗?喝多了胡言乱语不行吗?我就喜欢搞一些自说自话的独角戏,不行吗?你有什么证据证明我说的都是真的?"

"你想要证据?"赵醒归环视大厅,人已经走了三分之一,剩下的都是纯吃瓜群众,即使老石倒台也不会受什么影响,他又抬起双手,微笑着看向石靖承,"行啊,我满足你。"

石靖承瞪大眼睛,看到他的手又一次重重一拍,不知为何后背竟生出一股凉意,他后悔了,还很恐惧,抬手大喊:"不!不!不要!"

已经晚了,LED大屏突然切换了画面,所有人的注意力都投向屏幕。那是许许多多的照片和视频,有些是在某餐厅后厨拍的,有些是在某酒店客房拍的,有些是在某食品冷库拍的……为防大家看不懂,照片和视频上还贴心地打了字幕,详细解说着各种食品质量堪忧,货源渠道不明,卫生、消防不达标等问题。

食材以次充好的情况特别严重,说是进口高档海鲜,实际不知来自哪里,说是鲜肉,实际是冷冻了不知多久的冻肉,解冻后肉都有异味了,用调料处理后,照样端上餐桌……

"税务那些,还真是查不到。"赵醒归对石靖承说,"可能只有举报了,让第三方来查。"

这些照片和视频,是赵伟伦派人卧底进石家的酒店和餐厅,历时半个月得到的。短短半个月,就拿到这么多证据,还只是冰山一角,可想而知,作为在嘉城酒店餐饮业龙头老大的石家,这些年来官商勾结,置客人的人身安全于不顾,不知道从中获取了多少非法收益。

在一片静默中,视频和照片放完了,赵醒归问那个已经僵硬了的男人:"这些证据,你还满意吗?"

石靖承变成了一只困兽,和卓明毅一样,都已走投无路,他想去揍赵醒归,却知道自己近不了他的身,他身边有个保镖一直护着他,刚才一下子就把阿刚制服了。

阿刚……石靖承上台前见过阿刚，对方告诉他，要喝哪一杯酒，做过记号的，千万不要拿错。

石靖承又转头去看卓蕴，女孩依旧趴在桌上，到了这种时候，石靖承已经失去理智，他想要发泄，想要挣扎，想要报仇！他是动不了赵醒归，但他可以动卓蕴！大不了与她同归于尽！

都是她，都是因为她，都是她搞的鬼！她毁了他的一切，他要杀了她，杀了她，杀了她……石靖承大步走向卓蕴，一把推开挡路的边琳和梁月，赵醒归眼神一凛，大叫出声："住手！"

他已快速地转动轮椅，穆哥先他一步冲过去，可是，石靖承扬起的手掌并未落到卓蕴身上，在那千钧一发之际，他被人死死地扣住了手腕。

石靖承目眦欲裂，看向那个和赵醒归一样年轻的男人，他像是疾奔而来，额头上布满汗水，还在大声喘气。

"以为我姐没人管吗？"卓蘅咬牙切齿地看着石靖承，"赵醒归揍不了你，老子可以，老子想揍你很久了！"

话音一落，卓蘅就重重一拳砸到石靖承脸颊上，几乎把他掀飞出去，眼镜都甩掉了。

卓明毅痴痴呆呆地看着这一切，觉得自己陷入了幻觉。

卓蘅把一个双肩包丢给赵醒归："带我姐走！"他又去拍卓蕴的肩："演够了没？还不起来！"

卓明毅、阿刚、摔在地上的石靖承一齐看向卓蕴，那个趴在桌上的女孩慢慢抬起头来，唇边含着笑，她站起身，轻快地奔向赵醒归，哪里像是被下了药的样子！

阿刚欣喜若狂，卓蕴没喝那杯掺了"听话水"的酒，他是不是就没事了？彭凯文往他后脑勺拍一下："别做梦！你下药的过程，我都拍下来啦！"

阿刚顿时哭天抢地："我是被逼的！我冤枉啊！是卓总让我去买药的！是他让我下药的呀！"

边琳听到这些话，难以置信地看向卓明毅，卓明毅已经蔫了，就那么一会儿工夫，像是苍老了好几岁，整个人失魂落魄地瘫在椅子上，完全不想再动弹一下。

赵醒归向卓蕴伸出手，卓蕴把手交到他手里，两只手紧紧地握在一起。她飞快地脱掉高跟鞋，又一把拆掉后脑的小发髻，把那枚莫名其妙的订婚戒指向石靖承砸去。

"十三，靠你啦！照顾好妈妈！保持联系呀！"卓蕴对卓蘅嫣然一笑，牵着赵醒归的手，一个转轮椅，一个提着裙摆赤脚跑步，当着一堆吃瓜群众的面，消失在宴会厅大门外。

卓蘅被卓蕴的笑容晃花了眼，转头看向摔在地上的石靖承，又是一脚踹了上去。

石极鲜海鲜酒楼的一楼大厅里，一张二人位餐桌边，坐着一位年轻的女客人。

她肤色苍白，身形单薄，听到几个服务员在交头接耳，说二楼宴会厅出了大事，好像是石总的订婚宴搞砸了，闹得不可开交。

沈诗钰吃下最后一勺甜羹，叫来服务员买单。

买完单，她戴上墨镜，挎上包，走到酒楼门口，回头看一眼那气派的酒楼招牌，轻轻一笑，摇曳生姿地往阳光下走去。

下午稍晚点的时候，"拯救卓蕴小分队"终于全员会合，大家都没吃午饭，一个个饿得饥肠辘辘，找了家午市不打烊的火锅店吃火锅。

卓蘅和边琳没来，边琳要回家收拾行李，对卓蘅说，过几天想搬去钱塘和卓蕴一起住。

卓明毅犯罪无疑，欠债也是事实，以卓蘅现在的阅历和能力，还没法帮父亲擦屁股，只能请来一位律师处理这些事。卓明毅被警察带走时，看了儿子一眼，那眼神里包含太多情绪，他哑着嗓子说："你背叛我。"

卓蘅没有避开他的视线，说："爸，我等你回来。"

卓明毅没回答，神情委顿，低着头跟警察走了。

火锅店里，大家围着咕嘟沸腾的鸳鸯锅，抢着里头的菜料，兴奋地边吃边聊。

彭凯文觉得自己简直像演了一出谍战戏，此时还在回味，甚至让苏漫琴帮他拍下穿服务员工作服的照片，说回去后要向梦梦炫耀。

苏漫琴全程盯着录音和视频，这时候心脏还怦怦跳，说自己当时特紧张，生怕赵醒归同学一拍手，她负责的部分却出岔子，那就搞笑啦。

卓蕴已经卸掉新娘妆，换上简单的T恤和牛仔裤，端起杯子，真诚地对众人说："苗叔、穆哥、漫漫、Kevin，谢谢你们过来帮我，如果没有你们，我不可能全身而退，就算人走了，那些签证材料估计也拿不回来。真的谢谢你们，我以茶代酒，敬你们一杯。"

大家纷纷端起杯子与她碰杯，苗叔和穆哥说着"不客气"，苏漫琴说："蕴宝，你最该感谢的应该是小赵，事情都是他安排的，我们只是听他吩咐罢了。"

彭凯文也说："对，他就是我们小分队的军师！"

卓蕴转头与赵醒归对视，笑着说："我已经谢过他啦。"

赵醒归问:"你那些签证材料检查过没?都没少吧?"

卓蕴说:"没少,到时候我重新预约面签就行,来得及。"

赵醒归点点头,想到八月卓蕴就要离开,心里又不舍起来。

"Zoe,你出事,我们一定会来帮忙。"彭凯文说,"好在这几天是小长假,要是工作日,代价还真有点大。"

卓蕴不解地问:"为什么?"

"还能为什么?"彭凯文瞪大眼睛,"我们在期末考啊!缺考几门,不是惨啦!"

已经休学四个月的某人终于有了觉悟:"对哦!你们这几天都在期末考!"她又去看赵醒归:"你是不是也马上要期末考了?这几天都没复习吧?"

赵醒归一脸无奈,这几天他哪还有心思复习,小长假的作业一字未写,幸好一切都圆满解决,他们成功了,卓蕴以后再也不会被石靖承骚扰,彻底地恢复了自由身。

大家又讨论起石家的未来。沈诗钰的电话录音从这年二月开始,石靖承平时单住,公寓里有个书房,沈诗钰与他是半同居状态,经常在石靖承家过夜,有很好的机会把窃听设备藏进书房。

她也是被逼到绝路才想出这样的办法,那些录音,她搜集了三个月,精心筛选过,每个电话都能曝露石靖承的一条罪状。

可沈诗钰手上只有录音,没有别的更为确凿的证据。石靖承在工作上防她很严,她也没有渠道去获取证据,下定决心把录音交给卓蕴时,沈诗钰知道,她和石靖承的六年情缘,也将就此斩断。

他对她不仁,就别怪她不义。

赵醒归等人都明白,石家酒店餐饮集团在未来的一段时间将面临一场巨大的风暴,被各政府部门严查、停业整顿、罚款是绝对跑不了的,至于那些行贿受贿的事,就要看职能部门是否"给力"。

至于石家集团的主要负责人,比如老石、石靖承等高管会不会面临牢狱之灾,整个集团还能不能继续生存下去,赵醒归、卓蕴这样的年轻人则无法预料。

这时候他们最担心的,还是端午过后接踵而至的期末考试,几个学生党唉声叹气,个个急着赶回钱塘,想趁小长假最后一天再临时抱佛脚,突击一下。商量以后,大家一致决定吃完火锅就回去。

卓蕴的奥迪也不要了,那是卓明毅的资产,家里的东西让边琳去收拾就行,她来时带着一个双肩包,走时还是带着一个双肩包,心情放松后,整个人就开始感到疲倦,在回钱塘的路上,她靠在赵醒归肩膀上,迷迷糊糊地睡了过去。

卓蕴做了一个梦,梦里,她一个人站在舞台上,赵醒归在红毯那头向她"走"来,她抿唇偷笑,这种电视剧里才会有的桥段,居然真实地发生在她身上,好浪漫啊!有个男孩,哪怕身体不便都愿意大老远地赶来救她,卓蕴在梦里想着,这世上还有谁会这样对她?

会在寒风呼啸的夜晚,发着烧,坐着轮椅去给她送蛋黄酥。

会在她开玩笑后,一声不吭地爬上三楼。

会在她遭遇危险时,用最快的速度来到她身边,脱下外套裹住她,叫她别害怕。

在听到她的出国计划后,他坚定地支持她,从未说过一句"你别走",似乎很确定,她甩不掉他。

她的确甩不掉他,赵醒归同学就是个甩不脱的小黏人精。

第二天一早,赵醒归去学校上课,万万没想到,当他来到教室后,整个教室都沸腾了,所有认识的、不认识的同学在班长的带头下一起鼓掌,还有人起哄和吹口哨。赵醒归疑惑地看着向剑,向剑笑得跟个傻瓜一样,拍着他的背说:"归哥,你出名啦!"

赵醒归不明白:"什么出名?"

向剑拿出手机打开一个短视频平台,搜索关键词"嘉城抢婚",赵醒归就在那一大堆视频里看到了自己的身影。

会场三百多位宾客果然都是见证人,光见证还不够,有些人把拍下的视频传到网上,说有一个坐轮椅的帅哥在婚礼现场"抢婚",还晒出了新郎的一大堆罪证,最后新郎被揍,新娘高高兴兴地与轮椅帅哥手牵手离开了。

轮椅帅哥不仅"抢婚"成功,抱得美人归,还以一己之力掀翻了在嘉城餐饮业雄霸多年的巨头石家,真是大快人心!

有网友留言:

这个小帅哥是我学弟耶!还是个高中生,上高二。

高二?抢婚?现在的小孩都这么厉害的吗?

你们太单纯了,这个帅哥背景可不简单,石家的产业和他家相比,根本排不上号。

他家是做什么的?

不好说,产业很多,比较有名的应该是地产,总部在钱塘。

只有我的关注点歪了吗?新娘子好漂亮啊!

轮椅哥哥也很帅哇!真是好偶像剧的剧情![星星眼]。

直到班主任走进教室,大家才安静下来,开始准备上课。向剑往赵醒归身边凑近了些，小声问："归哥，视频里那个美女就是你的家教老师吗？"

赵醒归刚经历过一次大型"社死"现场，头脑空白，低低地"嗯"了一声。

"归哥，我以前就觉得你玩得很花。"向剑一脸崇拜，"没想到你花活能玩成这样！"

赵醒归无语地抚额，爸爸妈妈一直教他做人要低调，他好像反其道而行之，都在短视频出道了。

后来的几天，新闻不断发酵，A省、钱塘和嘉城各主流媒体都发布了有关石家酒店餐饮集团旗下各酒店、餐厅被政府部门组织专项调查组进行联合调查的新闻通报，通报上内容不多，但赵醒归知道，字儿越少，事情反而越难搞。

这些天，卓蕴已经将出租屋提前退房，搬到了紫柳郡高层住宅的一套房里。那房子面积不小，有一百三十多平方米，装修得还不错，也是赵伟伦名下的物业。

卓蕴在房里等了几天，没多久，卓蘅考完试，就带着边琳来到钱塘，和卓蕴碰头后，姐弟俩带着边琳去外面吃饭，饭桌上，三人聊起各自未来的打算。

卓蘅知道姐姐不愿意听卓明毅的事，就长话短说，卓明毅罪名不重，指使阿刚去买"听话水"证据确凿，所幸没酿成严重后果，卓蕴没喝，属于未遂，过几天就能放出来。卓明毅最大的问题还是债务，到了这个地步，没有任何人愿意帮他，卓蘅也没脸去求赵醒归家里帮忙。

卓蘅说："我的车托人在卖，那套新房我也不要了，到时候办了房产证就直接卖掉，给爸还债。律师说，家里剩下的房子几乎都保不住，以后，我……"他偷偷地瞥了边琳一眼，眼神可怜巴巴，希望妈妈能接收到他的讯息。

边琳却在此时说出一个令卓蘅震惊的决定："小蕴，小蘅，我这几天想了很多，我想……把解放路那套房子卖掉。"

卓蘅像被人兜头浇了一盆冷水："什么？不行！"

"小蘅你听我说。"边琳看着儿子，"我问过了，那套房子能卖两百六十多万，这笔钱，先用来给你姐姐那套合院装修，剩下的可以做她出国读书的学费。小蘅，如果你以后要出去，妈妈也有钱供你，这些年我攒了一些钱，你爸爸不知道的。"

卓蕴明白了妈妈的意思，卓蘅还是没懂："妈，那你把房子卖了，住哪儿？"

"还能住哪儿？"卓蕴插嘴，"久兰花苑装修好，妈妈当然是住那儿。"

边琳见儿子不怎么认同的样子，解释道："你姐姐出国读书要花很多钱，我知道她可以问那个小赵借，但我觉得这样不好。我们家的事最好自己解决，要不然，你姐姐以后要被人看不起的。"

卓蘅神色纠结，想说什么又不敢说，都没有平时牙尖嘴利的样子了，活像一只被人嫌弃的流浪狗。卓蕴"噗"地笑出声来，卓蘅瞪她："你笑什么？"

"你是不是怕家里房子都被收走，你会无家可归？"卓蕴笑吟吟地看着他，"本来是不是还想着，好歹能和妈妈住在那套解放路的房子里，她会给你留个房间，对吧？"

卓蘅心思被说破，脸都憋红了："你别胡说！我根本没这个想法！"

"真的吗？那你以后就跟着卓明毅去睡桥洞吧。"卓蕴往卓蘅碗里夹了个鸡腿，"我刚才还想说呢，你乖乖叫我一声姐，久兰花苑装修的时候，我就给你留一个房间，看来你也不稀罕啊。"

卓蘅盯着碗里的鸡腿，又抬起头来："你说什么？"

"年纪轻轻就耳背了？"卓蕴失笑，"我说，我想在久兰花苑给你留个房间，那房子虽然在观县，离嘉城市区挺远，但它离钱塘近啊，上高速半个多小时就到钱塘了，地段不差的，你寒暑假可以过去住，和妈妈做个伴。"

卓蘅盯着她："你真的……会给我留个房间？"

"真的呀。"卓蕴说，"不过先说好，卓明毅绝对不准来，一步都不准踏进那院子，你要是敢把他带过去，就别想再回家！"

卓蘅和边琳的注意力都落在最后那个词上——回家。

事情商量完了，卓蘅没有在钱塘多待，要赶回嘉城处理卓明毅的事。他离开后，卓蕴和边琳一起在房子里收拾行李，卓蕴一边收拾一边笑："我今年好像搬了好几次家，老是在收拾行李。"

边琳总算等到与女儿单独相处的机会，拉着卓蕴在床边坐下，犹豫半天才开口："你说的赵醒归，就是那天来找你的，那个坐轮椅的男孩子吗？"

卓蕴说："对啊。"

"他为什么坐轮椅啊？"边琳问，"他腿有毛病吗？"

卓蕴说："妈，他十六岁的时候打篮球受了伤，撞坏了脊柱骨，腿瘫痪了，腰以下都动不了。"

"啊！"边琳没想到是这样，"那、那他……这毛病治得好吗？"

卓蕴想了想，摇头："不可能痊愈，但过几天他要去北京做手术，做完手术可能会有一点改善，具体怎么样，医生也保证不了。"

边琳呆呆地说不出话来。

"妈，我要陪他去北京。"卓蕴抓住边琳的手，"可能会在北京陪他一段时间，到时候你得一个人住在这儿，可以吗？我八月就要出去了，想尽可能多地陪陪他。"

边琳说："小蕴啊，你这么一个健康漂亮的女孩子，你和他……这，这能行吗？"

"为什么不行啊？"卓蕴绽开笑，拍拍边琳的手背，"妈，我真的很喜欢他，与他能不能走路没关系。你现在是不了解他,等你和他熟一些了,就会知道他真的是个非常优秀、非常了不起的男孩,我特别佩服他。"

边琳在紫柳郡安顿下来,范玉华对卓蕴说,如果边琳愿意,可以来 C2 小楼做客,一起吃顿饭,聊聊天。

卓蕴问过妈妈,边琳说她还没做好准备,这几天想先安静地待着,等卓蕴和赵醒归从北京回来,她再去探望术后的赵醒归。范玉华对此表示理解,赵醒归却有点敏感,私底下问卓蕴:"你妈妈是不是不喜欢我?不想见我?"

"没有啦。"卓蕴刮一下他的鼻子,"她刚离婚,心情还不太好,给她一点时间吧,我妈妈其实是个很好的人,就是之前被我爸冷暴力太多年,自信心被摧毁了。她见到你妈妈都可能会自卑,我想先让她开心起来,享受一下没有我爸的快乐生活,等我们从北京回来,她会来见你的。"

边琳在紫柳郡住了几天后,七月二号一早,卓蕴带着行李,和赵醒归、范玉华、苗叔一起坐上了去北京的高铁,开始赵醒归的求医之旅。

第十五章

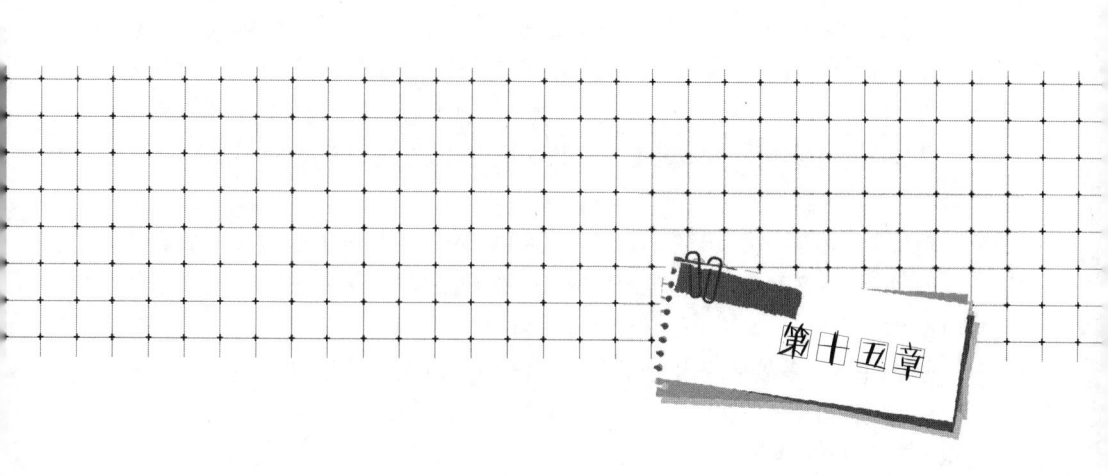

安得山中酒，醒日是归时

(1)

七月的北京骄阳似火,似乎比钱塘还热,范玉华一行四人在酒店办理完入住后马不停蹄地去医院为赵醒归办理入院手续。单人间很早就预约好了,护士安排赵醒归第二天早上入院,要花几天时间做一系列术前检查,再确定手术时间。

拿好所有的资料,大家离开医院,回酒店的路上,赵醒归看到一家美发店,说:"卓老师,我想剃个头。"

范玉华和苗叔坐另一辆车回去了,只有卓蕴陪赵醒归来到美发店。发型师听完赵醒归的话,又打量了一下他的发型,很是不解:"你这头发很帅啊,为什么要剪掉?"

赵醒归说:"我要住院,洗头洗澡不方便,先剃了吧,反正以后会长出来的。"

他还是懒得爬上洗头床去洗头,就坐在轮椅上,让发型师直接用喷壶把头发浇湿,剪刀一拿就剪了起来。

卓蕴嘴里叼着一根棒棒糖,坐在边上陪着他。赵醒归一直留碎发,哪怕修剪都不会剪得太短,他头型好,发量多,发色黑,发际线也很争气,平时的发型就是高中校草必备款,刘海会遮过眉,清爽酷帅又不失学生气。而现在,他要求剃一个板寸,就比光头好一点点,随着那丝丝缕缕的黑发往下掉,他的脑袋变得越来越圆,五官也因为发型的变化而显得更为凌厉。

头发剃完,发型师拿刷子帮赵醒归刷过头顶,他从镜子里看到卓蕴兴奋的表情,笑问:"要摸摸吗?"

"要!"卓蕴早已跃跃欲试,伸出小爪子去揉他脑袋,"噫?怎么是这样的手感?"

掌下的寸头几乎只剩一层青皮,毛茸茸的,还有点刺手,她摸了一下又一下,就是不撒手,赵醒归眉头都皱起来了,眼睛往上瞟:"摸狗呢?"

"真好玩儿。"卓蕴也从镜子里看他,"都不太像你了,像个小和尚。"

发型师把罩布拿掉后,赵醒归终于也能抬手去摸头,自己都觉得很不习惯,转着脸问:"丑不丑?"

"不丑,脸长得帅,发型不重要。"卓蕴说,"哎我觉得你留板寸还挺酷的,像个不良少年。"

赵醒归穿着一件黑色T恤,还真的板起脸,微抬下巴,眼神桀骜:"归哥差根烟。"

卓蕴往他嘴里塞了根棒棒糖："烟你个头！"

嘴里含着糖，赵醒归立刻就笑了，转着轮椅往后退："走吧，回酒店去。"

吃晚餐时，范玉华看到儿子的新发型，笑得停不下来，给他拍了一张照后发在"北京行"群里，还特意提醒了赵伟伦。

范玉华：老赵快看看你儿子，要出家当和尚啦！

赵醒归摸摸脑袋，一脸木然地问卓蕴："真的很像和尚吗？"

"没有没有，还挺酷的。"卓蕴努力憋笑，实在不敢再打击他。

放了暑假的少年再也不用被妈妈逼着写作业，吃过晚饭，赵醒归和卓蕴一起出门溜达，享受住院前最后的悠闲时光。

这次出来他没带轮椅车头，卓蕴就一直推着他，一路溜溜达达来到医院附近的一家商场。赵醒归说要给卓蕴买新衣服，因为她马上要出国，他想让她穿得漂亮点去美国，卓蕴没拒绝，和他一起在商场里逛起来。

商场的地面很光滑，赵醒归不再需要卓蕴推，自己转着轮椅在各个专柜转悠，说："卓老师，你挑你喜欢的款式就行，我负责买单。"

"真的吗？"卓蕴神情狡黠，"我喜欢的款式，你不一定吃得消哦。"

赵醒归说："你先挑挑看，我其实一直搞不懂，你到底喜欢什么样的衣服。"

这是令他困扰的一件事，卓蕴说过，以前她给他做家教时，穿的衣服都是家教专用服，什么 T 恤、卫衣、牛仔裤、小白鞋，并不是她平时的穿衣风格。可后来从梧城回到钱塘，她时不时地会来紫柳郡找他，穿衣风格并没有大变化，依旧是休闲装为主，大多数时候也不会化妆。

就像现在，卓蕴陪他来北京，素着脸，身上就是一件普通的 T 恤加热裤，也不是不好看，但赵醒归总觉得，卓蕴应该打扮得更漂亮些才对。

"这可是你说的。"卓蕴拉着他进了一家她向来青睐的品牌专柜，"我挑什么你都买单，对吗？"

赵醒归很是霸总地回答："当然。"

卓蕴就真的开始挑衣服，拿着一条裙子去试穿，不一会儿试衣间门打开，赵醒归扭头看去，就看到她踩着猫步走出来。可怜的板寸小霸总都忘了表情管理，下巴差点惊脱臼。

卓蕴脚踩试衣间里的高跟鞋，身上是一条墨绿色紧身连衣短裙，布料纤薄，还是个抹胸款。大街上很少有女孩会这么穿，也只有卓蕴这种个子高挑、冷白皮、身材前凸后翘的大美人才能完美驾驭这样的裙子，穿着不会显得风尘，举手投足间透着浓浓的女人味，哪怕素面朝天，眼神里都满是骄傲与自信。

导购小姐被她的气场折服，舌灿莲花地连夸一气，说这件夏装新款上市不久，就没见过有人能穿得这么好看!

卓蕴照着镜子,自己也觉得不错,一撩头发,回头问赵醒归:"好看吗?"

赵醒归还处在呆滞中。

"唉……"卓蕴摇摇头,"我还是太高估你了。"

赵小霸总终于从丰富的想象中回到现实,脸颊上漫起诡异的红晕,卓蕴忍住笑,又在这家专柜挑了几件衣服裙子,清一色性感风,还去一楼挑了两双高跟鞋,才满足地说:"买够啦!回酒店吧。"

赵醒归买完单,抱着大腿上的一大堆纸袋,与卓蕴一同离开商场。他神色还是很不自然,卓蕴推着他往酒店走,赵醒归沉默了一会儿,回头问:"卓老师,你去美国,会穿这些吗?"

"会啊。"卓蕴回答得理直气壮,"我以前在A大上课都这么穿,哦,不是光穿抹胸,我会在外头加个小外套,不过去酒吧就不穿外套啦。"

赵醒归觉得自己吃亏了:"那为什么你来紫柳郡见我,不这么穿?"

卓蕴:"啊?"

"你每次来,都只穿T恤、牛仔裤,我都没怎么见你穿过裙子。"赵醒归回过头去,越想越憋屈,"半年多了,你就没在我面前好好打扮过,我从没见你穿过这样的裙子!"

"你讲讲道理吧!赵小归。"卓蕴听出他话里的不满,觉得很搞笑,"我去你家见你,要见你爸、你妈、你妹妹,能穿成这样吗?他们会想这是哪儿来的女妖精,专门来勾引他们家高中生儿子的吧?我不得被他们拿着扫帚赶出去呀?"

"不会。"赵醒归说,"我爸妈没那么古板。"

"你放我一条活路吧。"卓蕴看着他一头青皮的后脑勺,又去揉了一下,"等你高中毕业,什么都好说,现在咱俩互相配合一下,你呢,好好学习,别因为我而成绩下降。我呢,尽量收敛,争取不影响你的成绩,要不然,咱俩都没好果子吃,懂吗?"

"你一直在收敛吗?"赵醒归从那么多话里只捕捉到一条信息,"除了穿衣服的风格,还收敛什么了?"

卓蕴才不会告诉他,摇头晃脑地说:"没什么,就是尽量在你爸妈面前做你的知心姐姐喽。"

"知心姐姐?"赵醒归重复了一遍,又回头看她,"我不要你做我的知心姐姐,你知道我把你当什么,你也知道我想对你做什么!"

这可是在人来人往的大街上,赵醒归最后一句话喊得贼响亮,被身边一个路过的老大娘听见了,大娘偷摸着瞅了他俩一眼,嘿嘿嘿地笑起来。

"小点声，人家都在看我们了。"卓蕴很是头疼，"行了行了，先别说这个，回去再讲，'小和尚'不好好念经修佛，脑袋瓜里都不知道在想什么。"

赵醒归说："卓老师，我不希望你收敛，真的，你什么都不用收敛。在我面前，你该是什么样就什么样，可以喝酒，可以抽烟，可以穿短裙，穿高跟鞋……我只希望你能做最真实的自己。"

卓蕴心中动容，眼泪都差点掉下来，轻声说："谢谢你，赵小归。"

第二天一早，赵醒归被连人带轮椅又带行李，打包送进 X 医院。

进入病房楼层后，范玉华去护士站办手续，卓蕴和苗叔陪着赵醒归来到他的单人间，护士拿来一套病号服，提醒赵醒归下午要备皮插导尿管，不要穿内裤。

卓蕴不懂什么叫"备皮"，多嘴问了一句，赵醒归脸红了，苗叔大大方方地说："就是剃毛！"

卓蕴顿时也变得面红耳赤，心想，赵醒归昨天才剃了头发，今天又要剃，这是要变成一只光溜溜的小乌龟呀！

赵醒归刚入院，大家都很忙碌，护士站给了一张密密麻麻的清单，让家属去医院自带的超市买东西，卓蕴怕范阿姨提不动，就和她一起去。在超市选购时，卓蕴问："阿姨，这几天晚上都是苗叔陪夜吗？"

范玉华说："我打算请一位护工，白天护工陪，晚上老苗陪，白天我们都能来，可以让老苗在酒店好好休息。"

卓蕴咬了咬唇，说："阿姨，趁小归还没做手术，这几天晚上我可以陪夜，我怕他紧张，能和他聊聊天。"

范玉华思考后同意了："也行，这几天没什么事，你可以先陪一晚看看，等他做完手术还是得让老苗来，那会儿别说是你，我也搞不定他，小归个子大，我们搬不动他。"

卓蕴问："他会很疼吗？"

"做手术总归会疼，说得更准确点应该是虚弱。"范玉华看着卓蕴，"小卓，你别看小归现在很精神的样子，做完手术就不是了，平时再好看的人做过手术，样子都会有点可怕，你要做好心理准备。"

卓蕴被她说得紧张起来，点点头："我知道了，阿姨，我不会害怕的。"

等她们回到病房，赵醒归已经换上了那身蓝白条纹病号服，乖乖地倚靠在病床上。轮椅停在床边，床背摇得很高，餐桌板拉开在他面前，上面搁着平板电脑，他正专注地欣赏篮球比赛。

"挺舒服啊，度假呢？"范玉华把一大兜东西交给苗叔去整理，忍不住说儿子，

"准高三生，不能趁这几天多做点作业吗？"

赵醒归的眼睛依依不舍地从球赛上移开："我和老师说了，这个暑假的作业不保证能做完，我会挑着做，有些没必要的就不做了。"

范玉华："之前和我保证，期末考一定考进年级前十，结果呢？你做到了吗？"

赵醒归不服气："年级十六也不差吧？"

范玉华笑得温和："那你到底打算什么时候做那些你挑出来的作业？"

赵醒归看一眼卓蕴："晚上，等你们探监结束，我就做。"

范玉华也去看卓蕴："小卓啊，这小子晚上要做作业，你就别陪夜了。"

卓蕴很配合："噢！"

"什么？"赵醒归一惊，与苗叔对视，"今晚谁陪夜？"

苗叔也是一脸莫名，范玉华说："你白天多做点作业，晚上就小卓陪你，你要想继续看球赛，那就……"

"我做我做我做。"赵醒归一把把平板电脑拿掉，着急地向苗叔伸手，"苗叔帮我把书包拿过来！"

苦命的准高三生在病房里还得做作业，苗叔收拾完范玉华买来的东西，出去买午饭，范玉华见赵醒归没什么事，就回酒店处理工作去了，病房里只剩一个卓蕴，坐在床尾玩手机。

"卓老师，卓老师。"赵醒归从书本上抬起头，叫她。

卓蕴问："怎么了？"

赵醒归说："我右脚踝那个金乌龟，你先帮我摘下来保管一下，刚才护士说了，身上不能戴饰品。"

"哦，好。"卓蕴掀开被子，看到赵醒归那两只无力的脚，炎热的夏天，他依旧穿着白色棉袜，卓蕴摸摸他瘦弱的小腿，还是很冰凉。她帮他解下金乌龟，想要放去包里，赵醒归说："戴你脚上吧。"

卓蕴问："为什么？"

赵醒归笑："转运龟要戴着才能转运，你先帮我戴几天，我觉得你这阵子运气挺好，说不定也能传给我。"

卓蕴眼珠子一转，也觉得自己这阵子运气不错，干脆坐到赵醒归身边，抬起右脚伸到他面前："你帮我戴。"

赵醒归捧住她的脚，仔细地把金乌龟戴到她脚踝上，拉紧绳子："到时候记得还我啊，别想贪污。"

卓蕴乐得直笑："你个小气鬼，贪你一个金乌龟怎么了？"

这时，一位中年护士突然走进病房，愣了一下："你俩干吗呢？"

卓蕴赶紧把脚收回来，放下地，护士给赵醒归量体温、测血压，意有所指地说："这几天你要做很多检查，我们老会进来的，病房里虽然没监控，你们自己也要注意一下。"

赵醒归的血压高了，护士对满脸通红的少年说："深呼吸，别紧张，我再给你测一次。"

赵醒归做了几个深呼吸，再测血压，回归正常。

护士提醒他："你明天要做一个二十四小时的动态心电图，有个小机器一直背身上的，不能有太大的情绪波动，知道吗？"

赵醒归点点头，护士一边说着"到底是小年轻"，一边推着车出去了。

下午，赵醒归在病房里备皮插尿管，苗叔陪着他，卓蕴暂时回避，去了走廊上。这个楼层都属于神经外科病房，有人做脑部手术，有人做脊柱手术，刚好有台手术结束，病人躺在推床上往病房转运，从卓蕴面前经过。那是位女病人，脑袋上绑着厚厚的纱布，脸庞浮肿，面色蜡黄，根本看不出年纪，也看不出原本长什么样。

卓蕴又看到一位四十多岁的男患者从病房出来，穿着病号服，坐着一架运动轮椅。卓蕴现在已经分得很清楚，医院、超市等公共场所为特殊人群准备的应急轮椅都是普通款，座位宽大，靠背高而平直，就像大街上能看到的那种老头轮椅。而真正的截瘫患者想要生活得更舒适、行动更方便，就要选择更为轻巧灵便的运动轮椅或电动轮椅，所以，这位男患者应该和赵醒归一样，也是一位截瘫人士。

卓蕴背脊靠在墙壁上，心里有点不得劲。她从来没住过院，身体特别健康，父母和弟弟也一样，去医院最多就是些头疼脑热的小毛病，卓蕴对医院的记忆一直停留在外公外婆住院时，但那也是十几年前了。

她突然想起，赵醒归和她说过他受伤的经过，还有出院回家后的各种事情，却从没说过，他在医院里发生的事。他住了一年多的院，一年多啊，一天都没回过家，那时候的他是什么样的呢？

护士离开病房后，卓蕴进去了。赵醒归已经插上了导尿管，尿袋挂在床下，卓蕴低头看，问苗叔这东西满了怎么弄，苗叔就拉着她蹲在地上，耐心地教她操作步骤，卓蕴一一记在心里。赵醒归靠在床头，目光平静地看着他们，什么都没说。

这天晚上，范玉华吃过饭后，来病房给三人送饭，吃完饭，马上就要到病区结束探视的时间，每个病人只能留一位家属陪护，苗叔又对卓蕴叮嘱过几句，就和范玉华一起离开了。

天已全黑，卓蕴站在窗边往外看，病房在十二楼，能看到北京城的一片夜景，她看了会儿后拉上窗帘，回头就对上赵醒归那双黑沉沉的眼睛。卓蕴负着手走到病床边，伸指点点他的鼻子："今晚你落我手里了，要听话点，要不然别怪卓老师对你不客气。"

赵醒归问："你给人陪过夜吗？"

卓蕴摇头："没有。"

赵醒归捂住心口："啊，我会不会小命堪忧？"

"那可难说。"卓蕴摇头晃脑地说，"我要是高兴，就把你照顾得舒舒服服的，我要是不高兴，嘿嘿，你就自求多福吧。"

赵醒归说："其实今晚没什么事，从现在开始到明天早上，我不会下床了。"

他又想起一件事，扭身拉开床头柜抽屉："我让苗叔准备了一次性手套，你倒尿袋的时候记得戴手套，要不然手会容易弄脏。"

卓蕴问："苗叔戴吗？"

赵醒归摇摇头。

"那我也不戴。"卓蕴拉过陪护椅坐下，双臂扒着床面仰头看他，"我不怕脏，洗个手就行，刚和你开玩笑呢，你要想翻身什么的，就和我说，我帮你，你有什么事儿都可以和我说，别憋着。"

赵醒归说："我没输液，自己可以翻身，一会儿你帮我打盆水，我自己擦一下身就行，还有刷牙洗脸，别的真没什么了。"

卓蕴咻咻地笑："你怎么这么可怜啊？在床上待半天了，累吗？"

赵醒归垂下眼睛，想说不累，那是骗人。自从住进病房，他只在苗叔的帮助下坐上轮椅去过两趟厕所，下午插上导尿管后，他就再也没下来过。

平时，他的行动也受限，好歹还能转着轮椅到处去，拿拿东西，上楼下楼，累了可以上床躺会儿，不会像现在这样被完全困在病床上，一动都不能动，什么都干不了。

他习惯了让苗叔陪夜，因为他们都是男的，苗叔在他家工作二十多年，他早已把对方当家人看待，并且，陪护本就是苗叔的工作，赵醒归有什么需求都能直说。可现在换成卓蕴，赵醒归心里忐忑，他好像做不到去指挥卓蕴做这做那，她是他喜欢的女孩，不是他的保姆，应该是他宠着她才对，哪能让她照顾他？他一点儿也不愿意让她吃苦，刚才真是脑子发热，就不应该答应让她陪夜。

"累不累呀？问你话呢。"卓蕴见赵醒归一直没回答，往他后腰塞了个靠枕，"腰舒服吗？要不要帮你把床背摇下来些？你反正也不会做作业了。"

赵醒归摇头："不累，先别弄了，休息会儿吧，我们一起看电视。"

他用遥控器打开电视机，单人病房就这点好，可以自由地看电视，不怕吵到别人，也不用担心被抢频道。赵醒归很自然地调到体育频道，刚好在播一场篮球赛，卓蕴见他看得认真，就拉开陪护椅变成一张床，躺在上面刷起了手机。

赵醒归看了会球赛后转头去看她，陪护床比病床矮很多，苗叔陪夜有经验，准备得很充分，带来一个枕头和薄被，卓蕴靠着枕头跷起脚，不知在看什么视频，嘴角还在笑。

"你在看什么？"赵醒归好奇地问。

"综艺。"卓蕴举高手机给他看屏幕，"看过没？"

赵醒归摇头："没有，我平时不看电视。"

"我上高中时也没得看电视。"卓蕴用脚尖指指电视机，"你看你的球，别管我。"

赵醒归抿抿唇，用遥控器调过几个台，这天是周末，这个时点，还真有几个卫视在播综艺，他扭着腰把遥控器递给卓蕴："卓老师，我不看球了，你看看有没有你喜欢的节目，我想和你一起看电视。"

卓蕴一愣，立刻接过遥控器："好呀，我看看有什么好看的。"

她放下手机，真的找到一档感兴趣的综艺，赵醒归和她一起看起来。综艺上有很多明星在做游戏，赵醒归这两年与普通高中生脱节，除了一些老艺人，当红的一个都不认识，卓蕴就介绍给他听，末了还感叹："这些男明星，我觉得还没你长得帅。"

赵醒归一脸认真："我觉得，那些女明星也没你好看。"

"哈哈哈哈哈……"卓蕴笑得都要在陪护床上打滚了，"咱俩就别互吹啦，要点脸吧！"

赵醒归也乐了："我说真的。"

"哎赵小归你知道不？我以前还真想过去当演员。"卓蕴一边看电视，一边和他闲聊，"我上高中时，有一次暑假去上海玩，还在街上遇见过星探，说要找我去拍广告。"

赵醒归眨巴着眼睛问："那你去了吗？"

"我怎么可能去啊！家里不会同意的。"卓蕴说，"还有人叫我去参加模特大赛，但我觉得我太矮了，苏漫琴可能还够格，她有一米七五，我这个子很尴尬，出不了头的。"

赵醒归说："其实，我也碰到过，那会儿还在上初二。"

"真的吗？"卓蕴来兴趣了，仰着脸问，"碰到星探？"

赵醒归说："不是星探，是一个导演，我爸的朋友，说让我去演个什么电视剧，演男主角少年时。"

卓蕴激动得不行："哇！你爸的朋友应该很靠谱啊，你为什么不去？"

赵醒归说："我个子长太快了，那个导演来找我时我刚一米七五，我爸问过我，说只需要暑假去两个礼拜就行，我就答应了。后来初二结束，那个电视剧开机，我已经过一米八了，比男主角长得都高，就……黄了。"

他的语气还透着遗憾，卓蕴笑疯了："哈哈哈哈哈……没想到你还差点进军演艺圈！"

"你别笑，我当时就是觉得好玩，我对演艺圈没兴趣。"赵醒归惆怅地叹了口气，"我就是觉得，要是真拍了，就能有影像留下来，可以给你看看健健康康的我。"

卓蕴说："你不是留着很多打球的视频吗，我都看过了呀。"

"那些都是远景，看不清脸。"赵醒归说，"卓老师，有时候我会觉得很遗憾，没能在健康时认识你。害得……你记忆里的赵醒归，一直是个坐轮椅的人，我会想，这是不是对你很不公平。"

"为什么会这么想？"卓蕴不停摇头，"不会啊，真的不会，我根本没往这个方向想过。"

"嗯，我知道。"赵醒归笑了笑，又指指电视机，"不说这个了，看电视吧。"

人在医院，不可能像在家那样熬夜，大家都习惯早睡早起，九点多时，卓蕴关掉电视机，看尿袋满了五百毫升，就按照苗叔的吩咐帮赵醒归倒尿袋、洗便盆。弄完后她洗过手，打来一盆热水，没让赵醒归自己动手，帮他脱了上衣，为他洗脸、擦身，又撸起他的裤管，帮他擦腿、擦脚。

擦拭他的腿脚时，卓蕴很小心，赵醒归下半身没知觉，腿脚上的皮肤因为常年缺乏运动，变得苍白又细嫩，与他健康的上半身相比显得格外脆弱。她怕会弄伤他或烫到他，赵醒归说过，他下肢血液循环不好，如果磕破一个口子，要很久才会痊愈，护理不当还容易发炎。

卓蕴捧起他的脚，细细地帮他擦干净每个脚趾缝，夸他说："你的脚也很漂亮呀。"

赵醒归靠坐在病床上，一直沉默着，只用眼睛追随着她。

剃了寸头的人就是方便，脑袋上用毛巾一擦就完事，卓蕴又端来脸盆，让赵醒归就着脸盆刷牙漱口。全部弄好，她把几块毛巾搓洗干净，挂在卫生间，给赵醒归在床头柜上备好一个装满温水的保温杯，自己去淋浴间洗了个澡，关掉病房大灯，只留着卫生间的灯，清清爽爽地回到病床边，摊开小被子说："准备睡觉啦！我这还是第一回在病房过夜呢。"

赵醒归撑着床面翻了个身，低头看着卓蕴躺到那窄窄的小床上，心里越来越不是滋味，说："卓老师，明天你别陪夜了，我不想你这么辛苦。"

"我不辛苦啊。"卓蕴仰脸看他，"就给你洗个脸、刷个牙的事，怎么会辛苦？

苗叔都能干，我这么年轻，难道还比不过他吗？"

赵醒归说："我会觉得我很没用，只能躺着，什么都做不了，我不喜欢这样。"

"你是来看病的呀。"卓蕴说，"这叫合法做大爷，你在家能做大爷吗？不能！别想这么多了，好好享受这几天的大爷待遇吧，有事儿就叫我，我没那么早睡。"

她故意无视赵醒归低落的情绪，想给他空间自己去进行心理调适，回到陪护床上戴起耳机看综艺。赵醒归有心和她聊聊天，见她已经打开视频，就也不再打扰她。

夜深了，病房门关着，走廊上也变得很安静，只偶尔听见护士推车经过的脚步声。房间里黑漆漆的，空气里有淡淡的消毒水气味，赵醒归侧身而卧，借着那微弱的光线看着卓蕴的脸，卓蕴发现了，摘下耳机问他："怎么了？"

赵醒归说："没怎么，就想看看你。"

卓蕴问："你是不是紧张呀？"

赵醒归说："不是，我不紧张。"

"做完手术，会不会很疼？"

"会吧，但我不怕。"

"赵小归。"

"嗯？"

卓蕴说："给我讲讲你以前住院时的事吧。"

赵醒归愣了一下："以前住院？"

"对。"卓蕴的眼睛在黑暗里亮晶晶的，还一眨一眨，"你不是做过两次手术吗？住了一年多的院，都没和我说过。"

赵醒归的视线从卓蕴脸上移开了，像是看到一片虚空，眼神缥缈又茫然："很久了，我都忘了。"

他出院才满一年，怎么会忘呢？卓蕴意识到，他是不愿意去回忆。

"哦，没事，我就是随口一说。"她安抚他，"大概你用了麻药，就不怎么记得了。"

"住院，手术……"赵醒归低声重复这两个词，视线又回到卓蕴脸上，"卓老师，我……"

他只开了一个头，似乎就说不下去了，身子开始轻轻颤抖，连着表情都痛苦起来。卓蕴立刻握住了他的手，柔声安慰道："好了好了，不想说就别说，我不是一定要听，真的就是随口一提。"

赵醒归紧紧地握住她的手，说："那时候，我很害怕。"

卓蕴问："哭了吗？"

病房里短暂地安静下来，赵醒归似是陷入了一段回忆，很久后才回答："哭了。"

（2）

怎么可能不哭呢？那时候的赵醒归还只是个十六岁的半大孩子，最青春活泼的年纪，哪怕个子长得很高，性格比起同龄男孩来得更为冷傲沉稳，他也还是一个孩子。

赵醒归记得，第一次被推进手术室时，他是清醒的状态。医生告诉他，他的脊椎受到外力伤害，进入了脊髓休克期，才会让他的受伤平面以下失去知觉，不能动弹，这只是暂时的，做过手术就会有好转。

"叔叔，大概要多久才能恢复？"赵醒归躺在推床上，忍着后腰处剧烈的疼痛，虚弱地问医生，"我下个月还要打比赛。"

医生说："这个我说不好，先做完手术再看吧，你别害怕，就当是睡一觉。"

手术台上的无影灯刺激着赵醒归的眼睛，很快，麻药起了作用，他睡着了。

手术后的日子过得昏天黑地，赵醒归几乎分不清白天和黑夜，只能二十四小时躺在床上，连坐都坐不起来，吃喝拉撒全部在床上解决。他用手机上网搜信息，第一次知道什么叫脊髓损伤，也看到了医生说的脊髓休克期。

脊髓休克是指脊髓突然横断失去与高位中枢的联系，断面以下的脊髓暂时丧失反射活动能力，进入无反应状态，也称为脊休克。具体表现为：脊休克时，断面下所有反射均暂时消失，发汗、排尿、排便无法完成，同时肌力丧失，血压下降，运动功能消失……

医生说那是暂时的，成年人脊髓损伤后出现脊休克，大多数会在三周到六周恢复，再长一点两三个月也有，儿童用时会更短，损伤平面越低，恢复时间越快。

所以，那时的赵醒归尽管躺得焦躁，有时会冲护工史磊发脾气，大多数时候还是很克制，非常配合医生的治疗。他坚信自己会好起来，看到妈妈掉眼泪，还会安慰她，让她不要哭，说他会好的，可以重新下地走路、回学校上学、去球场打球。

他在病床上度过自己的十六岁生日，过完春天，进入夏天，六月初，苗叔来了，赵醒归终于可以摇起靠背坐一会儿，他看到了自己的下半身，才意识到，他已经很久没体会到两条腿的存在了。

他需要别人帮忙才能翻身，需要别人帮他擦身、排便、做下肢被动训练，抓着腿活动一下膝关节、踝关节，防止褥疮和肌肉萎缩。

他从没想过自己有一天会在床上解大便,还不是一两天。有时候会弄脏床单和身体,苗叔要大费周章地帮他换床单、换裤子,用热水帮他擦身。他觉得自己臭极了,整个房间的空气都被污染,但他没办法,腰线以下一点感觉都没有,也没有力气,他只能像块破布似的任人摆布,毫无尊严可言。

那两条曾经可以跳起扣篮的健壮双腿,在日复一日的卧床后,肉眼可见地消瘦下去。结实的肌肉逐渐绵软松弛,还老是痉挛,每次痉挛发作,两条腿都抖得跟筛糠似的,他绷着腰背躺在床上,紧紧地咬着后槽牙,只觉得生不如死。

住院期间,赵醒归经历过尿路感染,高烧一个多星期都不退,也遭遇过臀部褥疮的困扰,所幸只是很小的一块创面,在苗叔和护士的精心照顾下,最后痊愈了,没有留疤。

可就算吃了这么多的苦,那杀千刀的、所谓的脊髓休克期也总是不结束。医生私底下和赵伟伦、范玉华聊过几次,每次都避着赵醒归,聪明的少年逐渐意识到,是不是哪里出了问题?脊休克其实已经结束了,只是他的腿丝毫没有好转。

赵伟伦当机立断,在六月时安排救护车将赵醒归转院去上海某知名医院,专家们会诊后,结论和钱塘的医生一致,认为赵醒归符合临床认定的截瘫症状,是脊髓损伤后产生的严重后遗症,伤情不可逆,往后都需依靠轮椅生活。

不过,专家们还是想再试一试,经过赵家夫妻同意后,给赵醒归进行了第二次手术。

医生对赵伟伦说:"孩子才十六岁,这个年纪就截瘫,对他来说太残忍了,会严重影响他将来的生活质量,还有求学、求职和交友婚恋,我们尽力吧,能把状况改善一点点也是好的。"

这些事,赵伟伦和范玉华都没有对赵醒归说,还是在后来,赵醒归经过心理干预、康复状态趋于稳定时,赵伟伦才大着胆子告诉他。

第二次手术结束,同样的苦,赵醒归又吃了一遍,他在上海住院半个月,被救护车送回钱塘医院休养,配合后期康复。

这也就是为什么,赵醒归从上海回到钱塘后,二中篮球队的队员们来医院探望他,都以为赵醒归会好起来的原因。因为在当时,赵醒归自己也这么认为,做过两次手术了,他不信一点效果都没有。

彼时的他,还没有绝望。

真正的绝望发生在八月,赵醒归终于可以坐起来了,经过一系列检查,各种拍片、反射刺激、肌力测试……他发现,他的情况半点都没好转。

距离受伤已经过去四个月,他还是感觉不到腰以下的肢体,屁股、会阴部、大腿小腿、膝盖、双脚……他好像是个半截人,明明腿还在,却一点都没法控制,感觉不到冷暖痛痒，小便是插尿管，大便还是要在床上解，每次都要花很多时间，苗叔戴着手套帮他忙，连着开塞露塞进去，大便出来，他都感觉不到。

那几个月，他一直剃光头，因为洗头不方便，头发长出来就剃掉、长出来就剃掉……他瘦了很多很多，很久没照过镜子，有一次，他鼓足勇气用手机前置摄像头照了下脸，自己都被吓一跳。屏幕上是一个顶着一头青皮、脸色苍白发青、眼神晦暗无光、脸颊上瘦得皮包骨头的人，脖颈处暴着青筋，像一只鬼。

那天晚上，赵醒归和赵伟伦聊了好久，他问："爸，我还能再打球吗？"

赵伟伦答不上来，赵醒归等了一会儿，又问："爸，你和我说实话，我是不是再也站不起来了？以后就一直这样了？"

当时，赵伟伦坐在病床边，定定地看着儿子，眼眶渐红，他强忍着没让泪水流下，抓着赵醒归的手说："小归，医生说你是不完全性的脊髓损伤，神经没有全断，只要好好做康复锻炼，以后还是有机会的。医学、科技都在不断地发展，现在治不好的病，以后都有可能被攻克，你千万不要放弃希望，爸爸妈妈会永远陪着你，等你再好一点，爸爸就帮你定做一部合适的轮椅，到时候你就可以……"

"轮椅？"赵醒归低声问。

赵伟伦轻轻点头："对，轮椅，量身定制的那种，颜色和外观，你都可以自己挑。"

"轮椅。"赵醒归垂眸沉思，纤长的睫毛缓慢地眨动了几下，才问出口，"意思是，我这辈子，就只能坐在轮椅上了，对吗？"

"也不是。"赵伟伦徒劳地解释着，"医生说了，你不要放弃希望，还是有康复的可能，你得配合治疗，积极锻炼。小归，你还年轻，这就像是打一场以弱对强的比赛，首先自己不能认输，你认输了，比赛就会毫无悬念地结束。只要你自己不放弃，未来这么长，总有一天你会看到希望。"

赵醒归浅浅一笑，说："你别给我'灌鸡汤'了，爸，放心吧，我没事，你还是多陪陪妈妈比较好，我会好好锻炼的。"

儿子向来刚毅坚强，他的淡定令赵伟伦宽了心。

等爸爸离开病房去与苗叔谈话，赵醒归躺在床上，两只眼睛盯着那挂点滴的钩子发呆。他手背上还打着点滴，也不知道那药水起什么用，几个月了，他天天都要挂很多点滴，加上喝水，所有的液体经过他的身体，都由导尿管排出去。

他都忘记排尿是什么感觉了！

病房里只有赵醒归一个人，那一瞬间，他被一种巨大的恐惧包围，整个人躲在被子里抑制不住地发起抖来，眼泪像决了堤的洪水般汹涌而出。他用被子盖住头，左手揪紧被子，右手疯了一样地去掐大腿，手劲大得能把腿给掐断，可他还是感觉不到，什么都感觉不到……

那才是赵醒归人生中的至暗时刻。

他才十六岁，人生却再也没有希望了，永远都站不起来，不能走路，不能打球，不能读书，不能再奔跑跳跃，连大小便自理都做不到！他成了一个废人，他，赵醒归，居然会变成一个残疾人！一个需终生坐在轮椅上度日的残废！

他甚至都还没谈过恋爱！

他曾经所有的梦想，在这一刻全部破灭，和他过往的骄傲恣意一起消散在风中，连片灰都没留下。

四个多月，他都快熬不下去了，往后余生，漫漫几十年，他要怎么过？要怎么活在世人眼光下？

爸爸妈妈会失望吧？辛苦培养多年的儿子，突然就废了，成了这个家的累赘，说出去都要被人笑话，堂堂赵董和范总监，养了个儿子居然是残疾人。还是说，这是老天的安排？告诉他，他的人生就是到此为止？

十六岁的赵醒归在被窝里失声痛哭，哭得不能自已，上半身痛苦地扭来扭去，他狠狠地拍打自己的双腿，情绪失控时，甚至粗暴地拔掉了那根导尿管，尿道被划破都不知道，搞得床上一塌糊涂，尿液混着血水，味道很快就散了出来。

他也不管了，就那样躺在一堆污渍里，红肿着双眼，粗重地呼吸着，病床很窄，他在扭动时已经不知不觉移动到床边，在又一次挣扎时，他直接从床上翻滚下来，"砰"的一声摔到坚硬的地面上。

手背的针头早掉了，他身上沾着尿渍、血渍，还有一双被他捂得发青的大腿，死尸般躺在冰冷的地上，抬头看着天花板，心想，怎么就没摔死呢？为什么没有摔到头呢？如果脑袋落地，他大概就能死了吧？

"啊啊啊——"赵醒归仰起脖子，喉咙里发出一声压抑许久的嘶吼，终于吸引到门外正在交谈的苗叔与赵伟伦的注意。

他们冲进病房，被眼前狼藉的场景吓呆，赵伟伦的眼泪霎时就流了下来，扑过去跪在地上抱起赵醒归，把儿子紧紧地搂在怀里，不停地安慰他："小归，小归，你别这样，别这样……没事的，没事的啊，有爸爸在呢，还有妈妈，小宜，苗叔，我们都会陪着你，你要是再出什么事，要爸爸妈妈怎么活？小归……"

"爸——"赵醒归揪住爸爸的衣襟，已经陷入痛苦的旋涡，声嘶力竭地喊着，"我再也不能走路了，再也不能走路了……我不要坐轮椅，不要！我还要打球，不要坐轮椅，我不要瘫痪，我不想瘫痪，不要坐轮椅，呜啊啊啊……"

后来的事，赵醒归不记得了，因为他晕了过去。

斯湛医生就是在那之后开始为赵醒归提供心理咨询服务，赵醒归和范玉华都是他的病人，范玉华是轻度抑郁，赵醒归要严重许多，他甚至有了厌世的念头。

赵醒归的声音一直很低，在黑暗静谧的病房里，透着一种少年特有的沙哑感。他说得很慢，眼神温柔又平静，眼尾带着湿意，卓蕴能捕捉到那一点光亮，是他隐忍的悲伤。

他说："卓老师，我想过去死。"

卓蕴早已泪流不止，都没去擦，听到这句话后，心脏都漏跳一拍，倒吸一口凉气，握紧他的手，颤抖着说："不要。"

赵醒归轻轻一笑："放心，现在已经不想了。"

他告诉卓蕴，他曾经在病区认识一个大哥，才二十八岁，研究生学历，在一个建筑工地做测绘，工作时不小心从五楼失足摔下，颈椎骨折，高位截瘫，肩膀以下失去知觉，连手都抬不起来。

受伤时，他结婚才一年多，妻子正怀着孕，还有三个月就要临盆，每天挺着大肚子来医院探望丈夫，陪他聊天，喂他吃饭，他让她回去，她也不肯。

"我和他聊过天，他说他很羡慕我，伤的位置低，手还能动。"赵醒归慢悠悠地说给卓蕴听，"他告诉我，他想活下去，虽然以后的生活一点儿都不能自理，但他还是想活下去，想看到孩子出生，看着孩子长大，听孩子叫他一声爸爸。他说他知道自己很自私，也觉得妻子总有一天会离开他，可是在当时，他就是想要活下去。"

"后来呢？"卓蕴问。

"没有后来。"赵醒归说，"他伤得太重了，肺部严重感染，有一天晚上，他的护工出去灌热水，和别的护工聊了几句天，就多待了几分钟，偏偏这时候，他一口痰咳不出来，出不了声，也没办法抬手去按呼叫铃，等到护工回房发现，他已经窒息了……没有救回来。"

卓蕴又一次短促地"啊"了一声，赵醒归说："他最终没有看到孩子的出生，连男孩女孩都不知道，就这样走了。我到现在都记得他的父母和妻子在病房里哭泣的声音，很多人劝他们，他走了，也是一种解脱。"

卓蕴受不了这样的"故事"，哭得特别伤心："呜呜呜……赵醒归，你不能有这样的想法。"

"我说了，我不会再那么想了。"赵醒归笑着说，"不是你说要听我住院时的事吗，就是这些事，有人恢复得不错，有人却死了，有人住院时家属照顾得很细心，有人还躺在 ICU 呢，家人却在外头和人扯皮要钱，死活不掏医药费，这大概……就是人间百态。"

说到这里，赵醒归叹了口气："我们这个伤病非常折磨人，不仅是折磨患者本人，还有家属，越是与患者感情和睦的家属，或者说共情能力越强的家属，越会遭罪。我妈就是这样，这一两年，我一直在用实际行动告诉她，我过得很好，能熬下去，但她就是不信，她根深蒂固地觉得我很痛苦，看到我坐轮椅，她好像比我还要痛苦。"

卓蕴说："我能理解阿姨的心情，她是真的很爱你。"

赵醒归问："那你呢？"

卓蕴噘起嘴，往他怀里拱了拱："赵小归，我也爱你、心疼你，但我和阿姨不一样，我觉得你很厉害，要不是你告诉我你曾有过那样的念头，我根本想象不出来。但我能理解你，那不丢人，是个人碰到这种事，大概都会这样想。"

"我的心理医生也这么说。"赵醒归说，"他姓斯，帮了我们很多，我在他那里接受了一年多的心理治疗，一直到去年八月、我要回学校才停止。斯医生建议我重读高一，开学后请一位大学生家教，要求只有一个，那人必须和我聊得来。他说，我可能没法很快融入学校生活，但我又需要重新开始社交，所以……我才找了你。"

卓蕴笑道："这么说来，我还真算半个心理医生了。"

赵醒归的眼睛弯了一下："卓老师，你知道吗？我第一次见你，是面试那天。"

卓蕴说："我知道啊，不就是通过监控吗。"

"不是。"赵醒归嘴角笑意越浓，"是在我家门外的那个湖边，你在陪杨杨他们玩，打水漂，我都看见了。"

"啊！"卓蕴记起来了，"我当时就觉得三楼窗子后面有人在偷看，真的是你？"

赵醒归不乐意了："怎么是偷看？我光明正大看的，又没拉窗帘，就是你看不到我罢了。"

"那、那你当时……"卓蕴有点晕，突然反应过来，"是你选的我？"

赵醒归承认了："对，是我选的你，一共七个面试者，我只想要你。"

"为什么？"卓蕴问，"是因为我长得漂亮吗？"

"也不能算。"赵醒归有点害羞了，"当时必须要请一位家教，拖也拖不过去了，我觉得你特别可爱，很有活力，还有耐心，我那会儿没想过会和你怎么样，不敢想，一点都不敢想，我就想着，一定要把你留下，用尽办法也要把你留下。"

说着说着，他的嘴角又挂了下来："可是你来的第一天，就说不做了。"

卓蕴："呃……这个，你不是知道理由的吗！"

赵醒归生气地瞪她："但我现在想起来，还是很伤心。"

卓蕴："……对不起。"

"光说对不起有什么用？"赵醒归说，"你得给我一点补偿……"

病房的大灯毫无预兆地亮起，两人都吓了一跳，推着监护仪器的护士走进病房，说："测体温测血压啦。"

等护士做好工作离开病房，卓蕴俯身吻了一下赵醒归的额头："好啦，聊很久了，睡觉吧。"

赵醒归说："晚安，卓蕴。"

"晚安，赵小归。"卓蕴最后一次捏捏他的手，"做个好梦。"

经过三天术前检查，赵醒归通过了各项手术评估，被安排好确切的手术时间。七月六号早上，赵伟伦带着赵相宜从钱塘赶到北京，下午两点，赵醒归在家人们的祝福声中被推入手术室，开始经历他受伤后的第三次手术。

手术持续了两个多小时，从麻醉中醒来后，赵醒归发现自己已经躺回病房，房间里很安静，陪伴的人只有一个苗叔。赵醒归忍住晕眩感，叫他："苗叔。"

"哎哎，小归，你醒啦？"苗叔一直守着他，"你妈妈他们都回酒店了，明早会来看你。"

赵醒归问："几点了？"

"十点多了。"苗叔摸摸他的脑袋，"还疼吗？"

赵醒归很虚弱，讲话声音特别轻："还好，背不太舒服，我想翻身。"

苗叔说："还不能翻身，医生说了，你现在只能这么躺着，明天他们检查过，你才能翻身。"

赵醒归左手背打着点滴，右手放在被子外，他艰难地把手探到被子里去摸腿，发现自己没穿裤子，摸了几下后，很是泄气地说："苗叔，我腿还是没感觉。"

苗叔把他的手抓出来，握在手里拍一拍："正常的，你爸妈问过医生了，医生说这个手术需要恢复期，哪有这么快啊，这什么，细胞，神经细胞对吧？它都坏两年多啦，总要给它一点时间才能重新活跃起来。"

赵醒归委屈地看着他："你别骗我。"

"傻孩子，骗你干什么？"苗叔又去摸摸他的脸，"真没骗你，医生就是这么说的，你还得吃药，要吃很久，说是营养神经的药。"

见赵醒归神情失落，苗叔安慰他，"想小卓了吧？他们刚才一直陪你到探视时间结束才走，明天一早就会来看你。好孩子，又遭一次罪，没事哈，有苗叔在呢，你好好休息，相信医生，会好起来的。"

"嗯。"赵醒归的脑袋还有些昏沉，麻药的效果没有完全退去，他全身无力，很快又陷入了梦乡。

就这么醒醒睡睡过了一晚，天亮了，早班医生和护士进来查房，苗叔拉开窗帘，让阳光洒进房间，赵醒归睁开眼睛，觉得自己清醒了许多。清醒意味着麻药退去，麻药退去则意味着疼痛来袭。

来的是位女医生，苗叔按照她的吩咐帮赵醒归翻身侧卧，给医生看他背上的手术伤口，他腰腹处裹着一圈绷带，绷带拆掉后，后腰伤处贴着纱布，医生弯腰观察时，赵醒归疼得浑身发抖，咬着牙才没哼出声来。

"挺好的，这几天可以仰卧，也可以侧卧，尽量不要趴着睡，一个月内不要坐起来。"医生对苗叔交代各种护理细节，"有时候可以帮他活动一下腿脚，动作要轻缓，饮食方面可以吃一些……"

苗叔拿着一个小本本，一边听一边记。医生交代完了，问赵醒归："小伙子，感觉如何？"

赵醒归听到自己要卧床至少一个月，正在烦恼中，突然听到这个问题，立刻反问："医生，我要多久才能知道手术有没有效果？"

医生说："这个因人而异，大多数状况有改善的病人，都是在两三个月后，身体才会有比较明显的感觉。"

赵醒归喃喃道："两三个月。"

也就是说，在卓蕴走之前，他就只能是这么一副鬼样子，不会有什么改变。他被前两次手术弄怕了，又问医生："也有可能状况不会有改善，对吗？"

"不要这么悲观嘛。"女医生的年纪和范玉华相仿，家里的孩子也和赵醒归差不多大，对待他就比对别的病人要更有耐心，"你还小，身子骨都还在发育呢，多多少少总会有些好转，好好休息，别想太多，知道不？"

病区开放探视后，赵伟伦夫妻、赵相宜和卓蕴就来了。这一晚大家都没睡好，心里都记挂着赵醒归，卓蕴来了以后，基本就霸着陪护椅的位子，没人和她抢，谁都知道赵醒归最想见的人就是她。

卓蕴绞来热毛巾帮赵醒归擦头、擦脸、擦脖子，赵醒归眨着眼睛看她，问："我现在是不是很丑？"

卓蕴笑着说："没有呀，你一直都很帅。"

赵醒归挪动右手，卓蕴立刻握住他的手，赵醒归皱了皱眉，用只有她能听见的声音说："卓老师，我背疼。"

卓蕴心疼极了，摸摸他的脸，哄着他："小可怜，不疼哈，我陪着你呢。"

赵醒归笑了笑，和卓蕴聊起天来："卓老师，你上次说你几号面签？"

卓蕴说："十号，大后天。"

赵醒归对卓蕴的面签有心理阴影，说："你要去上海，东西都带着吗？让穆哥陪你去吧，安全点。"

"你好操心啊。"卓蕴咯咯笑，"东西我没带，在我妈那儿，我打算后天回钱塘，带我妈去上海面签，我和她说过了，面签完就带她来北京。她还没来过北京，刚好我这阵子都在这儿，可以陪她出去玩几天。我妈这么多年都没旅游过，一直想出来看看天安门。"

赵醒归眼睛瞪大了，急道："你别让她来医院！"

卓蕴问："为什么？"

赵醒归语气不安："我现在样子很糟糕，我怕她不喜欢我。"

"不会的。"卓蕴摸摸他的脸，绽开笑，"我喜欢的男孩，我妈妈一定喜欢，我眼光可比她好多了。"

赵醒归的住院生活过得简单又规律，每天二十四小时躺在床上，只有在喂饭时才能稍稍摇高一点床背，让他舒服一会儿。有家人们的陪伴，他的精神一天比一天好，背上的疼痛也在可控范围内，每天过着衣来伸手、饭来张口的"咸鱼"生活。

卓蕴一直陪着他，从早到晚，直到探视结束才会离开。她学着给赵醒归喂饭，帮他擦身、擦脸，陪他聊天、看电影，护士来给赵醒归换药时她也没走，就站在边上看，第一次看到赵醒归的光屁股。

截瘫患者除了双腿，屁股上的肌肉也会萎缩，卓蕴记得她和赵醒归第一次去紫柳郡篮球场时，他说他有点肌肉萎缩，屁股不能在硬的地方坐。直到现在，卓蕴才知道，他为什么会那么说。

赵醒归的屁股显而易见地与常人不一样，皮肤病态地苍白，肌肉松弛无弹性，侧卧时腰身凹陷，胯骨突出，下半身消瘦得令人心疼。

护士离开后，苗叔帮赵醒归变回仰卧的姿势，对卓蕴说他下楼去买点东西，把病房留给一对儿年轻人。

卓蕴在赵醒归身边坐下，抓着他的手看了会儿，说："你指甲长了，我帮你剪一下。"

她拿着指甲钳为赵醒归剪指甲，病房里响起"咔嗒咔嗒"的声响，赵醒归转过脑袋看着她，问："害怕吗？"

"嗯？"卓蕴抬眼瞅他，"害怕什么？"

"我说过，我身子不好看。"赵醒归说得很轻，"我努力锻炼了，还是没有用，你会不会害怕？"

卓蕴摇头："不害怕。"

"我怕你不喜欢。"赵醒归的目光落在自己被她抓着的右手上，"我自己都不喜欢。"

"我喜欢的是你这个人，又不是喜欢你的屁股，你要有自信啊赵小归。"卓蕴剪完右手，又换到他的左边去帮他剪左手，剪得更加小心，他手背上还挂着留置针，正在输液中。

赵醒归思索着她的话："所以你的确觉得我的屁股不好看，对吗？"

生病的人真的很容易胡思乱想，卓蕴知道赵醒归这几天已经被无休止的卧床磨得没脾气了，平时再酷再骄傲的人，住了院，连条裤子都不给穿，那点儿好不容易积攒起来的自信心，这时候差不多也消耗殆尽。他变得敏感多疑，还患得患失，每天早上解完大便都要开窗通风一小时，这可是七月啊，开着窗，病房里很快就会变热，护士进来发现了，骂了赵醒归一顿，他还是不让苗叔关窗。

就算是这样，等卓蕴等人来看他时，他依旧会拉着卓蕴的手，小声地问她房间里还有没有味道，他总觉得味道没散掉，怕大家会觉得恶心。

现在，他又陷入了身材焦虑，看着卓蕴堪称完美的身材比例，赵醒归越发难堪。还是那句话，在某方面，他觉得自己毫无魅力，超级不自信。

可在卓蕴眼里，这个样子的赵醒归才更像一个普通男孩，小眼神里流露出青春期的烦恼与心事，像个孩子似的对她撒娇，非常可爱。

"我要说好看，你是不是觉得我在骗你？"卓蕴笑嘻嘻地问。

赵醒归一点也笑不出来，问得很认真："不好看，对吗？"

"对，不好看。"卓蕴弯腰对他耳语，"但我很喜欢。"

赵醒归脸上泛起红晕："你忽悠我。"

"那你到底想怎样嘛！"卓蕴没辙了，"我从来没见过有人会因为屁股好不好看而有偶像包袱的！你追我的时候可没说这个呀！你是不是应该先和我打个预防针？说你屁股不好看，问我能不能接受，或者那时候就应该脱了裤子给我看一眼，让我验完货再做决定！"

卓蕴哇啦哇啦说了一通后，很满意地看到小少年把酷脸板起来了，神色渐渐恢复到平时的模样。

剪完指甲，他把手收回去，抿着嘴唇一声不吭，眼睛也不看卓蕴，她在他左边，他就往右转头，她绕着病床跑到他右边，他又往左转头，气得卓蕴捧住他的脸一阵乱揉，赵醒归也不能反抗，最后才无奈地笑起来。

"不许再说这个。"卓蕴瞪他，"不许胡思乱想，我说什么你都得无条件地相信，你要是不信就别来问我，心里爱怎么想怎么想，我可不会因为这种无聊的事来和你吵架。"

赵醒归："我没和你吵架。"

卓蕴："你和我抬杠了！"

赵醒归："可你说我屁股不好看。"

"这不是重点！重点是……"卓蕴突然发现赵醒归的眼神变得惊恐，心里感到不妙，缓缓回头，果然看到范玉华提着饭盒站在病房门口，神色很微妙。

卓蕴："阿姨，你什么时候来的？"

范玉华呵呵笑："我……刚到。"

某个始作俑者已经偷偷拉起被子，把脑袋躲进了被窝里。

这段关于"屁股颜值"的小插曲总算过去了，卓蕴觉得赵醒归以后应该也不会有脸再提起。他要是敢提，她就揍死他，要不是因为他，她也不会在范阿姨面前出这么大一个糗。

七月九号，卓蕴独自一人坐飞机回钱塘，在紫柳郡过了一夜，第二天，穆哥开车送她和边琳去上海，卓蕴带着面签资料走进了美领馆。

这一次，她的资料准备得很齐全，面签顺利完成，签证官微笑着对她说："You are good to go（你可以走了）。"

面签结束后，穆哥送卓蕴和边琳去机场，她们谢过穆哥，傍晚时搭上了飞往北京的航班。

可怜边琳四十七岁，是卓明毅嘴里"养尊处优"的富家太太，居然还是第一次坐飞机。她什么都不懂，一步都不敢远离女儿，让做什么就做什么，那模样令卓蕴感到心酸。

她意识到，自己这些年放飞自我很快乐，却疏忽了对母亲的陪伴，别说没带妈妈出去玩过，她连家都不怎么回。

边琳每天只能一个人待在家里，还要面对卓明毅的冷暴力，性格变得这么卑微软弱，卓蕴觉得自己也有错。

好在，现在开始改变，还不晚。

母女俩坐在机舱里，卓蕴让妈妈靠窗，教她扣上安全带。飞机起飞后，边琳睁大眼睛看向舷窗外，飞机在空中盘旋，魔都一大片璀璨夺目的夜景像一幅画卷展现在眼前，边琳扒着窗舍不得收回视线，卓蕴说："妈，你的手机我帮你调到飞行模式了，可以拍照的。"

"可以吗？"边琳惊喜地拿出手机，真的对着窗外拍了好几张高空俯视的夜景，嘴里感叹着，"真漂亮啊……"

卓蕴握住她的手："妈，以后我再带你去别的地方玩，漂亮的地方多着呢，咱们一个个去看过来。"

边琳回过头来，泪汪汪地看着她："真的吗？"

"当然。"卓蕴捏捏她的手,"我说过,我们自由了。"

(3)

"苗叔,吃饭时不也能摇高吗,就这么一会儿,你帮我摇高一点,一点点就行。"

病床上的少年语气软软地求着苗叔,苗叔被他烦了一早上,实在拗不过他,终是帮他把床背摇高了二十度角。

赵醒归拿起手机照镜子,头还是寸头,脸用热水擦了好几遍,胡子刮得干干净净,嘴唇有点干,他抹了点润唇膏,又呲起牙,牙齿雪白又整齐,这才满意地放下手机,问苗叔:"苗叔,我看着还行吗?"

这是苗叔第三次回答这个问题,不自觉地开始敷衍:"不错,很帅,一点儿没毛病。"

赵醒归低头看看衣服,病号服很宽松,还有点旧,领口挂着线,他又问:"苗叔,我能换件衣服吗?"

"不行!"苗叔快要被他烦死了,"你是在住院,是个病人,人家是来探病的,谁来管你穿什么衣服呀,住院不穿病号服才奇怪呢!"

"可那是卓蕴的妈妈,我想给她留个好印象。"赵醒归把头靠在枕头上,看着病房角落里的那架轮椅,他已经很久没下过床,赵相宜把轮椅当成了专属座位,每天过来都会窝在轮椅上玩游戏。

赵醒归说:"苗叔,一会儿你帮我把轮椅藏起来吧。"

苗叔无语了:"小祖宗,她又不是没见过你坐轮椅的样子,你就别折腾啦!"

赵醒归问:"她要是不喜欢我怎么办?"

苗叔说:"小卓喜欢你就行了嘛!"

赵醒归:"苗叔,你要是有个漂亮女儿,带着我这样的男朋友回家,你能同意吗?"

"能!"苗叔这回不敷衍了,"我和你说实话,我这是没女儿,就一个小子。我要有个女儿还没对象,真能介绍给你,就怕你看不上。小归啊,你是个好小伙子,我跟着你爷爷这么多年,从你出生起就看着你一天天长大,你什么品性我能不知道吗?"

赵醒归笑了笑,这时,史磊进来了,苗叔像是见到救兵:"磊子来了!小祖宗,你老苗叔要下班啦,回大宾馆躺着看电视去,你再有什么要求和你磊哥说,乖乖的啊,嘿嘿。"

两人交接班，苗叔偷偷叮嘱史磊："臭小子要是想换衣服，你别给他换，床头不能再摇高，窗子也别再打开，反正他有任何奇怪的要求，你都别答应。"

　　史磊听得直乐呵："怎么了？因为小卓要来吗？不就两天没见，这么激动啊？"

　　"嘻！什么呀。"苗叔与史磊凑在一起，"今天小卓妈妈要来看他，傻小子要见未来丈母娘啦！从昨晚就开始紧张了。"

　　史磊差点没笑死，赵醒归发现他俩在卫生间门口嘀嘀咕咕，问："你们在说什么？"

　　"没什么，你管着你自己，还管我们聊天呢。"苗叔拍拍史磊的背，脚底抹油，溜之大吉。

　　史磊是两天前来的北京，范玉华本来想在医院请一位白班护工，可赵醒归不愿意，他不喜欢让陌生人来照顾他，范玉华没办法，只能把史磊叫过来，刚好可以和苗叔住一个标间，两人一个白班一个晚班，每人十二小时、不间断地守着赵小少爷。

　　赵醒归在病房里惴惴不安地等待着，卓蕴和边琳却一点也不急，正在酒店早餐厅用餐。

　　前一晚，她们在北京落地，卓蕴把边琳带到酒店，母女俩躺在一张床上聊天到半夜，卓蕴给妈妈讲自己和赵醒归相识以来发生的事，冒名做家教、穿帮、因为便利贴"重逢"、每周三次的陪伴、吃烤肉、打网球、吵架"分手"，生日那晚赵醒归来给她送蛋黄酥，最后晕倒住院，二月时梧城偶遇……

　　卓蕴讲述的时候，自己也回味了一遍，想到和赵醒归共同经历的点点滴滴，问边琳："妈，你觉得他可爱不？"

　　边琳说："听着像是个很实诚的男孩，就是……"

　　卓蕴问："就是什么？"

　　"他会不会太小了点？"边琳不太能接受姐弟恋，"我之前知道他比你小，这怎么比小蘅还小一岁呢？"

　　"也就差了三岁多，你觉得我和他在一块儿，看着显老吗？"卓蕴比较在意这个，摸摸自己的脸，"我觉得还好呀，他个子高，也不是娃娃脸，说他二十出头都能信。"

　　边琳想起订婚宴那天见到的赵醒归，坐在轮椅上的男孩一身黑衣，沉稳大气，与石靖承对峙时都毫不畏惧。那从容的气度绝不是一时半刻能装出来的，应该是因为良好家教的熏陶。明明是同龄人，卓蘅和赵醒归相比就多了一分骄纵，少了一分端方。当时，如果告诉在场的宾客，那轮椅上的男孩还是个高中生，大家估计都要大跌眼镜。

"唉……多好的孩子，怎么就生了这样的病，作孽呀，比小蘅都小。"边琳心有不忍，"明天早上我去看看他吧，他们家对咱们有恩，我还一直没去谢过他们，你爸干出这种事，我也是觉得很丢人，小蕴啊，他爸妈会不会低看你？"

"会吗？"卓蕴倒是没想过这茬，"应该不会吧？我觉得他爸妈还挺喜欢我的。"

在早餐厅，卓蕴和边琳遇见了赵伟伦一家三口，赵相宜跑过来叫人："卓姐姐，早上好！"

"早上好。"卓蕴为他们互相介绍，赵相宜又甜甜地喊边琳，"阿姨好，我叫赵相宜，您叫我小宜吧。"

"你好你好。"边琳看着那漂亮的小姑娘，又看向她身后那对夫妻。赵伟伦身材高大，器宇轩昂，范玉华衣着干练，美丽优雅。

赵伟伦与边琳打招呼："你好，小卓妈妈，我叫赵伟伦，是赵醒归的爸爸，这是我妻子范玉华，初次见面，以后咱们可以多走动。"

范玉华问："小卓妈妈，在紫柳郡住得还习惯吗？"

边琳受宠若惊："习惯习惯，房子特别好，谢谢赵先生、赵太太，我一直没去登门拜访，实在是不合礼数。"

范玉华拉住她的手："没关系的，我们都很随意，不需要这么客气。还有，千万别叫我们先生太太，喊我们小归爸爸、小归妈妈就行，我那儿子也是受了小卓好多照顾，我们也要谢谢你呢。"

边琳不禁自惭形秽，她留了一头短发，一点儿妆也没化，和范玉华站在一起，人家像三十多岁，她像五十多岁，总觉得会给女儿丢脸。

赵伟伦和范玉华当然不会有那样的想法，取来食物后还和卓蕴、边琳坐一桌，几人边吃边聊。

赵伟伦公事繁忙，大清早就接了好几个工作电话，对女儿说："小宜，爸爸在这儿待一礼拜了，明天必须要回钱塘，你和我一起回去吧。"

赵相宜惊呆了："可我哪儿都没去玩过呀！故宫、长城、颐和园、鸟巢、水立方……你们还答应带我去北大、清华参观的！"

来北京的这几天，赵相宜上午去医院看她哥，下午就待在酒店做作业，老爸老妈工作忙碌，她愣是一天都没出去玩过。

范玉华说："那些地方你小时候不都去过了吗？"

赵相宜气得哇哇叫："我是坐在童车上去的！一点都不记得了！"

卓蕴说："阿姨，这几天我刚好要带我妈妈出去玩，要不让小宜跟着我们一起吧？反正有车，长城、故宫、颐和园，我们都要去的，也能带她去清华、北大。"

赵相宜高兴极了:"好呀好呀!卓姐姐,我跟你们一起去玩!我都快无聊死了!"

范玉华自然乐意:"行啊小卓,那就麻烦你了,小宜很皮,她要是不听话,你就批评她。"

卓蕴笑着说:"小宜一点儿都不皮,比她哥乖巧多了。"

吃完早餐,一行五人步行去医院,边琳提着水果礼盒,在路上时心情还很忐忑,一进病房看到赵醒归,很神奇的,她居然一点都不紧张了。

那个坐着轮椅勇敢"抢婚"的男孩现在只能病恹恹地躺在床上,头发都剃掉了,一双漂亮的眼睛局促不安地看着她,低声喊她:"阿姨好,我是赵醒归,您喊我小归就行。"

边琳一下子母爱爆棚,眼泪都差点掉下来。赵醒归让她坐,又让史磊帮忙切水果、泡茶,还对边琳道歉,说自己只能躺着,以后出院了,再好好和阿姨见面。

卓蕴揽着妈妈的肩,笑道:"我妈又不是没见过你。妈,你还记得赵醒归那天有多帅吧?"

边琳说:"记得的,门推开的时候,我真是吓了一大跳。"

她在赵醒归床边坐下,问:"好孩子,吃了不少苦吧?现在还疼吗?"

赵醒归摇摇头:"不怎么疼了,再休养一阵子就能下床。"

边琳转过头,看到了那架轮椅,微不可查地叹了口气,心里做出决定,从包里掏出一个红包,塞到赵醒归手里:"喏,阿姨给你的,祝你早日康复,以后,和小蕴要好好的啊。"

这是连卓蕴都没料到的事,赵醒归更是吃惊,手里的红包很厚,至少一万打底,绝不是那种探病红包,这说明什么?

卓蕴率先明白过来,这是嘉城的婚恋风俗,代表女方家长对男方的认可,是一个对"准女婿"的见面红包。

赵伟伦和范玉华相视一笑,赵相宜懵懵懂懂,觉得这事儿似乎很重要,赵醒归捏着红包,瞪大眼睛老半天没说话,还是卓蕴用眼神提醒他,他才说:"谢谢阿姨,您放心,我一定会好好对卓蕴的。"

边琳笑起来,眼角泛着泪花:"阿姨相信你。"

接下来的几天,卓蕴每天带边琳和赵相宜出去游玩,照着攻略,一天去两个景点,再打卡北京城知名美食,除了天气太热,一切都很完美。

赵醒归依旧躺在医院,卓蕴每天傍晚会来陪他,和他一起吃晚饭,一直待到探视时间结束才回酒店。

就这么过了几天,一天下午,病房里来了一位特别的探病者,是季飞翔。

季飞翔正在北京参加国家队集训，钱塘男子轮椅篮球队只有他一人入选，他已经来了好几天，这天抽空来医院，坐着轮椅进入病房，把腿上的一兜水果交给史磊，挥着手对赵醒归打招呼："嗨，小赵，好久不见啦。"

史磊离开病房，让两个男孩能聊得更自在，他一走，季飞翔就迫不及待地向赵醒归展示他的国家队队服，得意地问："帅不？"

"帅。"赵醒归看着那身红黄白相间的短袖运动服，心里很羡慕，问，"在国家队还习惯吗？生活上方不方便？"

"还好吧，这点儿自理能力还是有的。"季飞翔说，"宿舍是二人间，分的时候都按身体情况给搭配好，和我一屋的那人是单腿截肢，能帮我一把。食堂伙食也不错，健身房特别大，还有游泳池可以放松，我去玩过两回。"

他对赵醒归说着在国家队训练的细节，说自己实力不算太好，想要入选最终的参赛名单，有点困难。

季飞翔握拳："为了能坐一次飞机，出一次国，我也得拼命练！"

赵醒归笑个不停，聊完国家队的事，季飞翔看着赵醒归一头青皮，问："小赵，你手术做完多久了？"

赵醒归说："十多天了，六号做的手术。"

季飞翔微微弯腰，关心地问："有什么感觉吗？"

"没有。"赵醒归知道他的意思，"医生说没这么快，得两三个月才有效果。"

季飞翔撇撇嘴："不会是骗人的吧？很多都是骗人的，不过我在网上查过这医院，还挺有名。"

赵醒归淡淡地说："真没效果，也不能说它骗人，人家之前都讲了，效果因人而异，只能看运气。"

"唉……"季飞翔长叹一口气，摸摸自己的腿，"你说，为什么会有这种病？截瘫，真不是人得的，我是看到轮椅就心烦，看不到更心烦。想想自己才二十多岁，现在还能勉强自理，以后老了怎么办？一个瘫老头子，屎尿都管不住，养老院都不收吧？"

赵醒归说："不至于。"

季飞翔语气酸溜溜："你是不至于，你家有钱，我们不一样，工作都找不到，还得靠家里养，以后爸妈老了，没了，你说我怎么办？让国家养我吗？"

两个年轻人都沉默下来，季飞翔意识到自己说了不得体的话，干脆换了个话题："我听说，小卓要出国读书？"

赵醒归说："对。"

季飞翔问："去哪儿？"

赵醒归："美国，纽约。"

季飞翔眼里显出担忧来："你怎么肯放她出去的？她长这么漂亮，你就不担心吗？就不怕她出去了……会不要你？"

这话如果换成别人来问，赵醒归心里多少会有些不舒服，因为在一段感情关系中，用到"A不要B"这种说法，就是把B放在了弱势地位，说明A占据主导权，继续或结束都由A说了算，B只有接受的份。赵醒归不认可这样的感情关系，他不想做A，也不想做B，觉得自己和卓蕴就是平等的，没有谁凌驾于谁之上。

可这话是由季飞翔问出来，就不一样了，赵醒归知道季飞翔没有恶意，是真的在为他感到担心。因为他们都是帅气的截瘫男孩，都是在风华正茂的年纪就坐上了轮椅，尝遍了截瘫的苦，没有过健全人的恋爱经历。

在赵醒归认识的那么多人里，季飞翔应该是最能与他感同身受的那一个，他们损伤位置差不多，在聊天时也会不避讳地聊一些隐私问题，可以互相调侃，互相解惑。对于残缺的身体，他们自卑又敏感，还要对外人展现积极乐观的一面，与别的残疾人不同，男性截瘫患者在性方面的弱势还有可能会被人嘲笑，那真的是对一个男人最沉重的打击。

季飞翔在择偶方面自卑至极，原本就觉得赵醒归和一个健康漂亮的女孩走不长远，现在又听说那女孩要出国读书，想当然地认为那就是分手先兆。

普通人都敌不过异地恋，更何况是他们这样的截瘫男孩，那女孩出去后，赵醒归分分钟会被甩，季飞翔都能想象到小赵同学被甩后伤心欲绝的那一幕，觉得自己好歹年长几岁，应该提醒他几句。

"那也不能不让她去，学设计一直是她的梦想。"赵醒归躺在床上，歪着脑袋看季飞翔，"我相信她，如果她真的不喜欢我了，会和我说的。"

季飞翔说："那可不一定，小赵，你别怪我说话难听，你家这么有钱，我要是你女朋友，抱住你这棵大树哪里会撒手？这是后半辈子的荣华富贵啊！"

赵醒归笑笑："她不是这样的人，她自己家条件也不错。"

"这倒是，我们都看出来了，一个千金大小姐。"篮球队的队员们平时也会聊八卦，自己谈不上，对别人谈恋爱都很操心，季飞翔笑道，"也只有你敢招惹这样的女孩，我是想都不敢想。"

越过感情话题，两个男孩又聊起了篮球，季飞翔说："等你好了，回钱塘咱们一起打球，你是不知道，没有我，前阵子咱们队打那个省内邀请赛，三场输两场，简直丢人现眼，就这种水平还想去打'残运会'？小组都出不了线。"

"我在群里看到了。"赵醒归已经进了钱塘轮椅篮球队的队员群，徐涛叫过他暑假去打积分赛，他去不了，结果比赛输得很惨，赵醒归说，"也有可能是因为没有我。"

　　季飞翔哈哈大笑："你连替补都算不上的，好大的口气！"

　　赵醒归看着季飞翔队服上的国旗，眼里充满自信："我会打上主力的，总有一天，我也会进国家队。"

　　晚上，卓蕴在病房陪伴赵醒归，给他削了一个桃，切成小块，用叉子喂他吃，边喂边问："季飞翔过来，你俩聊什么了？"

　　赵醒归吃了一块桃肉，回答："没聊什么，他就给我讲在国家队的事，还挺有意思。"

　　卓蕴问："没聊我呀？"

　　赵醒归问："为什么要聊你？"

　　卓蕴很是理所当然："别以为我不知道，你们男孩聊天，除了聊球不就是聊女孩吗？要不然还能聊国家大事呀？"

　　赵醒归笑起来："被你猜对了，还真聊你了。"

　　卓蕴又往他嘴里送了一块桃肉："聊我什么啦？"

　　赵醒归看着她："季飞翔说，你去了纽约，就不要我了。"

　　"啥玩意儿？"卓蕴瞪大眼睛，"他谁啊？和我很熟吗？我都没和他说过话！瞎说什么呢！"

　　赵醒归问："你会不要我吗？"

　　卓蕴滴溜溜地转了转眼珠："那要看你表现喽。"

　　"我怎么表现？我又不在你身边。"赵醒归声音低下来，"你会见到很多猛男帅哥，金发碧眼大长腿，八块腹肌，人家追你，你怎么办？"

　　"我不喜欢猛男。"卓蕴用手指拨拨赵醒归的耳郭，"我就喜欢小鲜肉，黑头发、黑眼睛、高鼻梁、薄嘴唇、皮肤白、肩膀宽、眉清目秀、身高一米八九的那个。"

　　赵醒归："卓老师，我这次量身高，有一米九了。"

　　卓蕴大惊："什么？你一米九了？"

　　"嗯。"赵醒归说，"我也没想到，就一直坐着轮椅还能长个儿，半年长了一厘米。"

　　卓蕴吸气："啧，你果然还是小孩儿，还在发育呢。"

　　喂完桃子，卓蕴帮赵醒归活动双腿。小少年现在已经穿上了裤子，卓蕴站在病床边，抱着他的右腿抬起、放下，帮他活动髋关节和膝关节，这都是苗叔和磊哥教她的，一会儿还要帮他活动踝关节。

　　赵醒归看着她的动作，只有上半身能感觉到晃动，问："我腿重吗？"

"重。"卓蕴说,"都没什么肉了,骨头还这么重。"

"你别弄了,一会儿让磊哥来做吧。"赵醒归舍不得她辛苦,"你坐我边上歇会儿,咱俩聊聊天。"

"我不累,这样也能聊天。"卓蕴还在一下下地给他活动右腿,"赵小归,躺烦了吧?"

"每天能看到你,就还好。"赵醒归实话实说,"也就一个来月,很快就过去了。"

"我……"卓蕴转头看他,"买好机票了,八月十五号从上海飞。"

赵醒归的眼神黯淡下来,好快啊,只剩不到一个月的时间,他说:"哦。"

"我十二月初就会回来。"卓蕴絮絮地说着,"这几天我对作品集有了点想法,买了画架和一些颜料纸笔,这两天会寄到,走之前,我想完成第一幅作品。"

赵醒归问:"是什么?在病房画吗?"

"对呀,在病房画。"卓蕴说,"画你,反正你躺着也是躺着,就给我做模特儿吧。"

赵醒归很吃惊:"啊?我现在没头发的!"

卓蕴瞪他:"你就说给不给我画吧?"

赵醒归犹豫了半天,还是不想让她失望,弱弱地回答:"给。"

卓蕴说到做到,等妈妈离开北京后,她又开始全天候地待在医院,架起画板,绑起头发,以赵醒归为模特儿画起人像画。

在病房,她只画素描,不用颜料,经过几个月在画室的练习,卓蕴不再手生,拿着笔坐在窗边,看一眼画纸,又看一眼病床上的赵醒归,窸窸窣窣地画起来。

苗叔和史磊都不会去打扰她,说话做事静悄悄,赵醒归则一直安静地躺着,床背摇高二十度,歪着脑袋看向卓蕴。

七月的热意被窗子挡在室外,只有阳光洒进病房,在赵醒归脸上投下一片明暗阴影。他是个最听话的模特,一动不动,还不说话,只有眼睛在轻缓地眨动,视线始终落在卓蕴身上。

那几天,病房特别安静,少有人声,赵醒归听着卓蕴的笔触声,看着她认真的表情,心里突然就生起一股满足感。他喜欢这个样子的卓蕴,那么美,那么执着,又那么自信,是他倾慕的女孩。

她知道自己在做什么,也知道为什么要这么做,她知道未来发展的方向,在心里有着明晰的规划。

他怎么可能不让她出去?他自己都是个在追梦的人,爸爸教过他,要尊重别人的每一个梦想,大的,小的,天马行空的,微不足道的,每一个都要尊重。

更何况,那是卓蕴的梦想。

她会不要他吗？有可能，但那又有什么关系？

他们都还年轻，年轻人要的就是一股初生牛犊不怕虎的气势，不能瞻前顾后、畏首畏尾。他的人生掌控在自己手里，卓蕴"要不要他"纯属无稽之谈，他爱她，她也爱他，这不就行了吗？谁说他们这个年纪不懂爱？谁说青春年少时的恋爱一定会失败？

赵醒归不信邪，以前打比赛，他就从来不怕输球，不管对手再强大，拿过再多的好成绩，他都不怕，每次都是拼尽全力去打，还要鼓励队友，让他们不要灰心，比赛还没结束呢。

如果人生是一场漫长的篮球赛，他现在是处在什么位置？

还没到中场休息吧？只是在第一节，他遭遇了一些困难，后面还有第二节、第三节、第四节，没有打到最后，谁能说他一定会输？

他都还没开始发力，现在只是暂时地休整，只要他死不了，就算跌倒再多次，也会重新爬起来，继续比下去。

八月初，赵醒归终于被允许从病床上坐起来了，他在苗叔和史磊的帮助下转移到轮椅上，心情特别好，让卓蕴推着他去走廊上溜达。

"我好想洗个澡。"赵醒归已经一个月没洗澡了，每天只能用热水擦身，觉得自己脏得不行。

卓蕴说："你就别想啦，等回钱塘再洗吧，我们也不嫌弃你。"

赵醒归摸摸自己的小腹，很是遗憾："腹肌都没了。"

卓蕴说："再练回来呗。"

赵醒归回头看她："卓老师，你说，等你十二月回来，我会不会比现在好一点？"

"会，一定会！"卓蕴对他比个"V"，"搞不好你能站起来了呢！"

"不敢想。"赵醒归又把脑袋转回去，他很久没坐轮椅了，背脊靠着靠背都不太习惯，摸摸腿说，"还是一点感觉都没有，怎么站得起来？"

卓蕴说："你不是有那个外骨骼机器人吗，回去多走走，多练练，把腿上肌肉练回来一点，你腿太瘦了，有感觉了你都没力气站起来。"

赵醒归觉得她说的有道理，想着回去以后，的确要每天用外骨骼机器人练练走路才行。

八月十号，赵醒归被拔掉尿管，获准出院，带着一大堆药品回钱塘休养。一行人依旧坐高铁商务座，地面小交通用的是救护车，因为赵醒归还是不能久坐，大多数时候都要躺着。

长途奔波一整天，他们终于回到紫柳郡 C2 小楼，赵醒归做的第一件事就是洗澡。苗叔帮他放水，护着他下浴缸，足足给他抹了三遍沐浴露、两遍洗发水，他才算满意。

　　躺在浴缸里，赵醒归心里有点儿失望，直到现在，手术的效果都未呈现丝毫，右腿的发麻迹象倒是依旧存在，发作频率还越来越高。医生说这很正常，是个好现象，等再休养一个月后去钱塘的医院做个复查，如果有特殊情况，也可以考虑再去一趟北京。

　　两天后，卓蕴从花鸟市场给赵醒归带来一只小乌龟，养在玻璃缸里。那是一只很小的中华草龟，龟壳只有鸡蛋那么大，赵醒归把玻璃缸放在茶几上，弯着腰用手指戳戳龟壳，小乌龟脑袋和四肢都缩在壳里，不出来。

　　"它是个男生，你给它取个名吧。"卓蕴说。

　　赵醒归想了想，说："它叫'酒酒'。"

　　卓蕴："数字那个'九'吗？"

　　赵醒归摇头："不是，喝酒那个'酒'。"

　　卓蕴："为什么要叫'酒酒'？"

　　赵醒归抬头看她："因为我的名字，你还记得那首诗吗？'津头闻别语，三载以为期。安得中山酒，醒日是归时。'"

　　卓蕴不懂："中山酒？"

　　赵醒归嘴角含笑："中山酒是一种仙人酿的酒，说是能一醉千日。"

　　他指指那只缸里的小乌龟："怎样才能得到仙人酿的中山酒？喝醉了，一觉睡醒，你就回来了。"

　　卓蕴啪啪鼓掌："哇，赵小归你好有文化！"

　　又过了两天，一个很普通的早晨，天气依旧炎热，卓蕴告别边琳和赵醒归一家人，坐车去上海，带着行李登上了飞往纽约的国际航班。

　　赵醒归没法去送她，那一整天，他就一个人待在三楼房间，躺在床上发呆。床头柜上竖着一幅框着相框的素描人像，是卓蕴送给他的七夕礼物，也是她申请来年本科课程的第一幅正式作品。

　　画上是一个年轻男孩，剃着寸头，穿着条纹病号服，靠躺在病床上。他脸庞消瘦，五官立体又精致，抿着唇，眼神格外温柔。

　　赵醒归不知道，卓蕴的作品集里还要写一些简介，这第一幅作品，她用英文写了很长一段话，到时候会一起交上去。

　　——这是我的朋友 Mikey Zhao。

　　他是一名截瘫患者，要靠轮椅行动，这幅人像素描是我在病房为他创作的，当时，他刚经历过受伤后的第三次手术。

我能来申请贵校的室内设计课程，勇气都是来源于他。他受伤时只有十六岁，也经历过迷惘与绝望，但他走出来了，现在正在努力考大学，课余还在轮椅篮球队打球。

他教会我生命的真谛，人有无数种活法，活得漂亮不仅仅是因为华美的衣饰、精致的妆容、体面的学业和工作，更重要的是一种态度。哪怕坐在轮椅上，他依旧活得漂亮、从容、潇洒、自信。

他是我的偶像，不是那种写在书上、活在电视里、见得到摸不到的偶像，他真实存在，是会与我牵手、拥抱、共同进步的偶像。

他不会知道他对我的影响有多大，这个比我还小三岁的男孩，是我人生路上的启明星，将永远照亮我前方的路。

当然，我也愿意一直陪伴着他，与他一同往前走。

他的中文名字很有意思，来自中国的一首古诗：安得中山酒，醒日是归时。

意思是说，怎样才能得到一壶美酒？可以一醉千日，醒来后，就是归来的日子。

我不惧怕与他分离，因为我知道，他在大洋彼岸思念着我，终有一天，我会回去。

第十六章

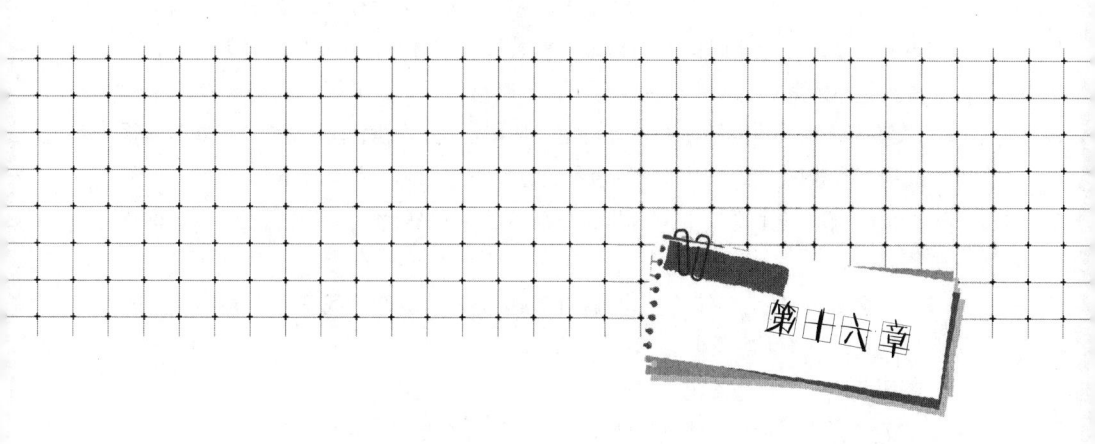

我陪着你呢

(1)

　　二中的高三生们八月中旬就已开学,赵醒归没法去学校,继续待在家里休养。他与卓蕴有了十二个小时的时差,每天靠微信联系对方,约好时间视频聊天,那是一整天里赵醒归最开心的时刻。

　　卓蕴告诉他,她已经住进学校宿舍,环境不错,用照片和视频给赵醒归直播过她的房间和校园风景,一日三餐也不放过,吃个三明治都会向他汇报。

　　她的室友是一个来自中国东北的姑娘,已经参加工作,比卓蕴大三岁,两人还挺聊得来。

　　"她会做饭,还会包饺子。"卓蕴在视频里笑嘻嘻地说,"我觉得我也得学一下,每天吃西餐,真不太吃得惯。"

　　赵醒归问:"那边热吗?"

　　卓蕴说:"不热,比钱塘凉快多了,有时候都要穿个外套。"

　　赵醒归微笑:"那你准备的那些漂亮裙子,不是没机会穿了?"

　　"你怎么还想着这个?哈哈哈哈……"卓蕴大笑,又坏坏地挑眉,"哪天穿了给你拍照,开学后我倒要看看,班里有没有帅哥,嘿嘿。"

　　说完后,卓蕴发现赵醒归脸臭臭的,问他:"你干吗啦?这才几天就给我摆臭脸,演技也太拙劣了吧?"

　　赵醒归没绷住,"噗"的一下笑出来:"我还以为你会哄哄我呢。"

　　"谁有工夫来哄你?"卓蕴手指绕着发梢摇头晃脑,"小赵先生,你现在是个成年人了,再也不能享受小孩儿的待遇啦,明白不?"

　　赵醒归开始耍赖:"不明白,我只知道我比你小,你就得哄着我。"

　　卓蕴把他说过的一句话还给他:"这不公平,你永远都比我小。"

　　赵醒归说:"对啊,所以你永远都要哄我。"

　　"怎么哄呀?"卓蕴对着屏幕做鬼脸,"要给你唱歌吗?"

　　赵醒归看着她的脸庞,思念涌上心间,手指碰碰屏幕,说:"卓老师,我好想你。"

　　"我也很想你。"卓蕴的眼神变得温柔如水,"每天都能视频的,四个月不到我就会回来了,很快啦。对了,你这几天休息得好吗?大小便有没有恢复一些?"

　　赵醒归以前已经习惯自主排尿、排便,在医院依赖了一个多月的导尿管,大小便的便意又减弱许多，回家后的头几天，他还不慎尿过几回裤子，搞得特别尴尬。可他没有听从苗叔的建议穿纸尿裤，还是想恢复自主排尿、排便，所以这些天，他一直在为这件日常小事做训练，时时刻刻感受着身体内微弱的反应。

"好一点了，这几天白天都没闯祸。"赵醒归眨了眨眼，声音突然低下来，"卓老师，我告诉你一件事，就这两天刚有的，我还没和我妈和苗叔说，想先观察一周再告诉他们。"

卓蕴见他说得认真，也紧张起来："什么事啊？"

赵醒归说："我左腿也开始发麻了。"

"真的啊？"卓蕴又惊又喜，"这应该是好迹象吧？频率高吗？和右腿的感觉一样吗？是同时发生还是一会儿左腿一会儿右腿？你得记录下来呀。"

"我记着呢。"见她这么开心，赵醒归的心脏也开始怦怦跳，"腿上，浅感觉还是没有，感觉不到温度、痛痒、触碰和按压，但是大腿里头，也就是深感觉，我不知道是不是心理作用，或是什么错觉，我总觉得腿根那儿，有一点感觉了，两条腿都有。"

卓蕴捂住嘴，眼睛瞪得老大，几乎要开始尖叫："啊啊啊！真的吗？这还没到两个月呢！真的有感觉了吗？"

她在北京被医生科普过什么叫浅感觉和深感觉，浅感觉就是脊髓丘脑束传导的痛觉、温觉、触觉等，主要分布在皮肤和黏膜。深感觉则是指感受肌肉、肌腱、关节和韧带等深部结构的本体感觉，包括振动觉、位置觉、运动觉和关节觉。

赵醒归说："很奇怪的感觉，说不上来。我打个比方，我不去看腿，如果你按压我左腿或右腿，问我按的哪儿，我还是说不出来。但腿里面会疼，会发麻，一抽一抽的，我能说出来是左腿还是右腿，就这两天刚开始有，其实很不舒服，但我真的很久很久没有这种感觉了，就是……我能感觉到我的双腿，它们还在。"

卓蕴大叫："你的腿本来就在啊！赵醒归你别观察了，赶紧把这事告诉你妈妈吧！让她带你去医院做复查！你这人总是这样，你又不是医生，老爱给自己做诊断，我都快被你急死了！"

赵醒归笑起来："我会说的，我只是想第一个告诉你，真的才一两天，你走之前都还没有过。左腿第一次发麻时我都吓一跳，那种感觉太陌生了，就跟它死了好久突然诈尸似的。"

卓蕴被他的比喻搞得哭笑不得，让赵醒归保证挂掉视频就去和范玉华讲这件事，这才饶过他。

两人继续聊着天。

"赵小归，我发现这边对你会非常友好。"卓蕴说，"就这么几天，我在学校里逛，已经见过好几个坐轮椅的学生了，有两个还是用的电动轮椅，好像连手都不太方便。我观察了一下，这边只要有楼梯的地方一定会有一段坡道，坡道都不陡，不需要有人推轮椅，我看他们都是自己行动。每栋楼都有电梯，每个停车场都有残疾人专用车位，我听说，如果普通车辆误停，会罚得很厉害，所以大家都特别自觉，不会去占那个车位。"

赵醒归心中触动，问："你为什么要观察这些？"

"我同学也这么问我。"卓蕴绽开笑，"她是个拉丁裔女孩，在纽约好几年了。我问她这些问题，她也觉得很纳闷，我就告诉她，因为我喜欢的男孩坐轮椅呀，所以我特别在意这些。"

赵醒归摸摸自己毛茸茸的脑袋，疑似在耍帅："她有没有要求看看那男孩的照片？"

"你别摸你那个头了，真丑，还不如之前剃掉的时候呢。"卓蕴捂住眼，赵醒归正在留头发，板寸刚长长一些，头顶还好，两鬓的头发非常难看，剪又剪不得，整个脑袋像个毛绒球。

赵醒归不高兴："你不是说，脸长得帅，发型不重要吗？"

"呵呵。"卓蕴扯开话题，"我同学当然想看你照片啦，我就给她看了，她说你帅是帅，就是太瘦了，还太白，她喜欢蜜色皮肤的男孩。"

"她就算喜欢绿皮肤的男孩，也和我没关系。"赵醒归抬抬下巴，"我就问问那个叫Zoe的中国姑娘，她喜欢什么样的男孩？"

卓蕴笑得眼睛弯成两道月牙："Zoe说，她就喜欢白皮肤的男孩，还不能太壮，有个叫Mikey的就很合她眼缘，别的都挺好，就是最近头发太丑了，有点'辣眼睛'。"

赵醒归："哼！"

一通视频聊到电量告急，两人才依依不舍地挂断。赵醒归找到妈妈，把自己身体上的变化讲给她听，范玉华立刻预约医生，准备给赵醒归做复查。

复查的结果还不错，医生说赵醒归受损的脊髓神经细胞应该是有了复苏的迹象，具体会恢复成什么样，现在还不好说，让赵醒归继续吃药，积极锻炼，每个月再去医院复查一次。

赵醒归坐着轮椅回到学校，正式成为一个毕业班的高考生。

高三学业繁忙，赵醒归不再去医院复健，每天放学后会花两小时锻炼，一小时练上肢力量，另一小时就穿上外骨骼机器人，在苗叔或磊哥的陪伴下，在院子里扶着支架，来来回回地走。

他会把走路视频发给卓蕴看，卓蕴怎么看都看不厌。穿戴着装备的赵醒归像个机器人，走路时脚步缓慢，步伐却很稳健，特别像机器人学人类正常走路时姿态。比起以前撑着助行器直挺挺地甩腿行走，现在他可以弯曲膝盖，脚踝也有起落，尽管他自己没感觉，这样的行走方式还是能对他的下肢肌肉和关节提供更多的帮助。

改变发生得悄无声息，在赵醒归还没意识到的时候，苗叔对他说："小归，你有没有发现，你现在每次小便的间隔时间变长了？"

赵醒归一愣："有吗？"

苗叔不说他还没察觉，以前他有尿意，但膀胱存不住尿，在学校时会控制喝水量，不到两小时就要去一次厕所，很费精力。如果有了尿意却没来得及去，就会像上次被林泽阻挡那样，直接尿裤子。

而现在，他似乎可以坚持两个多小时了，尿意比以前强烈许多，还不容易失禁，每次都能顺畅地排出来。

他给北京的主治医生打电话，对方告诉他这也是手术效果之一，医生说，按照这个趋势，赵醒归的尿意、便意应该会越发强烈，他可以试着感受一下，能不能自主控制膀胱逼尿肌和肛门括约肌等肌群，争取把大小便状况变得更好。

赵醒归不知道要怎么控制这些肌群，身体里的感觉很难描述，他远离常人的生活已有两年多，想着，就先顺其自然吧。无论如何，排尿间隔时间的变长对他来说绝对算是好事，让他可以减少上厕所的次数，能更游刃有余地应对忙碌的学习生活。

与此同时，赵醒归双大腿根部的存在感也越发强烈，有那么一瞬间，他甚至觉得自己的腿可以动了，好像，再给他一点力气，只要一点点，他就能支配他的大腿，让它们稍微抬起一些。

不过，感觉也仅存在于大腿根部，大腿下半部分、膝盖、小腿和脚掌，还是一点变化都没有。

碰到阴雨天，他依旧会背疼，现在又加上一个诡异的大腿疼，赵醒归每天在沮丧与惊喜之间反复横跳，自己都一头雾水，卓蕴问他腿好点没，他都不知道该怎么回答。

在纽约，卓蕴开学后也很忙，课程只有三个多月，安排得特别紧凑，老有大作业。卓蕴不怵大作业，因为这些作业都能进入作品集。

她将来要学室内设计，对这一部分的课程最是用心，之前在钱塘就已通过网课学习过设计软件的使用，现在更想要学的是理念。

学校有一位室内设计行业很知名的老师，是位女性，有一天，卓蕴专门跑去找她，和她聊了几句。

"老师，你能推荐给我几本书吗？"卓蕴说，"我想知道，一套房子，如果面向的业主是一位轮椅人士，我想用无障碍设计的理念去装修，需要注意哪些地方，我以前没有涉及过这些知识，但我有这样的需求。"

老师说她回去查一下，再把书名告诉卓蕴，临走前，老师说："无障碍设计理念有一个大框架，在公共场所可能要顾忌更多类型的人群。如果是私人住宅，我觉得最要紧的只有一点，你要完全理解那位业主的需求。他的身体是怎样的程度，他能做到哪些，又做不到哪些，他在生活中最需要的设施是什么、最讨厌的阻碍是什么，你都要知道。假设他坐轮椅，那么他的坐高，轮椅的宽度，他手臂能触及的最高位置，床、沙发、马桶、台盆等家具的高度你都需要考虑到，并且在设计中体现出来。每个人都不一样，没有统一的标准，只有适合他的才是最好的。"

卓蕴若有所思，点了点头，向老师表示感谢。

九月的残运会，A省男子轮椅篮球队发挥不佳，没有进四强。

十月的亚太区轮椅篮球锦标赛在日本举行，季飞翔原本没被选上参赛名单，被打回了省队，结果临近比赛时，与他伤级相同的一位绝对主力生病住院，作为这个残疾等级里唯一的替补，季飞翔幸运地被召回国家队，一同登上飞往日本的航班。

他第一次出国，第一次坐飞机，兴奋得每天在朋友圈刷屏，狂晒照片，搞得钱塘队的一众队友都叫嚣要屏蔽他。

季飞翔还获得了上场机会，在与日本队的比赛中身披国家队战袍出场，无奈整支队伍实力不济，比赛遗憾地输了，男队没有拿到第二年残奥会的门票。令人欣慰的是女队拿到了，中国轮椅篮球的姑娘们向来都很厉害，是国人的骄傲！

等到季飞翔从日本回来，重回钱塘队，赵醒归在周末时去了一趟体育馆，和篮球队一起训练。

按照常理，高三生根本就没时间打球，但赵醒归实在是手太痒，他已经没有别的娱乐活动，卓蕴又不在身边，打球成了他唯一的念想，决定每周末去一趟篮球队，训练两三个小时，就当是放松身心。

范玉华对此颇有微词，赵伟伦却是大力支持，工作不忙时，他会陪赵醒归一起去，看儿子坐着轮椅在场上与人追逐、拼抢、投篮，恍惚间会有一种回到过去的感觉。

赵醒归还是那个赵醒归，一点都没有改变，抓着篮球看向篮筐时，他眼里的光从未熄灭。

又是一年秋去冬来，气温骤降，赵醒归在校服外穿上了羽绒服。

他的发型已经变回原样，剪得碎碎的，俗称校草专用款，在新入学的高一小女生眼里，高三那位坐轮椅的赵学长又帅又神秘，是一位非典型校草。

进入十二月后，赵醒归的心情一天比一天好，因为卓蕴很快就要回来了。

她在纽约的学业非常顺利，总是在视频里对赵醒归说自己特别享受这样的生活，课业紧张，压力很大，但她一点也不怕，每天醒来都元气满满，想到自己算是半只脚踏进了艺术领域，深入地接触到许多新颖先进的设计理念，她就跟浑身打了鸡血似的，通宵做作业都不在话下。

兴奋之余，她又沮丧地说自己还有很多不足，有太多东西要学，感觉时间不够用，已经开始期待未来几年的专业学习。

"我年纪不算大。"卓蕴在视频里眉飞色舞地说，"我老师说，我的决定很正确，现在开始学习一点都不晚。我之前还觉得荒废了几年很可惜，现在不这么想了，我好庆幸我做了这个决定！赵小归，现在真的完美极了，每一天都特别充实，我真的好快乐啊！"

兴趣真的是最好的老师，赵醒归托着下巴看卓蕴，她神采飞扬，他透过屏幕都能感受到她的充实与快乐，与她以前在A大上学时破罐子破摔的状态完全不一样。

卓蕴的课余生活也很丰富，万圣节时和进修班的同学一起出去玩，每个人都做了节日装扮。卓蕴把自己打扮成一只小恶魔，头上戴着犄角，脸上化着魅惑的妆，与一群"妖魔鬼怪"凑在一起，开怀大笑，举杯畅饮。

她玩得那么开心，看照片的赵醒归却一点也不开心。

他的卓蕴真漂亮啊，身材还那么好，在一众肤色、发色不同的年轻女孩里都能脱颖而出。她的黑色长发和标致鹅蛋脸带着神秘的东方韵味，笑起来还有两个小梨涡，这玩意儿全球通吃，赵醒归就不信了，一个不笑时妩媚高冷、笑起来又甜到犯规的女孩，外国的男孩会不喜欢。

"卓老师，你和我说实话，有人追你吗？"赵醒归问过卓蕴这个问题。

卓蕴没心没肺地回答："有啊！怎么可能没有？三天两头被搭讪的好吗！"

赵醒归气得脸都鼓起来了，就，很烦！

十二月上旬的一个周四下午，赵醒归结束了一天的课，准备回家。

他坐上车后座，苗叔开着宾利出了校门，在门口停了一下。赵醒归还没反应过来，就听到后座另一边的车门被拉开，有个人裹着寒风钻进车厢，一屁股坐在他身旁，"砰"的一声又关上了门。

"冻死我了,我等好久!"那人长发披肩,穿着羊绒大衣,又是搓手又是呵气,"你们怎么出来得这么晚?"

赵醒归呆滞了,转过头定定地看着她。

"不认识我啦?"卓蕴歪头笑,"surprise(惊喜)!赵小归,我回来啦!"

她向他扑过去,赵醒归一把抱住她,直到真实地触摸到她的身体,感受到她冰凉的脸颊,才回过神来,是卓蕴!他的卓蕴真的回来了。

"你什么时候落地的?"赵醒归松开怀抱,上下端详她,还是不敢相信,"不是说要明天才到吗?"

卓蕴微笑:"想给你一个惊喜嘛 。"

她提前一天回来,上午在上海落地,直奔钱塘,在C2小楼放下行李后,算着时间来接赵醒归放学。

晚上,卓蕴在紫柳郡吃饭。赵相宜还在学校,赵伟伦要加班,餐桌上只有范玉华和苗叔陪着他们。赵醒归全程都不知道菜是什么滋味,眼睛只看着卓蕴,卓蕴和范玉华、苗叔说着这几个月的见闻,聊得很开心,大多数内容赵醒归都在视频里听过,就没插嘴,默默地帮她夹菜、倒饮料。

范玉华问:"小卓,你申请的截止日期是什么时候呀?"

卓蕴回答:"一月五号,还有一个月。"

范玉华:"那你申请材料都准备好了吗?"

"差不多了。"卓蕴说,"我准备提交十五件作品,现在已经完成了十四件,还差最后一件。"

赵醒归问:"最后一件你打算画什么?"

"暂时保密。"卓蕴卖关子,"这是整个作品集的灵魂,最大的一件作品,完成了我再告诉你。"

吃完饭,赵醒归急不可耐地拉卓蕴回房间,眼睛亮亮地对她说:"卓老师,我给你表演一个节目。"

卓蕴觉得赵醒归真有趣,像个献宝的小朋友,好奇地问:"什么节目?"

赵醒归没回答,把轮椅划到床边,撑着床面把自己挪到床上,抓着两条腿在身前摆直,开始脱长裤,卓蕴惊呆了:"表演什么节目还要脱裤子的?你小心着凉!"

"脱了裤子会更明显。"赵醒归已经把校裤和棉裤都扒掉了,只剩一条平角短裤,露出两条又细又白的长腿,他抓着腿让膝盖微弯,两只穿着棉袜的脚还是像以前一样,向左右两边无力地倒下。

卓蕴站在床边看他,经过住院生涯,赵醒归和她都不害臊了,少年抬头微笑:

"见证奇迹的时刻。"

卓蕴："嗯？"

她眼睛一眨不眨地盯紧赵醒归的双腿，见他双手撑在身后的床面上，上身后仰，也低头看着自己的腿。时间仿佛静止了，起先，卓蕴一点儿也没看出变化，几秒钟后，突然，她觉得赵醒归的右腿动了一下。

卓蕴以为自己眼花，盯得更加认真，发现她不是眼花，赵醒归的腿真的在动！髋关节下的右大腿根部抬动了一下，紧接着又是一下，他表情凝重，皱着眉，大脑里像是在进行什么拉锯战，视线从右腿转移到左腿，左大腿立刻也动了一下。

因为是大腿的动作，带动到膝盖与小腿，卓蕴看到的效果就是赵醒归的两条腿从上到下都在动，不是痉挛发作时的抖动，不是被动的动，是自主的动！连着脚都在床面上小幅度地挪动，是卓蕴认识赵醒归一年多来从未见过的场景。

她呆若木鸡，嘴巴都张开了，震惊地问："你怎么一直都没告诉我？"

"Surprise！"赵醒归停止去"操控"那两条不听话的腿，又一次抬头笑，"卓老师，我腿有一点力气了，肌力不再是0级。医生说让我继续锻炼，再过一阵子可以试着用拐杖站起来，应该不会像以前那样完全撑不住。我现在用支架走路，都比以前好了许多。"

"真好，赵小归，真好。"卓蕴激动得不知要说什么，在床沿上坐下，拿过外裤，抓着赵醒归的腿帮他穿裤子。

"感觉呢？"她问，"我这样抓着，你有感觉吗？"

赵醒归右手在大腿上比画了一下："差不多这儿以上，触压感有了，要按得重一点，也能感觉到烫一点的温度，以下……还是没有。"

"这么奇怪的？"卓蕴看着他，"医生有没有说，还能再继续恢复？"

赵醒归摇头："不知道，我只能继续锻炼，现在都还在吃药，跟个药罐子似的。"

卓蕴帮他套上裤腿，往上拉时，赵醒归撑着床面抬动屁股，卓蕴帮他拉好裤腰，发现小少年经过几个月的恢复锻炼，上身肌肉又变得很可观，小腹有腹肌，胳膊上的肌肉也回来了。

"你要到明年八月再走，这大半年，就住我家吧。"赵醒归很早就这么幻想了，"我想天天都能看到你。"

卓蕴沉默了一会儿，说："恐怕不行哦。"

赵醒归问："为什么？你要回嘉城吗？"

"也不是。"卓蕴坐在他身边，与他聊天，"赵小归，我跟你说一下我的想法。第一，你现在高三，还有最后冲刺的半年，我不想打扰你学习。你看，今天我回来，你不仅没锻炼，到现在还没做作业，这样怎么行？"

赵醒归不认同:"我成绩很稳的,一定能考上 A 大,以后你要出国很多年,我就是想多见见你。"

卓蕴说:"我知道,你先别急,听我往下说。第二,我妈妈现在在嘉城一直是租房子住,她和我爸离婚分到的那套房已经卖掉了,我想用那笔钱去把我观县那套房装修一下,让我妈能有个安稳的落脚点。那套房子很大,三层楼,设计装修估计都要花好几个月,我得抓紧时间把这事搞定,在我走之前让我妈妈能搬进去。"

赵醒归说:"你妈妈可以住在紫柳郡那套高层,住多久都没关系,和我们在一起,也好有个照应。"

卓蕴摇头道:"这样不好,哪儿都比不上自己的家。"

"那你是要住到观县去?"赵醒归问。

"对。"卓蕴说,"我想过了,在我那套合院旁边租个小房子,可以盯着合院的装修,那儿以后就是我和我妈的家,我想要好好弄。"

赵醒归不太开心:"那我不是又见不到你了?"

"不会的。"卓蕴仰起脸来看他,"我每个周末都会来陪你,在你家住一晚,还可以陪你去篮球队打球,平时就不打扰你了。我知道高三真的很忙,我就算天天来,也和你说不了几句话。"

赵醒归仔细地想了想,一周见两天,好像也能接受。

"好吧,我听你的。"他无奈地同意了,"你发现没?我好像一直都在等你。"

卓蕴挑眉:"啥意思?"

"等你来上课,等你来看我,等你从国外回来,等啊等啊,见你一次,又要等下一次。"赵醒归的眼睛望向书桌上方那张投篮水彩画,懊恼地说,"我什么时候才能主动去找你?啊!我真的好想考驾照!"

卓蕴乐得咯咯笑:"总能考到的啦,急什么?我还等着你开车带我去兜风呢!"

赵醒归的视线又移到她脸上,认真地说:"我会一直等你,你要是不回来,我就去找你,就算是美国,我也会去找你,爬都要爬过去。"

卓蕴说:"知道啦,你个小缠人精。"

卓蕴只在紫柳郡住过一晚,第二天就回了嘉城。

赵伟伦从公司调来一辆车借给她开,不是豪车,是一辆 SUV,卓蕴回到边琳租的小房子,与妈妈说了自己的计划,趁着周末,第二天就和妈妈一起去了观县。她们先在中介门店询问租房信息,找到一套合适的房子,可拎包入住,很快就签了合同。

这一趟，卓蘅和她们一起过来，听说姐姐回来了，他特地从上海赶回来，第一次去观县参观那套久兰花苑的合院。

三个人走进那栋荒凉的毛坯房，卓蘅有点儿嫉妒，在二、三楼东看西看，问姐姐："我以后睡哪个房间？"

卓蕴逗他："你想睡哪个？"

卓蘅说："二楼朝南那个，行吗？"

"不行。"卓蕴说，"那是妈妈的房间。"

边琳说："我没关系的，给小蘅……"

"我说了，那是你的房间。"卓蕴看着妈妈，回得斩钉截铁，"你天天住，要住到老，他能来住几天？还想朝南，想得美！"

"那三楼呢？"卓蘅又问。

卓蕴白了他一眼："三楼是主卧，当然是我的房间。"

卓蘅："你也住不了几天啊！"

卓蕴微笑："谁让我是房主呢！"

卓蘅一脸沮丧，卓蕴指着二楼朝北的房间对他说："你以后就睡这儿。"

卓蘅垂头丧气地回答："哦。"

潦草地看过一遍房子，卓蕴回到院门口，重新开始走线。院子很大，满是杂草，她看着周围颓败的环境，脑海里浮现出的却是小院子将来郁郁葱葱的景象。

从院门走到小楼门口，她抬头看，小楼也有个地下室，只有一楼一半大，这意味着一楼有架空层，上去需要走四个台阶，内部还是错层结构。卓蕴仔细观察，思考着坡道要怎么设置才能更平缓、更安全。沿着台阶走到一楼，她看着屋子里的错层布局，手指敲起了下巴。

按照原设计，玄关进门是餐厅的位置，摆沙发的大客厅朝南，需要下三个台阶，这个问题要怎么解决？在房子里做坡道吗？

还有电梯，电梯装在哪里？房子里实在没有装电梯的好位置，除非是敲掉几面墙重新布局，但那样很麻烦，不仅影响原房屋结构，还会无端地占用很多面积。

可不可以加装在室外？卓蕴又回到院子里，绕着小楼走了一圈，抬头观察，卓蘅跟出来，疑惑地问："你在看什么？"

卓蕴说："我在想，电梯要装在哪里。"

"电梯？"卓蘅惊讶极了，"为什么要装电梯？"

卓蕴转过头来："你说为什么？"

卓蘅说："他来了，可以睡一楼那个房间啊！"

卓蕴无语："他睡一楼，那我呢？我也睡一楼吗？"

卓蘅呆住了："你要和他睡一个房间吗？"

卓蕴叉腰："当然！"

卓蘅："可他才高三……"

卓蕴气死了："你动不动脑子的？他难道永远都高三吗？"

边琳没出来，姐弟俩在室外大眼瞪小眼，卓蕴终于冷静下来，对卓蘅解释："我想设计一套无障碍的房子，把赵醒归当成一个男主人来设计，从上到下，从里到外，都要考虑好。我希望做到的是，他住在这里会非常舒适、安全、方便、自由，这里所有的布局都要满足他的生活需求，让他哪怕一个人待着都没问题。"

卓蘅下巴都要掉下来："为什么啊？"

"因为他以后会是我男朋友，我高兴。"卓蕴笑容舒展，对卓蘅说，"这是我的娘家，他总有一天要跟我回来，我希望他能在这里住得舒心。十三，这是我作品集里最后的一件大作品，是送给赵醒归的十九岁生日礼物。"

（2）

赵醒归的十九岁生日是在书山题海中度过的，距离高考不到两个月，卓蕴从观县赶到钱塘，陪他过生日。

她已经拿到纽约那所艺术院校的录取通知书，正式去 A 大办理了退学手续，来到赵醒归家后，把退学证明拿给他看。

赵醒归看着手上的那张纸，说："原来退学证明长这样。"

卓蕴抱着抱枕窝在沙发上，笑着说："赵小归，你加油，七月份拿一张录取通知书，咱俩就还能算是半个 A 大校友。"

"肯定没问题。"赵醒归相当自信，在最近几次全市联考中，他的成绩很优秀，依照排名，他可以去北京去上海，除了顶尖的那两所高校不太稳，其他学校都能选。但他身体情况特殊，很难住校，去外地还得有人陪读，只有 A 大是最合适的选择。

卓蕴把退学证明放回包里，赵醒归盯着她的大包看，却见卓蕴又把包丢到了地板上，他忍不住向她摊手："生日礼物呢？"

卓蕴无视他摊开的手掌，反而朝他勾勾手指："过来。"

赵醒归转着轮椅向她靠近些："干什么？"

卓蕴说："我问你，高考完了，你有什么打算？"

"什么打算？"赵醒归没弄懂她的意思，"你是想去哪里旅游吗？"

"不是。"卓蕴摇摇头，"你就没什么打算吗？我八月中旬走，你考完后有两个多月呢，这么长时间，你打算做些什么？"

赵醒归脱口而出："考驾照。"

卓蕴："除了考驾照呢？"

"哪方面啊？打篮球算吗？"赵醒归说，"我和徐教练说好了，高考完我就正式入队，还要办手续，要尽可能地随队训练，以后可以代表钱塘出去打比赛。"

这人真是不解风情，卓蕴干脆明着问了："我问你，那两个月你打算住哪儿？就一直待在家吗？"

赵醒归浓眉微蹙："不住在家，住哪儿？啊！"他似乎明白了卓蕴的意思，"你是不是想去哪儿住一段时间？"

很好，还不算太笨，卓蕴点头："对呀，你敢不敢？"

她没问"你愿不愿意"或"你想不想"，问的是"敢不敢"，赵醒归很迷惑："为什么不敢？去哪儿啊？六、七月很热的，要不找个凉快的城市？去北方？"

卓蕴咬咬牙，说得更直白了："我的意思是，我想拐跑你，你说你爸妈会答应吗？他们会不会不放心？"

赵醒归越听越糊涂："拐跑我？拐哪儿去？你是不是已经有什么想法了？"

卓蕴嘿嘿一笑，从裤兜里摸出一样东西，手一扬就抛给他，赵醒归接东西特别厉害，单手一捞就接住了，发现是一串钥匙，共有三把，钥匙扣上还系着一个红色蝴蝶结。

他问："这是什么钥匙？"

卓蕴说："我新房子的钥匙，就是生日礼物。"

赵醒归："啊？"

卓蕴指指那三把钥匙："第一把是院门，第二把是小楼的大门，第三把是房间门，是……你的房间。"

"我的房间？"赵醒归吃惊地问，"你还给我做了房间？"

卓蕴脸红了，小小声地说："也是我的房间。"

聪明的少年顿时面红耳赤，还是有些不敢相信："你是说，等我高考完，去你的新房子住？"

"对呀。"卓蕴给了他肯定的回答，"敢吗？小赵同学。"

赵醒归指指自己："我一个人过去？"

卓蕴耸肩："嗯哼。"

赵醒归又指指她："你和我一个房间？"

卓蕴点头："对，是带卫生间的主卧，还有露台，很清静，没人会吵我们。"

赵醒归："住两个月？"

卓蕴说:"也可以不住那么久,现在房子装修还在收尾,到时候可能会有点味道,少住几天没关系。"

赵醒归陷入沉思,因为这个消息的信息量太大了,和卓蕴一个房间?别说住两个月,就算只住一礼拜,用脚趾头猜都能猜到会发生什么。

卓蕴看着赵醒归奇奇怪怪的脸色,问:"你不愿意吗?"

"我愿意。"赵醒归毫不犹豫地回答,又说,"可我怕……"

卓蕴一把捂住他的嘴:"愿意就行了。"

赵醒归清亮亮的眼睛睁得老大,定定地看着她,卓蕴把手松开,赵醒归扑簌扑簌地眨着眼,低声说:"我可能会比不过他们。"

卓蕴:"谁?"

"你以前的男朋友。"赵醒归一直没问过卓蕴的感情史,觉得没什么好问的,过去的都过去了,可现在他不得不多想,"你不要拿我去和他们比,我争取好好表现。"

卓蕴无语极了,可恶的卓利霞,那番言论真是不能翻篇啦!她的确从未对赵醒归说过,自己其实没谈过恋爱,连初吻都还在呢。

"算了。"卓蕴突然有点不开心,作为一个女孩子,对喜欢的男孩发出这样的邀请已经很不矜持,这人还要叽叽歪歪,一副不情不愿的样子,完了还要装可怜,说什么"我可能会比不过他们"。什么意思呀?是内涵她情史丰富吗?还是影射她需求旺盛?怎么听都让人不爽!

卓蕴一把收了赵醒归手里的钥匙,说:"你当我没说,反正房子还没装修好,到时候味道太大,人住着也不舒服。"

赵醒归手里一空,刚到手的生日礼物已经没了,他很忐忑,不知道卓蕴为何生气,不安地叫她:"卓老师……"

"卓什么老师!"卓蕴发火了,"谁是你老师?我是老师吗?卓老师卓老师,你是小学生吗?当初叫你改口你不改,现在改不过来了吧?"

赵醒归愣了一会儿,眼皮垂下来,倒退轮椅把自己转到书桌边,对墙自闭。卓蕴张了张嘴,什么情况?说几句都说不得了?她还没气完呢!他先给她甩脸子了?

"赵醒归!"她在沙发上喊他,"我数一二三,你要是不回头,我就走了啊。一!二!"

赵醒归把轮椅转过来了,板着一张酷脸,薄唇紧抿,眼神凛冽。

卓蕴:"你什么意思?要吵架是不是?"

赵醒归看着她,眼神柔和下来,还有点委屈:"今天是我生日,去年生日,我妈骂我，今年生日，你又骂我。你们干吗非要挑我生日这天来骂我？这已经是你出国前陪我过的最后一个生日了，后面几年你都不能陪我过，你还骂我。"

卓蕴顿时哑火，赶忙跑过去安抚他："对不起对不起，赵小归，我没骂你，我今天来大姨妈，情绪有点不稳定。"

赵醒归叫她："卓老……蕴。"

"卓老蕴"拧了他一下："好好说话。"

"卓蕴。"赵醒归喊了她全名，仰起脸看着她的眼睛，认真地说，"我喜欢你，想对你好，你想要什么我都能给你，你想做什么我都会陪你。就算你想去爬山，我哪怕坐着台阶一级一级往上挪也愿意陪你上去，大不了就慢一点。唯独这件事不是由我说了算，你知道……我是截瘫，我本来是想等恢复得更好一点，再去试试。"

卓蕴揉着他的头发："赵小归，别有压力，我们不是一定要做什么，我只想邀请你来我家住几天，我在你家住过好多次了，我那儿你还没去过。"

赵醒归定下心来，向卓蕴摊开手掌："礼物还给我。"

卓蕴笑嘻嘻地把钥匙放回他手里，他将钥匙扣拎在眼前看，三把钥匙叮叮咚咚地撞击着，赵醒归问："你的房间在一楼吗？"

关于装修的事，卓蕴一直没告诉他，回答："你来了就知道了。"

这时，赵相宜跑上楼来敲门，探进脑袋说："哥，卓姐姐，妈妈让你们下楼吃饭！蛋糕我已经拿出来啦！"

卓蕴推起赵醒归的轮椅："走，小寿星，下楼过生日去！"

久兰花苑的装修进行得又快又顺利，硬装早已结束，全屋定制的柜子也已装好，卓蕴精挑细选地把家具、家电一一买齐，用的都是环保等级很高的材料，还请环保公司来做过除甲醛服务。

五月初，整套房子已是焕然一新，小院子里种上绿植，还搞了一块小菜地，边琳说她想种点蔬菜，卓蕴自然会满足妈妈的需求。

空下来时，卓蕴会和妈妈手挽着手散步到新房，简单地搞一下卫生，开窗通风，再讨论还要添置些什么小东西。

她揽住妈妈的肩，说："妈，以后这就是咱们的家，你喜欢吗？"

"喜欢，很喜欢。"边琳看着女儿，"小蕴，咱们总算是有个落脚处了。"

离婚后的这一年，边琳辗转搬家，卓蕴也是奔波不停，现在，一切都安稳下来，她们离开嘉城，在观县有了新家。

边琳压抑着过了二十年，对于如今的平静生活非常知足。观县是她父亲的老家，还留着一些远房亲戚，经过这半年走动，边琳与他们恢复了联系，觉得自己不再是孤单一人。

有一天，卓蕴和边琳去新房时碰到隔壁邻居钟大姐，钟大姐热情地与她们打招呼："你们装修好啦？什么时候搬进来呀？"

边琳说："再过一两个月吧，散散味道。"

钟大姐看着她们的院子，羡慕地说："你们这电梯装得可真好，装在外面，一点不占面积，我们当初根本没想过能装电梯，现在想弄也弄不了啦。"

边琳笑着说："都是我女儿弄的，我一点也不懂，她就是学设计的。"

经过小半年的接触，钟大姐已经知道边琳离过婚，是嘉城人，还有个儿子偶尔会过来，说："有女儿就是好，女儿贴心。哎呀，你们别看观县是个小地方，其实住着很舒服的，周围什么都有，以后你们娘俩住在这儿，再招个上门女婿，日子不要过得太好哦。"

听到"上门女婿"，边琳和卓蕴一起笑，钟大姐说："你们别笑呀，我们这里上门女婿很多的，小卓长得这么漂亮，对象肯定好找。对啦小卓，你有对象没？没有的话阿姨帮你介绍一个，有个小伙子呀……"

卓蕴忙说："谢谢阿姨，不用了，我已经有男朋友了。"

钟大姐问："是吗？我怎么没见他来过？这半年都是你一个人在弄装修，那个经常来的小伙子是你弟弟吧？"

"对，那个是我弟弟，我男朋友的确没来过。"卓蕴解释，"他最近在忙考试，要等考完才会过来。"

"考试啊？"钟大姐是个社交牛人，什么话题都能聊下去，"是考公务员还是考事业单位啊？我想给你介绍的小伙子就是公务员，在观县县政府上班。"

卓蕴："呃，我男朋友是……学历考试。"

钟大姐："哦哦，那是考研究生啊！大学还没毕业？"

卓蕴："对，呵呵呵呵……"

在那场全国最有名的"学历考试"开始前的一周，卓蕴赶到钱塘，住进C2小楼。赵醒归已经不再去学校，每天待在家里自主复习，功课没什么好准备的了，他对卓蕴说，最希望的就是每天都能见到她。

每个高考生都是家里的宝，赵醒归又是宝中之宝，潘姨每天绞尽脑汁地定菜单，力求荤素汤搭配合理，口味清淡，富有营养，绝不能让赵小少爷的肠胃出问题。

苗叔也很紧张，比自家儿子高考还要紧张，这几天恨不得要帮赵醒归洗澡、穿衣服，生怕他滑倒，搞得小少年哭笑不得："苗叔，我自己能做，不会摔跤的。"

卓蕴倒是对赵醒归很有信心，没那么一惊一乍，赵醒归在书桌前复习时，她就窝在他身后的沙发上，一边看书，一边捧着半个西瓜挖着吃。赵醒归累了，会转着轮椅来到她身边，与她聊聊天，卓蕴觉得自己就像个吉祥物，待在他房里的唯一作用就是帮他解压。

傍晚，天气凉快些的时候，赵醒归会去院子里练走路，当做放松。自从他的大腿恢复部分知觉后，经过几个月的练习，他已经可以撑着拐杖站立，继而挂拐行走。一开始用的是腋拐，练习几个月后换成了更轻便的肘拐，他撑着双拐在院子里来回走动，卓蕴陪在他身边，虚虚地挽着他的胳膊，能感受到他胳膊用力时绷起的肌肉。

来到那个摆着藤桌椅的休闲区台阶处，卓蕴先上台阶，鼓励赵醒归："试试看，能不能上来。"

赵醒归把双拐撑到台阶上，低头看着自己的双腿。他的膝盖以下至今没有感觉，所谓的抬脚和踢腿都是靠大腿肌力带动，卓蕴盯紧他的腿，见他抬起右脚，却不够高，垂落的脚尖踢到台阶边缘后又落了下去。

赵醒归试了好几次，右腿很努力地抬起，脚尖就一次又一次地去踢台阶，怎么都踩不上去。那样子很滑稽，像个没电了的机器人在不停地做重复动作，逗得卓蕴笑弯了腰，还要给他加油鼓劲。赵醒归自己都乐了，笑得身子都在抖："你别笑，你越笑我越使不上力气。"

"你鞋都要踢坏了！"卓蕴真要被他笑死，"换个左腿不行吗？你怎么这么认死理呀？"

赵醒归摇头："左腿不行，还没右腿有力气，我现在就只能抬到这个高度，这台阶太高了。"

"你撑住，我帮你。"卓蕴蹲下来，抓着他的右小腿放到台阶上，让脚掌踩实，"好了，你再试试。"

赵醒归右脚踩着台阶，双臂一用力，左腿就提上来了，左脚踩上地面后，他稍微失了些平衡，身子晃了一下，卓蕴赶紧抱住他："好了好了别玩了，马上就要高考啦，你要是摔跤我会被你爸妈骂死。"

赵醒归也不敢太放肆，撑着肘拐慢吞吞地原地转身，下台阶对他来说就轻松多了，卓蕴帮他把轮椅推过来，他坐回轮椅上，吁出一口气："走路的感觉真好。"

"是吧？"卓蕴推着他往后门走，"你现在已经走得很好了，以后会越来越好的。"

赵醒归很理智："不会一直好下去，到某个程度后就会停下来，不会再有变化，随着年龄增长，可能状态还会下滑。"

卓蕴说："没关系的，赵小归，我陪着你呢。"

轮椅上的赵醒归浅浅地笑了，对卓蕴的承诺非常有信心。

六月七号，高考来临，作为一名残疾考生，赵醒归去的是一间位于一楼的特殊考场。考场里只有两个考生，另一个考生是因为骨折，腿上打着石膏，也要坐轮椅。

　　见面后，那男生问赵醒归："你也是脚受伤了吗？"

　　赵醒归坦然地回答："不是，我是瘫痪。"

　　那男生表情尴尬，赵醒归倒是没什么反应，只淡定地整理着自己的东西。

　　考试在高温中进行，对赵醒归的体力是一项严峻的考验。为防万一，他穿着纸尿裤，渴了就喝水，摒弃一切杂念，把全部心思都放在试卷上。

　　考最后一门课时，赵醒归检查完最后一道题，放下笔来，望向窗外，知道他的高中生涯总算是结束了。

　　这天晚上的《钱塘新闻60分》节目有对高考结束的报道，考场大门打开，考完了的学生们一潮潮地涌出来，有家长送上鲜花，有考生相拥哭泣，有老师在考场外与学生们合影，大多数人喜笑颜开，自然也有人黯然神伤……

　　看新闻的观众们在众多考场外的剪辑画面中看到了温馨一幕，一个坐着轮椅的帅气男生夹在考生中离开考场，他穿着白衣灰裤，自己努力转着轮椅，有个扎着高马尾的漂亮女孩小跑着来到他面前，揉揉他的头发，递给他一支雪糕，最后推起他的轮椅消失在人群中。

　　这是最放松的一个夜晚，在紫柳郡C2小楼的三楼房间，赵醒归用音响放起轻音乐，又为自己和卓蕴准备了一大堆零食、水果和饮料，说要好好地庆祝一下。

　　他转着轮椅来到卓蕴面前，牵过她的手用力一拉，卓蕴便侧身坐在了他的大腿上，赵醒归用自己强有力的臂膀圈住了她，叫她无处可逃。

　　这是卓蕴第一次以这样的姿势与赵醒归亲密接触，两人的脸离得很近，能看见对方眼眸中那个小小的自己，卓蕴用双臂圈着赵醒归的脖子，红着脸问："我重吗？"

　　"我感觉不到，就只知道我抱着你。"赵醒归说，"你那么瘦，肯定不重。"

　　卓蕴说："你别看我瘦，我有一百多斤呢。"

　　"你个子高嘛。"赵醒归紧紧手臂，深邃的眼睛凝视着卓蕴，"小蕴，你还记得你说过的话吗？"

　　卓蕴眼珠子一转，开始装傻："什么话？不记得了。"

　　赵醒归说："你说，一切等我高考结束后再说，现在我考完了，你是不是应该兑现承诺？"

　　"我承诺什么了？"卓蕴的心扑通扑通地乱跳，"都不知道你在说什么。"

赵醒归微微一笑，眼睛里亮起耀眼的光，喉结"咕咚"滚了一下，哑声道："小蕴，送我一份毕业礼物，可以吗？"

这一次卓蕴没躲，依旧抱着他的脖子，他慢慢向她靠近，挺拔的鼻梁已经蹭到了她的鼻尖，那双漂亮的眼睛里是深不见底的眷恋，连呼吸都开始变得急促，他第二次发问："可以吗？"

卓蕴的心软成了一摊水，柔声回答："可以呀。"

听到她的回答，赵醒归浅浅地笑了，他半垂着眸，鼻尖蹭着她的鼻尖，是两人间从未有过的亲昵姿势，试探过一回又一回，你退，我进，你进，我退……终于，赵醒归微微抬起下巴，嘴唇碰到了她的唇。

他轻轻地舔了一下，是柔软的触感，下一秒，礼尚往来，他也被舔了。他决定咬她一口，真的付诸了行动，很快又被反击。在一次又一次小鸡互啄般的舔舔和咬咬后，赵醒归再也忍不住了，抬起头，闭上眼，与怀里的女孩缠绵又炽烈地吻在一起。

这是他渴望已久的一个吻，眼泪不受控制地溢出眼眶，他怀里的人是卓蕴，是他心心念念的卓老师，是 Mikey 的 Zoe，是他躲在浴缸里放飞自我时唯一会幻想的人。

她好香啊，身体还那么软，赵醒归品尝着她的滋味，什么烦恼都忘记了，那些受过的委屈、恶意中伤的话语、出门时遭遇的奇怪视线、数次手术后漫长又痛苦的恢复期、辛苦复健时淋漓的汗水、坐在轮椅上的种种不便……统统都忘记了。

一个绵长的亲吻终于结束，赵醒归气都要喘不上来，唇齿分开后，才重新睁开眼睛去看怀里的人，发现卓蕴也在看他。她像他一样急促地呼吸着，双颊绯红，抿着唇，眉眼弯弯，嘴角的小梨涡忽隐忽现。

发现赵醒归的眼尾闪着泪光，卓蕴一愣，问："你哭了？"

"没有。"赵醒归嘴硬，又将她抱紧些，用唇去触碰她左嘴角的梨涡，还用舌尖勾了一下，卓蕴抵住他的胸膛，嗲嗲地说："干吗呀，有完没完了……"

赵醒归终于感到难为情，把脑袋埋到她的肩窝里，连耳朵尖儿都是红的，轻声说："我是第一次，你应该不是，我要是做得不好，你以后可以教我，我怕你不喜欢，刚才……你感觉好吗？"

卓蕴觉得，要是告诉他"这也是她的初吻"有点儿没面子，小少年估计要笑话她。刚才接吻时，一直是赵醒归处在主动地位，是他撬开了她的齿关，是他先伸的舌头，是他含着她的嘴唇与她勾缠不休……说他青涩吧，也不是，他一直都在勇猛进攻，自学成才，让卓蕴非常喜欢，小心脏都"扑通扑通"跳得飞快。但要说他技巧好吧，也没有，他俩磕过牙，还咬过舌头，有那么一阵子呼吸都乱套了，要不是看到小少年投入的表情，卓蕴差点要笑场。

"我感觉……还不错。"卓蕴装出一副经验丰富的样子，抱着赵醒归的脑袋，捏捏他通红的耳垂。

赵醒归抬眸看她，问："现在，咱俩是什么关系了？"

"哼，我哪知道。"卓蕴的眼神飘来飘去，就是不肯正面回答。

赵醒归将她抱得更紧，说："卓蕴，我喜欢你，做我女朋友吧。"

卓蕴挣了一下："你抱那么紧干吗啦！"

"回答我。"赵醒归眼神灼热，"做我女朋友，好吗？"

"好啦好啦。"卓蕴放弃挣扎了，脸羞得通红，"你先松开我，你好烦啊。"

赵醒归笑得露出一排大白牙，松开怀抱后又抓起卓蕴的手，摩挲着她的手指："我会好好对你的。先说好，你知道我截瘫，坐轮椅，虽然我能站起来，也能拄着拐杖走路，但和普通男人肯定没法比，以后，你要是用这个理由来甩我，我可不答应。"

卓蕴说："我不会。"

赵醒归又说："我会去看医生，如果我们结婚，我会想办法和你做……"

"停停停。"卓蕴头疼地捂住他的嘴，"赵小归，咱们以后再说这个，好吗？"

"唔。"赵醒归点点头，卓蕴才把手松开，赵醒归立刻说了下去，"我爸说这件事很重要，我得和你说清楚，到时候万一你不满意，可以用这个理由来甩我，我能理解。"

卓蕴捂住脸："拜托，别说了行吗？"

"好，不说了。"赵醒归想起一件事，揽过卓蕴的肩，拿起手机，用前置摄像头自拍。

卓蕴以为他是在拍照，没想到他竟是在录视频，看着屏幕上佽偎着的两张笑脸，赵醒归说："今天是二〇一X年六月八号，高考结束的日子，我身边这位……是我女朋友，从今天开始，我们正式在一起了。来，小蕴，你也说几句。"

卓蕴哀嚎："天啊！说什么呀？"

赵醒归："说我是你的谁。"

卓蕴只能对着镜头挥挥手："嗨，我是 Zoe，我身边这位是 Mikey，是……我的男朋友。"

初恋甜蜜的男孩听到这句话，整颗心都酥了，转头就往卓蕴脸上"吧唧"亲了一口。

"讨不讨厌。"卓蕴推他，又对镜头说，"今天是我们在一起的第一天，我祝 Mikey 同学升入大学后学业顺利，天天开心，身体越来越棒！打球水平 up up up！早日加入国家队，去打亚运会、奥运会！成为MVP！我说完啦！"

赵醒归还举着手机，转头看着她："最后亲一个。"

卓蕴往边上躲："不要。"

"留个纪念。"赵醒归坚持，"以后，我可以拿出来看的。"

卓蕴大叫："你为什么要看这种东西啊？"

赵醒归的眼神黯淡下来："你要出国，我会有很久见不到你。"

看着少年不舍的表情，卓蕴心尖儿一阵疼，向他倾过上身，又一次含住了他的唇。

浅吻轻啄时，赵醒归还低声地笑，说："甜的。"

卓蕴闭上眼睛，伸臂环住他的脖颈，彻底地陷在他的温柔里。

（3）

一周后，赵醒归带着他的搬家小分队来到观县。

浩浩荡荡三辆车，装满了赵小少爷的家当，包括那些很占面积的康复设备，还有他宝贝的轮椅车头。

赵伟伦和范玉华都来了，赵伟伦在车上调侃儿子："小赵同学，你这架势不像是来住几天啊，我怎么觉得你是要上门入赘了？"

范玉华笑着说："干脆真入赘得了，刚高考完就要离家出走，这个儿子养着还有什么意思？"

赵醒归不吭声，赵伟伦不再说笑，认真地叮嘱儿子："小归，你住到小卓家，要听话，懂礼貌，能自己干的事都要自己干，平时也帮忙做些家务，比如吃完饭洗个碗什么的，自己的内衣裤要自己洗。千万别和小卓吵架，你是男孩，她是女孩，你别仗着自己小几岁就任性闹脾气，知道不？"

范玉华插嘴："他哪敢在小卓这里任性闹脾气？你别看小卓平时总是笑嘻嘻，其实厉害着呢！"

她从副驾回头看儿子："赵醒归你记住，爸妈不在，你自己机灵点，嘴巴要甜，花钱要大方，女孩是要宠着哄着的。万一你惹小卓生气了，妈妈教你一个办法，你去求你边阿姨，她铁定帮你。"

赵伟伦哈哈大笑，赵醒归都无语了："我不会惹她生气的！"

范玉华收起玩笑，忧心地看着儿子："小归，你还是头一回离开家去外边住，这和住院不一样，你身体不好，有些事不要逞强，要人帮忙就说，别自己硬扛，妈妈给你带了些常用药，反正到时候老苗也在，你先适应几天，没问题的话再让你苗叔回来。不是爸爸妈妈信不过你，我们只是不放心。"

赵醒归说："我知道，我会注意的。"

苗叔在后头开车，被委以重任，陪赵醒归在观县住一周，确定赵醒归的生活没问题后，苗叔再回去。

车子开到观县久兰花苑，赵伟伦找到卓蕴家的院子，赵醒归从车厢转移上轮椅，抬头往院子里看，惊讶得瞪大了眼睛，赵伟伦和范玉华也都呆立当场。

卓蕴早已准备妥当，听到外头的汽车声，从小楼里跑出来，欢快地冲他们招手："叔叔阿姨，赵小归，你们来啦！"

她跑到格栅院门后，对赵醒归说："你不是有钥匙吗？自己开门呀！"

赵醒归还处在震惊中，从裤兜里摸出钥匙，挑了一把插进锁眼，"咔嗒"一声，院门打开了，一个漂亮的庭院和一栋崭新的三层小楼便出现在他们面前。

久兰花苑是二〇〇〇年左右建起的小区，在当时没有太过明确的风格，品质远远比不上紫柳郡。小区里有各种户型的合院，年份久了，大多显得老旧杂乱，甚至还被搭出些违章建筑，也没人管。

边老爷子买的这栋算是二合院，三层小楼经过重装，外墙是深灰色，搭配着大面积落地玻璃窗，呈L形布局，包着一个大院子，与周围几栋房子相比，不管是房子还是院子，卓蕴的新家都显得与众不同。最吸引人眼球的并不是那部装在房子外的电梯，而是院子里那个高高的、标准规格的篮球架。刺眼的阳光下，赵醒归抬头看向篮板，心想，卓蕴怎么会在院子里装篮球架？还在围墙上竖起兜网，在地上画出了包括罚球线在内的三秒区。

他看向周围，还有更多的惊喜，卓蕴居然沿着围墙做了一圈红蓝相间的塑胶步行道，步行道的尽头是一段带栏杆的斜坡，坡度很平缓，一直通往一楼的入户大门。

站在院子里，卓蕴指着各个方位给赵伟伦夫妻和苗叔做介绍："我没做太多绿化，我妈对种花种草兴趣不大，比较喜欢种菜，所以我就在那儿给她搞了块菜地。"她又指着一块小空地说，"那边是烧烤区，天气好的时候可以在户外烧烤，烧烤架和户外桌椅再过几天才能寄到，还有一把很大的遮阳伞。"

"哦，还有那个电梯。"卓蕴指着那部加装在室外的电梯说，"一开始我想做成透明的，类似观光电梯，后来觉得隐私性不够，就还是用钢筋混凝土圈梁做井道，没有观光电梯那么通透，但我觉得，在自己家还是自在些比较好，别穿个睡衣坐电梯都能被外头人看到，那就糟心了。"

赵醒归转着轮椅跟着她，看向那部外观颜色、风格与小楼完美融合的电梯，专注地听卓蕴讲解。卓蕴有点不好意思："我第一次装修房子，有些地方还是考虑不周，其实我的想法很简单，就是想尽量在院子里留出更宽敞的活动区域，小归来了可以打打球，练练走路，我们小区没有篮球场，我怕他手痒。"

赵伟伦心里早已感动得一塌糊涂，诚恳地对卓蕴说："小卓，你真的有心了，还为小归考虑这么多，谢谢。"

"叔叔您别这么说。"卓蕴更难为情了，"也是因为我懒，不爱种花草，院子空着也是空着，刚好给小归玩。啊，我们进去吧，外头太热了，赵小归，你从这儿上。"

卓蕴领着赵醒归从坡道上去，边走边问："你能自己上吗？会不会吃力？"

赵醒归转着轮椅，不用抓栏杆借力，轻松地就上了坡道："不吃力，这坡不陡，过得很舒服。"

范玉华跟在他后面也从坡道上，回头看看那圈塑胶步行道，对儿子说："小归，你看看那条路，小卓连偷懒的机会都没给你留哦。"

赵伟伦和苗叔从楼梯上去，一起大笑，边琳听到声音后打开门，热情地招呼着他们："来啦？快进来快进来，到里头吹空调。"

边琳依旧留着短发，衣服也穿得朴素，但再也没有愁眉苦脸的神情，笑容很舒展，脸色都变得红润许多。大家在玄关处换上拖鞋，赵伟伦把乔迁新居的礼物送给边琳，在卓蕴的带领下开始新一轮的参观。

整套房子是浅色系，北欧现代风，白色家具为主，简约清爽，柜子多为定制，一眼望去空间极为宽敞，不管是常人行走转身，还是赵醒归的轮椅移动，都不会磕磕碰碰。

"一楼是个错层，就有点麻烦。"卓蕴指着那与餐厅落差半米的大客厅说，"我直接把楼梯去掉了，整个儿做坡道，这段坡道做得特别缓，所以就比较长，栏杆必须要有，可能会影响美观，但这样更安全。"

那段坡道沿着墙，长度足有六七米，所有人都得从那儿下客厅。赵伟伦观察了一下，卓蕴的想法没错，坡道入口就是原本台阶的位置，有了坡道就不能有台阶，留着台阶就不能装坡道。为了赵醒归能顺利地去客厅，卓蕴果断地放弃了台阶。

她带大家去看位于一楼的厨房、客卫和客卧，客卧给苗叔住，厨房特别大，用的是玻璃移门，没什么特别之处。倒是客卫，做了无障碍装修，门是定制的，比普通房门要来得宽，还在马桶边加装上扶手，洗脸台前空间也很大，足够赵醒归使用。

卓蕴笑着说："二楼的客卫没这么搞，二楼是我妈和我弟的房间，三楼的房门都是定制的，比较宽，小归进出会更方便。"

电梯门开在一楼厨房边的墙上，卓蕴带大家坐电梯下地下室，地下室不大，刨掉了一楼客厅的面积，顶上开着一溜气窗。卓蕴没做别的功能房，直接做成了复健室，地面做了防滑处理，空空的屋子等待赵醒归的复健设备搬进来，他可以在这里穿着外骨骼机器人练走路。

离开地下室，大家上二楼，二楼朝南带阳台的是边琳的房间，朝北那间归卓蘅，原本还有个储藏室，被卓蕴重新隔过墙，变成了一间七八平米的工作室。

"这是做什么的呀？"范玉华看着那张宽大的工作台问。

卓蕴说："哦，这是给我妈妈用的，我妈妈很喜欢做一些手工活，编织啊，刺绣啊之类的，还喜欢画画，在房里弄很容易搞乱，我就给她做了个小房间专门捣鼓这些东西。"

边琳也跟在他们身后，害羞地低下了头，范玉华说："小卓妈妈，你这么能干的呀？小卓会画画，原来是遗传的你！"

"没有没有，就是玩玩的。"边琳很惶恐，"我很久没弄这些了，小蕴说让我有空可以继续玩，我、我还没想过，以后再说吧。"

参观完二楼，一行人来到三楼，赵醒归的心脏怦怦怦地跳起来，因为这是他的房间，也是卓蕴的房间，卓蕴根本没给他缓冲的机会，说晚上他们就要一起睡在这里。

面对赵伟伦和范玉华，卓蕴表现得落落大方，很自然地打开房门，说："叔叔阿姨，这就是我和小归的房间。"

主卧很大，和赵醒归在紫柳郡的房间面积差不多，居中摆着一张两米宽、两米二长的大床，床尾没有电视柜，直接在墙上装着一台电视机，方便赵醒归通行。

床边是两个床头柜，靠墙的那面是衣柜，靠窗那面摆着一组双人沙发和一个储物柜，没有茶几，使得床两边的空间都很宽裕，赵醒归从哪儿都能上床。

另一个房间是书房兼画室，有一面墙的书柜，还有一个简易茶吧，底下的柜门里藏着一台小冰箱。卓蕴在墙上定制了一块两米多长的木头桌板，底下全空，是一个舒适的二人位工作台。

书房外有一个大露台，赵醒归转着轮椅来到露台上，可以看到院子的全貌，天空很蓝，空气燥热，他静静地看着那个篮球架，心潮起伏不休。卓蕴来到他身边，伸手搭住他的肩，笑问："你觉得这房子怎么样？"

赵醒归抬头看她："你为什么要这么装修？"

卓蕴觉得这问题很奇怪："你不喜欢吗？"

"不是，我就是太喜欢了。"赵醒归看了下栏杆高度，把脚放下地，双手撑着栏杆站了起来，栏杆到他胃的位置，怎么都不会失去重心栽下去。这也是卓蕴特地设计的，因为赵醒归个子高，她考虑到他可以在露台练站，栏杆做得太低会不安全。

卓蕴挽住他的胳膊，与他依偎在一起，甜甜地说："你喜欢就好。"

谁都能看出来，卓蕴装修这套房子花了很多心思，除了满足边琳和自己的需求，考虑最多的就是赵醒归生活在这里是否方便。赵醒归终于明白那串钥匙为什么会是一份生日礼物，刚看到院子时，他还想过要问问卓蕴：你这样装修，不怕以后我们会分手吗？

可现在，他哪里还问得出口？卓蕴对他毫无保留，花了近两百万元，为他打造了一栋漂亮又舒适的无障碍房。他若是真问了那个问题，就是对卓蕴的亵渎，也是对自己的侮辱。

赵醒归左手撑住栏杆，右手揽过卓蕴的肩，手掌在她胳膊外侧重重地摩挲，转头亲吻她的额头，说："谢谢，我真的很喜欢，谢谢你，小蕴。"

卓蕴把脑袋搁在他肩膀上："跟我还客气啥？我要把你拐过来，总要花点血本，小赵先生不好糊弄啊，多挑剔的人。"

赵醒归失声而笑，又一次放远目光，望向远处的蓝天。

参观完房子，赵伟伦一行人回到客厅，边琳让他们在沙发上坐，她准备了很多零食水果，又让卓蕴给客人们泡茶。

"小归妈妈，晚上在这儿吃饭。"边琳对范玉华说，"我买了很多菜，你们一定要尝尝我的手艺。"

她很紧张，怕赵伟伦夫妻会拒绝，范玉华却爽快地答应下来："好的呀，小卓老和我们说你做菜很好吃，我们今天算是有口福啦！"

边琳高兴极了："那你们先坐着，我去厨房备菜。"

大家在客厅边吃东西边聊天，卓蕴说起自己的装修经历，可以说三天三夜，范玉华怪她："你怎么都没提前告诉我们？我看小归刚才都傻眼了，他一点都不知道的吗？你也太会保密了！"

卓蕴得意洋洋地笑着："我想给他一个惊喜嘛，其实这就是我作品集里最后的一件作品，效果图和现在的实际情况有点不同，大方向没变化，我自己还挺满意，不过，到底及不及格，就要小归住过以后给我打个啦。"

赵醒归正在吸溜果冻，听到她的话后抬起眼来："满分多少？"

卓蕴说："一百。"

赵醒归点点头："好，等我走的时候给你打个分，外加一份用户体验小作文。"

赵伟伦夫妻和苗叔一同大笑，卓蕴气得去挠赵醒归的痒："你还来劲了是吧？"

晚上，边琳做出一大桌拿手菜，还有梭子蟹和皮皮虾，大家围着餐桌剥蟹剥虾，吃得很热闹，范玉华对边琳的厨艺赞不绝口，边琳难为情地说自己做的就是家常菜，不像潘姨那么厉害。

"小卓会做菜吗？"赵伟伦随口问了卓蕴一句。

卓蕴尴尬地摇头："不会。"

范玉华看向儿子："唉，小归也不会。"

赵醒归正在剥虾，轻声说："我会学的。"说着，就把剥出来的一只虾肉放进卓蕴的碗里。几个大人你看我，我看你，脸上渐渐都露出笑容，赵伟伦无奈地摇摇头，开始认同妻子的话，这个儿子养着真没什么意思。

吃完饭，又聊了会天，赵伟伦和范玉华提出告辞。边琳和卓蕴把时间留给他们一家三口，范玉华看着儿子，说："来之前我还挺担心，现在一点都不担心了，小归，好好享受这个假期吧。"

"嗯。"赵醒归点头，"爸，妈，再见。"

"这么盼着我们走啊？"赵伟伦弯腰对儿子耳语几句，赵醒归的脸一下子就红了，赵伟伦大笑着直起身来，揉揉儿子的头发，"我们真走啦，你乖乖的，别闯祸啊。"

边琳和卓蕴送他们出门，互相道别，赵伟伦与范玉华并肩离开院子，范玉华回过头，不舍地看向那幢亮着灯的小楼。赵伟伦揽住妻子的肩："走吧，别看了，儿子大了，总有这一天的。"

"他才十九岁。"范玉华还是觉得不可思议，"我不会很快就要做奶奶了吧？"

"那应该不会。"赵伟伦乐死了，"咱们应该高兴才对，小卓是个好姑娘，你也看到了，她对小归多么上心。"

范玉华说："可小卓也很年轻啊，我总怕她会后悔。"

赵伟伦说："找到了对的人，就不会后悔，他们本来就是奋不顾身的年纪，我不觉得有什么可担心的，你要对咱儿子有信心。"

热闹了半天的房子渐渐安静下来。边琳没让女儿帮忙收拾，让她陪赵醒归上楼休息，自己一个人在厨房洗碗。苗叔朝厨房张望过几眼，还是走了进去，说："小卓妈妈，碗很多呢，我来帮你吧？"

边琳哪里会让他动手，慌里慌张地把苗叔给推了出去。

苗叔与边琳之前见过几次，第一次是在嘉城订婚宴上，两人一句话都没说。第二次在北京，他们被范玉华拉出去一起吃饭，还是一句话都没说。后来回到钱塘，边琳去 C2 小楼做客，又和苗叔见过几面，依旧没怎么交谈，所以这时候，两人已是大半年没见，突然要同住一个屋檐下，自然感到拘谨，苗叔帮不上忙，在一楼客卫洗过澡后就匆匆回房，都懒得去管赵小少爷在三楼过得怎么样。

此时的赵小少爷正在三楼卫生间捧着水缸给小乌龟换水，小乌龟酒酒来到他家快满一年，这一次，赵醒归把它也带来了。

换完水，赵醒归把水缸搁在大腿上转去书房，把水缸摆好后，他转动轮椅，就看到卓蕴倚在门框上，抱着手臂笑嘻嘻地看着他。赵醒归眨眨眼睛，大概是因为处在一个陌生的环境，脸色不太自然，问："你笑什么？"

"笑都不能笑啊？"卓蕴踩着猫步走向他，笑得更加嚣张，赵醒归却越发紧张，肩背绷得紧紧的，卓蕴穿着连衣裙，侧身坐在他腿上，用手指勾他下巴，"小赵同学，这下子你可跑不掉啦。"

赵醒归的胸膛起伏着，却没抬手去抱她，低声说："我刚碰过乌龟，手脏，要去洗个手。"

"别洗手了。"卓蕴环住他的脖子，如水的眼波撩着他脆弱的神经，"直接洗澡吧，我已经在放水了。"

赵醒归觉得呼吸都困难起来，闭了闭眼，艰难地说："我们一起洗吗？会不会……太快了？我还没做好准备……"

"谁和你一起洗？想什么呢？"卓蕴揪揪他的脸，"你自己去洗！还想洗鸳鸯浴啊？"

赵醒归松了一口气，拿好换洗衣服，转着轮椅去主卫。主卫很大，布局竟和他紫柳郡的卫生间如出一辙，连浴缸大小都差不多，马桶边安着扶手，台盆高度特别合适，毛巾挂钩有高有低，卓蕴几乎是复刻了一个他惯用的卫生间给他。

浴缸里已经放满了热水，赵醒归在轮椅上脱掉衣裤，转移到马桶上上厕所，上完后又把自己挪到浴缸上，摆好双腿，慢慢地浸入水中。

他洗了个舒服的热水澡，洗完后开始纠结，最后还是探出上身，打开一条纸尿裤摊开在轮椅上，擦干身体后把自己转移回轮椅，低着头穿上了纸尿裤。这是没办法的事，他不敢冒险，睡梦中他依旧无法控制小便。

赵醒归又穿上一条运动长裤，套上一件白色短袖T，把换下的内裤、袜子、T恤和长裤放进脏衣篓，挠挠头，突然记起爸爸的话，这些衣服他得自己洗，T恤和长裤应该可以用洗衣机吧？赵醒归把内裤和袜子拎出来，来到台盆前搓洗起来。

卓蕴在外头等了半天，忍不住过来敲门："赵小归，你没事吧？"

赵醒归打开门，手上还沾着肥皂泡："没事，我洗完了，在洗衣服。"

卓蕴好笑地看着他："怎么这么勤快啊？那你洗快点，我想洗澡了。"

赵醒归："嗯。"

卓蕴刚走开几步，又回过头来，扒着门问："那个，床，你想睡哪边？你先挑。"

赵醒归说："窗子那边吧，那边比较宽敞。"

"行。"

卓蕴走了，赵醒归继续搓着他的内裤和袜子，刚刚才平静下去的一颗心又跳乱起来。

洗完衣服，赵醒归把小脸盆搁在腿上出了卫生间，卓蕴陪他去露台晾晒，那边有一个落地晒衣架，赵醒归几乎没做过这种家务活，用衣架夹起内裤和袜子往晒衣架上一挂，才想起卓蕴就在边上看。

黑色小内裤就晃荡在卓蕴眼前，两人同时沉默下来，卓蕴手指挠挠鼻子，转身往屋里走："我去洗澡，你也别待外头了，有蚊子。"

赵醒归回到主卧，轮椅在床边打了几个转，才把自己挪到大床上，扯过薄被盖住腿。电视不想看，手机也不想玩，他靠着床背，能感受到自己重重的心跳，不知在等待什么。

半小时后，卓蕴出来了，赵醒归扭头看向她，她已经吹干头发，穿着一条黑色真丝吊带裙，明艳的脸庞、玲珑的身材、雪白的肌肤，还有柔媚的眼神……整个画面都刺激着赵醒归的眼睛。

虽然卓蕴说过只是邀请他过来住几天，不是非要做些什么，可现在种种迹象已经将少年逼上绝境。漂亮的女人都是骗人精，赵醒归深深地觉得，这一晚，他估计躲不掉了。

卓蕴觉得赵醒归的表情真是精彩纷呈，不枉她换上这条美美的新睡裙。这是苏漫琴送给她的生日礼物，她一直藏着没穿，就想穿给赵醒归看，要的就是这个效果。

房里的灯光是暖黄色，窗帘紧闭，卓蕴还在桌上摆了香氛，中央空调吹着风，整个房间弥漫着淡淡的香气。她像猫一样爬上床，迎着赵醒归炙热的目光，跨坐在他腿上，抱住他的脖子，低头吻住他的唇。

赵醒归情不自禁地将背脊离开床背，上身坐得笔直，搂着她的腰，温柔地与她接吻。吻着吻着，两人的呼吸都急促起来，手也离开原本的位置，变得肆无忌惮。赵醒归脑子里在打仗，还想垂死挣扎一下，哑哑地叫她："卓、卓蕴，不要……"

"为什么不要？"卓蕴不依，咬着他的耳朵，"我等你毕业，等好久了。"

赵醒归说："可我还没准备好……"

"你要准备什么呀？"卓蕴小声说，"东西我买了。"

赵醒归喉结不停滚动，简直要疯，捉住她放肆的手，低着头不停喘粗气："今天先不要，可以吗？我、我……"

"好吧。"卓蕴没勉强，直接松开了他，"反正你人都来了，跑也跑不掉，你要是敢不听话，我就把你的轮椅藏起来，看你往哪儿跑。"

赵醒归抚着左胸，心想，好险，这是不是算躲过了？

这时，卓蕴用食指勾起他的下巴，抬起大腿跪在床上，居高临下地挑着眉说："现在，我要听你夸我。"

赵醒归羊入虎口，特别老实："你真美。"

卓蕴的脑袋往下一垂，很无语的样子："我是说房子，房子！"她揉乱赵醒归的头发，"你不觉得我装出这个房子很厉害吗？全是我一个人弄的！这事儿我能吹三年！人都瘦了十斤呢！"

装修房子非常辛苦，卓蕴因为要保密，一直没对赵醒归抱怨过，这天向赵叔叔、范阿姨展示成果，心里其实得意坏了，就想让他们多夸夸，面上还要保持云淡风轻的样子，憋了一天，这时候才露出真面目来。赵醒归笑着抱住她，由衷地夸奖："你真的很厉害，这么大一套房子，要我弄我都弄不来，你装得漂亮极了，还为我考虑这么多，我真的很喜欢。"

也不怪卓蕴要骄傲，她才二十二岁，已经成了一家之主，边琳没什么主见，什么都听她的，卓蕴想起前几个月白天泡工地、晚上熬夜改图纸的辛苦经历，再想起赵醒归参观房子时的惊艳眼神，心里的喜悦就噗噗直冒，觉得一切的付出都值得了。

她窝在赵醒归怀里，嘀嘀咕咕地对他讲装修时遇到的困难，赵醒归听得很认真，边听边夸，讲到后来，卓蕴说："以后暑假我回来，你可以来这儿住一阵子，三楼就是我们的小天地，没人会来打扰我们，你说好不好？"

怎么会不好呢？赵醒归温香软玉抱满怀，心里美滋滋，闭着眼睛蹭蹭她的脸说："好。"

"嘿嘿。"卓蕴吹牛结束，被夸得心满意足，这时才掀开被子钻进被窝，发现赵醒归竟穿着一条运动长裤，奇怪地问："咦？你为什么要穿长裤睡觉？"

赵醒归脸色尴尬，卓蕴乐坏了："赵小归，你在我面前害什么臊？我又不是没见过你穿内裤，赶紧脱了，也不嫌热哦。"

赵醒归不想脱，也不敢脱，拽着裤腰说："我怕冷，就穿裤子睡。"

"冷吗？"卓蕴往床下爬，"那我去把空调打高点，你别穿长裤，不舒服。"

赵醒归一把拉住她的胳膊："卓蕴！"

卓蕴回头看他，赵醒归难以启齿，纠结半天还是说了出来："我没穿内裤，我……穿着纸尿裤。"

卓蕴愣住了，她知道赵醒归有时候会穿纸尿裤，比如长途坐高铁，还有高考时。

她曾在医院陪他过夜，他插着导尿管，没说过这个话题。平时，赵醒归也刻意避免说到这些，只说过他的睡眠质量很一般，翻身容易醒，睡醒时双腿偶尔会痉挛发作。卓蕴想当然地认为赵醒归睡觉就和普通人一样，穿着内裤就行。

他们相识快两年，第一次在家里同床过夜，卓蕴才发现，自己其实并没有那么了解他。她心里泛起圈圈涟漪，知道赵醒归是刻意隐瞒这些，这小坏蛋一直拖到现在，瞒不下去了才和她说，估计是对这件事很介意，怕说了她会嫌弃。可这是一个客观事实，总要面对，总要解决，卓蕴不觉得这问题有多大，决定趁这机会，好好了解一下赵醒归的生活日常。

她又在他大腿上坐下，问："你平时睡觉都穿吗？"

赵醒归："嗯。"

"不穿会怎么样？"

"不穿……"赵醒归垮着肩，垂着眼，像是在接受拷问，"大概率会尿床。"

卓蕴笑了一声，赵醒归懊恼极了："你还笑？"

"对不起。"卓蕴真的没憋住，听到"尿床"这个词就联想到肉嘟嘟的小宝宝，她抱住赵醒归，"是不是会很不开心？"

赵醒归声音低低的："快二十岁的人了还尿床，谁会开心？"

卓蕴语气轻柔："你之前为什么不告诉我呀？我一直以为你晚上和白天一样，小便都能起来上。"

赵醒归说："睡着了感觉不到的，我白天时的感觉也没你们这么灵敏，还是训练过才总结出的一些经验。如果这种感觉到你身上，你可能根本不知道是身体在告诉你要去上厕所。我白天勉强可以控制，晚上真的不行，如果不穿纸尿裤，我都会紧张得睡不着，白天会没精神上学，所以……我每天都得穿，就为了好好睡一觉。"

卓蕴明白了，又指指他的裤子："那你平时也穿长裤吗？"

赵醒归摇摇头："不穿，但我会用护理垫，就是尿垫，有时候纸尿裤没穿好，或是我翻身时动作太大了，会……漏。"他没那么紧张了，神情越来越坦诚，"你上次说让我过来住，说我要和你睡一个房间，我当时就想告诉你，就是一直开不了口。其实我觉得我不适合和人一起睡，我睡觉时翻身动作很大，怕会影响你的睡眠，要不……我去睡卓蘅的房间？"

卓蕴瞪大眼："不行！"

开什么玩笑？好不容易拐过来的男朋友，哪能放他走？她去拉赵醒归的裤腰："你把裤子脱了吧，平时在家什么样，在我这儿就什么样，现在是夏天，我想蹭你腿，冰冰的，很舒服。"

赵醒归没再嘴硬，在卓蕴的帮助下把长裤脱掉了。卓蕴还是头一回看到他穿成人纸尿裤的模样，其实没那么夸张，白色的纸尿裤和婴幼儿用的差不多，两侧腰上用胶粘片粘接，变成一条短裤，两条细白长腿从裤腿里伸出来，并不会走光。

卓蕴按了下赵醒归的右大腿，经过几个月的锻炼，效果似乎不大，肌肉捏起来还是松松软软的，没有像他们预期的那样能紧实一些。两人都没心急，知道急也急不来，赵醒归每天大多数时间还是坐着，只靠那一两个小时的锻炼，肌肉萎缩很难恢复。

卓蕴的手掌没离开他的右腿，微微用力，问："感觉到了吗？"

"嗯。"赵醒归闭上眼，惬意地靠回床背，"来，考试吧。"

这是他们常玩的一个游戏，卓蕴会用不同的手劲去摸他腿，让他回答是左腿还是右腿。只是平时玩的时候赵醒归都穿着长裤，这还是第一次，卓蕴直接按到他的大腿皮肤。

手劲大，他肯定能感觉到，卓蕴现在喜欢轻轻地按，有时候还挠挠，这可苦了赵醒归，真的要调动全部的注意力才能有那么一丝丝感觉，有时还会答错。

"左腿。"

"对。"

"还是左腿。"

"对。"

"右腿。"

"对，真棒！我手很轻啦。"

"……左，不是，右腿？"

"错。"

赵醒归一直闭着眼，玩过几轮后，眉头渐渐皱起来，卓蕴还要催他："回答呀。"

赵醒归凝神感受，左？还是右？怎么都没什么感觉？他说："你再稍微用力点，我感觉不到。"

卓蕴："哦。"

她的声音里带着戏谑的意味，手劲儿也大了些，这下子赵醒归感觉到了，身子都抖一下，猛地睁开眼睛低头看，她果然在使坏。

赵醒归去捉她的手："你别闹。"

卓蕴对他做鬼脸，没让他捉到，继续使坏，两个人四只手拍来拍去，跟打起来似的。赵醒归觉得要糟，原本以为自己卖过惨，已经躲过一劫，现在发现他女朋友一点都不善良，压根儿没打算放过他。

"我今天刚过来。"赵醒归要能跪，真要给卓蕴跪下，"你就让我好好睡一觉吧。"

卓蕴不高兴了，作为一个大美人，穿着新睡裙，洗得香喷喷，却三番两次被男朋友拒绝，真的很没面子啊！她语气冷下来："你真没劲，试试都不行？哼。"

她钻进被窝，"啪嗒"关了顶灯，房间顿时陷入黑暗，她又拉过被子卷到身上，也不管赵醒归有没有被子盖，背对着他侧身躺下，不想理他了。赵醒归知道自己连拒两次，彻底惹毛了卓蕴，撑着床面向她靠过去些，叫她："卓蕴。"

卓蕴哼都没哼一声。

赵醒归："卓老师。"

卓蕴纹丝不动，赵醒归伸手搭上她的胳膊，黑暗中，掌下的触感很是不一样，她胳膊上的肌肤细腻柔滑，摸着特别舒服，赵醒归忍不住就捏了几下，卓蕴拍开他的手："别碰我。"

赵醒归呆了几秒，躺下来，从身后抱住她："你别生气，是我不好，我就是……"

"赵醒归，我是第一次。"

卓蕴的声音清脆悦耳，在黑漆漆的房间里撞击着赵醒归的心脏。她还是背对着他，又说："我以前没谈过恋爱，你是我的初恋。"

赵醒归的心脏擂鼓一般地狂跳起来，震惊得无以复加，这真是他没想到的事。

"赵醒归，我等这一天真的很久了。所以，不管是好，是坏，成功还是失败，第一次就是第一次。"卓蕴轻轻地说着，"我知道你可能会有困难，我不在乎，我会帮你，咱俩得配合，但你连试都不肯试，会让我觉得自己没有魅力。"

不，不，不不不！她怎么会没有魅力？赵醒归在心里呐喊，卓蕴是全天下最完美的女孩，值得最美好的馈赠，真正没有魅力的人是他才对！他想要她，发了疯地想，想让她满足，让她快乐，自己有没有感觉没关系，真的没关系！他可以在别的任何事情上坦然自信，不避讳身体的残疾，只有这一件，只有这一件！他真的卑微极了，不敢尝试，害怕失败，如果失败了怎么办？她会嫌弃他吧？会不会真的不要他？

他想成为一个真正的男人，强健持久，令她着迷，真难啊，老天爷，他到底要怎么办？

赵醒归收紧胳膊，将卓蕴抱得更紧，眼泪在这一刻滑出眼眶，他用尽全部力气，拖着那两条无力的腿覆到她身上，粗鲁地掰过她的肩膀，低下头重重地咬住她的唇。

卓蕴感觉到他濡湿的脸庞，被吓了一跳，却因为唇被咬住而说不出话来。她没挣扎，也不舍得挣扎，那会伤害他的自尊，这大概是赵醒归这辈子最害怕、又最期待的事，因为害怕所以不敢，因为期待所以更不敢。他说还没做好准备，鬼知道到底是什么准备，卓蕴心想，如果不刺他一下，他大概可以永无止境地准备下去。

只是没想到，她这一刺，他会这么激动，都激动哭了。

场面顿时有些混乱，窸窣声一阵阵地传来，有东西从床上被丢下去，是那片纸尿裤，也不知道是谁拆下来的，接着是几件零散的衣物。

灯一直没开，卓蕴想开，赵醒归不让，就抱着她边哭边吻，他抓着她的手去探索，在她耳边低语，教她要怎么做。他们都没有经验，只有两颗想要拥有彼此的心，赵醒归需要卓蕴帮他，说给他一点时间，让他好好酝酿。他们咬着彼此的耳朵，用细微的声音说着感受，没有丝毫保留，言语直白得叫人脸红心跳……在某个时刻，卓蕴能察觉到少年在发抖，她忍住不适，温柔地安慰他："放轻松，赵小归，放轻松，相信我，你真的很棒。"

赵醒归哭得更厉害了，咬着牙，一点儿也没出声，只有眼泪在不停地流下。

第十七章

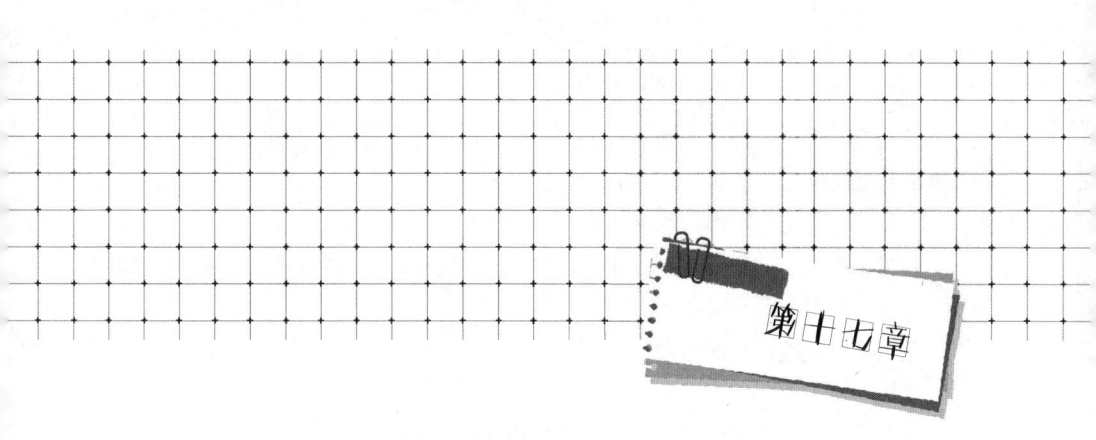

扬帆起航赵醒归

（1）

　　这一晚有很多人难以入眠，范玉华抱着手臂靠在床头，赵伟伦洗完澡走到床边，看着妻子的表情，笑道："别担心了，担心也没用，这事儿没人能帮他，看命。"
　　范玉华问："你到底教没教啊？"
　　"我怎么教？"赵伟伦很无奈，"小归身体有障碍，这不是教不教的问题，我也不知道他是怎么个情况，问他，他也不肯说啊。"
　　范玉华："那你刚才和他咬耳朵，说什么了？"
　　赵伟伦一笑："我给他买了件小礼物，放他轮椅后头的袋子里了，告诉了他一声，也不知道他用不用得上。"
　　范玉华捂住脸："我的天……"

　　在久兰花苑，边琳同样睡不着。女儿和赵醒归上三楼后就没下来过，晚上十点多，边琳拿着杯子去一楼倒水，发现厨房里居然亮着灯，她疑惑地走近，看到苗叔在里头翻冰箱，他发现了边琳，撅着屁股转过头来，两人尴尬对视，苗叔直起身子，挠挠头说："那个，小卓妈妈，我有点饿了，想看看有没有剩饭。"
　　边琳忐忑地问："你晚饭没吃饱呀？"
　　苗叔忙说："不是不是，晚饭吃饱了，菜很丰盛，就是我有吃夜宵的习惯，每天这时候都得煮点儿吃。"
　　"哦，这样啊。"边琳走进厨房放下杯子，"你想吃什么？我给你弄，米饭没有剩，有面条和速冻饺子，你吃吗？"
　　苗叔摇着手："我自己来就行，不麻烦你。"
　　边琳说："别这么客气，我听小蕴说了，你一直很照顾她。要不吃饺子吧？虾仁玉米馅的，我给你煮一碗。"
　　苗叔没再推辞，应了下来，边琳架起锅子烧水，苗叔不好意思去外面等吃，就一直待在厨房里。
　　"那谁，哎呀，我都不知道要怎么叫你。"边琳从冰箱里拿出饺子，"小蕴和小归喊你叔，我总不能喊你叔，我要么也和小归妈妈一样喊你老苗？可以吗？"
　　苗叔说："可以可以，你就喊我老苗吧，我不讲究这个，我今年五十三，大名儿叫苗雪生，是梧城人，出生的那天下大雪，我就叫了这个名。"
　　边琳笑笑："哦,这样啊,我姓边,叫边琳,快五十了,你就叫我小卓妈妈好了。"

苗叔很会说话："你快五十啦？看不出来啊，我以为你和小归妈妈差不多大呢。"

"啊呀，怎么可能呀？"边琳脸都红了，"我比她大好几岁呢，都四十八了。小归妈妈多年轻呀，还那么能干，我一直都没上过班，只会烧饭做家务，什么都不懂的。"

水开了，边琳把饺子放进去，苗叔抬头看向天花板，边琳知道他在担心赵醒归，也抬头往上看。

"小归长大了。"苗叔叹气，"我也老啦。"

边琳说："年轻人嘛，总要长大的，你别担心，小蕴肯定不会欺负小归，疼他还来不及呢。"

苗叔一愣，四目相对后两人一同笑起来，是属于过来人的默契。

一夜过去，晨曦微露，窗外传来叽叽喳喳的鸟叫声，吵醒了卓蕴。她睁开眼睛，发现自己被一双臂膀圈在怀里。

床上很凌乱，床单皱巴巴，枕头、靠枕横七竖八地丢着，卓蕴卷着被子翻了个身，看到身边少年俊美的睡颜，他没穿上衣，能看到漂亮的锁骨与胸肌，肩膀宽宽的，胳膊也很结实。

卓蕴用手指去撩他的睫毛，赵醒归眼皮子一动，睁开了眼睛。他的眼睛还有些肿，卓蕴想起他前一晚哭唧唧的样子，唇一抿就要笑，赵醒归捂住她的嘴，没让她笑出来，他亲亲她的额头，说："早上好。"

卓蕴被捂着嘴，说不了话，只能用眼睛瞪他。赵醒归把前一晚发生的事都回味了一遍，看着卓蕴的眼睛，严肃地说："卓蕴，你再也没理由甩掉我了。"

两人准备起床，赵醒归先去上厕所，卓蕴问："要我帮你吗？"

"不用。"赵醒归说，"这些事我自己都能做。"

"哦。"卓蕴用手指戳戳他的胸，"赵小归你记住，住在我这儿，你有什么需要我帮忙就直说。我是你女朋友，你别像防贼似的防着我，我只希望你能过地舒舒服服，没把你当神仙，你懂我意思吗？"

赵醒归笑了："懂，但我真的能自己做，放心吧，有事儿要帮忙，我一定叫你。"

等到两人先后洗漱完毕，才看清战场的情况，实在是乱得过分，赵醒归都想不明白，他这么一个下肢瘫痪的男人，怎么能和卓蕴一起把这张大床搞成这样？卓蕴也很纳闷，与赵醒归对视一眼，两人同时笑出声来。

人就是这么奇怪，经过一场欢爱，原本藏着掖着的一些东西哗啦啦地全没了，赵醒归都搞不清自己前一晚为什么会这么纠结，现在的他可以坦然地待在卓蕴面前，露着健康漂亮的上半身，以及孱弱无力的两条腿。

卓蕴用护肤品抹脸，问赵醒归："你带护肤品了吗？没带的话可以用我的。"

赵醒归说："我夏天不爱用这些，太油。"

"啧，男人就是糙。"卓蕴摇着头，"我还以为你很精致呢，十三就特臭美，一年四季都会护肤。"

赵醒归一本正经地说："那是因为他没我帅，我是天生丽质。"

他的确不像卓蘅那么在意发型和衣着，平时喜欢穿舒适的运动装，大概因为刚高中毕业，他还不会打理头发。赵醒归最多就是靠修剪维持发型，头发永远乌黑清爽。

他穿好衣服，摸摸肚子说："我们是不是可以去吃早饭了？我有点饿。"

卓蕴"噗嗤"一声笑："你是不是昨晚体力消耗太大了呀？"

赵醒归说："还好吧，精神消耗倒是很大。"

他不好意思告诉卓蕴，昨晚他真的很快乐，也许不是严格意义上、由中枢神经传导产生的快乐，而是大脑里的极致愉悦，是一种说不清道不明、健全人永远都体会不到的快感。他的伤情狠狠地限制了他的身体，那感觉只像羽毛挠过般地轻微，他已经知足得想要感谢上苍。

两人坐电梯去一楼吃饭，边琳和苗叔早已吃完，把两个孩子的早餐热在锅里。

早餐是小馄饨、煎饺、鸡蛋和牛奶，对赵醒归来说，煎饺有点油，他没吃，卓蕴觉得他可能饿，又给了他一个大苹果，结果，赵小少爷说："现在不是吃苹果的季节，这苹果都是冷库里冻过的，要到秋天以后才好吃。"

卓蕴笑个不停："我的天，你怎么这么挑剔啊！"

赵醒归就这样住进了久兰花苑，带着他的小乌龟、一堆康复设备，还有一个苗叔。头几天他哪儿都没去，就在家看书、看电影、玩手机、锻炼……自然少不了和卓蕴卿卿我我。

有人说如果想考验自己和另一半是否合拍，就一起去旅行，这话放到卓蕴和赵醒归这儿，可以改一下，改为同居。他们在双方父母的同意下光明正大地同居，是相恋以后第一次长时间的共同生活。

一对小情侣住在一个房间，互相了解，日日磨合，就出现了许多有爱的小细节。三楼主卫挂着他们的毛巾，卓蕴是暖色调，赵醒归是冷色调，洗脸台上摆着两个牙杯，还有一堆瓶瓶罐罐，有她的，也有他的。

卓蕴用普通牙刷，赵醒归用电动牙刷，卓蕴问他电动牙刷好用吗？赵醒归没多讲，直接给她下单了一款，说试试就知道了。

衣柜分层，上面归卓蕴，下面归赵醒归，他把衣服裤子整整齐齐地挂进衣柜，抬头看到卓蕴的漂亮裙子，立刻兴冲冲地去找她，让她别老穿T恤，有时候也穿穿裙子，他喜欢看她穿裙子。

他们肯定不会每晚都做什么，赵醒归没那么厉害，他喜欢和卓蕴亲密，可频率过高的话，以他的身体情况实在应付不来。不过小赵同学求知欲旺盛，找到了别的方法取悦女孩，有时候，温暖的拥抱、炙热的亲吻、缠绵的情话，再加上耐心的抚触，就够了。

他说卓蕴把他拆了都行，卓蕴居然一点也不和他客气，偶尔真的会小小地欺负他。

赵醒归甘之如饴，面对她时，他微皱着眉，那双漂亮的黑眼睛里隐藏着无数种情绪，时而温柔，时而隐忍，时而坚毅，时而……又会变得脆弱迷离。

脑海中，赵醒归会幻想自己是个驰骋沙场的大将军，有时又是鲜衣怒马的少年侠士，还有飞檐走壁的刺客、端着机关枪冲锋陷阵的战士……想得不着边际时，他甚至是个能驾驶机甲的星际霸主，上天入地，无所不能。可现实里，他只是个被禁锢在轮椅上的瘫痪少年，面对女朋友的"欺负"，只能低声地哼哼，享受并无奈着。

夏天太热，他们白天不出门，不下雨时，会在吃过晚饭后出去遛一圈。赵醒归装上轮椅车头，开着电动小轮椅和卓蕴一起在久兰花苑周围转悠，逛逛大超市和商场，偶尔买点小零嘴，一个走着、一个坐着，手牵手地回小区。

卓蕴遇见过邻居钟大姐，钟大姐看到坐轮椅的赵醒归，很是吃惊，卓蕴大方地介绍："阿姨，这就是我男朋友，小赵。"

赵醒归礼貌地喊："阿姨好。"

"你好你好。"钟大姐关心地问，"你这是怎么啦？"

赵醒归说："我腿不好，平时要坐轮椅。"

见钟大姐一脸惋惜，都不知该怎么接腔，赵醒归说："我能站起来，也能走路，就是要用拐杖。"

"哦哦，那还好，还好。"钟大姐看着赵醒归英俊的脸庞，心里很难过，"多帅的小伙子呀，你这是考完试了？考上研究生了吗？"

赵醒归不知前因，诚实地回答："我没考研究生，九月开学，我念大一。"

钟大姐的表情精彩极了，够卓蕴笑一晚上。

这个暑假对赵醒归和卓蕴来说都很轻松，没有任何学业上的压力，赵醒归就给自己制定了严格的锻炼计划，每天都会进行上肢力量训练、走路训练，还有轮椅篮球练习。力量训练和使用外骨骼机器人走路都在地下室，拄拐走路和篮球练习自然是在院子里。每次锻炼完，赵醒归都会练出半身汗，头发和上衣变得湿淋淋，下半身却还是冷冰冰。

截瘫患者受伤平面以下不会出汗，散热机能要较常人差很多，如果长时间处在酷热环境中，对身体会有危害。在篮球队打球时，赵醒归就见过截瘫队友把凉水哗啦啦地往身上浇，用物理降温的方式去缓解身体上的散热不足。他很惜命，不敢拿身体开玩笑，所以在室外的练习一般是在傍晚。

赵醒归还有一个十分迫切的需求，那就是——考驾照。

来观县前的那个礼拜，他已经在做准备，找了家离久兰花苑最近的、又隶属于钱塘的驾校报名C5驾照的学习，赵醒归很顺利地通过了科目一考试，接下去就要去驾校练车。

在三楼房间，他把这个消息告诉卓蕴，卓蕴拍着胸脯说由她来接送，赵醒归笑眯眯地说："真的吗？我和教练约好了，每天早上七点练车。"

"什么？几点？早上七点？"卓蕴惊呆了，"你疯了吗？"

赵醒归说："白天很热啊，七点我能起来，练两个小时就能回家，下午还可以睡个午觉。"

卓蕴苦着脸看他，七点练车，六点半出发，最晚六点就要起床，每天都这样，这是人过的日子吗？

赵醒归哈哈大笑，揉着她的脑袋说："好啦，不要你接送，我和苗叔说过了，让他送我去，他老年人起得早，我俩回来再吃早饭。"

卓蕴不解地问："你不是说苗叔只住一个礼拜吗？"

赵醒归一愣："你烦他了？"

"没有没有没有，我不是这个意思。"卓蕴想了想，说，"赵小归，你有没有发现一件事？苗叔和我妈……不太对劲。"

赵醒归不仅什么都没发现，还根本没弄懂卓蕴的意思："什么叫不太对劲？"

"你是不是傻？"卓蕴说，"我发现两次了，苗叔和我妈一起去买菜，还一起做饭，有说有笑的，一看到我，他俩立刻就不说话了，绝对有问题！"

赵醒归说："苗叔帮阿姨买菜做饭不是很正常吗？他闲着也是闲着，他俩年纪差得不多，不聊天多无聊啊。"

卓蕴无语："那他俩吃饭时眉来眼去的，你怎么解释？"

"他俩什么时候眉来眼去了？"赵醒归很惊讶，"我没看到啊，怎么可能？"

在赵醒归眼里，苗叔一直都是一个人生活在他家，不是亲人胜似亲人。从赵醒归记事起苗叔就在给爷爷做护工，那会儿他才三十多岁，妻子因病去世，儿子由老母亲和丈母娘帮忙带，他在赵家包吃包住，挣的钱存一部分，另一部分打回家养儿子，一年到头假期很少。赵醒归听妈妈说过，有人给苗叔介绍过对象，他都没答应，说自己干的工作顾不了家，不想再折腾，多攒点养老钱就行。

而现在，苗叔和边阿姨眉来眼去？是真的吗？

被卓蕴提醒后，赵醒归多了个心眼，开始观察家里的两位长辈，不观察不知道，一观察吓一跳，那眼神交会、言语互动，还有做饭时我洗菜、你切菜，我炒菜、你端菜的默契配合，连赵醒归都看得叹为观止，隐隐感受到当初赵相宜看他和卓蕴腻在一起的乐趣。

几天后，赵醒归开始在苗叔的陪伴下去驾校练车，每天大清早就起床，卓蕴还在睡，他会吻吻卓蕴的脸颊，轻手轻脚地坐上轮椅，去卫生间洗漱。面对苗叔，赵醒归装作什么都不知道，和妈妈视频聊天时也什么都没说。

范玉华在视频里问他："小伙子，乐不思蜀了吧？"

赵醒归微笑："没有，我很想你和爸爸，还有小宜。"

"哼，我才不信。"范玉华又问，"对了，你苗叔怎么还不回来？一个多礼拜了。"

赵醒归说："哦，我去问问他。"

算算日子，他和苗叔已经在久兰花苑住了十来天，赵醒归在心里酝酿起一个坏主意。

一天晚上吃晚饭时，赵醒归突然说："苗叔，我住这儿已经很习惯了，你要是没什么事就回钱塘吧，刚好休息一阵子，去广东看看孙子也行。"

卓蕴瞟了他一眼，没吭声，这是他俩商量好的，要打一个配合战。听完赵醒归的话，苗叔的脸色果然变得不好看，吞吞吐吐地说："哦哦，对，我、我是该回去了。"

卓蕴又去看妈妈，边琳捧着小碗在吃饭，神色郁郁，眼皮一直没抬起来过。

吃完饭，赵醒归自告奋勇去洗碗，苗叔眉间有愁绪，去院子里抽烟。卓蕴拉着妈妈去沙发上聊天，东拉西扯几句后进入正题，卓蕴问："妈，你和苗叔怎么回事啊？"

边琳很心虚："什么？什么怎么回事？什么事都没有啊。"

卓蕴说："妈，你已经离婚一年了，要是想找个老伴，我不会反对。苗叔是个好人，他妻子已经过世十几年了，赵醒归说他一直是单身，你要是对他有好感，咱们……就把他留下。"

边琳大惊失色，连连摇手："没有没有，你不要乱说，我和老苗什么事都没有！你这孩子……哎呀，我都快五十的人了，还找什么老伴啊！"

卓蕴看着妈妈，认真地说："妈，我没和你开玩笑，我早就和你说过，你才四十多岁，一点儿都不老。苗叔和你年龄合适，人还特别好，我看你俩挺聊得来，你不试试怎么知道呢？大不了谈得不好就分开嘛。什么年纪都可以找对象，我也希望能有个人多陪陪你，苗叔真的不错，这是缘分，错过就没有啦。"

边琳满脸通红，哆嗦着嘴唇说："可我觉得我这个人，一点优点都没有，长得也不好看，他肯定看不上我。"

"没有这回事！"卓蕴揽住妈妈的肩，"妈，你有很多很多优点，温柔善良，心灵手巧，做菜还特别好吃，而且你一点也不难看，我觉得你很漂亮，是那个人一直在贬低你，你怎么就信了呢？"

边琳眼含泪花看着女儿，卓蕴对她重重点头："妈妈你看，咱家现在有个大房子，大院子，你手里还有一笔钱，怕啥？咱条件不要太好！我倒是觉得苗叔心里才要发虚呢，要不然，他为啥那么愁啊？"

边琳："啊……"

赵醒归在厨房洗完碗，把碗盘放进碗槽，又把灶台和流理台擦拭干净，洗过手后转着轮椅离开厨房，就看到边琳和苗叔坐在餐桌边说话。看到赵醒归，边琳朝他招招手："小归，你过来，阿姨有话和你说。"

赵醒归去到餐桌边，边琳鼓起勇气，努力做出长辈的样子，开口道："是这样，我刚刚在和老苗聊天，他说他回去了也没什么事，孙子有亲家在带，所以……我在想，要不，就让你苗叔在这儿多住些时候，也能帮帮我。"

苗叔附和道："小归，你最近在学车，每天起得早，我要是回去，就要小卓接送你了，她是年轻人，不太起得来，你看……"

赵醒归佩服自己，这时候还能绷着脸不笑场，淡淡地说："也是，卓蕴喜欢睡懒觉，那苗叔你就陪我住着吧，到时候和我一起回去。"

苗叔很高兴："哎哎，行！"

边琳偷偷地看了苗叔一眼，发现苗叔也在看她，边琳立刻低下头，脸又红了。

赵醒归昂首挺胸地转着轮椅离开，回到三楼房间就把这事儿告诉给卓蕴，两人笑得差点滚作一团。笑了一阵子后，赵醒归对卓蕴说："等我上大学，其实就不用人陪读了，但家里还是要有个陪护，我想到时候让苗叔和磊哥一周一轮来当班，这样，苗叔就能来观县多陪陪阿姨，你觉得怎么样？"

卓蕴还在笑，说："不用考虑那么多，赵小归，先让他们接触一阵子再说吧，他们都四五十岁的人了，还要你来安排呀？"

几天后，卓蘅考完期末考，从上海回观县，满心期待地想要住进新房，却在到家后发现，家里多了两个男人。苗叔帮他开门提行李箱，热情地叫他："小蘅，回来啦？"

卓蘅奇怪地看着他，心想：这位大叔，我和您很熟吗？

赵醒归也转着轮椅来迎他，很有精神地喊："蘅哥，你好！"

卓薅又想，什么时候改的称呼？我怎么不知道？

吃饭时，长方形的餐桌旁，卓蕴与赵醒归坐一边，边琳和苗叔坐另一边，四个人边吃边聊，卓薅只能一个人坐短边，活像开会时的大老板，还不太插得上话。他惊恐地发现，那四个人就像一家四口，亲亲热热，他才是多余的那一个。

卓薅去问卓蕴，妈妈和那个大叔是怎么回事，卓蕴白了他一眼："就是这么回事，他俩正在接触中，十三我警告你，苗叔是个好人，你别作妖，你要是敢捣乱……"她挥挥拳，"我揍死你。"

卓薅一脸呆滞，飘啊飘地回到二楼房间。

又过了几天，苏漫琴和彭凯文参加完学校的毕业典礼，开车来到观县，嚷嚷着要参观卓蕴的新房子。

卓蕴家变得格外热闹，因为有了五个年轻人，他们在院子里烧烤，叽里呱啦地吹牛聊天，笑声不断，那份朝气与活力甚至感染了边琳和苗叔，也加入到他们中。

边琳准备了很多食材，有肉有菜，苗叔还买了酒，但他不让赵醒归喝，赵醒归表示抗议，被苗叔撑了回去，小少年只能默默喝可乐。

彭凯文对院子里的篮球架产生了兴趣，说要去打球，卓薅游离在人群外，抽着烟，听到有人叫他："薅哥，薅哥？"

卓薅回神："啊？什么？"

赵醒归手里抛着篮球，问："投篮比赛，来吗？"

卓薅站起身来："来啊。"

然后，就没有然后了，罚球线的投篮比赛，彭凯文和卓薅一起被赵醒归"血虐"，遭遇到围观群众无情的嘲笑。

苏漫琴和彭凯文打算在观县玩四天，住酒店，第二天晚上，彭凯文提议去酒吧，卓薅心动，去和赵醒归请假，小少年难以置信："你要自己出去玩？不带我去？"

卓薅说："去酒吧啊，你能去吗？"

赵醒归生气："我为什么不能去？我都十九岁了！又不是未成年！"

倒也是，卓薅眯起眼，心想，赵醒归为什么不能去酒吧？大不了就不喝酒，给他点个果汁，让他去见见世面。

就这样，赵小少爷生平第一次去酒吧玩，算是打开了新世界的大门。

苗叔不在，赵醒归胆子肥了，对卓薅说他想喝点啤酒。卓薅起先不答应，可苏漫琴和彭凯文都劝她："小赵要喝就给他喝嘛，啤酒才几度？又喝不醉。"

"这儿的厕所有马桶，我打电话问过的，他喝多了要上厕所，我和卓薅两个男的呢，都能帮他。"

没错，卓薅也来了，是硬跟过来的。

卓蕴还在思考，赵醒归拉拉她胳膊，求她："我真的只喝一瓶，我还没喝过酒。"

卓蕴："唔……"

卓蘅直接把一瓶开了的啤酒塞到赵醒归手里："问她干什么？喝个啤酒还要她批准吗？你也太不男人了。"

"说什么呢？"卓蕴指着弟弟，"人家这叫尊重，尊、重！你知道这俩字儿怎么写吗？"

"喊。"卓蘅傲娇地一撇头，赵醒归已经抓着那瓶酒不撒手了。

五个年轻人占一个卡座，赵醒归没坐轮椅，和卓蕴一起挤在沙发上，搂着她的肩，拿起啤酒瓶与她一碰："干杯！"

"干杯你个头！"卓蕴瞪他，"只准喝一瓶，多了不行啊。"

"哦。"赵醒归仰起脖子喝了一口，啤酒苦且淡，说不上好喝不好喝，他又咕嘟咕嘟连喝几口，舔舔唇，微微笑起来，心里有了莫名其妙的自豪感。

彭凯文选的是一家音乐吧，卡座区光线昏暗，小舞台上有歌手在唱歌，赵醒归搂着卓蕴听歌喝酒，分外惬意，因为是好友聚会，卓蕴玩高兴了，喝得挺多，等她回过神才发现赵醒归也喝多了，整个人变得迷迷瞪瞪。

他不止喝了一瓶啤酒，数数瓶子，至少喝了三瓶，卓蕴大惊："哪个王八蛋给赵醒归喝的酒？"

彭凯文大着舌头说："不、不是我，是他、他自己拿的，他说要喝，说好喝！我就说，喝！啤酒又喝不醉！"

卓蕴又气又急，拎着包站起身，把轮椅推过来："不行，我得带他回家去，一会儿睡着了谁搬得动他呀！"

她喊卓蘅和彭凯文来帮忙，把赵醒归弄到轮椅上，推出去后叫了辆出租车，又把赵醒归弄进车里。车子开到久兰花苑，苗叔已经等在小区门口，卓蕴从后备厢搬下轮椅装好，在苗叔的帮助下把赵醒归弄到轮椅上，推着他回家。

"怎么喝酒了？"苗叔担心坏了，跟在他们身边说，"小归从来没喝过酒，会不会喝坏呀？"

赵醒归歪着脑袋赖在轮椅上，闭着眼睛，脸色潮红，不吵也不闹，像是睡着了似的。卓蕴很自责："对不起，苗叔，我本来只答应他喝一瓶啤酒，结果一个没注意，他就喝了三瓶。"

苗叔自然不会去怪她，叹气道："算了算了，也没什么事，小归毕竟是个年轻人，让他和你们一起玩挺好的，等下我帮他擦个身，也不用洗澡了。"

卓蕴说："谢谢苗叔，我保证下次不会再有这种事。"

这时，赵醒归突然醒过来，有点搞不清楚自己在哪里，伸着手臂挥了一下，嘟囔道："我要上厕所。"

卓蕴："啊？"

苗叔接过轮椅把手，小跑起来："你忍住啊，很快就到了，忍住忍住。"

赵醒归说："忍不住了！我要上厕所！"

苗叔不敢跑太快，怕把人给颠下来，眼看着亮着灯的院子就在前方，赵醒归身子抖了一下，伸手摸摸裤裆，声音越来越低："我尿裤子了。"

他们终于回到家，坐电梯上三楼，赵醒归好像明白了什么，再也没说过话，深深地埋着头，让人看不见他的表情。苗叔动作很利索，帮他把脏了的外裤脱下来，也没让卓蕴回避，说："我给他放水洗个澡，这样擦身不舒服。"

卓蕴看着赵醒归，说："苗叔，我去放水，一会儿你把小归扶进浴缸，我来给他洗澡。"

苗叔想了想，问："那出来呢？"

卓蕴说："他要是不能自己出来，我再来叫你。"

苗叔点点头："行。"

浴缸里放满热水，苗叔架着赵醒归的胳膊把他扶进浴缸，做完就出去了。卓蕴走进卫生间，看到浴缸里坐着的大男孩，他的手臂搭在浴缸壁上，脸颊埋在手臂上，一直没有抬头。但卓蕴知道，他是醒着的。

她脱掉身上的衣物，慢慢走去浴缸边，抬腿跨进热水中。这个浴缸很大，带按摩功能，足够两个人一起泡，卓蕴坐在赵醒归对面，伸手揉揉他的头发，叫他："赵小归。"

赵醒归不愿意把脸抬起来，依旧不吭声。

"闯祸了吧？"卓蕴埋怨道，"让你别喝那么多，非要偷着喝，现在知道害羞啦？"

赵醒归声音闷闷的："我很久没尿裤子了。"

"我知道呀。"卓蕴过去抱住他，"没关系的，你第一次喝酒，没经验嘛，这不是你的错，是我的错，我没好好看着你。而且你发现没？就算你喝醉了，都能感觉到要上厕所哦，这是好事情呀。"

赵醒归："一点都不好。"

"起来啦。"卓蕴去拉他胳膊，"起来，赵小归，我帮你洗澡，洗完睡觉，睡一觉就什么事都没有了。"

赵醒归不情不愿地把脸从胳膊上抬起来，脸颊还是很红，两只眼睛也变得红通通，显然，在卓蕴和苗叔没发现的时候，他已经偷偷地掉过眼泪了。

"你会不会嫌我脏？"他还没完全清醒，问出来的话带着孩子气，"我也不想变成这样，我以前很健康的，能走路，能跑步，跳得还很高。"他摸着自己的腿，嘴巴又瘪起来，"小蕴，我也不想变成这样，我不想瘫痪，我真的不想瘫痪……"

卓蕴心都要碎了，把他抱进怀里，温柔地安慰他："我知道我知道，你现在不是已经能走路了吗，走得很好呀。小归，别多想，以后也别再喝酒了，就不会再出这种岔子，这只是个意外。"

赵醒归没再说话，卓蕴亲亲他的额头："好了，别胡思乱想了，咱们洗澡吧。"

赵醒归头很晕，乖顺地让卓蕴帮他洗澡，温暖的水流包裹着他们，抹过沐浴露和洗发水，卓蕴用花洒帮他冲洗，赵醒归头发脸颊湿淋淋，抬头看她，手掌抚上她的细腰，眼睛里亮着光，说："我也想帮你洗。"

卓蕴微笑："好呀，先等我给你洗完。"

最终，赵醒归没让苗叔帮忙，自己从浴缸里爬出来，自己穿衣服，穿纸尿裤，刷过牙后躺到床上。他没有力气再做什么，卓蕴也很累，只想依偎在他怀里，听着他规律的心跳，与他一起好好地睡个觉。

（2）

赵醒归的坏情绪来得快，去得也快，第二天醒过来，他又变回了那个积极向上的励志少年。

他没喝断片，什么都记得，那条脏了的裤子洗过以后还晒在露台上。赵醒归盯着裤子发呆，心里明白，这种情况以后还有可能发生，喝酒不是必然条件，他的身体机能就这么回事儿，失禁，将是伴随他一生的一个难题。

吃午餐时，卓蕴和赵醒归正在聊天，他的电话响了，赵醒归接起来："你好，徐教练。"

电话是徐涛打来的，他在那边大叫："小赵，救火啊！我们要被淘汰啦！"

赵醒归："什么？"

徐涛告诉赵醒归，因为男子轮椅篮球队没有打进残奥会，残疾人体育运动管理中心决定为下一届残奥会准备起来，想储备一些好苗子，所以这几天，有一场轮椅篮球邀请赛在钱塘举行，一共有八支球队参加，其中包括轮椅篮球老牌强队北京队和广东队。比赛分两个小组，小组内打循环赛，前两名晋级四强，再打半决赛和决赛。

钱塘队作为东道主，和广东队分在一个组，前两场一胜一负，最后一场打广东。广东已经二连胜，锁定四强名额，钱塘队最后一场赢了还不一定晋级，输了必定淘汰，徐涛觉得凶多吉少，队里能用的人实在不多，自然就想到了赵醒归。

赵醒归听完后，问："我的入队手续不是还没办完吗？"

"办好了办好了。"徐涛说，"之前手续一直拖，我前天输了比赛就去催，今天刚通知我，从现在开始，你就能代表钱塘去打正式比赛，不再是临时工啦！怎么样？小赵，明天下午就比赛，你能来吗？"

赵醒归身上的血液都沸腾起来，根本没有考虑，一口答应："能！"

卓蕴把这事儿告诉给苏漫琴，彭凯文抢过电话说："小赵第一回打比赛，我也要去看！"

他们和赵醒归在"拯救卓蕴行动"中结下了革命友谊，特别期待小赵同学第一次打正式比赛，当即决定结束游玩，和赵醒归、卓蕴一起回钱塘。卓蕴见赵醒归没注意她在打电话，轻轻地对彭凯文说："Kevin，你帮我去做个东西，就是……"

傍晚，卓蘅回到家，走进院子就看见赵醒归在练球。

赵醒归没把竞技轮椅带过来，压根儿没想到这里会有个篮球架，只能坐着平时用的轮椅在那儿运球、投篮。他一直没放松过篮球训练，就算在高考前的四五月都会去篮球队玩，和队友们的配合不会太生疏，这时面对比赛并不怎么紧张，更多的是兴奋与憧憬。

赵醒归向着篮筐投出一个球，进了，卓蘅啪啪鼓掌，赵醒归才发现他站在身后。

"蘅哥。"他一脑袋汗，一边拍球一边向着卓蘅转过轮椅，主动讲了自己的行程，"我明天要回钱塘打比赛，临时抱佛脚，练练球感。"

卓蘅问："什么比赛？"

赵醒归说："一场轮椅篮球邀请赛，我已经办好入队手续了，算是正式队员，有编制的。"

卓蘅问："有工资吗？"

赵醒归一笑："有吧，一个月一两千块，不是工资，算是补贴，赢了球还有奖金。"

"不错。"卓蘅看着他，"赵醒归，加油。"

他往小楼走去，走到入户大门时，卓蕴刚好开门出来，手里拿着一个水壶，是帮赵醒归灌来的凉水。姐弟俩打了个招呼，又一起向赵醒归看去。

漫天晚霞下，空荡荡的院子里，赵醒归还在不停地捡球、投篮、捡球、投篮……坐着轮椅的少年浑身湿透，望着篮筐的眼神却虔诚又专注。卓蘅看着他略显孤寂的身影，忍住心中的感动，转身进了屋子。卓蕴则与他错身，大步向赵醒归跑去。

这一趟回钱塘，苗叔和边琳一起去，还有苏漫琴、彭凯文和卓蘅，分两辆车，全都开去了紫柳郡。赵醒归拿上竞技轮椅，苗叔帮他把轮椅检查了一遍，卓蕴就陪他出门了，先去篮球队找徐教练，其他人下午比赛时再过来。

赵醒归是去进行医学评级。轮椅篮球有针对参赛队员的评级规则，运动员医学分级后的分值为1分、1.5分、2分直至4.5分。其中1分、1.5分属于运动功能较低、残疾程度较重的低分队员，3.5分到4.5分属于运动功能较强、残疾程度较轻的高分队员。比赛过程中，任何一支队伍在任何时候，全队场上运动员的医学分级数之和不能超过14分，否则将判教练员一次技术犯规，同时需立即纠正。所以，每次轮椅篮球比赛开始前的报到阶段，都会进行所有运动员的医学评级。

这次邀请赛没么正式，徐涛提前做过报备，赵醒归办好手续才能临时参赛，但还是要进行医学评级。大家双上肢基本健全，下肢又都固定在轮椅上，因此医学评级主要考评的是运动员的躯干控制力和坐姿平衡力，平衡力是他们前倾、侧倾身体完成接球和传球的保障。

赵醒归是腰椎截瘫，就算是不完全性损伤，他的腰力也和下肢截肢运动员不能比。所以在评级中，截瘫队员分数普遍比截肢队员来得低，算是残疾等级比较高的类型。哪怕赵醒归高高大大一个人，臂展很长，得到的评分也只有2分，比季飞翔稍微好一点，季飞翔只有可怜的1.5分。这0.5分的差距，就是手术后的效果体现。

比赛下午两点开始，赵醒归评完级，在体育馆见到徐涛和队友们。大家看到他都很开心，有人问他高考考得如何，有人问他考完了怎么不来训练，还有人说下午的比赛结果无所谓，广东队啊！老牌劲旅，数次全国残运会冠军，钱塘就是一支市级队，打不过很正常。

赵醒归对国内各省市轮椅篮球队的情况不了解，对广东队也没什么感觉，只在听队友们聊天时感受到他们对广东队的膜拜。前两轮小组赛，广东队每一场都是大比分击败对手，第二场打台城队甚至打了个87：32，把对方都打蒙了。

"为什么他们得分会这么高？"赵醒归问季飞翔，"是三分球很厉害吗？"

"猜对了。"季飞翔说，"他们队本来实力就很强，去年底来了个新人小伙子，三分王，那得分能力，一个能抵三个。"

赵醒归想了想，说："他们已经稳进半决赛，如果我是教练，今天的比赛可能会安排几个替补上，那个三分王会不会不上场？"

季飞翔摇摇手指："错啦，他肯定会上，还会表现得很拉风。"

赵醒归不解："为什么？"

季飞翔说："因为董炀来了。"

赵醒归皱眉："董炀是谁？"

季飞翔拍拍他的肩："国家队助理教练，专门来看那个三分王的。"

这次见面，还发生了一件很暖心的事，队伍里的老大哥夏炜平决定把11号这个号码交给赵醒归。

夏炜平已经三十八岁，说自己打到四十就退役，现在上场机会越来越少，赵醒归办入队手续时说自己以前一直是 11 号，进队后也想要 11 号，夏炜平二话不说就答应下来。他亲自把那件主场蓝色 11 号队服交给赵醒归，眼里含着泪，说："11 号，我穿了十五年，现在，它是你的了。"

赵醒归接过队服，抬起头说："夏哥，谢谢，我会努力的。"

中午，赵醒归和卓蕴、苗叔一起在残疾人运动队的食堂吃饭，赵醒归接到向剑的电话。

高考成绩前些天就出来了，赵醒归的分数很高，已经在网上进行过志愿填报，填了 A 大信息科学与工程学院的智能科学与技术专业。向剑也填好了，他的分数比赵醒归低一大截，也填报了 A 大新闻学专业，想冲击一下 985 高校。

向剑对赵醒归说，大家都填了志愿，想搞个谢师宴，问赵醒归要不要参加。赵醒归在这个班级待了近两年，没参加过任何班级活动，上课都老请假，除了向剑，没有其他要好的朋友，就说："我不去了，很多人都不认识。"

"行，没事儿，我就是来问一声。"向剑听到赵醒归这边的环境音，问，"归哥，你在外面吗？"

赵醒归说："嗯，在篮球队，正吃饭呢，下午我要打比赛。"

向剑好奇极了："什么比赛？"

赵醒归简单地对他说了一下，向剑大声喊："归哥你太不够意思了，都不叫我！我说过你去打比赛，我要去给你加油的！你赶紧把地址给我，我下午过去！"

赵醒归犹豫了一会儿，说："好吧。"

挂掉电话，他沉思片刻，打给了胡君杰，说自己下午要打轮椅篮球比赛，是第一场正式比赛，问胡君杰愿不愿意来为他加油。胡君杰放假在家，当即说愿意，赵醒归就说了时间和地址。

他收起手机，发现卓蕴托着下巴在看他，她笑嘻嘻地问："怎么？怕啦啦队不够吗？找这么多人来给你加油，比赛输了怎么办？"

"输了就输了，尽力就行。"赵醒归看着她，"我想让他们看看，我可以做到，从来没有放弃。"

这次的轮椅篮球邀请赛是在体育大学篮球馆进行，大学都已放暑假，没有学生来观赛，轮椅篮球比赛也不可能卖门票，所以，场馆里除了赛事组织人员、残联工作人员，就是运动员家属和钱塘别的残疾人运动队的队员们，来帮钱塘男子轮椅篮球队加油。

赵醒归换上竞技轮椅，卓蕴帮他绑好束带，对他耳语："要去上个厕所吗？"

赵醒归摇头："不用，我刚去过，苗叔帮我穿上纸尿裤了，不想再管这个。"

卓蕴笑道："想得真周到。"她看向没几个人影的看台，"你妈妈他们怎么还没到？"

赵醒归说："还早，还有一个多小时。"

他要进行赛前热身，和季飞翔、王侃等人在场上练了会传球和跑位，又去篮架前练习投篮，找找手感。

没多久，广东队到了。赵醒归看向那支陌生的队伍，有人走路，有人坐轮椅，目测队伍平均年龄要比钱塘队来得年轻，有好几个二十出头的小伙子。季飞翔转着轮椅来到赵醒归身边，小声说："看到那个金毛没？他就是三分王。"

金毛？赵醒归一眼就看到了，那是个坐轮椅的男孩子，非常年轻，染着一头耀眼的金色头发，还烫过，整个脑袋是炸开的。他长着一张很有岭南特色的面孔，眼窝深，嘴唇厚，麦色肌肤，因为鼻梁挺拔，眼神锐利，肩宽腰窄胳膊长，看着还挺帅。

金毛神情倨傲，嚣张得都有点萌了，一群人越来越近时，金毛发现赵醒归在看他，笑得露出一排大白牙，用广东话说："哇哦，靓仔！"

赵醒归发现了，金毛不是截瘫，而是双腿截肢，两条腿断的位置还不一样，左腿到大腿根部，右腿到膝上。他在场边脱假肢时，季飞翔继续和赵醒归说着自己了解到的信息："他叫池青，比你大一岁，今年二十，变成这样是因为车祸，高速上连环撞，他很倒霉，坐的那辆车被前后夹击，都快撞扁了，他当时被卡着，出都出不来，好不容易把他弄出来，两条腿早废了。"

赵醒归问："那会儿他几岁？"

季飞翔说："好像是四五年前吧，也就十五六岁的样子。"

赵醒归苦笑："我觉得好像还是我更倒霉。"

季飞翔："是吗？我觉得差不多啊。"

赵醒归摇头："不一样，他日子应该比我们好过。"

季飞翔耸耸肩，不置可否，他是因病致残，和赵醒归、池青这样的意外受伤不一样，有个缓冲过程。在季飞翔看来，碰到意外突然残疾的哥们儿，统统都是倒霉蛋。他看向场边，又对赵醒归说："看，那个在和老徐聊天的就是董炀。"

赵醒归看到徐涛身边的男人，董炀穿着翻领T恤和运动裤，身材清瘦，面相看着很年轻，可能四十岁都不到。他也坐轮椅，赵醒归观察了一下，觉得董教练也是一位截瘫人士。

季飞翔说："董炀原来是国家队主力前锋，打过残奥会、亚残运会，拿过全国锦标赛冠军、残运会冠军，上场就是MVP，现在在国家队做助理教练，水平挺不错的，我去年去北京集训，见识过他的执教风格。"

董炀也看到了季飞翔，冲他招手："飞翔！一会儿加油啊。"

季飞翔喊："好嘞！"

董炀的视线从季飞翔身上移开，落在他身边的赵醒归身上，问徐涛："那个小帅哥是谁？我之前好像没见过。"

徐涛激动地说："这是我找到的宝贝！叫赵醒归，才十九岁，你一会儿一定要好好看看他，别光去看那个狮子头。"

董炀笑道："行，我看看，他身体条件不错啊，个子高，胳膊长，就是瘦了点。"

徐涛说："他刚高考完，没那么多时间训练，这个年纪的小男孩都瘦。"

董炀好奇："刚高考完？还没上大学啊？考的哪儿？"

徐涛说："A大！"

董炀乐了："哟，还是个学霸呀。"

这个小组另两支队伍的第三轮比赛在上午结束，苏城队不出意外赢了台城队，台城队三战皆败，直接淘汰。下午的这场比赛，如果广东队获胜，钱塘队就会一胜两负，小组第三被淘汰，广东和苏城晋级。如果钱塘队获胜，前三名积分会一样，形成一个"剪刀、石头、布"关系，即钱塘赢广东，广东赢苏城，苏城赢钱塘，需要算小分才能算出前两名。因为苏城队大比分输给广东队，所以在这种局势下，苏城将被淘汰。

可第二种情况会发生吗？苏城队的教练和几个主力都来到现场，等待广东队和钱塘队的比赛结果。他们都很轻松，觉得钱塘队不可能战胜强大的广东队，只等终场哨声一响，他们就能晋级。

别说苏城队，钱塘队队内都是这样的氛围，只是作为东道主，好不容易搞一场邀请赛，小组都出不了线很丢人，徐涛在残联领导那里交代不过去，所以几个队员愁眉苦脸，讨论着不要像台城、苏城那样大比分输掉就好。

赵醒归耐心地做着热身，没有这种想法。他偶尔会去看池青，池青穿着白色篮球服，在金毛上绑了一条运动发箍，正在练投篮。三分王真不是吹的，那球从他手上丢出去，好像能被篮筐吸住，个个都往篮筐里钻。赵醒归低头看着自己的双手，五指张开，手掌宽大，手指修长。他想，他投篮也很准啊，虽然不算三分射手，但中近距离的投篮命中率已经很可观，所以，为什么要怕人家？比赛都还没开始呢。

下午一点半，篮球馆里突然来了一大群人，在看台上嗷嗷乱叫。卓蕴猛地回头，发现来的是十几个学生，有男有女，领头的是个大个子男生，扛着一面旗子，耀武扬威地往那儿一站，挥着旗子大喊："钱塘！"

身边的学生们一起喊："必胜！"

大个子："赵醒归！"

学生们："加油！"

广东队的队员们没见过这种阵仗，一个个都在笑，有人用广东话问："赵醒归？系边个啊（是哪个啊）？"

池青挑挑眉："就系嗰个靓仔（就是那个帅哥）。"

钱塘队里也是笑成一团，赵醒归目瞪口呆地望着向剑，这家伙本事真大呀，竟叫来十几个同班同学，还带着班旗！

金筱雪领着几个女生，看到球场上那么多坐轮椅的男人，心理准备不足，有点害怕。向剑看她们鹌鹑一样地挤在一起，粗声粗气地说："你们紧张啥？这就是场普通的篮球赛，咱们就一个任务，给钱塘队、给赵醒归加油！"

金筱雪点头，握拳："噢，知道啦！"

几分钟后，赵醒归的另一支啦啦队也来了，是赵伟伦、范玉华、赵相宜、苗叔、边琳、苏漫琴、彭凯文和卓蕴。一行人和向剑他们在看台会合，卓蕴在场边向彭凯文招手，彭凯文向她比个"OK"的手势，和卓蕴一起展开一条大红横幅，系在看台栏杆上。

横幅足有十米长，上面写着：乘风破浪钱塘队！扬帆起航赵醒归！

场上两队球员爆笑，董炀乐坏了，赵醒归第二次目瞪口呆，默默地捂住了脸。

卓蕴觉得彭凯文办事真靠谱，高兴得又蹦又跳。

别的残疾人运动员也被赵醒归的啦啦队鼓舞到，开始大声喊叫，场面变得火热，钱塘队的主场优势瞬时体现出来。

看台入口处，胡君杰独自一人悄悄进来，看到那么多人在给赵醒归加油，笑了笑，没去大部队那儿，找了个空位坐下，眼睛看向场上的那个少年。

赵醒归已经换上比赛服，白色T恤，蓝色球服，底下是同色篮球裤，胳膊和小腿都显露在外。那双胳膊还是和过去一样，肌肉流畅，修长有力，可那双腿就不一样了，露在外头的小腿和他胳膊差不多细，皮肤苍白，被黑色束带牢牢地固定在轮椅上。

他的前胸和后背印着"11"号，胡君杰眼睛湿了，那是赵醒归最喜欢的号码。

11号选手赵醒归，他回来了。

徐涛把首发球员们叫到一起，最后交代了几句技战术安排。所有无关人员都要上看台，离开前，卓蕴抱着赵醒归的脑袋，重重地吻了吻他的唇，说："赵小归，加油！"

她回到啦啦队中，抢过向剑的班旗，卖力地挥舞起来。

比赛快要开始，赵醒归和季飞翔等人转着轮椅来到场上，他仰起头，看了眼看台上的爸爸妈妈，还有那一大堆亲朋好友，又看了眼场边的董炀教练和对面的金毛池青，最后，将视线投向卓蕴。

卓蕴的双手举过头顶，对他比了个大大的爱心。赵醒归也举起双手，弯曲手臂，手指在头顶相聚，无视场上一堆人的目光，回给她一个大爱心。

双方就位，赵醒归冷静下来，不再想无关的事，所有的精神都集中到裁判手里的那个篮球上。两点整，一声哨响，比赛正式开始。

开球后，广东队抢到球，十架轮椅迅速在场上散开。这是一场没有脚步声的篮球赛，取而代之的是激烈的金属撞击声。赵醒归体力充沛，将轮椅划得飞快，与季飞翔对视一眼后，两人同时回防，想着争取防住第一个球，可以鼓舞士气。

广东队不急不躁地传了几次球，赵醒归和队友们试图抢断，未果，球最终到了池青手上。他神情闲散，似乎都没瞄准，抬手就投，赵醒归转动脖子，视线随着篮球画了条抛物线，看着球应声入网，广东队拿到第一个三分，池青与队友们逐一击掌，还冲赵醒归挑了挑眉。

"没事没事！"队长王侃大喊，"换我们了！"

可是，他们的第一次进攻没有奏效，季飞翔的投篮没中，篮球砸到篮筐后落下，篮架下乱成一团，因为几架轮椅阻挡，赵醒归没法子灵活地赶到篮球落点，篮板球被广东队抢去了。他们随即发动第二轮进攻，钱塘队迅速回防，赵醒归紧盯着池青，几乎不让他离开后场，可是广东队有个6号也很厉害，赵醒归防住了池青，钱塘队的后卫却没防住6号，被他投篮命中，广东队5：0领先。

钱塘队上场的五名队员是王侃、季飞翔、陈昌、魏浩和赵醒归，场下还有七个替补，夏炜平也在其中。十二个队员，七个在三十岁以上，有两个甚至已经四十多岁，属实是青黄不接得厉害。

比赛开始没几分钟，广东队都没怎么试探，就发现钱塘队的实力与他们啦啦队的气势不相符，防守相当一般，立即改变战术。他们互相之间用广东话交流，赵醒归听不懂，只看到池青点头，举手比"OK"。

比赛继续，广东队攻势很猛，赵醒归明白了，他们是想趁体力最好的时候用几轮猛攻多拿几分，摧毁钱塘队的士气，这样后半场就能换替补上场，让主力好好休息，估计都在想怎么准备下一场半决赛了。

广东队的进攻的确行云流水，池青的外线和几个队员的内线相继得分，开赛五分钟就打出一个14：4的小高潮。

钱塘队的啦啦队们见情势不对，在看台上把"加油"喊得震天响。卓蕴急坏了，赵伟伦很冷静，托着下巴说："他们还不信任小归。"

卓蕴："啊？"

"你没发现吗？"赵伟伦说，"他们很少传球给小归。"

钱塘队的四分是赵醒归和季飞翔拿下的。赵醒归很纳闷，觉得队友们的水平不至于这么差，一起训练一年多，从没见他们防守得如此松懈，可对方没那么强啊，除了池青和那个6号，其他三个也就这么回事儿，这是还没打就先怯场了？他也不管自己是年龄最小的一个，拍着手给队友们鼓劲："侃哥，加油！昌哥浩哥，积极防守！"

陈昌和魏浩是后卫，身材比较壮实，多年比赛下来配合得还算默契，可面对池青，他们总觉得没法防。人家是个三分射手，都不用进内线，广东队得球就传给池青，他不停投三分，后卫能怎么办？

防守不力还不算最糟，更糟的是这天季飞翔似乎手感很差，作为前锋，几次投篮都不中，白白浪费进攻机会。一来一回，两队比分越拉越大，第一节结束，广东队26∶9领先，感觉比赛都不用打了。

苏城队的教练和队员们心情越发放松，开始打赌，广东队能不能比分破百，钱塘队会不会连台城队那个三十二分都拿不到。

两分钟的休息时间，徐涛急得跳脚，也觉得这天的队员们很不对劲，把季飞翔臭骂一顿，骂得还不过瘾，直接把他换下场，换刘坤上。

刘坤年纪比季飞翔小两岁，已经被悬殊的比分吓蒙，赵醒归用毛巾抹汗，看着他不安的脸色，说："别怕，坤哥，一会儿你多传球给我。"

王侃等人也听到了他的话，一个个都看着他，赵醒归定定神，说："我今天手感还不错，你们传给我，我争取进几个，先追上几分。"

他是不得已才说这句话，因为他一直是个编外队员，到了正式赛场，大家传球时总是会找季飞翔，很少找他。轮椅篮球特别讲究团队配合，如果队里没有一个像池青那样的三分王，那么，多传球、多扯开对方空当，再加上不低的投篮命中率，就是取胜关键。

赵醒归得不到球，坐着轮椅被对方挤住，又没办法像打普通篮球那样灵活突破，空有一身本领却无法施展，当着季飞翔的面也不好吆喝说"把球给我"，已经上火很久了。

王侃看了眼场边垂头丧气的季飞翔，当即拍板："第二节，球传给小赵，反正已经这样了，咱们拼一把！"

刘坤、魏浩和陈昌一齐应下："好！"

第二节比赛开始，魏浩和陈昌嘀咕几句，决定死防池青，先把金毛搞定，不让广东队再势如破竹地拿分，再让赵醒归去得分，看看行不行。他们坚决贯彻这个战术，两人转着轮椅像狗皮膏药似的贴着池青，池青很快就发现不妙，连着几次进攻，队友想找他，他要么接不到球，要么接了球却进不了前场，知道这是对方专门针对他的战术。

池青也不慌，比分领先那么多呢，便扬手示意教练把他换下。教练很快换人，池青下去时，比分是30：15，钱塘队靠赵醒归和刘坤追了三个球，分差还是很大，广东队完全没放在心上。

池青下场后，赵醒归知道机会来了，在后面的几轮进攻中，他和王侃、刘坤用了几次很完美的"挡拆战术"，持续追分。

操纵轮椅完成变向需要很大的空间，于是"挡拆战术"应运而生，意思是，用轮椅阻挡对方防守球员的路线，为己方进攻球员创造投篮机会，是轮椅篮球中非常有效的一种战术。刘坤和王侃分别用轮椅阻挡住广东队的防守球员，这是"挡"，再由赵醒归从空档快速拿球插上，这就是"拆"。对方有人来干扰赵醒归，赵醒归眼睛盯着篮筐，抓起球立刻投出，轮椅被撞得一晃，差点摔倒。

"挡拆战术"是否奏效要看进攻球员最后能否得分，赵醒归篮球出手就觉得有戏，食指习惯性地高高竖起，球空心入网。裁判同时鸣哨，广东队防守犯规，赵醒归加罚一球。

他把轮椅划到罚球线前，抬头看向篮筐，知道这个罚球至关重要。他抓住篮球举过头顶，看台上的人都盯着他，鸦雀无声，卓蕴合掌祈祷，卓蘅轻声说："进啊。"

球从赵醒归手上飞出去，抛物线入网，得分。

35：26，只差个位数了！

王侃大喊："继续追！别停下！"

卓蕴、苏漫琴和赵相宜啊啊尖叫，卓蘅用力挥了挥拳，向剑把班旗挥舞得更加起劲，连赵伟伦都大喊起来："赵醒归，好样的！"

赵醒归朝他们看了一眼，微微地喘着气。

在池青下场后的几分钟，钱塘队得了十一分，把比分追到只差个位数，其中，赵醒归一个人就拿了八分。

季飞翔待在场边，眼睛直勾勾地盯着场上。胡君杰早就站起来，无人注意到他，他就任凭眼泪哗哗流下。董炀看了眼池青的背影，自言自语道："还不上吗？风头要被抢走啦。"

果不其然，广东队换人，池青又上场了。

场上局势很快发生改变，大家的体力都有下降，池青的上场在心理上给了钱塘队很大的压力，又为广东队提升了士气。在第二节剩下的比赛中，池青靠着两个三分球，再次拉开比分。

半场结束，比分46：32，广东队领先。

中场休息十五分钟，钱塘队这边，因为比分比第一节结束时好看许多，徐涛的脾气就收敛了些，但他还是想不出防守池青的好办法。

不管是普通篮球赛，还是轮椅篮球赛，三分神射手都可遇不可求，轮椅篮球因为没有扣篮，轮椅行动又相对迟钝，一个优秀的三分王几乎是比赛的胜负手，叫人防不胜防。所以说，轮椅篮球里还是有个人英雄的，池青天赋异禀，绝对算是一个。

魏浩和陈昌二人紧贴池青防守，已经累得够呛，呼哈呼哈地喘着气，汗如雨下。看着徐涛苦恼的表情，一名队员鼓起勇气上前，说："教练，我想上场，我去防那个金毛狮王！"

他叫方梓宸，二十六岁，年龄比赵醒归大很多，其实练球才一年，在队里是个替补后卫。

徐涛问："你怎么防？"

方梓宸说："我不好意思说，就想试试。"

徐涛还在犹豫，魏浩开口了："教练，换他吧，我没力气了。"

徐涛没办法，只能把方梓宸换上场。季飞翔整个第二节坐冷板凳，凄凄凉凉地看着徐涛，徐涛也在看他，瞪着眼问："你呢？还想不想打了？"

季飞翔说："想。"

"你要是再手滑，老子把你手剁了！"徐涛往季飞翔后脑勺一拍，"还是个国手呢，董炀都在，丢不丢人！"

季飞翔脸涨得通红："知道啦！我会好好打的！"

他准备上场，看了看头发湿漉漉的赵醒归，问："你体力还行吗？"

赵醒归在喝水，回答："还好，休息过能恢复些。"

他回头找看台，发现卓蕴也在看他，可能她一直都在看，只是他没那么多心思顾到她。赵醒归对卓蕴点点头，为了保存体力，也没大声喊叫，只指指自己，又比个"OK"，卓蕴则指指他，竖起一个大拇指。赵醒归笑了，继续喝水补充能量。

第三节比赛开始，钱塘队的战略很简单，防住池青的三分球，再让赵醒归和季飞翔多得分，争取再次把比分追到个位数。这是一个很严峻的任务，可不试试怎么知道一定不行呢？

广东队也换人了，换下两个年近三十的主力，上了两个体力充沛的小年轻。池青依旧在，他的任务是扩大比分，第四节就能休息。

比赛继续，池青发现防守他的人换了，方梓宸体力还行，依旧采用狗皮膏药战术，池青到哪儿，他就去哪儿，广东队几次传球，球到了池青手上，他刚在三分线外，目视篮筐举手要投，眼前突然出现一双乱挥的手，挡住了他的视线。

池青的视线被干扰，这个三分球便没有进，方梓宸大喊一声："耶！"

轮椅篮球没有跳投，盖帽也要在坐高、臂长占优的情况下才会发生，方梓宸坐高比池青矮一些，盖帽几乎不可能，他想到的干扰方法就是在不与对方肢体接触时，去影响他的视野，很幼稚的想法，没想到居然成功了！

方梓宸还沉浸在喜悦中，听到赵醒归的声音："宸哥，优秀！进攻！"

"噢！"方梓宸当即转动轮椅，还是贴在池青身边，加入到钱塘队的进攻中去。

王侃虽然年过三十，但因为有一双强健的手臂，体力特别好，是队里的主心骨，赵醒归体力已有下降，和王侃、季飞翔打了几次传球后，球到了季飞翔手上。

季飞翔去找赵醒归，发现他被对方两个后卫夹住，季飞翔又抬头去看篮筐，这是他很擅长的投篮区域，对方6号转眼就要到他面前，赵醒归大喊："投啊！飞翔！"

话音未落，季飞翔把球投出去了。

徐涛眼睛盯着球，所有人的眼睛都盯着球。

"砰！"球砸在篮板上，在季飞翔以为自己又要搞砸的时候，球在篮筐上转了一圈，进了。

赵醒归喊道："漂亮！"

五十多岁的徐涛像个孩子似的蹦起来，和单腿站着的夏炜平用力拥抱，力道大得差点把夏炜平给撞倒。

这是钱塘队第一次在一节比赛开始后率先进球。

"啊啊啊！"季飞翔狂吼出声，拳头砸着自己的胸膛，赵醒归转着轮椅来到他身边，与他击掌："国手，到底不一样。"

季飞翔："你少来！"

这个进球让季飞翔找回了自信，投篮时不再犹豫不决，有了季飞翔分担得分压力，赵醒归轻松了不少，加上陈昌和方梓宸全力防守池青，愣是让池青五分钟里一个三分都没得。

此时，比分50：39，广东队领先。

王侃想要继续追分，可在一次四五架轮椅的冲撞中，赵醒归转人带轮椅被撞倒了。看台上，卓蕴等人心都揪了起来，她和范玉华同时喊出声："小归！"

摔倒是轮椅篮球中常常出现的情况，运动员身体被固定在轮椅上，一摔就是翻车。有些球员臂力、腰力强，可以自己撑着地面爬起来。有些摔了以后会爬不起来，需要队友帮忙。

赵醒归是侧摔倒地，很是狼狈，下半身完全使不上力，手掌撑了下地，起不来，王侃和陈昌赶紧上去，一个扶他轮椅，一个拉他胳膊，把他给扶起来。王侃问："没事吧？有没有受伤？"

赵醒归摇头："没事，就是有点累。"

王侃知道，陈昌和赵醒归体力也不行了。他俩从开场打到现在，没下去过，陈昌是因为年纪大，赵醒归是因为没有过系统训练，他的体形依旧偏瘦，还适应不了高强度的正式比赛。

"老徐，换人！"王侃对徐涛喊。

徐涛发愁地看看替补席，真是巧妇难为无米之炊，只能用刘坤换下赵醒归，用朱振换下陈昌。赵醒归下场时朝看台比了个手势，示意自己没事，卓蕴等人才放下心来。

池青见赵醒归下去了，自己又得不了分，脾气暴躁起来，也示意换人，于是广东队把他和6号都换了下去。

场上的局势没有太多改变，大家你攻我守，你守我攻，得分都不多，因为体力下降，还不时有人犯规，到第三节结束时，比分是54∶43，钱塘队落后十一分。

(3)

赵醒归累极了，好像从来没这么累过，汗水糊着眼睛，耳朵边都嗡嗡嗡地响，甚至听不太清徐涛的话。

他弯下腰，双肘撑在大腿上，大口大口地喘气，胸腔里的心脏跳得很重很重，都搞不清开场时他怎么能有那么多力气，可以转着轮椅满场飞奔，又懊恼在他体力最好的时候，队友们不传球给他，要不然，现在也不会追得这么艰难。

赵醒归羡慕王侃的臂力和体力，知道自己力量训练还是不够，明明才十九岁，体力还及不上一个三十多岁的大哥，真是丢人。赵醒归看着场上的记分牌，54∶43，还有十分钟，差十一分，其实还好，还是有机会追上去的。为什么不能有多一点的力气？他还想比赛，还想得分，进球好爽！他今天手感特别好，命中率很高，那四十三分里，他得了有一半吧？

队友们都围在徐涛身边，徐涛站着，他们坐着，一个个汗流浃背地听徐涛讲最后一节的战术安排。一直落后的比赛其实很难打，很容易让人心灰意冷，怎么追都追不上的滋味特别不好受，唯一的一次分差个位数，只维持了一会儿就没了，当时的打击真的很大。

赵醒归发现自己还有些耳鸣，听不清徐涛的话，脑子里也乱哄哄的，干脆抬头去看看台。

他的啦啦队在栏杆旁站成长溜溜的一排，见他抬头，他们又开始乱叫，赵醒归看到卓蕴在朝他挥舞手臂，向剑、彭凯文和苏漫琴也是如此，还有他的爸爸妈妈和妹妹，苗叔和边阿姨……啊，还有胡君杰，胡君杰来了，刚才都没看到他……

他又看到卓蕴，她好像哭了，为什么要哭？赵醒归想，比赛还没结束呢。十一分，真的不多，在他以前打过的篮球赛中，一节比赛追上十一分，不是没有过。

钱塘队，其实实力还行，都有国手呢！还有未来的国手。

赵醒归努力冲卓蕴笑了一下，卓蕴双手拢在嘴边，大声喊："勇敢龟龟不怕困难！赵醒归，你可以的！加油啊啊啊！"

她的声音清脆悦耳，赵醒归听得分明，耳鸣终于消失了，他又听到篮球馆里喧闹的声音，还有徐涛和队友们的讨论声。徐涛说："再坚持一下！就十分钟，能追几分是几分，打好每一次进攻，把握住每一次机会！好好防守，一来一去就是四分，追得回来的！"

这话，他自己说得都很没底气，纯粹是在给队员们"灌鸡汤"。刘坤问："真的追得回来吗？他们可是全国冠军。"

季飞翔撑他："都是多少年前的冠军了！北京队比他们强多了！"

陈昌说："可他们有金毛狮王，那家伙真的很厉害。"

赵醒归突然插嘴："能追回来。"

大家都吓一跳，因为赵醒归之前的样子很可怕，像是累得要厥过去了。

方梓宸问："真的能吗？"

"能。"赵醒归直起上身，脸色还是很难看，摸一把湿答答的头发，喘着气说，"一定能，他们也是人，和我们一样，他们也会累，第四节，谁都不轻松。"

刘坤喃喃道："十一分啊……"

赵醒归瞪着他："只差十一分，而已。"

刘坤被他的眼神惊到，不敢再吱声，王侃握紧拳："对！只差十一分，我们自己先不要气馁，老子就不信了，我们也是在全国比赛拿过牌的！"

徐涛见队员们士气有所回升，"鸡汤"继续灌起来："说得好！咱们是主场，东道主！你们看看，你们每个人都有家属过来，好意思输吗？广东队没那么强，我看着也就那样，我们就是第一节没打好，第二节第三节我们和他们是34：28呀！我们是领先的，懂吗？你们能赢他们！"

最后这句话真的激励到大家，他们第一节的确没打好，自己先怕了，第二节第三节，他们打得不差，比分上还占优，说明广东队没那么强大，只要他们好好打，完全有可能继续缩小比分，甚至反超。

队员们都看向看台，在人群里寻找自己熟悉的面孔。那些人有老有小，刘坤看到自己的妈妈和姨妈，夏炜平看到十三岁的儿子，王侃看到妻子抱着三岁的小女儿，小家伙奶声奶气地喊："爸爸，加油！"

轮椅篮球向来没什么观众，要不是在主场，哪里会来这么多人帮他们加油打气？一群残疾人打球，在别人看来可能都没什么意义，有这闲工夫还不如想想怎么挣钱养活自己。

可真的没意义吗？

那这些亲人、朋友为什么要来呢？

他们的生活已经很困难了，日日夜夜饱受疾病、伤情的困扰，给亲人们带来许多负担，不能继续上学，很难找到工作，有些重残的甚至连生活都不能自理。在婚恋交友中，他们更是处在弱势地位，几乎没人能看上他们。

他们好多人，都曾有过轻生的念头，残疾以后，觉得自己被世界抛弃了，人生再也没有希望，与其这么破破烂烂地过完一生，不如早点解脱吧。

与这个念头做斗争，痛苦至极，每个人都有自己的悲伤往事，是迈不过去的坎，扎在心里的刺，只能让时间慢慢将之冲淡、消弭。

走出来，不容易，他们每个人都用了很大的力气。既然选择继续活下去，就要活出个人样来，在力所能及的范围内，让今天的自己比昨天好一点，让明天的自己比今天再好一点……这是他们心底最深重的决定。他们都是在人生路上跌过大跟头的人，都输过，哪里还怕什么输赢？

现在，他们因为轮椅篮球而结缘，不仅是篮球，还有别的残疾人体育运动，他们在运动中找到自信、获得友谊，在比赛中寻求突破、实现自我，他们努力接纳全新的身体，无惧未来漫长的岁月，直至敢于面对灵魂里的自己。

——季飞翔，你还年轻，未来还很长，你只去过日本，都还没冲出过亚洲！

——王侃，腿断了又如何？你还有强壮的手臂，很多像你这个年纪的男人已经大腹便便，身材远没你维持得好呢！

——夏炜平，你儿子已经上初中了，他一直以你为豪，经常在作文里写：我的爸爸是世界上最坚强的人。

——方梓宸，女朋友离开你，没关系，你只是腿不好，你的高学历是靠大脑得来的，不是靠腿！你现在完全能应对工作，收入也不低，爱情，总有一天会再次出现。

——赵醒归，你依旧是个完整的人，从身到心。走到今天，要感谢老天，感谢父母，感谢斯医生，感谢现代科技，还有，别忘了感谢你自己，你坚韧又自律，没有放弃学业，没有放弃篮球，没有放弃锻炼，现在你可以站起来了，还有了深爱的女朋友。

你要感谢卓蕴，感谢她没有嫌弃你破碎的身体，感谢她的善良勇敢，不离不弃，感谢她为你装修出那栋完美的房子，感谢她在你遭受欺辱时为你出头，感谢她为你流的每一滴泪，绽开的每一个笑。

那都是你人生中不曾见过的美景，如果你以前放弃了，就不会经历这些美好，如果你以前放弃了，现在哪会待在这个篮球馆里，体会到流汗的滋味，享受到比赛的乐趣。

所以，不要放弃，永远都不要放弃！爸爸说过，这就是一场以弱对强的篮球赛！首先自己不能认输，你认输了，比赛就会毫无悬念地结束。只要你自己不放弃，拼尽全力，就算输了，你也不会留下遗憾。

裁判鸣哨，第四节比赛即将开始。

徐涛重新排兵布阵，赵醒归主动请缨，说要上场，于是上场人员是赵醒归、季飞翔、王侃、方梓宸和魏浩。

比赛再次开始，广东队也很疲惫，池青被方梓宸和魏浩严防死守，机会变得不多，投出四个三分球，只进了一个，和体力下降也有关系。他毕竟才二十岁，心态也开始失衡，越是心急得分，越容易失误。

反倒是钱塘队这边，赵醒归和季飞翔像是打了鸡血，不仅连连配合得分，每次得分还会嗷嗷大叫，用力击掌。

卓蕴从未见过这个样子的赵醒归，像一头野兽，头发湿得能滴出水来，杀红了眼般转着轮椅横冲直撞，眼睛里似乎只有那个篮球。

第四节比到四分钟，广东队59：51领先。

赵醒归体力透支，连王侃和方梓宸都撑不住了，钱塘队换上夏炜平、朱振和陈昌，几乎都是后卫。夏炜平还没上过场，就算年纪偏大，体力也还跟得上，趁着对方一个防守松懈，夏炜平在三分线外一记远投，居然进了！

赵醒归在场边瞪大眼睛，嘶声叫道："好球！"

夏炜平的儿子开心得又跳又叫，他等爸爸上场等了很久，看到爸爸得分，觉得自己又能写出一篇大作文。

59：54，只差五分，比赛还有四分多钟结束。

苏城队紧张起来，要不是亲眼看着广东队在拼，光看这比分，都要以为广东队是在故意放水。

场上，换成广东队进攻，这是一个关键球，进了，比分继续拉开，不进，就是钱塘队的机会。广东队慢慢从后场推进传球，所有人轮椅行进的速度明显放慢，钱塘队严阵以待,四个后卫加一个季飞翔一个个都猩红着眼,双臂张开,那眼神都让对手胆寒。

他们之前采用过好几种轮椅篮球中的防守战术,"火车""一字站位""U型"等等,搞得广东队头昏脑涨,都不明白钱塘队怎么会上这么多后卫。徐涛也想问这个问题!但凡他手里能多几个得分手,也不会搞得这么被动。

池青迫切地想投进这个球,他没有晋级压力,却知道董炀在场边看他,他想进国家队,这样的表现是不会让董炀满意的。池青卖力地转动轮椅,一边与队友互相传球,一边寻找合适的投球点。

三分,必须是三分,这是他的绝技,苦练三年,就是为了进国家队!

终于,池青有机会了,在一个很舒服的位置,篮球到了他手中,他高举过头,球刚离手,脑袋上方突然出现一只手,从侧面盖帽,轻巧地把球给拍掉了。

是季飞翔,偷袭盖帽本就是他的绝活之一。

"进攻!"季飞翔也不管他带的是四个后卫,率先转着轮椅往对方篮架下冲去。

魏浩抢到球,后场也不管了,运了几下球后传给夏炜平,夏炜平又传给朱振,朱振传给陈昌,就在这一次次传球中,他们艰难地突破到广东队后场。

陈昌把球传给季飞翔,无奈季飞翔被几架轮椅围住,只能把球传出去。朱振接到球,想要再往里突破提高投篮命中率,在他好不容易准备投球时,对方一个球员撞了他,朱振失去平衡,轮椅"砰"地倒地,球自然没进,朱振得到两次罚球机会。

"要进。"赵醒归说。

"要进。"徐涛也在祈祷。

王侃已经累得说不出话来,只在心里说:要进。

看台上,所有钱塘队的啦啦队成员们都在说:"要进啊!"

朱振坐着轮椅爬起来,顶住压力,不负众望,两个球都罚进了,他激动得差点哭出来。

59∶56,还有三分多钟。

池青怒了,在下一轮广东队进攻时,他大声问队友要球,队友们决定信任他,把球给了他。钱塘队四个后卫一起围上去,池青在重重包围中直起腰身,不给他们任何偷袭、干扰的机会,将球投出。

三分球空心入网,池青仰天大吼,场边的董炀微微一笑,苏城队全体松了口气。

62∶56,还有三分钟。

下一轮双方互攻,花了近一分钟,两边均无建树,比分依旧是62∶56,还有两分零九秒，比赛就要结束。

徐涛喊暂停，最后的两分钟，不用他说，赵醒归主动开口："我能上，休息过，好很多了。"

徐涛又问季飞翔："你呢？"

"就两分钟，老子拼了！"季飞翔已经咬牙切齿。

王侃说："我也能上！赢了就能晋级！"

大家都激动起来："对！赢了就能晋级！"

徐涛指着刘坤："阿坤，你也上，你是前锋，有机会就投，他们不太会来防你。"

刘坤不再像之前那样害怕，早就热血沸腾："好！"

钱塘队换了三个人，后卫都变成了前锋，开场就全力进攻。

徐涛没猜错，对方球员都去防赵醒归和季飞翔了，没人注意刘坤，刘坤拿到球后，人家照样盯着赵、季不放，觉得他一定会传球。没想到刘坤直接投篮，球出手的时候，他嘶吼道："妈妈！进啊！"

不辱使命，球真的进了！

看台上，刘坤的妈妈嚎啕大哭："好儿子！你是最棒的！"

62∶58，还有1分41秒。

"防住这个球！"王侃坐镇后场，健壮的手臂上肌肉鼓起，仿佛上足发条，一步都不离开池青，"金毛归我！你们管别人！"

广东队的这次进攻以失败告终，钱塘队卷土重来，赵醒归觉得自己已经突破极限，轮椅转到飞起，和季飞翔、刘坤从左、中、右三路一齐杀上，心里祈祷着传球不要失误、不要失误，终于，球到了他手上。

赵醒归半秒钟都没犹豫，举手就投，球进了！还是三分。

赵醒归蒙了，都没意识到自己是在三分线外。

62∶61，还有1分3秒。

苏城队队员开始骂人，钱塘队可是他们的手下败将，此时恨不得自己上场去打。卓蕴双手捂着嘴，早已泣不成声，边琳、范玉华和赵相宜都哭了，因为她们看到了希望。

可紧接着，广东队就进了一个球，又给她们浇了一盆冷水。

64∶61，还有48秒。

钱塘队没有放弃，谁都没有放弃，赵醒归呼吸紊乱，眼神却极为坚毅，季飞翔如疯如魔，轮椅快速推进，刘坤大喊："这个球一定能进，一定能进！"

这个球的确进了，是王侃进的。

64∶63，还有21秒。

广东队开始最后一轮进攻，他们很稳，知道只要互相传球到终场就行。

计时板上，时间一秒一秒地过去。钱塘队始终在寻找机会，轮椅移动得很迅速，在还剩十秒时，季飞翔终于找到机会，又一次偷袭抢断得手，他疯了一样地喊："8号！"

8号是刘坤，离季飞翔最近，广东队队员也被弄蒙了，季飞翔喊8号，他们有人看向8号，有人真的向8号冲去。

还有八秒、七秒……离季飞翔很远的赵醒归突然加速启动，季飞翔心里夸一句"好小子"，就把球直直向他掷去。池青一惊，他离赵醒归最近，想要伸手拦截，赵醒归已经侧倾身体，抢先一步接到球。

五秒、四秒……

赵醒归运球向前冲，这是三年多前的他从未想过的一种打球方式。最近一年多，他练得很辛苦，坐着轮椅运球突破，再也不会像刚开始那样要么丢球、要么走不了直线。他带球速度超级快，徐涛都曾赞不绝口。

三秒、两秒……

赵醒归冲过三分线，池青紧追着他，赵醒归一个急停，篮球从手上抛出，姿势一点都不标准，人也早已不那么帅气。他狼狈得不像话，只有那双眼睛依旧熠熠生光。

篮球砸在篮板上，又在篮筐上滴溜溜转个不停。

计时板的倒计时结束，赵醒归闭上眼睛，疲惫地举起右臂，嘴角上扬，食指向天。

篮球入网，"砰"的一声落在地上，又弹开了。

64∶65。

全场比赛结束，钱塘队获胜。

苏城队全体蒙了，一个个嘴巴张得老大。

徐涛第一个张开双臂、嗷嗷叫着冲上场，一把抱住赵醒归，身后跟着一群鬼哭狼嚎的轮椅队员，王侃扯掉束带，单腿蹦着扑向季飞翔，与他抱在一起，边上的刘坤像个孩子似的大哭起来。

所有人都哭了，球场上，看台上，还有谁能忍住？卓蕴哭得稀里哗啦，连赵伟伦都泪流满面。

不知是谁喊了一声："我们赢了！"

大家终于反应过来，队员、钱塘残联的工作人员、啦啦队们，大家一声接一声地喊：

"我们赢啦！"

"钱塘队赢啦！"

"我们晋级啦！"

…………

池青垂着脑袋在场边穿假肢、收拾东西，董炀转着轮椅来到他面前，池青抬起头，眼里都是泪。董炀说："打得不错，就是你还要学学怎么控制情绪，心理素质方面，你比不上对方那个11号。"

池青一撇头："哼。"

董炀大笑："好啦，别哭了，我去找那个11号聊聊，搞不好过阵子，你俩会重新见面。"

他真的去找赵醒归，发现钱塘队那边还在庆祝，看台上的人都下来了，大家又是哭又是笑，一个个抱成一团，却没见到赵醒归的身影。

董炀问季飞翔："飞翔，你们队的11号呢？"

季飞翔哭哭啼啼地往边上一指："找、找女朋友去了。"

董炀转着轮椅绕开人群，就看到看台下的角落里，一个女孩坐在那男孩的腿上，环着他的脖子，正在对他说悄悄话。董炀笑了一下，将轮椅回转，想着还是别去打扰他们，去找徐涛聊聊吧。

唔，那个男孩叫什么来着？

董炀看向看台，大红横幅还挂在那儿。

——扬帆起航赵醒归！

赵醒归，还有池青。

一个十九岁，一个二十岁。

董炀很高兴，觉得这一趟的收获真是不小。

因为三支队伍积分相同，晋级要算小分，钱塘输苏城、赢广东的分差都很微弱，而广东大比分战胜苏城，所以广东队仍旧是小组第一，钱塘第二，半决赛要打另一组的第一名北京队。

"这是真凶多吉少了。"刘坤唉声叹气，"北京队是真的强。"

王侃哈哈笑："明天的比赛明天再说，今天先别想啦！"

徐涛招呼大家："来来来，我们拍个合影，就当欢迎小赵入队，小赵绝对是我们获胜的大功臣！"

赵醒归已经缓过来了，坐着轮椅和队友们排成一排，徐涛和队医站在他们身后，残联有负责宣传工作的小姐带着单反相机，整场比赛都在拍照，先给钱塘队拍过集体照，又看看边上一大堆亲友啦啦队，说："不如大家一起拍吧！挤一挤，把那横幅也拉上！"

彭凯文已经把横幅解下来，所有人都围了上去。赵醒归的同班同学们在地板上盘腿坐成一排，坐轮椅的队员们在他们身后，有人抱小孩，有人拉横幅，后面再挤挤挨挨站上一堆人，向剑肩扛班旗，傻笑着站在最边上。

家属们都在，还有残联的工作人员和别的残疾人运动员们，足有七十多人，其中有小一半是为赵醒归而来。卓蕴就在赵醒归身后，弯腰抱着他的脖子，与他脸贴脸看向镜头。

小姐姐喊："我要拍喽！一，二，三，赢啦！"

"耶！"大家比"V"的比"V"，比心的比心，一个都笑得无比灿烂。

拍完照，所有人准备离开篮球馆，季飞翔问徐涛："老徐，今晚没有庆功宴吗？"

"什么庆功宴！"徐涛瞪他，"你买单我买单？还是让残联买单？"

季飞翔撇嘴："赢得这么辛苦，连顿饭都没得吃。"

徐涛给了他一个栗暴："你要是明天能赢北京队，进决赛！我一定请你们搓一顿。"

刘坤呵呵笑："教练你咋不让我们拿冠军呢？"

赵伟伦走到徐涛面前，说："徐教练，等这次邀请赛结束，我请大家好好吃一顿，再包辆车去梧城，找个环境好的酒店住一晚，就当团建。"

徐涛还在发愣，季飞翔和刘坤已经叫起来："谢谢赵叔！"

他俩想去找赵醒归，发现赵醒归在和一个高个子男生道别。

胡君杰刚和赵醒归聊过几句，见有人来找他，最后伸出拳头："小乌龟，那我先走了，下次一起玩。"

赵醒归与他碰拳："拜拜，微信联系。"

季飞翔和刘坤对视一眼，见胡君杰走了，季飞翔问："小赵，你外号叫小乌龟吗？"

赵醒归说："对，有些朋友喜欢叫我小乌龟。"

刘坤想不通："乌龟不是王八吗？你不生气啊？"

"干吗要生气？"赵醒归笑，"小乌龟多可爱，我家里还养着一只呢。"

季飞翔立马把这事儿告诉给篮球队的队友们，说原来酷酷的小赵同学有个超可爱的外号叫"小乌龟"！赵醒归叹气，心想，以后大概没人会再叫他小赵了。

没多久，大家都散了，赵醒归和卓蕴也准备回家。与北京队的比赛第二天下午进行，赵醒归觉得自己休息一晚，体力恢复后还能再战一场，当晚就和卓蕴一起住在紫柳郡。

回家的车上，他摊开手掌给卓蕴看，这场比赛打得太激烈，他转轮椅时有些没轻没重，手掌磨破了几个血口子，卓蕴光看着就觉得疼，抓住他的手问："怎么会这样的？"

赵醒归说："比赛用的轮椅没刹车，急停都要用手搓。"

卓蕴心疼极了："那明天怎么办？都这样了，明天再打一场你不得疼死啊？"

"没事，涂点药就行。"赵醒归说，"其实这算好的，我练得少，手没怎么破过。你是没看到侃哥他们的手，全是老茧和伤疤，都是平时训练磨出来的。他们训练时要坐轮椅在体育馆跑圈，就跟你们耐力跑一样，很辛苦，我平时去玩都不愿跑，现在觉得，以后我也得跑圈，我体力真的不行。"

"可我觉得你已经很棒了，今天的比赛，你们每个人都很棒。"卓蕴的眼睛还肿着，喉咙都有点哑，观赛时她一直在哭，其实知道没什么好哭的，比赛不是赢就是输，赢了自然高兴，输了也没关系，可真的处在那样的环境中，看到赵醒归和季飞翔们那么拼命地在追分，她就是想哭。

不仅是她，身边人也都在哭，还大喊大叫，这场胜利是对赵醒归和队友们努力付出的最好回报，绝不是靠运气得来。赵醒归揽过卓蕴的肩，揉着她的胳膊说："我真高兴啊。"

卓蕴问："高兴什么？比赛赢了吗？"

赵醒归摇头："不是，比赛输或赢都没关系，就是觉得，我做到了。"

他又做到一件事，没有说大话，他在钱塘队打上了主力，在二十岁前。

这一晚，赵醒归吃过晚饭，洗过澡，让苗叔来房里帮他按摩肩膀和双臂，放松酸痛的肌肉。

他趴在床上，卓蕴和苗叔一人负责一只胳膊，卓蕴学着苗叔的手势帮赵醒归按摩，两人按着按着，发现赵醒归歪着脑袋睡着了。

"他肯定累坏了。"卓蕴还在帮他捏胳膊，笑着说，"小皇帝一样的，两个人服侍他，都能睡得这么香。"

苗叔说："明天的比赛好像不好打，我今天听他们讲，北京队很厉害。"

卓蕴说："应该是，小归都让他那些同学明天不用来了，说大概率会输。他心态其实不错，知道比赛总是有输有赢，实力摆在那儿，没办法的。但他还是想上场，是真的喜欢打篮球。"

又按摩了一阵子，苗叔帮赵醒归翻身仰卧，卓蕴脱下他的长裤，帮他摆好双脚，动作这么大，他都没醒来。

苗叔离开房间，卓蕴为赵醒归盖上被子，关掉顶灯，坐在床沿上看他睡觉。赵醒归闭着眼睛，眼睫纤长，睡相很乖巧，还打着轻微的小呼噜，卓蕴俯身亲吻他的唇，小声说："晚安，我的男孩。"

第二天的比赛，钱塘队果然输给北京队，但比赛过程并非一边倒。钱塘队的队员们依旧拼尽全力，落后二十分时，北京队把主力们换下，赵醒归和季飞翔趁着那几分钟连追八分，吓得北京队的主力们气还没喘匀就回到了场上，生怕重蹈广东队的覆辙。

邀请赛没有季军之争，广东队和北京队打决赛，钱塘队和另一支半决赛球队并列第三，至此，钱塘队结束了这次邀请赛的征程。

七月中旬，赵醒归依旧住在久兰花苑，范玉华和他视频聊天，告诉他，A大录取通知书寄到家了。她在视频里把录取通知书打开给赵醒归看，笑着说："恭喜你呀，准大学生。"

赵醒归也笑："谢谢妈妈。"

范玉华问："你打算什么时候回来？都在那儿住一个多月了，小卓什么时候走呀？"

赵醒归说："她开学早，买的八月十二的机票，和她朋友一起从上海飞，我想八月十号回去，陪她过完七夕。"

"这么抠时间啊？"范玉华头疼，在屏幕里指指他，"你呀你呀，以后保准是个老婆奴。"

赵醒归捂着脸一通乐，范玉华说："小归，小卓要走了，你舍得吗？"

赵醒归的笑容渐渐消失，没有回答。范玉华见他心情不好，有心扯开话题："对了，你姨妈昨天给我打电话，说你在网上红了，你知道这事儿吗？"

赵醒归脸更黑了。

这件事很奇葩，起因就是七月初的那场轮椅篮球邀请赛。赛后，钱塘残联的工作人员挑出几张赛事照片传到残联官网，也就是个常规工作，赵醒归根本没去看过。谁知一周前，有人从官网下载照片传上微博，说发现了一个长得巨帅的轮椅小哥。

那张照片是比赛开始前，赵醒归在对看台上的卓蕴比心，被残联小姐姐用单反抓拍下来，算是一张单人特写。

照片上的赵醒归黑发清爽，皮肤白净，五官立体又精致，浑身带着浓浓的少年气，加上他肩膀宽阔，手臂修长，穿着篮球服，一看就是个高个子帅哥，像极了漫画里的男主角。照片被疯狂转发，赵醒归作为一个素人小伙子，小小地火了一把，甚至在热搜上挂了半天。

他也是最近几天才知道这件事，还是向剑推给他的。

赵醒归连微博都没有，肯定不会回应，卓蕴和他一起看那张照片，说："你真的好帅哦，我要是不认识你，光看这张照片也会惊为天人，哎她是不是给你修过啊？"

"没修！"赵醒归不乐意了，"我不就长这样吗？现在的问题是，这事怎么办？"

"没事没事，互联网记忆很短的。"卓蕴安慰他，"刚好你躲在我这儿，也没人找得到你，过一阵子就没人记得这件事啦！"

卓蕴想得太过简单，几天过去，不仅还有人在转发这张照片，甚至被人扒出一年前赵醒归"抢婚"的短视频。网友们经过对比，确认这个打篮球的轮椅小哥和去年"抢婚"的轮椅小哥是同一人，于是，连出镜过的卓蕴也跟着火了一把。

网友们最关心的一个问题是，轮椅小哥打篮球时是在对谁比心？还是那个"抢"来的新娘吗？如果是，他们就又相信爱情了！

赵醒归烦得不行，打电话给老爸，让他帮忙解决这件事。赵伟伦着实没想到自家儿子还会摊上这种事，赶紧联系公关公司，终于把这事给压了下来。

日子一天天地过去，赵醒归看着日历，原本还算平静的一颗心，变得越来越不舍。

他喜欢和卓蕴住在一起，他们磨合得很好，没有吵过架，每天同进同出，同吃同睡，有时候会像大人那样谈心，有时候又会像孩子似的说些傻话，打打闹闹斗斗嘴，最后又纠缠在一起，接一个甜甜的吻。

这一年的七夕是在八月九号，赵醒归回钱塘的前一天。

他和卓蕴出门去约会，开着他的电动轮椅，两人逛过商场，互相赠送礼物，吃了一顿牛排，下午决定去看电影。

这还是他们第一次去电影院看电影，观县的影院没有高档到设置有无障碍影厅，每一个小厅都有几级台阶，好在，台阶已经难不住现在的赵醒归了，只是他依旧需要卓蕴帮忙。

赵醒归带着双肘拐，撑着拐杖站在台阶前，卓蕴帮他把右腿搬上一级台阶，他再把左腿提上来，踩稳后，卓蕴再搬右腿……

卓蕴抱怨："你的脚到底什么时候能抬起来呀？"

赵醒归感受了一下自己的下半身，回答："不知道，可能有一天能抬起，也可能永远都不行。"

看完电影，两人回家，赵醒归洗完澡后想起一件事，向卓蕴摊开手掌："那两张电影票，你给我。"

"电影票？"卓蕴想了想，摸过口袋翻过包，"啊，我好像丢了，丢奶茶杯的时候一块儿丢的。"

赵醒归一脸失望，把手收了回去，卓蕴觉得他的样子很有趣，笑问："你要电影票干吗？"

赵醒归说："这是我们去电影院看的第一部电影，我想把票留作纪念。"

卓蕴摆摆手："算了算了，就两张电影票，以后我们再去看过。"

赵醒归还是很不开心，到晚上，他依旧觉得可惜，想到一个弥补的办法，让卓蕴帮他画一张画。

卓蕴问："画什么？"

赵醒归说："就是你给我画的第一张画，你一直没给我，我想你再帮我画一张。"

卓蕴想不起来："我给你画的第一张画？是什么呀？"

赵醒归说："勇敢龟龟，不怕困难。"

两年了，卓蕴哪里还记得当初画的那只小乌龟是什么样，赵醒归连描述带比画，甚至拿出一张纸试图画给她看。看完他的大作，卓蕴陷入沉思，因为完全看不懂。

"干吗还要画这个？"她觉得没什么意义，"我后来送给你那么多画呢，还不够吗？"

赵醒归说："我就想要那张。"

卓蕴拿过纸笔，努力回想："那我尽力，画得不像你别挑剔。"

她认认真真地画了一只小乌龟，画着画着，记忆有点回来了，小乌龟有着圆圆的脑袋，胖胖的爪子，额头上绑着一条写有"加油"的布条，大眼睛，长睫毛，一张阔嘴往上扬，笑得很得意。

赵醒归看着这张画，说："上次那张嘴巴是往下挂的，很威风。"

卓蕴把笔一丢："那你来！"

赵醒归眨巴着眼睛看她，卓蕴晃着脑袋说："我就想画一只笑眯眯的小乌龟，你不要拉倒！"

赵醒归又低头看画，嘴角也扬起来："我要的，你再帮我签名题字，还要有日期。"

卓蕴签名：勇敢龟龟不怕困难！

By Zoe 。

201Y.8.9。

赵醒归满意地收货，卓蕴很好奇："你今天到底怎么啦？怪怪的，干吗突然要我画画？"

赵醒归看着她的脸，看了很久很久，放下画纸，轮椅划到她面前，拉过她的手让她坐在腿上，用力地将她拥进怀里。

"我舍不得你。"他的声音低低的,"卓蕴,我舍不得你。"

这一走,就是四个月,圣诞假回来,也只能相处一个月,然后是漫长的半年分离,暑假见两个月,又是四个月的分离……如此循环,需要四年。四年后,卓蕴快要二十七岁,赵醒归也将是个二十三岁的男青年。到那时,他已经在轮椅上生活七年多。

之前两个月的同居生活那么梦幻美好、甜甜蜜蜜,就是因为一切都太过完美,离别便显得越发伤感。

赵醒归从来没对卓蕴说过一些过分的、类似宣示主权的话,比如"你不能和别的男生单独吃饭""你每天要和我报备行踪""你不能穿太性感的裙子""你不能去泡吧喝酒"等等,他什么都没说,给予她最大的信任,可真到了分别的这一刻,他还是会难过,手掌抵住卓蕴的后脑勺,不让她有片刻逃离,近乎疯狂地吻着她。

唇舌松开后,他把脸埋进她的颈窝,一遍遍地对她说:"你是我的,卓蕴你是我的,我也是你的,永远都是你的,你甩不掉我,不可以不要我,我爱你,卓蕴我爱你……"

"我也爱你,赵醒归我也爱你,舍不得你,你是我的,我也是你的。"卓蕴抓揉着他的头发,眼泪从脸颊滑落,"我不会甩掉你,不会不要你,你那么好,我怎么舍得不要你?"

赵醒归抬起眼来看她,一双湿漉漉、黑黝黝、清亮亮的漂亮桃花眼,眼底刻满最浓郁的眷恋与不舍。卓蕴用手指去描摹他的眼睛,他则用手指去摸她嘴角的小梨涡,轻声说:"你别哭,笑一个,你不笑,梨涡就没了。"

卓蕴抿唇而笑,小小的梨涡近在赵醒归眼前,他贪婪地摸着它,想要记住这一刻的感觉,之后的几个月,他再是想念她,也无法触碰到她。

"你一定要注意安全。"赵醒归说,"你要保护好自己,不要和人吵架,有时候吃亏就吃亏吧,钱这些东西都不重要,人最重要。如果出什么事,你不要和他们硬杠,有事情如果一时联系不到我,就去和苏漫琴商量,知道吗?"

"嗯,我知道。"卓蕴发现过了一年,赵醒归成熟了,去年八月她离开时,他刚做完手术,整个人还稀里糊涂,都没对她说过这些。而现在,他已经很有男朋友的样子,交代起事情来井井有条,像个大人。

赵醒归又说:"钱用得不够就和我说,千万不要省钱,你是我女朋友,不用考虑这些,想吃什么就吃,喜欢什么就买,我供得起。"

卓蕴皱眉:"你不是已经没钱了吗?"

赵醒归语塞,卓蕴笑着捏捏他的耳朵:"不用担心,我有钱,你也知道我的生活习惯,我不怎么省钱,该花就花,要是花得不够,我会和你说的。"

赵醒归点点头,沉默一阵子后,像是下定决心般,说:"我想给你看个东西。"

卓蕴:"什么东西?"

赵醒归让她从腿上起来,转着轮椅去衣柜边,从下层拿出一个大大的塑料方盒。卓蕴收拾衣柜时就见过这个方盒,知道是赵醒归的,就没打开过,她无意窥人隐私,不知道里面装的是什么。赵醒归把方盒放到大腿上,向卓蕴伸出手:"来,我们到床上去看。"

两人上了床,没躺着,而是并肩趴着,用手肘撑着床面,头碰着头,赵醒归郑重地打开盒盖,卓蕴就看到……一堆垃圾。

"这是什么呀?"她拿起一张餐厅水单,已经褪色严重,"这什么东西?"

盒子里的照片都被赵醒归收进相册了,那些正式的礼物也都被他另做存放,百宝箱里现在剩下的都是些小东西,小票、水单、包装纸……有些卓蕴还有印象,有些完全记不得了。

赵醒归从盒子里扒拉出一张16开素描纸,上面是一个睡着了的他,卓蕴瞪大眼睛盯着画像。

"这是你送给我的第一件礼物。"赵醒归又找出一张黄色便利贴,"这是第二件,你还记得吧?你说希望有一天我能重新走路,现在实现了。"

卓蕴呆呆地看着那张便利贴:"你还留着?"

"嗯。"赵醒归又找出一个花生酥包装袋,"这是第三件。"

他一样样拿给卓蕴看,说给卓蕴听,第四件是一个喜糖袋子,第五件是一张个人信息表,第六件是拆开的泡芙盒子,第七件是一张烤肉店水单,字迹已经淡得看不见……

"这是你在我房里画的涂鸦,这是上次出去买奶茶的小票,这是你给我带的甜点盒子……"

满满一盒子水单、小票、包装纸,都是卓蕴眼里的垃圾,赵醒归却如数家珍,连哪一样是什么时候得来的,都记得清清楚楚。

卓蕴渐渐明白过来,他为什么要问她要电影票,为什么要让她重新画那张小乌龟,为什么,他要给她看这些东西。他是要告诉她,两年了,他什么都记得,这些东西在他眼里都是幸福的回忆,是他们相识以来的点点滴滴,他要在她离开前让她知道,她可以忘记,而他,绝对不会忘。

一滴眼泪落在一张水单上,赵醒归心疼地把水单抢过去:"已经褪色了!再弄湿更不好保存了。"

卓蕴泪汪汪地转头看他:"你是傻瓜吧?"

"是啊。"赵醒归把东西都收进方盒,盖上盖子,"你才知道吗?我不仅是个瘫子,还是个傻瓜,反正就赖定你了,想你了就把这些东西看一遍,别说四年、七年、八年、九年,我都会等你。"

卓蕴突然伸出右手,按住赵醒归的后脑勺,将他的脑袋向自己面前一带,她则抬起下巴向他探颈,又一次与他唇齿相依。

赵醒归的手没动,两只手肘依旧撑在床上,只转着脑袋与她接吻。

卓蕴浅啜着他柔软的唇:"今天是七夕。"

赵醒归半垂着眼,用舌尖去舔她嘴边的梨涡。

第二天下午,赵伟伦和司机开着两辆车来久兰花苑,加上苗叔开着的宾利,把赵醒归和他的行李一起接回钱塘。

卓蕴在院门口送他们,这就是她出国前与赵醒归最后的见面。他们说好了,分别时不能哭,要笑,这样就能记住彼此最帅气、最漂亮的模样。

东西全都装上车,卓蕴站在车窗外看赵醒归,他向她伸出手,卓蕴握住他的手,他仰着脸说:"十二月见。"

卓蕴微笑:"十二月见,每天都要视频哦。"

赵醒归眼神炙热:"一定。"

卓蕴弯腰去吻他的唇:"赵醒归,我爱你。"

赵醒归说:"我也爱你,我会等你回来。"

八月底,A大开学,赵醒归正式成为一名大学生。

向剑也考上了A大,两个男孩经常见面,一起吃顿饭。

赵醒归不住校,开着他的新车每天走读,他学会了自己往车厢内取放轮椅,后备厢再装上一个轮椅车头,试着不由苗叔陪伴,自己独立上下学。

A大的教学楼有电梯,部分卫生间有无障碍隔间,赵醒归很少在学校吃饭,中午都会回家,基本可以满足在校期间的如厕需求。

他很低调,但英俊的外表和身下的轮椅让他无法低调,开学没多久就有女生来问他要微信,甚至表白,他一律礼貌地婉拒,说自己已经有女朋友了。

还有女生好奇地问他:你是不是那个在网上很红的篮球队队员?

赵醒归眯着眼睛说瞎话:"不是,你认错人了,我没那人帅。"

苗叔和边琳正式确定了恋爱关系,赵醒归依照原计划,让苗叔和史磊一人轮一周的班,苗叔可以在放假时去观县陪伴边琳。两位陪护欣然同意,现在照顾赵醒归的工作非常轻松,他们连司机都不用做,赵小少爷自从有了驾照,出门再也不求人，很有种海阔凭鱼跃、天高任鸟飞的架势。

回到钱塘后，赵醒归就去篮球队进行正式训练，他再也不能以编外人员的身份逃避一切高强度练习，王侃、季飞翔等人练跑圈、杠铃卧推、跑位、定点投篮时，赵醒归都必须参加。

为了更灵活地操控竞技轮椅，他开始练习身体与轮椅的配合度。竞技轮椅没有刹车，行动起来速度极快，要在高速中控制方向与速度，急停和突然启动都要靠手来控制，有时还会用到腰部力量，这些练习，赵醒归以前做得不多，现在才开始重视。

篮球队的训练都在周末，和赵醒归的学业不冲突，他也没和同学们说自己在打球，把私生活隐藏得很好。

谁能想到呢？十月底时，他又一次冲上了微博热搜，而这次，是他自己主动的。

起因是徐涛来找他帮忙，赵醒归听完后感到为难，徐涛说："小赵啊，你在网上有点知名度，这个东西由你来说，效果会比较好，我也实在是没办法，为了钱塘队的未来，为了轮椅篮球运动的发展，你就帮帮忙吧，好吗？"

赵醒归考虑了一阵子，同意帮忙。

几天后，远在纽约的卓蕴接到同城闺蜜苏漫琴的电话，让她赶紧去看微博热搜。卓蕴找到那条热搜，还是视频，发现视频里的人竟是她的男朋友！

热搜叫做"轮椅篮球队招募令"。

那是钱塘残联官博发布的一条视频，又一次被疯狂转发，网友们都认出了赵醒归，就是那个在赛场上比心的轮椅大帅哥。

视频是竖版，定格画面就是赵醒归的身影，卓蕴忍住惊讶，点击播放。

视频是在室内拍摄，背景像个办公室。赵醒归穿着他常穿的白色卫衣配灰色长裤，脚踩篮球鞋，端端正正地坐在轮椅上，顶着一头乌黑碎发，板起一张又酷又帅的脸，双手随意地在腿上交握，全程说话没有笑容，像是机器人在背稿，声音倒是一如既往地清朗好听。

"大家好，我是钱塘轮椅篮球队11号球员赵醒归，这是一则招募令。钱塘轮椅篮球队是一支热血拼搏、永不言弃的球队，曾经战绩卓越，向国家队输送过不少优秀运动员。现在，我代表球队，热情地欢迎钱塘各个县市区，年龄在二十五岁以下、对轮椅篮球运动有兴趣的男孩、女孩们，加入我们，让我们一起享受轮椅篮球的快乐，体会比赛的紧张刺激，感受生命的精彩，努力变成更好的自己，加油。"

卓蕴看呆了，心想：小伙子，你是被绑架了吗？

这时，视频里出现一个画外音，听着像季飞翔的声音："嘿！小乌龟！很多粉丝问,你到底有没有女朋友啊?"

赵醒归愣了一下,皱眉问:"这个也要说吗?"

画外音:"说说呗。"

赵醒归重新看向镜头,原本冰山一样冻着的面容突然开始松动,眉眼变得鲜活,眼神格外清亮,唇边的笑意也一点点地显露出来。

他像是有些不好意思,忍住笑,对着镜头说:"我已经有女朋友了,就是那个抢来的新娘,我和她正在以结婚为前提认真交往中,谢谢大家关心。"

亚洲U23轮椅篮球锦标赛将于次年一月在泰国曼谷开赛,中国U23轮椅篮球男队、女队为了备战这次大赛,决定进行赛前集训,集训时间是十一月二十号到十二月十四号,共计二十五天,集训地点为配合泰国天气,安排在广东湛江。

十一月初,中国U23男子轮椅篮球队主教练董炀公布集训名单,赵醒归和池青一同入选。

赵醒归向A大请长假,辅导员同意了,说公共课先不提,专业课的课程内容会找人按时发给赵醒归,等他集训回来再补课,赵醒归承诺他会在集训期间自学,不会荒废课业。

十二月上旬的一天下午,湛江某体育馆内,二十多名坐着轮椅的年轻男孩刚刚结束训练,赵醒归浑身是汗,累到虚脱,在场边换轮椅时感觉手臂都在发软。

池青转着轮椅来到他身边,他已经被勒令剃掉一头金毛,现在只剩一个短寸头,平时习惯戴一顶鸭舌帽遮丑。池青用广东话问赵醒归:"今日下昼(下午)放假,你要唔要同我地一齐出去玩呢?"

赵醒归:"说普通话。"

池青操起一口广东普通话:"放假啊!你要不要和我们一起出去玩啊?"

"不去。"赵醒归都要翻白眼了,"你不累的吗?"

池青弯起结实的手臂,无情地嘲笑他:"还好,是你太虚啊。"

赵醒归这十几天被他烦死,都会说脏话了:"滚!"

另几个队员在边上听他们斗嘴,边听边笑,有个男生突然"哇"了一声,激动地碰碰另一个的胳膊,"快看快看,美女耶!"

池青转过头,朝着他们视线的方向望去,果然看到一个身材高挑、五官明艳的大美人在向他们走来,他吹了声口哨:"哇哦,靓女!"

几个人里,只有赵醒归没转头,他刚把自己从竞技轮椅转移到生活轮椅上,双手撑着扶手抬臀减压,寻思着回宿舍后要练会儿走路,坐了几个小时,实在太难受。

男孩们交头接耳:"咦?她过来了。"

"真的耶,来了来了。"

"她在看谁?"

"小乌龟?"

有人去拍赵醒归的胳膊:"小乌龟小乌龟,那个美女在看你。"

赵醒归终于回头,看到队友们嘴里的美女正踩着猫步向他走来。

十二月的湛江非常温暖,气温最高能到二十多度,最低也有十五度,就像钱塘的春天。

他望着她,她也望着他。

微风吹起她的长发,醉了赵醒归的眼睛。

番外一

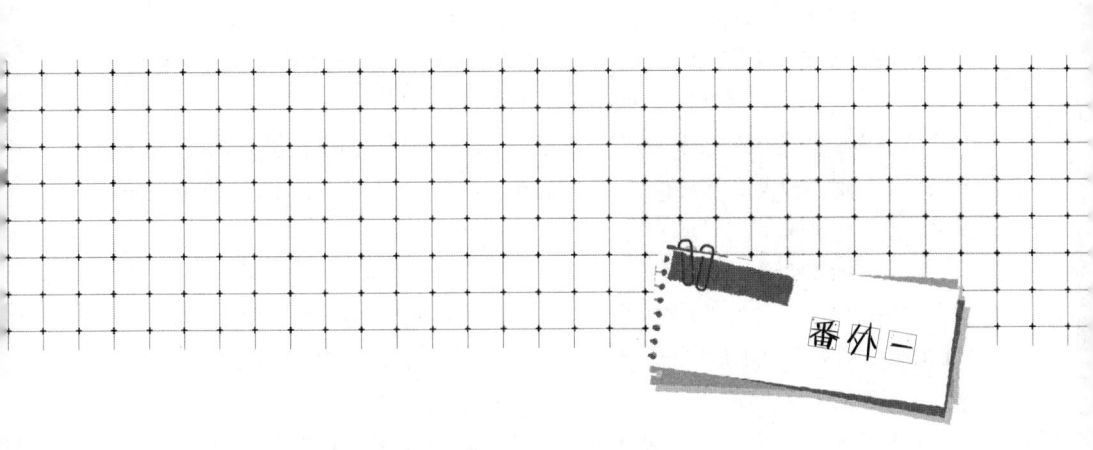

惊喜与浪漫

(1)

一个学期结束，赵相宜灰头土脸地站在范玉华面前，垂着脑袋看脚尖。

小姑娘已经十四岁了，上初二，进入初中后身体开始发育，个子长到一米七，有了少女的身材，长腿细腰，一张小脸还是很漂亮。

范玉华指指桌上的成绩单："你解释一下，到底怎么回事？初一结束你还是全班第二，现在却成了全班第十二！你们班一共才二十八个人！年级排名我就不提了，不来打击你。"

赵相宜噘着嘴说："也算是中上嘛。"

"你对中上是这么定义的吗？"范玉华瞠目结舌，"好，我不和你说排名，我们就说说你每门课的成绩。你看看你的英语，你英语向来很好的，现在怎么会这么差？你们还是外教呢！"

赵相宜说不上来，闭着小嘴不吭声，范玉华继续说："你哥上初中时每次都是年级前三，学习从来不用我们操心。他现在坐着轮椅读大学，这个学期又是集训，又是比赛，加起来请假超过一个月，期末考照样门门优秀，还能拿奖学金，你怎么不向他学学？"

赵相宜长成一个青春少女，同时也进入青春叛逆期，气呼呼地说："我哥上的公办初中！谁让你们非要我去上国际学校！我一点也不想住校！一点也不想出国！"

范玉华生气："不想出国那你旅游也不用去了！"

赵相宜大叫："不去就不去！哼！"

她回到二楼房间，坐在书桌前生闷气，自己也搞不懂成绩为什么会下滑得这么厉害。

这年寒假，爸爸妈妈说好带她去菲律宾长滩玩，还是哥哥受伤后她第一次出国旅行。赵醒归刚去泰国打完比赛，说不和他们一起去，他出门不方便，带着他，爸爸妈妈和妹妹会玩得不尽兴。

赵相宜呆呆地坐了几分钟，起身走到窗边往外看，院子里，赵醒归在练走路，史磊陪着他。现在，赵醒归练走路已经不再用到外骨骼机器人了，都是自己撑着双肘拐慢慢地走。

那台昂贵的外骨骼机器人被他带去篮球队，因为那是当年的新款型号，下肢穿戴腔体可调节长度，赵醒归就教季飞翔和刘坤等截瘫队友怎么用，让他们穿着玩。季飞翔等人高兴坏了，没事就去篮球队抢着穿，穿起来后走上个把小时，尝尝久违了的、走路的乐趣。

赵相宜手掌贴着窗子，看哥哥在冷风中不停歇地走来走去。

任何疾病、伤情的恢复期都漫长且枯燥，很多人会因为久未见效而中途放弃，只有心志坚定的人才会日复一日地坚持锻炼。赵醒归双大腿有了肌力、恢复部分感觉后，前期的进步非常明显，令人欣喜，后来就进入了停滞期。他用双肘拐挪步的状态已经持续一年，大腿依旧瘦弱，小腿和脚也始终没有感觉，脚掌抬不高，一个台阶都迈不上，但他还是会每天练习走路，从来没有放松过。

赵相宜躲在窗后看哥哥乌龟爬似的走路，足足看了二十分钟，抹抹酸涩的眼睛，坐回书桌前，翻开英语书大声地朗读起来。

寒假结束，新学期开学，赵醒归的生活又变得忙忙碌碌。

除了按时去篮球队打球、日常锻炼、和卓蕴用微信分享日常，他剩余的精力都放在学业上。赵醒归喜欢自己的专业，不会像卓蕴那样摸鱼，上课特别认真，作业也用心对待。

人工智能是一门新学科，在这个日新月异的智能化社会，AI技术早已渗透到方方面面，将来也会需要大量人工智能领域的人才。并且，这个专业对赵醒归相对友好，他的身体条件有限，很多专业学不了，就算学了，以后工作也会有困难。而人工智能，更看重他聪明的头脑和健全的双手，坐着轮椅，不影响他操作计算机。

在A大，赵醒归几乎不参加社团活动，也没有加入学生会，每天就开着轮椅车头去往不同教室。他英俊却低调，据说家境还很富裕，学生们对他都很好奇，在路上见到他，总会多看两眼，赵醒归就成了校园里一道很特别的风景线。

上课时，他会把轮椅车头卸下放在教室墙边，自己坐着轮椅待在第一排。有漂亮女生想要接近他，但他始终高冷，不苟言笑，令人望而却步。

赵醒归和班里同学关系还不错，但没有特别深交的朋友，入校大半年，他最亲近的只有一个向剑。

朋友贵精不贵多，赵醒归渐渐发现，他的心理因为身体变化真的有了改变，除了至亲好友，他只有在和篮球队那些同病相怜的男孩们待在一起时，才会真正放松，真正快乐。

他接受了这个事实，自己已经成为一个与众不同的残疾人，没必要去渴求太多健全人的认可与喜爱，也没必要用是否合群去向旁人证明，他其实过得还不赖。

四月十八日，盛春季节，赵醒归迎来他的二十岁生日。他与轮椅相伴已满四年，从身到心，变化不可谓不大，但他那双眼睛依旧淡定从容，脸上的笑容还比过去更多。

他不愿去想自己失去了什么，想的更多的，是现在的他拥有了什么，未来的他又要争取什么。生活很残酷，酸甜苦辣，他都尝过，只求全力以赴，不留遗憾。

赵醒归头戴生日帽，坐在餐桌前闭眼许愿、吹蜡烛、吃蛋糕，范玉华帮他拍下许多照片和视频，都发给了大洋彼岸的卓蕴。

卓蕴送给赵醒归的生日礼物是一位著名球星的签名篮球，那是赵醒归很喜欢的一位球星，卓蕴在纽约托了好多层关系才要到这个球，并且还拜托中间人录下那位球星对赵醒归的祝福视频。

那位高大的黑人小伙用英语说："hi，Mikey，祝你生日快乐，我知道你也喜欢篮球，请保持住这份热忱，继续努力，我会为你加油，祝你好运。"

卓蕴与赵醒归视频连线时，大声喊："生日快乐！赵小归，你永远是我最帅气、最聪明、最暖心、最可爱、最喜欢的小少年！"

她向他抛出一个飞吻，赵醒归弯着眼睛看屏幕里那张神采飞扬的脸，也对她"啾"了一下："小蕴，我好想你。"

卓蕴说："往好处想，下个月我就回来！很快的啦。"

纽约物价很贵，生活成本不低，卓蕴为了节省费用，没有住校，和一个中国女孩一起在校外合租了一间小公寓，一人一个房间，可以做饭，平摊下来，要比住学校宿舍便宜。

她现在的经济条件已经和苏漫琴没法比，苏漫琴到 N 大报到后就租了一间很舒适的公寓，一个人住。

卓蕴的学校在布鲁克林，苏漫琴在曼哈顿下城，两校之间开车只需二十多分钟。纽约公共交通发达，卓蕴就没买车，日常地铁出行，苏漫琴搞来一辆车，周末会和卓蕴见面，约饭玩耍，也会让卓蕴去她的小公寓过夜。

临近期末时，两个女孩约好一起回国，买好回家机票后，她们并肩赖在苏漫琴的床上闲聊天。

卓蕴握着拳，得意地说："我要再给赵醒归一个惊喜！"

苏漫琴已经知道卓蕴之前给过赵醒归的两个惊喜，第一次回国，去他高中接他放学，第二次回国，去湛江看他集训，每次都对赵醒归说了假的回国日期，就为了吓他一跳。

苏漫琴无语："你又想出什么鬼主意了？"

卓蕴贼贼地说："这次啊，我准备躲进他房间，等他回家后，我突然蹦出来，你说他会不会很激动？"

苏漫琴脸都皱起来了："你好幼稚啊，玩小学生躲猫猫吗？"

"哪里幼稚？"卓蕴想了想，"多好玩啊，你是没看到每次我突然出现，赵醒归脸上的表情，超可爱的！"

"他还会被骗吗？"苏漫琴叹口气，"宝，他已经二十了，不是小孩啦。"

卓蕴一愣，赵醒归不是小孩吗？二十岁，啊，她都快二十四了。

"我会不会显得很老？"卓蕴摸摸脸，成功被苏漫琴带偏话题，"老牛吃嫩草。"

苏漫琴哈哈大笑："不会不会，你还是个少女。"

卓蕴开始自我安慰："也是，我和他一样，都才二十多岁。"

她没听从苏漫琴的意见，还是固执地对赵醒归说了假的回国时间，赵醒归高高兴兴地记下，问要不要去上海机场接她。卓蕴吓一跳，赶紧说不用，说苏漫琴的爸爸会开车来接，顺路把她送到钱塘。

五月中下旬的一个周六早上，卓蕴和苏漫琴经过十几个小时的长途飞行，在上海浦东机场落地。两人出海关、拿行李，呼吸到祖国甜美的空气，有说有笑地走出接机大门，就看到苏漫琴爸爸高大的身影。

"叔叔好！"卓蕴对苏爸爸打招呼，拖着拉杆箱准备去停车场。

很奇怪，苏爸爸和苏漫琴都没动，扯着闲话，苏漫琴还从包里掏东西，东摸西摸，就是不走，卓蕴也不好催他们，只能乖乖站着等。

突然，有人从身后拍了下她的屁股，卓蕴跳起来，以为自己碰到"咸猪手"，转身就要骂人，却在看到那人后当场石化。

赵醒归坐着轮椅仰头看她，眼神锋锐，似笑非笑，一副"嘿，你被我抓到了吧"的表情。

他说："同一个把戏，就不要再玩第三次了，可以吗？卓老师。"

憋了好久的苏漫琴和苏爸爸同时爆笑，卓蕴觉得丢脸，回头怒视苏漫琴："是不是你？"

苏漫琴边笑边说："那肯定是我啊！但不是我主动告密哦，是小赵同学自己来向我确认航班，他估计是被你给骗怕了。"

卓蕴又去看赵醒归，呵呵讪笑："对不起嘛，我就是想给你一个惊喜。"

"你对惊喜到底是有多大的执念？"赵醒归都醉了，去牵她的手，"走吧，小蕴，我们回家。"

与苏家父女告别后，卓蕴拖着行李箱，赵醒归转着轮椅，两人一起去停车场。路上，卓蕴问："你一个人来的？"

"嗯。"赵醒归说，"想好了这次一定要来接你，所以去和漫姐确认航班，你这个人……我真的信不过。"

卓蕴"哼"地一甩头："什么意思呀？我这叫浪漫！你懂不懂？"

赵醒归看了她一眼："要我就是浪漫？你自己说说，从咱俩认识到现在，你骗过我多少回，我每回都相信，'狼来了'听过吗？"

"是不是要吵架？"卓蕴嗓门也大起来，"我才回来你就要给我上纲上线？五个月没见你就是这么对我的？你是不是不爱我了？"

赵醒归震惊了，心想，为什么会上升到"爱不爱"的层面？

"好了好了，不吵架，我的错。"赵醒归又去牵她的手，被卓蕴甩开。她走得飞快，赵醒归只能转着轮椅追她："你别走这么快，我没带车头，这儿人多，我很容易撞到人的。"

卓蕴脚步慢下来，回头看他。已是初夏，赵醒归穿一件黑色T恤，罕见地配着一条破洞牛仔裤，脚踩休闲鞋，头发上抹过发蜡，哪怕坐着轮椅，整个人都显得丰神俊朗，和卓蕴印象里总是一身运动装、头发碎碎软软的小少年很不一样。

他时尚了些，强壮了些，也成熟了些，怎么看都不再像是一个高中生。

"你真讨厌。"卓蕴撇着嘴，"一点都不可爱了！"

"我……"赵醒归都不知要怎么接腔，"我以前也不可爱吧？"

卓蕴松开拉杆箱，双手捧上他的脸一顿乱揉，又把他精心打理的发型弄乱，咬着牙说："你以前明明很可爱的！是个惨兮兮的小哭包，现在长大就不可爱了！你是不是跟卓十三学的穿衣打扮？这么臭美！平时上学是不是老耍帅？"

赵醒归哭笑不得："你到底在说什么？我就搞了下头发，你不喜欢吗？那我以后不弄了。"

卓蕴斜着眼睛看他，憋过一阵子后"扑哧"笑出来，又帮他把头发抓得帅帅的："没说不喜欢，就是不太习惯，我还是头一次见你穿破洞裤。"

她弯下腰，从赵醒归膝盖上的破洞处去摸他腿上的皮肤，破洞牛仔裤裤腿很窄，让赵醒归的双腿显得格外纤细，尤其是大腿，内侧根本并不拢，就像是女孩们追求的那种漫画腿，可就算是这么修身的裤子，在他腿上依旧松松垮垮。

赵醒归低头看着卓蕴的手，感受了一下，没等她发问就开口："没感觉，一直都没有，我已经无所谓了，每个医生都说我恢复得很好，人要知足。"

卓蕴没说话，分开五个月，她曾经有过期待，赵醒归的身体会在这段时间变得更好一些，见面后再给她一份惊喜。如今看来，奇迹不会因为人的期盼而无止境地出现，赵醒归的康复，已经进入停滞期。

两人不再吵嘴，换了个方式前行，由赵醒归抓住卓蕴的拉杆箱，让四个万向轮跟着他的轮椅走，卓蕴则推起他的轮椅，和他一起去停车场。

赵醒归把卓蕴带到车边，打开驾驶门，撑着座椅把自己挪到驾驶位。有人陪同，他不用自己拆轮椅放进车厢，卓蕴也不是第一次坐他开的车，会帮他把轮椅拆散放进后备厢。

赵醒归在驾驶座上坐好，摆好双腿，扣上安全带，嘴角噙着笑静静等待。一会儿后，他听到后备厢盖上的声音，卓蕴拉开副驾车门上车，怀里抱着一大束浅色鲜花，眼睛都发红了。

鲜花中间还有一个首饰盒，她当着赵醒归的面、忍着心跳打开盒盖，看到两枚精致的对戒。她盯着对戒看了会儿，才转头去看驾驶位的男孩，对上他那双笑盈盈的眼睛。

"啊！"卓蕴冲他大叫一声。

赵醒归笑得更厉害了："别紧张，不是求婚，今天是'520'，送你一份礼物。"

他向她倾过上身，卓蕴也向他凑过去，隔着一大捧鲜花，他们闭上眼睛温柔地接吻。

清新甜美的花香萦绕在他们周围，呼吸交错间，赵醒归抽空叫她："卓老师。"

卓蕴沉溺在他的气息中，都不舍得松嘴，只发出一个音："嗯？"

赵醒归吮着她的嘴唇，耐心地教她："这才叫惊喜和浪漫。"

（2）

黑色大奔行驶在高速公路上，车尾还贴着两个标签，一个是"新手"，一个是轮椅图案，显示出这辆车的车主是位坐轮椅的人士。

赵醒归戴着太阳镜，左手把住方向盘上的方向助力球，右手熟练地操作着刹车、油门杆，座椅上的双腿纹丝不动，将车子开得很稳，融汇在高速车流中，一点儿也看不出异样。

他的左手无名指上戴着一枚戒指，是卓蕴帮他戴上去的，左手腕上还挂着一串红绳金乌龟，上大学后，赵醒归就把金乌龟从脚踝换到手腕上，说这样低头就能看见，看见就会想起卓蕴。

卓蕴侧身靠在座椅上看他开车，赵醒归同学开车真帅啊！黑色短袖衫下露出来的胳膊看着就很有力，英俊的侧脸轮廓分明，脖子因为看后视镜会微微转动，突出的喉结偶尔滚一下，撩得卓蕴一颗春心扑通乱跳，眼睛就像黏在他身上，移都移不开。

赵醒归知道她在看他，为了行车安全没有转头，说："你坐长途飞机是不是很累？要倒时差吧？我要开两个小时，你要不睡一会儿？到了我叫你。"

卓蕴说："不要，我不困，想看着你，我好久没见你了。"

赵醒归嘴角轻牵，露出一个浅浅的笑："高速公路，你这样说话会很危险。"

卓蕴没懂："什么危险？"

赵醒归说："驾驶员心猿意马，会想去亲你。"

"少来。"卓蕴说，"油嘴滑舌。"

赵醒归还在笑，原本有些冷硬的下颚线条都因这笑容变得柔和起来。

见卓蕴不想睡，他索性与她聊天："你以后就老老实实告诉我航班日期，别再玩惊喜了，我会来接你。"

卓蕴问："那你要上课怎么办？"

"真走不开也没办法，我可以让司机来接你。"赵醒归说，"别老麻烦漫姐和她爸，他们从钱塘下高速再上去很耽误时间，又不是没人来管你，别老占人家便宜。"

"哦，知道啦。"卓蕴心里暖暖的，"赵小归，我跟你说件事儿，苏漫琴谈恋爱了，和她学校的一个帅哥。"

赵醒归："是吗？比她大还是比她小？"

卓蕴晕倒："你关注点好奇怪！比她大，大三岁，是个博士生。"

她对赵醒归说苏漫琴和那个男生的相识经过，对方是个ABC，中美混血，姓黄，身材高大又健壮，是个运动达人，在一次攀岩活动中对苏漫琴一见钟情，追了好几个月，一直到情人节两人才确定关系。

"那个男生偶尔会去漫漫那里过夜，我和他见过几次，人还不错，挺真诚的。"卓蕴话锋一转，"但漫漫不会留在美国，感觉他俩也久不了，漫漫明年六月就毕业了。"

赵醒归说："我相信漫姐自己能处理好，她是个很理智的女生。"

卓蕴琢磨过他的话，问："你是说我不理智吗？"

"拜托，不要这么敏感。"赵醒归笑起来，"你以前怎么样我不管，现在你只需要记住，你有个男朋友在钱塘等你，不管你碰到什么事儿都不用慌，有我给你做后盾。"

卓蕴歪着头看他，扭扭捏捏地开口："赵小归，你怎么不问问我，有没有人追过我？"

赵醒归说："不用问，肯定有。"

卓蕴："你又知道哦。"

赵醒归说："都有人追我呢，怎么可能没人追你？"

卓蕴愣了一会儿才开口："你都没和我说过，谁啊？"

"不认识，有好几个。"赵醒归说，"不知道名字，不知道什么专业，老跑来找我,像看动物园猴子似的看我,问我要微信,胆子大的还说要请我吃饭,我都拒了。"

卓蕴的关注点也正常不到哪里去,问:"有比我漂亮的吗?"

赵醒归短暂沉默几秒,回答:"没有。"

卓蕴叫起来:"你犹豫了!"

赵醒归失笑:"我没犹豫,我就是回忆一下。"

"这还要回忆?"卓蕴生气地瞪大眼,"你还真记她们脸了?就是有比我漂亮的女生吧!"

"真没有。"赵醒归说,"我就是被搞得有点烦,所以想买个戒指戴,好让她们绝了念头。"

卓蕴嘴巴翘得老高:"你想多了,真想撬墙角的人,哪会因为你戴个戒指就轻易放弃?"

"真的吗?"赵醒归说,"那要不我去搞个文身?把你名字文在脖子上,谁来找我我就扒拉衣领,看,名草有主。"

"有病。"卓蕴笑死了,笑了一阵子才说,"哎,我说真的,你当年不就是这样吗,我都说了我有未婚夫,你也没放弃啊,一天到晚在我面前装可怜,怒刷存在感。"

"我什么时候装过可怜?"赵醒归也乐了,"我没放弃是因为我感觉得出来,你是喜欢我的。一个人对另一个人到底有没有好感,对方肯定能感觉到,说感觉不到的都是骗人,要么是为了养备胎。"

卓蕴看着自己左手无名指上亮闪闪的光戒,傲娇地撇头:"哼,自恋。"

赵醒归又笑了,自从接到卓蕴,他就一直在笑,是发自内心的快乐笑容。

两小时后,车子开到紫柳郡C2小楼车库,赵醒归停好车,摘下太阳镜,转头看卓蕴。

她坐了十几个小时飞机,晨昏颠倒,嘴里说不困,却在半小时前打着哈欠睡了过去。赵醒归没急着叫醒她,就窝在驾驶座上看着她的睡颜。卓蕴没什么变化,依旧留一头黑色长发,衣着时尚,化着淡妆,脸蛋儿精致又漂亮。赵醒归没感觉到自己与她之间的年龄差,卓蕴在他面前老撒娇,还闹腾,一点儿也没有做姐姐的自觉。

她从小就不会做姐姐,赵醒归觉得,她可能更想做个小妹妹,有人疼有人宠,把她放在心尖上去爱。那就让他来做这个人吧,他愿意疼爱她、呵护她,她尽可以在他面前撒野,揪他耳朵,揉他头发,欺负他,他都心甘情愿地受着。只要她爱他一天,他就能反馈给她他所拥有的一切。

"小蕴，醒醒，到了。"赵醒归轻声叫她，卓蕴没醒。

他伸手摸上她的脸颊："Zoe。"

"蕴蕴，honey，卓老师……"

卓蕴眉眼一动，抬手抚上他的手背，睁开眼来，像是做了一个梦，眼前是她朝思暮想的那个人。

她把他的手掌拿到眼前看，赵醒归的手掌上有了不少老茧，还有伤疤，是因为转着竞技轮椅打篮球和上肢力量训练磨出来的，再也不是高中时那双白白净净的手，卓蕴抚着他掌上硬硬的茧，问："疼吗？"

"不疼，习惯了。"赵醒归笑，"到了，下车吧，帮我去拿轮椅。"

卓蕴下了车，去后备厢拿轮椅，赵醒归放低靠背，伸臂从后座拿上那束鲜花，闻一闻，好香啊，想到接下去的三个月，他天天都能见到卓蕴，觉得这日子可真美妙。

因为赵醒归要上学，卓蕴就暂住在C2小楼，打算住到七月，再和小赵同学一起去观县住一阵子，陪陪妈妈。

边琳现在不孤单，除了苗叔隔一周、隔一周的陪伴，平时，边琳会在一个视频网站分享她的手工制作，取了个名字叫"边阿姨的手作小屋"。

网站是卓蘅帮忙注册的，那些拍摄架子也是卓蘅买的，卓蘅教妈妈怎么使用，边琳不露脸，只把手机对着工作台拍，配上讲解，偶尔还会笨手笨脚地加上一点字幕。

她做的编织和刺绣都很费时间，每天只上传一两个视频，也没打算靠这个挣钱，就是打发时间，却在不知不觉间积累了几千个粉丝，大多是年轻女孩，说看边阿姨做手工很解压。边琳喜欢和这些小姑娘互动，偶尔会被刷几个小礼物。

后来，边琳还会分享自己种菜的视频，小院子里的菜地种着番茄、黄瓜、青菜、丝瓜……被她打理得生机勃勃，到秋天就能大丰收。

空下来时，边琳会和苗叔去自驾游，两人轮流开车，以观县为中心向外辐射，去过上海、苏州、扬州、黄山……最远到过山东日照，一对中年人手牵着手去看海，在大排档吃海鲜、喝啤酒，照片都晒在朋友圈中，把卓蕴羡慕得眼泪都要掉下来了。

边琳依旧朴素，不善打扮，但她的脸色变得健康红润。卓蕴从没见妈妈这么开心过，脸上总是漾着笑，天没亮就和苗叔一起去看海上日出，晒出朋友圈说：美好的一天又开始了！

卓蕴回来前，赵醒归和卓蘅像她一样，也很羡慕边琳和苗叔，过的简直是神仙生活。卓蕴回来后，羡慕的人就只剩下卓蘅一个。

卓蘅看着赵醒归刚发的朋友圈，臭小子也不露脸，只晒出两只手，一只手大，一只手小，小拇指钩着小拇指，左手无名指上都戴着一枚戒指，自以为很低调，其实嚣张至极。

卓蘅忍住一肚子的柠檬酸，勉为其难地给赵醒归点了一个赞。

卓蕴洗过澡走出卫生间，看到赵醒归在玩手机，抿着唇又在笑。

"傻笑什么呢？"卓蕴擦着头发，说，"一路上都在傻笑，你要不要这么夸张？"

赵醒归抬头看她："刚发了个朋友圈，卓蘅给我点赞了。"

卓蕴拿起手机看他发的朋友圈，捂住脸大叫，还跺了跺脚："啊！你烦不烦！"

赵醒归转着轮椅去拿换洗的衣服："我去洗澡，你先睡吧，倒倒时差。"

卓蕴扭着腰走过去，侧坐在他腿上，用手指戳戳他的胸，眼神媚得勾人："我不睡，等你。"

赵醒归麻溜儿地冲去卫生间，卓蕴笑着喊："小心别摔跤！我给你放好热水啦！"

赵醒归洗完澡，坐着轮椅回房时身上没穿衣服，只在腰上搭了一块大浴巾。窗帘早已拉上，房间里只亮着一盏床头灯，卓蕴穿着睡裙靠在床上等他，晃晃手机说："好多人点赞哦，问你是不是求婚成功。"

他们有很多共同好友，赵醒归把轮椅停在床边，说："现在求婚也没用，我还没到法定婚龄，要是二十岁就能结婚，我立马就求。"

卓蕴坐起来，向他伸手："单膝下跪吗？"

"有点难。"赵醒归牵住她的手，另一只手在床上一撑，大腿使了点力，屁股就挪到了床面上。伴随着他的动作，腰上的浴巾滑落下来……

五个月没见，赵醒归还是有点害羞，想弯腰去捡浴巾，被卓蕴抓住胳膊，一把拉了回去。她像条蛇一样缠上他，抱着他的脖子，低头亲吻他的唇。

二十岁的男孩上身变得强健许多，大概因为这一年运动量太大，他的胸膛变得宽厚，腹肌也越发明显，两条胳膊充满力量，紧紧抱住怀里女孩的细腰。卓蕴带着赵醒归倒在床上，转瞬间便吻得难分难解，他们太久没触碰到彼此，就一个吻，或是手指轻微的抚触，就能让身体战栗不休，胸腔里的火苗被泼了一捧热油，熊熊燃烧起来。

赵醒归不知道自己的双腿是什么姿势，刚才好像都忘了把它们捞上床。无所谓了，他用胳膊撑起上身，努力向卓蕴蹭过去些，床单又一次被弄乱，他抱着她，疯狂地吻她。卓蕴咬着他的耳朵说了一句话，赵醒归闭上眼睛，额头沁出一片小汗珠，把滚烫的脸颊埋进她的肩窝，低低地"嗯"了一声。

（3）

　　几天后，A大二号教学楼内，正是上课时间，走廊上人不多，一个长发女生肩挎小包，脚踩高跟鞋，穿着一条黑色紧身包臀裙，沿着楼梯来到三楼一间教室外。

　　她身姿曼妙，肌肤雪白，长着一张明艳的脸庞，一双眼睛顾盼生辉，神色却颇为冷淡。

　　还没打下课铃，女生往嘴里塞了一根棒棒糖，倚着墙壁玩手机。有男生结伴经过，都会忍不住朝她看几眼，不时有"美女""漂亮"之类的词汇钻进她的耳朵里。她一直没抬头，等到走廊上没了人，才放眼去看栏杆外的校园风景。她对这幢教学楼很熟悉，目光远眺，感觉分外怀念。

　　没多久下课铃响，教室门被打开，女生欢天喜地地跑到门边，扒着门框往里探出脑袋。有个男生刚要出来，与她打了个照面，脸都红了，问："同学，你找谁？"

　　女生嫣然一笑，已经看到她要找的那个人，坐着轮椅的帅气男生待在第一排，板着酷脸，正在收拾书包，一个女孩坐在他身边，笑嘻嘻地与他说着话。

　　黑衣女生笑容敛起，叫了一声："赵醒归！"

　　赵醒归抬起头来看到她，脸上露出笑："你怎么来了？"

　　他身边的女孩被这前所未见的笑容晃花了眼，呆呆地问："你认识她吗？"

　　赵醒归已经收好书包，挂在轮椅后，回答："她是我女朋友，来接我下课。"

　　卓蕴的出现在赵醒归的班级引起一阵小小的轰动，这群大一学生大多没满二十岁，一个个脸上还带着稚气，看到性感妖娆的卓蕴，眼珠子都要掉下来了。

　　原来，平日里高冷寡言的赵醒归同学竟是喜欢这样风格的女生？

　　赵醒归后面没课，装上轮椅车头，在同学们的注目礼中，和卓蕴一起离开教学楼。

　　来到学校主干道，卓蕴踩着高跟鞋走得耀武扬威，外加边上那位开着电动轮椅的移动风景，引来无数人的目光，赵醒归觉得好笑，问："你走T台呢？"

　　卓蕴说："我要让那些蜂啊蝶啊都知道，你是我的。"

　　赵醒归连连附和："是你的是你的，我就是一块撬不动的墙角。"

　　卓蕴这才满意："请一直保持这样的觉悟，小赵同学。"

　　赵醒归："遵命！"

　　时间还早，两人不急着去拿车，说去北门转一圈，买点吃的。卓蕴很久没来A大北门商业街，学校外的店铺常常易主，那家网红甜品店还没撑满三年就已关门转让，卓蕴看着原本是甜品店的商铺如今在卖串串，失落地说："那家店的泡芙还挺好吃的。"

赵醒归说："年前还开着，我买过几次，泡芙做得没以前那么新鲜了，可能现在实体生意不好做。"

卓蕴说要喝奶茶，两人就挑了家小店去排队，奶茶店门口，赵醒归听到有人喊他。

他和卓蕴一起回头，看到向剑和一个女孩走在一起，向剑认得卓蕴，又喊："归嫂！你回来啦？"

卓蕴瞪他："你叫我什么？"

向剑嘿嘿笑："你懂的，归嫂。"

卓蕴又好气又好笑，打量着向剑，发现这傻大个变样了。向剑上大学后不再那么邋遢，懂得捯饬自己，原本乱蓬蓬的头发剪短许多，因为块头大，看着还挺威猛，他身边的女孩身高还不到一米六，两人站在一起，完美诠释了什么叫最萌身高差。

赵醒归微笑着问向剑："不介绍一下吗？"

向剑蒙蒙地看看那女孩，又看看赵醒归，摸着后脑勺说："归哥，这、这我同学，姓刘。"

小刘同学害羞地站在边上，不敢吱声。赵醒归有点尴尬，知道这是八字还没一撇，卓蕴赶紧打圆场："向剑，你和你同学喝什么奶茶？今天归嫂请客，赏脸不？"

向剑立马活跃起来："那必须得赏脸呀，她喝香芋，我喝波霸，谢谢归嫂！"

买完奶茶，四人分别，卓蕴说找个地方坐坐，喝完奶茶再回家，赵醒归说："我想到一个地方。"

卓蕴眼珠子一转："我也想到了！"

赵醒归对她笑："会一样吗？"

卓蕴学着向剑的语气："那必须得一样啊！"

他们又一次来到外语系教学楼后的那片小花园，香樟树依旧枝繁叶茂，树下的石凳也还在，卓蕴在石凳上坐下，赵醒归像以前一样，坐着轮椅待在她对面。

卓蕴吸着奶茶，问："赵小归，你在学校见过丁老师吗？"

"当然见过。"赵醒归说，"她是我表姑啊，我们家和他们家一年会聚一次，你都没赶上，以后你肯定会见到她。"

卓蕴很久没见过丁虹老师，下次再见，她还得跟着赵醒归喊丁虹为表姑。赵醒归又补充了一句："我表姑说，她是咱俩的红娘，结婚时要给她敬酒的。"

卓蕴嘴角抽抽，问："红娘不应该是卓利霞吗？"

赵醒归也在喝奶茶，眼睛都弯起来："所以，你这是答应和我结婚了？"

卓蕴这才发现又着了他的道，气道："你想得美！没有单膝下跪我是不会答应的！"

赵醒归很为难："单膝下跪真的很难，那个……双膝下跪可以吗？"

卓蕴板起脸："不行。"

两人就这么悠闲地喝着奶茶，聊着没营养的天。卓蕴已经在紫柳郡住了好几天，每天待在赵醒归家等他下课，白天无所事事，说："赵小归，你能不能帮我问问你爸爸，有没有地方让我去实习两个月，可以不要工资，能学东西就行。我有几个同学暑假都不回国，就自己找地方实习，或去打工，我都快二十四了，暑假那么长，闲着很浪费时间欸。"

赵醒归其实也看出卓蕴在家待得有点无聊，这几天正考虑这个问题，刚好趁这机会开口，说："明年暑假你再去实习吧，今年，我想交给你一个任务。"

卓蕴疑惑："什么任务？"

"就是我家那套紫柳郡高层的房子，你住过的。"赵醒归看着她，"我想把它装修一下，由你来设计，装修好，下次你回来，我们可以住到那边去。"

卓蕴傻傻地问："为什么要住到那边去？你妈妈是嫌我住在你家碍事吗？"

"没有的事。"赵醒归乐得直笑，"我就是觉得家里人太多，我想和你单独住，我们可以一起做饭。"

卓蕴还是想不通："潘姨做饭那么好吃，我们为什么要自己做饭？"

赵醒归说："你不用做，我来做，我已经会做好几道菜了。"

卓蕴："潘姨做饭那么好吃，我为什么要吃你做的饭？"

赵醒归总算是听出来了，卓蕴就是故意和他抬杠，还是好脾气地对她解释："那套房子就在紫柳郡，我们回C2也就几分钟，你要是不想做饭，我们就回去吃，想做饭，就我来做，这总行了吧？"

卓蕴噘起嘴巴摆谱："有没有设计费啊？你是不是想压榨我，把我当免费劳动力？"

赵醒归说："卓大设计师尽管报价。"

卓蕴问："预算多少？"

赵醒归说："一百万。"

"嚯！"卓蕴惊呆，"这么高？那房子多大来着？婚房装修都不用这么多吧？"

"好像是一百三十六平方米。"赵醒归回忆了一下，"我不懂装修，你看着弄，前期设计都你来，后面你不在，我会让项目经理照着你的设计施工。"

卓蕴观察着他的表情，不自然地问："不会真是婚房吧？"

没想到，赵醒归竟耸耸肩："嗯哼。"

卓蕴目瞪口呆："真是婚房？"

赵醒归笑："你非要这么想，我觉得也差不多。"

卓蕴一脸嫌弃："太小了！才一百三十六平方米，你想糊弄谁？"

赵醒归一时搞不清卓蕴是在开玩笑还是认真的，小心翼翼地问："你是不是别墅住惯了？在我家住小楼，自己家也是小楼，已经看不上高层了？"

卓蕴理直气壮地回答："是啊！你这就是让我由奢入俭！大大的坏！"

赵醒归确认了，她就是在开玩笑，说："小蕴，我和你说实话，我爸就是做地产的，等我俩结婚肯定会给你房子，你想要多大的房都行。紫柳郡再买一套也可以，就是不太买得到。现在的问题是，就我们俩，实在没必要住太大的房子，别的别墅离紫柳郡都很远，不太方便。"

卓蕴说："我和你开玩笑呢，你还当真了，我自己家那么大一栋楼，每次打扫卫生都要累死，再来一栋我可吃不消。"

赵醒归很开心："那你就是接单喽？"

"接。"卓蕴问，"你喜欢什么风格呀？"

赵醒归说："简单点，像你家那样就挺好，我的需求你都知道，记得装个大浴缸，圆的那种。"

卓蕴瞟他："你想干吗？"

赵醒归低下头，小声说："和你一起洗鸳鸯浴。"

卓蕴脸都红了："赵醒归，公共场合注意分寸！"

赵醒归说："回头，我让我爸去公司给你找个实习生做助理，女孩吧，让她吃透你的设计理念，等你去纽约，她还能继续和项目经理沟通。"

卓蕴继续"杠精"附体："为什么不找一个男孩啊？男女搭配，干活不累，找个帅帅的小伙儿多好。"

赵醒归脸色一黑，眼珠子都变得暗沉沉，问："当真吗？"

卓蕴怂了："开玩笑的，呵呵。"

她说干就干，第二天就换掉漂亮的小裙子，穿上T恤和运动裤，拿着小本本、尺子和笔去房子里测量尺寸。有过久兰花苑的装修经验，现在，她已经可以独立操作这件事。

赵醒归行动力也很强，两天后就让爸爸派来了一位实习生给卓蕴做助理。实习生叫王盼，女孩，室内设计专业大四生，快要毕业，还没签录用信，在集团下属的一家房产公司工程部实习。

王盼是个很实在的姑娘，不知道卓蕴的身份，被派过来做助理也没抱怨，每天勤勤恳恳地跟着卓蕴干活。她只比卓蕴小一岁，两人还挺聊得来，卓蕴对她实习的内容比较好奇，偶尔会问她，王盼的嘴却很严，说是公司机密，不好讲。卓蕴就觉得，这女孩人不错。

手头有事干，卓蕴再也不会感到无聊，前期一直在画设计图，图纸搞定后，施工队入场，她又开始新一轮的泡工地生活。

卓蕴算是半个业主，大多数事情都能自己决定，偶尔会去问问赵醒归的意见，赵醒归对她很信任，最多就挑一下颜色，其他全部放手，卓蕴就发现，小赵同学其实也没那么挑剔。

六月底，赵醒归迎来期末考试周，一直考到七月初，以优异的成绩将大一课程全部结束。

紫柳郡那套位于十九楼的房子也进入稳定的施工阶段，赵醒归收拾好行李，准备和卓蕴一起去观县住一阵子。

暑假是久兰花苑那栋小楼最热闹的时候，卓蘅也回来了，加上卓蕴、赵醒归和苗叔，边琳每天喜气洋洋，变着花样地给三个孩子做美食。

卓蘅开学读大四，申请了本校保研，要开学后才有结果。关于他的保研，其实是赵醒归鼓励的。

经过当年的风波，卓明毅名下资产全部清算，该拍卖的拍卖，该抵债的抵债，最后还欠下八十多万的债务。卓明毅已经破罐子破摔，每天东躲西藏，喝酒打牌，都没把这笔债放在心上，债主们便天天追着卓蘅讨债，差点把卓蘅搞崩溃。

后来，由赵醒归牵头，赵伟伦帮卓蘅还清了债务，卓蘅给他写下一份欠条，赵伟伦便成了卓蘅唯一的债主，双方约定，十年内，卓蘅还清所有欠款。

春节时，赵醒归和卓蘅深聊过一次，卓蘅背着一屁股债，原本已经不打算再读研，想要本科毕业就工作。赵醒归知道他绩点一直不错，学校也挺好，就劝他试试保研。

赵醒归说："蘅哥，不在乎多这两三年，你要是不想念，我不会来劝你，但你要是想念，我觉得无论从哪方面来说，读研都有益无害，你要是去问卓蕴，她一定也和我一样想。"

卓蘅思考了整个寒假，开学后决定申请保研。

卓蕴回来时，赵醒归想着可以和她一起过三个月，幸福得飞起，可时间一天一天过去，他才发现，三个月转瞬即逝，八月中旬，卓蕴又和苏漫琴一起飞去了纽约。

A大还没开学，赵醒归天天住在家里，看书、练编程、做力量训练、去篮球队打球，还有在院子里练习走路……日子过得平静又规律，只是，多了一分寂寞。

这一天，赵醒归闲着没事，自己划着轮椅去那套正在装修中的高层房参观，刚巧，房子里没人，正处在停工期。

开工两个月，房子已初具规模，墙面刷过乳胶漆，等着后期贴墙布，地板已铺好，厨卫设施都安装完毕，只是柜子还没打，家具也没买，整个屋子空空荡荡，让他可以转着轮椅自由地来去。

看着这套新装修的房子，赵醒归心中突然生起一个念头，四下一看，找到最适合的地方，是主卧里一张装修队留下的工作台，比普通桌子要高，给工人们切割板材用的。

赵醒归没带肘拐，如果没有支撑，光靠腿的力量还站不起来。他把双脚放下地，双手撑住那张工作台，手臂和大腿一起用力，颤颤巍巍地站了起来。他小心地挺直腰背，低头看着自己纤瘦的双腿，寻思着下一步要怎么做。

赵醒归慢慢下蹲，膝盖打弯后，双腿立刻发软，他更用力地扒住台面，防止自己下蹲过快。可是，那张台面很毛糙，有一些小木刺，一根木刺扎进赵醒归的掌心，疼得他一个激灵，手不由自主地就松开了。失去一只手臂的力量，他再也支撑不住，整个人往下滑落，"扑通"一下，狼狈地摔在地上。

双脚又一次扭曲在一起，赵醒归看看手掌，咬牙拔出那根小木刺，用手抓着膝盖调整双腿位置，双手和双膝撑地，把自己换成一个爬行的姿势。

他想再试一次，左手撑地，腾出右手去搬动右腿，无奈腿部力量实在不足，在搬动的过程中，他失去平衡，"哎呀"叫了一声，身体又一次向左边倒下。

赵醒归侧倒在脏兮兮的地板上，用一种婴儿在母体里的姿势。他低低地笑了起来，越笑越大声，年轻男孩爽朗的哈哈声在空荡的房间里一阵阵回响。笑了一阵子，他的神色平静下来，心里也不再烦躁，顾不得地上有多脏，他努力翻转身体，仰面而卧，将双手枕在脑后，眼睛盯着天花板发呆。

这是主卧，赵醒归躺的位置，将来会是一张双人大床，是他和卓蕴的床。

刚才，他只是想试试，自己能不能单膝下跪。

番外二

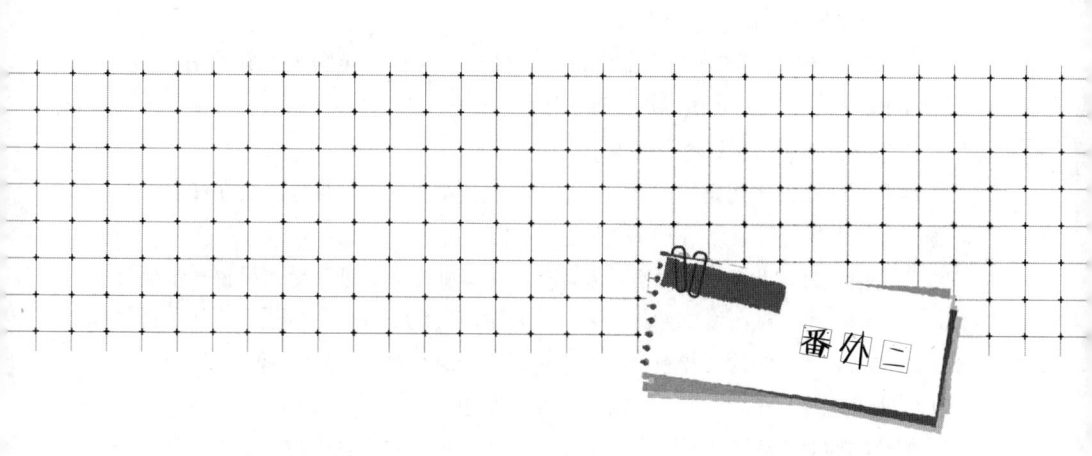

A day of love

(1)

很多事情，计划不如变化快。

赵醒归上大三后，卓蕴在上海念研一，赵相宜则被送往英国读高中，不出意外，赵相宜上完高中后会在英国本硕连读，毕业后回国工作。

赵醒归也开始认真思考自己未来的职业方向。

他家不缺钱，爸爸妈妈养一百个他、养到死都没问题，但他不会允许自己混吃等死，又不想进爸爸公司去做跨专业的工作。

赵伟伦的公司业务目前没有涉及赵醒归的专业方向，他想要自己搞一个科技公司，拉一支团队做研发，如此一来，本科学历肯定不够用。赵醒归这几年看过不少国外相关领域的论文和新产品发布信息，只觉得学无止境，和那些超级大牛相比，他还是嫩了点，于是，赵醒归自然而然地萌生了出国读研的念头。

如今的他对于生活中的各种困难早已不再害怕，并且越来越无视出门时旁人打量的目光。他觉得自己已经具备独立生活的能力，如果出国读研，也不需要有人陪读。

截瘫、轮椅、无力的双腿，再也无法阻挡一颗年轻的、充满求知欲的心。

现在的问题只有一个，赵醒归和卓蕴会同时本科毕业，卓蕴早已说过她毕业就回国，结束两人漫长的异国恋。如果赵醒归本科毕业后再出去，卓蕴怎么办？这份感情该如何维系？再异国两年吗？

他没有对卓蕴隐瞒想法，视频时问她意见，卓蕴竟一点也不吃惊，更没生气，笑嘻嘻地说："那不如你也来纽约吧，G大不错哦。"

赵醒归问："那你呢？"

卓蕴说："你要是来了，我就先在纽约工作呗，这还用说吗？"

简单一句话，就把赵醒归所有的疑虑都打消了。

这年五月，卓蕴结束大三课程，回国过暑假。

她打扮得青春靓丽，拖着拉杆箱，还没走出接机门，就冲那个站在栏杆外的人大力挥手："赵小归！赵小归！"

赵醒归左手抓着栏杆，右手拄着一根手杖，身材高大，眉眼俊朗，穿着一身帅气的休闲装，在接机人群中特别显眼。要不是他身边停着一架空轮椅，别人可能都无法发现，这竟是一个不良于行的年轻人。

经过持之以恒的锻炼，赵醒归的装备都有了改变，双肘拐换成单手杖，连轮椅都换成一台更先进、更轻便的新款，外观也更为时尚。

　　卓蕴绕过栏杆跑到他面前，赵醒归松开左手，右手的手杖牢牢撑着地，单手将她拥进怀里："宝贝，欢迎回来。"

　　卓蕴不敢抱得太用力，怕把金贵的小赵先生给推倒，赵醒归看着好了很多，其实双腿还是那个样。他可以站稳，可以拄着手杖走一段路，但还是不能上台阶，爬坡也不行，平衡感非常差。

　　"干吗站着等呀？"卓蕴抬头看他，"机场人这么多，被人挤到、撞到怎么办？"

　　赵醒归笑着亲亲她的额头："没事，我很小心，不会被撞到。"他松开怀抱，手掌抚上卓蕴的脸颊，眼神格外深情，"小蕴，让我好好看看你。"

　　"放心吧，我没瘦。"卓蕴撒娇地抱住他的腰，"还胖了三斤呢。"

　　赵醒归心中触动，又一次单臂搂紧她。

　　已经记不清是第几次来接机，分离，重逢，分离，重逢……时间一点也没有让感情变淡，每一次相见，都是赵醒归一年里最开心的时刻，而每一次别离，他都想哭。

　　这次接到卓蕴，他还有一件很重要的事要做，就是不知道对卓蕴来说，是惊喜，还是惊吓。

　　赵醒归开车接卓蕴回钱塘，路上，两人讨论起赵醒归申请学校的事。纽约有常春藤盟校G大，这个学期，赵醒归已经做好所有的申校准备，目标就是G大，它的工程与应用科学学院有人工智能方向的硕士课程，在全美排名还不差。

　　"越跑越远。"赵醒归一边开车一边说，"去过日本、泰国和马来西亚，这回总算要冲出亚洲了。"

　　他说的这些地方都是他受伤后去过的，是跟随球队去打比赛。赵醒归现在已经入选过几次国家队，打过几场亚洲洲内的大赛，每次都是队里年龄最小的一个。

　　这得益于他从小打篮球，身体条件优越，球感特别好，医学评级又是低分球员，很受教练组喜欢。董炀就特别看重赵醒归和池青，说这两个小孩，一个管内线，一个管外线，配合好了能大大提升队伍水平，只是他们都还太年轻，需要更多的大赛磨砺。

　　卓蕴对于未来自己和赵醒归在纽约的生活充满憧憬，说："到时候，你就在学校外头租个公寓，咱俩一块儿住，你做饭，我洗碗，你上学，我上班，晚上再抱着一起睡，perfect（完美）！"

　　赵醒归也觉得这生活妙不可言，笑道："可惜不能把酒酒带过去，要好久见不到它。"

小乌龟酒酒一直陪伴着他,现在已经从最初的鸡蛋大小,长到快要碗口大,是赵醒归心爱的小宝贝。

一路开回钱塘紫柳郡,赵醒归把车停到地下车库,卓蕴问:"不先回你家吗?"

赵醒归说:"晚上去吃饭吧,先回十九楼放行李。"

两人下了车,赵醒归坐着轮椅,和卓蕴一起乘电梯上十九楼,那是他们的小家,卓蕴每次回来都会住在这里。赵醒归说,他平时偶尔也会来住几天,好像年岁渐长,就更喜欢独立生活,住在C2小楼时,大人们总喜欢把他当孩子看,但他真的不是一个孩子了。

房子装着指纹锁,赵醒归让卓蕴按指纹开门,卓蕴奇怪地问:"为什么是我?你又搞了什么黑科技?"

赵醒归笑:"你开门就知道了。"

卓蕴按上指纹,入户门一打开,客厅不知哪个角落就响起一段音乐,接着是一段刻板的机械音:"欢迎回家,女主人,欢迎回家,女主人。"

"这是你的声音吧?赵小归!"卓蕴真要笑死,"自个儿录的还装机器人!你傻不傻?"

赵醒归捂着脸偷笑,卓蕴无奈地摇头,赵醒归同学自从学了人工智能,专注于捣鼓各种奇奇怪怪的黑科技,光是在这套房子里就搞了很多小把戏,卓蕴说话时一个不注意,语音就能开启某样家电,把她吓一跳。

卓蕴要是生气地喊"关掉",还会有机械音和她对话:"小蕴姐姐,你不爱我了吗?"

当然,那也是赵醒归的声音,让卓蕴觉得这小伙子怕不是个被篮球和轮椅耽误了的戏精。

这一次,卓蕴警惕地环视客厅,发现不再有异响,立刻原形毕露,一屁股坐到赵醒归大腿上,抱着他的脖子求亲亲。这是她的专属座位,她喜欢在轮椅上晃着脚,让赵醒归转轮椅带着她转来转去,就像一种特别的公主抱。

"去放水。"赵醒归被她吻得呼吸都急促起来,嗓音喑哑,"一起洗澡。"

卓蕴软软地应着他:"好呀。"

主卫装着一个很大的圆形浴缸,放满热水需要很久。卓蕴拉上窗帘,帮赵醒归脱掉T恤,又褪下他的外裤,看到他膝盖上的一道伤疤,蹲下来小心地摸了一下,问:"怎么还没好透?都有一个多月了吧。"

这是一个多月前,赵醒归被人背上大巴时摔伤的,他个子太高,大巴阶梯又陡,背他的工作人员身体不够健壮,上台阶时一个不小心,两人一起摔倒。要不是还有一个工作人员在后头护着,挡了他们一下,赵醒归都能从台阶上滚下来。

当时他鞋都掉了一只，膝盖磕在台阶边沿，破了一道口子，流血不止，摔跤的工作人员吓坏了，爬起来不停地向他道歉，赵醒归说没关系，他膝盖没感觉，不会疼，只要处理下伤口就行。只是，截瘫人士的下肢血液循环特别差，这么久了，伤口都没好透，实在是让人伤脑筋。

赵醒归安慰卓蕴："快好了，我每天都有涂药。"

卓蕴心疼地说："那人可真不小心，背不动就不要背嘛，这次还好没摔出大碍，你要是真滚下车，我第一个饶不了他！"

赵醒归说："人家也不是故意的，磕磕碰碰很正常。"

卓蕴的手一开始是在摸膝盖，摸着摸着就不老实起来，沿着他松软的大腿肌肉一路往上，还没抵达目的地，手就被男人一把捉住："别动手动脚，先洗澡。"

"小气鬼。"卓蕴噘嘴，仰脸看他，"你不想我吗？"

赵醒归注视着她的眼睛："想。"

卓蕴坏笑，在赵醒归毫无防备时继续刚才的"动手动脚"。赵醒归被欺负了一会儿，卓蕴才放过他，他已经被折磨得没了脾气，光着的胸膛不停起伏，双颊绯红似晚霞。卓蕴重新坐回他腿上，小心避开那道伤疤，脑子里浮出一个新念头。

这是她的小九九，四月以后，就一直在想这件事。原本以为小赵同学会迫不及待地主动提起，结果一个月了，他什么都没说，好像以前说过的话就是在开玩笑。明明平时挺机灵、挺浪漫、挺讲仪式感的一个人，关键时刻就还是个榆木疙瘩，烦人！

得引他开口——卓蕴这样想。

"哎，赵小归，你现在几斤？你说我背得动你吗？"卓蕴眨巴着眼睛问，"我个子不矮耶，比很多男的都高，力气也不小。"

赵醒归吃了一惊："我不知道我几斤，你别看我腿瘦，一百四十斤肯定有，搞不好都快一百五十斤了，你背不动的。"

"试试嘛。"卓蕴抱着他的胳膊说，"我那天，在电视上看到有个女生背着她男朋友上楼梯，她男朋友也是截瘫，她背得好像挺轻松，还是楼梯呢。"

赵醒归觉得卓蕴在说天方夜谭："人家是人家，你是你，你这么瘦一个人，怎么可能背得动我？"

"你别总说我瘦，我有在健身哦。"卓蕴让赵醒归看她胳膊上的小肌肉，"赵小归，我真的想试试，以后咱俩在一起，万一碰到什么事情需要我背你一下呢？试一下又没关系，就在床边上，不行就往床上倒。"

犹豫过后，赵醒归妥协了，先把自己挪到床沿坐好，推开轮椅，向卓蕴张开双臂："来吧。"

卓蕴乐呵呵地转身背对他，半蹲弯腰，赵醒归伏到她背上，双臂环上她的脖子，卓蕴反手捞起他两条大腿，问："准备好了吗？"

"好了。"赵醒归担心地说，"你别逞强啊，背不动就往后倒。"

卓蕴说："知道，大力出奇迹！"

她咬着牙，手臂用力，慢慢站直了身。赵醒归很吃惊，发现卓蕴居然真的背得动他，他一点儿也不敢乱动，卓蕴背起他后还得意地笑："哈哈！我就说我可以！"

她不满足于此，还要背着赵醒归往前走，赵醒归吓坏了："别走别走，小心摔跤！"

"不会，我觉得还行。"卓蕴跟玩游戏似的，"赵小归，你完了，我要把你背到客厅去，丢到沙发上，不给你轮椅，看你怎么办！"

赵醒归求她："你饶了我吧，怎么刚回来就欺负我啊？"

"我哪儿欺负你了？我都在背你呢。"

卓蕴真的要出房间，赵醒归大叫："停下停下，我没穿衣服！客厅没拉窗帘！"

这都不是事儿，卓蕴大喊："客厅，窗帘，拉上！"

"嗡嗡嗡"一阵响，客厅窗帘拉上了，卓蕴又喊："客厅，灯带，打开！"

客厅灯带立刻亮起，赵醒归懊恼地想，什么叫搬起石头砸自己的脚，大概就是指这种情况。

卓蕴一点都不累，觉得赵醒归比想象中要轻一些，低头看他的双脚，他没穿外裤，袜子也脱了，两条白嫩嫩的小腿连着脚丫子软软地垂挂着，脚尖下垂的现象并未改变。卓蕴估计自己没法背着赵醒归走楼梯，但走平地问题不大，来到沙发边，她转过身，小心地把赵醒归放到沙发上。

她打算使坏，放下他后就跳开去，扭着屁股冲他做鬼脸："好啦！游戏到此结束，我要去洗澡喽！"

赵醒归浑身只有一条小内裤，靠着沙发靠背坐稳身体，扶了扶腿，捞过一个抱枕搁在大腿上，能挡一点是一点，一脸无语地看着卓蕴："过分了啊。"

卓蕴瘪着嘴，对他无辜地眨眼睛，赵醒归被她的孩子气搞得气都气不起来，温声道："乖，去帮我拿轮椅，开过长途车，我也想洗澡。"

卓蕴就离他两米远，晃着脑袋说："那你要逗我开心。"

赵醒归纳闷："怎么逗你开心？表演节目吗？"

"唔……"卓蕴手指绕着发梢，说，"你用十种称呼来叫我，不能重复，我满意了就去帮你拿轮椅。"

"这个简单。"赵醒归信手拈来，"卓蕴，小蕴，蕴蕴，Zoe，蕴宝，女朋友，小乖乖，宝贝，honey，卓老师！"

最后那声"卓老师"喊得贼响亮，赵醒归觉得自己肯定能满分过关，卓蕴却摇头："不满意。"

"哪个不满意啊？"赵醒归继续喊，"女神，美女，靓妹，小天使，开心果，蕴儿，卓小姐，卓大设计师……"

卓蕴打断他："行了行了，别瞎喊！你是真不懂还是假不懂？"

赵醒归见她神色有点变化，很是迷茫："什么真不懂假不懂？你想听什么？"

卓蕴叉腰："你说呢？"

赵醒归想了半天，犹豫地喊："姐……姐？"

卓蕴一口气都差点上不来。

"你没救了。"她转身往主卧走，"我先去关水，再放下去要水漫金山了。"

"轮椅啊！"赵醒归拍着沙发大叫。

卓蕴也叫："想不出来就不给你！哼！"

赵醒归独自一人坐在沙发上，抬手抓了抓头发，看着自己光溜溜的身子，有点儿摸不着头脑。卓蕴会和他玩闹，但很少像今天这样，刚回来就和他闹脾气，赵醒归开动脑筋，冥思苦想，脑子里突然"叮"了一声——称呼？

他抓住了关键词，她不满意他叫的那些，是漏了哪个吗？

赵醒归的心脏重重一跳，啊，答案显而易见。

卓蕴从主卧出来了，还是没推轮椅，打算再给赵醒归一次机会，问："想到了吗？"

赵醒归脸色纠结："想到了。"

卓蕴："那你说呀。"

"可不可以不要在客厅说？"赵醒归瞄了眼电视柜，"你把轮椅给我，回房间，我说给你听。"

卓蕴："为什么？"

赵醒归盯着她看了会儿，像是做了个决定："行，我可以说，你至少给我一件衣服。"

卓蕴："不要，我就喜欢看你这样。"

赵醒归想不通，为了这个场景他准备许久，现在怎么会变成这样？难道计划泄露了？不应该啊，这件事只有他一个人知道。卓蕴跟被谁托了梦似的，这样来搞他，很多年后，他们回忆起这一幕，哪里还有浪漫可言？

老天，他为什么要把那个称呼设置为指令？

鲜花、烛光晚餐，衬衫西裤黑皮鞋，他都准备好了，还没来得及用上！这大概……是史上最尴尬的求婚了吧？

赵醒归放弃挣扎，小声地喊了一句："老婆。"

"啥？"卓蕴忍住笑，侧过耳朵，手拢在耳后，"大声点，听不清呢。"

"是你逼我的。"赵醒归大吼一声，"老婆！"

伴随着他的语音，电视柜底下的柜门"啪"地弹开了，卓蕴吓得原地一跳，低下头，就看到一个二十多厘米高的白色小机器人从柜子里滑了出来。

小机器人憨态可掬，来到地面后，原本带轮子的腿咔咔一动，就站了起来，它转转脑袋，像是发现了目标，迈着两条机器小短腿"吧嗒吧嗒"向卓蕴走去。卓蕴傻在当场，抽空瞅了眼赵醒归，他已经单手捂脸，进入冥想状态。

小机器人走得很卖力，来到卓蕴面前一米远处，微微抬头，关节又是一阵咔咔响，接着就来了个标准的单膝下跪。

卓蕴下巴都要掉下来了。

小机器人向前伸出"右手"，大拇指上卡着一枚钻戒，一道熟悉又温柔的声音从它小小的身体里响起："卓蕴，我爱你，你愿意嫁给我吗？"

卓蕴盯着它看了一会儿，又去看赵醒归，他已经拿起抱枕，默默地挡住了脸。

（2）

十九楼的房子采光很好，视野开阔，这天早上天气晴朗，还开了大太阳，阳光从窗帘透进房间，屋里开着冷空调，被窝里的温度刚刚好，两双腿正纠缠在一起。

其中一双腿一动不动，另一个跟得了多动症似的，一会儿用脚指甲去挠对方，一会儿用小腿去磨蹭他冰冰软软的皮肤，一会儿又张开脚趾去夹对方的脚趾……赵醒归其实搞不清卓蕴在干什么，只知道被子一耸一耸，她准是在捣蛋。闹钟还没响，他抱着她紧了紧手臂，迷糊地说："再睡会儿。"

"睡不着了。"卓蕴钻进他怀里，手指戳着年轻男人富有弹性的胸肌，"你还能睡着啊？真厉害。"

赵醒归依旧闭着眼睛："谁着急谁就睡不着，我还小呢，一点儿也不着急。"

"是吗？"卓蕴说，"我也不着急啊，有什么好着急的？难道还会没人要吗？"

赵醒归终于睁开眼睛去看她："现在反悔已经晚了。"

床头柜上的闹钟突兀地发出声响，就是那只白色小机器人，它的眼睛是一块熄灭的屏幕，亮起蓝光后，两只萌萌的大眼睛出现在屏幕上，接着就欢快地叫起来："老婆起床，去登记啦，老婆起床，去登记啦。"

赵醒归把脑袋躲进被窝，卓蕴只能看到被子下的人在簌簌地抖，她对这人已彻底无语，拉开被子去揪他耳朵："你每天都在搞什么东西？什么时候又换的语音？"

赵醒归乖乖回答："昨天换的，专门用来提醒你。"

卓蕴松开手，掀开被子准备下床，赵醒归揉揉耳朵，还赖在床上，看着她坐在床沿背对他，拿过内衣往身上穿，年轻女孩的身体曲线玲珑有致，如瀑长发散在背上，处处都透着美。

赵醒归忍不住叫她："老婆。"

卓蕴回头："别乱喊，还不是呢。"

赵醒归笑："怎么不是？你都收下戒指了。"

卓蕴心里其实很甜，嘴上却偏要和他作对："哼，大不了还给你喽。"

赵醒归手肘撑起身体，向着她蹭过去些，手掌抚上她细滑的后腰："是要还给我，今天登记完，你的就是我的，我的就是你的，咱俩分不清。"

卓蕴拿过衣服穿，又把赵醒归的衣服丢到他脑袋上："别贫嘴！赶紧起床穿衣服！"

赵醒归心疼地把衣服从头上扒下来："小心点，都弄皱了，我昨天烫了好久。"

这是六月中旬的一天，赵醒归和卓蕴预约好去进行结婚登记。

一个月前卓蕴回国，刚到家，赵醒归在被剥得只剩一条内裤的情况下"被迫"求婚，卓蕴反应过来后足足笑了十分钟，赵醒归自己都乐得不行，最后的结果当然是——求婚成功。

小赵同学年满二十二周岁，到了法定婚龄，卓蕴二十五岁半，在经过三年恋爱后，他们认定彼此，决定结婚。

卓蕴穿好衣服，问赵醒归："好看吗？"

赵醒归认真地打量她，回答："好看，像个中学生。"

卓蕴失笑："我都快二十六了，还中学生，你能不能夸得走心一点？"

他们为结婚登记准备的衣服没什么创意，就是最简单的白衬衫，卓蕴在底下配了一条小短裙，扎在衬衫外，相对而言，赵醒归的气质更适合白衬衫，他英俊又清爽，穿上衬衫后，少年感特别浓。

他穿好衣服坐上轮椅，来到窗边，拉开窗帘往外看。这栋高层住宅沿街而建，窗外没有遮挡，他看着那一大片繁华街景，眯了眯眼睛。

阳光失去阻碍，透过玻璃沐浴在他身上，卓蕴不知何时走到他身后，弯腰抱住他的脖子，亲吻他的脸颊。

"忘了和你说。"她在他耳边呢喃，"老公，早上好。"

赵醒归抿唇而笑，幸福感油然而生，他想，老天对他真好，在这样一个美好的日子，送给他一个大晴天。

卫生间里，赵醒归刮过胡子，把头发打理得很利落，看着镜子里身穿白衬衫、黑西裤的自己，系好皮带，穿好黑皮鞋，最后整整衣领，扣上最顶上的一颗扣子。

"帅吗？"他坐着轮椅待在镜子前，认真地问卓蕴。

女孩倚在门边朝他笑："当然帅，我挑的老公，能不帅吗？"

一切就绪，赵醒归和卓蕴拿上证件去了民政局。婚姻登记很顺利，填表、拍照、等待、领证……他们穿着雪白的衬衫，并肩而坐，笑容灿烂，让摄影师拍下结婚照。

有个女工作人员在看赵醒归的身份证时调侃了一句："哟，小伙子刚二十二啊？结婚够早的啊。"

赵醒归认真地说："不早，我们在一起都三年了。"

他们还选择了宣誓服务，赵醒归撑着手杖站得笔直，与卓蕴手牵着手，两人一起念："……无论顺境还是逆境、富裕还是贫穷、健康还是疾病、快乐还是忧愁，我都将爱着你、珍惜你，对你忠实，直到永远。"

几年前，赵醒归曾在网上看过一则帖子，主楼问大家：有没有一个瞬间，会让你觉得生活很美好。

赵醒归没回答，就在那儿看网友回帖。

有人说，小时候去玩泥巴，把自己弄得很脏，忐忑不安地回到家，妈妈却没骂他，还用小桶装来一桶泥巴，混上水，让他光着屁股在厕所里搭房子玩。那是他觉得超美好的一刻，永生难忘，后来，他成了一名建筑师。

又有人说，她从小父母离婚，是被奶奶养大的，离家上大学后，几个月都见不到奶奶，想躲在被窝里哭。她开始努力打工挣钱，寒假回家时给奶奶买了一部智能手机，一遍遍教奶奶怎么用。开学后回到学校，接到奶奶打过来的视频电话，看到奶奶布满皱纹的脸出现在屏幕上的那个瞬间，她泪如雨下，觉得是最美好的一刻。

还有人说，高考后，她和最好的几个朋友一起去山上看日出，半夜爬山，摔了个跟头，把脸都摔肿了，后来一边哭，一边被一个男生拖着手爬上山顶。在山上看到太阳缓缓升起的那一刻，她觉得什么都值了，更惊喜的是，那个拖她手的男生还在日出时向她表白，而她，也已经暗恋他两年整。现在，他们都已毕业工作，很快就要结婚了。

…………

赵醒归感动于那一则则回帖，开始回忆他人生中的美好瞬间。

受伤前就不说了，他的生活无风无浪，是世人眼里的人生赢家，天之骄子，受伤后呢?

在三楼落地窗后看到卓蕴的第一眼,他没来由地就觉得很幸福,心里生出迫切的渴望,想要认识这个女生,想把她留在身边。

还有,看到她画的"勇敢龟龟不怕困难"的那一刻;

在紫悦城,千辛万苦地用烤肉夹夹下便利贴、看清上面内容的那一刻;

被拒绝后,深夜接到她的电话,说愿意给他做家教的那一刻;

她听完他受伤的经过,伤心哭泣的那一刻;

与她一起去紫柳郡篮球场,截瘫后第一次投篮的那一刻;

打完网球,她义无反顾冲上他车的那一刻;

她说"我改主意了,一切等你高考结束再说"的那一刻;

在医院里,他疼痛难忍,她说"我陪着你呢"的那一刻;

他撑着拐杖,站立起来的那一刻;

她答应做他女朋友,与他亲吻的那一刻;

在久兰花苑,他看到篮球架、电梯和各种无障碍设施的那一刻;

他流着眼泪,与她紧密相拥的那一刻;

一直落后,誓不放弃,最后反败为胜,赢过广东队的那一刻;

她说她爱他,答应他求婚的那一刻……

太多太多,数都数不清,他的人生在旁人眼里早已跌入谷底,失去了健康的身体,他们会觉得,他再怎么折腾都翻不起一朵浪花。可实际上,他还是会感到幸福,感到快乐,会有梦想和愿景,那些美好瞬间,就像一颗颗细碎的小星星,依旧点缀在他的人生长河中,也许光芒会很微弱,却永远都不会熄灭。

如果非要挑出最美好的一个瞬间,那就是现在,当下。

赵醒归看着手里新鲜出炉的结婚证,照片上是他和卓蕴微笑的脸庞,她露着梨涡,他弯着眼睛,他们都那么年轻,是最幸福的模样。

他结婚了,赵醒归想,他和卓蕴结婚了。

又一个梦想成为现实,真好啊,未来的人生,他将更有动力,更加努力,他一定要健康,要勇敢,要做一只长寿的小乌龟,就算走路慢吞吞,也要永远陪在她身边,爱她每一天。

登记完,赵醒归开车带卓蕴回 C2 小楼。

这天是个好日子,赵伟伦和范玉华特地待在家,卓蕴一进门,就感觉气氛有点不一样,赵伟伦揽着妻子的肩笑嘻嘻地看着她,卓蕴习惯性地想叫"叔叔阿姨",又觉得不太对,脸都烧了起来。

还是赵伟伦帮她解围，主动换了称呼，叫她："小蕴，从此以后咱们就是一家人了，我们家没那么多讲究，大家都很随意，你不用担心什么，和小归好好过日子就行。"

范玉华说："小归是个傻孩子，他要是惹你生气，你就告诉我们，我帮你去收拾他。"

卓蕴笑起来，还揉了下赵醒归的脑袋："小归很乖的，不会惹我生气。"

赵醒归在边上低声吐槽："我哪敢惹她生气？她不来欺负我就很好了。"

卓蕴挑眉："你说什么？"

"没什么。"赵醒归牵住她的手，"赶紧吃饭吧，我下午还要去上课。"

大家不再闲聊，卓蕴和赵醒归洗过手，一起去餐桌边坐下，潘姨做了很多美食，卓蕴食欲大开，范玉华往她碗里夹了一个鸡腿，卓蕴嘴唇微张，傻傻地看着她，范玉华都快要笑场了，赵醒归和赵伟伦在边上看好戏，卓蕴终于还是喊出口："谢谢妈妈。"

范玉华开怀大笑，应着她："乖，小蕴，多吃点。"

赵伟伦又盯上了卓蕴，新晋儿媳卓蕴只能羞羞地喊了一声："爸爸。"

赵醒归快要笑死，范玉华看着自己的倒霉儿子，抹抹溢出眼角的泪，说："我以前还担心这傻小子会没人要，真没想到，他这么小就结婚了，我都还没到五十呢。"

赵伟伦说："说起来，小煜和小靓都还没结婚，小归居然是咱们家四个孩子里最早结婚的一个，一会儿我得给我妈打个电话，告诉她这个好消息。"

范玉华对儿子、儿媳说："暑假，你俩去梧城玩一趟吧，见见奶奶，她现在身体不好，看到你俩结了婚，一定很高兴。"

吃完饭，赵醒归去 A 大上课，转着轮椅来到教室，拆车头时，有熟悉的男同学随口问了他一句："小乌龟，你早上怎么请假了？去比赛吗？"

赵醒归说："不是，早上有点事。"

那位同学没再多问，赵醒归却有极为强烈的倾诉欲，低着头摆好车头，轮椅转到课桌后，把戴着婚戒的左手搁在桌上，主动对那人说："我早上，是去结婚了。"

男同学呆滞地看着他："啊，恭喜。"

赵醒归微笑："谢谢。"

当天晚上，赵醒归同学发了一条朋友圈，晒出两本结婚证的大红封皮，配文：

醒日是归时：A day of LOVE！［爱心］。

番外三

一见倾心，此生不渝

(1)

纽约是一座井然有序又包罗万象的城市,是个纸醉金迷的国际化大都会,高楼林立,传奇甚多,大街上时常会响起顶级超跑炸耳的引擎轰鸣声,它飞速掠过的街巷口,却可能聚集着几个胡子拉碴、衣衫破旧的流浪汉。

这里有数不清的常春藤盟校毕业生,又有来自穷困地区、对英语一窍不通的年轻追梦人,有各种金融、艺术领域的天之骄子,也有各种奇奇怪怪的亚文化群体。

曼哈顿繁华的街道上,从来不缺超级帅哥、美女,他们有着不同的肤色、发色,说着不同的语言,每个人都行色匆匆,也许是去试镜,也许是去约会。

没人会关注别人的生活过得怎么样,说好听点叫包容,换个说法就是——人情冷漠。

这年五月,赵醒归即将硕士毕业,他和卓蕴已经在纽约生活了两年整。这两年,他们没回过国,因为赵醒归坐长途飞机实在不舒服。过来时他选的头等舱,勉强可以把座椅放平睡觉,可十几个小时的飞行还是让他很难熬。不知是不是心理作用,他居然晕机了,不仅在飞机上吐了两次,还发起低烧,把卓蕴愁得整宿睡不着觉,一直在照顾他。

所以后来,他俩就决定圣诞假和暑假不回国,反正卓蕴要上班,赵醒归也能找导师做些事,生活一直过得平淡充实。

偶尔,赵醒归一觉睡醒会略微失神,扭头看到床边的轮椅,想起自己竟是身在国外。如果没受伤,这其实是他注定的人生轨迹,年轻时会去很多地方,欣赏不一样的风景,结识各行各业的尖端人才,尝试各种各样有趣的运动。他想过要征服高山、拥抱大海,甚至去玩赛车、学开飞机……可这些少年时豪情万丈立下的目标,都在十六岁那年被按下了暂停键。

赵醒归刚过完二十五岁生日,已经在轮椅上坐了九年整。

他和卓蕴没有经济负担,英语又流利,在纽约生活也没什么压力。小两口在租来的公寓里过得低调温馨、与世无争,赵醒归的课余活动就是打轮椅篮球,早已成为一支轮椅篮球俱乐部的绝对主力。

纽约的无障碍设施做得很好,让赵醒归的生活方便且舒适,可这里终究没有归属感,他早就想家了,想念钱塘的家人、朋友和队友,迫不及待地想回去。

这一天,赵醒归停好车,打开驾驶门,把轮椅部件一样样拿出车子,向外探身组装好,又撑着轮架把屁股挪到轮椅上,再把两条腿捞出来摆上踏板,最后拎出背包，关上车门。他已经习惯了这样的生活，脊髓损伤不可逆，他的身体状况和几年前没什么差别，日常行动全靠轮椅，每天会抽时间练习走路，外加健身，身材也一直保持得不错。

赵醒归刚从学校回来，打算去一家熟悉的超市买点食物，这天傍晚，家里会有客人来吃饭，赵醒归是大厨，对卓蕴说他来安排晚餐，让她早点下班就行。

他转着轮椅去超市，沿途会路过一家咖啡馆。那是卓蕴经常光顾的咖啡馆，里头有个服务员小哥是尼泊尔人，非常喜欢卓蕴，觉得她美得像女神，这种喜欢简单纯粹，小哥爱屋及乌地也喜欢上了赵醒归，每次看到他路过，都会快乐地对他打招呼。

"Hi，Mikey！"小哥冲赵醒归招手，操着带口音的英语喊，"下午好！"

赵醒归说："下午好。"

咖啡馆客人不多，小哥待在门口晒太阳，问："我听 Zoe 说，你就快毕业了，你们马上就要回中国了，是真的吗？"

赵醒归微笑："对，毕业典礼结束后，我们就回国了。"

小哥面露不舍："再也不回来了吗？"

赵醒归说："不会回来常住，偶尔也可以来玩一下，看看老朋友，我们在纽约有不少朋友。"

小哥点点头："我会想你们的，你和 Zoe 都是很好的人。"

赵醒归眼神里透出戏谑："其实你只想说 Zoe，对吧？"

小哥哈哈大笑，连连摇手："没有没有！你也很厉害，我非常喜欢你。"

赵醒归与他分别，来到那家超市，与收银的泰国小妹打了个招呼，拎起篮子放在腿上，转着轮椅去挑选食物。挑蔬菜时，他接到苗叔打来的电话，苗叔说，他们的旅游团已经在纽约机场落地了。

赵醒归说："叔，我帮你们叫好车了，司机是个中国人，你有他微信吧？"

苗叔说："有有有，我就是先和你说一声，完了就去联系他。"

赵醒归说："行，那我在家等你们，晚上卓蕴的朋友也要来吃饭，刚好大家一起，我在买菜呢。"

苗叔和边琳没出过亚洲，卓蕴在纽约生活好多年，现在眼看着赵醒归也要毕业，小两口就邀请苗叔和边琳来美国旅游，给他们报了个十五天的旅行团，美东美西都玩一遍，最后回到纽约参加赵醒归的毕业典礼，典礼结束后，一行人就一起回中国。

除了苗叔和边琳，赵伟伦和范玉华到时也会来纽约参加儿子的毕业典礼。去年暑假，赵家夫妻带着赵相宜来美国玩过半个月，顺便来纽约看望赵醒归和卓蕴。

见到儿子穿起围裙、坐着轮椅做菜的样子，范玉华笑得腰都直不起来，说真是没想到，小赵先生不通音律，不懂美术，却在做菜上有着强大的天赋。

赵醒归当时就很无语："这不叫天赋，这叫没办法，谁让有些人一点儿也不会做饭呢！她不做，我也不做，我俩不得饿死？"

"有些人"不乐意了，也不管婆婆在场，抱着手臂问："你的意思是，你是被迫的喽？"

范玉华掩着嘴笑，赵醒归马上改口："哪能啊，我肯定是自愿的，自己做饭更健康，你也不爱吃西餐嘛。"

卓蕴："哼。"

赵醒归买完菜，把袋子搁在大腿上，转着轮椅回公寓。他和卓蕴租的公寓条件不错，高层建筑，比较新，两室两卫，还有一间带开放式厨房的大客厅。他们把一个房间做卧室，另一个房间做书房，唯一的缺点是卫生间没有任何无障碍设施，赵醒归也懒得再改装，上下马桶时，他已经不需要扶手，洗澡时就坐在椅子上洗，生活需求基本都能满足。

回到家，赵醒归看了眼房子，还算干净，就坐着轮椅把沙发上的几件衣服收起来，又拿出一些水果、零食准备招待客人，最后回到厨房，开始准备晚餐。

第一拨来的客人是苗叔和边琳，他俩被司机从机场送回来，拖着一个巨大的行李箱，赵醒归看着苗叔被晒黑的脸，笑道："叔，你怎么晒这么黑？"

苗叔摸摸脸："太阳大呀！我也不喜欢戴帽子。"

边琳吐槽："我让他涂个防晒，他还不肯，全旅行团就他晒得最黑。"

赵醒归问："妈，这趟好玩吗？"

边琳顿时眼睛放光："好玩啊！那个什么峡谷，什么瀑布……好看极了！"

苗叔插嘴："克罗地亚大峡谷！"

赵醒归纠正："叔，是科罗拉多大峡谷。"

苗叔："是、是吗？"

边琳摇着头："苗雪生你这个人，不懂就不要乱讲，小归是不会来笑话你，被外人听去就知道你没文化。"

苗叔嘿嘿笑："我本来就没文化，这不是第一次来这么远的地方嘛，我激动啊！"

边琳洗过手去帮赵醒归的忙，赵醒归没拒绝，晚上菜挺多，他的确怕自己一个人做得太慢。他毕竟不像边琳、潘姨、苗叔那样厨艺精湛，平时养卓蕴没问题，这晚可是有七个人吃饭！

"小归啊，这个鸡你打算怎么做？"边琳拿着一盘半成品鸡块问女婿。

赵醒归说:"我腌制过,想用烤箱烤。"

"不是蒸就是烤。"边琳看着厨房里的小灶台,摇头叹气,"这个地方都不能开大火,一开得呛死,你们平时能炒菜吗?"

"能。"赵醒归说,"简单炒一下还是可以的,妈,我现在炒面做得特别好,卓蕴很爱吃,想不出吃什么就让我给她炒个面。"

边琳站在他身边,拿着砧板切番茄,笑眯眯地问:"是不是要加鸡蛋、香肠和黄瓜丝?"

赵醒归也笑:"对,她说她一直喜欢这么吃。"

正聊着天,第二拨客人也到了,是苏漫琴一家。苏漫琴硕士毕业时对那位中美混血男友黄先生说得很清楚,自己是独生女,一定会回国,如果男友能接受博士毕业后去中国发展,那就继续谈,要是接受不了,那就拜拜。

黄先生当时陷入纠结,苏漫琴便毫不犹豫地回了国。半年后,黄先生飞到中国找苏漫琴,抱着她大哭一场,说他愿意毕业后来中国工作,希望她能再给他一次机会。于是,苏漫琴就跟着他回到纽约,黄先生继续读博,苏漫琴进了一家投行工作。

两年多前,苏漫琴意外怀孕,黄先生欣喜若狂,当即求婚,苏漫琴答应了他的求婚,不久后在美国生下儿子黄豆。

现在,黄先生快要博士毕业了,已经在与钱塘Ａ大接洽,Ａ大给了不错的待遇,黄先生可以一边做老师,一边继续做科研,因为苏漫琴还需要交接一阵子工作,所以,一家三口要比赵醒归和卓蕴晚几个月回国。

在纽约的这几年,卓蕴和苏漫琴的友谊越来越坚固,卓蕴和赵醒归自动成为黄豆的干妈干爸,黄豆也特别喜欢他们,很愿意来卓蕴家玩。

苏漫琴带着丈夫,提着一个蛋糕盒和一束鲜花进屋,她平时喊丈夫"老黄",卓蕴和赵醒归就也跟着这么喊。苏漫琴忙着给苗叔和老黄介绍彼此,两岁的黄豆已经急不可耐地去找赵醒归。小家伙长得比较像苏漫琴,黑头发、黑眼睛,混血感没那么强,会说中文和英文,只是口齿还不清晰,看到赵醒归就喊:"干爸!"

"哎!黄豆你来啦!"赵醒归弯腰把黄豆抱起来,坐在自己腿上,问,"饿不饿?想吃薯条吗?"

黄豆点点头,边琳看着这可爱的小男孩,笑得眼睛都眯起来了:"漫漫儿子都这么大啦!哎哟,她结婚还比你们晚呢。"

赵醒归知道丈母娘话里的意思,笑笑不说话,黄豆看到陌生的边琳,眨巴着大眼睛,用英语问:"她是谁?"

赵醒归抱着他,单手转着轮椅去端炸好的薯条:"她是你干妈的妈咪,你应该叫她什么？中国话。"

黄豆用中文说："奶奶。"

赵醒归："不对。"

黄豆："姥姥？"

赵醒归提醒他："你爷爷是北方人，我们是南方人，你叫你妈咪的妈咪做什么？"

黄豆想了想，说："外婆！"

"答对了。"赵醒归绽开笑，圈着黄豆的小身体，帮他挤出一碟番茄酱，又把他放下地，"拿去吃吧，宝贝。"

卓蕴是最后一个回来的，打开门就叫得很大声："我回来啦！哇！好热闹啊！"

到这年年底，卓蕴就要年满二十九岁了，她在一家设计事务所工作，依旧苗条漂亮，比起前些年的明艳张扬，更多了一些成熟知性，穿衣风格虽不再那么热辣，但还是会偏爱一些凸显身材的设计元素。

"干妈！"黄豆手上沾着番茄酱，向卓蕴扑过去，苏漫琴拉都拉不住，卓蕴也无所谓，蹲下身子抱住小男孩，往他肉嘟嘟的脸蛋上亲了一口："乖乖黄豆，想干妈吗？"

"想。"黄豆把一根薯条塞进卓蕴嘴里，"好吃吗？"

卓蕴点头："好吃，谁给你的呀？"

黄豆回头一指："干爸。"

卓蕴抬起头，就看到赵醒归坐着轮椅的身影，他穿着围裙，根本没工夫来和她打招呼，在灶台和水槽间不停打转。

在边琳的帮助下，赵醒归把菜都做好了，有中餐有西餐，丰盛又好看，六大一小坐到餐桌边，赵醒归开了一支红酒，问大家："谁要来点儿？"

老黄问："你自己喝不喝？"

"我……"赵醒归犹豫，瞄了一眼卓蕴。

卓蕴点点头，赵醒归才说："我喝一点。"

老黄和苗叔都把杯子递过去："那我也来一点。"

结果，除了苏漫琴要开车，其余五个大人都倒上了红酒，包括边琳。她和苗叔晚上睡酒店，就在公寓旁不远处，步行几分钟就能到。

美酒配美食，还有亲密的家人、好友相伴，晚餐的气氛特别好。所有人都夸赵醒归厨艺优秀，把他说得脸都红了，也可能是喝酒喝的，他托着下巴听大家聊天，没怎么开口。

苗叔和边琳讲述着刚结束的这趟全美旅行，苏漫琴说她父母也来这边看望过她，不过没报团出去玩，而是自驾游，走的路线和苗叔不太一样。

苗叔说："自驾我不行，开车是没问题，可路标看不懂啊！英文也听不懂，我俩要是开车出去，不是迷路就是饿死。"

边琳附和道："我们有一次自由活动，看到一家麦当劳，我让老苗去买点汉堡鸡翅，他在收银台那儿挥着手臂学鸡叫，意思是要鸡翅膀。"边琳学起苗叔当时的样子，也挥起手臂，"咯咯咯咯咯，就是这个样子，我呀，当时都想挖个地洞钻进去。"

四个小辈笑得东倒西歪，眼泪都笑出来了，黄豆听不懂，也学起边琳的样子，挥着手臂喊："咯咯咯咯咯！"

苗叔被人笑话也不恼，因为喝了酒，脸色微红，笑道："我后来不是买到了嘛，身体语言也是语言，全世界通用的！"

因为有个小朋友，餐桌上更加热闹，卓蕴家有给黄豆准备的宝宝椅，黄豆自己围着兜布、用勺子叉子舀东西吃，吃得一塌糊涂，苏漫琴也不怎么管他，偶尔拿湿巾帮他擦下手和嘴。

边琳看着黄豆吃东西，说："他这么小就会自己吃饭啊，真厉害，小蕴、小薇这么大的时候，都还要喂的。"

苏漫琴说："阿姨，喂得多了他就不肯自己吃了，苦的还不是我们大人，让他自己学会吃饭，我们也轻松啊。"

边琳很喜欢黄豆，眼睛就盯着小家伙看，看着看着，目光就落到赵醒归和卓蕴身上，欣慰地说："小归终于要毕业了，回去后，摆完喜酒，你俩也该准备要孩子啦。"

卓蕴看着边琳："妈，我和他回去搞工作还来不及呢，所有的事都要从头开始，哪有时间要孩子？"

边琳还想说话，桌子底下的脚被苗叔踢了一下，她似乎明白了什么，不再说这个话题。

热闹的晚餐吃完后，卓蕴和苏漫琴去聊了会儿天，赵醒归抱着黄豆去书房玩机器人，黄豆最喜欢玩干爸的机器人，看机器人唱歌、跳舞、走路、翻跟斗，还会和小机器人聊天。玩了一个多小时后，黄豆困了，苏漫琴与赵醒归、卓蕴道别，带着儿子回家去。

边琳在收拾厨房，苗叔把赵醒归拖去书房，打开拉杆箱，把旅途过程中买的礼物拿给他。赵醒归抚额："叔，很多东西都是中国产的，你还买这么多，我们还得大老远背回去，累不累呀？"

苗叔说:"累什么?专门带给你的,很多地方你也没去过吧?"

赵醒归摸摸自己的腿:"是没去过,也没打算去,小蕴都去过了,我看照片就行。"

水槽边,卓蕴走到妈妈身旁,挽起衣袖说:"妈,我来吧。"

"不用,都洗完了。"边琳回头看了眼书房门,小声问,"小蕴,妈妈问你件事,小归是不是不能要孩子?"

"没有啊。"卓蕴不自然地说,"能要的。"

"那个……你们……"边琳吞吞吐吐地问,"夫妻生活……"

卓蕴说:"好着呢,放心吧。"

边琳看着女儿的脸色,不像在说假话,又问:"那你们这几年怎么没要个孩子呢?跟漫漫那样不是挺好吗?你和小归也是结了婚的。"

卓蕴说:"我们不急,在这儿生孩子,孩子就是美国人,我才不要呢,我要生也要生个中国宝宝。"

"你都快二十九了。"边琳纠结地说,"虚岁都三十了,回去以后还是抓紧要个孩子吧,我就是怕……小归家里会给你压力。"

卓蕴直接笑场:"哈哈哈哈……妈,这个你放心,真不会,绝对不会,赵醒归他爸妈很讲道理,这事儿是我和赵醒归自己决定的,孩子……我们不强求,有当然好,没有也无所谓。"

边琳很吃惊,压低声音问:"怎么能无所谓呢?你俩结婚这么多年了,不打算要孩子啊?"

赵醒归具体的身体情况,卓蕴一直瞒着妈妈,这时决定对边琳坦白:"妈,赵醒归身体不好,他可以要孩子,就是……会比较难,要做试管婴儿。他不想让我吃苦,我自己也觉得要不要孩子无所谓,我和他感情好就行了。你看,卓蘅以后会有孩子,小宜以后也会有孩子,我和赵醒归可以把他们的孩子当自己孩子看。这事儿,我今天和你说了,你可别再去找赵醒归聊,他心里其实很难过,但我是真的无所谓,如果有一天他特别想要孩子,我可能会去做试管,但肯定不是现在,他现在主意还挺坚定的。"

边琳拿抹布擦着手,呆呆地看着女儿,卓蕴也淡然地看着她。

这些年,妈妈的思想已经改变许多,卓蕴想,她可能一时间难以接受,自己健康漂亮的女儿会没有孩子,但时间久了,她一定会理解。就像边琳和苗叔现在的生活,老两口都已退休,开始领取养老金,一年里的大部分时间就住在久兰花苑,和有没有孩子关系不大。

边琳沉默了一会儿,垂下眼睛点点头,说:"你们决定了就好,妈妈只希望你和小归过得幸福。妈妈就劝你一句，如果真的打算要孩子，就趁年轻时要，以后你年纪大了，想要也不一定要得上，那样会更遭罪。"

"嘘……"卓蕴给边琳一个眼色，边琳回头，发现赵醒归坐着轮椅从书房出来了，只看了她们一眼，没过来打扰。卓蕴挽住边琳的胳膊，凑到她耳边说："妈，放心吧，我们自己会好好考虑的。"

晚上，边琳和苗叔去了酒店，热闹的屋子安静下来，赵醒归和卓蕴洗过澡，一起爬上床。卓蕴知道小赵先生为了晚餐忙乎半天，应该很累，主动凑上去帮他按摩肩膀和手臂，按着按着，手和嘴都开始变得不老实。

小赵先生退去青涩，从少年长成青年，现在的身材实在很诱人。赵醒归的反应却和平时不太一样，没有回应得太热情，他睁着一双雾蒙蒙的眼睛看卓蕴，伸手抚上她的脸颊，一副欲言又止的样子。

卓蕴把他抱在怀里，问："怎么了？不开心吗？"

赵醒归沉默了一会儿才开口："小蕴，你妈妈刚才和你说什么了？"

这个敏感的人啊，果然感觉到了，卓蕴揉着他的头发，软软地说："没说什么呀。"

赵醒归闭上眼睛："你别瞒我。"

他怎么能感觉不到呢？边琳看黄豆的眼神那么直白，赵醒归当然知道丈母娘的心思，她是个思想偏传统的女性，卓蕴年纪也不小了，和他登记快满三年，边琳老早就想成为外婆了。

见赵醒归非要刨根问底，卓蕴干脆坦白："我妈本来就喜欢小孩，又是第一次见黄豆，黄豆那么可爱，我妈会有想法很正常。不过你知道的，赵小归，她管不了我，咱俩的事自己做主，你别钻牛角尖。"

赵醒归从她怀里出来，仰面躺在床上，说："我没钻牛角尖。"

"还没钻？骗谁呢？"卓蕴嬉笑着去挠他痒，想要逗他开心，"你这个人我还会不知道？我妈在的时候你不吭声，尽自己瞎琢磨，现在知道来问我了？不是说好了的吗，这事儿，咱们不强求。"

赵醒归撑着床面坐起身，往后挪了挪，背脊靠在床背上，卓蕴习惯性地往他后腰塞了个抱枕，赵醒归低头看着自己的下半身，拉过卓蕴的手抚到大腿上，垂着眼说："我就是觉得，对你很不公平。"

多年的轮椅篮球训练在他手掌上留下无数印记，他的手掌变得宽厚粗粝，布满老茧，卓蕴曾与他开玩笑，说他明明是个贵公子，却长着一双劳动人民的手。此时，这双手覆在卓蕴柔滑的手背上，带领她去抚摸他的双腿。

九年了，这双腿比卓蕴的腿都要来得细、来得白、来得软，轻抚时毫无知觉，只有手掌用点力去按压,他的大脑才会接收到一点信号,用尽力气去指挥,它们才会稍做抬动,不至于像死了那样了无生气。

赵醒归已经不是十八九岁的少年人,清楚地知道,他这辈子就只能是这个样子。每日里的走路更多是为了防止腿部肌肉萎缩,他上身健康,瘦弱的双腿甚至支撑不了太久上身的重量,连医生都告诫他不要走得太多,他腿上的骨头很脆弱,万一摔跤姿势不对,很容易骨折。

听完赵醒归的话,卓蕴似乎觉得很有趣,歪着头看他:"什么叫公平?赵醒归,人是你追的,婚是你求的,孩子是你说不要的,现在你这么说是什么意思呀?你后悔了?"

"没有。"赵醒归摇头,与她对视,"追你,娶你,是我这辈子最幸福的事,不可能后悔。就是孩子……"他叹口气,"你还记得我和你说过的,董教练的事吗?"

卓蕴说:"记得。"

那是赵醒归坚持不做试管婴儿最大的原因。

二十四岁那年,董炀是一个普通的中餐厨师,因为一场车祸,他意外截瘫,从此只能与轮椅为伴。那时互联网刚普及不久,董炀受伤后被迫待在家,在一个同城聊天室认识了一个女孩,两人聊着聊着聊出了感情,互相加上了 QQ 好友。

董炀向对方坦白了自己的身体情况,女孩说不在乎他的残疾,跑来见他,这一见,完全没有"见光死",董炀与那女孩情投意合,两人悄悄地谈起了恋爱。女孩父母一开始肯定不同意,却拗不过女孩的执着,后来,女孩顶着压力与董炀结婚,并且鼓励董炀重新开始工作。

婚后,他们感情很好,董炀开了一家小饭馆,能挣钱养家,业余还开始打轮椅篮球,进了国家队,女方父母逐渐接受他,提出唯一一个要求,就是他们必须要生个孩子。

董炀和妻子在生孩子这条路上努力十年,截瘫男性让伴侣自然受孕的概率极低,两人就去做试管婴儿。因为董炀坐了很多年轮椅,"小蝌蚪"质量不太好,做了几次试管都失败,花尽积蓄不说,还把妻子的身体搞得越来越糟糕。

她身材发胖,皮肤暗黄,失眠焦虑……脾气也由温柔娴静逐渐变得暴躁易怒,时常因为一点小事就与董炀发生争吵。吵得凶了,妻子会对董炀恶语相向,骂他"瘫子""残废""不是男人",还会在董炀因为生活上的一些事向她求助时,冷冰冰地说"你自己为什么做不到"。

董炀一直忍耐,不敢回嘴,知道是自己不好,可他的忍耐没有得来好结果,在董炀三十六岁那年,妻子再也顶不住压力,与他大吵一架后提出离婚。

一年后,女方再次结婚,很快就生下了一个女儿,董炀则一直单身,并且不打算再成家。

董炀和前妻求子的经历让赵醒归心有余悸，他真的不想卓蕴受苦，不想让她担负心理压力，更无法想象有一天卓蕴会指着他的鼻子骂他"瘫子""残废""不是男人"……天啊，他一定会崩溃的。

赵醒归可以接受没有孩子的婚姻生活，只要能和卓蕴在一起，他别无所求。曾经，他发自内心地这样想，变化始于苏漫琴生下黄豆以后。

赵醒归来到纽约，看到出生才几个月的小黄豆，卓蕴熟练地抱起宝宝逗他，又把黄豆往赵醒归手里送，开心地说："赵小归，你也抱抱他，你可是黄豆的干爸！"

那时赵醒归才二十三岁，笨拙地把黄豆抱在怀里，几个月大的小婴儿又白又软，身上还带着奶香，大眼睛亮得像两颗黑葡萄，张开没牙的小嘴冲赵醒归笑。

赵醒归的心一下子变得柔软，他和卓蕴不一样，从小生活在一个有爱的家庭，从不恐惧婚姻和生育，不是主观上的"丁克"一族。对于小生命，他期待又喜欢，抱着小黄豆时，他真的非常非常羡慕苏漫琴和黄先生。

赵醒归想做爸爸，又不愿意因为他的一己私欲而让卓蕴受苦，她明确说过，她对生孩子无所谓，完全可以"丁克"，所以，赵醒归陷入矛盾境地，看到边琳的态度，越发感到愧疚。

卓蕴知道赵醒归是被边琳的态度给刺激到了，暂时性地进入情绪低谷期。他平时可不这样，小赵先生的生活态度向来积极乐观，待人真诚，对待学业极为认真，对打篮球是真爱，对她的好更是说都说不完，日常总会捣鼓一些有趣的小玩意儿逗她开心，记得每一个节日、生日、纪念日，会送她礼物，给她惊喜。他依旧会收集一些"小垃圾"，认认真真地存在盒子里，说老了以后和她一起看，会很浪漫。

赵醒归，就是这么一个热爱生活、心存梦想，又很有仪式感的男人，偶尔情绪低落一下，卓蕴完全理解，哄哄就好啦，谁让他是弟弟呢？

她又一次抱紧他，在他耳边温柔地开口："董教练是董教练，你是你，干吗老要去想别人？这世上夫妻的相处方式千千万万，有哪一对是一模一样的？"

赵醒归抚着她的长发，低声说："可是又有几对夫妻，丈夫是像我这样的呢？我很怕……殊途同归。"

卓蕴怒了，使劲儿往赵醒归腰上拧了一把，还精准地找到他感知平面以上，疼得他"嗷"一声叫，卓蕴拧一下不过瘾，又去拧第二下、第三下："什么殊途同归！不知道意思就别瞎用！再敢瞎说回去就别办婚宴！现在！你给我躺下！睡觉！"

赵醒归龇牙咧嘴地揉着腰，不敢再顶嘴："哦。"

深夜，卓蕴半睡半醒间，感觉到赵醒归帮她掖了掖被子，然后把自己挪到了轮椅上。轮椅转出房间，卓蕴在黑暗中睁开了眼睛。

她小心地掀开被子，光脚踩着地，蹑手蹑脚地走到卧室门边，拉开一道门缝往外看。客厅没开灯，赵醒归坐着轮椅待在窗边，手里夹着一根点燃的烟，正放到嘴里抽了一口。

他平时不抽烟，卓蕴也抽得很少，一包烟可以放好多天。这烟应该是卓蕴的，不知被赵醒归从哪里翻了出来，大半夜偷偷地抽。

窗外有月光，还有纽约高楼的霓虹光影，赵醒归高瘦的身形在黑暗中被映衬得像一幅剪影，嘴里吐出的烟气飘散在空中，烟雾袅袅，透着落寞。卓蕴看不清他的表情，但可以想象，那双漂亮的眼睛里，大概盛满了烦恼与迷茫。

这一刻，她终于意识到，她的男孩长大了。

卓蕴没有出去，轻轻关上房门，转身回床上睡觉。没多久，赵醒归坐着轮椅回来了，尽可能小声地把自己挪到床上，躺下来盖上被子，侧卧着从身后抱住卓蕴，胸膛紧紧贴着她的后背。卓蕴背对着他，鼻息间能闻到很淡的烟草气，赵醒归吻了吻她的后脑勺，用气声说："我爱你，别离开我。"

傻瓜——卓蕴在黑暗中微笑，什么都没说，什么都没做，只是发出均匀的呼吸声，让他以为她睡着了。

（2）

毕业典礼结束后，赵醒归与卓蕴一起回国，又经历过一次漫长的飞行，被工作人员背出机舱、坐上轮椅时，赵醒归闭着眼睛做了个深呼吸，他终于回家了。

他和卓蕴的婚礼定在九月初举行，还有三个多月的准备时间，足够宽裕。

对于家长们的催生任务，卓蕴并没有什么感觉，她在纽约生活六年，整个生活习惯、思维方式被全方位影响，从没觉得自己年龄大，她才二十八九岁，不还是个很年轻的女孩吗？

什么生孩子？不存在的，她正要在事业上大展拳脚呢！

卓蕴在纽约设计事务所工作时，工作方向不是普通的家装设计，而是秀场、展厅设计。

纽约有数不清的时装秀、时尚晚宴、品牌发布会、艺术展……每一场秀都有其独一无二的主题和风格，秀场的设计不亚于T台上超模们展示的服装，整个秀场不管是奢华、复古、前卫、原生态……都需要秀场设计师与品牌方深入沟通，包括装修用材、灯光效果、T台与观众席的规划、背景主题展示等等。秀场设计好了，才能让品牌方的产品完美呈现，既不能喧宾夺主，又不能泯然大众无亮点，对设计师的审美眼光和时尚直觉有很高的要求。

卓蕴工作后误打误撞地进入这个领域，深耕其中，还因为工作关系飞去巴黎、米兰等时尚品牌云集的欧洲城市观摩学习，日常接触的都是些时尚品牌的工作人员，还有些超模、艺人、奢侈品牌设计师……算是一只脚踏入了时尚圈。

她本来就长得漂亮，打扮完更是美艳精致，气场强大，在工作场所监工时，还被人误以为是个华裔女星。

卓蕴有过几次成功的秀场、展会、发布会设计经历。有一次，她大胆地在秀场设计方案中加入中国古典元素，让现代衣裙与神秘的东方美融合在一起。这场发布会大受好评，还上了中国的娱乐新闻，当然，新闻里不会提及秀场设计师，只会说到某某品牌发布会，经此一役，卓蕴在纽约秀场设计圈里崭露头角，事业进入上升期。

她提出辞职时，事务所的设计总监还很惋惜，卓蕴笑着说："我丈夫毕业了，我得和他一起回中国，中国现在的时尚产业也很发达，相信我，我可以在自己的国家施展所学。"

回国一周后，卓蕴坐在C2小楼一楼会议室里，打开笔记本电脑上的PPT，连上投影仪，站在投影幕布前，对赵伟伦和范玉华讲述自己的创业规划，是为了向他们申请启动资金。

她有经验，有时尚触觉，但没有资源，前期要做的工作很多，卓蕴打算跑几趟北京和上海，积累一些人脉，然后在钱塘注册一家文化创意公司，主营文化艺术交流活动、会议及展览服务、广告设计制作及发布等与时尚、文化有关的业务。

钱塘的时尚圈虽然比不上北京、上海，但它有自己的优势。钱塘是国内出名的女装品牌集散地之一，拥有不少的国内知名女装品牌，还有一家超级大的电商巨头坐落于此。不说别的，每一年、每一季，上至奢侈大牌，下至电商小品牌，女装新品发布会就数不胜数，而专业做秀、做展的公司并不多，卓蕴坚信自己可以在这里立稳脚跟，从市场里分一杯羹。

赵伟伦和范玉华从没想过让卓蕴做个全职太太，对于儿媳的事业自然支持，赵伟伦在听卓蕴的PPT讲解时，偶尔会问几个问题，卓蕴都一一回答。全部讲完后，赵伟伦转头问左边的范玉华："你还有问题吗？"

范玉华摇头："没有。"

赵伟伦又问右边的一个人："你呢？"

那人举了举手，说："我还有个问题，卓小姐，你在纽约待了六年，如今刚回国，如果要做这样一家公司，需要一支靠得过的团队。据我所知，你在国内上学时是学工商管理，几乎没有设计专业或文化传播专业的同学或好友，你的创业报告也没有体现这一点。你现在就是个光杆司令，我的疑问是，你如何能组建一支与你齐心的团队？全部社招吗？"

卓蕴看着说话的人，那是卓蘅，经济学硕士毕业后，他被赵伟伦叫来钱塘，入职一家集团下属的投资公司，从投资助理做起，如今已工作一年，可以独立处理一些小项目，算是一位新手投资经理。

卓蕴双手撑着会议桌，反问："卓先生，您的意思是我这公司必须要自己人才能进？还是说，我得先去别家公司待几年，再把优秀人才挖过来？我觉得没必要，社招很正常，还有校招，我只有在客户源方面会需要资深人士，别的无所谓。人家出本事我出钱，谁家公司是七大姑八大姨有裙带关系的？你这种想法要不得，是封建残余。"

其余三人都在低声笑，卓蘅生气地说："这怎么还成封建残余了？多正常的一个问题！我和你说，你在外头拉投资，要是敢这么和投资人说话，看看人家理不理你！你真得收收你的脾气！"

卓蕴对他做个鬼脸："你还真当这是天使投资路演啊？叫你过来是给你长长经验，你工作年限还没我长呢！"

卓蘅："你……"

赵伟伦开口了："好啦，你们两个怎么碰面就吵架？行了行了，别吵了，我来拍板吧。"

赵伟伦说话很干脆，让卓蕴做好前期企划与预算，找好公司办公地址，他会出资赞助，让卓蕴招兵买马，放手去干就是。

卓蕴笑嘻嘻地说："谢谢爸爸。"

卓蘅在边上翻了个白眼。

卓蕴结束汇报，关掉PPT，气氛放松下来，她笑着说："还真有点像在申请天使投资呢。"

赵伟伦和范玉华都笑起来，赵伟伦说："是有点像，说实话，我还没参与过天使投资，一般到我这儿，至少B轮起跳。"

卓蕴说："哎哟，爸，是不是对您来说，我这都是小打小闹啊？"

"没有没有。"赵伟伦说，"这块业务我一点都不了解，你是专业的，我肯定信任你。"说完，他又看向卓蕴身边一直没说话的赵醒归："好了，现在轮到你了，小赵先生，三位投资人想要听听你的项目计划。"

卓蕴和范玉华没憋住，"扑哧"一声笑出来，赵伟伦自己都笑场了，卓蘅则坐姿端正，打算洗耳恭听。

赵醒归很无语，打开自己的笔记本电脑，开始向父母和小卓经理讲解他的项目计划PPT。

卓蕴托着下巴看他，赵醒归的学业和事业方向与她大相径庭，一个极理性，一个极感性，他平时捣鼓的玩意儿，卓蕴一点都不懂，听着都头疼，但她很喜欢看他讲PPT时的样子，专业、专注、有条有理，声音还特别好听，哎呀，她老公真帅。

二十多分钟后，赵醒归讲完了，开始接受答疑，卓蕴对卓蘅投去死亡凝视，赵伟伦问了几个问题后对卓蘅说："小蘅，你还有问题吗？"

卓蘅懒洋洋地回答："没有。"

赵醒归说："卓经理，你尽管问，没事的。"

卓蘅说："我真没有，你这方案比前一位靠谱多了。"

赵伟伦和范玉华再也忍不住，一起大笑起来，连着赵醒归都笑了，卓蕴气得不行，又瞪了卓蘅几眼。

五人会议结束，大家离开会议室，赵醒归跟爸爸上楼谈事情，范玉华看看卓蕴、卓蘅这对姐弟，说："你俩也好久没见了，聊聊吧，我去打个电话。"

范玉华离开后，卓蕴与卓蘅四目相对，目光在半空中碰撞出火花，卓蕴冷不丁地就抬脚踢向卓蘅："拆我的台！拆我的台！叫你拆我的台！"

卓蘅跳着脚躲开她的连环踢，心疼地弯腰摸裤子："有病啊！这裤子很贵的！六百多块钱呢！"

他穿着一身正儿八经的衬衫、西裤、黑皮鞋，还打着领带，头发梳得一丝不苟，卓蕴心里觉得卓十三这样打扮还挺帅，嘴上却不饶人，说他像个卖保险的，把卓蘅气到吐血。

姐弟俩闹了一阵子，才从小学生吵架模式恢复到正常说话模式，卓蕴问："工作还顺利吗？"

"还行。"卓蘅说，"挺忙的，成天加班。"

卓蕴又问："找女朋友没？"

卓蘅看着她："背着债呢，大姐，找什么女朋友！"

卓蕴凑到他身边，压低声音说："这两年我也攒了点钱，你要是钱不够，我给你十万。"

卓蘅呆呆地看着她，几秒后才眨了眨眼睛，说："不用，我现在薪水也不低，够用，债很快就能还上，你管着你自己吧，豪门媳妇不好当，宫斗剧总看过吧？"

"有毛病，就这家里，我和谁宫斗去？和赵醒归他妈还是他妹？"卓蕴知道弟弟是故意扯开话题，也不再勉强。她现在和赵醒归的经济混在一起，很难分清，如果拿钱给卓蘅，的确有点怪，还有个重要原因就是，她只心疼弟弟，一点也不心疼另一个人。

卓蘅准备回公司去，卓蕴送他到门口，说："十三，有事儿就和我说，平时也可以过来吃个饭，直接上十九楼就行，就我们三个人，赵醒归会做饭。"

"知道了。"卓蘅回头看她，"你是不是也应该学学做饭？我都会做了，你怎么还老让赵醒归做饭？人一个坐轮椅的大少爷，做饭合适吗？"

卓蕴翻着自己白白嫩嫩的手，说："有什么不合适？他自愿的呀。"

卓蘅用手指点点她，摇着头从台阶下去，快要走到底时又回过头来："其实这几年，我过得比以前要开心，每次回观县看妈妈，去的时候会很期待，走的时候又会舍不得。你呢？你开心吗？"

卓蕴倚在栏杆边，笑得春光灿烂："我当然开心啊，开心很多年了好吧！"

卓蘅也笑了笑，说："你开心就好。"

回国后，赵醒归一直在准备创业的事，还没去过钱塘轮椅篮球队，向爸爸做完项目汇报，他终于有时间去队里看看。

钱塘轮椅篮球队还在老地方训练，赵醒归自己开车去体育馆，转着轮椅进到场馆后，看到一片热火朝天的训练景象。近二十个坐轮椅的男人在场上跑圈，打头的不再是王侃，而是季飞翔。季飞翔刚满三十岁，样子没怎么变，依旧清秀白净，他把轮椅划得飞快，控制着跑圈节奏，后头跟着一串龇牙咧嘴的队友。

王侃落在队伍最后，他快四十岁了，两年前就卸掉了队长职务，让季飞翔接任。赵醒归又看到刘坤、魏浩、方梓宸等熟悉的老队友，发现少了几个人，比如陈昌和朱振都已退役，同时，队伍里多了五六个生力军，年龄都才二十出头，一个个脸庞稚嫩，体力却很充沛。

站在场边吹哨的不是徐涛，而是年过四十的夏炜平，他穿着长裤走来走去，不仔细看，看不太出他是单腿假肢。夏炜平第一个看到赵醒归，惊讶得哨子都从嘴里掉出来了，大声喊："小乌龟！你回来啦！"

听到这声叫，跑圈的轮椅长队顿时乱了，季飞翔直接离开队伍朝赵醒归冲过来，赵醒归张开双臂，探出上身，季飞翔伸长胳膊与他搭在一起，算是一个轮椅上的拥抱。

"什么时候回来的？"季飞翔很激动，"两年没见啦！你真就一次都没回来过！"

几个小队员看到赵醒归都一脸好奇，不知道他是谁，等王侃介绍完，他们才惊讶地张大嘴，赵醒归可是进过国家队的人，绝对是他们的偶像。

季飞翔让几个年轻队员继续去训练，带着几个老队员在场边围着赵醒归聊天，赵醒归看夏炜平回到场上，问："老夏做教练了？"

季飞翔说："老徐六十多啦，说再干两年就退休，外头教练也不好招，这活儿没几个钱，老夏挺感兴趣，老徐就让他去考了个证，带他两年再交接，也算给老夏解决就业问题。"

"老徐呢？"赵醒归看看周围，没看到徐涛的身影。

刘坤说："去医院看病了，老毛病，胃疼。"

"哎，小乌龟，你这两年一直在打球吗？"季飞翔问，"美国那边玩这个的人多不多？"

"一直在打，那边有联赛，还有轮椅篮球协会，硬件条件要比咱们这儿好一些。"赵醒归给他们看自己布满老茧的手掌，以示证明。

王侃问："你既然回来了，什么时候归队啊？"

赵醒归说："再过一阵子，还得办点手续，我肯定要继续打球。"

季飞翔说："你稍微恢复下手感，多打几次比赛，马上就又能招进国家队。你是不知道，你不在，池青有多嚣张！每次比赛教练组的技战术都是围着他来安排，好像没了他就比不下去似的。"

赵醒归笑个不停："池青的确很厉害，你们只看到他在场上嚣张，没看到他在场下有多拼，我和他一起集训时，他其实天天都在加练。"

说到池青，大家就想起一件有趣的事，当年打广东队时，方梓宸主动请缨去防池青，上场后挥舞双手干扰池青视线，金毛三分王还真被他搞得失了准头。这事儿说一次笑一次，连池青本人都耿耿于怀，对赵醒归吐槽过。

王侃又说起这个笑话，大家一阵哄笑，方梓宸却没笑，赵醒归看出他似乎心情不好，问："宸哥，你怎么了？"

方梓宸敷衍道："没什么。"

他不再和大家聊天，转着轮椅说去下卫生间。

等他离开后，赵醒归问季飞翔，季飞翔说："宸哥公司在裁员，他好像挺危险。其实我们平时打比赛都不怎么叫他了，知道他工作忙，但他有时候要请假去医院，上回不小心生了褥疮，休息了一个多礼拜，他领导好像不太高兴。其实他都有在家工作，趴在床上用电脑。唉……他结婚才一年多，还背着房贷，真要被裁了，三十多岁的人，腿又瘫痪，哪儿还能找到比上家更好的工作？能不愁吗？"

赵醒归听完后若有所思，其实这趟过来，除了和老队友们叙旧，方梓宸也是他想见的一个人。

十分钟后，方梓宸从卫生间出来，发现赵醒归在外面等他。

"上厕所啊？"方梓宸指指男厕，"里头没人，你去吧。"

赵醒归说："宸哥，问你件事儿，我记得你是学机械电子工程的，是吗？"

方梓宸一愣："是啊。"

赵醒归回忆着："本科钱塘理工大学念的，硕士A大毕业？"

方梓宸："对。"

"后来，你做的工作也是这方面相关的吗？"

"是。"方梓宸说，"我们公司是做那种，呃，就是工厂流水线上的设备，比如分拣机械臂、装箱机器人之类，我在研发部。"

赵醒归点点头，说："你给我个邮箱，回头我给你发个邮件，我要注册一家公司，正在拉团队，项目情况你先看看，看完了，咱们再聊。"

方梓宸呆若木鸡，情不自禁地就去摸腿："你这是……"

赵醒归看到他的手在微微发抖，笑了笑："你别紧张，回去先看邮件，看完再说，咱俩情况一样，你任何状态，我都能理解。"

方梓宸不停地眨巴眼睛，终是重重点头："好，我先看邮件，谢谢你，小乌龟。"

两人一起回到体育馆，赵醒归手痒，换上王侃的竞技轮椅上场去打球，玩得满头大汗后，等徐涛回来，赵醒归终于做出他此行最重要的一件事，那就是——发放红色炸弹！

看到那一沓结婚请柬，徐涛还没张嘴，季飞翔已经捂住眼睛大叫起来："啊！我瞎了！我什么都没看见！"

刘坤也瞪着赵醒归："你是谁？我不认识你！你个背叛组织的混蛋！"

赵醒归被他们奇怪的反应搞蒙了："背叛什么组织？"

"单身最光荣俱乐部！"季飞翔见赵醒归当了真，不再逗他，一把抓过那沓请柬翻看，"和你开玩笑的，你结婚我们肯定去啊，全队都去！这几年你爸每年都赞助我们一次团建，住大宾馆，吃高档饭，别的队伍可眼馋了，这份子钱我随得心甘情愿，多随几次都乐意。"

赵醒归："啊？"

"会不会说话？"徐涛给了季飞翔一个栗暴，抢过那沓请柬发给大家，"人家小赵和媳妇感情多好，你们一个个就是酸！我也算是看着小赵长大的，多少年了呀，我总算是在退休前喝上这顿喜酒了！"

有了徐涛的话，大家纷纷认领自己的请柬，对赵醒归说恭喜，季飞翔看过请柬内容后相当无语："什么！九月六号？还有三个月啊！你这也太急了吧？"

刘坤说："这算啥？你忘啦？这家伙刚满二十二就去登记了，生怕他老婆会跑路似的，我就没见过哪个男的会这么着急。"

王侃笑道:"你酸,继续酸,你女朋友要有小乌龟老婆那么漂亮,看你急不急。"
刘坤大叫:"胡说!我女朋友最漂亮!侃哥,不带这样拉踩啊!"

婚礼已经订好酒店,请好婚庆公司,婚礼现场设计由卓蕴自己来,这是她的专业。

她和赵醒归约定,婚礼不需要搞得太隆重,赵醒归身体情况特殊,也不想太过张扬,两人一致决定以温馨、私密、自在、精致为宗旨,尤其是仪式环节,只有最亲近的朋友和家人才能参加。

这个夏天,钱塘如往年一样烈日炎炎,偶有台风过境,才会消去一些暑意,带来一丝清凉。卓蕴和赵醒归的心思都没放在婚礼上,忙着筹备各自的公司,在公司地址选择上,他们选在城西科创城,在同一栋写字楼的不同楼层租下两大块办公区域,这里离紫柳郡不算太远,他们不想再另外找房子住。

赵相宜从英国回来过暑假,她已经是个二十岁的妙龄女孩,上了大学,还是那么活泼漂亮,头发染成栗色,身高冲到一米七七,一跃成为家里个子最高的女性。

卓蕴再也没法把她当小姑娘看,坏笑着问她:"有男朋友没?"

赵相宜骄傲地说:"之前一直没告诉你们,其实我高中就有男朋友了,不过现在单身。"

赵醒归难以置信:"你高中就有男朋友了?"

"是啊,怎么了?"赵相宜说,"你不也是高中就有女朋友了,只准你有,不准我有啊?"

赵醒归心虚地反驳:"你胡说,我是高中毕业后才和你嫂子好上的!"

八月上旬,距离婚礼还有一个月,这天早上,赵醒归和卓蕴一起吃早餐,卓蕴的微信忙个不停,她的公司筹备得比赵醒归快,这天组织了一场面试,微信上,王盼正在和她确认时间。

王盼是卓蕴设计十九楼这套房子时,赵伟伦帮她找来的实习生,卓蕴当时和她合作两个月,几乎每天都见面,对王盼的业务水平和人品非常欣赏,创业伊始就将对方挖过来帮忙。王盼未来会进设计部,职位还没定,目前是卓蕴的得力助手。

赵醒归喝着小米粥,帮卓蕴剥出一个水煮蛋,问:"你这个月例假是不是晚了几天?"

卓蕴忙着回微信,打完字才抬头看他:"你说什么?"

赵醒归:"我说,你这个月例假还没来,应该七月二十五号左右来,但今天都八月三号了。"

卓蕴:"是吗?"

赵醒归"啧"了一声："你自己不记这个的吗？"

卓蕴挠挠脑袋："最近太忙了，我都没注意，真晚了这么久？"

"是啊。"赵醒归说，"过八月我就想和你说了，三天了，还没来，我陪你去医院看看吧。"

"哪用这么麻烦？"卓蕴摸摸自己的胸和小腹，感受了一下，"可能最近比较忙，又搞公司又搞婚礼，压力有点大？再等等看吧。"

赵醒归看了她一眼："你例假向来很准，这种事不能掉以轻心，很多大毛病都是从小症状开始的，最晚后天，例假再不来，我就陪你去医院。"

"哦。"卓蕴知道赵醒归特别怕死，对身体保养颇有心得，有心逗他，上身往前一探，贼兮兮地说，"哎，老公，你说我会不会怀孕了？"

赵醒归盯着她看，卓蕴一阵心虚："干吗啦？玩笑都不能开哦。"

她拿着剥好的鸡蛋咬下一口，心里也开始打鼓，晚了这么多天？不应该啊，难道是因为她戒烟戒酒两个月，身体起了反应？

赵醒归这天不用去公司，卓蕴就一个人开车去写字楼，在车库停好车后，她想了想，记起公司楼下有家药店，下车后就去药店买了一支验孕棒。

卓蕴没上楼，直接走进一楼的女卫生间，在隔间里看说明书上的内容：一天内任何时候都可测试，晨尿最佳。

随便吧，她都没用过这玩意儿，就是用一下安安心。卓蕴按照步骤使用验孕棒，用完后，眼睛盯着测试区看，几分钟过去，测试区出现了一条红线，卓蕴撇撇嘴，觉得意料之中，就在她想把验孕棒丢进垃圾桶时，另一条淡淡的红线出现了。

卓蕴震惊了，心想，不会吧？不可能啊！怎么可能？

在公司组织完面试，卓蕴心神不宁，又去药店买了一支其他品牌的验孕棒，早早地回了家。

这些年，因为赵醒归身体情况特殊，他俩在夫妻生活时从不避孕，也从未出过意外，赵醒归有射精困难，很难让卓蕴自然受孕。

那现在是怎么个情况？卓蕴打算先瞒着赵醒归，过一夜后用晨尿再测一次，如果还是有问题，再告诉他也不迟。

赵醒归什么都不知道，心里依旧记挂着卓蕴的例假，晚上临睡前又问她："你还是没感觉要来吗？"

卓蕴想不好怎么回答，搪塞了几句，赵醒归担心地说："真的不正常，别拖到后天了，明天我就陪你去医院看看。"

卓蕴："……哦。"

这一晚，卓蕴睡得很不踏实，第二天早上闹钟还没响就醒过来，捞过手机看时间，才六点多。她瞄了眼身边熟睡的男人，挪开他搂在她腰上的手臂，掀开被子爬下床，摸出藏在床头柜抽屉里的验孕棒，轻手轻脚地溜进主卫。

测试结果出来了，又是两道杠，卓蕴坐在马桶盖上发愣，脑袋里像有一团毛线球在绕，看看主卫门，她大叫一声："赵醒归！"

门外传来男人迷糊的声音："啊？怎么了？"

卓蕴拉开一道门缝，做贼似的冲他招手："你过来。"

"例假来了？"赵醒归想不到别的理由，能让卓蕴大清早把他从床上拖下来。

他撑着床面坐起身，抓抓凌乱的头发，也没穿衣服，拉过轮椅把身体挪上去，转着轮椅来到主卫，迷迷瞪瞪地问："卫生巾没了？要不要我去给你买？"

卓蕴穿着睡裙，也是头发散乱，垮着肩膀坐在马桶盖上，看他一副还没睡醒的样子，把验孕棒往他眼前一递："你看这个。"

"这是什么？"赵醒归看着那支粉白相间的细长物品，问道。

卓蕴指指上面的测试区："看这儿，两道杠，我可能怀孕了。"

赵醒归脱口而出："不可能。"

"嘿！赵醒归你什么意思？"卓蕴把腰一叉，眼睛瞪得老大，"你怀疑我啊？"

"什么怀疑？"赵醒归总算清醒过来，仔细去看验孕棒上的测试区，果然看到两条红线，皱起眉问，"这是验孕用的？会不会不准？"

卓蕴冷着脸看他，赵醒归被她看得后背发毛，终于咂摸出卓蕴话里的意思，连忙解释："不不不，你别乱想，我不是那个意思，我绝对没有那种想法！就是，我很难让你怀孕啊，你知道的，我、我每次都……这都多少年了？"

堂堂G大硕士毕业的小赵先生，像个小学生似的掰起手指来，"一二三四五六，六年多了！小蕴，这可能吗？"

"为什么不可能？"卓蕴又看了一眼验孕棒，说，"就是两道杠啊，又不是我瞎编的，我测两回了，每次都一样。"

赵醒归呆滞地看着她，视线从她脸上往下移，直至移到她平坦的小腹上。他又把验孕棒拿过来看，再去阅读摊在洗脸台上的说明书，看完后镇定地说："换衣服，去医院。"

他神情严峻，卓蕴却捕捉到他的手在微微发抖，声音也有点打颤，转着轮椅出去时，露出靠背的背脊肌肉紧绷，说明他看似冷静，内心估计已掀起惊涛骇浪。

两人匆匆洗漱吃早饭，拿好病历本下楼。卓蕴观察赵醒归的状态，他的手还在抖，抖得她都不敢让他开车，就用了自己的车。赵醒归说什么都不让她帮忙搬轮椅，自己拆了轮椅放进后座，卓蕴才坐上驾驶座。

"你别紧张呀。"看着副驾驶上一脸惨白的男人，卓蕴笑出声来，"不知道的还以为是你怀孕了，别那么夸张，多大点事。"

赵醒归喉咙发干："我没紧张。"

"平常心，深呼吸。"卓蕴启动车子离开车库，"先说好，一会儿不管什么结果，你都不准哭啊。"

赵醒归还是一副神游太虚的样子："我才不会哭。"

卓蕴晃晃脑袋："话别说太满，我觉得今天呀，啧啧，我得多带两包纸巾。"

赵醒归缓缓转头看她，整个人还处在震惊与困惑交织的情绪里。他没感觉到喜悦，因为根本无法相信，当然不是怀疑卓蕴，而是怀疑自己。赵醒归因为复健、打球认识不少男性截瘫伤友，除了对生活影响不大的轻微脊髓损伤患者，像他这样完全依赖轮椅生活的人群里，他还没碰到过在伤后能让伴侣自然怀孕的人。

这可能吗？他摸着自己的腿，一遍遍地想，老天爷在他十六岁时和他开了个巨大的玩笑，完全改变了他的人生轨迹，九年了，现在是要再和他开一次玩笑吗？如果是真的，如果是真的……赵醒归摇着头，不敢再往下想，手指死死地揪紧裤腿，手背上的青筋都冒出来了。

"再抓下去你裤子都要破啦。"卓蕴用眼角余光看到赵醒归在摇头，又是心疼又是好笑，"赵小归，别想了，一会儿看检查结果吧，你别这样，你这样搞得我心里都不好受。"

赵醒归略微放松了些，在十字路口等绿灯时，卓蕴伸手过去抓他的手，那只手冰冰凉，她重重一握："老公，没事的啦。"

只有在这种时候，赵醒归才更像一个二十五岁的年轻男人，不复平日里的沉稳冷静，卓蕴到底多吃三年饭，不觉得这事有多了不起，一路顺畅地把车开到医院，赵醒归坐上轮椅，两人一起进了门诊大楼。

卓蕴挂号、抽血、验尿、做B超，赵醒归一直陪着她，拿到所有检查报告后，两人一起看，报告上清楚地写着，卓蕴怀孕了。

赵醒归都不知道自己是怎么去的诊室，那双投篮时稳稳当当的手，这时都不能把轮椅划成直线，还是卓蕴把他给推过去的。

两人并肩坐在诊室，把报告拿给一位中年女医生看。赵醒归犹豫再三，向医生问出心中的疑问，医生又反问他几个问题，最后一脸平静地说："这很正常，前面四年你们是两地分居，性生活不规律，之后一起生活，到现在也就两年多。夫妻结婚后不避孕，一两年才怀上很多的。还有，性生活中男方不用避孕套，就算没有射精，过程中分泌的液体也会含有一些精子，这也是很多人采用体外射精避孕失败的原因，根本就不保险。"

医生又拿起赵醒归两年多前的精子检查报告看，说，"你看，你的精子质量、数量都在正常范围内，你俩有过两年多规律的性生活，又是从国外回到国内熟悉的生活环境，饮食、起居、气候更符合你们的生活习惯，心理状态就会变得更放松，这时候怀孕，再正常不过啦！"

直到此刻，赵醒归才算真正接受了这个好消息，卓蕴怀孕了，还是自然受孕！是老天爷对那个玩笑过意不去，看他过得实在太辛苦，所以送给他们一份珍贵的礼物吗？

他转头看向卓蕴，她在对他微笑，唇边露出两个小梨涡。两人的手紧紧握在一起，医生看了眼赵醒归身下的轮椅，温和地说："恭喜你们，准备好做爸爸妈妈吧。"

"谢谢。"卓蕴谢完医生，对傻呆呆的赵醒归说，"哎，你听到医生的话没？赵小归，你要做爸爸啦。"

"我要做爸爸了。"赵醒归低声重复一遍，眼睛里渐渐泛起水光，声音都带上了哭腔，"小蕴，我要做爸爸了，我真的要做爸爸了。"

"是呀是呀。"卓蕴也有了泪意，想起在车上的约定，生生忍住，还不忘笑话赵醒归，"你看看你，谁说自己不会哭的？医生都要笑你了。"

赵醒归嘴硬："我没哭！"

医生见多识广，抽了张纸巾递给赵醒归："小伙子先别忙着激动，这才刚怀上呢，前头几个月很重要，你俩仔细听我说……"

她开始给小夫妻简单上课，叮嘱他们后续要做些什么、注意什么，赵醒归听得很认真，不住地点头，嘴里说着"好""好的""我记住了""我明白"……卓蕴看着赵醒归的侧脸，大概是因为又紧张又激动，他额头上都渗出了小汗珠。卓蕴偷偷摸了下自己的肚子，什么感觉都没有，觉得这真是件不可思议的事。

居然有个小家伙在她肚子里安了家，本事可真大呀，这属不属于"有条件要上，没条件创造条件也要上"？

看来这小东西脾性更像赵醒归，聪明，执着，求生欲旺盛，懂得抓住机会，跑得还贼快。

（3）

八月中旬，苏漫琴一家终于回国，在老家待了几天后，苏漫琴拖家带口地来到钱塘，A大给黄先生提供了一套位于校内的公寓，让他们暂时落脚，苏、黄两家家境都很优越，完全不用担心将来在钱塘安家的问题。

休整妥当，苏漫琴带黄豆来紫柳郡看望卓蕴，赵醒归把黄豆抱到腿上去一楼玩，剩两个女人在三楼说悄悄话。

落地窗边铺着一大块紫灰色厚地毯，薄薄的白纱窗帘垂落着，挡住了室外的暑气，卓蕴与苏漫琴并肩坐在地毯上，背脊靠着墙，卓蕴把脑袋搁在苏漫琴肩膀上，就像很多年前她们住在316寝室时那样，依旧是彼此最亲密的姐妹。

"开心吗？宝。"苏漫琴偏过头问。

卓蕴笑得很甜："开心。"

"反应大不大？"

"还好，没什么感觉。"

苏漫琴是个过来人，和卓蕴说起怀孕时的经历，末了问："赵醒归是不是高兴坏了？"

"哎哟别提了。"卓蕴想到赵醒归这阵子的表现就想笑，给苏漫琴表演那天早上赵醒归手抖的样子，"你是没看到，他手抖的，就这么抖，簌簌簌簌簌，我都不敢让他开车。"

苏漫琴大笑："他肯定高兴呀！我接到你电话都好开心！我是真希望你俩能好好的，赵醒归太不容易了，哎，他有没有和你说过，他想要儿子还是女儿？"

卓蕴微笑："他说他都喜欢。"

"我看他一直在傻乐。"

"他傻乐半个月了，我都懒得说他。"卓蕴给苏漫琴讲这些天赵醒归的丰功伟绩，明着是吐槽，其实字字句句都透着甜蜜。

苏漫琴听完后不禁感叹："哎哟，好快啊，咱俩认识都十年了，那会儿才十八九岁，我都没想过我会那么早做妈妈，现在连你都要做妈妈了，说起来，明年咱俩都要过三十啦。"

"嗯。"卓蕴轻声问，"漫漫，你害怕变老吗？"

苏漫琴半秒都没犹豫："不害怕。"

卓蕴说："我也不害怕。"

苏漫琴："大不了去做医美！"

卓蕴："哈哈哈哈哈……"

苏漫琴抬手摸摸她的脸："宝，你以前和我说，你喜欢的男人，世上大概不会有。现在呢？赵醒归符合你的标准吗？"

卓蕴说："不仅符合，还远远超过，我和他在一起特别踏实，就有一种家的感觉。我这些年住过很多地方，搬来搬去，其实没有哪套房子让我特别有安全感，观县，曼哈顿的公寓，十九楼，还有这里，都不行，真正给我安全感的是赵醒归这个人，他真的……太好了。"

"我懂。"苏漫琴说，"早八百年前Kevin就说过，小赵是个吸铁石，会把你吸过去的。"

卓蕴笑个不停："我给Kevin发请柬了，我结婚，他也会过来。"

"你可能要认不得他喽。"苏漫琴说，"我这次回去见到他，就差点没认出来。"

卓蕴惊愕："他怎么了？"

"胖好多！"苏漫琴摇头，"原来细胳膊细腿的一个小白脸，现在简直没眼看，都不知道吃了啥能胖这么多。"

卓蕴说："他这纯粹就是心宽体胖，根本没有要发愁的事。"

彭凯文回老家后在老爸公司工作，相过几回门当户对的亲，一直没找着恋爱的感觉，直到两年前在酒吧认识了一个姑娘，"扑通"一下坠入爱河，三个月后闪婚，现在已经有了个一岁多的宝贝女儿。

卓蕴和苏漫琴又聊起大学时的老同学们。程颖回老家考上了公务员，和当时的男友结了婚，现在已经是一个新手妈妈。袁晓燕保研没成功，考研去南京一所高校，在那边认识了男友，两人快要结婚，以后不出意外会定居在南京。卓利霞学习向来优秀，在A大保研成功，毕业后进了一家外企，主动要求外派，被派去马来西亚办事处常驻，短期内不会回国。倪航没读研，本科毕业后通过司法考试，去上海发展，成为一名非诉律师……

"宝，我悄悄问你啊。"虽然房间里只有她们两个人，苏漫琴还是刻意压低声音，"那个姓石的混蛋，你后来有他消息吗？"

卓蕴说："我听梁月提过一嘴，说他移民了。当年咱们干的事儿让他们家元气大伤，后来，他家在嘉城的生意不知道是转让了还是停摆了，反正渐渐就没了声息，具体的我也不太清楚，没去关注，我很多年没回嘉城了。"

"那……你爸呢？"苏漫琴又问。

在纽约时，卓蕴从来不提卓明毅，苏漫琴也就没问，这时候刚好聊起旧人，还有嘉城，苏漫琴就问了出来。卓蕴笑笑："大概还是老样子吧，混来混去，喝酒打牌，倒也没再作妖。"

苏漫琴："他来找过你没？"

"他倒是想。"卓蕴一脸鄙夷，"赵醒归家目标这么大，他能没想法吗？"

苏漫琴很担心："他找过你了？"

"没有，十三帮我挡了。"卓蕴说，"十三和他说，如果他敢来找我麻烦，十三以后就不管他了，让他自己看着办。那家伙估计也怕十三以后真的不管他，那就连给他送终的人都没了。"

两人聊了一个多小时,赵醒归带着黄豆回到三楼房间,黄豆还是赖在赵醒归大腿上,快乐地晃着小脚丫。卓蕴酸溜溜地对苏漫琴说:"那个位置以前只有我能坐,现在黄豆也有份了,我吃醋。"

苏漫琴说:"你肚子里那个出来以后,还得和你抢。"

卓蕴:"哼!讨厌!"

赵醒归进到房间就看到卓蕴瘪着嘴,轮椅转到地毯边,问:"你怎么了?不舒服吗?"

苏漫琴从地毯上爬起来,说:"你家老婆大人吃醋啦。"

"吃醋?"赵醒归很纳闷,"吃谁的醋?"

苏漫琴笑着把黄豆从他腿上抱下来:"吃我儿子的醋。黄豆,别再缠着你干爸了,赶紧下来。"

黄豆下了地,爬到地毯上去玩,苏漫琴想起一件事:"对了,宝,你那个公司名怎么这么拗口啊,薇,什么腾?"

卓蕴说:"薇客睿腾,简称薇睿创意。"

"啥意思啊?像个汽车名,字还难写。"苏漫琴不理解,"干吗搞这么一个复杂的名字?"

卓蕴笑得很贼:"让赵醒归解释给你听。"

赵醒归一撇头:"我不,谁取的谁解释。"

苏漫琴看着卓蕴:"你取的呀?"

"对啊。"卓蕴兴奋地说,"其实很简单,就是赵醒归的名字,wake,醒,return,归,wake and return,就是薇客睿腾。"

苏漫琴冲卓蕴竖起大拇指:"你可真是简单粗暴。"

卓蕴笑得灿烂:"我是不是很有创意?"

赵醒归吐槽:"创意是有,但你不怕人家记不住吗?"

"不怕,我这客户又不是面向大众的。"卓蕴很自信,"我就要用你名字,你中文名不让我用,英文音译都不行啊?"

赵醒归摆摆手:"行行行,你用你用,随便用。"

苏漫琴抱起黄豆:"儿子,时候不早啦,跟妈咪回家去。"

卓蕴还是坐在地毯上,问:"你不吃饭啊?"

"不吃了,我爸妈都在家呢,说好了回家吃饭。"苏漫琴把黄豆抱在怀里,"豆子,和干爸干妈说拜拜。"

黄豆乖巧地对赵醒归和卓蕴挥挥小手:"干爸干妈,拜拜。"

"拜拜。"卓蕴没爬起来,赵醒归送苏漫琴母子出门,一会儿后转着轮椅回到地毯边。卓蕴还是懒洋洋地靠墙而坐，背后有个靠枕，歪着脑袋对他勾勾食指。

地毯又大又厚，赵醒归的轮椅在上面不好转动，他倒退轮椅拿来手杖，抓着膝盖把脚搁到地毯上，手杖一撑，人就站了起来。

卓蕴静静地等待着，赵醒归穿着运动鞋的脚在地毯上蹭动，走得很艰难，每一步的步幅都特别小，因为步子大了会把地毯蹭起来，搞不好会绊倒自己。他几乎是挪到卓蕴身边，手臂用力撑住手杖，慢慢蹲下身，膝盖打弯后，赵醒归会控制不了自己的腿，左手提前撑住地，双膝也跪在地上，加上那支撑地的手杖，就像个在战场上受了重伤爬不起来的将军。

卓蕴还要补上一刀："这会儿你背上要是插满箭，就更有'破碎美'了。"

"你别闹。"赵醒归已经在调整姿势，缓慢地转身让自己坐下，再倒退着挪到原本苏漫琴的位置。卓蕴往他后腰塞个抱枕，又帮他把两条腿摆好，自然状态下，他的膝盖会微微弯曲，赵醒归撑着地毯抬抬屁股，终于坐得舒服了些。卓蕴往他怀里钻，赵醒归立刻抬臂揽住她的肩，问："今天见到漫姐，开心吗？"

卓蕴说："开心。"

赵醒归："你们聊了什么？"

"就随便聊呗。"卓蕴说，"漫漫和我说，等以后肚子大了，我会变胖，变丑，那可怎么办？"

赵醒归摇头："不会的，我看漫姐还和以前一样，没什么变化。"

卓蕴噘嘴："也许我和她体质不一样，不能恢复身材呢？"

"不能就不能，胖点更好。"赵醒归转头亲了她一口，"我一直觉得你太瘦了。"

卓蕴抓过赵醒归另一只手，突然笑起来："你觉不觉得，现在很像那天晚上，我们在楼梯上聊天的样子。"

赵醒归依旧在亲她，没空回答，卓蕴叫他："赵小归。"

"嗯？"

卓蕴说："你会不会嫌我老？我明年就三十岁了。"

赵醒归笑："不会，你比我小，我是哥哥你是妹妹。"

卓蕴用脑袋拱拱他："赵小归，我好爱你呀。"

大概是激素影响，卓蕴最近特别感性，赵醒归心里暖暖的："我也爱你。"

卓蕴："我更爱你。"

赵醒归："我觉得还是我更爱你。"

卓蕴不乐意了，抬起脸看他："你是说，我爱你没你爱我多？"

赵醒归："不是，你爱我多，肯定是你爱我多。"

卓蕴瞪大眼："你是说，你没那么爱我？"

赵醒归瀑布汗："呃，我爱你和你爱我，一样多，分毫不差。"

"哼。"卓蕴眼珠子一转，想逗他了，"那我和宝宝，你更爱谁？"

赵醒归："你。"

"我和你妈妈同时掉……"

"不是，讲点道理。"赵醒归不得不打断她，"我都瘫痪了，还要面对这个问题吗？"

卓蕴笑得浑身直抖，赵醒归知道，她就是想看他急。

"老公，你想过给宝宝取什么名字没？"卓蕴用手指戳戳他的胸。

赵醒归说："还不知道是男孩还是女孩呢。"

卓蕴："你可以各取一个嘛。"

赵醒归嘴唇凑到她耳边："就用我们婚礼主题的名字，如果是女孩，就叫……是男孩，叫……"

婚礼的主题是赵醒归定的，女孩的名字还好说，男孩的名字有点野性，卓蕴问："你认真的吗？"

赵醒归："当然，不过你不喜欢可以改。"

"我没不喜欢。"卓蕴在嘴里念叨那两个名字，竟是越叫越觉得好听，当即拍板同意，"行，听你的，就这么取。"

九月六号，赵醒归与卓蕴的婚礼如期举行。

婚礼的主题是：一见倾心，此生不渝。

赵醒归坐在轮椅上，看着面前铺满花瓣的长毯，想到很多年前自己对卓蕴说出的一句话——"和你结婚，算吗？"不禁哑然失笑。

当时的他还未满十八岁，觉得结婚是一件遥不可及的事，就是因为太过理想化，所以才能说得如此理直气壮。卓蕴听到后的反应则是暴力地揪起他的耳朵，还批评了他几句。

三年前，他们登记结婚，算是梦想成真，可赵醒归总觉得缺了什么，后来他明白了，他和卓蕴缺的是一场婚礼。一生只爱一个人，只结一次婚，是从少年时起就铭刻于赵醒归心中的决定。

婚礼仪式在酒店顶楼一座巨大的玻璃阳光房内举行，阳光房空间开阔，植物繁茂，光线明亮，能透过玻璃顶棚看到湛蓝的天空。此刻，仪式现场处处点缀着浅色鲜花，既有露天婚礼的浪漫，又能隔绝九月初的毒辣太阳，还更加私密，只有飞过的小鸟才能窥见婚礼场景。

长毯两边坐着等候观礼的至亲好友，每个人都看着赵醒归，脸上露出喜悦的笑容。

赵醒归的视线从那一张张熟悉的脸庞上掠过，外公、外婆、姨妈、姨父、表妹、姑姑、姑父、表哥、表姐……

胡君杰带着女朋友一起来，身边是彭凯文一家三口。

彭凯文真的胖了很多，目测得有一百七八十斤，属于幸福肥。他的穿衣品位并没有变，和妻子、女儿穿着大牌亲子装，亮橙色，是观礼人群里最耀眼的存在。

接着是苏漫琴一家，黄先生抱着黄豆，小男孩不停地朝赵醒归挥手，大声喊"干爸，干爸"，苏漫琴让他小点声，黄豆不答应，扭着小身子要下来，被黄先生批评了几句才消停。

徐涛和季飞翔代表钱塘轮椅篮球队来观礼，其他队友则会来参加晚上的喜宴。赵醒归看到季飞翔对他比了个球赛专用战术手势，意思是"快攻"，他微微一笑，冲季飞翔点了点头。

接着，就是家里人了，爸爸、妈妈、丈母娘、苗叔、潘姨、磊哥……他们坐在最前面，一个个翘首望向长毯这边。

对于他们，赵醒归心中有着说不尽的感恩之情，截瘫后的那些年，是他们一直陪在他身边，用爱与耐心照顾着他，鼓励着他，包容他的任性无理，让他能一步步走出黑暗，重拾继续生活下去的信心。

啊，还有斯湛医生，斯医生四十多岁，外表知性儒雅，戴着金边眼镜，脸上挂着淡淡的笑，低调地坐在观礼人群里。

赵醒归望向长毯的另一头，卓蕴就站在那里。她穿着一袭纯白婚纱，手握捧花，黑色长发打着卷儿散在肩上，身材还未有变化，一如既往地修长苗条，脸庞更是明丽动人，隔着老远，赵醒归都能看见她在笑。

耳边飘荡着轻快的旋律，所有人都在等待这个环节。别人结婚，要么是新郎新娘一起挽手走长毯，要么是新娘挽着父亲走向新郎，可这场婚礼不是这样，这是赵醒归的主意，他说，他想在大家面前，独自一人向卓蕴走去。

"你也不怕摔跤哦。"卓蕴当时有些犹豫，新郎官要是在众目睽睽下摔一跤，这场面也太过心酸了。

赵醒归却说："我不怕摔跤，摔倒了就爬起来，继续走，反正在场的都是自己人，他们不会笑我。"

卓蕴同意了，仔细一想，这主意其实很有赵醒归的风格，他是个特别注重仪式感的人，大概是想留给卓蕴一份特别的记忆。

卓蘅是伴郎之一，站在赵醒归身后，另一位伴郎是向剑，卓蘅弯腰问："你准备好了吗？"

赵醒归说："准备好了。"

他抓着膝盖依次把双脚放下地，这样的动作，这些年来他做过无数遍，两只鞋底踩实地面后，向剑把手杖递给他，赵醒归抓住手杖拄着地，左手又在椅面上一撑，人就站了起来。

伴随着他的站立，观礼人群爆发出一阵热烈的掌声，长毯那头的卓蕴笑容越发恣意，捧花挡住下半张脸，只露出两只弯弯的眼睛望向赵醒归。

年轻的新郎有着冠绝全场的身高，黑发浓密，肤色白皙，此时穿一身质地优良的深色西服，脚踩擦得锃亮的黑皮鞋，英俊的脸庞上，那双漂亮的桃花眼轻缓地眨动着，眼神明亮如星。听到掌声，他唇边浮起一抹淡笑，像是因为要在亲友面前走路而有些害羞。

不知是谁叫了一声："赵醒归，加油！"

接着就是此起彼伏的喊声：

"小归，走呀！"

"小归，新娘子在等你呢！"

"小乌龟，冲啊！"

"赵醒归，别怕！大胆地往前走吧！"

听到那些喊声，赵醒归不再羞涩，做了几个深呼吸后，右手手杖往前一撑，穿着皮鞋的右脚便迈出了第一步。

他只能这样走路，每一步都是连磨带蹭，步幅很小，胯部带动肌力微弱的大腿，大腿带动只余一点点运动能力、却没有触感的膝盖，膝盖再带动至今没有丝毫感觉的小腿和双脚，一步一步，乌龟爬行一般，慢慢地走上长毯。

穿着西装的赵醒归神采奕奕，精英感十足，有着无可挑剔的上半身，又有着叫人惋惜的下半身。他的西裤是量身定制的，适合他的腿围，谁都能看出那双腿异于常人，修长却格外纤细。赵醒归无法阻止腿部肌肉萎缩，九年半了，他费尽心力也只能将双腿维持成这个样子，能站，能走，不长褥疮，他已是别无所求。

卓蕴站在长毯的尽头，看着她的丈夫昂首挺胸，向她走来。他步伐僵硬，走姿与潇洒帅气沾不上边，神色倒是越来越从容。他一直看着她，偶尔会因为旁人的鼓励而微笑，接着又抿住唇，舒展一下肩背，集中注意力继续往前走。

卓蕴的笑容就没隐下去过，只是笑着笑着，她的眼睛开始发酸。她想起自己刚认识赵醒归的时候，他还是个十七岁半的小少年，整个人又白又瘦，神色冷漠，用阴郁的眼神盯着她，低声说：卓老师，你别害怕。

他已经很久没叫过她"卓老师"，尽管那段岁月不长，却在他们脑中留下了难以磨灭的印象。

在亲友们连续不断的掌声与加油声中，赵醒归走过了一半长毯，卓蘅跟在他左后方三米远处，眼睛一直盯着他的背影，提防他突然摔跤，向剑则推着轮椅从外围绕到舞台边，与两位伴娘站在一起。

伴娘是赵相宜与王盼，赵相宜看着长毯上的哥哥，早已热泪盈眶。

赵醒归离卓蕴越来越近，走到三分之二处时，他一时没注意，左腿膝盖打了个弯，人也随之晃了一下。众人一阵惊呼，范玉华从座位上"腾"地站了起来，卓蘅心说糟糕，刚要上去搀扶，赵醒归左手向后一伸，五指张开，阻止了他。

卓蘅便没再向前，赵醒归稳住身形，又一次抬眼看向卓蕴。

卓蕴并未花容失色，还是笑吟吟地看着他，赵醒归很快就恢复到之前自信的模样。司仪站在卓蕴身边，看得心惊肉跳，小声问："你要不要去接他一下？"

卓蕴说："不用，他可以的。"

她无条件地相信赵醒归，他从不轻易服输，亦不害怕失败。

他打定主意要做的事，一定可以做到。

十几米的距离，就算是黄豆，几秒钟都能跑完，赵醒归却走了很久、很久……不会有人催促他，在所有人殷切的目光中，他终于有惊无险地走到长毯尽头，距离卓蕴只有两米远。

很多人都哭了，哪怕是从未见过赵醒归的那几个，比如胡君杰的女朋友，都感动地抹起了眼泪。

卓蕴向前一步，向赵醒归伸出右手，笑得特别灿烂，快乐地喊："赵小归，过来！"

赵醒归没有心急，还是拄着手杖一点一点往前挪动，他抬起左手伸向前方，指尖与卓蕴的指尖还差三十厘米。

二十五厘米、十五厘米、五厘米……新郎的手终于抓住了他的新娘，抓住后，这辈子就再也不会分离。赵醒归与卓蕴十指相扣，他用力一拉，卓蕴就投进他的怀里，两人紧紧地拥抱在一起。

礼炮被拉响，观礼席上又一次爆发出巨大的掌声，还伴随着呜咽声和阵阵喝彩声。胡君杰的女朋友看了眼请柬上印的字，又抬头看向前方，那对新人还没分开，新郎的肩膀微微耸动，新娘则轻拍着他的背脊，像是在对他说些什么。

一见倾心，此生不渝——来之前，胡君杰的女朋友对这婚礼主题很不以为然，觉得就是个噱头，如今的社会人心浮躁，离婚率那么高，哪里会有这样的爱情？

可现在，说不上为什么，她相信了。

那是一个不完美的男人对爱情最美好的诠释，是他对爱人最深重的承诺。

若干年后某个深秋的早晨，马路边拉着隔离线，人潮涌动，高大的充气拱门旁，工作人员忙碌地准备着，有不少记者在等候采访，不用多久，第一批选手就会跑到终点线。

这是钱塘国际马拉松比赛半马赛道的终点处，围观群众把道路挤得水泄不通，一个漂亮时尚、个子高挑的年轻女人挤在人群里，怀里抱着个两岁多的小男孩，小男孩剪着乌黑的碎发，小脸蛋白白嫩嫩，一双眼睛特别漂亮，此时正好奇地东张西望，奶声奶气地问："妈妈，爸爸怎么还没来呀？"

女人正是卓蕴，脚边摆着一辆童车，儿子赵不渝原本坐在童车上，但人太多了，低处空气不好，卓蕴只能把他抱起来，左手换右手，右手换左手，实在累极了就把他放下地，过会儿再抱起，这么折腾了近一个小时，她的体力也快到极限。

"爸爸快来了。"卓蕴对儿子说，"爸爸这次挑战的是半马，还是第一回跑，妈妈也搞不清他什么时候能跑完。"

赵不渝听不懂，抱着妈妈的脖子大声问："爸爸能拿冠军吗？"

"不能哦。"卓蕴点点他的小鼻子，"但是爸爸跑完后会有个牌牌，那个也很好看。"

赵醒归之前挑战过几次马拉松里的十公里轮椅跑，次次都能完赛，还一次比一次跑得快，他开始感到不过瘾，这次干脆报名半马，挑战 21.0975 公里。

轮椅大轮直径不到七十厘米，就按七十厘米算，转一圈的周长是 $2\pi r$，约等于二点二米，用手转轮椅一下，轮子转不了一圈，所以半马过程中，赵醒归需要用双手划动轮椅两万多次，是对体力不小的考验。

他告诉卓蕴，如果能完赛，他的成绩应该会在一个半小时内，毕竟他只打过轮椅篮球，没练过轮椅竞速，比不了专业的轮椅马拉松选手，人家坐三轮竞速轮椅，五十分钟就能跑完半马。

事实也的确如此，最先批次的轮椅马拉松选手们陆续抵达终点，男女都有，个个装备齐全，观众们纷纷鼓掌对他们表示祝贺。

卓蕴等待着轮椅跑友们的大部队，估计还要半个小时，赵不渝有点不耐烦了，看到那些坐轮椅的叔叔阿姨，却没见到爸爸的身影，开始嚷嚷要爸爸。卓蕴耐心地哄着儿子，倒是不担心赵醒归是否能完赛，她的小乌龟就算是爬，也会爬到终点，她就是后悔自己来早了，这乌泱泱一大堆人，她根本不敢松开赵不渝，这时候只有继续等待。

一个穿着马甲、拿着大相机、脖子上挂着记者证件的高大男人挤到她身边，叫她："归嫂！前方消息，归哥他们快到了！"

那是向剑，他从A大新闻专业毕业后，如愿进入A省电视台，成为一名体育记者。向剑之前来找过卓蕴，还帮她抱了会儿赵不渝，这时得到消息，赶紧来通知她。

卓蕴让向剑帮忙推童车，自己抱着赵不渝挤到最前面，赵不渝听懂了向剑的话，兴奋地叫："我爸爸要来了！我爸爸要来了！"

参加半马比赛的普通运动员很多都已跑到了终点，卓蕴踮起脚尖往赛道上张望，越过一个个摆动双臂、大力奔跑的人，寻找着那与众不同的一道身影。

小孩儿眼睛更亮，就在卓蕴张望不停时，赵不渝先叫起来："爸爸！爸爸！爸爸来了！妈妈！你看爸爸！"

他激动地向远方挥动小手，卓蕴也看到了她挂念的那个人，赵醒归没有和轮椅大部队在一起，目之所及的赛道上，只有他一个人坐着轮椅，上身微微前倾，双臂舞动，用力地转着大轮。

他距离终点拱门越来越近，卓蕴终于看清他的模样，赵醒归整个人都被汗水浸透，面容痛苦，张着嘴大口大口地呼吸，戴着手套的双手一下下转动轮圈，看着就是一副累极了的模样。

他的身边都是健全人，有人见他太累，想去帮他推轮椅，赵醒归摇手婉拒，依旧孤独前行。

卓蕴忍不住大叫起来："赵小归！赵小归！加油啊！"

赵不渝也跟着喊："爸爸加油！爸爸加油！"

还有向剑："归哥！再使把力！马上就到啦！"

人声嘈杂，赵醒归却在人群里听到了那几道熟悉的声音，其中还有奶娃娃在叫他"爸爸"。他抬头望向前方，汗水模糊了眼睛，但他还是看到了那两个心爱的人。

赵醒归第一次跑半马，策略不当，前半程冲得太凶，后半程有些续不上力，纯粹是凭着一口气才撑到现在。饶是如此，他的成绩也比大部分轮椅跑友要来得好，这得益于他常年打球，身体年轻，手臂力量出众。

赵醒归咬紧牙关，双臂肌肉绷紧，划得越发卖力，终于夹在健全人群中冲过了终点线。观众们不停地为他鼓掌，赵醒归累得快要虚脱，手从轮圈上松开，轮椅因为惯性往前滑了几米，卓蕴和赵不渝已经冲到他面前，赵不渝向他张开双臂："爸爸！"

赵醒归想把儿子抱上大腿，试了一下竟没成功，他没力气了，喘着气说："宝贝，让爸爸歇会儿，爸爸好累。"

赵不渝才不管呢，自己手脚并用往爸爸腿上爬，很快就在赵醒归大腿上稳稳坐好，小鼻子闻闻他的衣服，一脸嫌弃地说："爸爸你好臭啊。"

卓蕴站在赵醒归面前，递给他一瓶水，他仰着脖子咕嘟咕嘟一口喝干，卓蕴又拿出毛巾帮他擦汗，叫儿子："赵不渝你下来！爸爸刚跑完，你让他休息一下。"

赵不渝嘴里嫌弃爸爸臭，小手却死死扒住他的身体："我不！我要爸爸抱！"

赵醒归胸膛还在重重地起伏，单手搂住儿子，说："没事，让他坐着吧，我歇会儿就行。"

"看看你这样子，下次还跑吗？"卓蕴心疼地摸摸赵醒归的脸，摸到一手汗。

赵醒归抬腕看智能手表，说："还得跑，这次没跑好，下次应该会更快一些。"他深深地喘了几口气，仰起脸来看卓蕴，勾唇而笑，"老婆，真的很爽，特别过瘾！以后我还想试试跑全马。"

他眼神迷离，脸颊潮红，汗水顺着发梢往下滴落，竟有一种说不出的性感，卓蕴心中一跳，说："行啊，那就……先送你一份完赛礼物吧。"

说着她就弯下腰来，亲了亲男人的唇。

周围都是人，卓蕴不敢太放肆，亲了一下就想撤，赵醒归却没让她如愿，抬起另一只空着的手按在她后脑勺上，把她脑袋往前一带，自己仰起脸颊，准确地捉住了她的唇，说："完赛礼物，不能这么敷衍。"

赵不渝就坐在两人中间，被挤成一个小肉饼，对于爸爸妈妈这样亲密的行为，小家伙早已见怪不怪，只在那儿挣扎："压死我啦！"

"咔嚓！"一直站在边上的向剑按下快门，记录下这有趣的一瞬间。

美丽的女人弯腰亲吻轮椅上大汗淋漓的男人，在两人的身体间，露出两只挥动的小爪子和两条小短腿，看不见脑袋，还真挺像一只翻不了身的小小乌龟。

向剑不禁想起赵不渝的小名，其实没什么人叫，因为实在太奇葩。大家还是叫他大名居多，只在与他玩闹时会用小名逗他。向剑觉得，应该也逗不了几年了，小家伙懂事以后肯定不会再上当。

"赵不渝，你小名叫什么？"

赵不渝每次都骄傲又响亮地回答："小王八蛋！"

番外四

有你陪着，就不难

(1)

检查完场地细节，卓蕴站在 T 台前，最后一次扫视全场。所有的布置都已完工，只余一些小地方要修改，工人们收拾工具、材料准备撤出场地，明天上午，这场秀就要正式开演。

王盼从后台走出来，对她说："Zoe，这儿都搞好了，你今天不是有要紧事吗，赶紧回家吧。"

卓蕴说："行，那我就先撤了，这儿拜托你啦。"

王盼对她比个"OK"："放心吧，一会儿的彩排我能搞定。"

卓蕴离开会场，准备开车回家，坐上驾驶座后摸了下胸部，有点发胀，知道时间差不多了。现在的她是个背奶妈妈，到哪儿都得带着吸奶器，她不舍得给女儿断奶，小家伙才十个月大，她哥哥当时可是喝够了一整年的母乳。

卓蕴开车回到紫柳郡，没去 C2 小楼，也没去高层住宅的地下车库，而是开到 A 区 5 号别墅楼。和 C2 一样，A5 车库也有三个车位，已经停着两辆车，一辆是赵醒归的，另一辆属于苗叔和边琳，卓蕴把车停进第三个车位，拎起大包，就近从后门的坡道进入屋内。

A5 小楼是卓蕴和赵醒归三年前买下来的，用的是他们自己的存款。紫柳郡别墅品质极高，很少有人拿出来卖，在听说原房东因为移民而要出售房屋后，赵醒归和卓蕴连房子都没去看，直接和对方签订了转让合同。现在，这套房子成了他们的新家，和父母离得近，面积又够大，赵醒归说，他可以在这里住到退休。

"我回来啦！"卓蕴进屋换鞋，对着客厅叫了一声。

这天是周六，下午三点半，一楼客厅有人，保姆周姐在厨房准备晚餐，边琳和苗叔在客厅带宝宝。卓蕴原本想和赵不渝出生后一样，请一位育儿嫂来照顾孩子，边琳听说后自告奋勇，说自己和老苗闲着也是闲着，就由他们来带吧。卓蕴知道妈妈是真心喜欢小孩儿，没带着赵不渝还很遗憾，就放心地把女儿赵倾心交给了妈妈和苗叔。

边琳抱着孩子来迎接卓蕴，十个月大的赵倾心脸蛋儿生得肉嘟嘟，头发还没留长，只在头顶扎了个冲天小辫，比起赵不渝，她的眼睛更像赵醒归，又大又黑又亮，睫毛特别长，看到卓蕴后就向她伸出小手，"啊啊"叫着要妈妈抱。

卓蕴洗过手，从妈妈手里接过女儿，问她："你爸爸呢？"

赵倾心还不会说话，只一个劲儿往她怀里钻，像是在找粮。

边琳说："小归和不渝在篮球场，今天天气好，爷俩打球去了。"

"小宝贝，你饿了吗？"卓蕴往赵倾心的脸蛋上亲一口，问边琳："妈，她午睡醒来喝过奶没？"

边琳说："喝过一点，不多，你去喂她吧。"

卓蕴应下，抱着女儿回房间喂奶，赵倾心吃得饱饱的，卓蕴把她抱出来，放进童车，对边琳说自己去篮球场转一圈。

三月底，阳光和煦，春意盎然，紫柳郡里花红柳绿，处处是美景。卓蕴推着童车往篮球场去，一路给赵倾心唱儿歌，小姑娘在童车里咿咿呀呀地叫着，似乎很喜欢出来放风。

篮球场还是老样子，四周围着防护网，场地保养得很好，卓蕴隔着老远就听到里头传来的拍球声，还有一群年轻男人打球时的吆喝声。

"哇，这么多人啊。"她推着童车进入球场，看到两个篮球架下，一边围着好几个男生在打球，另一边是个坐着轮椅的男人，带着四个小不点男孩在玩耍。

男人灵活地操纵着轮椅，指点一个男孩怎么运球，又给他们表演投篮，他肩背挺拔，衣袖挽到手肘，像是随手一丢，篮球就画着抛物线进了篮筐，连个碰撞声都没有。

一个瘦小的男孩把球捡回来，大声喊："赵叔叔你好厉害呀！"

男人说："只要多练习，你也能做到。"

瘦小男孩试着去投球，无奈力气太小，球连篮筐下的网兜都碰不到，他很沮丧，捡回球后交给了赵不渝。

六岁的赵不渝个子比其他三个男孩都要高，平时在儿童篮球训练营练球，那边的篮架是给小朋友用的，很矮，赵不渝能投篮，眼前标准规格的篮架对他来说太高了。

小男孩站在篮架下仰视篮筐，屈膝，跳跃，双手用力把球丢出去，篮球砸到篮筐，没进，赵不渝吐吐舌头，听到有人喊："很棒哦！"

他扭头看到卓蕴，雀跃地大叫："妈妈！"

轮椅上的男人闻声也转过头来，脸上绽开笑："你们怎么来了？"

他穿着一身浅色运动服，头发剪得短而帅气，一张脸依旧轮廓清晰，眉目俊朗，下颌线如少年般紧致，身材也保持得很棒。

赵醒归已经三十二岁了，成了小朋友们口里的"叔叔"，但在卓蕴眼里，他还是很年轻，看不太出年过而立。

"我妈说你在这儿，我就带心心来转一圈。"卓蕴停下童车，把赵倾心抱起来向他们走去，球会乱飞，小孩儿坐在车里不安全。

篮球就在赵醒归手里，他右手一动，篮球就在指尖转了起来，把几个小男孩看傻了眼，赵醒归把球丢向儿子："不渝，接着！"

赵不渝一个侧身马步，两只小手稳稳接住球，赵醒归说："你们自己玩吧，练练运球和传球。"

　　四个小男孩很听话，去边上玩了起来。赵醒归转动轮椅，和卓蕴一起来到场边，赵倾心早就扭起了小身体，小手乱挥，嘴里叫着没人听得懂的话，卓蕴把她交给赵醒归，小家伙立刻安静下来，乖乖地让爸爸抱在怀里。

　　赵倾心是个试管宝宝，她的出生是赵醒归和卓蕴共同的决定。

　　赵醒归双手托在女儿腋下，让她的小脚丫踩在自己大腿上，赵倾心正处在从爬到走的阶段，两只小脚很有力，不停踩着爸爸的大腿。赵醒归笑得眼睛都弯起来，问她："这么用力干什么？不怕把爸爸踩疼啊？"

　　赵倾心咧开没牙的小嘴巴："咿呀咿呀咿呀！"

　　赵醒归被女儿萌得心里一阵柔软，抬头看向卓蕴，想起工作上的事，问："场地都弄好了？"

　　"嗯。"卓蕴把手搭上他肩膀，"都布置好了，一切顺利。"

　　"辛苦了。"赵醒归逗着女儿，说，"这事儿都是你在弄，我都没怎么管。"

　　"你也知道哦。"卓蕴撇撇嘴，食指往他脑门上一戳，"也就是你这种甲方，我没办法，别的甲方要是这么两手一摊啥也不管，我才懒得去操心，爱咋咋地。"

　　赵醒归伸手搂上她的腰："别的甲方，也不会以身相许啊。"

　　"心心在呢！瞎说什么。"卓蕴往他胳膊上拧了一下。

　　赵醒归看着怀里的女儿："心心听不懂，心心，你知道爸爸妈妈在说什么吗？"

　　赵倾心两只小爪子摸上赵醒归的脸，乐得直扑腾："咿咿呀呀！"

　　赵醒归和卓蕴在场边聊天，球场上，四个小男孩还在抢球，突然，赵不渝接球时不小心滑了一下，"哎呀"一声叫，整个人扑到了地上。

　　"不渝！"赵醒归紧张地喊出声来，和卓蕴一起上前，小男孩已经自己爬了起来，抿着小嘴没吭声。卓蕴蹲下身看儿子的腿，赵不渝穿着运动短裤，左膝盖上擦破了皮，细密的血滴渗出伤处，其他三个男孩惊恐大叫："赵不渝你流血了！"

　　赵不渝本来没想哭，看到流血，又听到小伙伴们的话，吓得小嘴一瘪，放声大哭起来。

　　赵醒归自己性格坚韧，不怕疼不怕苦，却见不得儿子哭得这么伤心，心都揪住了，赶紧从轮椅后的袋子里掏出消毒湿巾和创可贴递给卓蕴。卓蕴帮儿子处理伤口，听赵不渝"呜呜哇哇"哭个不停，头疼地说："别哭啦，有这么疼吗？"

　　赵不渝抽抽噎噎："真的很疼，妈妈，我疼死啦！"

　　"你像谁不好，非要像你爸。"卓蕴帮儿子贴好创可贴，抬手揉揉他的头发，"小哭包二号。"

赵醒归："嗯？"

赵不渝止住泪，卓蕴问他还打球吗，他摇摇头，卓蕴牵起他的小手，说："那我们回家吧，你爷爷奶奶估计也来了。"

一家四口准备回家，赵倾心重新坐回童车，不太高兴，赵不渝泪汪汪地看着爸爸，卓蕴催他："快走呀。"

赵不渝神色怏怏："我腿疼。"

卓蕴无语："就这么点伤，半个硬币都不到，你疼个毛线！"

赵不渝一脸倔强："疼得走不了路了！"

卓蕴低头瞪他："你什么时候跟你爸学会卖惨的？"

赵醒归乐坏了，向儿子伸手："过来，爸爸带你回去。"

赵不渝瞬间复活，麻利地爬到爸爸腿上，面朝前坐好，卓蕴生气："这么大个人了！也不怕压着你爸爸！"

赵不渝很无辜："妈妈你都是大人了，你也坐爸爸腿啊。"

卓蕴哑口无言，赵醒归对儿子说："自己抓稳，爸爸要转轮子，抓不住你。"

赵不渝："噢！"

赵倾心还不懂事，看着哥哥坐在爸爸腿上，更加不开心，"嗷嗷"叫着表达不满，最后竟委屈地大哭起来。

真是鸡飞狗跳，卓蕴茫然地望天。

回家路上，赵醒归和儿子聊了会天，问赵不渝："你膝盖还疼吗？"

赵不渝说："不疼了。"

"不疼你还哭那么大声？"赵醒归说，"你妈妈真是没说错，你长大了，不能再坐爸爸腿上，别人要笑你的。"

赵不渝回过头问："那妈妈为什么可以坐？妈妈已经是大人了。"

赵醒归说："因为她是我老婆，我的腿，我老婆一辈子都能坐。你的腿，以后也只有你老婆能坐，知道吗？"

赵不渝又问："那心心呢？"

"心心长到你这么大，也不能坐了。"赵醒归说，"她小的时候当然可以坐，因为我是她爸爸。"

赵不渝思索了一会儿，问："爸爸，我什么时候可以帮你推轮椅？"

赵醒归笑了："那得等你再长大一点，你现在力气不够，还推不动爸爸。"

赵不渝心里不是滋味，有些坐不住了，说："爸爸你停下，我自己走吧，我怕把你腿压坏了。"

"不用，再让你坐几个月。"赵醒归腾出右手揉揉儿子的头发，"等你上小学，这个座位就要归心心了。"

好不容易把两个熊孩子带回 A5 小楼，卓蕴算得很准，赵伟伦和范玉华的确已经来了，正在沙发上和边琳、苗叔聊天。赵不渝下了地，早就忘了膝盖上的伤，蹦蹦跳跳地过去喊："爷爷奶奶！"

范玉华笑容满面地搂住他："乖乖不渝，生日快乐呀！"

这天是赵不渝的六周岁生日，他收到了爸爸妈妈、爷爷奶奶、"外公"外婆的生日礼物。

苗叔和边琳不打算结婚，但赵不渝从小喊苗叔"外公"，苗叔待他很亲，小孩子搞不清血缘是怎么回事，在赵不渝心里，苗叔就是外公，和爷爷一样好。

赵伟伦年逾六十，却不见老态，依旧身材高大，气质沉稳，慈爱地看着孙子，感叹道："真快啊，到九月，不渝就是小学生了。"

边琳附和道："是快哦，小宜都是博士啦，我第一次见她时，她才刚小学毕业呢。"

赵相宜在英国念博士，即将毕业，这时回不来，拜托爸妈给宝贝侄子送上一份生日礼物。

范玉华听赵倾心在童车上哭个不停，问："心心怎么哭啦？"

卓蕴把赵倾心抱出来，放到赵醒归腿上："吃她哥的醋呢。"

赵倾心重回"宝座"才不再哭泣，赵醒归转着轮椅去卫生间，帮女儿洗手洗脸，小家伙身体软软的，还很香，照着镜子对赵醒归笑。赵醒归用毛巾帮她擦脸，手势很轻柔，赵倾心还在咿呀咿呀地叫，冷不丁地发出一个类似"巴巴"的音，让赵醒归一愣。

他歪头看着腿上的女儿："你是在叫'爸爸'吗？"

赵倾心傻乎乎地笑着，赵醒归往女儿额头上亲了一口："乖宝，爸爸爱你，慢慢长大吧。"

老老小小都待在客厅，电视机上播着赵不渝喜欢的动画片。窗边摆着一只大水缸，里头养着乌龟酒酒。酒酒已经是只大乌龟，在这个家里生活了十三年，赵伟伦把酒酒从水缸里捉出来，让它在地板上随便爬，又把赵倾心放到地上，小姑娘手脚并用，追在乌龟屁股后头爬得飞快，总要伸手去摸乌龟壳，回回都被赵伟伦拦住。

赵醒归坐着轮椅在边上看，边看边笑，赵倾心总是摸不到乌龟，开始不爽，掉过头就爬到赵醒归脚边，扒着爸爸的小腿要他抱。赵醒归弯下腰，抓着女儿的腋下让她站起来，赵倾心小脚蹬地，赵醒归轻声说："你很快就会走路了，等你学会走路，这个家里不会走路的，又只剩下爸爸一个。"

五点半时，范玉华问："只差小蔺了吧？"

边琳说："我给他打过电话，他说很快就到。"

卓蕴就让周姐把热菜端上桌，准备开饭，没一会儿，卓蘅来了，带着五岁的女儿冉冉。

卓蘅在钱塘工作数年，升职加薪，早已还清欠赵伟伦的债务。债务还没还清时，他在工作中认识了现在的妻子，那是个漂亮又泼辣的女孩，不在乎卓蘅身后拖着一个混账老爸，火起来能叉腰和老头对骂，回过头又去骂卓蘅，竟是把卓蘅收拾得服服帖帖。

卓蕴明白弟媳妇是典型的刀子嘴豆腐心，觉得很有趣，卓十三像是有被虐倾向，对方越是对他凶巴巴，他越是爱得不可自拔，后来，小两口一起努力在钱塘买房定居，还有了女儿冉冉。

冉冉扎着一把马尾辫，小尖脸、大眼睛，长得和卓蘅很像，性格却像妈妈，活泼外向，伶牙俐齿，擅长帮着妈妈与爸爸斗嘴，时常能把卓蘅气得吹胡子瞪眼，又拿这对母女毫无办法。

卓明毅怂恿卓蘅再生一个，说自己想要个孙子，卓蘅大怒："生个头！家里一大一小已经要造反了！再来一个老子寿命都要短十年！"

"姑姑、姑父好！"冉冉进门就礼貌地打招呼，又把几位长辈叫了一遍后，蹦蹦跳跳地去找赵不渝玩。

卓蕴看看卓蘅身后，问："你老婆呢？"

卓蘅一脸菜色："出差两天了。"

赵醒归忍着笑，问："这几天都是你自己带女儿啊？"

"是啊！我已经要崩溃了！"卓蘅问，"能不能让她在你家寄养几天？"

赵醒归笑："行啊，你老婆同意就行。"

赵不渝牵着冉冉跑到卓蘅面前，叫他："舅舅好！"

"乖。"卓蘅把一个装着奥特曼的大盒子递给外甥，"生日快乐啊，小帅哥。"

"谢谢舅舅！"赵不渝先是眼睛一亮，待看清奥特曼的样子后，嘟哝了一句，"是迪迦呀。"

小男孩的语气有点嫌弃，卓蘅挑眉："嗯？小王八蛋你说什么？"

赵不渝跳脚："十三舅舅你真讨厌！不准再叫我'小王八蛋'！"

卓蘅气道："你叫我什么？尽跟你妈学些乱七八糟的东西！"

赵不渝已经明白"小王八蛋"不是什么好话，现在也没人再这么叫他，只有舅舅偶尔会叫。赵不渝学会了反击，卓蘅叫他"小王八蛋"，他就叫他"十三舅舅"。这两个名字的来源都是卓蕴，她在边上笑得弯了腰。

赵不渝抱着大盒子，仰起小脸认真地说："舅舅，我最喜欢赛罗奥特曼，赛罗最棒！"

冉冉瞅着她爸呆滞的样子，在一旁补刀："我就说了，小孩子喜欢的东西，你不懂，别乱买。"

卓蘅："你懂？你知道几个奥特曼？"

"我不知道奥特曼，但我知道叶罗丽。"冉冉说话很清脆，"你知道那些精灵吗？冰公主、灵公主、情公主、菲灵、亮彩……"

卓蘅暴躁："闭嘴！一边玩儿去！"

冉冉冲他做个鬼脸，和赵不渝一块儿跑了，卓蕴和赵醒归快要笑疯了，只觉得卓蘅找的老婆、生的女儿，是专门来克他的。

人已到齐，卓蕴把生日蛋糕端上桌，家人们围到圆桌边，给赵不渝小朋友过生日。赵不渝和赵醒归一样，从小衣食无忧，被全家人呵护着长大，小男孩跪在椅子上，亮晶晶的眼睛看着面前插着蜡烛的大蛋糕，鼓起脸颊吹气，把蜡烛吹熄后，众人拍手大喊："不渝生日快乐！"

赵不渝开心地扑进妈妈怀里，卓蕴和赵醒归坐在儿子两边，赵醒归怀里还抱着女儿心心，卓蘅拿手机帮他们拍合影，再让周姐帮他们拍大合影。这样的合影，家里多得数不清，不管是谁过生日，或是节日聚餐，都会拍一张。

一年又一年，照片里的人变换着发型与衣着，中年人的脸上渐渐有了皱纹，乌黑的头发夹杂着银丝，背脊不再那么挺拔，眼神也不再那么清澈，成了世俗意义上的老人；年轻人慢慢过了而立，眼角长出不易察觉的细纹，行事越发稳重得体，成了上有老、下有小的家庭栋梁；孩子们从咿呀学语、蹒跚学步的小婴儿快速成长，有了自己的小脾气、小爱好，不再事事听从父母的安排，一个个主意越来越大。

赵奶奶已经去世，赵醒归的外婆也缠绵病榻，谁都躲不过生老病死，赵醒归对卓蕴说："我不怕变老，也不怕永远坐轮椅，我就怕我会走得比你早，现在有了不渝和心心，我好像放心了些，以后，就算我先走，也有他们陪着你。"

卓蕴不允许他说这样的话，命令赵醒归以后不准再讲。

她气鼓鼓地说："我比你大呢！要走也是我先走，你这名字取得多好，千年的王八、万年的龟，你一定能长命百岁！"

赵醒归笑着看她，握紧她的手："好，我会好好活着的。"

其实，他们心里都有数，赵醒归现在还算健康，但他是截瘫患者，截瘫不致命，致命的是并发症，年纪大了，并发症总会找上门来，他的寿命应该及不上普通人。

卓蕴不愿意去想这件事，那很遥远，她对赵醒归说，他们现在还年轻，还有很多事要做，父母尚未老去，孩子们又那么小，哪里有时间去杞人忧天？踏踏实实地活在当下，吃好每一顿饭，睡好每一个觉，处理好每一件工作，身体不舒服就去看医生，闲得无聊就出去度个假，开心就笑，伤心就哭，有烦恼就对另一半倾诉……人生，无非就是这么回事，说难，很难，说简单，其实很简单。

"你觉得呢？"卓蕴把手放在赵醒归大腿上，隔着布料触摸那双松软纤瘦的腿，看着他的眼睛，问，"活着，难吗？"

赵醒归把手覆上她的手背，怔怔地出了神，很久都没回答。

赵不渝过完生日的第二天早上，天才蒙蒙亮，卓蕴和赵醒归就醒了，是被要喝奶的赵倾心给吵醒的。

赵醒归帮女儿换过纸尿裤，卓蕴抱起女儿在床上喂奶，赵醒归赤着上身、顶着一头乱发挪上轮椅，先去卫生间洗漱。

赵倾心吃饱后继续睡觉，卓蕴把她放回小床上，去衣柜里挑出赵醒归的衬衫和西服，等他从主卫出来，叫他："老公，衣服放那儿了，你抓紧穿，时间有点赶。"

赵醒归挪回床上，穿起衬衫和西裤，卓蕴没管他，自己去洗漱，出来时赵醒归已经穿戴得差不多了，人也挪到了轮椅上，正准备打领带。卓蕴走到他面前，拿过领带帮他系上，收紧时，问："紧不紧？"

赵醒归仰着脖子："不紧，正好。"

卓蕴手指摸摸他的喉结，低头往他唇上亲了一口，又拿来袜子和一双黑皮鞋，依次抓起赵醒归的双脚帮他穿上。

他在轮椅上坐了十六年，就算保养得再好，那双脚还是变得有些畸形，脚型越发瘦长，苍白无力，有时会浮肿，脚尖下垂也更加严重，练习走路时，他不得不在脚踝上佩戴支具，能让脚踩得更稳些。

赵醒归穿好鞋后去卫生间搞头发，卓蕴去化妆，等到两人全部弄妥离开房间，赵醒归已是一副西装革履、英俊潇洒的轮椅总裁模样，卓蕴也是一身优雅的职业装，身材完美，妆容精致，踩着高跟鞋风风火火往楼下跑："我先让我妈上来陪心心，一会儿心心醒了，身边没人要哭的。"

赵不渝还在睡懒觉，苗叔出去买菜了，边琳上三楼陪着外孙女，把家里安排好，卓蕴和赵醒归吃完早餐，由赵醒归开车，载着卓蕴去会场。

他们提前三小时到，会场内，观众席空无一人，只有工作人员在忙碌，有人看到卓蕴后与她打招呼："嗨，Zoe，来这么早？"

有人看到赵醒归后叫他："赵总，早上好。"

卓蕴去忙了，赵醒归坐着轮椅来到后台，发现人很多，模特们早早的都到了，一个个兴奋地聊着天，排队等化妆。

方梓宸坐在轮椅上，和一位同事一起埋头检查一架外骨骼机器人，赵醒归问："宸哥，没问题吧？"

方梓宸满脸自信："绝对没问题。"

一个小女孩走到赵醒归面前，歪着脑袋看他。她和赵不渝差不多大，长得很漂亮，赵醒归对她微笑，小女孩害羞了，往他手里放了一颗糖，转身向妈妈跑去。她跑动的姿势不太自然，赵醒归看清了，那条小裙子底下，左腿正常，右腿是一条假肢。

赵醒归把后台、前台都转了一圈，最后来到会场门口，端坐在轮椅上看主题板下方印着的几家单位名称，有钱塘市残联、钱塘某电视台、某康复医疗机构、某服装品牌公司、某高校特殊教育学院服装设计专业……

最顶上是主办方：钱塘聚·碎科技有限公司。

最底下是承办方：钱塘薇客睿腾文化创意有限公司。

这是一场公益活动，秀场上的模特和服装设计师全是残疾人，有人穿戴假肢，有人坐轮椅，还有视障人士和听障人士，模特里甚至有几个小朋友。他们除了展示服装，还要展示赵醒归公司研发生产的各种型号智能假肢和外骨骼机器人。

其实，这些都不是重点，赵醒归组织这样一场活动，更想要表达的是他们这个群体的生命力。他们也爱美，也想要好好地生活，想要身体更加健康，想要得到更多公平的机会，想要展示自信乐观的一面，想要把所学运用到工作中，想要以微薄的力量反馈社会。

他们的确是弱势群体，却也没有人们想象的那么可怜，他们不需要怜悯与施舍，更不想要歧视与偏见，他们要的，只是公平、尊重与理解。

人来这世上一趟不容易，有些事情既然无法改变，就只能接受它，好好地爱护自己，善待他人，勇敢地、努力地、快乐地，活下去。

就像他的公司名，聚·碎，聚是喜悦美好，碎难道就代表绝望与结束吗？人生充满未知，没有人能一帆风顺地过完一生，所有人都有瑕疵，明显或不明显罢了。

这一场秀，赵醒归就是要告诉大众，碎，只是碎，不是灭，碎也能展现出美感，用高科技修一修，碎，甚至能重焕生机。

"咦？你怎么在这儿？"

赵醒归回头，看到卓蕴急匆匆地从会场出来，说："我找你半天没找着，你在这儿干吗呢？快进去吧，有记者来了，要采访你。"

赵醒归没动，只向她伸出手。

卓蕴握住他的手，笑嘻嘻地问："怎么啦？突然这么嗲。"

赵醒归抬头看她，粗粝的手掌摩挲着她的手，卓蕴被他漂亮又深邃的眼睛吸引住，问："赵总，你到底怎么啦？"

赵醒归轻轻一笑，摇头说："有你陪着，就不难。"

卓蕴："啊？"

番外五

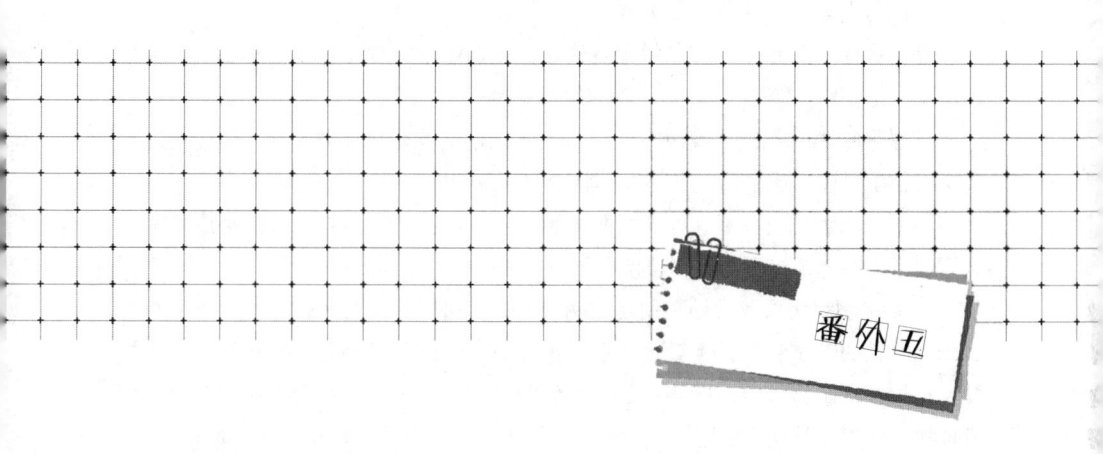

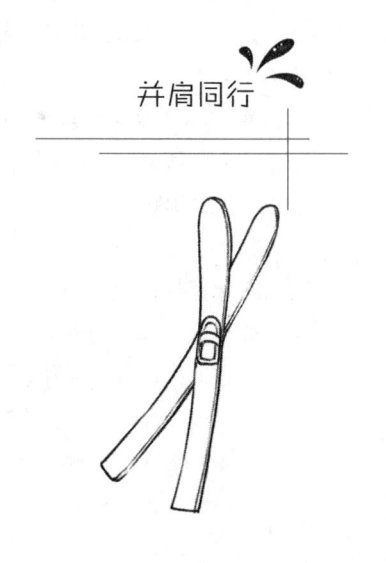

并肩同行

(1)

"慢点慢点,别着急,慢慢走。"

复健大厅里,卓蕴陪在苏漫琴身边,边走边嘀咕:"你也太不小心了,走个楼梯都能摔一跤。"

苏漫琴唉声叹气:"唉……谁让那个电话是重要客户打来的呢,我边接边下楼梯,脑子里还在想事情,一不留神就踏空了。"

她腋下挂着两支拐杖,左脚骨折初愈,石膏刚拆不久,这一天是来康复医院做复健,丈夫老黄走不开,卓蕴便自告奋勇来陪她。

苏漫琴因摔伤导致行动不便足足两个月,真是吃尽了苦头,这会儿难免心生感慨:"我这就是骨折,不算太严重,也知道脚会好,可每天坐着轮椅、拄着拐杖还是把我折腾得够呛,想想你们家赵醒归,三百六十五天天天坐在轮椅上,换成是我,估计早就疯了。"

"你别这么说,其实他现在还好。"卓蕴笑吟吟地说,"他每天都会练练站、练练走,已经算是恢复得不错啦。你看那几个病人,看到没,伤的是颈椎或胸椎,手都不利索,手指完全动不了。"

卓蕴小声地示意苏漫琴往大厅深处看,有好几个穿着蓝白条纹病号服的脊髓损伤病人在做复健,男女都有,年龄不等,他们的姿势、体态和别的病患很不一样,一眼就能区别。

康复医院的复健大厅鲜少出现欢声笑语,病人们在复健师和家属的陪伴下进行着各项锻炼,大多面色沉郁。他们都经历过疾病或意外,有些人不幸地失去了部分肢体,有些人则丧失了部分身体机能,手术后就要经历艰辛的复健。某些对常人来说非常简单的动作,比如坐起、爬行、翻身、保持坐姿平衡等等,病人们都需要经过长时间的枯燥练习,还不一定能顺利掌握。

卓蕴和苏漫琴正聊着天,突然听到不远处传来"砰"的一声响,两人都吓了一跳,同时转头望去,发现是一个复健病人不小心摔倒在垫子上,因为身量不小,发出的动静就挺大。

看清那人的模样后,卓蕴的眼睛就移不开了,那竟是一个特别年轻的男孩,二十左右的年纪,穿着病号服,哪怕气喘吁吁地趴在垫子上都能看出他身材高大、肩宽腿长。见他好半天爬不起来,卓蕴的视线不禁落在他的双腿上,那双腿的姿态太熟悉了——绵软无力,显然,这年轻的男孩也是个脊髓损伤患者,和赵醒归一样下肢瘫痪，两条腿一点力气都用不上。

卓蕴没有陪赵醒归复健过，他受伤时他们还未相识，后来他在北京做完手术，卓蕴在他卧床休养时就出国求学，等她从国外回来，赵醒归已经恢复到了平时的状态。所以，在看到那个男孩后，卓蕴情不自禁地会想起赵醒归，想起她心爱的男人在医院复健时是不是也会如此狼狈、如此叫人揪心？

那男孩身边蹲着一个同样年轻的女孩，试图把他扶起来，却扶不动，她往男孩胳膊上拍了一下，说："小蚊子，你自己用点力啊，我拉不动你。"

男孩懊恼地冲她吼："我要是能用上力！还用得着你来陪我吗？"

女孩也不甘示弱："你冲我嚷嚷什么？我好不容易请到假，大老远地从北京过来看你，就是来监督你多锻炼的，不是来欣赏你趴在地上起不来的糗样！"

"我让你请假过来了吗？我要你来监督啊？！"男孩扬起脸，喊得越发大声。

女孩气坏了："何栩文，你有没有良心的？"

男孩没再吭声，努力用双手撑着垫子把上身支起来，女孩帮他拉过轮椅，他伸手抓住轮架，试了好几次都没能把身子撑上去，最后还是复健师来帮忙，和女孩一左一右地架住男孩才把他搞到轮椅上。

那场面看起来颇为心酸，女孩嘴里还在唠叨："你都练了好几个月了，还是不能自己上轮椅，那以后要是不小心摔一跤，身边又没人，你怎么办？"

"怎么办？大不了就是个死！"男孩硬邦邦地说着，搬着两条腿搁到踏板上，对女孩说，"你要是嫌我麻烦就先走，我真不想听你在耳朵旁边唠唠叨叨，整得好像我多不努力似的，你根本就不懂什么叫瘫痪！"

女孩张了张嘴，想说什么又忍住了，最后说了句"走就走，谁稀罕陪你"，当真转身离开了复健大厅。男孩没留她，顾自低头坐在轮椅上，双手死死揪住裤腿，指节都揪得发了白。

这一切都被卓蕴和苏漫琴看在眼里，苏漫琴小声说："真可惜，年纪还这么轻。"

"又是一个倒霉蛋。"卓蕴强迫自己挪开视线，继续陪苏漫琴练习走路，可在后来的时间，她的目光总是会有意无意地往那男孩身上瞟。女孩离开后，男孩在复健师的陪伴下锻炼走路，腿上绑着支架，双手撑着助行器，走得特别认真，额头上渗出了一片小汗珠，因为双臂用力，脸都憋红了。

卓蕴看清了他的脸庞，剃着板寸头，鼻梁高挺，眉目俊秀，心里遗憾地想着，他要是没受伤，一定也是个阳光帅气、招人喜欢的大男孩。

苏漫琴结束复健后坐上轮椅，卓蕴推着她离开大厅，来到电梯厅时，发现那陪着男孩锻炼的女孩并没有走。离得近了，卓蕴忍不住细细地打量她，女孩个子很高,脑后扎着一把马尾辫,肤色偏深,身材健美,长相也是英气十足。她有着一双黑白分明的大眼睛,可这会儿却无精打采地靠在墙壁上,双目失神,不知在想什么。

卓蕴突然有了一种冲动,走过去对那女孩打了个招呼:"你好。"

女孩抬起头,看着面前高挑靓丽的小姐姐,警觉地问:"有事吗?"

"刚才在里头,我看到你在陪一个男孩复健。"卓蕴微笑着指指复健大厅的方向,说,"你是故意气他的吧?"

女孩微微皱眉,面露不满:"你谁啊?咱俩不认识吧?"

"是不认识。"卓蕴忙说,"抱歉抱歉,我没有恶意,事实上,我先生的状况和你朋友一样,也是个轮椅族。"

女孩惊疑地看着卓蕴,表情倒是缓和了不少,卓蕴一笑,继续说道:"我先生已经瘫痪十六年了,现在过得很好,还运营着一家轮椅篮球俱乐部,平时一直在打球。我看你朋友个子挺高,年纪也不大,如果他需要一些帮助……"

女孩打断了卓蕴的话:"你想让他去打轮椅篮球?"

卓蕴说:"我只是给个建议。"

"他受伤还没满一年,还没适应坐轮椅,生活都没法自理,现在说这些太早了。"女孩低下头,缓慢地眨动着眼睫,轻声说,"而且,他原来就是个运动员,我也是,我们都是体育生,练的是滑雪。"

这一次,换卓蕴愣住了。

夜里,卓蕴洗完澡后回到主卧,心里还想着下午发生的事。她看向大床,赵醒归正靠在床头看书,一架黑色轮椅静静地停在床边。

年过而立的男人似乎并未被岁月踩躏,不管是容貌还是身材都与二十多岁时相差无几。赵先生黑发浓密,五官英挺,身材不像少年时那般单薄纤瘦,肩背变得宽厚许多,温暖的笑容依旧会令卓蕴怦然心动。

初秋季节,家里已经开了地暖,房间里的温度就要比室外暖和许多,卓蕴走到赵醒归身边,掀开被子去摸他的腿,赵醒归抬起头来,问:"怎么了?"

"摸摸你脚热不热。"卓蕴说,"怎么还是这么冰?"

赵醒归笑着去牵她的手:"你知道的,我下肢血液循环不好,别担心,我不冷,你赶紧上床吧,小心感冒。"

卓蕴只穿着薄睡衣,依言爬上床,依偎到丈夫身边。赵醒归伸长左臂揽住她的肩,那双臂膀结实有力,是十几年轮椅篮球生涯练出来的,与之形成鲜明对比的是他孱弱的双腿,因为瘫痪十六年,哪怕天天练站练走,也无法阻挡肌肉萎缩的进程，与卓蕴初识赵醒归时相比，被子下的这双腿已是越发纤细绵软。

卓蕴靠着赵醒归发呆，赵醒归看出她有心事，放下手里的书，问："在想什么？"

"嗯……"卓蕴想了想，还是决定开口，"我和你说件事，今天下午我陪漫漫去医院复健，见到了两个小孩儿。"

"小孩儿？"赵醒归问，"然后呢？"

卓蕴说："男孩叫何栩文，女孩叫张思婷，都是二十出头的体育生，练的是高山滑雪。去年底，何栩文在北京集训时出了意外，不小心从山上滚下来了，后背……撞到了一块石头。"

赵醒归的神色瞬间变得凝重，脱口而出："脊髓损伤？"

"对。"卓蕴说，"伤的腰椎，位置和你差不多，是完全性的损伤，瘫痪了。"

赵醒归很久都没有说话，卓蕴看着他的眼睛，能感受到他的难过与惋惜，她心中一动，挽住他的胳膊说："你哪天要是有空，可以去见见小何，我加了张思婷的微信，张思婷说小何受伤以后情绪一直不怎么好，本来很开朗的一个人，现在脾气变得阴晴不定，也不愿意去看心理医生，我觉得，他也许会愿意和你聊聊。"

赵醒归把手搁在自己的大腿上，感受着那虚无的按压感，片刻后沉声道："好。"

何栩文在东北出生、长大，从小就喜欢滑雪，十几岁时就因为身体条件优越、运动天赋出众而被选入市队，后来又进入省队。他天赋极佳，训练刻苦，成绩越来越好，十七岁那年还在高山滑雪全国青少年锦标赛青年组大回转项目中摘得过金牌。

何栩文想进国家队，想参加冬奥会，如果没有发生那场意外，这并不是一个遥不可及的梦想，然而，意外就那样猝不及防地发生了。

这一年，何栩文的生活发生了翻天覆地的变化，他才二十一岁，大学还未毕业，在最青春、最张扬的年纪突遭厄运，不仅失去了站立行走的能力，连日常生活都变得难以自理，更别提那些追求与梦想，它们早已随着那场意外变成了一串泡沫。

父母整日以泪洗面，用尽积蓄送他去医院复健，还幻想着有朝一日他能重新站起来，能像以前那样奔跑、跳跃。何栩文却清楚地知道，不会有这一天了，他的人生已经定格，目前的医疗技术对脊髓损伤毫无办法，坚持锻炼只是为了避免并发症的发生。在无数个被病痛折磨的夜晚，他默默流泪，整夜整夜地失眠，脑子里只有一个念头在反复浮现，那就是——放弃吧，这样活着还有什么意义？

这一天，何栩文又一次来到康复医院做复健，妈妈陪在他身边。何母是钱塘人，早年嫁去东北，儿子受伤后，她查询到钱塘康复医院在脊髓损伤术后康复方面颇有建树，便带着儿子回到南方来治疗、复健。

何栩文的状态很是令何母发愁,他没有像部分伤者那样暴躁地大喊大叫,冲复健师或家人大发脾气,也没有崩溃地哭哭啼啼、怨气冲天。他从不找借口逃避复健,每天都听话地吃饭、吃药,可细心的母亲还是发现了儿子的异常。他像是丢了魂魄,不管做什么事都打不起精神来。尤其是几天前张思婷回北京后,何栩文变得更加沉默,有时候一整天都不说一句话,独自一人坐着轮椅待在房间,像一具行尸走肉。

就是在这样糟糕的状态下,何栩文见到了赵醒归。

在复健大厅,赵醒归转着轮椅来到年轻男孩面前,微笑着向他伸出右手:"你好,小何,我姓赵,叫赵醒归,是张思婷介绍我过来找你的,你可以叫我归哥,我们队里的年轻人都这么叫我。"

何栩文也坐着轮椅,大概是因为同病相怜,又因为被张思婷提前打过招呼,他并没有产生太多的抵触情绪,面无表情地与赵醒归握了握手,问:"队里?什么队?"

赵醒归说:"钱塘市轮椅篮球队。"

何栩文愣了一下,接着问道:"那你来找我是……"

"想邀请你去我们队里参观。"赵醒归并没有隐瞒此行的目的,直白地表达了对何栩文的欣赏,"你的身体素质很优秀,是打轮椅篮球的好苗子,我今天是来挖人的。"

何栩文看着面前的陌生男人,他看起来还很年轻,三十左右的年纪,穿着得体,面容英俊,即使坐着轮椅也能看出身量颇高,似乎瘫痪对他的精神并没有造成消极的影响,何栩文能从对方身上感受到一种蓬勃积极的生命力。

"我……考虑一下。"何栩文没有拒绝,也没有答应,这时候的他其实没什么心力去思考未来,轮椅篮球那么陌生,就算他是个体育生,之前也从未关注过这个运动项目。

赵醒归点头道:"行,那咱们先加个微信,你哪天有空就给我打电话,我派人去接你,到时候咱们球场见。"

他把名片留给何栩文,又与他简单地聊了几句,便转着轮椅离开了复健大厅。等到他的身影消失在视野里,何栩文才低头去看手里的名片,上面印着:钱塘聚·碎科技轮椅篮球俱乐部总经理,赵醒归。

"聚·碎科技?"何栩文轻念出声,觉得这个公司名有些耳熟,想了一会儿才想起,这是一家国内知名的智能假肢研发企业,也生产适合截瘫人士使用的外骨骼机器人。比起国外进口产品,聚·碎的产品价格要便宜许多,质量却一点也不含糊,因为性价比高,近几年在残障人士的圈子里非常有名。何栩文了解过这个品牌，也想过给自己买一套用来锻炼。

"聚·碎科技还搞轮椅篮球？"何栩文一边想，一边打开手机搜索起"赵醒归"来，词条下有对方的简介，还有照片。赵醒归穿着一身深色西装坐在轮椅上，微笑着看向镜头，何栩文知道了他的年龄——三十二岁，十六岁时受的伤，已经与轮椅相伴十六年。

赵醒归本科就读于A大，又在美国G大读研两年，毕业后回国创业，成立了"聚·碎科技"。除此之外，他在轮椅篮球领域也取得了耀眼的成绩，数次身披国家队战袍参加各种轮椅篮球国际大赛，因为外表帅气，球技高超，至今都是队里的头号球星。

看着照片上那神采奕奕、笑容自信的英俊男人，还有对方身下那架通体全黑的轮椅，很突然的，何栩文对未来似乎不那么恐惧了。他想，截瘫也许并没有那么可怕，也许……他也可以像赵醒归那样好好地生活下去，只是换一种方式罢了。

（2）

何栩文再次见到赵醒归是一个星期后，地点在轮椅篮球俱乐部的训练馆里。何母不放心，陪儿子一起来，安静地等在场馆角落。

赵醒归没有再穿正装皮鞋，身上是一套深色运动服，脚上则踩着一双雪白的篮球鞋。他坐在一架竞技轮椅上，给何栩文表演翘轮转圈，问："小何，你会翘轮吗？"

何栩文摇摇头，别说翘轮了，他连上下轮椅都还不熟练，目前的生活根本离不开人照顾。

赵醒归又把手里的篮球丢给他："接着！"

何栩文接住球，环视着场馆里热火朝天的训练景象，眼神中透出一丝不自在来，赵醒归看出了他的局促，安慰道："别紧张，就当过来玩，你以前打过篮球吗？"

"不怎么打。"何栩文捧着球，低声说，"我从小就练滑雪，是在雪场上长大的，很少去玩别的运动项目。"

"那就先试试吧。"赵醒归说。

很多队员转着轮椅过来围观，何栩文观察着那些人的面容，有男有女，有老有少，甚至还夹着几个十几岁的半大孩子。有个瘦弱的小男孩失去了双腿，两条裤管空空荡荡，一边练习轮椅运球，一边眨巴着大眼睛打量何栩文。小孩儿藏不住心事，忍不住去问赵醒归："归哥，你从哪儿找来这么一个大高个儿啊？"

他大概只有十二三岁，还处在变声期，身边另一个年龄稍大的队员拍了下他的脑袋："别没大没小的！归哥是你喊的吗？喊归叔！"

小男孩吃痛地揉揉后脑勺，噘起嘴巴不服气地说："凭什么你们能喊'归哥'，我就要喊'归叔'？"

众人大笑，有人打趣道："因为你最小，比归哥家的赵不渝都大不了几岁，难道你想赵不渝喊你'叔叔'吗？"

赵醒归听乐了，说："你们别逗小杰了，就让他喊我'哥'吧，这么大个男孩儿喊我'叔'，我还真是担不起，我有这么老吗？"

有个坐轮椅的女孩大声说："归哥，你别听他们瞎说，他们就是嫉妒你'神颜'不朽，青春永驻！"

一群人又是一通乐，气氛顿时变得轻松许多。何栩文不那么紧张了，转着轮椅跟随赵醒归来到篮架下，赵醒归在罚球线附近为他示范投篮，那个叫小杰的男孩负责喂球，快速地连喂三个，赵醒归接到球后抬手就投，几乎没有反应时间，那投篮姿势标准得可以写进教科书，三个球全部空心入篮，震惊得何栩文当场目瞪口呆。

"来，到你了。"赵醒归把球丢给何栩文，何栩文双手抓球举过头顶，模仿赵醒归的样子挺直腰身，用力将球朝着篮筐丢去，结果自然是没进。他太用力了，篮球重重地砸在篮板上，"砰"的一声反弹落地，小杰赶紧转着轮椅去捡球。

几个女孩在憋笑，何栩文尴尬地吐了吐舌头，赵醒归倒是向他竖起了大拇指："力气很大呀！说明体能不错，胳膊有劲！"

何栩文脸都红了，赵醒归没让他休息，在他身边帮他纠正动作，指导他如何投篮，小杰跟着一起学。何栩文学得很认真，一次又一次地投篮，身体渐渐发热出汗。当汗水顺着脸颊滴落下来时，他呆了一下，突然意识到，这不是复健，而是运动，他已经很久很久没有因为运动而流汗了。

后来的一个小时，何栩文一直留在场馆里练习投篮，还旁观了别的队员进行上肢力量训练。一群年轻人转动轮椅绕着场馆"跑圈"，个个累得龇牙咧嘴、汗如雨下，结束后只歇了一会儿，喝过水擦过汗，又开始新一轮的插科打诨、说笑打闹，直到被赵醒归喊去进行下一阶段的训练。

他们似乎都很快乐——何栩文默默地想着，坐在轮椅上，摸着那双毫无知觉的双腿，他还无法体会到那种快乐，但不可否认，比起死气沉沉、充斥着哭喊咆哮、负面情绪爆棚的康复医院，他发现，自己更愿意待在这里。

第一次的参观兼训练结束了，赵醒归亲自开车送何栩文和何母回家。何栩文在妈妈的帮助下转移上副驾，赵醒归拉着他的轮椅来到车尾，将轮椅拆散了放进后备厢，自己坐上驾驶座后，又礼貌地拜托何母帮他把轮椅放到后排座位。

何栩文悄悄地观察着赵醒归的动作，一直到他启动车子，才开口问道："归哥，你平时一个人开车，轮椅怎么办？"

"就是自己取放啊，网上示范视频很多的，非常简单的一件事，今天是有人帮忙，我才偷个懒。"赵醒归坦然地对何栩文解释，又说，"小何，等你身体恢复得好一点，也可以考虑去买辆车，有了车，我们的出行半径就会变大，坐轮椅真的没那么可怕，我们照样可以去任何我们想去的地方。"

坐在后排的何母问："赵教练，这个驾照好考吗？"

"好考。"赵醒归左手转动方向盘，右手操纵刹车、油门手柄，笑着说，"放心吧，像小何这样的男孩，准是一考就过。"

何栩文若有所思，抬头望向前方，挡风玻璃外的天空一片湛蓝，赵醒归的车已经开上了大马路，汇入到滚滚车流中。

不知不觉，何栩文成了篮球俱乐部的一名编外队员，复健之余，他时不时就会往篮球馆跑。赵醒归不是次次都在，即使他不在，何栩文也不再感到拘谨，渐渐和队里一群坐轮椅的小伙伴们混成了好友。

小杰听说何栩文曾经是一名滑雪运动员，还拿过全国冠军，佩服得不得了，总是拉着他问关于滑雪的事。何栩文因滑雪而受伤，其实不太愿意提起这些过往，无奈小杰年纪太小，他拉不下脸来拒绝对方，只能有一句没一句地简单讲述。

"小何哥，我不明白，你滑雪那么好，为什么不继续练滑雪呢？"小杰表达着他的困惑，"残奥会也有滑雪比赛啊，坐着滑的那种，你干吗要来练篮球？你篮球打得那么烂，这不是扬短避长吗？"

何栩文无法向小杰解释原因，他从小在雪场上长大，滑雪对他来说早已不是一项简单的运动项目，而是刻进血脉里的、类似本能的一种技能。他曾经视滑雪为生命，正是因为太过热爱，在遭受到雪场对他的伤害后，才变得无法正视这项运动，连想都不愿想起，仿佛遭遇了背叛。

"我是滑雪时受的伤，有心理阴影。"何栩文对小杰说，"这辈子怕是再也不会去滑雪了。"

小杰呆呆地看着他，说："可是，归哥也是打篮球时受的伤，那会儿他才十六岁，但他说自己太喜欢篮球了，根本忘不掉，后来就开始打轮椅篮球，他怎么没有心理阴影啊？"

何栩文第一次知道赵醒归是因为打篮球而受伤，吃了一惊，问："真的假的？"

"当然是真的！所有人都知道。"小杰摸着自己空荡荡的裤管，说，"我是车祸受的伤，腿没了，我也没心理阴影啊，难道以后再也不坐车了吗？"

何栩文无言以对，竟是有点儿烦躁，别开头说："你不懂，这不是一回事。"

"怎么不是一回事？"小杰认真地说，"归哥说过，真的热爱一件事，就算肝脑涂地也会坚持，如果出于某些原因轻易放弃，那就说明不是真的热爱。"

何栩文又一次愣住了，盯着小杰看了一会儿，问："你很崇拜归哥？"

"当然！"小杰骄傲地挺起胸膛，"这儿没人不崇拜归哥，他太厉害了！对我们还特别好！哦，我的假肢都是他送给我的呢，我家条件不好，可我又在长身体，隔两年就得换新假肢，本来只能买那种特便宜的，很难走路，归哥知道后就送给我一套智能假肢，超级酷炫！还说我大学毕业以前可以免费更换，前提是我得考上一所好大学。"

说完自己的事，小杰又絮絮地说起赵醒归的其他善举，他是一个私企老板，但每年都会在公益慈善方面投入大量的资金与精力，去帮助许多像他一样的弱势群体。

小杰眼里闪着光："我将来想进归哥公司工作，他公司里有很多残疾人，从来不搞歧视，他说，只要能力匹配，他愿意给大家提供更多的工作岗位，你说，归哥牛不牛？"

何栩文点点头，发自内心地承认："牛。"

经过几次接触，他已经知道了，赵醒归是个有钱的残疾人，但他从不独善其身。因为自己淋过雨，所以他愿意给别人打伞，不仅仅是打伞，他更像是给大家打造了一个超大雨棚，尽可能地为更多同病相怜的小伙伴们遮风挡雨，为的是能让他们在这世上更有尊严地活下去。

两个月后，钱塘由秋入冬，天气越来越寒冷。对于脊髓损伤人群来说，冬季特别难熬，他们的下肢血液循环不畅，就算穿着厚厚的棉裤，损伤平面以下的肢体还是容易冰冷。低至零度的气温还会刺激他们脆弱的神经，何栩文后背伤处刺痛难忍，实在懒得出门，便有足足半个月没去俱乐部玩过。

其实还有一个原因，小杰说的没错，何栩文的篮球水平的确很糟糕，既没有技术，又没有意识，更没有经验，只有身体条件还算出众。久而久之，何栩文觉得自己毫无篮球天赋，自然就丧失了去俱乐部的动力。

十二月下旬的一个周末下午，何栩文无所事事地待在家，给张思婷发了条微信，问她在干吗。消息发出后过了整整两个小时，张思婷都没回，何栩文一遍遍地去看手机，等得心烦气躁，就在这时，他意外地接到了赵醒归的电话。

赵醒归在电话里问："小何，最近还好吧？怎么那么久没来俱乐部打球？"

何栩文说:"天太冷了,我出门不方便,后背还疼,所以就……"

"现在呢?现在身体有没有问题?今天太阳挺大的。"

"现在还好。"

"你要是身体没大碍,不如今晚来我家吃饭。"赵醒归说,"我刚好开车路过你家,可以顺路去接你,晚上吃完饭再把你送回来。"

何栩文没做好思想准备:"啊……"

赵醒归笑着说:"别啊了,我已经开进你家小区了,你住几栋来着?"

"26栋。"何栩文回答完才想要拒绝,"归哥,我还是不去了。"

"为什么?你这段时间是不是天天都窝在家?"赵醒归说,"年轻人偶尔也要出来转转,老待在家里会发霉的。"

何栩文想了一会儿,终是答应下来。

他裹着羽绒外套、转着轮椅下楼时,赵醒归的车已经停在26栋门口,令何栩文惊讶的是,车外站着一个小男孩,看到他后用力挥手:"你是小何哥哥吗?我叫赵不渝,我爸爸让我下车来接你!"

赵不渝长得瘦瘦高高,剪着一头短碎发,眉眼五官和赵醒归很像,是个招人喜欢的小帅哥。他动作利索地打开副驾车门,何栩文就见到了端坐在驾驶座上的赵醒归。两人打过招呼,何栩文把自己转移上副驾,没有旁人的帮忙,动作十分狼狈。等他坐稳后,赵不渝推着他的轮椅去了车尾,熟练地拆掉轮椅,把大轮、轮架、坐垫依次放进后备厢,最后自己钻进车后座,在儿童安全座椅上乖乖坐好,系上扣带,说:"爸爸,我好了,我们出发吧。"

赵醒归启动车子开出小区,对何栩文说:"我下午在陪儿子上兴趣班,回家刚好经过你这儿,想起很久没见你了,就给你打了个电话。"

何栩文大脑一片空白,随口问道:"上什么兴趣班?"

"轮滑!"后排的赵不渝抢在老爸之前开口,"我要去参加一个轮滑比赛,最近在集训。"

何栩文回头看他,好奇地问:"你多大了?上几年级?"

赵不渝说:"过完年就七岁了,上一年级。"

"你才上一年级?"何栩文很惊讶,"那你长得很高啊,都有一米四了吧?"

"是啊,快一米四了。"赵醒归发愁地说,"年头买的衣服年尾就要穿不下了,还有鞋子,脚是真的大,去吃自助餐都快按成人算了,你说,这么个小屁孩能吃多少东西?就是个吞金兽。"

何栩文听得直笑,赵不渝说:"小何哥哥,我爸爸说你以前是滑雪运动员,那你轮滑是不是很厉害啊?"

这么一个简单的问题，就让何栩文笑容收敛，陷入沉默。

他玩轮滑的确很厉害，一般人都滑不过他——何栩文想起曾经的那些快乐，又想起如今的痛苦，原本放松的心情一下子低落下来。

赵醒归感受到他的沉默，适时地扯开了话题："赵不渝，我觉得你得叫他叔叔吧？他可是喊我哥的，你再叫他哥不是乱套了吗？"

赵不渝眨了眨眼睛，半点儿没纠结，大声改口："小何叔叔！"

还未满二十二岁的"小何叔叔"捂着眼睛失笑出声，那份怅然的情绪随之烟消云散，心里终于不再那么难过了。

赵醒归的家是紫柳郡别墅区的A5小楼，何栩文转着轮椅跟在赵醒归父子身后从斜坡进入屋内，就见到玄关处站着一个高挑漂亮的长发女人，怀里还抱着个一岁多的小女娃，笑容满面地叫他们："回来啦？呀！这就是小何吧？欢迎欢迎！"

何栩文并不认识卓蕴，局促不安地开口："你好。"

卓蕴怀里的小女娃长得粉妆玉琢，头上扎着两个小揪揪，已经迫不及待地向赵醒归张开小手，嘴里叫着"爸爸爸爸"，赵醒归把她接过来放到腿上，低头在她脑门上亲了一口，才对何栩文说："这是我太太，姓卓，你喊她卓姐就行。这小不点是我小女儿，小名叫心心。"

赵倾心眨巴着一双乌溜溜的大眼睛盯着何栩文看，发现何栩文也在看她，小姑娘害羞了，一头扎进爸爸怀里，过了会儿才转过小脑袋偷看何栩文，见他还在看她，小姑娘抿嘴一笑，唇角露出两个明显的小梨涡。

何栩文一直在发愣，赵醒归的家装修时尚，宽敞明亮，他还有美丽的妻子和一双可爱的儿女，真是令人艳羡的人生赢家。

卓蕴拉着赵不渝去洗手，对丈夫说："赵小归，菜我都买了，今晚就要你来做大厨啦。"

"行，没问题。"赵醒归对何栩文解释，"家里平时有阿姨，今天阿姨休息，我们就得自己开伙，晚上吃火锅，我再炒几个菜，你吃辣吗？"

何栩文算是个东北人，老实地回答："不太行。"

赵醒归一边逗着怀里的女儿，一边说："那就做鸳鸯锅，我口味也很清淡，但我老婆喜欢吃辣。"

煮火锅很方便，卓蕴说由她来洗菜配菜，赵醒归只要负责炒菜就行。时间还早，赵醒归见太阳还未落山，就叫何栩文去院子里打会儿篮球，他家院子装着篮球架，赵不渝抱着球"嗒嗒嗒"地跑来，嚷嚷着要和爸爸、小何叔叔一块儿玩。

于是，两个坐着轮椅的男人就在夕阳下玩起了投篮PK，外加一个负责捡球的赵不渝。几轮下来，自然是何栩文惨败，他沮丧极了，练了两个月的投篮，命中率还是那么低，平时和小杰比赛都会输。

　　他的精神肉眼可见地萎靡下去，赵不渝捡回篮球交给他，何栩文捧着球一动不动，也不说话，赵不渝感到奇怪，歪着脑袋问："小何叔叔，你怎么啦？"

　　何栩文抬头看他，小男孩儿健康活泼，能跑能跳，不禁令他回想起很久以前的自己，也曾有过这样无忧无虑的时光，可现在……低头看着那双失去了所有感知与运动能力的双腿，何栩文突然悲从中来，难以抑制地红了眼眶。

　　赵不渝吓坏了，大叫起来："爸爸爸爸！小何叔叔他、他……"

　　"不渝，你先回屋里去。"赵醒归已经转着轮椅来到何栩文身边，接过他手里的球，伸手按在了他的肩膀上。

（3）

　　赵不渝是个懂事的小朋友，没再乱叫，转头就跑进了小楼。等到院子里只剩下赵醒归和何栩文两人，赵醒归才轻声开口："小何，你怎么了？"

　　何栩文深深地埋着头，好半天都没说话，只有肩膀在微微抖动。赵醒归没再催问，只安静地陪在他身边，足足过了几分钟，何栩文才抬起头来，红着眼睛问："归哥，难熬吗？"

　　赵醒归自然知道他问的是什么，脸上露出淡淡的微笑："说不难熬，你肯定不信，但要说很难熬，也没有。这是没办法的事，是我们必须要接受的现实，要去习惯，去适应，去克服，不能总想着过去，那样会钻牛角尖，会走不出来。"

　　何栩文痛苦地摇着头："我到现在都不能回想那天发生的事，一想起来，整个人都会发抖，我滑雪从来没摔得那么厉害过，第一次摔成这样，就造成了不可挽回的后果。"

　　赵醒归说："我懂。"

　　他是真的懂，比谁都懂，有很长一段时间，他也和何栩文一样，不能去回想那天发生的事。但是时间始终在流逝，发生过的事情无法改变，赵醒归说不清自己是从哪天开始决定不再沉溺于过去，他努力地从尘埃里爬出来，拨开云雾，去眺望远方的朝阳。

　　就像卓蕴曾经对他说过的话：勇敢龟龟不怕困难！

　　他想要继续活下去，活得精彩，活得自信，他想做一只寿命长久的小乌龟。

　　何栩文还沉浸在悲痛中，说："归哥，你有没有想过，为什么会是我？这世界上有那么多的人,为什么会是我遭遇这种事?"

"当然想过。"赵醒归说,"大家都会这么想,这很正常,每个人都会经历这样一个过程,从接受不了,想要放弃,到发现这个世界上其实还有很多自己在乎的人和事,不甘心,不服气,再到慢慢地走出来,找一个新的目标,接纳全新的自己。小何,你在篮球馆里看到的那些人,每一个都经历过这样的过程,都哭过、摔过、挣扎过、绝望过,可现在他们都走出来了,我相信你能感受到的。"

何栩文早已泪如雨下,呜咽着问:"真的……可以吗?"

"当然。"赵醒归重重点头,"你还年轻,以后的路还很长,我老婆说你大学还没毕业呢,现在是休学状态吧?等你身体养好了,可以继续回学校上学,再好好想想以后的发展方向。"

何栩文说:"可我和你不一样,我篮球打得太烂了。"

赵醒归说:"不一定非要打篮球,小何,你得找到自己真正喜欢的事,那样才能坚持,比如说滑雪,你可以重新回到雪场,那才是你的天地。"

听到"滑雪"这个词,何栩文的眼里亮起了光,他颤抖着问赵醒归:"归哥,我真的可以继续滑雪吗?我、我腿都没感觉的。"

"当然可以!"赵醒归给了他肯定的回答,"小何,问问你自己的心,你喜欢滑雪吗?"

"我……"何栩文的眼泪再次涌出眼眶,想起自己在雪场上度过的那十几年春秋,想起他驭雪飞翔的那些激情时刻——雪杖将积雪扬起,他穿梭在山林间,劲风呼啸在耳边,身边的景物快速后退,他用"之"字形滑行通过一道道标注旗门,最后冲过终点,高高地举起手臂……

真的还会有这一天吗?何栩文闭上眼睛,回答赵醒归的问题:"我喜欢滑雪,归哥,我喜欢滑雪!我、我想回雪场,我想继续滑雪!"

赵醒归笑得欣慰,"这不就得了,有目标就去做,这并不是天方夜谭,小何,相信自己,你可以的。"

这时,小楼的门打开了,卓蕴抱着赵倾心站在门口,朝着赵醒归喊:"赵小归,菜都准备好啦,你赶紧进来炒菜吧!"

"来了!"赵醒归拍拍何栩文的肩,"进去吧,太阳一落山,外头就有点冷了,小心感冒。"

狠狠地发泄一通后,何栩文的情绪平复了许多,这时候才意识到自己哭鼻子很丢人,赶紧用手背抹掉眼泪,跟随赵醒归从斜坡进屋。半路上,他问出一个琢磨许久的问题:"归哥,你和卓姐是怎么认识的?是在你受伤前,还是受伤后?"

赵醒归笑着说:"是受伤后,那会儿她念大三,我念高一,她来我家给我做家教，我对她一见钟情，后来就开始追她。"

这句话的信息量太大了！何栩文听完后张口结舌，都不知要怎么回话，半晌后才问："追、追到了吗？"

"你说呢？"赵醒归哈哈大笑，"要是没追到，赵不渝和赵倾心从哪儿来的？我和我老婆结婚都满十年了。"

又是一记重击！何栩文都听傻了："十年？你不是才三十二吗？"

"对啊，我刚满法定结婚年龄就和我老婆领证了。"赵醒归答得理直气壮，"认准了彼此，就不想再拖，这十年我们过得很幸福，困难自然是有，我老婆也问过我，活着难不难，我说，有她陪着，就不难。"

何栩文又一次陷入沉默。

进屋后，赵醒归去厨房炒菜，卓蕴给何栩文端来各种水果零食，热情地叫他吃。赵倾心已经会走路了，穿着毛茸茸的睡衣裤，自己跌跌撞撞地跑来跑去，像个小团子，赵不渝不放心地跟在她身后，随时准备保护妹妹。客厅里满是小孩儿的嬉闹声，何栩文坐在餐桌边，静静地旁观着这一切，直到卓蕴在他对面坐下。

卓姐长得明艳动人，一点儿都看不出比赵醒归年长几岁，他们居然是姐弟恋——何栩文在心里胡思乱想，卓蕴却喝着热饮，嗑着瓜子，笑嘻嘻地打量他，问："小何，你最近和张思婷有联系吗？"

何栩文想起张思婷一下午没回他消息，又是一阵烦躁，回答的话里便不自觉地带上了一丝自嘲："没有，她那么忙，哪儿有工夫搭理我。"

"哟，吵架了？"卓蕴看热闹不嫌事大，"你俩有好几个月没见了吧？"

何栩文："嗯，她在北京上学，平时还要训练，冬季比赛多，她还得出去打比赛拿积分，没时间过来看我。"

卓蕴往前一探脖子，贼兮兮地问："小何我问你，你和张思婷是一对儿吗？"

"不是！"何栩文矢口否认，又心虚地低下头去，"我和她一块儿进的青年队，认识好多年了，她……我都这样了，怎么可能……"

"怎样了呀？"卓蕴不认同，"我看你就还是个特帅气的小伙子，就是情商不太高。张思婷说她给你打电话你总是会不耐烦，这哪能行？我和你归哥当初异国恋时天天打电话聊视频，不聊到手机没电都舍不得下线。我和你说，男孩追女孩一定要主动，要胆大心细脸皮厚，这一点你真的要向赵醒归好好学学。"

何栩文苦笑一声："卓姐，张思婷怎么什么都和你说？"

"我和她一见如故呗。"卓蕴嗑着瓜子，说，"你呀，年纪轻轻别老是愁眉苦脸的，哎对了，你在钱塘待得有大半年了吧，打算什么时候回北京？"

何栩文摇头："不知道，我还没想好。"

卓蕴说："你还没毕业呢，总得回去继续上学吧，没人规定坐轮椅不能上大学，如果住寝室不方便，就在学校外头租个房子，学总是要上的，还有啊……"她顿了一下，压低声音说，"悄悄告诉你，你归哥和我吐槽了，说你这个人身高臂长，原本以为是个打篮球的好苗子，结果训练以后才发现你完全没有篮球天赋，把他给气的哟。"

何栩文愣在当场，尽管已经向赵醒归表达了想继续滑雪的心愿，但被人当面否定的滋味还是很不好受，他的脸烧得滚烫，恨不得挖个地洞钻进去，硬着头皮说："我很努力地练习了……"

"咱们必须得承认，有些事讲的是天赋。"卓蕴毫不留情地打断他，"要我说，你就别练篮球了，继续去练滑雪多好，还有机会参加冬残奥会呢。"

"我……"何栩文刚要开口，赵醒归转着轮椅过来了，对卓蕴说："老婆，菜好了，你去端一下吧，顺便把火锅也端出来。"

卓蕴立刻起身去厨房，何栩文坐着轮椅很难帮忙，看到赵醒归后越发难堪，一张脸红成了猪肝色，赵醒归不明所以，问："屋里是不是太热了？你脸怎么这么红？"

"没有，不热。"何栩文别开头，已经一点胃口都没有了。

卓蕴把菜一盘盘端出来，赵不渝也来帮忙端火锅食材，窗外的天色暗了下来，卓蕴把鸳鸯锅摆上桌后看了眼手机，对何栩文说："小何，有个快递刚到我们家门口，你帮忙去拿一下可以吗？"

赵醒归一愣："我去吧。"

"让小何去。"卓蕴把火锅锅底包递给丈夫，"你留下搞锅底。"

何栩文求之不得，正想找个机会独自待一会儿，立刻答应下来，转着轮椅溜出了小楼。赵醒归皱眉看向妻子："怎么让小何去拿快递？他是客人。"

卓蕴坏笑着去捏他的脸颊："嘿嘿，一会儿你就知道了。"

赵不渝趴在落地窗边朝院门口张望，赵倾心像个小跟屁虫似的跟着他，赵不渝突然叫起来："爸爸妈妈！快来看！门口有人！那是谁啊？"

"来了来了！"卓蕴不顾赵醒归的惊讶，推起他的轮椅就来到儿女身边，一家四口在落地窗边排成一排，赵倾心太矮了，踮着脚都看不见外头，急得嗷嗷叫，赵醒归就把女儿抱起来放在腿上，四双眼睛齐刷刷地投向院门口。

深冬季节，华灯初上，气温比起白天低了许多，何栩文转着轮椅来到院门口，并没有看到什么快递，正疑惑地四下张望时，一个人影突然跳到他面前："嘿！小蚊子！Surprise！"

何栖文吓了一大跳，定睛一看，居然是张思婷！那个一整个下午没回他消息的张思婷！

"你、你怎么来了？"何栖文抬起头，愣愣地看着对方，"你怎么会在这儿？不是，你什么时候来的钱塘？"

张思婷穿着厚厚的羽绒服，背着双肩包，不远处的地面上还搁着一只拉杆箱，她风尘仆仆，小脸被寒风吹得通红，嘴里呵出团团白气，说："我下午在赶飞机，故意不告诉你，想给你一个惊喜。"

何栖文心里百感交集，又委屈又感动，问："现在是冬天，你不集训吗？"

张思婷向前迈了两步，站定在他面前，弯下腰揉揉他的头发，笑着说："再过几天就是元旦了，我想来陪你跨年。"

说时迟那时快，何栖文突然伸手揽住女孩的后脖颈，迫使她的脸向他靠近，在张思婷还没反应过来时，他已经挺直腰身，扬起脸庞，轻轻地吻住了张思婷的唇。

张思婷愣住了，玻璃窗后的偷窥四人组也愣住了，赵不渝手舞足蹈："妈妈妈妈！他们在亲亲……"卓蕴忙不迭地去捂儿子的眼睛，赵醒归倒是没管女儿，反正小家伙什么都看不懂，他抬手捂脸，笑得浑身直抖，问卓蕴："是不是又是你出的主意？"

"不是我还能是谁？"卓蕴骄傲极了，"小何同学孺子可教呀！我刚教他追女孩要主动，这就立刻付诸行动啦！"

赵醒归转头看她，语气无奈："老婆，你到底是对'惊喜'有多大的执念？"

"干吗啦！我就是喜欢这些浪漫的事呀。"卓蕴站在赵醒归身边，伸臂揽住他的肩，也低头去寻他的唇，"当然啦，最喜欢的就是你了。"

赵不渝苦着脸问："妈妈，那我呢？"

可怜的小男孩没有得到回答，因为他的爸爸妈妈已经沉溺在彼此的温柔里……

一个缠绵的深吻结束后，赵醒归与卓蕴相视而笑，两人看向院子，发现何栖文和张思婷已经有说有笑地向小楼行来。年轻的男孩转着轮椅，腿上搁着女孩的双肩包，张思婷拖着拉杆箱跟在他身边，一边走一边去揉他脑袋，何栖文没躲，认命般地任她"蹂躏"，只有脸颊上泛起一片绯红。

赵醒归叹了口气："唉……好不容易找到的好苗子，估计是没戏了。"

卓蕴搂紧他的肩："你该高兴才对，小何会去更好的地方，那才是他的梦想。"

次年春节后，何栖文下定决心离开钱塘去北京，在母亲的陪伴下重回大学就读。没多久，赵醒归就收到他发来的好消息，何栖文顺利地加入残疾人高山滑雪队，目标是冲击下一届冬残奥会高山大回转项目的入场券。

他有扎实的滑雪基础，改练坐式滑雪后适应得特别快，已经被当成种子选手培养。

时间过得飞快，这一年，何栩文没有回过钱塘，只和赵醒归用微信保持联系。赵醒归陆陆续续地得知他的近况，何栩文说他学会翘轮了，还学会了从轮椅转移到各种地方，很少再摔跤。他学会了生活自理，穿衣服、上厕所、洗澡、做饭、做家务……全都可以独立完成，母亲再也不用为他的未来发愁。

暑假时，何栩文还考到了C5驾照，并且买了一辆改装过的代步车，他开车带张思婷去古水北镇度假，显摆似的给赵醒归发来一张合影。照片上，帅气的男孩坐着轮椅，女孩弯腰抱着他的脖子，两人头碰着头，手里各拿一杯冰奶茶，笑容比天上的太阳更加灿烂。

看着照片，赵醒归脸上也露出笑意，麻溜儿地给何栩文点了一排赞。

又一个冬天来临，赵醒归和卓蕴在北方某国际滑雪场上见到许久未见的张思婷。一片白色世界里，穿着一身专业滑雪装备的女孩英姿飒爽，开心地向他们打招呼："归哥！卓姐！好久不见啦！"

卓蕴激动地向她挥手："好久不见，思婷！"

赵醒归也是一身滑雪服，戴着头盔和雪镜，坐在一架量身定制的坐式滑雪器上，对张思婷微笑："你好啊小张，一年没见了。"

赵不渝从卓蕴身后探出脑袋："婷婷阿姨！还有我呢！"

"哇哦！小不渝，你是不是又长高啦？"张思婷一撑雪杖，慢悠悠地滑到赵不渝面前，弯腰看他，"小帅哥，会滑雪吗？要不要阿姨来教你？"

赵不渝欢呼起来："好呀！我还是第一次滑雪呢！爸爸妈妈都会滑，可他们以前一直不带我来！"

卓蕴说："那是因为以前你年纪太小。"

赵不渝气呼呼地说："可是小何叔叔四岁就会滑雪了！我知道你们就是想甩掉我，自己偷偷来玩，别找借口！"

张思婷看向赵醒归和卓蕴，女人正在帮男人整理身上的装备，动作熟练，显然不是初学者。张思婷见他们准备好了，说："归哥，卓姐，我带不渝去初级滑道玩，那边安全，我保证会照顾好他。"

"行，去吧，谢谢你了小张。"赵醒归又叮嘱儿子，"不渝，你要听阿姨的话，注意安全，别乱跑知道吗？"

赵不渝也穿着一身滑雪服，早就等不及了："知道！爸爸，我们先走啦！"

这时，卓蕴问："对了思婷，小何呢？"
　　"不知道呀，刚才还在的，知道你们要来，这家伙昨晚都激动得睡不着觉。"张思婷说，"你们先玩着吧，别管他，他可能上厕所去了。"
　　说完，她就带着赵不渝坐索道去初级滑道，赵醒归和卓蕴则留在中级滑道的起点位置。他们又等了一会儿，还是没等到何栩文，赵醒归用雪杖撑着坐式滑雪器往前移动，说："不等他了，咱们先开始吧。"
　　卓蕴早已跃跃欲试，开心地说："好！出发！"

　　宽阔又漫长的雪道上，卓蕴和赵醒归开始快速下滑，女人用站姿，男人用坐姿，在现代科技的辅助下，即使失去了行走能力，赵醒归依旧可以在雪地上极速飞翔，体验肾上腺素激增带来的刺激感。
　　他们不是初学者，赵醒归很多年前就请来教练学习了坐式滑雪，这几年的冬天都会和卓蕴一起出来玩。但他没有去学跳伞、潜水、开越野摩托……因为他并不想用征服这些极限运动来证明自己，他来滑雪，只是因为他喜欢，他想滑。
　　寒风呼啸，满目皆白，赵醒归和卓蕴在雪道上你追我赶，正滑得投入，身后追来一个人。
　　那也是一架坐式滑雪器，器具上的年轻男人装备专业，姿态敏捷，在越过一个坡道时，他帅气地举起滑雪杖，整个人像是连人带车飞了起来，接着又稳稳落地，"咻"的一下就超过了赵醒归，卓蕴只听到他爽朗的声音从风中传来："归哥！你太慢啦！来追我呀！"
　　"你又不是我老婆，我追你干吗？"赵醒归边滑边喊。
　　卓蕴也喊起来："我们有自知之明！雪场上谁追得上你？"
　　何栩文哈哈大笑，身体前倾，没有减速，双臂用力操纵雪杖，在雪道上潇洒地留下长长的"S"印记，很快就把赵醒归和卓蕴甩在了后面。
　　卓蕴滑到赵醒归身边，由衷地说："真好呀。"
　　赵醒归没有说话，只抬头望向前方，那是一个洁白明亮的世界，途中也许会布有障碍，但只要足够坚定，足够勇敢，足够努力，他们一定会抵达光明。
　　哦，忘了一点，还要足够幸运，能遇见一个愿意与他并肩同行的人。

图书在版编目（CIP）数据

醒日是归时.2/含胭著. —— 广州：广东旅游出版社，2023.11
ISBN 978-7-5570-3133-6

Ⅰ.①醒… Ⅱ.①含… Ⅲ.①长篇小说 - 中国 - 当代 Ⅳ.① I247.5

中国国家版本馆 CIP 数据核字 (2023) 第 164902 号

醒日是归时.2
XING RI SHI GUI SHI.ER

出 版 人：刘志松
责任编辑：陈　吉
责任校对：李瑞苑
责任技编：冼志良

广东旅游出版社出版发行
地址：广州市荔湾区沙面北街 71 号首、二层
邮编：510130
电话：020-87347732（总编室）020-87348887（销售热线）
投稿邮箱：2026542779@qq.com
印刷：北京君达艺彩科技发展有限公司
地址：北京市北京经济技术开发区（通州）东石东一路 2 号院 3 号楼 8 层 806
开本：787mm×1092mm　1/16
字数：389 千
印张：21
版次：2023 年 11 月第 1 版
印次：2023 年 11 月第 1 次
定价：88.00 元（全 2 册）

【版权所有 侵权必究】

本书如有错页倒装等质量问题，请直接与印刷厂联系换书。印厂联系电话：010-80898387。